HEYNE JUBILÄUMS REIHE

In derselben Reihe
erschienen außerdem als Heyne-Taschenbücher:

Thriller · Band 50/6
Klinik · Band 50/19
Horror · Band 50/21
Das endgültige Buch der Sprüche und Graffiti · Band 50/26
Sinnlichkeit · Band 50/31
Noch mehr Witze · Band 50/34
Das Buch der Sprüche und Graffiti · Band 50/39
Lust · Band 50/40
Beschwingt & heiter · Band 50/47
Sex · Band 50/50
Deutsche Erzähler des 19. Jahrhunderts · Band 50/52
Sehnsucht · Band 50/53
Körner, Sprossen, Keime · Band 50/57
Glück muß man haben · Band 50/59
Männerwitze · Band 50/62
Zauber der Leidenschaft · Band 50/65
Super-Sex · Band 50/67
Ärzte · Band 50/68
Immer fröhlich, immer heiter · Band 50/69
Alptraum · Band 50/71
Bürosprüche · Band 50/72
Lateinamerikanische Erzähler · Band 50/73
Louisiana · Band 50/74
Samurai · Band 50/76
Obsession · Band 50/77
Ratgeber Bauen und Wohnen · Band 50/79
Viel Vergnügen · Band 50/80
Ekstase · Band 50/81
Österreichische Erzähler · Band 50/82
Ratgeber Versicherung · Band 50/83
Grauen Pur · Band 50/84
Fröhlich und beschwingt · Band 50/85
Arztpraxis · Band 50/86
Bombenstimmung · Band 50/87
Starke Frauen · Band 50/88
Heiter und so weiter · Band 50/89
Frauenkrimis · Band 50/90
Lachsalven · Band 50/91
Romantische Liebe · Band 50/92
Geheimnisvolles Erbe · Band 50/93
Hinter dem Schleier · Band 50/94
1000 neue Witze zum Totlachen · Band 50/95
Herr Doktor · Band 50/96
Leidenschaftliche Liebe · Band 50/97
Glücklich und zufrieden · Band 50/98
Crime Ladies · Band 50/99
Die große Liebe · Band 50/100
Psycho · Band 50/101
Tatmotiv: Liebe · Band 50/102
Vergnügliches · Band 50/103
Halbgott in Weiß · Band 50/104
Stürme des Herzens · Band 50/105
König Artus · Band 50/106
Lachen ist ansteckend · Band 50/107
Die Patientin · Band 50/108
Shadorun · Band 50/109
Liebesglück · Band 50/110
Verborgene Zuflucht · Band 50/111
Im Reich der Fantasy · Band 50/112
Bitte lächeln · Band 50/113
U-Boot · Band 50/114
Gefühle · Band 50/115
Thriller spezial · Band 50/116
Hoffnung · Band 50/117
Schwestern · Band 50/118
Notfall · Band 50/119

HEYNE
JUBILÄUMS
REIHE

Liebeserwachen

Drei romantische Liebesromane

WILHELM HEYNE VERLAG
MÜNCHEN

HEYNE JUBILÄUMSBÄNDE
Nr. 50/120

QUELLENHINWEIS

Umwelthinweis:
Dieses Buch wurde auf chlor- und säurefreiem Papier gedruckt.

Printed in Germany 1997
Umschlagillustration: Archiv für Kunst und Geschichte, Berlin
unter Verwendung des Gemäldes »Symphonie in Weiß Nr. 2«
von James MacNeill Whistler, 1864
Umschlaggestaltung: Atelier Ingrid Schütz, München
Gesamtherstellung: Elsnerdruck, Berlin

ISBN 3-453-11589-9

Inhalt

Ein Mann kehrt heim

DER MANN, DER WEINTE

Ich stand nur da und sah ihm zu, dem weinenden Mann.
Von Tränen genäßt das Gesicht, zum Schrei verzerrt der Mund.
Sein Kopf schlug gegen den Baumstamm.
Die Schultern bebten wie Wellen,
Von einem Sturm gepeitscht.
Und als ich fühlte, wie seine Qual Gestalt annahm in mir,
Da wußte ich, sie würde mich begleiten,
Für immer meine Tage durchdringen,
Meine Wege bestimmen
Und Richterin meiner Todsünden sein.
Meines Vaters Tränen waren der Schlüssel,
Der mir erschloß die Welt –
In ihrem höchsten Glück und ihrem tiefsten Elend.

C. C.

Teil 1
Die Reise 1931

1

»Gehste zu dieser Beerdigung, haste zum Trauern nich' mehr viel Zeit, das versprech' ich dir. Bis jetzt wissen die nämlich noch nich', wer der Kerl is'. Aber, bei Gott, die werden's erfahren, wenn du auf diesem Begräbnis auftauchst. Und wenn die Kerle von Hastings erst mit dir fertig sind, is' von deiner Visage nich' mehr viel übrig, soviel is' sicher.«

Abel Mason starrte quer durch den kleinen Raum der Kate seine wütende Frau an. Die sonnengebräunte Haut umspannte sein Gesicht, als sei sie aufgeklebt; die schmalen Lippen seines großen Mundes lagen aufeinander, nicht fest zusammengepreßt, sondern entspannt, wie in einem gelösten Schlaf. Nur seine Augen waren voller Wachheit, und ihr Ausdruck hob die Bewegungslosigkeit seines Gesichtes voll auf.

Doch der in ihnen lebende Ausdruck war nahezu undeutbar, mit einer einzigen Gefühlsregung nicht zu erklären, denn in den braunen Tiefen dieser Augen loderte nicht nur Abscheu, sondern Mitleid zugleich.

Diese Gefühlsregung war es, die sich seiner Frau mitteilte und sie schreien ließ: »Du hurender Dreckskerl, du!« Mit diesen Worten packte sie die Milchkanne, die auf dem Tisch stand, und schleuderte sie in seine Richtung.

Das Gefäß traf ihn an der Stirn, und die Milch spritzte über seine zerzausten blonden Locken, rann ihm das Gesicht hinunter in das kragenlose Hemd. Mit erhobener Faust schnellte er vor, ließ sie jedoch nur krachend auf den Tisch sausen. Aus einer Ecke des Raumes erklang eine ängstliche, dünne Stimme: »Dad! O Dad!«

Die Faust noch auf die Platte gestemmt, stand er über den Tisch gebeugt, auf den rötlich gefärbte Milch hinuntertropfte.

Einige Sekunden verharrte er in dieser Stellung, dann richtete er sich wieder auf und ging mit gesenktem Kopf zur Treppe am anderen Ende des Raumes hinüber, die wie eine Leiter steil in das obere Zimmer führte.

Die Blicke seiner Frau verfolgten ihn, bis er endgültig verschwunden war; dann ging sie mit verzerrtem Gesicht in die Küche, kehrte mit einem Tuch zurück und fuhr mit weit ausholenden Bewegungen von einer Seite des Tisches zur anderen. Als sie die Stelle erreichte, wo die Milch vom Blut gefärbt war, wischte sie so heftig darüber, als könne sie damit alles Quälende auslöschen.

Mit ausgestrecktem Arm herrschte sie nun ihren sieben Jahre alten Sohn an: »Heb die Scherben da auf!« Der Junge bückte sich folgsam und sammelte die Überbleibsel der zerbrochenen Kanne ein. Als er mit den Scherben in der Hand den Raum verließ, um durch die Küche hindurch auf den Hof zu gehen, kam seine Mutter hinter ihm her. Ihre Finger gruben sich in seine Schultern und verliehen ihren Wörtern grausamen Nachdruck. »Wenn der meint, der käm' heute aus diesem Haus raus, dann hat er sich geschnitten.« Sie packte den Jungen beim Kragen, drehte ihn unsanft zu sich herum, ging vor ihm in die Knie, so daß ihr Gesicht auf der Höhe des seinen war, und funkelte ihn aus stahlgrauen Augen an: »Hör zu, Junge. Wenn du mir jetzt nich' sofort sagst, waste weißt, werd' ich ihm noch mehr einheizen. Jetzt hältste noch zu ihm, er hat dich gegen mich aufgehetzt, aber lang wirste nich' mehr brauchen, dann wirste schon wissen, auf welcher Seite dein Brot gebuttert is'. Wo hat er sie immer getroffen? Sag's mir! Sag's mir sofort!« Sie schüttelte ihn so heftig, daß die Scherben seinen Händen entglitten. Da verpaßte sie ihm noch eine schallende Ohrfeige und schrie: »Sag ihm nur, daß ich dich wieder geschlagen hab'. Los, geh schon, sag's ihm, du Wickelkind.«

Er rannte zur Tür, die Hand fest gegen sein Ohr gepreßt. Wie mit tausend Nadeln durchzuckte ihn der Schmerz durch den Kopf, die Nase und die Kehle und machte ihm das Schlucken unmöglich.

Draußen rannte er mitten durch die Hühnerschar, die friedlich im Hof pickte, weiter um den kleinen Teich herum, wo zwei Entenfamilien damit beschäftigt waren, sich zu waschen, und hinunter in das Gehölz, das in den Wald führte. Hier hockte er sich nieder und wiegte sich, den Kopf haltend, hin und her.

Allmählich ließ der Schmerz nach. Er lehnte sich an den Stamm eines jungen Baumes und murmelte halblaut: »Gott sei Dank, daß Dad es nicht gesehen hat«, und auch in ihm glomm dieses Fünkchen Mitleid mit ihr.

Hatte sein Vater sie doch gewarnt, daß, schlug sie ihn wieder gegen sein Ohr, er das gleiche mit ihr tun würde, und genau das hatte er auch schon einmal getan. Es war das erste Mal gewesen, daß er die Hand gegen sie erhoben hatte. Die Wucht des Schlages hatte sie in eine Ecke geschleudert, wo sie liegengelieben war und sich wimmernd den Kopf gehalten hatte, ganz so wie er es jedes Mal tat, wenn sie ihn schlug, was immer dann geschah, wenn es zwischen den Eltern einen Streit gegeben hatte.

Tiefe Traurigkeit überkam ihn. Das Gefühl war so überwältigend, daß er sich vorstellte, es müsse die ganze Welt umfassen, seine Welt, die er kannte und die sich von Rye, das an der Küste links oberhalb von Winchelsea lag, hinüber zur Rechten nach Fairlight, entlang an den Buchten und Tälern bis nach Hastings hin erstreckte.

Seine Gedanken wanderten zu den Buchten und Tälern, und er bezweifelte, daß sein Vater ihn je wieder mit dorthin nehmen würde.

Wann hatte er ihn zum ersten Mal mit nach Fairlight Glen genommen? Oh, das war lange, lange her. War er vier oder fünf gewesen? Er wußte es nicht, nur daß es eine lange Zeit her war. Aber er konnte sich noch ganz genau an den Tag erinnern, an dem er zum ersten Mal Mrs. Alice in Ecclesbourne Glen begegnet war.

In Gedanken nannte er sie immer Mrs. Alice, weil sein Vater sie nämlich Alice nannte und nicht Mrs. Lovina. Er konnte sie natürlich nicht einfach Alice nennen und daher nannte er sie Mrs. Alice. Sie lachte immer, wenn er Mrs. Alice zu ihr sagte. Sie hatte ein so nettes Lachen; erst mußte man selber lächeln und dann unwillkürlich mit ihr lachen.

Es war an einem Sonntag gewesen, als sein Vater zum ersten Mal mit ihr geredet hatte. Viele, viele andere Leute waren an diesem Tag in dem Tal spazieren gegangen, denn es war schön, und die Sonne schien warm. Die Leute machten Picknick und Kinder sprangen zwischen den Felsen herum, die bis an die See hinunterführten. Sein Vater hatte ihm gesagt, er solle die Schuhe und Strümpfe ausziehen und mit den anderen Kindern spielen. Und das hatte er auch getan. Aber hin und wieder hatte er innegehalten und nach oben geschaut, wo sein Vater auf einem trockenen Felsen saß und mit … der Dame sprach. Eigentlich hatte er vom ersten Augenblick an gewußt, daß sie keine wirkliche Dame war, nicht so wie die, die in Winchelsea lebten, besonders die, die eine lange Einfahrt vor ihrem Haus hatten und für die sein Vater arbeitete, seit er vom Krieg zurückgekommen war … Nun, nicht wirklich vom Krieg zurückgekommen … Es gab da einen Knoten in seinen Gedanken, der etwas Beschämendes hinsichtlich seines Vaters und dem Krieg verdrängte.

Nein, Mrs. Alice war keine Dame, sie war wie seine Mutter, denn sie redete wie sie, gebrauchte dieselben Wörter wie sie, nur ihre Stimme war nicht hart und kreischend. Wann hatte er bloß angefangen, sich zu wünschen, Mrs. Alice wäre seine Mutter? Das war auch schon eine lange, lange Zeit her, Wochen, Monate.

Auch am darauffolgenden Sonntag waren sie zum Tal gewandert, obwohl das Wetter umgeschlagen hatte und es leicht regnete. Auch Mrs. Alice war dort gewesen. Aber an diesem Tag hatten sie alle drei unter einem Kliff gesessen, und sein Vater hatte eine Tafel Fry's Schokolade geöffnet, und sie alle hatten einen Riegel gegessen. Seitdem hatte er bei Fry's Schokolade immer an dieses Tal denken müssen.

Es war Winter geworden, bevor er seinen Vater wieder zu dem Tal begleiten durfte. An jenem Tag hatte seine Mutter zu wissen verlangt, wohin sein Vater ginge. Als er geantwortet hatte; »Spazieren«, da wollte sie wissen, warum er jetzt immer allein fortginge und ihn nicht mehr mitnähme. Da hatte sein Vater gesagt: »Geh und hol dir deinen Mantel. Zieh dich aber warm an.«

Nachdem sie bereits fünf Minuten gewandert waren, flüsterte sein Vater ihm zu: »Dreh dich nicht um, deine Mutter ist hinter uns.« An diesem Tag hatte sein Vater eine andere Richtung eingeschlagen, und sie waren auf der Straße rausgekommen, die zur Kirche nach Fairlight führte, wo sein Vater, nachdem er ihn auf eine hohe Mauer gehoben hatte, sich gegen den Wall lehnte und eine Zigarette anzündete, die er langsam rauchte, wobei er weder nach rechts noch nach links blickte. Die Rast, die sie dort eingelegt hatten, kam ihm wie eine Ewigkeit vor, doch ganz plötzlich hatte sein Vater ihn wieder von der Mauer heruntergehoben und gesagt: »Komm«, und er war mit ihm über Felder gelaufen, durch Zäune geklettert und für einige Zeit hoch oben auf dem Kliff entlang gewandert.

Endlich erreichten sie keuchend und atemlos das Tal. Es regnete jetzt heftig, und ein starker Wind blies. Aber da war Mrs. Alice und wartete im Schutz der Bäume. Bevor sie sie noch erreichten, ließ sein Vater seine Hand los, lief zu ihr und umarmte sie. Es schien, als habe sein Vater ihn an diesem Tag ganz vergessen.

Nach einer Weile hatte sein Vater ihn wieder bei der Hand genommen, und zu dritt waren sie unter den Bäumen zu einem Felsvorsprung gegangen. Dort sagte sein Vater zu ihm, nachdem er ihn unter einen schützenden Felsen plaziert hatte: »Dickie, bleib hier sitzen, nur für eine Minute. Ich ... ich bin hier, auf der anderen Seite.«

Was war eine Minute? War es eine lange Zeit oder eine kurze? Er hatte sich sehr allein gefühlt, war sich ganz verloren vorgekommen, während er die eine Minute abwartete. Er hatte angefangen sich zu fürchten, weil er dachte, daß sein Vater fortgegangen sei und ihn zurückgelassen hätte, so wie er dies schon öfters seiner Mutter angedroht hatte, wenn sie sich im Haus stritten. Deshalb war er aus dem schützenden Felsüberhang herausgekrochen und gegen den Wind gelaufen, und als er um den Felsen kam, sah er sie. Sein Vater und Mrs. Alice knieten auf dem Boden. Vater hielt Mrs. Alices Gesicht zwischen seinen Händen und sagte gerade zu ihr: »Sag das nicht, bitte. Du bist das Beste, was mir je in meinem Leben begegnet ist. Du bist das einzig Gute, das ich jemals in meinem Leben erfahren habe. Schau – nimm Florrie und ich meinen Dickie, und wir alle zusammen werden aus diesem gräßlichen Ort fortgehen. Trotz all der Schönheit hier war die ganze Gegend immer verflucht für mich. Willst du? Willst du, Alice?«

Er beobachtete, wie Mrs. Alice in das Gesicht seines Vaters blickte, und er würde sich immer an den Ton ihrer Stimme erinnern. »O Abel! Abel! Wenn ich doch nur könnte ...«

»Doch, du kannst«, hatte sein Vater erwidert, »du mußt dich nur zu einer Entscheidung durchringen. Geh einfach weg.«

»Du kennst Florrie nicht. Sie ist zwölf, und alles, woran sie denkt, alles worüber sie spricht, ist ihr Vater. Und der hat mir gedroht, wenn ich ihn jemals verlasse oder irgendwie Schande über ihn bringe, würde er mich vernichten. Und wenn er dazu sein ganzes Leben brauchen würde.«

»Das ist doch nur Geschwätz, leeres Geschwätz. Seeleute reden immer so daher. Wir könnten weit weg sein, bevor er nach Hause kommt. Und ich habe mir auch schon was ausgedacht. Wie wär's mit Kanada? Die ganze Welt liegt offen vor uns, Alice! O Alice, sag, daß du willst. Wir beide sind lang genug durch die Hölle gegangen, wir haben uns ein kleines bißchen Himmel verdient. Sag, daß du willst!«

»Der Junge!« Sie hatte ihn bemerkt. Doch sein Vater streckte die Hand nach ihm aus und bedeutete ihm näher zu kommen. Er stand auch nicht auf, sondern legte ihm den Arm um die Schulter. »Der Junge ist auf unserer Seite. Er hat auch Schlimmes hinter sich. Das hat ihn älter gemacht, als er in Wirklichkeit ist. Sein Leben ist unglücklich. Er ist hin- und hergerissen, aber im Grunde versteht er mich, nicht wahr?« Fest drückte sein Vater ihn an sich. Dickie sah ihn an und nickte. »Siehst du! Glaubst du's jetzt, Alice?«

Er beobachtete das Gesicht von Mrs. Alice. Sie schluckte. Der Regen tropfte vom Rand ihres Hutes auf ihre ineinandergelegten Hände, und wieder erschien es ihm wie eine Ewigkeit, bevor sie sagte: »Ja. Ja, Abel, ich werd's tun ...«

Wann war das gewesen? Auch vor langer, langer Zeit, obwohl es nur zwei Wochen, vielleicht drei Wochen her war. Genau konnte er die Zeit nicht bestimmen, aber er erinnerte sich, wie sein Vater gesagt hatte: »Am nächsten Sonntag tun wir's. Ich werde mit ihm spazierengehen, ganz so, als machten wir unsere übliche Wanderung. Und du tust das gleiche. O Alice! Alice!«

Dickie fuhr zusammen, als er wieder die kreischende Stimme seiner Mutter vernahm. Zur gleichen Zeit waren dumpfe Schläge zu hören, so als ob jemand eine Tür eintreten wolle. Schnell sprang er auf und bahnte sich seinen Weg durchs Buschwerk, bis er die Kate sehen konnte. Auf dem Hof stand seine Mutter und schrie: »Ich hab' dir gesagt, du wirst nich' gehen. Und das wirste auch nich'. Bevor ich dich rauslasse, wird die schon lang zwei Meter unter der Erde sein. Da, wo sie hingehört.«

Wieder waren die dumpfen Schläge zu hören, und er wußte, sein Vater schlug mit seinem Stiefel gegen das Schloß.

Urplötzlich hörten die dumpfen Geräusche auf, und tiefe Stille umgab ihn. Er konnte die Vögel singen hören, eine Waldtaube gurrte über seinem Kopf; ein vorwitziges Kaninchen hastete über die Lichtung zwischen dem kleinen Wald und dem Ententeich. Aus der Ferne vernahm er das klare Pfeifen der Eisenbahn, was schlechtes Wetter bedeutete, wie sein Vater immer sagte. In Gedanken sah er die Eisenbahn von Hastings durch Ore weiter nach Deleham Halt und die ganze Strecke nach Rye rattern.

Seine Gedanken an die Eisenbahn wurden plötzlich von splitterndem Glas unterbrochen, begleitet von einem lauten Krachen.

Sein Vater hatte das von der Mutter außen zugenagelte Küchenfenster mit Gewalt gesprengt, stieg durch die Scherben in den Hof und klopfte sich den Staub ab. Seine Mutter stand stocksteif keinen Meter entfernt. Er sah, wie sein Vater ihr den Rücken zukehrte, durch den zerbrochenen Fensterrahmen griff und dann den Filzhut in der Hand hielt.

Zweimal schlug er ihn gegen den Ärmel seines Mantels, drückte die Hutfalte tief, setzte ihn auf, zog ihn tief in die Stirn und ging mit langsamen Schritten davon. Aber noch hatte er nicht den Reitweg erreicht, als seine Mutter kreischte:

»Du bist kein Mann, du bist'n Schlappschwanz! Ein Drückeberger biste! Hat sich vorm Krieg gedrückt! Aus Gewissensgründen? Pah, verdammter Lügner! Gedrückt haste dich, weil du zu feig warst. Anständige Jungs sind getötet worden, abgeschlachtet worden sind sie, während du Kartoffeln rausgebuddelt hast. Du schlappes, erbärmliches Nichts, du!«

Fest preßte sich Dick die Hände gegen die Ohren, und mit den Augen verfolgte er den Vater, der langsam kleiner und kleiner wurde, bis er nur noch winzig aussah und dann verschwunden war.

Die Welt war auf einmal leer, furchtbar leer. Was, wenn er nie wieder zurückkäme? Was, wenn er zu Mrs. Alice Begräbnis ging und dann immer weiter gehen würde, bis in die Gegend, die der Norden genannt wurde? Die Gegend, über die er immer gesprochen hatte, die Gegend, wo er geboren worden war, die Gegend, wo die Leute freundlich und großherzig waren und nicht den lieben langen Tag stritten! Aber daher kam doch auch seine Mutter, und die stritt den ganzen Tag.

Er würde sterben, wenn sein Dad nicht zurückkam. Nein, das würde er nicht. Er würde sich aufmachen und ihn suchen, und er würde laufen und laufen, bis er ihn gefunden hatte.

Er ließ sich auf das trockene Laub nieder und beobachtete aus der Entfernung, wie seine Mutter die Glassplitter aufkehrte und das noch steckengebliebene Glas aus dem Fensterrahmen brach. Dies tat sie mit einem Hammer, mit dem sie gegen den Rahmen schlug, als wolle sie ihn endgültig zerstören. Ab und zu hielt sie inne, sah sich um und schimpfte laut vor sich hin.

Zu Beginn seiner Schulzeit hatte er oft wegen des langen Weges über die Felder bis zur Hauptstraße hin, wo der Bus abfuhr, gemault. Aber wann immer seine Mutter dieses unüberhörbare Gezeter anfing, war er froh, daß sie weit weg von anderen Menschen wohnten. Sonst – das wußte er – hätten die Jungs in der Schule ihn verhöhnt, so wie sie es mit Jackie Benton taten, weil sein Vater wegen Diebstahl im Gefängnis saß.

Nach einer Zeit, die ihm wie ein ganzer Tag vorkam, stand er auf und lief zurück durch das Gehölz in den kleinen Haselnußbaumwald hinein. Sein Vater nannte ihn den vergeblichen Wald, weil die Sträucher dünn waren und eng zusammen standen. Gehörte ihm der Grund, er würde alle diese Büsche fällen und dafür große Bäume pflanzen. Aber große Bäume gab es ja genug in dem hohen Wald, der von dem Haselnußwäldchen durch einen breiten öffentlichen Wanderweg getrennt war. Dieser Weg kam aus der Tiefe des Landesinneren, durchquerte zwei Farmen und endete auf der Klippe.

Er blieb auf dem Pfad stehen und blickte nach oben. Die Sonne stand genau über ihm, was bedeutete, daß sein Vater vor zwei Stunden fortgegangen war. Und doch schien es ihm wie eine Ewigkeit. Es war Zeit zum Mittagessen, aber er war nicht hungrig, obwohl er nicht gefrühstückt hatte. Zweimal hörte er seine Mutter nach ihm rufen, aber er beachtete ihr Rufen nicht. Er würde nicht eher in die Kate zurückgehen, bis sein Vater zurückgekehrt war. Obwohl er in Richtung Landstraße gegangen war, um den Bus nach Hastings zu nehmen, hatte Dickie das Gefühl, daß er nicht auf dem gleichen Weg zurückkehren würde, sondern aus Richtung der Täler. Tat er das, dann würde er den Wanderweg entlang kommen, der vom Kliff herunterführte.

Er wußte nicht, wie lange er schon gelaufen war, wie oft er sich hingesetzt oder ins Gras gelegt hatte. Er wußte nur, daß er des Wartens müde war. Und er hatte Angst, daß er seinen Vater verfehlen würde. Er fürchtete sich auch, weil er jetzt nach Hause zurückkehren mußte, zu seiner Mutter, ihrem Gezeter und den fürchterlichen Ohrfeigen.

Er hatte sich bereits schicksalsergeben umgedreht, um nach Hause zu gehen, als er in der Ferne, da, wo der Weg sich um Farmer Wilkie's Hof wand, die Gestalt eines Mannes entdeckte. Sie war noch zu weit weg, als daß er hätte ausmachen können, ob es sein Vater war. Es konnte genauso gut ein Wanderer sein oder ein bettelnder Landstreicher.

Sein Herz hüpfte, als er tatsächlich seinen Vater erkannte, obgleich dieser noch weit von ihm entfernt war. Er ging mit gesenktem Kopf und schleppenden Schritten. Als er seinen Vater plötzlich den Weg verlassen und in den Wald laufen sah, blieb Dick abrupt stehen und schüttelte bestürzt den Kopf. Warum war Vater bloß im Wald verschwunden? Ob er vielleicht mal mußte? Aber dann wäre er doch nicht plötzlich so gerannt, oder?

Dick sprang über einen kleinen Graben und lief ebenfalls in den Wald. Hier standen riesengroße Eichen und Buchen und zwischen ihnen eng gedrängt viele Büsche, meistens Brombeersträucher und junge Eichen, die keinerlei Hoffnung hatten, jemals größer zu werden.

Er bahnte sich seinen Weg in die Richtung, die auch sein Vater genommen hatte, und nach einer Weile fand er ihn. Er hörte ihn, bevor er ihn sah, und dabei wurden seine Augen groß, sein Mund öffnete sich, und er preßte die Finger dagegen. Behutsam bewegte er sich in die Richtung, aus der die Laute kamen – und dann erblickte er ihn. Die Arme um den Stamm einer Eiche geschlungen, schlug er mit dem Kopf gegen den Stamm, während er laut weinte.

Dieser Anblick und das Schluchzen waren so grausam, daß es ihn vor Schmerz schier zerriß.

Sein Vater stöhnte auf und wiederholte immer wieder: »O Alice! Alice! … O Alice! Alice!«

Unter den gesenkten Lidern sah Dick, wie sein Vater sich hilflos an den Baumstamm klammerte, wie er sich langsam umdrehte und mit dem Rücken gegen den Baum lehnte. Die Baumrinde hatte den Schnitt oberhalb der Augenbraue wieder aufgerissen, und Blut tropfte ihm über das Auge und die Wange hinunter. Doch er machte keinen Versuch, es wegzuwischen. Er stand nur einfach da, die Schultern gegen den Stamm gepreßt, den Kopf von einer Seite zur anderen werfend, das Gesicht nicht länger ausdruckslos, sondern so verändert, daß es in diesem Moment dem eines alten Mannes glich.

Langsam und behutsam ging Dick auf seinen Vater zu. Er wollte ihn auf gar keinen Fall erschrecken. Als er neben ihm angekommen war, blickte ihn sein Vater ohne jede Überraschung an. Es war, als habe er ihn erwartet. »O Dickie! Dickie!« stöhnte er auf, sank zu Boden und schlang beide Arme um ihn. Fest drückte der Junge das Gesicht an das des Vaters, und als dessen Tränen und Blut ihn benetzten, erwachte in ihm das Bewußtsein von menschlichen Qualen und Mitleid.

»O Dad! Dad!«

»Ist schon gut, Junge. Ist schon gut. Hier, wisch dir das Gesicht ab.«

Abel zog ein Taschentuch heraus und trocknete das Gesicht seines Sohnes, bevor er sein eigenes abwischte. Während er sich das Taschentuch gegen die Augenbraue hielt, um das Blut zu stillen, fragte er mit zitternder Stimme: »Wartest du schon lange?«

»Ja, Dad, schon die ganze Zeit.«

Langsam nickte Abel. Er ergriff die Hand des Jungen, erhob sich und schien eher mit sich selber, als mit seinem Sohn zu sprechen. »Es ist aus. Vorbei. Komm.«

Dick sagte nichts, stellte keine einzige Frage auf dem Heimweg. Er ahnte, daß etwas geschehen würde, daß sein Vater im Begriff war, etwas geschehen zu lassen, und des Vaters Schweigen verriet ihm, daß es etwas Schwerwiegendes sein würde.

Die Küchentür war geöffnet. Abel schob den Jungen vor sich her in den Raum, in dem seine Frau am äußersten Ende des leeren Tisches saß. Als sei er erst vor zwei Minuten fortgegangen, zeterte sie sofort wieder los: »So, biste also doch hingegangen? Ich hoffe, 's hat dir gutgetan. Schämen sollteste dich. Wenn ich Lady Parker die Wahrheit sagen würd', würdste morgen aus deiner Stellung rausfliegen. 'n Tritt in den Hintern würd sie dir geben.« Sie hielt inne und kniff die Augen zusammen. Dann rief sie mit schriller Genugtuung in der Stimme: »Ach nee, haste wohl geheult, was?«

Wie um ihn zu beschützen, tastete Dicks Hand rückwärts nach seinem Vater, bis er dessen Oberschenkel berührte, und er spürte das Zittern, das ihm durch das Bein lief, als seine Mutter nun verbittert hinzufügte: »Meinetwegen würdste keine Träne vergießen, aber wegen dieser Hure …«

»Halt's Maul!«

»Was sagste da?« Sie war aufgestanden.

»Ich sagte, halt's Maul. Wenn du's nicht hältst, werd' ich dir's schon schließen.«

»Du? Ich hab' dir gesagt, was passieren wird, wenn du jemals wieder versuchst, mich zu schlagen.«

»Lena, wenn ich die Hand dieses Mal gegen dich erhebe, wird's das letzte Mal sein. Im Krieg war ich aus Gewissensgründen Kriegsdienstverweigerer, bin ins Gefängnis gegangen, weil ich nicht ans Gute im Töten glaube. Aber jetzt bin ich anderer Meinung geworden. Und das schon vor einiger Zeit.«

Während des nachfolgenden Schweigens sah Dick zum ersten Mal Furcht im Gesicht seiner Mutter aufglimmen. Unwillkürlich machte sie einen Schritt rückwärts, bis sie gegen die kleine Kommode stieß. Dick packte die Hand des Vaters und preßte ihm die Fingernägel in die Handfläche. Dies schien seinen Vater zur Besinnung zu bringen, doch seine tonlose Stimme war erschreckender, als hätte er geschrien.

»Du weißt, wie er sie getötet hat. Aber wußtest du auch, daß er es langsam getan hat? Er hat sich vorher alles genau überlegt. Zuerst schoß er ihr in die Füße. Als ihr Bruder von nebenan versuchte einzudringen, da hatte er alles verbarrikadiert. Auch die Polizei konnte nichts tun, denn er bedrohte sie mit seinem Gewehr, und er sagte ihnen, daß er es ihr Stück für Stück heimzahlen würde. Als nächstes schoß er ihr in den Bauch.« Seine Stimme brach ab, und seine Unterlippe zitterte, doch dann fuhr er fort: »Ich weiß nicht, ob sie tot war oder noch lebte, als er ihr die restliche Munition ins Gesicht schoß. Und das, Lena, das hat er wegen dir getan. Ist dir das klar? Wegen dir.« Eine lange Pause entstand, und ihr schwerer Atem war zu hören. Dann redete er wieder. »Du warst sehr schlau, sehr gründlich. Du hast ihm die Briefe nicht nach Hause geschickt, sondern zu seiner Reederei. Du hast deine Arbeit gut gemacht. Das einzige, was du nicht verraten hast, war mein Name. Und warum nicht? Weil sonst die Kerle unten in Old Town mich fertig gemacht hätten, und das wolltest du nicht, stimmt's? O nein, du wolltest mich für den Rest meines Lebens erpressen können. Nun Lena, da hast du dich verkalkuliert. Und zwar gründlich. Keine Angst«, er hielt jetzt die geöffneten Hände hoch, »ich habe nicht vor, dich umzubringen! Was ich wirklich vorhabe, wirst du in einer Minute sehen.«

Mit diesen Worten drehte er sich um, schob Dick vor sich her auf die Treppe zu und als sie oben auf dem Treppenabsatz standen, befahl er ihm hastig: »Los, pack deine Sachen. Stiefel, Anziehsachen. Roll sie zu einem Bündel zusammen, so eng wie möglich.« Nach diesen Worten ging er ins Schlafzimmer, nahm vom Haken des behelfsmäßigen Kleiderschranks seine Arbeitskleidung herunter, zog aus einer Kommode Unterwäsche, Socken und zwei Arbeitshemden heraus, holte dann unter dem Bett einen Rucksack vor, und nachdem er all seine Sachen hineingestopft hatte, ging er damit an der Treppe vorbei in die winzige Kammer, die seinem Sohn als Schlafzimmer diente und packte die auf dem Bett ordentlich aufgestapelte Unterwäsche, die zwei Pullover, Socken und Hemden wortlos in seinen Rucksack. Dann befahl er Dick in barschem Ton: »Verplemper keine Zeit. Los, komm schon.«

Dick zögerte und sah zu der schmalen Fensterbank hinüber, auf der eine Reihe Vögel und andere Tiere in Ton gefertigt standen. Schnell nahm er zwei Enten an sich. Die eine stand auf einem Bein, während sie sich mit dem anderen Flügel kratzte, und die zweite war etwas kleiner, hatte die Schwimmfüße nach hinten ausgestreckt und den Hals nach vorn gereckt. Als er sich die Tiere in je eine Hosentasche stopfte, sagte sein Vater nichts. Vom Türhaken nahm er noch einen Überzieher herunter, und dann gingen beide wieder nach unten.

»Was hast du vor? Was soll das? Hingehen tuste nirgendwo und schon gar nicht mit ihm.«

»Nein? Und wer sollte mich aufhalten?«

»Ich werd' dir die Polente auf'n Hals schicken.«

»Tu das nur.«

»Du kannst mich nich' einfach hierlassen, so ganz allein hier draußen.« Sie ging zur Tür hinüber und verstellte ihm den Weg. »Du weißt genau, ich kann nich' arbeiten.«

»Du kannst bloß nicht arbeiten, weil du zu faul bist.«

»Ich bin nich' faul. Sieh dich doch um, wie sauber ich das Haus hier halte.«

»Ein fünfjähriges Kind könnte die Arbeit in einer halben Stunde hier erledigen. Seit Jahren sucht Lady Parker eine Hilfe im Haus. Die Stelle des Küchenmädchens ist frei. Die wird sie dir schon geben. Wenn du wegen der Stelle nachfragst, sag ihr, ich hätte dich verlassen. Sie schuldet mir noch drei Tage Lohn.«

»Der Teufel soll dich holen! Ich werd' kein Küchenmädchen.«

»Dann wirst du eben hungern müssen.«

»Ich werd nich' hungern. Bei Gott! Ich werd nich' hungern. Du bist mein Ehemann, und du hast mich zu versorgen.«

»Ich bin's satt, dich zu versorgen«, ließ er sich von der Küche her vernehmen, aus der jetzt das Geklapper von Töpfen zu hören war.

»Ich werd dich wegen Entführung verklagen.«

»Dagegen kann ich die Tatsache anführen, daß ich ihn davor schütze, von dir völlig taub geschlagen zu werden. Du hast ihn nie gewollt, und du hast ihn das auch vom Tag seiner Geburt an spüren lassen.«

Er war wieder in das Zimmer zurückgekommen und sah zu ihr hinüber. Als er sie so betrachtete, überlegte er, wie sie vor zehn Jahren als Vierundzwanzigjährige ausgesehen hatte. Damals war es ihr gelungen, in ihm Beschützerinstinkte zu wecken.

Schon als Junge hatte er sich geschworen, sich nicht von seinem großen Mitgefühl überrennen zu lassen. Er hatte erkannt, daß Mitgefühl ohne Vorbehalt nur bei Tieren klug war. Jedoch die teuflische Lena hatte seine Schwäche erkannt und sie ausgenutzt. Mein Gott! Und wie sie sie ausgenutzt hatte! Voll hatte sie sich zuerst hinter seine Einstellung der Friedensliebe gestellt, hatte ihn als großen weisen Mann bestätigt. Doch die Ernüchterung war so schnell gekommen, daß es ihn krank gemacht hatte. So schlimm war es gewesen, daß er für einige Zeit all seine Selbstachtung verloren hatte und in sich selber nur den großen, einfältigen Toren sah. Das einzige, was sie vom Leben wollte, war Bequemlichkeit. Jemanden, der für sie arbeitete.

Und Ehrbarkeit, o ja, die Ehrbarkeit als »Frau« angeredet zu werden.

Wegen ihrer unehelichen Geburt und ihrer unerfreulichen Kindheit hatte er ihr zu Anfang ihrer Ehe alle Eigenheiten nachgesehen. Doch keines der vielen Gespräche und Diskussionen konnte sie überzeugen, den Geschlechtsakt nicht als etwas Schmutziges anzusehen. Wie er es überhaupt fertiggebracht hatte, ihr ein Kind zu machen, war ihm noch heute schleierhaft.

»Geh mir aus dem Weg!«

»Ich werde dir nachkommen. Ich werde dich schon finden. Ich weiß genau, wohin du willst. Zurück in den Norden willste, zu dem Abschaum dort oben.«

»Das ist die letzte Gegend, in die ich ziehen würde. Versuch's mal mit Kanada oder Australien ... Mach, daß du mir aus dem Weg kommst!«

Als sie sich nicht rührte, schoß sein Arm wie ein Brett vor und schleuderte sie beiseite. Heulend fiel sie hin.

Für einen Moment stand er da und blickte auf sie hinunter. Seine Stimme bebte vor tiefer Bitterkeit. »Wenn du nachts allein da oben liegst, denk daran, wie's ist, wenn dein Körper so lange von Kugeln durchlöchert wird, bis du sterben kannst. Denk nur daran und mach dir klar, daß es nicht er war, der das getan hat, sondern du. Du hast sie beide getötet ...«

Sein Vater hatte ihn bereits über den Zaun gehoben, als ihre gellende Stimme erneut ertönte. Sein Vater zog ihn an der Hand nach rechts, querfeldein über ein Stoppelfeld in das Haselnußbaumwäldchen und weiter in den großen Wald. Sie hielten sich nicht geradeaus. Ständig wechselten sie die Richtung und kamen außer Atem auf einer kleinen Seitenstraße hinaus. Hier machte Abel einen Moment Halt und meinte am Wegrand sitzend: »Na, dann wollen wir erst einmal unser Gepäck ordnen.«

Als er den Rucksack öffnete, erkannte der Junge die Pfanne, den Kessel und zwei Blechnäpfe, die alle unter dem Waschbecken in der Küche gestanden hatten. Dann – mitten im Ordnen – hielt sein Vater plötzlich inne, sah ihn an und fragte leise: »Du wolltest doch mitkommen, nicht wahr?«

»O ja, Dad, ja. Ich will immer bei dir sein.«

»Gut.« Er nickte und fuhr fort: »Ich werde dir einen kleinen Rucksack irgendwo auf dem Weg besorgen, und dann werden wir so richtig zum Wandern ausgerüstet sein, was?«

»Ja, Dad ... Wohin gehen wir, Dad?«

Abel stand auf, schwang sich den Rucksack auf den Rücken und fuhr mit den Armen durch die Gurte, bevor er erwiderte: »Im Augenblick weißt du genauso viel wie ich, mein Junge. Aber wo immer wir hingehen werden – es wird überall schöner sein. Du wirst schon sehen.«

2

Vier Tage später nahmen sie die Fähre von Gravesend nach Tilbury. Sie waren durch Sussex nach Kent gewandert und jetzt dabei, Essex zu betreten. Dick war so von den Docks, den Schiffen, den Kränen fasziniert, daß er momentan seine wundgescheuerten Zehen, seine Blasen an den Fersen und seine müden Beine vergaß.

Drei Nächte hatten sie im Freien übernachtet. Es war Juni und das Wetter warm. Gestern abend hatte sein Vater ihm mitgeteilt, daß sie nun doch in den Norden gehen würden, weil *sie* niemals vermuten würde, daß sie doch dorthin gingen. Sie wollten nicht allzu hoch in den Norden, also nicht bis nach Tyne. Das war der Name eines Flusses und der Ort, in dem sein Großvater geboren worden war. Irgendwo auf dem Lande würden sie schon eine Farm finden, hatte ihm sein Vater versichert. Er würde das doch mögen, nicht wahr? Ja, hatte er geantwortet.

Aber er hoffte, daß die Wanderung dorthin nicht zu lange dauern würde, denn seine Füße taten ihm höllisch weh. Er hatte seinem Vater nichts davon gesagt, nicht am ersten Tag, weil er fürchtete, daß sie dann wieder umkehren würden.

Nachdem sie die Fähre verlassen hatten, stellte sich Tilbury als enttäuschend dar: flach und schmutzig mit ein paar spärlichen Läden.

Sie gingen in ein Café und tranken eine Tasse Tee. Dann kaufte Abel einen kleinen Rucksack und etwas zum Essen ein: Wurst, Schinken, Fett, Kartoffeln, Zucker, Tee und einen großen Laib Brot. Als sie die Stadt hinter sich gelassen hatten, wählte Abel einen Platz aus, an dem sie ein Feuer anzünden und kochen konnten. Sie brutzelten sich Würstchen mit Schinken und aßen alles auf. Nach beendeter Mahlzeit und nachdem alle Kochgeräte mit Zeitungspapier gereinigt und wieder in die Rucksäcke verstaut worden waren, ließ sich Abel ins Gras nieder und nahm die Hand seines Sohnes in die seine. »Wir haben jetzt den Fluß überquert und werden nie wieder zurückgehen. Dickie, für dich und für mich fängt jetzt ein ganz neues Leben an. Verstehst du das?«

Der Junge nickte. Und dann stellte er eine Frage, die ihm schon seit zwei Tagen auf dem Herzen lag: »Dad, werde ich wieder in die Schule gehen?«

»Aber selbstverständlich. Haben wir uns erst einmal irgendwo niedergelassen, wirst du auch wieder in die Schule gehen, mein Junge. Und du wirst lernen. Du lernst schnell, und du wirst die verlorene Zeit wieder einholen, denn du bist intelligent. Meine Fertigkeit liegt in meinen Händen.« Er ließ Dick los und betrachtete seine Hände, erst von der einen, dann von der anderen Seite. »Was könnte ich mit denen schaffen, hätte ich Schnitzen gelernt. Ich hätte es zu was gebracht.«

»Du machst doch so schöne Tiere, Dad. Schau mal, meine Enten.« Dick langte hinter sich, griff in seinen Rucksack und entfaltete ein kleines Baumwollhemd, in dem die zwei Enten wie in einem Nest lagen. Sein Vater setzte sich das kleine Modell der sich kratzenden Ente auf die Hand und nickte. »Es hat Leben in sich, und doch ist es nur aus Lehm, aus ganz gewöhnlichem Flußlehm. Gebrannt worden ist es nie. Ein reines Wunder, daß es bis heute deiner Behandlung standgehalten hat.« Er lächelte seinem Sohn zu, dann gab er ihm die Ente wieder zurück, und während er aufstand, meinte er: »Also, dann laß uns mal dafür sorgen, daß das Feuer hier sicher gelöscht wird. Und dann machen wir uns wieder auf den Weg. Sind deine Füße besser?«

»Ja, Dad. Ein bißchen.«

»Keine Bange, die werden noch abgehärtet. Je länger wir wandern, um so leichter wird's dir. Wir werden ja auch nicht ununterbrochen laufen. Ich werde auf unserer Wanderschaft auch Arbeit annehmen, und dann kannst du dich ausruhen.«

»Dad, wie lange wird's noch dauern, bis wir da sind – im Norden?«

»Oh, das hängt ganz davon ab, was für Arbeit ich zwischendurch bekomme. Einen Monat, vielleicht zwei. Aber keine Angst, vor Winteranfang werden wir schon etwas gefunden haben, wo wir für immer bleiben. Komm jetzt.«

Als sie nach Brentwood kamen, fing es an zu nieseln, und sie stellten sich unter einem Kirchenportal unter. Abel zog eine abgenutzte Landkarte hervor, studierte sie und blickte dann zu Dick hinunter. »Wir werden nach Cambridge gehen.«

»Wie weit ist das, Dad? Wie viele Tage?« Es war wichtig für ihn, die Anzahl der Tage zu wissen, die sie brauchen würden, um von einem Ort zum anderen zu gelangen, denn dann wußte er auch, wie lange ihm seine Füße wehtun würden.

»Na, so zwischen fünfundvierzig und fünfzig Meilen. Wenn das Wetter anhält, werden wir's in ungefähr drei Tagen schaffen. Keine Sorge«, er tätschelte den Kopf seines Sohnes, »es wird schon alles werden. Ich werde Watte und Verbandszeug für dich kaufen, und wenn wir heute abend das Lager aufschlagen, werde ich deine Füße behandeln.«

»Dad, werden wir auch mal in einem Gasthof schlafen, so wie die Leute, die in Hastings Ferien machen?«

Abels Lippen verzogen sich zu einem schiefen Lächeln. »Im Augenblick nicht. Wenn ich erst mal Arbeit gefunden habe, sehen wir weiter. Aber bis jetzt haben wir doch Glück gehabt, nicht wahr?«

»Ja, Dad.«

»Na, dann wollen wir's mal wieder mit den Elementen aufnehmen. Und vielleicht haben wir auch wieder Glück.«

Und sie hatten Glück. Zwei Meilen hinter Brentwood erreichten sie offenes Weideland, und als Abel etwas, das wie eine alte Scheune aussah, am Rand eines der Felder erspäht hatte, hielten sie darauf zu. Als sie den Schuppen betraten, stellten sie fest, daß er keineswegs so baufällig war, wie er zuerst ausgesehen hatte. Zur Hälfte war er trocken, und in der einen Ecke mußte vor kurzem jemand ein Feuer gemacht haben.

»Gut ... gut. Na, haben wir nicht Glück? Such ein paar Reisige zusammen. Dann werden wir bald ein schönes Feuerchen haben, und ich werde mir deine Füße ansehen.«

Das Feuer war angezündet, in einem Topf brodelte das Wasser – Abel sorgte immer dafür, daß sie eine Flasche Wasser bei sich hatten – und sie waren soeben dabei, den Speck, der ihnen vom Frühstück übrig geblieben war, auszupacken, als ein Schatten durch den Toreingang der Scheune fiel und eine Stimme fragte: »Weißt du nicht, daß du hier auf Privatgrund stehst?«

Abel erhob sich aus seiner hockenden Stellung und sah sich einem Mann mit einem Tweedmantel und brauner Reithose gegenüber. In höflichem Ton entgegnete er: »Nein, Sir. Mir war klar, daß dies hier alles irgend jemandem gehören mußte, aber wir beschädigen auch nichts.«

»Nichts beschädigen? Aber über meine Felder trampeln und meine Rüben klauen und alles, was nicht niet- und nagelfest ist, was?«

Abels Gesicht verfinsterte sich. »Sir, ich habe nicht die Angewohnheit, etwas zu stehlen.«

»Na, dann mußt du ja 'ne Ausnahme sein.« Der Mann trat nun vollends in die Scheune herein, und als er Dick gewahrte, wollte er wissen: »Ziehst du mit dem Kind da rum?«

Nach kurzer Pause erwiderte Abel: »Wir sind auf dem Weg nach Norden.«

»Offensichtlich seid ihr auf dem Weg nach irgendwohin, aber man sollte doch meinen …«

»Das ist mein Sohn und geht nur mich etwas an.«

»Ja, ja, das mag schon sein. Aber es ist meine Angelegenheit, darauf zu achten, daß mein Eigentum nicht zerstört wird. Also, mach daß du rauskommst.«

Bevor sich sein Vater noch nach der Feuerstelle umdrehen konnte, hatte Dick bereits begonnen, die Habseligkeiten wieder einzupacken.

Wenige Minuten später traten sie aus der Scheune, wo der Mann sie erwartete, die eine Hand in der Hosentasche, mit der anderen mit einem Stock die Samenbüschel von Löwenzahnstengeln schlagend.

»Ich hoffe, Sir, Sie werden niemals in Not geraten.« Abel sagte dies, während er an dem Farmer vorbeiging. Dann blickte er auf die in der Luft tanzenden Samenbüschel des Löwenzahns und fügte hinzu: »Und daß Ihr Unkraut kräftig wächst.«

Der Stock blieb mitten in der Luft stehen, und knallrot im Gesicht entgegnete der Mann drohend: »Macht bloß, daß ihr wegkommt, bevor ich einen anderen Gebrauch von diesem Stock mache.«

»So … Diese Idee würde ich mir an Ihrer Stelle aus dem Kopf schlagen, Sir.« Für einen Moment starrten sie einander an, dann wandte Abel sich ab, wobei er Dick vor sich herschob. Sie hatten beinahe das Feld hinter sich, als eine Stimme aus dem Graben sie aufschrecken ließ. »Hat sich euch wohl vorgenommen, eh?«

Abel sah auf etwas hinunter, das wie ein Bündel Lumpen aussah, aber mit einem höchst lebendigen Gesicht mittendrin. »Kümmert euch man nich' um ihn; wartet ab bis's dunkel is'. Verdammter Neureicher, der. Bist wohl neu in der Zunft, eh? Gesehen hab' ich dich jedenfalls noch nich'. Wo willste denn hin?«

Abels Antwort fiel knapp aus. »In den Norden.«

»Na so was. Komisch, dahin zu gehen. Glaubste etwa, da findste Arbeit, eh? Die ganze Gegend von dort wandert nämlich hier runter – die Schotten, die Geordies, die Walliser, alle. Haste 'nen Stummel für mir?«

»Nein.« Abel schüttelte den Kopf.

»Würdste mir auch keinen geben, wenn de einen hättst, eh? Na ja, mach' ich vielleicht auch so eines Tages.«

»Ich hab' nun mal keine Zigaretten.«

»Schon gut, ich glaub' dir's. Biste pleite?«

Abel lächelte schief. Der alte Bursche war amüsant. Aber war er wirklich so alt? Er war schwer einzuschätzen.

»Weißte was?«

»Was?«

»Dein Gepäck wirste noch los, bevor de im Norden ankommst.«

Abel schob den Rucksack fester auf die Schultern hinauf. »Dann müssen die mich aber schon einsperren.«

»Pah, 's gibt Mittel und Wege. Mußt ja auch mal schlafen. Deiner sieht viel zu neu und zu voll aus; Mann, du siehst einfach reich aus. Willste meinen Rat? Zieh dir 'nen ollen Mantel an, schön zerfetzt, verstau deine Klamotten drunter und kratz dich 'n bißchen ... so«, – er demonstrierte letzteres –, »un' dann rücken die dir nich' auf'n Pelz.« Er lachte jetzt, ein tiefes, glucksendes Lachen. »Sind alles Neulinge in der Zunft. Ich, ich bin schon dreißig Jahr dabei. Einmal im Jahr mach' ich die Runde. Manchmal frag' ich nach Arbeit, dann geben die mir was, nur um mir loszuwerden. Aber du, du siehst ja aus, als hätt'ste noch Eierschalen hinter'n Ohren, dich kann man leicht übers Ohr hauen. Has' auch noch Sohlen an den Stiefeln un' dann der Jung da. Willste mit ihm auf so'ne Tour reiten?«

»Was willst du damit sagen?«

»Na ja, von wegen Mitleid wegen dem Balg und so. Kriegste keins, eher kriegste die Bullen auf'n Hals, wenn du ihn betteln läßt.«

»Er muß aber mit mir kommen.«

Während er redete, wunderte sich Abel, warum er hier herumstand und nicht weiterging. Und er verachtete sich selbst, weil er den starken Wunsch verspürte, sich in diesen Graben niederzulassen und weiter dem Burschen zuzuhören und zu lernen. Denn er ahnte, daß die Erzählung den Tatsachen entsprach.

Als habe der Mann seine Gedanken gelesen, bot er an: »Wenn ihr wollt, könnt ihr 'n Stück mit mir kommen ... Ich zeig' euch die Tricks.«

Für eine Sekunde zögerte Abel. »Auf jeden Fall vielen Dank. Beim Trampen werd' ich's schon lernen. Nichts für ungut, und danke für deine Ratschläge.«

»Warte! Da haste 'nen Stummel.«

Er beobachtete, wie eine schmutzige Hand in einer Tasche verschwand, und dann wurde ihm ein Päckchen Zigaretten entgegengestreckt.

»Los, nimm schon eine. Sind sauber. Hab' sie erst vor kurzem gekauft. Ganz frisches Päckchen. Siehste, fünf sind noch drin.«

Abel griff hinein und zog eine Zigarette heraus. »Vielen Dank.«

»Wiedersehn.«

Er wandte sich zum Gehen. »Mach's gut, und paß auf dein Zeug auf«, rief ihm der Mann noch nach.

Nur den Kopf drehend, versicherte Abel: »Mach' ich, mach ich.«

»Dad, das war ein komischer Mann, was?« Dick hatte sich halb umgedreht und lächelte. Als der Mann ihm zuwinkte, hob er zaghaft die Hand und winkte zurück. »Er hat mir zugewinkt, Dad.« Dick lachte.

»Er ist so ulkig und bringt einen richtig zum Lachen.«

»Ja, komisch ist er. Er ist ein alter Hase und weiß alles über die Landstraße. Wir scheinen noch viel lernen zu müssen, was?«

Sie wechselten einen Blick und wanderten schweigend weiter. Nach einer Weile fragte Dick: »Dad, wieviel Geld hast du noch?«

»Beim letzten Zählen waren's noch zwölf Shilling und drei Pennies.«

»Das ist aber viel.«

»Es wird wohl ausreichen bis wir mehr bekommen.«

Aber woher sollte mehr kommen? Abel wollte sich nicht eingestehen, daß er sich Sorgen machte. Er mußte sich nach Arbeit umsehen, jede Art von Arbeit, und wenn es sie auch nur mit Essen versorgte.

Es war merkwürdig, doch die Notwendigkeit, Nahrung heranzuschaffen, hatte ihn zu einem gewissen Grad die Qual und den Schmerz vergessen lassen, die ihn in den vergangenen Tagen umzubringen drohten. Die Zeitabstände verlängerten sich, in denen er nichts anderes tun wollte, als sich zu Boden zu werfen und mit den Fäusten auf ihn hämmern und endlos zu weinen. Er schämte sich seiner Schwäche, und während des Tages gelang es ihm auch, ihrer

Herr zu werden. Doch des Nachts, wenn er von seinem eigenen Schrei »Alice! Alice!« geweckt wurde, war sein Gesicht tränenüberströmt.

3

Im Verlauf der drei Tage, die sie brauchten, um Cambridge zu erreichen, erwiesen sich die Voraussagen des professionellen Landstreichers mehr als nur einmal als wahr. Erstens gab es keinerlei Arbeit, nicht einmal die niedrigste, und zweitens hatte ihr Gepäck eine Versuchung für diejenigen dargestellt, denen es noch schlechter als ihnen ging.

Vor vielen Jahren hatte Abel einmal Cambridge besucht, und daher erinnerte er sich noch an die Anlage der Stadt, an die Colleges, die Parks, den Fluß … und an den Bahnhof. Er richtete seine Schritte jetzt in diese Richtung, und Dick fragte interessiert: »Dad, wohin gehen wir?«

»Zum Bahnhof.«

»Fahren wir mit dem Zug, Dad?«

»Nein, nein.« Er lachte kurz auf. »Da kommen viele Leute an, die zum Urlaub hierher kommen und den Fluß hinauf- oder hinunterfahren wollen. Die brauchen Gepäckträger. Wenn wir dort sind, bleibst du ganz fest auf den Rucksäcken sitzen und rührst dich nicht vom Fleck. Um nichts in der Welt, verstanden?«

»Ja, Dad.«

»Gut.«

Am Bahnhof angekommen, erkannte Abel mit einem Blick, daß auf jeden Zugreisenden, dessen Gepäck nicht bereits getragen wurde, ein weiteres halbes Dutzend Gepäckträger wartete.

»Komm weiter.« Langsamer als zuvor gingen sie nun durch viele Seitenstraßen zum Fluß zurück. Dort ließen sie sich am grünen Ufer nieder und beobachteten die Schwäne. In der Ferne zu ihrer Rechten ankerte eine Menge von Mietbooten am Ufer, und ihm fiel auch der Name wieder ein: Banham. Gab es da vielleicht eine Arbeitsmöglichkeit für ihn? Nein, nein. Unwillkürlich schüttelte er den Kopf. »Komm, laß uns weitergehen, Dick.«

Sie überquerten den Fluß und wollten eben die Richtung nach Huntingdom einschlagen, als Abel seine Schritte verlangsamte. Er zog Dick neben sich und fragte mit dem Kopf deutend: »Na, was meinst du?«

Dick blickte nach vorn. Vor ihnen gingen zwei junge Frauen, die je zwei Koffer trugen, deren Gewicht ihnen offenbar zu schaffen machte. Er grinste zu seinem Vater hinauf. »Du könnst es ja versuchen, Dad. Aber du hast doch selber was zu tragen.«

»Aber meine Arme sind doch noch frei, oder? Los, komm.«

»Kann ich Ihnen beim Koffertragen behilflich sein, Miss?«

Die beiden jungen Frauen blieben stehen, und eine von ihnen meinte völlig außer Atem: »Oh! Da wäre ich Ihnen sehr verbunden. Was meinst du, Mary?«

»O ja. Ja. Meine Arme fallen mir fast ab. Wir haben nicht gedacht, daß es so weit vom Bahnhof entfernt ist.«

»Wo wollen Sie denn hin?«

»Zum Anlegeplatz, Banham's Anlegeplatz. Der muß irgendwo hier sein. Der Mann sagte, es sei nur hier auf der Straße entlang und die zweite Abbiegung rechts runter.«

»Sie haben einen Umweg gemacht, Miss. Also, zwei kann ich tragen. Geben Sie her.« Er packte die beiden größten Koffer, und während er mit großen Schritten voranging und Dick hinter ihm herlief, folgten die beiden Mädchen kichernd und schnatternd ein Stück weiter hinten.

»Wir waren noch nie auf einem Boot, und das Geld fürs Taxi wollten wir uns sparen.«

»Woher kommen Sie?«

»Von Manchester.«

»Manchester!«

»Ja, seit Monaten freuen wir uns auf diese Tour. Glauben Sie, daß sich das Wetter hält?«

»Ja, ich denke schon.«

»Als wir abreisten, schüttete es ... Herrlicher Juni!« Sie lachten, und Dick drehte sich um.

»Sind Sie auf Wanderschaft?« wollten die beiden wissen.

»So was ähnliches.«

Als sie zehn Minuten später am Anlegeplatz ankamen, bot sich ihnen ein Bild fröhlicher Geschäftigkeit. Einige Urlauber verstauten ihre Sachen an Bord ihres jeweiligen Bootes; andere wiederum schleppten Kartons mit Lebensmitteln aus einem Schuppen; einige Boote wurden geschrubbt, während auf anderen geübte Bootsarbeiter den Amateurseeleuten den simplen Steuerungsmechanismus erklärten. Lachen und Gesprächsfetzen erfüllten die Luft.

»Könnten Sie hier warten bis wir wissen, welches Boot wir bekommen?«

»Sei nicht dumm«, unterbrach das größere der beiden Mädchen ihre Freundin, »wir wissen doch genau, welches Boot wir kriegen. Es ist die Firefly. Wir müssen nur noch unsere Rechnung bezahlen.«

Sie lachten wieder und gingen auf das Büro zu.

Abel blickte sich um, und als einer der Bootsarbeiter an ihnen vorbeiging, berührte er den Arm des Mannes leicht und fragte: »Entschuldigen Sie, gibt's hier 'ne Möglichkeit zu arbeiten? Ich meine, nur für 'ne Stunde oder zwei?«

Bedauernd blickte der Mann ihn an. »Tut mir leid, Kamerad, aber hier ist nichts zu machen.«

»Danke.«

Bei ihrer Rückkehr wurden die Mädchen von einem Bootsmann begleitet. Er führte sie zum Kai hinunter.

Die Firefly war ein Boot mit zwei Kojen. Neben ihr lag eine größere Jacht, auf deren Kabinendach eine Frau, angezogen mit einem kurzen Rock und einem weißen Pullover, saß. Als Abels Blick sie streifte, entging ihm nicht der Ausdruck von Verachtung auf ihrem Gesicht, während sie den Aufmarsch der Neuankömmlinge beobachtete.

Der Bootsmann nahm Abel die Koffer ab und verschwand im Inneren des Schiffes. Die Mädchen verabschiedeten sich fast gleichzeitig von Abel mit einem »Tschüs und danke.«

Er blieb stehen, und das Lächeln gefror ihnen auf den Gesichtern. Während die eine in die Kabine hinuntersteigen wollte, zischelte sie ihrer Freundin zu: »Er erwartet ein Trinkgeld.«

»Oh!« Worauf ein Kramen in der Handtasche erfolgte und eine Münze gereicht wurde. Er ließ sie auf der geöffneten Hand liegen und sah sie an. Es war ein Penny. Langsam nahm er ihn zwischen Zeigefinger und Daumen und reichte das Geldstück wieder zurück. »Miss, ich glaube, den brauchen Sie nötiger als ich.«

Als er sich abwandte und die Hand auf Dicks Schultern legte, hörte er noch die Worte: »Na, so was! Was erwartet der denn? Hat's doch von sich aus angeboten, oder? So'ne Frechheit.«

Die Demütigung, die sein Vater erlitten hatte, teilte sich auch Dick mit, während sie auf dem Schleppweg neben dem Fluß entlang gingen. Ein Penny war nichts, und sein Vater hatte die Koffer ein langes

Stück getragen. Sein Vater hatte ihm zum Beispiel nie weniger als drei Pennies die Woche Taschengeld gegeben. Die Dinge standen nicht gut. Dick machte sich Sorgen.

Nach einiger Zeit machten sie an einer Schleuse halt. Der Junge lenkte jetzt die Aufmerksamkeit des Vaters auf die Umgebung. »Sieh mal, Dad, wie toll die Boote ausschauen. Alle so schön aufgereiht. Worauf warten die, Dad?«

»Auf die Schleuse.«

»Aha.« Er wußte nicht, was eine Schleuse war, doch der Stimme des Vaters entnahm er, daß es jetzt nicht an der Zeit war, Fragen zu stellen. Kaum ein Wort hatte sein Vater gesprochen, seit sie den Anlegeplatz verlassen hatten.

»Können wir etwas hierbleiben und zuschauen, Dad?«

»Warum nicht?«

Er sah seinem Vater zu, wie dieser den Rucksack vom Rücken herunterrutschen ließ und folgte seinem Beispiel. Dann setzten sie sich beide Seite an Seite oberhalb des Schleppweges.

Ein Boot kam jetzt den Fluß hinunter. Sie beobachteten, wie es auf das Ufer zuhielt. Ein junges Mädchen stand am Bug mit einem Tau in der Hand, und eine Frau lenkte das Steuerrad. Der Wind, der vom Ufer herblies, und die Strömung, die über das Wehr zur Schleuse hin verlief, machten ihr Schwierigkeiten. Zweimal mußten sie in die Flußmitte zurück, bevor es ihnen gelang, mit dem Bug direkt auf das Ufer zuzuhalten.

Das Mädchen sprang vom Boot ans Ufer und zog das Seil an, doch der Wind packte das Heck und ließ es hin und herschlingern.

Dick spürte, wie sein Vater einen Augenblick lang zögerte, bevor er aufsprang. Doch dann lief er zu dem Mädchen hinüber, nahm ihm das Tau aus der Hand und zog das Schiff am Bug auf das Ufer zu, brachte es durch Ziehen und Stoßen in die richtige Position, bis die Frau an Bord ihm einen Bootshaken zuwarf, den er in eine Klampe, eine Vorrichtung zum Festzurren eines Bootes, stieß. Dann brachte er langsam das Boot längsseits.

Er hielt es noch fest, als die Frau, über eine Seite des Cockpits gebeugt, ihm zurief: »Danke. Vielen Dank.«

»Bitte sehr.«

»Hab' … hab' ich Sie nicht unten am Anlegeplatz gesehen?«

Er hatte sich bereits vom Ufer abgewandt. Kurz sah er wieder zu ihr hinüber: »Ja, ich war da unten.«

Nach einer kurzen Pause meinte sie: »Es wird wohl einige Zeit dauern, bis wir durchkommen. Glauben Sie, es lohnt sich zu ankern?«

»Keine Ahnung, das müssen Sie wissen.«

»Ich glaube, wir sollten's tun. Würden Sie wohl das Boot für mich festmachen? Hier, Daphne, gib dem Herrn das Ankertau.«

Dick spürte, wie die Spannung in ihm nachließ. Sie hatte seinen Vater einen Herrn genannt. Sie war eine nette Dame. Er beobachtete, wie sein Vater zuerst den eisernen Haken in den Boden schlug. Als er das getan hatte, zog das junge Mädchen das Tau durch den Ring des Eisenstückes.

Als das gleiche am anderen Ende gemacht worden war, lag das Boot parallel zum Flußufer. Die Dame kletterte vom Boot hinunter und näherte sich seinem Vater. Lange musterte sie ihn, bevor sie leise fragte: »Würden Sie uns wohl durch die Schleuse bringen? Ich bin noch etwas unsicher mit dem Boot. Es sind schon ein paar Jahre her, daß ich zum letzten Mal auf einem Fluß war, mit … mit meinem Mann.«

Es schien eine Ewigkeit zu vergehen, bevor sein Vater antwortete: »Was soll ich tun?«

»Oh, nur die Taue halten, damit sich das Boot nicht bewegt, während die Schleuse geleert wird.«

»In Ordnung.«

»Würde Ihr Sohn vielleicht gern an Bord kommen?«

Als sie zu Dick hinunterblickte, leuchtete sein Gesicht auf, und mit verklärtem Blick fragte er: »O Dad, darf ich?«

Wieder entstand eine Pause. »Wie soll er denn wieder runterkommen?«

»Oh, wir könnten ihn auf der anderen Seite der Schleuse wieder herauslassen, und Sie ebenfalls. Sie könnten nämlich oben auf der Schleuse zusteigen, und wir könnten Sie – wo immer Sie wollen – wieder absetzen.«

Dick sah, daß des Vaters Blick fest auf ihm lag. »Nun, schaden kann das ja nicht.«

Es war herrlich aufregend, auf so einem Boot zu stehen und gleichzeitig ein wenig zum Fürchten. Das Mädchen stand am Steuerrad, doch redete es nicht mit Dick; sein Vater und die Dame standen stumm am Ufer, bis auf einmal die Dame aufgeregt wurde und rief: »Da sehen Sie!« Sie deutete auf die vor ihnen liegende Schleuse. »Die Boote da vorn sind schon durch, und wir könnten mit den zwei kleineren Booten vor uns durchkommen. Kommen Sie, wir lichten die

Anker und machen uns fertig. Bringen Sie Ihre Sachen ... Ihr Gepäck an Bord.«

Als er sah, wie sein Vater mit grimmigem Gesicht die eisernen Haken vom Ufer löste, fühlte er sich unsicher. Doch als Abel, die zwei Taue in den Händen, ihm lächelnd zunickte, durchfuhr ihn ein Gefühl des Glücks. Es war das erste Mal seit Wochen, daß er seinen Vater lächeln sah.

Die Frau und das Mädchen waren nun an Bord, und die Frau rief seinem Vater zu: »Den Motor werde ich nicht anlassen. Ich überlasse alles Ihnen. Sobald sich die Schleusentore öffnen, ziehen Sie es hinüber.« Sein Vater antwortete nicht. Er sah zur Schleuse hinüber.

Zum ersten Mal richtete das Mädchen nun das Wort an ihn. »Komm mit nach vorn«, forderte es ihn auf, »du kannst dort stehen und dir alles von oben anschauen.«

Er folgte ihr eine steile Leiter hinunter in die Kabine, die zu beiden Seiten mit gepolsterten Sitzen ausgestattet war, dann durch eine Luke hinauf in den vorderen Teil des Bootes.

»Willst du dich aufs Kabinendach setzen?«

Er schüttelte den Kopf und hielt sich am Handlauf fest.

»Wie alt bist du?«

»Sieben.«

»Wie heißt du?«

»Dickie.«

»Sieben.« Sie wandte den Kopf ab und blickte über den Fluß und fügte kaum hörbar hinzu: »Noch sehr jung.« Dann sah sie ihn wieder an und erklärte: »Ich bin fünfzehn.«

Er wußte nicht, was er darauf erwidern sollte, aber irgendwie empfand er, daß sie es ihm anlastete, daß er erst sieben war.

Als das Boot sich langsam vom Ufer fort bewegte, zitterte er vor Aufregung. Sie lächelte. »Du bist wohl zum ersten Mal auf einem Boot, was?« meinte sie.

»Ja ... Nein, einmal hab' ich eine Bootsfahrt von Hastings aus gemacht, aber ich war die ganze Zeit über krank, und wir waren nicht lange draußen. Aber ... aber das hier ist so ganz anders, es ist so ruhig. Es würde mir nichts ausmachen, eine lange Fahrt auf diesem Boot zu machen.«

Er sah, wie ihre Augen blitzten und sie zu seinem Vater schaute, der jetzt das Boot in die Schleuse zog. »Keine Bange, das wirst du schon.« Mit diesen Worten verschwand sie durch die Luke.

Die Bemerkung hatte ihn so verwirrt, daß er nur vage den Mann wahrnahm, der jetzt gegen einen großen schwarzen hölzernen Hebel stieß. Erst nachdem sich die Schleusentore mit einem dumpfen Laut geschlossen hatten, wurde seine Aufmerksamkeit wieder auf das Boot gelenkt und auf die Tatsache, daß es sank. Erschreckt sprang er durch die Luke, kroch durch die Kabine und kletterte auf Händen und Füßen die Stufen zum Führerstand hinauf. Erstaunt sah er, daß die Dame und das Mädchen ganz ruhig dastanden und nach oben sahen, wo sein Vater allmählich verschwand.

»Es ist alles in Ordnung. Schau nicht so erschreckt drein.« Die Dame strich ihm beruhigend übers Haar.

»Wie … wie kommt er denn hier rein?«

»Er wird aufs Kabinendach springen.«

»Er wird ertrinken.«

»Nein, das wird er nicht.« Wieder strich sie ihm leicht über das Haar.

Entsetzt blickte er auf den grünen Schleim, der die schwarzen Wände der Schleuse heruntertropfte, und es verlangte ihn, laut nach Hilfe zu rufen. Doch dann sah er, daß sein Vater das Seil herunterwarf und sich dann selber über die Wand herunterließ. Mit einem leichten Plumps landete er auf dem Kabinendach.

»Siehst du! Er hat nicht mal richtig springen müssen, weil er so groß ist.« Die Dame stand jetzt am Steuerrad. Sie redete nichts mehr, bis sie das Boot durch die geöffneten Schleusentore gesteuert hatte. Als er den ruhigen Wasserlauf vor sich sah und die von Bäumen umsäumten Ufer, da drehte er sich um, und ein strahlendes Lächeln ließ sein Gesicht aufleuchten. Er sah zu seinem Vater hinüber, der auf der anderen Seite des Führerstandes lehnte. »Ist das nicht schön, Dad?«

»Ja, sehr schön.«

»Das hier ist ein herrliches Stückchen Fluß. Waren Sie jemals zuvor in Cambridge?«

Ohne die Dame anzusehen, antwortete sein Vater: »Ja, vor vielen Jahren einmal, aber nicht auf dem Fluß.«

»Mögen Sie Boote?«

»Das muß ich noch herausfinden.« Sein Blick war weiterhin nach vorn gerichtet.

»Setz den Kessel auf, Daphne.«

»Sie können hier Tee kochen?«

Die Dame lachte.

»Ja, mein Kleiner, wir können hier Tee machen und auch einen Braten zum Abendessen. Alles, was du willst. Geh und sieh dir die Kombüse an.« Mit dem Kopf deutete sie auf eine andere schmale Treppe, die ins Innere des Schiffes führte, und nachdem er sich bei seinem Vater vergewissert hatte, stieg er nach unten. Seine Augen wurden kugelrund vor Staunen, als er einen richtigen Herd und das Spülbecken entdeckte.

»Ooh! Das ist schön. Wie eine echte Küche.«

Als der Wasserkessel zu Singen begann, lachte er fröhlich auf, und zum ersten Mal lächelte das Mädchen ihn an. »Du bist schon ein komisches Kerlchen. Da, bring die Keksdose nach oben.«

Er hatte einige Schwierigkeiten, mit der Dose im Arm die Stufen herauf zu klettern. Als er auf allen Vieren aus der Kombüse kam, hörte er die Dame gerade sagen: »Wenn Sie den Fluß entlang nach Huntingdon gegangen wären, hätten Sie doch sicherlich einen großen Umweg gemacht?«

»Ich hatte auch nicht vor, dem Fluß zu folgen. Da hinten hatte ich nur etwas die Richtung verloren und etwas von meiner Beherrschung.«

Die Dame lachte. »Wegen der Großzügigkeit der beiden Mädchen?«

»Ja, könnte man sagen.«

»Haben Sie es eilig?«

»In gewisser Hinsicht, ja. Ich muß nämlich Arbeit finden.«

»Ich habe das Boot für vierzehn Tage. Ich könnte Sie für diese Zeit beschäftigen.«

Dick erhob sich von den Knien, und während er jetzt mit beiden Händen die Keksdose umklammerte, wanderte sein Blick zwischen seinem Vater und der Dame hin und her. Die Dame bot ihm Arbeit an, und er griff nicht gleich zu! Sah nur einfach geradeaus! Als sein Vater redete, klang seine Stimme ablehnend. »Auf einem Boot wie diesem brauchen Sie keine Mannschaft.«

»O doch, ganz bestimmt sogar.« Sie hatte sich umgedreht und blickte ihn an. »Zwischen hier und Huntingdon gibt es eine ganze Anzahl Schleusen, und bei einigen ist es ziemlich haarig durchzukommen – reine Männerarbeit. Ich war nicht sonderlich begeistert, das Boot rauszuholen, aber Daphne wollte es unbedingt.« Ihre Stimme war zu einem Flüstern abgesunken, als sie fortfuhr: »Ich kann Ihnen drei Pfund die Woche und Essen anbieten, und ich bin überzeugt, daß es dem Kleinen gefallen würde. Ist seine Mutter schon lange tot?« Schnell wandte sie das Gesicht ab. »Das war dumm von mir. Ich hatte einfach angenommen, daß sie ...«

»Hier, nehmen Sie mir bitte das Tablett ab?«

Dick sah, wie sein Vater sich hinunterbeugte und dem Mädchen ein Tablett mit Tee abnahm. Doch als sie sich anschickte, ganz an Deck zu klettern, bat ihre Mutter sie: »Daphne, bring doch auch den Früchtekuchen mit. Ich habe Hunger.«

Kaum war das Mädchen wieder verschwunden, wandte die Dame sich wieder an seinen Vater. »Na, wie ist es?«

»Bis Huntingdon werde ich mit Ihnen fahren. Sie können mir dann das geben, was Sie für richtig halten.«

»In Ordnung.« Sie spitzte den Mund und lächelte ihn an. »Wie heißen Sie?«

»Abel Mason.«

»Abel. Ein altmodischer Name, nicht wahr?«

»Ich bin auch ein altmodischer Mann.«

»Aha.«

Dick beobachtete, wie die Dame das Steuerrad ganz herumdrehte, als sie eine Flußbiegung nahmen, dann murmelte sie noch einmal: »Aha.« Als ihre Tochter wieder an Deck erschien und den Teller mit dem Früchtekuchen unsanft auf einem Sitz abstellte, teilte ihr die Mutter knapp mit: »Mr. Mason wird uns bis Huntingdon auf dem Boot helfen.«

Das Mädchen blieb für einen Moment an der Reling stehen, blickte über das Wasser, ging hinter Dick durch die Führerkabine und eilte in den Salon hinunter, wobei er sie murmeln hörte: »Das überrascht mich kein bißchen.«

4

Es war bereits die dritte Nacht an Bord. Die Fahrt ging nur sehr langsam vonstatten. Dick merkte, daß die Dame es nicht eilig hatte, irgendwohin zu kommen. Sie war anscheinend glücklich, einfach leicht bekleidet auf dem Bootsdach zu liegen. Doch auch das wachsende Unbehagen seines Vaters entging ihm nicht. Gestern abend hatten sie in einer kleinen Bucht in der Nähe eines Wirtshauses geankert, und die Dame hatte alles versucht, ihn zu überreden, mit ihr auf ein Glas hinüber zu gehen. Doch er hatte abgelehnt, und sie war allein gegangen und hatte Daphne bei ihnen zurückgelassen.

Er mochte Daphne. Sie war viel netter, wenn ihre Mutter nicht da war. Er dachte, sie mag ihre Mutter nicht, und er konnte das verstehen, wußte er doch, wie das war, wenn man die Mutter nicht mochte.

Jetzt lagen sie alle in ihren Betten. Es war sehr dunkel in der Kabine, und die Luft war drückend. Die beiden Kojen, in denen er und sein Vater lagen, formten ein V im Bug des Bootes. Sein Vater mußte mit angezogenen Knien liegen, denn sein Bett war nicht lang genug für ihn. Und er murmelte auch wieder im Schlaf. Letzte Nacht hatte er zweimal Mrs. Alices Namen ausgerufen, war dann mit einem Ruck hochgefahren und hatte sich den Kopf angeschlagen. Danach hatte er sich auf den Kojenrand gesetzt und sein Gesicht in den Händen vergraben.

Dick wünschte sich, schlafen zu können, aber es ging einfach nicht, weil er sich große Sorgen machte. Warum, wußte er selbst nicht genau, aber es hing mit der Dame und seinem Vater zusammen.

Fast war er wieder eingeschlafen, als ihn zwei Dinge hochschrecken ließen. Zuerst erklang die Stimme seines Vaters, die lauter als sonst »Alice! O Alice! Alice! Dein armes Gesicht, Alice. Alice! Alice!« rief, und dann wurde die Tür geöffnet, und die Dame betrat die Kabine. Wenn er sie nicht gehört hätte, hätte er sie gerochen, denn sie war immer in eine Duftwolke gehüllt.

»Wachen Sie auf! Wachen Sie auf!«

»Waas? ... Was wollen Sie? Was ist los?«

»Nichts, nichts. Ich habe nur gehört, wie Sie im Schlaf geschrien haben.«

In der darauffolgenden kurzen Pause blieb Dick mucksmäuschenstill. Wie hatte sie seinen Vater nur im Schlaf schreien hören können? Sie schlief doch am anderen Ende des Bootes, und doch war sie fast zur gleichen Zeit hereingekommen, als der Schrei ertönte.

»Tut mir leid, wenn ich Sie gestört habe. Kein Grund zur Besorgnis.« Seine Stimme klang leise und heiser.

»Aber ich habe mir Sorgen Ihretwegen gemacht. Sie sind in einer schlimmen Verfassung, nicht wahr? Jede Nacht, seit sie an Bord sind, höre ich Sie. Sie müssen sehr viel für Ihre Frau übrig gehabt haben.«

Stille. Dann war wieder ihre Stimme zu vernehmen, sehr leise nun, kaum hörbar. »Ich weiß, wie Ihnen zumute ist. Ich habe ebenso empfunden, nachdem ich meinen Mann verloren hatte, aber … aber das Leben muß weitergehen.«

»Stehen-Sie-auf.« Diese gedämpft ausgesprochenen Worte hingen wie eine Kette zusammen.

»Seien Sie nicht dumm.«

»Hören Sie auf … Gehen Sie raus!«

»Seien Sie nicht so altmodisch.«

»Sind Sie sich darüber im klaren, daß da drüben in der Koje ein Kind liegt?« Die Stimme seines Vaters war ein zischendes Geflüster, und sie erwiderte ebenso leise: »Kinder schlafen immer fest, besonders auf diesem Fluß.«

»Gehen Sie. Geben Sie mir eine Minute Zeit, ich komme nach draußen. Ich habe Ihnen etwas zu sagen, und es ist besser, wenn's jetzt gesagt wird.«

Wieder war es still. Dann hörte er, wie sie die Kabine verließ und ein Rascheln, als sein Vater sich anzog.

Als er nach wenigen Minuten allein war, setzte Dick sich auf. Es kam ihm vor, als seien die beiden noch in der Kabine, so klar konnte er sie reden hören. Drängend sagte die Dame jetzt: »Warum schauen Sie einem geschenkten Gaul ins Maul? Wir beide könnten doch gut miteinander auskommen. Ich mag Sie sehr. Ja, ja, schon nach dieser kurzen Zeit. Sie sind der Typ Mann, in den sich jede Frau verliebt.«

»Hören Sie auf, ja? Bitte.«

»Nein, das werde ich nicht. Du wolltest reden, ich aber auch, und ich bin zuerst dran. Die Sachlage ist so: Ich bin nicht reich, aber ich habe genug, um unabhängig zu sein – er hat mir genug hinterlassen. Ich könnte dir behilflich sein. Denk auch an den Jungen da drin. Was für ein Leben ist das für ein Kind, in dem Alter über die Landstraßen zu vagabundieren? Außerdem würde nur ein Narr auf Arbeitssuche in den Norden gehen. Wie du selber zugegeben hast, gehst du nicht zu Verwandten oder zu jemandem, der dir helfen könnte, Abel, stimmt's? Nein, nein, sag nichts, noch nicht. Laß es uns einfach versuchen, ja? Du bist einsam, und ich auch; wir könnten uns gegenseitig helfen. Ich könnte dich vergessen machen, davon bin ich überzeugt. Ich könnte dich deine Frau, oder wer immer sie war, vergessen machen. Normalerweise hängt man nämlich nicht so an einer Ehefrau wie du an dieser Alice. Auch als ich den Jungen fragte, ob seine Mutter tot sei, konnte er mir nicht antworten. Aber mir macht das nichts aus, nicht das geringste. Deine Vergangenheit bedeutet mir nichts, aber deine Zukunft tut's … O Abel!«

»Nehmen Sie Ihre Hände von mir!«

»Sprich nicht so mit mir. Ich biete dir …«

»Ich weiß, was Sie mir anbieten, und ich bedanke mich. Aber die Antwort ist nein!«

»Sie sind ein Narr.«

»Vielleicht. Kommt ganz darauf an, wie man's ansieht. Ich werde jetzt zurück ins Bett gehen, und sobald es hell wird, gehen wir von Bord.«

»Nein, nein! Du sagtest doch, du willst bis nach Huntingdon mit mir.«

»Ja, als Sie noch einen Bootsmann wollten und nicht einen Liebhaber. Madame, ich ziehe es vor, von niemandem ausgehalten zu werden.«

Als sich die Tür öffnete, spie die Stimme der Frau Wörter aus, die die kleine Kabine zu sprengen schienen. »Sie sind ein gemeiner, undankbarer Lump. Ein dreckiger Landstreicher sind Sie. Von Anfang an habe ich das gesehen. Überhaupt, was glauben Sie eigentlich, wer Sie sind? Und glauben Sie ja nicht, daß ich Sie vorher bezahle. Wir hatten Huntingdon ausgemacht, und wenn Sie Ihren Lohn wollen, bleiben Sie gefälligst hier. Wenn nicht, kriegen Sie auch nichts. Haben Sie verstanden? Nichts …«

»Mutter! Mutter! Hör auf. Komm weg da.«

Die Kabinentür wurde geschlossen. Sein Vater hatte das Licht angeknipst und sich auf den Rand der Koje gesetzt. Nun blickten sie einander an. Beide zuckten zusammen, als sie wieder die schrille Stimme der Frau vernahmen: »Laß mich los!«

»Nicht eher, als bis du aufhörst, dich wie eine Närrin aufzuführen.«

Das klatschende Geräusch eines Schlages war zu hören. Dick sah, wie sich das Gesicht seines Vaters verfinsterte.

Nun war alles still.

Die nächsten fünfzehn Minuten beobachtete er die Schatten, die in der kleinen Kabine tanzten, während sein Vater den Rucksack packte. Er schien sich nicht zu beeilen, aber alles, was er tat, tat er auf eine müde Art. Als er mit dem Packen fertig war, wandte er sich ihm zu, drückte ihn in die Kissen und meinte: »Versuch, noch etwas zu schlafen. Sobald es dämmert, werden wir aufbrechen.«

Dick folgte stumm, und das Licht wurde ausgeknipst. Er starrte in die Dunkelheit.

Warum wollten die Frauen bloß seinen Vater? Seine Mutter, Mrs. Alice und jetzt die Dame.

Er war noch dabei, dies zu ergründen, als er auch schon eingeschlafen war.

Nur zwei oder drei Minuten schienen vergangen zu sein, als er die Stimme seines Vaters aus weiter Ferne hörte. »Dickie, wach auf. Wach auf. Zeit zum Aufstehen.«

Er blinzelte, atmete tief durch und wollte soeben fragen: »Soll ich mich waschen, Dad?« als sein Vater, als könne er Gedanken lesen, sagte: »Vergiß das Waschen. Das holen wir irgendwo später am Ufer nach.«

Er sah, daß sein Vater bereits vollständig angezogen und abmarschbereit war. Nachdem auch er angezogen dastand, knipste sein Vater das Licht aus. »Aber Dad, es ist ja noch dunkel!« beschwerte sich Dick leise.

»Nein, es dämmert schon ein bißchen. Draußen wird's schon hell genug sein. Sei jetzt leise.«

Auf Zehenspitzen folgte er seinem Vater durch Kabine und Kombüse, dann die Treppe hinauf und auf das kleine Deck. Tatsächlich war es bereits hell genug, doch Ufer und Felder waren in dichten Nebel gehüllt. Es fröstelte ihn.

Als sein Vater ihn und seinen Rucksack über Bord hievte, schaukelte das Boot sanft. Alles war still, kein Laut war zu hören, der Nebel schien alles verschluckt zu haben.

Sie waren noch nicht dreißig Meter am Ufer entlang gegangen, als sein Vater abrupt stehenblieb und sich umdrehte. Dick hatte niemanden kommen gehört – so beschäftigt war er damit gewesen, aufzupassen, wo er seine Füße hinsetzte.

Daphne trug einen übergroßen Wollpullover, dessen Ärmel sie sich ständig über die Ellbogen schob. »Ich wollte nur noch Wiedersehen sagen. Es tut mir leid, daß Sie fortgehen. Sie waren der Netteste von allen. Sie ist mannstoll. Sie kann nichts dafür, und es ist auch nicht erst seit meines Vaters Tod. Er ist erst vor sechs Monaten gestorben. Sie sagt bloß immer, es sei ein Jahr her.« Sie hielt nun eine Hand ausgestreckt, jedoch nicht um die Hand zu schütteln, sondern um etwas zu geben.

Für einen Augenblick sah Abel auf die Pfundnote, dann in das Gesicht des jungen Mädchens, und leise sagte er: »Danke, Kleine, aber ich will nichts haben. Ich habe ja Bett und Essen für uns beide gehabt.«

»Nehmen Sie es. Sie haben es sich verdient, und sie hat sowieso genug davon. Wir beide haben viel. Es ist wenig, nur ein Pfund. Es … es würde mich kränken, wenn Sie's nicht annehmen.«

Dick bemerkte, wie sein Vater für einen Augenblick zögerte, doch dann nahm er den Geldschein. »Danke«, sagte er und nach einer kleinen Pause: »Ich hätte gewünscht, die Dinge wären anders gelaufen, zumindest für dein Wohl.«

»Sie glauben gar nicht, wie sehr ich es mir auch gewünscht habe. Wissen Sie, was ich gedacht habe, als ich Sie zuerst sah? Ich meine, was ich mir wünschte, als Sie zum ersten Mal an Bord kamen? Ich wußte, sie hatte es auf Sie abgesehen, und ich dachte, wenn Dick doch nur ein wenig älter wäre, dann könnten wir ein richtiges Doppel abgeben. Das … das hätte mir Spaß gemacht.«

Sie lachte gequält. Dick sah seinen Vater an. Der hielt den Kopf gesenkt, sein Gesicht wirkte rot gegen das Grau des Nebels, und mit leiser Stimme erwiderte er: »Du bist ein nettes Mädchen, Daphne. Paß auf sie auf, sie braucht jemanden. Tut mir leid, daß ich nicht derjenige sein kann.«

»Mir tut's auch leid … Ich hoffe, Sie finden bald Arbeit.«

»Das werde ich schon. Nochmals vielen Dank hierfür.« Er deutete auf die Pfundnote. »Auf Wiedersehen.«

»Auf Wiedersehen, Abel. Auf Wiedersehen.«

Sie waren schon einige Meter weitergegangen, als ein letzter Satz sie noch erreichte. »Ich werde mich an Sie als den Mann erinnern«, sagte die Stimme, »der wenig redete, doch viel zu sagen gehabt hätte.«

Abel blickte sich noch einmal um, aber sie war schon verschwunden.

»Nicht weinen.«

»Tu ich ja gar nicht, Dad. Wirklich nicht.«

Er wußte nicht, warum er es ableugnete, konnte er sich doch selber weinen hören. Er weinte, weil diese große Traurigkeit in ihm war, weil es ihm kalt war und weil er sich wünschte, er läge wieder in der Koje, weil er sich wünschte, sein Vater hätte die Dame gern gehabt. Er mochte Daphne sehr; sie hatten miteinander gelacht.

Als der Himmel heller wurde, sah er dem Tag wie einer Ewigkeit entgegen, und er wußte, er würde hungrig und müde sein, die Beine würden ihm wehtun und er würde noch mehr Blasen an den Füßen bekommen. Warum konnte sein Vater bloß nicht die Dame gern haben?

Sie brauchten zwölf Tage, um die Umgebung Leeds zu erreichen. Die meiste Zeit waren sie der großen Straße nach Norden gefolgt, nur abends waren sie auf der Suche nach einem Unterschlupf auf Nebenwege ausgewichen.

Während der Wanderschaft redete Dick nicht mehr viel, obwohl er sich nun am Ende eines Tages nicht mehr so müde fühlte und seine Beine auch nicht mehr so schmerzten. Eine Blase hatte er jedoch am Fuß, die einfach nicht heilen wollte, und er wünschte sich, daß sie nicht mehr laufen müßten und daß die Männer, besonders die jungen, die sie auf der Landstraße trafen, endlich aufhören wollten, solche Dinge zu sagen wie: »Kamerad, du gehst in die falsche Richtung.«

Zwar wollte er zu seiner Mutter nicht mehr zurück, aber er wünschte, er könnte nach Hause gehen und in einem Bett schlafen.

Abel wußte, was in dem Jungen vorging, und er spürte, wie das Gefühl der Verzweiflung in ihm zunahm. Bis auf den letzten Sixpence war er abgebrannt. In den vergangenen drei Tagen hatten sie nur kärglich gegessen; ab fünf Uhr früh hatten sie an diesem Morgen vor einer Bäckerei angestanden, um ein Stück altes Brot und Kuchen zu ergattern, was beides billig verkauft wurde. Trotz der trockenen Brötchen und dem Gebäckgeruch waren sie immer noch hungrig.

Gestern hatte er einen Bauern so dringend um einen Job angefleht, daß es diesen in Wut gebracht und er ihn verwünscht hatte. Eines stand fest: heute nacht mußten sie ins nächstbeste Arbeitshaus, wenn auch nur, um dem Kind eine Mahlzeit und eine Nacht Schlaf in einer Art Bett zu verschaffen.

Am frühen Morgen hatte er beschlossen, die Hauptstraße und ihre unmittelbare Umgebung zu verlassen, weil er hoffte, daß sich in den Dörfern fernab vom Hauptverkehrsstrom eher etwas tun würde. Das war auch die ständige Redensart der Männer, die er auf dieser Wanderschaft getroffen hatte.

Er hatte eine grobe Karte der Straße angefertigt, die er nehmen mußte, doch als er sie jetzt wieder studierte, erkannte er, daß sie irgendwie abgewichen sein mußten, besagte doch das Straßenschild ein paar Meter entfernt: Leeds 5 Meilen. Doch beide waren zu müde, als daß sie es sich leisten konnten, einen Schritt zuviel zu tun, und er mußte sichergehen, wo sie waren.

»Setz dich für eine Minute hier hin«, befahl ihm Abel mit sanfter Stimme. »Ich geh nur mal den Hügel dort rauf und sehe mich um.«

Es hatte eine Zeit gegeben, da hätte der Junge protestiert: »Dad, ich komme mit«, doch jetzt tat er das nicht mehr; wann immer er eine Möglichkeit hatte, sich hinzusetzen, tat er das.

Von der Anhöhe aus sah Abel durch Dunstschleier den verschwommenen Horizont einer unregelmäßig angeordneten Stadt, doch wesentlich näher war eine Ansammlung von Dächern zu erkennen, die auf ein recht großes Dorf schließen ließen, und noch näher, nicht mehr als eine halbe Meile von ihnen entfernt, lag hinter zwei Stoppelfeldern ein Haus, ein großes Haus, um das sich eine Anzahl von Gebäuden gruppierte.

Er hatte bereits gefolgert, daß es sich nicht um eine Farm handelte, als er hinter dem Gebäudekomplex auf einem Feld einige Tiere entdeckte. Er kniff die Augen gegen das Licht zusammen und murmelte: »Schweine.« Schweine hatte er nie gemocht. Schafe, Kühe, Pferde, jedes andere Tier streichelte er sofort, aber nicht Schweine. Doch wer weiß, vielleicht hatte er dort Glück. Er stieg den Abhang hinunter und schulterte den Rucksack. »Los, komm. Da hinten ist ein Hof. Vielleicht ist da was. Sie haben Schweine.«

Dick ging einige Schritte hinter ihm. Sie hatten das Tor erreicht, das in das Gut führte und nahmen das sich ihnen bietende Bild auf. Es war nicht zu übersehen, daß das Haus, ein großes, weitläufiges Steingebäude, schon seit Jahren keinen neuen Anstrich mehr erhalten hatte, und das Hofgebiet deutete darauf hin, daß es kein richtiger Bauernhof war. Vielmehr glich alles eher dem Innenhof von Lady Parkers Besitz, mit einem halben Dutzend Pferdeboxen zu einer Seite und mit Türen auf der anderen Seite, die wohl zu den Sattel- und Lagerräumen führten. Von seinem Standort aus konnte Abel in der Nähe des Hauses zwei offene große Tore erkennen, die in eine Scheune führten.

Er würde dem Besitzer seine Arbeitskraft anbieten, um dafür wenigstens einen trockenen Schlafplatz zu bekommen. Nach einem ersten Eindruck war hier einige Arbeit vonnöten. Auch im Arbeitshaus von Leeds mußte er mit einem vollen Arbeitstag für die Übernachtung zahlen; niemand gab einem etwas umsonst.

Er war eben im Begriff, das Tor zu öffnen, als von der Rückseite des Hauses ein Chor von Quieken und Grunzen zu ihm drang. Anscheinend wurden die Schweine auf dem Feld gefüttert.

Das Ganze sah zwar ziemlich verlassen aus, aber wenn er sich nicht täuschte, so kümmerte sich der Besitzer gerade um seine Tiere. Daher entschloß er sich, in die Richtung der Schweinegeräusche zu gehen. Doch zuerst entledigte er sich seines Rucksacks und befahl Dick: »Setz dich drauf. Ich seh' mich nur um. Vielleicht kann ich jemanden finden.«

Wieder zeigte der Junge keinerlei Reaktion. Traurig blickte Abel ihn für einen Moment an und schluckte schwer. Dann ging er langsam über einen Weg, der wohl einstmals eine gepflegte Einfahrt dargestellt hatte, was aber jetzt kaum noch durch das wuchernde Gras zu erkennen war.

Er ging an der Vordertür des Hauses vorbei. Offensichtlich war sie aus schwerem Eichenholz gefertigt, das im Laufe der Zeit weißgrau verwittert war.

Bevor er um das Haus bog, warf er einen Blick auf das scheunenähnliche Gebäude. Im Inneren konnte er zwei Boxen erkennen, die durch starke Balken voneinander getrennt waren. In einem der Ställe lag loses Stroh.

Er wollte gerade um die rückwärtige Ecke des Hauses biegen, als er erschreckt innehielt. Fast wäre er mit einem Gespenst zusammengestoßen. Das Alter war nicht abzuschätzen. Sie war eine hochgewachsene Frau, die Haarsträhnen unter dem zerknautschten Schlapphut waren hellblond, oder waren sie weiß? Ihr Gesicht war lang, schmal und vom Wetter gegerbt, doch sein erster Eindruck von ihr war zarte Wesenlosigkeit. Der alte Armeemantel, den sie trug, verbarg nicht ihre Magerkeit. Darunter hatte sie ein langes, schmutzstarrendes, geblümtes Kleid an, das ihr bis auf die Stiefelspitzen reichte – riesige Männerstiefel, die auch aus Armeebeständen zu stammen schienen, und in denen ihre Füße schwimmen mußten.

Er fing sich schnell. »Entschuldigen Sie, Madame. Ich suche den Besitzer.«

Sie wies auf sich, streckte die Hand aus, und ihre Finger berührten seinen Arm. Ihm war, als müsse er zurückzucken, doch er beherrschte sich. Unmöglich konnte sie die Besitzerin sein, und doch sagte er sich, daß ihre ganze Erscheinung irgendwie zu diesem Ort paßte. Fast stotterte er, als er weitersprach: »Ich … ich würde gern wissen, ob Sie uns erlauben, meinem Sohn und mir, für heute nacht in Ihrer Scheune zu übernachten. Ich würde dafür jede Arbeit machen, die Sie mir auftragen.«

Er sah, wie sie einen tiefen Atemzug tat, der sie noch größer erscheinen ließ. Als sie nun sprach, war er über den hohen, kultivierten Klang ihrer Stimme erstaunt. Sie erinnerte ihn an seine frühere Dienstherrin; die hatte auch so gesprochen, nur war deren Stimme nicht so hoch gewesen.

»Wer hat dich geschickt?«

»Niemand, Ma'am ... Wir sind auf dem Weg nach Norden. Eigentlich wollen wir nach Leeds, aber es fängt zu nieseln an, und mein Sohn ist sehr müde.«

»Wer hat dich geschickt?«

Er schüttelte den Kopf. »Ich sagte es schon, Ma'am, niemand.«

»O ja, das tat Er. Gott hat dich geschickt. Ich wußte, Er würde es tun.«

Als er sich halb abwandte und zur Seite blickte, veränderten sich Stimme und Verhalten dieser Frau so vollkommen, daß er wieder zusammenfuhr. Die Stimme, immer noch hoch, war jetzt voller Energie, klang fast geschäftsmäßig, als sie ausrief: »Ja, ja, selbstverständlich kannst du heute nacht hier bleiben, und deine Hilfe käme mir schon zustatten. O ja. Wohlverstanden, ich stelle nicht jeden ein. Komm, ich werde es dir zeigen. Schlafen kannst du im Stall. Hast du Hunger?«

Sie war ihm vorausgegangn, blieb jedoch jetzt stehen und schaute über die Schulter zurück. Und wieder sprang ihn diese merkwürdige Wesenlosigkeit an, die ihn die Augen halb zukneifen und sich fragen ließ, ob er träume oder nicht. Zögernd antwortete er: »Nun ja, ein bißchen schon, Ma'am.«

»Das habe ich mir gedacht. Alle sind sie hungrig, und das macht sie schwach, weißt du, und daher können sie nicht arbeiten. Die alten Männer wollen nur gefüttert werden, während die jungen nur Geld wollen. Dies hier ist die Scheune, in der du schlafen kannst. Ratten gibt es nicht; dafür sorgen die Katzen. Ich habe vierzehn Katzen. Hunde mag ich nicht leiden; sind kriecherische Kreaturen, Hunde. Katzen haben ihr Eigenleben; ich habe auch mein Eigenleben.« Unvermittelt drehte sie sich um. »Unter keinen Umständen wirst du ins Haus kommen. Dein Essen werde ich bringen. Hast du verstanden?«

»Ja, ja. In Ordnung.«

Sie ging jetzt zur Frontseite der Scheune, blieb stehen, sah zum Tor hinüber und fragte langsam: »Ist das dein Junge?«

»Ja.«

»Ich mag keine Kinder. Aber ich werde mich mit ihm abfinden, wenn du gut arbeitest. Du gehst jetzt besser schlafen, denn morgen früh um fünf wird aufgestanden, verstanden? Nicht später!«

Mit dem Zeigefinger drohte sie in seine Richtung. Dann drehte sie sich um und ging auf die Rückseite des Hauses zu. Er blickte ihr für einen Augenblick nach, bevor er langsamen Schrittes auf das Tor zuging und leise zu Dick sagte: »Komm.«

Kaum hatten sie ihre Rucksäcke ausgepackt und ihre Schlafsachen ausgebreitet, als die hohe Stimme von dem geöffneten Scheunentor zu ihnen drang. »Hier ist es! Fünf Uhr früh, vergiß das nicht, nicht später.«

Bevor er noch etwas erwidern konnte, war sie wieder verschwunden. Da machte Dick zum ersten Mal seit Stunden wieder den Mund auf. »Wer ist das, Dad?« fragte er mit scheuer Stimme.

»Sie ist die Fr ... die Dame, der dieser Hof gehört.«

»Die sieht aber komisch aus.«

»Komisch oder nicht – sie gibt uns die Möglichkeit, für eine Nacht anständig unterzukommen.«

Er blickte zu dem Tablett am Scheunentor hin. Auf ihm standen ein Becher mit dampfender Schokolade, ein kleiner Laib hausgemachten Brotes, eine Ecke Käse, eine Scheibe Speck und ein Stück Butter. Nun, nickte er zufrieden, wie merkwürdig sie auch erscheinen mag, ihre Speisekammer ist gut bestückt. Offensichtlich konnte sie auch backen, es sei denn, sie hatte jemanden im Haus, der das für sie tat.

Als er das Tablett im Stroh absetzte, sah er seinen Sohn an. »Na, was hältst du davon?«

»Hmm, das sieht aber gut aus.«

»Und wird noch besser schmecken. Komm, laß uns tüchtig zugreifen. Hier, trink erst mal einen Schluck Schokolade. Ist schön heiß.«

Zum ersten Mal seit Tagen sah Abel den Jungen lächeln. Er wischte sich den dicken Schokoladenrand vom Mund ab und biß mit Herzenslust ins Brot. Könnte er doch auch nur lächeln! Aber irgendwie fühlte er sich unbehaglich. Sie war eine sonderbare, eine wunderliche Frau. Es lag nicht nur an ihrem Aufzug und an dem Zustand dieses Ortes. Es lag nicht nur an den Dingen, die sie sagte, sondern wie sie sie sagte. Irgend etwas Unheimliches umgab sie.

Abel schlief gut und stand beim ersten Morgengrauen leise auf, um den Jungen nicht aufzuwecken, und fünf Minuten vor fünf war er bereits im Hof. Aber sie war schon vor ihm da und erteilte ihm auch gleich die Befehle. Er hatte die Schweineställe auszumisten und danach die Futtertröge der Schweine zu füllen. Dann sollte er den Hof säubern.

Dem Jungen übertrug sie keinerlei Arbeiten, wie Abel auffiel. Sie schien beschlossen zu haben, ihn ganz und gar zu ignorieren. Er war für sie einfach nicht vorhanden. Der eine Becher mit Schokolade gestern abend war bereits ein Hinweis darauf.

Erst lange nach acht Uhr erschien Dick. Er rannte zu Abel hin und lehnte sich keuchend gegen die Wand des Schweinestalls. »Dad, ich hab' dich gesucht, und nirgendwo war jemand zu sehen.« Dann fragte er nach erneutem Luftschnappen: »Kriegen wir was zum Frühstück, Dad?«

»Bis jetzt hat sich noch nichts getan, aber in einer Minute bin ich hier fertig, und dann werden wir mal nachsehen.«

»Hier stinkt's aber.«

»Ja, das stimmt.«

»Und lange nicht mehr sauber gemacht worden ist hier auch, was? Dad, hast du all den Mist da heute morgen rausgeschaufelt?«

Dick zeigte auf einen hohen Misthaufen, der sich in einiger Entfernung von den Stallungen auftürmte.

»Ja, das hab' ich«, antwortete Abel, »und ich spür's auch im Kreuz.« Er lächelte leicht. »Das kommt davon, wenn man tagelang faul ist.«

»Deine Stiefel sind ja ganz dreckig.«

»Die werden schon wieder sauber.«

»Gut, daß du deine Hosenbeine hochgekrempelt hast ...«

»Du da!« Die Stimme kam aus Richtung des Hofes. Beide drehten sich schnell um und sahen zu der Frau hinüber, die auf die Scheune deutete. »Dein Frühstück ist da drin.«

»Danke.« Abel nickte, warf die Schaufel beiseite und wollte wissen: »Wo können wir uns waschen?«

»Um die Ecke im Hof gibt es eine Pumpe. Wie heißt du?«

»Abel Mason.«

Dreimal nickte sie. »Abel. Abel. Ha! Ich wußte, daß du von Gott gesandt wurdest, und dein Name beweist es auch. Also dann, nach dem Frühstück fängst du mit dem Hof an. Entferne all das Gras zwischen den Platten. Damit dürftest du bis heute abend zu tun haben. Morgen kannst du dann in der Einfahrt weitermachen. Ich habe fünf Acker Land, das ist alles, nur fünf Äcker.« Sie schüttelte den Kopf. »Ist das zu glauben, fünf Äcker? Einmal waren es fünfhundert, und davor tausend. Aber diese fünf Äcker werden wir säubern, du und ich. Ja, das werden wir.«

Sie machte zwei Schritte auf ihn zu, und auf ihrem Gesicht erschien ein Lächeln, und wieder spürte er, wie es ihm kalt über den Rücken lief. Seine Wangenmuskeln spannten sich. »Ma'am, und was für einen Lohn bieten Sie?«

Sie schien überrascht zu sein. »Lohn? Ach so, Lohn. Nun ja, du bekommst dein Essen und deinen Schlafplatz und ... und ein Pfund die Woche. Ein Pfund«, sie nickte, »das dürfte wohl für deine Bedürfnisse ausreichen. Geld ist nicht alles. Geld ist ein Fluch, weißt du das? Der einzig wahre Freund, den man hat, ist Gott und«, wieder erschien dieses Lächeln auf ihrem Gesicht, »Er hat meine Gebete erhört. Schließlich hat Er doch meine Gebete erhört.«

Noch dreimal nickte sie ihm zu, dann drehte sie sich um und stolzierte – nur als solches konnte man ihren Gang beschreiben – auf das Haus zu.

Auf dem Boden in der Scheune erblickte Abel ein großes Tablett mit einer Kanne Tee, einem Krug Milch, einem Becher, einem Teller, einem Messer und einer Gabel, wieder einem kleinen Laib Brot und einen zugedeckten Teller. Als er den Deckel von dem Teller hob und zwei Spiegeleier mit zwei dicken Scheiben gebratenem Schinken sah, seufzte er tief auf und befahl Dick: »Hol dir deinen Teller und deinen Becher.« Der Junge kam mit seinem Teller zurück. »Dad, für mich hat sie nichts gemacht, nicht wahr? Sie schaut mich weder an, noch spricht sie mit mir.«

Abel antwortete nicht, sondern teilte das Essen aus; dann setzten sie sich beide auf ein Holzbrett, das an der Wand des Stalles entlang führte, und aßen schweigend.

Abel wollte eben sagen: »Wir werden von hier fortgehen, Sohn«, als ein plötzlicher Regenschauer auf das Scheunendach niederprasselte und ihn nach oben blicken ließ. Seit der Morgendämmerung hatte der Himmel Regen verheißen, und nun schüttete es endgültig. Daher entschied Abel, daß er den Jungen der Nässe nicht aussetzen konnte.

Kaum hatten sie ihre Mahlzeit beendet, als auch schon die Frau am Scheunentor erschien und ohne Einleitung sagte: »Der Regen braucht dich nicht von der Arbeit abzuhalten. Dort drüben in der Ecke liegen Säcke, die kannst du dir umhängen.«

Er erwiderte nichts darauf, sondern starrte sie nur an. Für einen

Moment gab sie den Blick zurück, dann drehte sie sich um und entschwand seinem Gesichtsfeld.

Er war schon einigen sonderlichen Geschöpfen begegnet, aber diese Frau hier setzte allem die Krone auf.

»Dad, soll ich mit dir rauskommen und dir helfen?«

»Nein, nein, auf keinen Fall!« Seine Stimme klang rauh. »Du bleibst, wo du bist, im Trockenen.«

»Den ganzen Tag?«

»Ja, den ganzen Tag, wenn es weiter regnet.«

Und es dauerte den ganzen Tag. Während der meisten Zeit stand Dick am Scheunentor und sah seinem Vater zu, wie dieser unter dem Sack, der Kopf, Schultern und halb den Rücken bedeckte, das hohe Gras zwischen den Steinplatten im Hof herausriß. Ab und zu kam er in die Scheune, um den Sack gegen einen trockenen auszuwechseln, doch reden tat er nicht mit ihm, und etwas im Gesicht des Vaters bedeutete dem Jungen, still zu sein.

Das Mittagessen war wiederum etwas Schweinernes. Gegen vier Uhr war Abel dann in die Scheune gegangen, hatte sich aus dem Sack und dem nassen Mantel geschält und sich auf ein Holzbrett niederplumpsen lassen. Nachdem er das Gesicht mit einem Handtuch, das Dick aus dem Rucksack holte, abgerieben hatte, meinte er: »Regen, Schnee oder Hagel, morgen gehen wir weiter.« Die Worte waren in einem Ton gesprochen, als habe der Junge gegen die Aussicht, weiterzuwandern, protestiert.

»Wird sie dich für den Tag bezahlen, Dad?«

»Das wird sich zeigen …«

Eine Stunde später kam sie mit einem gefüllten Tablett in die Scheune. Unter anderen Umständen hätte er gesagt: »Ma'am, lassen Sie es mich Ihnen abnehmen«, doch nicht unter diesen.

Als erstes monierte sie: »Du hast frühzeitig aufgehört.«

»Ich nehme nicht an, daß es Ihrer Aufmerksamkeit entgangen ist, Ma'am, daß es schüttete wie aus Kannen, und dies den ganzen Tag. Ich bin durch und durch naß.«

»Regen schadet dir nichts, und du siehst nicht wie ein Schwächling aus. Nein, nein, du siehst ganz bestimmt nicht wie ein Schwächling aus. Es ist Gottes Regen, reines Wasser. Du hast die Arbeit im Hof nicht beendet. Nun ja, morgen ist wieder ein Tag. Als erstes morgen früh kannst du das fertigbringen und …«

»Ma'am, morgen werde ich fortgehen.«

Er sah, wie sich ihr Körper leicht seitlich neigte, als strenge sie sich an zu hören, was er gesagt hatte. »Wie bitte?«

»Morgen früh werde ich fortgehen. Mein Sohn und ich«, er betonte das Wort Sohn, »werden uns wieder auf den Weg machen.«

»Du sagtest, für ein Pfund die Woche würdest du bleiben.«

»Ich habe nichts dergleichen gesagt, Ma'am. Ich habe Sie nur gefragt, was sie an Lohn bieten. Sie waren es, die gesagt hat, ein Pfund die Woche, aber ich glaube, die Arbeit, die ich heute geleistet habe, ist allein fünf Shilling wert.«

Sie verzog das Gesicht so, daß ihre Augen beinahe in ihren tiefen Höhlen verschwanden, und für eine peinliche Minute blickte sie angestrengt zu ihm hinüber. »Du kannst nicht gehen, nicht du. Ich sagte dir doch, du bist die Antwort auf meine Gebete.«

»Es tut mir leid, Ma'am.«

»Ich werde dir eine extra Mahlzeit und zwei Pfund die Woche geben. Ja, ich werde dir zwei Pfund die Woche geben.« Nachdrücklich nickte sie mit dem Kopf.

»Das ist sehr freundlich von Ihnen, Ma'am, aber ... aber mir ist ... mir ist eine Position im Norden versprochen worden.«

Wieder starrte sie ihn an. Dann sagte sie in ruhigem Ton: »Iß jetzt dein Abendbrot.« Damit drehte sie sich um und ging langsam davon.

Für einen Augenblick spürte er Mitleid mit ihr. Sie war ein bedauernswertes Geschöpf. Doch sie war wunderlich, leicht verrückt, und er würde keinen Augenblick Ruhe finden, bevor er sie und diesen Ort hier weit hinter sich gelassen hatte.

Ganz so, als habe er ihrem neuen Vorschlag zugestimmt, brachte sie ihm gegen sieben Uhr eine Kanne Schokolade. Doch sie redete kein Wort. Dieses Mal kam sie auch nicht mit einem Tablett, sondern nur mit einem Krug und einem Porzellanbecher. Sie würdigte ihn keines Blickes, als sie die Sachen auf das Holzbrett stellte.

»Dad, die Schokolade ist so bitter.«

»Ja«, Abel nickte, »sie ist zu stark. Aber trink nur, das macht dich warm.«

Dick versuchte, den letzten Rest der Schokolade zu trinken, doch nach einem erneuten Schluck gab er auf. »Dad, mir würde schlecht werden.«

»Schon gut, laß sie stehen, leg dich hin und schlaf.«

Beide lagen sie nun im Stroh. »Dad, um wieviel Uhr werden wir morgen losgehen?«

»Wenn's dämmert, wenn nicht schon früher.«

»Aber wird sie schon auf sein, um dich zu bezahlen?«

Für einen Moment schwieg Abel. »Nun, wenn nicht, werden wir eben ohne gehen müssen.«

Dem Jungen war klar, daß der Vater es offenbar sehr eilig hatte, von hier fortzukommen. Er würde sogar in Kauf nehmen, nicht bezahlt zu werden, dabei hatten sie kein Geld mehr. Er fühlte sich sehr müde, so schwer. »Gute Nacht, Dad.« Doch er erhielt keine Antwort. Abel war bereits eingeschlafen.

Wann der Traum begonnen hatte, wußte er nicht; er wußte nur, wann er endete. Er begann mit Alice. Sie war wieder zu ihm gekommen, aber nicht so, wie sie das all die anderen Nächte getan hatte, das Tal hinunter in seine ausgestreckten Arme laufend, sondern sie war aus dem Nichts aufgetaucht. Sehen konnte er ihr Gesicht nicht, aber er wußte, sie war hinter ihm, und sie trug ihn. Sein Empfinden sagte ihm, daß es nicht richtig war, daß eine Frau ihn trug, und er wehrte sich dagegen, aber sie hielt ihn fest. Ihre Arme waren wie dünne Kabel, ganz anders als sonst, und auch ihre Stimme war ganz anders. Sie redete auf ihn ein. Vergeblich versuchte er sich herumzudrehen und sie anzusehen. Es überfiel ihn eine Welle der Übelkeit. Er spürte, daß er nahe daran war, sich zu übergeben, aber er sagte sich, daß er das nicht dürfe, weil er sonst seine Decke beschmutzen würde, und es würde ihm nicht möglich sein, sie zu waschen.

Er wachte auf von seinem eigenen Rufen, ja Schreien, und meinte, weiterzuträumen. Er wollte wieder die Augen schließen und glauben, daß dies alles nur ein Alptraum war. Doch seine Blicke wurden magisch von seiner linken Hand und seinem linken Fußgelenk angezogen, um die jeweils ein drei Zentimeter breites Eisenband gebunden war, an denen wiederum eine Kette befestigt war. Sein Blick glitt an den Ketten hoch zu einem Haken, der ganz oben am Stützbalken der Scheune eingeschlagen war, in dem die Eisenketten eingeklinkt waren. Von dem Haken wanderte sein Blick zu der Laterne hinunter, die auf dem Boden neben den Füßen der Frau stand, die auf einer umgedrehten Kiste saß.

Er öffnete den Mund, wollte wieder schreien, doch der Schrei erstickte in blinder, furchterfüllter Panik. Er war angekettet. Sie hatte ihn angekettet. Sie war verrückt, eine Wahnsinnige! Niemand wußte, daß sie hier waren ... Dick! Wo war Dick? Dick. Wie ein Wimmern kam der Name über seine Lippen. Dann sprang er auf die Füße, wobei er sich am Pfosten festhielt, und als er sah, daß der Junge noch immer tief und fest im Stroh schlief, lehnte er sich erleichtert gegen die dicke hölzerne Querwand, schloß die Augen und tat einen tiefen Atemzug.

Er drehte sich zu ihr, und nachdem er ein paar Male geschluckt hatte, sagte er: »Das können Sie nicht tun. Machen Sie mich los, hören Sie! Sofort!« Selbst in den eigenen Ohren klangen die Worte schwach und hilflos, und er wußte, daß sie keinerlei Wirkung auf sie haben würden.

»Das hast du dir selber zuzuschreiben.«

»Sie können mich hier nicht festhalten.«

»O ja, das kann ich sehr wohl. Gott hat mir den Weg gewiesen.« Sie bückte sich, hob ein Buch vom Boden auf und hielt es ihm entgegen. Es war die Bibel. »Du wirst hierauf schwören, daß du mich nicht verlassen wirst. Leiste den feierlichen Eid, daß der Teufel dich befallen möge, solltest du dein Wort brechen. Dann werde ich dich losketten, und ich verspreche dir, gut für dich zu sorgen. Ich werde dir sogar erlauben, ins Haus zu kommen. Und das bedeutet etwas, wenn ich sage, ich werde dich ins Haus lassen, weil nämlich alles für Arthur vorbereitet ist.«

Sie hielt inne, als erwarte sie, daß er ihr eine Frage stellen würde, doch weder sagte er etwas, noch bewegte er sich; er stand nur einfach still gegen die Querwand gelehnt. So fuhr sie weiter fort: »Weißt du, Arthur war im Krieg, er war ein Held. Sie waren dagegen, daß wir heirateten. Sie sagten, er sei nicht aus meiner Gesellschaftsschicht. Aber das machte nichts, wir liebten einander, und wir wollten heiraten. Ich hatte alles vorbereitet, es ist immer noch alles vorbereitet, alles liegt in den Schränken. Sie sagten, er würde vermißt. Vermißt sagten sie, aber ich spüre es hier drin«, zwei Mal schlug sie sich mit der Faust gegen die Brust, »er wird zurückkommen. Verlust des Erinnerungsvermögens, genau das ist bei ihm passiert. So, und jetzt weißt du, daß ich Hilfe brauche, bis er kommt. Ich muß das Land in Ordnung bringen; drinnen ist alles fertig, aber draußen kann ich nicht alles allein machen. Und so habe ich zu Gott gebetet. Lange habe ich zu Gott gebetet, und als du durch das Tor kamst und sagtest, dein Name sei Abel, da wußte ich, daß Er meine Gebete erhört hatte ... Verstehst du jetzt? ... Sieh her«, wieder hielt sie ihm das Buch entgegen, diesmal geöffnet, »Lukas Kapitel 11, Vers 9: Und ich sage dir, wer bittet, dem wird gegeben, wer suchet, der wird finden, wer klopfet an, dem wird aufgetan.«

Sie schlug das Buch zu.

»Siehst du, ich habe an Gottes Tür geklopft, und Er hat sie mir geöffnet und hat meine Gebete erhört. Jetzt werde ich dir Zeit zum Nachdenken geben. Ich hole dir jetzt dein Frühstück, und wenn ich zurückkomme, wirst du das tun, worum ich dich gebeten habe, nicht wahr?«

Tun, um was sie gebeten hatte? Auf alles und jedes würde er schwören, nur um hier rauszukommen, auf alles.

Sie blickte ihn unverwandt an, und er nickte zustimmend. »Sehr gut«, meinte sie, dann hob sie die Laterne hoch und ging hinaus.

Er wartete, bis das Geräusch ihrer Schritte über dem Hof verklungen war, dann drehte er sich um und rief leise: »Dick! Dick! Hörst du mich? Wach auf! Wach auf! Hörst du mich?«

Es war jedoch weder eine Bewegung, noch ein Geräusch aus dem Stroh zu vernehmen. Er versuchte, den Jungen mit der Hand zu erreichen, aber er kam nur bis auf einen halben Meter an die Füße des Jungen heran.

Er bückte sich, hob Stroh vom Boden und knüllte es zu einem festen Ball zusammen, den er seinem Jungen ins Gesicht warf.

»Oh! Dad! Irgendwas ... irgendwas hat mich geschlagen.«

»Wach auf! Hörst du mich? Wach auf! Steh auf, schnell!«

»Dad, wo bist du? Es ist so dunkel.«

»Ich bin hier.«

»Was ist los? Ist dir schlecht?«

»Hör mir zu, Sohn. Komm her, ich werde dich wachrütteln.« Er nahm den Jungen bei den Schultern und schüttelte ihn heftig hin und her. Dann fragte er: »Hast du das Klirren gehört?«

»Ja, ja, Dad. Was ist das?«

»Sie hat mich angekettet.«

»W ... w ... was?«

»Sie ist völlig verrückt, sie ist eine Wahnsinnige. Jetzt hör genau zu, was ich dir sage. Mach, daß du von hier wegkommst. Geh so schnell du kannst zur Hauptstraße zurück, halt die erstbeste Person, die du siehst an und erzähle alles. Noch besser: Wenn du auf jemanden mit einem Auto oder einem Karren triffst, bitte ihn, dich mit ins nächste Dorf zu nehmen und bring die Polizei her. Hast du verstanden?«

»Ja, Dad.«

»Dann mach, daß du fortkommst. Es dämmert schon. Wenn du erst einmal draußen bist, wirst du schon den Weg finden.« Er stieß Dick von sich, und als er die Ketten wieder klirren hörte, verzog er das Gesicht.

Wieder lehnte er sich gegen die Querwand. Wie war er nur da hineingeraten? Was in Gottes Namen passierte ihm nur? Er wollte doch nur ein ruhiges, anständiges Leben führen. Vom Glück redete er ja gar nicht. Glücklich war er nie gewesen, wenigstens nicht bis zu dem Zeitpunkt, an dem er Alice begegnet war. Und doch, seit seiner Begegnung mit Alice schien der Teufel hinter ihm her zu sein. Diese letzte Erfahrung schien das zu bestätigen.

Abrupt rissen ihn hastende Schritte aus seinen Gedanken. Wieder flutete Licht in die Scheune, und da stand sie, die Laterne in der einen Hand und Dick am Kragen in der anderen.

Wenige Schritte von ihm entfernt blieb sie stehen und stieß den Jungen nach vorn, so daß er mit den Knien auf dem Steinfußboden landete, starrte für einen Augenblick auf ihn hinunter, um dann ihre Aufmerksamkeit wieder Abel zuzuwenden. »Du bist dumm, weißt du das? Ich habe erwartet, daß du so etwas tun würdest. Ich komm' dir hinter jeden Trick, den du versuchst, denk daran. So, und wenn du ihn noch einmal aus der Scheune schickst, werde ich ihn im Haus einschließen.«

Während sie ihn durch das Laternenlicht starr anblickte, hatte er den Eindruck, daß sie ganz normal war. Ihre Stimme war voller Autorität, ihr Verhalten energisch. Er redete sie deshalb so an, als habe er es mit einer Gesunden zu tun. »Sehen Sie, wir können uns doch einigen. Sie machen mich los, und wir reden miteinander. Ich will mit Ihnen reden und werde auch Ihre Forderungen erfüllen. Ich verspreche, etwa eine Woche hierzubleiben, um Ihren Hof in Ordnung zu bringen. Das verspreche ich.«

Sie neigte leicht den Kopf und sah ihn prüfend an, bevor sie erwiderte: »Nun, das hört sich schon besser an. Du bist zur Vernunft gekommen. Nach dem Frühstück werden wir wieder reden, oder vielleicht nach dem Mittagessen, oder vielleicht bekommt es dir ganz gut, wenn du für einen Tag angekettet bist. Na, wir werden sehen. Ich werde dir viel Zeit zum Nachdenken geben, bevor du deinen Eid schwörst. Denn ist ein Eid erst einmal geschworen, ist … er … geschworen.«

Der Schweiß trat ihm auf die Stirn, während er in das längliche, bleiche Gesicht starrte, und wilde Panik ergriff von ihm Besitz. Sie konnte ihn hier auf Tage festhalten … auf Wochen! Sie brauchte niemanden durch das Tor zu lassen. O mein Gott! Auf der Suche nach Werkzeugen in seiner greifbaren Nähe bewegte er den Kopf; doch nichts lag auf dem Boden außer Stroh, den Säcken, die er gestern dort abgelegt hatte, und ihren Rucksäcken, die gegen die Wand am anderen Ende lehnten.

Tonlos bewegte er die Lippen; wieder starrte er zu ihr hinüber. Sie wandte sich von ihm ab und ging eilig durch das Scheunentor davon.

Er zuckte zusammen, als Dick ihn von hinten berührte und wimmerte: »O Dad!«

Er ergriff die Hand des Jungen und beruhigte ihn mit zitternder Stimme. »Du brauchst keine Angst zu haben. Es wird nur für eine kurze Zeit sein. Irgendwas wird geschehen, irgend jemand wird kommen. Irgend jemand muß kommen.«

»Dad?«

»Ja?«

»Wenn ... wenn ich einen Stock hätte, könnte ich sie von hinten schlagen.«

Abel spähte hinunter in das Gesicht seines Sohnes, das er undeutlich in der einsetzenden Dämmerung erkennen konnte und sagte mit erregter Stimme: »Ja, schau dich um, drüben am Ende der Scheune, überall. Sieh zu, ob du nicht einen Stock oder ... oder ein Stück Holz finden kannst. Mach schon, mach schon, sieh überall nach.« Er hielt Dick bei den Schultern gepackt und wollte ihn von sich wegschieben, doch dann hielt er inne. »Ich weiß, es ist noch nicht hell genug, um richtig sehen zu können, aber tasten kannst du ja. Versuch es.« Mit diesen Worten gab er dem Jungen einen solchen Stoß, daß er beinahe aufs Gesicht gefallen wäre.

Nach einigen Minuten des Horchens zischte er ungeduldig: »Hast du noch nichts gefunden?«

»Nein, Dad.«

»O mein Gott! Wenn doch nur ...« Heftig zog er an seinen Ketten und hielt inne, als er wieder Dicks Stimme vernahm: »Dad, ich hab' was.«

»Was ist es?«

Dick war nahe an ihn herangetreten und hielt eine meterlange verrostete Eisenstange in den Händen, an deren einem Ende sich drei Haken befanden.

»Das ist eine Hacke. Bist ein guter Junge, sehr gut.«

»Dad, was willst du damit machen?«

»Ich weiß noch nicht ... Ja, doch, ich weiß es. Ich werde es gegen sie benutzen. Ich werde damit nach ihren Beinen zielen. Nun hör mir gut zu. Wenn sie das Essen bringt, werde ich damit ausholen und so zuschlagen.« Er demonstrierte es. »Aber wenn ich sie nicht treffe, werde ich die Hacke dir zuwerfen. Wahrscheinlich wirst du genug Zeit haben, sie aufzuheben, denn sie wird das Gleichgewicht verlieren, und dann schlägst du ihr damit gegen die Beine. Schlag ihr einfach nur gegen die Beine, damit sie hinfällt. Dann hängt es ganz davon ab, wo sie hinfällt. Vielleicht mußt du sie zu mir hinüberziehen, damit ich nach den Schlüsseln suchen kann. Stell dich jetzt da in die Nähe des Stützbalkens auf. Und paß gut auf, laß sie nicht aus den Augen. Glaubst du, daß du das kannst?«

Der Junge schluckte, kniff die Augen zusammen, schluckte wieder und sagte tapfer: »Ja, Dad, ja. Wenn du sie nicht treffen kannst, muß ich ihr über die Beine schlagen.«

»Ja, schlag ihr einfach quer über die Beine ...«

Es wurde heller, und sie konnten jetzt ihre nähere Umgebung erkennen, doch die meiste Zeit waren beide Augenpaare auf das geöffnete Scheunentor gerichtet. Die Minuten dehnten sich zu Stunden, während sie warteten.

Als Abel irgendwann ihre Schritte auf dem Pflaster vernahm, wurden ihm die Knie weich, und seine Hände zitterten. Ihm war klar, sollte er sie mit der Eisenstange treffen, so würde sie schlimm verletzt werden. Doch jetzt galt es, entweder sie beide oder die Verrückte. Und, wie er sich immer wieder beruhigte, handelte es sich um eine Wahnsinnige.

Auf dem Tablett stand wieder das Frühstück für eine Person. Und dann bemerkte er noch etwas. Ihr Gesichtsausdruck hatte sich geändert. Sie war voller Argwohn, und es schien, als wisse sie über die Eisenstange in seiner Hand Bescheid, denn sie stellte das Tablett in einigem Abstand von ihm ab und bedeutete Dick, ohne den Jungen anzusehen: »Komm und hol das Tablett.«

Doch als der Junge sich weder rührte noch sprach, meinte sie: »Junge, hast du nicht gehört, was ich gesagt habe? Komm und hol das Tablett und stell es so ab, daß dein Vater es erreichen kann.«

»Nein.«

»Was hast du gesagt?« Sie sah ihn jetzt an.

»Nein ... nein!« Selbst dieser eine Laut war von Furcht erfüllt.

»Nun, dann bleibt es eben da, wo es ist.« Sie schob jedoch das Tablett näher zu Abel hin und er, als wolle er es mit seiner gefesselten Hand erreichen, schwang plötzlich seinen anderen Arm vor und schleuderte die Stange mit aller Kraft auf sie zu.

Ihr schauerlicher Aufschrei erfüllte die Scheune, und als ihr Körper sich vom Boden abhob und für einen Moment in der Luft zu schweben schien, fiel Dick mit in ihren Schrei ein. Erst als sie verkrümmt und still auf den Steinen lag, fand Abel seine Stimme wieder und brüllte seinen Sohn an: »Sei still! Hörst du?«

In der darauffolgenden Stille schien ihn alle Kraft verlassen zu haben. Es war, als habe auch ihn die Eisenstange getroffen. Dann kam er wieder durch etwas zu Sinnen, das über die Vorstellung, sie betäubt zu haben, weit hinausging. »Ist … ist sie t … tot, Dad?« hörte er Dick stammeln.

Er sah zu ihr hinüber. Großer Gott! Aussehen tat sie so. Aber die Stange hatte sie doch nur am Arm getroffen. Wahrscheinlich hatte sie sich beim Fallen den Kopf angeschlagen. Seine Stimme war heiser, als er sagte: »Geh, geh rüber zu ihr und sieh in ihren Taschen nach, ob der Schlüssel da ist.« Als Dick zögerte, explodierte er. Mit hoher, fast hysterischer Stimme, schrie er ihn an: »Los, mach schon. Tu, was ich sage!«

Dick näherte sich der verkrümmt daliegenden Gestalt und erwartete jeden Augenblick, daß sie aufspringen und ihn am Hals packen würde. Drei Mal berührten seine Finger zaghaft ihren Mantel, erst dann brachte er es über sich, ihr in die Taschen zu greifen.

Hastig, als sei er gebissen worden, zog er seine Hand zurück. »Da ist nichts drin, Dad.«

»Versuch's in der anderen.«

»Sie … sie liegt drauf.«

»Na, dann dreh sie um!« Wieder ähnelte Abels Stimme einem Schrei. »Zieh ihr die Beine gerade und roll sie auf den Rücken.«

Voller Furcht zog das Kind das eine mit schwerem Stiefel angetane Bein gerade, dann das andere, und als der Körper zum Leben zu erwachen schien, als er auf den Rücken rollte, sprang er auf und schrie: »O Dad! Dad!«

»Junge, hör mir zu.« Abels Stimme war jetzt sehr leise, doch in ihr schwang mehr Gebieterisches mit als je zuvor in seinem Leben. »Wenn du nicht den Schlüssel findest, der diese Schlösser aufsperrt, wird sie vielleicht sterben und ich mit ihr. Hast du das verstanden?«

In diesem Augenblick verstand Dick nichts, außer seiner Furcht. Trotzdem fragte er weinend: »Was soll ich denn tun, Dad?«

»Knöpf ihr den Mantel auf und sieh nach, ob sie eine Tasche im Rock hat.«

Eine volle Minute dauerte es, bis der Junge, als habe er einen Schatz gefunden, ausrief: »Dad, ich hab' sie gefunden. Ich hab' sie gefunden, die Schlüssel.«

»Bring sie her, schnell.«

Abel sah auf die Schlüssel in seiner Hand. Vier hingen an einem Ring zusammen und einer extra. Diesen probierte er zuerst. Tastend steckte er ihn in das Schloß des eisernen Armbandes, hielt kurz inne und drehte ihn schließlich herum. Es ging mühelos, ganz so, als sei es frisch geölt worden. Die beiden Hälften teilten sich und er sank langsam zu Boden. Eine ganze Minute saß er einfach nur da, als wolle er einschlafen. Betäubt starrte der Junge ihn an.

Doch plötzlich geriet wieder Bewegung in Abel. Er sprang auf und zerrte sich mit beiden Händen die Fesseln vom Fußgelenk.

Dann beugte er sich über sie, und eine neue Furcht stieg in ihm hoch. Sie sah tot aus; Blut lief ihr aus dem Haar und an einer Seite des Gesichts hinunter. O mein Gott! Fest preßte er die Hand gegen den Mund und wandte langsam den Kopf Dick zu. »Dad, sie blutet!« flüsterte der Junge, »sie blutet.«

Widerwillig kniete Abel neben ihr auf dem Steinboden. Er mußte sich zwingen, mit einer Hand ihr Handgelenk zu umfassen. Als er den Pulsschlag spürte, schloß er die Augen und atmete tief durch. Mutiger geworden nahm er sie jetzt bei den Schultern und rief laut: »Wachen Sie auf! Los, wachen Sie auf.« Doch die einzige Regung war, daß ihr Kopf zur einen Seite rollte, und dadurch das Blut stärker aus ihren Haaren floß.

Abel stand wieder auf und rieb sich sein wundes Handgelenk, während er auf sie hinunterblickte. Es konnte nur eine oberflächliche Wunde sein ..., aber was war, wenn es sich um einen klaffenden Riß handelte und sie verbluten würde? Er trat zurück. Wie dem auch sei, was immer passieren würde, er würde nicht abwarten, dies herauszufinden. Er hatte genug, mehr als genug. Schwankend, als sei er betrunken, trat er zurück.

»Los, hol deine Sachen. Wir gehen.«

Dick gehorchte sofort, packte seinen Rucksack und stopfte seine Decke hinein. Dann rannte er zum offenen Scheunentor hinüber und wartete dort – angespannt und jeden Augenblick bereit, loszurennen.

Als Abel das Scheunentor, den Rucksack hoch über seinen Schultern festgezurrt, erreichte, drehte er sich um und warf noch einen letzten Blick auf die leblose Gestalt. Schnell wandte er sich ab, und die Hand auf des Jungen Schulter gelegt, schob er ihn beinahe laufend vorwärts. Doch als sie vor dem Tor waren, blieb er stehen. Was würde passieren, wenn sie nicht zu sich kam und den ganzen Tag dort lag, vielleicht bis in die Nacht hinein und erfrieren würde? Man könnte ihn belangen.

Sei nicht blöd. Er schüttelte über sich selber den Kopf. Niemand wußte, daß er hiergewesen war; es konnte Tage dauern, bevor jemand hier wieder hereinschauen würde ... Ja, könnte, und bis dahin würde sie mit Sicherheit tot sein.

Es schien, als habe jemand anders die Worte gesprochen; das Kinn sank ihm auf die Brust. Der Junge ergriff seine Hand und fragte mit bebender Stimme: »Dad, was ist los?« Doch er nahm keine Notiz von ihm, sondern blieb weiterhin stehen, bis er sich endlich einen Ruck gab und anfing zu laufen.

Fünf Minuten später stand er auf dem Hügel und blickte hinunter auf die in der Ferne kauernden Häuser, die er beim Hinweg schon bemerkt hatte. Zur Linken wand sich das schmale Band einer Straße, die zu ihnen führte. Schnellen Schrittes eilte er den Hügel hinunter, so daß der Junge laufen mußte, um mithalten zu können.

Das erste kleine Haus, das sie erreichten, lag ungefähr hundert Meter außerhalb des eigentlichen Dorfes. Er trat durch das Tor, und in diesem Augenblick wurde die Haustür geöffnet, und ein Mann trat heraus, offensichtlich ein Landarbeiter. Für einen Moment blieb er auf der Treppe stehen und blickte die beiden an, bevor er knapp grüßte: »Morgen.«

»Guten Morgen.« Abel blieb stehen und wartete darauf, daß der Mann zum Gartentor kam. Es schien den Mann zu überraschen, als Abel fragte: »Gibt es einen Arzt in diesem Dorf oder ... oder einen Polizisten?«

»Ja, den Arzt gibt's, Polizei nicht. Das Polizeirevier ist gut zwei Meilen von hier, aber Doc Armstrong, der wohnt im nächsten Haus da!« Der Mann wies in Richtung der Straße.

»Danke. Danke.« Abel hatte sich schon umgedreht, als der Mann hinzufügte: »Aber dort kannste ihn heute morgen nicht finden; er ist rüber zum Phil Gallespie jr., seine Frau kriegt ihr Erstes und hat's wohl nicht leicht, wie man so sagt. Gestern nacht so gegen zehn Uhr, hab' ich den Doc in seinem Zweispänner hier vorbeifahren sehen. Bis jetzt ist er noch nicht zurück, sonst hätt's die Frau gehört. Hat 'nen leichten Schlaf, ist die halbe Nacht auf und schläft den halben Tag. Biste krank oder so was?«

»Nein, nein.« Abel schüttelte den Kopf. »Es ... es geht um die Dame dort drüben ... da auf der Schweinefarm. Sie hat 'nen Unfall gehabt.«

»Ah, Miss Tilda.« Jetzt lächelte der Mann breit. »Was ist denn der bekloppten Tilly nu wieder passiert?«

Abel verdaute diese Auskunft erst einmal. Die ›bekloppte Tilly‹ hatte er sie genannt; es war demnach wohl allgemein bekannt, daß sie verdreht war. »Sie ... sie ist gestürzt.«

»Nun, deswegen brauchste dir keine Sorgen zu machen; der Doc wird sich schon um sie kümmern, wenn er zurückkommt. Ist verwandt mit ihr, ist ein entfernter Vetter und der einzige, der sich um sie kümmert. Er ist allerdings auch der einzige, dem sie das erlaubt. Die spinnt seit Jahren. Man sollte sie einsperren. Jeder sagt das. Sieh da, spricht man vom Teufel ... Da kommt der Zweispänner. Der Doc ist zurück. Siehste ihn, da hinten auf der Straße? Gehst besser zu ihm und sagst ihm Bescheid. Danken wird er's dir sicher nicht; der wird ins Bett wollen.«

Abel nickte und ging rasch, gefolgt von Dick, die Straße entlang dem näher kommenden Gefährt entgegen. Als sie fast auf gleicher Höhe mit dem Pferd waren, grüßte er den Fahrer, der auf der mit Leder überzogenen Bank saß. »Entschuldigen Sie, Sir.«

Der Doktor brachte den offenen Zweispänner zum Stehen und blickte müde auf Abel hinunter. »Ja, was gibt's?«

»Es ... es handelt sich um die Dame drüben auf der Schweinefarm.« Er sagte nicht ›Verwandte‹. »Ihretwegen muß ich Ihnen was sagen.«

Er sah, wie der Doktor seinen weichen Schlapphut absetzte, sich mit den Fingern durchs Haar fuhr und dann seufzend fragte: »Was ist denn jetzt schon wieder geschehen?«

»Nun, Sir, vorletzte Nacht habe ich dort halt gemacht und gefragt, ob wir, mein Sohn und ich, in der Scheune schlafen könnten«, er nickte dabei in Dicks Richtung, »und sie sagte ja, wenn ... ich für die Übernachtung und fürs Essen arbeiten würde. Das hab' ich gestern den ganzen Tag über getan. Dann hat sie sich in den Kopf gesetzt, daß ich dableiben sollte. Sie ... sie versuchte mich zu überreden, es ihr zu versprechen, aber ich sagte, ich kann nicht und wir ... wir würden am nächsten Morgen weiter gehen. Wissen Sie, ich bin auf dem Weg nach Norden. Nun … nun …«, er schüttelte den Kopf, als könne er selber nicht glauben, was er sagen wollte und sprudelte heraus: »Sie werden's nicht glauben, aber sie hatte mich angekettet. Als ich aufwachte, war ich am Fußgelenk und Handgelenk angekettet.« Er hielt die Hand mit der abgeschürften Haut hoch. »Irgend etwas muß sie in die Schokolade getan haben, die sie gestern abend brachte, weil ich mich an nichts mehr erinnern kann. Dann wollte sie, daß ich auf die Bibel schwöre. Ich hätte auf alles und jedes geschworen, nur um loszukommen, aber als ich es versprechen wollte, ging sie einfach davon. Nun ja«, wieder schüttelte er den Kopf, »machen wir's kurz, Sir. Ich befahl meinem Jungen, ein Stück Holz oder ähnliches zu suchen, mit dem ich ihr einen Schlag versetzen konnte. Er fand eine Eisenstange und … und damit habe ich sie getroffen, aber nur am Arm. Als sie hinfiel, muß sie mit dem Kopf auf dem Steinboden aufgeschlagen sein, denn hinten am Kopf hat sie eine Wunde. Ich hab' versucht, sie wieder wachzumachen, aber das klappte nicht. Egal, ich wollte nur einfach so schnell wie möglich von dem Hof weg, aber dann dachte ich …, na ja, ich dachte, sie verblutet vielleicht, wenn sie da so liegen bleibt. Es tut mir leid, ich wollte sie nicht verletzen, wollt ihr nicht wehtun, aber als ich aufwachte und angekettet war, na ja, da bin ich fast durchgedreht, ich …«

»Ist schon gut. Regen Sie sich nicht auf.« Der Doktor seufzte. »Aber ich glaube, es ist besser, wenn Sie mit mir kommen.«

»Dorthin zurück?« Protestierend trat Abel auf den Grasstreifen zurück. »O nein, Sir! Niemals werde ich dorthin zurückgehen. Diesen Hof will ich nicht wiedersehen.«

»Also ich fürchte, nachdem, was sie mir da erzählt haben, muß ich darauf bestehen. Was ist, wenn sie tot ist? Kommen Sie schon. Heben Sie den Jungen hoch; je früher wir da sind, je eher wissen wir, wie groß der Schaden ist.«

Abel zögerte noch einen Moment, doch dann hob er mit einem Schwung Dick auf den hinteren Teil des Zweispänners und kletterte selber hinein. Er setzte sich neben den Doktor, den Oberkörper leicht vorgebeugt und die Hände lose zwischen den Knien, den Rucksack noch angeschnallt auf dem Rücken. Sekunden später – so kam es ihm vor – stand er wieder in dieser schrecklichen Scheune und blickte auf die Frau hinunter, während der Doktor sie untersuchte.

»Also, tot ist sie nicht. Ich fürchte, es braucht mehr als einen Sturz, um Mathilda umzubringen, aber sie hat eine tiefe böse Wunde am Hinterkopf, und ich fürchte, es ist Ihnen gelungen, ihr den Arm zu brechen. Auf jeden Fall müssen wir sie jetzt rüber ins Haus bringen. Helfen Sie mir. Viel ist ja nicht an ihr dran. Sie hat ein Gewicht wie eine Feder.«

Abel fand, daß er sie hätte alleine tragen können.

»Durch die Vordertür werden wir nicht können. Wir müssen ums Haus herum und durch die Hintertür.«

Durch die Hintertür in eine geräumige Küche quer durch eine Halle und in ein Wohnzimmer hinein bahnten sie sich ihren Weg, und hier blieb Abel vor Überraschung der Mund offen stehen. Der Kontrast zwischen dem Inneren und Äußern des Hauses war erstaunlich. Hier blinkte alles; die Möbel und Böden waren auf Hochglanz poliert, die Vorhänge waren weiß; sogar Blumen standen in einer Vase auf dem Tisch.

»Legen Sie sie auf die Couch dort.«

»Nicht zu fassen.«

»Was?« Der Doktor blickte zu Abel hinüber, der ungläubig dastand und im Zimmer umherblickte. »Ach, Sie meinen die Reinlichkeit hier. All das ist Teil von Tilda … Aha, sie kommt zu sich. Kommen Sie, helfen Sie mir, ihr diese Mäntel auszuziehen, bevor sie wieder ganz bei sich ist, denn sonst bringe ich das nie fertig. Ich gebe ihr besser eine Spritze. Dann kann ich auch ihren Arm bandagieren, denn im Krankenhaus nehmen sie sie nicht auf. Sie würden sie sofort ins Irrenhaus schicken, und wenn sie dieses Mal eingeliefert wird, kommt sie nie wieder raus. Arme Tilda.«

Abel trat nun von der Couch zurück. Die Frau hatte die Augen aufgeschlagen, und obgleich sie ihn ansah, schien sie ihn nicht wahrzunehmen. Doch dann erkannte sie den Doktor, und ein Ausdruck leuchtenden Eifers trat in ihre Augen. Sie stützte sich etwas auf. »O John! John!«

»Ist schon gut, Mathilda. Du bist nur gestürzt.«

»John, mach, daß er hierbleibt.« Sie klammerte sich an den Doktor und redete hastig weiter: »Er ist von Gott gesandt worden, um nach dem Rechten zu sehen und die Farm hier in Ordnung zu bringen, bevor Arthur zurückkommt. Aber … aber er wollte nicht dableiben. Er wollte nicht dableiben, John. M … mach, daß er hierbleibt.«

»In Ordnung, meine Liebe, in Ordnung. Jetzt leg dich aber hin. Du hast dich am Arm und am Kopf verletzt. Ich werde dir jetzt eine kleine Spritze geben, und dann wirst du einschlafen, und wenn du aufwachst, wird Molly hier sein und sich um dich kümmern. Du hast doch nichts gegen Molly, oder?«

»Ich will, daß er bleibt, John. Ich will, daß er bleibt.«

Als sie die Augen geschlossen und ihr Körper sich entspannt hatte, drehte sich der Doktor nach Abel um. »Auf jeden Fall haben Sie Eindruck auf sie gemacht. Also, dann wollen wir sie mal verarzten. Halten Sie bitte mal den Arm, so ...«

Eine halbe Stunde später schenkte der Doktor in der Küche drei Tassen Tee ein und wollte wissen: »Wo kommen Sie her?«

»Aus Sussex.«

»Oh, Sussex. Schöner Landstrich. Kenne ich gut. Aus welcher Ecke da?«

Einen Augenblick zögerte Abel. »Aus Hastings.«

»Hastings? Ich kenne Hastings und Umgebung. Wie heißen Sie? In der Aufregung habe ich ganz vergessen, Sie danach zu fragen.«

Abel zögerte wieder. Er entschloß sich, einen falschen Namen anzugeben.

Nun, ganz falsch war er nicht, sagte er sich selber; immerhin war es der Mädchenname seiner Mutter. »Gray«, antwortete er. »Abel Gray.«

Als der Doktor von ihm fort den Blick zur Teekanne schweifen ließ und nickend sagte: »Gray. Aha Gray«, sah Abel schnell zu Dick hinüber, und mit einem fast unmerklichen Kopfnicken gebot er ihm Schweigen.

»Ich kannte mal einige Grays. Die lebten in Rye. Haben Sie irgendwelche Verwandte dort?«

»Nein, Sir.«

»Also, Mr. Gray, wie soll ich Sie bloß für all den Ärger, den Mathilda Ihnen bereitet hat, entschädigen? Ich kann nur zu gut verstehen, was für eine furchterregende Erfahrung das hier war.«

»Ja, das kann man wohl sagen.«

»Sie werden doch keine große Sache daraus machen, sie anzeigen oder so etwas?«

»O nein, nein, Sir! Ich will nur eins: Mich auf den Weg machen.«

»Das ist nett von Ihnen. Wissen Sie, im Grunde kann sie einem nur leid tun. Sie hat ein trauriges Leben gehabt. Wir beide sind entfernt verwandt. Ihre Mutter und mein Vater waren Cousins zweiten Grades. Geisteskrankheit hat es in der ganzen Linie der Familie von seiten ihrer Mutter her gegeben. Die arme Frau endete im Irrenhaus, und

Mathilda war sich selber überlassen. All dieses Getue mit dem blitzblanken Haus und dem Warten geht auf einen Knecht zurück, der hier einmal beschäftigt war. Sie verliebte sich in ihn, und dieser junge Dreckskerl, der er war, hätte sie auch geheiratet, nur um an die Farm und das Geld heranzukommen. Doch dann brachte er ein Dorfmädchen in Kalamitäten, und damit war die ganze Romanze beendet. Er ging nach Frankreich, und bis heute wartet sie darauf, daß er zurückkommt.«

»Ja, das sagte sie mir. Sie sagte, er sei vermißt.«

»Vermißt!« Der Doktor lachte. »Für seine Frau wär's besser, wenn er's wirklich wäre. Sie hat gerade ihr Elftes geboren.«

»Dann scheint er ja zurückgekommen zu sein.« So etwas wie ein Glucksen lag in Abels Stimme; der Doktor lachte laut heraus. »O ja, der ist mit Sicherheit zurückgekommen.« Dann verstummte sein Lachen, und traurig fügte er hinzu: »Die arme Tilda, das ganze Haus blitzt und blinkt. Morgens, mittags, abends ist sie dabei, es zu putzen; alles ist für seine Rückkehr bereit. Und so wird das bis zum Schluß weitergehen … Nun denn. Sie wollen sicher jetzt weiter. Könnten Sie mir noch einen letzten Gefallen tun und an der Tür des kleinen Hauses klopfen, wo sie den alten Harry heute morgen getroffen haben und seine Frau bitten, sobald wie möglich hierherzukommen?«

»Aber gern.«

»Und nun wegen des Geldes. Was schuldet sie Ihnen?«

»Tja, sie bot mir ein Pfund die Woche an, aber ich wäre nicht dageblieben, selbst wenn sie mir zehn gegeben hätte. Gestern habe ich den ganzen Tag gearbeitet. Aber meine Mahlzeiten habe ich bekommen.«

»Und als Dreingabe noch einen großen Schock.«

»Ja, da haben Sie wohl recht, Sir.«

»Nun denn …« Der Doktor ging zur Anrichte am anderen Ende der Küche, zog eine Schublade auf, nahm eine Kasse heraus, der er zwei Einpfundnoten entnahm und reichte sie Abel. »Ist das genug?«

»Oh, das ist mehr als genug. Aber ich werd's trotzdem annehmen. Nochmals vielen Dank.«

»Und hier.« Wieder griff der Doktor in die Kasse und entnahm ihr eine halbe Crown, die er Dick aushändigte. »Ich bin sicher, damit kannst du was anfangen, nicht wahr?«

»O ja. Danke sehr, Sir. Danke sehr.«

Der Doktor tätschelte ihm den Kopf, dann deutete er mit dem Kopf in Richtung Küchentür. »Geh und hol deine Sachen.« Dick gehorchte.

Der Doktor legte Abel die Hand auf den Arm wie um ihn zurückzuhalten und sagte, als der Junge außer Hörweite war: »Haben Sie vor, sich vor dem Winter irgendwo niederzulassen?«

»O ja, Sir, ganz bestimmt sogar.«

»Gut, gut. Das Kind sieht nicht sehr robust aus, und er ist klein für sein Alter. Was sagten Sie noch, wie alt er ist – sieben?«

»Ja, bald acht. Aber krank war er noch nie. Er ist recht zäh.«

»Nun, auf die Dauer sind es die Zähen, die sich als die Widerstandsfähigsten erweisen, aber wenn ich Sie wäre, würde ich mich um eine Unterkunft kümmern, bevor noch das schlechte Wetter einsetzt.«

»Das habe ich auch vor, Sir. Ganz bestimmt.«

»Also dann, gute Fahrt und viel Glück. Und haben Sie Dank für die Hilfe, die sie mir da drinnen geleistet haben.« Er nickte in Richtung des Wohnzimmers.

»Danke, Sir. Ich hätte nie geglaubt, daß es so ... so friedlich enden würde.«

Wieder durchquerten sie das Tor und gingen denselben Weg entlang, über den sie nur eine halbe Stunde zuvor gerannt waren. Was für eine verrückte Welt, dachte Abel. Eines konnte man über die Landstraße sagen: Man lernte das Leben kennen. Aber eigentlich war ihm herzlich wenig daran gelegen, die Art Leben kennenzulernen, wie er es in den letzten Tagen erfahren hatte.

Dick unterbrach seine Gedanken. »Dad, warum hast du gesagt, daß wir Gray heißen?«

Abel sah auf den Jungen hinunter und schwieg eine Weile, bevor er antwortete: »Nun ja, ich hatte doch gesagt, ich sei aus Hastings und der Doktor sagte, er kenne es gut. Und vielleicht zieht er Erkundigungen über mich ein, wenn er wieder einmal dort hinfährt. Die Welt ist klein, weißt du, und solche Nachrichten können bis zu ihr ... zu deiner Mutter durchsickern. Es hört sich unwahrscheinlich an, aber so etwas passiert ... Du willst doch nicht zurückgehen, oder?«

»O nein, Dad! Und Gray ist ein schöner Name.«

»Es war der Mädchenname deiner Großmutter.«

»Ja?«

»Ja.«

»Oh.«

Dieses Wissen schien dem Jungen zu gefallen. Er sah zu Abel hinauf. »Er hat mir eine ganze halbe Crown gegeben, Dad. Aber die werde ich nicht ausgeben. Die werde ich sparen.«

Abel blickte unverwandt auf seinen Sohn hinunter, und die Worte des Doktors fielen ihm wieder ein: »Er sieht nicht sehr robust aus, und er ist klein für sein Alter. Sorgen Sie für eine Unterkunft, bevor der Winter einsetzt.« Sorgen Sie für eine Unterkunft, bevor der Winter einsetzt. Aber was war, wenn er dies nicht schaffte? Was dann? Das Armenhaus?

Dieser Gedanke ließ ihn den Kopf schütteln, und er beschleunigte seine Schritte.

Was tat man unter solchen Umständen wie diesen hier? Beten? Beten, daß sich irgendwas ergeben möge? Jedermann auf der Landstraße betete, daß sich etwas ergeben möge. Er würde sein Ziel höher stecken müssen und um ein Wunder bitten.

Teil 2
Das Wunder

1

Weitere elf Tage waren vergangen, seit sie Leeds hinter sich gelassen hatten, und die letzten fünf Tage hatte es ununterbrochen geregnet. Beide waren sie bis auf die Haut durchnäßt, und seit drei Nächten schliefen sie in ihren nassen Kleidern. Abel durchlebte eine neue Form seelischen Schmerzes, eines Schmerzes, der an tiefe Hoffnungslosigkeit grenzte. Zwei Möglichkeiten waren offen: die eine, in ein Armenhaus zu gehen und den Winter über dort zu verbringen. Tat er dies, so würde er von dem Jungen getrennt werden, das wußte er. Aber dem Kind würde ein Dach über dem Kopf und wenigstens eine Art Erziehung zuteil werden. Die Alternative hieß North Shields, wo ein Halbvetter von ihm, John Pratt, lebte. Der Haken hierbei war, daß auch Lenas Verwandte hier lebten, und hatte sie erst einmal von seiner Anwesenheit dort erfahren, würde sie quer durchs Land geeilt kommen und – um mit ihren eigenen Worten zu sprechen – ihre Rechte als Ehefrau geltend machen, was schlicht bedeutete, daß er wieder für sie arbeiten sollte.

Nun, sollte er den letzteren Weg wählen, hätte er Südengland gar nicht erst verlassen brauchen. Und so blieb ihm nur Hexham und das Armenhaus. Hexham, so dachte er, war weit genug von North Shield entfernt, als daß er zu befürchten hatte, erkannt zu werden.

Das Land, das sie durchwanderten, wäre bei gutem Wetter wunderschön gewesen. Eigenartig, welche Wirkung das Wetter auf die Menschen hatte. Sie waren weit weniger freundlich, wenn es naß war. Er mußte an vier verschiedenen Hintertüren in Piercebridge klopfen, bevor man ihm eine Kanne mit kochendem Wasser gab, damit er Tee machen konnte. Jedoch im vierten Haus hatte die Frau ihm nicht nur heißes Wasser, sondern auch zwei Wurstbrote, einen halben Laib Brot und ein Stück Butter gegeben. Und in dem Dorf in West Auckland hatte man ihnen beiden eine Schüssel heiße Suppe und ein Geldstück gegeben. Er war froh über das Twopennystück gewesen und hatte der Frau herzlich gedankt. Dabei fiel ihm ein, mit wieviel Verachtung er den Mädchen am Anlegeplatz den Penny zurückgegeben hatte.

Sie waren nun im Herzen des Landes, wanderten durch weite Ebenen, über Hügel, deren Kuppen sich in Regenwolken verloren. Alles war morastig. Die flachen Felder standen unter Wasser.

Gerade hatten sie Scales Cross passiert und wanderten jetzt in Richtung Riding Mill. Er war sich nicht sicher, wie weit Hexham davon entfernt war; acht, zehn Meilen vielleicht. Nun, wie kurz oder lang es sein mochte, heute würden sie es nicht mehr schaffen, denn in zwei Stunden wurde es dunkel, und bis dahin mußte er eine Hütte oder einen Stall gefunden haben, in dem sie schlafen konnten, denn der Junge war völlig erschöpft. Nachdem sie Leeds verlassen hatten, war der kleine Bursche wesentlich fröhlicher gewesen. Er nahm an, dies war der Erleichterung zuzuschreiben, daß sie der verrückten Frau entkommen waren, doch nun hatte er seit Tagen nur hin und wieder geredet, und sein Schweigen berichtete Abel mehr von seinen Gefühlen, als wenn er die ganze Zeit gejammert hätte.

Das Quatschen seiner Füße in den Stiefeln schien mit jedem Schritt lauter zu werden. Vor ihnen zu ihrer Rechten lag ein Waldstück. Abel blickte sich nach dem Jungen um, der einige Schritte hinter ihm ging. »Sollen wir da rüber gehen und uns etwas ausruhen?«

Mittlerweile reagierte Dick nicht mehr wie in den ersten Tagen ihres Abenteuers voller Vertrauen mit »ja, Dad«. Jetzt nickte er nur noch kaum merklich mit dem Kopf.

Als sie sich dem Waldrand näherten, entdeckte Abel durch die Regenwand einen großen dunklen Gegenstand auf der Straße. Er wischte sich die Tropfen vom Gesicht und erkannte die Umrisse eines Autos, eines schwarzen Autos, das vom Regen fast verschluckt wurde. Das war wohl auch der Grund gewesen, daß er es nicht sofort erkannt hatte. Als sie auf gleicher Höhe mit dem Wagen waren, bemerkte er einen Mann hinter dem Steuerrad. Er lag im Sitz zurückgelehnt, ganz so als ruhe er sich aus. Jetzt hob er die Hand zum Gruß, den Abel nach einem Augenblick des Zögerns mit der gleichen Geste erwiderte.

Sie waren schon an dem Wagen vorbei, als sie die Stimme des Mannes hörten. Abel drehte sich um und sah jetzt, wie sich der Fahrer aus dem Fenster lehnte und offenbar nach Luft schnappte. Dabei keuchte er: »Hilfe! Hilfe!«

Abel eilte zu ihm hinüber und fragte: »Sir, ist was mit Ihnen nicht in Ordnung?«

»Krank.« Der Mann schloß die Augen und rang pfeifend nach Luft. »Krank.« Seine verkrampfte Faust preßte er gegen die Brust. Hilflos blickte Abel die Straße hinauf und hinunter. »Kann … kann ich Ihnen helfen? Was fehlt Ihnen?«

»Fahren? Können Sie fahren?«

»Nein … kein Auto, Sir, nicht so eins. Ich habe nur einen Traktor und einen Laster gefahren, aber … aber auch das ist schon lange her.«

»Bitte. Bitte fahren Sie.«

»Aber Sir.«

»Bringen … bringen Sie mich nach Hause, bitte.«

»Wo wohnen Sie, Sir?«

»Fell … Fellburn.«

»Fellburn?« Abel verzog das Gesicht. Fellburn war meilenweit weg, in der Nähe von Gateshead. »Ich könnte versuchen, eine Farm zu finden und von dort Hilfe zu holen, Sir.«

Der Mann schüttelte den Kopf.

Unsicher sah Abel Dick an. Plötzlich öffnete er entschlossen die Hintertür des Wagens, beugte sich vor und hob den Jungen mit einem Schwung hinein. Dann zerrte er sich den Rucksack, an dem das Wasser in Bächen herunterrann, vom Rücken, warf ihn auf den Boden des Wagens, schlug die Tür zu und öffnete die Tür zur Fahrerseite. Vorsichtig schob er den Mann vom Sitz und half ihm auf den Beifahrersitz. Dann nahm er selber Platz hinter dem Steuerrad.

Der Mann lag zurückgelehnt neben ihm, die Augen geschlossen, die Faust fest gegen die Brust gepreßt und schien um jeden Atemzug zu kämpfen.

Abel biß sich auf die Lippen. Wie um Himmels willen startete man dieses Vehikel bloß? Natürlich – die Kurbel. Da lag sie zwischen den beiden Sitzen. Er sprang aus dem Wagen, ging nach vorn zur Motorhaube, steckte die Startkurbel ein und schwang sie ein paarmal herum, doch ohne Ergebnis.

Er schien keine Kraft mehr in den Armen zu haben. Dabei hatte er vor zwei Monaten noch mit zwei Schlägen einen jungen Baum fällen können. Jetzt packte er die Kurbel, als wolle er einen Feind angreifen und legte all die ihm verbliebene Kraft in den Schwung. Er schnappte nach Luft, als der Motor endlich zum Leben erzitterte.

Der Mann sah ihn an, als er wieder in den Wagen stieg und deutete auf einen Hebel. »Gangschaltung. Gangschaltung.«

Mit einem kreischenden Geräusch sprang der Wagen vom Straßenrand in die Mitte der Straße, und dann fuhren sie, immer genau in der Mitte des Weges.

Zehn Minuten brauchten sie bis Riding Mill, und als sie das Dorf erreichten, rief Abel dem Mann zu, ohne den Blick von der Straße zu wenden: »Wär's nicht besser, wir hielten hier und suchten einen Doktor?«

»Nein ... fahren ... fahren Sie weiter.«

»Aber welche Straße? Ich kenn' mich hier nicht aus.«

»Rechts bei der nächsten Abzweigung und dann Richtung Newcastle. Ich sage Ihnen Bescheid, wenn's wieder abgeht. Fahren Sie durch Whickham und um Gateshead herum.«

Es herrschte wenig Verkehr auf der Landstraße. Sie passierten ein paar Fahrzeuge oder besser gesagt, die überholten sie: ein paar Busse, drei Lastwagen und ein halbes Dutzend Personenwagen. Der Regen schien viele Fahrzeuge von der Straße verscheucht zu haben, und dafür war Abel überaus dankbar. Als er so hinter dem Steuerrad saß und seine Finger es fest umklammerten, den Körper angespannt, konnte er nicht umhin zu denken, wie phantastisch das alles doch war. Auf dem Weg ins Armenhaus war er; und nun fuhr er dieses Auto. In einem Anflug von Galgenhumor dachte er, daß es schon zu komisch wäre, wenn er, nachdem er den Besitzer in seinem Haus abgeliefert hatte, vielleicht aus Dankbarkeit vor die Tür des Armenhauses – jetzt war es das Armenhaus in Gateshead – im Auto vorfuhr.

Erst nachdem sie an Gateshead und Low Fell vorbei waren, die ländliche Gegend verlassen und die Außenbezirke von Fellburn erreicht hatten, wandte er sich wieder an den Mann. »Ihr Haus, Sir, ist es mitten in Fellburn?«

»Nein, nicht weit von hier. Nach ... nach dem nächsten Haus, offenes Gelände davor.«

Abel fuhr langsam an einem großen Haus inmitten eines riesigen Gartens vorbei, dann an einer schmalstreifigen Pferdekoppel, und da war auch schon das offene Gelände. Aus dem Boden an der Frontseite ragte ein ungefähr drei Meter hohes und auf fünf Meter ausladendes Eisengestell, von dessen oberster Querstange ein Schild baumelte, auf dem zu lesen stand: Fahrräder, Ankauf und Verkauf, Reparatur und Verleih. Eigentümer – Peter Maxwell.

Bis jetzt hatte er den Wagen noch nicht anhalten müssen, aber nun werkelte er unsicher mit der Gangschaltung herum. Nur wenige Zentimeter von der Hauswand entfernt gelang es ihm, den Wagen zum Stehen zu bringen. Während er sich für einen Moment zurücklehnte und tief durchatmete, öffnete sich die Hintertür des Hauses, und eine junge Frau kam durch den Hof hinüber zum Wagen gerannt. Sie blickte hinein und rief entsetzt aus: »O mein Gott!«

»Er ... es ging ihm schlecht, Miss. Er ... er bat mich, ihn nach Hause zu bringen.«

»Sehr gut. Sehr gut von ihm ... sehr gut.« Der Mann beugte sich jetzt vor und machte einen Versuch, aus dem Wagen zu steigen. »Könnten Sie mir bitte helfen?« bat die junge Frau Abel.

Schnell eilte Abel um das Auto herum. »Überlassen Sie das nur mir. Ich werde ihn hineintragen.«

Der Mann war klein, schmal und leicht. Ohne die geringste Mühe hätte Abel ihn tragen können, wäre er noch so kräftig wie früher gewesen. So trug er ihn nur fast. Er hatte sich den rechten Arm des Mannes um den Hals gelegt und stützte ihn mit seinem linken Unterarm in der Achselhöhle ab.

»Bringen Sie ihn hier herein. Legen Sie ihn dort auf die Couch.«

Der Mann lag nun ausgestreckt auf der Couch, und die junge Frau eilte aus dem Zimmer, um innerhalb einer Minute mit einem Glas Wasser in der einen Hand und zwei Pillen auf der Handfläche der anderen zurückzukehren.

»Hier, schluck das.« Sie drehte sich halb nach Abel um. »Würden Sie bitte seinen Kopf halten?«

Abel hob des Mannes Kopf und Schultern hoch. »Hier, komm, schluck das«, forderte sie ihn auf. »Ich hab' dich gewarnt. Niemals hättest du diese lange Fahrt machen dürfen. Wenn die es so dringend verkaufen wollten, hätten sie sich selber drum kümmern sollen.«

»Pscht! Pscht!« Geschwächt schloß der Mann die Augen, öffnete sie wieder, drehte den Kopf langsam zur Seite und sah Abel an. »Sie waren sehr gut, Kind, wie ein Samariter, ja bestimmt.«

»Sprich jetzt nicht. Ruh dich erst einmal etwas aus, und dann werden wir dich nach oben bringen.« Sie wandte sich wieder an Abel. »Können Sie noch hierbleiben und mir helfen?«

»Ja selbstverständlich. Aber könnte ich erst meinen Jungen aus dem Auto holen, er ist nämlich völlig durchnäßt.«

»Oh!« Überrascht zog sie die Augenbrauen hoch. »Ja natürlich. Bringen Sie ihn nur herein.«

Eilig ging Abel aus dem Wohnzimmer, durchquerte eine Diele und trat in die Küche. Dabei bemerkte er die überall herrschende Ordnung, doch am stärksten fiel ihm der warme, fast ohnmächtig machende Duft von warmem Essen auf. Er kam aus der Richtung eines auf Hochglanz polierten schwarzen Herdes am äußersten Ende der Küche.

Wenige Minuten später, als er Dick auf einen Stuhl in der Nähe des offenen Kamins drückte, registrierte er auch die Wirkung dieses Duftes auf den Jungen. »Bleib hier sitzen und laß dich trocknen«, flüsterte er. »Du wirst sicher gleich etwas zu trinken oder essen kriegen. In Ordnung?«

Der Junge nickte jetzt lebhafter. Dann blickte er im Zimmer umher, als sei er unvermutet in ein Paradies gestolpert.

Als Abel wieder das Wohnzimmer betrat, sagte der Mann soeben: »Nun sorg dich mal nicht. Es wird sich alles zum Besten wenden. Hab' ich dir nicht immer gesagt, daß Gott für alles sorgt? Hat Er mir in der Stunde der Not nicht Hilfe geschickt?«

O du lieber Gott! hätte Abel beinahe ausgerufen. Nicht schon wieder einer dieser Sorte! Für den Rest seines Lebens war er mit religiösen Wahnsinnigen bedient. Obgleich, dieser Mann kam ihm ganz normal vor – bis jetzt. Und auch, was er als nächstes sagte, schien diesen Eindruck zu festigen.

»Hilda, ich bin ganz in Ordnung. Laß mich nur ein wenig ruhen, dann werde ich nach oben gehen. Was du tun kannst, ist, diesem guten Mann hier und seinem Sohn etwas Heißes zu trinken zu geben. Und laß sie ihre Sachen trocknen.«

Die junge Frau warf Abel einen kurzen Blick zu, bevor sie sich wieder dem Mann zuwandte. »Ich werde mich darum kümmern, sobald du im Bett liegst, nicht eher.«

»O Hilda! Kind! Also dann, bringen wir's hinter uns.«

Wieder legte Abel den Arm um ihn und dieses Mal trug er ihn wirklich die Treppen hinauf.

»Hier hinein.« Die junge Frau war ihnen in ein Schlafzimmer vorausgegangen und hatte eilends die Steppdecke von einem großen Mahagonibett zurückgeschlagen. Abel legte den Kranken darauf nieder, während sie ihn in einem recht herrischen Ton entließ. »Jetzt kann ich mich selber um ihn kümmern. Warten Sie bitte unten.«

Abel erwiderte nichts, sondern drehte sich um und verließ das Zimmer, wobei er die Tür hinter sich schloß. Auf dem quadratischen Treppenabsatz sah er sich genauer um und erkannte, daß es ein feines Haus war, eines von der alten Sorte. An drei Seiten bemerkte er geschlossene Türen, die vierte Seite wurde von einem Geländer aus Mahagoni beherrscht, welches die in die Diele hinunterführende Treppe sicherte.

Solche Häuser wie dieses wurden heute kaum noch gebaut.

Es strahlte eine Atmosphäre stattlicher Wohlhabenheit aus, doch zugleich Wärme und Gemütlichkeit.

Als er die Küche betrat, saß Dick immer noch da, wo er ihn hingesetzt hatte. Dampf stieg aus seinen Kleidern auf, als säße er in einem Suppentopf. Sein Gesicht sah klein, weiß und erschöpft aus und schien einzig von den viel zu großen Augen beherrscht zu sein.

Er ging zu dem Jungen, hockte sich neben ihn und streckte die Hände über das Feuer aus. »Schöne Küche, was?«

»Ja, Dad.«

Er drehte sich zu dem Jungen hin und sah ihn an. Ein harter Druck legte sich ihm auf die Brust, der Hals zog sich ihm zusammen, und seine Stimme war heiser. »Keine Angst, Sohn. Wir werden ... wir werden eines Tages auch so eine Küche haben. Ja, das werden wir. Das verspreche ich dir.«

Der Junge erwiderte nichts, sondern senkte nur den Kopf und rieb die feuchten Handflächen gegeneinander.

Schnell stand Abel auf, ging zum Fenster hinüber und blickte hinaus. Der Regen hatte nachgelassen, jetzt nieselte es nur noch. Er schaute auf den gepflasterten Hof hinaus. Er war so sorgfältig angelegt, daß es keine Pfützen gab. Zur Rechten standen Gebäude, in denen offenbar die Werkstätten untergebracht waren. Die Doppeltür einer der Werkstätten stand offen und gab den Blick auf halb abgewrackte Fahrräder, die an Haken von der Decke hingen, und auf einen Teil einer Werkbank frei. Die Gebäude auf der anderen Seite des Grundstücks sahen wie Garagen aus. Es gab ihrer vier, sie waren zweigeschossig und dienten oben wahrscheinlich als Speicher oder Lagerräume. Das Fahrradgeschäft schien sich zu lohnen.

»Er ruht jetzt und wird bald eingeschlafen sein.«

Erschreckt zuckte er zusammen und fuhr herum; er hatte sie nicht in die Küche kommen hören. Zum ersten Mal betrachtete er sie aus der Nähe. Man konnte sie als hübsch bezeichnen. Sie war mittelgroß und neigte zur Molligkeit. Ihre Haut war frisch und ihre Augen klar. Ihre Frisur bestand aus dunkelbraunem, glattem, zurückgekämmtem, halblangem Haar. Ihr Mund war zwar klein, doch ihre Lippen waren voll. Alles zusammen, vermittelte sie den Eindruck von Sicherheit, eine Art Gott-ist-im-Himmel-Vertrauen, mit der Welt in Frieden lebend. Guter Gott! Jetzt fing er auch schon an, große Reden zu schwingen. Schien ansteckend zu sein.

»Was fehlt Ihrem Vater?« fragte er höflich und erhielt eine Antwort, die ihn rot werden ließ. »Er ist nicht mein Vater, er ist mein Mann.« Stotternd erwiderte er: »Entschuldigen Sie, Miss … Ma'am.«

Für einen Moment blickte sie ihn an, nickte dann leicht und lächelte. »Oh, das ist verständlich. Ein Fehler, den viele Leute machen.« Dann wandte sie ihre Aufmerksamkeit von ihm ab und dem Jungen zu. »Allmächtiger!« rief sie erschrocken. »Du dampfst ja wie ein Suppenhuhn. Zieh den Mantel aus. Du holst dir ja den Tod. Warum hast du dich denn angezogen vor das Feuer gesetzt?«

Während sie Dick nicht allzu sanft vom Stuhl hochzog und ihm den Mantel herunterzerrte, antwortete Abel statt seiner: »Das war mein Fehler. Ich dachte, er würde austrocknen, bevor wir wieder weiter müssen.«

»Wieder weiter?«

Sie drehte den Kopf nach ihm um. Zwischen Zeigefinger und Daumen hielt sie den Mantel hoch, als sei er total verlaust, dann schwang sie ihn über die Messingstange, die unterhalb des Kaminsims angebracht war und über die volle Länge der Feuerstelle lief.

»Ja, wir sind … wir sind auf der Wanderschaft. Ich bin … bin auf Arbeitssuche, aber leider erfolglos.«

»Mit dem Kind?«

»Ja.« Er senkte die Augenlider. »Ich … ich mußte ihn mitnehmen. Die Umstände zwangen mich …«

»Oh, entschuldigen Sie.« Ihre Stimme wurde leiser, und sie wandte den Kopf zur Seite, als wäre es dem Jungen damit nicht möglich, zu hören, was sie sagte. »Seine Mutter, ist sie …?«

Die Frage veranlaßte Abel nun den Kopf abzuwenden. Was sagt man in einem solchen Fall? Was konnte er sagen? Ich habe meine Frau verlassen, den Jungen mitgenommen und bin seit Wochen auf der Landstraße, und er ist kaputt, und wenn das passiert, bin auch ich am Ende …?

»Oh, entschuldigen Sie. Ich verstehe schon.« Ihre Stimme klang jetzt wieder ganz normal, als sie sich lächelnd zu Dick hinunterbeugte. »Magst du Shepherd's Pie?«

»Ja, Ma'am.«

»Nun, da Mr. Maxwell heute abend nichts essen wird, kannst du seine Portion haben.« Sie lächelte noch immer, als sie sich umwandte und Abel anschaute. »Danke Ihnen, Ma'am. Haben Sie vielen Dank …«

Es bereitete ihm große Mühe, normal zu essen und nicht das heiße appetitliche Essen in sich hinein zu schlingen. Er wußte, dem Jungen ging es ebenso. Nach dem Shepherd's Pie gab es einen ganzen Teller voll Sahnereispudding, diesem folgte ein Becher Tee und gebutterter Teekuchen, für jeden von ihnen einen ganzen. Nie zuvor und nie wieder sollte ein Mahl so köstlich schmecken wie dieses.

Sobald die Mahlzeit beendet war, stand er vom Tisch auf. »Ma'am, ich werde den Abwasch machen«, bot er an.

»O nein, nein«, sie schüttelte den Kopf, »das werde ich schon machen. Aber trotzdem, vielen Dank.«

Er blieb stehen und sah ihr zu, wie sie sich am Tisch zu schaffen machte. Als sie Dicks Teller fortnahm, ergriff Abel des Jungen Arm und zog ihn auf die Füße, doch sie meinte abwehrend: »Ist schon gut. Lassen Sie ihn nur da sitzen.«

»Ma'am?«

»Ja?« Sie hielt inne und sah ihn an.

»Darf ich Sie um einen Gefallen bitten?«

»Nun ja«, ihr Gesicht war offen, »das hängt davon ab, was es ist.«

»Würden Sie uns erlauben, für heute nacht in einem Ihrer Nebengebäude draußen zu schlafen?«

»In einem der Nebengebäude schlafen?« Sie blickte zu Dick hinunter, dann wieder zu Abel, schüttelte langsam den Kopf und sagte: »Ich ... ich habe gedacht, Sie seien auf dem Weg zu einem bestimmten Ort. Wollen Sie damit sagen, Sie haben kein genaues Ziel?«

»Genau das, Ma'am.«

»Nun, aber wo wollten Sie denn heute nacht schlafen ... mit ihm?« Wie sie den Jungen ansah!

»Wir ... wir wollten eigentlich nach Hexham und ... und dort ins Armenhaus. Ich muß ihm ein Dach über dem Kopf geben, er hat mehr als genug von der Landstraße.«

»Ja, das sieht man.« Sie nickte. »Ja, selbstverständlich können Sie draußen schlafen. Über der Garage sind Zimmer. Sie sind etwas unordentlich. Seit Jimmy nicht mehr da ist, war ich nicht mehr oben. Ich hatte noch keine Zeit dazu. Jimmy war unser Geselle, er half Mr. Maxwell. Vor zwei Wochen starb er. Er brachte einen Lungenschaden aus dem Krieg heim, aber er war ein guter Arbeiter. Wir vermissen ihn.«

Während sie all dies erzählte, hatte sie den Tisch abgeräumt, die Teller ins Spülbecken gestellt, Milchflaschen ausgewaschen und die Reispuddingschale und das Geschirr vom Shepherd's Pie zum Aufweichen mit hineingestellt. Ohne einen Blick auf ihn zu werfen, ging sie auf die Tür zu und forderte ihn auf: »Kommen Sie. Ich werde Ihnen die Zimmer zeigen.«

Sie stiegen eine dunkle Treppe hoch, die zwischen zwei Garagen verlief, und folgten ihr durch eine Tür am obersten Treppenabsatz. Sie schaltete Licht an, und sie traten in ein Wohnzimmer. Darin stand eine alte Couch, zwei Sessel, ein Bücherregal und zwei Tische, einer in der Mitte des Zimmers, der andere unter dem Giebelfenster. Auf diesem standen ein Gaskocher und einige Kochutensilien.

»Ziemlich unordentlich hier, aber er war nie sehr ordentlich, und kochen konnte er auch nicht. Seine Hauptmahlzeiten nahm er mit uns ein, aber er machte sich hier Tee und andere Kleinigkeiten.« Sie deutete zum Tisch am Fenster hinüber. »Außer dem Ölofen dort gibt es keine Heizung hier.« Dieses Mal zeigte sie in die andere Ecke des Zimmers. »Aber ihm machte das nichts aus. Wenn er nicht arbeitete, war er nachts ohnehin die meiste Zeit fort.« Sie warf den Kopf zurück und beeilte sich hinzuzufügen: »Aber er war ein guter Arbeiter. Einen besseren gab es nicht. Das hier ist das Schlafzimmer. Ich traue mich gar nicht reinzugehen, bei dem Durcheinander, was dort herrschen wird.« Sie stieß eine Tür auf und gab damit den Blick auf ein unordentliches Bett, einen ebensolchen Waschständer und eine Kommode frei.

»Das andere Zimmer ist vollgestopft mit seinem Zeug.« Sie wies auf eine weitere Tür. »Er starb im Krankenhaus, und Verwandte hatte er keine. Also, wenn Sie damit vorlieb nehmen wollen ...« Sie drehte sich um und sah ihn an.

Er lächelte überwältigt zu ihr hinunter.

»Ma' am, im Augenblick kommt mir das alles hier wie ein Palast vor.«

»Unsinn!« Sie schnalzte mit der Zunge und fügte hinzu: »Na, dann bringen Sie mal Ihre Sachen hoch. Aber sortieren Sie zuerst die nassen aus und lassen Sie die in der Küche. Bis morgen früh sind sie trokken.«

»Ich danke Ihnen, Ma'am. Danke vielmals.«

Er sah ihr nach, wie sie auf die Tür zuging. All ihre Bewegungen waren schnell und lebhaft wie ihre Stimme. Sie sah so jung und so voller Leben aus und war verheiratet mit diesem Mann! Er mußte fünfzig Jahre oder noch älter sein. Wie auch immer, die beiden gaben ihnen Unterkunft für die Nacht, und im Augenblick war das alles, was zählte. Er blickte Dick an und lächelte. »Hier ist's in Ordnung, was?«

»Ja, Dad.« Dick nickte und dann sagte er langsam: »Das Haus ist schön, nicht wahr, Dad?«

Abel wandte sich ab, als er den Ausdruck auf dem blassen mageren Gesicht und in den erschöpften Augen sah, und antwortete tonlos: »Ja, sehr schön.«

»Und die Küche war herrlich und warm, nicht wahr? Noch nie habe ich eine so große Küche gesehen. Und die junge Dame, sie ist furchtbar nett, nicht wahr?«

Abel biß sich auf die Lippen, drehte sich dann um und ging in das Schlafzimmer. Hier schlug er das zerknautschte Bettzeug zurück und besah sich die Bettlaken. Sie waren sauber, relativ sauber auf jeden Fall. Er befühlte sie. Zumindest waren sie trocken.

»Das hier könnte ein schönes Heim sein, nicht wahr, Dad?«

Noch immer stand er über das Bett gebeugt; er hatte den Jungen nicht ins Zimmer kommen hören. In dieser Stellung verharrte er. Während er mit der Hand über das Laken strich, sagte er langsam: »Wir sind nur für eine Nacht hier. Mach das Beste daraus, aber fang nur nicht an zu träumen.«Langsam richtete er sich aus seiner gebückten Stellung auf, sah auf den Jungen hinunter, und die Pein in den übergroßen braunen Augen durchbohrte ihn. Abrupt wandte er sich ab. »Komm, laß uns unsere Sachen holen.«

2

Eigenartig, das Bett war doch komfortabel gewesen. Nachdem er noch eine Mahlzeit zu sich genommen hatte – sie hatte es nur einen Bissen genannt –, war auch sein Bauch angenehm gefüllt gewesen, und obwohl jeder einzelne Knochen seines Körpers vor Müdigkeit wehtat, hatte er stundenlang nicht einschlafen können. Als er wie durch einen Nebel ein Klopfen an der Tür vernahm, hatte er das Gefühl gehabt, gerade eingeschlafen zu sein.

Abrupt setzte er sich auf, hielt sich mit beiden Händen für einen Moment den Kopf, preßte die Daumen gegen die Augäpfel und schwang dann die Beine aus dem Bett. Nachdem er sich seine Hosen übergestreift hatte, ging er zur Tür. Er öffnete und sah sie, ihm den Rücken zugewandt, am Tisch stehen, auf den sie soeben ein Tablett absetzte. »Oh … oh, Entschuldigung. Ich muß verschlafen haben«, murmelte er.

»Ist schon in Ordnung. Hier ist eine Kanne Tee. Wenn Sie fertig sind, kommen Sie zum Frühstück herunter.«

»Danke sehr. Vielen Dank, Ma'am.«

Er ging zum Bett zurück und rüttelte Dick sachte an den Schultern. »Wach auf. Komm, aufgewacht. Zeit zum Aufstehen.«

Der Junge rührte sich kaum, und er mußte ihn etwas fester rütteln und ihn von der Seite auf den Rücken rollen, bevor es ihm gelang, ihn zu wecken.

»Ja, Dad. Ja?«

»Hier gibt's schönen heißen Tee. Komm her. Leg nur schnell die Jacke über.«

»Dad, wieviel Uhr ist es?«

»Fast acht. Wir haben verschlafen.«

Um viertel nach acht klopfte Abel an der Küchentür, und die Stimme der Hausherrin ertönte: »Kommen Sie nur herein.«

Sie traten in die Küche und blieben beide wie auf Kommando stehen. Alles war in strahlendes Sonnenlicht getaucht. Draußen schien zwar die Sonne, aber in diesem Zimmer schien ihr Licht noch verstärkt zu sein. Auf einem blau umrandeten Tischtuch war der Frühstückstisch gedeckt. Das Geschirr – ein Weidenmuster mit chinesischer Landschaft – war aus festem Steingut. Abel bemerkte, daß die Wände der Küche gelb gestrichen und die Vorhänge blau waren. Sie waren das, was er Wolkengardinen nannte. Sie bauschten sich im Luftzug, der von der Tür her wehte. Der Steinfußboden war aus großen Schieferplatten zusammengesetzt, dessen Eintönigkeit jedoch von farbigen Teppichen aufgehoben wurde. Es waren keine Fleckenteppiche, wie sie seiner Erinnerung nach in den Küchen des Nordens lagen. Dieses hier waren richtige Teppiche.

»Setzen Sie sich doch. Ich hoffe, Sie mögen Porridge.«

»Alles, Ma'am.« Seine Stimme klang heiser.

»Und wie geht's uns heute morgen?« Sie lächelte zu Dick hinüber.

»Gut, Ma'am.«

Offen lachte sie ihn an, und als er ihr Lächeln zurückgab, meinte sie: »So ist's schon besser.«

»Also dann, greift tüchtig zu. Ich glaube, zu Eiern mit Speck sagt ihr auch nicht nein, oder?«

Abel war unfähig, etwas zu erwidern. Er nahm einen Löffel voll Porridge, doch davor mußte er den ihm im Hals steckenden Kloß herunterwürgen. Einen Augenblick lang glaubte er, durchdrehen zu müssen. Immer wieder befahl er sich: Mein Gott! reiß dich zusammen. Den Tränen war er nahe. Warum, das konnte er nicht genau sagen. Seit jenem Tag, als er in den Wald gelaufen war und den Kopf gegen den Baumstamm geschlagen hatte, seit jenem Tag hatte er nicht mehr dergleichen gefühlt.

Er wandte den Kopf ab und schneuzte sich. »Was ist los? Mögen Sie kein Porridge?« wollte sie wissen.

»Doch. O doch, Ma'am, ja.« Er hielt den Kopf gesenkt. »Ich bin nur etwas erkältet, das ist alles.«

»Na, das ist ja auch kein Wunder. So naß wie Sie waren, ihr beide. Es ist ein reines Wunder, daß ihr euch keine Lungenentzündung geholt habt. Übrigens, wenn Sie mit dem Frühstück fertig sind, möchte Mr. Maxwell mit Ihnen sprechen. Heute morgen geht's ihm schon viel besser.«

»Oh, das freut mich zu hören, Ma'am.«

»Das gestern war ein sehr schlimmer Anfall. Er erzählte mir, daß er auf einer völlig einsamen Straße gestanden hätte und sicher dort die ganze Nacht hätte verbringen müssen, wären Sie nicht vorbeigekommen; und … und das wäre bestimmt das Ende für ihn gewesen. Ich habe nach einem Doktor telefoniert. Das tu ich sonst nicht, weil ich an seine Anfälle gewöhnt bin, aber gestern abend war er in einem zu schlimmen Zustand. Auf mich hört er ja nicht. Nur der Doktor kann ihn soweit bringen, für ein paar Tage im Bett zu bleiben.«

»Woran leidet er denn, Ma'am?«

»Hauptsächlich Bronchialasthma. Nun ja, und in seinem Alter macht sich auch das Herz bemerkbar. Ich fürchte, das war es auch, was gestern passiert ist – ein Herzanfall. Er sagt natürlich, das war's nicht. Ach übrigens, wie heißen Sie eigentlich?«

»Gray, Ma' am, Abel Gray. Und mein Junge heißt Dick.«

»Aha.« Sie nickte von einem zum anderen, deutete dann zu einem Sims oberhalb des Herdes und erklärte: »Wenn ihr euer Porridge gegessen habt, nehmt euch euer weiteres Frühstück von da oben. Ich bin im ersten Stock. Wenn Sie fertig sind, kommen Sie auch nach oben, ja?«

»Ja, Ma'am.«

Jetzt, da sie allein in der Küche waren, sahen sie einander über den Tisch hinweg an. »Ist ein tolles Frühstück, nicht wahr, Dad?« ließ sich Dick mit ehrfürchtiger Stimme vernehmen.

»Ja, das ist's. Mach's Beste draus, und iß dich kugelrund satt.«

Die Eier mit Speck und das geröstete Brot waren köstlich, aber er mußte sich zum Essen zwingen. Voller Furcht dachte er daran, wie es weitergehen würde.

Nach dem Frühstück ging er zum Spülbecken hinüber, wusch sich die Hände, benäßte seinen Kamm unter dem Kran und kämmte sich das Haar zurück, zog vorn und hinten sein Jackett gerade, und mit den Worten: »Bleib hier sitzen, bis ich zurück bin«, verließ er die Küche, durchquerte die Diele und stieg langsam die Treppen hinauf. Vor der Schlafzimmertür wartete er einen Moment, bevor er anklopfte.

»Kommen Sie herein.«

Schüchtern betrat er das Zimmer. Der Mann saß, von Kissen gestützt, im Bett. An diesem Morgen sah er noch älter aus, wobei sein Alter noch von der Jugendlichkeit seiner Frau unterstrichen wurde.

»Guten Morgen, Sir. Ich hoffe, es geht Ihnen besser.«

»O ja, ich fühle mich recht gut. Dank sei dem Herrn ... und Ihnen.« Er lächelte und fügte nickend hinzu: »Für einen Mann, der nicht über Autos Bescheid weiß, haben Sie es recht anständig gemacht.«

»Danke, Sir.«

»Meine Frau sagte mir, Sie heißen Gray, Abel Gray.«

»Jawohl, Sir.«

»Nun, Abel, ich werde Ihnen jetzt ein paar Fragen stellen, und ich möchte ehrliche Antworten. Davon hängt viel ab, verstehen Sie?«

»Jawohl, Sir.«

»Sie sind auf Wanderschaft, das ist offensichtlich. Doch heutzutage bedeutet dies nichts Unehrenhaftes, außer daß Sie ein Kind mit sich schleppen. Also, warum das?«

Ohne mit den Augenlidern zu zucken, sah Abel dem Mann in die Augen. Er wollte die Wahrheit hören. Doch was wäre das Resultat, erzählte er wirklich die Wahrheit? Innerhalb von fünf Minuten würden sie wieder durch das Tor hinausgehen. Erzählte er eine Lüge, konnte er vielleicht heute nacht wieder über den Garagen schlafen und – was viel wichtiger war –, der Junge konnte über den Garagen schlafen. Zögernd antwortete er: »Ich habe einen schweren Verlust erlitten, Sir.« Das hörte sich in seinen Ohren gut an, und es war auch die Wahrheit. O ja, es war die volle Wahrheit. Alice, seine teure, über alles geliebte Alice war ein tiefer Verlust gewesen.

»Nun ja, wir dachten uns so was schon.« Der Mann drehte den Kopf und blickte seine Frau an. »Nächste Frage: Waren Sie jemals in Schwierigkeiten ... im Gefängnis?«

»Nein, Sir, niemals.« Das war die zweite Lüge, aber er leugnete mit Nachdruck, weil er seine Strafzeit im Armeegefängnis nicht als Resultat eines Vergehens seinerseits betrachtete.

»Trinken Sie?«

»Ich ... ich habe mal hin und wieder ein Glas Bier getrunken, als ich es mir noch leisten konnte, doch seit mehr als zwei Monaten habe ich keins mehr getrunken.«

»Gut, gut. Seit wann sind Sie auf der Landstraße? Erst die letzten zwei Monate?«

»Ja, Sir, genauso lang.«

»Nun dann, noch eine Frage: Glauben Sie, daß Sie ganz ohne Trinken auskommen könnten?«

»Da bin ich mir sicher. Es ist nicht wichtig für mich.«

»Gut, gut. Noch eine letzte Frage: Welcher Religion gehören Sie an?«

Jetzt wich Abel seinem Blick aus. Er gehörte keiner Religion an, er glaubte nicht einmal an Gott. Zweifel hatten ihn bereits befallen, bevor er noch in den Krieg eingezogen worden war. Aber das Massenabschlachten, an dem er nicht teilhaben wollte und weswegen er verfolgt worden war, hatte ein für allemal jegliche Idee einer gütigen Gottheit in ihm ausgelöscht. Dieselbe Frage hatte man ihm gestellt, als er eingezogen werden sollte, und als er ehrlich mit »keiner« geantwortet hatte, wurde er als Abtrünniger eingestuft.

Wieder bildete sich vor seinem inneren Auge das Bild des Zimmers oberhalb der Garagen, und das des tief schlafenden Dickies in einem wirklichen, warmen Bett. Leise kamen die Worte über die Lippen: »Man könnte sagen, Church of England, Sir.«

»Habe ich recht, wenn ich annehme, Sie sind kein Kirchgänger?«

»Das stimmt, Sir. Kirchgänger bin ich nicht.«

»Nun ja, Sie sind ehrlich in dieser Hinsicht, also gibt es noch Hoffnung für Sie.« Mr. Maxwell lächelte jetzt. Dann fuhr er fort: »Jetzt noch ein paar Fragen, aber diesmal technischer Natur. Wenn ich mich recht entsinne, so sagten Sie, Sie hätten noch keinen Wagen gefahren, nur Traktoren.«

»Ja, Sir. Und während des Krieges habe ich Lastwagen gefahren.«

»Haben Sie ein Gefühl für Mechanik?«

»Nun, damals mußte ich den Lastwagen und Traktor warten, aber die sind ganz anders, als die Autos von heute. Ich rede von vor fünfzehn Jahren, Sir.«

»Würden Sie gern mit Autos handeln, ich meine, sie warten?«

Abel schluckte schwer. Dann antwortete er ruhig und aus tiefster Seele: »Sir, ich würde mit allem gern arbeiten, das meinem Jungen und mir ein Dach über dem Kopf gibt.«

»Nun, genau das biete ich Ihnen an. Nicht nur ein Dach über dem Kopf, sondern, wenn Sie gut sind, biete ich Ihnen auch eine gute Stellung an. Wir werden es für einen Monat miteinander versuchen und sehen, was dabei herauskommt.«

»Oh, Sir, ich danke Ihnen. Haben Sie von ganzem Herzen Dank. Und ich verspreche Ihnen …«

»Oh! Stop. Tue niemals ein Versprechen, was du nicht halten kannst.«

»Sir, etwas kann ich Ihnen versprechen und es auch halten: Zu jeder Tag- und Nachtstunde, wann immer Sie mich brauchen, werde ich Ihnen mein Bestes geben.«

Der Mann wandte sich nun wieder seiner jungen Frau zu. »Hilda, ich glaube, ich habe mich nicht geirrt. Ich irre mich selten. Ist es nicht so?«

»Ja, du irrst dich selten, Peter.«

»Sir?«

»Ja?«

»Es ist mir aufgefallen, daß Sie auch mit Fahrrädern handeln. Mit Fahrrädern kenne ich mich ganz gut aus. Ich kann sie auseinandernehmen und wieder zusammensetzen und …«

»Das kann Benny Laton auch.« Der Mann tat einen tiefen Seufzer. »Ich muß Sie über Benny aufklären. Er ist ein Junge, der schon seit seinem vierzehnten Lebensjahr bei mir ist. Er ist ein Genie bezüglich Fahrräder, aber«, er tippte sich jetzt an den Kopf, »Gott hat bestimmt, daß der arme Junge seinen Geist nicht benutzen kann. Er ist zurückgeblieben. Aber weder Sie noch irgend jemand anders könnte Benny in puncto Fahrräder übertreffen. Gott nimmt, aber Er gibt auch, und Er hat dem Jungen diese einzigartige Fähigkeit gegeben. Nein, ich will Sie für das Autogeschäft, und sobald ich wieder auf den Beinen bin, was morgen oder übermorgen sein wird, werden wir anfangen, zusammen zu arbeiten. In der Zwischenzeit können Sie die Zimmer da oben aufräumen. Meine Frau sagte mir, sie seien in einem schlimmen Zustand. Sie können sich dort einrichten. Denn bin ich erst einmal wieder auf den Beinen, werden Sie für Haushaltsdinge keine Zeit mehr haben.« Beim Lächeln preßte er fest die Lippen zusammen. »Ist es nicht so, Hilda?«

»Ja, ja Peter, stimmt.«

Abel blieb noch einen Augenblick lang stehen, nickte erst dem einen, dann dem anderen zu, drehte sich um und verließ schnell das Zimmer. Als er den Treppenabsatz erreicht hatte, verspürte er den heftigen Wunsch, mit einem Satz die Stufen herunter zu springen. Er hatte ein Wunder gebraucht, und nun war das Wunder eingetroffen.

Am Fuße der Treppe hielt er inne und blickte nach oben zurück. Komisch, er hatte um ein Wunder gebeten, und gegeben wurde es ihm von einem der frommen Seelen. Aber auch, wenn es der Teufel persönlich gewesen wäre, er hätte nach dessen Pfeife getanzt. Jetzt gab es nur noch eines: dem Jungen davon zu berichten, oder besser gesagt, den Jungen zu instruieren.

Er ging in die Küche, packte Dick bei der Hand, zog den verdatterten Jungen von seinem Stuhl hoch und hinaus in den Hof, die Treppen hinauf und in den Wohnraum, wo er sich auf die Couch fallen ließ, ihn zwischen seine Knie zog und seine beiden Hände ergriff. »Was würdest du sagen, wenn ich dir erzählte, du kannst hierbleiben … wir können hierbleiben?«

Dick schnappte nach Luft. »Oh, Dad! Ich würde vor Glück laut losschreien. Und dann würde ich …« Seine Stimme verklang, und er murmelte nur immer wieder: »O Dad, Dad.«

»Nicht weinen, mein Sohn. Nicht weinen. Ist ja schon gut.« Er zog den Jungen in die Arme und drückte ihn fest an sich. Er versuchte, die in ihm selber aufsteigenden Tränen mit Augenzwinkern und sich auf die Lippen beißen zu unterdrücken, doch trotz aller Bemühungen rannen sie ihm einfach über das Gesicht und in des Jungen Haar.

Nach einer Weile wischte er sich die Tränen mit dem Handrücken ab und schob den Jungen etwas von sich fort. »Aber es gibt einen Haken dabei … Weißt du, was es heißt: Es gibt einen Haken dabei?« Er wartete, und als Dick ihm keine Antwort gab, erklärte er: »In diesem Fall ist es etwas, was verhindern kann, daß wir hierbleiben. Es ist etwas, was uns wieder auf die Landstraße schicken kann, hinaus in die Nässe und ohne Dach über dem Kopf. Das meine ich mit einem Haken. Verstehst du? Paß auf, du weißt doch noch, daß ich dir gesagt habe, von jetzt an ist unser Name Gray, nicht mehr Mason, ja?«

Dick nickte langsam.

»Nun, wenn diese Leute hier wüßten, daß ich … daß ich dich von deiner Mutter weggenommen habe und du mit mir deshalb über die Landstraße trampen mußtest und durch dieses furchtbare Wetter, dann würden die hier nichts mit mir zu tun haben wollen. Wie ich schon sagte, wir würden wieder rausgeschmissen werden. Und darum ist deine Mutter tot – verstehst du? Hast du das begriffen?« Sanft schüttelte er Dick. »Wenn dich irgend jemand nach deiner Mutter fragen sollte, so ist sie tot, und darum sind wir auch von Hastings fort und in den Norden gekommen. Jetzt verstehst du es doch, Dick, nicht wahr? Sag mir, daß du es verstehst.«

Eine Zeitlang starrte der Junge seinen Vater an. Dann wiederholte er: »Ich muß sagen, meine Mam ist tot.«

»Ja, vergiß das nicht. Sie ist tot. Nur wenn du das sagst, können wir hierbleiben. Aber wenn du jemals sagen solltest, daß deine Mutter lebt, dann … Also, ich muß es ja nicht wiederholen, oder?«

»Nein, Dad.«

»Du willst doch hierbleiben, nicht wahr?«

»O ja, Dad, ja. Die Dame ist so nett.«

Abel wandte den Kopf ab. Alle Damen waren nett zu dem Jungen gewesen, alle außer der Verrückten. Er kannte die Anzeichen, dieses Verlangen nach Mutterliebe, und diese hier erschien ihm bei weitem die Netteste. Auch für ihn selber, unbedingt. Und noch dazu die Sicherste, denn sie war verheiratet. Und nachdem sie und er so fromm waren, würde es hier auch keinen Hokuspokus geben wie auf dem Boot oder wie mit der Verrückten. Nein, arbeitete er für die beiden, wie er es zu tun beabsichtigte, war er auf Jahre hinaus gesichert. Der Junge würde zur Schule gehen, und vielleicht würde auch er selbst mit der Zeit Frieden finden, wenn der Schmerz um Alice nachlassen würde.

»Ist jetzt alles klar? Nun sag mir, ob du auch alles verstanden hast.«

»Ja, Dad, ich habe alles verstanden.«

3

Abel arbeitete jetzt bereits sechs Monate für Peter Maxwell. Es kam ihm vor, als seien es sechs Jahre, sechs angenehme Jahre. Er arbeitete sechs Tage die Woche, oftmals zwölf Stunden täglich. Am Sonntag ruhte er sich aus, wie es alle taten. Niemand arbeitete in Mr. Maxwells Unternehmen an einem Sonntag. Selbst die Mahlzeiten wurden samstags gekocht und am Tag des Herrn kalt gegessen, wie Mr. Maxwell zu sagen pflegte.

Abel wußte, daß er, was seine Arbeit und seine untadelige Lebensweise betraf, einen Stein im Brett bei seinem Chef hatte. Was Mr. Maxwell und Mrs. Maxwell betraf, so war an ihm nur eines auszusetzen – und Abel war dies durchaus klar –, daß er nicht in die Kirche ging. Sie konnten ihn auch nicht dazu bringen, am Sonntag die Kirche zu besuchen.

Nicht ohne Heuchelei versuchte er ihnen klarzumachen, daß er, seiner Meinung nach, Gott auf einem Hügel so nahe sein konnte wie in den vier Wänden, denn hieß es nicht, daß Gott überall war? Ja, stimmten sie zu, aber Er kam den Menschen besonders nahe im Bereich der geheiligten vier Wände.

Was Dick betraf, so hatte dieser keinerlei Ähnlichkeit mehr mit dem nassen, bleichgesichtigen Kind, das damals in dieses Haus gekommen war. Seine Wangen waren rosig, er hatte zugenommen und war ein wenig gewachsen, aber vor allen Dingen war er glücklich. Er war in der Schule glücklich, er war in ihren Räumen über der Garage glücklich, aber am glücklichsten war er – das fiel Abel auf –, wenn er in der Küche war.

Ihre Hauptmahlzeiten nahmen sie am Abend in der Küche zusammen mit Mr. Maxwell und Mrs. Maxwell ein, und am Backtag wurden sie manchmal zum Tee eingeladen. Die anderen Mahlzeiten, wie Frühstück und einen späten Imbiß, bereitete Abel oben in ihren Zimmern.

Abel war glücklich, daß der Junge zwei Freunde gefunden hatte, die von der Mentalität her ganz unterschiedlich, doch nichtsdestotrotz enge Freunde waren. Der erste war der zurückgebliebene Benny Laton. Benny war nicht mehr ein Junge, zumindest sah er nicht wie ein Junge aus; er war ein Mann von zweiundzwanzig Jahren, aber er redete und verhielt sich wie ein Zehnjähriger. Doch sofort vom ersten Tag an hatte es ihn zu Dick hingezogen und Dick zu ihm. Und wann immer möglich, war der Junge bei Benny und reichte ihm die einzelnen Werkzeuge. Oft auch absichtlich die falschen, damit Benny lachend schimpfen konnte: »Puh, Mann, bist du aber blöd; is' doch kein Schraubenschlüssel!« oder »Das da is' doch 'n Hammer, kein Nagel.«

Der andere Freund war ein zwölf Jahre altes Mädchen, die – im Gegensatz zu Benny – vor ihrer Zeit zur Frau gewachsen war. Sie war die Tochter der Nachbarin, Mrs. Esther Quinton Burrows. Sie lebte in dem großen Haus, das von den Maxwells durch einen Pferdekoppelstreifen und den Garten getrennt war.

Molly war Esther Burrows einzige Tochter. Seit Mollys Mutter vor vier Jahren nach dem Tod ihres Mannes beschlossen hatte, krank zu sein, wurde sie als Pflegerin, Gesellschafterin und Haushälterin ausgenutzt. Letztere Position mußte sie ständig wieder ausüben, sobald ein Dienstmädchen Knall auf Fall beschloß, die Launen und Anforderungen ihrer Herrin nicht länger ertragen zu können und somit kündigte, was unterstrich, daß der von Mrs. Burrows ausgeübte Druck wirklich stark war. Denn auch für Frauen waren in diesen Zeiten Anstellungen so rar wie für Männer.

Doch wann immer das junge Mädchen dem Haus und ihrer Mutter entkommen konnte, lief es über die Pferdekoppel, robbte unter dem Drahtzaun hindurch, der den Maxwellschen Gemüsegarten umgab, in den Hof, und erst dort hielt es an und sah sich nach Dick um.

An diesem besonderen Tag war Backtag bei Maxwells, und in eben diesem Augenblick tranken alle gemeinsam Tee.

Als Molly niemanden erblicken konnte, blieb sie zögernd in der Mitte des Hofes stehen und blickte zum Küchenfenster hinüber. Sie bemerkte, daß alle beim Tee saßen und wollte schon wieder gehen, als sich die Tür öffnete und Hilda Maxwell ihr zurief: »Komm rein, Molly. Wir sind fast fertig.« Schüchtern trat das Mädchen ins Zimmer. Hilda, die an den Tisch getreten war, drohte scherzhaft mit dem Zeigefinger. »Dick, schling nicht die letzten Bissen.« Sie sprach mit ihm wie mit ihrem eigenen Kind. Sie wandte sich Molly zu. »Molly, setz dich doch. Möchtest du eine Tasse Tee und ein Stück Kuchen?«

»O ja, Mrs. Maxwell. Vielen Dank.«

Wenige Minuten später aß Molly von dem frisch gebackenen Kuchen und schlürfte ihren Tee, während die anderen vier, die schon fertig waren, weiter am Tisch sitzen blieben und warteten.

Das Schweigen hätte eigentlich als peinlich empfunden werden können, doch mittlerweile hatte Abel sich daran gewöhnt. Niemand an diesem Tisch begann mit dem Essen oder verließ den Tisch, ohne daß ein Tischgebet gesprochen wurde. Er sah Molly an und lächelte ihr leicht zu. Sie war ein nettes Mädchen. In den vergangenen Monaten hatte er sie liebgewonnen. Die Mutter hatte er noch nie zu Gesicht bekommen, aber nach dem, was er über sie gehört hatte, stellte er sich eine Frau vor, die sich einbildete, nicht dazu geboren worden zu sein, sich die Finger schmutzig zu machen. Da sie genau in eben jenem Haus aufgewachsen war, war sie auch nie in die Verlegenheit gekommen. Jetzt verbrachte sie die meiste Zeit des Tages damit, auf der

Couch zu liegen. Im vorigen Jahrhundert hätte man ihre Beschwerden auf Hysterie zurückgeführt, was im Grunde eine andere Bezeichnung für Faulheit oder Lebensflucht war.

»So, jetzt sind wir alle satt.« Peter Maxwell ließ seinen Blick über den Tisch schweifen, senkte den Kopf und betete. »Herr, im Namen aller hab Dank für das, was du uns heute bescheret hast. Amen.«

»Amen.«

»Also dann!«

Er erhob sich vom Tisch und beugte sich zu Molly hinüber. »Ich nehme an, junge Dame, Sie sind hergekommen, um die kostbare Zeit meines dritten Assistenten zu vergeuden.« Mit gespielt ernstem Gesicht hatte er dies gesagt, und augenzwinkernd erwiderte sie: »Ja, Mr. Maxwell, so könnte man es nennen.«

Diese Antwort ließ Peter Maxwell laut auflachen. Hilda schmunzelte, als sie kommentierte: »Sieh mal an, was für ein schlagfertiges Fräulein wir da haben.« Sie nickte einem nach dem anderen zu, zuletzt Abel, der breit grinsend zurücknickte.

Aber dann gefror plötzlich die Heiterkeit, und das Lachen im Zimmer erstarb, als habe es jemand mit einem Messer abgeschnitten. Peter Maxwell war über dem Tisch zusammengebrochen und stöhnte laut, während er sich die Hände gegen das Herz preßte.

»O mein Gott! Mein Gott!« Hilda stützte ihn an einer Seite, Abel an der anderen. »Legen Sie ihn auf den Teppich.«

»Peter! Peter! Ist alles in Ordnung?« Sie versuchte, die verkrampfte Gestalt zu lockern, doch Abel sagte wie gehetzt: »Nicht bewegen! Holen Sie den Doktor.«

»Ich kann ihn anrufen.« Molly eilte auf die Tür zu. »Ich kenne die Nummer. Ist doch derselbe Doktor wie unserer, nicht wahr?«

Hilda drehte sich um. »Ja ... ja. Sag ihm, Mr. Maxwell ist zusammengebrochen. Es ... es ist ernst, sag ihm das.«

»Holen Sie was zum Zudecken.«

Sie sah Abel an, nickte und sprang auf.

Eine Minute später, als Abel half, den kraftlos am Boden liegenden Mann in die Decke einzuhüllen, spürte er, wie eine Veränderung im Körper des Mannes vor sich ging. Sein Stöhnen verstummte. Besorgt forschte er in dem verzerrten Gesicht, das sich mit einem Mal entspannte; die Schmerzfalten verschwanden, und zurück blieb eine glatte Haut.

Abel hob den Kopf und traf Hildas Blick. »O nein, nein!« flüsterte sie wimmernd, »das kann nicht sein. Er ... er hat es doch vorher schon gehabt. Nein! Nein! Es ist nichts Schlimmes, nicht wahr?« Flehend sah sie Abel an. »Ich ... ich weiß es nicht«, erwiderte er, »ich glaube es nicht. Sein Puls ist sehr schwach.« Er hielt Peter Maxwells Handgelenk, aber seine Finger spürten keinen Pulsschlag mehr, doch er hatte nicht das Herz, ihr zu sagen: »Er ist tot.« Nicht einmal sich selber konnte er es eingestehen, alles war einfach zu schnell geschehen. Er war mitten im Lachen gestorben. Ja, er war lachend gestorben! Dieser fromme Mann ... dieser edle, wirklich fromme Mann war lachend gestorben. Eine gute Art, fortzugehen.

Es war neun Uhr. Peter Maxwell war im Wohnzimmer aufgebahrt. Sie hatten ein Einzelbett von oben heruntergebracht. Der Mann vom Bestattungsinstitut hatte seinen Beitrag geleistet, doch Mrs. Maxwell selber – in Abels Augen immer noch ein junges Mädchen – hatte ihn ausgezogen und ihm das Totenhemd angelegt. Jetzt saß sie mit gefalteten Händen am Küchentisch. Ihre Augen, die bis jetzt noch keine Träne vergossen hatten, blickten leer. »Mein Vater wird wohl benachrichtigt werden müssen und auch unsere Florrie.«

Abel, auf der anderen Seite des Tisches, krauste die Stirn, sagte jedoch nichts. Nie zuvor hatte sie ihren Vater oder ihre Schwester erwähnt. Aber warum sollte sie auch? Eigentlich wußte er nichts von ihr, außer daß sie Mrs. Maxwell und in allem, was sie tat, tüchtig und freundlich war.

Doch Überraschung zeichnete sich auf seinem Gesicht ab, als er sie fragen hörte: »Würden Sie zu ihnen gehen und es ihnen sagen?«

»Heißt das, daß sie hier in der Gegend wohnen?«

»Genau.« Ein Ton von Bitterkeit lag nun in ihrer Stimme. »Seit über zwei Jahren habe ich die beiden nicht mehr gesehen. Er war dagegen, daß ich Mr. Maxwell heiratete.«

Von ihrem Mann sprach sie immer nur als Mr. Maxwell. Sie rieb sich jetzt die Augen. »Ich ... ich habe Vaters Standpunkt verstanden. Mr. Maxwell war um drei Jahre älter als er – zweiundsechzig. Aber ... aber ich habe ihm immer wieder versucht zu erklären, daß es nicht so war wie er dachte, ich meine unsere Verbindung ... ich meine ...« Sie blickte jetzt ins Feuer und fügte kaum vernehmbar hinzu: »Er wollte mir einfach nicht zuhören, wollte einfach meine Gründe nicht hören.«

Abel schwieg. Das Verhalten ihres Vaters konnte er gut begreifen und auch, daß dieser keinen ihrer Gründe hören wollte, warum ein

Mädchen wie sie einen Mann von zweiundsechzig heiraten wollte. Obwohl man sagen mußte, Peter Maxwell hatte nicht annähernd so alt ausgesehen, um die fünfzig herum, ja, aber nicht sechzig. Und die Heirat war vor zwei Jahren gewesen. Nun ja, es ging ihn nichts an.

»Und dann ist da noch unsere Florrie.« Sie sah ihn wieder an. »Eigentlich möchte ich ihr nichts sagen, aber ich muß es wohl. Wenn ich's nicht tue, wird er's tun ... Vater. Die beiden halten wie Pech und Schwefel zusammen und haben auch die gleichen Ansichten, und gottlos sind sie alle beide.« Ihre vollen Lippen verzogen sich in tiefstem Abscheu und ließen keine Zweifel aufkommen, was sie über ihre Verwandten dachte.

Sie war aufgestanden und zur Kommode hinübergegangen, aus deren Schublade sie ein Tischtuch zog, das sie mit einer weit ausholenden Bewegung des Armes über den Tisch ausbreitete. Die Tischdeck-Routine folgte, und während der ganzen Zeit redete sie pausenlos, als führe sie Selbstgespräche. »Es würde mich überraschen, wenn sie überhaupt zu Hause wäre. Wahrscheinlich vergnügt sie sich irgendwo. Aber wenn sie zu Hause ist, wird sie bestimmt nicht allein sein, da verwette ich meinen Kopf drauf. O nein, nicht unsere Florrie. Er wird dort sein. Wenn nicht er, dann ein anderer. Obwohl mein Vater genau wußte, was sich da abspielte, hat er ihre Partei ergriffen. Unglaublich, wenn man's richtig bedenkt.«

Abel bemerkte überrascht, daß sie nicht für eine Person, sondern für drei gedeckt hatte. Sie hielt mit dem Hantieren inne, folgte seinem Blick, und ohne jede Überleitung erklärte sie: »Ich kann's nicht ertragen, allein zu essen. Sie und Dick kommen zum Frühstück rüber. Zumindest für den Augenblick. Ich muß mich beschäftigen, damit ich nicht so viel nachdenke. Wenn Sie denen heute abend nicht Bescheid sagen wollen, morgen ist dafür auch noch Zeit. Aber ... aber«, ihre Finger öffneten und schlossen sich ständig, »ich möchte heute nacht nicht allein hier sein und ... und wenn Florrie auch nur ein Fünkchen Anstand in sich hat, wird sie anbieten, hier zu bleiben.«

»Ich werde sofort gehen.« Er stand auf. »Sagen Sie mir bitte Namen und Adresse.«

»Also, Florrie ist nicht schwer zu finden. Sie lebt in Brampton Hill. Ja«, – sie nickte ihm zu – »nicht mal zehn Minuten zu Fuß von hier. Ich glaube, es ist sechsundvierzig. Egal, es ist ein großes Haus, eines von denen, die man innen in Einzelwohnungen umgebaut hat. Es ist das einzige mit großen Eisentoren zur Straßenseite hin. Ich weiß allerdings nicht, in welchem Appartement sie wohnt. Aber da werden wahrscheinlich Türschilder sein. Und mein Vater ..., na ja, da müssen Sie schon weiter gehen. Er ist ...« sie wandte das Gesicht ab, als habe sie etwas Beschämendes zu beichten, »... der wohnt in Bog's End, Temple Street 109. Mein Vater heißt Donnelly und Florrie auch.«

Als er auf die Tür zuging, sagte sie leise, fast traurig: »Wenn Sie 109 sehen, werden Sie verstehen, warum ich in diesem Haus wohne.« Sie schluckte. »Sagen sie beiden, Mr. Maxwell ist tot. Er ... mein Vater wird sich wahrscheinlich betrinken. Wie Florrie reagiert, wird man abwarten.«

Er schwieg und blickte sie aufmerksam an. »Ich werde den Jungen herunterbringen; er kann Ihnen Gesellschaft leisten. Er wird nicht ins Bett gehen, bevor nicht jemand anderer bei Ihnen ist. Ich werde mich sehr beeilen.«

Als sie ihm zunickte, drehte er sich um, ging hinaus und schloß leise die Tür hinter sich. Im Hof angelangt, blieb er für einen Augenblick stehen und sah hinauf in den dunklen, sternenerleuchteten Himmel. Ein komisches Mädchen war sie, einerseits so jung, andererseits so alt wie die Erde. Sie schien ein Mädchen zu sein, das niemals die Jugend genossen hatte.

Abel hatte an der Tür von Nummer 109 in der Temple Street angeklopft, und noch bevor geöffnet wurde, ging ihm der Sinn von Hilda Maxwells Worten auf. Selbst in der Dunkelheit schien die Temple Street zu den ärmlicheren Straßen von Bog's End zu zählen, und das sagte einiges.

»Ja. Wer ist da?«

»Mr. Donnelly?«

»Ja, der bin ich.«

»Ich ... ich heiße Abel Gray.«

»Na und? Was wollen Sie?«

Abel sah sich einem dünnen, zwergenwüchsigen Mann mit einer gewaltigen Stimme gegenüber, und beinahe hätte er laut aufgelacht. Einen größeren Kontrast zu Hilda Maxwell konnte man sich nicht vorstellen. Daß dieser kleine Bursche der Erzeuger von Hilda Maxwell war, schien einfach lächerlich. Dieser heisere, unrasierte kleine Knirps gehörte einer völlig anderen Welt an, als der von Newton Road 3, was in Wirklichkeit noch zu Brampton Hill gehörte. Und dies wiederum war das vornehmste Viertel von Fellburn.

»Ich komme mit einer Nachricht von Ihrer Tochter … Hilda.« Er dachte, zum Verständnis müsse er den Vornamen dazusetzen, und während er ihn aussprach, kam er ihm fremd vor. Es war das erste Mal, daß er ihn laut aussprach, und er schien keinerlei Verbindung zu der Person zu haben, der er gehörte.

»Hilda? Wieso Hilda? Was is'n los mit ihr? Geht's ihr so dreckig oder liegt sie auf'm Sterbebett, weil sie nach mir schickt?«

»Nein. Ihr … ihr selber geht's gut, aber ihr Mann ist heute abend plötzlich verstorben.«

Im tristen Licht des Flurs sah Abel, wie sich des alten Mannes Gesichtsausdruck veränderte. Sein Mund verzog sich, und während er mit der einen Hand das unrasierte Kinn rieb, schien er einen Moment nachzudenken, um dann in weniger aggressivem Ton zu sagen: »Besser, Sie kommen rein.«

Abel nahm seine Kappe ab, als er an dem alten Mann vorbeiging und erkannte mit einem Blick, daß das Zimmer als Küche, Wohn- und Schlafzimmer zugleich diente. Der Raum sah aus, als sei er seit längerem nicht mehr gesäubert worden, und doch gab es hier zwei gemütliche Inseln. Einen großen zerschlissenen, einstmals roten Ledersessel, der vor einem hell lodernden Kaminfeuer stand und zwei Whippethunde, die auf einer zerfransten Matte lagen. Die beiden fühlten sich offensichtlich so wohl, daß sie nicht einmal hochkamen, um ihn zu beschnüffeln.

»Setzen Sie sich.« Mr. Donnelly deutete auf einen Holzstuhl nahe einem quadratischen Tisch, auf dem eine Anzahl schmutziger Teller standen.

Nachdem sich Abel hingesetzt hatte, stellte sich der kleine Mann vor ihm auf. »Wann ist das passiert?«

»So gegen fünf heute nachmittag.«

»War es zu erwarten gewesen?«

»Nein, nein. Er hatte gerade gegessen, als er zusammenbrach.«

»Na ja …« Er wandte sich von Abel ab, beugte sich über die Hunde und spie ins Feuer. Dann drehte er sich wieder um. »Kam wohl kaum überraschend für sie; er war ja seit Jahren wackelig auf den Beinen. Und doch sind's immer die angeschlagenen Tassen, die am längsten halten. Na ja …« Sein Gesicht verzog sich nun zu etwas, daß man wohl ein Grinsen nennen konnte. Gemächlich nickte er Abel zu. »Hat sie's doch schneller gekriegt als sie's erwartet hat, was?«

»Ich kann Ihnen nicht folgen?«

»Nein, können Sie auch nich', sind ja erst 'n paar Monate da. Oho, ich weiß alles über Sie. Ich weiß über alles und jedes Bescheid. Ich häng' zwar an diesem Ende und sie hängt am anderen Ende fest, aber ich kenn' jeden ihrer Schritte. Sie kommen von der Landstraße, stimmt's? Sie und ihr Junge, und Sie haben dem alten Maxwell geholfen als er 'nen Anfall hatte, stimmt's? Seh'n Sie, 's gibt nix, was ich nich' weiß. Na ja, das eine kann ich sagen: Ich hoff', sie lebt lang genug, um die Früchte ihrer zweieinhalb Jahre Schwerstarbeit zu genießen, und verdammt noch mal, muß schon harte Arbeit gewesen sein ... Un' sagen Sie ja nich', Mister ...«, seine Hand schoß vor und zielte wie ein Gewehr auf Abel, »... sagen Sie ja nich', Sie könnten ihren Schritt verstehen. Das Loch hier is' sicher nich' jedermanns Sache, aber sie und Florrie haben immer alles gehabt. Hab' sie zur Schreibmaschinenschule geschickt, genau wie Florrie. Florrie hat was draus gemacht, aber sie nix. Wollte nich' im Büro arbeiten. Nee, wollte nich' Sekretärin sein. Die wollte ganz oben anfangen, mit 'nem Haus und 'nem Geschäft – alles fix und fertig für sie. Aber hier in der Gegend gab's keine jungen Kerle mit Häusern und Geschäften, die sie ihr schenken konnten. Jedem Mannsbild hier in Bog's End hat sie die kalte Schulter gezeigt. Sogar die Kirche, in die sie von Kindesbeinen auf gegangen ist, sogar die hat sie gewechselt. Is' statt dessen zur St. Michaels gegangen. Und warum?« Sein kleiner Kopf schob sich vor, und seine Stimme äffte den Ton feiner Leute nach. »In die St. Michaelskirche gehen anständige Leute, gehen propere Leute, die ganz Feinen. Arbeitslose gehen nich' in die St. Michaelskirche. Die Männer dort tragen zum Kirchgang gewöhnlich Handschuhe und Spazierstock, und die Frauen gehen in Hüten zum Einkaufen und nicht in Kopftüchern, o nein, und sie veranstalten Wohltätigkeitsbazare, und zu Weihnachten beim Freimaurer Dinner überbieten sie sich gegenseitig, wer mehr aufbringen kann, um den armen Hungernden von Bog's End zu helfen.«

»Oh!« Er schwenkte die Hand, als wolle er Abel zum Schweigen bringen. »Die wußte genau, was sie wollte, unsere Hilda. Aber so einfach war's dann doch nich', weil's da nämlich auch Mütter von Söhnen gibt, und die sind verdammt keine Idiotinnen. Auf jeden Fall nich' die, die in die St. Michaelskirche gehen. Die wollten nämlich keine Schwiegertochter von Bog's End. Nee, nee. Nu, und als sie sah, daß sie bei denen oben nich' landen konnte, hat sie den Nächstbesten genommen – den alten Maxwell. 'ne Säule der Kirche war der alte Maxwell. War im ganzen Leben nich' verheiratet gewesen, aber als Ehefrau wollt er sie auch gar nich', hat sie gesagt. Und für was wollt' er sie sonst, frag' ich Sie? Alter Saukerl.«

Entrüstet hielt Mr. Donnelly inne, dann drehte er sich unvermittelt um und spie wieder ins Feuer. Dann sagte er in die Flammen starrend mit ruhiger, beinahe trauriger Stimme: »Na ja, gekriegt hat sie ja, was sie wollte. Sie hat 'nen Anfang, 'n großes Haus und 'n Geschäft, das läuft. Ich sollt' eigentlich froh sein. Ja, ich sollt' froh über sie sein.« Nun drehte er sich wieder um, und Abel ansehend, fügte er hinzu: »Sie war die Größte für mich, wissen Sie, is's immer gewesen. Von dem Tag an, wo sie da war, hab' ich Florrie kaum noch beachtet, hab' sie beiseite geschoben, hab' sie verletzt. Ja, das hab' ich getan. Dabei is' Florrie zehnmal mehr wert als sie. Aber seine Gefühle kann man nu' mal nich' dirigieren, stimmt's?« Er hob den Blick und sah Abel an, und Abel, sich an Alice erinnernd, schüttelte langsam den Kopf. »Ja, da haben Sie recht. Seine Gefühle kann man nicht dirigieren.«

Mr. Donnelly ging zum Tisch hinüber und sagte mit veränderter Stimme: »Anbieten kann ich Ihnen nix. Nich' 'n Tropfen hab' ich im Haus. Nur Tee.«

»Das macht nichts. Ich muß ohnehin wieder zurück, sobald ich auch Ihrer anderen Tochter Bescheid gesagt habe.«

»Oh ...« stieß er überrascht aus, »sie schickt also nach Florrie? Na so was. Überläßt's also nich' mir?«

»Sie bat mich, bei ihr vorbeizuschauen und es ihr zu sagen. Sie ... ich glaube, heute nacht braucht sie jemanden bei sich, eine Frau.«

»O ja, in so'ner Zeit braucht man jemanden bei sich. Man kann nich' mit 'nem Toten allein sein, egal was man über ihn gedacht hat. Also, Mister, war nett von Ihnen herzukommen. Wie war noch Ihr Name?«

»Abel Gray.«

»Ach ja, Abel Gray. Na, ich nehm' an, wir werden uns wiedersehn. Ein regulärer Besucher werd' ich zwar nie werden, dazu muß sie mich zuerst bitten, aber die letzte Ehre werd' ich ihm schon erweisen. Werd' mir wie 'n verdammter Heuchler vorkommen, nach all dem, was ich über ihn gesagt hab'. Aber geh' ich nich' hin, wird sie's mir ewig unter die Nase reiben. Also dann, bis bald.«

»Ja. Dann gute Nacht, Mr. Donnelly.«

»Nennen Sie mich Fred.«

»Gute Nacht, Fred.«

»Gute Nacht.«

Die Tür schloß sich hinter ihm. Abel ging die Straße hinunter, blieb dann stehen und sah wieder zum Himmel hinauf. Erstaunlich dieses Leben der Menschen, die Dinge, die passierten. Er mußte daran denken, wie seltsam sein eigenes Leben verlaufen war. Doch etwas Seltsames, fand er, war in jedem Leben, mit dem er in Berührung kam.

Brampton Hill Nummer 46 unterschied sich ebenso stark von Temple Street 109 wie von Newton Road 3. Offenbar war dies ehemals die Villa eines Industriellen gewesen. Jetzt waren zehn Namensschilder in einem Mahagonirahmen eingelassen, der auf der linken Seite der gekachelten Eingangswand befestigt war. Sie waren in Dreierreihen angebracht mit einem einzigen Schild in der unteren Reihe. Die Namensschilder waren nach Etagen geordnet, wobei die Erdgeschoßwohnungen logischerweise die unterste Reihe bildeten.

Er begann, von oben nach unten nach dem Namen Donnelly zu suchen, doch erst in der untersten Reihe entdeckte er »Miss F. Donnelly, Gartenappartement«.

Er drehte sich um. Wo mochte wohl das Gartenappartement sein? Draußen wahrscheinlich. Als er sich wieder der Haustür zuwandte, öffnete sich die Tür, und ein Mann trat hinaus.

»Entschuldigen Sie ...«, wandte sich Abel an ihn, »könnten Sie mir sagen, wo ich das Gartenappartement finde?«

»O ja. Aber Sie brauchen nicht außen herumzugehen. Es ist ziemlich irreführend. Gehen Sie durch die Eingangshalle, dann rechts den Korridor hinunter, und da ist es, die letzte Tür.«

»Ich danke Ihnen.«

»Bitte sehr.«

Er trat jetzt in die Halle und sah sich für einen Augenblick um. Sie war riesig, groß genug, um drei Appartements daraus zu machen. Der Fußboden der Halle und die Rundtreppe, die in die oberen Etagen führte, waren nicht mit Teppichen bedeckt, aber – so sagte er sich – wer wollte schon ein edles Holz wie dieses bedecken. Er ging jetzt nach rechts den Korridor entlang. Die Wand rechts war kahl, und auf der anderen Seite gab es eine Reihe von tief in Nischen eingelassenen Fenstern ohne Vorhänge, und am Ende befand sich die Wohnungstür zum Gartenappartement.

Einen Moment zögerte er, bevor er den Klingelknopf drückte. Eines war sicher – jemand, der einen derartigen Platz zum Wohnen wählte, würde kaum viel mit Fred Donnelly gemeinsam haben.

Als auf sein Klingeln sich nichts tat, drückte er den Klingelknopf noch einmal und diesmal ein paar Sekunden lang, hoffte jedoch, daß auch jetzt niemand öffnen würde, denn irgendwie wollte er diese Schwester nicht treffen. Die ganze Situation war ihm zu verworren; für heute abend war sein Bedarf an Neuigkeiten gedeckt.

»Ja, was ist?«

Vor Überraschung verschlug es ihm die Sprache. In der Tür stand eine Frau, die beinahe so groß wie er selber war. Sie trug einen weißen wollenen Morgenrock, und ihre Hände waren über dem Kopf damit beschäftigt, das Haar hochzustecken.

Wieder fragte sie: »Ja, bitte?«

»Ich ... ich komme von Ihrer Schwester, Mrs. Maxwell. Ich bin dort angestellt – Abel Gray ist mein Name. Sie ... sie hat mich mit einer Nachricht geschickt.«

In dem folgenden Schweigen gelang es ihr, das Haar notdürftig oben auf dem Kopf festzustecken. »So!« meinte sie, »so! Also dann, kommen Sie herein.«

Während sie die Tür hinter ihm schloß, sagte sie halb lachend: »Zu dieser Zeit habe ich niemanden erwartet und bin mitten beim Haartrocknen. Beim Friseur wird es nicht gern gemacht, das Trocknen – nimmt bei langem Haar zuviel Zeit in Anspruch. Das ist allerdings auch meine einzige Konzession an das Mädchenideal von früher. Kommen Sie, setzen Sie sich.« Durch eine Diele, die die Ausmaße seines Wohnzimmers über den Garagen hatte, war sie ihm vorausgegangen. Mit schnellem Blick taxierte er die Möbel an der Wand. Kein modernes Zeug hier, soweit er das beurteilen konnte; sondern alles antik, Möbelstücke wie Lady Parker sie in ihrem Salon zu haben pflegte.

Sie waren im Wohnzimmer angelangt – oder war es ein Salon? Wie immer man es auch nennen mochte, es war ein erstaunlicher Raum. Selbst in dem gedämpften Licht nahmen einen die Farben gefangen. Die in französischem Grau gehaltenen Wände waren mit Bildern in breiten Goldrahmen geschmückt. Ein tief kirschroter Teppich bedeckte den Boden, und der in weißem Marmor gehaltene, offene Kamin wurde von zwei tiefen Couchen in warm-braunem Samt flankiert.

Sie bedeutete ihm, sich auf einer der Couchen niederzulassen. Tief sank er in die Kissen ein. Sie hatte ihm gegenüber Platz genommen und wartete darauf, daß er sprechen würde, doch er war so sehr von diesem Zimmer gefesselt, daß sie ihn an den Grund seines Besuches erinnern mußte. »Sie sagten, Sie hätten eine Nachricht von Hilda für mich?«

»Ja.« Er lächelte sie an. »Es … es tut mir leid, daß ich so unaufmerksam bin, aber … aber dies ist ein sehr ungewöhnlicher Raum – wunderschön.«

»Danke. Aber wenn die Proportionen stimmen, ist es leicht, einen Raum schön zu gestalten, und mit Stuck und hohen Decken«, sie machte eine umfassende Geste nach oben, »kann man nichts falsch machen.«

»Oh, da stimme ich Ihnen aber nicht ganz zu.«

»Nein? Nun, vielleicht ist es doch nicht ganz so einfach.« Sie erwiderte sein Lächeln. Nun wurde sein Gesicht ernst, und in förmlichen Ton erklärte er: »Ich bringe eine ziemlich traurige Nachricht. Mr. Maxwell ist heute nachmittag gestorben.«

»Was?«

Unversehens war sie nach vorn auf den Couchrand gerückt und blieb für einen Moment bewegungslos sitzen. »Nein!«

»Leider ja.«

»Wie ist das passiert?«

In wenigen Worten erklärte er ihr, wie alles vor sich gegangen war. Als er geendet hatte, setzte sie sich wieder zurück und lehnte den Kopf gegen das Sofakissen. Sie gab einen Ton von sich, der zwischen Lachen und einem ›Huh‹ schwankte. Wieder beugte sie sich vor, blickte ihn eindringlich an und fragte gedehnt: »Und sie will mich da haben?« Ihre Stimme hatte sich geändert, war abwehrend geworden. »Wollen Sie sagen, sie hat von sich aus gebeten, ich soll zu ihr kommen?«

Er erwiderte ihren Blick. Ihre Stimme unterschied sich jetzt deutlich von der, mit der sie ihn begrüßt und die einleitende Unterhaltung geführt hatte. Jene Stimme war die einer wohlerzogenen Frau gewesen, wohingegen man diese Stimme jetzt mit Temple Street Nummer 109, Bog's End, in Verbindung bringen konnte. Doch nie hätte er es für möglich gehalten, daß sie jemals dort gelebt hatte oder von eben jenem sonderbaren alten Mann gezeugt worden war.

Er blickte sie immer noch unverwandt an, nahm ihr Gesicht in sich auf. Sie war eine wunderschöne Frau. Nein – nicht schön, ihre Nase war zu groß, um als schön bezeichnet zu werden, ihr Mund war zu breit. Auch ihre Augen, obgleich dunkelbraun und dicht bewimpert, hätten mehr oval als rund sein dürfen, um schön genannt zu werden, doch waren sie weit auseinanderstehend mit herrlichen darüber schwingenden Augenbrauen. Ihre Hautfarbe konnte man als blaß bezeichnen und wirkte in diesem Licht beinahe farblos. Aber ihr Haar, ihr Haar war etwas Besonderes – es war wirklich wunderschön. Weder blond, noch flachsfarben, noch hellbraun. Welche Farbe hatte es eigentlich? Ein wenig von allen dreien, und sie hatte viel von der Pracht. Es war ihm unmöglich, sie als Tochter des alten Mannes oder als Hilda Maxwells Schwester zu sehen. O nein, nicht als Hildas Schwester. Nicht nur, daß es keinerlei Ähnlichkeiten in ihrer beider Gesichter gab, auch ihre Figuren straften jede familiäre Bindung Lügen. Hilda war klein und mollig, immer noch mit Babyspeck behaftet, obwohl sie weit über zwanzig war. Hausbacken war sein erster Eindruck gewesen und war es immer noch. Doch diese Frau hier: Formen schien sie überhaupt keine zu haben. Unter ihrem Morgenmantel sah sie so flach wie ein Junge aus, und ebenso ihre Gelenke und die Füße, die in Slippers steckten. Es war eine Zartheit, die auf Eleganz deutete. Sie wirkte wie eine Frau von Welt. Er schätzte sie über dreißig.

»Ich nehme an, Sie wissen alles über mich?« fragte sie.

»Nein, nichts weiß ich von Ihnen. Das kann ich Ihnen versichern. Bis heute abend habe ich nicht einmal von Ihrer Existenz gewußt, um genau zu sein, nicht bis vor einer Stunde. – Auch nicht von der Ihres Vaters.«

»Meines Vaters? Oh.« Lachend hielt sie sich die Hand vor den Mund, und dann kam es fast prustend aus ihr heraus: »Sie … Sie haben … Sie haben doch nicht, oder?«

»Doch.« Breit lächelte er sie an.

»Wollen Sie damit sagen, Sie waren bei meinem Vater?«

»Ja, ich komme gerade von ihm.«

»O du meine Güte! … Flogen Ihnen Gegenstände um die Ohren?«

»Nur Worte.«

»Kann ich mir vorstellen.«

Sie war aufgestanden, wobei sie einen Augenblick auf ihn hinunter blickte, biß sich auf die Lippen, überkreuzte die Arme und preßte beide Hände unter ihre Achselhöhlen. Zweimal ging sie auf dem Teppich, der zwischen den beiden Couchen stand, auf und ab, blieb dann stehen und sah ihn an. »Sie muß sich ziemlich mies fühlen, wenn sie jemanden zu uns schickt, besonders zu meinem Vater … Ich sage besonders zu ihm, dabei bin ich genauso schlecht. Im Gegenteil: noch schlechter. In ihren Augen bin ich nämlich eine verdorbene Frau.« Sie beugte sich zu ihm hinunter und nickte. »Wußten Sie das? Ich bin eine verdorbene Frau.«

»Nein, das wußte ich nicht.« Er hatte den Mund zu einem schiefen Lächeln verzogen.

»Es ist ein reines Wunder, daß sie Sie nicht vor mir gewarnt hat, bevor sie Sie herschickte. Aber keine Sorge: Jetzt, da sie mich erwähnt hat, werden Sie schon noch die ganze Geschichte zu hören bekommen. Ach, du liebe Güte!« Sie richtete sich wieder auf, blickte zur Decke hoch, und ein mitleidiger Ton schwang in ihrer Stimme, als sie sagte: »Arme Hilda!« Dann drehte sie sich mit einem plötzlichen Ruck, dessen Geschwindigkeit ihn irgendwie an eine Peitsche erinnerte, herum und war, eh er es sich's versah, durch das Zimmer gegangen und rief ihm von einer Tür aus zu: »In einer Minute bin ich fertig.« Er blickte in Richtung der geöffneten Tür, hinter der offenbar das Schlafzimmer lag, als sie wieder an der Tür erschien. »In dem Schränkchen hinter Ihnen ist die Bar. Bedienen Sie sich bitte.«

Fast hätte er geantwortet: »Ich bin Abstinenzler, gezwungenermaßen«, doch statt dessen erhob er sich und ging zu dem Barschrank. Er öffnete die Tür und erblickte vor sich eine doppelte Reihe von Flaschen und eine Karaffe, die dreiviertel mit Whisky gefüllt war. Die Hand auf der Karaffe, sah er über die Schulter und rief: »Ich ... ich werde mir einen Whisky nehmen. Soll ich Ihnen auch einen Drink machen?«

»Das gleiche bitte.« Die Stimme klang gedämpft, ganz so, als schlüpfe sie eben in ein Kleidungsstück.

Er schenkte zwei Whisky aus und war soeben dabei, sie auf einem kleinen Tisch am Kopfende der Couch abzustellen, als sie wieder das Zimmer betrat. Sie trug jetzt ein schlichtes blaues Wollkleid. Es reichte ihr knapp bis zur Wade und umschloß ihren Körper wie eine zweite Haut. In der Hand hielt sie ein Paar Stöckelschuhe, und über dem Arm trug sie einen dunkelblauen Mantel. Sie setzte sich hin, schleuderte die Slippers von den Füßen und zog sich die Schuhe an. Dann stand sie auf, um den Drink von ihm entgegenzunehmen. Ihre Blicke trafen sich auf gleicher Höhe.

Der erste Schluck Whisky explodierte beinahe in seiner Kehle. Heftig hustend beugte er sich nach vorn. »Auf jeden Fall sollten Sie mehr Wasser nehmen.«

Immer noch hustend und sich das Taschentuch vor den Mund haltend, erklärte er: »Ich bin etwas aus der Übung. Ich bin momentan Abstinenzler.«

»Oh, das kann ich mir gut vorstellen. Newton Road Nummer 3 ist ein wahrer Hort der Teetrinker. Das war mit Mr. Maxwell gar nicht anders möglich, und Hilda hätte es selbstverständlich auch nicht erlaubt. O nein, nicht unsere Hilda. Ich bin gehässig, was?«

»Sie werden Ihre Gründe haben.«

»Sicher habe ich meine Gründe. Aber auf der anderen Seite – sie hat sie auch. Und wir beide glauben, daß die eigenen die richtigen sind. Wie dem auch sei – machen wir uns auf den Weg.«

Als sie in ihren Mantel schlüpfen wollte, stellte er schnell sein Glas ab und half ihr hinein. Über die Schulter hinweg, blickte sie ihn einen Augenblick prüfend an. »Irgendwie sehen Sie mir nicht so aus, als seien Sie für eine derartige Ordnung geschaffen.«

Er trat von ihr zurück. »Ich war mehr als froh, als ich vor sechs Monaten ihr Angebot annehmen konnte. Ich war arbeitslos und habe außerdem einen kleinen Jungen zu versorgen.«

»Ja, das habe ich gehört. Na ja, Bedürftige können nicht wählerisch sein. Ich kann ein Lied davon singen.« Weiter ließ sie sich darüber nicht aus, sondern ging zur Tischlampe hinüber, knipste sie aus, und während sie auf die Terrassentür zuging, sagte sie: »Kommen Sie, gehen wir hier raus. Das verkürzt den Weg um eine Viertelmeile, und das ist ganz schön viel, wenn man auf Stöckelschuhen geht ...«

»Ich ... ich habe den Wagen draußen.«

»Oho.« Sie machte eine tiefe Verbeugung. »Den Wagen. Nun ja, das ist etwas anderes. Aber herausgehen können wir trotzdem hier.« Sie schaltete ein Außenlicht an, zog die Samtvorhänge beiseite, schloß die Terrassentür auf, und als sie beide draußen standen, schloß sie wieder ab und dirigierte ihn: »Hier herum. Das Licht lasse ich besser an, bis ich zurückkomme.«

Sie saß im Wagen. Eben wollte er ihre Tür zuschlagen, als er sie leise sagen hörte: »Gott, ich bin nervös wie vor dem ersten Rendezvous.«

Ihr Verhaltenswechsel kam für ihn so unvermutet, daß er sich erst nach einer Weile zu ihr hinunterbeugte und wissen wollte: »Nervös? Warum?«

»Wegen ... wegen des Wiedersehens mit Hilda.« Jetzt lag wieder dieser gewöhnliche Ton in ihrer Stimme, jener Stimme, die zwischen Bog's End und Brampton Hill schwankte.

»Warum sind Sie denn nervös? Ich hätte eher gedacht, dies würde für Hilda zutreffen.«

»O nein.« Sie lachte etwas gezwungen. »Unsere Hilda gehört zu den Menschen, die die Sünden anderer – ohne ein Wort zu sagen – größer machen, nämlich schon dadurch, wie sie einen ansieht. Selbst als Kind war sie schon so. Gute Menschen sind wohl so, und im Grunde ihres Herzens ist sie gut. Sie müssen nicht alles glauben, was Dad über sie erzählt. Bestimmt hat er den Eindruck zu erwecken versucht, daß sie Maxwell nur wegen seines Geschäftes und seines Hauses genommen hat. Aber ich glaube das nicht – keineswegs. Natürlich war das auch ein Pluspunkt, und das kann ich ihr auch nicht verdenken. Nein, ich glaube, sie gehört zu den Menschen, die wirklich versuchen, gut zu sein, aber … nun ja«, wieder lachte sie etwas gezwungen, »andere Leute fühlen sich eben dabei nicht wohl. Verstehen Sie, was ich meine?«

Er lachte leise. »Ja, in der Tat, ich weiß, was Sie meinen. Aber ich kann nur wiederholen: Ich sehe keinen Grund, warum Sie nervös sein sollten.«

»Tja, mein Guter«, jetzt lachte sie laut heraus, »Sie haben nicht die geringste Ahnung von unserer Sippschaft.«

Er startete den Wagen. Eigenartigerweise fühlte er so etwas wie ein Glücksgefühl in sich aufsteigen. Es war nur ein Anflug, eine winzige Flamme im Universum seines ihn seit Monaten niederdrückenden Leides. Begraben unter der Dankbarkeit, die er den Maxwells schuldete und unter der neuen Sicherheit und dem Glück, das Dick gefunden hatte, war der Schmerz um Alice doch geblieben. Nun, zum ersten Mal, schienen die schwarzen Wolken nicht mehr so drückend zu sein. Wieso und warum – diese Fragen stellte er sich nicht.

4

Mit großer Beteiligung wurde Peter Maxwell zu Grabe getragen. Wie der Vikar Hilda gegenüber bemerkte, war dies sehr erfreulich. Nicht nur für sie, sondern auch aus der Sicht des teuren Mr. Maxwell, bewies dies doch, wie hoch respektiert er in der Gemeinde gewesen war. Ein guter Mann, in jeder Hinsicht.

Später an diesem Tag, als auch die letzten der mit gutem Essen versorgten Trauergäste gegangen waren und nur noch ihr Vater, ihre Schwester und Abel da waren, wiederholte Hilda, die auf dem vorderen Rand eines Armsessels saß, die Worte des Vikars. Sie blickte von dem kleinen Mann in dem ihr gegenüberstehenden Sessel hinüber zu der großen biegsamen Gestalt auf dem Sofa, und ihr anklagender Blick nahm nur Abel aus. »Er war ein guter Mann. Sagt, was ihr wollt, aber er war ein guter Mann.«

»Mädchen, ich sag' ja garnix gegen ihn. Nu is' er fort und da, wo's dem lieben Gott gefällt. Laßt die Toten begraben sein, wie man so sagt. Is' meine Meinung.«

»Nie hast du ein gutes Wort für ihn übrig gehabt, als er noch lebte. Keiner von euch beiden.« Sie hatte den Blick auf den Vater geheftet.

»Was Vergangenheit is', is' Vergangenheit.«

»Nicht für mich.«

»Na dann ...« Fred wand sich aus dem Sessel heraus und sagte jetzt mit einer Stimme, die weit besser zu ihm paßte: »Wenn du wieder mit den ollen Kamellen anfängst, mach' ich besser 'ne Fliege. An so'nem Abend wie diesem will ich mich nich' mit dir rumstreiten. Brauchste mich, weißte ja wo ich bin. Ich komm', wenn du mich brauchst, aber ansonsten kümm're ich mich um meinen eigenen Dreck wie früher.«

Hilda war aufgestanden und sah nun zu Florrie hinüber, die ebenfalls Anstalten machte, sich zu erheben, und fragte mit einem Beben in der Stimme: »Ich nehme an, du willst auch gehen?«

Florrie verharrte, wo sie war und blickte Hilda in die Augen. »Nicht, wenn du möchtest, daß ich hierbleibe«, erwiderte sie ruhig.

»Tu was du willst.« Heftig drehte sie sich um, und während sie ihrem Vater aus dem Zimmer folgte, sah sie zu Abel hinüber, der kein Wort von sich gegeben hatte. Offenbar schien sie ihn in die Umlaufbahn ihres kleinen Familiengestirns einführen zu wollen, als sie sagte: »Es ist immer das gleiche, immer.«

Er erwiderte nichts, da ihm nicht klar war, was ihre Bemerkung mit dem zuvor Gesagten zu tun haben sollte. Offenbar setzte sie voraus, daß er die geheimen und offenen Aggressionen aus vergangenen Familiensituationen kannte.

Allein gelassen mit Florrie, blickte er sie nun an. Sie saß bequem auf dem Sofa zurückgelehnt, und ihr Blick ruhte auf ihrer linken Hand, an der sie langsam einen mit Diamanten besetzten Ring um den Ringfinger drehte. Gemächlich ging er zum Kamin hinüber, stellte sich mit dem Rücken dagegen und meinte nach einer Weile: »Sie ist durcheinander. Das ist nur natürlich.«

Sie hob den Blick zu ihm. »Ja, das ist natürlich.«

»Bleiben Sie über Nacht bei ihr?«

»Ja, wenn sie es will. Aber nur diese eine Nacht. Ich meine, sie braucht mich nur heute nacht. Morgen hat sie sich wieder unter Kontrolle.«

»Glauben Sie?« Seine Stimme klang überrascht.

»O ja.« Bedächtig nickte sie ihm zu. »Das weiß ich. Huh!« Wieder lachte sie dieses leicht gezwungene Lachen, das er schon zuvor bei ihr gehört hatte. »Dieses ›Das-weiß-ich‹ hört sich ziemlich selbstherrlich an, doch manchmal muß ich es sagen. Es hört sich leider sehr pompös, so Gott begnadet an. Dabei mache ich mir nicht mal viel aus Gott. Sind Sie ...«, sie nickte in Richtung Tür, bevor sie hinzusetzte, »... ich meine, sind Sie religiös?«

»Nein.«

»Haben die's nicht geschafft, Sie zu bekehren?«

»Nein.«

»Sie müssen einen starken Charakter haben.«

»Reine Sturheit.«

Die Tür wurde geöffnet, und Hilda trat wieder ins Zimmer. Sofort begann sie, wieder mit anklagender Stimme zu reden. »Er ändert sich nicht, nicht ein bißchen. Man hätte meinen sollen, er würde sich wenigstens einen neuen Anzug kaufen. Aber nein – er kommt in diesem verschlissenen grauen Frack daher.«

»Er ist nicht eben mit Geld gesegnet. Das weißt du genau.«

»Ich hätt's ihm ja gegeben, wenn er mich darum gebeten hatte.«

»O Hilda!«

Jetzt ging eine plötzliche Veränderung in der großen, eleganten Florrie vor. Mit der gleichen schnellen Bewegung, die schon in ihrer Wohnung Abels Aufmerksamkeit erregt hatte, erhob sie sich von dem Sofa und blieb vor ihrer Schwester stehen, diese um Haupteslänge überragend. »Dich darum bitten? Du weißt doch ganz genau, daß er nie eine von uns um etwas gebeten hat, und unter den gegebenen Umständen hätte er sich lieber die Zunge abgebissen, als dich um Geld für einen Anzug zu bitten, noch dazu für die Beerdigung deines Mannes. Du redest Unsinn.«

»Na bitte, fang nur gleich an! Da hat man's wieder – ihr zwei. Alles, was ich tu, ist in euren Augen falsch. Aber so war's ja immer schon.«

»Da liegst du völlig falsch.« In Florries Stimme schwang nun ein Ton tiefer Bitterkeit. »Es gibt nicht uns zwei, es gibt nur dich. Dich hat er von Anfang an verwöhnt, aber seit du auf eigenen Füßen stehst, hast du ihn wie Dreck behandelt, wie den größten Abschaum. Ist ja auch egal. Paß auf, ich geh' jetzt besser, du brauchst mich ja doch nicht. Wenn ich bleiben würde, gäb's nur einen Riesenkrach, und heute abend ist nicht der richtige Zeitpunkt dazu.« Florries Stimme senkte sich wieder, als sie sich verabschiedete. »Gute Nacht. Wie Dad schon sagte, wenn du mich brauchst, werde ich da sein.«

Als sie auf die Tür, die in die Diele führte, zuging, hatte Abel den Wunsch, sie festzuhalten und sie zu bitten: »Bleiben Sie. Gehen Sie nicht fort. Bleiben Sie.« Doch dann wies er sich selber zurecht. Das Ganze ging ihn nichts an. Das hier war ein Familienkrieg und nach allem, was er mitbekommen hatte, zu urteilen, währte dieser schon eine ganze Zeit, und er durfte sich nicht einmischen.

Als die Haustür zugeschlagen wurde, verlor Hilda ihre Fassung. Mit Bestürzung sah Abel, wie sie sich auf das Sofa fallen ließ, den Kopf auf die Arme legte und zu weinen begann.

Verlegen ging er vom Kamin hinüber zum Kopfende des Sofas und blickte auf sie hinunter, doch er berührte sie nicht.

Fast fünf Minuten weinte sie – kein qualvolles Schluchzen, sondern ein ruhiges Weinen. Nach einiger Zeit hob sie den Kopf und sah ihn mit tränenverschleierten Augen an. »Ent ... entschuldigen Sie.«

»Oh, nicht doch; das ist das beste. Es wird Ihnen guttun. Es gibt nichts Besseres, um Schmerzen erträglicher zu machen – ganz bestimmte Schmerzen.«

»Ich fühle mich so verloren, so allein.«

»Das ist nur zu natürlich Es ist ja alles noch so frisch.«

Sie nahm ein Taschentuch und schneuzte sich, strich sich das Haar aus der Stirn und zog ihren Rock züchtig über die Knie. »Unsere Florrie ist hart. Beide sind sie's.«

»Das würde ich nicht sagen.«

»Sie kennen die beiden noch nicht.« Ihr rundliches Kinn schnellte hoch. »Den beiden ist es doch völlig egal, was auf mich zurückfällt: Er in seinem Aufzug wie ein Landstreicher und ... und sie mit ihrer Lebensweise.«

»Wir sind alle verschieden. Etwas in uns bestimmt, daß jeder einen anderen Weg geht.« Seine Stimme war sehr leise. Ihre Stimme dagegen klirrte wie zersprungenes Glas, als sie aggressiv dagegen hielt: »Aber bestimmte Werte muß man achten, wenn man ein anständiges Leben leben will. Man muß unter anständigen Menschen leben und sich an die Regeln halten, an die Gesetze, die Gesetze der Kirche und …« Sie verstummte und fuhr leiser fort: »Sie sind auf deren Seite, nicht wahr? Sie glauben an keine Religion, nicht wahr?«

»Nein, nicht wirklich. Aber ich bin auf der Seite von niemandem, denn das alles geht mich nichts an.«

Für einen Augenblick blickte sie ihn an, und dann fragte sie ganz ruhig, und Erstaunen schwang in ihrer Stimme: »Glauben Sie nicht, daß … daß Sie für die Sünden, die Sie begehen, im nächsten Leben büßen müssen?«

Er lächelte. »Nun, ich fürchte nein. Was ich allerdings glaube, ist, daß wir uns selber hier auf Erden für unsere Missetaten bestrafen. Es sind die Umstände und die Umgebung, die die Menschen alle möglichen Dinge tun lassen. Und woran ich glaube, ist, daß der Geist oder das Gewissen oder wie immer man das auch nennen mag, seine eigenen Wege der Bestrafung findet …«

»Oh, das ist doch Unsinn!« Ihre Entrüstung hatte sie aufspringen lassen. »Und was ist mit Mördern und solchen Leuten?«

»Nun, wenn die Gesellschaft sie nicht schon durch Hängen oder lebenslänglich Gefängnis bestraft, so tut das Ding, von dem ich gerade gesprochen habe, den Rest.«

»Aber woher wissen Sie das? Woher wollen Sie wissen, daß es jemandem jemals leid tut wegen der abscheulichen Dinge, die er getan hat?«

»Ich weiß es nicht. Aber wie können Sie sagen, was in meinem Inneren vorgeht, und wie kann ich beurteilen, was in Ihrem Inneren vor sich geht? Niemand weiß wirklich, was alles hinter dem alltäglichen Gerede und Geschwätz verborgen ist. Niemand weiß wirklich, was in einem Mann oder einer Frau vorgeht in den kurzen Stunden des Morgens, wenn die Gedanken sich selbständig machen und der Schmutz und die Gemeinheit von Jahren in ihnen aufsteigen und die …«

Plötzlich hielt er inne. Ihre Augen waren weit aufgerissen, und sogar so etwas wie Angst stand auf ihrem Gesicht. Hastig entschuldigte er sich: »Tut mir leid. Es ist ein großes Thema. Wie Sie wissen, rede ich nicht viel, aber wenn ich einmal anfange …« Zaghaft lächelte er sie an, bevor er endete: »Ich geh' jetzt besser zu dem Jungen hoch. Ich hatte ihm befohlen, nach oben zu gehen, sobald Benny die Werkstatt verläßt«, er warf einen Blick auf seine Uhr, »und das muß jetzt schon zwei Stunden her sein. Wird's Ihnen nicht zu viel ausmachen, heute nacht allein zu sein?«

»Es wird schon gehen.« Ihre Stimme klang leise, bedachtsam.

»Schade, daß Ihre Schwester nicht hiergeblieben ist.«

»Ach«, sie schüttelte den Kopf, »es ist besser so. Im Grunde haben wir zwei uns nie verstanden. Und außerdem – ich muß mich ja daran gewöhnen, allein zu sein. Aber«, sie schwieg für einen Moment, »ich muß zugeben, das Wissen, daß Sie da oben sind, gibt mir Sicherheit. Jetzt, wo sich so viele Vagabunden auf der Straße rumtreiben. Man weiß ja nie ...« Sie schloß die Augen, schüttelte dann jedoch unwillig den Kopf. »Oh, es tut mir leid.«

»Ach, das braucht Ihnen nicht leid zu tun.« Seine Stimme klang leichthin. »Es ist genauso, wie Sie sagen: Man kann nie wissen. Ich war nur für ein paar Wochen auf der Landstraße, aber es hat mich gelehrt, mich meiner Haut zu wehren, die manch einer hätte mitgehen lassen, wenn ich nicht mit einem offenen Auge geschlafen hätte.«

Matt lächelte sie ihn an. Dann ging sie ihm voraus in die Küche. »Möchten Sie noch was essen, bevor Sie rübergehen?«

»O nein, nicht nach diesem Mahl. Haben Sie vielen Dank.«

»Was ... was ist mit Dick?«

»Für ihn auch nichts. Ich würde mich nicht wundern, wenn's dem heute nacht schlecht wird. Versuchen Sie sich keine Sorgen zu machen. Trinken Sie etwas Heißes, und gehen Sie dann schlafen.«

»Ich danke Ihnen, Abel. Sie ... Sie waren mir eine große Hilfe, und ich muß schon sagen, Sie haben ... Sie haben mir mehr Trost gegeben, als meine eigenen Leute. Ich hätte nicht gewußt, was ich ohne Sie getan hätte.«

»Oh«, er nickte ihr zu, »es wäre jemand anderer da gewesen. Denken Sie daran, was Sie sonst immer sagen«, er beugte sich hinunter, als spräche er mit einem Kind, »Gott sorgt für alles.«

Mit ernstem Gesicht blickte sie ihm in die Augen. »Ja, Abel, das weiß ich – Gott sorgt für alles.«

5

»Dad.«

»Ja, was ist?«

»Benny benimmt sich jetzt oft so komisch.«

»Benny benimmt sich jeden Tag komisch, das weißt du doch.«

»Aber das ist ein anderes Komisch, Dad. Vorher war es ein nettes Komisch, man konnte mit ihm lachen, aber gestern war er richtig böse. Er sagte, er würde Mrs. Maxwell erzählen, ich hätte die Sonntagsschule geschwänzt.«

»Wie konnte er denn davon wissen, wenn du's ihm nicht selber gesagt hast?«

»Ich hab's ihm nicht gesagt. Aber er muß gehört haben, als Molly mich abholen wollte und ich nicht mitgegangen bin. Und dann hat er noch was Komisches gesagt, aber nicht zum Lachen Komisches.«

»Und was war nicht zum Lachen komisch?«

Dick verzog das Gesicht, als denke er angestrengt nach. »Also, er hat gesagt, seine Mutter hätte gesagt, daß ich drüben im Haus schlafen will, und wenn ich das täte, würde sie kommen und mich vornehmen.«

Abel richtete sich aus der gebückten Stellung, in der er vor dem Spiegel des Ankleidetisches den Knoten seiner Krawatte gebunden hatte, auf, drehte sich nach Dick um und blickte auf ihn hinunter. »Hast du ihm jemals gesagt, du wolltest drüben im Haus schlafen?«

»Nein Dad, ich hab' überhaupt nicht daran gedacht, drüben im Haus zu schlafen. Ich find's schön hier. Nie möchte ich irgendwo anders schlafen.«

Abel wandte sich wieder seiner Beschäftigung vor dem Spiegel zu. Er selber hatte während der vergangenen paar Monate eine Veränderung in Benny bemerkt; praktisch seit Mr. Maxwell tot war. Dies hatte er einer Art jungenhafter Eifersucht zugeschrieben, da er selber jetzt nicht nur alle Autoreparaturen erledigte, sondern das ganze Geschäft mit einem neuen Angestellten leitete, zumindest was die praktische Seite betraf, denn Mrs. Maxwell ... Hilda kümmerte sich um die Schreibarbeit, wie sie es immer schon getan hatte. Vielleicht war Benny auch auf die Tatsache eifersüchtig, daß sie ihm, Abel, erlaubt hatte, oberhalb der Garage in seiner Freizeit zu töpfern.

Während der letzten sechs Monate hatte er zweimal in der Woche Abendkurse besucht, um die Brennofennutzung zu lernen. An der Drehscheibentechnik war er weniger interessiert – Töpfe, Vasen und ähnliches herzustellen, befriedigte ihn nicht. Voller Begeisterung war er zu seinem ehemaligen Hobby zurückgekehrt, Tiere zu modellieren, und einige seiner Versuche waren, nachdem sie bemalt und glasiert waren, so gut geraten, daß er hoffte, sie würde ihm erlauben, einen eigenen Werkraum im Hof zu installieren, wo ihre Kunden seine Bemühungen betrachten konnten. Jedoch bis jetzt wartete er noch den richtigen Moment ab, sie darum zu bitten.

In manchen Dingen war sie sehr empfindlich, zum Beispiel in puncto Zeit. Sie sah es nicht gern, wenn man sie verschwendete, nicht, wenn sie ihm vier Pfund die Woche und dem Mechaniker zwei Pfund, zehn Shilling zahlte; selbst Benny mußte für seine fünfzehn Shilling seine volle Zeit den Fahrrädern widmen.

Heute hatte er den Wunsch, nicht da zu sein, wenn sie von ihrem allwöchentlichen Friedhofsbesuch heimkehrte; denn mit Sicherheit würde sie ihn auf eine Tasse Tee hereinbitten, und dabei würde dann über den Geschäftsverlauf der vergangenen und der kommenden Woche gesprochen. Es war nicht so, daß er nicht über Geschäfte diskutieren mochte oder daß er ihre Gesellschaft meiden wollte; doch in letzter Zeit fühlte er sich irgendwie beklommen in ihrer Gegenwart. Und die Gründe hierfür waren ihm wohlbekannt.

Auch in Florries Gegenwart fühlte er sich beklommen, und auch dafür kannte er den Grund. Er mochte Florrie, aber auf ganz andere Weise, als er Hilda mochte. Seine Gefühle für Hilda waren voller Dankbarkeit und von einer Art Mitleid bestimmt. Er spürte, daß hinter ihrer strengen Fassade Einsamkeit und Verlorenheit herrschten, wie sie selber es an jenem Abend nach der Beerdigung gestanden hatte.

Florries Gegenwart war für ihn aufregend. Er dachte an sie, wenn er nachts wachlag. Nur in einer Hinsicht hätte sie Alice sein können. In jeder anderen Beziehung waren sich die beiden völlig unähnlich, doch die Wirkung auf ihn war die gleiche. Während der vergangenen Monate war sie ein paarmal vorbei gekommen, und jedes Mal war sie stehengeblieben und hatte im Hof ein paar Worte mit ihm gewechselt. Seit dem Abend des Begräbnisses war er nur ein einziges Mal in ihrer Gesellschaft im Haus gewesen. An einem Samstagmittag war sie gekommen, um Hilda zu sagen, daß der Vater krank sei und es gut wäre, wenn sie ihn besuchen würde. Wie sie empfangen wurde, wenn er nicht zugegen war, wußte er nicht, aber an diesem Tag war es ganz offensichtlich, daß Hilda ihre Schwester nicht willkommen hieß. Er hatte angenommen, sie würde zum Essen eingeladen werden oder zumindest ein Stuhl würde ihr angeboten. Doch nichts dergleichen. Auf betonte Chefinnenart wies sie ihn hinaus. »Abel, sollten Sie mit dem Essen fertig sein, so kümmern Sie sich um Benny. Wenn man ihn nicht heimschickt, bleibt er den ganzen Nachmittag da, und seine Mutter beklagt sich dann, daß er nicht genug Freizeit bekommt.«

Eigentlich war er mit seiner Nachspeise noch nicht fertig, doch bei Florries Eintritt hatte er sich erhoben. Es war eine kleine Geste der Höflichkeit, die er sich vor vielen Jahren angeeignet hatte, denn sie schien einen Mann aufzuwerten, wenn nicht gar in die Klasse eines Gentleman zu erheben, zumindest bei jenen, die sich auskannten. Als er durch die Küche ging, hatten seine Augen Hilda gemieden, Florrie jedoch angeblickt. Und auch sie hatte ihn angesehen, und im Austausch ihrer Blicke hatte Einverständnis gelegen.

Dieser Zwischenfall hatte ihn beschließen lassen, sich künftig ganz auf seine Rolle als Angestellter zu beschränken, und dieses Verhalten hatte seine Wirkung auf Hilda nicht verfehlt. Während der nachfolgenden Tage war sie ganz besonders freundlich zu ihm und hatte sich in dem Bemühen, Dick Gutes zu tun, beinahe überschlagen.

Er sah jetzt den Jungen an. »Gehst du mit mir spazieren?«

»Ja, Dad.«

Abel lächelte. »Aber lieber würdest du rüber zu Molly gehen, stimmt's?«

»Nein, Dad.«

»Schwindel nicht.«

Dick feixte verlegen. »Na ja, sie bringt mir das Schachspielen bei, und sie kann doch nicht raus wegen ihrer Mutter ... Ihre Mutter ist eine richtige alte ...«

»Na! Na!«

»Stimmt doch, Dad. Sie tut Gott weiß wie vornehm, und sobald Molly sich hinsetzt, klingelt sie nach ihr. Sie tut so, als wäre Molly ein Dienstmädchen, so wie Lady Parker eins hatte.«

»Also dann, mach schon, daß du fortkommst. Ich werde einen Spaziergang machen. Sollte ich bis sechs nicht zurück sein, geh schon rauf und lies was oder tu irgendwas anderes, aber stör nicht Mrs. Maxwell.«

»Nein Dad, werde ich nicht. Aber vielleicht holt sie mich zum Kaffeetrinken rein.«

»Na ja, wenn sie dich auffordert, dann ist es was anderes.«

»Dad, wohin gehst du spazieren?«

»Weiß ich noch nicht. Vielleicht ein bißchen aufs Land.«

»Na, dann laß dich man bloß nicht vom Wind wegpusten.«

»Ich werde schon aufpassen. Aber ich habe eine Menge Autostaub, den ich loswerden muß.«

Er wollte noch hinzufügen: »Dir würd's auch ganz guttun. Besser als

Schachspielen«, aber er unterließ es. Der Junge haßte es, spazieren zu gehen. Jene Wochen auf der Landstraße mit Blasen an den Fersen und blutenden Zehen hatten ihm wohl für den Rest seines Lebens gereicht. Schade, er würde viel verpassen. Erst letzte Woche, als er Dicks Schulzeugnis, das sehr gut gewesen war, in den Händen hielt, hatte er ihn gefragt: »Was möchtest du einmal tun, wenn du groß bist?« Der Junge hatte den Kopf zur Seite geneigt und gedankenvoll in die Ferne geblickt, bevor er lachend geantwortet hatte: »Auf jeden Fall muß es was sein, bei dem ich sitzen kann, Dad.« Und dann hatten sie beide gelacht.

»Also, Dad, ich gehe jetzt.«

»In Ordnung. Benimm dich aber ... Hier. Warte mal!« Er ging zum Schrank hinüber und nahm vom obersten Regal eine Tüte Bonbons. »Gib die hier Molly. Aber sag ihr, die sind von mir – vergiß das nicht.« Er gab seinem Sohn einen Rippenstoß. »Und daß du mir ja keins davon ißt, es sei denn, sie drängt's dir auf.« Lachend erwiderte Dick: »Danke, Dad. Ich werde nur eins essen, wenn sie eins ißt.«

Abel blieb stehen und sah dem Jungen nach, wie er aus dem Zimmer rannte. Nie zuvor in seinem Leben hatte er ihn so glücklich gesehen; es war das Glück des Geborgenseins und der Zufriedenheit. Der Junge glaubte, hier würde er für immer sein. Nun ja, warum nicht ...? Er drehte sich um, und laut wiederholte er die Worte: »Warum nicht? Mit dem, was sich da so tut, warum nicht?« Er war nicht blind, kein Dummkopf. Nein? Wirklich nicht? Nun, warum eigentlich nicht? Nur einen Grund gab es, warum nicht, und den kannte er nur zu gut. Auch schlug er sich besser alle Gedanken hinsichtlich einer anderen Möglichkeit aus dem Kopf, denn Mrs. Hilda Maxwell war nicht diese Art von Frau. Ja, wenn es sich um Florrie handeln würde ...

Er zog sich den Überzieher an, nahm seinen weichen Filzhut und ging nach unten. Er öffnete die untere Tür, doch der Wind riß sie ihm aus der Hand, und während er sie wieder zu fassen suchte, bemühte er sich mit der anderen Hand Florrie Halt zu geben, die durch den Zusammenprall mit der Tür zurückgetaumelt war. Gerade noch rechtzeitig konnte er sie vor dem Hinfallen bewahren. Während er sie festhielt, rief er, den Wind übertönend: »Tut mir leid. Die Tür ist mir aus der Hand gerissen worden.«

»Ist schon gut.« Sie lachte, während sie sich ihren Hut wieder zurechtrückte. »War mein Fehler. Ich wollte mich an der Wand festhalten.«

Er bemühte sich weiterhin, ihr das Gleichgewicht wiederzugeben, wobei er ihr zurief: »Sie ist nicht da ... Hilda. Sie ist auf dem Friedhof. Aber Sie können ja auf sie warten. Der Haustürschlüssel liegt oben auf dem Holzpfosten der Tür.« Er zeigte in die Richtung und meinte dann lachend: »Der erste Ort, an dem Diebe nachsehen würden.«

Ohne sie loszulassen, führte er sie auf die Haustür zu, nahm dann den Schlüssel aus seinem Versteck und öffnete die Tür. Erst als sie sicher drinnen waren und die Tür hinter ihnen zufiel, ließ er ihren Arm los.

Sie nahm ihren Hut ab. »Ich muß ganz schön wild aussehen. Kann auch nur mir passieren, an so einem Tag wie diesem einen Hut mit breiter Krempe aufzusetzen.« Sie schwenkte den Hut hin und her. »Aber er paßt eben zum Anzug.«

Er stand ein wenig von ihr entfernt und betrachtete sie von oben bis unten. »Das ist ein sehr schöner Anzug, alles zusammen eine sehr schöne Kombination. Mit Ihrem guten Geschmack hätten Sie nichts Besseres tun können, als in die Textilbranche zu gehen.«

Vor einigen Wochen erst hatte er entdeckt, daß sie in der Oberbekleidung tätig war, aber nicht gewöhnliche Konfektionskleidung, die man zu Massen in Kaufhäusern findet. Ihre waren exklusive Yvonne-Modelle, die sie in einem kleinen, ebenso exklusiven Geschäft in einer der Seitenstraßen unten in Brampton Hill verkaufte.

Eines Tages hatte er eine Abkürzung genommen, als er einen Wagen zur Reparatur abgeholt hatte und war scharf an die Bordkante herangefahren, als er sie eine Ladentür absperren sah. Es war nur zu natürlich, ihr anzubieten, sie nach Hause zu fahren, und als sie neben ihm saß, hatte er sie gefragt: »So, Sie arbeiten also hier?«

»Ja, das könnte man sagen.«

»Das hört sich weder nach ja noch nein an.«

»Nun ja, arbeiten tue ich da schon, aber es ist mein eigenes Geschäft.«

»Ihres!«

»Ja. Passen Sie doch auf, wohin Sie fahren!« hatte sie ihm hastig zugerufen, als er sich zu ihr hindrehte. »Wieso sind Sie denn so überrascht? Warum sollte mir nicht ein solches Geschäft gehören?«

»Warum weiß ich auch nicht. Nur habe ich gehört, das sei das exklusivste Geschäft in ganz Fellburn. Ich habe mich oft gefragt, wie so etwas florieren kann, wer die Leute sind, die das Geld haben, dort einzukaufen ... diese Art Kleidung zu kaufen.«

»Sie würden überrascht sein.«

»Ja, wahrscheinlich.«

Rasch fragte er: »Was für ein Material ist das – Cord?«

»Cordsamt.«

»Wunderschön.«

Er blickte in ihr Gesicht. Sie war wirklich wunderschön. Bisher hatte er ihr Gesicht immer als interessant empfunden, doch eigentlich war es wunderschön. Ihre Haut hatte den rötlich-braunen Ton ihres Cordsamtanzugs angenommen.

Er blinzelte verlegen. »Wie geht es denn Ihrem Vater?« fragte er rasch.

»Oh, viel besser. Er ist wieder auf den Beinen und brüllt wie ein Bulle; ein Zeichen dafür, daß es ihm wieder gutgeht. Gestern habe ich ihn in einen neuen Anzug gesteckt. O lala!« Sie wandte den Kopf zur Seite. »So etwas haben Sie noch nie erlebt. Der arme Verkäufer! Nur gut, daß er mich kannte, sonst hätte er ihn bestimmt aus dem Geschäft geworfen. Dad versprach, heute mit mir hierher zu kommen, nur um ihn Hilda zu zeigen.« Sie reckte den Kopf und kräuselte die Lippen. »Wissen Sie, was er in dem Laden geschrien hat?«

Er schüttelte den Kopf und lächelte sie amüsiert an.

»›Als nächstes willste mir wohl diese gottverdammten Schwulenhosen, diese Knickerbockers, verpassen, was?‹ Ich kann ja schon einiges verkraften, aber ich war froh, als ich ihn endlich aus dem Laden hatte.« Sie lachte laut auf und hielt sich die Hand vor den Mund. Unwillkürlich fiel er in ihr Lachen ein, in ein tiefes, befreiendes Lachen. Lebhaft konnte er sich den alten Knaben in seiner unverfälschten Art vorstellen. Mitten in ihrem Gelächter flog plötzlich die Tür auf. Hastig drehten beide sich um, da sie annahmen, der Sturm habe sie wieder aufgedrückt und stießen mit den Schultern gegeneinander. Doch es war Hilda, die im Türrahmen stand, und ihre Gefühle waren klar und deutlich von ihrem Gesicht abzulesen.

»Wie bist du hier reingekommen?« Sie lehnte sich jetzt gegen die Tür und starrte ihre Schwester an. Schnell warf Abel dazwischen: »Ich sagte ihr, wo die Schlüssel liegen und habe sie hereingelassen.«

»Dazu hatten Sie kein Recht. Mit welchem Recht wagen Sie es überhaupt hier hereinzugehen, wenn ich nicht da bin? Und du!« Sie stieß sich von der Tür ab, und für einen kurzen Augenblick sah es so aus, als wolle sie auf Florrie losgehen. »Du weißt ganz genau, ich gehe jeden Sonntag auf den Friedhof. Da hast du dir die richtige Zeit ausgesucht, was? Oh, ich weiß ganz genau, worauf du aus bist.«

Florrie entgegnete nichts, jedoch schien es, als wüchse ihre Gestalt in die Höhe. Ihr Gesicht hatte den rötlichen Hauch verloren und war jetzt totenblaß. Jetzt war sie es, die den Arm hob, ihre Schwester beiseite schubste, die Tür öffnete und langsam hinausging.

Als Abel in Hildas verkniffenes Gesicht hinunterblickte, fühlte er sich in die kleine Kate zurückversetzt, sah sich wieder Lena und den Schrecken ihrer häufigen Streitereien ausgesetzt, und in diesem Augenblick hörte sich seine Stimme so an, als rede er tatsächlich mit seiner Frau. »Seien Sie vorsichtig. Man kann so weit gehen und …«

»Sie haben mir wohl kaum zu sagen, wie weit ich gehen kann, Mr. Gray.« Sie ging um ihn herum zum Tisch hinüber, wobei sie ihn jedoch keinen Moment aus den Augen ließ, und dann riß sie sich den schwarzen Veloursshut vom Kopf, schleuderte ihn in einen Sessel, während sie jedes seiner Worte mit Betonung wiederholte. »Seien *Sie* besser vorsichtig, daß *Sie* nicht zu weit gehen.« Sie beugte sich über den Tisch und rief erregt: »Sie haben ja keine Ahnung. Nichts wissen Sie über sie. Sie ist schlecht, sie ist mannstoll. Das war sie immer schon. Sie zerstört Familien. Sie glauben, sie ist nett und lustig, und es ist amüsant, mit ihr zusammen zu sein. Aber die Frauen von den Männern, denen sie sie wegnimmt, denken nicht so, das kann ich Ihnen versichern. Der eine, mit dem sie jetzt geht, ist verheiratet und hat vier Kinder. Er hält sich bis jetzt am längsten, sechs Jahre geht das schon. Denken Sie mal nach, Mr. Gray, überlegen Sie sich mal, was die Ehefrauen empfinden müssen. Und Sie behaupten, *ich* gehe zu weit? Oh, ich weiß ganz genau, worauf die aus ist, und wenn Sie nur ein bißchen Grips im Kopf haben, dann sehen Sie's auch. Oooh!« Sie stieß einen lang gezogenen Seufzer aus. Damit schien sich gleichzeitig ihr Zorn aufzulösen. Sie sank in einen Sessel und barg den Kopf in den Händen. Für einen Moment war sie ruhig. Dann sagte sie fast mehr zu sich selber als zu ihm: »Mein ganzes Leben lang war sie eine Plage für mich. Ja, Plage, das ist genau das richtige Wort dafür. Und er ergriff immer ihre Partei. Ist ja klar – sie ist zwar eine ausgehaltene Frau, aber da hält sie ihn heraus. Klar, daß er immer ihre Partei ergreift. Ist ganz normal, oder?«

Sie schien seine Gegenwart vergessen zu haben. In ruhigem Ton sagte er: »Ich gehe jetzt spazieren.« Er öffnete die Tür und hatte bereits einen Fuß draußen, als sie leise rief: »Abel. Abel. Gehen Sie nicht.«

Er schenkte dem Flehen in ihrer Stimme keine Beachtung, sondern zog die Tür hinter sich zu, ging mit raschen Schritten über den Hof, trat auf die Straße hinaus, am Tor vorbei und hinaus ins offene Land.

Er mochte seit zwei Stunden gewandert sein, hatte die äußeren Bezirke der Stadt umgangen, kam durch Bog's End, über den verlassenen Marktplatz, durch den ebenso verlassenen Park und näherte sich jetzt Brampton Hill.

Der Sturm zwang ihn, sich mit tief geneigtem Kopf den Hügel hinauf zu kämpfen. Er war stärker geworden und würde nicht eher nachlassen, als bis es zu regnen anfing, und der tiefhängende dunkle Himmel versprach das jeden Augenblick. Nur noch zehn Gehminuten war er vom Maxwellschen Haus entfernt, doch er wollte nicht eher dorthin zurück, als bis er sicher sein konnte, in seine Räume hinaufzukommen, ohne von ihr entdeckt zu werden, und dazu war es jetzt noch zu hell.

Vor dem großen Eisentor der Nummer 46 blieb er stehen. Ob es wohl von Anfang an seine Absicht gewesen war, hierher zu kommen? Und die schnelle Antwort hierauf war: Gott – nein! Er hatte genug für heute. Von keiner der beiden wollte er noch mehr hören.

Warum ließ er es bloß zu, in derartige Situationen verwickelt zu werden? Seit dem Trampen war es immer das gleiche gewesen. Nein, nein, das stimmte nicht ganz. Die Schwierigkeiten hatten mit Alice angefangen. Davor war er einfach nur ein verheirateter Mann gewesen, ein gelangweilter, unzufriedener, unglücklicher Mann. Und ein verheirateter Mann war er immer noch; das durfte er nicht vergessen. Der einzige Unterschied lag darin, daß er nicht mehr gelangweilt oder enttäuscht war ... Nun mal einen Augenblick, bitte. Er zuckte die Achseln und nickte bei dem Gedanken, der eben Form annahm. Wenn er nicht verdrießlich war, was war es dann, das an ihm nagte? Warum bist du hier? Los komm, warum bist du hier? Es dauerte einige Zeit, bis die Antwort kam, und sie kam, während er über den Kiesweg ging. Wenn sie schon so viele gehabt hatte, würde einer mehr wohl auch keinen Unterschied mehr machen.

Er ging ums Haus herum und auf die Terrassentür zu. Der Wind traf ihn hier mit voller Wucht. Als er sich den hohen Fenstern näherte, konnte er Stimmen vernehmen. Diese Stimmen ließen ihn stehenbleiben, noch bevor er die Glastüren erreicht hatte. Der dahinter liegende Salon war hell erleuchtet. Sie stand mit dem Rücken zu ihm und seitlich, keinen Schritt von der Tür entfernt, stand ihr Vater, der mit beiden Händen die teilweise geöffnete Terrassentür gepackt hielt und sie anschrie: »Sagst du's ihr, so werd' ich nie wieder 'n Wort mit dir reden, solang ich leb'. So wahr ich hier stehe. Haste mich verstanden? Nie mehr werd' ich 'n Wort zu dir sagen. Auch nur ein' Ton darüber, ein' Ton ... Ich warne dich!«

»Von mir aus kannst du mich so viel warnen, wie du willst«, Florries Stimme war jetzt so schrill wie seine, »und du kannst mir auch so viel drohen, wie du willst. Solange ich mich erinnern kann, hast du das getan. Nun, Dad, eines sage ich dir, und damit ist es mir todernst: Noch eine unverschämte Bemerkung von ihr, und sie kriegt es zurück, und das mit einem Wort: Bankert! Und ich werd's ihr sagen, in der vollen Bedeutung des Wortes. Du bist ein Bankert.«

Eine Stille entstand, in der nur das Heulen des Sturmes zu vernehmen war. Dann hörte er wieder, wie Mr. Donnelly sagte: »Das würd'ste nich' tun, Florrie, das würd'ste nich' tun.«

»O doch, Dad, das würde ich. Begreif das endlich – ich würde, und ich werde. Ich habe mir genug anhören müssen. Du warst es doch immer, der gesagt hat, es gibt niemanden, der nur weiß oder nur schwarz ist. Alle haben verschiedene Grauschattierungen. Aber sie malt mich tiefschwarz, pechschwarz. Anderen erzählt sie, ich sei schlecht, durch und durch verkommen. Wie ich bin, weiß ich besser als jeder andere, aber so wie sie mich hinstellt, bin ich nicht. Und dieser Mann mußte heute den Eindruck bekommen, als sei ich das Mieseste vom Miesen. Und weißt du auch, warum?«

Er sah, wie sie über ihren Vater hinweg griff und mit einem Knall die Tür zuschlug. So sehr Abel sich auch anstrengte, etwas zu hören – kein Laut drang mehr aus dem Zimmer zu ihm hinaus. Er konnte nur ihr Gesicht sehen. Es war vor Ärger verzerrt. Ihr Vater machte mit hochgezogenen Augenbrauen eine wegwerfende Handbewegung, als würde er abtun, was sie eben gesagt hatte.

Abel war noch unentschlossen, ob er hineingehen oder sich zurückziehen sollte, als ihm die Entscheidung von einer vom Dach abrutschenden Schieferplatte abgenommen wurde, die ihn um nur wenige Zentimeter verfehlte und krachend neben ihm auf der Terrasse aufschlug.

Die Terrassentür wurde aufgerissen, und Fred Donnelly stand auf den Stufen, sah ihn an und brüllte: »Was zum Teufel suchen Sie hier?«

»Nichts.« Selbst in den eigenen Ohren klang ihm seine Antwort idiotisch.

»Na, hoffentlich finden Sie's dann auch, verdammt noch mal. Schade, daß sie Sie nicht getroffen hat«, setzte er noch hinzu, wobei er auf die zersplitterte Schieferplatte blickte. Dann marschierte er an der Hausseite entlang davon.

»Kommen Sie rein. Ich will die Tür schließen.« Sie war so atemlos, als habe sie gegen den Sturm gekämpft.

Für einen Augenblick blieb er reglos stehen, dann trat er ins Zimmer. Sie schloß die Türen hinter ihm, und sogleich umfing ihn ein so starkes Gefühl des Friedens, der Wärme und der Stille, daß ihm ganz schwach wurde und er sich wie benommen fühlte, ganz so, als habe ihn der Dachziegel wirklich getroffen.

Er kam erst in die Wirklichkeit zurück, als sie von ihm wissen wollte: »Wie lange haben Sie bereits dort gestanden?«

»Ich … ich … kann es nicht sagen.«

Sie wandte sich ab, preßte die Faust gegen ihren Mund und schloß die Augen. Dann ging sie zum Kamin hinüber und streckte die Hände aus, als suche sie Wärme. »Warum sind Sie zu dieser Zeit hergekommen?« fragte sie mit tonloser Stimme.

»Ich weiß es nicht.«

Sie drehte sich um und sah ihn an. »Lügen Sie nicht!« rief sie jetzt. »Das ist doch genau das, was die …« Abrupt hielt sie inne und preßte sich wieder die Faust gegen den Mund. Er rührte sich nicht von der Stelle. »Warum reden Sie nicht weiter? Wollten Sie sagen, das ist genau das, was die alle sagen?« Sein Gesicht drückte heftigen Protest aus, als sie ihn anschrie: »Ja, genau das sagen alle, alle drei.«

Ihre Stimme war so laut und so hoch, daß er unwillkürlich zur Tür und zur Decke hochblickte. »Keine Sorge«, rief sie, »das hier ist ein altes Haus, die Wände sind dick, und diese Wohnung steht allein. Es ist nur noch ein Keller drunter. Ich kann so viel schreien wie ich will. Und selbst, wenn wir mitten in der Eingangshalle ständen, würde ich schreien. Und jetzt werde ich Ihnen mal etwas erzählen, damit Sie ein für allemal klarsehen. Ich bin zweiunddreißig Jahre alt, und in meinem Leben hat es drei Männer gegeben. Das letzte Verhältnis hat sechs Jahre gedauert. Ich bin keine Prostituierte.«

»Das habe ich auch nie von Ihnen angenommen.«

»Lügen Sie nicht, darum sind Sie doch hergekommen. Ich weiß es genau. O ja, ganz genau.« Sie machte eine verächtliche Handbewegung in seine Richtung. »Ich weiß, wie sie über mich hergezogen hat. Und dabei hat sie natürlich noch dicker aufgetragen, weil sie Sie will;

sie will Sie heiraten ... Schauen Sie bloß nicht so überrascht aus der Wäsche. Sie können doch nicht blind sein. Und außerdem ist es wohl das Beste, was Sie tun können.«

Sie wandte sich von ihm ab, ging langsam auf die Couch zu und ließ sich darauf nieder. Dann blickte sie zu ihm hoch und sagte mit jetzt ruhiger Stimme: »Lassen Sie sich von dem, was Sie gehört haben, nicht beeinflussen. Sie kann ja nichts dafür, und ich werde es ihr auch nicht sagen. Ich habe zwar gesagt, daß ich's tun würde, aber bei ihrer Einstellung wäre sie nicht fähig, es zu verkraften. Denn was sie betrifft, so ist Illegitimität eine Sünde, und sie würde nicht nur denen, die dafür verantwortlich sind, Vorwürfe machen. Sie würde die Sünde auf sich selber laden, so wie sie gebaut ist.«

Er trat jetzt näher und nahm ihr gegenüber Platz. »Dann ist sie also Ihre Halbschwester?« fragte er mit leiser Stimme.

»Nein, nein.« Sie schüttelte den Kopf. »Wir sind überhaupt nicht verwandt.«

»Was! ... Sie meinen?«

»Was ich meine ist, daß Dad nicht ihr Vater ist und meine Mutter nicht ihre Mutter war.«

»Dann ist sie adoptiert worden?«

»Ja, so könnte man es vielleicht nennen. Komisch.« Langsam schüttelte sie den Kopf. Dann blickte sie ihn wieder an. »Sie haben doch meinen Vater gesehen, nicht? Ein zerknitterter, kleiner Mann, einen Meter fünfundfünfzig groß ...« Sie begleitete diese Aussage mit einer Handbewegung, die seine Größe umfaßte. »Ich bin ganz meiner Mutter nachgeschlagen, obgleich ich viel größer bin, als sie es war. Aber können Sie sich meinen Vater, so wie Sie ihn jetzt kennengelernt haben, vom Liebesfeuer verzehrt vorstellen? Und genau das war er. Er war ein Zwilling. Sein Bruder Len erbte beides – gutes Aussehen und Größe. Die beiden waren sich so unähnlich wie Tag und Nacht. Aber beide verliebten sich in Annie, das Mädchen von nebenan – nicht genau nebenan, aber in derselben Straße, und natürlich wählte sie Len. Was ich so von meiner Mutter erfuhr, ging mein Vater aus Liebeskummer fort, und niemand bekam ihn für die nächsten fünf Jahre zu Gesicht. Als er zurückkam, fing – er mit meiner Mutter an. Sie selber sagte mir, sie habe ihn immer gern gehabt – das Wort Liebe hat sie nie benutzt.

Meine Mutter war eine sehr scheue Frau, aber die Güte in Person, und nach seiner Enttäuschung brauchte er Güte, und so heiratete er sie.

In der Zwischenzeit, so wurde erzählt, kamen auch Len und Annie, die fortgezogen waren, wieder zurück, und von der Minute ihrer Ankunft an war Dad nicht mehr von ihnen fortzubringen. Selbst in der Nacht, in der ich geboren wurde, war er bei ihnen. Mich hat er erst gesehen, als ich ein paar Stunden alt war. Diese Situation dauerte fünf Jahre. Dann starb Onkel Len bei einem Grubenunglück. Beide, also er und Dad, arbeiteten damals unter Tage. Meine Mutter rechnete mit dem Schlimmsten, und das war, daß Dad fortgehen würde und zu Annie zog. Er hatte sich um alles gekümmert, um das Begräbnis und all die Formalitäten, die damit verbunden sind, und er war ständig bei Annie, zumindest in den ersten vierzehn Tagen nach dem Tod meines Onkels. Und dann, so erzählte mir meine Mutter, sei er eines Tages fast wie von Sinnen nach Hause gekommen. Sie war fort, war einfach weggegangen und hatte ihm eine Notiz hinterlassen, daß sie die Nase von Doncaster voll hätte – damals lebten wir dort – und daß sie nach London gehen würde. Wissen Sie«, sie erhob sich, trat vor den Kamin und streckte die Hände aneinanderreibend den Flammen entgegen, während sie weiterredete, »ich bin erstaunt, welche Dinge Frauen für Männer tun und was Männer erwarten, das Frauen für sie tun sollen, selbst heutzutage noch.« Sie drehte sich zu ihm hin. »Nichts hat sich in den letzten dreißig Jahren geändert. Das Wahlrecht? Daß ich nicht lache! Und wissen Sie was? Er erwartete von meiner Mutter, daß sie mit ihm fühlte. Er weinte sogar. Meine Mutter sagte mir, zum ersten Mal in seinem Leben hätte sie ihn weinen sehen. Als sein Bruder starb, hätte er nicht geweint, auch nicht, als seine Mutter und sein Vater starben. Können Sie sich das vorstellen? Wie dem auch sei …«, sie nahm wieder ihren Platz auf der Couch ihm gegenüber ein, lehnte sich zurück und nahm gelassen den Faden des Gesprächs wieder auf, »achtzehn Monate vergingen. Und dann, wer stand vor der Tür? Die teure Annie, hochschwanger, und ich meine hochschwanger, denn das Kind wurde nur achtundvierzig Stunden später, nachdem sie zur Tür hereingekommen war, geboren, und als sie ihm das Leben gab, starb sie.«

Sie hielt inne, seufzte leicht und fuhr dann fort: »Jetzt kann ich die Geschichte aus eigenem Erleben weitererzählen, weil ich mich entsinne, wie das neugeborene Baby am Fuß des Bettes lag und wie Mrs. William, die oben an der Straße wohnte, und meine Mutter versuchten, Annie wieder zum Leben zurückzubringen. Später sehe ich mich selbst vor dem Küchenfenster sitzen und in den Waschkorb blicken, in dem das Baby lag, und ich sehe noch, wie mein Dad halb über dem Küchentisch liegt, den Kopf in den Armen vergraben.

Nun, die nächste Erinnerung, die ich habe, ist, daß alle unsere Möbel auf einen kleinen Lastwagen geladen wurden und dann, wie Dad – das Baby tragend – und meine Mutter mit mir an der Hand einen Zug bestiegen. Wir zogen direkt in die Temple Street 109. Dad war zuvor hergekommen und hatte das Haus gemietet. Er hatte alles arrangiert. Praktisch war Hilda seine Tochter, und meine Mutter wurde als ihre Mutter angesehen. Im Viertel wurde diese Situation als gegeben hingenommen. Da haben Sie die ganze Geschichte, außer der Ironie, daß all die Liebe, die er meiner Mutter entzogen hatte und der Frau seines Zwillingsbruders und dann später ihrem illegitimen Kind geschenkt hatte – übrigens, wer der Vater war, haben wir nie erfahren –, daß all diese Liebe vergeudet war, weil Hilda heranwuchs und ihn beinahe ablehnte. Er weiß das, und daher hat sich in ihm diese Haßliebe für sie entwickelt. Er enthielt meiner Mutter jede Liebe vor, selbst Rücksichtnahme, und empfand auch für mich nicht die Zuneigung, die ein Vater normalerweise für sein Kind hat, denn auch bevor Hilda auf der Bühne erschien, hatte er nicht allzu viel Verwendung für mich. Doch von dem Augenblick an, wo sie auftauchte, war ich gerade noch gut genug dafür, aufzupassen, daß seinem kleinen Liebling kein Leid geschah.«

Sie beugte sich vor und lächelte schmerzlich. »Können Sie sich vorstellen, wie ihm zumute war, als sie Peter Maxwell heiratete, einen Mann, der älter als er selber war? Und wenn jemand in seine Tochter verliebt war, die nicht seine Tochter war, so war er es! Sehen Sie nicht so schockiert aus.«

»Wieso glauben Sie, ich sei schockiert?«

»Für einen Moment sahen Sie so aus.«

»Nun, darauf kann ich nur sagen: Mein Gesicht straft meine Gefühle Lügen.«

»Wie dem auch sei, so ist das, und ich brauche Sie wohl nicht zu bitten, kein Wort darüber verlauten zu lassen, oder?«

»Nein, das ist nicht nötig.«

»Auch ihre Geburtsurkunde verrät nichts … Mögen Sie sie?«

Wieder entstand eine Pause, als überlege er es sich. Dann antwortete er mit Betonung: »Ja. Ja, ich mag sie.«

»Es könnte Ihnen Schlimmeres passieren, als sie zu heiraten.«

»Ich … das habe ich keineswegs vor.«

»Oh, dann tun Sie aber besser daran«, sie lachte leise, »sich für das eine oder andere zu entscheiden. Denn tun Sie's nicht, können Sie nicht dort bleiben. Habe ich nicht recht?«

»Warum nicht?« Seine Stimme klang abwehrend.

»Können Sie sich vorstellen, daß sie einem Verhältnis mit Ihnen zustimmen würde?«

»Wer redet über Verhältnisse? Ich würde nicht einmal davon träumen, ihr so etwas vorzuschlagen, bei ihrer religiösen Einstellung.«

»Genau daran wird's hapern. Genau daran.« Sie nickte. »Das Zusammenleben würde für Sie beide untragbar werden, dafür wird sie schon sorgen. Sie ist jung, und sie war mit einem alten Mann verheiratet. Ist Ihnen nicht klar, daß Sie eine Wahl treffen müssen? Es hat auch keinen Zweck, wenn Sie sich vormachen, dort unentbehrlich zu sein. Einen Angestellten kann sie jederzeit einstellen.«

»Ich nahm auch keineswegs von mir an, unentbehrlich zu sein, und daß sie mich sofort ersetzen könnte, ist mir auch völlig klar.« Er war ärgerlich, richtiggehend wütend auf sie. Jetzt konnte er schon irgendwie verstehen, warum Hilda die Fassung ihr gegenüber verloren hatte. Ihre Offenheit war brutal. Er wußte, daß er rot geworden war, wollte aufstehen und fortgehen. Doch als er eben im Begriff war, es auch in die Tat umzusetzen, fragte sie ihn leise: »Haben Sie Ihre Frau geliebt?« und im Gegensatz zu ihrer Stimme war seine jetzt laut, als er kurz angebunden antwortete: »Nein.«

»Nie?«

»Zu Anfang ein bißchen, aber es hielt nicht an.«

»Haben Sie jemals eine Frau geliebt?«

Er starrte sie an, sah, wie sich ihr Gesicht in Alices Gesicht verwandelte. Er sah, wie ihr jungenhafter Körper weibliche Formen annahm, ihre Hüften sich rundeten, ihre langen zarten Finger mit den lackierten Nägeln grob und rauh wurden, und mit einem tiefen Seufzer antwortete er: »Ja, ich habe eine Frau geliebt.«

»Sehr?«

Einen Augenblick war ihm nicht klar, ob sie es war, die diese Frage gestellt hatte, oder ob er sie sich selber gestellt hatte, so leise hing sie im Raum. »Ja, sehr, sehr.«

»Glauben Sie, daß es angehalten hätte?«

»Ja, ich glaube schon.«

»Ich glaube nicht, daß Liebe für immer anhält, nicht diese Art von Liebe, nicht die verzehrende Liebe, die Art, die zur Hälfte aus

Schmerz besteht. Eigentlich ist es ungerecht. Alles so Kurzlebige sollte wundervoll sein. Aber echte Liebe ist eben nicht so. Wenn man mittendrin steckt, schwebt man in Höllenängsten, daß sie nicht andauern könnte. Man ist eifersüchtig, sie an jemanden zu verlieren. Das ganze verdammte Ereignis gleicht einer Operation ohne Narkose.«

»Offenbar haben Sie die Operation hinter sich?«

Sie sah ihn kurz an, blickte zur Seite und nickte geistesabwesend. »Ja, ich habe die Operation hinter mir. Aber nur einmal, nicht die drei Male, von denen ich zuvor gesprochen habe. Ich war fast achtzehn und hatte meine erste Stellung, nachdem ich die Sekretärinnenschule verlassen hatte. Innerhalb von sechs Monaten hatte ich mich aus dem Schreibbüro hinauf in das Büro des Direktors gearbeitet. Das war was, worauf man stolz sein konnte.« Sie schüttelte den Kopf. »Sie brauchen gar nicht erst so ein Gesicht zu ziehen; es war nämlich nicht der Direktor, in den ich mich verliebt hatte. Der hatte rote Haare und zog ständig die Nase hoch. Immer wenn er diktierte, zog er die Nase hoch.« Fröhlich lachte sie. »Nein, ich Dummkopf verknallte mich in einen Adonis aus den Werkstätten. Ich glaubte einfach nicht, daß er seinen Weg bereits durch die Betten der meisten weiblichen Angestellten genommen hatte, weil ich mir vormachte, eine von ihnen hätte ihn sich bestimmt eingefangen, denn immerhin war er schon dreißig. Zweieinhalb Jahre gingen wir miteinander. Wir gingen fest miteinander, wie man so schön sagt, und ich hielt mich von allen Mädchen des Büros fern. Sie alle wollten meine Freundinnen sein und mir sagen, daß ich hinters Licht geführt wurde. Aber ich wußte es besser: Sie alle waren ja nur eifersüchtig, denn traf ich mich nicht jeden Abend mit einem wunderbaren Mann, zumindest bis zehn Uhr? Um diese Zeit mußte ich immer daheim sein, sonst schloß Dad die Tür ab. Können Sie sich vorstellen, wie mir zumute war, als ich schließlich erfuhr, daß er, sobald er mich abgeliefert hatte, schnurstracks zu einer jungen Witwe mit ihren vier Kindern ging? Die Wahrheit erfuhr ich von meinem Boß – er war ein netter Mann, trotz seines Nasehochziehens. Er brachte mir schonend bei, daß mein teurer Fred die Kündigung eingereicht hatte und mit der Witwe und ihrer Brut nach Doncaster gezogen war. Hah! Ausgerechnet Doncaster, aus dem Dad mit den Überbleibseln seiner Liebe geflohen war. Wissen Sie was?«

Sie beugte sich vor und trommelte mit den Händen auf die Knie, während sie voll Bitterkeit sagte: »Es gab nicht eine einzige Person in der ganzen Fabrik, die mir abnahm, daß ich nichts von seinen Kapriolen gewußt hatte. In einigen Abteilungen sagten sie sogar, ich hätte ihn davon abgehalten, die arme Witwe zu heiraten und den Kindern den so dringend gebrauchten Vater zu geben. In anderen Abteilungen meinte man, ich hätte genau das bekommen, was ich verdiente und daß ich versucht habe, ihn mit Geschenken zu halten. Das mit den Geschenken stimmte.« Sinnend nickte sie. »Jeden Pfennig gab ich für ihn aus, nachdem ich mein Haushaltsgeld abgeliefert hatte. Wie auch immer – ich weiß, was es heißt, zu lieben … Ging es Ihnen so ähnlich?«

»Nein, bei mir war es etwas Wunderschönes von beiden Seiten.«

»Was passierte?«

»Sie starb.«

»Oh … Oh, das tut mir leid. Möchten … möchten Sie eine Tasse Kaffee?«

»Ich hätte nichts dagegen.«

Allein im Zimmer, lehnte er sich auf der Couch zurück und fuhr sich langsam über Kinn und Wangen, ein sicheres Anzeichen dafür, daß er beunruhigt war. Als ihm dies bewußt wurde, hörte er sofort mit der Bewegung auf und legte die Hände fest zusammen.

Ob er wollte oder nicht, er wurde in diese Familie hineingezogen. Aber wie tief dies sein würde, war eine andere Frage. Plötzlich fragte er sich, wieviel Geld er habe und gab sich die bereits bekannte Antwort: zweiundsiebzig Pfund. Eine ganz hübsche Summe – nie zuvor in seinem Leben hatte er so viel gehabt, aber trotzdem war es nicht genug, ein Geschäft aufzuziehen. Wie die Dinge im Augenblick standen, ging es ihm gut. Hilda weigerte sich, Geld für ihrer beider Mittagessen zu nehmen, und außerdem lebte er mietfrei. Alles, was er von den vier Pfund die Woche zu bezahlen hatte, waren kleinere Mahlzeiten und Kleidung für sie beide. Letzteres hatte er für Dick mehr als reichlich getan. Doch wollte er sich auf eigene Füße stellen, so mußte er erst einmal einen Laden mieten und einen Platz zum Wohnen für sie beide finden, und gerade bei dem Geschäft, an das er dachte und das unter der Rubrik ›Kunstgewerbe‹ einzuordnen war, würde es eine ganze Weile dauern, bis es sich etabliert hätte. Als Nebengeschäft war das ja gut vorstellbar, aber den Lebensunterhalt damit zu verdienen, nein – das war nicht möglich.

Was würde er tun, wäre er vor die Wahl gestellt, von der Florrie gesprochen hatte? Er wußte es nicht, außer daß er Hilda die Wahrheit sagen mußte. Und was wäre das Ergebnis? Selbst jetzt konnte er bereits den Ausdruck ihrer Augen sehen und ihre Stimme hören. »Wollen Sie vielleicht damit sagen, Sie sind einfach auf und davon und haben Ihre Frau verlassen, weil sie etwas gegen Ihre Affäre mit einer anderen Frau hatte?« Ja, wäre es Florrie, der er die Wahrheit beichten müßte, so brauchte er ihre Verachtung nicht zu fürchten. Aber Florrie war ja auch ihren eigenen Worten zufolge an Männer und ihre Art gewöhnt ... Allerdings nur drei, wie sie sagte, und der erste war nach ihren Schilderungen offenbar ein rechter Lump gewesen.

Als sie wieder das Zimmer betrat, stand er schnell auf, ging ihr entgegen, nahm ihr das Tablett ab und stellte es auf den Beistelltisch. Wenige Minuten später saßen sie einander wieder gegenüber und tranken ihren Kaffee.

Als sie ohne jede Vorwarnung fragte: »Wollen Sie von Nummer zwei hören?« verschluckte er sich fast an der heißen Flüssigkeit. Er hustete, setzte die Tasse ab und wischte sich über den Mund. »Nicht, wenn es weh tut.«

»O nein, es tut nicht weh, nicht Nummer zwei. Manchmal macht's mich etwas wütend, wenn ich daran denke, ärgerlich, sauer hauptsächlich auf mich selber, weil ich ein so verdammter Dummkopf war, ein zweites Mal reinzufallen. Ich hatte meine Stelle in der Fabrik aufgegeben – ich konnte einfach nicht mehr die Kommentare, das Lachen und Grinsen hinter meinem Rücken ertragen. Und da ich in den letzten Jahren Geschmack an Kleidung gefunden hatte – mein Motto in dieser Hinsicht ist ein paar wenige, aber gute –, wurde ich Assistentin in einem großen Geschäft in Newcastle. Innerhalb von zwei Jahren tätigte ich den Einkauf für meine Abteilung. Durch das Pech eines anderen – in meinem Fall hatte die Einkäuferin einen Herzanfall erlitten. Anfänglich sollte ich eine Übergangslösung sein, aber ich machte meine Sache so gut, daß man mir den Posten anbot. Nachdem ich das erreicht hatte, traf ich William. Nicht Bill oder Billy, sondern William.«

Sie fing zu lachen an. »Ich hätte es ja von Anfang an wissen sollen, daß jemand, der verlangt, immer William gerufen zu werden, selbst von seiner Freundin, daß bei so einem Mann etwas fehlt – auf jeden Fall Humor. Wie auch immer, er war Reisender und, um seine eigenen Worte zu gebrauchen, es klickte bei ihm sofort, als er mich zum ersten Mal sah. Seine Arbeit führte ihn über den gesamten Norden, daher sahen wir uns nicht so oft. Wir kannten uns ein Jahr, als die Frage von Heirat aufkam. Aber das war schwierig, weil – sehen Sie –, William hatte eine verwitwete Mutter und zwei jüngere Schwestern zu unterhalten. Übrigens, er lebte in Leeds. Zweimal war ich eingeladen, das Wochenende in seinem Haus zu verbringen, aber jedesmal kam etwas dazwischen. Beim ersten Mal erkrankte seine Mutter; beim zweiten Mal wurde er geschäftlich abgerufen. Ich vergaß, Ihnen zu sagen, daß ich zu jener Zeit nicht mehr zu Hause wohnte. Ich hatte mir ein kleines Appartement genommen, und daher konnte William sich immer das Hotel sparen, wenn er diesen Teil des Landes bereiste. Bett und Frühstück bekam er umsonst.«

Ohne mit der Wimper zu zucken, war sie bis zu diesem Punkt der Erzählung gekommen. Sie machte eine Handbewegung, die offenbar das Ende ankündigte. »Also, um das Ganze kurz zu machen, irgend etwas ereignete sich, was mir die Augen öffnete. Nein, nicht noch einmal, nicht noch einmal, dachte ich. Der Blitz schlägt doch nicht zweimal an derselben Stelle ein. So bestieg ich also einen Zug nach Leeds, ging zu der Adresse, die William mir gegeben hatte und fand heraus, daß dies ein Büro war. Jedoch gab man mir dort seine Privatadresse, und als ich dort an die Tür klopfte, stand mir seine teure Mutter gegenüber, die ganz offenbar seine Ehefrau war und seine beiden kleinen Schwestern, die wiederum seine Kinder waren. Ich entschuldigte mich mit einer falschen Adresse, kam nach Newcastle zurück und wartete auf meinen lieben William, der die Woche darauf kommen sollte. Dann verabreichte ich ihm eine Tracht Prügel, wie er sie in seinem ganzen Leben noch nicht bekommen hatte. Ich benutzte Pfannen, Vasen und alles, was mir in die Finger kam. Wie er den Verlust von zwei Zähnen, ein blaues Auge und ein verletztes Schienbein seiner Frau erklärte, weiß ich nicht. In dieser Nacht habe ich mir geschworen: das war das letzte Mal. Von jetzt ab würde ich diejenige sein, die auswählte, ich diejenige sein, die den Ton angab und ich es sein, in die Geld investiert werden würde, sollte jemand interessiert sein. Und so habe ich Ausschau gehalten ... Noch eine Tasse Kaffee?«

»Nein danke.«

»Also, ich brauche noch eine.« Sie schenkte sich erneut ein und trank ein paar Schlucke. Ohne etwas zu sagen, wartete er, bis sie mit energischer Stimme fortfuhr: »Newcastle ist eine große Stadt und trotz der Armut des Nordens eine reiche Stadt. Es gibt hier eine Menge wohlhabender Männer, und durch das Geschäft kam ich mit einer Reihe von ihnen in Kontakt, und so traf ich meine Wahl ... ich glaube, wir machten sie gleichzeitig, er und ich. Ich wußte, er war verheiratet und hatte vier Kinder. Ich wußte, seine Frau kam aus der feinen Gesellschaft dieser Gegend, und ich fand auch nach kürzester Zeit heraus, daß er wie alle verheirateten Männer mit vier Kindern und einer Frau, an die sie gewöhnt sind, nicht glücklich war. Kein verheirateter Mann ist glücklich.« Mit bedächtigem Kopfnicken unterstrich sie jedes dieser sarkastischen Worte. »Alle verheirateten Männer, die ich kennenlernte und die, wie ich mit einigem Stolz sagen darf, mir ein angenehmes Leben machen wollten, alle waren sie mit ihren Frauen unglücklich. Und alle sagten mir, daß ich diejenige sei, die sie gleich hätten heiraten sollen, und wenn sie das getan hätten, sie sich heute nicht in einer emotionell so mißlichen Lage befinden würden. Wie dem auch sei – hier bin ich nun.« Sie breitete die Arme aus. »Diese Wohnung gehört mir, sie ist nicht gemietet; das Geschäft gehört mir, und da haben Sie die drei Männer meines Lebens. Deswegen betrachte ich mich keineswegs als Prostituierte. Wie finden Sie das?«

»Ich finde, Sie sind eine ehrliche Frau … Lieben Sie diesen Mann?«

»Nein, nicht was ich unter Liebe verstehe. Wie ich schon sagte, meine Idee von Liebe ist ein Gefühlstumult aus Schmerz, Furcht, Eifersucht, einfach alles. Nein, ich mag Charles, ich mag ihn sogar sehr. Man könnte sagen, wir sind auf jeden Fall sehr gute Freunde.« Sie lachte etwas verlegen. »Und jetzt muß ich mich zur Ehrlichkeit zwingen. Vor einem Jahr bekam seine Frau Wind von mir und legte die Daumenschrauben an. Von Scheidung war nie die Rede gewesen. Er wollte sie nicht, und ich auch nicht. Aber als ich ihn für drei Monate nicht sah, wurde mein Leben ziemlich leer; und jetzt, nachdem ich ihn seit fast sechs Monaten nicht mehr gesehen habe, ist mein Leben sehr leer. Aber, wie es so schön heißt, so spielt das Leben eben … Sind Sie schockiert?«

»Warum glauben Sie ständig, daß Sie mich schockieren?«

»Weiß ich eigentlich auch nicht genau. Einfach so ein Gefühl, die Art, wie Sie mich ansehen, während ich erzähle. Aber eigenartig, wenn ich nicht wüßte, daß Sie nichts mit Religion im Sinn haben, würde ich meinen, daß Sie mich aus eben diesen Gründen heraus verdammen.«

»Guter Gott!« Er lachte und schüttelte langsam den Kopf. »Das zeigt nur, wie wenig Sie mich kennen.«

»Das ist wahr. Aber niemand scheint viel über Sie zu wissen. Sie sind einer von der geheimnisvollen Sorte, nicht wahr?«

Die seinen Nacken heraufkriechende Hitze sagte ihm, daß er jetzt rot im Gesicht wurde. Er schwieg.

»Tut mir leid, es war nicht böse gemeint, und ich wollte auch nicht neugierig sein. Mich stört das nicht. Wenn schon nichts anderes, so hat mich meine Erfahrung doch gelehrt, daß jeder mit seinem Leben machen kann, was er will, wenn dies überhaupt möglich ist. Und wenn es möglich ist, sollte man auch die Konsequenzen auf sich nehmen. Nach dieser langen Rede bin ich zwar nicht unbedingt neugierig, doch würde ich schon ganz gern wissen, warum Sie heute abend hier vorbeigekommen sind.«

Was sollte er darauf antworten? Daß er hergekommen war, um mit ihr zu schlafen? Daß er geglaubt hatte, es würde keinerlei Bedeutung für sie haben, da er nur einer ihrer vielen Freier sein würde? »Ich weiß es nicht«, war alles, was er herausbrachte.

»Ich aber. Soll ich's Ihnen sagen?«

»Lieber nicht.«

»Nun, es spricht für Sie. Sie sahen, daß ich gekränkt war, verletzt von dem, was Hilda gesagt hatte. Sie mögen es nicht, wenn Menschen verletzt werden ... Waren Sie im Krieg?«

»Ja und nein.«

»Ja und nein? Eine eigenartige Aussage. Was waren Sie denn nun?«

»Kriegsdienstverweigerer.«

»Guter Gott!«

Er sah, wie sich in ihrem Gesicht ein breites Lächeln ausbreitete, sah, wie sich ihre flache Brust hob und sie zu lachen anfing. »Was ist daran so lustig?« wollte er wissen.

»Ich weiß nicht. Ich weiß nicht, warum ich lache. Es ... es ist einfach so eine Überraschung, und die Art und Weise, wie Sie's sagten.« Das Lächeln verschwand und machte einem nachdenklichen Ausdruck Platz. »Sie müssen ein recht mutiger Mann gewesen sein. Ich konnte nie begreifen, warum die Leute Kriegsdienstverweigerer Feiglinge schimpften. Als ich noch ein Kind war, kannte ich einen, zumindest wußte ich, wo er wohnte. Die Frauen der Umgebung konnten es nicht an ihm selbst auslassen, denn er war eingesperrt. Daher mußten Frau und Kinder dafür büßen. Sie zertrümmerten ihnen die Fenster und dergleichen mehr. Wissen Sie was? Die Armen sind sehr ignorant.«

»Aber das Monopol haben sie darin nicht.«

»Nein, vielleicht nicht. Aber selbst damals erschien es mir immer, als würden nur ganz wenige denken können. Und wollen Sie noch was wissen? Ich habe es gehaßt, in Bog's End unter den Armen zu leben, sogar noch mehr als Hilda. Selbst heute hasse ich es, dort hinunter zu gehen. Ich hasse kleine Räume, graue Straßen, gemeinschaftliche Hinterhöfe. Auf der gesamten Temple Street schleppt man noch das Wasser nach oben.«

»Nun, in dieser Hinsicht brauchen Sie sich ja keine Sorgen mehr zu machen, oder?«

»Nein, muß ich nicht.«

Schweigend blickten sie einander an. Es war, als verteidige er das Leben, was sie verachtete.

Doch als sie sich wieder zulächelten und beide gleichzeitig zum Sprechen ansetzen wollten, ließ sie ein Geräusch von der Wohnungstür her zum Eingang blicken. Ein Schlüssel wurde im Schloß umgedreht, worauf das Öffnen und Schließen der Tür folgten.

Noch bevor die Wohnzimmertür sich öffnete, war Florrie aufgestanden und blickte zur Tür hinüber. Auch Abel stand langsam auf und sah dem unerwarteten Besucher entgegen, der im Türrahmen stand, eine Hand an der Klinke.

Der Mann war so groß wie er selber und schlank. Er hatte dickes, blondes Haar und sein Gesicht konnte als gut aussehend bezeichnet werden. Über dem Arm trug er einen Überzieher und in der Hand einen weichen Filzhut. Seine Erscheinung bot das Bild eines gut gekleideten Gentleman, und der Klang seiner Stimme, in dem er sagte: »Ich ... ich hoffe, ich störe nicht«, drückte diesem Bild noch den Stempel der Echtheit auf.

»O nein. Nein.« Florrie ging langsam lächelnd auf ihn zu, nahm ihm Mantel und Hut ab und legte beides über einen Sessel. Dann deutete sie mit der Hand in Abels Richtung und stellte vor: »Das ist Mr. Gray. Er ... er ist Hildas Manager. Er kam vorbei, um mir etwas von Hilda auszurichten.«

Den Namen des Mannes nannte sie Abel nicht. Die beiden Männer sahen einander an und nickten mit dem Kopf.

»Komm und setz dich. Es ist schrecklich stürmisch draußen. Hast du schon was gegessen?«

Abel beobachtete den Mann. Er ging zum Kamin und streckte die Hände über die Flammen. Sechs Monate, hatte sie gesagt, sind es her, daß sie ihn zum letzten Mal gesehen hat; es könnten ebensogut sechs Stunden sein, und er kommt soeben aus dem Büro zurück, registrierte Abel.

»Ich muß jetzt gehen.« Er trat auf die Tür zu, die in die Halle führte. Sie sah ihn an und lächelte. Es war ein warmes Lächeln, ein Lächeln, mit dem sie ihm für seinen Takt dankte.

»Ich werde Mrs. Maxwell sagen, daß alles in Ordnung ist und Sie vorbeischauen werden, ja?«

»Ja, tun Sie das.«

Er drehte sich nach dem Mann um, der jetzt in einer Ecke der Couch saß. »Guten Abend«, verabschiedete er sich, doch der Mann, der in die Flammen starrte und seine Gegenwart bereits vergessen zu haben schien, fuhr herum und antwortete: »Oh! Ja, guten Abend.«

Sie begleitete ihn zur Wohnungstür. Mit leiser Stimme verabschiedete sie ihn. »Gute Nacht«, und ebenso leise antwortete er: »Gute Nacht.«

Er ging die Auffahrt hinunter, durch das Tor hindurch und auf die Straße hinaus.

Dort blieb er stehen. Ein höchst merkwürdiges Gefühl hatte ihn überkommen, das Gefühl, soeben einen Verlust erlitten zu haben. Aber wie konnte man etwas verlieren, was man gar nicht besessen hatte? Unmöglich, daß er sich in sie verliebt hatte. O nein! Alice hatte er geliebt und nur Alice. Aber warum hatte er dann das Gefühl, als sei ihm der Boden unter den Füßen seiner Welt, seiner neuen, sicheren Welt entrissen worden? … *Sicheren* Welt? Worüber jammerte er überhaupt? Heiratete er Hilda nicht, so würde diese Sicherheit nur von kurzer Dauer sein – und heiraten konnte er Hilda nicht. So, wo lag da die Alternative? Wieder auf die Landstraße? O nein! Bei Gott! Nicht mit dem Jungen. Dem konnte er ihn nicht wieder aussetzen. Nun, was aber dann?

Er war immer noch mit dieser Frage beschäftigt, als er bereits die Stufen zu seinem Zimmer hinaufstieg, wo er Dick vorfand, der ihm mit angstgeweiteten Augen entgegen blickte. »O Dad, ich habe gedacht, du bist weggegangen und hast mich zurückgelassen. Mrs. Maxwell war ganz schlechter Laune. Sie hat mich rausgeschmissen, als ich in die Küche kam und gesagt, ich soll zum Abendessen doch zu Miss Florrie gehen. Warum hat sie das gesagt, Dad? Ich bin doch noch nie bei Miss Florrie gewesen. O Dad, ich hab' solche Angst gehabt, daß ich zu meiner Mutter zurück muß.«

Es war das erste Mal, daß der Junge seine Mutter erwähnte, seit er ihm gesagt hatte, daß sie für ihn tot sei, aber die Tatsache, daß seine Angst sie wieder in seine Gedankenwelt hatte eindringen lassen, bewies, daß er offenbar immer noch an sie dachte.

Ganz fest drückte er seinen Sohn an sich und erkannte zugleich, daß die Zukunft nicht von ihm abhing, sondern von dem Jungen und daß er, wollte er ihn in Sicherheit aufwachsen lassen, sich noch eingehend mit dem Kind beschäftigen mußte. Wie aber löschte man eine Mutter, eine lebende Mutter, aus den Gedanken eines Kindes aus? Der einzige Weg, den er erkennen konnte, war, ihm die Wahl anzubieten, die Wahl zwischen einem bequemen Bett und der Landstraße.

Wie die Wahl des Jungen ausfallen würde, wußte er im vorhinein, konnte er doch noch nicht die volle Bedeutung dieser Wahl begreifen, er war einfach noch zu klein. Aber er würde nicht ewig klein bleiben – und was dann? Würde er einem jungen Mann verständlich machen können, daß er all dies nur seinetwegen getan hatte? Wenn er ihn vor diese Wahl stellte, würde sein junger Geist da nicht einer schweren Belastung ausgesetzt werden, könnte ein Schuldgefühl aufbauen, das die Ursache für eine Fehlentwicklung zu einer verlogenen, verklemmten Persönlichkeit sein konnte?

Er konnte sich nicht noch mehr sorgen. Das tat er genug. In dieser Nacht hatte Florrie ihren Freund wieder, ihren vornehmen Mann. Unwillkürlich preßte er die Lippen zusammen, als ihn der Gedanke, ›Gott, wäre ich doch bloß an seiner Stelle‹, überfiel. Denn in ihm glühte ein Verlangen, das ihn zu verzehren drohte. Es hatte nichts mit Liebe zu tun, es war einfach ein innerer Drang, den er sich am liebsten herausgerissen hätte.

6

Den ganzen Tag hatte es leicht geschneit, so leicht, daß der Schnee pulvrig wie Mehl war. Die Kälte war klirrend, und die Himmelsdecke lag so tief über der Stadt, daß die Leute ständig sagten: »Zweifellos liegen da noch dunkle Tage vor Weihnachten vor uns.«

Dick rannte in die Garage und rief: »Dad, glaubst du, daß er liegenbleibt? Können wir den Hügel runterrutschen? Bob Tanner hat gesagt, das hätten sie letztes Jahr gemacht. Es wäre herrlich, hat er gesagt. Was machst du da, Dad?«

»Was – glaubst du wohl? Du hast schließlich Augen im Kopf.«

»Ich kann dich doch nicht sehen, Dad.« Dick lachte. »Du liegst halb unterm Auto.«

»Nun, was werde ich da wohl machen?«

»Wahrscheinlich was reparieren.«

Abel rollte unter dem Wagen hervor und setzte sich auf. Er rieb mit einem Lumpen die Ölschmiere von den Händen und lachte den Jungen an. »Warum bist du denn so aufgeregt?«

»Weiß ich auch nicht, Dad. Weil eben Weihnachten kommt und der Schnee. Wo ist Benny?«

»Da, wo er immer ist, in der Fahrrad-Werkstatt.«

»Ich werde ihn mit einem Schneeball bewerfen.«

»Da mußt du aber Glück haben. Nicht mal einen Teelöffel voll kannst du im Hof zusammenkratzen. Er scheint nicht liegenbleiben zu wollen.«

»Oben auf der Mauer schon.«

Als sich der Junge umdrehte und aus der Garage sauste, rief Abel ihm nach: »Moment noch, Dick«, und als der Junge innehielt, sagte er warnend: »Sei vorsichtig. Ärgere ihn nicht zu sehr.«

»Ich ärgere ihn nie, Dad.«

»Aber wenn er wieder eine seiner Launen hat, halt dich fern von ihm.«

»In Ordnung, Dad.«

Dick rannte auf die Mauer zu, die das Grundstück zur Straße hin abgrenzte, langte nach oben und fuhr mit der Hand über die abgeflachte unebene Mauerkrone. Doch als er am anderen Ende der Mauer ankam, hatte sich in seiner Hand nur so viel Schnee angesammelt, daß er damit gerade ein Mini-Bällchen hätte formen können. Im Schutz der Mauer stehend drückte er die leichten Flocken vorsichtig zusammen, aber sie waren zu locker. So rannte er, die Hände becherförmig zusammenhaltend, wieder in den Hof, vorbei an der Garage, vorbei an der Autowerkstatt, wo Arthur Baines an der Drehbank arbeitete, und hinein in den Fahrradschuppen.

Der Schuppen war ungefähr zehn Meter lang und drei Meter breit. An der einen Seite standen Fahrradständer, die bis auf zwei alle besetzt waren. Dieses Wetter wirkte sich nicht eben günstig auf den Fahrradhandel aus. Ein langer schmaler Werktisch nahm die Hälfte der gegenüberliegenden Seite ein. Auf ihm lagen die verschiedensten Werkzeuge und darüber hingen Fahrradreifen. Außer der Werkbank gab es noch einen altmodischen runden Koksofen, der, außer einen beißenden Geruch von sich zu geben, heller glühte, als der nackte Gasstrumpf auf dem Gestell oberhalb des Arbeitsplatzes, wo Benny Laton saß. Dreiundzwanzig Jahre war er alt, 1,77 Meter groß, hatte breite Schultern und einen großen Kopf; seine Arme und Beine hingegen waren dünn. Wie er so dasaß, wirkte er wie ein ganz normaler Mann. Erst wenn er ging oder redete, hörte die Normalität auf, denn sein Gang war schlenkernd und seine Sprechweise kindlich.

Dick blieb neben ihm stehen. »Hallo, Benny.«

»Ah, du. Zurück, was?«

»Ja, es hat geschneit.«

»Weiß ich doch ... Trottel.«

»Rate mal, was ich in der Hand habe?« Dick hielt Benny die geschlossenen Fäuste vor das Gesicht. Er grinste schelmisch.

»Tu ich nich'.«

»Komm schon, rat mal.«

»Vogel.«

»Vogel? ... Nein, Schnee.« Als er das Wort Schnee sagte, öffnete er die Hände und warf Benny den übrig gebliebenen Schnee ins Gesicht.

Was als nächstes geschah, passierte so blitzschnell, daß Dick der Schrei im Halse steckenblieb. Bennys Arm schoß vor und schleuderte ihn zur Seite. Nur weil er einen Fahrradständer zu packen bekam, fiel er nicht hin. Rückwärts gehend wollte er sich entfernen, doch Benny griff einen großen Schraubenschlüssel und ging auf ihn zu, wobei er fortwährend zusammenhangloses Zeug vor sich hingeiferte.

Erst als Dick die Hitze des Ofens hinter sich spürte, fand er die Sprache wieder. »Nicht tun, Benny! Nicht tun! Ich wollte dir doch nichts tun. Nicht tun, Benny!«

»Du ... du hast sie weggenommen. Ja, hast du.«

»Nicht, Benny! Ich werd' mich verbrennen, hör auf.«

»Ja, ja, verbrenn nur, geh zum Teufel.«

»Dad! Dad!«

Die sengende Hitze traf seinen Nacken, und er wußte, daß er gleich den rotglühenden Ofen berühren würde. Er stieß einen schrillen Schrei aus, holte Luft und schrie erneut.

Abel ging gerade über den Hof zur Küche hinüber, um Hilda zu sagen, daß die Arbeit an einem Wagen erledigt sei und er den Wagen dem Besitzer abliefern würde, als er den Schrei hörte. Hilda hörte ihn auch. Sie stand über das Spülbecken gebeugt und sah Abel im schattigen Schein der Torlaterne auf das Haus zukommen und sich blitzschnell umdrehen.

Beide, Hilda und Arthur Baines, erreichten den Eingang der Fahrradwerkstatt im selben Augenblick. Wie angenagelt blieben sie stehen und beobachteten, wie sich Abel langsam auf die Mitte des Schuppens zu bewegte. Leise und beruhigend redete er auf Benny ein. »Was ist, Benny? Was ist passiert? Nun mal langsam, Benny, langsam.« Er hielt inne, denn Benny war einen Schritt näher an Dick herangetreten. Den Schraubenschlüssel über Dicks Kopf schwingend, schrie er: »Komm mir nich' näher, Mister. Komm mir nich' näher. Bis' nich' mein Boß. Er hat sie weggenommen. Ich hab' meiner Ma gesagt, er nimmt sie weg.«

Hilda stand jetzt neben Abel, und auch ihre Stimme klang leise und besänftigend. »Benny! Benny! Hör mir zu. Du kannst Dick nicht wehtun, du magst Dick doch.«

»Nee, mag ich nich'. Er will nur im Haus schlafen. Meine Ma sagt das, meine Ma weiß alles. Der große Kerl will dich heiraten, sagt meine Ma, will dich angeln, sagt sie. Dann schläft der Kleine in deinem Haus. Meine Ma weiß es, sie weiß, hinter was der her is', der Große.«

Für Sekunden herrschte Totenstille in der Werkstatt. Dann bewegte sich Abel wieder vorwärts. Jetzt war seine Stimme nicht länger leise. »Leg den Schraubenschlüssel weg!« befahl er laut.

»Tu ich nich'.« Benny packte Dick bei den Schultern und unter diesem Griff sackte der Junge zusammen, überwältigt von Hitze und Furcht war er ohnmächtig geworden.

Abel sprang vor, wollte Benny packen, doch in diesem Augenblick ließ der verblödete junge Bursche mit solcher Wucht den Schraubenschlüssel auf Abels Unterarm sausen, daß alle – außer Dick – den Knochen brechen hörten.

Die Tatsache, daß er schließlich doch jemanden getroffen hatte, schien alle Wut aus Benny genommen zu haben. Jetzt stand er da, den Schraubenschlüssel lose in der Hand und sah zu Abel hin, der mit schmerzverzerrtem Gesicht dastand. Ohne Protest ließ er sich von Arthur Baines den Schraubenschlüssel abnehmen. Er drehte sich nach Hilda um, die Dick vom Boden aufhob. »Du hast Benny immer gern gehabt«, jammerte Benny, »bester Arbeiter, den du hast, hast du gesagt. Boß Maxwell hat mich gern gehabt, ja, tat er. Mam sagt, alles is' anders, seit der Vagabund hier is'. Vagabunden sind's, nix als Vagabunden. Ich werd's meiner Ma sagen.«

»Halt den Mund!« Hildas Stimme überschlug sich. Der Bursche klappte den Mund zu und sah sie nur noch mit bebenden Lippen an. Dann befahl sie Arthur Baines: »Bringen Sie ihn nach Hause, Arthur, ja? Sagen Sie seiner Mutter, was passiert ist und daß ich sie sprechen will.«

»Soll ich Abel zuerst ins Haus helfen und den Jungen reintragen?«

»Nein, nein.« Dies kam von Abel, seine Stimme klang langsam und schwer. »Es geht schon. Wir kümmern uns um den Jungen. Bring ihn nur«, er schloß die Augen und machte eine Kopfbewegung in Richtung Benny, »bring ihn nur raus hier.«

Arthur packte Benny am Arm und führte ihn zur Tür. Ohne Widerrede ging der junge Bursche neben ihm bis zum Eingang mit. Hier zwang er Arthur, stehenzubleiben. »Will meinen Mantel.« Doch nachdem er seinen Mantel genommen und ihn angezogen hatte, schien er wieder wütend zu werden. Als Arthur ihn zur Tür hinausdrängte, drehte er sich um und schrie: »Tramp! Landstreicher. Sucht nur 'n weiches Bett. Meine Ma weiß's.«

Hilda schien nicht gehört zu haben, was Benny gesagt hatte. Sie war zu sehr mit Dick beschäftigt. Doch Abel stand da, den Kopf gesenkt, die Augen geschlossen. Schmerzen spürte er keine im Arm. Seine ganze linke Körperhälfte schien gefühllos zu sein, doch gleichzeitig durchlebte er ein neues, fremdartiges Gefühl. Vielleicht war es das, was Männer kurz vor einem Gefecht empfinden. Etwas, das sie fürchten, was aber unausweichlich ist, etwas, von dem sie wissen, daß sie da durch müssen. In diesem Moment wußte er, daß er an einem Wendepunkt seines Lebens angekommen war und daß, bevor noch dieser Abend sich dem Ende zuneigte, er eine andere Straße nehmen müßte.

Abel war im Krankenhaus gewesen, und man hatte ihm den Arm bandagiert. Dick war bereits im Bett und schlief im Haupthaus, in einem der Gästezimmer oben. Abel saß vor dem Kamin, trank heiße Schokolade und wartete darauf, daß Hilda zu sprechen beginnen würde.

Um halb neun war er aus dem Krankenhaus zurück gekommen. Jetzt war es zehn Uhr, und während der ganzen Zeit hatte sie kaum mehr als ein halbes Dutzend Sätze mit ihm gesprochen. Jedoch war sie sehr besorgt um ihn gewesen, hatte ihm sein Essen kleingeschnitten und darauf bestanden, daß er aß, hatte ihn in den großen Ledersessel, Mr. Maxwells Sessel, verfrachtet und ihm Kissen unter seinen in der Schlinge hängenden Arm gelegt.

Als sie nun ihm gegenüber Platz nahm und ihn offen ansah, da wußte er, daß er sich zwischen zwei Worten entscheiden mußte, die beide sein Leben verändern würden. Das eine Wort schickte ihn wieder auf die Landstraße, das andere brachte Sicherheit, aber eine Sicherheit verbunden mit einem hohen Risiko.

»Abel.«

»Ja, Hilda?»

»Die Situation verlangt jetzt nach einer Entscheidung, nicht wahr?«

»In welcher Hinsicht?« Gott, warum schob er es bloß hinaus? Er wußte doch, wie seine Antwort ausfallen würde!

Es machte ihn verlegen und beschämt, als sie plötzlich den Kopf zur Seite warf und eine wegwerfende Armbewegung machte.

»Abel, machen wir uns nichts vor. Du weißt genauso gut wie ich, wie die Dinge stehen. Willst ... willst du, daß ich mich demütige ...? Es sage, bevor du etwas gesagt hast? Und ich weiß, du wirst von dir aus niemals davon anfangen, wirst es nie sagen, nur wegen unserer Positionen. O Abel!«

So schnell war sie aus ihrem Sessel aufgesprungen und hatte sich neben ihn gekniet, daß er erschreckt zusammenfuhr. Als sie gegen seinen verletzten Arm stieß und er aufstöhnte, rief sie reumütig: »O Abel, es tut mir leid. Hab' ich dir wehgetan?«

»Nein, nein. Ist schon gut.«

»O Abel!« Unverwandt blickte sie ihn an, ihre Lippen zitterten, ihre Augen schimmerten feucht. Er legte seine gesunde Hand auf ihren Kopf und strich ihr die Haare aus der Stirn. »Ich ... ich weiß, was gesagt werden muß, aber du selber hast es schon gesagt, ich hätte mich nie dazu bringen können, es zu sagen. Selbst jetzt ... nun, ich ... Ich weiß nicht ...«

Sie hockte neben ihm auf den Fersen, und ihr Gesicht sah klein und mitleiderregend aus, als sie flüsterte: »Ich ... ich dachte, du magst mich?«

»Oh, das tu ich auch, wirklich.« Seine Antwort kam schnell und wahrheitsgetreu. In der Tat war es nicht notwendig, seine Gefühle zu verbergen. Er mochte sie, er mochte sie sogar sehr, aber er begehrte sie nicht wirklich, nicht so wie er ... Er verbot sich, den Namen in Gedanken auszusprechen, den Namen, der nicht länger Alice hieß. Leise sagte sie: »Ich liebe dich, Abel. Ich glaube, ich habe dich vom ersten Augenblick an geliebt, als du durch diese Tür kamst. Ich ... ich mußte mich zusammenreißen als Mr. Maxwell noch lebte, aber ... aber seitdem er fort ist, und ich dachte, du würdest Florrie verehren, oh, da bin ich fast verrückt geworden. Ja, Abel, bestimmt.« Langsam schüttelte sie den Kopf, dann ergriff sie mit beiden Händen die Finger seines gesunden Arms, zog sich nahe zu ihm heran, lehnte das Gesicht gegen seine Schulter und flüsterte, wobei ihre Augen auf den obersten

Knopf seines offenen Sporthemdes gerichtet waren: »Ich … ich muß dir was sagen. Ich … ich war niemals richtig verheiratet.«

»Was! Aber ich dachte …« Der Ton seiner Stimme ließ sie aufblicken, und mit schockierter Stimme beeilte sie sich zu versichern: »O ja, sicher. In diesem Sinne waren Mr. Maxwell und ich verheiratet, in der Kirche und so. Alles ging mit richtigen Dingen zu, aber … aber was ich sagen wollte ist … ist … Er hat in mir mehr eine Tochter gesehen und …, nun ja, den Gedanken, daß er etwas anderes hätte haben wollen, wäre mir unerträglich gewesen. Es … es war auch alles schon vor der Hochzeit arrangiert …, na ja, daß es so was eben nicht geben würde …, du weißt schon, was ich meine.«

Er blickte auf ihren Mund, der sich zu einem schmalen Strich verzogen hatte und fühlte, wie der Wunsch zu lachen in ihm aufstieg. Es war ihm unbegreiflich, daß sie das Bett oben mit diesem Mann geteilt hatte und doch jungfräulich geblieben war. So alt war Peter Maxwell ja auch nicht gewesen. Und aus welcher Webart mochte sie wohl gemacht sein? Eines war ihm jetzt klar: Sie wollte verheiratet sein und das nicht nur auf dem Papier. Das Begehren glühte in ihr wie die Hitze eines Ofens; es offenbarte sich im Druck ihrer Hände, der Nähe ihres Körpers und trat ganz offen im Schimmer ihrer Augen zutage.

Der Wunsch zu lachen löste sich auf, und Mitleid nahm seinen Platz ein. Er begann sich zu fragen, ob sie vielleicht nun die Vorteile einer Ehe ohne Zeremonie akzeptieren würde. Wäre das machbar, so brauchte er sich keine Sorgen mehr zu machen.

Er nahm den Arm von ihrer Schulter und strich ihr wieder das Haar aus der Stirn, doch in die Augen blickte er ihr nicht, als er sagte: »Das muß sehr hart für dich gewesen sein, und ich kann gut verstehen, wie dir zumute gewesen sein muß, so … Also, wenn es dir nichts ausmacht, können wir …, na ja, können wir zusammenkommen und … glücklich sein ohne das übliche Palaver, denn im Grunde …«

Ihre Bewegung von ihm fort erfolgte genauso schnell wie ein paar Minuten zuvor ihre Hinwendung. Mit gespreizten Beinen stand sie jetzt da und starrte ihn mit weit aufgerissenen Augen an. Ihre kleine, mollige Gestalt bebte voll zorniger Ablehnung, als sie ihrer Entrüstung Ausdruck verlieh. »Was schlägst du mir vor? Ich bin nicht so eine! Du denkst wohl, weil Florrie so verdorben ist, bin ich's auch. O ja, das tust du. Selbe Familie, da ist kein Unterschied – genauso denkst du. Sie tut's für Geld und mit so vielen, wie sie kriegen kann. Und weil ich dir von Mr. Maxwell erzählt habe, glaubst du nun das gleiche von mir. Ich hätte ihn wegen seines Geldes geheiratet. O ja, das tust du.« Heftig nickte sie.

Er stand auf. »Hör mir zu, Hilda«, sagte er ruhig. »Ich habe nur gedacht, du ziehst diesen Weg vor. Jedermann in der Umgebung weiß, daß ich von der Landstraße komme. Was glaubst du wohl werden die reden, wenn sie herauskriegen, daß ich dich heiraten will? Der nutzt die Lage aus, werden sie sagen. O ja, das werden sie.« Bekräftigend nickte er, als habe sie seine Aussage angezweifelt. »Ich machte den Vorschlag lediglich ... nun ja, aus dem Wunsch heraus, es dir schön zu machen, ohne dich in eine peinliche Situation zu bringen.«

Er beobachtete, wie jedes seiner Worte, der Wirkung einer Injektion gleich, sie entspannte. Sie ließ sich in den Sessel fallen; Kopf und Schultern vornüber gebeugt, saß sie da und blickte auf ihre Hände hinunter. Mit dem Daumen fuhr sie sich unentwegt über die Fingerkuppen. Diese Angewohnheit hatte er immer dann bei ihr beobachtet, wenn sie nervös war.

Er ging jetzt zu ihr, nahm ihre Hand und preßte sie fest gegen seine Hüfte, wobei ein tiefes Gefühl des Mitleids in ihm aufstieg. Doch nicht das leiseste Gefühl von dem, was er als Liebe bezeichnen würde, lebte darin. Das gleiche Gefühl würde er für Tiere, die in eine Falle geraten waren, empfunden haben oder für jemanden, der sich einer selbst auferlegten Folter unterwarf. Und genau das hatte sie zuvor getan, tat es immer noch.

Sein Mitgefühl für sie ließ auch nicht nach, als sie, ohne ihn anzusehen, flüsterte: »Abel, für mich kann es nichts anderes als Heirat geben. Ich ... ich brächte es einfach nicht fertig, so locker zu handeln, egal wie ich empfinde.«

»Das verstehe ich ja. Es ...«, er schluckte hart und mußte sich zwingen, die Worte auszusprechen, die ›ja‹ bedeuten würden, »es wird so gemacht, wie du möchtest.«

»O Abel. Abel.« Sie war aufgesprungen und umarmte ihn heftig. Als er leicht aufstöhnte, rief sie: »Oh, Entschuldigung, du hast solche Schmerzen.« Sie ließ ihn los und schmiegte sich an seine Seite. Dann hob sie das Gesicht zu ihm auf, und als er sich hinunterbeugte und seine Lippen die ihren berührten, waren ihre Augen fest geschlossen, und sein Körper registrierte den sie durchbebenden Schauer.

Nach einer Weile trat sie von ihm zurück, ihr Gesicht strahlte, ihre Augen leuchteten, und mit heiserer Stimme sagte sie, während sie ihn von oben bis unten anblickte – »Du bist so groß und so sanft. Ich habe mir nie vorstellen können, daß jemand so sanft sein könnte wie du, Abel.«

»Du kennst mich nur noch nicht.« Er lachte leise und schüttelte den Kopf.

Sie drehte sich im Kreise herum wie ein aufgeregtes kleines Mädchen. »Oh, und all die Pläne, die ich habe. Nachts habe ich im Bett gelegen und nachgedacht, was wir mit dem Geschäft machen könnten, weil ich doch weiß, wie sehr du das Geschäft magst. Das tust du doch, nicht wahr?« Sie drehte sich wieder zu ihm hin, und er erwiderte ruhig: »Da müßte ich wirklich schon schwer zufrieden zu stellen sein, wenn das nicht der Fall wäre.«

»Wir könnten vergrößern, wenn wir Esther Burrows dazu kriegen könnten, uns ihr Feld zu verkaufen. Und früher oder später wird sie's müssen, denn ihr Geld wird immer weniger. Und dann könnten wir Benzin verkaufen. Ich habe viel darüber nachgedacht. An der Vorderseite gibt es genug Platz für Pumpen.«

Er hatte sich wieder hingesetzt und sah ihr zu, wie sie die Tischdecke über den Tisch ausbreitete, für den morgigen Tag den Frühstückstisch deckte und dabei ununterbrochen über das Geschäft redete, bis sie unvermittelt innehielt und von der Rolle der Geschäftsfrau wieder in die des kleinen Mädchens schlüpfte. »Abel, glaubst du, ich könnte in Weiß heiraten? Ich würde so gerne dieses Mal in Weiß durch die Kirche gehen. Damals habe ich nur ein einfaches Kostüm getragen ... Was ist los?«

Langsam kam sie auf ihn zu. Er hatte sich aus seinem Sessel erhoben, sein Gesicht war ausdruckslos. In seiner Stimme lag ein so bestimmter Ton, wie sie ihn noch nie bei ihm gehört hatte. »Hilda, in der Kirche werde ich nicht heiraten.«

Entsetzen breitete sich auf ihrem Gesicht, in ihrer Stimme, selbst in ihren ausgestreckten Händen aus. »Nicht in der Kirche? Aber wo denn sonst?«

»Auf dem Standesamt.«

»O nein! Nein!« Wild schüttelte sie den Kopf. »Niemals! Auf dem Standesamt heiraten? Dort gibt's ... da gibt's keine Heiligkeit, und es bedeutet nichts.«

»Es ist genauso bedeutsam wie eine kirchliche Zeremonie.«

»Das stimmt nicht. Abel, du überraschst mich. Was wird der Vikar sagen? Er wird's nicht erlauben. Seit Jahren sind wir Kirchgänger. Ich bin ... ich bin immer zu ihm gegangen, wenn ich Rat brauchte, und Mr.

Maxwell war Kirchenvorstand. Wir haben uns dort kennengelernt. Der Vikar wußte auch über unsere … nun, ich meine, er wußte über unsere Heiratsvereinbarung Bescheid und über alles. Er würde …, nie würde er dem zustimmen.«

»Dann, Hilda, tut's mir leid, aber ich werde nicht in einer Kirche heiraten, egal in welcher auch immer.«

Die Tonlosigkeit seiner Stimme, die Bestimmtheit, mit der er dies sagte und die auf kein Weichwerden hoffen ließ, machten ihr sofort klar, daß es nur einen einzigen Weg für sie gab, diesen Mann zu bekommen, und der führte über das Standesamt.

Er ging auf die Tür zu. »Ich gehe jetzt rüber. Denk darüber nach, es eilt ja nicht.« Für einen Moment blickte sie ihn schweigend an. »Wirst du allein zurechtkommen?«

Er nickte und lächelte ihr beruhigend zu. »Ja, ich werd' schon zurechtkommen. Gute Nacht, Hilda. Mach dir keine Sorgen, es ist ja kein Schaden angerichtet worden. Wenn … wenn du in dieser Hinsicht mir nicht entgegenkommen kannst, nun ja, dann geht's eben so weiter wie bisher. Wir werden morgen nochmal darüber sprechen. Gute Nacht.«

Der Ausdruck auf ihrem Gesicht ließ ihn stehenbleiben. Und als sie plötzlich auf ihn zulief und ihr Gesicht zu ihm empor hob, da wußte er, daß es nicht nötig war, bis morgen auf ihre Antwort zu warten.

Sie war bereits gegeben.

Abel saß in einem hohen Lehnsessel. Der Junge stand vor ihm. Sein Gesicht sah weiß und hager aus. Furcht spiegelte sich in seinen Augen, und seine Lippen zitterten, als er fragte: »Krieg ich Strafe?«

»Nein, nein.«

»Dad, ich habe nur ein bißchen Schnee nach ihm geworfen. Es war nur ein ganz klein bißchen, und ich habe ihm bestimmt nicht wehgetan und …«

»Ich weiß. Ich weiß.« Abel zog den Jungen näher zu sich heran. Zaghaft legte Dick seine eine Hand auf die Schlinge. »Tut es sehr weh, Dad?«

»Nein, im Augenblick spüre ich überhaupt nichts, es ist nur etwas taub. Aber hör mir zu. Ich muß mit dir über etwas anderes reden und zwar ernsthaft.«

Er blickte in das Gesicht seines Sohnes, befeuchtete seine Lippen und preßte die Zähne fest zusammen, als wolle er mit ihnen eine Barriere formen, die jedes gesprochene Wort vorher prüft.

»Hör zu«, begann er liebevoll. »Du weißt doch noch, wie ich dir gesagt habe, daß du dir vorstellen mußt, daß deine Mutter tot ist, nicht wahr?«

Er wartete. »Nun, erinnerst du dich nicht mehr daran?« Seine Stimme klang jetzt belegt.

»O ja, Dad, doch.« Dick nickte und dann, um dem Gesagten Nachdruck zu verleihen, warf er den Kopf zurück und wiederholte laut: »Ja, ja, Dad.«

»Na, dann ist es ja gut. Und trotzdem wissen wir beide, daß sie lebte und es ihr gutging, als wir Hastings verließen, nicht wahr?«

»Ja, Dad.«

»Und soweit wir wissen, lebt sie heute noch?«

»Ja, Dad.«

»Nun hör mir gut zu. Wenn ein Mann eine Frau hat und sie lebt noch, dann kann er keine andere Frau heiraten. Verstehst du das?«

Dick kniff die Augen zusammen, sah dann zur Seite, blickte wieder seinen Vater an. »Ja, Dad.«

»Gut. Sagen wir, dieser Mann heiratet eine andere Frau während seine erste Frau noch lebt, dann ist das eine Art ..., na ja, eine Art Sünde; und dafür kann er ins Gefängnis kommen, weil es einem Mann nicht erlaubt ist, zwei Frauen zu haben. Verstehst du?«

Nach einigem Überlegen erwiderte der Junge: »Ja ..., ja, Dad.«

Abel legte dem Jungen die Hand auf die Schulter und beugte sich noch weiter zu ihm hin, bis sein Gesicht ganz nahe dem des Kindes war. »Mrs. Maxwell will mich heiraten. Verstehst du? Sie will, daß ich sie heirate. Wenn ich's nicht tue, werden die Dinge hier sehr schlecht. Ja, wir werden sogar von hier fort müssen, und ich werde mich anderswo nach Arbeit umsehen müssen.« Er legte eine Pause ein. »Du weißt doch, was passierte, als ich damals nach Arbeit suchte, nicht wahr?«

Die Augen des Jungen waren groß und rund; ihr furchtsamer Ausdruck wurde jetzt von dem tiefster Verwirrung abgelöst. Er sagte diesmal nicht wie sonst »Ja, Dad«, sondern blieb still. Sein junger Geist versuchte die Ungeheuerlichkeit der Situation, die sein Vater ihm erklärte, aufzunehmen. Wild drehten sich seine Gedanken um die Gefahr der Sünde, die bis ins Gefängnis führen konnte. Das Gefühl glich dem, das er samstags in der Nachmittagsvorstellung durchlebte, wenn er Cowboys und Indianer miteinander kämpfen sah und der böse Mann zum Schluß erschossen oder von dem Sheriff ins Gefängnis geführt wurde. Aber nur schlechte Männer kamen ins Gefängnis, und doch hatte sein Vater gesagt, daß, wenn er zwei Frauen nehmen würde, man ihn auch ins Gefängnis stecken könne. Dann sah er plötzlich in Gedanken das Bild eines Babys. Wahrscheinlich nur deshalb, weil Georgie Armstrongs Schwester, die vor drei Monaten geheiratet hatte, gerade ein Baby gekriegt hatte und Georgie in der Schule eine Schlägerei mit einem größeren Jungen deswegen gehabt hatte. Georgie war elf und wußte alles über Babys. Er sagte, man könnte eins oder fünf haben, sie wären wie seine Kaninchen, nur brauchten sie ein wenig länger um herauszukommen. Drei Monate für jedes einzelne, sagte er, und daß der Doktor gekommen sei und das Baby aus dem Bauch seiner Schwester gezogen hätte …

»Hörst du mir zu?« Abel schüttelte ihn grob bei den Schultern. »Alles hängt von dir ab. Siehst du das ein?«

»Was ist, Dad?«

»Junge, rede ich eigentlich mit mir selber? Was habe ich vorhin gesagt?«

»Daß ich nichts über Mam sagen darf.«

»Ja. Du mußt vergessen, daß deine Mutter lebt, denn wenn ich erst einmal mit Hil … mit Mrs. Maxwell verheiratet bin und irgend jemand findet heraus, daß ich noch eine andere Frau habe, dann werden sie mich ins Gefängnis werfen. Dann brauche ich mich nicht mehr um eine neue Stelle zu sorgen. *Verstehst du das jetzt?* Sag mir, daß du es verstanden hast, daß du niemals zu irgend jemandem von deiner Mutter reden darfst.«

»Ja, Dad.«

Ein langes Schweigen folgte. Dann sagte Abel: »Du hast Freunde in der Schule. Dein bester Freund, Georgie Armstrong, wird dir geheime Dinge erzählen und erwarten, daß du ihm auch etwas erzählst. Aber wenn du nicht willst, daß mir etwas Böses zustößt, darfst du ihm nie alles anvertrauen. Du kannst ihm meinetwegen Geheimnisse erzählen, wie die Dinge, die in Hastings passierten, als wir dort lebten.«

»Ich werde es nicht tun, Dad. Ich werd's nicht tun.«

Wieder sahen sie einander an. Dann fragte der Junge leise: »Dad, was passiert, wenn … wenn Mam kommt und uns findet?«

Abel öffnete den Mund und atmete tief ein. Dann stand er auf, legte den Arm um seinen Sohn und zog ihn fest an sich. »Hab keine Angst deswegen. Ich glaube nicht, daß sie uns findet. Ich habe sie von unserer Fährte gelockt, bevor wir fort sind. Jede Straße, sollte sie einmal diesen Weg kommen, führt an der anderen Seite des Flußes entlang, und hier sind wir ziemlich weit draußen auf dem Land. Die Leute in dieser Gegend kleben auf ihrer Scholle. Manche von North Shields waren in ihrem ganzen Leben noch nicht auf dieser Seite des Flußes. Nein, mein Sohn, deswegen brauchst du keine Angst zu haben. Das ist eine meiner kleinsten Sorgen. Das einzige, was mir Sorgen macht und was mir immer Sorgen machen wird, ist, daß dir etwas rausschlüpfen könnte.«

Der Junge trat jetzt etwas zurück und sah ihn mit feierlichem Gesicht an.

»Dad, ich werde schweigen, immer, denn ich möchte hierbleiben.«

Vielleicht spielte ihm das Licht, das durch das kleine Fenster fiel, einen Streich, aber Abel schien es, als verändere sich sein Sohn in diesem Augenblick. Er sah ihn vorzeitig aus seiner Kindheit heraustreten, beladen mit einem Geheimnis, dessen Bürde mit den Jahren und wachsender Bewußtheit schwerer werden würde, und er fragte sich, inwieweit dieses Bewußtsein, war es erst entwickelt, sich auf ihrer beider Beziehung zueinander auswirken würde. Würde des Jungen blinde Liebe für ihn im grellen Licht der Enthüllung untergehen? Der Sturz des Gottes war immer härter als der eines einfachen Menschen, und er wußte, in gewissem Sinne sah sein Sohn einen Gott in ihm. Für ihn war er jemand, der nichts Falsches tun konnte, jemand, der auf alles eine Antwort wußte.

Er wandte sich ab, ging zum Fenster hinüber, blickte auf den Hof hinunter und fragte sich, ob es das Risiko wert sei. Aber bevor er sich noch selber die Antwort geben konnte, wurde seine Aufmerksamkeit von einem Wagen angezogen, der in den Hof bog. Als Florrie ausstieg, versteifte sich sein Körper. Er sah sie auf die Küchentür zueilen und diese hinter sich schließen. Er blickte auf seine Armbanduhr. Halb neun. Wahrscheinlich war sie auf dem Weg zu ihrem Geschäft. Doch was wollte sie hier? Seit Wochen nun hatte er sie nicht mehr gesehen, seit jener Nacht nicht mehr, da ihr Gentleman-Freund so unerwartet wieder aufgetaucht war. Er mußte sich zurückhalten, nicht nach unten zu gehen.

Er rührte sich nicht vom Fenster fort, als er Dick befahl: »Mach jetzt, daß du in die Schule kommst.«

»Muß ich heute zur Schule, Dad?«

»Ja, es ist besser, du gehst.« Seine Augen verfolgten weiterhin das Geschehen auf dem Hof, während der Junge seine Schultasche packte, Mantel und Mütze anzog und dann hinter ihn trat.

»Ich gehe jetzt, Dad.« Er drehte sich um, legte seinem Sohn die Hand unters Kinn und sagte freundlich: »Du wirst es schon hinkriegen.« Er fügte nicht hinzu: »Vergiß nicht, was ich dir gesagt habe«, denn er spürte, daß das nicht nötig war. Je weniger von jetzt an darüber geredet wurde, desto besser.

Während der Junge über den Hof auf das Tor zuging, öffnete sich die Küchentür, und Florrie erschien wieder mit Hilda hinter sich. Hilda schlüpfte beim Herausgehen in ihren Mantel, und als sie auf die Treppe zukam, trat er schnell vom Fenster zurück und wartete, bis er ihre Stimme rufen hörte: »Abel! Abel!«

Langsam ging er die Stufen hinunter und wurde unten von ihr mit einem Schwall von Worten überschüttet. »Dad ist gestern abend verprügelt worden, er ist im Krankenhaus. Glaubst du, daß du allein hier fertig wirst? Überlaß alles Arthur, ich meine die Arbeit. Hab nur ein Auge auf alles.«

Bevor er noch etwas erwidern konnte, rief sie aus: »Oh, meine Handtasche! Ich habe meine Tasche vergessen«, damit drehte sie sich um und rannte ins Haus zurück, während er langsam auf Florrie zuging, die neben dem Wagen stand. Nach kurzem Schweigen, bei dem sie einander nur anblickten, sagte er: »Tut mir leid wegen Ihres Vaters.«

»Oh, er wird's überleben. Aber ich fand, sie sollte Bescheid wissen. Übrigens, sie erzählte mir die frohe Botschaft.«

Er blickte sie weiterhin an und wartete darauf, daß sie »Meine Glückwünsche« hinzufügen würde, doch statt dessen sagte sie: »Ich wünsche Ihnen all das, was Sie sich selber wünschen«, worauf er erwiderte: »Ich fürchte, das ist zuviel, als daß das Schicksal es wahrmachen würde.«

Im nächsten Augenblick stand Hilda neben ihm. »Also dann, ich bin soweit.« Während Florrie um den Wagen zur Fahrerseite hin ging, hob Hilda ihm ihr Gesicht entgegen, und nach einem Moment des Zögerns beugte er sich hinunter und küßte sie auf die Wangen.

Der Motor dröhnte auf, und der Wagen schoß durch das weit geöffnete Tor, als nähme er an einem Rennen teil. Zurück blieb Abel in der Mitte des Hofes.

Nie zuvor, nicht einmal als Alice von ihm genommen worden war, hatte ihn ein derartiges Gefühl des Verlassenseins überwältigt, einer Einsamkeit des Geistes und der Seele.

Teil 3
Das erste Ereignis 1938

1

»Molly, darf ich reinkommen?«

Die junge Frau am Waschbecken drehte sich um und blickte zur Tür hinüber, wo der Junge in seiner Schuluniform stand.

»Na klar. Was ist denn mit dir los? Du fragst doch sonst nicht.«

Als er die Küche betrat, sah er sich vorsichtig um und fragte flüsternd: »Deine Mutter?«

»Ach, die ist heute nicht unten. An Wochenenden kommt sie doch selten runter.«

»Ah ja, stimmt.« Er nickte.

Sie stand jetzt vor ihm und beugte sich leicht vor. »Was ist los mit dir? Bist du krank?« fragte sie mit leiser Stimme.

»Na ja, …«, verschämt wandte er den Kopf ab, »mir … mir ist schlecht geworden und … und ich hab' mich übergeben müssen. Alles ist an meinem Ärmel runtergelaufen, und hier vorn über den Blazer. Tante Hilda wird überschnappen, wenn sie's sieht. Könnte … könnte ich's hier wohl abwaschen?«

»Wovon ist dir denn schlecht geworden? Hast du dich mit was vollgestopft?«

»Nein.« Er schüttelte den Kopf. »Geraucht«, gestand er zaghaft.

»Geraucht!« Kichernd wiederholte sie das Wort. Dann sahen sie einander an und fingen beide zu lachen an, hielten aber gleich die Hand vor den Mund.

»Los, zieh deine Jacke aus«, kommandierte sie, drehte ihn herum und zog ihm den Blazer aus. »Was hast du denn geraucht – einen Stummel?«

»Nein … Pfeife.«

»*Was?*« Wieder kicherte sie. »Von wem, um Himmels willen, hast du denn eine Pfeife gekriegt?«

»Von Georgie. Georgie Armstrong. Er hat die alten Pfeifen seines Vaters, und wir saßen hinten im Garten in der Hütte. Ihm machte es nichts aus, er wußte, wie man raucht, und ich glaube, ich hätte es auch geschafft, wenn seine Mutter nicht gekommen wäre.«

»Hat sie euch erwischt?«

»Kann man wohl sagen. Sie … sie tauchte plötzlich aus dem Nichts auf.« Er kniff die Lippen zusammen und versuchte, ein Lachen zu unterdrücken. »Sie sagte kein Wort, sondern packte ihn beim Kragen, wobei er immer noch die Pfeife im Mund hatte! Dann packte sie mich und ... und ...«, er beugte sich über den Küchentisch, legte die Ellbogen auf den Tisch, dann das Gesicht auf die Hände und versuchte, ein ernstes Gesicht aufzusetzen.

»Los, komm schon, was passierte dann?« drängte Molly.

Er richtete sich auf. »Sie ... sie gab mir einen Tritt in den Hintern, ich flog durch die Tür und landete auf allen vieren. Und dabei ist mir übel geworden, und als ich wieder hochkam, sah ich, wie sie Georgie durch den Garten schleifte, seine Füße berührten dabei kaum den Boden. Das ulkigste an der ganzen Sache war, sie hat die ganze Zeit über nicht ein einziges Wort gesprochen.«

Wieder wurden die beiden von unterdrücktem Gelächter geschüttelt. Sie sahen einander an, und als er herausplatzte, fiel er gegen sie und schlang die Arme um sie. Für einen Augenblick blieb sie still stehen, doch dann drückte sie seinen vom Lachen geschüttelten Körper an sich und fiel mit in sein Gelächter ein.

Selbst als ihr Lachen verstummt war, ließ er sie nicht los, nicht, bis eine Stimme von oben sie wie ein Messer trennte.

»Molly! Molly!«

Molly eilte zur Tür, die in die Halle führte und rief nach oben: »Ja?«

»Was ist da unten los?«

»Nichts, Mutter.«

»Komm hoch.«

»Ich kümmere mich ums Mittagessen. Du mußt noch eine Minute warten.« Sie drehte sich um und schloß nicht eben sonderlich freundlich die Küchentür. »Na komm, ich bügel' besser über die Jacke. So naß kannst du sie nicht anziehen.«

»Och, das geht schon.« Jetzt flüsterte er wieder.

Sie schenkte ihm keine Beachtung, sondern holte Bügelbrett und Bügeleisen aus dem Schrank, strich den Blazer glatt, während sie darauf wartete, daß das Eisen heiß wurde.

Dick hatte sich hingesetzt und betrachtete das Mädchen, das seit Jahren seine Freundin war, das sich aber seit ungefähr einem Jahr irgendwie von ihm zurückgezogen hatte – eben seit es kein Kind mehr war.

Er sah, wie sie mit der Zunge ihre Fingerspitze befeuchtete und kurz damit das Eisen berührte; unversehens hatte sie zu ihm hinübergesehen und hielt in ihrer Beschäftigung inne. »Du bist ja meilenweit weg. Woran denkst du?«

»Ich bin nicht meilenweit weg. Ich habe über dich nachgedacht.«

»Oh.«

»Es kam mir gerade, daß du wie Tante Florrie aussiehst.«

»Oh, nun hör aber auf!« Sie räusperte sich spöttisch. »Deine Tante Florrie ist nicht nur die schickste Frau in der Stadt, sie ist auch die bestaussehendste, soweit ich das beurteilen kann.«

»Na ja, ich habe auch nicht dein Gesicht gemeint, ich meinte deine Figur.«

»Oh, vielen Dank.«

»Ach, so hab' ich das doch nicht gemeint. Du bist schon in Ordnung.«

»Bis hierher, was?« Und dabei hielt sie sich eine Hand unters Kinn.

Genau das traf zu, denn im Gesicht sah sie Tante Florrie nicht ein bißchen ähnlich. Ihr schwarzes Haar war gerade wie Schnittlauch. Alle anderen jungen Frauen hatten gelockte oder zumindest gewellte Haare. Sie hatte keinerlei Farbe im Gesicht; blaß war wohl die richtige Beschreibung für ihre Haut. Aber sie hatte schöne Augen; sie waren länglich geschnitten und von schweren Lidern beschattet. Er erinnerte sich an eine Bemerkung, die sein Vater über ihre schönen Augen gemacht hatte und wie Tante Hilda hinzugefügt hatte, daß es schade sei, daß der Rest da nicht mithalten könne, was er als nicht sehr nett empfunden hatte. Aber Tante Hilda sagte oft Dinge, die nicht sehr nett waren; besonders in letzter Zeit. Vage konnte er sich noch an Zeiten erinnern, wo sie ihn fast aufgefressen hatte vor Liebe. Trotzdem, sie war in Ordnung, die Tante Hilda. Und sie war eine gute Köchin.

Um seine offensichtliche Taktlosigkeit wieder gutzumachen, versicherte er ihr: »Dad hat mal gesagt, du hast wunderschöne Augen.«

»Hat er?«

»Ja.«

»Na ja, dein Dad ist eben ein freundlicher Mann.«

»Ja, das stimmt.« Er nickte zustimmend, und wieder gab sie diese spöttischen Räuspertöne von sich. Dann zog sie mit einem Ruck den Blazer vom Bügelbrett und warf ihn ihm zu. »Da, zieh ihn wieder an. Wenn du mal wieder rauchen willst, versuch's erst mal mit einem Zigarettenstummel.«

»Ich glaube nicht, daß ich's noch mit irgendwas anderem versuchen werde.«

Während er sich den Blazer zuknöpfte, ging er auf die Tür zu. »Tschüs, Molly. Das hat mir eine Standpauke erspart. Danke!«

»Tschüs.« An den Schultern schob sie ihn zur Türe hinaus. Er drehte sich um, feixte ihr zu und lief dann an der Hauswand entlang, quer über die Wiese und durch den verfallenen Zaun hindurch, um die Nebengebäude herum, durch den engen Durchgang zwischen Garage und Fahrradwerkstatt und in den Hof hinein.

Arthur war an der Tankstelle beschäftigt und bediente gerade einen Kunden. Das bedeutete, daß Arthur heute am Samstag Dienst hatte, was wiederum bedeutete, daß sein Dad frei haben würde. Der Gedanke versetzte ihn in freudige Erregung. Er rannte den Hof hinauf auf die Küchentür zu, verlangsamte aber seine Schritte, bevor er sie erreichte.

Er öffnete die Türe und trat leise in die vertraute Helligkeit. Überrascht bemerkte er den leeren Mittagstisch. Er hatte erwartet, Dad und Tante Hilda dort sitzen zu sehen und war auf ihre Frage: »Wo warst du so lange?« bereits vorbereitet gewesen. Jedoch kaum hatte er die Küchentür hinter sich geschlossen, als er Auskunft darüber erhielt, wo sein Vater und seine Stiefmutter waren. Der Ton ihrer Stimmen ließen seine Schultern nach vorn sinken und sein Kinn auf die Brust fallen. Sie stritten wieder, zumindest Tante Hilda war zu hören. Es bedurfte nicht viel, sie hochzubringen.

Auf Zehenspitzen schlich er sich auf die gegenüberliegende Tür zu und blieb lauschend stehen. Sein Vater sagte gerade: »Als ich noch Angestellter war, habe ich mehr gehabt. Und warum kann es nicht ein gemeinsames Konto sein? Ich bin doch angeblich Partner hier, oder?«

»Es ist immer Geld da, wenn du's willst. Ich habe dich nie kurzgehalten.«

»Was redest du da: ist immer Geld da, wenn ich's will? Jeder einzelne Pfennig, der reinkommt, wird sofort von dir kassiert. Deine Bücher sind dir so heilig wie deine Bibel.«

»Abel! Ich warne dich.«

»Warnen kannst du mich, solange du willst. Komm lieber zu einem Abkommen, einem fairen Abkommen … Mein Name sollte doch auch aufs Firmenschild, oder? Und was ist daraus geworden? In fünf Jahren habe ich das Geschäft da draußen praktisch verdoppelt, doch im Grunde genommen bin ich immer noch Angestellter. Und in deinen Augen bin ich es auch, stimmt's?«

»Sei nicht idiotisch! Ich hab' dir immer alles gegeben, um was du gebeten hast.«

»Ach nein, du hast mir alles gegeben, um was ich dich gebeten habe?«

»Ich habe keine Lust, hier noch weiter mit dir meine Zeit zu vertrödeln.«

Dick wollte eben zurückspringen, als seines Vaters Stimme ihn erstarren ließ, wohl auch Hilda, und im Geiste sah er, wie sein Vater sie gepackt hielt. Seine Stimme klang tief und böse. »Was hast du mir eigentlich wirklich jemals gegeben, Hilda? Einen neuen Anzug pro Jahr, den Jungen für die Schule ausstaffiert, vier anständige Mahlzeiten am Tag. Oh, das alles gestehe ich dir zu. Aber auch darin liegt purer Eigennutz deinerseits, denn du liebst ja nichts mehr auf dieser Welt, als dich vollzustopfen … Nein, das wirst du nicht! Du wirst schön hierbleiben und zuhören; zumindest einmal wirst du mir zuhören.«

Dieser Rede folgte eine Stille, in der Dick tief Luft holte und versuchte, sie anzuhalten, um nicht husten zu müssen. Doch als sein Vater wieder zu reden anfing, hatte er das Thema gewechselt, sprach über etwas sehr Persönliches, etwas, das ihn zutiefst verlegen machte, so sehr, daß sein Atem schneller wurde und sich Schweißperlen auf seinem Nacken bildeten. Dem ersten Wortschwall gegenüber verschloß er seine Ohren, doch dann weiteten sich seine Augen, und seine Ohren schienen zu wachsen, um die Flut der Worte aufzunehmen, die aus seinem Vater stürzte, Worte, von denen er wußte, daß sie mit … mit dieser anderen Sache zu tun hatten, der Sache, über die Georgie Armstrong genau Bescheid wußte, die Sache, von der dieser behauptete, daß sie zwischen seiner Mutter und seinem Vater geschah. Genau darüber sprach jetzt sein Dad.

»Bis hierher und nicht weiter. Doch du mochtest es nicht, stimmt's? War ein Schock für dich, wie du gesagt hast. Du warst genau die Richtige für den alten Maxwell. Gott, wie schade, daß er sterben mußte. Er lieferte alles, was du brauchtest, nicht wahr? Er kümmerte sich um dich, verhätschelte dich, verwöhnte dich, und mit ihm gab's auch keine Weiterentwicklung, nicht wahr? Alles, was er brauchte, war ein kleines Mädchen in der Nacht und eine Geschäftsfrau am Tag, und in diesen Rahmen paßtest du perfekt. Nun, ich bin aber kein Mr. Maxwell. Ich will weder ein kleines Mädchen zum Spielen noch eine Chefin am Tag, ich will eine Partnerschaft. Ich habe viel harte Arbeit in dein Geschäft gesteckt – hörst du mich, *dein* Geschäft –; du wolltest mich ja nicht mein eigenes aufbauen lassen. Zwar war das mal früher geplant, o ja, aber bald wurde auch das zur Seite geschoben, stimmt's? Ich sollte ja nichts haben, was mir gehört. Ich sollte ja von dir abhängig bleiben, stimmt's? Ich war und blieb der Landstreicher. O ja, so ist es. Deinen Kopf kannst du so viel du willst schütteln, Hilda. Ich war und bin heute noch für dich der Landstreicher – so ist es doch. Ich habe dich schon erwischt, wie du mich angesehen hast, als ob du dich fragtest, warum du mich überhaupt genommen hast.«

Dick hörte Geräusche eines Handgemenges, und dann vernahm er Hildas schreiende Stimme: »Ja! Teilweise hast du recht. Aber damals habe ich nicht darüber nachgedacht, auf was ich mich da einließ. Allerdings hast du mich seitdem zum Nachdenken gebracht, denn du bist wie ein Buch mit sieben Siegeln. Ich weiß heute noch nicht mehr über dich, als am Tag unserer Hochzeit. Und bezüglich deines Vorwurfs, ich hätte dir nichts gegeben: Was hast du mir denn gegeben, darf ich das wissen? Du beschuldigst Mr. Maxwell, daß er mich wie ein kleines Mädchen behandelt hätte. Nun, die Dinge mit uns wären vielleicht etwas anders verlaufen, wenn du mich mit ein wenig mehr Zartheit behandelt hättest, statt immer nur deine Lust befriedigen zu wollen. Du hättest jemanden wie Florrie heiraten sollen, die hätte all deine Bedürfnisse befriedigen können.«

Ein kurzes Schweigen entstand, bevor er wieder die Stimme seines Vaters vernahm. Seine Augen wurden noch größer, als er ihn mit ruhiger und fester Stimme sagen hörte: »Ja, das hätte ich tun sollen. Da hast du völlig recht, Hilda. Außer, ich hätte nicht jemanden wie Florrie heiraten sollen, sondern Florrie selber.«

»Du Bestie! Du gemeine, grausame Bestie! Du weißt genau, was ich von Florrie halte und doch wagst du, so etwas zu mir zu sagen.«

»Du hast das Thema aufgebracht, nicht ich. Ist ja auch egal, aber ich habe die Nase gestrichen voll. Ich werde dir nun sagen, warum ich überhaupt reingekommen bin. Von jetzt ab werde ich jede Woche fünf Pfund aus der Ladenkasse nehmen, mindestens fünf Pfund. Ich werde genau die Gewinne berechnen und davon einen Prozentsatz nehmen. Ich finde, das ist nur zu gerecht für einen Elfstundentag, wie ich ihn leiste. Und jetzt werde ich ausgehen, und ich weiß nicht, wann ich zurückkommen werde … oder ob ich zurückkommen werde.«

Dick sah jetzt, wie sein Vater die Küche betrat. Er blieb stehen, als Hilda hinter ihm herrief: »Das kannst du nicht tun, du mußt zum Abendbrot zurück sein. Mr. Gilmore kommt. Das weißt du genau.«

»Nun, Hilda«, sein Vater hatte sich umgedreht, »du kannst Mr. Gilmore von mir ausrichten, daß er sich zum Teufel scheren kann, von jetzt an und bei allen zukünftigen Besuchen. Weißt du was, Hilda? Er ist derjenige, den du hättest heiraten sollen. Aber ach, damals lebte ja noch seine Frau. Wie schade, daß sie nicht zur gleichen Zeit wie Mr. Maxwell von dannen ging, denn ihr beide hättet ein wundervolles Paar abgegeben. Und bis heute spukst du noch in seinen Gedanken, weißt du das, Hilda?«

»Du bist gottlos. Ja, genau das bist du, Abel Gray, du bist gottlos.«

Als sich die Küchentür hinter seinem Vater schloß, trat Dick einen Schritt tiefer in die Nische, aber er versuchte gar nicht erst, die Hintertür zu öffnen, um dort hinaus zu entwischen, denn die Tür hatte die Angewohnheit zu quietschen, und Hilda war jetzt in die Küche getreten. Sie stand in der Nähe des Tisches, das Gesicht in beide Hände vergraben. Dann verschwand sie aus seinem Blickfeld, und als nächstes vernahm er einen leichten Plumps, gefolgt von einem unterdrückten Schluchzen.

Er kaute an seinen Fingerknöcheln und trat dann behutsam aus seiner Ecke. Hilda lehnte über dem Tisch. Ihr Kopf lag auf den Unterarmen, und ihr Körper wurde von Schluchzen geschüttelt. Warum, konnte er nicht erklären, aber er wußte, daß er bei diesem Streit mehr ihre Partei, als die seines Vaters ergriff. Er hatte bereits den Grund der Auseinandersetzung vergessen, er wußte nur, daß er irgendwie auf ihrer Seite stand.

»Tante Hilda.« Liebevoll legte er ihr die Hand auf die Schulter. Sie fuhr zusammen und zuckte zur Seite. Aus ihren Augen strömten die Tränen in Bächen, und mühsam rang sie nach Luft.

»Wein doch nicht mehr, bitte, Tante Hilda. Komm her.« Er umfaßte ihre Schultern und zog sie hoch. »Komm her, setz dich aufrecht hin. Ich ... ich werde dir eine Tasse Tee machen.«

Willig ließ sie sich zu einem Sessel hinführen. Dann sah sie zu ihm hoch und schluchzte auf: »O Dickie!« Als sie seine Hand ergriff, erwartete er, daß sie nun ihn, »Wie lange bist du schon hier drin?« fragen würde, doch statt dessen sagte sie: »Dein Vater liebt mich nicht, er macht sich nichts aus mir. Gar nichts. Nichts.«

Sie fiel gegen ihn, und er legte die Arme um sie und bettete ihren Kopf gegen seine Brust. Zum zweiten Mal innerhalb einer halben Stunde hielt er eine Frau in seinen Armen.

Es mochte sonderbar sein, aber dies hier war das erste Mal, daß Hilda ihn wirklich eng an sich drückte. Sie hatte schon mal den Arm um seine Schultern gelegt, sie hatte ihm einen Gute-Nacht-Kuß auf die Wange gedrückt, aber nie zuvor hatte sie ihn so gehalten. Er begann, dieses Gefühl zu genießen. Ungezwungen wie ihm das Lachen bei Molly gefallen war, so leicht sprudelten jetzt die Worte des Trostes aus ihm heraus. Er war sich nicht einmal wirklich bewußt, was er sagte oder warum er es sagte, aber er versicherte ihr, daß sie da falsch lag und daß sein Vater nur das Beste von ihr dachte und die Menschen alle möglichen Dinge sagen, wenn sie ärgerlich sind. Er erinnerte sie sogar an eine Predigt von Mr. Gilmore, die dieser an einem Sonntag gehalten hatte und in der er von der Sünde des Zorns und davon gesprochen hatte, daß man Menschen, die man liebt, verletzt.

Sanft drückte sie ihn nun von sich weg, und als sie ihm ins Gesicht blickte, weinte sie nicht länger. »Dickie, du bist ein guter Junge, ein sehr guter Junge«, sagte sie leise. »Manchmal war ich ... war ich so grob zu dir, aber das war nur, weil ... weil ... nun ja, weil ich so ... so unglücklich war.«

Sie war wieder nahe daran zu weinen, riß sich aber zusammen und stand auf. Sie ging zum Spülbecken hin, drehte den Kaltwasserhahn auf, ließ sich das Wasser übers Gesicht laufen und trocknete es langsam am Handtuch ab. Dann blickte sie zum Küchenfenster hinaus und bat ihn mit leiser Stimme: »Dein Dad ist gerade in die Garage gegangen. Geh zu ihm, ja, und ... und bleib bei ihm. Wo immer er heute nachmittag hingehen mag, bleib bei ihm.«

»Gut. In Ordnung. Und mach dir keine Sorgen, es kommt schon alles wieder klar.«

Als er die Tür öffnete, fiel ihr ein: »Du gehst ja sonst immer am Samstag in die Nachmittagsvorstellung.«

»Ach«, meinte er leichthin und warf den Kopf hoch, »ich wäre sowieso nicht gegangen. Ich habe den Film schon gesehen.«

Er rannte in den Hof auf die Garage zu, aus der in diesem Augenblick sein Vater trat und sich den Überzieher zuknöpfte. Er hielt nicht bei ihm an, sondern ging schnurstracks auf die Straße zu. Dick hielt mit ihm Schritt, und keiner von beiden sprach, bis sie draußen auf dem Bürgersteig waren und durch eine hohe Mauer der Sicht des Hauses entzogen waren. Erst dann blieb Abel stehen und wandte sich ihm zu. »Ich hab' was Geschäftliches zu erledigen.«

»Dad, darf ich mitkommen?«

»Nein. Außerdem gehst du doch samstags immer ins Kino.«

Wieder erklärte der Junge: »Ich habe den Film schon gesehen.«

»Na, dann geh und schau dir das Kricketmatch an. Die spielen heute auf dem unteren Platz.«

»Dad, laß mich mit dir kommen.«

»Nein hab' ich gesagt! Vielleicht wandere ich über die Hügel und fürs Wandern hast du doch nichts übrig, oder?«

»Heute würd's mir nichts ausmachen, Dad.«

Für einen Moment blickten sie einander in die Augen. »Dad, sie hat geweint, schrecklich geweint.«

Abel sah zur Seite und zog die Unterlippe zwischen die Zähne. »Wenn sie weint, braucht sie jemanden, der sich um sie kümmert. Also, geh zurück und kümmere dich um sie.«

»Aber sie …«

»Was ist mit ihr?«

»Ach, nichts.«

Sie sahen einander an. Dann ging Abel mit langen Schritten die Straße hinunter. Dick drehte sich um und ging wieder zurück in den Hof. Aber er ging nicht zu ihr, obgleich er wußte, daß sie ihn gesehen hatte.

Am Samstag machte Arthur Baines immer um halb sieben Schluß und war gerade dabei, die Garage abzuschließen, als ein Wagen in den Hof fuhr. Es war ein schwarzer großer Rover und der Fahrer, ein Mann Anfang fünfzig, stieg aus und verschnaufte, als sei er eben zu Fuß gegangen und nicht gefahren. »Oh, bin ich froh, daß ich Sie gefunden habe. Wissen Sie, Sie sind die erste Garage seit Meilen, auf die ich stoße. Es kommt einem vor, als habe man hier oben noch nie was von Autos gehört.«

»Wir wollen gerade dichtmachen, Sir. Was kann ich für sie tun?«

»Nun, eine Reihe von Dingen. Der Tank ist fast leer, Wasser und Öl müßten nachgesehen werden. Und dann hab' ich Ärger mit der Bremse«, er deutete auf den Hebel neben dem Fahrersitz, »sie bleibt ständig stecken. War ganz schön haarig, als ich einen der vielen Hügel runterfuhr. Noch nie im Leben habe ich so viele Hügel gesehen. Also dann, können Sie das richten?«

»Mit Benzin, Öl und Wasser kann ich Ihnen helfen, aber wenn Ihre Bremsen kaputt sind, wenn's irgendwas Ernstes ist … Wissen Sie, ich hab' jetzt Feierabend.«

»Oh. Aber tun Sie mir wenigstens den Gefallen und sehen Sie sich's an, ja?«

Der untersetzte Mann ging zur Mitte des Hofes und blickte auf die Tür an der Seitenwand der Garage, als der Junge herauskam. Fröhlich begrüßte er ihn: »Hallo, junger Mann.«

»Hallo, Sir.«

»Ein schönes großes Grundstück habt ihr da.«

»Ja, Sir, ist ziemlich groß.«

Langsam ließ der Mann seinen Blick schweifen. »Meinst du, es wäre möglich, daß ich ein Glas Wasser bekommen könnte?«

»O ja, Sir. Wenn Sie bitte mit mir zur Küche kommen wollen.«

»Gut. Danke schön.«

Dick ging dem untersetzten, redefreudigen Kunden zur Küche voran, öffnete die Tür und rief: »Tante Hilda, der Herr hier möchte ein Glas Wasser haben.«

Hilda, die gehört hatte, wie die Küchentür geöffnet wurde, kam schnell aus dem Wohnzimmer und blieb für einen Augenblick stehen; Enttäuschung malte sich auf ihrem Gesicht. »O ja. Selbstverständlich«, beeilte sie sich zu versichern.

Schnell füllte Dick ein Glas Wasser und händigte es dem Fremden aus, der es in einem Zug austrank und dann das Glas wieder Dick zurückgab. »Vielen herzlichen Dank.«

Lächelnd meinte er – zu Hilda gewandt: »Wenn man durstig ist, gibt's nichts Besseres als Gottes Wein, obgleich wir das zu anderen Zeiten nicht sonderlich zu würdigen wissen. Übrigens, gibt es ein gutes Hotel in dieser Stadt?«

»Hier im Randbezirk gibt's nichts, aber wenn Sie nach Fellburn reinfahren, da gibt's »The Bull« und auch »The Forestry«. Das Forestry soll angeblich sehr komfortabel sein.«

»Vielen Dank. Na, dann mache ich mich mal wieder auf den Weg, das heißt, wenn Ihr Mann meine Bremsen reparieren konnte.«

Der Kunde drehte sich um und blickte zu Arthur Baines hinüber, der sich noch mit der Inspektion der Bremse beschäftigte. In diesem Augenblick kam Abel durch das Tor. Dem Wagen schenkte er keinerlei Beachtung, doch sein Blick fiel auf die kleine Gruppe an der Küchentür. Er beabsichtigte, direkt hinauf in einen seiner früheren Räume über der Garage zu gehen, den er jetzt als Werkraum benutzte, aber eine vor Überraschung hohe Stimme hielt ihn zurück.

»Na, so was! Das gibt's doch nicht! Sie können doch keinen Doppelgänger haben.«

Abel drehte sich um und blickte dem Mann entgegen, der auf ihn zueilte. Er fühlte, wie ihm die Kehle trocken wurde. Doch beruhigte er sich sogleich, denn es war nur der Doktor, der Vetter der verrückten Frau.

»Mr. Gray, stimmt's?«
»Ja.«
»Na, so was! Ist sie nicht klein, die Welt? Nie hätte ich geglaubt, Sie einmal wiederzutreffen. Wie geht es Ihnen? Aber was frage ich denn? Sie sehen blühend aus. Und … und«, er schwang sich halb herum, »sagen Sie bloß!« Er schlug sich zweimal mit der Hand gegen die Stirn. »Natürlich. Natürlich. So sehr hat er sich ja gar nicht verändert, er ist nicht einmal so viel gewachsen, Ihr Junge.« Er blickte zu Dick hinüber, der jetzt, mit Hilda hinter sich, zu ihnen trat. Dann drehte sich der Doktor mit fragendem Blick Abel zu, der heftig schluckte, bevor er mit einer Kopfbewegung zu Hilda hin vorstellte: »Meine … meine Frau.«
»Wie schön, Sie kennenzulernen, Mrs. Gray.« Er ging nun mit ausgestreckten Armen auf Hilda zu und schüttelte ihr kräftig die Hand. »Sehr erfreut, Sie kennenzulernen. Wissen Sie, ich habe oft an Ihren Mann denken müssen.« Er warf Abel einen Blick zu. »Wir trafen uns unter höchst merkwürdigen Umständen! Übrigens«, mit einem verschmitzten Grinsen auf dem Gesicht beugte er sich vor, »Sie mußten ihn nicht anketten, um ihn zu bekommen, oder?«
Hilda kniff verblüfft die Augen zusammen.
»Nicht so wie Tilly?«
Als er ihren Gesichtsausdruck bemerkte, rief er: »Oh, hat er Ihnen etwa nie etwas von Tilly erzählt? Na, so was!« Er blickte wieder zu Abel hinüber. »Das hätte er aber tun sollen. Sie hätten was zu lachen gehabt.« Dann wandte er sich ihr wieder zu. »Tilly war meine Cousine. Nicht ganz richtig im Oberstübchen«, damit tippte er sich gegen die Stirn, »aber dieser große Bursche da hatte es ihr angetan, und das so sehr, daß sie ihn in Ketten legte, um ihn zu halten. War eine ganz schön erschreckende Angelegenheit, nicht wahr, junger Mann?« Er blickte nun Dick an, der jedoch nur nickte, als die Szene in der Scheune in seiner Erinnerung aufblitzte.
»Alles in Ordnung, Sir.« Arthur Baines hatte sich zu ihnen gesellt. »Die Bremse hat nur geklemmt. Ich hab's in Ordnung gebracht.«
»Oh, danke, vielen Dank. Na dann. Ich muß machen, daß ich weiterkomme und ein Hotel finde. Ihre Frau hat mir gesagt, in der Stadt gäbe es zwei gute.« Er blickte von einem zum anderen, dann wieder zurück zu Abel und meinte lachend: »Wissen Sie, es war Pech, daß Sie's nicht bei Tilly ausgehalten haben. Drei Monate später war sie tot; sie hätte Ihnen alles hinterlassen. Nun, und so kam es mir zugute.

Auch nicht schlecht, was? Das sicherte mir meine vorzeitige Pensionierung, und jetzt kann ich reisen, wann immer und wohin ich will. Aber es war nett, Sie wiederzusehen. Wie ich schon sagte: ich habe oft an Sie gedacht. Waren Sie geschockt an jenem Tag! Sie dachten, Sie hätten sie getötet, und für einen Moment ich auch. Also dann, auf Wiedersehen. Auf Wiedersehen, junger Mann.« Mit diesen Worten legte er die Hand auf Dicks Kopf. Dann wandte er sich Hilda zu und streckte ihr die Hand hin. »Hat mich sehr gefreut, Sie kennenzulernen, und ich bin froh, daß er sich eine so nette kleine Frau ausgesucht hat.«

Die drei standen da und sahen zu, wie er in seinen Wagen kletterte und ihn drehte. Er winkte ihnen noch einmal zu, und alle erwiderten automatisch seinen Gruß.

Abel ging auf die Tür zu, die zu seinem Werkraum führte, und Dick wollte ihm folgen, als Hilda ihn mit einer Handbewegung zurückhielt. Gehorsam ging er mit ihr zum Haus hinüber. Doch sobald sich die Küchentür hinter ihnen geschlossen hatte, stellte sie ihn zur Rede. »Stimmt das alles?« Ungläubig schüttelte sie den Kopf.

Stumm nickte er.

»Willst du damit sagen, da gab's eine Frau, die ... die ihn angekettet hat? ... Lebte ... lebte er mit ihr zusammen?« Ihre Frage endete in einem so schrillen Ton, daß er rasch erwiderte: »Nein, nein. Wir hatten dort nur halt gemacht und gefragt, ob wir in der Scheune schlafen dürften. Und diese Frau ..., sie ... sie sah von Anfang an schon so komisch aus ..., sie ... sie sagte, daß ...« Er sah auf den Fußboden hinunter, und es fiel ihm schwer zu reden, bis sie ihn unsanft anstieß. »Nun! Was hat sie gesagt?«

»Sie sagte, er sei ihr von Gott geschickt worden, um ihr zu helfen.«

Sie begriff den Grund seiner zögernden Aussage und bat ihn ruhig: »Sprich weiter.«

»Er ... er arbeitete den ganzen Tag, säuberte den Schweinestall, räumte den Hof auf, und die ganze Zeit goß es in Strömen. An diesem Abend sagte er ihr, er würde am nächsten Tag fortgehen. Sie brachte ihm das Abendessen – nur Essen für einen, mich übersah sie einfach.«

»Was heißt das: sie übersah dich?«

»Sie gab mir nichts zu essen. Ich glaube, sie mochte keine Kinder. Ist auch egal, auf jeden Fall muß sie was in die Schokolade getan haben, denn als er aufwachte, war er mit eisernen Fesseln am Fußgelenk und am Handgelenk angekettet.«

»Oh, du lieber Gott!« Unwillkürlich fuhr sie sich mit der Hand vor den Mund.

»Als ich aufwachte, war ich noch ganz benommen, aber ich fand eine Eisenstange und gab sie ihm, und als sie sein Frühstück brachte, schlug er damit nach ihr. Er traf sie am Arm und brach ihn, aber als sie hinfiel, muß sie mit dem Kopf auf den Steinen aufgeschlagen sein.«

Plötzlich hielt er sich die Hand vor den Mund, und im nächsten Augenblick fand er sich im Sessel sitzend wieder. Sie hielt ihm die Hand an die Stirn.

»Wird dir schlecht?«

»Nein, nein. Mir ist nur etwas elend geworden.«

Nach einer Weile forderte sie ihn auf: »Erzähl weiter.« Er blickte zu ihr hoch. »Das ist eigentlich schon alles, außer daß ich manchmal davon träume. Es ist wie ein Alptraum. Mir träumt oft, ich suche wieder zwischen ihren Kleidern nach dem Schlüssel. Er muß geglaubt haben, sie könnte sterben, denn ich erinnere mich, wie wir ins Dorf gegangen sind und dort trafen wir ihn, den Doktor. Es stellte sich heraus, daß er ihr Vetter war, und er nahm uns wieder mit zurück zu ihr. Dad wollte nicht gehen, glaube ich, und ich auch nicht. Ich war zu Tode erschreckt. Aber er war sehr nett, der Doktor ...«

»Ist dir wirklich nicht schlecht?«

»Nein.«

Einen Moment später meinte Hilda: »Komm, trink den Tee hier.« Während er gehorsam trank, beobachtete sie ihn. Und dann sagte sie ruhig und ohne jede Bitterkeit: »Ihr seid mir ein paar alte Geheimniskrämer. Was hat er mir sonst noch nicht gesagt?«

Plötzlich fing die Tasse in seiner Hand auf der Untertasse an hin und herzuhüpfen, und sie mußte sie ihm abnehmen, da sie sonst zu Boden gefallen wäre. »Nichts, sonst nichts, nichts«, stieß er hervor.

»Ist ja schon gut, reg dich nicht auf. Paß auf, setz dich hierher und trink deinen Tee aus. Ich bin in einer Minute zurück.« Sie strich ihm das Haar aus der Stirn und lächelte ihn an, dann drehte sie sich um und ging hinaus über den Hof in Richtung des Werkraums. Doch Dick trank seinen Tee nicht, sondern eilte ans Becken und mußte sich übergeben.

Teil 4
Das zweite Ereignis 1941

1

»Wo gehst du hin?«

»Du weißt doch genau, wo ich hingehe. Ich habe Dienst beim Luftschutz.«

»Pah! Luftschutzdienst. Sag mal, bist du die einzige, die in diesem Viertel Luftschutzdienst tut? Das muß in dieser Woche bereits das vierte Mal sein, daß du Luftschutzdienst hast.«

Gereizt verzog Esther Burrow ihr blasses Gesicht und drehte sich im Bett auf die Seite. »In dem Aufzug zum Luftschutzdienst? Kannst du mir mal sagen, warum du einen guten Rock anziehst, wenn du zum Luftschutzdienst gehst? Na, wen glaubst du wohl kannst du damit hinters Licht führen? Du gehst doch aus, oder? Mit irgend 'nem Mannsbild, was? Oder ist's der kleine Junge von nebenan? Du solltest dich schämen ... mit so einem Kind! Ich weiß genau, was hier vorgeht, und ich werde ...«

»Was wirst du?«

»Ich werde dem einen Riegel vorschieben. Ich werde sie herüberholen und es ihr sagen, oder besser auch seinem Vater, und beiden werde ich erzählen, daß er ständig unten in der Küche hockt. Ein Schuljunge! Du solltest dich wirklich schämen ...«

»Halt den Mund!«

»Was? Wie kannst du es wagen, so mit mir zu sprechen? Es kommt noch soweit ...«

»Ja, das wage ich und jetzt kommt es soweit. Das ist schon längst überfällig.«

Die große junge Frau beugte sich über das Fußgestell des Bettes, ihre ausgestreckten Arme hielten das Bettgestell gepackt und die sie überflutende Empörung übertrug sich auf das ganze Bett. »Ich habe die Nase voll! Hast du gehört? Ich habe die Nase gestrichen voll. Und eines sage ich dir: In Zukunft läßt du mich in Ruhe und mich mein eigenes Leben leben. Seit Jahren bediene ich dich von hinten und vorn, die einzige Freiheit, die ich je gehabt habe, war während des letzten Jahres, als ich zum Pflichtdienst aufgerufen wurde. Und selbst das hast du versucht zu verhindern, nicht wahr? Du müßtest betreut werden. Weißt du, was du bist?« Sie beugte sich noch weiter über das

Bettgestell. »Du bist nichts als ein egoistisches Weibsbild, du bist ein Parasit und eine verlogene Intrigantin obendrein. Oh … tu's nur, halt dir nur das Herz und krieg wieder einen deiner Anfälle! Aber laß dir eines sagen, bevor du wieder deine Rolle spielst: Du wirst dort liegen bis morgen früh, denn ich werde ganz bestimmt nicht hier sein, um mich um dich zu kümmern. Und dann werde ich dir noch etwas sagen, da wir gerade dabei sind: Ich werde für dich keine Kannen heißes Wasser mehr hier oben hinschleppen. Wenn du bei Alarm nach unten gehen kannst, dann kannst du auch unten das Badezimmer benutzen. All die Jahre, in denen ich für dich die Treppen rauf und runter gerannt bin, dich gewaschen, abgetrocknet und gepudert habe. O Mutter!« Gepreßt kam dies Wort aus ihrem Mund. »Du hast meinen Vater geistig und physisch kaputt gemacht. Aber für mich ist noch Zeit, mich selber zu retten, und daher werde ich dir jetzt ein Ultimatum stellen. Entweder gibst du mir die Freiheit, die Freiheit, auf die ich ein Recht habe, oder ich gehe fort … O ja, das werde ich. Seit Jahren hast du mir eingeredet, ich könnte meinen Lebensunterhalt nicht verdienen, es sei denn als Dienstmädchen. Du hast mir dieses Haus und dein Geld wie ein Würstchen unter die Nase gehalten. Aber erstens habe ich Würstchen nie gemocht, und zweitens habe ich herausgefunden, daß ich meinen Lebensunterhalt anders als mit Sklavenarbeit für eine undankbare, egoistische Person verdienen kann. So, das wär's. Jetzt kannst du wählen.«

Sie ließ das Bettgestell los, richtete sich auf und ging auf die Tür zu. Dort drehte sie sich noch einmal um. »Und du hast ganz recht: Ich habe keinen Luftschutzdienst. Wenn du die Wahrheit wissen willst, ich gehe tanzen … *tanzen.* Und ich gehe mit einem Mann, einem Soldaten. Er ist zwar nur ein gemeiner Soldat, aber er ist ein Mann.«

Als sie die Tür aufmachte, stützte sich ihre Mutter aus den Kissen hoch und wimmerte: »Was … was ist, wenn ein Luftangriff kommt?«

»Bete, wie du's ja auch sonst immer tust.«

Krachend fiel die Schlafzimmertür hinter ihr ins Schloß. Das ganze Haus schien zu vibrieren, aber nicht so sehr vom Türzuschlagen als vielmehr durch das Zittern ihres Körpers.

An der Treppe angelangt, umklammerte sie das Treppengeländer und murmelte, die Stirn gegen den Handrücken gepreßt: »O mein Gott! Mein Gott!« Wie hatte sie es wagen können all dies zu sagen? Seit Jahren hatte es in ihr gebrodelt: Die unaufhörlichen Forderungen ihrer Mutter, ihre Kleinlichkeit, ihr Egoismus hatten so lange in ihr gegärt, bis sie endlich aus ihr herausgebrochen waren. Aber sie hätte nicht so mit ihr reden sollen ... Nun aber Schluß! Nein! Sie richtete sich auf. Was sie getan und gesagt hatte, war schon lange überfällig gewesen. Sie durfte jetzt die Wirkung ihrer Forderung nach Freiheit nicht mit jämmerlichen Schuld- und Reuegefühlen ruinieren.

Schnell ging sie jetzt die Treppe hinunter, doch sie zitterte immer noch, als sie ihren Mantel von der Garderobe in der Eingangshalle nahm. Nachdem sie ihn angezogen hatte, beugte sie sich vor und betrachtete sich im Spiegel. Obwohl das Licht schwach war, waren die Konturen ihres Gesichtes scharf umrissen. Die Wangenknochen schienen gegen ihre Haut zu drücken und betonten die Blässe. Offenbar konnte selbst Zorn keinen rosigen Schimmer auf ihr Gesicht zaubern. Ihre Augen waren groß und dunkel ... und erregt. Nun, schließlich war sie auch wütend.

Sie machte jetzt die gewohnte Runde im Parterre, ließ die Verdunkelung herunter, zog dann die schweren Vorhänge, die die Haustür verbargen, zur Seite, trat hinaus, zog sie von außen wieder zu, schloß die Haustür ab und legte den Schlüssel unter den Fußabstreifer. Zwei Minuten später ging sie mit schnellen Schritten über den Nachbarhof auf die Küchentür zu.

Gerade bevor sie sie erreichte, öffnete sich die Tür und Dick begrüßte sie: »Du bist spät dran. Ich wollte dich schon holen.«

»Oh.« Sie machte eine ungeduldige Kopfbewegung und ging an ihm vorbei in die Küche. Sie entschuldigte sich schnell, als sie Hilda in Hut und Mantel dastehen sah. »Tut mir leid, daß ich Sie warten ließ.«

»Ach, ist schon gut. Die fangen ohnehin kaum vor acht Uhr an. Und dann fallen die Burschen erst mal übers Büffet her.« Hilda lächelte. Dann wurde ihr Gesicht ernst. »Was ist los?« fragte sie. »Etwas nicht in Ordnung?«

Molly senkte den Kopf. »Ich ... ich habe eine Auseinandersetzung gehabt.«

»Das war mehr als überfällig. Kommt natürlich darauf an, was du gesagt hast.«

Alle drehten sich um und blickten zu Abel hin, der im Sessel vor dem Kamin saß. Leise erwiderte Molly: »Ich habe ihr meine Meinung gesagt, aber ich glaube, ich habe zu viel gesagt.«

»Nun, das ist ihre eigene Schuld, das muß ich schon sagen. Was immer du auch gesagt hast, deine Mutter hat's auf jeden Fall herausgefordert.«

Hilda anblickend, nickte Molly. »Ja, wahrscheinlich. – Aber, bei Gott, ich hab's ihr kräftig gegeben.« Verlegen lachte sie. »Übrigens, ich gehe mit einem Soldaten zum Tanzen. Er ist nur ein gemeiner Soldat. Ich glaube, daß es nur ein gemeiner Soldat ist, hat sie mehr schockiert, als alles andere.«

Alle lachten nun, Abel am lautesten. Er erhob sich aus seinem Sessel. »Molly, du könntest jeden Tag einen anderen Soldaten haben, und nicht nur einen gemeinen. Ich muß sagen, ich bin überrascht über unsere Armee, Kriegsmarine und Luftwaffe. Ich dachte, die hätten mehr auf dem Kasten. Na, vielleicht nicht so sehr die Kriegsmarine, von denen sieht man ja wenig in unserem Landstrich, aber die anderen müssen mit verbundenen Augen herumlaufen.«

»Ach, Mr. Gray.« Spöttisch-verlegen sah sie zur Seite.

»Ich mache keine Witze. Was ist los mit dir? Schaust du denn nie in den Spiegel?«

»Also, ich glaube, wenn wir rechtzeitig da sein wollen, müssen wir uns jetzt auf den Weg machen ... Und, Dick, hör auf mit den Schultern zu zucken. Muß ich dir das ständig sagen?« Ungeduldig unterbrach Hilda die Unterhaltung, wobei sie auf die Tür zuging. Dick, ihre Bemerkung ignorierend, sah Molly an und lachte ein zu hohes Lachen. »In fünfeinhalb Monaten werde ich Air-Force Blau tragen, und ich wette, in weiteren sechs Monaten werde ich schon Streifen haben. Vielleicht habe ich sogar schon mein Pilotenabzeichen. Dann komm ich im Tiefflug an deiner Haustür vorbei geflogen.«

»Warum an der Haustür?« entgegnete Molly betont gelangweilt. »Du benutzt doch sonst immer die Hintertür.«

Wieder lachten alle, dann schubste Abel Dick aus der Küche hinaus. »Macht endlich, daß ihr fortkommt!« und während die drei den Hof hinuntergingen, rief er ihnen nach: »Seid aber um halb elf bereit, weil ich um elf Dienst habe.«

Beschwingt kam es von Dick zurück: »Wir werden's uns überlegen«, und Molly rief: »Werden wir. Werden wir.« Nur Hilda erwiderte nichts. Das war auch nicht nötig, wußte er doch, sie würde in Hut und Mantel parat stehen. Ihre Aufgabe, am Büffet zu helfen, war dann beendet. In den letzten zwei Jahren war sie beinahe jeden Samstagabend auf den Kirchenfesten gewesen, aber getanzt hatte sie nie. Sie war sechsunddreißig Jahre alt und hatte noch nie getanzt. Warum? War auch das für sie sündhaft? Beim nächsten Streit würde er ihr das sicher vorwerfen.

Leise vor sich hinlachend setzte Abel sich, streckte die langen Beine zum Kamin vor, verschränkte die Hände hinter dem Kopf und lehnte sich im Ledersessel zurück. Sonderbar, wenn er es so recht bedachte, so hatten sie seit über einem Jahr keinen Wortwechsel mehr gehabt, ja seit fast achtzehn Monaten nicht mehr. Seit jener Nacht, in der er sich sinnlos betrunken hatte. Sofort verdrängte er die Gedanken an den Grund für seine Trunkenheit. Einen langen Seufzer ausstoßend, entspannte er sich.

Er liebte die Samstagabende, wenn er das Haus ganz für sich hatte. Dies war die einzige Zeit, wo er die Chance hatte, allein zu sein und nachzudenken, und Dick hatte ihm genug Stoff zum Nachdenken gegeben, wenigstens für heute abend. Der Junge war wild entschlossen, sich freiwillig zu melden. Er hatte seine eigenen Vorstellungen über Recht und Unrecht, andere zu töten. Erst letzte Woche hatte er ihm gesagt: »Dad, das hier ist ein großer Krieg. Entweder frißt du oder du wirst gefressen.« Seine Worte hörten sich wie ein Zitat an, und gleichzeitig rückte er damit den vergangenen letzten Krieg in die Kategorie eines Handgemenges. Ähnlich machten es viele andere Jugendliche. Die Jungen freuten sich regelrecht darauf, einrücken zu können, ganz so, als wäre das Ganze ein Vorgeplänkel zu einer Vergnügungsreise. Wie aber würde er reagieren, sollte er als untauglich für diese Art von Vergnügungsreise befunden werden?

Abel richtete sich kerzengerade im Sessel auf und streckte die Hände dem Feuer entgegen. Es wäre nicht wegen seiner Größe – Größe war für einen Piloten oder Kanonier nicht von Bedeutung, aber dieses Schulterzucken und sein zu hohes Lachen, das zu oft kam und dann von langen, abwesenden Schweigeperioden abgelöst wurde, war etwas, dem noch keiner auf den Grund gegangen war, am allerwenigsten er selber. Der Bursche war ein reines Nervenbündel. Doch es bedurfte keiner großen Kunst, um zu wissen, weshalb.

Es war ungefähr Viertel nach zehn, als Abel im Firmenwagen aus dem Hof fuhr. Es machte Hilda nichts aus, während der Verdunkelung zu Fuß zum Gemeindehaus zu gehen, aber sie weigerte sich immer, spät in der Nacht zurückzugehen und – wie sie sich ausdrückte – über Trunkenbolde zu stolpern.

Das recht ansehnliche Gemeindehaus wurde während des Tages als Ruhe- und Erfrischungsraum fürs Militär benutzt. Die samstäglichen Tanzabende wurden nicht nur von denen besucht, die ohne Stimulanz von berauschenden Getränken tanzen konnten, sondern auch von Nicht-Abstinenzlern, weil die »Abfütterungen« immer gleichbleibend gut und reichlich waren. Diese Fülle in diesen harten Zeiten war – so ging das Gerücht – das Resultat der Freundschaft zwischen dem Quartiermeister aus der angrenzenden Kaserne und einer gewissen Dame der Kirche. Selbstverständlich war dies lediglich ein Gerücht. Einige behaupteten, es sei dies wie aus der Bibel ein Wunder der Brotlaiber und der Fische. Und wer würde schon in diesen Tagen ein solches Wunder in Frage stellen? Nicht einmal die anderen Damen des Kirchenkomitees taten dies, nicht, wenn dieses Wunder sie hin und wieder mit kleinen Zusatzportionen Butter, einem viertel Pfund Käse und getrockneten Früchten versorgte. Und so lange dieses Wunder in Gestalt von Quartiermeister Dickinson nicht versetzt wurde, würde der Aufenthaltsraum in der Dorset Street weiterhin beliebt sein.

Abel stand im Eingang des Gemeindehauses und sah den tanzenden Pärchen zu, die Arm in Arm reihenweise den Lambeth Walk zu den Klängen eines schmetternden Quartetts tanzten.

Am anderen Ende des Raumes sah er Hilda stehen und mit Ehrwürden Gilmore reden. Er fragte sich oft, ob sie hinter ihm oder er hinter ihr her war, denn an den meisten Samstagabenden sah er sie beieinander stehen und reden. Sie war bereits zum Fortgehen angezogen, und er konnte in ihrem Gesicht einen ungeduldigen Ausdruck beobachten, während sie darauf wartete, daß der Tanz zu Ende ging, denn Dick und Molly tanzten noch am Ende der Reihe. Dick hatte einen Arm um Mollys Taille und den anderen um die einer jungen Frau in Uniform gelegt. Genau wie Molly, so schien es auch ihm riesigen Spaß zu machen. Abel war froh, daß Molly sich vergnügte, denn das Mädchen lebte wirklich wie in einem Käfig. Er wünschte sich, sie wäre ein bißchen jünger oder Dick ein wenig älter, oder Dick ein bißchen größer und sie ein wenig kleiner. Und doch, was waren schon vier Jahre Altersunterschied? Im Grunde nicht so offensichtlich wie die zwölf Zentimeter Größenunterschied. Schade, daß der Bursche nicht mehr gewachsen war. Und mit hoher Wahrscheinlichkeit würde er das nun auch nicht mehr tun.

Die Musik verklang. Die Reihe der Tanzenden, der Dick und Molly zugehörten, war nur einen Meter von ihm entfernt. Dick, die Arme noch um beide Mädchen gelegt, schwang sie noch einmal herum, und alle drei kamen lachend vor Abel zum Stehen.

»Habt ihr euch gut amüsiert?«

Abel blickte Molly an. Ihr Gesicht war noch voller Lachen. »O ja! Es war ein großartiger Abend.«

Abel sah jetzt Dick an, der die junge Frau losgelassen hatte und laut lachte. Dann wurde seine Aufmerksamkeit von der jungen Frau angezogen, die ihn immerzu anstarrte. Sie hatte aufgehört zu lachen, jedoch ihr Mund blieb weit geöffnet, selbst als sie die Augen zukniff. Dann, als habe sie soeben eine Entdeckung gemacht, hob sie einen Arm und zeigte mit dem Finger auf ihn. »Ich kenne Sie. Natürlich kenne ich Sie.«

Abel wurde ernst. »Tun Sie das?« fragte er ruhig. »Dann haben Sie mir eines voraus.«

»Erinnern Sie sich nicht mehr an mich? Überhaupt nicht mehr?« Ihre Stimme klang hell.

»Nein, ich fürchte nein.« Während er dies sagte, bemerkte er, daß Hilda sich mit Ehrwürden Gilmore zur Gruppe zugesellt hatte.

»Das Boot. Auf dem Fluß.« Die junge Frau stand nun nahe vor Abel und sah ihn voller Entdeckerfreude an. »Ich bin Daphne. Erinnern Sie sich jetzt? Mutter und das Boot. Und ... sagen Sie bloß«, sie wandte sich nun Dick zu, »dann mußt du ... Ja, na klar! Weißt du, irgendwie hatte ich gespürt, daß wir uns schon mal begegnet waren; irgendwie ...« Sie schüttelte den Kopf. »Nie hätte ich das erwartet. Nach so vielen Jahren.«

Auch Dicks Gesicht war jetzt ernst und seine Schultern begannen zu zucken. Sein Erinnerungsvermögen konnte mit dieser wohlgestalteten jungen Frau nichts in Verbindung bringen.

Abel war sich bewußt, daß Hildas Augen ihn wie Pfeile durchbohrten, obwohl er sie nicht einmal angeblickt hatte. »Wie geht es denn Ihrer Mutter?«

»Oh.« Hell lachte die junge Frau auf. »Sie hat sich schließlich doch noch einen Mann geangelt. Aber soweit ich weiß, hat es sie einige Zeit gekostet, über Sie hinweg zu kommen. Ich entsinne mich noch, daß sie das Boot wendete und unsere Ferien abbrach an dem Morgen, an dem Sie fortgingen. Was machen Sie jetzt? Sie leben hier in der Gegend?« Es war eher eine Aussage als eine Frage. Er nickte bestätigend. Dann drehte er sich um, blickte Hilda an und stellte vor: »Das ist meine Frau.«

»Oh. Sehr erfreut, Sie kennenzulernen.« Das Mädchen streckte spontan die Hand aus, doch es vergingen Sekunden, bevor auch Hilda ihr die Hand zum Gruß hinhielt. Sie gab keinerlei Kommentar, als die junge Frau meinte: »Wir müssen uns mal treffen und uns über diesen Ehemann von Ihnen unterhalten ... Wissen Sie, er hätte mein Stiefvater werden können.« Sie ließ die Hand sinken und blickte wieder zu Abel hin. »Schade, daß Sie's nicht wurden«, doch schnell wandte sie sich wieder Hilda zu und fügte hinzu: »Nichts für ungut.« Niemand sagte etwas, und so verabschiedete sie sich etwas lahm: »Also dann, bis auf ein andermal. Ich ... ich komme oft hierher; ich bin die Straße weiter unten stationiert. Also dann, bis auf ein andermal, ja?« Sie redete jetzt zu allen vieren, machte zwei Schritte rückwärts, bevor sie sich umdrehte und über die jetzt leere Tanzfläche auf das Büffet zuging.

»Ich hol' nur schnell noch meine Sachen«, sagte Molly mit leiser Stimme und entfernte sich von der Gruppe; Dick folgte ihr.

Ehrwürden Gilmore wandte sich mit feierlicher Miene Hilda zu, und in einer Stimme, mit der er die Predigt von seiner Kanzel herunter hätte beginnen können, verabschiedete er sich. »Gute Nacht, meine Liebe. Und ich danke Ihnen noch einmal für Ihre freundliche Hilfe. Ich weiß wirklich nicht, was wir ohne Sie machen würden.«

Hilda schien keines Wortes fähig; sie nickte nur kurz dem Geistlichen zu, eilte auf den Ausgang zu, schob die Verdunkelung beiseite und trat in die Schwärze der Nacht hinaus, wo sie wartend stehenblieb.

Sekunden später trat Abel hinter sie. Mit dem schwachen Licht ihrer Taschenlampe leuchtete sie ihm ins Gesicht und verlangte zu wissen: »Was sollte das alles heißen?«

»Genau das, was du gehört hast.« Seine Stimme klang verdrießlich.

»Demnach hast du also ein Verhältnis mit einer Frau auf einem Boot gehabt, wenn ich's richtig verstanden habe.«

»Ich habe kein Verhältnis mit einer Frau auf einem Boot gehabt. Sie hatte mir und dem Jungen angeboten, mitzufahren – gegen Hilfe an Bord.«

»Nun, und hast du ihr geholfen?«

»Ja, ich half ihr. Ich brachte das Boot durch eine Schleuse, ich schrubbte das Deck, ich machte die Arbeit, die sonst ein Matrose tut. Alles zusammen genommen war ich nur drei Tage an Bord.«

»Wirklich!« Sie zog das Wort in die Länge. »Da kann man ja nur sagen: Ein schneller Arbeiter bist du.«

»Nein, war sie. Und wenn du's unbedingt hören willst: Hier hast du den Rest der Geschichte.« Seine Stimme war leise, doch scharf.

»Sie wollte mich heiraten. Und sie war auch keineswegs die einzige zu dieser Zeit, die in Heiratsstimmung war, stimmt's? Nun, Hilda, stimmt's?«

Bevor sie darauf etwas entgegnen konnte, öffnete sich die Tür hinter ihnen, und zwei Leute kamen heraus. Der Mann, eine Taschenlampe in der Hand, grüßte: »Oh, guten Abend. Sie sind's, Mrs. Gray. Gute Nacht. War ein gelungener Abend, nicht wahr?«

Sie murmelte etwas als Erwiderung. Der Mann zögerte, dann sagte er mit leiser Stimme: »Das mit Ihrer Schwester tut mir sehr leid. War schon wirklich Pech, daß es ihn so erwischen mußte. Dieser Krieg! Dieser verdammte Krieg! … Gute Nacht.«

Für einen Moment herrschte Stille. Auf Abels Gesicht zeichnete sich ein Ausdruck tiefster Fassungslosigkeit ab. Dann packte er Hilda am Arm, schwang sie mit einem Ruck zu sich herum, beugte sich tief über sie und starrte in ihr Gesicht, ohne wirklich etwas erkennen zu können. »Was meinte er damit: Der Mann deiner Schwester hat Pech gehabt, daß es ihn so erwischte«, verlangte er zu wissen.

Als sie nichts darauf antwortete, schüttelte er sie. »Soll das etwa bedeuten, Peter Ford verunglückte, und du hast mir nie was davon gesagt?«

Wieder öffnete sich die Tür hinter ihnen. Jetzt traten Dick und Molly heraus.

Abel, der Hilda noch immer am Arm gepackt hielt, führte sie jetzt zum Lieferwagen. Sie gingen im matten Licht der Taschenlampen zum Auto hinüber, wechselten kein Wort miteinander und stiegen ein.

Im Garagenhof verabschiedete sich Molly. »Gute Nacht, Mrs. Gray. Gute Nacht, Mr. Gray«, und beide antworteten tonlos: »Gute Nacht, Molly.« Dick sagte nichts, sondern begleitete Molly über den Hof, die Straße entlang zu ihrem Haus.

Abel hatte den Lieferwagen in die Garage gefahren und stand nun, nachdem er die Tür geschlossen hatte, für einen Augenblick im Hof und blickte auf seine Armbanduhr. Der beleuchtete Zeiger zeigte auf fünf vor elf. Wieder überlegte er, doch diesmal nur kurz, bevor er entschlossenen Schrittes auf die Küchentür zuging. Hilda war nicht da. Er ging in die Diele und traf sie vor dem Spiegel stehend und sich die Haare ordnend. Ohne jede Einleitung fragte er sie: »Ich frage dich noch einmal: was ist mit Peter Ford geschehen?«

Jetzt fuhr sie herum, ihr Körper bebte vor Zorn. »Er ist vor drei Wochen mit seinem Boot untergegangen, wenn du's wissen willst. Und warum hab' ich es dir nicht gesagt? Nun, die Antwort hast du ja heute abend bekommen. Von dem Mädchen, das dich an dein Verhältnis mit der anderen Frau erinnert hat. Und dann diese andere Frau, die dich angeblich angekettet hat. Du Weiberheld, du!«

Für einen Moment starrte er sie mit offenem Mund an, dann schüttelte er den Kopf, und mit befremdend ruhiger Stimme entgegnete er: »Und weiß du, was du bist, Hilda? Du bist eine Frau mit einem krankhaften Geist, du bist krankhaft eifersüchtig. Glücklich gemacht hast du nie jemanden, am allerwenigsten mich. Und du bist auf deine Schwester eifersüchtig, weil sie«, er suchte nach dem richtigen Wort und kniff die Augen zusammen, »sie genau das Gegenteil von dir ist. Ja, ja, ja.« Jedes Ja bekräftigte er mit einem heftigen Kopfnicken, seine Stimme war laut geworden. »In jeder Hinsicht ist sie das Gegenteil von dir. Sie ist eine Frau, die lieben kann und dafür wiedergeliebt wird, und selbst, wenn sie zwanzig Männer gehabt hätte, in ihrem Herzen ist sie reiner als du.«

»Oh!« Ihre Lippen zitterten, ihre Augen standen voller Tränen, und sie rief mit gebrochener Stimme: »Siehst du … siehst du, du gibst es selber zu. Da hast du noch eine Antwort, warum ich dir's nicht gesagt habe, weil du wie der Blitz bei ihr gewesen wärst.«

»Ja, da hast du vollkommen recht, und genau in dieser Minute werde ich das tun. So, jetzt kannst du dich hinhocken und dich darüber grämen und beten. O ja, und auf jeden Fall beten, beten, daß nichts zwischen uns passiert.«

Fest preßte sie den Mund zusammen. Abrupt wandte er sich von ihr ab, ging durch die Küche und zur Tür hinaus, die er laut krachend hinter sich zuschlug.

Nur fünf Minuten waren es bis zu seinem Posten. Er ging über den Schulhof in die Schule und in das Zimmer, das als Dienstraum für die Wachen eingerichtet war. Vier Männer befanden sich im Raum. Einer schrieb an einem Pult, einer machte Tee, und die anderen beiden saßen da und unterhielten sich. Alle blickten auf und begrüßten ihn. »Hallo, Abel«, und er grüßte mit einem »Hallo« zurück. Dann ging er zu Henry Blythe, dem Töpfer, der an einem Schreibpult saß. »Henry, glaubst du, du könntest mich für eine halbe Stunde entbehren? Ich habe gerade gehört, daß der Mann meiner Schwägerin ertrunken ist, und ich will da mal vorbeischauen.«

»Ja, Abel, selbstverständlich. Heut nacht liegt nichts Besonderes an, zumindest hoffe ich das.« Er grinste. »Und sollten die Sirenen heulen, kommste eben gleich zurückgeschossen. Ist es sehr weit weg?«

»Nein, zu Fuß nur fünf Minuten von hier.«

»In Ordnung. Laß dir Zeit. Hättest sowieso nur Telefondienst heute gehabt. Übrigens, die letzten vierzehn Tage hast du dich kein einziges Mal blicken lassen. Haste nichts für den Ofen?«

»Doch. Ich habe ein oder zwei Stück, aber jetzt mache ich meistens die kleinen Enten. Der Besitzer von dem Kunstladen in der Cable Street sagt, er kann so viel verkaufen, wie ich nur machen kann, und was anderes scheint der nicht haben zu wollen.«

Beide lachten. »Da hat er gar nicht so unrecht. Die sehen nämlich wirklich wie lebendig aus. Wenn du sie größer machen würdest, könntest du sie als Lockvögel verkaufen.«

»Bis dann also.« Abel nickte allen zu und ging hinaus. Er rannte fast den ganzen Weg von der Schule bis nach Brampton Hill.

Was, wenn sie nun schon im Bett war? Nein, nein, es war ja erst kurz nach elf, wahrscheinlich war sie aus. Er eilte die Auffahrt hinauf, ging außen herum zum Gartenappartement, blieb jedoch stehen, noch bevor er die Terrassentür erreichte. Er hätte durch die Halle gehen und klingeln sollen. Vielleicht ängstigte er sie, wenn er ans Fenster klopfte. Kein Lichtschein drang nach außen. Vielleicht war sie doch schon im Bett. Oder vielleicht hatte sie nur eine sehr gute Verdunkelung.

Langsam ging er auf die Glastür zu, und da hörte er leise Musik. Er atmete tief ein. Das Radio spielte also. Langsam hob er die Hand und klopfte an die Scheibe.

Er wartete, doch nichts rührte sich auf sein Klopfen hin. Wieder klopfte er, diesmal ein wenig lauter. Er war gehört worden, denn die Musik brach ab.

»Wer ist da?«

»Ich, Abel.«

Dem folgte eine Stille. Weder wurde die Verdunkelung beiseite geschoben, noch die Tür geöffnet. Daher machte er sich nach einer Weile noch einmal bemerkbar. »Florrie, ich bin's, Abel.«

Wieder Stille, doch dann hob sich der Vorhang, eine Hand kam zum Vorschein und drehte den Schlüssel um. Er drückte eine der Doppeltüren auf und zwängte sich hindurch. Sobald er im Zimmer war, zog sie die Verdunkelung ordentlich wieder zu.

Es waren gut achtzehn Monate vergangen, seit er sie das letzte Mal gesehen hatte. Das war kurz nach Kriegsbeginn gewesen. Sie hatten sich auf der Straße getroffen, und sie hatte ihn munter gefragt: »Na, wie geht's?« »Nicht allzu schlecht. Und wie geht's dir?« hatte er entgegnet, worauf sie erwidert hatte: »Mir geht's sehr gut. Ich habe letzte Woche geheiratet.«

Darauf hatte er nichts gesagt, sondern sie nur angesehen. Lachend hatte sie gesagt: »Sieh nicht so überrascht aus. So was soll vorkommen. Das solltest du doch am besten wissen.« Und etwas töricht hatte er darauf geantwortet: »Ja, ja, ich sollte es wissen.« Dann hatte er hinzugefügt: »Wie du einmal zu mir gesagt hast: Ich kann dir nur alles das wünschen, was du dir selber wünschst.«

Daraufhin hatte sie ihn nur schweigend angeblickt, und er fügte hinzu: »Und ich hoffe, es wird Glück sein.«

»Oh, glücklich werde ich sein. Keine Bange, ich werde glücklich sein. Ich bin's, ich bin's.« Sie hatte ihre schmalen Schultern gehoben. »Also dann, bis bald, Abel. Alles Gute.« Mit diesen Worten war sie davongegangen, und er war stehengeblieben und hatte ihr nachgeblickt.

Sie hatte sich verändert. Sie sah krank aus. Schlank war sie immer schon gewesen, aber jetzt war sie nur noch Haut und Knochen. Leise fragte er: »Geht es dir nicht gut?«

»Ach, es geht schon so.« Sie wandte sich ab und fragte über die Schulter hinweg, während sie auf den Kamin zuging: »Was führt dich zu dieser späten Stunde her?«

Er rührte sich nicht von der Stelle. »Ich habe soeben erst erfahren, erst vor einer halben Stunde, von … von deinem Mann.«

Groß sah sie ihn über den Raum hinweg an. »Du wußtest das nicht?«

»Nein.«

»Aber … aber Hilda wußte es doch.«

»Ja, das habe ich auch heute abend erfahren.«

»Mein Gott! Hilda!« Sie schüttelte den Kopf. »Manchmal denke ich, sie ist kein Mensch, und doch …«

Sie blickte ihn an, als er auf sie zu kam. Beide Hände ausgestreckt umfaßte er die ihren. »Florrie, es tut mir so leid, glaub mir das. Von dem, was ich gehört habe, war er … ein guter Kerl.«

Sie entzog ihm die Hände, setzte sich auf die Couch, beugte sich vor und knöpfte den untersten Knopf ihres Morgenmantels zu. »Ja, ja, er war ein guter Kerl, so liebevoll. Es gab keinen besseren.«

»War er im Geleitzug?« fragte er leise.

»Ja.« Sie nickte. »Sie waren nur zwei Tage draußen. Er … er war immer so sicher, daß es ihn nicht erwischen würde, ich meine sein Schiff. Er hatte fast zehn Fahrten hinter sich und immer Glück gehabt.« Sie blickte nun zu ihm hoch. »Ich habe mich schon gewundert, warum ich nichts von dir sah.«

Er schluckte und schüttelte den Kopf. »Ich hätte es nicht mal jetzt gewußt, aber heute abend sagte jemand zu ihr auf dem Gemeindetanzabend – ich war hingegangen, um sie abzuholen –, daß es ihm leid täte wegen deines Mannes.«

Sie seufzte tief und bewegte den Kopf. »Sie ist ein eigenartiges Wesen«, murmelte sie. »Nachdem ich sie angerufen hatte, kam sie sofort hierher … und sagte, wie leid es ihr täte. Dann kam sie in der nächsten Woche noch einmal, und seitdem hab' ich sie nicht mehr zu Gesicht bekommen. Und sie hat mich auch nie eingeladen. Ohne gefragt zu sein, würde ich ohnehin nicht kommen, das weißt du ja, aber«, sie zuckte die Achseln. »Natürlich habe ich angenommen, sie hätte es dir gesagt.«

»Sie ist eifersüchtig auf dich, eifersüchtig in jeder Hinsicht. Im Grunde kann sie einem nur leid tun.«

»Du liebe Zeit!« Wieder schüttelte sie den Kopf. »Ich hab' ihr doch nicht den geringsten Grund zur Eifersucht gegeben, oder?« Sie hob die Augen zu ihm empor, und er gab den Blick zurück. »Nein.«

»Du lieber Gott!« Sie sank auf die Couch, bedeckte das Gesicht mit beiden Händen und begann zu schluchzen.

Sogleich war er bei ihr, legte den Arm um sie und bettete ihren Kopf gegen seine Schulter, und als sich ihr Weinen verstärkte, tröstete er: »Ja, ja, laß es nur heraus. Es wird dir guttun.«

Als schließlich ihr Schluchzen verebbte, entzog sie sich seiner Umarmung und lehnte sich wieder gegen die Couch zurück. Sie trocknete sich das Gesicht. »Danke«, murmelte sie.

Er erwiderte nichts, sondern nickte nur, während er sie unverwandt ansah.

»Ich fühle mich so furchtbar, Abel.«

»Das ist doch klar. So etwas braucht seine Zeit.«

»Furchtbar«, für einen Moment schloß sie die Augen, »nicht eigentlich furchtbar. Ich meine schäbig, klein …«

»Aber, Florrie, keines von beiden könntest du sein.«

»Meinst du?« Sie rückte ein wenig näher an ihn heran und wischte sich wieder über das Gesicht. »Man verschenkt sich, verschleudert das Beste von sich an Lumpen, und den Anständigen gegenüber verhält man sich wie der letzte Dreck. Und Peter war einer von den Anständigen. Er war der liebevollste Mensch, dem ich je begegnet bin.«

»Ich bin sicher, du hast ihm das auch vergolten.«

Langsam schüttelte sie den Kopf, und ein Ton von Zaghaftigkeit lag in ihrer Stimme. »Nicht wirklich. Weißt du, er liebte mich, er liebte mich wirklich, und es machte auch keinen Unterschied, als er wußte, daß ich ihn nicht liebte. Ich mochte ihn, ich mochte ihn sogar sehr, aber es war eben nicht Liebe. Er sagte, er liebe mich so sehr, daß es unmöglich wäre, wenn nicht ein wenig davon auf mich abfärben würde, und er war bereit, ein ganzes Leben lang darauf zu warten. Er war ein Mann, der nicht viel sagte, er war kein sehr eindrucksvoller Redner. Du weißt schon, was ich meine. Aber kam er einmal in Fahrt, dann hatte er eine Art, Dinge auszudrücken, die man poetisch nennen konnte.« Sie schwieg und blickte sinnend ins Feuer. Dann fuhr sie traurig fort: »Er war sich so sicher, daß er Glück haben würde. Er war so sicher, daß er es schaffen würde, da durchzukommen. Auf Jahre hinaus hatte er unser beider Leben geplant.« Sie schloß fest die Augen, senkte den Kopf und schluckte krampfhaft. »Das letzte, was er sagte, bevor er ging, war, daß er nicht sterben würde, bevor er mich die vier Worte hätte sagen hören … vier Worte«, ihre Stimme war jetzt zu einem kaum vernehmbaren Flüstern herabgesunken, »ich liebe dich, Peter.«

Sie weinte wieder, aber leise, und er blieb ganz still neben ihr sitzen. Wieder spürte er in sich das starke Begehren, die tiefe Einsamkeit und die Erkenntnis, daß er auf einen toten Mann eifersüchtig war.

Leise weinend fuhr sie fort: »Er wollte nicht, daß ich ihn an jenem letzten Abend zum Bus begleitete, er wollte mich in diesem Zimmer in Erinnerung behalten, aber kaum war er durch die Tür, da hatte ich das Verlangen, hinter ihm herzulaufen und ihm diese Worte zu sagen. Es machte nichts, daß sie nicht wirklich wahr waren. Das einzige, was ich in diesem Augenblick wollte, war, ihn glücklich davonzuschicken. Aber ich zögerte zu lange. Als ich draußen am Tor ankam, war er bereits auf den Bus aufgesprungen. Ich rief seinen Namen, und er drehte sich um und sah mich an. Er winkte nicht; es war, als würde er stocksteif verharren, irgendwie als schwebe er außerhalb des Busses. Eine unheimliche Erfahrung.«

Sie fröstelte. Er blickte zum Kamin hinüber und sah, daß das Feuer heruntergebrannt war. Er stand auf, nahm die Kohlenzange aus dem Kohlenkasten und legte ein paar Kohlen nach. Er tat dies mit einer Selbstverständlichkeit, als habe er dies sein Leben lang getan. Nachdem er die Kohlenzange wieder zurückgelegt hatte, fragte er: »Soll ich dir einen Drink holen, vielleicht etwas Heißes?«

»Ich hätte gern eine Tasse Tee. Aber du wirst dich nicht zurechtfinden. Ich mach's schon.«

Abwehrend hob er die Hand. »Bleib, wo du bist«, befahl er, »ich bin's gewöhnt, Dinge zu suchen.«

Zehn Minuten später kehrte er mit einem Tablett, auf dem zwei Tassen Tee standen, zurück. »Zucker ist auf der Untertasse. Gehst du ins Geschäft?«

»O ja«, sie nickte langsam, »hier zu Hause sitzenbleiben könnte ich nicht, ich würde durchdrehen. Dabei war ich vor zwei Monaten soweit, den Laden aufzugeben. Ich verliere Interesse daran: anständige Kleidung kann man jetzt kaum mehr bekommen.«

Sie tranken Tee. Nach einer Weile fragte sie in höflichem Konversationston: »Und wie ist es dir ergangen? Ich habe dich ja einige Zeit nicht mehr gesehen.«

»Ach, man trottet so dahin, immer im alten Gleis. Und genau wie bei dir: das Geschäft ziemlich ruhig, außer bei den Fahrrädern. Ich mache Teilzeitarbeit in der Fabrik.«

Er blickte auf seine Armbanduhr. »Florrie, ich fürchte, ich muß jetzt gehen. Ich habe Dienst.«

»Oh, Entschuldigung.« Sie rutschte auf die Sofakante. »Ich wollte dich nicht aufhalten.«

»Red keinen Blödsinn. Paß auf, morgen schau' ich wieder herein. Wann bist du zu Hause?«

»Abends bin ich meistens da. Aber Hilda ... ich will nicht, daß ...«

»Das laß meine Sorge sein.« Er nickte ihr zu. »Morgen abend werde ich reinschauen. Geh jetzt zu Bett ... Nein, steh nicht auf.«

»Muß ich doch wegen der Verdunkelung.«

Vor den schweren Vorhängen der Terrassentür standen sie einander gegenüber und sahen sich an. »Danke, Abel«, sagte sie leise, »es hat mir viel geholfen.«

Er erwiderte nichts, sondern wandte sich schnell ab und ging hinaus.

Als er das Ende der Auffahrt erreicht hatte, blieb er für einen Augenblick stehen, bevor er die Straße betrat und murmelte vor sich hin:

»Er wollte nicht sterben, bevor er sie hatte sagen hören ›ich liebe dich, Peter!‹.«

Ob er selber lange genug leben würde, sie sagen zu hören: »Ich liebe dich, Abel?«

Allmächtiger Gott! War denn sein Leben schon nicht verworren genug? Das konnte man wohl sagen. Manchmal, und besonders in letzter Zeit, verspürte er in sich den Wunsch, es in Ordnung zu bringen, indem er einfach davon ging.

Aber dann mußte er wieder daran denken, daß er schon einmal auf und davon gegangen war, und wie hatte das geendet? Und doch, in diesem Augenblick wußte er, daß, könnte er Florrie dazu bringen, die Worte zu ihm zu sagen, die sie ihrem Mann nicht gesagt hatte, und sie wahr wären, er nicht zögern würde, diese neue Schwierigkeit seinem Leben hinzuzufügen. Nur – vorher würde er ihr alles erzählen.

2

»Was gedenkst du wegen dieses Jungen zu tun?«

Abel wußte, sprach Hilda von Dick als ›deinem‹ Sohn oder ›diesem‹ Jungen, so war sie wütend, doch ihm war auch klar, daß ihre Wut nichts mit Dick zu tun hatte.

»Und was soll ich tun?«

»Geh mit ihm zu einem Doktor. Er ist ja ein reines Nervenbündel. Jetzt fängt er auch noch das Stottern an.«

»Das ist die Aufregung, weil er nächste Woche vor die Auswahlkommission muß.«

»Du weißt genau, in diesem Zustand nehmen die ihn nie.«

»Tja, das ist mir klar. Aber er muß es selber rausfinden.« Er ging um sie herum, seine Stimme war leise, aber hart. »Er ist wild entschlossen, nicht so zu sein wie ich – kein Kriegsdienstverweigerer. Er will demonstrieren, daß er für diesen Krieg ist. Laß es ihn doch versuchen.«

Hilda starrte ihn an. Nach außen hin wirkte sie ruhig. »Weißt du was, ich glaube, dir ist es schnurzegal, was mit ihm passiert. In den letzten zwei Jahren hat sich das mit seinen Nerven verschlimmert, und du hättest was dagegen tun sollen. Warum hast du's nicht zugelassen, daß ich mit ihm zu einem Arzt oder einem Psychiater ging. Irgendwas quält ihn innerlich.«

Er wandte sich um und nahm seinen Überzieher vom Sessel, und während er ihn anzog, bemerkte er: »Jungens gehen durch diese Phasen.«

»Ohne besonderen Grund tun sie das nicht. Mr. Gilmore …« Abrupt hielt sie inne, noch bevor er herumfuhr und sie anfauchte: »Ich will nichts mehr von Mr. Gilmores Ratschlägen hören! Sag deinem Mr. Gilmore, wenn ich seine Hilfe brauche, werde ich schon selber kommen und danach fragen und, bei Gott!, bis dahin vergeht noch viel Zeit.«

Er knöpfte sich so heftig den Mantel zu, als wolle er die Stärke des Garns, mit dem die Knöpfe angenäht waren, testen. Dann ging er auf die Küchentür zu und öffnete sie. »Wohin gehst du?« verlangte sie zu wissen.

Er blickte kurz über die Schulter und sah sie an, bevor er antwortete: »Es ist Sonntag, mein halber Tag frei, nicht wahr? Ich kann also hingehen, wohin ich will. An diesem halben Tag kann ich ja wohl tun, was ich will.«

In ihrem Gesicht arbeitete es, ihre Lippen bebten, als sie ihm zurief: »Sag bloß nicht, du gehst spazieren, wo es draußen nur so schüttet.«

»Vom Spazierengehen habe ich auch nie was gesagt.«

»O du! Du!« Sie preßte die Lippen hart zusammen. »Ich weiß, wo du hingehst.«

»Nun, was fragst du dann, wenn du's weißt.«

»Du bist ehrlos! Beide seid ihr das, du und sie, beide seid ihr schamlos.«

Er trat schnell in die Küche zurück und schloß die Tür. Kerzengerade stand er vor ihr und blickte auf sie hinunter. »Zieh deinen Hut und Mantel an und komm mit mir. Sie ist deine Schwester, sie ist einsam, sie braucht jemanden.«

»Ein … sam!« Die einzelnen Silben des Wortes schienen auf Felsen zu zerbersten. »Die! Die, die jeden Mann in der Stadt und noch ein paar mehr gehabt hat. Und dann ihr Mann noch nicht mal fünf Minuten tot.«

»Ihr Mann ist seit sechs Monaten tot, und nach deinen zwei heimlichen Besuchen bei ihr hast du dich nie mehr bei ihr blicken lassen. Wenn nicht ihr Vater und ich wären, sie hätte niemanden.«

»O mein …«, mit der offenen Hand schlug sie sich auf den Mund, hielt eben noch das Wort »Gott« zurück und wandte das Gesicht ab. Doch sogleich sah sie ihn wieder mit vor Haß funkelnden Augen an.

»Weißt du, was du bist, Abel Gray?« schrie sie ihn an. »Du bist ein undankbares Biest, ein elendes, undankbares Biest. Alles habe ich für dich und diesen Jungen getan, als du vor Jahren hier auf diesen Hof kamst, und was hast du mir gegeben?«

Zwischen seinen Augenbrauen standen tiefe Furchen, und seine Augen waren halb zugekniffen. »Was ich dir zurückgegeben habe? Nur zwölf bis vierzehn Stunden Arbeit pro Tag außer ab und zu einem freien Samstag und meinen Sonntag nachmittag. Abgesehen davon habe ich versucht, dir Liebe zu geben, aber davon wolltest du ja nichts wissen.«

»Liebe!« In tiefer Verachtung verzog sich ihre Oberlippe. »Das nennst du Liebe? Schon allein der Gedanke daran macht mich krank.«

»Ja, das weiß ich.« Er nickte. Stimme und Gebaren waren jetzt gefaßt. »Hilda, du gehörst zu den Frauen, die diese Art Liebe krank macht, weil so wenig Weibliches in dir ist. Du kannst das nicht verstehen. Aber weißt du, es gibt Frauen und Frauen und Männer und Männer.«

Sie wich zwei Schritte vor ihm zurück, schüttelte erregt den Kopf, ihre Stimme zitterte: »Du denkst, du bist gescheit, was? Du kannst um die Dinge herumreden, du kannst aus schwarz weiß machen, aber aus einer Prostituierten kannst du keine anständige Frau machen, und genau das ist sie nämlich. Und auf deine Art bist du genauso schlecht wie sie. Ja, das bist du. All diese Frauen: die Frau auf dem Boot und die Frau, die dich angeblich angekettet haben soll. Und jetzt sag' ich dir was, und damit ist es mir bitterernst: Ich mach' das nicht mehr länger mit. Entweder hörst du damit auf oder ...«

Für einen Moment starrte er sie nur an, und seine Stimme war noch immer beherrscht, als er sagte: »Nun, Hilda, ganz wie du willst.«

Als die Tür hinter ihm ins Schloß fiel, bedeckte sie das Gesicht mit den Händen, taumelte auf die Tür zu und lehnte sich dagegen. Laut aufstöhnend stieß sie immer wieder hervor: »Warum, warum? ...«

Den Kopf gegen den strömenden Regen gesenkt, stellte sich auch Abel diese Frage. Warum? Warum? Warum mußte er so grausam zu ihr sein? Und er sah ein, daß er grausam war. Ja, es stimmte, sie hatte ihm alles, was sie zu geben hatte, gegeben, seit er vor vielen Jahren den Hof betreten hatte. Alles, außer einem, der Hauptsache, weil das so widerwärtig für sie war. Aber lag es nicht an ihm? Seinem mangelnden Verständnis dafür, was es für sie gewesen sein mochte, mit einem alten Mann verheiratet zu sein, der offensichtlich auf einer Gemeinschaft der Jungfräulichkeit bestanden hatte. Gott! wenn man es wirklich durchdachte, so dürfte das ausreichen, jedes junge Mädchen in eine Sexfurie oder – wie bei ihr – in eine verquere Jungfer zu verwandeln.

Wo würde das noch enden?

Nun, beenden könnte er es morgen am Tag, wenn er ihr die Wahrheit sagen würde. Nein! Nein! Nichts konnte ihn dazu bringen so weit zu gehen, denn so befremdend es auch schien, er wußte, daß sie ihn liebte, ihn wirklich liebte. Auf ihre Art liebte sie ihn so tief, wie er Florrie liebte, und deswegen empfand er zeitweise Mitleid mit ihr.

Seine Liebe zu Florrie verbrannte ihn innerlich – es war eine Qual, bei ihr zu sein, und es war eine Qual, nicht bei ihr zu sein. Die Dinge standen kurz vor der Explosion. Doch bevor dies eintrat, mußte er mit ihr reden, ihr die Wahrheit sagen.

Er war völlig durchnäßt, als er an der Terrassentür klopfte. Sie öffnete ihm und rief lachend aus: »Du siehst aus wie eine ertrunkene Ratte in Übergröße.«

»So fühl' ich mich auch. Es gießt nicht nur, es hagelt auch.«

»Gib her. Ich werd's in der Küche aufhängen.« Sie half ihm aus dem Mantel. »Ich mache schnell Tee. Ich habe gebacken.«

»Gut. Sehr gut. Was rieche ich da?« Er schnüffelte.

»Apfelkuchen oder Teekuchen, du hast die Wahl ... Nein, noch nicht!« Sie versetzte ihm einen Klaps. »Der Apfelkuchen ist noch zu warm zum Anschneiden.«

Während sie in die Küche entschwand, ging er zum Kamin hinüber und massierte sich die Hände über dem Feuer. Dann drehte er sich um. Hier in diesem Zimmer fühlte er sich mehr zu Hause, als er es jemals irgendwo anders getan hatte. Wahrscheinlich deswegen, weil die Umgebung wie sie wirkte: Elegant, warmherzig, voller Farben.

Voller Farben?

Sie kam ins Zimmer zurück und trug ein Tablett, das er ihr abnahm. Dabei fiel ihm auf, daß heute das Wort farbig nicht zu ihr paßte, denn ihr Gesicht war bleich und angespannt. Wie alt war sie jetzt? Einundvierzig. Es gab Zeiten, da sah sie nicht älter als dreißig aus, aber davon konnte heute nicht die Rede sein.

»Fühlst du dich nicht wohl?«

»Ach, mir geht's ganz gut, zumindest in einer Hinsicht.« Sie schenkte Tee aus. »Für heute habe ich genug. Ich weiß auch nicht warum.« Langsam schüttelte sie den Kopf. »Es scheint so sinnlos zu sein, weiterzumachen; nichts, auf das man sich freuen kann. Ich … ich habe sogar mein Interesse an Männern verloren.«

Sie lachte. Doch ihr Lachen klang zu hoch, beinahe hysterisch. Erheitert stieß sie ihn an, so daß er beinahe seinen Tee verschüttete. Immer noch lachend rief sie: »Tut mir leid!« Dann wurde ihr Gesicht wieder ernst; sie schlürfte ihren Tee und meinte traurig: »Vorher verging kaum eine Woche, in der ich nicht irgendeine Einladung erhielt. Jetzt scheint's, als ob ich im Dunkeln nur noch von Soldaten angerempelt werde. Ich werde eben alt.«

»Niemals! Nicht du.«

»Oh, das hatte ich ja ganz vergessen.« Spöttisch lachte sie auf. »Letzte Woche erhielt ich sogar eine Einladung. Es war recht komisch. Er kam in den Laden und sagte, er hätte mich die letzten zwei, drei Tage vom Middleton Haus aus gesehen; das ist die Pension auf dem Wege hierher. Er sei nur für ein paar Tage hier, meinte er. Was er täte? Oh, das könne er mir zwar nicht sagen, das sei ein Geheimnis, dafür bot er mir aber an, eine heimliche Nacht mit ihm zu verbringen. Große Umschweife machte der nicht. Er war ziemlich überrascht, als ich ihm die Tür wies.«

Sie stellte ihre Tasse auf dem Tischchen ab, schlug die Beine übereinander und stützte den Ellbogen auf die Sofalehne. »Weißt du, Abel, früher hätte ich darüber gelacht, aber diesmal war's mir nicht danach. Ich fühlte mich schrecklich, billig, gemein. Weißt du was?« Langsam wandte sie ihm den Kopf zu. »Als er weg war, mußte ich an Hilda denken. Vielleicht hat sie doch nicht so unrecht, vielleicht sehe ich wirklich wie ein Flittchen aus.«

»Hör auf! Rede doch keinen Unsinn.« Seine Stimme klang grob. »Du siehst so wenig wie ein Flittchen aus wie ich wie ein Homo.«

»Ach, Abel.« Sie lachte noch etwas verkrampft, aber schon viel natürlicher. »Du und ein Homo!«

»Genauso wenig siehst du wie ein Flittchen aus. Das kannst du mir glauben. Dieser Kerl hätte es wahrscheinlich selbst bei Hilda versucht.«

Sie blickten einander an, und beide bissen sich auf die Unterlippe. Dann lachten sie gleichzeitig – laut und hemmungslos wurden sie vom Lachen geschüttelt. Vielleicht war es dieses hemmungslose Lachen, das sie in seine Arme fallen ließ. Er hielt sie fest an sich gedrückt. Das Blut pochte in seinen Adern, als er spürte, daß sie ihn so eng umschlungen hielt, wie er sie.

Ihr Lachen war verstummt, und sie blickten einander an – die Gesichter ernst. Noch immer umschlungen, lehnten sie sich auf die Couch zurück; kein Wort wurde gesprochen. Die Sekunden verrannen und bildeten Minuten. Erst nach einer Ewigkeit flüsterte er: »Ach Florrie.«

»Abel.«

»Hat das lange gedauert, Florrie.«

»Ja, sehr, sehr lange, Abel.«

»Seit ... seit wann wußtest du, was ich für dich empfand?«

»Ich weiß es nicht. Ich weiß nur, seit wann ich etwas für dich empfinde.«

»Oh, Florrie. Bestimmt? Ganz bestimmt?«

»Ja, ganz bestimmt, Abel. Erinnerst du dich an jenen Abend in diesem Zimmer. Wir waren uns nähergekommen und verstanden uns so gut, und dann spazierte Charles herein? Das war das Ende. Dabei war er nur gekommen, um mir endgültig adieu zu sagen. Er ging mit der Familie nach Amerika. Aber selbst dann war es schon zu spät; du hattest bereits meinen Rat wegen Hilda befolgt.«

Die Erwähnung des Namens Hilda legte sich wie ein Schatten über den Augenblick des Glücks. Er löste sich aus der Umarmung, nahm ihre Hände in die seinen und blickte ihr in die Augen. »Ich muß dir etwas sagen. Es ist eine lange Geschichte; die Geschichte meines Lebens, Florrie; aber bevor ich dir alles erzähle, sollst du eines wissen: Nur eine einzige Frau habe ich je in meinem Leben geliebt, und das war nur für eine sehr, sehr kurze Zeit. Manchmal kommt es mir vor, als sei es nie Wirklichkeit gewesen und daß es in meinem Leben immer nur dich gegeben hat. Florrie, ich habe dich immer geliebt. Von der ersten Minute unserer Begegnung an habe ich dich begehrt. Als du heiratetest, habe ich gedacht, jetzt sei's vorüber, aber nein, das war es nicht. Ich will nicht sagen, ich bin froh, daß es Peter nicht mehr gibt. Aber er ist nicht mehr da, und jetzt kann ich dir sagen: Florrie, ich liebe dich. Ich liebe dich von ganzem Herzen. Hier sitze ich, bin achtundvierzig, gehe auf die fünfzig zu, und man sollte doch annehmen, daß mit der Zeit das Feuer nachgelassen hat, aber bei mir scheint es sich all die Jahre aufgestaut zu haben für nur diesen Augenblick. Aber davon jetzt nichts mehr. Florrie, ich muß dir etwas erzählen, was dich schockieren wird.«

Er ließ ihre Hände los und rückte etwas von ihr ab. »Vor einigen Jahren habe ich das Gesetz gebrochen, und bis heute bin ich dafür noch nicht bestraft worden. Aber irgendwie fühle ich, daß meine Frist abläuft, besonders in letzter Zeit. Warum weiß ich auch nicht. Doch egal, laß mich von vorn anfangen.«

Und so begann er von Anfang an. Er erzählte ihr von seinen jugendlichen Idealen, wie er Lena getroffen hatte und von dem Stumpfsinn seines Lebens, bis er Alice begegnete. Nachdem er über Alices Tod gesprochen hatte, schwieg er lange. »Danach mußte ich fortgehen, denn selbst bei meinem ausgeprägten Pazifismus traute ich mir selber nicht mehr – nicht mehr, nachdem ich sie geschlagen hatte. Ich hatte sogar für einen Moment den Wunsch, sie umzubringen. Das war, nachdem ich herausgefunden hatte, daß sie ihrem Mann geschrieben hatte und welches Ergebnis es zeitigte. In diesem Augenblick wußte ich, ich mußte fort, um unserer beider willen.«

Dann berichtete er ihr von der kleinen Episode auf dem Boot und wie vor nur wenigen Monaten das junge Mädchen ihn wiedererkannt hatte. Aber erst, als er ihr die Geschichte von Miss' Mathilda und seiner Namensänderung erzählt hatte, schüttelte Florrie, die Hand vor dem Mund, ungläubig den Kopf.

»Im Grunde genommen hatte ich keine andere Wahl. Ich mußte einfach in dem komfortablen Haus und dem Job bleiben, oder ...? Und was für mich das wichtigste war – es war ein Heim für den Jungen. Ehrlich gesagt, damals war das mein eigentlicher Beweggrund. Wäre ich allein gewesen, nun, dann wäre ich schon lange auf und davon. Komischerweise, je länger der Junge in diesem Haus war, desto größer wurde seine Abneigung gegen das Wandern. Selbst heute noch geht er keinen Schritt zu Fuß, wenn er es vermeiden kann. Ich ... ich will nichts beschönigen, Florrie«, er nickte ihr zu, »ich versuche nur, die Situation zu erklären, in der ich mich befand. Und dann gab's da natürlich noch dich. O ja, da gab's dich. Mir war klar, ging ich fort, würde ich dich aus den Augen verlieren.« Er seufzte. »Tja, und dann bin ich mit Hilda diese Ehe eingegangen. Aber das nur vor dem Standesamt. Irgendwie schien es nicht ganz so illegal zu sein.«

Mit großen Augen blickte sie ihn an.

»Bist du schockiert?«

»Nein. Schockiert bin ich nicht, ich bin nur erstaunt und ... und irgendwie tut mir Hilda jetzt noch mehr leid, weil das bei ihrer Einstellung das Ende für sie bedeuten würde, findet sie es jemals heraus.«

Für einen Moment schwieg er.

»Ich weiß nicht. Immer und immer wieder habe ich mich gefragt, welche Wirkung es auf sie haben würde, wenn alles an den Tag käme, und irgendwie glaube ich nicht, daß es sie zerstören würde, denn, Florrie, tief innen drinnen ist sie hart.«

Eine Weile schwieg sie. »Hast du ihr mit Absicht kein Kind gemacht?«

»Ja.«

»Glaubst du, daß das richtig war?«

»Besser als ein illegales zur Welt bringen, denn diese Tatsache würde sie umbringen.«

»Aber sie hat sich immer ein Kind gewünscht. Das einzige, was sie mir je anvertraut hat, war, daß sie Kinder wollte.«

»Warum heiratete sie dann einen Mann wie Maxwell? Dafür, daß sie Kinder haben will, dafür tut sie auf jeden Fall nicht viel, denn ...«

»Ja, ja, da hast du nicht ganz unrecht«, unterbrach sie ihn. »Wahrscheinlich wollte sie welche, aber wäre sie vor die Wahl gestellt, Newton Road 3 und kinderlos oder Bog's End und Babys, sie hätte sich wohl für Newton Road entschieden. O Abel, ich hoffe, sie wird's nie herausfinden, nicht nur um ihretwillen, sondern um deinetwillen. Du ... du kannst dafür Gefängnis bekommen.«

»O ja, ich weiß. Aber manchmal denke ich, das wäre dem Leben, wie ich es jetzt führe, vorzuziehen, und dann wäre endlich die Last von mir genommen ... und von Dick.«

»Dick?«

»Ja.«

»Oh, natürlich. Er ... er muß ja davon gewußt haben.«

»O ja, er weiß es genau. Und kannst du dir den Druck vorstellen, den ich auf ihn ausüben mußte, damit er seine Mutter vergaß, die ja noch lebt? Ich fühle mich oft so miserabel deswegen, denn jetzt muß er den Preis dafür bezahlen.«

»In welcher Hinsicht?«

»Er ist ein reines Nervenbündel. Er hat dieses Schulterzucken und fängt nun auch noch zu stottern an. Er glaubt, er könnte zur Luftwaffe, aber die werden ihn nicht nehmen, nicht in diesem Zustand. Und mich wird er dafür verantwortlich machen. Manchmal erwische ich ihn, wie er mich ansieht, als wolle er herausfinden, was für ein Kerl ich wirklich bin. Doch auf der anderen Seite denke ich, er hat sich bereits eine feste Meinung über mich gebildet.«

»Aber er ist doch rein vernarrt in dich. Ich erinnere mich, daß es Hilda oft irritierte, weil er dir auf Schritt und Tritt folgte. Sie sagte: bei uns heißt es ständig ›Ja, Dad‹, ›Nein, Dad‹, von morgens bis abends.«

»Das mag früher so gewesen sein, aber in letzter Zeit hat sich sein Verhalten geändert. Ich weiß, er begreift nicht, wie ich jeden Tag so weitermachen kann, und wenn er dann viel zu laut lacht oder vor sich hinbrütet, wie er das in letzter Zeit immer häufiger tut, dann möchte ich ihn am liebsten bei den Schultern packen und ihn anbrüllen ›Also gut! Was soll ich tun? Soll ich mich stellen? Du kannst jetzt dein Leben selber in die Hand nehmen, mich hält hier nichts mehr, außer‹ ...«

»Ja, außer ...?« Langsam nickte sie. Er wiederholte ihre Worte: »Ja, außer ...«, und fügte dann hinzu: »Weißt du, Florrie, manchmal tut sie mir so leid. Manchmal, wenn sie einmal gute Laune hat und uns so bemuttert, dann möchte ich es ihr sagen. Sie wird es bestimmt verstehen. Doch unweigerlich kommt dann irgendwas von ihr, sie erwähnt jemanden, diesen verdammten Pfaffen oder sonstwen, oder rümpft die Nase wegen eines geringfügigen Vergehens, und dann weiß ich, daß es keinen Zweck hat.«

»Abel!« Sie saß am äußersten Rand der Couch, die Hände über die Knie gelegt und beugte sich zu ihm hinüber. »Ach, Abel!«

»Du findest mich schrecklich, ein Lump erster Güte, nicht?« Sie hob den Kopf. »Sei ... nicht ... dumm.« Die Worte kamen gedehnt. »Das einzige, um was es mir wirklich leid tut, ist, daß du's mir an jenem Abend nicht gesagt hast. Auf der anderen Seite, das Schlimmste, was du ihr jetzt antun könntest, wäre, es ihr zu sagen.«

Er seufzte. »Ja, ich weiß. Aber was für eine Alternative gibt's? Für den Rest meines Lebens so weitermachen oder solange bis man mich erwischt?«

Er erhielt keine direkte Antwort. »Du stehst in ihrer Schuld. Und was noch wichtiger ist ... nun ja«, sie senkte den Blick, »ich kenne Hilda, sie braucht etwas, braucht jemanden. Einmal hatte ich einen Streit mit ihr. Sie teilte wieder mal gute Ratschläge aus und empfahl mir, mein Leben zu ändern. Sie ging mir derartig auf die Nerven, daß ich ihr sagte, die einzige Person, die sie brauche, sei der liebe Gott, und den hätte sie ja bereits in Gestalt von Mr. Maxwell und daß ich hoffe, er befriedige sie. Daraufhin rannte sie weinend raus, und da wurde mir klar, daß in ihr ein Bedürfnis war, und daß dies weder durch Mr. Maxwell, noch durch den lieben Gott befriedigt werden konnte.«

»Apropos Gott.« Sie blickte ihn nun wieder an. »Peter glaubte an Gott. Er gehörte keiner bestimmten Konfession an, aber er glaubte fest an Gott. Ab und zu sagte er: ›All das ist Gott.‹ Ich selber habe es nie ganz verstanden, doch er wußte, wovon er redete.«

Eine Stille entstand, die er unterbrach, als er leise sagte: »Weißt du, Florrie, ich glaube, du hast ihn geliebt.«

Für einen Augenblick dachte sie darüber nach, dann nickte sie. »Ja, vielleicht. Aber es gibt so verschiedene Arten von Liebe.«

Jetzt sah er sie wieder voll an.

»Aber es war nicht die Art Liebe, die ich seit Jahren für dich empfinde. Und das tut mir sehr leid, denn er hatte es verdient, geliebt zu werden.«

Die unsinnige Frage: »Und ich nicht?« stellte er erst gar nicht, kannte er die Antwort doch im voraus. Die vielleicht zu schnelle Antwort? Der Gedanke, daß sie vielleicht eine schlechte Meinung von ihm haben könnte, war ihm unerträglich, und doch, trotz all der Liebe, die sie für ihn empfand, was dachte sie wirklich über ihn? Sie war eine kluge Frau, eine Frau von Welt. Bestenfalls würde sie ihn schwach nennen können. Bedachte er es recht, so konnte sie in ihm nur einen Schwächling sehen. Und wann immer er sich selber stellte, erkannte er diese Schwachheit. Erst in letzter Zeit hatte er sich gestattet, Gedanken in dieser Richtung anzustellen. In seinen jungen Jahren war er stark genug gewesen, für seine Ansichten und Prinzipien einzustehen und für sie zu leiden. Er war stark genug gewesen, von Lena fortzugehen. Doch jetzt wußte er, daß er nicht stark genug sein würde, das gleiche Hilda gegenüber zu tun. Sollte die Verbindung auseinandergehen, so würde sie es sein, die ihm den Laufpaß gab. Jedoch die Vorstellung, den Rest seines Lebens mit ihr verbringen zu müssen, während er Florrie liebte, ließ einen Aufruhr in ihm befürchten.

Doch vorläufig wurde der Aufruhr hinweggefegt, als Florrie die Arme um ihn schlang, ihn anlachte und im breitesten Straßen-Dialekt sagte: »He, Abel Gray, oder Mason oder wie du sonst noch heißt, du bist 'n schlechter Kerl. Weißte das? Wenn ich das Sagen hätt', weißte, was ich tät?«

Breit lächelte er zurück. »Nein«, und erwartete, daß sie den Ton ändern und leise flüstern würde: »Ich tät' dich lieben«, denn diese Worte konnte er in ihren Augen lesen. Doch statt dessen sagte sie lachend: »Ich würd' dir'n leckeres Steak und Kidney Pie braten.«

Er grinste. Eng an ihn geschmiegt, das Gesicht seinen Blicken entzogen, murmelte sie mit ernster Stimme: »Wann immer du mich brauchst, ich werde hier sein.«

»O Florrie, Florrie, ich brauche dich jede Minute, Tag und Nacht.

Manchmal hat mich meine Sehnsucht nach dir richtig ausgelaugt, erschöpft.«

Ihr Kopf blieb an seiner Schulter. Sie sagten nichts mehr. Dann befreite sie sich aus seiner Umarmung, stand von der Couch auf und ging langsam zur Terrassentür und drehte den Schlüssel um. Fest blickte sie ihn an, streckte eine Hand aus und führte ihn auf das Schlafzimmer zu.

Wann hatte er sich jemals so wie jetzt gefühlt? Mit Alice? Nein. Wie er sich mit Alice gefühlt hatte, konnte er nicht erklären, sie war nicht mehr in seiner Erinnerung, aber dieses hier, an dieses hier würde er sich bis zum Tag seines Todes erinnern. Auch wenn er es niemals mehr durchleben würde, das Glühen, nein, mehr als Glühen, das Strahlen, durch das er nie geahnte Höhen erklommen hatte, waren für immer in seiner Erinnerung eingebrannt, genauso wie die Tatsache, daß auch sie jeden pulsierenden Augenblick des Weges mit ihm gegangen war.

Sie hatten nicht geredet, kein Wort wurde gesprochen. Seit Minuten war es vorbei, doch gesprochen hatten sie kein Wort. Als sie schließlich das Schweigen brach, verwirrten ihn ihre Worte zutiefst. »Ich bin doch noch nicht zu alt, um ein Baby zu bekommen, oder?«

»Was?«

»Ich sagte, ich bin doch noch nicht zu alt, um ein Baby zu kriegen. Ich möchte ein Baby, Abel. Oh, wie sehr möchte ich ein Baby. Irgendwie hatte ich gedacht, es würde mit Peter klappen.« Sie rollte sich auf die Seite. »Macht es dir was aus, wenn ich ihn erwähne?«

Mit der Fingerspitze fuhr er sanft über die Konturen ihrer Augen, den Nasenrücken entlang und malte zart ihre Lippen nach. »Florrie, was immer du tun oder sagen würdest, es würde mir nichts ausmachen, es sei denn, du wolltest mir sagen, daß du mich nicht mehr sehen willst. Weißt du was?«

Ohne sich zu rühren, blickte sie ihn an.

»Ich habe Leute sagen hören, sie seien so glücklich, daß sie sterben könnten, und das habe ich immer als Kitsch abgetan, aber genauso fühle ich in diesem Augenblick. Eigentlich möchte ich hier aufhören, denn jede Minute von jetzt an stößt mich wieder zurück in die Wirklichkeit.«

Sie strich über sein Kinn. »Das hier ist die Wirklichkeit, und sie wird es so lange bleiben, wie du es willst.«

»Florrie, dann wird es für lange Zeit sein.«

»Nicht lang genug für mich, Abel ... Aber was ich vorhin gesagt habe: Wärst du dagegen, wenn ich ein Baby hätte?«

»Nicht, solange es von mir ist. Aber ... aber hast du an seinen Namen gedacht?«

»Das stört mich nicht, obwohl dies vielleicht später sein könnte. Nun, wer weiß. Doch ich hoffe, ich mach's richtig, und es macht ihm nichts aus. Und ich bin sicher, es macht ihm nichts aus, wenn es eines Tages erfährt, daß ... daß sein Onkel Abel sein Papa ist.« Sie lachte.

»Wenn es ein Teenager ist, werde ich ein alter Mann sein.«

Glücklich auflachend neckte sie ihn: »Wie alt du auch immer sein magst, ein Casanova wirst du immer bleiben ...«

»Was!« Sein Gesicht wurde ernst. »Siehst du wirklich in mir einen ... einen Casanova, Florrie?«

»Ach, ich habe doch nur Spaß gemacht. Aber wenn ich's genau bedenke, ein wenig bist du schon ein Casanova. Schau dir nur all die Frauen in deinem Leben an. Ja, schau sie dir nur an.«

Ernst blickte er sie an. All die Frauen, die es in seinem Leben gegeben hatte: Lena und die in Lieblosigkeit zerrissenen Jahre, die er mit ihr verbracht hatte; Alice, das schnelle Aufblitzen einer zarten Leidenschaft, das seinem düsteren Leben Farbe verliehen hatte, wenn auch nur für einen Hauch in der Zeit seines Lebens; dann die Episoden, zuerst auf dem Boot und dann in der Scheune, dann Hilda. Was wußte er eigentlich von Frauen? Welche Wonnen hatte er schon durch Frauen genossen? Erst in der vergangenen halben Stunde hatte er die Wonnen gekostet, die er all die Jahre hatte entbehren müssen, weil er nicht geliebt hatte und nicht geliebt worden war von einer Frau wie Florrie ... von Florrie selbst. Aber würde Florrie ihn lieben, hätte sie nicht ihre Erfahrungen mit anderen Männern gehabt? Wenn er ihr statt Lena vor vielen Jahren begegnet wäre, hätte ihre Liebe ihn in solche Höhen hinauftragen können? Sie hatte ihm einmal erzählt, sie habe nur drei Männer gehabt – mit Peter waren es vier. In der Zahl ihrer Erfahrungen waren sie beide gleich, doch im Wert weit voneinander entfernt.

Bald würde er achtundvierzig sein. Was hatte er aus seinem Leben gemacht? Nichts. Auf nichts und auf niemandem hatte er seinen Stempel hinterlassen. Nun, ganz stimmte das nicht. Er hatte den Stempel des Hasses auf Lena und den der Eifersucht auf Hilda hinterlassen. Was für einen Stempel würde er auf Florrie hinterlassen? Nur den der Liebe bis zu dem Tag, an dem er sterben würde, so hoffte er. Aber es würde eine heimliche, verstohlene Liebe sein, und dies Jahr um Jahr. Er glaubte nicht, dies durchhalten zu können – jede Minute der Nacht und des Tages wollte er mit Florrie zusammen sein. Er wollte sie nicht nur im Bett, er wollte mit ihr zusammen die Mahlzeiten einnehmen, Seite an Seite mit ihr spazierengehen. 1932 hatte er sie zum ersten Mal gesehen – vor neun Jahren. Neun lange Jahre hatte er nach ihr gehungert.

Plötzlich zog er ihren warmen Körper eng an sich, und als er seine Lippen fest auf ihren Mund drückte, schossen ihm Tränen in die Augen. Sie benetzten ihr Gesicht. Sie entwand sich seiner Umarmung. »Oh! Abel, was ist los? Ich wollte dir nicht wehtun, ich habe dich nur aufziehen wollen. O mein Liebster, weine nicht. Was habe ich denn gesagt? Was?«

Er schüttelte den Kopf, schluckte und stammelte zwischen Schluchzern: »Das … das hat nichts damit zu tun; das … das bin einfach ich, meine Schwäche. Ich … ich weine, wenn ich in Nöten bin, in großen Nöten. Aber … aber ich hätte nie gedacht, daß ich weinen würde, wenn ich glücklich, überglücklich bin.«

»O Abel! Abel.« Sie schlang die Arme um ihn. »Du bist so ganz anders. Du bist so ganz anders als irgend jemand sonst. Nie habe ich einen Mann gekannt, der weinte, und dafür liebe ich dich. Dafür liebe ich dich.«

Teil 5
Die Vergeltung

1

»Weißt du, als die mich abgewiesen hatten, nachdem ich fast ein Jahr auf die Einberufung gewartet hatte, wäre ich am liebsten in den Fluß gesprungen. Nicht nur deswegen, weil sie mich nicht in die Luftwaffe aufnehmen wollten, sondern weil sie glaubten, ich wollte nicht zur Air Force, ich wollte mich vor dem ganzen Krieg drücken. Ich seh' mich noch, wie ich den Arzt angegangen bin. Woher ich den Mut dazu nahm, weiß ich heute noch nicht; wahrscheinlich weil die mich drei Stunden durch die Mangel gedreht hatten, wovon ich die Hälfte der Zeit allein in einem Zimmer verbringen mußte. Weißt du was, Molly? Heute bin ich mir sicher, daß die mich von außen beobachteten. Aber dieser Gedanke ist mir erst gekommen, nachdem die mich rausgeworfen hatten und sagten, ich würde von ihnen hören. Als die mir dann Bescheid gaben, hatte ich nur noch eines im Sinn: Entweder zurückgehen und den ganzen verfluchten Stall zusammenschlagen oder – wie ich schon sagte – in den Fluß zu springen.«

»Du hättest zu mir kommen sollen, dann hätten wir zusammen springen können. Ich war selber schon oft drauf und dran, aber ich möchte mich lieber bei jemandem festhalten, denn sollte ich in letzter Minute meine Meinung ändern, könnte ich auf meinen Begleiter klettern und wieder rauskrabbeln.«

»O Molly!« Den Kopf auf die Hände gebettet und die Ellbogen auf den Tisch aufgestützt, schüttelte er sich vor Lachen.

Doch dann stellte Molly eine Frage, und sein Lachen brach unvermittelt ab. Er hob den Kopf und blickte zu Molly hinüber, die am Waschbecken stand und abspülte.

»Hast du schon mal jemandem den Tod gewünscht?« hatte sie gefragt.

»Was? Warum fragst du?«

Sie wandte ihm das Gesicht zu. »Nur so. Ich hab' nur so gedacht. Hast du jemals jemandem den Tod gewünscht? Was ist los? Warum wirst du rot?«

»Bin ich rot geworden? Hab' ich nicht gefühlt. Bin ich wirklich rot geworden?«

»Krebsrot bist du geworden.«

»Na, da soll man auch nicht rot werden!«

»Warum? Ich habe dir doch nur eine einfache Frage gestellt. Hast du mal jemandem den Tod gewünscht? Ich hab' nur nach einer verwandten Seele gesucht, bevor wir gemeinsam in den Fluß gehen.«

Sie grinste ihn an.

»Du wünschst jemandem den Tod?«

»Na klar. Warum sollte ich dich sonst wohl fragen?«

Er starrte sie an und fragte dann leise: »Deiner Mutter?«

»Ja, meiner Mutter.« Sie drehte sich um. Mit dem Rücken stand sie nun zum Spülbecken und trocknete sich die Finger am Geschirrtuch ab. Dann schüttelte sie es aus. »Ist ja ganz naß. Ich brauch' ein frisches.« Damit ging sie zum Schrank hinüber und nahm ein sauberes Geschirrtuch aus der Schublade.

»Macht dir das Angst?« wollte er nun wissen.

»Nicht mehr.« Sie setzte sich auf den ihm gegenüberstehenden Stuhl. »Besonders nicht mehr, seit ich weiß, daß ich nicht die einzige bin.« Sie lächelte ihn an. »Aber jetzt kommt es nicht mehr so schlimm, nur noch, wenn sie mich auf die Palme bringt. Aber vor Jahren, mit fünfzehn, sechzehn, siebzehn, wenn andere Mädchen sich amüsierten, am Samstag mit einem Freund ins Kino gingen oder draußen Arm in Arm auf dem Sonntagsspaziergang vorbeigingen – o Gott, ja, da hab' ich nur einen Gedanken gekannt: ich wollte, sie wäre tot! Und danach hab' ich mich dann die halbe Nacht voller Schuldgefühle im Bett gewälzt. Immer wieder wurde ich ins Gefängnis gesteckt, immer allein und fast immer, wenn ich aufwachte, klangen mir noch die Worte in den Ohren: ›Nach all dem, was ich für dich getan habe.‹ Übrigens sagt sie das immer noch – nach all dem, was ich für dich getan habe. Und was hat sie für mich getan? Sie hat mich zu einer verdammten alten Jungfer gemacht ... na, vielleicht noch nicht ganz.«

»Nun red mal keinen Blödsinn. Alte Jungfer!«

»Und wen willst du umbringen?«

»Umbringen?« Seine Augen wurden groß, sein Mund öffnete sich.

»Nun sag schon: Wem wünschst du den Tod an den Hals?«

Er schlug die Augen nieder, nagte an der Unterlippe, seine Schultern zuckten zweimal krampfhaft, dann stotterte er: »Nie ... nie ... niemandem im be ... sonderen.«

»Niemandem im besonderen? Wünschst du denn allen den Tod?«

»Nein, nein. Nimm mich doch nicht so wörtlich. Na ja ...« Nervös zuckte sein Kopf hin und her, und beim Sprechen verhaspelte er sich.

»Nun, es gibt jemanden. Ich … ich dachte, wenn sie tot wäre, na ja, dann würde sich das Problem lösen.«

»Welches Problem?«

»Ach, das hat was mit früher zu tun.«

»Mit wem … mit dir?«

»Nein. Nun, ich meine … Ach«, er stand auf, »weißt du was Molly? Du bist ganz schön neugierig.«

»Ja, ich weiß. Das ist mein einziger Zeitvertreib. Aber ich bin's nur bei Leuten, die ich mag.« Schnell stand sie auf, ging zum Abtropfgestell hinüber und wollte soeben eine Tasse nehmen, als die Sirenen über der Stadt aufheulten. Sie schloß die Augen. »Oh, nicht schon wieder! Dreimal in der Woche.«

»Bringst du sie nach unten?« Dicks Stimme war verändert, sie klang jetzt energisch.

»Ja, leider.«

»Soll ich dir helfen?«

»Ja, das wär schon gut, aber mach dich auf einiges gefaßt.«

»Na, wenn sie auf mich losgeht, steck ich sie einfach in den Sack.« Er grinste. »Übrigens, ist alles bereit?«

»Ja, wie immer. Die Matratzen sind jetzt ständig unten. Komm.«

Er ging hinter ihr her die Treppen hinauf und in das Schlafzimmer, wo Mrs. Burrows bereits auf dem Bettrand saß.

»Zeit hast du dir ja genug gelassen.«

»Die Sirenen haben gerade erst aufgehört, Mutter.«

»Das hält die aber nicht davon ab, Bomben zu werfen, oder? Was willst du denn hier?« Sie funkelte jetzt Dick an. »Ihnen nach unten helfen«, entgegnete er leichthin.

»Das kann Molly schon allein.«

»Das denken Sie. Aber es ist zu schwer für sie.«

»So. So!« Mrs. Burrows stand jetzt gestützt zwischen den beiden und blickte auf Dick hinunter. Spöttisch bemerkte sie: »Bist ein kleiner Wicht, was? Wenn du jemandem wirklich helfen willst, mußt du dir 'ne Leiter holen, was?«

»Mutter!«

»Ja, liebe Tochter?«

Molly erwiderte nichts, sondern atmete nur tief durch.

Sie waren jetzt auf dem Treppenabsatz angelangt, und Mrs. Burrows warnte sie mit einer Stimme, die kaum der einer Invaliden glich. »Paßt gefälligst auf, wo ihr hintretet. Ihr stoßt mich ja noch die Treppe runter. Geh schon vor!« Mit dem Ellbogen schubste sie Dick fast von der ersten Stufe. Er hielt ihr den Arm hin, um sie zu stützen, doch senkte er gleichzeitig den Kopf und biß sich hart auf die Lippen, um seinen Ärger herunterzuschlucken.

Sie war schon eine Teuflin. Wie konnte Molly das bloß ertragen! Ihr den Tod wünschen? Wäre er an Mollys Stelle, diesen Wunsch hätte er schon Wirklichkeit werden lassen. Es war unfaßbar, daß eine Frau so undankbar sein konnte, noch dazu ihrem eigenen Fleisch und Blut gegenüber. Kaum zu glauben, daß es Menschen wie sie in dieser Welt gab. Aber hatte nicht auch er sehr früh herausgefunden, daß es sie gab? Die Ohrenschmerzen, die er immer wieder hatte, beschworen das Bild einer anderen Person in ihm herauf. Und doch, seine Mutter hätte nie so wie Mrs. Burrows sein können. Und Mrs. Burrows hatte gewiß keinen Grund, sich über ihre Tochter zu beklagen, wohingegen seine Mutter vielleicht doch Grund gehabt hatte. In letzter Zeit war ihm dieser Gedanke des öfteren gekommen, und zusammen mit seinem anderen Verdacht wuchs in ihm ein tiefer Zorn.

»Da sind wir. Vorsichtig jetzt.« Er half Mrs. Burrows auf die Matratze hinunter, die unter dem Tisch ausgebreitet war, doch als er ihre Beine darauflegen wollte, während Molly ihr Kissen unterschob, schlug sie nach ihnen. »Nehmt eure Finger von mir!«

»Mutter, man hilft dir doch nur.«

»Ich will keine Hilfe, nicht von so 'nem Dahergelaufenen.«

Abrupt stand Molly auf, kam zum Tisch hinüber und schob Dick aus dem Raum, durch die Halle und dann in die Küche. Als sie die Tür hinter sich geschlossen hatte, drehte er sich lachend nach ihr um. »Deinen Todeswunsch für sie kann ich nur zu gut verstehen, aber was hat sie denn gegen mich? Seit Monaten habe ich sie nicht mehr gesehen.«

Molly schob die Verdunkelung am Küchenfenster zurecht. »Nicht mehr, als sie gegen jeden anderen hat.«

Für einen Moment schwieg er. »Nun, ich geh' jetzt besser rüber. Aber wenn Dad da ist, komm' ich sofort zurück und bleib' bei dir für den Fall, daß es zum Angriff kommt.«

Sie erwiderte nichts darauf, sondern ging auf die Hintertür zu und wollte eben die Verdunkelung beiseite schieben, als seine Worte ihre Hand unbeweglich in der Luft schweben ließen. Eine volle Minute lang blieb sie in dieser Pose stehen, dann drehte sie sich um, sah ihn mit großen Augen und leicht geöffnetem Mund an. Er wiederholte seine Worte. »Molly, ich liebe dich. Irgendwann mußte ich es sagen. Das hatte ich mir geschworen, als gestern nacht nach dem Alarm die Bombe fiel und es das Ende von uns beiden hätte sein können. Dann hättest du nie gewußt, was ich wirklich für dich empfinde, und da habe ich mir gesagt, das nächste Mal, wenn die Sirenen aufheulen, werde ich … werde ich es dir sagen. Vielleicht habe ich sonst keine Chance mehr. Und … und du brauchst auch nicht zu sagen, ›Zwischen uns sind vier Jahre Altersunterschied, ganz zu schweigen von den zehn Zentimetern‹. Das weiß ich alles selber, und solang ich mich erinnern kann, ist mir das eingehämmert worden. Aber die Jahre und die Zentimeter haben nichts damit zu tun, wie ich hier drin fühle. Molly, ich … ich kann mich nicht erinnern, dich nicht geliebt zu haben. Und ich will dich auch nicht in Verlegenheit bringen, denn … denn ich weiß, was du für mich empfindest, eben nur Kameradschaft.«

»Oh, Dickie Gray, du dummer Kerl.« Ihre Lippen bebten, sie beugte den Kopf zu ihm, und ihre Stimme zitterte. »Warum, warum glaubst du«, mit dem Daumen deutete sie auf die Küchentür, »warum kann sie dich nicht ausstehen? Na? Doch nur deshalb, weil sie genau weiß, was ich für dich empfinde, seit du zum allerersten Mal in den Hof gekommen bist. Aber ich war eben vier Jahre älter, ich war deine große Schwester, dann war ich eine junge Frau und du warst noch ein Schuljunge. Jetzt bin ich fast ein altes Mädchen«, ein schriller Ton schwang in ihrer Stimme, »und du bist ein junger Mann, ein gut aussehender, attraktiver, junger …«

Fest hielten sie einander umschlungen, redeten nichts mehr, küßten sich auch nicht, sondern hielten sich nur ganz fest. Dann lösten sie sich voneinander und küßten sich scheu, ein zarter Kuß, fast wie zwei Kinder, die sich fürchteten, etwas Verbotenes zu tun. Bis eine quengelige Stimme sie zusammenfahren ließ. »Molly! Molly!«

»Verdammt!« Aber sie sagte es lachend. Dann küßten sie sich wieder, aber jetzt hart und hungrig, während die Stimme immer lauter dazwischen quäkte: »Hörst du mich? Mein Rücken bricht mir durch. Molly! Molly!«

Sie stieß ihn von sich, lächelte ihn an und flüsterte: »Komm zurück. Komm zurück, sobald du kannst.«

Ganz still stand er für einen Moment, sein kleiner schlanker Körper war gerade aufgerichtet und ruhig, seine Schultern bewegten sich nicht, seine Augenlider flatterten nicht. Er schluckte heftig, und der Adamsapfel hüpfte in seiner Kehle auf und ab. Er sagte nichts, ergriff nur ihre Hände und legte sie für einen Moment an sein Gesicht. Dann drehte er sich schnell um, und ohne die übliche Vorsicht bei der Verdunkelung walten zu lassen, zog er den Vorhang zur Seite und ging hinaus.

Hilda war in der Küche. Ein Ausdruck von Enttäuschung überschattete ihr Gesicht. »Wo ist dein Vater?«

»Ich … ich dachte, er wäre hier. Er hatte nur bis neun Uhr Wachdienst.«

Sie setzte sich in den Sessel und klopfte mit den Fingern auf die Armlehnen. »Wahrscheinlich hat er dableiben müssen.«

»Warum gehst du nicht in den Luftschutzkeller?«

»Du weißt doch, ich mag den Luftschutzkeller nicht. Ich krieg' Platzangst da drin.«

»Ist aber sicherer.«

Sie warf ihm einen kurzen Blick zu. »Wie sicher ist's da wohl, wenn eine Bombe aufs Haus fällt?« Dann fügte sie hinzu: »Du kannst ja runtergehen, wenn du willst.«

»Ich!« Seine Stimme klang hoch. »Ich geh' nicht da runter.«

Er setzte sich ihr gegenüber. Forschend betrachtete sie ihn. »Was ist los mit dir? Du siehst so zufrieden aus. Du … du hast doch wohl keinen anderen Bescheid von der Air Force erhalten?«

»Nein, nein.« Er schüttelte den Kopf. Ein warmes Gefühl der Zuneigung stieg in ihm hoch, als ihm klar wurde, daß diese Antwort sie erfreute. »Tante Hilda … ich erzähl' es dir besser gleich«, begann er verschämt. »Ich … ich liebe Molly.«

»Huh!« Sie fing zu lachen an, leise zuerst und dann immer lauter werdend. Seit langer Zeit hatte er sie nicht mehr so offen lachen hören. Leicht verärgert wollte er wissen: »Findest du das so lächerlich?«

»Nein, nein, Dick. Ich finde es keineswegs zum Lachen, daß du Molly liebst. Aber lustig finde ich, daß du mir etwas erzählst, was ich schon seit Jahren weiß. Du hast es immer so klar gemacht, hättest es auch gleich ans schwarze Brett heften können.«

»O Tante Hilda! Das bestimmt nicht. Ich habe nie …« Immer noch lachend winkte sie ab. »Doch, doch, das hast du. Hat es seit Jahren einen einzigen Tag gegeben, an dem du nicht jede Möglichkeit beim Schopf gepackt hast, rüberzulaufen?«

»Ja, stimmt schon.« Er mußte jetzt selber lachen. »Aber ich habe geglaubt …, na ja, ich habe geglaubt, du hättest das nur als Kameradschaft angesehen.«

»Kameradschaft? Daß ich nicht lache! Also, du empfindest so. Aber was ist mit ihr?«

Zweimal biß er sich auf den Daumennagel. »Ich kann's noch gar nicht glauben, aber sie empfindet genauso«, gestand er ihr leise.

»Nun, auch das hätte ich dir vorher sagen können.«

»Und du hast nichts dagegen?«

»Warum sollte ich?« Ihre Stimme war ruhig, ihr Gesicht ernst. »Ich bin froh, froh für dich. Ich weiß, sie ist älter als du, aber genau das brauchst du, Dick. Jemanden, der älter, gefestigter ist als du.«

»Ja, wahrscheinlich.«

»Sag mal«, sie beugte sich zu ihm vor, ihre Hände lagen zusammengelegt auf ihren Knien, »das wollte ich dich schon immer fragen. Gibt es etwas oder gab es etwas, das dich beunruhigt, ich meine abgesehen von der Air Force und wie Mollys Gefühle dir gegenüber sind? Belastet dich etwas?«

Seine Schultern zuckten wieder, seine Augenlider flatterten. Er stand auf. »Nein, nein, nichts Besonderes. Ist noch Milch da? Ich habe Durst.«

»Dick«, ihre Stimme ließ ihn sich umdrehen, »das glaube ich dir einfach nicht. Ich glaube, irgend etwas belastet dich, etwas nagt an dir, und dadurch hast du das Nervenzucken. Also ich habe sie nie erwähnt, deine Mutter. Ich bin nie in dich gedrungen, stimmt's?«

Jetzt zuckten seine beiden Schultern unkontrolliert, erst abwechselnd, dann zur gleichen Zeit, so daß sein Kopf zeitweise wie in ihnen eingeschlossen schien. Auch sie war jetzt aufgestanden. »Es hat also mit deiner Mutter zu tun, nicht wahr?«

Schweißperlen rannen ihm Stirn und Wangen hinunter. »Ja, ja, in gewisser Weise schon«, murmelte er.

»Was hat sie dir angetan, daß du so geworden bist?«

»Ach«, er blickte zu Boden, sein Kopf schien auf seinen Schultern zu tanzen, »sie war oft schlecht gelaunt … und dann schlug sie mich brutal auf die Ohren …«

»Oh, du mein Gott!« Alles Trennende hatten sie überwunden und hielten einander fest umarmt, als eine Erschütterung das ganze Haus erzittern ließ.

Ihr war nicht bewußt geworden »Oh, du mein Gott« gesagt zu haben. Wieder stieß sie diese Worte aus.

»Ist ja schon gut«, beruhigte er sie. Dann horchte er für einen Moment angestrengt und fügte hinzu: »Er ist weg. Ich glaube, zur Stadt rüber, zumindest ist die Flak aus dieser Richtung zu hören.«

Er ließ sie nun los und ging zur Tür. »Nein, nein! Geh nicht raus, Dick, noch nicht.« Sie schlug die Hände vors Gesicht. »Da kommt der nächste Angriff.«

»Schon gut«, wiederholte er beruhigend. »Die müssen unten über der Stadt sein.«

»Und noch eins! O mein Gott, mein Gott!«

»Komm in den Luftschutzkeller.«

»Nein, nein.« Heftig schüttelte sie den Kopf. »Abel. Wo mag er bloß sein?«

»Er wird auf seinem Wachposten sein. Der erste Angriff war auf der anderen Seite von hier und weit weg von seiner Stellung. Mach' dir mal keine Sorgen. Komm, setz dich hin, ich mach' dir etwas zu trinken.«

Willig ließ sie sich auf einen Stuhl drücken. Wie ein kleines Mädchen saß sie da, die Hände im Schoß gefaltet, und die ganze Zeit über wiegte sie sich leicht hin und her.

Er hatte ihr eben eine Tasse Tee gereicht, als er seinen Namen rufen hörte, und bevor er noch die Tür erreicht hatte, stürzte Molly herein. Mit lautem Krach schlug sie die Tür hinter sich zu und lehnte sich mit dem Rücken dagegen. Mit der einen Hand umklammerte sie ihren Hals. Beide, Hilda und er, hielten sie jetzt fest und drangen gleichzeitig in sie. »Was ist los? Ist das Haus getroffen? Die waren doch nicht nahe genug.«

»Nein. Nein.« Heftig schluckend schüttelte sie den Kopf. »Es ... es muß der Schock gewesen sein.«

»Was muß der Schock gewesen sein?« Hilda schüttelte sie.

Molly stieß sich von der Tür ab und preßte sich fest die Hand auf den Mund. »Sie ist tot. Die Bombe fiel und dann passierte es. Sie ... sie schrie und setzte sich auf und schlug mit dem Kopf gegen die Tischunterseite. Ich ... ich dachte, sie wäre ohnmächtig, aber ... aber sie kam nicht zu sich und ...« Sie hielt inne und schloß die Augen. »Ihr Herz schlägt nicht mehr«, sagte sie langsam.

»Hör auf. Du mußt dich getäuscht haben. Wahrscheinlich ist sie unter Schock, und ihr Puls ist schwach. Komm schon.« Er wollte die Tür öffnen, als Hilda rief: »Warte. Ich schreib' nur schnell eine Nachricht, damit Abel weiß, wo wir sind.«

Sie griff einen Schreibblock von der Kommode, kritzelte ein paar Worte darauf und stellte das Blatt Papier vor die Uhr. Dann liefen sie alle gemeinsam durch den Hof, die Straße entlang und die Einfahrt zum Haus hoch.

Nur wenige Minuten später, als sich die drei von den Knien erhoben, sagte Hilda, zu Dick gewandt, ruhig: »Geh und such deinen Vater. Bring ihn so schnell wie möglich her …«

Während er durch die leeren Straßen zur Schule hin lief, wurde er nur einmal von einem Wachposten angerufen. »Brauchst du Hilfe?«

»Nein, nein, danke. Ich … ich laufe nur zur Wachstation in der Bower Road Schule.«

Beim Laufen blickte er hoch. Der Himmel erglühte über dem alten Stadtteil Bog's End, und rechts von ihm war der Feuerschein noch stärker.

Zwei Mann waren auf Posten im Wachraum. Einen von ihnen, Mr. Blythe, kannte er. Nachdem der Mann schnell den Telefonhörer hingelegt hatte, fragte er: »Es hat doch nicht etwa euch erwischt?« Keuchend erwiderte Dick: »Nein, nein, es scheint drüben in Swanson Terrace zu sein. Ich sah den Feuerschein von dort. Uns … uns hat nur die Erschütterung erwischt.« Er blickte auf das andere Zimmer hinüber. »Ist … ist mein Vater da?«

»Nein.«

»Ist er im Einsatz?«

»Weiß ich nicht, Dick. Aber vor gut einer Stunde war sein Dienst zu Ende.«

Für einen Moment sagte er nichts. »Oh, dann danke.« Während er durch die Tür ging, rief ihm Mr. Blythe nach: »Wahrscheinlich ist er noch auf 'n Bier gegangen, das heißt, wenn er Glück hat, 'nen Pub mit Bier zu finden.«

»Ja, ja.« Er nickte dem Mann zu.

Wieder im Schulhof, blieb er einen Augenblick stehen. Der Feuerschein über Swanson Terrace schien intensiver zu werden, erleuchtete hell den Himmel, und in der Ferne bei den Docks bemerkte er eine Reihe von Lichtern, zwar matt, doch unverkennbar Feuerschein. Seit ein paar Nächten waren die Docks ihr Ziel gewesen, und offenbar hatten sie heute abend ihr Ziel gefunden.

Wo war sein Vater? Er ging jetzt mit schnellen Schritten über den Schulhof, aber draußen vor dem Tor blieb er stehen und blickte erst in die eine, dann in die andere Richtung. Ob er nach Hause gehen sollte und sagen, sein Vater sei nicht mehr im Dienst, aber würde den Feuerwehrleuten helfen? Oder sollte er die andere Richtung einschlagen und bei Tante Florrie vorbeigehen?

Eine Welle rasender Wut überkam ihn. Er beschleunigte die Schritte. Er rannte jetzt nach Brampton Hill, seine Gedanken überschlugen sich mit jedem Schritt. Seit einiger Zeit schon wußte er, was los war. Er war kein Dummkopf. Sein Vater mußte wirklich glauben, er sei ein Blödmann. An jenem Tag hatte er gesehen, wie sein Vater Tante Florrie aus dem Lieferwagen half und ihre Hand hielt, bevor er sie durch das Tor und die Auffahrt hinauf zu ihrem Appartement gehen ließ.

Sein Vater hatte ihn erst bemerkt, als er sich umdrehte, um in den Lieferwagen zu steigen, und als sie einander gegenüberstanden, hatte er nur leichthin erklärt: »Ich habe Tante Florrie beim Einkaufen getroffen und sie schnell nach Hause gefahren.« Er konnte sich gerade noch zurückhalten, darauf zu erwidern: »Dann muß sie wohl ihre Einkaufstasche oder ihre Pakete irgendwo stehen gelassen haben, was?«

Und dann seine Spaziergänge am Sonntagnachmittag! Sein Vater wanderte nicht mehr übers Moor. Er hatte beobachtet, wie er zwar anfänglich diese Richtung einschlug, dann aber hinter Wardle Drive abdrehte und nach unten ging. Nun, warum tat er das wohl?

Als er das Tor von Nummer 46 erreichte, blieb er einen Moment stehen und leuchtete mit seiner Taschenlampe die Auffahrt hinauf. Dann drückte er die Schultern durch, knöpfte den Mantel zu, strich sich das Haar glatt, ging durch die Eingangshalle den Korridor entlang und auf die Tür des Gartenappartements zu.

Eine Frau öffnete ihm die Tür. Einen Augenblick starrte er sie an. Das war doch nicht seine Tante Florrie, und als er sie doch endlich erkannte, führte er ihre Veränderung auf das elektrische Licht zurück, unter dem sie stand und dessen dunkelgrüner Schatten sie umhüllte. »Oh, Dick«, flüsterte sie. Er trat in die große Diele, und sie schloß die Wohnungstür. Erst dann erkannte er die Ursache ihrer Veränderung. Tante Florrie war immer dünn wie eine Bohnenstange gewesen, aber die Frau, die da vor ihm stand, war dick, zumindest an gewissen Stellen. Tante Florrie war schwanger, hochschwanger. Schnell wandte er sich ab und sah zum anderen Ende der Diele, wo sein Vater stand. Er hatte seinen Mantel an und war offenbar eben im Begriff gewesen zu gehen. Schnell kam er jetzt auf ihn zu. »Was suchst du hier?« Seine Stimme klang ungehalten.

»Dasselbe könnte ich dich fragen.«

»Nun mal langsam, mein Junge.«

»Nenn mich nicht mein Junge.« Dicks Benehmen und Stimme waren aggressiv. »Ich bin kein Junge mehr. Ich habe aufgehört, ein Junge zu sein, als ich nicht mehr ›ja, Dad‹ ›nein, Dad‹ sagte. Und das ist schon einige Zeit her.«

»Bitte!« Florrie hatte die Arme ausgestreckt, als wolle sie die beiden trennen. »Komm rein«, bat sie und ging ihnen voraus ins Zimmer. Sie war es auch, die als erste das Wort ergriff. »Dick, versuche zu verstehen. Dein Vater und ich ...« Doch Dick wandte den Kopf zur Seite und unterbrach sie mit einer Handbewegung. »Tante Florrie, ich will nichts hören. Davon abgesehen, bin ich auch nicht die richtige Adresse.«

»Nun mal langsam ...«

»Ist das alles, was du sagen kannst?« Dick war selber über seinen Mut erstaunt. »Tante Hilda hat mich geschickt, um dich zu holen. Mrs. Burrows ist während der Bombardierung an Schock gestorben. Die Bomben fielen ziemlich nahe. Hätten auch uns treffen können.« Er sah von einem zum anderen. »Schade, daß sie's nicht taten, was? Hätte alle eure Probleme gelöst.«

Als er auf die Eingangstür zuging, spürte er, wie Florrie seinen Vater zurückhielt. Er ging wieder über den Korridor zurück, hatte die Tür geöffnet und ging durch die Eingangshalle, als er seinen Vater sagen hörte: »Mach dir keine Sorgen. Es wird schon alles in Ordnung kommen.«

Draußen holte sein Vater ihn ein, und schweigend gingen sie nebeneinander die Kiesauffahrt hinunter und auf das Tor zu, wo sie beinahe über eine kleine Gestalt stolperten und sich in Hundeleinen verhedderten, an deren anderem Ende zwei Hunde zerrten.

»Himmel, Arsch und Zwirn! Paßt doch auf, wo ihr hinlatscht.«

Hätte Abel nicht die Gestalt von Mr. Donnelly im Lichtstrahl der Taschenlampe erkannt, die Stimme gab ihm sofort Bescheid.

Mr. Donnelly brachte die Hunde mit einem »Schnauze, verstanden?« zur Ruhe. Dann richtete er seine Taschenlampe auf Abel und Dick. »Ach, ihr seid's.«

»Stimmt was nicht?«

Auf Abels Frage rief Mr. Donnelly entrüstet aus: »Stimmt was nicht? Nein! Ich hab' nur eben mein verfluchtes Haus verloren. Die ganze verfluchte Straße is' im Arsch, und ich wär's auch, wenn ich dageblieben wär. Wollten die mich doch mit 'ner ganzen Ladung kreischender Weiber runter in die Schule verfrachten. Aber denen hab' ich Bescheid geblasen.« Unvermittelt sank seine Stimme fast zu einem Flüstern ab. »Donnerwetter! War das 'n Schock, der ganze verfluchte

Mist in Trümmern. Na, wurscht.« Seine Stimme hatte wieder ihren normalen Klang angenommen. »Florrie wird mich schon für 'ne Nacht auf ihrer Couch schlafen lassen.«

»Fred, du weißt ja, bei uns gibt's immer einen Platz für dich.«

»Ja, danke, werden sehen. Morgen seh'n wir weiter. Bin jetzt noch 'n bißchen durcheinander.«

Ohne ein weiteres Wort ließ er die beiden stehen. Sie setzten ihren Weg fort.

Bereits ein gutes Stück waren sie die Straße entlang gegangen, als Abel sagte: »Ich möchte mit dir reden.«

»Ich will nichts hören. Für heute abend hab' ich genug gesehen.«

»Gar nichts hast du gesehen.« Heftig drehte Abel ihn an den Schultern zu sich herum, und nun starrten sie einander durch die Dunkelheit an. »Wer hat mich denn zuerst in diese Situation gebracht, eh?« fuhr Abel ihn an. »Denk mal zurück, frag dich selber. Glaubst du vielleicht, ich hätte mich selber so eingeengt, wenn es nicht für dich gewesen wäre? Nur, damit du nicht wieder auf die Straße mußtest.«

»Soweit ich weiß, hast du dabei aber nicht schlecht abgeschnitten. Tante Hilda war immer gut zu dir.«

»Deine Tante Hilda war keineswegs gut zu mir. Aber davon hast du ja keine Ahnung, mein Junge.«

Dick entzog sich Abels Griff. »Hör endlich auf, mich ständig Junge zu nennen.«

»Na, dann benimm dich gefälligst nicht so.«

»Ach, in deinen Augen wär' ich wohl ein Mann, wenn ich es gutheißen würde, daß du zwei Frauen und eine Geliebte hast.«

»Allmächtiger Gott!« Ein Ton der Verzweiflung lag in dem Ausruf, der Dick verstummen ließ. »Ich werde dir etwas sagen. Ich habe deine Tante Florrie vom ersten Augenblick an geliebt, und erst vor kurzem habe ich erfahren, daß sie für mich dasselbe empfindet.«

»Was! Bei all den Männern, die sie hatte?«

Der Schlag verfehlte sein Ziel und streifte Dick nur seitlich am Kopf. Abel packte ihn bei den Schultern und drückte ihn fest an sich. »O mein Gott! Was ist bloß in uns gefahren? Es tut mir leid. Entschuldigung.«

Nach einem Moment betäubenden Schweigens stieß Dick Abel von sich. In seiner Stimme lag ein gebrochener Ton. »Heb ja nicht noch einmal die Hand gegen mich. Ich schlag' sonst zurück, auch wenn du größer bist. Und jetzt sage ich dir was: Hier stehst du und erzählst mir, du hättest sie vom ersten Augenblick an geliebt. Na, da kann ich nur sagen: Schnell hast du Alice vergessen, die Alice, die so wunderbar war, die Alice, die uns zu Landstreichern werden ließ. Weniger als ein Jahr dauerte es, und die große Romanze war vorüber.«

Eine Weile erwiderte Abel nichts. »Ja, es sieht so aus. Ich gebe zu, für dich muß es so aussehen, aber so war es ganz und gar nicht. Eines Tages wirst du das begreifen.« Und ein Flehen lag in seiner Stimme, als er hinzufügte: »Erzähl bitte nichts Hilda davon, ja? Ich will es ihr sagen, seit langem schon will ich es ihr sagen, aber ... aber nicht im Augenblick.«

Sie gingen nebeneinander her, drückend stand das Schweigen zwischen ihnen. Erst als sie sich dem Hof näherten, nahm Dick den Faden des Gesprächs wieder auf, als sei er eben erst abgerissen. »Es wird nie einen Zeitpunkt geben, an dem es für sie leichter zu verkraften ist. Es gibt keine Möglichkeit, diesen Schlag abzuschwächen, und das weißt du auch.«

»Ja, das weiß ich.«

»Egal wie sie auch manchmal herumschimpft, sie macht sich was aus dir ... Wie dumm von ihr.«

Abel entgegnete nichts, konnte nichts sagen, denn in diesem Augenblick durchlitt er einen Schmerz, den er nie zuvor erfahren hatte. Unter all den Dingen, die ihm in seinem Leben widerfahren konnten, hätte er nie erwartet, daß sein Sohn ihn einmal ablehnen würde. Sein Junge, sein geliebter Junge, sein Junge, der jetzt ein junger Mann war ... ein Mann.

Ein Mann, der sich heute abend wie ein richtiger Mann verhalten hatte. In einem Winkel seines Herzens war er stolz darauf, daß sein eigen Fleisch und Blut sich gegen Unsittlichkeit auflehnte. Sein eigener Kampf hatte sich gegen die Unsittlichkeit einer Nation gewandt, gegen die Unsittlichkeit des Tötens. Der Kampf seines Sohnes war ein mehr alltäglicher Kampf. Wenn man so wollte, so lehnte er sich gegen die Unsittlichkeit der Sünde auf, des Versündigens eines Menschen gegen den anderen, und wenn er diese Sünde charakterisieren sollte, würde er dabei nicht an den gesellschaftlichen Kodex denken, sondern an den Schmerz, den solche Unsittlichkeit, solche Sünde einem anderen menschlichen Wesen zufügen konnte.

Er fühlte den Drang in sich, ihm jetzt zu versichern: »Ich werde es ihr sagen. Jetzt, in diesem Augenblick werde ich es ihr sagen.« Aber was würde das bedeuten? Er müßte ihr sagen, daß sie nicht nur nicht seine Frau war, sondern auch, daß er bald Vater des Kindes ihrer Schwester sein würde ... Gott! Nein! Nein! Der Junge hatte recht. Er konnte es nicht tun, denn es gab keine Möglichkeit, den Schlag abzuschwächen, und sie verdiente es nicht, zerstört zu werden. Und die Wahrheit würde sie mit Sicherheit zerstören.

2

»Schau, Liebes«, Dick legte den Arm um Mollys Schulter, »einmal mußte es passieren, sie hatte ein schwaches Herz. Du hast wirklich nicht den geringsten Grund, dir Vorwürfe zu machen. Großer Gott, nach all dem, was du für sie getan hast und was du alles ihretwegen auf dich genommen hast.«

Molly hob den Kopf und starrte über den Tisch hinweg zur Tür, die in die Eingangshalle führte. »Erinnerst du dich, worüber wir gestern abend gesprochen haben?«

»Ja, ich weiß, wir haben davon gesprochen, daß man anderen Leuten den Tod an den Hals wünscht. Genausogut hätten wir aber letzte Woche oder letztes Jahr darüber sprechen können, und es würde dir nichts ausgemacht haben. Aber jetzt macht's dir Spaß, Schuldgefühle deswegen zu haben.«

»Spaß?« Sie schnellte im Sessel herum. Er blickte auf sie hinunter und nickte. »Ja, genau das habe ich gesagt – Spaß.«

Molly entgegnete nichts. Innerhalb der letzten vierundzwanzig Stunden schien er sich geändert zu haben, war ein anderer Mensch geworden. Nur einmal heute hatte sie das nervöse Schulterzucken bei ihm bemerkt. Mit einer Autorität, die sie sonst nur an seinem Vater kannte, hatte er Vorkehrungen für die Beerdigung getroffen, hatte die Männer vom Beerdigungsinstitut, die ihre Mutter abgeholt hatten, dirigiert, und jetzt redete er mit ihr, wie er das nie zuvor getan hatte, und das in einem ganz erwachsenen Ton.

Als sie ihn so ansah, überkam sie ein eigenartiger Gedanke. Nie wieder würde er sich wohl seiner kleinen Gestalt schämen, wahrscheinlich würde er jeden angehen, der es erwähnte, und wäre es nur im Scherz. Mit den Schuldgefühlen hatte er recht, nicht so sehr, daß sie ihr Spaß machten, als vielmehr, daß sie es zuließ, von diesen Gefühlen geplagt zu werden. Es war dumm von ihr, hatte sie sich doch wegen ihrer Mutter nichts vorzuwerfen. Seit sie die ersten Schritte machen konnte, war sie deren Dienerin gewesen. Aber eines stand für sie fest: Vorwürfe, ihre Mutter nicht geliebt zu haben, würde sie sich nicht machen, denn nicht einmal ein Heiliger hätte das tägliche Geschimpfe ertragen. Trotz allem wünschte sie ..., ja, sie wünschte, sie hätte gestern abend nicht so etwas gesagt. Nachdem er gegangen war, hatte sie dort an der Küchentür gelehnt, in die Eingangshalle geblickt und sich dieses quengelige Geschöpf vorgestellt, wie es da unter dem Tisch lag. Und dann war diese Stimme zu ihr gedrungen: »Hörst du mich, Molly?« und sie hatte gedacht, wie wunderbar das Leben doch ohne sie sein würde. Und jetzt war sie hier ohne sie, und das Wunder war ausgeblieben. Statt dessen plagten sie Schuldgefühle und Gewissensbisse.

»Na komm! Tante Hilda wartet mit dem Mittagessen auf uns.«

Er lächelte sie jetzt an. »Du weißt doch, wie sie ist, wenn sie aufs Essen warten muß. Sie liebt ihr Essen. Man kann's jetzt auch schon sehen, täglich wird sie dicker. Ständig knabbert sie etwas. Man sagt, das sind ...«

Er verschluckte den Rest, »... Anzeichen für Frustration oder von einem unerfüllten Bedürfnis.« Seit seiner offenen Auseinandersetzung mit seinem Vater gestern abend und seiner Entdeckung von Tante Florries Zustand war es ihm völlig klar, daß in dieser Frau, die ihm seit langer Zeit eine Mutter war, eine Leere herrschte, die ausgefüllt werden mußte, und daß sie einfach Trost im Essen suchte.

»Also komm.« Er ergriff ihre Hand und führte sie zur Tür. Unvermutet drehte er sich um, nahm sie in die Arme und sah ihr in die Augen. »Von jetzt an wird alles gut werden für uns beide. Egal, was auch immer mit anderen passieren mag, für dich und mich wird alles gut werden. Verstehst du?«

Sie blickte in das vertraute Gesicht. Über Nacht schien es um Jahre reifer geworden zu sein. Sie nickte stumm. Kurz und hart küßte er sie auf die Lippen, und ihr kam der Gedanke, wie seltsam es doch sei, daß alles im Leben seinen Ausgleich hatte. Tante Hilda würde sagen: »Gottes Wege und Wunder sind geheimnisvoll und unergründlich.« Und sie wußte, es war ein Wunder.

O ja, es war ein Wunder, daß Dick sie liebte. Sie brauchte doch nur in den Spiegel zu sehen, um die Größe des Wunders zu erkennen. Und dieses Wunder wurde noch von dem Wissen verstärkt, daß Dick glaubte, das Glück sei allein auf seiner Seite.

Auf der obersten Stufe blieb er stehen. »Komm, wir laufen quer übers Feld. Dein Feld, ist dir das klar? Es ist jetzt dein Feld.«

Sie sah ihn von der Seite her an. »Ich hoffe, es wird bald unseres sein.«

»Ach, Molly.« Er schüttelte den Kopf. »In diese Richtung habe ich noch gar nicht gedacht.«

»Ich weiß, aber ...«, sie nickte leicht und lächelte ein kleines wissendes Lächeln, »... aber ich wette, Tante Hilda ist das schon aufgefallen.«

»Ja, bestimmt. Da möchte ich sogar meinen Kopf drauf verwetten. Aber es ist dein Land und du machst damit, was du willst.«

»Wir werden sehen.«

Sie gingen um die Rückgebäude herum und traten kurze Zeit später in den Hof. Dann blieben beide stehen und sahen einander an. Aus der Küche drangen ärgerliche Stimmen zu ihnen herüber.

Sie lauschten einen Moment, und dann meinte Dick: »Das ist nicht Dad. Komm ... Ah, sieh mal da.« Er zeigte auf die beiden Hunde, die mit einem Strick an der Regenrinne angebunden waren und flüsterte: »Mr. Donnelly.«

Sie öffneten die Küchentür und beide – Hilda und der alte Mann – sahen scharf zu ihnen hinüber. Dann richtete Mr. Donnelly seine verbale Attacke sofort gegen Dick. Auf ihn zeigend, aber Hilda anblickend schimpfte er: »Die haste von der Straße aufgelesen. Jedem Abschaum gibste 'n Dach überm Kopf, aber wenn's um deinen eigenen ...«

»Halt den Mund!«

»Mädchen, du sagst mir nich', ich soll den Mund halten.«

Der alte Mann wankte auf den Tisch zu und lehnte sich Halt suchend dagegen. Dick bemerkte, daß er eine Menge getrunken haben mußte, obgleich seine Sprechweise nicht undeutlich war. »Du sagst mir nich', ich soll den Mund halten«, schrie er wieder seine Tochter an. »Weißte, was du bist? Ein undankbares Miststück. Warste schon immer ...« Halb drehte er sich um und richtete seine Worte jetzt an Dick und Molly. »Nur um Unterschlupf hab' ich gebeten, um 'n Zimmer für 'n paar Nächte. Und was sagt die da? Nein, nicht in meinem Haus. Das Rattenloch da oben über der Garage, ja, das kann ich haben, aber nur für 'n paar Nächte, versteht sich ...«

»Das sind sehr hübsche Räume, Mr. Donnelly«, warf Dick ruhig ein. »Wir haben dort gewohnt. Sie waren gemütlich und ...«

»Erzähl mir nur nich', wie lang ihr da oben gehaust habt. Ich ... ich weiß ganz genau, wie lang ihr da gewohnt habt, Bursche. Und alles hat sie da oben schön für euch hergerichtet. Aber wie sind die jetzt, eh? 'n Werkraum is's jetzt. War zumindest so, als ich vor zwei Jahren diese Treppen da raufkletterte.«

»Nur ein Zimmer ist ein Werkraum, Mr. Donnelly.«

»Un' ich haus' in dem anderen, was? Wenn der so gut is', kannst du ... du ja da hoch gehen un' ich nehm' deine Koje ... Ja, ja. Nu, is' das nich' fair?«

Bevor Dick noch etwas erwidern konnte, rief Hilda dazwischen: »Nichts wird hier getauscht. Das tust du doch nur extra, um mich hochzubringen. Du hast mehr als genug Busenfreunde da unten in deinem Viertel, die dich aufnehmen würden ... Und was ist mit Florrie?«

»Florrie?« Er drehte sich wieder zu ihr hin. »Unsere Florrie würde mich sofort aufnehmen, wenn sie's könnt, aber die hat nur ein Schlafzimmer, du hast vier da oben.« Mit dem Daumen wies er zur Decke. »Sie hat kaum selber genug Platz, und wenn erst mal in 'nem Monat oder so sich ihr Bauch geleert hat, braucht sie jedes bißchen Platz. Gestern nacht hat sie mir und meinen Hunden sofort 'n Bett auf der Couch gemacht, und dein Mann war's, der gesagt hat: »Fred, wenn du 'n Bett brauchst, komm vorbei. Stimmt's nich'?« Bestätigung verlangend blickte er zu Dick. »Du warst doch auch da, als er das in Florries Einfahrt sagte. Heh?«

»Was hast du da gesagt? Wo?« Hilda ging langsam vom Kamin zum Tischende vor, doch sie blickte nicht den alten Mann an, sondern Dick. »Was soll das bedeuten? Warst du gestern abend bei Florrie?«

Er schluckte. »Nur für eine Minute.«

»Nur für eine Minute?« wiederholte sie. »Wenn ich mich richtig erinnere, bist du doch zur Wache gegangen, um deinen Vater zu holen, oder? Wenn er im Dienst war, wieso war er dann bei Florrie?«

»Er ... er war nur kurz vorbei gegangen, um nachzusehen, ob alles in Ordnung war.«

Während sie ihm zunickte, verfärbte sich ihr Gesicht, und sogar ihr Hals wurde rot. Dann wanderte ihr Blick zu ihrem Vater hinüber. »Was soll das heißen ...« Sie zögerte, und der alte Mann schrie sie an: »Los, mach schon, sag's schon. Besudel deinen Mund, Mädchen. Ich hab' gesagt, wenn sich ihr Bauch leert und das Kind kommt.«

Dick sah, wie ihre Hand die Tischkante umklammerte, und ein Gefühl des Haßes auf den alten Mann überflutete ihn – momentan, doch stärker noch haßte er seinen Vater. Und dieses Gefühl war kein momentanes Aufwallen, es schlummerte schon lange in ihm.

»Wußtest du's nich'? Pah, wie kämste auch dazu.« Der alte Mann schrie immer noch. »Hast dich ja nie um sie gekümmert. Sie is' 'n Dreck für dich, dabei bist du es nich' mal wert, ihr die Stiefel zu putzen. Hörste mich? Du bis' nich' mal wert, ihr die Stiefel zu putzen. Und dann hat sie was fertig gebracht, trotz ihres Alters, was du nich' geschafft hast. Jawohl, das hat sie.«

»Mach, daß du rauskommst. Raus – sofort!« Ihre Finger fuhren die Tischkante entlang, als suchten sie Halt. Wieder schrie sie: »Hinaus! Hörst du mich?« Und wie sehr ihre Gefühle in Aufruhr waren, zeigte sich, als sie ihn anschrie: »Gott! Wie konnte ich nur je was mit dir zu tun haben. Hinaus!« Mit ausgestrecktem Arm zeigte sie auf die Tür. Doch der alte Mann rührte sich nicht. Er stand, die Hände aufgestützt, über den Tisch gebeugt und richtete sich jetzt auf, schien um Zentimeter zu wachsen, und eigenartigerweise waren Stimme und Haltung nüchtern, als er im Ton bittersten Zornes sagte: »Also gut, Mädchen, ich werde deine Seele erleichtern mit dem, was ich dir jetzt sage. Nun hör mir mal gut zu. Du hast nicht das geringste mit mir zu tun, hörst du? Heh, hast du das gehört? Was würdste sagen, wenn ich dir erzähl', daß du nich' mehr mit mir zu tun hast, als die beiden da drüben?« Er zeigte mit den Fingern auf Molly und Dick. »Mädchen, sicher wird's dich erleichtern zu hören, daß du ein Bastard bist. Du bist als kleiner Bastard geboren worden und hast dich zu einem großen Bastard entwickelt. Heiliger Strohsack, wenn je ein wahres Wort gesprochen worden is', ich hab's grad gesagt.«

Er schwieg und lächelte, ein schreckliches Lächeln. »Mädchen, du wirst ja ganz weiß. Wenn ich du wär, würd' ich mich hinsetzen, denn jetzt kommt noch mehr.«

Hilda setzte sich nicht, sondern wich vom Tisch zurück, als stünde sie einer Schlange gegenüber, bis ihre Füße gegen den Kaminabsatz stießen. Ihre Lippen waren geöffnet, ihre Augen weit aufgerissen, und sie starrte ihn an, während er in jenem schrecklichen Ton mit seiner Erzählung fortfuhr. Er berichtete ihr jede Einzelheit seines Liebeslebens. Und dann klang seine Stimme plötzlich tränenschwer, als er sagte: »Ich habe dich als eine Art verlorene Liebe aufgenommen, ich habe dir mein Leben gewidmet. O ja, das hab' ich getan, ich hab' dir mein Leben gewidmet. Nichts war gut genug für dich, um die anderen scherte ich mich den Teufel, Hauptsache du kriegtest es. Weißte, es gibt etwas, das nennt man Ironie und wie oft hab' ich gedacht, daß Gott das als Strafe für mich geschaffen hat. Die Ironie war, daß du mich nie gemocht hast. Selbst als du erst krabbeln konntest, selbst damals haste mich nich' gemocht. Du mochtest Annie. O ja, Annie mochtest du, aber nich' mich. Verdammt, das hat wehgetan, aber ich fand mich damit ab, weil ich in allem, was du tatest, deine Mutter sah. Aber jetzt«, seine Stimme wurde scharf, »jetzt weiß ich, hätte ich sie geheiratet, wär sie wahrscheinlich genauso ein verdammtes Luder geworden wie du eins bist, denn irgendwoher mußte es ja haben. Könnste natürlich auch von dem Kerl geerbt haben, der sie rumkriegte. Aber nur der liebe Gott weiß, wer das war; wahrscheinlich einer von vielen. Ja, Mädchen, halt dich nur fest. Ich glaub', du setzt dich besser hin.«

»Mr. Donnelly, lassen Sie sie in Ruhe.« Dick ging auf Hilda zu. »Ich glaube, Sie gehen jetzt besser.«

»Himmel, Arsch und Zwirn! Fang du nich' bloß auch noch an, junger Spund, sonst biste als nächstes fällig. Ich werd' gehen, wenn ich fertig bin, haste mich verstanden?«

»Setz dich, Tante Hilda. Komm, setz dich.«

Aber Hilda setzte sich nicht, sie stieß Dicks Hand beiseite und schluckte heftig. Den Oberkörper in Richtung des alten Mannes gebeugt, zischte sie: »Weißt du was – *Mr. Fred Donnelly?* Das war die beste Nachricht seit Jahren, die beste Nachricht meines Lebens.« Ihre Stimme steigerte sich nun fast zu einem Schrei. »Du glaubst, du hast mich kaputt gemacht, weil du dich hier ausgekotzt hast, was? Aber du hättest mir keinen besseren Dienst erweisen können. Jetzt fühle ich mich sauber. Hast du verstanden? Ich fühle mich sauber, weil ich endlich weiß, mit dir habe ich nichts zu tun. Und jetzt sage ich dir noch einmal: *Hinaus. Mach, daß du aus meinem Haus kommst. Ich will dich hier nie wiedersehen. Nie wieder.*«

Der alte Mann blieb stehen. Hörbar malten seine Kiefer. Dann sprang er beinahe herum und auf die Tür zu, riß sie auf, blieb einen Moment stehen, um die Hunde loszubinden und lief dann taumelnd den Hof hinunter.

Dick stand da und beobachtete ihn für einen Moment, bevor er sich nach Molly umdrehte, die stumm all diesem gefolgt war. Er bedeutete ihr, sich um Hilda zu kümmern, die jetzt mit erhobenen Armen, die Hände gegen den Kaminsims gepreßt, den Kopf auf die Brust gesunken, dastand und flüsterte ihr zu: »Ich hole Dad …«

Abel arbeitete am hinteren Ende der Garage an der Drehbank. Wild gestikulierend bedeutete Dick ihm, die Maschine abzustellen. »Was ist denn los?«

»Alles, würde ich sagen.« Dicks Stimme glich der von gestern abend, als sie von Florries Wohnung zurückgegangen waren.

»Was meinst du damit: Alles?«

»Mr. Donnelly war gerade hier. Er muß deine Worte für bare Münze genommen haben, daß es hier ein Zimmer für ihn gibt. Aber Tante Hilda hatte offenbar andere Vorstellungen darüber und sagte ihm dies auch. Er war sehr betrunken, zumindest am Anfang, als ich ihn sah, aber hinterher war er, glaube ich, ganz nüchtern. Er ... er machte einige Enthüllungen, von denen er annahm, sie würden sie am Boden zerstören. Also, das taten sie offenbar nicht. Obwohl das natürlich nur nach außen hin so scheinen mag.«

Abel wischte sich die Hände an einem Tuch ab. »Was für Enthüllungen?« fragte er scharf. »Was hat er gesagt? Los, red schon.«

»Oh, du brauchst dir keine Sorgen zu machen.« Dicks Gesicht war verkniffen. »Er sagte ihr, daß Florrie ein Kind bekommt, aber den Mann erwähnte er nicht, hat er wohl vergessen.«

»Langsam, langsam, Bursche, fang nicht wieder an. Er ist hergekommen, um was zu sagen?«

»Offensichtlich kam er nicht her, um was zu sagen, sondern er wollte hierbleiben. Aber als sie ihn nicht da haben wollte, sagte er ihr, daß sie nicht zu ihm gehöre. Er erzählte ihr eine lange Geschichte von einer Frau, die er liebte, eine, die seinen Bruder heiratete, und nachdem der im Bergwerk umgekommen war, ging sie auf und davon und wurde von irgend jemand geschwängert.«

Er sah, wie Abel sich abwandte, die Hand gegen die Stirn preßte und stöhnte: »Guter Gott! Nicht das.«

»Wußtest du davon?«

Abel schauderte. »Schon seit langer Zeit weiß ich das.«

»Daß ... daß sie nicht die Tochter vom alten Donnelly und ... und nicht Florries Schwester ist?«

»Ja, ja.«

»Wieso?«

»Oh, ich habe Florrie und ihn belauscht, als sie darüber sprachen, aber zu dem Zeitpunkt wußte ich noch nicht, worum's ging. Erst später sagte Florrie alles unbeabsichtigt.«

»Und du hast nichts davon gesagt?«

Dick sprang fast zurück, als Abel sich herumdrehte und ihn anfauchte: »Was glaubst du wohl, hätte ich tun sollen? Ihr erzählen, daß sie nichts mit ihnen zu tun hat?«

»Nein, nein.« Dick schüttelte den Kopf. »Tut mir leid. Mein Gott!« Er wandte sich halb ab und fuhr sich mit den Fingern durchs Haar. »Alles kommt auf einmal.«

»Ja, das stimmt.«

Er blickte seinen Vater an, seine Stimme und sein Gebaren waren nun weniger gereizt. »Sie ist in einem schlimmen Zustand, sie ... sie braucht Trost, aber ... aber nicht von mir.«

Mit gesenktem Kopf stand Abel da. Nach einer Weile murmelte er: »Geh schon vor. In ein paar Minuten komme ich nach.«

»Dad.« Zum ersten Mal seit vielen Monaten benutzte er diese Anrede wieder. Abel erwiderte seinen Blick. »Sie weiß von Tante Florrie, aber ... aber wenn sie davon anfängt, du wirst ihr doch nicht die Wahrheit sagen, oder? Ich glaube nicht, daß sie noch mehr verkraften kann, nicht nach dem heutigen Schock. Bestimmt würde sie durchdrehen.«

Für einen Augenblick wich Abel seinen Blicken aus, dann sagte er mit schroffer Stimme: »Keine Sorge, ich bin's ... Lügen gewöhnt. So was geht mir leicht über die Lippen.«

Langsamen Schrittes verließ Dick die Garage. Abel blickte auf das Stück Tau, das er noch in den Händen hielt und preßte es fest zusammen. Für einen Augenblick entstand vor seinem inneren Auge das Bild seiner selbst, wie er an den Eisenketten zerrte.

Langsam öffnete er die Faust und ließ das Seil herunterrutschen. Dann verließ er die Garage und ging auf das Haus zu. Er hoffte, daß er nicht lügen müsse, daß sie bereits die Wahrheit gespürt hatte und daß sie, so wie sie ihren Vater herausgeschmissen hatte, sie es auch mit ihm tun würde. Und damit wäre sein Problem gelöst.

Für einen Augenblick hatte er die Zeremonie mit ihr vor dem Standesamt vergessen.

3

Weder an diesem besonderen Samstag noch an einem anderen Tag in den darauffolgenden sechs Wochen erwähnte Hilda Florrie und ihren Zustand. Sie wußte, ohne daß ein Wort darüber verloren wurde, wer der Vater des Ungeborenen war. Aber sie war sich darüber im klaren, daß Abel sie verlassen würde, sollte es offen ausgesprochen werden. Die Enthüllung würde gleichbedeutend mit einer Lizenz für die Freiheit für ihn sein, doch den Gedanken an ein Leben ohne ihn konnte sie nicht ertragen. Das Leben mit ihm war ein geordnetes Muster von Fragen und Antworten während des Tages und einer breiten Schlucht im Bett während der Nächte.

Nachts lag sie wach auf ihrer Seite und lauschte seinen tiefen gleichmäßigen Atemzügen und versuchte, ihr Weinen zu unterdrücken, damit er nicht aufwachte. Denn sollte er aufwachen und keine tröstende Bewegung zu ihr hinüber machen, würde ihre Demütigung nur noch schlimmer werden. Sie sehnte sich danach, daß er sich zu ihr umdrehen, sie in die Arme nehmen und sie trösten würde, aber seit Jahren hatte er es nicht mehr getan. Das letzte Mal, als er sich zu ihr umdrehte, hatte sich sein sanftes Streicheln und Schmeicheln in das verwandelt, was er ›lieben‹ nannte, und sie hatte sich mit gleicher Kraft zur Wehr gesetzt, und dies mit Worten wie: »Ich bin müde. Ich habe einen schweren Tag gehabt und … und ich will nichts davon wissen. Nicht mal für fünf Minuten kannst du dich wie ein menschliches Wesen benehmen.«

Dieser Ausspruch – du kannst dich nicht wie ein menschliches Wesen benehmen – hatte die gleiche Wirkung wie der berühmte letzte Tropfen, der das Faß zum Überlaufen bringt. Sie wußte, in seiner Gefühlswelt war sie endgültig gestorben.

Allmählich und erschreckend zugleich wurde ihr bewußt, daß da in ihr ein anderes Ich wuchs, ein fragendes Ich, ein unfrommes Ich, ein den Geistlichen Gilmore ablehnendes Ich. Es war das Ich einer Frau, das die Frage stellte, ob nicht Jahre des Unglücklichseins erspart worden wären, wäre die Frau in ihr nur fähig gewesen, sich diesem Akt, den ihr Geist als schmutzig verworfen hatte, aus unfrommer Sicht zu nähern – oder wie die Frauen in der Bibel. Mr. Gilmore zitierte immer die Frauen aus der Bibel, aber ging man dem allem auf den Grund – was waren sie dann? Viele Maria Magdalenas, viele Huren. Aber waren sie deshalb schlechter? Christus hatte nicht so gedacht, warum hatte sie dann besser als jene sein wollen?

Mehr und mehr machte sie Mr. Maxwell und den Vikar dafür verantwortlich, sie zu einer Verbindung verleitet zu haben, zu dieser sogenannten Ehe, die keine Ehe war. Wäre sie von Anfang an richtig in die Ehe eingeführt worden, wäre vielleicht alles anders verlaufen. Die neue Frau in ihr fragte sie nun, was sie tun würde, sollte Abel ihr noch eine Chance geben?

Wenn eines Nachts er sich im Bett herumdrehte und sie in die Arme nehmen würde, wie würde sie reagieren? Das Ich, mit dem sie so lange gelebt hatte, wandte den Kopf ab und sagte: »Ich weiß es nicht.«

Ein Trost für sie war – und es war eine Überraschung – die Tatsache, daß Dick auf ihrer Seite war. Und was ebenfalls eine Überraschung darstellte, war das Wissen, daß da ein tiefer Riß zwischen ihm und seinem Vater bestand. Das Kind hatte den Vater verehrt, der Schuljunge hatte den Vater verehrt, der Jugendliche ... der Jugendliche in seinen Anfängen hatte den Vater verehrt, doch der junge Mann hatte ihn schon weniger verehrt, und der Mann von neunzehn ganz gewiß nicht mehr, und sie glaubte, den Grund dafür zu wissen. Dick mußte um Abels Verbindung zu Florrie wissen und hatte sich mutig dagegen ausgesprochen. Vielleicht war das auch der tiefere Grund für sein Nervenzucken. Aber nein, die Anzeichen von Nervosität hatten sich bereits seit seinem sechzehnten Lebensjahr entwickelt.

Manchmal fragte sie sich, was sie ohne seine und Mollys Unterstützung tun würde. Molly war ein nettes Mädchen. Sie hatten vor, im nächsten Jahr zu heiraten. Je schneller, desto besser, dachte sie, denn es war schon seltsam, wie anziehend ein unscheinbares Mädchen plötzlich werden konnte, wenn ihr ein großes Haus und ein gutes Stück Land gehörten, von den paar Tausend Pfund Bargeld ganz zu schweigen.

Männer waren schlau, gerissen, auf ihre bestmögliche Chance aus. Auf alles würden sie eingehen, waren nur die äußeren Umstände gut. Abel war auf ein gutes Heim und Geschäft angesprungen. Er hatte sie nicht geheiratet, weil er sie liebte. Geliebt hatte er sie nie – das wußte sie jetzt. Eigentlich hatte sie es von Anfang an gewußt, aber sie hatte ihn geliebt ... Aber konnte man ohne diese Bettgeschichten lieben? Er hatte behauptet nein, dies sei Teil des Ganzen. Ach, das Leben war die Hölle.

O Gott! sie mußte aufhören, in dieser Art zu denken. In Gedanken benutzte sie Ausdrücke, die sie vor ein paar Jahren noch reuig hätten niederknien lassen. Zweimal in dieser Woche hatte sie »Verflixt nochmal!« ausgerufen, und erst gestern hatte sie »verdammt noch mal« gesagt, als ihr die Milch übergelaufen war.

Sie veränderte sich, und sie hatte Angst davor und war traurig. Angst vor den in ihr vorgehenden Veränderungen und traurig, weil es zu spät war, um noch Wirkung auf Abel haben zu können.

Auch Abel hatte sich in den letzten Wochen verändert, zumindest ihr gegenüber. Sein Verhalten war versöhnlicher geworden, er war rücksichtsvoller. Er hatte aufgehört, seine ganze Freizeit und sogar die Abende oben in seinem Werkraum zu verbringen, wo er an diesen Tieren herumbastelte. Zweimal in letzter Zeit war sie vom Gemeindetreffen zurückgekommen und hatte die Teetassen abgewaschen und den Abendbrottisch gedeckt vorgefunden. Sie hatte keine Bemerkungen darüber gemacht, da sie befürchtete, daß es ihr ähnlich wie ihrer Mutter herausfahren könnte: ›Du hast wohl ein schlechtes Gewissen …‹ Ihre Mutter! Doch darüber wollte sie jetzt nicht wieder brüten. Was auch immer für ein Gesicht sie nach außen hin zur Schau getragen hatte, als ihr diese Enthüllungen um die Ohren geschlagen wurden, es hatte sie tief getroffen, und die seelische Wunde war noch weit offen.

Sie stand da, blickte über das Grundstück zu den vorbeifahrenden Militärfahrzeugen hinüber. Der Krieg war in seinem dritten Jahr, ewig konnte er – doch nicht dauern. War er erst vorüber, würden die Leute auch wieder Autos haben wollen, würden in Ferien fahren, und das Geschäft würde blühen. Aber würde es etwas ausmachen, wenn dies nicht eintrat? Nein – nicht, wenn Abel nicht bei ihr war.

Was würde er tun, war erst das Baby geboren? Unmöglich würde er es für sich behalten können, er mußte sich einfach verraten. Und was dann? Würde sie ihm eine Szene machen und ihm damit eine Möglichkeit geben, fortzugehen? Oder würde sie sich demütigen und ihn bitten: »Abel, verlaß mich nicht. Du kannst dich um sie und das Kind kümmern, nur verlaß mich nicht.«

Sie wandte sich vom Fenster ab, ging durch die Küche und in die Diele, die Treppe hoch zu ihrem Schlafzimmer. Dort ließ sie sich auf den Bettrand fallen und schlug die Hände vors Gesicht.

Als ihr Hals enger wurde, stand sie schnell auf und murmelte: »Nicht doch, nicht doch«, wußte sie doch, kam er herein und fragte, warum sie weine, daß es zu einer Entscheidung kommen würde.

Sie ging zum Spiegel hinüber und betrachtete sich kritisch. Siebenunddreißig Jahre war sie alt. Keine Falte zeigte sich in ihrem Gesicht. Kein graues Haar vermochte sie bis jetzt zu entdecken. Wesentlich jünger sah sie aus, und man konnte sie immer noch als hübsch bezeichnen. Aber ihre Figur. Zu viele Pfunde hatte sie in letzter Zeit zugelegt, und bei ihrer Größe konnte sie sich das nicht leisten. Könnte sie doch nur zu essen aufhören! Sie ging näher an den Spiegel heran und befingerte ihre Wangen. Ihre Haut war besser als die von ihrer Florrie. Ungeduldig schüttelte sie den Kopf. Warum sagt sie immer noch *ihre? Ihre Florrie.* Sie war nicht mehr ihre Florrie, genausowenig wie sie für die beiden unsere Hilda war. O nein, für diesen schrecklichen alten Teufel oder für seine Tochter war sie nicht mehr unsere Hilda.

Und doch – als sie so in den Spiegel blickte, formulierten ihre Gedanken weiter in der ihr gewohnten Sprache. Warum vernarren sich bloß alle in unsere Florrie? Was war sie denn schon? Vom Aussehen her hatte sie nicht viel zu bieten, keinerlei Figur; wie eine Bohnenstange sah sie aus. Warum also?

Die einzige Antwort darauf konnte für sie nur *Männer* sein. Sie wandte sich vom Spiegel ab und ging kopfschüttelnd aus dem Zimmer, als wolle sie damit die Wahrheit verdrängen, worüber ihr Inneres über die Anziehungskraft von Florrie Auskunft gab.

Florries Baby wurde kurz vor Mitternacht an einem Donnerstag geboren, aber Abel sah es erst vierundzwanzig Stunden später. Anders gesagt: Achtundvierzig Stunden hatte er sie nicht mehr gesehen. Sie war in bester Laune gewesen, als er sie Mittwoch nachmittag verlassen hatte. Das Kind sollte erst in einer Woche kommen, und lachend hatte sie ihm versichert, sie habe sich in ihrem ganzen Leben nicht wohler gefühlt. Nur habe sie ein paar Pfunde zuviel, die sie wieder verlieren müsse.

Wie gewöhnlich trat er durch die Terrassentür ein. Nachdem er den Schlüssel umgedreht, die Tür ein wenig aufgestoßen und durch den Vorhang geschlüpft war, blieb seine Hand mitten in der Luft stehen. Babygeschrei, er vernahm einen winzigen Babyschrei! Seine Augen weiteten sich, und dann war er auch schon im Zimmer und starrte Fred Donnelly an, der mit einem Tablett aus der Küche kam. Der alte Mann redete zuerst, und dies in der für ihn typischen Art. »Haste dir aber verdammt lang Zeit gelassen, was?«

»Sie … hat es?«

»Was zum Teufel plärrt da wohl, eh? Meine Hunde haben nich' geworfen, die kannste nich' verantwortlich machen.« Er grinste von einem Ohr zum anderen über seinen Witz.

»Geht's … geht's ihr gut?«

»Na, das wirste wohl kaum rausfinden, wenn de hier wie angenagelt stehenbleibst, oder?«

Für einen Augenblick schloß Abel die Augen, lächelte leise und eilte dann quer durchs Zimmer ins Schlafzimmer. Dort blieb er stehen und sah zum Bett hinüber, in dem Florrie von Kissen gestützt saß. An ihrer Seite, in einem Kinderbettchen, lag das schreiende Baby.

Er blickte von einem zum anderen, und wie schon ihr Vater, so mußte auch sie ihn aus seiner Erstarrung lösen. »Nun, wenn du schon die Nase reinsteckst, kannst du auch ganz reinkommen. Jemand möchte dich kennenlernen.«

Das Kind ignorierend, ging er langsam auf das Bett zu, setzte sich auf die Bettkante, beugte sich vor und schloß sie in die Arme. Erst nach geraumer Zeit ließ er sie los. »Geht es dir gut?« wollte er leise wissen.

»Bestens«, versicherte sie ihm nickend.

»Wann ... wann?«

»Gestern nacht kurz vor Mitternacht.«

»Aber ... aber dir ging's doch gut, als ich fortging?«

»Ja, aber kaum warst du fünf Minuten weg, da wußte ich, daß es im Anmarsch war. Ich telefonierte Mrs. Kent, und die kam auch sofort. Später kam dann noch der Doktor. Er sagte, das war die schnellste Geburt, die er seit Jahren gehabt hätte.«

»War es schlimm, hart?«

»Nun«, seufzte sie, »diese Woche möchte ich es nicht wiederholen.«

Er lachte und ließ den Kopf gegen ihre Stirn sinken. So verharrte er. »Bist du denn überhaupt nicht daran interessiert, was wir bekommen haben?«

»O Florrie! Florrie!« Schnell stand er auf, ging ums Bett herum auf die andere Seite und blickte in das Kinderbettchen, aus dem ihm ein verschrumpeltes Gesichtchen mit einem suckelndem Mund und einem Haarschopf, der zu einer Krone hochgebürstet war, entgegenblinzelte.

»Was ist es?«

»Ein Baby.« Ihre Stimme klang übermütig. Dann fügte sie leise hinzu: »Ein Mädchen.«

»Ein Mädchen.« Sein Lächeln verstärkte sich. »Ich bin froh. O ja, da bin ich froh. Du auch?«

»Ja, natürlich. Mir war es egal, was es sein würde, aber ich glaube, ich bin froh, daß es ein Mädchen geworden ist.«

Er kam wieder um das Bett herum und setzte sich. Besorgt wollte er wissen: »Wie wirst du mit allem fertig? Hast du Mrs. Kent gefragt, ob sie hierbleiben kann?«

»Keine Bange, Mrs. Kent war hier. Sie kommt jeden Tag, und Dad … nun«, sie nickte zur Schlafzimmertür hinüber, »er war einfach großartig. Selbstverständlich schockiert er jedermann in Hörweite, aber nichtsdestotrotz – er … er war großartig.« Das Lächeln auf ihrem Gesicht erlosch, als sie endete: »Abel, ich war froh, daß er hier war.«

»Ja, ja, natürlich … Aber ich hätte hier sein sollen.«

»Ich war froh, daß du nicht da warst.«

»Wirklich? Warum?«

»Na ja, du wärst die ganze Nacht hiergeblieben, und dann hätte es Fragen gegeben. Du weißt schon, was ich meine.«

»O Florrie!« Wieder schloß er sie in die Arme und flüsterte in ihr Haar: »Wie soll ich das bloß aushalten?«

»Es wird sich schon alles einspielen. Mach dir keine Sorgen, wir werden uns schon was einfallen lassen.«

Er hob den Kopf und sah sie fest an. »Willst du denn nicht, daß ich immer bei dir bin?«

»Oh, sei nicht dumm!« Sie senkte den Kopf und murmelte: »Frag mich doch so was nicht. Vorher war's schon schlimm genug, aber seit dem Auftritt von Dad und ihr … Abel«, sie hob den Kopf und sah ihn an, »ich hätte keinen frohen Tag mehr, wenn ich wüßte, sie wäre ganz verlassen, ich meine von allen. Zuerst die Familie und dann noch den Ehemann verlieren, da würde sie durchdrehen. Ach, Abel«, sie schlang fest die Arme um ihn, »ich will bei dir sein, jede Minute des Tages, aber ich weiß, ich kenne mich und … und ich könnte nicht wirklich glücklich sein, wenn ich dich ihr ganz wegnehmen würde. Ich weiß, du gehörst mir, jedes kleine Stück von dir gehört mir, darum ist es nicht so schwer für mich zu sagen, ›verlaß sie nicht‹, obwohl ich weiß, für dich ist's schwer dazubleiben. Wie auch immer, laß im Augenblick alles beim alten. Du wirst sehen, irgendwie wird alles ins Lot kommen. Seltsam, wie viele Dinge sich selber richten. Sei glücklich, sei mit mir in diesem Augenblick glücklich. So glücklich und zufrieden war ich nämlich in meinem ganzen Leben noch nicht. Ich bin so glücklich, daß ich anfange, Angst zu haben, daß irgendwas es zerstören könnte. Es hat nichts mit dir oder mir zu tun – ich weiß auch nicht, was es ist. Wahrscheinlich ist es eine ganz natürliche Angst, die das Glücklichsein begleitet. Man hat Angst, es zu verlieren. Wie dem auch sei, keine Bange, du wirst sehen, alles kommt in Ordnung. Weißt du, als ich heute hier so dalag, da mußte ich unwillkürlich denken, wie seltsam es mit all den kleinen Dingen ist, die Wünsche Wirklichkeit werden lassen. Fast so, als sei das Leben aus einem Schnittmuster geschnitten. Und ich glaube, das ist es auch. Eines Tages wird dann alles wieder zusammengenäht. So«, sie nahm seine Hand und verschlang ihre Finger fest mit den seinen, »und nichts und niemand wird uns mehr trennen können.«

4

Dies war die erste Portion Miniaturenten, die er nach Wochen wieder in den Laden trug. Die Stunden, die er nun damit zubrachte, sich um seine Tochter zu kümmern, ließen ihm wenig Zeit für seinen Werkraum. Doch letzte Woche hatte er sich mit einer Energie über seine Holzschnitzereien gemacht, als habe er einen festgesetzten Termin. Seine ernsthafte Hinwendung zur Schnitzerei war nicht nur durch den Wunsch entstanden, mehr zu sparen. Bestand im Augenblick auch keine Notwendigkeit, die Mutter zu unterstützen, so war er dennoch fest entschlossen, von Anfang an für seine Tochter aufzukommen. Für sie, so hatte er beschlossen, war das Beste gerade gut genug, und die Schwarzmarktpreise waren hoch, auch für Babyartikel. Doch seine Arbeitswut entsprang auch seinem tiefen Bedürfnis, ein Kapital wachsen zu lassen und dem Wissen, daß ohne Geld nichts zu haben war.

An diesem besonderen Winternachmittag, an dem sich Graupelschauer mit Schnee und Hagel ablösten, stieß er die Tür zu Roger Lesters Kunstgewerbeladen auf. Der Begriff Kunst hatte einmal viele Nebenartikel umfaßt. Neben Materialien für Künstler hatte es verschiedene bemalte Porzellanteller mit Szenen von Newcastle und Durham gegeben, sogar Sunderland Kristall. Aber heutzutage kaufte Mr. Lester alles auf, was ihm zwischen die Finger kam, doch eine Anzahl leere Regale deuteten daraufhin, daß er nicht sehr erfolgreich war. Daher war sein Willkommensgruß warm und herzlich.

»Hallo, guten Tag. Wie nett, Sie wieder mal zu sehen! Wo waren Sie denn? Ich dachte schon, Sie wären in einen Bombenangriff geraten. Aha«, er klopfte mit dem Finger auf die flache Schachtel, die Abel trug, »kommen Sie, lassen Sie uns mal sehen, was darin ist.«

»Diesmal nicht viel. Aber ich fang' jetzt wieder an.«

Die geöffnete Schachtel stand auf dem Ladentisch und Mr. Lester hob Vögel und Tiere, eines nach dem anderen aus ihren Wattenestchen. »Ah, das ist neu. Eine Amsel?«

»Nein, eine Krähe.«

»Nun, viel Unterschied besteht da ja nicht, schwarz sind sie beide. Und ein Schwan. Schön, schön. Aber nur zwei davon? Aha, die Enten.« Er hob nun zwei der kleinen Enten hoch und stellte sie auf seine Handfläche. Kopfnickend meinte er: »Von all den Tieren, die sie schnitzen, kommt keines diesen hier gleich. Man könnte denken, der kleine Kerl hier pickt sich Flöhe aus dem Gefieder.« Er ließ einen Finger vom Nacken zum Schwanz gleiten. »Ein Kunstwerk. Ich hab's immer gesagt, ein Kunstwerk, stimmt's? In dieses Geschäft hätten sie im großen Stil einsteigen sollen und nicht in Autos und Fahrräder.«

»Vielleicht tu ich das noch.«

»Das wäre klug. Nun, eines kann ich Ihnen sagen: Lang werden die hier nicht im Regal stehen, aber einige werde ich für besondere Kunden reservieren. Heutzutage kann man nichts Richtiges zum Verschenken mehr bekommen; die Leute zahlen jeden Preis. Also, eine ulkige Sache ist mir vor ungefähr einer Stunde passiert. Sie kennen doch den Kleinen von meinem Andy – Stephen? Aus ihrer letzten Sendung gab ich ihm eins, eine Ente, die ihr Gefieder putzt, und wissen Sie, überall schleppt er sie herum, hält sie sogar in der Hand, wenn er schläft. Nun, er war hier im Laden, vor 'ner Stunde, wie ich schon sagte, und herein kommt eine Frau. War wohl auf der Durchreise, denn ich hatte sie nie zuvor gesehen. War nicht hier aus unserer Gegend, sie sprach auch nicht unseren Dialekt. Sie wollte Schreibpapier kaufen. Unser Stephen schwirrte im Laden umher und hielt die Ente, als wäre sie ein Flugzeug – Sie wissen schon, wie's Kinder tun. Und was tut die? Nimmt sie ihm doch das Tier aus der Hand und starrt es an. Und dann fragt sie mich: »Verkaufen Sie die hier?« Und ich sage: »Ja, wenn ich sie kriegen kann.« Darauf sie: »Machen Sie sie selber?« und ich lache. »Ich? Nein, nein! Ich hab' nicht so geschickte Finger.« Und nach einer Weile fragt sie: »Wer macht sie denn?« und ich sage ihr: »Ein Mann von der anderen Seite der Stadt.« Worauf sie fragt: »Ach, ist es ein Mr. ...«, ich glaube, sie sagte »Mason?«, und ich sagte: »Nein, sein Name ist Gray.« Dann drehte sie das Ding in der Hand und besah es sich ganz genau, und ich bin sicher, sie hätte es eingesteckt, wenn Stephen nicht gesagt hätte: »Gib mir meine Ente.«

Dann wollte sie wissen, ob Sie einen Laden hätten, und ich sagte, nein, Sie hätten eine Garage ... Was ist? Was ist los? ... Hier ... ist was mit Ihnen? Kommen Sie, Mann, setzen Sie sich hin. Hier, setzen Sie sich auf diesen Stuhl.«

»Nein, nein!« Abel schüttelte den Kopf. »Wie ... wie sah sie aus, diese Frau?«

»Mager, um die vierzig würde ich sagen, anständig angezogen, blasses Gesicht, kleines Gesicht, wissen Sie. Ich fand, sie sah ein bißchen zänkisch aus.«

»Wann ... wann war sie hier, sagten Sie?«

»Oh, ungefähr vor 'ner Stunde.«

Hals über Kopf rannte Abel zur Tür. »Was ist mit der Abrechnung?« rief Mr. Lester hinter ihm her.

»Ich komme später zurück.«

»In Ordnung. Wenn's Ihnen nichts ausmacht.«

Abel stand jetzt auf der Straße und konnte sich eben noch zurückhalten, wie ein Wilder loszustürzen. Allmächtiger Gott! Lena. Nach all den Jahren – Lena. Es konnte niemand anders sein. Niemand sonst hätte die Ente wiedererkannt.

Lena! Was sollte er tun? Was konnte er tun?

Er rannte über die Straße und sprang auf einen Bus auf. Seine Gedanken rasten, warfen Fragen auf, gaben Antworten, Antworten ohne Hoffnung. Er wußte, sie würde nicht mehr als zwei Minuten brauchen, die Verbindung zwischen dem Namen Gray und Mason herzustellen. O Hilda. Hilda. Hätte er ihr es doch nur gesagt. Diese Enthüllung nach all dem anderen würde sie, wie Florrie gesagt hatte, durchdrehen lassen. In letzter Zeit hatte sie sich ohnehin eigenartig genug benommen. Er war sicher, sie wußte über das Baby Bescheid, und er konnte nicht begreifen, warum sie es nicht offen zur Sprache brachte. Allerdings, Florrie verstand es. Florrie meinte, in ihrer Situation würde sie ganz genauso handeln, wenn sie ihn – Abel – nicht verlieren wollte. O Gott! Ihn verlieren. Könnte er sich doch nur selber verlieren!

Zwei Stationen vor dem Haus sprang er vom Bus ab, blieb aber am Randstein stehen, bis der Bus in der Ferne verschwunden war. Ihm war übel, und er hatte Angst. Auf eines konnte er nicht hoffen, das wußte er, nämlich, daß Lenas Charakter mit den Jahren nachgiebiger geworden war. Sie würde keine Gnade walten lassen. Sie würde alles darangeben, ihn zu Fall zu bringen.

Die ihn überflutende Panik ließ ihn in Schweiß ausbrechen, der ihm durchs Haar hinunter in die Augen rann. Vom Randstein trat er auf die Straße und wurde vom Hupen eines Lastwagenfahrers aufgeschreckt, der den Kopf aus dem Fenster steckte und ihm zurief: »He, Freundchen, warum warteste nich' auf 'ne Bombe?«

Als er die andere Straßenseite erreicht hatte, blieb er für volle drei Minuten bewegungslos stehen. Dann drückte er die Schultern durch, warf den Kopf zurück, strich über die Manteltaschen seines Überziehers, als wolle er die Falten glätten, und setzte sich in Bewegung. Er beschleunigte die Schritte, je näher er dem Garagenhof kam. Eilends überquerte er ihn, trat in die Küche und stand seiner Frau gegenüber ...

Lena hatte sich kaum verändert, außer daß sie kleiner geworden zu sein schien. Sie war noch immer dünn. Auf ihrem Gesicht waren keine Spuren des Mädchens, das er einst geheiratet hatte, zu entdecken. Doch in jedem ihrer Gesichtszüge erkannte er die Frau wieder, die ihm Beschimpfungen nachgerufen hatte, als er vor zwölf Jahren aus der Katentür getreten war.

»Guten Tag, Abel.«

Ihre Stimme glich keineswegs der einer Katze, die eine Maus ärgert, bevor sie sie tötet; vielmehr ähnelte sie dem Gebell von Hunden, bevor diese ihre Beute in Stücke reißen. Und wenn jemals eine Beute gestellt worden war, so war er es.

»Sie will mir nicht glauben.« Langsam deutete Lena mit dem Daumen in die Richtung, wo Hilda auf einem hochlehnigen Holzstuhl saß, und ihn wie gelähmt anstarrte. »Sie hat kaum den Mund aufgemacht. Ihr hat's die Sprache verschlagen. Du bist schon ein schlechter Kerl, Abel, stimmt's? Noch mal so was wie 'ne Ehe mit 'ner anderen Frau einzugehen, wo du doch bereits eine hast? Übrigens, wo ist mein Sohn? ... Heh!« Sie lachte ein kurzes, scharfes, freudloses Lachen. »Hat's dir auch die Sprache verschlagen? Oh, sicher wunderste dich, wie ich dich gefunden hab', was? Du hätt'st nich' mehr diese kleinen Enten machen sollen. Niemand konnte so kleine Enten machen wie du. Also, dann – was wirste jetzt mit mir tun? Na? Na?«

Überraschend machte er einen schnellen Schritt auf sie zu, was sie zu verblüffen schien. Mit tiefer und fester Stimme sagte er: »Folgendes werde ich tun: Nämlich dich rausschmeißen. Und dann kannst du tun, was du nicht lassen kannst. Ich bin vor zwölf Jahren von dir weg, weil ich deinen Anblick nicht länger ertragen konnte, und das hat sich auch nicht geändert.« Lena hatte sich von ihrer Verblüffung erholt, blickte schnell zu Hilda hinüber, dann wieder zu Abel. »Na, so was! Du hast ja verdammt Nerven! Sagtest du, du bist weg von mir, weil du mich nicht mehr ertragen konntest? Von mir bist du weg? O nein, so war das ja wohl nicht. Du hast dich aus Hastings verdrückt, weil die Frau, mit der du was hattest, von ihrem Mann umgebracht worden war. Das hab' ich ihr bereits erzählt.« Wieder deutete sie mit dem Daumen zu Hilda hinüber; doch Hilda rührte sich nicht. »Und wenn du dich nich' weggemacht hätt'st, hätten dich ihre Brüder erwischt, und dann hätt's noch 'n Mord gegeben. Und ich hab' die Konsequenzen deiner Hurerei ausbaden dürfen.«

»Raus! Verstanden? Raus hier! In den zwölf Jahren habe ich mich nicht geändert, und was ich dir an diesem einen Tag damals angedroht habe, könnte ich vielleicht immer noch wahrmachen.«

Noch einen Schritt machte er auf sie zu. Sie wich vor ihm zurück auf die Tür zu, während sie schrie: »Oh, Mr. Abel Mason oder Gray, glaub ja nicht, daß du diesmal so leicht davonkommst. Du gehst in den Knast, und an dem Tag, an dem sie dich einsperren, spring' ich vor Freude in die Luft. Ich werde dem Gericht erzählen, was ich alles durch deine Vernachlässigung gelitten habe und daß du mir mein Kind gestohlen hast. Von diesem Zimmer aus werde ich sofort zur Polizei gehen. Paß also auf und versuch nich' fortzurennen.«

»Geh!« – sein ausgestreckter Arm zeigte auf die Tür – »und hol die Polizei. Ich geh' gern für eine lange Zeit in den Knast, wenn ich dich bloß nicht mehr sehen muß. Und jetzt raus!« Er riß die Tür auf, und rückwärts taumelte sie in den Hof hinunter. Dabei schrie sie aus vollem Hals: »Bei Gott, ich werd' dafür sorgen, daß du deine Strafe kriegst. Ich werd' dich überall im Land bloßstellen, in alle Zeitungen wirst du kommen.«

Er schlug die Tür zu, schnitt ihre Stimme ab und blieb mit dem Rükken gegen die Türfüllung gelehnt stehen.

Er blickte zu Hilda hinüber, die wie zur Salzsäule erstarrt dasaß.

Minuten verrannen, bevor er langsam zu ihr hinüber ging. Er hockte sich auf die Fersen vor sie und versuchte, ihre Hand zu ergreifen. Doch als seine Finger die ihren berührten, zuckte sie zurück, als habe sie einen elektrischen Schlag erhalten. Immer noch sagte sie nichts, sondern starrte ihn nur weiterhin an, und er begann mit ihr zu reden – leise, besänftigend. »Hilda, Hilda, hör mir zu. Ich weiß, ich habe gefehlt. All die Jahre hat es mich belastet; nie habe ich eine Minute Frieden gekannt. Und bitte, glaube mir, um nichts in der Welt hätte ich gewollt, daß du all dies auf diese Weise erfährst. Egal, wie ich mich dir gegenüber verhalten habe, niemals würde ich dich derartig verletzt haben wollen. Jederzeit hätte ich in den vergangenen Jahren einfach fortgehen können, doch ich wußte, das wolltest du nicht, und so bin ich geblieben. Und doch, tief in meinem Herzen habe ich gewußt, daß es eines Tages so kommen würde. Aber ... aber nicht auf diese Art. Ich hätte es dir sagen sollen. Doch irgendwie spürte ich, daß es bedeuten würde, dir etwas zu rauben, eine Familie, und du brauchtest eine Familie ... Hilda, sag doch etwas. Bitte, sag doch etwas.«

Sie sagte nichts, sondern stieß unvermittelt ihren Stuhl zurück und stand langsam auf, wobei sie ihn ständig im Auge behielt. Sie ging um ihn herum, wich dann rückwärts auf die Tür zu und aus dem Zimmer hinaus. Er hörte, wie sie nach oben ging, langsam, als bliebe sie auf jeder Stufe stehen.

Er sank auf einen Stuhl am Küchentisch und bemerkte, daß er immer noch Hut und Mantel trug, doch er machte keinen Versuch, sie abzulegen. Was sollte er bloß tun? Fast unmittelbar wurde ihm die Antwort abgenommen.

Er rannte in die Diele, als er ein donnerndes Gepolter vernahm. Am Fuße der Treppe lag ein Koffer, dann polterte ein zweiter die Treppe hinunter. Für einen Moment starrte er darauf nieder. Er hob sie beide auf, und nun ergoß sich von oben eine Flut von Kleidungsstücken, Anzügen, Schuhen, Hemden, Krawatten, Unterwäsche – alles purzelte die Treppe hinunter. Einiges verfing sich im Treppengeländer, und bald war die ganze Treppe mit seinen Anziehsachen übersät.

Dieser Ausbruch folgte so unvermittelt, daß es erschreckend war. Doch er protestierte nicht. Alles, was ihm jetzt noch zu tun verblieb, war, seine Sachen zusammenzulesen und sie in die Koffer zu stopfen. Aber bald waren beide randvoll und noch genug Kleidungsstücke übrig, um zwei weitere Koffer zu füllen.

Als er die letzten Sachen aus der Diele auf den Küchentisch gehäuft hatte, kam Dick durch die Hintertür herein. Er kam gerade von der Schicht nach Hause und war noch in seinem Overall, die Hände und das Gesicht mit Maschinenöl beschmiert.

Er blieb an der Tür stehen und starrte seinen Vater an. Doch Abel blickte nur kurz zu ihm hinüber und ging dann in die Diele hinaus, um die zwei Koffer zu holen.

»Was ... was ist passiert?«

»Braucht das noch eine Erklärung?«

»Aber ...« Völlig verblüfft betrachtete Dick den Kleiderhaufen auf dem Tisch.

»Deine Mutter war hier.«

»Nein! O Gott!«

Abel hörte auf, seine Unterwäsche in ein Hemd zu stopfen, das er als Sack benutzte und erklärte langsam: »Einerseits bin ich froh, wenn es nicht um ihretwillen wäre.« Er machte eine Kopfbewegung zur Zimmerdecke. »Bleib bei ihr und kümmere dich um sie, ja?«

Dick sah ihn unentwegt an, erwiderte jedoch zuerst einmal nichts. »Meine Mutter?« Das Wort hörte sich fremd in seinen Ohren an. »Wie ... wie sah sie aus?«

»Kannst du dich noch an den Tag erinnern, als wir fortgingen?«

»Ja. Ja, ein wenig – vage.«

»Nun, verbessert hat sie sich nicht. Sie ist nach wie vor ein Drachen.«

»Was wird sie unternehmen?«

»Sie wird dafür sorgen, daß ich für lange Zeit hinter schwedischen Gardinen verschwinde. Das hat sie mir versprochen.«

»Du lieber Gott!«

Abel streckte die Hand aus und packte Dick bei den Schultern. Voller Ernst blickte er ihn an. »Mach dir keine Sorgen. Ich wußte, irgendwann mußte das kommen, und eigenartigerweise ist es eine Erleichterung. Ich werde den Preis zahlen, den man mir auferlegt. Eine andere Möglichkeit gibt's nicht. Danach ... danach kann ich mit Florrie leben.«

»Was ... was geschieht mit ihr?« Jetzt machte Dick eine Kopfbewegung in Richtung Zimmerdecke. Als Antwort drehte sich Abel nur um und zeigte auf den Tisch, dann auf die zwei auf dem Boden stehenden Koffer. »Sie wollte nicht mal zuhören«, erklärte er, »sie sagte überhaupt nichts. Wenn sie mich angesprungen hätte, würde ich mich besser fühlen. Ich mache mir große Sorgen ihretwegen. Also, laß sie bitte nicht allein, ja?«

»Gehst du jetzt zu Florrie?«

»Ja. Wohin sonst?«

»Was ist, wenn meine Mutter zurückkommt?«

»Ich glaube nicht, daß du dir da Sorgen zu machen brauchst, obwohl sie dich vielleicht sehen will. Sie hat von dir als ihrem Kind geredet. Wie auch immer, wenn du sie siehst und hörst, wirst du vielleicht besser verstehen, warum ich fortgegangen bin.«

»Das verstehe ich, das habe ich immer verstanden. Aber was ich nie verstanden habe, ist … nun, deinen Betrug an Tante Hilda.«

Abel beugte sich zu Dick hinüber. »Deine Tante Hilda wollte betrogen werden. Ich habe sie nicht gebeten, mich zu heiraten – das wollte sie. Jetzt kann ich's dir ja sagen: Ich habe ihr sogar angeboten, mit ihr zusammenzuleben. Das hätte ich vorgezogen. O ja, ich hätte diesen Weg vorgezogen, aber bei ihrer religiösen Einstellung wollte sie damit nichts zu tun haben. Ich habe darum kämpfen müssen, daß wir nicht in der Kirche heirateten. Vor dem Standesamt schien es nicht so schlimm.«

»Dad, es tut mir leid.«

»Das weiß ich, Junge. Aber solange nichts zwischen dir und mir steht, sehen die Dinge nicht so schwarz aus. Ich kann dir jetzt auch sagen, es hat mir wehgetan, wie sich in letzter Zeit unser Verhältnis entwickelte.«

»Mir auch.«

»Paß auf. Die Sachen hier lege ich in die Garage. Ich werde wohl zweimal die Tour machen müssen. Aber sobald ich fort bin, rufst du besser Dr. Cole an. Erklär ihm, was passiert ist. Er wird schon wissen, was dann zu tun ist.«

»In Ordnung …, Dad.«

Abel drehte sich vom Tisch weg, den vollgestopften Hemdensack im Arm. Dick sagte, und jetzt hatte sich sein Sprachfehler verstärkt: »Wer … werden … werden sie k … kommen und dich abholen? Ich m … meine, was passiert in so ei … einem Fall?«

»Ich weiß es nicht. Ich weiß darüber genauso wenig Bescheid wie du. Aber das werde ich ja bald herausfinden, nicht wahr?« Er lächelte schief. Dann, in einem Arm das Wäschebündel, nahm er Dick mit dem anderen Arm und drückte ihn fest an sich. »Mach dir meinetwegen keine Sorgen. Bleib nur hier und kümmere dich um alles … und um sie.«

5

Der Inspektor der Kriminalpolizei klopfte an die Wohnungstür des Gartenapparternents. Abel öffnete ihm.

»Ich suche einen Mr. Mason.«

»Der bin ich.«

»Aha. Ich bin Kriminalinspektor Davidson. Ihr Sohn sagte mir, ich könne Sie hier finden.«

»Kommen Sie herein.«

Der Inspektor trat ein und zur Seite, während Abel die Tür schloß. Er tat dies langsam, und genauso langsam ging er an dem Mann vorbei ins Wohnzimmer. Hier deutete er mit der Hand auf die Couch, auf der Florrie das Baby fütterte. »Darf ich bekanntmachen: Mrs. Ford.«

Der Inspektor neigte den Kopf zum Gruß. Florrie stand auf und legte das Kind in eine Ecke der Couch und forderte ihn mit leiser Stimme auf: »Wollen Sie nicht Platz nehmen?«

»Wenn Sie nichts dagegen haben, bleibe ich lieber stehen. Es dauert nicht lange.« Er wandte sich nun Abel zu. »Sie wissen, warum ich hier bin?«

»O ja. Ich weiß, warum Sie gekommen sind.«

»Eine Mrs. Mason hat Anspruch erhoben, Ihre Ehefrau zu sein und hat ihre Heiratsurkunde vorgelegt. Wir haben«, der Inspektor blickte kurz zur Seite, bevor er Abel wieder direkt ansah, »die Richtigkeit des Dokuments mit Sommerset House überprüft. Die Akten dort besagen ebenfalls, daß ein Mann unter dem Namen Abel Gray – unter dem Sie bekannt sind – danach eine Art von Ehe mit einer Person namens Hilda Maxwell eingegangen ist.«

Nachdem Abel diese Ausführungen mit einem einzigen Kopfnicken bestätigt hatte, fuhr der Inspektor fort: »Ich muß Sie darauf aufmerksam machen, daß Sie von nun an nichts mehr zu sagen brauchen. Doch alles, was Sie sagen werden, wird niedergeschrieben und kann als Belastungsmaterial bei Ihrer Verhandlung gegen Sie verwendet werden.«

Abel seufzte. »Sir, ich wäre Ihnen verbunden, wenn Sie mich auf die Polizeistation bringen würden.«

Abel drehte sich um und blickte Florrie an. Ihr Gesicht war unbeweglich, nur ihre Augen verrieten ihre Gefühle.

Wenige Minuten später war er zum Ausgehen angezogen und hatte die Tür, die in die Eingangshalle führte, geöffnet. Dann blieb er stehen. »Nur eine Minute bitte. Ich habe etwas vergessen«, und mit diesen Worten eilte er ins Wohnzimmer zurück, schloß die Tür hinter sich, ging zu Florrie und nahm sie in die Arme. Hart und schnell küßte er sie auf die Lippen. »Mach dir keine Sorgen«, flüsterte er. »Es kommt alles, wie es kommen muß. Doch vergiß nie: auf lange Zeit kann uns nichts mehr trennen.«

Sie gab keine Antwort, schluckte nur und hielt sein Gesicht fest zwischen den Händen.

Auf dem Weg zum Polizeirevier fragte ihn der Inspektor: »Haben Sie einen Anwalt?«

»Nein.«

»Nun, je schneller Sie sich einen nehmen, desto besser.«

»Danke, das werde ich tun.«

»Kennen Sie sich in der Verfahrensweise, die Sie erwartet, aus?«

»Nein, nicht im geringsten.«

»Nun, hätten Sie einen Anwalt, würde der Ihnen raten, auf ›nicht schuldig‹ zu plädieren.«

Verblüfft sah Abel ihn an. »Aber ich bin es doch. Ich habe Bigamie begangen. Ich bin schuldig.«

»Das mag schon sein. Aber wenn Sie auf schuldig plädieren, können die Sie heute nacht dabehalten. Und wenn Sie morgen früh dem Richter vorgeführt werden und noch immer auf schuldig plädieren, kann man Sie bis zu Ihrer Gerichtsverhandlung ins Gefängnis stekken.«

»Würde ich nicht gegen Kaution freigelassen werden?«

»Nicht, wenn Sie auf schuldig plädieren.«

Abel schüttelte den Kopf. Mit einem schiefen Lächeln fragte er: »Und bis zur Gerichtsverhandlung bleibe ich auf freiem Fuß, wenn ich auf ›nicht schuldig‹ plädiere?«

»So wird's gehandhabt.«

Und so wurde es gehandhabt. Auf der Polizeistation ließ er eine ähnliche Prozedur über sich ergehen wie in Florries Wohnzimmer. Sie endete damit, daß er entlassen wurde, um am folgenden Morgen vor dem Richter zu erscheinen.

Abel war etwas durcheinander, als er die Stufen hinunterging und auf die Straße vor das Polizeirevier trat. Für einen Moment blieb er stehen und dachte darüber nach, wo er einen Rechtsanwalt finden könnte. Er hatte nie einen Anwalt gebraucht. Hilda hatte einen, aber zu dem konnte er schlecht gehen. Florrie hatte erwähnt, da sei ein hohes Gebäude in der Cuthbert Street, in dem Anwälte und Wirtschaftsprüfer ihre Büros hätten. Auch sie hatte in Fellburn nie einen Anwalt gebraucht; die rechtlichen Angelegenheiten ihres Geschäftes waren in Newcastle geregelt worden.

Wenige Minuten später stand er vor einem auf Hochglanz polierten Messingschild, das den Namen Thomas Gay & Co., vereidigte Notare und Rechtsbeistand, trug, und darunter befand sich eine Aufstellung von vier Namen, von einem John E. Roscommon angeführt. Er betrachtete die anderen Namen. Nun, es war egal, welchen er nahm. Alle dürften wohl wissen, was zu tun war.

Er betrat das Gebäude und stieg die Treppe hinauf, öffnete eine Glastür, auf der ›Thomas Gay & Co‹ zu lesen stand, und ging auf einen Schreibtisch zu, hinter dem ihm eine spröde, ordentliche junge Frau entgegenblickte. »Ja … bitte?« begrüßte sie ihn.

»Ich … ich hätte gerne Mr. Roscommon gesprochen.«

»Haben Sie einen Termin?«

»Nein.«

»Nun, lassen Sie mich mal sehen«, sie blickte auf ein Buch hinunter, »wie wäre es mit Mittwoch um drei?«

Einen Augenblick sah er sie entgeistert an, dann sagte er mit Betonung: »Ich möchte ihn heute sprechen.«

Erstaunt blickte sie ihn an. »Ich fürchte, das wird unmöglich sein. Mr. Roscommon ist besetzt.«

»Und einer der anderen?«

»Alle sind besetzt.« Langsam schüttelte sie den Kopf und belehrte ihn: »Mit einem Rechtsanwalt müssen Sie vorher einen Termin vereinbaren.«

»Miss Wilton?«

Die junge Frau drehte sich nach dem alten Mann um, der sie angesprochen hatte. Er bedeutete ihr, heran zu kommen, und obgleich Abel nicht hören konnte, was er sagte, so vernahm er doch deutlich ihre Worte. »So geht das nicht. Mr. Blackett würde das nicht zulassen.«

Nun hörte Abel deutlich und bestimmt den alten Mann sagen: »Überlassen Sie Mr. Blackett nur mir«, worauf die junge Dame ein indigniertes »Hm!« von sich gab.

Jetzt blickte der alte Mann Abel an. »Ihr Name, bitte?«

»Gray … Mason … Abel Gray Mason.«

»Würden Sie bitte Platz nehmen?«

»Danke sehr.«

Abel nahm Platz und beobachtete, wie der alte Mann hinter einer Tür verschwand. Unter anderen Umständen hätte er über den ärgerlichen Gesichtsausdruck von Miss Wilton gelacht, doch im Augenblick bezweifelte er, ob er je wieder lachen würde.

Nach fast fünf Minuten kehrte der alte Mann wieder zurück und bat ihn in der gleichen höflichen Art: »Wollen Sie bitte mit mir kommen?«

Abel war klar, daß sein Abgang genauestens von Miss Wilton verfolgt wurde. Während sie einen schmalen Korridor entlang gingen, meinte der alte Mann: »Die junge Dame ist neu hier. Aber sie hat schon ganz recht: Es ist üblich, vorher einen Termin zu machen.«

»Jetzt ist mir das klar, aber ... aber ich brauche im Augenblick dringend Rat.«

»Das verstehe ich. Hier entlang.«

Sie durchquerten jetzt ein Schreibbüro, in dem vier Stenotypistinnen geschäftig auf ihren Schreibmaschinen klapperten, die Köpfe hoben und ihn mit einem kurzen Blick musterten. Dann ging es durch einen anderen Flur, und nun öffnete der alte Mann eine Tür und schob ihn in ein spärlich möbliertes Zimmer.

»Mr. Gray Mason, Mr. Roscommon.«

Der Mann hinter dem Schreibtisch erhob sich langsam, aber trotzdem reichte er Abel kaum bis an die Schultern. Er sagte nichts, sondern deutete nur auf einen Sessel, in den Abel sich niederließ. »Ent ... entschuldigen Sie bitte, daß ich hier so hereinplatze, aber die Zeit ist für mich kostbar, wissen Sie, Sir. Ich muß morgen früh vor dem Richter erscheinen und alles passierte so schnell. Mir war nicht klar ..., nun ja, das mit dem Verfahren ...«

Der kleine untersetzte Mann schloß für einen Augenblick die Augen. »Ist schon gut, Mr. Mason. Nun setzen Sie sich erst einmal bequem hin und fangen Sie ganz von vorn an. Worum geht es?«

»Bigamie«, stieß Abel hervor.

»Aha.« Mr. Roscommon zeigte keinerlei Überraschung. »Wie oft?«

»Oh, nur einmal.« Abel lächelte kläglich.

»Nur einmal.« Mr. Roscommon begann nun, die Papiere auf seinem Schreibtisch hin und herzuschieben. Schließlich fischte er eines heraus – ein leeres – und wiederholte: »So, nun mal ganz von Anfang an.«

Und Abel fing ganz von vorne an. Zwanzig Minuten später hörte Mr. Roscommon auf, sich Notizen zu machen und stellte seine erste Frage: »Wo lebt Ihre Frau jetzt, die legitime Frau?«

»Kei ... keine Ahnung.«

»Sie wissen es nicht? Oh. Na, dann werden wir das herausfinden müssen, nicht wahr?« Er blickte auf die Uhr und meinte laut: »Halb zwölf. Und das ist nicht das einzige, was wir bis morgen früh herausfinden müssen.«

»Wie hat die Frau ..., nun die Frau, mit der Sie als Ihre Frau zusammengelebt haben, die Sache aufgenommen?«

»Sehr schlecht.«

»Besteht Hoffnung, daß sie auf Ihrer Seite ist?«

»Nein, keine.«

»Und Sie haben auf nicht schuldig plädiert?« Er klopfte auf seinen Notizblock, gab sich aber sofort selber die Antwort: »Ja, selbstverständlich, sonst wären Sie ja wohl kaum hier. Also, Mr. Mason, so wie ich es sehe, ist der schlimmste Teil nicht die Tatsache, daß Sie eine andere Frau heirateten, obwohl Sie noch eine Ehefrau hatten, und darauf wird die Anklage auch lauten, sondern der eigentliche Grund, warum Sie Ihre Ehefrau verlassen haben. Vom Standpunkt des Gerichts würde Ihre Geliebte heute noch leben – egal, wie brutal ihr Ehemann oder wie unglücklich sie mit ihm auch war. Hätte es Sie nicht gegeben! Nun, muß ich das noch weiter ausführen?«

Nein, das mußte er nicht. An Alice als seine Geliebte hatte er noch nie gedacht. Man nannte es in der Arbeiterklasse nicht Geliebte – seine Freundin oder sein Mädchen wäre sie genannt worden.

»Nun zu Ihrer Ehefrau. Sie wird wahrscheinlich mit Unterhaltsansprüchen kommen. Wahrscheinlich wissen Sie nicht, wie sie gelebt hat. Damit meine ich – ist sie selber für ihren Lebensunterhalt aufgekommen?«

»Das weiß ich nicht.«

Mr. Roscommon seufzte. »Eine ganze Menge müssen wir herausfinden.«

»Sir, was wird morgen früh geschehen?«

»Oh, Sie werden vor dem Richter erscheinen.« Er schwieg. »Lassen Sie mich mal nachsehen. Was liegt bei mir für morgen früh an? Werde ich mit Ihnen kommen können?« Er zog einen Terminkalender zu sich heran und blätterte darin herum. »Hm, hm. Ja, das geht in Ordnung. Wahrscheinlich wird das Ganze frühmorgens stattfinden. Also dann«, er sah wieder Abel an, »was dann passieren wird? Sie plädieren auf ›nicht schuldig‹, und ich werde um Ihre vorläufige Freilassung bitten für die Zeit, in der Ihre Unterlagen beim Kronanwalt sind. Bis zum Überstellungsverfahren werden Sie also auf freiem Fuß sein.«

»Ist das der Prozeß? Wie lange werde ich darauf warten müssen?«

»Nein, das ist nicht der Prozeß, das ist nur eine Art Vorbereitung. Dieses Verfahren wird in ungefähr drei oder vier Wochen stattfinden. Von dort aus werden Sie dem Geschworenengericht überstellt. Und wo das abgehalten wird, müssen wir abwarten; wird wohl in der dem Überstellungsverfahren nahegelegensten Stadt abgehalten werden. Das könnte entweder Newcastle oder Durham sein.«

»Können Sie mir ungefähr sagen, wie hoch normalerweise die Strafe in einem solchen Fall ist!«

»Oh.« Mr. Roscommon spitzte die Lippen zu einem lautlosen Pfiff. »Bis zu sieben Jahren. Aber das alles hängt davon ab, wer auf dem Richterstuhl sitzt und wer der Kronanwalt ist. Ist der Kronanwalt ein guter Rechtsanwalt, kann er aus grauweiß schwarz machen. Es hängt also von uns ab, Ihnen einen zu besorgen, der aus schwarz grauweiß machen kann. Seien Sie nicht so deprimiert«, nun lächelte Mr. Roscommon das erste Mal, »mir sind Fälle wie der Ihre bekannt, wo der Richter die ganze Angelegenheit abgewiesen hat. Das kann nämlich dann passieren, wenn er selber Ärger mit der eigenen Frau hatte.« Stillvergnügt lachte er vor sich hin.

Mr. Roscommon lehnte sich in seinem Ledersessel zurück und rollte einen Bleistift zwischen den Handflächen. »Wie ist Ihre Frau? Gutaussehend? Ist sie anziehend?«

»Nicht im geringsten. Meiner Meinung nach ist sie ein Drachen und sieht auch so aus.«

»O ja.« Mr. Roscommon nickte. »Für Sie sieht sie selbstverständlich wie ein Drachen aus, aber Sie sind voreingenommen. Doch Sie dürfen nicht vergessen, daß alle Männer, insbesondere die im Gericht, sie nicht mit Ihren Augen sehen werden. Es wird davon abhängen, wie sie wirkt, und das kann das Körnchen auf der Waage sein. Wie dem auch sei«, ganz unvermittelt stand Mr. Roscommon jetzt auf, »ich habe noch eine Menge Arbeit hier zu erledigen. Daher werde ich mich jetzt verabschieden. Bis morgen früh, also.«

Abel war bereits an der Tür, als der kleine Mann ihm die Hand hinstreckte. Er nahm sie, und der Rechtsbeistand schüttelte sie heiter. »Etwas kommt Ihnen zustatten, und das ist der Krieg. Die Anschauungen der Menschen haben sich verändert, haben sich erweitert. Die Behörden sind mit wichtigeren Dingen als mit Familienangelegenheiten befaßt, und wer weiß? Der Richter mag denken, daß sie in einer Fabrik wichtiger für das Land sind als im Gefängnis. Zeitweise, sagten Sie, hatten Sie eine Fahrradreparatur?«

»Ja.«

»Aha. Es hört sich komisch an, aber dieser Krieg ist für viele ein Gottesgeschenk. Einen guten Tag wünsche ich Ihnen.«

»Guten Tag.«

Benommen suchte sich Abel seinen Weg durch das Schreibbüro, den Korridor entlang, am Empfangsbüro vorbei, wo Miss Wiltons Augen ihn wieder verfolgten, und die Treppen hinunter auf die Straße.

Es war Krieg. Für einen Moment hatte er den Krieg vergessen. Er hatte vergessen, daß er die halbe Nacht damit zugebracht hatte, Trümmer von einem Haus abzutragen, Stein um Stein, damit das Gebälk nicht eine alte Frau mit ihrem Hund begrub; beide befanden sich noch im Tiefparterre des Hauses und lebten. Er hatte vergessen, daß man ihn durch die Querbalken, die die halbe noch intakte Wand trugen, jedoch jeden Augenblick einzustürzen drohten, herabgelassen hatte. Er hatte vergessen, daß er mit Gewalt den Hund aus den Armen der alten Frau befreien mußte, bevor er sie hochheben und nach oben schieben konnte, während sie ununterbrochen nach ihrem Hund rief. Sehr vorsichtig hatte er dann den Hund hochgehoben, denn seine Hinterläufe waren zertrümmert. Lange würde er sicherlich nicht überleben. Ihn selber hatten sie gerade noch in letzter Minute rausgezogen. Als er nur Sekunden später zusah, wie die Wand einstürzte, da war ihm übel geworden.

Ganz plötzlich wurde ihm wieder übel, und er fühlte sich sehr müde, und, o Gott, er hatte den Wunsch zu weinen. Er mußte heim, heim zu Florrie.

6

Das Haus war still … tot. Dick schlief noch. Es war erst halb sechs Uhr am Morgen. Die Stadt war noch nicht erwacht, doch selbst, wenn sie zum Leben erwachte, das Haus blieb tot.

Sie stellte den Wasserkessel auf den Gasring und begann die übliche Routine des frühmorgendlichen Teebrühens. Während der Tee zog, öffnete sie den Ofen, legte vorsichtig ein paar Kohlenstücke auf die noch immer heiße Asche und schürte das Feuer, so daß die kalte Asche in das Becken unterhalb des Rostes fiel. Nachdem sie sich eine Tasse Tee ausgeschenkt hatte, setzte sie sich auf einen Küchenstuhl am Tisch.

Während sie ihren Tee schlürfte, starrte sie auf den Verdunkelungsrahmen, der oberhalb des Küchenfensters angebracht war. Ihre

Gedanken sprangen wild durcheinander, wie ihr dies in letzter Zeit zur Gewohnheit geworden war, immer den eigentlichen Problemen ausweichend. Seit drei Wochen nun hatte es keinen Bombenangriff mehr gegeben. Schade, denn sie wünschte sich, dieses Haus möge in Schutt und Asche fallen und sie unter sich begraben, denn für sie gab es nichts mehr, wofür es sich zu leben lohnte. Jeder Mensch auf dieser Welt schien etwas zu haben, wofür es sich zu leben lohnte, außer ihr. Sie versuchte ständig die Tatsache zu verheimlichen, daß sie eine ganze Menge hatte, wofür es sich zu leben lohnte.

Was hätte sie bloß in den vergangenen Wochen ohne Dick und Molly gemacht. Die beiden waren wunderbar. Und es war Dick, der sie festgehalten hatte, wenn sie in den Nächten dieser schrecklichen zwei Wochen ihre Schreikrämpfe bekam. Wäre er nicht gewesen, man hätte sie abgeholt, hätte sie zur Behandlung eingewiesen, wie man das nannte. Sie wußte nicht, was schlimmer war – ihre Schreie oder ihr Gelächter.

Der Doktor sagte, es sei der Schock. War einer dieser Anfälle vorüber, zog sie sich in ein unnatürliches Schweigen zurück, und so verbrachte sie Stunden, sogar Tage, und überdachte ihr Leben. Am Ende stellte sich ihr immer wieder dieselbe Frage: Was hatte sie vom Leben gehabt? Und die Antwort war immer … nichts. Denn niemand hatte sie wirklich geliebt. Ihren angeblichen Vater verbannte sie aus ihren Gedanken, denn geliebt hatte er sie nicht. Während all der Jahre, in denen er sie aufgezogen hatte, hatte er nur den Traum an eine Frau, die ihre Mutter war, gehätschelt. Und doch war es schon seltsam, daß ein kleiner schrecklicher Mann wie er so tief lieben konnte.

Dieses Wort – tief –, das hatte ihrer eigenen Liebe gefehlt. Sie hatte Abel geliebt, doch nicht tief – weder als sie ihn heiratete, noch während all der fruchtlosen Jahre, bis jetzt. Lieber Gott! Und heute, heute zehrte sie das Gefühl, das sie für ihn empfand, auf, wo sie ihn doch eigentlich hassen müßte. Sie haßte ihn auch, doch trotz allem wollte sie ihn, brauchte sie ihn, liebte sie ihn und das tief. Und zum ersten Mal wußte sie, daß dieses Gefühl echte Liebe war und so ganz anders als alles, was sie je in ihrem Leben erfahren hatte. Sie liebte ihn so sehr, daß sie willens war, in ein und demselben Haus mit ihm zusammenzuleben, auch wenn er nicht ein einziges Mal auf mehr als einen halben Meter an sie herankäme. Doch was weit mehr besagte, sie würde frohen Herzens mit ihm zusammenleben zu seinen Bedingungen, auch den Bedingungen, die er hinsichtlich lieben gestellt hatte.

Sie erhob sich von ihrem Stuhl, ging zum Feuer und legte einige Kohlenstücke nach. Dann schenkte sie sich eine zweite Tasse Tee ein und setzte sich wieder. Heute war der Tag, der wahrscheinlich sein letzter Tag in Freiheit sein würde, mit Sicherheit sogar der letzte Tag der Freiheit. Was würden sie ihm wohl geben? Würde das, was sie getan hatte, es in irgendeiner Form verkürzen? Sie hatte Dick gebeten, den Brief dem Rechtsbeistand zu überbringen. Er hatte gezögert. »Du wirst es doch nicht noch schlimmer für ihn machen, nicht wahr?« Sie hatte ihm nur geantwortet: »Nein, es müßte helfen.«

Sie würde sich heute zusammenreißen müssen, um nicht zum Gericht nach Newcastle zu gehen. Wie gerne würde sie ihn wenigstens einmal sehen. Doch sie konnte den Gedanken nicht ertragen, dieser Frau wieder zu begegnen oder Florrie. Aber wenn Florrie klug war, würde sie sich fernhalten. Diese letzte Bemerkung spiegelte die alte Hilda wieder, die herrische Hilda, die verdammende Hilda. Doch auch ihre Gefühle Florrie gegenüber hatten sich geändert. In ihren Schreikrämpfen hatte sie sich selber gesehen, wie sie Florrie ansprang, sie zu Boden warf und so lange auf sie einschlug, bis diese still liegenblieb, wonach sie das Kind gepackt und es fortgeschleudert hatte. Allerdings wußte sie nie, wo das Kind aufprallte. Doch mittlerweile schien ihre Seele ein Abkommen mit Florrie getroffen zu haben. Es war, als existiere Florrie nicht mehr. Sie dachte auch nicht mehr: Wie schön, daß sie jetzt leidet – vielleicht aus der Erkenntnis heraus, daß Florries Leiden, verglichen mit ihrem eigenen, nur von kurzer Dauer sein würde, nur für die Dauer der Zeit, wo sie von ihm getrennt sein würde.

Sie beendete ihr Grübeln, als Dick die Küche betrat und drehte sich zu ihm um. »Du bist aber früh auf.«

»Ja. Ich bin schon seit einiger Zeit wach. Ich hörte dich runtergehen.«

»Ich habe Tee gebrüht.« Sie wollte eben aufstehen, als er meinte: »Schon gut, ich mach' schon.«

Nachdem er sich eine Tasse Tee genommen hatte, ließ er sich auf der anderen Seite des Tisches nieder. Doch bevor er die Tasse an den Mund führte, blickte er sie an. Sie sahen einander in die Augen, und dann legte er seine Hand auf die ihre. Als er sie fest drückte, senkte sie den Kopf und biß sich hart auf die Lippen. »Versuch, nicht daran zu denken. Du kannst nichts tun, niemand von uns kann etwas tun. Es liegt nicht mehr in unseren Händen.«

7

Richter Hazeldean ließ den Blick über den Gerichtssaal schweifen. Könnte er doch bloß seine Gedanken auf den vorliegenden Fall konzentrieren. Doch sein ganzer Körper schien vor lauter Erleichterung zu vibrieren. Nur sein langjähriges Training verhinderte, daß er breit lächelte, hielt ihn davon ab aufzustehen, nach Hause zu laufen und die Arme um seine Frau zu legen, die noch immer in Tränen, Tränen der Erleichterung, schwimmen würde.

Gestern waren sie noch kinderlos gewesen, kinderlos, seit sie informiert worden waren, daß ihr einziger Sohn vermißt sei, vermutlich gefallen. Und nun, an eben diesem Tag, heute Morgen, hatten sie Nachricht erhalten, daß er in Kriegsgefangenschaft war. Beim Absturz seiner Maschine war er verletzt worden und lag seitdem in einem Krankenhaus. Das Ausmaß seiner Verletzung kannten sie nicht – aber er lebte.

Er zwang seine Gedanken wieder zu dem hier zu verhandelnden Fall zurück. Old Benbow war heute früh in guter Form. Leidenschaftlich trug dieser seine Anklage vor. Um des Gefangenen willen hoffte er, daß Collins in seiner Verteidigung genauso gut war. Der Fall war keine klare Sache, es handelte sich nicht nur um Bigamie. Der eigentliche Grund, warum dieser Mann seine Frau überhaupt verlassen hatte … unschöne Sache. Und die Frau – ein kleines, zähes Ding, die Art, die Margaret eine Schnepfe nennen würde. Leise hatte sie angefangen, aber jetzt ließ sie eine kreischende Tirade auf ihren Ehemann vom Stapel, und dies, trotz Mr. Benbows Bemühungen, sie zu beruhigen. Wie war noch der Name? Mason. Mrs. Mason. Na, die zeigte jetzt wohl ihr wahres Gesicht. Hm. Man ahnte, warum es allein schon schwierig war, mit einem Zankteufel wie diesem zu leben. Die Verteidigung protestierte. Er erkannte den Protest an. Dieser Teil war recht aufschlußreich.

Er sah zu dem Angeklagten hinüber. Auf jeden Fall konnte es dieser große Bursche mit Frauen, zumindest schien es so. Wenn das stimmte, was seine legitime Frau da von sich gab, lebte er jetzt mit der Schwester seiner illegitimen Frau zusammen. Eine ganz schöne Liste: eine Geliebte, eine Ehefrau, eine illegitime Ehefrau, noch eine Geliebte. Das war, was bekannt war; es gab vielleicht noch eine ganze Anzahl Unbekannte. In der Tat – ein toller Hecht. Doch wenn man ihn so ansah, in die Kategorie der Don Juans würde man ihn nicht einreihen.

Er war groß, zugegeben, und auf seine Art gut aussehend, doch er machte einen ruhig-zurückhaltenden Eindruck. War auch gut angezogen. Konnte jederzeit als Mittelstand durchgehen, dabei war er nur Arbeiter. Er grinste innerlich. Wahrlich ein Arbeiter, vier oder mehr Frauen! Wahrlich ein Arbeiter – ein hart arbeitender Arbeiter.

Er wünschte, Benbow würde die Frau aus dem Zeugenstand entlassen; er konnte ihre Stimme nicht mehr ertragen. Sie zeterte nun, daß sie sich all die Jahre selber hätte unterhalten müssen. Oh, du liebe Güte, die Verteidigung sprang auf. Er warf einen schnellen Blick auf seine Uhr. Wie lang würde dieser Fall dauern? Es war der letzte vor der Mittagspause. Margaret wollte ihn im Club treffen. Er würde ihr gerne etwas kaufen, etwas Großes. Na, das ließe sich sicher machen. Harrison hatte einen Freund, der wiederum einen Freund auf dem Schwarzmarkt hatte, Juwelenabteilung. Er schmunzelte wieder in sich hinein. Warum nicht? In der Tat, warum nicht? Bevor er das Gericht verließ, würde er ihn aufsuchen.

Ah! Nun wurde es interessant. Er konzentrierte sich wieder auf den Fall. Mr. Collins zog die Verteidigung seines Mandanten vom anderen Ende her auf, er las einen Brief der illegitimen Ehefrau vor. Sieh da, sieh da! Aha, der Gefangene hatte sie gar nicht heiraten wollen. Offenbar hatte er alles in seiner Macht stehende getan, es nicht zu tun. Sieh da, sieh da! Statt dessen hatte er vorgeschlagen, mit ihr einfach zusammen zu leben. Sie jedoch hatte auf einer Zeremonie bestanden. Hm. Hm. Wieviel Ärger hätte sie jedem erspart, hätte sie nicht auf ihrer Zeremonie bestanden. Und dann schrieb sie noch, er sei ein sehr guter Ehemann und seinem Sohn ein wundervoller Vater gewesen. Hm. Hm.

Er blickte wieder zu dem Gefangenen hinüber. Der Mann hatte die Farbe gewechselt. Wenige Minuten zuvor war er teigig-weiß gewesen, jetzt war er knallrot. Gefühl war also vorhanden. Irgendwie konnte man sagen, an diesem Burschen war vielleicht mehr gesündigt worden, als er selber gesündigt hatte. Er gehörte wohl zu der Sorte, die Frauen bemuttern wollen. Immer die Großen wollen sie bemuttern. Er persönlich fand, daß im allgemeinen die großen Kerle schwach und geschwätzig waren. Und Arthur? Arthur war groß und keineswegs schwach und geschwätzig, nein, der war ein Aktivist, ihr Arthur. Wie viele Angriffe hatte er im letzten Jahr geflogen? Aber seine Angriffstage waren nun vorüber. Das Ende des Krieges war in Sicht. Aha, der Bursche stand jetzt im Zeugenstand und hatte auf schuldig plädiert. Offenbar hatte er nichts zu seinen Gunsten vorzubringen. Collins arbeitete hart an seiner Verteidigung, brachte die anderen Gründe, warum er seine legitime Frau verlassen hatte, zur Sprache. Sie war eine ewig keifende Frau gewesen – na ja, das konnte er sich gut vorstellen –, noch dazu faul und brutal ihrem Sohn gegenüber. Der Beweis dafür war, daß der junge Mann nun ein mangelhaftes Hörvermögen besaß.

Jetzt redete er davon, daß der Gefangene und sein Kind einige Wochen lang getrampt seien, und hauptsächlich weil er, der Gefangene, seinem Sohn ein Heim geben wollte, hatte er Mrs. Maxwells Angebot angenommen. Das schien dem Gefangenen nicht im geringsten zu passen, doch Collins gab ihm in diesem Stadium keine Gelegenheit, was zu sagen. Ach je! Wenn er sich doch nur kurz fassen würde! Im übrigen wußte er, welches Strafmaß er dem Burschen geben würde.

Oh! Seine Frau verlangte also Unterhalt für die Zeit, wo sie bei ihrer Cousine in North Shields gewohnt hatte. Jetzt fing sie wieder an zu keifen. Sie sei seine Haushälterin gewesen. Hatte dieser Mann in einer Zweizimmerwohnung eine Haushälterin gebraucht? Sie war eine Furie von einer Frau und verfing sich in Widersprüchen. Er hatte gute Lust, den Burschen frei laufen zu lassen, nur um sie zu ärgern. Er konnte Schnepfen nicht ausstehen. Wäre er an der Stelle des Gefangenen gewesen, so was wie die hätte er auch verlassen. Sie sagte, sie würde sich nie scheiden lassen. Wenn das stimmte, was da angedeutet wurde, so konnte er sich von ihr scheiden lassen. Wer war sein Rechtsbeistand? Er blickte auf seine Notizen. John Roscommon. Roscommon hatte einen guten Ruf, der machte nicht viele Fehler, und auch bei der Verteidigung hatte er einen guten Griff getan. Collins hatte ausgezeichnete Arbeit geleistet. Er hatte aufgezeigt, daß der Bursche fundierte Motive hatte. Und, alle Achtung, auf seine Art war er schon ein mutiger Mann. Man brauchte einigen Mut damals im ersten Weltkrieg als Kriegsdienstverweigerer, denn zu jener Zeit waren es die Frauen gewesen, gegen die man antreten mußte. Wie die Wilden waren sie gewesen, hatten nach Blut gelechzt und hatten es in vielen Fällen auch bekommen.

Aber trotzdem war da noch immer diese Sache am Anfang. Mord war eine häßliche Angelegenheit, egal wie immer es dazu gekommen war, und wie diese kleine Schnepfe da gezetert hatte, würde es noch einen geben, wäre die Familie der Toten nicht bei einem Angriff ums Leben gekommen. Aber nun zur Zusammenfassung. Er mußte dem

Burschen die Leviten lesen, aber er würde – wie Margaret es ausdrücken würde – Gnade vor Recht ergehen lassen.

Er begann seine an den Angeklagten gerichtete Rede.

»All dies ist geschehen, weil Sie den Weg des geringsten Widerstandes gegangen sind. Es gibt viele Männer mit streitsüchtigen Ehefrauen, viele Männer, die sich gerne davonmachen würden. Aber die haben ein Gefühl für Verantwortung und erfüllen das, was sie Kirche und Staat gelobten, als sie an der Ehezeremonie teilnahmen. Dann gibt es da den Grund, warum Sie Ihre Frau verließen. Ich bin sicher, daß Ihnen der Gedanke gekommen ist, daß jene Frau vielleicht heute noch leben würde, hätte es Ihre Verbindung zu ihr nicht gegeben. Man könnte sich fragen, ob sie glücklich gewesen wäre. Doch dies ist ein anfechtbarer Gesichtspunkt. Niemand kann das Ende eines Lebens mit Unglücklichsein rechtfertigen. Und jetzt kommen wir zu Ihrer Bigamie. Es ist Ihr Vorteil, daß die Frau, mit der sie diese Art der Ehe geführt haben, gut von Ihnen spricht. Tatsächlich möchte sie die ganze Schuld dafür auf sich nehmen, und sie rechnet es Ihnen hoch an, daß Sie sich weigerten, sie in der Kirche zu heiraten. Wahrscheinlich wollten Sie damit vor sich selber die Sache wieder geradebiegen, zumindest vor Gott …«

Hier hielt er inne und sandte einen warnenden Blick über den Gerichtssaal als Kichern aufkam. Dann nahm er den Faden wieder auf. »Als Weiteres spricht für Sie, daß Sie in keiner Weise Gewinn aus Ihrer Verbindung mit dieser Frau gezogen haben. Ihr gehörte eine kleine, aber gewinnbringende Firma, als Sie mit ihr die Verbindung eingingen. Soweit ich verstanden habe, ist diese Firma immer noch auf ihren Namen eingetragen, und Sie haben nur einen bescheidenen Wochenlohn erhalten. Wären Sie ein Betrüger statt nur ein schwacher Mann, so hätten Sie – da bin ich mir sicher – mehr aus Ihrer Situation gemacht. Sie hätten sie zweifellos überreden können, die Firma auf Ihren Namen umschreiben zu lassen oder doch zumindest in beider Namen. Aber nichts dergleichen haben Sie getan. Die einzige Art, auf der Sie – wie ich es sehe – von dieser Verbindung profitiert haben, ist, daß Sie für sich selber und Ihren Sohn ein Zuhause bekamen. Während der ganzen Zeit haben Sie dies mit Zuneigung und Freundlichkeit dieser Frau zurückgezahlt, so sehr, daß sie nur Ihr Bestes wünscht. Ich …« Er ließ jetzt den Blick durch den Gerichtssaal schweifen, als suche er ein Gesicht. Sein Blick blieb für eine Sekunde auf Lena ruhen. »Aus der Verhandlung entnehme ich, daß ihre legitime Ehefrau keine Scheidung wünscht, daß sie tatsächlich entschlossen zu sein scheint,

Ihnen Ihre Freiheit nicht zu geben, doch aufgrund Ihrer eigenen Aussage, nie wieder zu ihr zurückzukehren und des soeben vorgetragenen Beweismaterials, scheint es, daß Sie von sich aus Gründe für eine Scheidung haben. Aber dies ist eine andere Angelegenheit.« Er wußte, letzteres hätte er nicht hereinbringen sollen, aber er konnte das Gesicht der Frau nicht ausstehen. Er machte eine Pause, sah auf seine Notizen hinunter, hob dann den Kopf und blickte Abel direkt an. »Es ist wohl kaum nötig zu betonen, daß wir uns im Krieg befinden und Ihre Dienste weit wertvoller außerhalb als innerhalb eines Gefängnisses eingesetzt werden könnten. Aber nichtsdestoweniger haben Sie das Gesetz gebrochen, und dafür könnten Sie für sieben Jahre ins Gefängnis geschickt werden. Aber da ich erkannt habe, daß Sie – wie ich schon ausführte – eher ein schwacher als ein schlechter Mensch sind, verurteile ich Sie nur zu neun Monaten Gefängnis.«

Was hatte der Bursche gesagt? Seine Lippen hatten sich bewegt. Wahrscheinlich ›Danke, Sir‹ und dies mit Erleichterung. Er stand kerzengerade. Nun ja, bei guter Führung konnte er nach sechs Monaten draußen sein, und er gehörte zu den Burschen, die sich anständig aufführen würden.

Also, auf in den Club und zu Margaret und ihrem ersten Lächeln seit Wochen. Dieser Bursche wußte es nicht, aber wäre es nicht wegen der Nachricht über Arthur gewesen, hätte er ihn vielleicht für sieben Jahre hinter Gitter gebracht – Krieg oder nicht Krieg.

Neun Monate. Florrie sah ihren Vater an. »Ja, un' da is' er noch mal gut davongekommen«, nickte er, »hat verdammtes Schwein gehabt. Wie der alte Knabe sagte: sieben Jahre hätt er kriegen können. Un' diese Ehefrau von ihm. Wenn's ihr nach gegangen wär, hätt' sie ihn für dreißig Jahr einsperren lassen. Gott, wenn's je ein Satansweib gegeben hat, das war eins. Kein Wunder, daß er abgehauen is'. Ich hätt sie um die Ecke gebracht. Wenn sie heut so is', wie mag sie dann zu Anfang gewesen sein? Die is' vielleicht dem Richter auf die Nerven gefallen – ständig hat sie unterbrochen. Konnt man merken. Ja, konnt man richtig sehen.«

Neun Monate. Florrie hielt das Kind fest an sich gedrückt, bevor sie es auf die Couch legte. Dann ging sie zum Kamin hinüber, legte die Hände auf den Sims und lehnte den Kopf dagegen. »Ich weiß, er hat mir verboten hinzugehen, aber glaubst du, er hat erwartet, daß ich trotzdem komme?«

»Nee, un' nu sei mal nich' so verdammt weich, Frau, du hättest alles nur schlimmer für ihn gemacht. Wie hätt' denn das ausgesehen? Verläßt seine erste Frau wegen 'ner anderen, geht her und heiratet wieder 'ne andere und lebt jetzt mit der Schwester zusammen, und die sitzt auch noch im Gerichtssaal! Jemand hätt's schon bemerkt, vielleicht noch dieses Satansweib, denn die wußte über dich Bescheid und hat's auch ausgesagt.«

»Hat sie?« Schnell wandte sie sich vom Kamin um.

»O ja, aber der Richter hat ihr da den Hahn zugedreht. Ich sag' dir nur eines: Abel hat heute morgen verdammtes Glück gehabt, denn der alte Hazeldean is' nicht berühmt für kurze Strafmaße. Ich sag' dir, als ich sah, wer auf dem Richterstuhl saß, da hab' ich mit mindestens zwei Jahren gerechnet. Jawohl, das hab' ich.« Heftig nickend sah er sie an.

»Aber neun Monate?«

»Er wird nur sechs absitzen, und was sind schon sechs Monate. Los, Kopf hoch. Komm, ich hol' dir 'n Drink.« Während er auf den Barschrank zuging, sagte sie leise: »Dad«, und ohne sich nach ihr umzudrehen, brummte er: »Was is'?«

»Ich weiß ja, du hast jetzt eine anständige Wohnung, aber ... aber würde es dir was ausmachen, für die nächste oder vielleicht übernächste Woche bei mir zu bleiben? Ich könnte dir die Couch als Bett herrichten und ...«

»Hör schon auf. Hab's bereits geplant. Ich bleib' hier, bis er rauskommt.«

»Danke, Dad.«

Nachdem er zwei Whiskys eingeschenkt hatte, trug er sie zur Couch hinüber und gab ihr ein Glas. »Setz dich. Ich muß dir was erzählen.«

Sie setzte sich. »Komm, trink 'nen Schluck«, befahl er, und als sie gehorcht hatte, fing er an: »Du hast nich' nur dem Richter für seine Milde heute morgen zu danken, wenn sie nich' gewesen wär, hätte für ihn alles ziemlich mies verlaufen können.«

»Du meinst ...«

»Ich meine Hilda.«

Florrie rutschte auf den Rand der Couch vor. »War sie da?«

»Nein, aber sie hat 'nen Brief geschickt.«

»Einen Brief?«

»Jawohl. Der Rechtsbeistand hat ihn vorgelesen. Darin schreibt sie,

sie hätt' ihn praktisch zur Heirat gezwungen, und er sei gut zu ihr gewesen. Sie sagt, er hat nie 'nen Penny aus ihr rausgeholt und hätt's tun können, er hätt' sich das ganze Geschäft unter den Nagel reißen und dann abhauen können. Oder so was ähnliches. Egal – aber ich hab' doch gedacht, ich hör' nich' recht, konnt's einfach nich' glauben, daß unsere Hilda so'nen Brief schreiben würd'. Sie muß sich geändert haben.«

Nach einer Weile meinte Florrie leise: »Das verdanke ich ihr also und noch viel mehr. Und so viel Schreckliches hat sie durchmachen müssen. Ich fühle mich so schuldig ihr gegenüber. Die ganze Zeit über habe ich mich schuldig gefühlt.«

»Ihr eigener Fehler. Sie hat ihn da hineingebracht, hat ihn da hineingezerrt, hat sie ja selber zugegeben. Der Richter sagte, er wär schwach.«

»Er ist nicht schwach!« Ihre Stimme klang aufgebracht. »Er ist freundlich, zu freundlich.«

»Also, nenn's wie du willst, aber ich würd' sagen, er war weich, verdammt weich, daß er sich da nich' durchgesetzt hat und sich zum Standesamt schleppen ließ. Is' ja auch egal, aber wie's aussieht, hat sie ihm die Hälfte der Strafe heute morgen erspart, denn die Aktien standen schlecht für ihn, bis dieser Brief vorgelesen wurde. Warum haben Ankläger eigentlich immer die größere Klappe als die, die verteidigen, eh? Mein Gott, hättest hören sollen, wie der Kerl auf ihn losging. Man hätte meinen können, Hitler ständ vor Gericht. Aber weißte was? Anklage oder Verteidigung, das alles is' 'n abgekartetes Spiel, denn als ich draußen wartete, um Abel wenigstens zuzunicken, kommen die beiden doch heraus, spazieren friedlich nebeneinander und grinsen wie die Füchse, sogar lachen hab' ich sie gehört, als sie durch die Tür kamen. Himmel, Arsch und Zwirn! Da hat doch keiner 'ne Chance. Ich möcht' wetten, daß die alles schon verhackstückt hatten, bevor sie überhaupt in den Gerichtssaal kamen.« Er spülte den Rest Whisky hinunter, und während er das Glas auf den Tisch absetzte, meinte er kopfschüttelnd: »Ich kann's immer noch nicht fassen, daß er nur neun Monate gekriegt hat.«

Neun Monate. Und vielleicht wurde er nach sechs entlassen. Doch selbst dann konnte sie sehen, wie sich die Tage endlos lange dahinzogen, sieben Tage in einer Woche, vier Wochen in einem Monat. Vierundzwanzig Wochen, bevor sie ihn wiedersehen würde! Nein, das mußte ja nicht sein. Plötzlich drehte sie sich um und hob das Baby hoch. Sie konnte ihn doch besuchen. Natürlich. Wo hatte sie bloß ihre fünf Sinne gelassen? Gestern nacht hatten sie über alles und jedes geredet, doch nicht über die Möglichkeit, ihn im Gefängnis zu besuchen. Seine letzten Worte heute morgen, als er sie fest umschlungen hielt, waren gewesen: »Was immer passiert, vergiß nicht, es gibt nur dich, es wird immer nur dich geben.«

Abel! Abel!

»Komm, Mädchen, nu' hör schon auf. Für heute genug davon! Es gibt da noch 'n Baby, um das du dich kümmern mußt, und das Leben geht nun mal weiter.« Er lachte polternd. »Wenigstens so lang Hitler seine verdammten Bomben für sich behält.«

8

Der Geistliche Gilmore nahm seine charakteristische Pose ein – die Hände in Taillenhöhe übereinander gelegt, den Oberkörper leicht vorgebeugt – und begann: »Hilda, ich muß mit Ihnen reden. Es ist wichtig, wichtig für uns beide. Wollen wir uns niedersetzen?«

»Lieber nicht. Ich bin … bin beschäftigt.«

Der Vikar zeigte keine Überraschung über dieses Verhalten und bewies dies auch mit Worten. »Ich verstehe so gut, wie Sie empfinden und was Sie in den vergangenen Monaten durchlitten haben. Keiner weiß das besser als ich oder hat mehr mit Ihnen gefühlt als ich. Aber heute muß ich offen reden.«

Er reckte sich leicht, bevor er fortfuhr: »Sie wissen, ich bin Ihnen seit Jahren Ihr Freund gewesen. Sie haben meinen Rat gesucht, und ich habe ihn Ihnen immer nach bestem Wissen und Gewissen gegeben. Aber heute will ich … nun, ich bin nicht gekommen, um Ihnen irgendwelche Ratschläge zu geben, ich bin gekommen, Ihnen eine Frage zu stellen.«

»Mir wäre lieber, Sie würden's nicht tun, Mr. Gilmore.«

»Warum nicht?«

»Weil ich Ihre Frage nicht hören will.«

»So wissen Sie also, was es ist?«

»Ich habe eine ungefähre Vorstellung davon.« Als sie sich von ihm abwandte, legte sich seine Hand auf ihren Arm. Ruhig blieb sie stehen und drehte sich zu ihm um. »Hilda, ich biete Ihnen eine Ehe an, eine achtbare Ehe.« Worauf sie kurz und bündig fragte: »Dieselbe Art Ehe, die sie mir einredeten, mit Mr. Maxwell einzugehen?«

Er warf den Kopf zurück, seine Gestalt richtete sich zur vollen Größe empor, doch immer noch hielt er sie fest. Mit veränderter Stimme beeilte er sich klarzustellen: »Nun, Sie waren keineswegs mehr ein junges Mädchen. Sie wußten, was von einem solchen Antrag zu erwarten war.«

»Das wußte ich nicht, nicht wirklich. Nein, das wußte ich nicht. Ich war ein junges Mädchen und noch unschuldig.«

»Dann haben Sie mich, Mr. Maxwell und sich selber getäuscht. Aber ... aber heute, Hilda ...« Er wollte sie an sich heranziehen und war höchst erstaunt, als sie ihren Arm mit einem Ruck seinem Griff entzog und ihm kalt in die Augen blickend sagte: »Mr. Gilmore, ich würde Sie nicht mal heiraten, wenn Sie der letzte Mann auf Gottes Erdboden wären. Und danken tue ich Ihnen auch nicht für Ihr Angebot. Wenn ich zurückblicke, kann ich sagen, Sie haben in meinem Leben mehr Schaden als Gutes angerichtet, zumindest haben Sie mich dazu gebracht, mehr Schaden als Gutes anzurichten.«

»Hilda! Wie können Sie es wagen, so etwas zu sagen?« Er war ehrlich schockiert und zeigte es auch. »Sie haben sich verändert. Das Unglück, das über Sie gekommen ist, hat Ihren Charakter vollkommen verändert.«

»Nun, wenn dem so ist, so muß ich dem Unglück wenigstens für etwas Positives dankbar sein. Und wie ich schon sagte, ich bin beschäftigt, und ich wünschte, Sie würden jetzt gehen. Außerdem brauchen Sie mich nicht mehr in der Kirche zu erwarten.«

Wie versteinert stand Mr. Gilmore da, doch dann schien er sich auf seine Berufung zu besinnen und zwang sich zum salbungsvollen Abgang. »Hilda, was immer Sie mir gegenüber empfinden mögen, Sie dürfen es nicht an Gott auslassen. Es hilft Ihnen überhaupt nichts, wenn Sie Gott verleugnen.«

»Ich verleugne den Allmächtigen nicht. Ich sagte Ihnen lediglich, daß ich Ihn unter Ihrer Führung nicht mehr suchen werde. Ich werde schon meinen eigenen Weg zu Gott finden, zumindest hoffe ich das.«

»Ich hoffe es auch. In der Tat, dies hoffe ich auch.« Sein Ton glich jetzt dem eines Schullehrers, der einen Kampf mit einem Schüler verloren hat. Er sandte noch einen Blick auf sie hinunter, bevor er aus dem Raum stolzierte.

Hilda ließ sich auf das Sofa sinken, stützte den Ellbogen auf die

Armlehne auf, legte den Kopf in die Hand und fragte sich, wie sie nur all die Jahre diese frömmelnde Salbaderei hatte akzeptieren können. Aber daß sie ihm gegenüber so aufgetreten war, bewies zweifellos ihre Wandlung. Sie erkannte sich selbst nicht mehr wieder. In letzter Zeit hatte es Phasen gegeben, da hatte sie sich vor dem, was mit ihr geschah, gefürchtet. Dinge, die sie noch ein Jahr zuvor verdammt und dies auch Abel zu verstehen gegeben hatte, womit sie von ihm entweder wortlose Verachtung oder offenen Ärger geerntet hatte, diese Dinge bemerkte sie nicht einmal mehr.

In der Nacht, wenn sie sich fürchtete, allein im Haus zu sein, wartete sie an der Toreinfahrt auf Dicks Rückkehr von der Spätschicht oder vom Kinobesuch mit Molly und beobachtete die uniformierten Männer, wie sie, den Arm um ein Mädchen geschlungen, in Richtung der Außenbezirke und einsamen Gassen gingen und dachte nicht mehr: »Skandalös! So etwas sollte unterbunden werden. Jede Nacht eine andere, ohne Zweifel.« Jetzt gingen die Paare an ihr vorbei, ohne daß sie im stillen einen Kommentar abgab; eher erweckten die eng umschlungenen Paare in den Trümmern ihres Inneren ein Gefühl der Eifersucht.

Letzte Nacht, als sie mit weit offenen Augen gegen die Kissen gelehnt im Bett saß, hatte sie sich gefragt, ob sie nun gern Abel glücklich machen würde, gäbe es für sie noch eine Chance. Doch sie sagte sich, daß dies eine dumme Frage sei, denn nie wieder würde sie diese Chance erhalten. Eine Frau wie sie erhielt nie eine zweite Chance. Zweite Chancen wurden nur sparsam vergeben und dies an Menschen wie Florrie, die keine Angst hatten, zuzupacken; an Menschen, die das Leben an sich rissen und es auslebten. Es auslebten, als sei jeder Tag ihr erster und letzter.

Ein dreimaliges Hupen ließ sie aufstehen. Das war das Signal, daß Arthur Hilfe brauchte. Das war auch etwas, was sie nie zuvor gewürdigt hatte: nämlich all die Arbeit, die Abel in der Firma verrichtet hatte. Nicht nur hatte er Autos repariert, sondern auch Fahrräder, und das war oftmals ein Meisterstück, besonders wenn er seine eigenen Ersatzteile herstellen mußte. Auch um den reibungslosen Ablauf des Betriebes hatte er sich gekümmert. Sie hatte immer geglaubt, die Firma zu leiten, weil sie sich um die Bücher kümmerte, doch während der vergangenen Monate war sie zu anderen Einsichten gekommen. Sie mußte auch lernen, daß Arthur Baines für sie keineswegs so arbeitete wie für Abel. Sie war eine Frau, und wie er ihr immer wieder geschickt zu verstehen gab, konnte sie nicht einmal ein Chassis von einem Stoßdämpfer oder einen Dreisatz von einem Schlauch unterscheiden. Sie hätte ihn da eines Besseren belehren können, aber ihr war klar, ließ sie sich auf eine Diskussion mit ihm ein, würde er einfach kündigen und Männer, selbst alte Männer, waren heutzutage rar.

Sie war des Geschäftes so überdrüssig, sie hatte es rundherum satt. Vielleicht, wenn der Krieg zu Ende war und Dick das Geschäft übernehmen würde und sie sich zurückzog ... und was dann tun? An Gruppenreisen teilnehmen wie wohlhabende Witwen vor dem Krieg? Oder auf Seereise gehen in der Hoffnung, einen Mann zu angeln? Nein, sie durfte das Geschäft nicht aufgeben. Krieg oder nicht Krieg, sie mußte Arthur klarmachen, daß es sie immer noch gab. Aber ach, was für eine Anstrengung war das.

Als sie die Küchentür öffnete, erblickte sie Dick, der den Hof hinaufgerannt kam. Heute war sein freier Tag in der Fabrik, und er war seit acht Uhr heute morgen fort. Jetzt ging es auf vier zu. Sie fragte ihn nie, wohin er ging, denn meistens, wenn er ohne Molly ausging, wußte sie, welches Ziel er hatte. Wieder und wieder hatte sie ihn fragen wollen, wie Abel das alles verkraftete, aber sie konnte es einfach nicht über sich bringen, und er selber erwähnte seinen Vater nie. Als er sich heute früh aufgemacht hatte, war ihr klar gewesen, wohin ihn sein Weg führte.

Sie trat in die Küche zurück. Arthur Baines konnte warten.

Sie wartete auf Dick. Er lächelte sie an, als er ins Zimmer trat. Während er den Mantel auszog, schnaufte er: »Puh! Ist mir heiß ... Alles in Ordnung?«

»Ja.«

»Irgendwas passiert?«

»Nein. O doch, ich hatte Besuch von Mr. Gilmore.«

»Aha.«

»Ich glaube nicht, daß er noch mal herkommt.«

»Nein?« Dick zeigte große Überraschung. Sie schüttelte den Kopf und sagte ohne Lächeln: »Er hat mir einen Heiratsantrag gemacht.«

»Du lieber Gott!«

»Ja, du lieber Gott.«

»Entschuldigung. Du hast doch abgelehnt, oder?«

»Ja.«

»Hat der 'nen Nerv. In seinem Alter. Der dürfte doch schon bald pensioniert werden.«

»Wäre er auch schon längst. Nur wegen des Krieges haben sie ihn gehalten. Wie dem auch sei, ich sagte es schon, er wird nicht wieder herkommen, und ich werde nicht mehr zu ihm in die Kirche gehen.«

»Du wirst nicht mehr in die Kirche gehen?« Unwillkürlich zog Dick die Augenbrauen hoch.

»Auf jeden Fall nicht in die seine. Vielleicht in gar keine mehr. Hängt ganz davon ab, wie stark mein Bedürfnis ist.«

Impulsiv ergriff er ihre Hand. Sie senkte den Kopf und murmelte: »O Dick!« Er legte tröstend den Arm um sie.

Sie entzog sich ihm, blinzelte ein paarmal mit den Augen und rieb sich hart über den Mund. »Hast du schon was gegessen?«

»Nein. Ich verhungere gerade.«

»Warte 'ne Sekunde, ich habe einen Auflauf im Ofen. Ich geh' nur schnell und seh' nach, was Arthur will. Dann kriegst du was.«

Als sie wiederkam, hatte er bereits den Tisch gedeckt. »O gut!« meinte sie, häufte seinen Teller voll und stellte das Essen vor ihn hin.

Er blickte auf ihren leeren Teller. »Und was ist mit dir?«

»Ich habe keinen Hunger.«

»Du solltest aber was essen.«

Die Andeutung eines Lächelns lag jetzt auf ihren Lippen. »Es gab Zeiten, da hast du mir immer gesagt, ich würde zu viel essen.«

»Ja, das weiß ich, aber jetzt ißt du zu wenig, du fällst ja ganz vom Fleisch.«

»Na, das ist doch nur gut. Zum ersten Mal in meinem Leben bekomme ich eine Figur.«

Er nahm Messer und Gabel auf, ließ dann jedoch die Hände neben seinen Teller sinken. »Ich war heute bei ihm, und soweit ich weiß, wird er in zwei Wochen entlassen.«

Er blickte sie an.

»Ich bin froh«, entgegnete sie leise. »Glaub mir, sehr froh.« Sie nickte bekräftigend.

»Er hat sich nach dir erkundigt.«

Eine ganze Minute lang starrte sie ihn an. »Dick, du brauchst nicht extra freundlich zu sein. Mir wär's lieber, du tätest das nicht.«

Er ließ Messer und Gabel auf den Tisch fallen und beugte sich vor. »Ich bin nicht extra freundlich. Ich hab's nie zuvor gesagt, oder? Und besucht habe ich ihn oft. Ich sage dir, er hat sich nach dir erkundigt. Er hat gefragt: Wie geht's Hilda? Ich glaube, er weiß besser als jeder andere, daß seine Gefängnisstrafe zwei- oder dreimal so hoch ausgefallen wäre, hätte es nicht deinen Brief gegeben.«

Sie ging um den Tisch herum und zur Feuerstelle hinüber. »Das … das war das wenigste, was ich für ihn tun konnte. Ich hatte mich ja genauso unfair ihm gegenüber verhalten. Ich … ich habe ihn nie glücklich gemacht. Verstehst du?« Sie wandte den Kopf zur Seite. »Ich fühlte, daß ich ihm etwas schulde. Wäre ich vernünftig gewesen und nicht so verdammt engherzig, wäre er vielleicht niemals zu Florrie übergelaufen, obwohl … obwohl ich weiß, sie hatte es ihm vom ersten Augenblick an angetan.«

Über den Tisch hinweg blickte Dick auf den gesenkten Kopf. Es war nicht das erste Mal, daß sie in den letzten Monaten leichte Schimpfwörter benutzte. Wie sehr sie sich doch verändert hatte. Dad würde sie kaum wiedererkennen. Wie schade, daß jetzt alles zu spät war.

Während er sie so betrachtete, erkannte er, daß er sie liebte, als sei sie seine Mutter, seine leibliche Mutter, und seit Jahren war sie das ja auch für ihn gewesen. Diese andere Frau, diese Frau im Gerichtssaal an jenem Tag – Gott nur wußte, wie sehr er seinem Vater Alice und die Konsequenzen aus dieser Verbindung mit Alice übelgenommen hatte, doch der Anblick seiner Mutter an jenem Tag im Gericht hatte ihn reingewaschen. Sie war eine Furie, eine zänkische, miese Furie. Er fühlte, daß er nichts von ihr geerbt hatte und hatte tatsächlich zu Gott gebetet, daß, sollten er und Molly verheiratet sein und Kinder bekommen, sich in keinem die Großmutter zeigen würde.

Nach der Verhandlung hatte sie ihn auf der Straße erwischt. Auf den Fluren des Gerichts war er ihr erfolgreich ausgewichen. Nun stand sie direkt vor ihm. »Na, viel sind wir ja nich' gewachsen, was?« Und augenblicklich fühlte er sich in die Hütte zurückversetzt, wo sie ihn anschrie: »Wo hast du dich rumgetrieben? Heb dies auf! Heb das auf! Nimm gefälligst das!« Jedesmal, wenn er daran dachte, wurde er sich der leichten Taubheit in seinem linken Ohr bewußt. Doch was sie als nächstes sagte, hatte ihn in Wallung gebracht. »Na, wenigstens hat er endlich seinen Lohn gekriegt.«

Seine Antwort darauf war laut ausgefallen. »Nur schade, daß du deinen nicht gekriegt hast«, worauf er sich umgedreht hatte und davongegangen war. Sie hatte ihm noch nachgerufen: »Undankbare Saukerle – wie der Vater, so der Sohn!«

Der Zusammenstoß war nur kurz gewesen, eine Sache von Minuten, aber er hoffte, sie nie wiedersehen zu müssen.

Er schob den Teller zur Seite, stand vom Stuhl auf, ging um den

Tisch herum und legte die Hände auf Hildas Schultern. »Ich möchte dir etwas sagen, was ich dir nie zuvor gesagt habe. Für mich bist du meine Mutter. Das warst du schon von dem Augenblick an, als ich in dieses Haus zog. Ich werde dich nicht mehr Tante Hilda nennen. Von nun an werde ich Mam zu dir sagen, denn das warst du immer für mich. Und ich möchte dir für deine Fürsorge und die Aufmerksamkeit danken, die du mir all die Jahre gegeben hast ...«

»O Dick! Dick!« Ihre Stimme brach, ihre Augen füllten sich mit Tränen; aus ihrem Mund rang sich ein langgezogener Klagelaut. Er zog sie an sich und drückte ihr Gesicht fest an seine Schulter, doch gleichzeitig fuhr er sie grob an: »Hör auf! Fang nicht schon wieder an. Darüber bist du jetzt hinweg. Jetzt hör mir zu. Sei still!«

Doch ihr Schluchzen verstummte nicht. So packte er sie bei den Schultern und schüttelte sie, obwohl ihm selber nach Heulen zumute war. »Nun paß mal auf. Ich habe nur zwei Stunden Zeit, bevor ich meinen Dienst antreten muß, und ich möchte mich baden und umziehen und dann zu Molly hinüber gehen. Aber all das kann ich nicht tun, wenn du nicht aufhörst. Na also! Und dann möchte ich dir noch etwas anderes sagen: Molly hat Dienst oben am Primrose Square, und ich bin heute für die Schule eingeteilt. Seit einer Woche, seit Mrs. Radcliffe Grippe hat, haben sie dort Mangel an Freiwilligen. Wie wär's also, wenn du mitkommst und das Telefon übernimmst. Das ist besser, als hier allein rumzusitzen.«

»Das ... das kann ich nicht.« Sie trocknete sich die Tränen an einem Geschirrtuch ab, das sie von der Ofenstange heruntergezogen hatte. Es schnürte ihr fast die Luft ab, als er sie zu sich herumwirbelte. »Du kannst das sehr wohl. Schau, ich mach' mir die größten Sorgen, wenn du hier allein im Haus bist. Du gehst nicht in den Luftschutzkeller, und ich weiß nie, was du gerade anstellst.«

»Die Angriffe haben nachgelassen. Seit Ewigkeiten hat's keinen mehr gegeben. Wahrscheinlich kommen auch keine mehr.«

»Und was ist mit den V 1 über der Südküste? Als nächstes können wir an der Reihe sein. Und nun Schluß mit den Ausreden. Du kommst mit, basta. Und nun werde ich – wenn du nichts dagegen hast – mein kaltes Essen essen.« Er blickte über den Tisch. »Wo ist mein Tee? Sag bloß nicht, ich soll keinen Tee trinken, wenn's Fleisch gibt. Ich habe immer Tee mit Fleisch zusammen gehabt.«

Sein Poltern zeigte Erfolg. Sie stellte den Wasserkessel auf und eilte geschäftig in der Küche umher. Als er ihr zuschaute, wurde ihm das

Herz schwer. Sie hatte es verdammt schwer. Sie hatte ihre Fehler, aber wer hatte die nicht? Und sie hatte nicht verdient, was sie bekommen hatte.

Unwillkürlich dachte er, wenn es Florrie nicht gäbe, würde sein Dad hierher zurückkommen, und die Dinge würden für die beiden ganz anders aussehen. Aber Florrie war tief im Leben seines Vaters verankert, so fest und beständig wie das Zementfundament einer Brücke.

Nur noch zehn Minuten bis zu seiner Ablösung. Er sah zu Hilda hinüber, die vor dem Ofen saß. Sie sah müde aus. Er lächelte ihr aufmunternd zu und deutete zur Uhr hinüber und sah dann zu Henry Blythe, der zusammen mit George Thompson dastand und sich lachend über die Kinderkreidezeichnungen, die auf die Trennwand gesteckt waren, unterhielt. »Ich glaube, das hier soll wohl eine Messerschmitt sein«, sagte gerade Henry Blythe, »die hat er so groß wie ein Streichholz gemacht, aber hier der Lancaster Bomber ist fast einen halben Meter groß.« In diesem Augenblick heulten die Sirenen über ihnen auf. Alle sahen sich an. Beinahe gleichzeitig stießen sie aus: »O nein! Doch nicht wieder. Nach sechs Wochen!« Hastig ergriff jeder Schutzhelm und Mantel. »Glauben Sie, Sie schaffen das mit dem Telefon?« fragte Henry Blythe Hilda.

»Ja, aber ich … ich muß doch hier nicht ganz allein bleiben, oder?«

Leicht überrascht sah er sie an. »Nein, nein. Irgend jemand ist schon hier. Zwischendurch muß der vielleicht mal weg. Hängt alles vom …«

Dick unterbrach ihn. »Ist schon gut, mach dir nur keine Sorgen. Setz dich hierher«, er geleitete sie um den Schreibtisch herum, »und wenn Gespräche kommen, notier dir alles. Einer von uns muß hier sein, um den Laufburschen zu spielen.« Er lächelte ihr zu.

George Thompson informierte die anderen: »Ich seh' in den Häusern nach. Mary und Ronnie Biggs sind zusammen auf der Nordseite, aber Hannah Farrow ist ganz allein.« Er knöpfte sich den Mantel zu, rückte seinen Schutzhelm zurecht und ging hinaus.

»Na, dann setz' ich mal 'nen neuen Pott Tee auf.« Henry Blythe nahm den Teetopf und ging zur Küche. Das Pop-pop der Flakgeschütze drang zu ihnen. Dick blickte Hilda an. »Mach dir nur keine Sorgen. Die sind weit hinten auf der anderen Seite der Stadt. Ich glaube nicht mal, daß sie drüber sind. Könnte auch Gateshead oder Newcastle sein.«

Als Dick das nächste Mal das Pop-pop der Flakgeschütze hörte, wußte er, daß sie nicht weit entfernt waren, sondern jetzt aus der Stadt kamen: Bog's End, was gleichbedeutend mit der Hafenanlage war. Doch bis jetzt waren noch keine Explosionen zu hören.

Minuten vergingen. Henry Blythe kam mit einem Emaille-Teetopf, gefüllt bis zum Rand, zurück und begann, drei Becher einzuschenken. Er reichte eben Hilda einen Becher über den Holztisch hinweg, als das gesamte Schulgebäude erschüttert wurde.

Bei der nächsten Explosionserschütterung kauerten die drei zusammengeduckt in dem Unterstand, der gegen die Wand des Klassenzimmers eingerichtet worden war. Jetzt erzitterte das Gebäude unter einer dritten, dann unter einer vierten Explosion.

Stille folgte, in der sie unter dem Schutzdach hervorkrochen und aufstanden.

Das Telefon klingelte. Henry Blythe beugte sich über den Tisch und hob den Hörer ab, nickte drei, vier Mal bevor er ihn zurücklegte. Zu Dick gewandt teilte er mit: »Den unteren Teil vom Brampton Hill hat's schwer getroffen. Die müssen Wind von der Fabrik gekriegt haben, aber die haben sie verfehlt. Hat offenbar viele große Gebäude in Trümmer gelegt. Sie brauchen Hilfe, soviel sie kriegen können. Ich gehe runter und nehme die anderen mit. Du kommst hier zurecht, Dick, ja? Macht weiter hier.«

»Mr. Blythe, wenn ... wenn es Ihnen nichts ausmacht, würde ich lieber mitgehen. Wissen Sie ... nun«, er warf einen Blick zu Hilda hinüber, die ihn mit weit aufgerissenen Augen ansah, »ich ... ich hab' da unten eine Tante, wohnt in Nummer 46. Ich möchte mich gern vergewissern, wenn Sie nichts dagegen haben.«

»Oh, ich hab' nichts dagegen. Mach, daß du fortkommst. Sag aber den anderen Bescheid.«

Lange bevor er die Hügelkuppe erreicht hatte, lief er durch den orange glühenden Flammenschein. Als er oben auf dem Abhang stand und nach unten blickte, drehte sich ihm fast der Magen um. Man hatte was vom unteren Teil vom Brampton Hill gesagt. Es mochte zwar ebenfalls in diese Richtung gehen, aber die Häuser, die in Flammen standen, lagen knapp oberhalb des mittleren Teils, und 46 lag ebenfalls knapp oberhalb der Mitte.

Weiter unten am Hügel mußte er sich seinen Weg um Feuerwehrfahrzeuge herum, über Wasserschläuche und durch aufgescheuchte Menschenmassen bahnen. Dann erreichte er die Stelle, wo einst das Tor gestanden hatte und blickte auf die Feuerwand an einem Ende des Hauses, dann zu einem hoch aufgetürmten Trümmerhaufen aus Ziegeln und Verputz auf der anderen Seite. Dorthin rannte er. Menschen wurden zu Ambulanzwagen geführt. Seine Stimme klang hoch und abgehackt, als er einem Uniformierten nach dem anderen die Frage zuschrie: »Sechsundvierzig? Sind das Leute von sechsundvierzig?« Als Antwort erhielt er: »Wo ist sechsundvierzig? Sechs Häuser hat's erwischt.«

Schiebend und stoßend bahnte er sich seinen Weg über das, was einst die Auffahrt gewesen war. Im Widerschein des Feuers konnte er erkennen, daß eine Seitenwand des großen Hauses noch stand und in der Luft hängend ein Teil des dritten Stockwerks. Es mußte wohl das Dachgeschoß gewesen sein und wurde jetzt nur noch von einem Teil des Daches gehalten, das wiederum von der noch stehengebliebenen Wand getragen wurde.

Der Lärm und die Verwirrung, der Brandgeruch vermischt mit dem Schreien der Menschen machten ihn krank und schwindelig.

»Hier, faß an!« Das Ende eines langen Balkens wurde ihm in die Arme geschoben, und ohne Protest trug er ihn rückwärts, während zwei andere Männer den vorderen Teil vorsichtig aus einem Trümmerhaufen zogen. Als der Balken abgelegt worden war, eilte er nach vorn. »Was ist mit der Gartenwohnung?«

»Was?« Das Gesicht des Mannes, der sich zu ihm umdrehte, war wie mit Kohle bedeckt.

»Die Gartenwohnung. Hier stand eine Gartenwohnung.«

»Hier ist alles flach, Freund, siehste ja selber.«

»Und die Leute, die Leute da drin?«

»Schau«, der Mann ging um ihn herum, »wir wissen nicht, wer und wie viele da drin waren. Wenn wir Glück haben, werden wir's morgen früh wissen. Wenn du dich jetzt nützlich machen willst, dann räum hier vorsichtig die Steine weg.«

Er tat nicht, um was er gebeten worden war, sondern kroch über herumliegende Trümmerbrocken dorthin, wo er die Ecke des Hauses vermutete und dann weiter, wo einst das Gartenappartement gewesen sein mußte. Nichts war mehr von ihm übrig geblieben, zumindest nicht oberhalb des Erdbodens. Ein riesiges Loch gähnte ihm entgegen. Männer standen darum herum. Einen zupfte er am Ärmel und stammelte: »Ha … haben Sie schon jemanden hier rausgeholt?«

»Noch nicht. Hier drunter war ein Luftschutzraum, da müssen Menschen drin gewesen sein.«

»In der Wohnung darüber waren Leute, meine Tante und ihr Kind und … und ihr Vater.«

»Aha.« Der Mann teilte jetzt den anderen mit: »Zwei Erwachsene und ein Kind waren hier drin. Hier ist ein Verwandter.« Der Mann wandte sich ihm wieder zu. »Bist du sicher, daß die da drin waren?«

»Kann … kann nicht anders sein, das Baby ist noch zu klein. Sie geht abends nicht aus.«

»Da kann ich nur sagen, schade, daß sie heute nacht nicht ausgegangen ist. Kaum wahrscheinlich, daß da unten jemand überlebt hat. Doch wir werden nachsehen, jetzt wo wir sicher sein können, daß da welche sind.«

Der Mann begann Anweisungen zu erteilen. »Ich will mithelfen. Ich muß wissen …«, er brachte es nicht fertig, den Satz zu beenden, »… ob sie tot sind oder nicht.« Und der Mann hatte gesagt, viel Hoffnung gäbe es nicht.

»Also dann, aber vorsichtig. Versuch dort, über den Balken zu rutschen.« Er drehte die Bogenlampe, die auf einem Ständer befestigt war, auf den Krater zu. »Du bist der Leichteste von uns. Rutsch da entlang. Sei aber vorsichtig, es geht steil nach unten. Wenn's nachgibt, hör auf.«

Dick warf die Beine über den Balken und rutschte dann vorsichtig vorwärts. Der Schweiß rann ihm über das Gesicht. Als er einen Blick hinunter in das Gewirr von Holz und Ziegelsteinen warf, stieg ein Würgen in ihm hoch – er erkannte Teile von Florries Möbeln. Wie hatte sie ihre Möbel geliebt. O Florrie! Florrie! O Dad! Dad!

Eine scharfe Stimme riß ihn aus seinen Gedanken. »Ist's noch stabil genug?« Nach einem Moment rief er zurück: »Ja, scheint dort festzusitzen.« Er zeigte auf die Stelle, wo der Balken in einem Steinhaufen verschwand.

Wieder vernahm er die Stimme des Mannes. »Also gut, wir werden's von da aus angehen.«

Und so geschah es. Zeit verlor ihre Bedeutung. Dick spürte manchmal, daß sein Rücken schmerzte, seine Arme abgeschürft waren, seine Kehle vor lauter Staub wie zugeschnürt war, seine Kleider zerrissen und mit Schutt bedeckt waren. Wie lange war es her, daß er und die anderen Männer der Gruppe ohne Unterbrechung arbeiteten? Er hatte keine Ahnung. Er wußte nur, daß sie Steinblöcke hoben, die in gewöhnlichen Zeiten sich jedem menschlichen Bemühen widersetzt hätten, daß sie Möbelteile von einem zum anderen reichten und daß jene Teile, die nicht hoch gehoben werden konnten, mit Seilen nach oben gezogen wurden.

Irgendwann in der ersten Morgendämmerung, als eine Ablösung übernahm, wurde er aus dem Loch herausgezogen. Jetzt war es wesentlich tiefer als zuvor. Er hockte sich auf einen Schutthaufen, und erst da bemerkte er Hilda und Molly. Molly servierte Becher mit Tee von dem Kantinenwagen der Heilsarmee. Was immer Hilda getan haben mochte, sie hatte damit aufgehört und starrte ihn nun an. Doch vor lauter Erschöpfung brachte er kein einziges Wort heraus. Er ließ den Kopf in die Hände sinken.

Erst als Molly ihm einen Becher Tee in die Hand drückte, hob er den Kopf. Kaum hatte er ihn ausgetrunken, als ein Ruf aus dem Krater kam: »Hier ist jemand.«

Hastig stand er auf. Alle drei gingen nach vorn. Er konnte nicht erkennen, was da unten passierte, bis der Ring der um das Loch stehenden Männer sich öffnete und ein Körper vorsichtig auf den Schutt gelegt wurde. Es war der einer Frau, doch nicht der, der ihrer aller Denken beherrschte.

»Ein paar sind hier in der Ecke. Ich glaube, einige leben.«

Sie wurden nun zurückgedrängt. Alles, was sie jetzt tun konnten, war warten.

Jede der aus dem Luftschutzkeller gezogenen Gestalten betrachteten sie genau. Einige stöhnten noch, die meisten aber hatten auch damit aufgehört.

Alle schienen mittlerweile jedes Gefühl für Zeit verloren zu haben. Und dann war eine gedämpfte Stimme zu vernehmen: »Gott, ich glaube, hier ist ein Kind. Ja, das ist eins.« Bei diesen Worten drängte sich Dick nach vorn und ließ sich wieder in die Tiefe hinab. Als er über das Kopfende von Florries ehemaliger Couch klettern wollte, packte ihn ein Mann am Arm. »Sachte! Sachte! Warte hier.«

»Das Kind – lebt es?«

»Ja, würd' ich schon sagen. Wir haben's wimmern gehört. Aber es ist unter einer Frau eingeklemmt. Sie scheint über dem Kinderbett zu liegen.«

Dick biß sich auf die Unterlippe. Dann sagte er leise: »Lassen Sie mich helfen. Sie … sie ist eine Verwandte von mir.«

»Freund, wir werden alle helfen, aber sachte. Geh nicht zu nah hin. Hilf das Zeug hier wegschaffen, damit Platz ist, wenn wir an sie rankommen. Soweit ich sehen kann, ist sie mit dem Rücken fest eingeklemmt, aber erkennen kann man nur ihren Arm da vorn.«

Dick blickte in die Richtung, in die der Mann deutete, aber alles, was er anfänglich sehen konnte, waren zerbrochene Holzteile. Dann erblickte er das zerbrochene Oberteil eines Bettes, über das ein schmaler Streifen Samtvorhang hing. Er wußte, es war Samt, und er wußte, er war rot. Florrie hatte sie im Wohn- und Schlafzimmer hängen gehabt. Und dann sah er die Gestalt, zumindest den Rücken. Beine konnte er nicht sehen, doch einen Arm. Der Kopf und der Rest des Körpers verlor sich unter einer ausgezackten Gipsplatte.

Schnell und schweigend arbeiteten sie jetzt, reichten ein Trümmerstück nach dem anderen weiter an den Nächststehenden. Einmal hielt Dick inne und murmelte: »Es hat nicht mehr geweint«, und der Mann antwortete nur: »Nein.«

Als es ihnen gelang, die ihren Kopf bedeckende Gipsplatte zu entfernen, legten sie gleichzeitig einen Teil des Bettchens frei, über dem sie lag. In diesem Augenblick schrie das Baby wieder. Kurz hielten alle in ihrer Tätigkeit inne und horchten auf das laute, gesunde Hungergeschrei.

»Vorsichtig, vorsichtig. Langsam, langsam.«

Immer wieder waren diese Worte zu hören, bis sie von den Worten abgelöst wurden: »Da haben wir's.« Jetzt sah er, daß einer der Männer das Kind unter Florries zertrümmertem Körper befreit hatte. Dieser reichte es nicht an den ihm nächststehenden Mann weiter, sondern trug es stolpernd über die Trümmer, wobei er den anderen mitteilte: »Scheint nicht mal 'ne Schramme abbekommen zu haben. Sein Gesicht ist kaum schmutzig. Und kräftig hört sich sein Geschrei auch an, was?« Er blieb vor Dick stehen.

»Ich werde es nehmen. Es … es ist meine Nichte.« Er hätte auch sagen können ›meine Schwester‹, aber das hätte alles nur kompliziert.

Als der Mann ihm das Kind in die Arme gelegt hatte, wurde ihm klar, daß er unmöglich zusammen mit ihm aus dem Krater kommen konnte. Er mußte es weitergeben. Er blickte nach oben, hob das Kind den wartenden Armen entgegen und rief: »Gebt's meiner … meiner Mutter. Sie steht da oben und wartet.«

Hilda und Molly standen ein Stück vom Krater entfernt, doch beide hatten gehört, was Dick gerufen hatte. Sie blickten einander an. Hilda ließ den Kopf sinken und starrte auf den Boden. Doch nur für einen Augenblick, dann machte sie langsam ein paar Schritte nach vorn auf die wartenden Männer zu. Als das staubbeladene Bündel über dem Rand des Kraters erschien und von da aus von einem Arm zum anderen gereicht wurde, sah sie ihm unbeweglich entgegen. Den Körper steif, die Arme schlaff herunterhängend kam erst Bewegung in sie, als sie eine Rot-Kreuz-Uniform neben sich bemerkte. Da öffneten sich ihre Arme, und das Kind wurde hineingelegt – Florries Kind, Abels Kind.

»In Ordnung, Missis?«

Sie nickte.

»Sie werden sich um es kümmern? Auf dem Verbandsplatz da drüben ist ein Doktor, wenn sie ihn brauchen.«

Wieder nickte sie.

Molly stand neben ihr, und Hilda drehte sich zu ihr um, wollte etwas sagen, doch sie brachte keinen Laut über die Lippen. Sie hustete und schluckte heftig, bevor sie mit heiserer Stimme hervorstieß: »Ich ... ich werde es nach Hause bringen und es waschen. Bleib du hier und paß auf, was mit Florrie geschieht, ja?«

»Ja, ja werd' ich tun. Wirst du allein fertig?«

Hilda nickte nur und ging davon, den Kopf tief über das Baby gebeugt. Molly sah ihr einen Moment nach. Dann wandte sie sich schnell wieder dem Krater zu, in den soeben ein Mann mit einer Arzttasche hinuntergelassen wurde. Ihre Stimme war nur ein Flüstern, als sie den Mann neben sich fragte: »Lebt ... lebt sie ... die Mutter?«

»Ich weiß es nicht, Mädchen, aber irgend jemand da unten tut's. Sie haben gerade nach dem Doktor gerufen. Da bringen sie einen hoch. Sieht aber nicht so aus, als ob noch viel Leben in ihm wär.«

Molly blickte auf die kleine gekrümmte Gestalt hinunter, die soeben auf die Steine gelegt wurde. Obgleich das Gesicht mit Mörtel bedeckt war, erkannte sie doch sofort Mr. Donnelly. ›Armer Kerl!‹ dachte sie.

Sie wußte nicht, wie viele Male sie diese Worte während der nächsten halben Stunde – oder war es eine Stunde? – wiederholt hatte. Plötzlich stand Dick neben ihr. Sie hatte sein Hochkommen nicht bemerkt, denn all ihre Aufmerksamkeit galt der behelfsmäßigen Tragbahre, auf die ein Opfer festgeschnallt war. Doch als Dick wie blind davonstolperte, lief sie neben ihm her und hielt ihn an seinem Arm fest. Überrascht bemerkte sie, daß er seine Schritte über ein Wirrwarr von Schläuchen lenkte, die aus den Feuerwehrautos hingen, vorbei an einer Reihe von Militärlastern und auf die immer noch stehende Mauer zuging, die den Garten zur Straße hin abgrenzte. Hier löste er sanft ihre Hand von seinem Arm, preßte das Gesicht gegen die Steine und fing an zu weinen. Ohne ein Wort zu sagen, drehte Molly ihn von der Wand herum und hielt ihn in ihren Armen, bis er sich aufrichtete und sich das Gesicht abwischend sagte: »Entschuldigung.«

»Sei nicht dumm. Ist … ist sie tot?«

»Nein.« Er schüttelte den Kopf. »Vielleicht wär's besser, wenn sie's wär. Der Doktor mußte ihr einen Arm amputieren, und ihr Fuß ist zerquetscht. Aber ich glaube, am Rücken hat sie das Schlimmste abbekommen.«

»Arme, arme Florrie.« Mollys Stimme brach.

»Ja, arme, arme Florrie.« Er fügte nicht hinzu: »Und armer, armer Dad.«

Ein Fluch schien auf seinem Vater zu liegen. Sein Schicksal schien es zu sein, niemals glücklich sein zu dürfen. Dieser letzte Schlag würde ihn vernichten. Er würde sich Vorwürfe machen, nicht bei ihr gewesen zu sein. Hatte er sie schon zuvor geliebt, wieviel mehr würde er sie jetzt lieben – sollte sie überleben. Und sie mußte am Leben bleiben, zumindest bis er herausgekommen war, sonst … Sein Geist weigerte sich, weiter zu denken.

9

Das Kind lag zufrieden glucksend in seinem neuen Bettchen. Sie behielt das Kinderbett hauptsächlich in der Küche, wo sie ständig das Kind anschauen konnte. Sie wollte es ständig ansehen; stundenlang saß sie davor und betrachtete es, egal ob es wach war oder schlief. Sie befahl sich selber, es nicht zu tun. Sie sagte sich, daß sie es nur für eine kurze Zeit haben würde; sie sagte sich, daß Abel nun bald täglich entlassen werden konnte und dann das Kind zu sich nehmen würde … Aber wohin sollte er es mitnehmen? Er hatte keinen Ort, wohin er es hätte bringen können. Sie würde Dick heute sagen, er solle ihm ausrichten, daß sie sich solange darum kümmern würde, bis er einen Platz gefunden habe, und sie wußte, es würde einige Zeit in Anspruch nehmen, mußte er doch versuchen, eine Wohnung zu finden, die für einen Rollstuhl geeignet war. Und noch was anderes: Florrie würde so bald nicht aus dem Krankenhaus entlassen werden – es konnte noch Wochen, Monate dauern. Für diese Zeit könnte sie also das Kind noch haben. Das hieß, sollte er damit einverstanden sein, es hier zu lassen. Aber welche andere Möglichkeit hatte er schon? Er konnte es in ein Kinderheim der Gemeinde geben. Nein, nein, das würde sie nicht ertragen. In diesem Fall würde sie sogar selber zu ihm gehen.

Nachdem sie den Wasserkessel auf den Herd gestellt hatte, trat sie ans Bettchen, beugte sich lächelnd darüber und lachte glücklich in das strahlende Gesichtchen. »Na sieh mal einer an. Entweder lachst du oder du weinst, und beides heißt, daß du hochgenommen werden möchtest, nicht wahr, mein kleiner Schatz?«

Sie wollte es gerade auf den Arm nehmen, als sie Dicks wohlbekannte, schnelle Schritte über den Hof kommen hörte. Hastig richtete sie sich auf und wartete.

Jede auch noch so schwache Ähnlichkeit mit dem Jungen, der er noch vor einer Woche gewesen war, war verschwunden; verschwunden war auch das Stottern und Schulterzucken, was beides – wenn auch weniger stark – selbst nach dem Prozeß noch vorhanden gewesen war. Die nackte Wirklichkeit hatte seine Seele geheilt.

Er sagte nichts, sondern ging zu dem Kinderbett hinüber und blickte auf das Baby hinab. Dann zog er den Mantel aus, warf ihn über die Sessellehne und ging zum Kamin hinüber. Für einen Augenblick starrte er ihn an. »Ich konnte es ihm nicht sagen.«

Ruckartig drehte sie sich zu ihm. »Du hättest es tun sollen. Einmal muß man es ihm sagen.«

Langsam ließ er sich in den Lehnsessel sinken. »Ich hab's nicht gewagt, nicht im Gefängnis. Vielleicht hätte er randaliert und versucht auszubrechen, und er hat doch nur noch ungefähr eine Woche. Er … er konnte nicht begreifen, warum sie so lange nicht gekommen war. Ich habe ihm gesagt, sie hätte eine schlimme Grippe. Übrigens«, er wandte ihr den Kopf zu, »auf meinem Rückweg bin ich am Krankenhaus vorbei. Sie möchte dich sehen.«

»Was?« Unwillkürlich faßte sie sich an den Hals. »Hat sie das gesagt?«

»Ja.«

Jetzt sank auch sie auf einen Stuhl.

»Wirst du gehen?«

Langsam schüttelte sie den Kopf. »Ich … ich weiß nicht. Ich glaube nicht, daß ich ihr ins Gesicht sehen könnte.«

»Du darfst jetzt nichts mehr gegen sie haben.«

»Oh, das tu ich gar nicht.« Heftig schüttelte sie den Kopf. »Es ist nur, weil … nun …«, sie stand auf und knetete nervös die Finger. Dann murmelte sie, ihm den Rücken zugewandt: »Ich habe ihr Böses gewünscht; ich … ich glaube nicht, daß ich ihr in die Augen sehen könnte.«

Er legte den Arm um ihre Schulter. Mit einem kleinen Lachen meinte er: »Willkommen im Club.«

»Was?« Verständnislos blickte sie ihn an. »Molly ging durchs Fegefeuer, weil sie ihrer Mutter den Tod gewünscht hatte. Jahr um Jahr habe ich mir gewünscht, daß meine Mutter tot sei, damit Dad nicht durch all das mußte, durch das er jetzt muß. Rachegefühle sind eine ganz natürliche Empfindung; wir alle erleben sie. Du gehst zu ihr. Sie braucht jemanden. Jemanden, der zu ihr gehört.«

»Nein, das ist dumm. Wir gehören nicht zusammen, das weißt du genau.«

»Doch, das tut ihr. Ihr seid zusammen aufgewachsen. Geburt hat damit nichts zu tun – es kommt auf die frühen Jahre an, die man miteinander verbringt, wenigstens glaube ich das. Warum liebe ich dich wie eine Mutter und nicht die Frau, die mich geboren hat? Hör bloß auf.« Für einen Augenblick drückte er sie fest an sich. »Heute abend werden wir zusammen hingehen. Molly wird sich um das Kind kümmern. Aber jetzt«, er ließ sie los und stieß sie sanft von sich, »würde ich's dir hoch anrechnen, wenn du mir eine Tasse Tee anbieten würdest.«

Diese sanfte Tyrannei war die einzige Taktik, die er anwenden konnte, um sie abzulenken. Ohne ein Lächeln ging sie zum Herd hinüber und machte sich daran, Tee aufzubrühen.

Die Krankenpflegerin hatte die Stationstüren geöffnet, und die Menge der Besucher schwärmte hinein, als würden sie von einem starken Sturm getrieben. Nur Hilda blieb bewegungslos im Korridor stehen. Ihre Kehle war wie zugeschnürt, und flehend blickte sie Dick an. »Du gehst zuerst hinein. Komm, bitte. Ich möchte sie lieber alleine sehen … Bereite sie nur irgendwie vor.«

Kopfschüttelnd sah er sie an, dann wandte er sich ab. Regungslos blieb sie stehen und wartete. Wenige Minuten später kam Dick zurück und lächelte ihr beruhigend zu. »Alles in Ordnung, man hat sie nur in einen Seitenflügel verlegt – Nummer zwei.« Er drehte sich um und zeigte in diese Richtung. »Da hinunter.«

»Geht's ihr schlechter?«

»Ich weiß es nicht. Bleib erst mal hier stehen.«

Dieses Mal wartete sie fünf Minuten, bis sich die Tür wieder öffnete und er ernst heraustrat. »Sie muß noch mal operiert werden. Morgen früh.«

»Ist es schlimm?«

»Anders als sonst aussehen tut sie nicht, aber ... aber ich glaube, irgendwas mit der Wirbelsäule ist schiefgelaufen. Komm.« Sanft schob er sie vorwärts. »Sie wartet auf dich.«

Hilda bewegte sich auf die Tür zu, ging hinein, war im Zimmer und blieb stehen. Sie starrte die Fremde an, die flach ausgestreckt auf dem schmalen Bett lag. O mein Gott! Weder vorwärts noch rückwärts konnte sie sich bewegen, bis die Stimme, eine wohlbekannte Stimme, sagte: »Hallo, Hilda.«

Sie mußte sich zwingen, auf das Bett zuzugehen, und dann blickte sie auf das Gesicht hinab, auf das sie ihr Leben lang eifersüchtig gewesen war.

»Wie geht es dir?« Nicht sie stellte die Frage, sie kam von Florrie. Was konnte sie darauf antworten? Sie senkte den Kopf, und als ihr die Tränen die Wangen herunterrollten, sagte Florrie: »Nicht doch. Nicht doch.«

»Es ... es tut mir so leid.« Diese Worte waren die aufrichtigsten, die Hilda je in ihrem Leben gesprochen hatte.

»Hilda, ich bin es, die sagen müßte: es tut mir leid. Du hast ... hast so viel durchgemacht und ... und das auch meinetwegen. Es hat mir so auf der Seele gelegen. Ja, ich bin diejenige, die sagen muß: es tut mir leid.«

Für eine Sekunde schloß Hilda die Augen, und als sie sie wieder öffnete, sah sie vor sich eine Hand, die weiß auf der Bettdecke lag. Dann wanderte ihr Blick zu dem Kasten hin, der das Fußende bedeckte, und sie stellte sich unwillkürlich den zerquetschten Fuß vor. Sie hatte schöne Füße, schöne Beine gehabt. Immer hatte sie sie um ihre langen, schlanken, biegsamen Beine beneidet. Die ihren waren immer schon kurz und dick gewesen. Aber die ihren waren noch heil. O Gott! O Gott! Warum mußte das alles geschehen? Dem Teufel persönlich hätte sie dies nicht gewünscht. In diesem Augenblick überfiel sie der Gedanke, daß sie die Ursache von alledem war. Alles war nur so gekommen, weil sie es gewünscht hatte.

»Wie geht es meiner kleinen Lucy?«

»Ihr … ihr geht es gut. O ja, sehr gut.«

»Hilda, ich bin froh, daß du sie hast. Hilda, setz dich für eine Minute.«

Sie zog sich einen Stuhl ans Bett und setzte sich, die Hände fest verschränkt auf dem Schoß. Sie blickte Florrie an, deren Kopf sich auf dem Kissen ihr zudrehte. Während Hilda darauf wartete, daß sie anfing zu reden, dachte sie: ›Sie ist nicht wiederzuerkennen, nur ihre Augen.‹ Und die glichen Kelchen voller Schmerz.

»Hilda, kann ich etwas mit dir besprechen?«

»Ja, alles was du willst, Florrie.«

»Wir müssen … wir müssen von ihm sprechen. Abel wird … er wird bald herauskommen. Dick hat ihm nichts gesagt. Es wird ein Schock für ihn sein. Und … und er hat keinen Ort, wo er hingehen könnte. Hilda, würdest … würdest du ihn zurücknehmen?«

Für einen Moment preßte Hilda fest die Augen zusammen, und ihr Kopf sank tief auf die Brust. Ihre Stimme glich einem leisen Wimmern, als sie erwiderte: »Er würde nicht zu mir zurückkommen, Florrie. Das ist das letzte, was er auf dieser Welt tun würde. Nie würde er zurückkommen.«

»Das weiß man nicht, Hilda. Er wird … er wird bei dem Kind sein wollen.«

»Er wird sich wahrscheinlich eine Wohnung suchen und es mitnehmen.«

»Aber zuerst einmal muß er eine Wohnung finden. Und außerdem wird er arbeiten müssen und kann sich dann nicht ums Kind kümmern. Er wird sie bei dir lassen, auf jeden Fall für den Augenblick. Das schuldet er dir. Das heißt, wenn du dich um sie kümmern willst. Macht es dir nichts aus, für sie zu sorgen?«

Ruckartig hob Hilda den Kopf. »O nein! Florrie, nein. Ich möchte für sie sorgen. Sie ist so ein süßes Kind.«

»Danke, Hilda … Ich habe das nicht verdient.«

»Oh, sei still.« Hilda senkte wieder den Kopf, bis Florrie ihr erklärte: »Die sagen hier, ich würde wieder gesund werden, aber ich glaube ihnen nicht, weil ich nicht mal meinen Rücken oder meine Beine bewegen kann. Aber selbst, wenn ich durchkomme, was für ein Leben erwartet mich dann? Bestenfalls eines im Rollstuhl.« Sie wandte das Gesicht ab, und ihre Halsmuskeln zogen sich zusammen. »Und dann müßte es ein ebenerdiges Haus sein. Auf jeden Fall würde ich eine Belastung darstellen, und es gibt keinen Mann, so gut er auch sein mag, der auf die Dauer mit einer solchen Belastung beladen sein möchte.«

»Er würde das wollen.«

Florrie drehte das Gesicht ihr wieder zu. Fest blickten die beiden einander für einen Augenblick an, bis Florrie, die Augen schließend, schmerzlich stöhnte: »O Hilda! Hilda! Es tut mir so leid. Es tut mir so leid.« Tränen stürzten ihr aus den Augen und flossen in das Kissen hinein. Ein wimmerndes Stöhnen entrang sich ihr. Hilda sprang auf, beugte sich erschrocken über sie und flüsterte: »Weine nicht, mach dir keine Sorgen wegen mir. Du mußt jetzt an dich selber denken, und alles wird gut werden. Er wird schon dafür sorgen. Niemals würde er dich verlassen. Ich kenne ihn. Zumindest so weit kenne ich ihn. Es warst immer nur du, von Anfang an, und jetzt macht es mir nichts mehr aus, bestimmt nicht, Florrie, glaube mir. Ich will nur, daß du wieder gesund wirst. Ich werde für das Kind sorgen, bis du gesund bist. Und mach dir seinetwegen keine Sorgen, er wird ...«

In diesem Augenblick öffnete sich die Tür, und eine Krankenpflegerin kam herein. Ihr »Na, na!« ließ Hilda sich wieder aufrichten, und auf der Krankenpflegerin Anweisung: »Sie gehen jetzt wohl besser«, ergriff sie Florries Hand. Sie blickte in die Augen voller Tränen und murmelte mit erstickter Stimme: »Mach dir keine Sorgen. Es wird alles gut werden.«

Als sie vom Bett zurücktrat, konnte sie Florrie nicht mehr sehen; nur ihr krampfartiges Schluchzen hörte sie. Hilda mußte sich am Türrahmen festhalten, und als sie in den Korridor taumelte, fiel sie fast gegen Dick. Weinend stammelte sie nur noch zusammenhanglose Worte.

Die Krankenpflegerin kam aus dem Krankenzimmer und sah beide tadelnd an. »Heute abend keine weiteren Besuche mehr!« Mit tonlos leiser Stimme forderte Dick Hilda auf: »Komm, gehen wir. Es hat keinen Zweck, hier herumzuhängen. Morgen früh werde ich wiederkommen und versuchen, herauszufinden, was los ist.«

Das war alles, was geredet wurde. Schweigend gingen sie nach Hause. Die Dämmerung brach ein, doch Hilda sagte nicht, wie sie das normalerweise tat: »Los, komm, laß uns schneller gehen, ich will noch vor Dunkelheit zu Hause sein. Die Verdunkelung muß runtergelassen werden.« Langsam, mit zu Boden gerichteten Augen, ging sie die Straße entlang. Sie mochten schon die Hälfte des Weges zurückgelegt haben, als sie leise sagte: »Sie will, daß ich Abel zurücknehme, wenn er entlassen wird. Aber das kann ich doch nicht, oder?«

Nach einer Weile meinte er: »Nein, das wäre nicht das richtige.«

Sie blickte ihn an. »Das habe ich ihr auch gesagt; denn das würde das letzte sein, was er tun würde, nicht wahr? Zurückkommen.«

»Ja, das würde er nie tun. Es würde ... nun ...«, er machte eine Kopfbewegung, als suche er nach dem richtigen Wort, »eine Zumutung sein.«

»Ja, das habe ich ihr auch gesagt.« Sie sah jetzt geradeaus und wiederholte: »Nie würde er das tun.« Und dann bekräftigte sie wie im Selbstgespräch noch einmal: »Das ist das letzte, was er tun würde.«

10

Die Tür öffnete sich, und Abel trat wieder in die Freiheit. Dick eilte auf ihn zu und hielt ihm die Hand zur Begrüßung hin.

Abel ergriff Dicks Hand mit festem Griff. Dann drehte er sich um und blickte suchend umher. Er sah Dick lächelnd an. »Wie geht es Florrie?« begehrte er zu wissen. »Geht es ihr besser? Ich ... ich hätte gedacht, in der letzten Woche würde sie wenigstens mal geschrieben haben.«

Als Antwort wandte Dick sich ab und begann die Straße hinaufzugehen. »Dad, ich muß dir etwas sagen«, fing er leise an. »Aber laß uns irgendwo hingehen, wo wir in aller Ruhe miteinander reden können. Da oben ist ein Pub, vielleicht haben wir Glück ...«

Heftig wurde er von seinem Vater herumgerissen, und als er diesem Angesicht zu Angesicht gegenüberstand, schluckte er schwer.

»Was ist los? Was ist mit Florrie los?«

»Es ... es geht ihr nicht gut, Dad.«

»Was heißt das – nicht gut? Du hast doch gesagt, sie hat Grippe. Ist es eine Lungenentzündung geworden?«

»Nein, nein, nichts dergleichen. Komm.« Er warf einen Blick auf die vorübergehenden Passanten. »Komm, laß uns irgendwo reingehen. Es ist keine zwei Minuten von hier entfernt.«

Er mußte Abel regelrecht hinter sich herziehen. Der Pub war noch leer, und sie setzten sich an einen Tisch in der äußersten Ecke. »Dad, es hat einen Luftangriff gegeben.«

Abel fuhr sich mit der Hand ans Gesicht. »Und?«

»Sie ... sie ist verletzt worden.«

»Schwer?« fragte er kurz und in scheinbar normalem Ton.

»Ja, ziemlich schwer.«

Abel lehnte sich im Sessel zurück und schloß die Augen. »Nun sag's schon. Hör auf mit dem Drumherumreden.«

Dick erzählte ihm alles, stockend und leise. »Sie hat einen Arm verloren und«, für einen Augenblick konnte er nicht weitersprechen, sein Kopf sank noch weiter nach vorn, und seine Stimme war ein kaum vernehmbares Flüstern, »und ihre Wirbelsäule ist gebrochen.«

Nach einer vollen Minute hob Dick den Kopf und blickte seinen Vater an. Abel saß vollkommen ruhig da, starrte ihn an, ohne ihn wahrzunehmen. Dann fragte er leise: »Wird sie es überleben?«

»Ja.«

»Und das Kind ... ist es tot?«

»Nein.« Dick sah, wie die Augenlider des Vaters unruhig zuckten. »Es lebt?«

»Ja, weil Florrie ... also Florrie lag über dem Kinderbett. Die Kleine hat keine Schramme abbekommen.«

»Großer Gott!« Er schüttelte den Kopf. »Sie würde wahrscheinlich besser dran sein, wenn sie's nicht getan hätte«, sagte er langsam und voller Bitterkeit.

»Nein, bestimmt nicht, Dad. Ich bin mir sicher, sie wäre genauso wie ihr Vater umgekommen.«

»Fred ... hat's erwischt?«

»Ja.«

Abel seufzte, ein tiefes Stöhnen entrang sich seiner Brust. Dann sprang er unvermittelt auf. »Warum sitzen wir hier herum? Los, komm.«

Dick rührte sich nicht. »Dad, ich habe was bestellt. Setz dich noch für 'ne Minute hin, laß uns was trinken und dann gehen wir. Außerdem kommt der Bus erst in fünfzehn Minuten. Komm, setz dich hin.«

Abel setzte sich wieder hin, den Kopf in die Hände aufgestützt, blickte zu Dick hinüber und fragte leise: »Junge, was ist bloß mit mir los? Kannst du mir sagen, was mit mir los ist? Jedem, der in meine Nähe kommt, bringe ich Unglück.«

Dick erwiderte nichts, denn es schien so wahr zu sein. Alice, seine Mutter und jetzt Florrie.

Er sah, wie Abel sich jetzt wieder erhob, und so blieb ihm nichts anderes übrig, als ihm zu folgen. Während sie schweigend auf die Bushaltestelle zugingen, dachte er: Er hat keinmal gefragt, wo das Kind ist.

Die Krankenpflegerin wies sie barsch ab. »Jetzt ist keine Besuchszeit.«

»Das weiß ich, aber ich will sie sehen.«

»Ich sagte Ihnen doch, es ist keine ...«

»Holen Sie mir jemanden, der hier zuständig ist, ja?«

Die Krankenpflegerin starrte den großen hageren Mann für einen Moment an, dann drehte sie sich beleidigt um und suchte die Oberschwester. Während er wartete, sah Abel sich nach Dick um, der am unteren Ende des Korridors stand.

Die Oberschwester, die erschien, zeigte sich ebenso ungnädig: »Es ist keine Besuchszeit.«

»Ich möchte Mrs. Ford sehen.«

»In welcher Beziehung stehen Sie zu ihr?«

»Im Moment in keiner, aber sie ist meine zukünftige Frau.«

Die Oberschwester kniff lediglich die Augen zusammen. »Wie heißen Sie?«

»Mason. Abel Mason.«

»Ah ja.« Jetzt paßten die einzelnen Teile zusammen und formten sich zu einem Bild. Das war also der Bursche, von dem sie gehört hatte. Der Vater des Kindes und ein Bigamist obendrein! Er war wohl gerade entlassen worden. Von ihrem Gesicht war abzulesen, daß sie das Für und Wider erwägte. Zuerst blickte sie die Krankenpflegerin an, und dann sah sie zur Tür mit der Nummer zwei hinüber. »Fünf Minuten, nicht länger.«

Sein Gesichtsausdruck änderte sich nicht. Er sagte auch nicht »danke«, sondern wandte sich ab, ging schnell auf die Tür zu, auf die sie gedeutet hatte, und öffnete sie.

Im ersten Augenblick konnte er sie nicht sehen, denn sie lag flach ausgestreckt und wurde von dem Kasten am Fuße des Bettes verdeckt. Doch als er dann auf sie hinabblickte, legte sich ihm eine eiskalte Hand ums Herz. Er hielt die Luft an, als müsse er ertrinken. Mit geschlossenen Augen lag sie da; sie schien seine Gegenwart nicht zu bemerken. Er blickte sich um, zog dann einen Stuhl ans Bett, setzte sich und streckte langsam seine Hand über das Bett und ergriff die ihre, die auf der Bettdecke lag. Bei dieser Berührung schlug sie die Augen auf, und ihre Reaktion ließ ihn schnell beruhigend flüstern: »Ist ja gut, ruhig, ich bin's nur.«

»Abel ... O Abel!« Ihre Hand, umschlossen von der seinen, zuckte, befreite sich und berührte sein Gesicht, strich ihm über den Kopf.

Als sein Mund den ihren berührte, verriet nichts seinen Hunger.

Selbst als er noch verweilte, drang die ihn beherrschende Leidenschaft und Sehnsucht nicht durch.

»O Abel!« Ihre Augen schwammen in Tränen. Die seinen waren trocken, von jener harten Trockenheit, die stach und brannte wie Sand unter den Lidern.

»Wirst du gesund werden?«

»Ja.« Sie nickte.

Er schloß die Augen und senkte den Kopf. »Wäre ich doch nur dagewesen«, murmelte er mit dumpfer Stimme.

Sie lächelte, und dann blitzte ihr altes Ich auf, als sie sagte: »Wir hätten ein feines Paar abgegeben. Und außerdem«, sie tätschelte seine Wange, »würde uns die Schwester nie zusammengelegt haben.«

Ohne ein Lächeln erwiderte er: »So schnell wie möglich werde ich dich hier herausholen.«

Sie sagte nicht: »Ja«, sondern bat nur: »Gib mir ein Taschentuch, ich will mir die Tränen abwischen.«

Er trocknete sie ihr, doch als er die Hand von ihrem Gesicht nehmen wollte ergriff sie sie und hielt sie für einen Moment gegen ihren Mund gepreßt. »Ich liebe dich, Abel.«

Der Sand stach und brannte in seinen Augen. Ein Folterwerkzeug so scharf wie ein Messer schob sich zwischen seine Rippen, bohrte sich immer tiefer, als wolle es sein Herz erreichen und es in Stücke schneiden. Nie hatte er die Idee verlacht, daß Menschen an gebrochenem Herzen sterben können. Vielleicht bewirkte die tief in ihm schlummernde Erinnerung an Alice, diesen Schmerz als eine Gegebenheit zu akzeptieren, doch der Schmerz, der jetzt in ihm wühlte, war so unerträglich, daß der Tod wünschenswert sein mußte.

»Hast du Lucy gesehen?« Als er den Kopf schüttelte, murmelte sie: »Hilda ist so gut. Vergiß das nie, sie ist so gut.«

»Was?« Der Name und die damit verbundene Bedeutung des Gesagten lenkte ihn für einen Moment ab. »Was?«

»Sie hat Lucy.«

»Hilda?«

Ungläubig schüttelte er den Kopf.

»Sie hat mich besucht.«

»Hilda?« fragte er wieder, doch weiter kam er nicht, denn die Tür öffnete sich, und die Oberschwester erschien. »Sie müssen jetzt gehen. Um sieben Uhr ist offizielle Besuchszeit.«

Langsam stand er auf, beugte sich hinunter, und wieder berührten seine Lippen die ihren, doch er sagte nichts mehr. Er blickte sie nur an, sah ihr tief in die Augen, und in ihnen las sie Dinge, die nur sie beide allein betrafen.

Am Ende des Korridors wartete Dick auf ihn, der seinen Vater aufmerksam betrachtete. Dessen Augen waren trocken. Sie verrieten keine Tränenspuren. Er fand das befremdend, denn gewöhnlich weinte er, wenn ihn etwas tief bewegte. Hatten jene Monate im Gefängnis ihn hart werden lassen? Er sah seinen Vater von der Seite an, als sie aus dem Krankenhaus hinausgingen, und fand nur eine einzige Antwort: Er hatte sich verändert.

»Was für ein Zimmer ist es?« wollte Hilda wissen.

Er drehte sich zum Kamin und zögerte. »Nichts Besonderes. Aber es ist sauber. Er sagt, für den Augenblick tut's es. Ist besser als 'ne Studentenbude.«

»Wo ist es?«

Wieder zögerte er, und diesmal noch länger als zuvor. »Am Bartwell Square.«

»Bartwell Square?« Ihre Stimme war hoch. »Das ist ja in Bog's End!«

»Nun ja«, er drehte sich zu ihr um, »es ist der bequemste Ort für ihn, halbwegs zwischen Fabrik und Krankenhaus.«

»Wieviel zahlt er dafür?«

Unwillkürlich mußte Dick lächeln. »Na hör mal, es ist doch keine Schande, praktisch zu denken«, protestierte sie.

»Nein, nein, Mam, keineswegs.« Er hatte sich angewöhnt, sie Mam zu nennen und dies mit einer Leichtigkeit, die sie beide verwunderte. Mittlerweile akzeptierte sie auch diese Anrede so, als sei es völlig normal. In der Tat verhielt sie sich ihm gegenüber nun wie es eine Mutter tut und gab nicht mehr auf jedes ihrer Worte acht aus Furcht, auch er würde sie verlassen.

»Also, was zahlt er nun?«

»Er hat's mir nicht gesagt, und ich habe nicht danach gefragt.«

»Er wird sich aber was anderes suchen müssen, wenn sie rauskommt.«

»Das weiß er, und er sucht auch schon nach einer Wohnung.«

»Wie ... wie bald, glaubst du wohl, wird sie entlassen werden?« Sie stand am Schrank, und die Frage war mit leiser Stimme gestellt worden.

Als er nichts darauf antwortete, schaute sie ihn an. »Ich habe dich was gefragt ...«

»Ja, ich weiß, aber ich kann dir keine Antwort darauf geben.«

»Warum nicht?« Sie kam zu ihm hinüber, und beide blickten einander über den Tisch hinweg an. »Ich ... ich habe meine Zweifel, ob sie überhaupt jemals herauskommen wird. Sie scheint schlimm dran zu sein. Ich habe mit einer der Krankenpflegerinnen gesprochen.«

»Das hast du mir nie gesagt.«

»Nein, aber wir hätten es uns auch denken können. Dreimal in letzter Zeit ist sie im Operationssaal gewesen.«

Schweigend ging sie zum Kinderbettchen hinüber und blickte auf das schlafende Kind. »Spricht er je von ihr?«

Wieder wartete sie. »Nein«, war seine kurze Antwort.

Dick beobachtete, wie sie sich über das Kind beugte und die Decke unter seinem kleinen Kinn zurechtzupfte. Ihm wurde klar, daß sie auf ihre Art genauso litt wie Florrie oder sein Vater: denn bekam sein Vater ein ebenerdiges Haus und Florrie würde entlassen werden, würden sie selbstverständlich ihr Kind zu sich nehmen wollen, und sein Vater würde dafür Sorge tragen, daß sie es bekam und auch jemanden, der es versorgte. Auf der anderen Seite: Sollte Florrie sterben, würde das Kind das einzige sein, was ihm geblieben war, und er würde es zu sich nehmen. Denn obgleich er es nie erwähnte, bedeutete dies doch nicht, daß er nicht darüber nachdachte. Er hatte ihn gesehen, wie er seine Tochter hielt, und dann war es, als hielte er die Mutter in den Armen. Arme Hilda. Obwohl er wußte, daß sie dankbar für seine Gegenwart im Haus und auch für Mollys Gesellschaft war, so war es doch jetzt das Kind, das ihr Trost gab, und solange sie es haben konnte, würde dies so bleiben. Doch wurde es ihr wieder fortgenommen, würde sie in die Verlorenheit zurückgestoßen werden.

Wie gewohnt ging er zum Radio hinüber und drehte die Nachrichten an. Dabei mußte er denken, daß in diesem Haus soviel Tragisches passierte, daß es ihn fast die Schrecken des Krieges vergessen ließ. Es war eigenartig, aber wahr. Er dachte nicht einmal mehr an die Air Force, ihn beschäftigte das fehlende Glück der Menschen, die ihm nahestanden. Ging man den Dingen wirklich auf den Grund, so waren es mehr die persönlichen Schicksale, die zählten. Die Frau mit ihrem gebrochenen Rückgrat, der Mann, der niemals Glück gekannt hatte und sie, die da drüben in der Küche stand, die Ehefrau, die niemals wirklich erlebt hatte, was es bedeutete, eine Ehefrau zu sein.

Er hatte einmal zu Molly gesagt, daß sie beide glücklich sein würden – trotz all des emotionellen Aufruhrs um sie herum. Doch was er im Laufe der vergangenen Wochen gelernt hatte, war, daß Schicksale von Menschen miteinander verflochten waren und daß man sich davon nicht lösen konnte, indem man einfach sagte: Ich werde glücklich sein. Denn die Gefühle der anderen beeinflußten einen selbst und warfen Schatten auf das eigene Glück. Sie erfüllten die Liebe mit Traurigkeit und Angst, bis man gezwungen war zu glauben, daß Traurigkeit und Angst Teil der Liebe bildeten. Er wollte Liebe nicht als solches sehen, nicht seine und Mollys Liebe. Er wollte nicht, daß sein Leben so wie das des Vaters verlaufen würde.

11

»Ich möchte Florrie wieder besuchen«, hatte sie gesagt, worauf er geantwortet hatte: »Die einzige Möglichkeit ist Mittwoch nachmittag, denn er ist jeden Abend und auch samstags und sonntags da.«

»Dann gehe ich morgen«, hatte sie daraufhin gemeint. In der einen Hand einen Korb mit selbstgebackenem Kuchen und ihrer Monatsration Süßigkeiten und in der anderen einen Blumenstrauß stand sie mit weit aufgerissenen Augen vor einem leeren Bett. Bis auf die Matratze war es abgezogen.

Als sie in den Korridor stürzte, rannte sie beinahe zwei Besucher, die sich der Station näherten, um. Sie lief auf ein Dienstzimmer zu, ging ohne Umstände hinein und fragte keuchend: »Mrs. Ford! Mrs. Ford – wo ist sie? Hat man sie verlegt?«

»Was? Ich weiß von nichts.« Eine Frau an einem Waschbecken, die Geschirr spülte, drehte sich nach ihr um. »Da müssen Sie schon die Schwester oder eine Krankenpflegerin fragen. Gehen Sie zum Büro.«

Wieder war sie draußen im Korridor, blieb jedoch unsicher stehen und rannte wieder zurück in die Küche. »Wo ist das Büro?«

Die Frau sah sie an, als sei sie nicht ganz bei Sinnen. »Genau vor Ihrer Nase, die Tür da, wo Büro draufsteht.«

Wieder drehte sie sich um, und in der nächsten Minute klopfte sie an die Tür, auf der Büro stand. Eine Krankenpflegerin öffnete ihr. »Mrs ... Mrs. Ford, wo ist sie? Ha ... ben Sie sie verlegt?«

Die Krankenpflegerin, die Türklinke noch in der Hand, sah über die Schulter zu der Schwester hin, die hinter einem Schreibtisch saß. Diese stand jetzt auf und kam auf sie zu. »Kommen Sie herein. Nehmen Sie Platz bitte.«

Sie setzte sich, und die Schwester begann: »Es tut mir sehr leid, aber Mrs. Ford ist heute früh gestorben. Sie müßten eigentlich längst informiert sein. Auch dem Mann, der sie immer besuchte, wurde eine Nachricht geschickt, aber wir erhielten keine Antwort darauf. Er arbeitet wohl. Auf jeden Fall wurde ihm eine Nachricht hinterlassen.«

Sie war tot! Florrie!

Hilda sprang vom Stuhl hoch, doch die Schwester ergriff sie am Arm. »Bleiben Sie einen Moment ruhig hier sitzen«, doch Hilda schüttelte ihre Hand ab und murmelte: »Nein! Nein! Ich muß zurück und ... und es Dick sagen. Er muß zu ihm, er muß ihn finden ... seinen Vater.«

Die Krankenpflegerin und die Schwester blickten einander an.

Hilda ging auf die Tür zu, blieb dann stehen, drehte sich um und fragte tonlos: »Wo hat man sie hingebracht?«

»In die Leichenhalle.« Die Schwester fügte nicht »selbstverständlich« hinzu, doch ihr Ton besagte es.

»Oh!«

Hilda rannte den Korridor entlang, aus dem Krankenhaus hinaus, um die Beete herum, in denen einst Blumen wuchsen und aus denen jetzt nackte Blumenkohlstrünke ragten, und auf die Straße.

Hier zögerte sie, sah erst in die eine, dann in die andere Richtung, bevor sie sich nach Hause aufmachte, abwechselnd laufend und gehend, wobei sie fortwährend Selbstgespräche führte. Dick würde nicht vor fünf Uhr aufhören, aber sie konnte zur Fabrik gehen, und vielleicht würde man ihm eine Stunde früher freigeben, damit er seinen Vater abfangen und es ihm schonend beibringen konnte. Genau das würde sie tun. Sie würde zur Fabrik gehen. Aber zuerst mußte sie heim und diese Sachen abliefern. Das Kind war bei Molly in guter Obhut. Gut, daß sie heute Nachtdienst hatte.

Als sie den Hof überquerte, überfiel sie ein Kunde mit Beschwerden. »Haben Sie ihr Geschäft aufgegeben? Seit einer halben Stunde warte ich auf mein Fahrrad.«

»Oh, Entschuldigung. Turnball, nicht wahr?«

»Ja.«

»Einen Moment bitte.« Sie öffnete die Küchentür, warf Blumen und Korb auf den Tisch, nahm einen Schlüsselbund vom Nagel, rannte aus der Küche hinaus und schloß die Tür hinter sich. Dann öffnete sie die Garagentür und vergewisserte sich noch einmal: »Turnball?«

»Ja.«

»Hier … hier ist es.«

»Hat ja lang genug gedauert«, nörgelte der Mann. »Ist schon seit über vierzehn Tagen hier.«

Ärgerlich drehte sie sich nach ihm um. »Also, Sie wissen doch sehr wohl, daß man weder Arbeiter noch Ersatzteile kriegen kann. Sie können von Glück sagen, daß mein Sohn in seiner Freizeit es repariert hat.«

»Wird ja wohl auch dafür bezahlt, oder?«

Mit einem Schwung stieß sie ihm das Rad entgegen. »Was kostet's?« Sie lief zum Büro hinüber, sah auf einem schmalen Sims nach und rief ihm zu: »Elfsechzig«, worauf er zurückrief: »Himmel! Dafür hätt' ich ja ein neues kaufen können.«

Unhöflich drängte sie ihn und sein Fahrrad aus der Garage hinaus. Nachdem sie alles verschlossen hatte, rannte sie wieder los. Bis zur Munitionsfabrik waren es gut fünfzehn Minuten zu Fuß, doch sie legte die Strecke in weniger als zehn Minuten zurück. Am Tor erkundigte sie sich beim Pförtner und nachdem dieser auf einer Tafel nachgesehen hatte, imformierte er sie: »Gray, Dick Gray. Halle vier. Dort entlang.« Er zeigte es ihr.

Fünf Minuten später gingen sie und Dick durch das Fabriktor. »Ich wußte, es würde so kommen, aber nicht so schnell«, sagte Dick. Sie blickte auf sein ölverschmiertes Profil. »Glaubst du … glaubst du, daß er's wußte?«

»Ja, er mußte es wissen. In den letzten zwei Wochen hatte sie sich irgendwie verändert. Aber ich weiß, er hoffte noch immer. Aber so plötzlich, damit rechnete er bestimmt nicht.«

Als sie an der Kreuzung ankamen, wo sich ihre Wege trennten, sagte sie offen und ruhig: »Bleib bei ihm, solange er dich braucht. Ich bin in Ordnung. Wenn ich Gesellschaft brauche, habe ich ja Molly. Er wird sich um die Beerdigung und dergleichen kümmern müssen, er wird Hilfe brauchen.«

Ernst sah er sie an, dann beugte er sich vor und küßte sie auf die Wange, drehte sich um und ging mit schnellen Schritten davon.

Blinden Auges ging sie nach Hause, wobei sie fortwährend »O Florrie! Florrie!« murmelte, und jedes Mal war es wie ein Flehen um Vergebung. Seit sie klein waren, hatte sie sie verleumdet, und seit

Abel in ihr Leben getreten war, hatte ihre Eifersucht Haß in ihr erzeugt. Und nun war sie fort, sie konnte nichts mehr an ihr gutmachen.

In der Küche sank sie auf einen Stuhl und ohne den Hut oder Mantel auszuziehen, legte sie den Kopf in die Arme und weinte. Weinend redete sie mit der Frau, die jahrelang ihre Schwester gewesen war, redete mit ihr, wie sie es niemals zu Lebzeiten getan hatte, und bevor sie endlich den Kopf hob, flehte sie sie an: »Bitte, Florrie, laß mich dein Kind aufziehen. Laß es mich behalten. Bitte. Bitte.«

12

Dick konnte seinen Vater nicht verstehen. An jenem Abend hatte er ihn vor den Toren der Fabrik abgefangen. Obgleich allein seine Gegenwart ihm bedeutet haben mußte, warum er hier war, so teilte er ihm die Nachricht so schonend wie möglich mit. Abel hatte ihn nur einfach angestarrt und war dann in Richtung Bog's End gegangen. Einmal war er stehengeblieben, hatte sich kurz mit ausgestrecktem Arm gegen einen Laternenpfahl gelehnt und vor sich hin auf den Boden gestarrt. Dann war er weitergegangen.

Dick hatte erwartet, daß er sich in dem schäbigen Zimmer gehenlassen würde, doch er hockte sich nur hin und starrte den einflammigen Gaskocher an, der auf dem kahlen Tisch neben dem flachen Waschbecken stand. »Soll ich dir eine Tasse Tee machen?« Die Antwort war nur ein Kopfschütteln gewesen.

Erst als er die Beerdigung erwähnte, hatte Abel geantwortet: »Ich werde mich darum kümmern.«

Abel verließ den Raum, um auf die Toilette in den Hof zu gehen, doch als er nach zwanzig Minuten immer noch nicht zurück war, öffnete Dick die Hintertür. Er sah einen ihm unbekannten Mann im Hof stehen, der gegen die Türöffnung lehnte, die zu den oberen Zimmern führte. Dieser sah zu Dick hinüber und nickte vielsagend in Richtung der Toilette, als wolle er sagen: »Der Kerl braucht vielleicht Zeit.«

Wenige Minuten später kam sein Vater heraus, ging an dem Mann vorbei, ohne ihn anzublicken und trat wieder ins Zimmer. »Geh jetzt nach Hause. Ich komme schon zurecht.«

»So werde ich dich nicht allein lassen.«

Abel hatte sich umgedreht und ihn angeblickt, als sähe er ihn an diesem Abend zum ersten Mal und hatte ganz ruhig erwidert: »Junge, so werde ich für eine lange Zeit sein, eine lange, lange Zeit. Geh also ruhig nach Hause.«

Dick schluckte schwer. »Ich gehe jetzt nach Hause, werde mich waschen und umziehen«, hatte er daraufhin entgegnet, »aber dann komme ich wieder her.«

»Vielleicht gehe ich aus.« ,

»Ich werde auf jeden Fall herkommen …«

Abel war nicht ausgegangen, als er an diesem Abend zurückkam, noch hatte er dies an den der Beerdigung vorhergehenden vier Abenden getan.

Die Sonne schien, und der Frost glitzerte auf dem Gras. Neben dem Pfarrer und den Totengräbern waren nur noch sein Vater, Hilda und er selber bei der Beerdigung.

Als der Sarg in die Erde gesenkt wurde, nahm Dick Hilda am Arm und führte sie weg. Ihr Gesicht war rot und geschwollen, und die Tränen rannen ihr unaufhörlich die Wangen hinunter. Als sie bei der Kapelle angekommen waren, meinte sie zu ihm: »Ich gehe jetzt.«

»Er wird sicherlich mit dir reden wollen.«

Heftig schüttelte sie den Kopf. »O nein! Nein!«

»Warte trotzdem.«

Als schließlich auch Abel die Grabstelle verließ, kam er auf Hilda zu. Es war das erste Mal, daß sie sich von Angesicht zu Angesicht gegenüberstanden, seit sie ihn aus dem Haus geworfen hatte. Er stand vor ihr und sah auf sie hinunter. »Danke, Hilda«, sagte er leise.

Was konnte sie ihm sagen? Selbst wenn ihr etwas eingefallen wäre, die Worte würden ihr im Hals steckengeblieben sein. So bewegte sie nur den Kopf.

»Ich werde … ich werde das Kind holen, sobald ich eine andere Wohnung gefunden habe.«

Sie zuckte zusammen und, ihn eindringlich anblickend, versicherte sie hastig: »Ist schon gut. Laß dir Zeit. Ich versorge sie, solange du willst. Dick«, sie machte eine vage Geste zur Seite, »kann sie dir bringen, wann immer du willst und … und du kannst sie auch wann immer du willst haben.« Wieder wies sie mit der Hand in Dicks Richtung. »Dick wird sie abholen. Ich meine, er wird sie dir bringen.«

Abel nickte. »Danke, Hilda. Das ist sehr nett von dir. Ich weiß zu schätzen, was du tust. Ich … ich weiß, es ist nicht leicht für dich.«

»Oh.« Mit einem heftigen Kopfschütteln widersprach sie. Doch als er fortfuhr: »Ich … ich werde für ihren Unterhalt zahlen«, da protestierte sie in altgewohnter Art: »O nein! Bitte, bitte nicht. Erspar mir das, bitte.«

»Oh, Entschuldigung. Also, dann ganz wie du es willst. Aber … ich bin dir sehr dankbar.« Für einen Augenblick sah er sie noch an, dann wandte er sich langsam um, blickte noch einmal den Weg hinunter, wo die Totengräber damit beschäftigt waren, seine Liebe zu bedecken, seine Liebe zu begraben … Nein, nicht seine Liebe begraben, niemals würde es ihm möglich sein, seine Liebe zu begraben. Er wollte sie nicht begraben wissen, er wollte sie bis zum Ende seines Lebens erleiden, er wollte den Schmerz erhalten in der Erkenntnis, daß seine Liebe aus einem seltenen Stoff gewebt worden war, einem Stoff, der Jahre gebraucht hatte, sich zu entwickeln, und der, erst einmal zum Leben erwacht, ihm eine Glückseligkeit geschenkt hatte, die nur mit dem Wort Ekstase umschrieben werden konnte. Solche Glückseligkeit starb immer im Schmerz. Allen großen Lieben in der Geschichte war es so ergangen. Doch wie hoch auch die Rechnung sein mochte, keinen Augenblick davon würde er missen wollen. Das für ihn selber Überraschende seit Florries Fortgang war gewesen, daß er nicht ein einziges Mal um sie geweint hatte. Ihn beherrschte das merkwürdige Gefühl, daß seine Emotionen – sollte er weinen – sich in einer Flut von Blut und nicht in Wasser ergießen würden. Hilda verabschiedete sich eben, und er sagte noch einmal höflich: »Ich danke dir, Hilda.« Dann sah er ihr nach, wie sie davonging, und etwas in ihm bewunderte den in ihr vorgegangenen Wandel. In ihr schien keine Bitterkeit mehr zu sein. Florries Tod mußte sie endgültig ausradiert haben. Und doch, schon vor Florries Tod hatte sich Hilda um das Kind gekümmert. Es mußte sie einige Überwindung gekostet haben, das Kind aufzunehmen: sein Kind, Florries Kind in ihr Haus aufzunehmen, in dieses Gott geschützte Heim, in dem mit Mißfallen auf die Sünde geblickt wurde. O nein, er durfte nicht wieder in dieses Denkschema zurückfallen. Sie hatte sich geändert. Sein Sohn hatte sich geändert.

Er drehte sich jetzt nach Dick um. Sein Sohn war ein Mann geworden, ein guter Mann. Er würde immer ein guter Mann sein, das hieß, wenn nicht allzuviel von ihm selber in ihm war, denn dies würde mit Sicherheit ins Unglück führen. Doch andererseits war es besser, er erbte mehr von ihm als von seiner Mutter. Dieser Gedanke erinnerte ihn an den Brief, den er erst heute morgen erhalten hatte. Er war von seinem Rechtsbeistand, und dieser teilte ihm mit, daß die Scheidung eingereicht worden war.

Er ging auf die Tore des Friedhofs zu und dachte: ›Jetzt kann ich Florrie heiraten!‹ Er blieb stehen und schüttelte den Kopf. Dann sah er Dick an. »Kommst du mit mir zurück?«

»Ja, selbstverständlich. Was glaubst du, wo ich sonst hingehen würde?«

13

In den folgenden neun Monaten arbeiteten sie nach einem gleichbleibenden Schema. Samstags und sonntags nachmittags schoben entweder Dick oder Molly den Kinderwagen nach Bartwell Square, um Abel das Kind zu bringen.

Daß er sich an ihrer Gegenwart erfreute, dessen war Dick sich sicher. Sie konnte schon laufen und in der ihr eigenen Sprache plappern. Doch niemals ging er mit ihr hinaus. Worüber allerdings auch Klarheit herrschte, war, daß Hilda keine ruhige Minute hatte, bis das Kind wieder zu Hause war. Er kannte ihre Furcht vor dem Tag, an dem Abel sagen würde: »Ich habe eine anständige Wohnung und … eine Haushälterin gefunden.«

Einmal war dieses Wort zwischen ihnen gefallen, als sie sich wegen des Kindes unterhalten hatten. Dick selber war es gewesen, der es zur Sprache gebracht hatte. »Er sucht eine Wohnung, aber da habe ich ihm gleich gesagt, daß er ohne Haushälterin nicht auskommt, denn die Kleine hält einen ganz schön auf Trab.«

Rasch hatte sie sich nach ihm umgedreht und mit einem Anflug ihres alten Temperaments ausgerufen: »Eine Haushälterin! Eine Haushälterin soll das Kind aufziehen! Oh, ich weiß genau, worauf diese Haushälterinnen aus sind. Ich kenne ein paar.«

Er konnte ihre Gedanken lesen. Eine Haushälterin, die sich um das Kind kümmerte, würde nur ein Ziel haben, und das war, sich den Vater zu angeln.

An diesem Abend hatte Hilda einen Entschluß gefaßt. Er, Molly und sie hatten vor dem Kamin gesessen, als Molly kundtat: »Tante Hilda, Ostern werden wir heiraten.« Hilda hatte von einem zum anderen gesehen und leise erwidert: »Darüber bin ich froh, obwohl«, sie sah Dick an, »den Mann im Haus werde ich vermissen.«

»Pah!« Er schüttelte den Kopf. »Du wirst kaum einen Unterschied merken. Ich routiere ja ohnehin zwischen den beiden Häusern wie ein Kreisel hin und her.« Ernster fuhr er dann fort: »Mam, nach dem Krieg will ich weiter in der Fabrik arbeiten. Die werden noch für einige Zeit Ersatzteile für die Flugzeuge brauchen.« Er hatte kurz aufgelacht. »Ich finde, du solltest dich entschließen, ständig jemanden in der Garage zu beschäftigen. Wie Molly richtig gesagt hat, das Ende des Krieges ist abzusehen, und das kann bedeuten: wieder Autos und Leute, die verrückt darauf sind. Es könnte ein großes Geschäft werden. Der junge Stephen macht sich ja ganz gut bei den Fahrrädern, aber das ist auch alles ...«

»Stephen macht sich keineswegs gut bei den Fahrrädern. Er ist ungeschickt und richtet mehr Schaden an, als daß er repariert. Und nicht nur das.« Sie warf den Kopf zurück. »Ich werde ihn entlassen, sobald ich kann, das sage ich dir. Er ist so mies wie Arthur Baines.«

Am darauffolgenden Tag hatte sie wissen wollen, wie es Abel geht.

Dick war soeben, nachdem er das Kind abgeliefert hatte, von Abel zurückgekehrt. Wenn möglich, so trug er sie jetzt immer, denn er haßte es, den Kinderwagen zu schieben. »Na, wie üblich.« Dann nahm er die Tasse Tee, die sie ihm angeboten hatte, stellte sie auf den Tisch, setzte sich in den Sessel, stützte die Ellbogen auf die Armlehnen, beugte sich nach vorn und seufzte: »Wenn ich ihn so ansehe, könnte ich heulen. Dieses Zimmer – in einer Fabrik ist es gemütlicher. Und ausgehen tut er überhaupt nicht.«

»Trinkt ... trinkt er?«

»Trinken?« Sein Blick wanderte zu ihr. »Nein, ich glaube nicht. Ich glaube, er spart jeden Pfennig. Ich glaube, er ißt nicht mal richtig, er ist nur noch Haut und Knochen und ... und er wirkt so verloren. So kann er nicht weitermachen.« Er blickte sie an und wiederholte: »So kann er nicht weitermachen, irgend etwas geschieht sonst. Ich bin überrascht, daß er sich bis jetzt noch nichts angetan hat. Ich glaube, wenn das Kind nicht wäre, er hätt's längst getan.«

Sie setzte sich an den Tisch und fuhr mit dem Finger an der Tischkante entlang. »Wofür spart er denn?«

»Keine Ahnung. Vielleicht für ein neues Haus.«

»Um dann Lucy zu sich zu nehmen?«

Erst nach einer langen Pause erwiderte er: »Ja, das ist wohl seine

Idee. Er ... er mag sie sehr. Er wartet immer sehnsüchtig auf ihr Kommen.«

Immer noch fuhr sie mit dem Finger an der Tischkante entlang. »Dick, es würde mich umbringen, wenn er mir das Kind wegnimmt«, sagte sie langsam.

»O Mam!« Er blickte sie nur an, und zum ersten Mal konnte er keine Worte des Trostes für sie finden.

»Sie ist alles, was ich habe. Sie hat mein Leben verändert. Ich ... ich sehe jetzt so vieles ganz anders. Ich ... ich könnte es nicht ertragen, sie zu verlieren.« Sie hörte jetzt auf, mit dem Finger an der Tischkante entlang zu fahren. Als er ihr die Antwort darauf gab, war ihm klar, daß er nur etwas aussprach, was bereits ihre Gedanken beschäftigte, und dies seit geraumer Zeit. »Die einzige Möglichkeit, sie zu behalten, wäre, wenn du ihn zurückholen würdest.« Sie bestätigte dies mit einem leisen: »Ja, ich weiß«, und fügte dann fragend hinzu: »Aber würde er zurückkommen? Das ist das Problem: Würde er zurückkommen?«

»In Kürze wird seine Scheidung durch sein«, warf er ein und war völlig überrascht, als sie aufsprang und heftig ausrief: »Darauf hab' ich doch nicht gewartet. Er hätte jederzeit kommen können; darauf habe ich nun wirklich nicht gewartet.«

Sprachlos sah er sie mit offenem Mund an, und erst jetzt erkannte er das volle Ausmaß ihrer Veränderung. Dies hier war nicht mehr Tante Hilda, Tante Hilda schien niemals existiert zu haben. »Und was willst du nun tun?« fragte er.

»Das wirst du schon morgen sehen.« Sie nickte ein paarmal kurz und wiederholte: »Ja, morgen.«

Dick stand im Hof, hielt den Kinderwagen und schob ihn auf und ab, von Lucy unterstützt, die sich an beiden Seiten festhielt und unverständlich, aber dafür um so lauter plapperte, wie sie es immer tat, wenn sie glücklich war. Als Hilda aus der Küchentür trat, drehte er sich schnell um und sah fassungslos zu ihr hinüber, während sie ihm den Rücken zukehrte und hinter sich abschloß.

»Na, was siehst du mich denn so an?«

»Nichts!« Er hielt ihr den Kinderwagengriff hin und ging ein Stück hinter ihr her, während sie aus dem Hof hinausmarschierten.

Wirklich, sie hatte sich herausgeputzt. Es war das erste Mal, daß er Lippenstift an ihr sah. Bestimmt hatte sie auch Rouge aufgelegt. Und sie trug ihren besten Mantel, und auch den Hut hatte er noch nicht an ihr gesehen. So was! Ein Schock konnte einen umbringen, und er hoffte zu Gott, daß sie kein Schock erwartete, daß der Angriff, den sie an diesem Nachmittag zu unternehmen gedachte, sie die Schlacht gewinnen lassen und ihr ein wenig Glück bescheren würde, wenigstens im Laufe der Zeit, und so auch sein Vater Frieden finden würde.

Als er zwanzig Minuten später an der Tür klopfte und sein Vater öffnete, befürchtete er schon das Schlimmste, konnte er doch den Ausdruck auf seines Vaters Gesicht nicht deuten, als dieser Hilda mit dem Kind auf dem Arm anstarrte.

Hilda brach den Bann. Mit ruhiger Stimme fragte sie: »Darf ich reinkommen?«

»Ja.« Er öffnete die Tür weit und blickte Dick an, der wissen wollte: »Soll ich den Kinderwagen heute draußen lassen?«

»Nein, nein. Bring ihn herein, der würde keine zwei Minuten draußen stehen.«

Jetzt standen sie alle im Zimmer und sahen einander an, bis Abel sie aufforderte: »Setzt euch doch.« Er zog einen Sessel heran, doch bevor Hilda Platz nahm, hielt sie ihm das Kind entgegen, und er nahm es auf den Arm und betrachtete es für einen Augenblick. Die kleine Hand packte sein Kinn, und Lucy brabbelte etwas. »Sie sagt ja ›Dada‹«, stellte er verwundert fest.

Dick lachte. »Seit gestern sagt sie es ununterbrochen.«

»Oh.« Abel lächelte seine Tochter an. Sie hatte Florries Augen und Florries Mund. Als er sie auf die Wange küßte, schlang sie ihre Ärmchen um seinen Hals. Befangen blickte er jetzt zu Hilda hinüber. »Sie … sie ist in 'nem feinen Zustand«, meinte er verlegen.

»Und sie scheint die einzige zu sein, soweit ich das sehen kann.«

»Was? Ach, du meinst mich? Ich bin schon ganz in Ordnung.«

»Pah!«

Dick bemerkte des Vaters irritierten Gesichtsausdruck. Die Schlacht hatte begonnen, und er war nicht darauf vorbereitet. Würde er sich ergeben oder würde er sich gegen sie verteidigen? Nun, wie stark der Feind war, würde sich noch zeigen. Und der Feind hatte sich jetzt erhoben.

So abrupt wie sie sich hingesetzt hatte, war Hilda nun aufgestanden und bewegte sich langsam durch das Zimmer. Das, was sie sah, machte sie wütend. Verlegen beobachtete Abel die Überprüfung und warf ein: »Ich … ich werde nicht mehr lange hierbleiben. Ich habe was anderes in Aussicht.«

»Hast du?« Sie nickte ihm zu. »Nun, wenn man dich so ansieht, wirst du wohl kaum lange genug leben, um dich daran noch zu erfreuen.«

Wieder warf Abel Dick einen fragenden Blick zu, doch alles, was er als Antwort aus dieser Ecke erhielt, war ein leichtes Hochziehen der Augenbrauen und eine kaum merkliche Bewegung des Kopfes, die wohl besagen sollte: »Ich weiß von nichts!«

»Setz dich, Abel.« Sie war vor ihm stehengeblieben. Er rückte sich das Kind in den Armen zurecht, zog den zweiten Sessel des Zimmers vor und setzte sich. Beide Gesichter waren fast auf einer Höhe, und als sie anfing zu reden, war ihre Stimme fest und ruhig. »Bitte, unterbrich mich nicht, bevor ich zu Ende bin. In diesem Drecksloch hier kannst du nicht länger bleiben, das würde dein Ende sein. Ich bin gekommen, um dich heimzuholen. *Nicht. Nicht. Nicht*!« Wie ein Polizist, der den Verkehr dirigiert, hob sie befehlend die Hand und fuhr fort: »Ich habe doch gesagt, laß mich zu Ende reden. Ich will nichts von dir, weil ich weiß, du hast mir nichts zu geben. Das weiß ich, damit habe ich mich abgefunden. Aber ich … ich will das Kind behalten. Und außerdem brauche ich auch einen Mann im Geschäft. Dick will bald heiraten, und dann bin ich ganz allein. Ich habe zwar noch einen Burschen da, aber der ist weder sonderlich gut, noch eine Zierde des Geschäfts. Jeden Tag verliere ich durch den Geld. Du würdest mir einen großen Gefallen tun, wenn du zurückkommen würdest. Und ich werde es trotzdem sagen, obwohl ich weiß, ich sollte es nicht tun. Aber du schuldest mir einen Gefallen, und auf diese Art könntest du es zurückzahlen. Wenn du also deine Schulden begleichen willst, pack deine paar Klamotten und laß uns machen, daß wir aus diesem Schweinestall hier rauskommen.«

Er bewegte sich nicht, und auch das Kind war merkwürdig still auf seinem Arm. Beide blickten sie Hilda an: Das Kind die Frau, die seine Mutter geworden war, und er die Frau, die einstmals seine Ehefrau gewesen war. Wie Dick registrierte, war auch Abel über ihr Make-up erstaunt. Zudem fiel ihm auf, daß sie nicht mehr mollig war. Doch das auffälligste an ihr war ihr innerlicher Wandel. Sie bat ihn, zurückzukommen, sie bot ihm Sauberkeit, Wärme und gutes Essen an – und Komfort. Auch sich selbst? Die ersten drei wollte er annehmen, aber würde es ihm je wieder möglich sein, sie selbst zu akzeptieren … oder überhaupt eine andere Frau? Auf diese Frage fand er keine Antwort. Langsam hob er den Kopf. »Hilda, ich bin immer noch ein verheirateter Mann«, gab er zu bedenken.

»Das ist mir schon klar.«

Er hätte fast lachen mögen. »Du mußt an deinen Ruf denken, man wird über dich reden. Dem Vikar brauchst du mit so etwas gar nicht erst zu kommen.«

»Mit dem Vikar habe ich bereits abgerechnet.«

Jetzt spürte er tatsächlich den starken Drang, laut herauszulachen. Und doch – nein. Das ihn beherrschende Gefühl war kein Lachen. Doch auch keine Tränen. Nein, nie wieder würde er weinen können – nicht jetzt und nicht später.

Wieder senkte er den Kopf, als ihn ihre Stimme mitten in der Bewegung innehalten ließ. »Pack die Sachen deines Vaters zusammen und laß uns gehen«, befahl sie Dick kurz.

Als sei er fünfzehn Jahre alt, beeilte sich Dick, ihren Anordnungen nachzukommen, eilte hinüber zu dem wackligen Schrank, unter dem er einen Koffer hervorzog, den er auf das Bett legte, den Deckel öffnete und anfing, die wenigen Besitztümer seines Vaters einzupacken. Dick drehte sich auch nicht um, als er Hilda mit leiser Stimme sagen hörte: »Gib sie mir.« Er wußte, sie hatte das Kind genommen und in den Kinderwagen gelegt, und jetzt war sie es, die die Tür öffnete, den Wagen auf die Straße fuhr und dort auf sie wartete.

Sein Vater stand neben der Tür, die auf den Hinterhof hinausführte. »Dick«, sagte er leise. Als Dick zu ihm trat, erkannte er, daß sein Vater kaum sprechen konnte, und als er stammelte: »Ich weiß nicht. Es ist nicht richtig. Ich … ich schäme mich so«, da packte Dick ihn an beiden Armen und versuchte, ihn zu schütteln. »Es ist zu deinem Besten. Wir alle wollen dich zurückhaben, und sie braucht dich. Außerdem hat sie es ja schon gesagt: Du schuldest ihr etwas. Vergiß das nicht, Dad, du schuldest ihr etwas. Du schuldest ihr eine ganze Menge …«

Wenige Minuten später standen sie alle auf der Straße, und wie eine Familie beim Samstagnachmittagsspaziergang ging Hilda ihnen voraus und schob den Kinderwagen, während Vater und Sohn folgten.

Erst als sie den Hof betraten, wurde Dick klar, wie tief bewegt sein Vater war. Sein Gesicht hatte jede Farbe verloren, die Wangenknochen drückten sich hart durch die Haut, seine Augen lagen tief in ihren Höhlen. Während er auf die Küchentür zuging, sah er nach rechts und links. Am längsten weilte sein Blick auf dem Fenster oberhalb der Garage, und offenbar war er in Gedanken in dem Zimmer, das ihnen

Schutz gewährt hatte, als sie zum ersten Mal auf diesen Hof gekommen waren.

»Nun mal mit der Ruhe. Hör mit dem Geschrei auf. In einer Minute bekommst du deine Milch. Hier, Dick, nimm sie, aber laß sie nicht runter. Sie hat noch ihre guten Sachen an.«

Dick stand da, das Kind auf dem Arm und betrachtete Hilda voller Bewunderung. Es war wirklich so, als seien sie eben von einem Ausflug heimgekehrt. Dann sah er zu seinem Vater hinüber. Er saß nicht in dem großen Lehnsessel am Kamin, sondern auf einem Stuhl an einer Ecke des Tisches. Er hatte noch seinen Überzieher an und hielt seinen Hut auf den Knien.

»Komm, gib mir deinen Mantel«, forderte Hilda ihn jetzt leise auf. Doch weder stand er auf, noch sah er sie an. Etwas brach in seinem Inneren auf wie glühende Lava, stieg in ihm hoch, spülte mit Gewalt hinauf in seine Kehle. »Nein! Nein! Niemals! Nicht wieder! Niemals!« Er konnte Demütigung ertragen, alles konnte er ertragen, solange er in sich verschlossen blieb, solange ihn menschliche Güte nicht erreichen konnte. Solange er seine Gefühle verschloß, solange konnte ihn nichts berühren, doch seine Kräfte ließen nach, verließen ihn. Der Gewalt dieser brennenden Flut gegenüber war er ohnmächtig ausgeliefert. Er gab auf.

Als die Erlösung sich ihren Weg durch die Tränen bahnte, stieß er einen lauten Schrei aus, vergrub das Gesicht in den Händen und wiegte sich wie ein Kind hin und her.

Sekundenlang stand Hilda da und beobachtete ihn, dann legte sie die Arme um ihn, preßte seinen Kopf gegen ihre Brüste, und auch ihr wurde das Sprechen schwer, als sie ihm tröstend zuredete: »Ist ja gut. Ist ja gut. Jetzt bist du daheim. Es ist alles vorbei. Sei ruhig, ganz ruhig. Komm schon, mein Lieber. Komm schon.« Sie konnte sich nicht erinnern, ihn je ›mein Lieber‹ genannt zu haben. Auch sein Kind nannte sie die ganze Zeit ›mein Liebes‹.

Als er die Hände vom Gesicht nahm, und seine Arme um ihre Hüften schlang, wußte sie, daß dies nur die Geste eines Verlorenen war, der Trost und Schutz suchte.

Mit Tränen in den Augen sah sie Dick an, der noch immer die Kleine auf den Armen trug. Sie wußte, nun würde sie für zwei Kinder zu sorgen haben: Eines, das sie zu einer Frau erziehen mußte und eines, dem sie – so hoffte sie – den inneren Frieden zu geben vermochte. Sie bat nicht darum, daß dies einst zu Liebe führen möge. Und doch, das Leben konnte noch lange dauern, und sie konnte weiter hoffen …

Dick stand da und hielt das Kind fest an sich gedrückt. Er sah seinen Vater an. In diesem Augenblick wurde ihm bewußt, daß er den wirklichen Mann in seinem Vater nur sah, wenn dieser weinte. Sein eigenes Gesicht war tränenfeucht. Doch er wußte, nie würde er so wie sein Vater weinen, denn niemals würde er auch nur halb so stark sein wie er. In diesem Mann lag trotz seiner Schwäche eine natürliche Größe. Vielleicht offenbarte sie sich voll in den kommenden Jahren, und wenn auch nur, um ein wenig Glück in das Leben der Frau zu bringen, an der er so vieles gutzumachen hatte.

Sprache des Herzens

1.

»Was soll das heißen, du willst nicht, Pam? Natürlich tust du es! Ich verlasse mich darauf.«

Weit davon entfernt, in Anbetung zu Füßen des Mädchens niederzuknien, dem er eben einen Heiratsantrag gemacht hatte, oder sich neben sie zu setzen, sie an sich zu ziehen und ihr Gesicht mit ungeduldigen, heißen Küssen zu bedecken, war Viscount Westcott in dem sonnendurchfluteten Salon der Midenhall Priory auf und ab gegangen. Jetzt hielt er inne und blickte in erstauntem Unglauben die junge Dame an, die ein mit Zweigmustern verziertes Musselinkleid trug, auf einem Sofa saß und stickte.

Die Dame machte noch einen sorgfältigen Stich in das Muster mit Pfauen und Blättern, an dem sie arbeitete, ehe sie aufsah und dem überraschten Viscount einen kurzen, ernsten Blick zuwarf. Erst danach sagte sie mit einer freundlichen, aber festen Stimme: »Nein, Luke, ich heirate dich nicht. Ich wundere mich, daß du mich darum gebeten hast.«

Der Viscount sah sie ärgerlich an und ballte die Fäuste. Er war ein großer junger Mann von vierundzwanzig Jahren, und die Dame, die mit ihrer Stickerei beschäftigt war, kannte ihn schon ihr ganzes Leben lang. Jetzt legte sie ihren Stickrahmen beiseite, faltete die Hände im Schoß und blieb völlig ungerührt von seiner mißvergnügten Miene. Als sie ihn musterte, kam sie zum etwa hundertsten Mal zu dem Schluß, daß Luke Westcott viel zu stattlich aussah, als ihm selbst guttat, sogar jetzt, da er ärgerlich und frustriert war. Eine Locke seines rötlichbraunen Haars war ihm in die breite Stirn gefallen, und seine dichten, dunklen Augenbrauen waren über zwei tiefliegenden hellbraunen Augen zusammengezogen. Er trug Reitkleidung, die er mehr der Bequemlichkeit halber als wegen ihrer Eleganz gewählt hatte und die seine breiten Schultern und seine schlanke Taille betonte. Die glänzenden Schaftstiefel, die er über schmalen Hosen trug, zeichneten seine langen Beine und seine kräftigen Schenkel ab. Ungeduldig fuhr er sich mit der Hand durchs Haar, so daß ihm eine weitere Locke in die Stirn fiel. Sein fein geschnittener Mund drückte Unzufriedenheit aus, und er schob seinen kräftigen Unterkiefer vor, so daß jedermann eingeschüchtert gewesen wäre, der ihn nicht so gut kannte wie die junge Dame, die vor ihm saß. Während sie ihn unverwandt anblickte, hob sie eine dunkelbraune Augenbraue und streckte trotzig das Kinn vor.

Plötzlich runzelte er nicht mehr die Stirn. Er kam lachend auf sie zu und drohte ihr mit dem Finger. »Benimm dich mir gegenüber nicht so hochmütig, mein Mädchen«, grollte er, warf ihre Stickerei auf den Fußboden, so daß er sich neben sie setzen konnte, ergriff ihre beiden Hände und drückte sie fest. »Ich habe dir diesen Trick beigebracht, wenn du dich erinnerst.«

»Das stimmt, und ich hatte bei mehr als einer Gelegenheit allen Grund, dir dafür dankbar zu sein«, stimmte sie freundlich zu. »Nichts hat sich so nützlich erwiesen, um die Glut begieriger Lebemänner abzukühlen oder die Frechheiten zudringlicher Stutzer abzuwehren.«

»Und in welche Kategorie ordnest du mich ein?« fragte der Viscount, und seine sonst so ungezwungene Baritonstimme klang scharf.

Die Dame schien es sich einen Augenblick zu überlegen, bis sein Griff sich noch verstärkte. »Nun, in keine von beiden«, sagte sie amüsiert. »Im Augenblick benimmst du dich nur albern. Aber keine Sorge, Luke, ich nehme es dir nicht übel.«

»Du sagst, ich verhalte mich albern, wenn ich dich darum bitte, mich zu heiraten, Pamela?« fragte der Viscount ungläubig. »Ich bin sicher, es gibt jede Menge junger Damen, die vor Freude in Ohnmacht fallen würden, wenn ich ihnen einen Heiratsantrag machte.«

Die Dame entzog ihm ihre Hände, bückte sich und hob ihre Stickerei wieder auf. »Dann schlage ich vor, daß du dich ohne weitere Umstände an eine von ihnen wendest, wenn du so erpicht darauf bist, zu heiraten«, sagte sie und senkte den Blick, während sie den Stoff glättete, den seine achtlosen Hände zerknittert hatten.

»Aber ich möchte keine von ihnen heiraten«, sagte der Viscount und schob in seinem Mißmut darüber, abgewiesen worden zu sein, die Unterlippe vor. Als er das tat, fand sein Gegenüber, daß er ungefähr wie ein achtjähriger Junge aussah.

»Ebensowenig möchtest du mich heiraten«, erwiderte sie und maß einen scharlachroten Faden ab.

Der Viscount sprang auf und ging ungeduldig auf und ab, und einen Augenblick wurden ihre braunen Augen sanfter, als sie seinen breiten Rücken betrachtete. Als er sich ihr wieder zuwandte, war ihre Miene jedoch ausdruckslos. Er streckte die Hände nach ihr aus, und sein breites, jungenhaftes Lächeln wirkte traurig.

»Du hast recht, Pam. Und um die Wahrheit zu sagen, ich möchte überhaupt nicht heiraten«, gab er zu. »Aber ich sehe mich dazu genötigt, und weshalb solltest es in diesem Fall nicht du sein? Schließlich kennen wir uns schon seit undenklichen Zeiten, und wir kommen gut miteinander aus. Ich betrachte dich als einen meiner besten Kumpel. Und du bist genau die Frau, die mir gefällt. Du kannst nicht von mir erwarten, daß ich viel Wesens um dich mache oder dir schmeichele, und außerdem könnten wir beide weiterhin unsere eigenen Wege gehen. Denke nur daran, wie sehr sich deine Brüder und deine Eltern freuen würden, wenn du mit einem Mann verheiratet wärst, den sie kennen und mögen und der in der Nachbarschaft wohnt. Du kannst, wenn du willst, jederzeit in die Priory hinübergehen, und wir werden die gleiche, große glückliche Familie bleiben, die wir immer gewesen sind. Es wird fast so sein, als wärst du überhaupt nicht verheiratet.«

»Das klingt alles sehr logisch und vernünftig und gut begründet, Luke, aber trotzdem lehne ich deinen Antrag ab«, sagte sie energisch.

»Aber warum nur?« fragte Luke verständnislos. »Gib mir endlich eine klare Antwort, Pam, denn eher verlasse ich die Priory nicht. Diese Zimperlichkeit sieht dir nämlich überhaupt nicht ähnlich.«

Pamela lachte belustigt. »So, ich bin also zimperlich? Ist es dir niemals in den Sinn gekommen, daß ich vielleicht einen Mann heiraten möchte, der mich liebt, Luke?«

Luke Westcott lachte spöttisch, und sie zuckte leicht zusammen. »Was für ein Unfug ist das, Pam? Du bist nicht im geringsten romantisch veranlagt«, sagte er. »Einen Mann heiraten, der dich liebt! Wahrhaftig! Du hast vier Saisons hinter dir und bist von jeder unverheiratet nach Suffolk zurückgekehrt. Und ich weiß, daß es dir nicht an Anträgen gefehlt hat. Letztes Jahr benahmen sich sowohl Freddy Bascomb als auch Lord Ashley dir gegenüber wie Mondsüchtige. Und vor zwei Jahren war der Earl of Brant ständig in deiner Nähe, aber du hast immer gekniffen. Das ist zuviel, Pam! Romantik! Liebe? Du? Du verulkst mich!«

Pamela machte zwei weitere Stiche und zählte bis zehn, ehe sie sagte: »Vielleicht bin ich romantischer, als ich dachte. Und wenn ich meine Hand nicht einem der Herrn geben wollte, die du erwähnt hast, mein alter Freund, dann geht es dich nichts an. Du wirst mir verzeihen, wenn ich offen spreche, aber wir beide waren ja noch nie förmlich miteinander.« Und dann fügte sie hinzu: »Zufällig habe ich schon zwei weitere Anträge bekommen.«

Belustigt fragte der Viscount: »Von wem? Doch nicht etwa von Jeremy Bates, Pam? Reggie Summers? Oder vom guten alten George?« Plötzlich wurde er ernst und sagte steif: »Egal! Ich hätte nie gedacht, daß du mich derartig im Stich läßt. Du, meine alte Freundin! Warte, bis ich es Matthew und Mark erzähle. Sie werden es nicht glauben, denn Matt selbst hat vorgeschlagen, daß ich zu dir gehen und um deine Hand anhalten soll. Dein eigener Bruder! Wenn er die Verbindung billigt, bin ich sicher, daß auch deine Eltern damit einverstanden wären. Wie kannst du also so hartnäckig sein?«

»Ich bin schließlich diejenige, die dich heiraten soll, Luke. Und ich muß es hinnehmen, daß du mit der ganzen Familie darüber sprichst und es für eine ausgemachte Sache hältst, ehe du auch nur daran denkst, nach meiner Meinung über dieses Thema zu fragen. Das ist nicht sehr schmeichelhaft.«

Einen Augenblick funkelten ihre braunen Augen mit den goldenen Flecken, die so charakteristisch für sie waren, vor Zorn, ehe sie die Lider senkte. Mit zweiundzwanzig Jahren war Miss Pamela Mary Sheridan, die einzige Tochter und das jüngste Kind von Sir Roger und Lady Mary Sheridan, für ihre Schönheit bekannt, für ihren Humor, ihren Witz und ihre unaufdringliche Eleganz. Sie war von ihrem schimmernden Haar bis zu den Spitzen ihrer Samtpantoffel eine Dame. Nur wußte sie, daß sie für Luke Westcott nichts Damenhaftes an sich hatte. Unter einer Maske der Freundlichkeit war sie mutwillig, leidenschaftlich und bereit, mit jeder Waffe, die ihr zur Verfügung stand, um ihr Glück zu kämpfen. Die Welt bemerkte natürlich nichts davon. Jedermann sagte, sie schlüge nach ihrem Vater, dem Baronet. Er war jeder Zoll ein Gentleman, kühl und selbstbeherrscht, gelassen und klug.

Sie ähnelte in keiner Weise ihrer impulsiven, lebenslustigen Mutter oder ihren ausgelassenen Brüdern, die zwei und vier Jahre älter waren als sie und ständig mit dem ebenso lebenslustigen Viscount Westcott zusammen waren.

Lord Westcotts Eltern waren auf See verschollen, als der Junge zehn Jahre alt gewesen war. Seit damals war er in der Priory wie zu Hause gewesen. Er kam kurz nach dem Frühstück und ging oft erst wieder, wenn es dämmerte. Lady Sheridan, die von seiner Einsamkeit angerührt war, denn er besaß keine Geschwister, hatte ihn als einen der ihren aufgenommen. Sie wußte, daß der langweilige Onkel, der nach Westcott Hall gekommen war, um den Erben aufzuziehen, ein stiller, auf Bücher versessener Mann war und seine schüchterne Frau sich mehr um die Kirchenarbeit als um ihren jungen Neffen kümmerte. Dieses ehrenwerte Paar hatte selbst keine Kinder, und so war es kein Wunder, daß Luke den Trubel, das Gelächter und die gute Laune der Familie Sheridan dem stillen, düsteren Dekorum seines eigenen Heims vorzog.

Er und die Sheridan-Brüder waren enge Freunde geworden. Sie hatten gemeinsam Unterricht erhalten und jedes Abenteuer miteinander geteilt. Die kleine Pamela war ihnen überallhin nachgelaufen, sobald man die Zügel locker lassen konnte, und ihre großen braunen Augen verehrten sie alle drei gleichermaßen. Aber während ihre Brüder sie abwechselnd neckten und ignorierten, war Luke ihr ganz besonderer Held geworden. Er war es gewesen, der sie zum erstenmal auf ein Pony gesetzt und ihr das Reiten beigebracht hatte; er war es gewesen, der sie in die Geheimnisse des Angelns, des Kahnfahrens, des Schießens eingeführt und der sie getröstet hatte, wenn sie hingefallen war und sich die Knie aufgeschürft hatte.

Als sie siebzehn Jahre alt war und er ein erwartungsvoller Neunzehnjähriger, der im Begriff war, mit ihrem älteren Bruder nach London aufzubrechen, um städtischen Schliff zu erhalten, war ihr bewußt geworden, wie sehr sie ihn liebte. Sie liebte ihn nicht wie einen Bruder, sondern so, wie jedes Mädchen einen Mann liebt. Leider schien Luke in ihr nichts anderes zu sehen als seine angenommene kleine Schwester. Als sie ihr Debüt machte, hatte er sie wegen ihrer Verehrer geneckt. Er hatte sie vor jedem Mann gewarnt, den er für einen Nichtsnutz hielt, und er hatte sie so ungezwungen geküßt und umarmt, wie es ihre Brüder taten. Enttäuscht, aber zuversichtlich, hatte Pamela ihre Gefühle für ihn in der Gewißheit verborgen, daß der Tag kommen würde, an dem ihm die Schuppen von den Augen fallen und er sie so lieben würde wie sie ihn. Es war ihr leichtgefallen, selbst die attraktivsten Angebote abzulehnen, denn sie verglich ihre Verehrer stets mit Luke. Keinem von ihnen, gleichgültig, wie gutaussehend, höflich oder verliebt er auch sein mochte, war es gelungen, ihren Sinn zu ändern. Sie liebte Luke Westcott, und da sie niemals auch nur im mindesten wankelmütig geworden war, wußte sie, daß sie ihn immer lieben würde.

Jetzt legte sie ihre Stickerei beiseite und stand auf. Sie war groß und schlank, hatte eine zierliche Taille und eine entzückende Figur. Es war ihr nichts von dem Kummer anzusehen, den sie empfand. Aber schließlich hatte sie jahrelange Übung darin, ihre Gefühle zu verbergen. Nichts auf der Welt wünschte sie sehnlicher, als Luke Westcott zu heiraten. Doch unter diesen Umständen würde und konnte sie es nicht tun.

Der Viscount blickte auf sie herab, als sie auf ihn zukam und ihn anlächelte. Er sah das vertraute, vollkommene Oval ihres Gesichts, den rosigen Teint, die großen Augen, die ein wenig schräg standen und ihrem Aussehen etwas Exotisches verliehen, ihre weichen, vollen Lippen, die gerade Nase und das glatte, dunkle Haar, das wie gewöhnlich am Hinterkopf zusammengebunden war. Als er ihre schlanke, weiße Hand ergriff, die so oft wegen ihrer Schönheit gerühmt worden war, dachte er: Gute alte Pam, wer hätte je gedacht, daß du mich zurückweisen würdest?

»Pam, du bist hartnäckig, schwierig und unmöglich!« grollte er aufgebracht. »Ich habe dir von der Klemme erzählt, in der ich stecke, und ich glaubte, du würdest mir zu Hilfe kommen. Aber was tust du statt dessen? Du weigerst dich, mir behilflich zu sein. Das hätte ich nie von dir gedacht! Denn es ist ja nicht so, daß du einen anderen liebst oder dies auch nur wünschst. Du weißt, daß ich von der Aussicht darauf gelebt habe, mein Erbe anzutreten, sobald ich fünfundzwanzig Jahre alt bin. Aber jetzt verlangt dieser Onkel Joseph, daß ich mich binde, ehe er mit dem Vermögen herausrückt. Ich bin drauf und dran, im Schuldgefängnis zu landen. Aber ich sehe, das ist dir völlig gleichgültig.«

Seine Stimme klang beunruhigt und anklagend, und Pamela drückte seinen Arm. »Aber es ist mir nicht gleichgültig, Luke«, sagte sie »Ich habe während der letzten Jahre oft gedacht, daß du Schwierigkeiten bekommen wirst, wenn du weiterhin so leichtsinnig mit dem Geld umgehst, wie du es getan hast. Dein Onkel hatte recht, alles bis auf die Zinsen zurückzubehalten, bis du zur Vernunft gekommen bist, andernfalls hättest du im Nu dein gesamtes Erbe durchgebracht.«

»Sieh einer an, Pam, Standpauken von dir?« fragte er ärgerlich. »Ich will nichts mehr davon hören, mein Mädchen, ich möchte, daß du mich heiratest.«

Sie machte spöttisch einen Knicks. »Tut mir leid, aber das werde ich nicht tun, nicht einmal, um dich vor dem Schuldgefängnis zu retten. Außerdem bin ich sicher, du übertreibst. Sogar deine hartnäckigsten Gläubiger werden sich gedulden, weil sie das Vermögen kennen, das eines Tages dir gehören wird. Und wenn du hier in Suffolk bleibst und dich vernünftig verhältst, überlegt es sich dein Onkel vielleicht noch einmal anders.«

»Mich aufs Land zurückziehen? Mit Onkel Joseph und Tante Athaliah? Während der Saison?« fragte er so entrüstet, daß sie lachen mußte.

»Aber du könntest jederzeit zu uns in die Priory herüberkommen, Luke. Und außerdem ist es an der Zeit, daß du dich langsam für deine Ländereien zu interessieren beginnst und mehr über die Gegend erfährst, die dir einen so großen Wohlstand einbringt.«

Sie waren an der Tür des Salons angekommen, und Lord Westcott blieb stehen. »Ich hätte nie gedacht, daß ich von dir so hochtrabendes Gerede hören würde, Pam«, sagte er wütend. »Ich werde nichts dergleichen tun! Und wenn du dich weigerst, mich zu heiraten, dann fahre ich morgen in die Stadt und frage eine andere. Dies ist deine letzte Chance, ich warne dich.«

Er warf verstohlen einen Blick auf ihr schönes Profil, aber er sah nichts als nachsichtiges Amüsement. Er hielt inne und wartete, während sie seine Drohung schluckte. Sicher würde die gute alte Pam nicht ruhig dabeistehen, während er ein so endgültiges, schreckliches Opfer brachte.

»Wenn das dein Ernst ist, Luke, dann helfe ich dir«, sagte sie schließlich.

Er hob sie in die Höhe und tanzte mit ihr durch den Raum. »Gutes Mädchen! Ich wußte doch, daß du mich nur aufziehst! Nun, wann heiraten wir? Je eher, desto besser, soweit es mich betrifft. Und ersparen wir uns diesen ganzen Unfug mit Brautkleid und Hochzeitsbällen und all diesem Zeug, denn ich ...«

Eine kühle Hand legte sich auf seinen Mund. »Ich sagte, ich helfe dir. Ich sagte nicht, daß ich dich heirate. Ich werde Mama überreden, mich in die Stadt mitzunehmen. Dann kann ich dir behilflich sein, eine Braut zu finden. Du wirst sehen, wie gut es klappen wird, Luke. Gib dich einfach in meine Hände und vertraue mir. Ich bin sicher, ich finde die perfekte Frau für dich.«

Er machte ein so verblüfftes Gesicht, daß sie ihre Hände auf seine breiten Schultern legte, sich in seinen Armen zurücklehnte und ihn anlachte.

Dies war zuviel für Viscount Westcott, der ein hitziges, ungezügeltes Temperament besaß. Plötzlich stellte er sie auf die Füße und begann sie zu schütteln, genauso wie früher, wenn sie ihn als Kind geärgert hatte.

»Wie kannst du es wagen, dich so über mich lustig zu machen, Pam?« fauchte er mit zusammengebissenen Zähnen.

Pamela, die tiefe Falten um seinen Mund und seine funkelnden Augen sah, erschrak. Luke hatte sie noch niemals so wild, so wütend angesehen.

»Laß mich … los!« keuchte sie und versuchte, sich von ihm zu befreien. Sie trommelte mit den Fäusten auf seine Brust. Lord Westcott schüttelte sie nur noch heftiger.

»So, du findest es also amüsant, Ma'am? Du machst dich über mich lustig, wie? Ich will dich lehren, mich zu verspotten, Balg!«

Pamela machte einen letzten Versuch, sich von seinen kräftigen Händen loszureißen. Ihre Schultern schmerzten von seinem festen Griff. Als sie taumelnd freikam, packte er sie am Halsausschnitt ihres Kleides, und es gab ein unheilvoll reißendes Geräusch, als er zusammen mit den obersten beiden Knöpfen die Rüschen abriß und sie in der Hand hielt. Pamela sah ihn einen Augenblick erschrocken an. Lord Westcott nützte diesen Moment, um sie wieder zu packen, aber sie wich zurück.

Unglücklicherweise stand ein Sofa direkt in ihrem Rückzugsweg, und als sie mit den Kniekehlen daranstieß, verlor sie das Gleichgewicht und griff nach Lukes Rockaufschlägen, um sich daran festzuhalten.

Überrascht taumelte der Viscont und fand sich halb auf Pamela und halb auf dem Sofa wieder. Er umklammerte immer noch die Rüschenborte sowie eine wütende, zerzauste junge Dame.

Und dann ging die Salontür auf, und Lady Sheridan kam herein. Sie blieb wie angewurzelt stehen und starrte die beiden einen Augenblick an und dann rief sie: »Oh, meine Lieben, ich freue mich ja so! Ihr wißt, es war immer mein sehnlichster Wunsch, daß ihr heiratet! Aber Luke, zu meinem Bedauern muß ich protestieren. Deine Stellung … Pamela … nun, es ist nicht schicklich! Du mußt dich mehr um Selbstbeherrschung bemühen, mein lieber Junge. Jeder beliebige Mensch – nicht nur ich – hätte hereinkommen können!«

Während dieser atemlosen Rede bemühte sich Luke aufzustehen, wurde aber durch die Verrenkungen der Dame unter ihm daran gehindert. Ihre braunen Augen funkelten golden in ihrem Zorn, als sie ihn kräftig von sich stieß. Er ging vor ihr in die Knie, und Lady Sheridan rief: »Oh ja, ich versichere dir, so ist es wesentlich besser! Das ist viel passender für einen Heiratsantrag. Wenn ich mich auch keineswegs für prüde halte, so finde ich doch …«

Pamela stand auf. »Vis … count West … cott wollte eben … gehen,

Mama«, keuchte sie. Doch die eisige Stimme eines jungen Mädchens, dem man Unbill zugefügt hatte, war etwas weniger wirkungsvoll, da die Dame nach Luft rang. Ihre Augen blitzten, und sie war hochrot, und ihr normalerweise ordentlicher Haarknoten hatte sich gelöst, so daß ihr üppiges dunkelbraunes Haar offen über ihre Schultern fiel. Ihr Busen, der durch den Riß in ihrem Kleid halb entblößt war, hob und senkte sich rasch. Lord Westcott war ein großer, kräftiger Mann, und er hatte sie atemlos gemacht, als er mit seinem vollen Körpergewicht auf sie gefallen war.

Lady Sheridan fand, daß er noch nie so stattlich ausgesehen hatte. Sie war gerade im Begriff, dies zu sagen, als sie die Worte, die ihre Tochter gesprochen hatte, endlich begriff. »Er geht, sagst du? Aber ich verstehe nicht«, klagte sie und rang die Hände. »Warum geht er, wenn ihr euch eben verlobt habt?«

Inzwischen war Luke aufgestanden und strich seinen Reitrock glatt. Er zupfte an seinem Halstuch, als wäre es plötzlich zu eng geworden, und dann bemerkte er, daß er immer noch Pamelas Rüschen in der Hand hielt. Als er sie auf einen in der Nähe stehenden Tisch warf, wurden seine Wangen dunkelrot.

»Ich muß Sie um Verzeihung bitten, Mylady. Es war nicht das, was es zu sein schien. Darf ich mich zurückziehen, Ma'am?« fragte er mit rauher Stimme.

Nun war Lady Sheridan sprachlos. Sie nickte, und ihre Blicke wanderten verständnislos von einem ärgerlichen Gesicht zum anderen. Sie sah ein, daß die beiden jungen Leute besser voneinander getrennt würden, zumindest für den Augenblick. Lord Westcott verbeugte sich vor ihr und schritt aus dem Zimmer, wobei er Pamela in ihrem zerzausten Zustand ignorierte, als wäre sie überhaupt nicht da. Pamela war wütend – auf ihn und auf sich selbst, weil sie es zugelassen hatte, daß die Situation zu einer solchen Farce entartet war.

Als die Salontür hinter dem Viscount zuschlug, sank Lady Sheridan in einen Sessel. Ihre Tochter bemerkte, daß sie vor Neugier beinahe platzte, und hob beide Hände, als sie beschwörend sagte: »Nicht jetzt, Mama, wenn du mich liebst!« Lady Sheridan fügte sich.

Nun war es an Pamela, im Salon auf und ab zu gehen, bis ihr Atem wieder normal war und ihre heißen Wangen sich abgekühlt hatten. Trotz ihres Zorns spürte sie immer noch den Schauer, den sie empfunden hatte, als Lukes Körper auf dem ihren gelegen hatte, und das machte es ihr nicht leichter, sich zu fassen.

Endlich kam sie zum Sofa zurück, welches das Unglück verursacht hatte. Sie setzte sich, wieder etwas ruhiger geworden.

»Pamela, meine Liebe, du darfst dich nicht so aufregen«, sagte ihre Mutter und sprach rasch, denn das erzwungene Schweigen war für sie schwer zu ertragen gewesen. »Die Heftigkeit von Lukes Gefühlen hat dich zweifellos erschreckt, aber du wirst dich bald daran gewöhnt haben. Wirklich, meine Liebe, du wirst seine Liebkosungen herbeisehnen, denn es gibt nichts Herrlicheres, als in den Armen eines Mannes zu liegen, den man verehrt …«

»Mama, bitte! Er hat mich nicht liebkost. Er war weit davon entfernt«, unterbrach sie Pamela. »Er hat mich durchgeschüttelt, weil ich ihn ausgelacht habe. Ich hätte es nicht tun sollen«, fügte sie wie zu sich selbst hinzu.

»Ich verstehe nicht«, klagte Lady Sheridan wieder. »Du hast ihn ausgelacht? Er hat dich durchgeschüttelt?«

»Es tut mir leid, daß ich dich und alle anderen in der Familie enttäusche, Mama, aber ich habe Lukes Heiratsantrag abgelehnt«, sagte Pamela nüchtern.

Lady Sheridan lehnte sich in ihrem Sessel zurück, und riß ungläubig die Augen auf. »Du hast ihn abgewiesen?« rief sie. »Oh, du törichtes, einfältiges Mädchen! Wie konntest du so … so …« Ihre Stimme erstarb, als fehlten ihr die Worte, um ein so unglaubliches Verhalten zu beschreiben.

Pamela fuhr fort, als hätte ihre Mutter nichts gesagt. »Und dann schüttelte er mich, und als ich mich freikämpfen wollte, zerriß er aus Versehen mein Kleid. Ich stieß an das Sofa und zog ihn im Fallen mit mir herunter. Mehr ist nicht geschehen. Es gab keine Liebkosungen.«

Lady Sheridan ignorierte ihre Worte. »Du hast Luke Westcotts Antrag abgewiesen«, wiederholte sie wie betäubt.

»Ich möchte nicht heiraten, nur damit Luke an sein Erbe herankommt und vor seinen Gläubigern sicher ist, Mama«, sagte Pamela ruhig.

»Aber Pamela, du kannst es dir nicht überlegt haben! Wir haben zwar nie darüber gesprochen, aber ich war sicher, daß du ihn liebst. Weshalb hättest du sonst während der ganzen Jahre die Heiratsanträge aller anderen Männer abgelehnt? Und jetzt, da du Luke endlich heiraten könntest – oh, ich werde dich niemals verstehen, niemals! Dein Vater wird zutiefst enttäuscht sein. Wir waren beide davon überzeugt, daß du deiner Gefühle sicher warst.«

Pamela dachte einen Augenblick nach, ehe sie sagte: »Ich glaube, Papa wird mich verstehen. Meine Gefühle für Luke haben mit meiner Ablehnung seines Antrags nichts zu tun. Sag mir, Mama, ist es zuviel verlangt, wenn ich erwarte, daß Luke mich nicht nur heiratet, sondern auch liebt?«

Lady Sheridan glättete ihre Musselinröcke und runzelte leicht die Stirn. »Aber er liebt dich doch, meine Liebe«, sagte sie verblüfft.

»Wie seine Schwester, Mama«, erwiderte Pamela.

»Nun, ja, wenn das wahr ist, was du sagst, dann wird es wohl so sein. Aber ich bin sicher, seine Gefühle werden sich ändern, sobald ihr verheiratet seid, Pamela. Es liegt einfach daran, daß er rasch eine Bindung eingehen muß, und Liebe ist das letzte, woran er jetzt denkt. Das ist bei den Männern oft so. Sie halten es nicht für so wichtig wie wir Frauen, sich zu verlieben. Ich bin sicher, Luke hat sich bisher mehr um seine Jagdhunde, seine Vergnügungen und seine engen Freunde gekümmert, als darum, eine dauerhafte Verbindung aufzubauen. Du darfst es nicht persönlich nehmen, weißt du.«

Die Miene ihrer Tochter drückte Amüsement aus. »Wie interessant zu wissen, wo man in den Augen eines Mannes in der Rangordnung seiner Vorlieben steht! Darf ich wohl hoffen, daß ich eines Tages über seinen Hunden rangieren werde?«

Ihre Mutter machte eine wegwerfende Handbewegung. »Ich sehe nicht ein, daß es darauf ankommt. Du hast ihn abgewiesen, und jetzt wird er wahrscheinlich eine andere fragen.«

»Er sagte mir, daß er das vorhat. Ich versprach ihm natürlich, mein Möglichstes zu tun und ihm dabei zu helfen, eine geeignete Frau zu finden … Da hat er die Fassung verloren, glaube ich.«

»Was hast du getan?« rief Lady Sheridan entsetzt. »Unvernünftiges Geschöpf! Du wirst ihn mit Sicherheit verlieren, denke daran, was ich gesagt habe.«

Ihre Tochter stand auf, ging zum Fenster und lehnte ihre Stirn an eine der kühlen Scheiben. »Vielleicht, Mama«, sagte sie leise. »Und doch wiederum vielleicht auch nicht.«

Lady Sheridan stand ebenfalls auf und warf verärgert den Kopf zurück. »Du treibst ein gefährliches Spiel, meine Liebe, und ich bin sicher, daß du mir nicht alles darüber erzählen willst, aber ich bitte dich, nehme meine Warnung ernst. Luke Westcott ist ein zu begehrenswerter Mann, um ihn lange zappeln zu lassen, besonders, nachdem er sich entschlossen hat zu heiraten. Du hast ihn gereizt, sonst hätte er sich nicht so unbeherrscht benommen. Du würdest gut daran tun, niemals Lukes Temperament außer acht zu lassen, Pamela. Irgendeine Frau wird ihn in seiner jetzigen Stimmung umgarnen, und dann wirst du den Tag bereuen, an dem du ihn abgewiesen hast. Ich bete darum, daß du dich dieses Mal nicht selbst ausmanövriert hast, meine Liebe. So geschickt du auch bist, es könnte schiefgehen.«

Sie schnaubte und ging rasch und ungeduldig zur Tür.

»Mama, wann hast du vor, in die Stadt zu fahren?« fragte Pamela und ignorierte die schreckliche Warnung, die in so kassandrahaften Tönen vorgebracht worden war. »Ich habe Luke gesagt, wir würden ihn dort bald treffen, auch wenn die Saison noch nicht richtig angefangen hat.«

Ihre Mutter blieb an der Tür stehen und überlegte. »Ja, es gibt eigentlich keinen Grund, weshalb wir unser Stadthaus dieses Jahr nicht früher öffnen sollten. Dein Vater wird uns natürlich nicht begleiten. Ich bekomme das Landleben langsam satt. Aber ... aber wird Luke deine Hilfe wirklich annehmen?«

»Du wirst es sehen«, sagte Pamela lächelnd. »In einer Stunde wird ein Brief von ihm eintreffen, in dem er mich wegen seines Benehmens um Verzeihung bittet, und dann schreibe auch ich eine würdevolle Entschuldigung und erneuere mein Angebot. Alles wird gut werden, ich kenne Luke.«

»Ich hoffe es, denn dann kann ich ...« Lady Sheridan unterbrach sich und sah ein wenig selbstgefällig aus.

»Ja, Mama? Was wolltest du sagen?«

»Oh, nichts, überhaupt nichts, meine Liebe«, erwiderte sie leichthin, schüttelte den Kopf und lächelte. »Und jetzt muß ich mich beeilen und deinen Vater abfangen, ehe er ausreitet, um ihm von deinen Plänen zu berichten.«

Mit raschelnden Röcken rauschte sie hinaus, und Pamela seufzte. Sie wußte, daß ihre Mutter wahrscheinlich ein ebenso großes Problem sein würde wie Lord Westcott. Ihre Mutter hatte kein Geheimnis daraus gemacht, daß ihr sein Antrag sehr willkommen war, und Pamela würde ihre ungestüme Zunge zum Schweigen bringen müssen. Mama sagt immer sofort das, was ihr in den Sinn kommt und überlegt niemals, bevor sie spricht, dachte ihre liebevolle Tochter bekümmert. Und ihre Mutter würde unbedingt helfen wollen, wie sie es immer tat, auf die eine oder andere Weise, und es würde ihr gelingen, peinliche Szenen heraufzubeschwören und große Konfusion anzurichten. Sie würde sich Intrigen aller Art einfallen lassen, um sie gewaltsam mit Luke zusammenzubringen und versuchen, ihre Tochter dazu zu bringen, den Heiratsantrag neu zu überdenken. Lady Sheridan liebte Luke Westcott wie ihren dritten Sohn, den sie nie bekommen hatte. Sie brauchte nur einen Blick auf sein gutgeschnittenes, übermütiges Gesicht zu werfen – und sie war mit seinen verrücktesten Plänen und Abenteuern einverstanden. Genauso, wie sie sich über Marks und Matthews Streiche amüsierte. Selbst wenn Luke sie neckte, indem er sie ›Mutter Sheridan‹ nannte, als wäre sie eine grauhaarige alte Dame, erteilte sie ihm keinen Verweis, sondern zog höchstens einen Schmollmund und gab ihm einen spielerischen Klaps auf die Hand.

Pamela ging zum Sofa, räumte ihre Handarbeit weg und steckte ihr Kleid zusammen, ehe sie sich anschickte, in ihr Zimmer hinaufzugehen. Sie sah die Stickerei ihrer Mutter unordentlich auf einem Stuhl liegen und schüttelte den Kopf. Sie liebte ihre Mutter sehr und hatte ihr Leben lang gewußt, daß ihre Liebe zehnfach erwidert wurde, obwohl sich beide Frauen sehr voneinander unterschieden. Manchmal hatte sie sich sogar gefragt, wie solch eine Frau sie hatte zur Welt bringen können, bis sie an ihren Vater dachte. Oft hatte sie über den Eßtisch hinweg amüsierte Blicke mit ihm ausgetauscht, während Lady Sheridan und ihre beiden Söhne, und manchmal auch Luke Westcott, in einen lauten, temperamentvollen Meinungsaustausch verstrickt waren. Luke, meine Mutter und meine Brüder sind sich sehr ähnlich, dachte Pamela, als sie die Stickerei sorgfältig zusammenlegte. Dann erinnerte sie sich an das Sprichwort, daß sich Gegensätze anziehen. Ihre Mutter und ihr Vater waren ein gutes Beispiel dafür. Vielleicht ist Luke für mich noch nicht verloren, seufzte sie innerlich, als sie in ihr Zimmer hinaufging, um sich umzuziehen.

Sir Roger hatte nichts gegen den Plan der Damen einzuwenden, früher als vorgesehen in die Stadt aufzubrechen. Er hatte bemerkt, daß seine Frau das stille Landleben schon seit ein paar Wochen langweilte, und er wußte sehr gut, daß Mary Zerstreuungen brauchte, um glücklich zu sein. Als er seine Zustimmung gab, fragte er sich, warum ihm immer so viel wohler zumute war, wenn er wußte, daß Pamela an der Seite ihrer Mutter war. Fast war es so, als wäre seine Tochter Mentor und Anstandsdame zugleich –, statt daß Lady Sheridan diese Rolle spielte, und er war beruhigt, weil er wußte, daß sie die kuriosesten Einfälle ihrer Mutter verhinderte.

Mary Sheridan hatte ihr dunkelbraunes Haar und die schrägen Augen ihrer Tochter vererbt. Aber hier endet auch schon die Ähnlichkeit. Während Pamela das Bild ruhiger, gelassener Eleganz und Anmut bot, flog ihre Mutter in Temperamentsausbrüchen durch das Leben, ließ überall deutliche Spuren zurück und schien nie daran zu denken, daß sie als fünfundvierzigjährige Frau eine würdevollere, mütterliche Ausstrahlung pflegen sollte. Sir Roger hatte ihr dies einmal vorgeschlagen, aber sie hatte nur gelacht und ihn so leidenschaftlich geküßt und liebkost, daß er sofort aufgehört hatte, ihr Lektionen zu erteilen. Er lächelte bei der Erinnerung daran.

Sir Roger bemerkte an jenem Abend beim Essen nichts zu der Neuigkeit, daß seine Tochter Lord Wescotts Heiratsantrag abgelehnt hatte. Wenn er enttäuscht war, wie ihre Mutter es behauptete, dann verbarg er dies sehr gut, dachte Pamela. Er nickte nur und sagte, sie müsse tun, was sie für richtig halte. Aber als Lady Sheridan ihm erzählte, daß Pamela Luke helfen wollte, eine geeignete Frau zu finden, wirkte er ein wenig überrascht, und Pamela bemerkte, daß seine kühlen, blauen Augen blinzelten.

»Wirklich?« fragte er ruhig und nahm einen Schluck Burgunder. »Dann darf ich vielleicht Millicent Fielding als Kandidatin vorschlagen, Pamela? Oder wie wäre es mit Lord Maltbies jüngster Tochter?«

Pamelas braune Augen strahlten beifällig. Sie hatte an diesem Nachmittag einen Brief von Luke erhalten, in dem er sie um Verzeihung für sein Benehmen bat. Sie war darüber erleichtert, und ihre gute Laune war wiederhergestellt.

Aber ehe sie ihrem Vater antworten konnte, rief Lady Sheridan entsetzt: »Als ob ein Adonis wie Luke eine von diesen beiden auch nur ansehen würde! Du bist nicht ganz bei Trost, mein Lieber, Miss Fielding ist absolut unmöglich, sie hat ein Gesicht wie ein Pferd, das arme Mädchen. Und was Lila Maltbie betrifft, die ist so breit wie hoch und schon in den Dreißigern. Luke mit seinem Titel, seinem Vermögen und seinem fast unanständig guten Aussehen würde so arme Wesen niemals in Betracht ziehen.«

Als sie das amüsierte Lächeln ihres Mannes und Pamelas lachende Augen sah, gab sie klein bei. »Oh, es war nur ein Scherz, ich begreife! Obwohl es schließlich kein so schlechter Gedanke wäre, seine Aufmerksamkeit auf irgendeine unmögliche Frau zu lenken. Aber Pamela, du mußt sehr vorsichtig vorgehen, damit es nicht auffällt, was du vorhast.«

»Nein, nein, Mama, wie könnte ich zum armen Luke so grausam sein?« fragte ihre Tochter mit demütiger Stimme. »Ich werde ihm nur die schönsten Debütantinnen dieses Jahres präsentieren; mindestens eine Miniatur-Venus.«

Lady Sheridan schüttelte den Kopf über eine solche Torheit, aber Sir Roger lächelte seine Tochter an und murmelte: »Du bringst mich fast in Versuchung, kurz in die Stadt zu kommen, Pamela, um den Spaß mitanzusehen.«

Miss Sheridan zog die Mundwinkel herab und runzelte vorwurfsvoll die Stirn: »Also wirklich, Papa, wie kannst du so etwas sagen? Du bist dir doch bewußt, wie wichtig es für einen Mann ist, was für eine Frau er auswählt? Ich werde das Problem so klug wie möglich angehen. Und welche Frau auch immer er wählt, sie wird in unserer Nachbarschaft wohnen. Ich würde dir und Mama niemals eine Langweilerin zumuten.«

Lady Sheridan blickte lachend von einem zum anderen, und ihr Gatte hob sein Glas in einem schweigenden Toast.

»Du bist deiner sehr sicher, Pamela, besonders nach dem, was heute früh geschehen ist«, sagte Lady Sheridan kopfschüttelnd und war im Begriff, die Arroganz ihrer Tochter ausführlich zu beklagen. Doch glücklicherweise erwähnte Sir Roger einen Brief, den er an diesem Morgen von seinen Söhnen erhalten hatte.

Matthew und Mark hatten Anfang Februar die Priory verlassen, um Freunde zu besuchen. Jetzt hatten sie aus Kent geschrieben, sie würden in zwei Wochen in der Stadt sein. Sofort rief Lady Sheridan, sie und Pamela müßten noch diese Woche die Kutsche nehmen, um das Sheridan House in der Stadt zu öffnen, damit alles für die beiden vorbereitet wäre, wenn sie in der Charles Street einträfen.

Lady Sheridan war sehr stolz darauf, daß ihre Söhne während der Saison immer noch das Stadthaus ihrer Eltern bewohnten. In ihrer ganzen Nachbarschaft gab es keinen zweiten solchen Fall. Daß Mark und Matthew dies erstens taten, um in luxuriöser Behaglichkeit zu leben, während sie ihr Geld für wichtigere Ausgaben sparten, zweitens wegen der ständigen Abwesenheit ihres Vaters, der alles sah und vieles mißbilligte, und drittens wegen der liebevollen Nachsicht ihrer Mutter – das wußte sie nicht.

2.

Die Damen Sheridan trafen genau acht Tage später in der Charles Street ein. Sie waren nur drei Tage unterwegs gewesen, denn Lady Sheridan zog ein rasches Reisetempo vor, egal, wie schlecht die Straßen auch nach den Winterstürmen waren. Man hörte sie oft sagen, daß sie kein Verständnis für die Damen hatte, die sich auf ihren Reisen Zeit ließen, ihre Unbequemlichkeit verlängerten und zerschlagen in der Stadt ankamen. Pamela machte es nichts aus. Die Kutschen ihres Vaters waren gut gefedert. Trotzdem war sie immer froh, wenn sie vor dem Sheridan House ausstieg und von Dentworth, ihrem lächelnden Butler, willkommen geheißen wurden, nachdem sie unterwegs so durchgerüttelt worden waren.

Lady Sheridan vergeudete keine Zeit. Sie befahl den Dienern, die Kutsche auszuladen, und gab dem Personal, das ihnen von Suffolk vorausgefahren war, eine Menge Anweisungen. Dann schickte sie eine Nachricht in die Lowdnes Street, wo Viscount Westcott wohnte. Sie teilte ihm ihre Ankunft mit und bat ihn um seine Gesellschaft beim Dinner am nächsten Abend.

Als dies getan war, wandte sie ihre Aufmerksamkeit den Zeitungen und den Hofnachrichten zu, um festzustellen, wer von ihren Bekannten vielleicht ebenfalls so früh in der Saison die Provinz gegen die unzähligen Vergnügungen Londons eingetauscht hatte. Ein paar Briefe, ein Abend in der Oper oder im Schauspielhaus, und ganz London würde wissen, daß die Damen Sheridan zurückgekehrt waren. Sie war sicher, daß in wenigen Tagen die Einladungen hereinflattern würden, denn sie hatte einen großen Bekanntenkreis, und auch ihre Tochter war sehr gefragt. Sie lächelte im stillen. Obwohl Pamela ein ruhiges Mädchen war, hatte sie eine große Schar von Bewunderern. Lady Sheridan hatte niemals begriffen, weshalb. Sie selbst hatte immer festgestellt, daß die Männer temperamentvolle Frauen vorzogen, lustige und fröhliche, die gern lachten und etwas Kokettes an sich hatten. Aber wie sie zugeben mußte, hatte es Pamela bisher nicht geschadet, daß sie keine zum Flirt geeigneten Eigenschaften besaß. Daß Pamela in dem vorgerückten Alter von zweiundzwanzig Jahren immer noch ledig war, machte ihr keine Sorgen. Sogar Londons böseste Zungen konnten nicht behaupten, dies läge daran, daß sie keinen Anklang fand. Lady Sheridan wußte, daß es in der letzten Saison geheißen hatte, Miss Sheridan sei einfach zu anspruchsvoll. Einige der offenherzigeren Witwen hatten sich laut gefragt, welcher Ausbund von Mann am Ende ihre Hand gewinnen würde. Sie hatte sogar gehört, daß manche Pamela ›die Unerreichbare‹ nannten.

Mary Sheridan selbst hatte vor ihrem achtzehnten Geburtstag geheiratet, und sie hatte sich oft über Pamelas Zögern gewundert, in den seligen Stand der Ehe einzutreten. Das heißt, sie hatte sich solange gewundert, bis ihr klar geworden war, daß ihre Tochter nur darauf wartete, daß Viscount Westcott auf die Dame aufmerksam wurde, die er schon die ganze Zeit vor seiner ebenmäßigen Nase gehabt hatte. Sie faßte Mut bei dem Gedanken daran, daß ihr Disput in der Priory die Dinge vielleicht rascher zu einem guten Ende bringen würde. Luke Westcott war nicht blind. Er mußte gesehen haben, wie entzückend Pamela in ihrem aufgelösten Zustand ausgesehen hatte, und er mußte alle ihre Reize gespürt haben, als er sie in den Armen hielt.

Als Lady Sheridan jetzt ihren Tee trank und zusah, wie ihre Tochter dem Dienstmädchen half, die Kleider auszupacken und in dem hübschen in Rosa und Silber dekorierten Raum zu verstauen, der zur Straße hinauslag, lächelte sie. Sie hatte eine Vorahnung, daß diese Saison anders als sonst verlaufen würde. Wenn sie nach Suffolk zurückkehrten, wäre Pamela sicherlich verlobt. Als sie nach einer weiteren Makrone griff, dachte sie trotzdem mit Bedauern daran, daß Pamela den Heiratsantrag des Viscounts abgelehnt hatte und daß sie mit Luke in diesen hitzigen Streit geraten war. Aber sobald sich Luke beruhigte, würde er es sicher noch einmal versuchen. Und wenn sie auf irgendeine Weise Pamela dazu bringen konnte, den Krümel anzunehmen, der angeboten wurde, statt auf dem ganzen Kuchen zu bestehen, würde sie rasch handeln. Das nahm sie sich vor.

Die gute Pamela und der gute Luke! Es war ihr sehnlichster Wunsch, sie schließlich vereinigt zu sehen. Es war kein Wunder, daß ihre Tochter dem Viscount die ganze Zeit treu geblieben war. Wie konnte ihn irgendeine Frau nicht lieben, dachte sie und sah im Geist sein männliches Gesicht mit den hellbraunen Augen, die abwechselnd necken oder grollen konnten, und sie dachte an sein fröhliches, lebhaftes Wesen.

Sie wurde in die Gegenwart zurückgerufen, als ein Diener anklopfte und ihr eine Nachricht überbrachte. Luke hatte auf ihre Einladung rasch geantwortet. Sie lächelte zufrieden, als sie seine Zusage las.

»Meine Liebe, Luke kommt morgen abend zum Dinner. Ist das nicht wunderbar?« rief sie voller Genugtuung.

Pamela sah ihre Mutter an, als diese hinzufügte: »Du mußt eines deiner hübschesten Kleider anziehen, meine Liebe, und ich werde ein Festmahl bestellen, und dann ...«

»Mama«, unterbrach sie Pamela ruhig, während sie ihrem Mädchen einen Stapel eleganter Wäsche gab und ihr bedeutete, sie möge gehen. Sie wartete, bis das Mädchen das Zimmer verlassen hatte, dann setzte sie sich neben ihre Mutter und ergriff ihre Hände. Ruhige, braune Augen blickten in sprühende, trotzige Augen, als sie sagte: »Mama, bitte mische dich dieses Mal nicht ein. Es gibt wirklich nichts, was du tun kannst. Das versichere ich dir. Überlasse Luke mir. Es wäre unerträglich für uns beide zu wissen, daß du ihn immer noch mit mir verheiraten willst, nachdem ich seinen Antrag abgelehnt habe. Ich freue mich, daß du ihn zum Abendessen eingeladen hast, denn ich möchte meinen Plan sofort in die Tat umsetzen, und bei dieser Gelegenheit können wir darüber reden. Aber du mußt mit mir zusammenarbeiten, verstehst du? Behandele Luke genauso wie immer, und ich verspreche dir, alles wird gut werden.«

Lady Sheridan zog einen Schmollmund und blickte dann zur Seite. »Ich will dir doch nur helfen«, sagte sie mit enttäuschter Stimme.

»Ich weiß, Mama, und ich danke dir«, sagte ihre Tochter und drückte ihr die Hände. »Wenn sich eine Gelegenheit ergibt, bei der du behilflich sein kannst, werde ich dich das wissen lassen. Aber bitte, überlasse Luke vorerst mir. Wir müssen uns so ungezwungen, so natürlich wie immer benehmen. Du hast recht, ich habe einige Pläne, aber sie hängen davon ab, daß du uns weiterhin wie Bruder und Schwester behandelst.«

Sie blickte ihrer Mutter in die Augen und wartete auf ihr Versprechen. Lady Sheridan warf den Kopf zurück.

»Also gut, Pamela. Aber du benimmst dich außerordentlich ungewöhnlich. Ich bin sicher, die meisten Mädchen wären froh über die Hilfe ihrer Mutter und ... und ...«

»Über ihre gesetzte, reife Weisheit, Ma'am?« fragte Pamela amüsiert.

Lady Sheridan lachte vergnügt auf und küßte ihre Tochter herzhaft. »Du bist eine Göre, Miss! Und du vergißt, daß ich das Herz deines Vaters gewonnen habe, als ich erst siebzehn war.«

Sie reckte sich ein wenig, und ihre Tochter sagte lächelnd: »Ich habe es nicht vergessen, Mama. Aber du hattest ihn vor jenem Sommer nie gesehen, wenn du dich erinnerst. Bei Luke und mir verhält es sich etwas anders. Wir sind zusammen aufgewachsen, und ich bin für ihn immer noch das magere kleine Mädchen mit den großen Augen, das an allen seinen Abenteuern teilnimmt.«

Lady Sheridan überlegte sich das ernsthaft, und dann seufzte sie. »Ich hoffe, daß deine List gelingt, Pamela, und daß es nicht schon zu spät dafür ist. Schließlich hast du gesagt, Luke möchte so bald wie möglich einer anderen Frau einen Heiratsantrag machen, nicht wahr? Hoffentlich hat er nicht schon irgendeine Niemand darum gebeten, seine Frau zu werden.«

Pamela lachte. »Als ob er das könnte, Mama!«

Als Pamela den verständnisvollen Blick ihrer Mutter sah, erklärte sie: »Er hat Bälle, Soireen und Teegesellschaften immer gemieden, Mama. Und ich bin sicher, er würde lieber ein Duell austragen, als die heiligen Hallen von Almack's zu betreten. Und selbst einem so begehrenswerten Mann wie Luke würde es schwerfallen, eine fremde junge Dame einfach um ihre Hand zu bitten. Nein, wenn er nicht in Jackson's Boxsalon eine geeignete Partie gefunden hat oder bei einem Hahnenkampf oder in einer Schenke – und du wirst mir sicher zustimmen, daß dies unmöglich ist –, dann brauchen wir uns im Moment keine Sorgen zu machen. Und von jetzt an werde ich bei ihm sein und seine Wahl lenken. Denke daran, Mama, was ich auch tue, du mußt mich dabei unterstützen. Kann ich mich darauf verlassen?«

Lady Sheridan stellte ihre Tasse hin und stand kopfschüttelnd auf. »Also gut. Ich wußte immer, daß du unergründlich bist, aber bis jetzt habe ich nicht gedacht, daß du auch raffiniert bist.«

Pamela umarmte ihre Mutter. »So raffiniert wie jede Frau, die um ihr Glück kämpft, Mama.«

Aber wie Pamela ihre Pläne verwirklichen wollte, konnte Lady Sheridan nicht herausfinden. Ihre eindringlichen Fragen wurden leichthin beiseite geschoben. Nach wenigen Minuten hatte Pamela das Gespräch auf das überaus wichtige Thema der neuen Kleider für sie beide gebracht, und Lady Sheridan war von weiteren inquisitorischen Fragen abgelenkt.

Luke Westcott kam pünktlich am nächsten Abend. Als er den Salon betreten hatte, begrüßte er Lady Sheridan und gab ihr einen Kuß. Seine Verbeugung vor Pamela fiel wesentlich förmlicher und zurückhaltender aus. Aber das schien die junge Dame überhaupt nicht zu stören. Sie lächelte ihn an, als sie sich im Sessel zurücklehnte, denn sie wußte, wie verlegen er bei dieser ersten Begegnung seit ihrem Streit war. Sie hörte mit gefalteten Händen zu und schwieg, während ihre Mutter und Luke bei einem Glas Sherry Konversation machten. Es war ihr keinerlei Unmut anzusehen wegen der Mißachtung, die ihr zuteil wurde.

Lady Sheridan war etwas unbehaglich zumute, weil ihre Tochter so nachlässig behandelte wurde, und sie bat Pamela, ihr eine Stola zu holen. Sie sagte etwas über den kühlen Abend und die leichte Erkältung, die sie sich auf der Fahrt in die Stadt zugezogen hatte. Im Kamin brannte zwar ein behagliches Feuer und Lady Sheridans Mädchen würde auf ein Klingelzeichen hin bereit stehen, falls sie irgend etwas brauchte – aber Pamela stimmte ihrer Mutter gelassen zu.

Als sie wiederkam, schien sich Luke wohler zu fühlen, und ihre Mutter sah sehr selbstzufrieden aus. Pamela fragte sich, was das zu bedeuten hatte, als Dentworth das Dinner ankündigte. Da aber Pamela ihre Mutter kannte, war sie sicher, daß sie das Geheimnis bald erfahren würde.

Lady Sheridan brachte es fertig, sich bis zum Dessert zu beherrschen. Dann fragte sie Luke, wen er seit seiner Ankunft in der Stadt getroffen hatte und was in den Schauspielhäusern und in der Oper gespielt wurde. Aber sobald Dentworth die *crème brûlée* serviert hatte, verkündete sie mit wichtigtuerischer Stimme: »Pamela, fast hätte ich die wunderbare Neuigkeit vergessen. Der gute Luke hat meine Einladung angenommen und wird während der Saison bei uns in der Charles Street wohnen.«

Pamela zögerte nur eine Sekunde, dann sagte sie leichthin: »Wirklich, Mama? Das ist aber schön.«

Sie blickte über den Tisch Lord Westcott an, sah sein spöttisches Lächeln, ehe sie sich umwandte und das gerötete Gesicht ihrer Mutter musterte. Sie wußte sehr gut, was Lady Sheridan vorhatte, aber da es ihren eigenen Zwecken dienlich war, Luke im Haus zu haben, wandte sie nichts dagegen ein. Statt dessen sagte sie: »Da Luke noch nie bei uns gewohnt hat, wird das sicher Aufsehen erregen.«

»Bah!« sagte Lady Sheridan. »Jedermann weiß, daß er fast zur Familie gehört, und außerdem ist er mit deinen Brüdern gut befreundet. Ich bin sicher, der größte Teil der Gesellschaft weiß von seinen beschränkten Mitteln und seinen Schulden. Es wird niemandem seltsam erscheinen, daß er unsere Gastfreundschaft annimmt. Er hat versprochen, zu uns zu ziehen, sobald Matthew und Mark aus Kent hier eingetroffen sind.«

Pamela aß nachdenklich ihr Dessert, als Lord Westcott erklärte: »Es ist sehr freundlich von Ihnen, mich einzuladen, Mutter Sheridan.«

Sein Grinsen, mit dem er dies sagte, sprach Bände, und als er Lady Sheridan zublinzelte, mußte sie unwillkürlich lächeln und unterdrückte eine Rüge, die sie ihm hatte erteilen wollen, weil er den verhaßten Spitznamen benützt hatte.

Pamela bedeutete Dentworth, er möge Lord Westcotts Weinglas nachschenken. »Wenn ich es mir recht überlege«, sagte sie mit gleichmütiger Stimme, »dann könnte dies eine sehr gute Lösung sein. Auf diese Weise können wir leichter unsere Gedanken und unsere Pläne austauschen, wie wir die Kandidatinnen auswählen. Und da du ungern seriöse Gesellschaften besuchst, kann ich dir genau sagen, welche Einladungen du unbedingt annehmen und welche du ablehnen mußt.«

Lord Westcott blickte zu dem betagten Butler hinüber. Obwohl er Dentworth seit seiner Kindheit kannte, wollte er vor ihm Pamela nicht sagen, was er selbst von ihren unmöglichen Ränken und Plänen hielt.

»Laß uns nachdenken«, fuhr die junge Dame fort und ignorierte das zornige Blitzen seiner hellbraunen Augen und die vorgeschobene Unterlippe, »wenn es morgen schön ist, sollten wir vielleicht am Nachmittag im Park spazierengehen. Dann kann ich deinen Bemerkungen entnehmen, welche Art junger Damen du vorziehst, ob du eine Vorliebe für schlanke Blondinen oder füllige Brünette hast, für aufregende, elegante Mondäne oder eher für Hausmütterchen.«

»Pamela!« rief ihre Mutter und warf einen Blick auf die Diener.

»Oh, es wird sich sowieso bald herumsprechen, daß Luke auf Brautschau ist, Mama«, sagte ihre Tochter völlig ungerührt. »Und schließlich ist er, wie du schon sagest, so gut wie ein Familienmitglied.«

Sie lächelte Lord Westcott an. Doch als sie sein ärgerliches Stirnrunzeln sah, war sie froh, daß der Butler und zwei Diener anwesend waren, denn er sah ganz danach aus, als würde er am liebsten um den Tisch stürmen und sie durchschütteln, so wie an jenem Morgen in der Priory, als sie seinen Heiratsantrag abgelehnt hatte. Sie fragte sich, ob er an diesem Abend auch nur ein einziges Mal ihr aufsehenerregendes Kleid aus heller, pfirsichfarbener Seide bemerkt hatte oder die weiche Art, wie ihre Zofe ihr Haar frisiert hatte, so daß ihre Locken natürlich auf die Schultern hinunterfielen. Pamela seufzte leise, denn sie wußte, daß er nichts davon gesehen hatte. Sie hätte ebensogut bis zum Kinn zugeknöpft in einem quäkergrauen Kleid erscheinen können, das Haar streng zurückgekämmt und zu einem häßlichen Knoten geschlungen, so wenig achtete er auf ihr Äußeres. Aber sie ließ sich nicht entmutigen. Sie betrachtete sein fein geschnittenes Profil, als er sich an ihre Mutter wandte, um eine ihrer atemlosen Fragen zu beantworten. Sie spürte die vertraute Wärme und sagte sich, daß er jede Mühe ihrerseits wert war, wie schwierig es auch sein würde. Er hatte für diesen Abend formelle Kleidung gewählt, und obwohl er sie lässig trug, betonte sie seine Männlichkeit. Über den weißen Falten seines gestärkten Halstuchs war sein ebenmäßiges Gesicht voller Leben, und seine Augen funkelten, als er Lady Sheridan neckte. Pamela fragte sich, ob ihr Plan überhaupt irgendeine Aussicht auf Erfolg hatte. Ihr schien, daß jedes Mädchen auf der Welt ihm wie eine reife Frucht in den Schoß fallen würde, sobald er auch nur das geringste Interesse an ihr zeigte.

»Pamela, ich habe dich schon zum zweiten Mal etwas gefragt. Wo hast du nur deine Gedanken?« fragte ihre Mutter mit tadelnder Stimme.

Pamela kehrte in die Wirklichkeit zurück. »Entschuldige, Mama, ich habe nicht zugehört. Ich ging eben im Geist meine Bekannten nach ihrer Eignung für die hohe Stellung durch, die Luke so begierig anbieten möchte. Sag, Luke, muß die Dame sehr jung sein? Sehr hübsch?«

Lady Sheridan schüttelte verzweifelt den Kopf. Plötzlich lachte Luke laut auf. Überrascht sahen ihn beide Damen fragend an. Er warf einen Blick auf die Diener, und Lady Sheridan entließ sie sofort.

»Verzeihen Sie mir, Ma'am«, sagte Lord Westcott, als sich die Tür hinter ihnen schloß. »Ich mußte nur eben daran denken, wie absurd dies alles ist. Aber vielleicht gibt es für mich einen anderen Ausweg aus diesem Durcheinander.« Er kniff nachdenklich die hellbraunen Augen zusammen. »Ja, so könnte es vielleicht gehen. Wie wäre es, wenn Sie meinem Onkel Joseph einen Brief schrieben und ihm mitteilen würden, daß ich bei Ihnen wohnen werde und entschlossen sei, mein liederliches, verschwenderisches Leben aufzugeben. Vielleicht läßt er sich dadurch erweichen und händigt mir mein Erbe aus. Dann bräuchte ich mich überhaupt nicht an die Kandare nehmen zu lassen.«

Lady Sheridan schüttelte den Kopf und versuchte, eine angemessen bedauernde Miene aufzusetzen. »Du weißt, lieber Luke, ich würde alles für dich tun, was in meiner Macht steht. Aber ich kann dir versichern, dein Onkel würde meinen Brief nicht einmal beantworten. Joseph Westcott hält mich nicht für eine ernstzunehmende Person. Er und deine Tante haben allzu oft meine Liebe zur Ausgelassenheit, zu Partys und Gesellschaften beklagt Wenn ich dich lobe, würde es sie keineswegs beruhigen, ganz im Gegenteil.«

Lord Westcott war von diesem Argument ziemlich betroffen und versank in tiefe Gedanken. Pamela amüsierte sich, aber es gelang ihr, dies zu verbergen. Sie wandte sich ihrer Mutter zu und machte mit ihr Pläne für einen Besuch bei ihrer Lieblingsmodistin. Man mußte doch sehen, welche neuen Schnitte und Stoffe lieferbar waren.

Als Luke sich nach seinem einsamen Glas Portwein im Salon zu ihnen gesellte, schien er sich mit Pamelas Plan abgefunden zu haben. Er versprach, sie um vier Uhr am nächsten Nachmittag abzuholen, um sich zu überzeugen, welche Damen von ihren Eltern den Ehewilligen dieser Saison vorgeführt wurden. Lady Sheridan verließ nach kurzer Zeit das Zimmer, angeblich, um ihrer Haushälterin etwas aufzutragen. Aber als Luke zurückkam, nach dem er sie hinausbegleitet hatte, setzte er sich nicht wieder hin, sondern begann rasch und unruhig im Salon auf und ab zu gehen. Er fuhr sich nervös mit der Hand durchs Haar und sagte schließlich: »Da du dich weiterhin so absurd verhältst, nehme ich an, ich muß tun, was du vorschlägst. Aber ich bete darum, daß es nicht sehr lange dauert, Pam! Ich habe keine Lust, meine Zeit bei Teegesellschaften und auf Bällen zu vergeuden. Also, je eher ich verlobt bin, desto besser.«

Pamela biß sich auf die Lippen, um sich das Lachen zu verkneifen, denn sie fragte sich, was seine Verlobte wohl tun würde, wenn er seine üblichen Gewohnheiten wieder aufnahm. Würde sie allein dasitzen und ihren Verlobungsring bewundern?

Als er sich schließlich verabschiedete, begleitete Pamela ihn zur Salontür, und Lady Sheridan strahlte, da sie die beiden Arm in Arm sah. Luke beugte sich zu Pamela hinunter und flüsterte ihr mit seiner tiefen, bittenden Stimme ins Ohr: »Bist du sicher, daß du es dir nicht noch einmal anders überlegst, Pam?«

Pam senkte den Blick, damit er in ihren Augen nicht die Sehnsucht sah, genau das zu tun. Aber als er hinzufügte: »Ich würde viel lieber meine alte Freundin Pam heiraten als eine Frau, die ich nicht einmal kenne«, gelang es ihr, mit gleichgültiger Stimme zu erklären, daß sie immer noch strikt gegen eine solche Verbindung war.

Am nächsten Morgen war Lady Sheridan erstaunt über die Menge an Tageskleidern, Ballroben, Kostümen und Reitkleidung, von der ihre Tochter behauptete, sie benötige sie in diesem Frühjahr. Die Garderobe war wesentlich auffälliger und farbenprächtiger als diejenige, die sie früher bevorzugt hatte. Aber da sie kein junges Mädchen war, das gerade erst sein Debüt machte, erhob Lady Sheridan keine Einwände.

Es war fast Mittag, als sie die strahlende Madame Alicia verließen und sich auf die Suche nach Hüten, Schuhen und Handtaschen begaben. Lady Sheridan war gerade im Begriff, in den Landauer zu steigen, als sie in ihrer temperamentvollen Art beschloß, das lavendelfarbene Nachmittagskleid doch nicht zu bestellen. Sie überließ es dem Kutscher, Pamela in den Landauer zu helfen, und eilte in das Geschäft zurück. Pamela war an solche plötzlichen Einfälle ihrer Mutter gewöhnt, und sie betrachtete gelassen das geschäftige Treiben in der Bond Street, während sie wartete. Angehörige der höheren Gesellschaft kamen und gingen, Blumenverkäuferinnen priesen ihre Sträuße an, und Dienstmänner warteten darauf, einen Penny zu verdienen. Elegante Kutschen und Droschken rumpelten über das Kopfsteinpflaster. Der Tag war kühl und klar. Es wehte nur ein schwacher Wind. Es gab keinen Grund, weshalb sie und Luke nicht später am Nachmittag im Park spazierengehen sollten, wie sie es geplant hatten. Sie überlegte sich gerade, ob sie ihr hellbraunes Taftkleid und den eleganten, dazu passenden Hut tragen sollte oder das hübsche neue Musselinkleid, als sie spürte, daß jemand sie ansah. Sie blickte sich um. Zuerst erkannte sie den Herrn nicht, weil die Sonne sie blendete. Sie sah nur eine große, sportliche Gestalt, die zielstrebig auf die Kutsche zukam.

Und dann, als der Mann vor ihr stand, seinen großen Kastorhut abnahm und sich verbeugte, stockte ihr der Atem. Sie hatte John Pearson seit über zwei Jahren nicht mehr gesehen. Im vergangenen Frühjahr hatte sie gehört, daß er ins Ausland gereist war. Damals war sie froh darüber gewesen. Egal, wie gebildet und zurückhaltend ein Mann auch sein mochte, es war unweigerlich etwas peinlich, wenn er auf die Frau zukam, die seinen Heiratsantrag abgelehnt hatte. Über ihre eigene Reaktion auf eine solche Begegnung brauchte sie sich nicht zu wundern.

John Pearson, Earl of Brant, war der einzige von ihren Verehrern gewesen, dem es gelungen war, ihre ruhige Gelassenheit zu stören, wenn auch nur ein klein wenig. Aber sie gab offen zu, daß er sie verwirrt hatte. Wenn er in ihrer Nähe war und sie mit seinen spöttischen

Augen anblickte, begann ihr Herz ein wenig schneller zu schlagen, obwohl sie nicht hätte sagen können, warum. Vielleicht lag es daran, daß er die Fähigkeit zu besitzen schien, tiefer in ihre Gedanken einzudringen, als ihr lieb war. Diese Gabe bewirkte, daß sie sich in seiner Gesellschaft etwas unsicher fühlte, und das widersprach so sehr ihrem normalen Verhalten, daß sie sich über sich selbst ärgerte.

Der Graf hatte ihr eine Freundschaft entgegengebracht, die weder Druck ausübte noch forderte und die von höflicher Aufmerksamkeit und amüsanter, geistreicher Konversation gekennzeichnet war. Sie hatte sie gegen ihren eigenen Willen genossen. Aber als er sie völlig unerwartet gebeten hatte, ihn zu heiraten, hatte sie abgelehnt.

Es war Pech für den Grafen gewesen, daß am Nachmittag vor seinem Heiratsantrag Luke Westcott von einer Reise auf die Bermudas nach England zurückgekehrt war, denn Pamela war noch von seiner stürmischen Begrüßung angefüllt und davon, was für ein wundervolles Gefühl es gewesen war, wieder in seinen Armen zu liegen, mit wirbelnden Röcken hochgehoben und herzhaft geküßt zu werden. Zwischen Luke Westcotts ungestümer Umarmung und der kühlen Bitte des Grafen um ihre Hand gab es keinen Vergleich. Sie erinnerte sich jetzt daran, wie Lord Brant sie überrascht angesehen hatte, als sie ihn höflich, aber bestimmt abgewiesen und gesagt hatte, es bestünde nicht die leiseste Hoffnung, daß sie es sich jemals anders überlegen würde.

Nun lächelte sie ihn freundlich an, obwohl sie mit ganzem Herzen wünschte, er hätte nicht beschlossen, gerade an dieser Saison teilzunehmen.

»Meine liebe Miss Sheridan«, sagte er mit tiefer, ruhiger Stimme, während seine durchdringenden grauen Augen ihr Gesicht musterten. »Sie sind reizender denn je. Darf ich hoffen, daß Sie immer noch – hmmm, ungebunden sind?«

Seine Lippen verzogen sich zu jenem ironischen kleinen Lächeln, an das sie sich so gut erinnerte. Er schien alle menschlichen Schwächen zu verspotten, besonders seine eigenen.

Als sie antworten wollte, hob er eine Hand und fuhr fort: »Aber natürlich sind Sie das. Mein Verstand muß ausgesetzt haben, denn sicher wäre mir das laute Klagen und Wehleiden aller Junggesellen in England zu Ohren gekommen, wenn Sie es nicht wären. Ich hätte es nicht überhören können. Wie schön, Sie nach dieser langen Zeit wiederzusehen. Bleiben Sie während der Saison in London?«

Pamela nickte. Sie hatte sich jetzt gefaßt. »Ja, Mylord. Meine Mutter und ich sind vorgestern eingetroffen, um das Stadthaus für meine Brüder zu öffnen. Wir erwarten sie in Kürze.«

»Ah, ja. Die beiden unbezähmbaren und impulsiven, Matthew und Mark.« Er seufzte. »Ich erinnere mich gut an sie. London war ein wenig langweilig und trist ohne sie. Aber ich bin sicher, daß es jetzt wesentlich – hmmm, wesentlich aufregender und unterhaltsamer werden wird.«

Pamela lachte und blickte ihn an. John Pearson war ein großer, schlanker Mann mit ungewöhnlich breiten Schultern. Sein schwarzes Haar war über seinem klugen, aristokratischen Gesicht glatt zurückgekämmt. Wieder fiel ihr sein besonderes Lächeln auf. Einer seiner Mundwinkel hob sich ein wenig höher als der andere, was ihm ein leicht sarkastisches Aussehen verlieh, das durch die dunklen Augenbrauen betont wurde. Sie hatte gehört, daß man ihn stattlich nannte. Aber er war eine so starke Persönlichkeit, daß sein Aussehen völlig unwichtig wurde, wenn man mit ihm zusammen war.

Als sie ihn jetzt musterte, sah sie, daß seine Erscheinung immer noch anspruchsvolle maskuline Eleganz ausdrückte. Sie hatte ihn niemals nachlässig oder auch nur mit einer einzigen losen Haarsträhne im Gesicht gesehen. Er war allgemein anerkannt als einer der tonangebenden Persönlichkeiten der Gesellschaft. Seine Kleidung und seine Manieren wurden von vielen nachgeahmt, und mit ihm zusammen gesehen zu werden, konnte das Ansehen jeder Frau nur heben. Jetzt stand er vor ihr, vierunddreißig Jahre alt und immer noch unverheiratet.

Sie dachte daran, wie verblüfft sie gewesen war, als er um ihre Hand angehalten hatte. Sie hätte nie vermutet, daß er sich für die Ehe interessierte. Er hatte ihr eine kühle, zurückhaltende Freundschaft entgegengebracht, aber niemals auch nur eine Andeutung von Verliebtheit gezeigt. Sie hatte nicht geglaubt, daß er sich überhaupt verlieben könne. Bei seiner spöttischen Konversation und seinem ironischen Lächeln hatte sie sich gefragt, ob er dieses Gefühl überhaupt kannte. Er hatte für sie immer mehr wie ein Zuschauer als ein Teilnehmer am Leben gewirkt. Es schien so, als wäre er zufrieden damit, abseits zu stehen, über die Grillen seiner Mitmenschen und ihre Schwächen und Leidenschaften zu lächeln, während er selbst über allen menschlichen Untugenden stand. Sein Heiratsantrag schien nicht seinem Charakter zu entsprechen, selbst wenn er ihr seine Liebe beteuert hätte.

Er war ihr fast wie ein unüberlegter, impulsiver Gedanke vorgekommen, der ihm völlig unähnlich sah. Sie waren gemeinsam bei einem Picknick in Twickenham gewesen und hatten sich von den anderen entfernt, um allein am Ufer der Themse spazierenzugehen. Plötzlich war er stehengeblieben, hatte ihre Hände ergriffen und ihr tief in die Augen gesehen. Sie würde seine Worte niemals vergessen, die er nach einem langen, beklemmenden Augenblick des Schweigens geäußert hatte.

»Sie sind so schön, meine Liebe, und Ihre Augen sind so klar und ehrlich. Man könnte Ihnen fast vertrauen, fast hoffen, daß in Ihrem Fall dieses äußerlich sichtbare Zeichen tatsächlich Realität ist. Obwohl ich nie gewünscht habe, daß dies geschehen möge, stelle ich fest, daß ich Sie liebe. Wollen Sie mich heiraten?«

Sie war über seinen Heiratsantrag so verdutzt gewesen, daß sie ihren ganzen Verstand hatte zusammennehmen müssen, um ihn auf eine Art und Weise abzulehnen, die ihn nicht verletzte.

Er hatte sie einen Augenblick ungläubig angesehen, dann ihre Hände losgelassen und leicht mit den Achseln gezuckt, ehe er sich verbeugte. Seine grauen Augen waren kühl und ausdruckslos gewesen; sie hatte darin keine Enttäuschung gesehen, und nach einem Augenblick hatte er mit ruhiger, gelassener Stimme das Thema gewechselt. Sie hatte oft über dieses seltsame Verhalten nachgedacht, aber nie eine befriedigende Erklärung dafür gefunden. Und er hatte nie wieder darüber gesprochen. Der Earl of Brant war ihr ein Rätsel.

Als sie ihn jetzt sah, spürte sie, wie ihr Atem leicht stockte, und sie wußte, daß sie ihn immer interessant und aufregend finden würde.

Sie wurde in die Gegenwart zurückgeholt, als er fragte: »Gesellt sich Lord Westcott zu Ihren Brüdern in der Stadt, Miss Sheridan?«

»Ja, er ist schon eingetroffen«, antwortete sie und senkte den Blick, um ihre Glacehandschuhe zu glätten.

»Dann steht uns allen ja einiges bevor, nicht wahr?«

Sie blickte erschrocken auf und stellte fest, daß er ihr in die Augen sah, und sie fragte sich, wo ihre Mutter so lange blieb. Die Kehle schien sich ihr zuzuschnüren, als sie fragte: »Was meinen Sie damit, Mylord?«

»Ich habe mich oft über das Wunschdenken Ihrer Eltern gewundert, als sie die Namen Ihrer Brüder wählten«, erwiderte er vage. »Lord Westcotts Eltern müssen ebenso hoffnungsvoll gewesen sein. Schade, daß ihre Hoffnungen zunichte geworden sind. Ich habe niemals drei Männer gesehen, die den heiligen Aposteln weniger geähnelt hätten.«

Er schüttelte in spöttischem Kummer den Kopf, und sie mußte lachen. »Vielleicht ist es Ihre Aufgabe, ihren Ruf wettzumachen, Mylord?« fragte sie ernst. »Da Sie selbst John heißen, haben wir doch ein perfektes Beispiel heiligmäßigen Verhaltens und endloser Güte vor uns. Wir haben trotz Matthew, Mark und Luke wenigstens einen John, der uns allen den Weg zu dem geraden und schmalen Pfad weist, der zur Erlösung führt.«

Die Augen des Grafen leuchteten auf, und er lachte. »Ich habe Sie und Ihren Witz mehr vermißt, als Sie ahnen, Miss Sheridan«, sagte er nach einem Augenblick. »Ah, Lady Sheridan! Ihr gehorsamer Diener, Ma'am«, füge er hinzu, als Pamelas Mutter zur Kutsche trat.

»Wie schön, Sie zu sehen!« rief sie und erlaubte ihm, ihr in den Landauer zu helfen. Pamela rutschte auf dem Ledersitz beiseite, um ihr Platz zu machen, und es tat ihr keineswegs leid, daß dieses *tête-à-tête* endlich unterbrochen wurde.

Nach ein paar weiteren Minuten Konversation verabschiedete Lady Sheridan den Grafen. Er verbeugte sich vor ihnen beiden, obwohl seine Blicke länger auf Pamelas Gesicht verweilten als auf dem von Lady Sheridan.

»Ich hoffe, Sie bald wiederzusehen, Miss Sheridan«, sagte er und setzte seinen Kastorhut auf sein glänzendes schwarzes Haar. »Ihr Diener, Mylady.«

Lady Sheridan befahl dem Kutscher anzufahren. Sie waren kaum außer Hörweite, als sie sich an ihre Tochter wandte und sagte: »Meine Liebe, er ist immer noch in dich verliebt!«

Pamela spürte, wie sie errötete. »Unsinn, Mama! Bitte sei nicht albern. Er macht mir nur auf seine eigene elegante Art den Hof. Aber sage mir, was um alles in der Welt hat dich so lange aufgehalten? Ich gestehe, daß ich recht ärgerlich auf dich bin.«

Lady Sheridan erklärte Pamela auf ihre umständliche Art, weshalb sie sich gegen das lavendelfarbene Nachmittagskleid entschieden hatte und dann dazu überredet worden war, das gleiche Modell in Dunkelblau zu bestellen. Sie beteuerte, daß Pamela vor Neid sterben würde, wenn sie es sah. Das Thema Lord Brant und die Möglichkeit, daß er ihre Tochter immer noch verehrte, verblaßte sofort in Lady Sheridans Gedanken.

Pamela war froh darüber, aber sie fragte sich, ob das, was ihre Mutter behauptet hatte, möglicherweise wahr sein könnte. Sie sagte sich, daß jede Frau geschmeichelt wäre, wenn sie feststellte, daß ein Mann, der einmal um ihre Hand angehalten hatte, sich nach zwei Jahren immer noch für sie interessierte. Und dann sagte sie sich, daß sie töricht war. Lord Brant liebte sie nicht. Kein Mann, der so kühl und beiläufig in seiner Werbung war, konnte je geliebt haben. Sie kannte diesen Zustand sehr gut, denn liebte sie Luke nicht schon viele Jahre lang heimlich?

Als sie dessen ausdrucksvolles Gesicht vor ihrem geistigen Auge sah, war der Graf aus ihren Gedanken verbannt.

3.

Später an diesem Nachmittag konnte Pamela sich auch das Vergnügen aus dem Kopf schlagen, das sie dabei empfunden hatte, an Lukes Arm über die Wege des Hyde Park zu schlendern. Sie warf nur einen Blick auf sein unzufriedenes Gesicht und fragte ihn nach dem Grund seiner Mißstimmung.

»Immer das gleiche, Pam. Mit all diesen affektierten Leuten spazierenzugehen, langweilt mich«, erklärte er mürrisch.

»Vielen Dank, Mylord«, sagte sie formell, obwohl sie im stillen lächelte.

»O Gott, so habe ich es nicht gemeint, Pam! Es sieht dir gar nicht ähnlich, wegen so einer dummen Kleinigkeit gekränkt zu sein.«

Pamela versicherte ihm, daß sie an seine liebenswürdige Behandlung zu sehr gewöhnt war, um beleidigt zu sein, und sie gingen ihren Weg weiter, nachdem der Frieden wiederhergestellt war.

Obwohl es erst April war, traf Pamela zu ihrer Freude mehrere Damen und Herren der hohen Gesellschaft, die ihre Landsitze verlassen hatten und in die Stadt zurückgekehrt waren. Sie zeigte Luke eifrig Mädchen aus ihrer Bekanntschaft und fragte ihn nach seiner Meinung über sie.

Aber Lord Westcott blickte Blondinen, Brünette und Rothaarige gleichermaßen voreingenommen an.

Als Pamela ihn zu einer Stellungnahme drängte, sagte er, er nähme an, sie wären ›schon in Ordnung‹, aber näher wollte er sich zu diesem Thema nicht äußern.

Seine Begleiterin seufzte. »Nun hör mir zu, Luke«, befahl sie schließlich, während sie sich lächelnd vor Mrs. Drummond Burrell und ihrer Begleitung verbeugte, die in einem eleganten viersitzigen Landauer vorbeifuhren. »Das wird niemals klappen, wenn du nicht mitmachst. Du bist der schwierigste Mann, den ich je kennengelernt habe. Du mußt mir versprechen, mir zu helfen, sonst überlasse ich dich deinen Gläubigern und dem Schuldgefängnis!«

Lord Westcott grinste sie an, und das tiefe Grübchen in seiner Wange, das sie jedesmal küssen wollte, wenn sie es sah, vertiefte sich. »Also gut, ich spiele das Theater mit«, sagte er resigniert. »Aber das Ganze ist überhaupt nicht nach meinem Geschmack. Frauen! Bah!«

Da Pamela wußte, daß Luke in den vergangenen Jahren mehrere Kücken unter seinen Fittichen gehabt hatte, war sie keineswegs alarmiert über diese angebliche Abneigung gegen das weibliche Geschlecht. Er hatte nur etwas gegen die heiratsfähigen Mädchen aus guter Familie. Sie hatte gehört, daß die übrige Weiblichkeit in ihm einen begeisterten Liebhaber sah.

Sie betrachtete ihn unter dem Rand ihres modischen hellbraunen Hutes hervor. »Also gut, Luke, vielleicht ist es am besten, wenn wir heute erst einmal herausfinden, welcher Typ von Frauen dir gefallen würde – und sage mir nicht noch einmal, daß du nichts für Frauen übrig hast, sonst schreie ich! Ich weiß, daß es anders ist. Komm jetzt, denke nach!«

Lord Westcotts Augenbrauen zogen sich wie befohlen zusammen. Sie gingen ein paar Minuten schweigend weiter, ehe er sagte: »Nun, natürlich muß sie gut aussehen. Es wäre zwecklos, mir irgendeine Schreckschraube anzubieten, Pam!«

»Natürlich. Sie muß so gut aussehen wie du selbst. Es wäre sonst ungerecht«, stimmte sie warmherzig zu. Als er lachte, sagte sie: »Gut, jetzt haben wir einen Anfang gemacht. Zumindest ein hübsches Mädchen oder eine Schönheit, wenn wir eine finden. Du hast keine Ahnung, wieviele Frauen dadurch jetzt schon ausscheiden, mein Freund.«

»Nicht?« fragte er grinsend.

»Also, wie hättest du sie gern?« fragte sie.

Lord Westcott überlegte einige Augenblicke. Dann zuckte er mit den Achseln. »Ich weiß nicht«, gab er schließlich zu.

Pamela kicherte amüsiert. »Du weißt es nicht, Luke? Also schön, ich sehe, ich muß dir beistehen. Ziehst du etwas Großes oder etwas Kleines vor? Füllig oder schlank? Muß sie aufregend sein oder eher eine süße Ausstrahlung haben? Witzig oder ernst, gebildet oder sportlich? Ist ein ausgeglichenes Temperament wichtig? Ich glaube, wir sollten auf jeden Fall ein wohlhabendes Mädchen für dich finden; bei der Art, wie du mit dem Geld umgehst, wäre das eine sehr gute Sache. Natürlich sollte es kein einfaches Mädchen sein. Vielleicht legst du wert auf einen Titel?«

»Hör auf, Pam!« rief Luke und unterbrach diesen verwirrenden Katalog »Du kannst von mir nicht verlangen, daß ich zwischen alledem wähle!«

»Aber du mußt«, versicherte ihm Pamela, und dann sah sie Miss Elizabeth Powell. Lizbeth, wie sie genannt wurde, war so alt wie sie selbst, und sie kannte sie seit dem Jahr, in dem sie beide ihr Debüt gemacht hatten. An diesem Nachmittag ritt sie wie gewöhnlich ihren schwarzen Hengst. Sie war ein großes, knochiges Mädchen mit einem reinen Teint und schwarzem Haar. Pamela fand, daß sie in ihrem scharlachroten Reitkostüm sehr gut aussah. Sie waren nie besonders eng miteinander befreundet gewesen, denn Pamela hatte bald herausgefunden, daß das einzige, was Miss Powell überhaupt interessierte, der Stall ihres Vaters war. Wenn sich das Gespräch nicht um Zuchtbücher, perfekt zueinander passende Gespanne, Walratsalbe, Handikaps und den besten Sattler in London drehte, wußte Miss Powell überhaupt nichts zu sagen. Aber jetzt dachte Pamela daran, was für ein hervorragender Reiter Luke war und wie oft er davon gesprochen hatte, daß er selbst einmal ein auserlesenes Gestüt besitzen wollte, sobald er sein Erbe angetreten hatte.

»Dort ist ein Mädchen, das sehr gut zu dir passen würde, Luke«, sagte Pamela und deutete auf die Reiterin, die auf sie zugaloppiert kam. Sie erschrak, als Luke mit verblüffter Miene stehenblieb.

»Bei Gott!« hauchte er ehrfürchtig.

Pamela, der ein wenig unbehaglich zumute wurde, erzählte ihm über Lizbeth Powell, während Pferd und Reiterin in ihre Nähe kamen und dann Rotton Row hinuntergaloppierten.

Wenn Miss Powell überhaupt irgendwo vorteilhaft aussah, dann auf einem Pferd, das mußte Pamela zugeben.

Luke starrte ihr mit offenem Mund nach. Pamela zog ihn am Arm, damit er sich wieder bewegte.

»Glaubst du, daß so jemand zu dir passen würde, Luke?« fragte sie.

»Herrlich! Schlicht und einfach herrlich!« rief Luke begeistert.

Pamela runzelte die Stirn. Bei einiger Phantasie konnte man Lizbeth Powell ein stattliches Mädchen nennen, aber sie war nicht herrlich. Ja, Pamela war sicher gewesen, daß sie nicht annähernd schön genug war für Lord Westcotts hohe Ansprüche. »Nun, das scheint ein Fall von Liebe auf den ersten Blick zu sein«, sagte sie. »Ich bin überrascht.«

»Mmmm?« fragte Luke und warf einen letzten Blick auf die Dame.

»Sie wird in wenigen Augenblicken wiederkommen, Luke. Stehe nicht so einfältig da wie ein Bauerntölpel«, sagte Pamela mürrisch und schluckte den Kommentar hinunter, daß sein Benehmen ihr gegenüber nicht sehr höflich war. »Da du von ihr so eingenommen bist, werde ich versuchen, sie anzuhalten und dich ihr vorstellen.«

Luke schien sie nicht zu hören. »Diese Schultern«, schwärmte er. »Und diese breite, tiefe Brust!«

Pamelas Augenbrauen hoben sich alarmiert.

»Und diese langen, kräftigen Beine, und das Hinterquartier«, fuhr er fort. »Und der Gang, so energisch und doch so kontrolliert und wohlbemessen. Ich war schon lange nicht mehr so begeistert ...«

Er blieb stehen, als Pamela zu lachen begann. »Meinst du das Pferd, Luke?« gluckste sie und hielt sich an seinem Arm fest.

»Natürlich meine ich das Pferd! Was sonst?« fragte er. Das löste bei ihr noch mehr Gelächter aus, und er schüttelte den Kopf darüber, wie kindisch Frauen doch waren.

»Und was hältst du von der Reiterin?« fragte Pamela, als sie wieder sprechen konnte.

»Ich habe nicht auf sie geachtet«, gab Luke zu. Da Pamela darüber in erneutes Gelächter ausbrach, sah er sich gezwungen, sie an den Schultern zu packen und ihr einen Tadel zu erteilen. »Hör zu, Pam, wenn du dich kindisch benimmst, bringe ich dich sofort nach Hause«, drohte er, so wie er ihr früher gedroht hatte, sie allein in der Priory zu lassen, falls sie redete, wenn er angelte. Jetzt nickte sie und wischte sich über ihre tränenden Augen.

»Ich werde nicht mehr lachen, Luke, ich verspreche es«, japste sie, und verdarb diesen edlen Entschluß, indem sie hinzufügte: »Ich kann nicht mehr. Mein Bauch tut mir schon weh.«

Miss Powell kam wieder in Sicht, und Pamela winkte ihr so heftig, daß Lizbeth aus Höflichkeit den Hengst zum Stehen bringen mußte. Pamela stellte Lizbeth Luke vor, aber sie dachte, wenn sie an Lizbeths Stelle gewesen wäre, dann wäre sie eher gekränkt als erfreut gewesen. Luke verbeugte sich, wiederholte ihren Namen und sagte, er sei entzückt, sie kennenzulernen, aber er wandte den Blick kaum von ihrem Pferd. Doch das schien Miss Powell nicht zu stören. Sie lachte laut, als sie sich vorbeugte und den Hengst am Hals tätschelte.

»Ich sehe, Sie bewundern Black Knight, Sir«, sagte sie mit ihrer dröhnenden Stimme. Luke löste seinen Blick von dem Pferd und sah sie an. Er schenkte ihr ein strahlendes Lächeln. Pamela bemerkte, wie Lizbeth zusammenzuckte, als der volle Glanz von Lukes gewinnendem Lächeln mit dem tiefen Wangengrübchen und den strahlenden hellbraunen Augen ihre ganze Aufmerksamkeit gefangennahm.

»Das tue ich in der Tat, Miss Powell«, sagte er, vollkommen begeistert. »Ein herrliches Pferd! Ich habe noch nie seinesgleichen gesehen.«

Er hob die Hand, um den Hengst zu streicheln. Black Knight versuchte wegzutänzeln, warf den Kopf zurück und wieherte. Miss Powell brachte ihn mit einer leichten Berührung ihrer Reitgerte unter Kontrolle.

»Kommen Sie ihm nicht zu nahe, Mylord. Er hat sich noch nicht an die Stadt gewöhnt, und er hat etwas gegen Fremde«, warnte sie. Ihre blauen Augen verschlangen Lukes ausdrucksvolles Gesicht und seine große, männliche Gestalt ebenso begierig, wie er ihr Pferd musterte. Es war offensichtlich, daß sie noch nie ein so herrliches zweibeiniges Lebewesen gesehen hatte.

»Was hat er für einen Stammbaum?« fragte Luke und verschränkte die Hände auf dem Rücken, damit er nicht in Versuchung kam, den Hengst noch einmal zu berühren.

»Er stammt von Ebony Lady und Thunderer ab«, sagte Miss Powell stolz.

»Doch nicht von dem Thunderer des Duke of Mannering?« rief Luke. »Bei Gott, Ma'am, was für ein Prachttier! Reiten Sie mit ihm Rennen?«

»Nein, das tun wir nicht. Wir haben es versucht. Er ist sehr feurig und läuft wie der Wind, aber mein Vater sagt, er hat nicht die nötige Ausdauer. Zu temperamentvoll, sehen Sie nicht? Aber die Rennen sind unwichtig, verglichen mit seinem Wert als Hengst. Es gibt schon einige vielversprechende Füllen, und eines ist darunter, das jede andere Stute in England ausstechen wird. Wir nennen sie Dark Lady; Sie können in einem Jahr in Newmarket auf sie setzen, Mylord. Ich verspreche Ihnen, Sie werden Ihre Wette nicht verlieren.«

Pamela trat von einer beigen Sandalette auf die andere. Sie versuchte, ein Gähnen zu unterdrücken, ohne die Hand vor den Mund zu halten, als Luke sagte, Miss Powell könne sicher sein, daß er auf das Pferd setzen werde. Dann begann er, sie über ihren Stall auszufragen.

Miss Powell schien unter dieser Aufmerksamkeit aufzublühen, und Pamela versuchte, nicht an eine läufige Stute zu denken. Sie überlegte, wie sie diese Begegnung zu ihrem Vorteil wenden könnte, während sich die beiden Pferdeenthusiasten weiter unterhielten.

Sie ging im Geist die Einladungskarten durch, die bereits eingetroffen waren, und unterbrach die hingerissene Konversation der beiden über Stuten und Wallache und Pferde, die mehr als 30 Kilometer in der Stunde zurücklegten, indem sie fragte: »Kommen Sie zum Ball der Countess of Lowden, Lizbeth? Da es die Eröffnungsgala der Saison ist, bin ich sicher, daß Sie es nicht versäumen wollen.«

Miss Powell sah sie zögernd an, bis Pamela hinzufügte: »Ich weiß, daß auch Lord Westcott dort sein wird, oder nicht, Mylord?«

Umgehend sagte Lizbeth, sie würde ebenfalls anwesend sein. Pamela wollte sich gerade dem Problem zuwenden, die beiden Pferdeliebhaber voneinander zu trennen, ehe sie sich noch mehr langweilte, als Luke darauf hinwies, wie ungehörig es von ihm war, Black Knight nach seinem Galopp herumstehen zu lassen, wenn er doch in den Stall gebracht und abgerieben hätte werden sollen. Als Miss Powell an die Pflege ihres wertvollen Tieres erinnert wurde, verabschiedete sie sich rasch, und ihre Blicke liebkosten Luke auf die gleiche Weise, wie die seinen ihren Hengst liebkosten.

Während sie davontrabte, seufzte er, und ein kleines Lächeln spielte um Pamelas Lippen. Ihre braunen Augen leuchteten, als sie fragte: »Nun, das war nicht übel, oder, Luke? Ich bin sicher, Lizbeth ist von dir ganz hingerissen. Wie hat sie dir gefallen?«

Lord Westcott wandte sich ihr geistesabwesend zu. »Miss Powell? War ihr Vorname Lizbeth?«

Pamela verkniff sich ein Lächeln, als er fortfuhr: »Sie scheint ein kenntnisreiches, vernünftiges altes Mädchen zu sein, aber das ist gleichgültig. Pamela, dieses Pferd! Hast du jemals solch ein ...«

»Nein, ganz sicher nicht, lieber Freund, aber du willst schließlich kein Pferd heiraten«, unterbrach ihn Pamela energisch, um nicht wieder in ein Gespräch über die Vorzüge von Black Knight hineingezogen zu werden.

»Natürlich nicht, rede kein dummes Zeug! Aber vielleicht spricht viel für ein Mädchen, das ein so herrliches Pferd besitzt. Ich frage mich ...«

Pamela erlaubte ihm, tief in Gedanken versunken zu bleiben, als sie zum Stanhope Gate gingen. Sie war sehr damit beschäftigt, über den Nachmittagsspaziergang nachzudenken und darüber, was sich vielleicht daraus ergeben konnte. Sie fragte sich, ob Luke versucht wäre zu heiraten, nur um in den Besitz eines Hengstes zu kommen, und mußte zugeben, daß er beeindruckt genug zu sein schien, um genau das zu tun. Offensichtlich war sie gut beraten, wenn sie sofort dafür sorgte, daß Lord Westcott einige andere junge Damen kennenlernte. In der Vielzahl liegt Sicherheit, Pamela, sagte sie sich, als Luke sie über den Park Lane begleitete.

Als sie beim Sheridan House ankamen, ließ sich Luke nicht dazu überreden, zum Tee hereinzukommen, zumal er die Landauer sah, die vor dem Haus standen. Pamela drängte ihn nicht. Er hatte bei dem Spaziergang schon genug gelitten; sie würde ihn bei der Teegesellschaft entschuldigen, die zweifellos im Salon ihrer Mutter versammelt war. Ein distinguiertes gesellschaftliches Ereignis am Tag war für den Anfang genug.

Aber sie ließ Luke nicht gehen, bis sie sein Versprechen hatte, am nächsten Abend ihre Mutter und sie zu einem Empfang bei Mrs. Crawford zu begleiten. Augusta Crawford war eine von Londons ersten Gastgeberinnen und berühmt für ihre Gesellschaften, die meistens ein großes Gedränge waren. Pamela wußte, es wäre eine wunderbare Gelegenheit, Luke mehreren anderen geeigneten jungen Damen vorzustellen. Sie fühlte sich jedoch nicht genötigt, ihm gegenüber zu erwähnen, daß es ein Abend mit Musik und Lesungen sein würde. Das konnte er früh genug herausfinden, wenn er, wie die anderen Gäste, auf einem kleinen vergoldeten Stuhl saß und es kein Entrinnen mehr gab.

Dentworth nahm ihren Hut und ihre Tasche, und sie glättete ihr Haar vor dem Spiegel in der Halle, ehe sie zu ihrer Mutter und deren Gästen hineinging. Mehrere alte Bekannte waren gekommen, darunter ihre enge Freundin Lady Pauline Frances und deren Gatte, Sir Frederick. Pamela war bald der Mittelpunkt einer lebhaften Gruppe. Die Zeit verstrich rasch, denn jeder war begierig, die Neuigkeiten der anderen zu erfahren und was sie alle seit der letzten Saison im vergangenen Herbst erlebt hatten.

Für diesen Abend hatten Pamela und ihre Mutter keine weiteren Verabredungen. Sie hatten gerade im Speisezimmer Platz genommen, als man in der Halle Tumult und Aufruhr hörte.

»Hallo, alle miteinander!« dröhnte eine herzliche Männerstimme, während eine andere rief: »Dentworth, wo sind Sie, Mann? Schicken Sie ein paar Leute. Jemand muß sich um unser Gepäck hier kümmern!«

Lady Sheridan sprang sofort auf, lief hinaus und hieß ihre Söhne willkommen. Pamela folgte ihr gemächlich, denn sie wußte, es würde mehrere Minuten dauern, bevor man ihr erlaubte, die Brüder zu begrüßen.

Sie sah zu, wie beide ihre Mutter umarmten, und sie gab den Dienern die notwendigen Anweisungen. Schließlich riß sich Mark los und küßte seine Schwester.

»Gute, alte Pam!« rief er und erinnerte sie dabei sehr an Luke. »Du bist sichtlich in Hochform, meine Liebe, und du siehst phantastisch aus! Wie ein neuer Pfennig.«

Pamela rümpfte die Nase. Matthew und Mark Sheridan waren stattliche junge Männer, etwas größer als der Durchschnitt, und sie hatten das gleiche dunkle Haar wie ihre Eltern und ihre Schwester. Matthew hatte die blauen Augen seines Vaters und Mark die braunen seiner Mutter. Aber das war auch der einzige Unterschied zwischen ihnen. Obwohl zwei Jahre zwischen ihnen lagen, hielt man sie oft für Zwillinge, denn sie waren unzertrennlich. Sie sahen genau nach dem aus, was sie waren – temperamentvolle, gesunde junge Männer guter Herkunft, die zu jedem Abenteuer und jedem Streich in der Stadt bereit waren. Es war offensichtlich, daß sie reiten, jagen, wetten und gesellige Abende mit ihren Freunden für den wichtigsten Teil des Lebens hielten und keinen ernsten Gedanken in den Köpfen hatten. Sir Roger hatte oft über ihr unstetes Wesen geseufzt. Doch im vergangenen Jahr hatte es erste Anzeichen dafür gegeben, daß Matthew endlich ruhiger wurde. Er hatte sich zum Erstaunen seines Vaters für die Ländereien interessiert. Mark hatte Pamela außerdem erzählt, daß sich Matthew nicht mehr so oft in eine wilde Party stürzte, die bis zur Morgendämmerung dauerte, wie er es in den vorangegangenen Jahren getan hatte. Pamela lächelte, als sie daran dachte, wie Mark sie gefragt hatte, ob sie wohl glaube, daß Matt alt würde und schon über seine Hochblüte hinaus sei.

Jetzt küßte sie ihren älteren Bruder, während Lady Sheridan Mark wieder in die Arme nahm. Inzwischen trugen die Diener das Gepäck nach oben, und Dentworth strahlte sie alle an.

Matthew nahm Pamelas linke Hand und sah sie an. »Nun, wo ist der Ring? Hat Luke sich dir nicht erklärt, Pam?« fragte er, während Lady Sheridan dem Butler Anweisung gab, zwei weitere Gedecke aufzulegen und das Dinner um eine halbe Stunde zu verschieben. »Hat er gekniffen, wie? Ich werde ihm dafür die Hölle heiß machen, dem Feigling!«

Als sie den Kopf schüttelte, hörte Pamela, wie ihre Mutter Mark versicherte, er brauche keine Abendkleidung anzuziehen, denn sie wären *en famille*.

Pamela nahm ihren älteren Bruder am Arm und führte ihn in den Salon. »Nein, er hat nicht gekniffen. Er kam, er sah, aber er siegte nicht, mein Lieber«, sagte sie. Matthew starrte sie verblüfft an, und sie fuhr fort: »Er bat mich, ihn zu heiraten, wie ihr es beschlossen habt, aber ich wies ihn ab.«

Matthew sah sie fassungslos an. »Was soll das, Pam? Luke paßt sehr gut zu dir, das weißt du. Du wirst doch hoffentlich nicht behaupten, daß du Luke nicht magst, denn das wäre der größte Unsinn. Himmel, du bist jahrelang in seinen Fußstapfen getrottet. Luke konnte dich immer zu allem bringen, was er wollte. Ich war der Meinung, wenn er dich auffordern würde, im Dezember in den Fluß zu springen, dann würdest du es tun.«

Pamela blickte in seine ungläubigen blauen Augen und lächelte. »Aber damals war ich noch ein Kind, mein Lieber. Jetzt sehen die Dinge – ganz anders aus.«

»In welcher Hinsicht?« frage Matthew geradeheraus. Als seine Mutter und sein Bruder dazukamen, sage er: »Mark, Pam hat Lukes Heiratsantrag abgelehnt. Kannst du dir etwas Schwachsinnigeres vorstellen?«

Mark schüttelte den Kopf, während Lady Sheridan ihnen beiden ein Glas Sherry einschenkte und vor Glück strahlte, daß sie wieder einmal ihre ganze Nachkommenschaft beisammen hatte.

»Hat er dir nicht erklärt, daß er sich fürs Leben binden muß, ehe sein Onkel mit dem Vermögen herausrückt?« frage Matthew.

»Ja, das war sein stärkstes Argument, um mich dazu zu überreden«, sagte seine Schwester wütend.

Nach dem Essen wußten beide jungen Männer über alles Bescheid. Matthew merkte, daß seine Mutter am meisten sprach, während Pamela ihr Essen ruhig einnahm.

»Also wirklich, Pam!« platzte Mark schließlich heraus. »Du machst doch sicher keine Fisimatenten, oder?«

Als seine Familie ihn erstaunt ansah, füge er hinzu: »Ich meine, du wirst doch nicht so töricht sein und einen anderen heiraten, oder? Du weißt, wir haben die ganzen Jahre gedacht, was für eine gute Sache es für dich wäre, wenn du Luke heiraten würdest. Auf diese Weise bist du in der Nähe von zu Hause, und wir können dich oft sehen. Und Luke ist ein guter Kerl; ich war sicher, du wärst einverstanden.«

»Willst du damit wirklich sagen, daß ich einen Mann heiraten soll, nur weil du ihn magst, Mark?« fragte Pamela und ihre Augen blitzten.

»Aber du magst ihn ebenso sehr wie wir, vielleicht sogar noch mehr«, erwiderte Mark. »Sage mir nicht, daß du ihn nicht gern hast.«

»Und als wäre ihre Ablehnung seines Heiratsantrags nicht schon schlimm genug«, sagte Lady Sheridan, bevor Pamela auf diese Bemerkung etwas erwidern konnte, »Pamela geht sogar so weit, ihm ihre Hilfe bei der Suche nach einer passenden Frau, die er heiraten könnte, anzubieten. Ich werde Pamela niemals verstehen, niemals!«

Matthew grinste. »Was hast du vor, kleine Schwester?« fragte er neugierig. »Und wen hast du ihm vorgestellt, wenn ich fragen darf?«

»Als wir heute nachmittag im Park spazierengingen, lernte er Elizabeth Powell kennen. Sie waren sehr von einander angetan. Jeder auf seine Weise«, fügte Pamela wahrheitsgemäß hinzu.

»Powell … Powell …«, überlegte Mark.

»Pferde!« sagte Pamela.

»O Herr, ja! Das große, kräftige Mädchen, Mark, mit dem schwarzen Haar und dem riesigen Hengst«, erklärte Matthew, und die Miene seines Bruders hellte sich auf.

»Luke wird sich niemals etwas aus ihr machen«, sagte Mark. »Sie ist nicht im entferntesten der Typ, den er schätzt. Denke an die letzte Saison, Matt, und diesen kleinen rothaarigen Käfer.«

Plötzlich erinnerte sich Mark Sheridan, in wessen Gesellschaft er sich befand, und er vergrub das Gesicht in seiner Serviette und hustete.

»Luke bewunderte das Pferd«, sagte Pamela ernst, und die beiden Brüder brachen in Gelächter aus. »Morgen begleitet er Mama und mich zu Mrs. Crawfords Musikabend«, rief Pamela, um sich Gehör zu verschaffen.

»Luke ist bereit, auf einen Musikabend zu gehen? Luke?« fragte Mark ehrfürchtig. »Er muß noch ärger in der Tinte sitzen, als wir dachten.«

Pamela mußte über seine Miene lachen, dann wechselte sie das Thema und erzählte ihnen, daß Lady Sheridan Luke aufgefordert habe, während der Saison bei ihnen zu wohnen.

»Das ist ein großartiger Vorschlag, Mama!« rief Mark. »Jetzt wird es leichter sein, mit ihm Pläne zu schmieden, wenn wir die Stadt unsicher machen wollen.«

»Falls ihr nicht vorhabt, die distinguierten Bälle und Soireen zu beehren, meine Lieben, werdet ihr in dieser Saison sehr wenig von Luke zu sehen bekommen«, erklärte Pamela. »Er wird die meisten Nachmittage und Abende beschäftigt sein, denn er wandelt auf Freiersfüßen.«

»Aber wann soll er sich vergnügen, Pam?« fragte Mark entrüstet.

»Nun, an den Vormittagen wird er frei sein, glaube ich«, erwiderte seine Schwester und bemühte sich, nicht zu erwähnen, daß manche Männer die Gesellschaft junger Damen als höchst angenehm empfänden.

»Du meinst, vor Mittag?« forschte Mark. »Aber ... aber, wir sind vor Mittag noch nicht einmal wach.«

Pamela wußte, daß zu der Zeit, zu der sie selbst nach den längsten Abendgesellschaften den Kopf auf ihr Kissen legte und einschlief, für ihre Brüder und Luke der Höhepunkt des Abends erst gekommen war. Deshalb versuchte sie auch nicht, ihnen eine Standpauke zu halten, sie sollten früher zu Bett gehen und zeitiger aufstehen.

Auf der anderen Seite des Tisches schüttelte Lady Sheridan mißbilligend den Kopf, aber sie versuchte ebenfalls nicht, über das Thema zu streiten. Jeder junge Mann der besseren Gesellschaft war während der Londoner Saison zu Stunden auf den Beinen, die für ältere, vernünftigere Leute unvorstellbar waren. Und Matthew und Mark unterschieden sich nicht von den anderen.

Als Matthew vom Tisch aufstand, hörte man Mark im Hintergrund murren. Pamela sah, daß er äußerst mißvergnügt war, weil ihre unerklärliche Zurückweisung des Heiratsantrags Luke und wahrscheinlich auch ihre Brüder zu der zweifellos langweiligsten Saison verurteilte, die sie je hatten über sich ergehen lassen müssen.

Pamela trug an Mrs. Crawfords Musikabend ein schmales Gewand aus narzissenfarbener Seide, mit einem Überrock aus Gaze, der über und über mit zierlichen goldenen Blumen und Bienen bestickt war, die im Kerzenlicht aufblitzten, wenn sie sich bewegte. Der runde Halsausschnitt war sehr tief. Sie trug goldene Armbänder, und ihre Zofe hatte ihre braunen Locken mit goldenen Kämmen hochgesteckt. Pamela wußte, daß sie gut aussah; sie hoffte nur, daß Luke es beifällig bemerken würde.

Er schenkte ihr einen flüchtigen Blick und ein Kopfnicken, als er nach dem Dinner zu ihnen kam, aber er war bald mit ihren Brüdern ins Gespräch vertieft. Pamela seufzte. Von ihrer Enttäuschung war ihr jedoch nichts anzusehen. Sie hörte Mark sagen, daß er und Matthew mal bei Jonathan's hineinsehen würden, einem neuen Spielsalon, der wegen der hohen Einsätze und der schlechten Gesellschaft bekannt war. Pamela merkte, daß Luke nicht einmal versuchte, seinen Grimm zu verbergen, weil er auf einen solch vergnügten Abend verzichten mußte.

Später, als er mit Pamela und ihrer Mutter in der Stadtkutsche der Sheridans Platz genommen und Mark und Matthew nachgewinkt hatte, die zu ihrer Abendunterhaltung gingen, war sein Gesicht so finster wie eine Gewitterwolke.

»Bitte versuche so zu wirken, als würdest du es genießen, Luke«, sagte Pamela. »Es ist Mama und mir gegenüber überhaupt nicht höflich, herumzulaufen und ein Gesicht zu machen wie ein verurteilter Mann auf dem Weg zum Galgen.«

Die volle, vorgeschobene Unterlippe verschwand augenblicklich, und Lord Westcott grinste, als er sich vorbeugte und die Hand ihrer Mutter küßte. »Oh, Mutter Sheridan weiß, daß ich nicht unhöflich sein möchte, nicht wahr?«

Wie gewöhnlich war Mary Sheridan unfähig, ihn angesichts dieses spitzbübischen, charmanten Lächelns zu tadeln.

Luke ließ sich nicht herab, Pamela um Verzeihung zu bitten, aber sie sagte sich, daß sie für ihn schließlich nur die ›gute, alte Pam‹ war.

Als sie Mrs. Crawfords großen Salon betraten, bemerkte Pamela, daß Lady Cynthia Warren von einer Menge junger Männer umgeben war. Das einzige Wort, das auch nur annähernd angemessen zur Beschreibung Lady Cynthias paßte, hieß – blendend. Sie hatte silbrig blondes Haar, große blaue Augen und die entzückendste Figur, die man sich vorstellen konnte. Niemand konnte sagen, daß sie zu groß oder zu klein war, zu füllig oder zu mager. Auch an ihren Gesichtszügen war nichts auszusetzen – ob man sie einzeln oder als Ganzes betrachtete. In der Tat, es war schwer, irgendeinen Makel an ihr zu finden. An diesem Abend trug sie weiße Seide, und sie hatte nichts an sich, was für eine Debütantin unpassend gewesen wäre. Der Stoff lag nicht zu eng an, noch enthüllte das Dekolleté zu viel. Lady Cynthia verschmähte es, ihren Unterrock zu stärken, damit sich ihr Kleid an ihre Figur anschmiegte. Es war auf eine unerklärliche Weise ebenso erotisch wie das durchsichtigste Negligé.

Die Göttliche Cynthia, wie sie genannt wurde, war erst im vergangenen Jahr, als sie achtzehn Jahre alt geworden war, zur höheren Gesellschaft gestoßen. Obwohl sie eine Unzahl von Verehrern angezogen hatte, war sie nicht nur unverheiratet, sondern auch unverlobt auf die

Ländereien ihres Vaters zurückgekehrt. Pamela, die mit ihrer Cousine, Lady Frances, gut befreundet war, kannte den Grund dafür. Sie hatte gelacht, als Pauline ihr anvertraute, daß Cynthia nicht die Absicht hatte, irgend jemanden unter dem Rang eines Herzogs zu heiraten, obwohl sie sich eventuell auch mit einem Marquis zufriedengeben würde, sofern er reich war. Jetzt zögerte Pamela nicht, Luke auf diese Dame aufmerksam zu machen, denn so stattlich er auch war: er war nur ein niedriger Viscount, der außerdem noch Schulden hatte und deshalb in den Augen der Dame sicher kein ernsthafter Bewerber.

»Würdest du Lady Cynthia gern kennenlernen, Luke?« fragte sie und sah, wie seine Augen aufmerksam wurden und das erste Lächeln des Abends sein Gesicht erhellte.

»Ja, allerdings«, sagte er, und seine Stimme klang begierig, als er ihre Hand unter seinen Arm schob und sie zielstrebig zu Lady Cynthia hinüberführte.

Die reizende Silberblondine schien erfreut, ihre Bekanntschaft mit Miss Sheridan zu erneuern. Sie hieß Lord Westcott als den neuesten Rekruten in ihrer Armee von Verehrern willkommen. Sie schenkte ihm ein schwaches, kleines Lächeln und dann errötete sie, während sie die dichten, feingeschwungenen Wimpern über den blauen Augen senkte. Pamela spürte, wie Luke sich straffte, und sie hörte ihn tief einatmen und stieß ein Dankgebet aus, daß die Göttliche Cynthia so strikt darauf beharrte, eines Tages als ›Eure Gnaden‹ angeredet zu werden.

Sie blieben bei Lady Cynthia, bis Mrs. Crawford ihre Gäste zu ihren Plätzen drängte. Luke nahm nicht einmal wahr, daß er im Begriff war, mit Musik und Dichtung unterhalten zu werden, als Pamela auf die Stühle neben Lady Sheridan deutete. Lady Cynthia hatte Mr. Robertson zu ihrer Linken und Lord Macauley zur Rechten. Erst nachdem sie versprochen hatte, die Harfe zu spielen und zu singen, hatten die anderen jungen Männer es akzeptiert, daß sie sich von ihrer Seite entfernte.

»Sie ist schön wie ein Engel!« hauchte Luke, als er sich wie betäubt neben Lady Sheridan setzte.

»Wer?« fragte Lady Sheridan stirnrunzelnd.

»Luke meint Lady Cynthia Warren«, erklärte Pamela und schüttelte leicht den Kopf wegen des überraschten Erschreckens ihrer Mutter.

»Lady Cynthia! Mein lieber Luke, ich bitte dich, du wirst dich doch nicht in sie verlieben, denn …«

»Mama, hör auf zu reden«, unterbrach sie Pamela und warf ihrer Mutter einen warnenden Blick zu.

»Warum sollte ich nicht?« fragte Luke, und sein Blick haftete auf dem Rücken der eleganten Dame, die drei Reihen vor ihnen saß.

»Mama fürchtet, daß du in deiner Liebe vielleicht enttäuscht werden könntest, wenn du dein Herz an sie verlierst. Sie ist die reizendste Dame der besseren Gesellschaft und hat unzählige Verehrer«, erklärte Pamela. Lady Sheridan, die den Mund geöffnet hatte, um ihren Satz zu vollenden, schloß ihn abrupt und machte ein nachdenkliches Gesicht.

Es dauerte nicht lange, bis Luke unruhig auf seinem Sitz hin und her rutschte. Er verschränkte die Arme und sah finster aus, als zuerst ein Streichquartett spielte und dann ein Bariton die Gäste mit einigen Liedern unterhielt. Und dazu noch auf deutsch. Wenn Lady Cynthias Name nicht unmittelbar nach dieser Darbietung angekündigt worden wäre, hätte Luke versucht zu entrinnen, das wußte Pamela. Klugerweise erwähnte sie nichts von dem Dichter, der danach folgen würde.

Lady Cynthia setzte sich an die goldene Harfe, die drei Herren zu ihrer Zufriedenheit aufstellten. Sie vertraute einem von ihnen ihr Taschentuch an, einem anderen ihre Handschuhe und dem dritten ihren Fächer. Die Herren zogen sich zurück und hielten selig ihre unverhoffte Beute.

Pamela hatte Lady Cynthia schon früher spielen gehört. Sie hatte oft gedacht, es wäre gerechter gegenüber dem Rest ihres Geschlechts gewesen, wenn die Dame überhaupt kein musikalisches Talent besessen hätte. Aber leider ist das Leben selten gerecht. Während Bewunderung bei jedem Mann aufstieg und bitterer Grimm in einer Anzahl von Frauen, unterhielt sie Lady Cynthia. Sie hatte einen klaren, schönen Sopran, ihr Spiel war fehlerlos, und der Anblick, wie die Harfe auf ihrer Schulter ruhte und ihre anmutigen, rundlichen Arme sich ausstreckten, als sie die Saiten zupfte, gab manch einem Mann die Gewißheit, daß der Himmel keinen schöneren Anblick bieten konnte. Pamela war eine der wenigen Damen, die begeistert applaudierten, als Lady Cynthia ihre Darbietung beendete.

Während der Dichter seine endlosen Verse vortrug, spielte ein verträumtes Lächeln auf Lukes Lippen. Pamela tauschte Blicke mit ihrer Mutter aus und war sicher, daß er die Gedichte nicht einmal hörte, denn er schien mit seinen Gedanken in weiter Ferne zu sein.

Als eine Pause angekündigt wurde, sprang er auf und bat darum, sich entschuldigen zu dürfen. Lady Sheridan nickte seinem Rücken nach, als er an Lady Cynthias Seite eilte.

»Ich hoffe, du weißt, was du tust, Pamela«, flüsterte sie, während sie ihre Sachen zusammenraffte und sich anschickte, ins Speisezimmer zu gehen. »Mir scheint, du kannst Luke schon jetzt gratulieren. Die ›Göttliche Cynthia‹, meine Güte!«

Ehe ihre Tochter etwas erwidern konnte, sagte eine vertraute Stimme hinter ihr: »Lady Sheridan und Miss Sheridan. Was für ein Vergnügen!«

Pamela drehte sich um und sah das schmale Lächeln des Earl of Brant. »Wie reizend Sie heute abend wieder aussehen, Miss Sheridan. Sie stellen den Frühling in den Schatten«, bewunderte er sie, verbeugte sich und küßte die Hand, die sie ihm reichte.

Lady Sheridan lächelte und entschuldigte sich, denn sie hatte eine alte Freundin winken gesehen.

»Immer galant und höflich, Mylord. Sie sind ein Musterbeispiel, dem nachzueifern anderen Herren wohl anstehen würde«, sagte Pamela und dachte plötzlich an Lukes Gleichgültigkeit, wenigstens was sie anbetraf. Sie wünschte, er wäre neben ihr gewesen und hätte das Kompliment des Grafen gehört.

Lord Brant blickte dorthin, wo Lord Westcott in Lady Cynthias Gedränge von Bewunderern stand.

»Ich sehe, der Freund Ihrer Brüder hat uns heute abend mit seiner Anwesenheit beehrt. Wie äußerst ungewöhnlich! Ich hätte nicht gedacht, daß Musik und Dichtung ihn interessieren«, sagte er.

Pamela zwang sich dazu, Luke den Rücken zuzukehren. Sie fand, daß er sich lächerlich benahm, und sie wollte ihm dabei nicht zusehen. Obwohl sie sich anfangs darüber gefreut hatte, daß ihr Plan, ihn von Lizbeth Powell als möglicher Braut abzulenken, so gut gelungen war.

»Er wird bei den meisten Gesellschaften dieser Saison zugegen sein, Mylord«, erwiderte sie, und dann wünschte sie, sie hätte lieber geschwiegen.

Der Graf reichte ihr seinen Arm, und als sie wegschlenderten fragte er: »Und wie kommt das, Miss Sheridan? Lord Westcott hat bisher kein Interesse an den gesellschaftlichen Ereignissen gezeigt. Das paßt überhaupt nicht zu ihm.«

Pamela zuckte mit den Achseln und erlaubte ihm, ihr ein Glas Champagner vom Tablett eines Dieners zu reichen, ehe sie antwortete. »Wer kann das sagen? Vielleicht hat er sich entschlossen, sich zu bessern, Mylord?«

»Wenn es ein anderer als Lord Westcott wäre, würde ich annehmen, er möchte sich binden und ist hier, um die Möglichkeiten zu sondieren«, bemerkte der Graf amüsiert. Pamela versuchte, nicht befangen zu wirken.

Lady Sheridan trat mit rauschenden Röcken zu ihnen und sagte lachend: »Meine Lieben, schaut euch dieses Kleid von Lady Kindle an, und das in ihrem Alter!«

Sie lächelte beide an, während Pamela sich abwandte, um einen Gruß von Lord Carlisle zu erwidern, der kurz mit ihr plauderte. Er war ein sehr guter Freund ihres Vaters. Während er mit ihr sprach, hörte sie die atemlose Stimme ihrer Mutter hinter sich. Sie vernahm ganz deutlich, wie sie zum Grafen sagte: »Ja, Lord Westcott ist uns allen sehr teuer – er gehört praktisch zur Familie. Er wohnt in dieser Saison bei uns in der Charles Street.«

Lord Carlisle war sich dessen nicht bewußt, daß er einen Monolog führte, sondern redete weiter, während Pamela den Grafen sagen hörte: »Wirklich? Dann können wir uns alle auf eine interessante Bekanntmachung freuen, verehrte Ma'am.«

Lady Sheridan lachte, und Pamela spürte, wie sich das Haar an ihrem Nacken sträubte. »Was das anbetrifft, so erzähle ich keine Geschichten, Mylord«, sagte ihre Mutter. Ihre Stimme war so selbstgefällig und geheimnistuerisch, daß Pamela wünschte, sie könnte sie zwicken. »Ich bin sicher, es käme für niemanden überraschend, denn Luke und meine Tochter stehen sich sehr nahe, wirklich sehr nahe. Sie kennen sich seit ihrer Kindheit.«

»Das weiß ich«, sagte der Graf. Pamela zuckte zusammen, als er hinzufügte: »Und diese Kinderfreundschaften führen oft zu Enttäuschungen. Bitte laden Sie mich zu allen Ihren Gesellschaften ein, Ma'am. Das scheint eine höchst amüsante Saison zu werden. Ich bin sehr froh, daß ich herkam.«

4.

Lord Brant blieb während der ganzen Pause an Pamelas Seite. Er begleitete sie in das Speisezimmer und holte ihr selbst einen Teller Delikatessen, nachdem er sie an einen kleinen Tisch für zwei gesetzt hatte. Trotz ihrer früheren Befürchtungen, daß die Gesellschaft eines abgewiesenen Verehrers peinlich sein könnte, fand es Pamela angenehm, so gut bedient zu werden. Der Graf war ein Mann, der schier unauffällig einen Kellner herbeirufen konnte, der ihre Wünsche kannte, ohne daß sie diese zu äußern brauchte. Außerdem lag in seinem Verhalten kein fortgesetzter Vorwurf und keine Steifheit, die ihre Eintracht gestört hätte. Er erwähnte niemals ihre Beziehung von vor zwei Jahren, und Pamela entspannte sich und genoß seine Konversation, wie sie es immer getan hatte.

Sie unterhielten sich gerade über das Streichquartett, als Lady Cynthia und ihr Hofstaat hereinkamen, zu dem immer noch Luke Westcott gehörte. Pamela hielt im Gespräch kurz inne, und da der Graf mit dem Rücken zur Tür saß, konnte er nicht wissen, was sie beunruhigt hatte. Sie sprach sofort weiter und achtete darauf, nicht in jene Richtung zu sehen, obwohl die Gruppe viel Aufmerksamkeit auf sich lenkte. Drei junge Männer stritten darum, wer den Vorzug haben sollte, die Dame zu bedienen, und wem die Ehre zuteil werden würde, zu ihrer Rechten zu sitzen.

Lord Brant drehte sich um, weil er sehen wollte, was die Unruhe zu bedeuten hatte, und dann sagte er: »Natürlich, die Göttliche Cynthia. Ich wundere mich, daß ich mir die Mühe gemacht habe, hinzusehen. Diese einfältigen Tölpel brauchen eine Ewigkeit, um sich über die Sitzordnung und die Bedienung klarzuwerden. Sollte man nicht denken, daß einer von ihnen den Verstand besäße, die Dame einfach zu einem Stuhl zu führen und sich neben ihr hinzusetzen?«

Pamelas Lächeln schien ein wenig gekünstelt, als sie erwiderte: »Einer von ihnen hat eben genau dies getan. Lord Westcott muß Ihre Gedanken gelesen haben, Mylord.«

Sie wunderte sich über das verächtliche Lachen des Grafen und darüber, wie er beinahe ärgerlich den Mund verzog, ehe sich eine Maske der Gleichgültigkeit über seine Züge legte und er bemerkte:

»Sie ist ganz reizend, nicht wahr, Miss Sheridan? Und doch geraten nicht alle Männer in ihren Bann. Ich zum Beispiel würde heute abend meinen Platz nicht tauschen wollen, selbst wenn die Dame mir ihr wärmstes und verführerischstes Lächeln schenken würde.«

Pamela sah ihn mit großen braunen Augen an. Ihm schien, daß sie erschrocken war. Er wurde an ein Reh erinnert, das er auf einen frühmorgendlichen Streifzug durch den Wald auf seinem Besitztum in Surrey aufgescheucht hatte. Ein wenig amüsiert lächelte er sie an, als er sein Glas hob und ihr zuprostete.

Pamela war in der Tat erschrocken. Sie konnte die Wärme und Bewunderung im Blick des Grafen nicht ignorieren, und ebensowenig seine Worte. Fühlte er sich immer noch zu ihr hingezogen, wie ihre Mutter behauptete? Dachte er daran, noch einmal um ihre Hand anzuhalten? Sie hoffte, er würde es nicht tun, denn sie mochte ihn zu sehr, um ihn noch einmal enttäuschen zu wollen.

»Ich danke Ihnen für das Kompliment«, sagte sie leichthin, »aber es käme auf eine Prüfung an. Wenn Lady Cynthia Sie anlächeln sollte, und Sie würden nicht darauf reagieren, könnte man Sie für kalt und gefühllos halten.«

Jetzt war es am Grafen, sie erschrocken anzusehen, als sie fortfuhr: »Und Sie haben vergessen, daß es außer ihrer Schönheit noch ihr musikalisches Talent zu bewundern gibt. Solch eine melodiöse, klare Stimme, solch eine zarte, aber sichere Berührung der Harfensaiten.« Sie seufzte tief und fügte mit trauriger Stimme hinzu: »Wie schade, daß sie nicht Trompete spielen gelernt hat, oder vielleicht sogar die Tuba.«

In seinem Amüsement über den Scherz vergaß der Graf seine vorherige Bemerkung und lachte, während er einem Kellner bedeutete, ihre Gläser wieder aufzufüllen. »Es ist wirklich höchst unfair, da stimme ich Ihnen zu. Aber das Mädchen muß irgendeinen Fehler haben. Niemand ist vollkommen.«

»Leider weiß ich nichts zu ihrem Nachteil zu sagen. Da mehrere Damen sehr aufmerksam auch nur nach dem geringsten Makel an ihr gesucht haben, bin ich sicher, ich hätte davon gehört. Nein, sie ist ein anziehendes, bescheidenes Mädchen, und ihre Konversation ist immer angenehm.«

»Sie hat keine verborgenen Mängel? Vielleicht hat sie einen zänkischen Charakter oder ist zu boshaftem Klatsch geneigt, oder sie behandelt ihre Dienstboten schlecht?« sagte er. »Sie sollen mir doch gewiß nicht einreden, daß sie sich anderen Mädchen nicht überlegen fühlt und deshalb selbstgefällig und hochmütig ist? Kommen Sie, Miss Sheridan, es muß einen Fehler geben!«

Pamela hatte während seiner ganzen Rede belustigt den Kopf geschüttelt, und jetzt lächelte sie über seinen ungläubigen Blick. »Nein, sie hat keinen Fehler«, sagte sie. »Sie verhält sich ebenso engelhaft wie sie aussieht.«

»Aha! Dann habe ich eben einen sehr schwerwiegenden Makel an ihr entdeckt«, sagte er befriedigt. Und auf ihren fragenden Blick hin erklärte er: »Wenn sie tatsächlich so vollkommen wäre, dann wäre es unmöglich, mit ihr zusammenzuleben. Kein Mann könnte eine Frau ertragen, die immer nur lächelt und heiter ist, selbst wenn sie die schlimmste Erkältung hat oder stolpert und die Treppe hinunterfällt oder ein Tablett voller Champagnergläser über ihr liebstes Abendkleid gegossen bekommt. Solche Vollkommenheit würde jeden sterblichen Mann außer sich bringen. Das versichere ich Ihnen. Makellose Güte ist zwar ein wundervoller Zug, den wir alle anstreben sollten. Aber wenn die Güte übertrieben wird, kann sie langweilig sein. Das arme Mädchen ist eher zu bedauern als zu bewundern.«

Pamela vergrub ihr Gesicht in der Serviette, und in ihren Augen schimmerten Tränen, so sehr hatte sie lachen müssen. Der Graf lächelte sein schräges, kleines Lächeln. Er war sehr zufrieden mit ihrer Reaktion. Und Pamela fand, daß es niemanden gab, dessen Gesellschaft sie mehr genoß. Lord Brant besaß einen Witz, der ihrem eigenen gleichkam, und einen Humor, auf den sie völlig eingestimmt war. Sie hatten sich immer gut miteinander unterhalten und in vollkommener Harmonie lachen können.

Jetzt fügte er hinzu: »Aber vielleicht sollte ich sagen, es ist eher ihr künftiger Gatte, der zu bedauern wäre. Ich bin gespannt, wen sie wählen wird. Ich kenne niemanden im Adel, der ihrer Heiligkeit gleichkommt. Wissen Sie, ich nehme an, daß nur ein Titel für eine solche Vollkommenheit angemessen ist.«

Pamela wischte sich über die Augen und sagte ohne nachzudenken: »Oh, es muß ein Herzog sein, wenn er nicht von königlichem Geblüt ist.«

Sie unterbrach sich erschrocken und sah aus, als wünschte sie, sie könne ihre übereilten Worte zurücknehmen, ehe sie lahm hinzufügte: »Wenigstens habe ich das Gefühl, daß ein anderer nicht passend wäre.«

Der Graf nickte, aber ihm fiel auf, wie rasch Pamela das Thema wechselte. Lady Cynthia wollte also einen Herzog. Warum nicht? Er war nicht im geringsten überrascht über ihren Ehrgeiz. Nach seiner Erfahrung waren Frauen kaltblütige Wesen, die nichts dabei fanden, sich an den Mann vom höchsten Rang oder den wohlhabendsten Herrn zu verkaufen, den sie bekommen konnten. Trotz ihres Geredes über Liebe und ihrer von Herzen kommenden Seufzer über romantische Romane hatte im wirklichen Leben Liebe sehr wenig damit zu tun, wenn sie schließlich jemandem ihre Hand gaben. Als er in die goldgefleckten braunen Augen seines Gegenübers sah, berichtigte er diese pauschale Verdammung.

Miss Sheridan war nicht wie der Rest ihres Geschlechts. Denn hatte sie nicht vor zwei Jahren seinen Heiratsantrag abgelehnt? Er schob die Erinnerung daran beiseite und bemühte sich, Pamela in eine zwanglose Konversation zu verwickeln und freute sich, wenn sie über seine Komplimente lächelte und über seine Scherze lachte.

Später, als Pamela mit ihrer Mutter und Luke nach Hause fuhr, dachte sie an die Konversation des Grafen. Wie amüsant er war in seiner weltmännischen Art.

Lady Sheridan, die ihrer Tochter einen Blick zuwarf, sah das kleine Lächeln, das um ihre Lippen spielte, und sie wunderte sich darüber. Hatte Pamela nicht bemerkt, wie sich Luke wegen Cynthia Warren zum Narren gemacht hatte? Mehrere ihrer eigenen Freundinnen hatten Bemerkungen darüber ausgetauscht, und doch saß Pamela hier und sah glücklich und zufrieden aus. Lady Sheridan redete auf Luke ein, da sie glaubte, sie könne ihm ein paar Gedanken darüber einhämmern, wie unmöglich es wäre, daß Lady Cynthia ihn jemals glücklich machen könnte. Aber Luke schien nicht einmal zuzuhören. Er saß da, blickte hinaus auf die Straße mit dem gleichen einfältigen Lächeln auf seinem schönen Gesicht, das sie auch auf dem ihrer Tochter sah. Lady Sheridan war bestürzt. Ganz entgegen ihrer Art schwieg sie den Rest der Fahrt, denn sie machte Pläne, die ihre Tochter erstaunt und erschreckt hätten. Sie wollte Lord Westcott und Lady Cynthia voneinander trennen.

Am nächsten Morgen zog Lord Westcott mit seinem Diener und seiner ganzen Habe in das Haus in der Charles Street. Die Aktivität und das Poltern einer seiner Koffer auf der Treppe weckten Mark und Matthew, die aus ihren Zimmern kamen. Sie schienen keineswegs begeistert zu sein, ihren alten Freund zu sehen, wie er es erwartet hatte.

»Kommt, ihr faulen Brüder!« rief er und lachte über Marks schläfriges Gesicht und Matthews zerzaustes Haar. »Höchste Zeit, daß ihr beide auf die Beine kommt!«

»Du hast gut reden«, grollte Matthew, als er den Gürtel seines Morgenrocks festzog. »Zweifellos bist du um Mitternacht zu Bett gegangen.«

Mark fuhr sich mit der Hand an die Stirn und zuckte zusammen. »Könntest du vielleicht ein wenig leiser sprechen, Luke?« fragte er schwach.

Luke schlug Mark zu dessen großem Mißvergnügen auf die Schulter. »War etwas nicht in Ordnung mit dem Burgunder bei Jonathan's, Mark?« fragte er, und dann lachte er laut. Mark schüttelte den Kopf, verschwand stöhnend in seinem Zimmer und schloß energisch, wenn auch sanft die Tür.

Ein Stockwerk darunter lächelte Pamela ihrem Spiegelbild zu. Sie saß vor ihrem Toilettentisch und ließ sich das Haar bürsten. Luke war endlich hier, und nun, da er tatsächlich im Haus wohnte, würden die Dinge viel glatter vonstatten gehen. Dessen war sie sicher.

Ihre Blicke wanderten nicht zum ersten Mal zu dem Veilchenstrauß, den der Earl of Brant früh an diesem Morgen geschickt hatte. Über die Karte, die sein Geschenk begleitete, hatte sie lachen müssen, denn darauf stand: »Meine Komplimente für Miss Sheridan, die nur zu fünfundneunzig Prozent vollkommen ist, Gott sei Dank!«

Die Karte trug keine Unterschrift, nur die kleine Zeichnung einer Birne, die seine früheren Geschenke und Briefe geziert hatte. Sie dachte wieder, wie sehr sie sich zu John Pearson hingezogen fühlte. Er mochte zynisch sein, sogar ungehalten über das einfältige Betragen, das einige Mitglieder der feinen Gesellschaft zur Schau trugen. Aber zu ihr war er immer freundlich gewesen. Nein, mehr als das. Er hatte sie als seinesgleichen behandelt in der Gewißheit, daß auch sie über das lachen würde, was er amüsant oder absurd fand.

Sie hörte Gelächter im oberen Stockwerk, und über ihrem Kopf vernahm sie schwere Schritte, die sie an Luke Westcott erinnerten. Ihr Blick wurde verträumt. Wenn es Luke auch nur einmal einfallen würde, ihr Blumen und amüsante Botschaften zu schicken, dachte sie. Dann lächelte sie. Wenn er es täte, wäre er vollkommen, und wie der Graf am letzten Abend gesagt hatte, wäre es äußerst schwierig, mit der Vollkommenheit zusammenzuleben. Doch bei Luke wäre sie mehr als bereit, es zu riskieren, wie sie sich eingestand.

Ehe ihr Mädchen mit der Frisur fertig war, kam Lady Sheridan herein und schwenkte einen weiteren Packen Einladungen.

»Meine Liebe, hat es so etwas schon einmal gegeben?« fragte sie, und ihre lächelnden Augen und ihr glückliches Gesicht zeigten Entzücken. »Wir werden höchstens einen von neun Abenden zu Hause verbringen. Bitte sage mir, welche Einladungen wir annehmen und welche wir ablehnen sollen.«

Pamela nahm den Stapel und begann zu lesen. »Zum Jersey-Ball gehen wir gewiß. Lord Carlisles Ausflug nach Richmond – wundervoll. Ich glaube, zu der Party der Damen Bassett gehen wir nicht, Mama. Viel zu langweilig für Luke. Ich glaube auch nicht, daß er sich aus einem künstlerischen Nachmittag etwas macht, nicht einmal in Mrs. Whyte-Gordans Salon. Aber hier ist ein Kostümball bei den Frances, den er amüsant finden wird.«

Sie nahm eine weitere Karte, und plötzlich wurden ihre Augen größer, als sie laut vorlas: »Lady Powell bittet um das Vergnügen Ihrer Gesellschaft bei einem kleinen Tanz, der am Freitag nächster Woche gegeben wird. Sieh einer an!«

Lady Sheridan löste sich von dem großen Spiegel, vor dem sie sich mit den Bändern ihres Morgenrocks zu schaffen gemacht hatte. »Ich muß gestehen, das verstehe ich nicht, Pam. Lillian Powell war nie eine von meinen engen Freundinnen gewesen. In der letzten Saison war sie sogar sehr kühl zu mir, nachdem die Jungen ihre Einladung zu einer Reit-Picknick-Party abgelehnt hatten.«

»Ich glaube, du wirst feststellen, daß diese besondere Einladung auf Betreiben von Miss Powell zurückgeht, Mama. Und sie könnte ebensogut direkt an Luke adressiert sein. Lady Powell sind wir anderen völlig gleichgültig. Aber sie muß uns einladen, um sicher zu sein, daß Luke erscheint.«

Ein großer Gegenstand, der im Stockwerk über ihnen zu Boden fiel und dann mehrmals aufschlug, ließ sie zusammenzucken.

»Der gute Luke«, sagte Lady Sheridan und richtete ihren Blick nach oben. »So ein lieber, temperamentvoller Junge, nicht wahr? So voller Energie!«

Der Gegenstand, was immer es auch war, schlug noch einmal auf, und sie zuckte wieder zusammen, ehe sie sich auf einen Stuhl neben dem Fenster setzte. »Pamela, mein Liebe, bitte entlasse jetzt Betsy. Wir müssen über sehr wichtige Dinge miteinander sprechen.«

Pamela drehte vor dem Spiegel ihren Kopf von einer zur anderen

Seite. Dann lächelte sie ihr Mädchen an. »Das sieht sehr hübsch aus, Betsy, danke.«

Das Mädchen machte einen Knicks und ging hinaus. Lady Sheridan wartete kaum, bis sie die Tür hinter sich geschlossen hatte, ehe sie näherrückte und flüsterte: »Pamela, was sollen wir nur mit Luke und Lady Cynthia tun? Ich kann dir nicht sagen, wie besorgt ich gestern abend war. Es ist sehr leichtsinnig von dir, ihn direkt in ihre Arme zu treiben. Er wich den ganzen Abend nicht von ihrer Seite.«

Pamela stand von ihrem Toilettentisch auf und setzte sich neben ihre Mutter. »Aber es gibt keinen Platz, wo ich ihn lieber sehen würde, Mama«, sagte sie augenzwinkernd. »Er ist dort sehr sicher.«

»Sicher?« fragte Lady Sheridan und machte eine Miene, als hätte ihre Tochter plötzlich den Verstand verloren. »Sicher? Bei der Göttlichen Cynthia?«

»Der Earl of Brant hat mir versichert, daß es kein Mann ertragen könnte, mit solch einer Vollkommenheit zusammenzuleben, Mama«, erklärte Pamela.

»Und was hat das zu sagen, bitte? Er ist immer noch so verliebt in dich, daß er keine andere Frau ansieht.« Lady Sheridan deutete auf den Blumenstrauß. »Denke an die Veilchen, Pamela. Dentworth sagte, sie wurden schon vor neun Uhr heute früh abgegeben.«

Ihre Stimme klang so beeindruckt, daß Pamela lächelte. »Mama, du glaubst doch nicht etwa, daß der Graf sie selbst in der Morgendämmerung gepflückt hat, oder? Nicht der Graf! Wie er sich über die bloße Vorstellung amüsieren würde«, spottete Pamela. Dann ergriff sie die Hand ihrer Mutter und sah ihr direkt in die Augen. »Ich versichere dir, der Graf ist nicht in mich verliebt, Mama. Er mag mich natürlich, und es besteht eine gewisse Vertraulichkeit zwischen uns, die noch von unserer Bekanntschaft von vor zwei Jahren herrührt. Aber er liebt mich nicht.«

Lady Sheridan machte den Eindruck, as würde sie diese Bemerkung gern bestreiten, aber Pamela fuhr fort: »Wie kann ich es dir erklären, Mama? Lord Brant ist nämlich kein warmherziger Mann. Ich glaube nicht, daß er zu amourösen Gefühlen überhaupt fähig ist. Es ist wahr, daß er mich gebeten hat, ihn zu heiraten. Aber er wirkte keineswegs niedergeschlagen, als ich ablehnte. Er zuckte einfach mit den Achseln und wechselte das Thema. Und jetzt ist er wieder da mit seinen hübschen Komplimenten und Blumen. Aber er ist ebenso selbstbeherrscht, reserviert und ironisch wie immer. Ich glaube, er ist ein überzeugter Junggeselle. Ich kann ihn mir nicht leidenschaftlich vorstellen oder überwältigt von Verlangen, gleichgültig in welcher Situation.«

Lady Sheridan machte ein nachdenkliches Gesicht. Wenn sie nicht gewollt hätte, daß Pam Luke Westcott heiratete, dann hätte sie es sich angelegen sein lassen, Lord Brant genau zu sagen, woran seine Werbung gescheitert war.

Eine Frau mochte vielleicht wünschen, daß ihr Gatte ganz kühle Höflichkeit und reservierte Vornehmheit war, aber sie wollte, daß er in seiner Werbung verrückt wurde vor Liebe, daß er unfähig wäre zu essen, zu schlafen oder an etwas anderes zu denken als an sie. Wie kam es, daß Männer, selbst die intelligentesten, so dumm sein konnten? fragte sich Lady Sheridan nicht zum ersten Mal in ihrem Leben.

»Kommst du heute früh mit mir zu Madame Alicia, Mama? Ich habe eine letzte Anprobe meines Abendkleides für den Ball der Countess.«

Lady Sheridan sah zu, wie ihre Tochter die Bänder ihres Hutes befestigte und dann nach ihren Handschuhen und der Handtasche griff. Gleichzeitig hörte sie auf der Treppe eilige Schritte und wie Luke seinem Diener etwas zurief. »Nimm Betsy oder einen Diener mit, Pamela«, sagte sie. »Ich muß sicher sein, daß der gute Luke alles hat, was er für seine Bequemlichkeit braucht.«

Sie ging Arm in Arm mit ihrer Tochter zur Tür. Plötzlich fiel ihr ein, daß das Gespräch, das sie über Luke und Lady Cynthia hatte führen wollen, nicht zustandegekommen war. Sie seufzte. Sie wußte, daß es für den Rest des Tages schwierig sein würde, einen Augenblick mit Pamela allein zu sein. Die Saison hatte zwar eben erst begonnen, aber sie waren so beschäftigt, als wäre sie schon wochenlang voll in Gang. Pamela war für diesen Nachmittag zu einem Ausritt mit einigen ihrer Bekannten verabredet, und sie selbst war zu einem Mittagessen und einem Kartenspiel am Nachmittag eingeladen. Und dann würden natürlich beim Dinner alle Jungen anwesend sein. Sie lächelte, als sie ihre Tochter zum Abschied küßte.

Es war so schön, wieder alle beisammen zu haben. Wenn nur der gute, gute Sir Roger sich zu ihnen gesellen würde, dann wäre ihr Glück vollkommen.

Die nächsten Tage verliefen so geschäftig, wie Lady Sheridan es vorausgeahnt hatte. Sie war froh, daß Luke und Pamela viel Zeit miteinander verbrachten. Aber sie wäre nicht so erfreut darüber gewesen, wenn sie gewußt hätte, daß Lord Westcott den größten Teil dieser Zeit dazu benutzte, über Lady Cynthia zu schwärmen, jedes einzelne Wort zu wiederholen, das sie an ihn gerichtet hatte, und ihre Schönheit zu preisen.

Pamela ertrug alles kommentarlos. Doch am Morgen des Balls bei Lady Lowden, als sie mit dem Landauer zu Hectons Bibliothek fuhr, um ihr Buch zurückzugeben, erkannte sie erschrocken, wie erholsam es war, nicht in seiner Gesellschaft zu sein. Und dann wunderte sie sich über diese Veränderung, die in ihr vorgegangen war, bis ihr bewußt wurde, daß es nur Lukes Verliebtheit in eine andere Frau war, was ihr derartig auf die Nerven ging. Wenn er sich von seiner Faszination erholt hatte, würde ihre Freude an ihm zurückkehren. Dessen war sie sicher. Lady Sheridan rang zwar immer noch die Hände wegen seiner Verliebtheit in Lady Cynthia. Aber Pamela war froh darüber. Wenigstens für den Augenblick. Denn sie hatte die sehnsüchtigen Blicke gesehen, die ihm von einigen jungen Damen zugeworfen worden waren. Es waren sehr attraktive, begehrenswerte junge Mädchen gewesen, und daher hatte sie nichts dagegen, daß er weiterhin dieser entschlossenen künftigen Herzogin treu blieb.

Pamela hatte sich vorgenommen, ihn ins Gebet zu nehmen, ehe sie an diesem Abend den Ball besuchen wollten. Aber da er sie mit der großzügigen Geste eines Mannes, der seine Pflicht tat, um den ersten Tanz gebeten hatte, blieb ihr nichts anderes übrig, als anmutig anzunehmen, statt ihm die Ohren langzuziehen. Sie wußte, daß er an Lady Cynthias Seite eilen würde, sobald er diese lästige Pflicht hinter sich hatte. Doch es wäre der Gipfel der Unhöflichkeit, wenn er nicht auch mit anderen jungen Damen tanzen würde, besonders mit der Tochter der Countess, Lady Virginia. Und da war da noch Lizbeth Powell. Sie hatten sie mehrmals im Park getroffen. Luke war immer stehengeblieben, um sich nach ihren Pferden zu erkundigen. Lizbeth nahm diese Aufmerksamkeit sicherlich als ein Zeichen für Lukes Interesse an ihr selbst und würde erwarten, daß er mit ihr tanzte. Irgendwie mußte Pamela dafür sorgen, daß Luke sich an das korrekte Benehmen im Ballsaal hielt, das selbst von dem verliebtesten jungen Herrn erwartet wurde.

Pamela blickte hinaus auf die überfüllten Straßen, durch die sie fuhr, und runzelte ein wenig die Stirn. Sie hatte viele Gedanken und viel Geld auf ihr Ballkleid verwandt, aber sie würde keinen Penny darauf wetten, daß Luke es überhaupt bemerkte. Manchmal, sagte sie sich düster, als die Kutsche vor der Bibliothek vorfuhr und der Kutscher herbeigeeilt kam, um ihr beim Aussteigen zu helfen, wäre ich froh, wenn ich ihn anschreien könnte, diesen unmöglichen Mann.

»Was um alles in der Welt hat Sie so betrübt, meine liebe Miss Sheridan?« erkundigte sich eine tiefe, ruhige Stimme. Pamela blickte auf und sah den Earl of Brant die Treppe der Bibliothek herabkommen. Er bot ihr seinen Arm an. »Falls jemand Sie geärgert hat, dann würde ich es für eine Ehre halten, wenn Sie mir erlaubten, mich mit dem Herrn selbst zu befassen.«

Pamela lächelte und sah ihm in die schmalen, zusammengekniffenen grauen Augen. »Sind Sie so sicher, daß es ein Mann war, Mylord?« fragte sie, als er die Tür für sie aufhielt. »Frauen können einen ebenfalls sehr ärgern.«

»Es war ganz überflüssig, mir das zu sagen, Miss Sheridan«, sagte er ruhig und folgte ihr in die Bibliothek. »Ich habe nur wenige Frauen kennengelernt, die nicht beinahe ständig aufreibend waren.«

Pamela hob die Augenbrauen, obwohl ihre braunen Augen vor Vergnügen über seine Worte strahlten.

»Wirklich, Sir? Ich bin sicher, ich weiß, wie ich das auffassen muß. Obwohl ich mich darüber wundere, daß Sie es wagen, vor mir meine Mitmenschen herabzusetzen.«

Er beugte sich zu ihr herüber und raunte: »Natürlich schließe ich Sie in mein Verdammungsurteil nicht ein, sonst hätte ich es nicht geäußert. Sie sind mir immer eine Freude.«

Beunruhigt über die ungewöhnliche Wärme in seiner tiefen Stimme wechselte Pamela rasch das Thema. »Aber Sie waren doch eben im Begriff, die Bibliothek zu verlassen, nicht wahr, Mylord? Ich darf Sie nicht aufhalten.«

»Wie kommen Sie auf eine solche Idee, Ma'am, zumal ich fest entschlossen bin, Ihnen zu helfen? Wie, wenn der Band, den Sie suchen, auf einem hohen Regal steht oder zu staubig ist? Nein, nein, daran ist nicht zu denken! Außerdem lerne ich jetzt Ihren Geschmack kennen, was Bücher betrifft. Man kann viel über einen Menschen erfahren, wenn man weiß, was er liest.« Er nahm das Buch, das sie zurückbrachte, und las den Titel. »Ah, von Miss Austen. Ich kann Ihnen nicht sagen, wie erleichtert ich darüber bin.«

Auf ihren fragenden Blick hin, erklärte er: »Nehmen wir nur einmal an, dieses Buch wäre einer der leidenschaftlichen Liebesromane gewesen, voller romantischer Prinzen und Spukschlösser. Ich müßte

Sie dann für eine Liebhaberin von solch gräßlichem Zeug halten, und das würde meine gegenwärtige Einschätzung Ihrer Intelligenz und Ihres guten Geschmacks völlig umwerfen. Aber sagen Sie, hat Ihnen das Buch von Miss Austen gefallen?«

Pamela überlegte einen Augenblick. »Ja. Zuerst dachte ich, es käme nicht an *Stolz und Vorurteil* heran. Außerdem gefiel mir die Heldin nicht, denn sie war so ein albernes, schwärmerisches Mädchen, so edel und so bescheiden.« Lord Brant sah sie amüsiert an, als sie hinzufügte: »Ich hätte sie am liebsten geschüttelt oder ihr wenigstens eine tüchtige Lektion erteilt.«

Seine Augen leuchteten. »Etwas in der Art der vollkommenen Dame, über die wir neulich abends sprachen, meinen Sie?«

Pamela schüttelte den Kopf. »Sie war überhaupt nicht wie Lady Cynthia. Dieses Mädchen war geistlos und versuchte nicht einmal, ihr Leben selbst in die Hand zu nehmen. Ich wurde ungehalten über sie, bis ich erkannte, daß ihr in der Stellung, in der sie war, nichts anderes übrig blieb. Im Gegensatz dazu ist Lady Cynthia äußerst lebhaft und fröhlich, und sie hat ihr Leben gut in der Hand. Aber mit der kleinen, armen Fanny als Heldin glaube ich nicht, daß *Mansfield Park* auch nur annähernd den Erfolg von Miss Austens anderen Werken haben wird.«

Lord Brant blieb bei ihr, bis sie alles erledigt hatte. Sie lächelte über seine Ratschläge. Ein Buch, das er vorschlug, war ein schwerer Band mit Predigten, von denen er meinte, sie würde sie erhebend finden. Ein anderes war ein Pamphlet, das sich mit den Korngesetzen befaßte, und sie lachte laut auf, als er ihr ein Buch empfahl, in dem das komplizierte Funktionieren von Dampfmaschinen erklärt wurde. Er sagte, er wisse, daß sie ganz erpicht darauf sein müsse, dies zu studieren.

Als sie die Bibliothek verließen, fragte ihn Pamela, ob sie ihn irgendwohin mitnehmen solle, um ihn für eine so fachmännische Hilfe zu entschädigen. Er akzeptierte eine Fahrt zum St. James's Place. Er half ihr in die Kutsche, nahm dann neben ihr Platz und fragte: »Sehe ich Sie heute abend auf dem Ball der Countess of Lowden, Miss Sheridan?«

Pamela versicherte ihm, daß sie dort sein würde. Er begann, über den Abend zu plaudern, der ihnen bevorstand, und bat sie, einen Walzer und den Tanz vor dem Essen für ihn zu reservieren.

»Das wäre schön, Mylord«, stimmte Pamela mit ihrem hellsten Lächeln zu. Als die Kutsche langsamer fuhr, blickte sie sich um.

Im warmen Sonnenschein kamen ihr Bruder Matthew und Luke Westcott auf sie zugeschlendert. Der Graf hörte, wie sie den Atem einsog, und er bemerkte, wie ihre Augen aufleuchteten, als sie winkte, und ihr Lächeln die reine Freude ausdrückte.

»Ah, natürlich! Ich habe oft beobachtet, daß Lord Westcott das strahlendste Lächeln in Ihr Gesicht zaubern kann, Miss Sheridan«, sagte er.

Pamela drehte sich um und sah ihn an, beunruhigt darüber, wie rauh seine Stimme klang. Er schien sich zur Ordnung zu rufen, denn er fügte in seinem gewöhnt ruhigen Tonfall hinzu: »Sollen wir anhalten? Wollen Sie die beiden Herren mitnehmen?«

Gefesselt von diesen strengen, grauen Augen konnte Pamela nur den Kopf schütteln. Sie wurde durch Lord Brants schräges Lächeln belohnt. »Gut«, bemerkte er und tippte sich an den Hut, als die Kutsche an Luke und Matthew vorbeifuhr. »Ich möchte Sie nämlich mit niemandem teilen«, fügte er in seinem verbindlichsten Tonfall hinzu. »Nicht einmal mit Ihrem Bruder oder solch einem – hmmm, solch einem guten alten Freund.«

5.

Am Abend, als die Sheridan-Kutsche vor dem Stadthaus des Earl und der Countess of Lowden in der Park Lane vorfuhr, hatte Pamela Lord Brants beunruhigendes Verhalten vor Hecton's Bibliothek vergessen. Sie hatte nicht nur Luke seine Instruktionen erteilt, sondern ihm auch das Versprechen abgenommen, daß er nicht seine ganze Zeit Lady Cynthia widmen würde. Sie wollte, er hätte das Versprechen bereitwilliger gegeben. Seine hellbraunen Augen hatten ungestüm unter seiner gerunzelten Stirn geblitzt. Er hatte die Unterlippe bedrohlich vorgeschoben und mit den Fingern rasch auf die Armlehne seines Sessels getrommelt.

Seine finstere Miene hätte jedermann, der ihn nicht so gut kannte wie Pamela, dazu veranlaßt, innezuhalten und rasch klein beizugeben. Sie jedoch hatte ihm gesagt, wenn er so bedrohlich aussah wie ein Bär, enthöbe ihn dies nicht der Höflichkeit, die man von einem Gentleman erwartete, und deshalb könne er genausogut sofort damit aufhören, sich zum Schafskopf zu machen.

Es hatte ein unheilschwangeres Schweigen in der Bibliothek geherrscht, wohin sie ihn für ihre Lektion geführt hatte. Dann hatte Luke den Kopf zurückgeworfen und gelacht. Er war von dem Sessel aufgestanden, in den er sich geworfen hatte, war auf sie zugekommen und hatte sie auf die Füße gezogen und umarmt. »Du fürchtest dich also immer noch nicht davor, dich mit mir herumzuplagen, eh, Kätzchen?« fragte er und gab ihr nachlässig einen Kuß auf ihr braunes Haar. »Also gut, ich werde dich in Erstaunen versetzen, indem ich ein erstklassiger Londoner Gentleman sein werde. Die Gecken werden sich wundern. Warte nur ab und sieh.«

Pamela hatte nicht widerstehen können und ihn umarmt. »Auch ich werde staunen über solch ein musterhaftes Verhalten, lieber Luke.«

Er hatte kurz ihre Arme gedrückt und sie dann zu ihrem großen Bedauern losgelassen. Sie war enttäuscht gewesen, weil er nicht einmal bemerkt hatte, wie sie in völliger Hingabe dahingeschmolzen war.

»Und um meine guten Absichten zu beweisen, werde ich meine alte Freundin Pam um den Tanz vor dem Essen bitten und um den ersten Tanz überhaupt«, hatte er großmütig erklärt.

Pamela hatte gewünscht, sie hätte ihn anschreien können, aber sie hatte nur tief Luft geholt. Irgendwie war ihr wohler zumute gewesen, weil sie ihm hatte sagen können, daß sie leider auf den Hochgenuß verzichten mußte, da sie bedauerlicherweise für den Tanz vor dem Essen schon verabredet war.

Luke hatte auf dem Weg zur Tür innegehalten. »Mit dem Earl of Brant?« hatte er gefragt, und die unschuldigen Worte hatten nicht zu seinen boshaften Augen gepaßt.

Pamela hatte genickt und sich gefragt, weshalb sie den Atem anhielt.

Luke hatte grinsend gesagt: »Mir scheint, du verbringst eine Menge Zeit mit diesem speziellen Lord, Pam. Habe ich dich nicht heute früh mit ihm ausfahren gesehen? Paß auf dich auf, mein Mädchen, sonst findest du dich rasch unter der Haube. Diesmal wird er ›Nein‹ als Antwort nicht akzeptieren. Also überlege gut, was du tust, wenn du ihn so sehr ermutigst.«

Pamela hätte am liebsten laut gejauchzt, denn Luke hatte tatsächlich bemerkt, daß der Graf sie bewunderte. Vielleicht hatte er sogar etwas dagegen und fürchtete, sie wäre drauf und dran, John Pearsons Heiratsantrag anzunehmen? Aber seine nächsten Worte hatten sie sofort wieder auf die Erde zurückgeholt.

»Ich möchte ihm keinen Strich durch die Rechnung machen, und ich bin in keiner Weise ein Feigling. Aber vielleicht hat die Unerreichbare endlich einen Ebenbürtigen gefunden? Du kannst es mir ruhig sagen, Kätzchen.«

Pamela erlaubte Luke, ihr und ihrer Mutter aus der Kutsche zu helfen, und dabei dachte sie daran, was er gesagt und wie er gelacht hatte, als sie ihm nicht antworten wollte. Ihre weichen, vollen Lippen versteiften sich.

Ihr Bruder Matthew, der mit auf den Ball gekommen war um zu sehen, wie Luke sich fortwährend musterhaft benahm, behandelte Pamela aufmerksam und bot ihr den Arm an. Als sie Luke und Lady Sheridan die mit einem roten Teppich ausgelegten Stufen hinauf folgten und zwischen den sich verbeugenden Dienern hindurchgingen, flüsterte Matthew: »Warum bist du so nervös, Pam? Es kann doch nicht sein, daß du unglücklich bist, weil du einen Ball besuchst? Man hat mir gesagt, daß Frauen nichts lieber täten. Und du siehst heute abend großartig aus. Dieses Kleid steht dir vorzüglich.«

Pamela blickte an dem auffallenden orangefarbenen Seidenkleid mit dem schmalen Rock und dem tiefen Halsausschnitt hinab, der mit einem perlenbesetzten Samtband eingefaßt war, und sie versuchte, einen Seufzer zu unterdrücken. Als sie schließlich die Treppe heruntergekommen war, hatte Luke lediglich gesagt, er habe noch nie verstehen können, weshalb Frauen so lange brauchten, um sich anzukleiden, wenn sie so wenig anhätten, und daß sie eindeutig einen Schal benötige, denn der Abend sei kühl. Sie schlug sich ihr schwierigstes Problem aus dem Kopf und lächelte Matthew an. »Danke, mein Lieber, es ist hübsch, nicht wahr?«

Sie gesellten sich zu den anderen Gästen und gingen langsam die Treppe hinauf, um ihre Gastgeberin und deren Tochter zu begrüßen, die sie an den Türen des Ballsaals empfingen. Pamela sah mehrere ihrer Freundinnen und freute sich, als Lady Frances ihr lächelnd zuwinkte.

Lady Pauline Frances und Pamela Sheridan waren während Pamelas erster Saison gute Freundinnen geworden. Das war ungewöhnlich, denn Lady Frances war sieben Jahre älter, aber Pamela hatte schon bei ihrer ersten Begegnung das Gefühl gehabt, als würden sie einander seit ewigen Zeiten kennen. Lady Frances war eine große, schlanke Frau mit seidigem braunem Haar. Sie war keine Schönheit, aber ihr Gesicht drückte eine solche Güte aus, ihre Augen eine solche Freundlichkeit und ihre Konversation eine so ruhige Intelligenz, daß ihr Mangel an Schönheit nie bemerkt wurde. Es gab niemanden, den Pamela mehr bewunderte. Oft war sie zu ihrer Freundin gefahren und hatte bei ihr Rat gesucht. Paulines Heirat hatte ihre Freundschaft nicht beeinträchtigt, denn Sir Frederick war ebenso gütig und liebenswert wie seine Frau.

Die Sheridans erreichten endlich die Countess. Sie trug violetten Samt und einen mit wippenden Straußenfedern geschmückten Turban. Sie schien offensichtlich aufzutauen, als sie Matthew Sheridan und Viscount Westcott sah. Pamela bemerkte, mit welch ausgesuchter Freundlichkeit sie ihre Tochter Luke vorstellte. Lady Virginia war ein hübsches Mädchen mit rotblondem Haar und dem hellen Teint, der diese Haarfarbe so oft begleitet. Als sie ihre grauen Augen zu Lukes Gesicht hob, errötete sie verwirrt beim Anblick des Adonis, der vor ihr stand.

Pamela hörte Luke fragen, ob Lady Virginia ihn mit einem Tanz beehren würde, und war froh, daß er ihre Anweisungen so getreu befolgte. Sie bemerkte, daß auch ihr Bruder um einen Tanz bat, und war verblüfft über die Wärme seines Lächelns, als er dies tat.

Als sie den Ballsaal betraten, stellte sich die erste Gruppe zum Tanz auf. Luke blieb zwar an Pamelas Seite. Sie konnte aber sehen, wie seine hellbraunen Augen aufmerksam den Raum absuchten. Erst als er Lady Cynthia inmitten ihrer Bewunderer entdeckte, entspannte sich seine besorgte Miene.

Lady Virginia eröffnete den Ball mit ihrem Bruder, und Pamela nahm mit einem freundlichen Lächeln, von dem sie hoffte, daß es ihren Ärger und ihren Verdruß verbarg, die Hand von Luke. Sie bemühte sich, ungezwungen zu plaudern, während sie tanzte, und obwohl er höflich antwortete und ihr ständig ins Gesicht sah, bemerkte sie, daß jedes Mal, wenn sie eine Drehung machten, Lady Cynthia irgendwo in der Nähe war. Dies machte es ihr schwer, Vergnügen daran zu finden, in seinen Armen gehalten zu werden.

Als der Tanz endete, war sie keineswegs überrascht, daß sie direkt neben Lady Cynthia und ihrem Tanzpartner standen. Die Dame schenkte ihnen beiden ihr engelhaftes Lächeln. Sie glänzte an diesem Abend in einem seidenen Gewand in hellstem Blau. Die Saphire in ihrem Haar und um ihren schlanken Hals konnten aber nicht mit ihren strahlenden Augen konkurrieren. Nur dadurch, daß Pamela Luke kniff, hielt sie ihn davon ab, sie auf der Tanzfläche stehenzulassen und blindlings Lady Cynthia zu folgen, als diese wegging.

Aber ihr Ärger verschwand im Nu, als sie feststellte, daß Luke nicht der einzige war, der seine Partnerin manipulierte, um in der Nähe des Gegenstands seiner Zuneigung zu sein. Lizbeth Powell zerrte praktisch den Herrn, mit dem sie zusammen war, in ihre Nähe, um sich an Pamela und Luke zu heften. Irgendwie sah sich Luke gezwungen, sie um den nächsten Tanz zu bitten, während Pamela den Kopf abwandte und ihr Lächeln hinter ihrem Fächer verbarg.

Als der Earl of Brant erschien, um das einzufordern, was sich als der erste Walzer herausstellte, versuchte sie immer noch, ihrer Belustigung Herr zu werden. Luke sah in der Falle, in die er geraten war, beinahe verzweifelt aus. Und Pamela wußte, daß Lizbeth nicht vorhatte, ihn freizulassen.

Sie begann über Pferde zu sprechen, und während sich der Graf gekonnt mit Pamela im Kreis drehte, fing sie einige Brocken der Konversation auf, die Lizbeth mit ziemlich dröhnender Stimme führte.

»Das Gespann paßt perfekt zusammen, bis auf eine weiße Blesse« … »unser Oberstallknecht macht einen heißen Breiumschlag, der …« »deshalb sagte mein Vater natürlich, wir müssen ihn kastrieren lassen, denn Sie müssen wissen, er …«

Sie konnte ein Lächeln nicht unterdrücken, und die Hände des Grafen hielten sie fester. »Weshalb habe ich den niederdrückenden Eindruck, daß das entzückende Lächeln, das auf Ihrem reizenden Mund liegt, nicht das Geringste mit mir zu tun hat?« fragte er gespielt traurig.

Pamela rief sich zur Ordnung. »Ich bitte Sie um Verzeihung, Sir. Aber um ehrlich zu sein, muß ich zugeben, daß Sie recht haben. Ich habe unwillkürlich Lizbeth Powells Konversation mit Viscount Westcott mitangehört.«

»Wer hätte das nicht«, sagte er, und dann senkte er seinen dunklen Kopf und fügte hinzu: »Ist es möglich, daß die Dame hofft, ihn mit Stallgesprächen zu umgarnen? Ich selbst würde das überhaupt nicht romantisch finden. Aber natürlich müssen wir dankbar dafür sein, daß sie nicht mit ihm flirtet. Es wäre äußerst störend, sich Liebeserklärungen anhören zu müssen, die mit einer solch dröhnenden Stimme vorgetragen werden.«

Pamela kicherte und sah ihn lächelnd an. Sie hielt den Atem an, als er fortfuhr: »Jemand sollte der Dame einen Wink geben. Wenn man auf der Tanzfläche amourös sein will, dann rückt man näher … so, und dann beugt man den Kopf herunter … so, und senkt die Stimme … um so etwas zu sagen.«

Als er seine Worte in die Tat umsetzte, wurde Pamela eng an seine Brust gepreßt, und ihre Schenkel berührten die seinen, während er weitertanzte. Sie spürte seinen warmen Atem in ihren Locken und das Klopfen seines Herzens und nahm den Geruch der Lotion wahr, die er benutzte. Und wieder fühlte sie bei der seltsamen Zuneigung, die sie für ihn empfand, wie eine Schwäche sich in ihrem Inneren regte und ausbreitete. Und dann ließen seine zärtlichen Worte ihre Augen größer werden. »Meine liebste Pamela, wie schön Sie heute abend sind! Ihr Kleid leuchtet wie die Flammen, die Sie in meinem Herzen entzündet haben. Wie kann ich mich Ihrem Bann entziehen, wenn Ihre Augen in einem solch goldenen Feuer leuchten? Ich verehre alles an Ihnen, von Ihren graziösen Händen, Ihrer weichen Haut bis zu Ihrem lieblichen Gesicht mit diesen Lippen, die zu küssen ich mich sehne. Ich werde Sie immer verehren, meine Geliebte.«

Pamela hätte fast den Schritt verfehlt, aber Lord Brants kräftiger Arm lag um ihre Taille, und seine Hand hielt die ihre fester und verhinderte, daß sie aus dem Rhythmus kam. »Mylord«, hauchte sie erschrocken. Er lockerte seinen Griff, damit er ihr Gesicht sehen konnte, und sie wünschte, sie würde sich nicht dazu gezwungen fühlen, ihm in seine hypnotischen Augen zu blicken. Sie hielten sie noch stärker gefangen als seine Arme. Erschrocken sah sie, daß seine gewöhnlich zynische Miene vollständig verändert war. Auf seinem Gesicht spiegelte sich eine Mischung aus Begierde und Wärme, und seine grauen Augen schienen sie fast anzuflehen.

Als er ihr erlaubte, sich ein wenig mehr von ihm zu lösen, legte sich die gewohnte Maske wieder über sein Gesicht, und er sagte in seinem normalen, spöttischen Tonfall: »So würde ich Ihnen meine Liebe erklären, wenn – hmmm –, wenn ich das jemals tun sollte. Vielleicht geben Sie Miss Powell eine Anweisung? Ich bin sicher, Sie wüßten genau, was Sie zu Lord Westcott sagen würden, nicht wahr?«

Pamela kam es so vor, als stünde ihr Kopf in Flammen. Was meinte er wirklich damit? Ahnte er, daß sie Luke liebte? Nein, das konnte nicht sein, da sie immer so sehr darauf geachtet hatte, es zu verbergen. Und doch war da seine Bemerkung in der Kutsche an jenem Morgen, die darauf hindeutete, daß er wußte, sie wünschte, Luke wäre mehr als ihr alter Freund. Sie zwang sich dazu, leichthin zu sagen: »Zweifellos könnte ich das tun, aber es würde überhaupt nichts nützen. Lord Westcott nimmt niemanden zur Kenntnis außer Lady Cynthia. Lizbeth würde eine Enttäuschung bevorstehen, was immer ich ihr auch für Anleitungen gäbe. Sie kann ebensogut über Pferde sprechen, denn dann hat sie wenigstens einen Teil seiner Aufmerksamkeit. Er ist genauso verliebt in das Thema wie sie.«

Sie hielt inne und sah ihm in die Augen, wobei ihre Miene ein wenig herausfordernd war. Er nickte, als akzeptierte er ihre Antwort, und drang nicht weiter in sie.

Pamela war erleichtert, als er über andere Dinge zu sprechen begann, aber trotzdem konnte sie seinen begierigen, flehentlichen Gesichtsausdruck nicht vergessen oder die Worte, die er ihr ins Ohr geflüstert hatte, und ebensowenig seine leidenschaftliche, belegte Stimme. Sie hatte überhaupt nicht seinem gewöhnlich sarkastischen, ruhigen Tonfall geähnelt. Entweder war Lord Brant ein hervorragender Schauspieler, oder er liebte sie tatsächlich. Das letztere zu glauben, fiel ihr sehr schwer, und doch – war dies der gleiche, kalte Mann, der vor zwei Jahren um ihre Hand angehalten hatte? Sie war froh, als der Walzer endete. Auf ihre Bitte hin führte sie der Graf zu Lady Frances. Nach wenigen Worten verbeugte er sich und zog sich zurück.

Lady Frances lächelte, als sie den Gesichtsausdruck ihrer Freundin sah, während Lord Brant davonschlenderte. Amüsiert sagte sie: »Wenn ich neugierig wäre, liebe Pamela, würde ich fragen, was um alles in der Welt hat der Graf zu dir gesagt, daß du in einem solch seligen Zustand bist? Du siehst aus, als hätte er dir die schönste Liebeserklärung gemacht. Aber das ist auf einer überfüllten Tanzfläche ganz unmöglich.«

Pamela öffnete den Mund, um etwas zu erwidern, aber Lady Frances kam ihr zuvor. »Nein, nein, gib dir keine Mühe, es abzustreiten, Liebste. Ich sah in seinen Augen deutlich ein Leuchten, und du bist verdächtig errötet. Aber da ich Klatsch verabscheue, frage ich nicht weiter.«

»Pauline, ich kann es nicht glauben«, sagte Pamela und ignorierte völlig die noble Zurückhaltung ihrer Freundin. »Es geschah alles unter einem Vorwand, aber ... aber kann es sein, daß er nach dieser langen Zeit ... oder vielleicht zieht er mich nur auf und hofft, daß ich mich in ihn verliebe, damit er mir meine Zurückweisung heimzahlen kann ... Nein, nein, eine solche Gemeinheit traue ich ihm nicht zu. Ich muß es mißverstanden haben. Es war vielleicht nur ein Scherz von ihm, und ich nehme seine Worte zu ernst, aber trotzdem ...«

Lady Frances lachte und drückte Pamelas Hand. »Dummkopf! Du bist blind für jeden Mann außer Lord Westcott! Ich vermute, der Graf ist sehr verliebt in dich, und er kennt seinen Rivalen genau, der arme Mann.«

Pamela runzelte die Stirn. »Benehme ich mich so auffällig, Pauline? Ich war sicher, es bliebe mein Geheimnis, denn ich habe Luke niemals irgendwie anders behandelt als meine zwei Brüder.«

»In dieser Hinsicht bist du schuldlos. Aber nicht einmal du kannst immer deine Augen, deine Gesichtsfarbe oder deine Miene unter Kontrolle halten. Ich dachte, nur deine Mutter und ich wüßten es, aber vielleicht kann ein Mann, der dich liebt, es erraten. Genau wie du kann er seinen Gesichtsausdruck nicht immer beherrschen, wenn er diejenige ansieht, die er verehrt.«

Pamela machte ein erschrockenes Gesicht, und Pauline drückte ihre Hand. »Es ist so schade, er wäre ein guter Gatte für dich, und du wärst ein Segen für ihn und könntest ihn hinter seiner Mauer aus Zynismus hervorziehen, hinter der er sich verbirgt.«

»Aber du verstehst nicht, Pauline! Der Graf ist unfähig zu lieben. Vor zwei Jahren wählte er mich aus, weil er glaubte, es sei für ihn an der Zeit zu heiraten oder weil wir unserer Herkunft nach zueinander passen oder einfach deshalb, weil er mich bewunderte und ich ihn niemals langweile. Er liebt mich nicht mehr als ich ihn.« Pamela hielt inne, und dann flüsterte sie: »Ich kann ihn nicht lieben, Pauline. Ich mag ihn und verehre ihn, aber das ist auch alles.«

Lady Frances unterdrückte eine scharfe Erwiderung, daß Pamela vollkommen schwachsinnig sein müsse, wenn sie nicht sehen könne, daß sie sich für einen Mann begeisterte, der ihrer nicht würdig war. Aber sie wußte aus Erfahrung, daß es niemals einen Sinn hatte, wenn man verliebten Männern oder Frauen sagte, daß ihre Leidenschaft irregeleitet war. Man entfremdete sie sich höchstens dadurch.

Sie wollte Pamela Sheridans Freundschaft nicht verlieren, denn sie spürte, daß sie die Schwester war, die sie selbst nicht gehabt hatte. Trotzdem wünschte sie, das Mädchen könnte sehen, daß unter Lord Brants kühlem, distinguiertem Äußeren ein Herz schlug, das so warm und leidenschaftlich war, wie es sich eine Frau nur wünschen konnte, und daß es, wenn ihre Vermutung zutraf, nur für Miss Sheridan schlug.

Sie wechselte das Thema und begann das Kleid ihrer Freundin zu bewundern, und schon war das gefährliche Thema abgeschlossen, obwohl keine der beiden Damen es vergessen hatte.

Pamela tanzte wieder mit Luke, mit ihrem Bruder und mit mehreren anderen Herren ihrer Bekanntschaft. Sie fürchtete den Tanz vor dem Essen und betete darum, es möge nicht noch ein Walzer sein, obwohl sie auf irgendeine widersinnige Art und Weise feststellte, daß sie begierig darauf wartete. Sogar Lukes geflüsterte Geständnisse, daß Cynthia ihm zwei Tänze geschenkt hatte, und seine aufgeregte Wiedergabe jedes Wortes, das sie ihm gesagt hatte, konnte sie nicht ablenken.

Von seinem Platz in einer Gruppe von Herren aus beobachtete Lord Brant sie mit schmalen, nachdenklichen Augen. Sie schien nicht mehr so fröhlich zu sein wie vorher, eher ein wenig still. Ich habe Ihnen, meine liebe Miss Sheridan, etwas zum Nachdenken gegeben, nicht wahr? dachte er. Über etwas anderes als diesen wohlgestalteten

Nichtsnutz, der Ihnen ständig im Kopf herumgeht! Der Graf verschränkte die Arme und lehnte sich gegen die mit Brokat bespannte Wand, und seine Miene wurde kalt und bedrohlich.

Pamela – ja alle Anwesenden – wären verwundert gewesen, wenn sie gewußt hätten, mit was für einem verborgenen Zorn der Earl of Brant Luke Westcott betrachtete. Es entsprach nicht seiner Art, denn Pamela hatte seinen Charakter sehr gut definiert, als sie ihn mehr als einen Zuschauer denn als einen Beteiligten am Leben bezeichnet hatte. So war er bis vor zwei Jahren gewesen. Und dann hatte er sich zu seiner eigenen großen Überraschung in Pamela Sheridan verliebt. Er hätte es nie für möglich gehalten, daß er noch einmal lieben würde nach der großen Enttäuschung, die er neun Jahre zuvor erlebt hatte. Damals war er noch der einfache Mr. John Pearson gewesen, denn sein Onkel, der Graf, und sein Vetter waren beide noch am Leben gewesen, und die Chance, daß er je den Titel erben würde, war äußerst gering gewesen.

Da er niemals darauf gehofft hatte, war er ganz zufrieden mit seinem kleinen Besitztum gewesen, seinem ansehnlichen Erbe und dem ruhigen Leben auf dem Land.

Aber als er dreiundzwanzig wurde, war eine Miss Hungerford in der Nachbarschaft den Sommer über zu Besuch gekommen, und er hatte sie auf einer Gesellschaft kennengelernt. Die junge Dame war schön, anmutig und geistreich gewesen. Sie hatte Mr. Pearson erlaubt, mit ihr zu tanzen und sie zu unterhalten, und sie hatte mit allen Anzeichen der Genugtuung beobachtet, wie aus seiner Bewunderung tiefe Liebe wurde. Aber als er sie bat, ihn zu heiraten, nachdem er alle seine Herzenssehnsüchte vor ihr ausgebreitet hatte, hatte sie nur gelacht. Miss Hungerford, die grausam und herzlos war, hatte ihn sogar verhöhnt, weil er so vermessen gewesen war, zu glauben, daß er, ein bloßer Landedelmann ohne Titel oder Vermögen, jemals nach ihrer Hand streben konnte. Sie behauptete, er habe sie beleidigt, denn sie sei weit über ihn erhaben. Dann erklärte sie ihm, sie sei mit einem wohlhabenden Peer verlobt und hätte sich nur auf einen kleinen Flirt mit ihm eingelassen, um sich die Zeit zu vertreiben. John Pearson war als gebrochener Mann weggegangen, und ihr ungläubiges Lachen über seine Anmaßung hallte ihm in den Ohren. Er schwor sich, daß er nie wieder einer Frau erlauben würde, Macht über ihn zu gewinnen, aus welchem Grund auch immer.

Seit damals war er in seiner schlechten Meinung über die Frauen noch bestärkt worden. Die Selbstsucht und Kleinlichkeit seiner Mutter ebenso wie die ständigen Forderungen seiner verwöhnten jüngeren Schwester nach mehr Kleidung, mehr Partys, mehr von allem, als er ihr geben konnte, hatten nichts dazu beigetragen, seine Überzeugung zu ändern, daß alle Frauen seicht, töricht und falsch seien.

Nachdem sein Onkel gestorben und sein Vetter knapp ein Jahr später von einem Fieber hingerafft worden war, wurde er der Earl of Brant. Als solcher erlebte er nicht nur nichts, was seine Ansicht über das weibliche Geschlecht geändert hätte, sondern seine schlechte Meinung wurde noch bestätigt. Jetzt wurde ihm geschmeichelt und der Hof gemacht wegen seines Titels und Vermögens, und er zog sich noch mehr in sich selbst zurück. Er wurde kalt, sarkastisch und unverbindlich. Er sagte sich, er würde auf der Hut bleiben, damit er nicht zweimal den gleichen Fehler beging. Deshalb war er überrascht, als er trotz seiner Vorsichtsmaßnahmen feststellte, daß sein künftiges Glück von einem Paar goldgefleckter brauner Augen abhing, die ein wenig schräg standen in einem reizenden, ovalen Gesicht, und von ihrem warmen Leuchten. Pamela Sheridan war nicht wie die anderen Frauen, dessen war er sicher.

Da er sie von ganzem Herzen liebte und sich danach sehnte, sie zu seiner Frau zu machen, hatte er sich dazu gezwungen, sehr langsam und vorsichtig vorzugehen, um sie nicht zu erschrecken. Er hatte sich vor Augen gehalten, daß sie erst zweiundzwanzig Jahre alt und daher fast noch ein Mädchen war. Außerdem war sie kühl und elegant. Er wußte, er mußte sich beherrschen. Wie sehr er sich auch danach sehnte, sie in die Arme zu nehmen und zu küssen, bis sie atemlos und fügsam war.

Deshalb war er höflich zu ihr gewesen, besorgt um ihr Wohlergehen und hatte sie auf eine unaufdringliche, ruhige Art und Weise umworben. Er hatte ihr nicht seine Leidenschaft gezeigt oder auch nur einen einzigen verzehrenden Blick zugeworfen, der ihr gezeigt hätte, daß ihr und nur ihr allein seine ganze Liebe gehörte.

Als sie ihn zurückgewiesen hatte, freundlich, aber bestimmt, war er wie betäubt gewesen. Er hatte nicht vorgehabt, sie an jenem Tag bei der Picknick-Party zu fragen, aber der Anblick ihres reizenden, lachenden Gesichts und das Gefühl, wie ihre Hand leicht auf seinem Arm gelegen hatte, als sie am Ufer der Themse entlanggeschlendert waren, hatte ihn veranlaßt, alle Vorsicht in den Wind zu fegen. Er hatte sich sofort unter Kontrolle genommen und das Thema gewechselt, obwohl ihm ihre Worte fieberhaft im Geist herumgegangen waren.

Warum, warum hatte sie seinen Antrag abgelehnt? Es hatte so ausgesehen, als möge sie ihn – nein, mehr als das. Oft hatte er gespürt, wie sich seine Stimmung gehoben hatte, wenn sie ihm in die Augen sah und sie gemeinsam über eine dumme Bemerkung, die in ihrer Hörweite geäußert wurde, lächelten oder über ein erheiterndes Vorkommnis in der höheren Gesellschaft. Wenn sie sich miteinander unterhielten, entnahm er dem Funkeln ihrer Augen, daß sie es genossen hatte, es ihm an Witz gleichzutun. Wie konnte er sich so irren?

Aber nach ihrer Ablehnung hatte er es nicht über sich gebracht, sich von ihr zurückzuziehen, obwohl er wußte, daß er es um seines Seelenfriedens willen hätte tun sollen. Deshalb hatte er sie ein paar Abende später mit Lord Westscott beobachtet, der gerade von den Bermudas zurückgekehrt war.

Der Graf sah, wie ungezwungen sie sich dem jungen Mann gegenüber benahm, aber er hatte auch für eine kurze Sekunde ihr Herz in ihren Augen gesehen, als Mylord sich abwandte, um mit einem ihrer Brüder zu sprechen. Daß sie einen anderen Mann so ansehen konnte, gab ihm das Gefühl, als wäre er erdolcht worden.

Und noch schwerer zu verstehen war es, weshalb Lord Westcott weder zu wissen noch darauf zu achten schien, daß ihm ihre ganze Liebe gehörte.

Verzweifelt war John Pearson weggefahren, aber als die Monate verstrichen, stellte er fest, daß auch dies keine Lösung gewesen war. Seine Liebe zu ihr verblaßte nicht. Egal, wohin er ging oder was er tat, Pamela war immer bei ihm.

In diesem Frühjahr hatte er der Versuchung nicht widerstehen können und war nach London zurückgekehrt. Er wußte, daß Miss Sheridan immer noch ledig war. Deshalb war es klar, daß der junge Mann, nach dem sie sich sehnte, von ihrer Bewunderung immer noch nichts bemerkt hatte. Oder vielleicht lag es daran, daß sich ihre Gefühle für ihn geändert hatten? Vielleicht habe ich immer noch eine Chance, hatte er sich gesagt, als er in die Stadt gefahren war und die Kilometer gezählt hatte, die sie ihm näherbrachten.

Jetzt wußte er, daß dies nicht der Fall war. Obwohl sie ihre Gefühle niemals in auffälliger Weise verraten hatte, konnte Miss Sheridan die Tatsache nicht verbergen, daß sie immer noch Luke Westcott liebte. Nicht vor einem Mann, der sie so aufmerksam studierte und der so genau jeden Ausdruck beobachtete, der sich auf ihrem geliebten Gesicht zeigte.

Er fragte sich, was mit dem Viscount los war, daß er selbst es nicht bemerkte. War er so gefühllos, so unaufmerksam? Der Graf hatte von einem Freund in seinem Club gehört, daß Lord Westcott schwer verschuldet war. Rodney Horton hatte ihm kopfschüttelnd erzählt: »Er lebt jetzt schon seit einigen Jahren auf großem Fuß. Ich stelle mir vor, der Tag der Abrechnung ist gekommen. Ich frage mich, warum er nicht heiratet und sein Vermögen einbringt«, hatte Horton geschlossen, ohne zu wissen, welche Furcht er im Herzen seines Freundes weckte.

Nun schien es so, daß es genau das war, was der sorglose junge Peer beabsichtigte. Der Graf kam zu dem Schluß, daß er herausfinden mußte, was vorging. Er hatte Luke Westcott oft in Gesellschaft der Damen Sheridan gesehen, aber er hatte auch gesehen, wie rasch Pamela ihm Lady Cynthia Warren vorgestellt hatte. Warum hatte sie das getan? fragte er sich. Es war ein Mysterium, aber er war sicher, daß er es mit der Zeit enthüllen konnte.

Und wer hatte vorgeschlagen, daß Westcott in diesem Frühjahr bei den Sheridans wohnen sollte? War es Lady Sheridan gewesen? Sie hatte ihm praktisch rundheraus gesagt, daß ihr der Viscount als Schwiegersohn willkommen wäre. Oder hatte Pamela ihre Mutter darum gebeten, den Mann, den sie liebte, einzuladen?

Der Graf runzelte die Stirn, als er sich dies überlegte. Wenn Lord Westcott ständig in ihrer Nähe war, würde es Pamela leichterfallen, ihn wissen zu lassen, daß sie nicht zögern würde, seinen Antrag anzunehmen. Hilfloser Zorn stieg in ihm auf. Dieser Mann war einer so vortrefflichen Frau wie Pamela Sheridan nicht würdig. Sicher, er sah gut aus, aber der Graf glaubte nicht, daß er sie glücklich machen würde. Denn auf seine Art war Westcott ebenso selbstsüchtig und egoistisch, wie Miss Hungerford es gewesen war. Warum liebte ihn Pamela immer noch, da seine Mängel doch so offenkundig waren?

Aber sie liebte ihn tatsächlich. Lord Brant wußte nicht, was er dagegen tun konnte. Auch wenn er sich vornahm, sie nicht kampflos aufzugeben, gleichgültig, was für Kriegslisten er anwenden mußte. Und diesmal würde er ihr seine Liebe deutlicher zeigen, sooft er die Möglichkeit dazu bekam. Mit kühler Zurückhaltung hatte er nichts gewonnen. Vielleicht würde nacktes Verlangen sie überzeugen. Er war froh, daß er während des Walzers die Gelegenheit gehabt hatte, ihr eine kleine Probe davon zu geben.

Er wurde in die Gegenwart zurückgerufen, als Lord Alvanley fragte, was mit ihm los sei, weil er Mr. Hortons zweimal gestellte Frage nicht gehört hatte. Aber er konnte sich Pamela Sheridan nur dadurch aus dem Kopf schlagen, daß er der Tanzfläche den Rücken zuwandte.

Lady Sheridan, die mit einigen Freundinnen zusammensaß, beobachtete Luke und ihre Tochter ebenso aufmerksam wie der Graf. Sie war froh, als sie sah, daß Luke sich so eifrig mit Pamela unterhielt. Aber seine Miene hatte ihr nicht gefallen, als Lady Cynthia seine Tanzpartnerin gewesen war. Wenn es irgendein anderer gewesen wäre als der gute Luke, so hätte sie gesagt, er sähe so verliebt aus, daß er wie ein Trottel erschien. Und obwohl sich Lady Cynthia niemals unschicklich benahm, war es Lady Sheridan so vorgekommen, als behandelte sie Luke wärmer als irgendeinen anderen ihrer Verehrer. Sie preßte die Lippen zusammen. Cynthia Warren sollte nicht das künftige Glück ihrer Tochter zerstören, nicht, wenn sie etwas dabei zu sagen hatte. Und egal, was Pamela dachte, sie würde einen Weg finden, um Luke von der wonnigen, kleinen Blondine zu trennen, und wenn es das letzte war, was sie jemals tat.

Sie blickte sich in dem überfüllten Ballsaal um und freute sich, als sie auf der anderen Seite Lord und Lady Warren allein beisammensitzen sah. Sie entschuldigte sich und ging zu ihnen hinüber und versuchte, sich den Anschein tiefer Besorgnis zu geben.

Das Ehepaar Warren war nicht so beliebt wie ihre Tochter. Erstens waren sie nicht annähernd so attraktiv. Manche Leute waren sogar der Ansicht, Lady Warren sei ihrem Gatten vor vielen Jahren untreu gewesen, denn wie konnte so ein Paar häßlicher Entchen solch einen prächtigen Schwan hervorbringen? Sie waren beide klein und untersetzt, mit einfachen, blassen Gesichtern und mausbraunem Haar, und sahen eher wie Bruder und Schwester aus als wie Gatte und Gattin. Lord Warren wußte wenig zu sagen, und Lady Warren noch weniger, sofern das Gespräch sich nicht um ihr einziges, schönes Kind drehte. Bei jeder Party, bei jeder Gesellschaft saßen sie zusammen an der Wand und wandten keinen Blick von dem engelhaften Wesen, das ihnen irgendwie geboren worden war. Wie ein paar Wachhunde behüteten sie eifersüchtig ihren kostbaren Schatz. Sie musterten aufmerksam jeden Mann, mit dem Cynthia tanzte oder sprach. Gelegentlich beugten sie sich zueinander hinüber und flüsterten miteinander. Die Gesellschaft überließ die beiden gern sich selbst, denn da sie an nichts anderes dachten als an ihre Tochter, waren sie außerordentlich langweilig. Es war ein Wunder, daß Lady Cynthia nicht eingebildet und arrogant geworden war, denn sie hatten ihr niemals einen Wunsch abgeschlagen und hoben sie fortwährend in den Himmel. Aber trotz ihrer Verehrung, oder vielleicht gerade deswegen, blieb sie ein sanftmütiges, nettes, bescheidenes Mädchen.

Lady Warren kannte sehr gut den Ehrgeiz ihrer Tochter, einen Herzog zu heiraten, und sie war völlig einverstanden damit. Nicht, als ob sie glaubte, daß überhaupt irgendein Mann ihrer würdig wäre. Aber da eine Ehe nun einmal unvermeidlich war, mußte Cynthias Gatte vom höchsten Rang sein. Lady Warrens stärkstes Gefühl war ein heftiges Bedauern darüber, daß George III. oder der Regent nicht einen Prinzen im passenden Alter besaß. Denn sie fand wie Pamela, daß königliches Geblüt noch angemessener wäre. In der vergangenen Saison hatte sie Cynthia von mehreren unwürdigen jungen Herren abgeraten, und sie freute sich, daß ihre Tochter keineswegs abgeneigt war, jede Verbindung abzubrechen, die ihre Eltern nicht billigten. Ihr war nicht bewußt, daß dies nicht auf töchterlichen Gehorsam zurückzuführen war, sondern auf Cynthias Gleichgültigkeit gegenüber ihren Verehrern.

Nun lächelten die Warrens dünn, als Lady Sheridan sie begrüßte und neben ihnen Platz nahm. Doch es dauerte nicht lange, bis ihre geflüsterten, vertraulichen Mitteilungen Lord Warren die Stirn runzeln und rot anlaufen ließen und Lady Warren ihr Taschentuch umklammerte und mit gequälter Miene auf dem Stuhl nach vorn rutschte, während sie versuchte, den Blick ihrer Tochter auf sich zu lenken. Lady Sheridans Miene war heiter und beschwingt, als sie endlich wegging. Aber sie ließ zwei gleichermaßen entsetzte Eltern zurück. Wenn sie irgendwelches Bedauern über die Art und Weise empfand, wie sie Luke herabgesetzt hatte – sie hatte seine ungeheuren Schulden erwähnt, die es notwendig machten, daß er Geld heiratete, und dies so rasch wie möglich, seinen unsteten Charakter, seine Liebe für ständiges Vergnügen und seine unzähligen Liebschaften – so sagte sie sich, daß es einer guten Sache diente. Außerdem würde er es niemals erfahren.

Pamela schlief am nächsten Morgen lange, denn sie hatte eine Weile gebraucht, bis sie endlich eingeschlafen war. Zum ersten Mal hatte das Gesicht, das ihr beim Aufwachen in den Sinn kam, keine hellbraunen Augen und kein tiefes Grübchen. Statt dessen schienen sie

Lord Brants graue Augen und sein wissendes Lächeln zu verspotten, und sie runzelte die Stirn. Sie griff nach der Klingel, um ihr Mädchen zu rufen. Doch dann zögerte sie und sank in ihre Kissen zurück, um die Ereignisse des vergangenen Abends noch einmal zu durchdenken.

Der Graf war pünktlich erschienen, als der Tanz vor dem Essen angekündigt wurde, aber während des ganzen Tanzes hatte er mit keinem Wort oder einem Blick seine früheren geflüsterten Liebesbeteuerungen wiederholt. Pamela sagte sich, daß sie froh darüber war, aber jetzt fragte sie sich, ob sie nicht doch darauf gewartet hatte. Sie war enttäuscht gewesen, als er sie zu einem großen Tisch mit Bekannten führte, anstatt einen Tisch für zwei zu suchen, und sie schalt sich selbst wegen ihrer Gefühle. Die lebhafte Gruppe hatte sich über die jüngsten Schauspiele und die Oper unterhalten, über ein Konzert mittelalterlicher Musik und die letzten politischen Neuigkeiten und die neuesten *on dits*. Es war fesselnd, witzig und lebhaft zugegangen, aber trotzdem hatte sie ein leichtes Bedauern empfunden. Bei dem einzigen privaten Gedankenaustausch zwischen ihnen hatte Lord Brant erwähnt, daß er eben Jane Austens Buch zu Ende gelesen hatte und ihre Meinung darüber teilte. Seine grauen Augen strahlten, als er gestand, daß auch er das Bedürfnis gehabt hatte, die Heldin zu schütteln, weil sie so beschränkt und nicht die arme kleine Fanny war. Pamela mußte jetzt daran denken, wie sie gelacht hatte, wobei sie ein merkwürdiges Gefühl überkam, daß er das Buch nur deshalb gelesen hatte, um mit ihr darüber sprechen zu können.

Alle diese widersprüchlichen Gedanken ergaben keinen Sinn, sagte sie sich. Sie benahm sich einfach lächerlich. Und doch erinnerte sie sich, wie ihre Blicke sich für einen Augenblick völliger Ubereinstimmung getroffen hatten, als Lady Yates sich begeistert über den neuesten Liebesroman geäußert hatte, der von einem böhmischen Spukschloß und einem sehr, sehr bösen Prinzen handelte.

Jetzt seufzte Pamela. Der Graf war mehr als ein angenehmer Gesellschafter; er war witzig und intelligent. Ja, sie hatte vor ihm noch keinen Mann kennengelernt, der so viel über Kunst, Musik und Literatur wußte; in seiner Gesellschaft verging die Zeit in der Tat sehr rasch. Aber abgesehen von seinem brillanten Geist war er auf eine Art und Weise liebenswürdig, die man in der höheren Gesellschaft niemals vermutete. Diese ruhige Stimme mochte wohl spotten, aber sie verletzte nie absichtlich. Pamela wußte, er hätte Lady Yates' ganze Freude an dem Abend verderben können, indem er eine spitze Bemerkung über ihren literarischen Geschmack äußerte. Aber er hatte geschwiegen. Nur Pamela entnahm diesem einen, vielsagenden Blick, was er über den Roman dachte, und sie teilte vollständig seine Meinung.

Als sie endlich nach ihrem Mädchen läutete, fragte sie sich, ob sie und Luke jemals so miteinander übereinstimmen würden, und sie runzelte ein wenig die Stirn. Wie betäubt erkannte sie, daß sie in vieler Hinsicht wünschte, Luke würde dem Grafen ähneln. Aber dann tadelte sie sich wegen ihres Wankelmuts. Wenn Luke sich in sie verliebte, dann war sie sicher, daß er ebenso aufmerksam und liebenswürdig zu ihr wäre wie Lord Brant. Und vielleicht würde er, wenn noch ein paar Jahre vergingen, ruhiger und ebenso geistreich und gebildet sein wie dieser.

Sie glaubte, den Grafen ungläubig über einen solchen Optimismus lachen zu hören. Da warf sie die Bettdecke zurück und war entschlossen, sich solche verräterische Gedanken aus dem Kopf zu schlagen.

Als sie zum Fenster ging um zu sehen, was für ein Tag es zu werden versprach, sagte sie sich, daß es ihr nichts ausmachen würde, selbst wenn Luke sich niemals änderte, weil sie ihn genau so liebte, wie er war.

6.

Pamela und Lady Frances gingen an jenem Nachmittag zur Royal Academy, um sich die neueste Ausstellung anzusehen. Pamela wußte nicht, ob sie froh darüber war oder ob es ihr leid tat, daß sie keine Gelegenheit hatte, über den Ball zu sprechen. Denn die Gemälde waren ausgezeichnet, und die beiden Frauen waren bald so aufmerksam in ihre Betrachtung vertieft, daß Pamela völlig von ihren Problemen mit Luke und dem Grafen abgelenkt war.

Als sie sich später verabschiedeten, sagte Pauline, sie freue sich darauf, Pamela auf dem Tanzabend bei den Powells wiederzusehen. Pamela, die sich ein wenig verspätet hatte, lief ins Sheridan House, um sich für ihren Ausritt im Park mit ihren Brüdern und Luke umzuziehen. Ihr neues Reitkostüm war bernsteinfarben und erst am Tag zuvor geliefert worden. Sie freute sich darauf, es zu tragen. Es war das aufsehenerregendste Reitkostüm, das sie je gesehen hatte, enganliegend und mit Litzen *à la hussar*. Dazu trug sie einen großen, eleganten Hut, den sie schräg aufsetzte. Als sie angekleidet war, hielt sie einen Moment inne, ehe sie nach ihren Handschuhen und ihrer Reitgerte griff. Sie sah mit Wohlgefallen, wie das Reitkostüm ihre Figur betonte, ihre schmale Taille und ihren hohen Busen. Pamela war sicher, daß es Luke gefallen mußte. Es war unmöglich, daß er das Kostüm nicht bewundern würde, denn es hatte etwas an sich, das noch verführerischer war als ein tief ausgeschnittenes Ballkleid.

Aber als sie zu ihren Brüdern hinunterging, war Luke nicht da. Er hatte ihr auch keine Nachricht hinterlassen, wohin er gegangen war. Beiläufig berichtete ihr Mark, daß Luke schon etwas früher aufgebrochen sei.

»Du kannst sicher sein, daß ich ihm deswegen die Leviten gelesen habe«, sagte Mark über die Schulter, als er zum Hyde Park vorausritt.

Pamela hielt den Kopf hoch und versuchte, den Kloß in ihrem Hals zu ignorieren. »Nur weil Luke bei uns wohnt, heißt das noch nicht, daß er an allen unseren Unternehmungen teilnehmen muß, Mark«, erklärte sie und war stolz darauf, daß ihrer Stimme nicht eine Spur von Enttäuschung anzuhören war.

Matthew, der auf seinem Rotschimmel-Wallach neben ihr herritt, stimmte ihr zu. »Trotzdem wäre es netter von ihm gewesen, wenn er es Pam selbst gesagt hätte.«

»Das sehe ich nicht ein«, widersprach Mark. »Er hat es mir gesagt, und ich habe es ihr ausgerichtet. Weshalb also das Theater?«

Pamela wechselte das Thema. Sie war unwillkürlich traurig über Lukes Mißachtung und verletzt wegen seiner Manieren. Sie war zwar nur die ›gute alte Pam‹, aber sollte man nicht denken, daß er zu einem Mädchen freundlicher wäre, das er als seine Schwester betrachtete? Später wurde ihre Stimmung noch gedrückter, als sie ihn in der Kutsche der Warrens sah. Zwar war Lady Cynthias Mutter dabei und wirkte merkwürdig unfreundlich, wie Pamela fand, und dazu zwei andere Herren. Aber daß Luke von den Warrens überhaupt mitgenommen wurde, war ein so deutliches Zeichen der Gunst, daß Pamela alarmiert war. Konnte es sein, daß Cynthia vielleicht ihre Träume aufgegeben hatte, Herzogin zu werden? Hatte Luke sie in einem solchen Maß für sich eingenommen? Pamela beschloß, so bald wie möglich mit Pauline darüber zu sprechen und die junge Dame aufmerksam zu beobachten, wenn sie das nächste Mal in Lukes Gesellschaft war. Sie fragte sich, ob Lady Cynthia zu Powells eingeladen worden war. Doch dann schalt sie sich selbst deswegen. Lizbeth Powell war nicht blind oder dumm. Das war wenigstens ein Abend, an dem sie sich wegen der reizenden Silberblonden einmal keine Sorgen zu machen brauchte.

Als sie im Park ankam, sah Matthew die Countess of Lowden und ihre Tochter mit ihrem Mädchen spazierengehen. Er entschuldigte sich, ritt zu ihnen hinüber und begrüßte sie. Pamela lächelte, denn Matthew schien von Lady Virginia sehr eingenommen zu sein.

Sie war überrascht, als Mark neben ihr fauchte: »Wenn ich geahnt hätte, daß diese Saison so flau wird, wäre ich in der Priory geblieben! Daß Luke befohlen wurde zu heiraten, war schon schlimm genug. Aber wozu muß er sich auch noch verlieben. Bah! Und wenn ich die Sache nicht mißverstehe, ist Matt im Begriff, in seine Fußstapfen zu treten. Sind die beiden verrückt geworden? Ich kann Luke nicht mehr überreden, zu einem Jagdausflug oder einem Hahnenkampf mitzukommen. Und er war bis jetzt noch nicht ein einziges Mal bei Jonathan's.«

»Das ist ja schrecklich, mein Lieber«, stimmte Pamela ernst zu. »Und wenn man an all die männlichen Aktivitäten denkt, die er versäumt! Ich mag es mir gar nicht vorstellen!«

»Aber was noch schlimmer ist«, fuhr Mark fort und ignorierte ihren Spott. »Luke will nicht mehr zu Jackson's gehen und nicht einmal mehr mit seinen alten Freunden Karten spielen. Ich glaube nicht, daß er auch nur auf ein einziges Pferd gesetzt hat, seit er in der Stadt ist. Man wird bald darüber reden. Das kann ich dir versichern!«

»Das ist bei Luke kaum zu glauben, nicht wahr?« stimmte Pamela wieder zu. »Aber man muß hoffen, daß dies nicht von Dauer ist. Es kommt so oft vor, daß Männer, wenn sie glauben, sie seien heftig verliebt, eines Tages aufwachen und feststellen, daß es ein Trugbild war. Dies könnte bei Luke sehr gut der Fall sein.«

Mark schien durch diese Analyse des Problems getröstet. Sogar Pamela konnte sich einreden, daß schon seltsamere Dinge geschehen waren, und alles würde vielleicht ein gutes Ende finden.

Nach nur zwei Runden um die Rotten Row schlug Mark vor, wieder nach Hause zu reiten. Es war so warm und schwül wie im Hochsommer, und Pamela konnte es Mark gut nachfühlen, als er seinen Hut abnahm und sich den Schweiß von der Stirn wischte.

»Verteufelt heiß für Mai, Pam«, beklagte er sich. »Vielleicht fahre ich zur Priory zurück. Was gäbe ich jetzt darum, wenn ich im See schwimmen könnte.«

Pamela nickte und wünschte, sie hätte ein leichteres Reitkostüm angezogen. Doch da fuhr der Earl of Brant in Mr. Hortons Phaeton vorbei, und sie war froh, daß sie dies nicht getan hatte, so lästig es auch war. Er lächelte sie an und nickte beifällig, als er seinen Hut zog.

Er hatte ihr an diesem Morgen ein Bukett mit goldgelben, fast orangeroten Rosen geschickt. Sie dachte daran, wie enttäuscht sie gewesen war, weil nichts auf der Karte gestanden hatte, die den Strauß begleitete, außer der kleinen Zeichnung einer Birne. Als sie die leuchtende Farbe der Blumen bewunderte, war sie sicher, daß er sie an die Worte erinnern wollte, die er ihr während des Walzers zugeflüstert hatte. Als sie jetzt an das Bukett dachte, hob sich ihre Stimmung, die durch die Gedanken an Luke niedergedrückt worden war.

Sie war froh, daß sie sich ausruhen und einen ruhigen Abend zu Hause mit ihrer Mutter verbringen konnte, obwohl Luke und ihre Brüder sofort nach dem Abendessen ausgegangen waren. Sie hatte bemerkt, daß Luke bei Tisch nachdenklich gewesen war, und sie hatte sich gefragt, weshalb. Eigentlich hätte die Auszeichnung, als einer der wenigen Herren in der Warren-Kutsche ausfahren zu dürfen, ihn fast von Sinnen vor Glück machen müssen. Und doch war er geistesabwesend und für seine Verhältnisse unnatürlich ruhig gewesen. Sie dachte darüber nach, bis das Teetablett hereingetragen wurde, und hörte nicht einmal die Hälfte der atemlosen Rede ihrer Mutter.

Am Tag vor dem Tanzabend bei Powells war sie überrascht, als sie feststellte, daß sowohl Mark als auch Matthew beschlossen hatten mitzukommen, und sie hob verwundert die Augenbrauen, als Luke in der Kutsche Platz nahm. Lady Sheridan lächelte, weil sie alle ihre Lieben um sich versammelt hatte. Sie sorgte sich nicht im geringsten darum, daß durch das Erscheinen von drei stattlich gewachsenen Herren in ihrer Kutsche ihre Seidenröcke zerknittert wurden.

»Wie schön, liebster Mark, ich freue mich so, daß du mitkommst«, schwärmte sie.

»Es ist todlangweilig, ohne Matthew und Luke auszugehen, beschwerte sich ihr jüngster Sohn. »Da kann ich genausogut mit euch anderen den Galan spielen.«

Lady Sheridan lachte. »Lillian Powell wird im siebten Himmel sein, das schwöre ich, wenn so viele stattliche, begehrenswerte Männer ihre Gesellschaft zieren. Ich bitte euch alle, zerstört nicht ihre Illusionen und fordert Lizbeth zu einem Tanz auf.«

Mark schnaubte abfällig, als Pam sagte: »Du brauchst ihr keine blumigen Komplimente zu machen oder mit ihr zu flirten, Mark. Du kannst ruhig mit ihr über Pferde sprechen, stimmt's, Luke?«

Matthew lachte, aber Luke, der zum Kutschenfenster hinausstarrte, schien sie nicht gehört zu haben. Pamela, die ihm gegenübersaß, so daß ihre Knie einander berührten, wünschte, sie könne ihn fragen, warum er während der letzten paar Tage so geistesabwesend gewesen war. Er war am Tag nach ihrem Ausritt mit ihren Brüdern im Park in den Frühstückssalon gekommen und hatte sie für seine Verhältnisse recht bescheiden um Verzeihung gebeten.

Pamela hatte sich in seine Arme geworfen und ihn an sich gedrückt. »Es ist schon gut, Luke. Ich verstehe es«, hatte sie gemurmelt und dabei ihr Gesicht an seine grobe Tweedjacke gepreßt und die Augen geschlossen, damit sie seinen harten, muskulösen Körper spürte und den berauschenden Duft seiner Haut noch mehr genießen konnte.

Luke hatte sie weggeschoben und sie angesehen. »Nein, Matt hat recht, es war ungehörig von mir, aber du weißt, Pam, ich würde dich niemals absichtlich verletzen. Es liegt nur einfach daran, daß ich seit ein paar Tagen völlig aus dem Gleichgewicht bin.«

Dann hatte er geseufzt und war sich mit einer Hand durch die braunen Locken gefahren, ehe er geistesabwesend im Zimmer auf und ab ging.

Pamela hatte darauf gewartet, daß er sich ausführlich äußern würde. Aber schon nach ein paar Schritten im Zimmer hatte er sie verlassen, ohne ein weiteres Wort zu sagen. Fast so, als hätte er vergessen, daß sie anwesend war.

Es mußte an Cynthia liegen, dachte Pamela jetzt, als sie seine nachdenklichen Augen und seine herabgezogenen Mundwinkel sah. Sie wunderte sich selbst, als ihr bewußt wurde, wie leid es ihr tat, daß er unglücklich war. Aber sie sagte sich, daß es um so besser für ihn war, je eher er seine Verliebtheit überwand.

Pamela und ihre Mutter tauschten amüsierte Blicke aus, als sie bei Powells den Salon betraten. Dort war eine so kleine Gesellschaft versammelt, daß es ganz offensichtlich war, zu welchem Zweck der Tanz stattfand. Zwar war der Earl of Brant anwesend und das Ehepaar Frances und einige Damen und Herren aus der höheren Gesellschaft, aber es waren nur wenige junge Debütantinnen da. Und diese waren einfache Mädchen, die keinen Anspruch auf Schönheit erheben konnten. Die einzige, die Pamela bewunderte, war Lady Virginia Lowden. Pamela bemerkte, daß Matthew sofort zu ihr ging und daß das Mädchen errötete, als sie ihn begrüßte. Mark blickte sich mit einer belustigten Miene um, als er Lady Powell mit einer ihrer jüngeren Schwestern im Schlepptau auf sich zukommen sah, und er beeilte sich, zu seinem Bruder zu treten.

Der Abend war schwül, denn die Hitze, die sich während der letzten Woche über London gelegt hatte, hielt die Stadt immer noch fest im Griff. Pamela war begeistert, als sie sah, daß Lady Powell Lampen im Garten hatte aufstellen lassen, der neben dem Haus lag, und daß mehrere Stühle und Tische auf der Terrasse standen.

Als wäre die Ankunft der Sheridan-Sippe das Signal gewesen, die Festlichkeiten zu eröffnen, begann das Orchester zu spielen. Und wie auf dem Ball bei den Lowdens mußte Luke feststellen, daß er eine strahlende Lizbeth auf die Tanzfläche führte. An diesem Abend trug Lizbeth ein sehr kunstvolles Kleid aus rosarotem Satin, reich verziert mit Bändern und Krausen, vielleicht in der Hoffnung, die fragwürdige Aufmerksamkeit von Lord Westcott zu erregen. Sie sah in dem Kleid noch fülliger aus, als sie es war, doch ihre lächelnden Augen und glühenden Wangen verliehen ihr einen Hauch von Schönheit. Pamela beobachtete, wie Matthew sich vor Lady Virginia verbeugte, während Mark auf sie selbst zugeeilt kam. Er verneigte sich flüchtig und drängte sie fast zur Tanzfläche.

»Mein Gott, beeile dich, Pam! Der alte Drachen bringt jeden Augenblick ein anderes schreckliches Mädchen angeschleppt, mit dem ich tanzen soll!«

Pamela lachte und nahm seinen Arm, ein wenig enttäuscht darüber, daß der Graf sie nicht zuerst erreicht hatte, denn sie hatte gesehen, daß auch er in ihre Richtung sah. Jetzt, als er neben dem Ehepaar Frances Platz nahm, fragte sie sich, weshalb sie so froh darüber war, daß er keine andere Dame zum Tanz aufforderte.

Es wäre zuviel erwartet gewesen, daß Mark Sheridan Lady Powell vollständig hätte entrinnen können, und bis zur ersten Pause hatte er mit mehreren jungen Damen getanzt, die sie ihm zugeführt hatte. Sie war hartnäckig neben ihm stehengeblieben, bis er genötigt war, sie zum Tanz aufzufordern. Sein schönes Gesicht war voll verdrießlicher Falten, was noch stärker auffiel, wenn man ihn mit seinem verzückt lächelnden Bruder verglich. Luke schien sich wie in einem schlafwandlerischen Zustand zu befinden, selbst wenn er mit Pamela tanzte. Sie wollte, sie hätte ihn durchschütteln können.

Als der Abend voranschritt, war sie froh, daß sie sich zu ihrer Freundin Pauline und deren Gatten setzen und lebhaft mit dem Fächer wedeln konnte. Im Saal war es jetzt stickig, nicht nur durch die vielen Kerzen, die in den Wandleuchtern brannten, sondern auch wegen der tanzenden Menschen. Der Earl of Brant trat zu ihnen und verbeugte sich.

»Darf ich vorschlagen, daß wir uns auf die Terrasse zurückziehen, meine Freunde?« fragte er und hielt Pamela seine Hand hin. »Draußen ist es kühler, und ich bin sicher, Sie werden sich dort wohler fühlen. Ich habe Champagner für uns alle bestellt. Lady Frances – Freddie, alter Junge, begleitet ihr uns, damit Miss Sheridan das Erröten erspart bleibt?«

Pauline stand auf, und in ihren blauen Augen leuchtete der Schalk. »Komm mit, mein Lieber«, befahl sie. »Wir müssen wieder einmal die Rolle von Anstandspersonen spielen.«

Als der Graf unter einem kleinen vergoldeten Tisch für Pamela einen Stuhl hervorzog, bemerkte er: »Es ist hier draußen natürlich nicht wirklich kühler, Miss Sheridan. Ich fürchte, das ist eine Illusion. Es ist nur dunkler.«

Pauline ließ sich auf einen Stuhl nieder und fächelte sich Luft zu. »Ich habe nicht gewußt, daß es in London so früh im Jahr so heiß sein kann«, klagte sie. »Ich frage mich, was um alles in der Welt wir hier tun, wenn es so viel vernünftiger wäre, sich aufs Land zurückzuziehen.«

»Reisen wir morgen ab! Du brauchst nur ein einziges Wort zu sagen!« erwiderte Sir Frederick sehnsüchtig.

»Das ist doch sicher nicht dein Ernst, Freddie?« fragte der Graf und hob in vorgetäuschtem Entsetzen die Augenbrauen. »Die Stadt verlassen? Während der Saison?«

Sir Frederick grinste. »Warum nicht? Ich habe genügend Saisons mitgemacht, daß es mir ein Leben lang reicht. Wenn Pauline nicht darauf bestanden hätte, dann hätte ich mir nicht noch eine weitere aufgehalst.«

Sein rundes, gerötetes Gesicht strahlte, als seine Frau ihm mit dem Fächer auf den Handrücken klopfte. »Wie außerordentlich großmütig von dir, mein Lieber. Und doch glaube ich, du würdest es ebenso vermissen wie ich, wenn du nicht deine Freunde, die neuesten Theaterstücke und Ausstellungen sehen könntest. Siehst du, Pamela?« fragte sie und wandte sich an ihre Freundin. »Siehst du, wie Ehefrauen herabgesetzt werden? Es ist allein meine Schuld, daß wir uns so unwohl hier fühlen. Mir schaudert, wenn ich an die Strafe denke, die ich wegen meiner Unbesonnenheit werde erleiden müssen.«

Pamela und der Graf lachten, denn sie wußten sehr gut, daß Sir Frederick seine Frau liebte und ihr gern in allem ihren Willen ließ.

Der Graf nahm Pamelas Fächer und wedelte ihn sanft vor ihrem Gesicht hin und her. »Und Sie, Miss Sheridan? Fühlen Sie sich auch unwohl in der Stadt? Sie haben niemals diesen Eindruck gemacht. Sie wirken immer so beherrscht und kühl.«

Pamela lächelte ihn an. »Sehr hübsch, Mylord, und sehr unrichtig. Ich stimme Pauline zu. London ist in diesem Frühjahr wie ein heißer Backofen.«

»Dann bringe ich Sie weg«, sagte der Graf ruhig. Sie sah ihn rasch und ein wenig erschrocken an, und er fügte hinzu: »Wir werden alle zusammen nach Kent fahren. Wie Sie wissen, liegt Brant Hall nahe am Ärmelkanal, und die Seebrise wäre jetzt erfrischend. Ich werde eine Landpartie arrangieren, wenn ich sicher sein kann, daß Sie mitmachen.«

Sir und Lady Frances stimmten rasch und mit allen Anzeichen der Freude zu, aber Pamela war zurückhaltend, und ihre braunen Augen wirkten ein wenig beunruhigt. Obwohl sie John Pearsons Heim gern gesehen hätte, war die Einladung eine so große Ehre, daß sie fürchtete, er könnte falsche Schlüsse ziehen, wenn sie annahm. Außerdem wollte sie Luke – und Lady Cynthia – ungern allein in London lassen. Sie fragte sich gerade, wie sie die Einladung ablehnen könnte, als der Graf ihre Hand nahm und sagte: »Keine Sorge, Miss Sheridan, ich werde Ihre Mutter bitten mitzukommen, und Ihre Brüder ebenfalls. Nun lassen Sie mich sehen … Wen sonst könnten wir noch dazu einladen?«

Seine grauen Augen leuchteten spöttisch, und Pamela biß sich auf die Unterlippe. Sie wollte Lord Westcott nicht vorschlagen, aber das wäre eine perfekte Lösung gewesen! Es würde ihn von der Göttlichen Cynthia trennen, und sicherlich würde sie auf dem Land in der entspannteren Atmosphäre einer kleinen Gruppen endlich seine Liebe gewinnen.

»Darf ich Lady Virginia vorschlagen, wenn Sie vorhaben, Matthew Sheridan einzuladen?« sagte Pauline und unterbrach diese schönen Träume. »Die beiden scheinen auf Wolken zu schweben, finden Sie nicht?«

»Und natürlich müssen wir Luke Westcott einladen«, sagte der Graf und erlöste freundlicherweise Pamela von ihrer Spannung. »Er ist ja ein so guter alter Freund aller Sheridans!«

»Das gibt eine ungerade Zahl, John«, sagte Sir Frederick. »Es sind zu viele Männer.«

»Es kann nie zu viele Männer geben, mein Lieber«, erwiderte seine Frau bestimmt, und der Graf lachte.

»Vielleicht sollte ich auch Lady Cynthia Warren einladen«, schlug er vor. Pamelas Herz stockte, aber sie konnte nichts gegen diesen Vorschlag einwenden.

»Ich glaube, dann wäre unsere Gesellschaft vollständig«, sagte der Graf. »Wir werden eine kleine, exklusive Runde sein. Außerdem möchte ich, daß Sie alle es bequem haben und sich bewegen können, wenn wir mit meiner Jacht ausfahren. Wir werden an der Küste picknicken, angeln und spazierengehen. Vielleicht könnten wir sogar einen Tanz im Freien veranstalten? Ich werde sehr glücklich sein, wenn ich Ihnen Brant Hall, seine Gärten und das ganze Besitztum zeigen kann.«

Pamela strich ihre Röcke glatt, und irgendwie spürte sie, daß er sie direkt ansah. Sie wagte nicht aufzublicken aus Furcht, er könne in ihren Augen die Enttäuschung darüber ablesen, daß die Göttliche Cynthia dabei sein sollte.

Ehe der Tanz vorüber war, hatte der Graf schon mit seinen Vorbereitungen begonnen. Er hatte Lady Sheridan beiseite genommen, und er hatte auch Pamelas Brüder und Lord Westcott gefragt. Das einzige glückliche Lächeln des Abends erhellte Lukes Miene, als er erfuhr, daß auch Lady Cynthia eingeladen werden sollte. Das war auch das einzige, worüber er während der Rückfahrt zur Charles Street sprach. Auch Matthew lächelte zufrieden, denn Lady Virginia hatte gesagt, sie würde mit Freuden kommen, falls ihre Mama es erlaubte. Nur Mark schien unzufrieden zu sein. Aber schließlich hatte er einen miserablen Abend verbracht, an dem er von einer Schreckschraube zur anderen geführt worden war, und seine wutschnaubende Beschreibung der Tanzpartnerinnen und ihrer Konversation und seine inbrünstige Weigerung, jemals wieder an einem solchen Tanzabend teilzunehmen, amüsierten seine Mutter und seine Schwester sehr.

Als die Kutschen drei Tage später die Stadt verließen, war Lady Cynthia allerdings nicht unter den Gästen, und dies war Lady Sheridan zuzuschreiben. Sie hatte keine Zeit verloren und am Morgen nach dem Tanz so früh wie möglich die Mutter der jungen Dame besucht, um sie von der bevorstehenden Einladung des Grafen zu unterrichten und von den Gefahren zu sprechen, die sich daraus ergeben könnten.

»Ich bin sicher, Sie glauben mir, daß ich nur das Beste will, Lady Warren«, sagte sie zu der entsetzten Dame mit einem Seufzer. »Aber ob meine schwachen Bemühungen Erfolg haben, kann ich nicht sagen. Es ist so schwierig, die jungen Leute in der freieren Atmosphäre einer Landpartie zu beaufsichtigen. Und junge Männer sind so … so leidenschaftlich und impulsiv.«

Lady Warren stöhnte, und ihre Besucherin fuhr fort: »Und dann muß ich auch auf meine eigene Tochter achtgeben. Sie geht mir natürlich vor.«

Wenn Lady Warren nicht so sehr um Cynthias Ruf besorgt gewesen wäre, hätte sie sich wegen der unheilverkündenden Äußerungen Lady Sheridans gefragt, ob Pamela Sheridan vielleicht mannstoll war. Obwohl sie ganz gewiß niemals angenommen hatte, daß ein Mädchen, das den Spitznamen ›die Unerreichbare‹ trug, an einem so unerwünschten Charakterzug leiden könnte.

Jetzt preßte sie jedoch nur ihr Taschentuch vor den Mund und rief: »Oh, das ist ja furchtbar! Aber wenn Cynthia gern mitfahren würde, wüßte ich wirklich nicht, wie ich sie daran hindern könnte.«

Lady Sheridan dachte angestrengt nach. »Aber sie braucht doch gar nicht zu erfahren, daß sie eingeladen wurde. Ich bin überzeugt davon, Sie können die Einladung des Grafen abfangen – Sie kennen doch natürlich sein Wappen? Die Einladung wird wahrscheinlich heute vormittag eintreffen. Und dann können Sie für Ihre Tochter antworten und ablehnen, und niemand wird sich etwas dabei denken. Das versichere ich Ihnen.«

Lady Warren war erleichtert, obwohl sie immer noch unsicher war. Lady Sheridan fügte beruhigend hinzu: »In solchen Angelegenheiten ist eine kleine Ausflucht oft notwendig. Es wird unser Geheimnis bleiben, liebe Ma'am. Und es ist soviel besser, als das Risiko einzugehen, daß ich Ihnen Lady Cynthia vielleicht in irgendeiner Weise, äh – nicht mehr unbescholten zurückgeben kann.«

Lady Warren erschauerte vor Entsetzen und griff nach ihrem Riechsalz. Ungerührt fuhr Lady Sheridan fort: »Wir brechen übermorgen auf. Darf ich außerdem vorschlagen, daß Sie Ihre Tochter bis dahin von jeglichem Kontakt mit dem Viscount zurückhalten? Es wäre verhängnisvoll, wenn Luke die Einladung vor ihr erwähnen würde.«

Lady Warren sah noch eine Spur bekümmerter aus, wenn das überhaupt möglich war. »Aber wie soll ich das anstellen?« fragte sie.

»Vielleicht könnten Sie krank werden? Dann müßte Ihre Tochter zu Hause bleiben und Sie pflegen«, sagte ihre Besucherin lebhaft und fragte sich dabei, wie eine Frau mit so wenig Phantasie überhaupt in der Welt zurechtkam.

»Aber ich bin niemals krank«, erklärte Lady Warren.

Lady Sheridan seufzte ungeduldig. »Um so mehr Grund wird Lady Cynthia haben, sich um Sie zu kümmern, wenn etwas so Ungewöhnliches geschieht. Ich bin sicher, Sie werden es großartig meistern.«

Als Lady Sheridan sich verabschiedete und hinausging, gratulierte sie sich im stillen zu ihrer Klugheit.

Der Graf war ein wenig überrascht, wie steif Lady Warren seine Einladung an ihre Tochter ablehnte, aber er kannte die Familie nicht gut und nahm es deshalb kommentarlos hin. Er brauchte sich nicht lange zu überlegen, wen er an Cynthias Stelle einladen sollte, denn als er an diesem Nachmittag zu Lady Powell fuhr, um ihr für den Tanzabend zu danken, mußte er ihre Einladung zu einem gemeinsamen Ausritt ablehnen, indem er enthüllte, daß er mit Freunden aufs Land fuhr. Irgendwie hatte Lady Powell zu seinem großen Amüsement herausgefunden, daß Lord Westcott zu der Landpartie gehörte. Als sie sich voneinander verabschiedeten, hatte sie den Grafen dazu gebracht, ihre Tochter Lizbeth miteinzuladen.

Bis zum letzten Augenblick dachte Luke, Lady Cynthia würde ihnen Gesellschaft leisten, und als er statt ihrer Lizbeth Powell sah, drückte seine Miene bittere Enttäuschung aus. Einen Moment lang dachte Pamela, er würde sich weigern mitzukommen. Aber nicht einmal Luke konnte gegenüber dem Earl of Brant und seinen Gästen so unhöflich sein. Er schwang sich in den Sattel, denn er und Mark ritten neben der Kutsche her, und würdigte Lizbeth auf ihrem schwarzen Hengst keines Blickes, so, als wäre sie gar nicht anwesend. Pamela war es sehr viel leichter ums Herz. Sie lehnte sich in die Polster zurück und bereitete sich darauf vor, Lady Virginia näher kennenzulernen, denn diese fuhr in ihrer Kutsche mit, und Pamela fragte sich, weshalb ihre Mutter so selbstgefällig wirkte.

Als sie sich von der Stadt entfernten, wurde die Luft frischer. Und als die Kutschen einen Tag später die Einfahrt zur Brant Hall nahe der Stadt Sandwich hinauffuhren, fühlten sich alle wesentlich wohler. Pamela ließ sich vom Grafen aus der Kutsche helfen, und sie sog tief die klare, nach Tang riechende Luft ein, während sie sich interessiert umblickte.

Brant Hall war ein ansehnlicher, regelmäßig angelegter Gebäudekomplex aus rosarotem Backstein. Das Haus war offensichtlich im Laufe der Zeit von den Vorfahren des Grafen erweitert worden, einer hatte hier einen Flügel angebaut, ein anderer dort eine Reihe von Terrassen, und ein weiterer einen gotischen Wachturm an der Ecke des Nordflügels. Trotz der unterschiedlichen Architekturstile paßte alles sehr gut zusammen, und obwohl das Haus ziemlich groß war, wirkte es heimelig und einladend. Pamela konnte die ausgedehnten Gärten sehen, die kurz vor der Blüte standen, und dahinter Wiesen mit Obstbäumen in voller rosaroter und weißer Blüte. Ihr süßer Duft lag in der Luft. Da war der Fluß, von dem der Graf ihr erzählt hatte, und weiter in der Ferne sah man den Ärmelkanal schimmern – eine große, blaugrüne Fläche, gesprenkelt mit Schaumkronen und ein paar wenigen weißen Segeln, die an den Horizont gemalt zu sein schienen.

»Wie wunderschön, Mylord!« rief sie. »Ich frage mich nur, wie Sie es fertigbringen, etwas so Vollkommenes gegen den Schmutz und das Getriebe der Großstadt einzutauschen.«

Der Graf antwortete nicht sofort, und sie drehte sich um und blickte ihn an. Sie ertappte ihn mit einem glücklichen, warmen Ausdruck in seinem Gesicht und fand, daß ihn dies um Jahre jünger aussehen ließ.

»Es hat erst jetzt seine Vollkommenheit erreicht, Miss Sheridan«, sagte er.

Der Graf schien sich zur Ordnung zu rufen, und Pamela war froh, als er sich abwandte, um seinem Butler und den Dienern einige Anweisungen zu geben. Lady Sheridan drückte ihren Arm.

»Liebste Pamela, ist es nicht herrlich hier? Ich bin so froh, daß wir herkamen.« Dann fügte sie flüsternd hinzu: »Mache dir nichts aus Lukes finsterer Miene, meine Liebe. Er wird die Göttliche Cynthia bald vergessen haben, jetzt, da wir auf dem Land sind. Warte nur ab.«

Sie lachte und raffte ihre Röcke, als sie die Halle betrat, und bedeutete Pamela und Virginia, ihr zu folgen.

Nach einer erfrischenden Tasse Tee zerstreuten sich die Gäste, um auszuruhen und sich für das Abendessen umzuziehen. Pamelas Zimmer lagen zum Ärmelkanal hin, und sie öffnete die hohen französischen Fenster weit, um die Nachmittagsbrise hereinzulassen. Sie zog ihr Reisekleid aus und einen seidenen Morgenrock an, ehe sie auf den kleinen Balkon hinaustrat und sich auf einer Chaiselongue ausstreckte, die dort aufgestellt war. Nach ein paar Augenblicken hatte sie die warme, salzige Luft, das Summen der Bienen und das Vogelgezwitscher in einen erholsamen Schlaf gebracht.

Luke legte sein finsteres Aussehen an den folgenden Tagen nicht ab. Obwohl er nicht unfreundlich war, wenn er angesprochen wurde, ritt er oft allein aus und lehnte es ab, sich der übrigen Gesellschaft anzuschließen. Pamela beobachtete ihn mit einem leichten Stirnrunzeln, denn sein Verhalten grenzte gefährlich an Unhöflichkeit. Sie bemerkte, daß er auch zu viel trank, und ihr wurde es schwer ums Herz. Nur Mark schien ihm näherkommen zu können, und sie war froh, daß ihr jüngerer Bruder dabei war, obwohl sie fürchtete, daß er selbst nicht erwachsen genug war, um Luke zu einem schicklichen Betragen anzuhalten. Lizbeth Powell gelang es, die meiste Zeit an Lukes Seite zu sein, wenn sie in Gesellschaft waren, obwohl man nicht sagen konnte, daß er sie in irgendeiner Weise dazu ermutigte.

Nachdem Lady Sheridan ihr Ziel erreicht hatte, entspannte sie sich und schickte sich an, den Aufenthalt auf dem Land zu genießen. Der Graf schien erfreut. Doch ob das auf den Erfolg seiner Party zurückzuführen war oder darauf, daß Pamela in seinem Heim weilte und Luke Westcott sich schlecht benahm, war schwer zu sagen.

Drei Tage nach ihrer Ankunft vereinbarten Pamela und Pauline, sich die Zeit am Nachmittag damit zu vertreiben, indem sie die Nordfassade des Hauses zeichneten, und zwei Diener brachten ihnen Wolldecken und Gartenstühle. Eine Weile arbeiteten sie schweigend, aber Pamela konnte einen Seufzer nicht unterdrücken, als sie Luke wieder allein davongaloppieren sah. Ihre Freundin legte die Holzkohle hin, und ihr gutmütiges Gesicht war diesmal ernst.

»Er benimmt sich sehr schlecht, nicht wahr?« fragte sie scharf. »Wenn es für dich nicht so schmerzlich wäre, würde ich fast über ihn lachen, Pamela. Der einsame Liebhaber mit dem finsteren Blick und dem ständigen Verlangen nach Einsamkeit – was für eine Farce! Wer hätte je gedacht, daß aus Lord Westcott ein in sich gekehrter Byron-Held werden würde?«

Pamela wandte sich um und sah sie an. »Kann es sein, daß er sich ernsthaft in Lady Cynthia verliebt hat, Pauline?« fragte sie verblüfft. »Ich war sicher, das würde vorübergehen, aber jetzt ...« Ihre Stimme starb ab, und sie ließ ihr Skizzenbuch ins Gras fallen. »Vielleicht war es falsch, daß ich in der Priory seinen Heiratsantrag abgelehnt habe. Aber ich war so sicher, daß er mich schließlich so lieben würde wie ich ihn.«

Lady Frances schluckte eine Million Fragen hinunter – sie hatte von Westcotts Heiratsantrag nichts gewußt –, als Pamela fortfuhr: »Ich war der Meinung, daß ich seinen Antrag nicht annehmen sollte –, nicht, wenn ich für ihn immer noch nur ›die gute alte Pam‹ bin.«

Ihre braunen Augen betrachteten traurig das rosarote Backsteinhaus. »Wenn ich nicht so unzugänglich gewesen wäre, dann wäre ich jetzt die Viscountess Westcott. Mama hatte recht. Ich wollte zu klug sein und habe mich selbst aus dem Spiel gebracht.«

Dem Himmel sei Dank für kleine Gunstbezeigungen, dachte Pauline. Laut sagte sie: »Es scheint festzustehen, daß er sehr verliebt ist. Aber da dies das erste Mal ist, daß er sich diesem Gefühl hingibt, kann er es vielleicht noch einmal überwinden. Und du weißt, meine Liebe, Cynthia und ihre Eltern sind ganz versessen auf einen Herzog. Ich glaube nicht, daß seine Liebe Früchte tragen wird.«

Sie war erleichtert, daß Pamelas Stirnrunzeln verschwand, obwohl sie den Mann nicht schätzte, den ihre Freundin ausgewählt hatte, und ihn zum Teufel wünschte. Dann lachte sie und deutete mit ihrer Holzkohle auf den Stall.

»Da ist Lizbeth Powell. Ich habe mich schon gefragt, wie lange es wohl dauern würde, bis sie aufbricht und Lord Westcott nachreitet. Wie zielbewußt sie vorgeht!«

Pamela lächelte, und dann sah sie den Grafen über den Rasen auf sie zukommen und winkte. Pauline täuschte großes Interesse an ihrer Zeichnung vor.

Der Graf war gekommen, um sie zu bitten, mit ihm und Sir Frederick zum Fluß hinunter zu gehen. »Freddie will unbedingt mit mir um die Wette rudern, Pauline«, sagte er und bewunderte, wie das Sonnenlicht Pamelas braunes Haar mit goldenen Flammen durchzog. »Sagen Sie doch bitte, daß Sie in mein Flußboot steigen, Miss Sheridan, und spornen Sie mich an.«

Es war ein angenehmer Nachmittag. Der Graf hatte dafür gesorgt, daß auf einer kleinen Insel ungefähr eine Meile stromaufwärts Tee serviert wurde, und er schien keineswegs enttäuscht zu sein, als Freddie ihn auf dem Weg dorthin mühelos überholte. Aber vielleicht kam dies daher, dachte Lady Frances, daß er von dem Anblick ihrer Freundin abgelenkt war, die ein schlüsselblumengelbes Musselinkleid trug. Sie ruhte auf Kissen im Bug, und ihr Gesicht lag im Schatten eines zierlichen Sonnenschirms. Freddie, der seit vier Jahren verheiratet war, hatte kein solches Handikap.

Am nächsten Tag regnete es, und die Gäste waren gezwungen, im Haus nach Vergnügungen zu suchen. Der Graf führte Lady Sheridan und Pamela selbst durch das Herrenhaus. Er erzählte ihnen die Geschichte der verschiedenen Flügel und erklärte die Porträts in der langen Bildergalerie. Als sie wieder in die große Empfangshalle hinuntergingen, hörte Pamela Luke und ihren Bruder Mark im Billardraum schallend lachen, und ihre Augen leuchteten auf. Die Miene des Grafen spannte sich an, und das ironische kleine Lächeln, das er während ihres ganzen Aufenthaltes hier nicht zur Schau getragen hatte, war wieder da.

Lady Sheridan entschuldigte sich, und der Graf führte Pamela in seine Bibliothek, damit sie ein Buch auswählen konnte. Sie blickte sich in dem behaglichen Raum mit seinen tiefen Ledersesseln, dem polierten Schreibtisch und den Wänden voller Bücher um.

»Wie anziehend Ihr Heim ist, Mylord«, bemerkte sie und fragte sich, weshalb er jetzt so ernst wirkte und so still war. »Und es scheint so, als wären alle diese Bücher gelesen worden. Wie schön!«

Der Graf hob seine dunklen Augenbrauen. »Aber natürlich, Miss Sheridan. Bücher sind dazu da, um gelesen zu werden.«

Pamela begann, die Regale abzusuchen. »Aber Sie wissen doch sicher, Mylord«, sagte sie über die Schulter, »daß sie in vielen Häusern nur zur Dekoration dastehen. Man muß eine Bibliothek besitzen, und dazu braucht man Bücher. Aber es ist absolut nicht notwendig, daß jemand sie aus dem Regal nimmt außer den Dienstboten, um sie abzustauben.«

Endlich lächelte der Graf wieder und zeigte ihr einige seiner Lieblingsbücher – einen abgenützten Band mit Gedichten, einen Bericht über Reisen im Ausland und einen großen Folioband mit Vögeln und anderen Tierdarstellungen. Er wünschte, er könne sich darauf freuen, sie während aller kommenden Jahre in diesem Raum zu sehen. Wie wundervoll wäre es, an einem kalten Winterabend von einem Buch aufzublicken und sie sich gegenübersitzen zu sehen, über einen dieser Bände gebeugt, und zu wissen, daß sie in kurzer Zeit zusammen als Mann und Frau die Treppe hinaufgehen würden …

Der ernste Ausdruck starrer Selbstkontrolle legte sich wieder auf sein Gesicht, und er entschuldigte sich ziemlich abrupt.

Nach dem Mittagessen kehrte Pamela mit Lady Virginia in die Bibliothek zurück. Pamela mochte das Mädchen sehr gern und hoffte, daß sie und ihr Bruder ein Paar würden. Lady Virginia würde gut zu Matthew passen, dachte sie. Sie ist ein freundliches, ruhiges Mädchen, gut erzogen und angenehm. Sie setzten sich, um zu lesen. Lady Sheridan war in ihr Zimmer gegangen und ruhte sich aus, und Pauline schrieb Briefe. Wo die anderen waren, wußte Pamela nicht. Doch sie hatte gehört, daß Luke und Mark vorhatten, in den Stall zu gehen.

Eine Weile war es ruhig im Haus, und dann hörte sie, wie kräftig an die Vordertür geklopft wurde. Überrascht blickte sie von ihrem Buch auf. Sie hörte den gemessenen Schritt des Butlers und dann seinen erschrockenen Ausruf. Sie stand auf, als Luke schrie: »Geh hinein, Captain! Sofort!«

Sie hörte Mark lachen und Lizbeth Powells dröhnende Stimme. Dann vernahm sie etwas, das verdächtig wie Pferdehufe klang, die auf dem Parkettboden klackten.

Ihr Buch fiel auf den Teppich, als sie zur Tür eilte, gefolgt von Lady Virginia. Sie kamen gerade recht um zu sehen, wie Luke mit seinem Lieblingsbraunen zu der breiten Treppe ritt, die in den ersten Stock führte. Er trieb ihn mit seiner Reitgerte an und lachte dabei wie ein Mann, der verrückt geworden war.

»Du bekommst ihn nie die Treppe hinauf, Luke!« rief Mark triumphierend. Er lehnte sich gegen die Tür. »Ich gewinne diese Wette, du wirst es sehen!«

»Nur weiter, Luke! Ich weiß, Sie schaffen es!« rief Lizbeth.

Aus den Augenwinkeln sah Pamela, daß sich auch die übrigen Hausgäste versammelt hatten. Lady Sheridan hielt sich die Hand ans Herz und schaute mit großen Augen über das Geländer. Pauline und Sir Frederick wirkten schockiert, und Matthew runzelte ein wenig die Stirn, nachdem er Lady Virginias entsetzte Miene gesehen hatte. Von der Rückseite der Halle kam der Graf, begleitet von zwei Dienern, und seine Miene war undurchdringlich.

»Hinauf, Captain! Hinauf!« schrie Luke wieder.

Das Pferd wieherte vor Angst und bäumte sich auf, und Lukes Kopf schlug gegen den Kronleuchter in der Mitte der Halle und ließ alle Prismen klimpern. Einige Locken seines rotbraunen Haars fielen über seine breite, gerötete Stirn, als er sich unter dem schwankenden Kristalleuchter bückte. Pamela konnte sehen, daß er getrunken hatte. Aber einen Augenblick war die Furcht, daß er sich verletzten könnte, größer als ihr Abscheu.

»Luke, höre sofort damit auf« rief sie und ging impulsiv auf ihn zu. Der Graf trat ihr in den Weg, legte einen Arm um sie und zog sie zurück in die Sicherheit unter der Bibliothekstür.

»Nein, nein, Miss Sheridan. Er hat es sich in den Kopf gesetzt, und da das Pferd sich fürchtet, ist es unberechenbar. Ich kann nicht dulden, daß Sie verletzt werden.« Er hielt sie fest. Mehr konnte Pamela nicht tun.

Luke führte das Pferd in einem engen Kreis, und dann gab er ihm die Sporen, schlug es mit seiner Peitsche und befahl ihm laut, es solle die Treppe hinaufsteigen. Er lachte dabei. Captain ging jetzt gehorsam zur Treppe. Als wolle er diese Verrücktheit so rasch wie möglich hinter sich bringen, begann er plötzlich, die Stufen hinaufzusteigen. Der Lärm, der von der eichenen Treppe widerhallte, klang für Pamelas Ohren so, als wäre ein ganzer Kavallerietrupp in die Halle eingedrungen, und sie hielt den Atem an, bis Pferd und Reiter sicher auf dem oberen Treppenabsatz angekommen waren.

»Diese Wette hast du verloren, Mark, alter Junge!« rief Luke triumphierend, als er seine Peitsche schwang, ehe er sich herunterbeugte und den Hals seines schwitzenden Pferdes tätschelte. Hinter ihm klagte Lady Sheridan: »Oh, liebster Luke, findest du, das hättest du tun sollen? Wie willst du ihn wieder hinunterbekommen?«

Der Graf ließ Pamela los und trat vor. »Steigen Sie ab, Sir. Wenn Sie versuchen, auf ihm herunterzureiten, wird er sich ein Bein brechen – oder Sie brechen sich selbst eins.«

Pamela fand nicht, daß seine Stimme wegen dieser letzteren Möglichkeit besorgt klang, und sie rief: »O bitte, Luke! Bitte! Führe ihn herunter!«

Captain wieherte, und dann herrschte plötzlich Stille in der Halle. Luke blickte sich um, als sähe er die anderen zum ersten Mal. Er war ein wenig errötet wegen der Mißbilligung, die er in so vielen Gesichtern sah, und der verächtlichen Miene des sonst teilnahmslosen alten Butlers. Wortlos stieg er ab und führte sein Pferd langsam die Treppe hinunter. Er sprach jetzt leise mit ihm, um es zu beruhigen. Pamela sah, daß der Braune zitterte. Das Weiße seiner Augen zeigte die Angst. Es schien eine Ewigkeit zu dauern, und alle hielten den Atem an, bis Luke und das Pferd sicher unten ankamen.

Der Graf winkte einem Diener. »Führe das Pferd des Viscount in den Stall, Mannion«, sagte er mit ruhiger Stimme. »Und bringe eine Schaufel mit, wenn du wiederkommst.«

Pamela kam es so vor, als brenne ihr Gesicht vor Zorn. Sie sagte angespannt: »Wie konntest du das tun, Luke? Wie konntest du so etwas Verrücktes tun? Du hättest umkommen oder Captain so verletzen können, daß du ihn hättest töten müssen. Und wozu? Eine stupide, kindische Tat eines Betrunkenen!«

Ihre Augen schimmerten golden in ihrem Zorn, und Luke streckte ihr die Hand hin. »Aber hör mal, Pam! Ich mußte es tun. Es war eine Wette! Und ich bin nicht betrunken. Niemand, der beschwipst ist, hätte das geschafft«, prahlte er. Als sie ihn ungläubig ansah, fügte er trotzig hinzu: »Ich hätte nie gedacht, daß ausgerechnet du wegen solch einer dummen kleinen Sache solch ein Gehabe machst, nicht meine gute alte Pam.«

Pamela sah ihn ärgerlich an und ging dann in die Bibliothek. Luke blickte sich verwundert um. Bald traten Mark und Lizbeth zu ihm, während die anderen Gäste sich schweigend entfernten.

Als der Graf an Lady Frances vorbeiging, murmelte sie: »Ich glaube, Lord Westcott hat seiner guten alten Pam etwas zum Nachdenken gegeben, finden Sie nicht, Mylord? Meine Güte! Ich weiß nicht, wann ich jemals in meiner Meinung so bestärkt worden bin.«

Der Graf sah sie erstaunt an und blinzelte. Dann tauschten sie ein breites Lächeln aus, ehe sie sich ohne ein weiteres Wort voneinander trennten.

7.

Die Regenschauer hörten spät an diesem Nachmittag auf, und Pamela freute sich, daß sie hinausgehen und einen einsamen Spaziergang machen konnte. Nach dem, was im Haus vorgefallen war, ertrug sie es nicht, in Gesellschaft zu sein, bis sie Zeit zum Nachdenken gehabt hatte.

Lady Virginia hatte sich mit erschrockenen Ausrufen und atemlosen Fragen Luft gemacht, aber für Pamela hatte es keine Erleichterung gegeben, selbst nachdem sie sich entschuldigt hatte und in ihr Zimmer hinaufgegangen war, denn Lady Sheridan war zu ihr hereingekommen und hatte noch einmal über Lukes Eskapade gesprochen.

Sie wußte, daß ihre Mutter den Vorfall zwar für bedauerlich hielt, aber nicht annähernd so erregt darüber war wie sie selbst. Sie sagte Pamela, es sei nur ein typischer Jungmännerstreich gewesen, und behauptete, Pamela würde ihm viel zu viel Bedeutung beimessen. Sie stimmte zu, daß es anständig wäre, wenn Luke sich beim Grafen entschuldigen würde, doch dann lachte sie und sagte, sicher wäre alles in kurzer Zeit vergessen, und ob das Pferd auf der Treppe nicht lustig ausgesehen habe.

Pamela war verwirrt, als Lady Sheridan sie schließlich verließ. War sie die einzige in ihrer Familie, die überhaupt feinfühlig war? fragte sie sich. Matthew hatte zwar die Stirn gerunzelt, aber wenn Lady Virginia kein so entsetztes Gesicht gemacht hätte, dann hätte wahrscheinlich auch er nur gelacht. Das wußte sie. Und Mark hatte Luke eindeutig angespornt, indem er diese törichte Wette mit ihm abgeschlossen hatte.

Als sie über die feuchten Gartenwege ging, sagte sie sich, daß sie ein langes Gespräch mit Luke führen mußte, und zwar so bald wie möglich. Ein solches Verhalten war nicht zu entschuldigen – zuerst sein einsames Brüten, und nun sein Ritt die Treppe hinauf, nachdem er zu viel getrunken hatte. Seine unglückliche Liebe war noch lange kein Freibrief für schlechte Manieren.

Und ihr wurde klar, daß sie auch mit Lord Brant sprechen mußte. Sie mußte ihn für Luke um Verzeihung bitten. Sie erinnerte sich an seine undurchdringliche Miene und schämte sich, nicht nur für Luke

Westcott, sondern auch für sich selbst. Und dann fragte sie sich, warum sie dies eigentlich tat.

Sie ging lange spazieren, und schließlich setzte sie sich auf eine Bank in der Gartenlaube, die am Flußufer stand. Sie befand sich in einiger Entfernung vom Haus. Deshalb rechnete sie nicht damit, gestört zu werden. Aber nur wenige Minuten später hörte sie Schritte auf dem Kiesweg, und als sie sich umdrehte, sah sie den Grafen die Stufen heraufkommen.

»Warum machen Sie ein so finsteres Gesicht, Miss Sheridan?« fragte er, als er sich neben sie setzte. »Der Regen hat aufgehört, und morgen wird sicher die Sonne scheinen.« Er hielt inne und sah sie aufmerksam an, ehe er hinzufügte: »Ich hoffe, Sie sind nicht immer noch über Lord Westcotts Streich verärgert. Schließlich wurde kein Schaden angerichtet.«

»Aber es ist unverzeihlich, Sir«, platzte Pamela heraus. »Ich ... ich möchte Sie um Entschuldigung bitten.«

»Was soll das?« fragte er, nahm ihre Hände und beugte sich zu ihr herüber. »*Sie* bitten mich um Entschuldigung? Wofür, um alles in der Welt? Es ist Lord Westcotts Sache, sich zu entschuldigen, obwohl ich nicht gerade mit angehaltenem Atem darauf warte. Aber seine Handlungen liegen in keiner Weise in Ihrer Verantwortung. Es sei denn, Sie meinen, es gäbe irgendeinen Grund dafür?«

Die letzte Frage klang beinahe scharf, und Pamela zwang sich dazu, in seine durchdringenden grauen Augen zu sehen. Sie schluckte, ehe sie sagte: »Nein, natürlich gibt es keinen Grund. Aber Luke ist eben wie ein Familienmitglied. Ich würde mich genauso elend fühlen, wenn Matthew oder Mark solch eine Torheit begangen hätten.« Ihr Tonfall änderte sich, als sie eindringlich sagte: »Aber obwohl es so entsetzlich war, hatte Luke nichts Böses im Sinn, Mylord, nichts Niederträchtiges. Er ist einfach unbekümmert und jung und überlegt sich nicht immer, was er tut ...«

Der Graf ließ ihre Hände los, stand auf und lehnte sich an eine der weißen Säulen. Sie blickte hinaus über den Garten.

»Wie alt ist Luke Westcott, Miss Sheridan?« fragte er ruhig.

Überrascht sagte Pamela: »Er wird im Juli fünfundzwanzig, Mylord.«

»Fast fünfundzwanzig«, wiederholte der Graf und schüttelte den Kopf. Seine Stimme klang ruhig, als er fortfuhr: »Das ist recht außergewöhnlich. Fast fünfundzwanzig und immer noch nicht erwachsen.

Ich fürchte, er wird noch ein Junge sein, wenn er alt ist. Manche Männer werden niemals erwachsen. Sie sind sorglos, selbstsüchtig und unfähig zur Liebe, gleichgültig, wie alt sie sind.«

Sie hob erschrocken eine Hand, als er fortfuhr: »Glauben Sie, er ist zur Liebe fähig? Ich würde keinen halben Penny darauf setzen. Sein Titel, sein Vermögen, ganz zu schweigen von seinem fast unanständig guten Aussehen haben ihm das Leben zu leicht gemacht. Sein Charakter ist wahrscheinlich nicht einmal sein eigener Fehler. Vielleicht wurde er von selbstsüchtigen Menschen erzogen? Wenn das der Fall ist, neigt ein Mensch dazu, aus Selbstschutz ebenfalls egoistisch zu werden.«

Pamela unterbrach ihn, und ihre Stimme klang fast grimmig, denn alles in ihr wehrte sich dagegen, ihn so über Luke sprechen zu hören. Jedes Wort traf sie tief in ihrem Inneren. »Da irren Sie sich, Mylord. Sein Onkel gab um des Besitztums willen sein eigenes Leben auf, nachdem sein Bruder gestorben war. Und seine Tante – nun, ich habe nie eine Frau kennengelernt, die religiöser war und mehr gute Taten vollbracht hat als sie.«

Eine schwarze Augenbraue hob sich. »Ist das nicht an sich schon eine Form der Selbstsucht, Miss Sheridan? Für mich hört sich das so an, als ob sich sein Onkel mehr aus dem Titel machte als aus dem Jungen, den er großzog. Und wieviel besser wäre es gewesen, wenn Mrs. Westcott lieber dafür gesorgt hätte, daß ihr Neffe als freundlicher Junge mit guten Manieren und christlicher Nächstenliebe für seine Mitmenschen heranwuchs. Die Wohltätigkeit muß zu Hause beginnen. Nein, Lord Westcott ist zu bedauern. Er wird nie fähig sein, jemanden mehr zu lieben als sich selbst. Ja, ich zweifle sehr stark daran, daß er sich jemals die Mühe machen wird, sich auch nur in der geringfügigsten Weise für einen anderen Menschen einzusetzen.«

Pamela ging zu ihm hinüber, packte seinen Arm und vergaß sich selbst, als sie Luke verteidigte. »Nein, nein, das ist nicht wahr, Mylord! Wenn ich jemals in Schwierigkeiten wäre, weiß ich, daß er mir helfen würde.«

Lord Brant blickte auf die schmale weiße Hand, die seinen Arm gepackt hatte, und in die braunen Augen, die um sein Verständnis flehten, und er sagte kühl: »Aber natürlich. Er betrachtet Sie als seine Schwester.«

Pamela ließ seinen Arm los und blickte zur Seite. Der Graf legte seine Hände auf ihre Schultern und zwang sie, zu ihm aufzublicken. Er konnte den Kummer und den Zweifel in ihren Augen ablesen, und sie tat ihm leid, aber trotzdem fuhr er fort: »O ja, Sie werden Ihr ganzes Leben lang seine Schwester sein, meine liebe Miss Sheridan, seine ›gute alte Pam‹, wie er Sie, glaube ich, genannt hat.«

Er lachte rauh, und dann fügte er hinzu: »Trotzdem ist es mir ein Rätsel, weshalb eine Frau sich damit zufriedengibt, jemandes ›gute alte Pam‹ zu sein, wenn sie die angebetete und geliebte Pamela eines anderen Mannes sein könnte.«

»Ich verstehe Sie nicht, Mylord«, sagte Pamela mit steifen Lippen. »Ich habe das Gefühl, wir reden aneinander vorbei.«

»Wirklich? Das bezweifle ich, Miss Sheridan. Ich glaube, Sie verstehen mich sehr gut. Aber wir wollen das Thema für den Augenblick fallenlassen.« Er zuckte mit den Achseln und sagte freundlicher: »Lassen Sie sich nicht von ihm unglücklich machen, meine Liebe. Er ist es nicht wert. Und ich kann es nicht ertragen, Sie unglücklich zu sehen.« Es entstand ein kurzes Schweigen, und dann sagte er: »Ich will Sie zurück ins Haus bringen. Es ist Zeit, sich fürs Abendessen umzuziehen.«

Pamela ließ sich von ihm die Stufen hinab und durch den Garten führen. Sie war froh, als er das Thema wechselte und ihr einige seiner preisgekrönten Pflanzen zeigte und von den Problemen erzählte, die es mit sich gebracht hatte, so nahe am salzigen Meerwasser Blumen zu züchten. Sie war froh, daß er so unbekümmert redete, denn sie glaubte nicht, daß sie selbst sprechen konnte. Sie war zu aufgewühlt und beunruhigt bei dem Gedanken an die Dinge, die er gesagt hatte.

Der Graf bemerkte an jenem Abend, daß sie sehr still und nachdenklich war und daß sie, wenn sie Luke Westcott ansah, dies nicht mit ihrem üblichen freundlichen Lächeln tat, sondern so, als hätte sie ihn noch nie gesehen und frage sich, was für ein Mann er wohl war.

Auch Luke Westcott schien den Wandel zu bemerken, der in ihr vorgegangen war. Denn als die Männer nach dem Essen zu den Damen in den Salon gingen, trat er sofort zu ihr, zog sie beiseite und sprach ernst auf sie ein. Der Graf beobachtete, wie sie sein Gesicht musterte, und dann war er erleichtert, als er sah, daß sie den Kopf schüttelte und sich umdrehte, als wolle sie sich zu den anderen gesellen. Er erschrak ein wenig, als Luke Westcott ihren Arm packte, sich zu ihr hinunterbeugte und ihr etwas ins Ohr flüsterte. Obwohl er es nicht hören konnte, war er sicher, daß er ihr verständlich zu machen versuchte, daß das, was er getan hatte, eine läßliche Sünde war und weiter nichts. Einen Augenblick später verließen die beiden den Raum, und Lord Westcott hatte den Arm eng um ihre Taille gelegt.

Lord Brant machte eine nachdenkliche Miene, als er mit Lady Sheridan und dem Ehepaar Frances am Whisttisch Platz nahm. Er war froh darüber, daß er im Gartenhaus mit ihr gesprochen hatte, froh, daß er wenigstens etwas getan hatte, um ihr zu zeigen, wie fehlgeleitet ihre Zuneigung war. Hoffentlich gab ihr das etwas zum Nachdenken. Vielleicht veranlaßte es sie sogar, ihre Einstellung zu ändern, dachte er, teilte die Karten aus und versuchte dann, nicht mehr an sie zu denken. Da Lady Sheridan seine Spielpartnerin war, wußte er, daß er seine ganze Aufmerksamkeit brauchen würde, denn sie spielte Whist mit wilder Hingabe, und er wußte nie, was sie mit ihren Angeboten und abgeworfenen Karten bezweckte. Er hatte festgestellt, daß es dadurch ein interessantes, wenn auch unorthodoxes Spiel war.

Noch jemand anderes hatte beobachtet, wie das Paar den Raum verließ. Lizbeth Powells Augen wurden schmäler, und sie klappte die Mappe mit Pferdestichen von Stubbs zu, die sie eigens hergebracht hatte, um sie Lord Westcott zu zeigen. Sie seufzte. Nichts schien so zu klappen, wie sie es erhofft hatte. Als sie erfahren hatte, daß Lady Cynthia nicht zu den Gästen in Brant Hall gehören würde, war sie überzeugt gewesen, es wäre nur eine Sache von wenigen Tagen, bis sie Luke Westcott genau dort hatte, wo sie ihn haben wollte. Schließlich war sie eine vorzügliche Reiterin, gut gewachsen und groß, und er war ein männlicher Mann. Er würde glücklich sein, wenn er sie voller Begierde bald in seinen Armen hielt. Und wenn sie ihn erst einmal dazu gebracht hatte, dann wäre es nur noch ein kleiner Schritt zum Altar. Ihr Vater würde schon dafür sorgen. Aber Lord Westcott schien nicht schwach zu werden. Ja, sie hatte Mühe, auch nur seine Aufmerksamkeit auf sich zu lenken. Er machte sich wegen irgend etwas Gedanken, das wußte sie. Und selbst der Spaß am Nachmittag hatte ihn nicht lange aufgeheitert. Sie hatte ihn darauf gebracht, denn es war einer der alten Tricks ihres Vaters, und sie war entzückt gewesen, als eine Wette daraus wurde, die er gewonnen hatte. Aber dann war Miss Sheridan mit ihrer entsetzten Mißbilligung eine solche Spielverderberin gewesen – es war zu schade! Sie hatte sich schlimmer benommen, als je eine strenge ältere Schwester es getan hätte. Dabei waren sie noch nicht einmal tatsächlich miteinander verwandt.

Sie hätte gern gewußt, worüber sie jetzt sprachen und wie lange es dauern würde, bis Luke zurückkam. Irgendwie mußte sie mit ihm allein sein, und zwar bald, abgesondert von den anderen Gästen und ehe sie in die Stadt zurückkehrten. Aber wie sollte sie das anstellen?

In der Bibliothek des Grafen ging Luke auf und ab, seine hellbraunen Augen funkelten vor Zorn, während Pamela ihn auszankte und verlangte, daß er sich beim Grafen entschuldigte.

»Du benimmst dich so schlecht, daß ich es gar nicht fassen kann, Luke«, schloß sie. »Ist es dir denn völlig gleichgültig, wenn du mich unglücklich machst und meine Mutter in Verlegenheit bringst?«

Luke winkte achtlos ab. »Weshalb solltest du über das, was ich tue, unglücklich sein, Pam? Und was Mutter Sheridan anbetrifft, sie findet nicht, daß es so schlimm war. Das hat sie mir selbst gesagt. Sie nannte es einen Jux und mich einen ungezogenen Jungen.«

Er grinste, und einen Moment leuchteten seine Augen so wie früher.

»Aber du bist kein Junge mehr«, sagte Pamela und dachte bekümmert an die Worte, die der Graf an diesem Nachmittag über ihn geäußert hatte.

Luke kam zu ihr herüber und umarmte sie. »Nun, ich bin noch nicht so alt, Pam. Komm, Kätzchen, schenke mir ein Lächeln und sage mir, daß du mir verzeihst.« Er hob ihr Kinn mit einer Hand an und küßte ihre Nasenspitze. »Wenn du es tust, verspreche ich dir, daß ich noch heute abend Lord Brant um Verzeihung bitte«, sagte er mit der großzügigen Art eines Mannes, der ein gewaltiges Zugeständnis macht.

Pamela spürte, wie sie schwach wurde. Sie mochte ihn so sehr. Sie hatte ihn schon immer gemocht. Die ganzen Jahren, als sie Kinder gewesen waren und ihre Brüder sie ausgelacht und ignoriert hatten, hatte sie sich immer auf Luke verlassen können. Lord Brant irrte sich; er mußte sich irren! Sie berührte zärtlich das tiefe Grübchen in seiner Wange und sah ihn eindringlich an. Dann seufzte sie und schenkte ihm das Lächeln, um das er gebeten hatte. Sofort nahm er sie in die Arme und drückte sie an sich, bis sie atemlos war. Sie nahm sein Gesicht zwischen ihre Hände und küßte seine Wange. Sie spürte, wie seine Nähe sie zittern machte.

»Komm, Pam, wir gehen wieder in den Salon«, sagte er lebhaft, als er sie auf die Füße stellte und ihr einen kleinen Klaps gab. »Wir sind hier eine ganze Weile allein gewesen, und dieser alte Sauertopf von Butler traut mir nicht. Wenn er nur wüßte, wie sicher du bei mir bist! Wann, glaubst du, fahren wir wieder in die Stadt zurück? Ich weiß,

Lord Brant sprach davon, daß wir in nächster Zeit einen Tag segeln gehen, und das möchte ich nicht versäumen. Aber mir kommt es so vor, als wären wir schon eine Ewigkeit in Brant Hall. Und ich bin so begierig darauf, wieder in die Stadt zu kommen – nun, ich brauche dir nicht zu sagen warum, oder?«

»O Luke«, sagte Pamela und schüttelte verzweifelt und enttäuscht den Kopf. Aber sie nahm ohne ein weiteres Wort seinen Arm.

Im Salon setzte sie sich neben Matthew und hörte Lady Virginia beim Klavierspiel zu. Sie war so in Gedanken vertieft, daß sie den nachdenklichen Blick des Grafen nicht bemerkte und auch die lebhafte Konversation zwischen Lizbeth und Luke nicht wahrnahm. Im Geist war sie viele Kilometer entfernt in London und sah deshalb nicht, wie Lizbeths Miene aufleuchtete, als er nickte, und seine hellbraunen Augen strahlten.

Am nächsten Morgen standen die Kutschen vor der Tür, um alle Gäste an den Strand zu bringen. Lord Brant hatte ein Picknick am Meer vorbereiten lassen, und da es warm und sonnig war, freuten sich alle darauf. Pamela war überrascht, als sie sah, daß Luke und Lizbeth Powell bei den anderen Platz nahmen, und sie fragte sich im stillen, warum sie nicht ausritten, wie sie es sonst immer taten. Sie vergaß die beiden bald bei dem arglosen Geplauder ihrer Mutter, und sie amüsierte sich darüber, wie sehr sich ihr guter Matthew um Lady Virginia bemühte, die ihr gegenüber saßen.

Dienstboten waren mit den Picknickkörben vorausgefahren, einer großen Markise für diejenigen, die sich nicht zu sehr der Sonne aussetzen wollten, und mit bequemen Stühlen und Decken. Es war sogar ein kleines Zelt für die Damen vorhanden, wie Pamela bemerkte, als sie sich von dem Grafen zum Strand hinunterführen ließ. Einige Pferdeknechte waren damit beschäftigt, ein Badminton-Netz und eine Zielscheibe fürs Bogenschießen aufzustellen.

Sie hielt ihren breitrandigen Strohhut mit seinen Samtbändern fest und lächelte Lord Brant an. »Sie verwöhnen uns, Mylord«, sagte sie. »Alle diese Vergnügungen, die Sie uns bieten, während es doch schon mehr als genug wäre, am Strand zu sitzen und das Meer zu bewundern. Ich nehme an, Sie haben für Champagner und Eis gesorgt, für Fasane und kalten Lachs und der Himmel weiß wieviele exotische Desserts.«

»Wünschen Sie einen Jahrmarkt und einen Ballonaufstieg, Miss Sheridan?« neckte sie der Graf. »Ein Jachtrennen oder vielleicht einen Badewagen, komplett mit Gefolge?«

Plötzlich preßte die Brise ihr rosarotes Musselinkleid an ihren schlanken Körper und machte jede Einzelheit ihrer Figur sichtbar. Er hielt inne und war unfähig, mit seiner Neckerei fortzufahren.

Ganz unwillkürlich lachte Pamela und sprang hinunter auf den Sand. »So warm es auch ist, ich bin sicher, für ein Bad im Meer ist es noch viel zu kalt, Mylord. Ich hoffe, daß Sie wenigstens den Badewagen nicht herschaffen ließen. Denn ich zweifle daran, daß irgend jemand von uns ihn benützen würde.«

Pauline winkte ihnen zu, und sie gingen über den Sand. Pamela war froh, als sie sich in den Strandstuhl setzen und einen Fuß ausstrecken konnte. »Ich glaube, ich habe mindestens ein Pfund Sand im Schuh«, sagte sie und schüttelte leicht den Kopf.

Der Graf kniete vor ihr nieder und nahm ihren Fuß in die Hand. »Sie müssen mir erlauben, Ihnen zu helfen, Miss Sheridan«, sagte er galant. Während sie erschrocken die strahlende Pauline ansah, löste er die Schnürsenkel und zog ihr den Schuh aus, um den Sand herauszuschütteln. Seine Hände umfaßten ruhig ihren Knöchel, und sie wunderte sich darüber, daß ihr an einem solch warmen Tag ein kleiner Schauer das Rückgrat herunterlief. Ruhig zog er auch ihren anderen Schuh aus.

»Dort drüben ist das Zelt, wenn Sie Ihre Strümpfe ausziehen wollen, Miss Sheridan«, sagte er, und seine grauen Augen lachten sie an, als er aufstand und seine Knie abklopfte. »Und dann können Sie im Wasser waten und selbst feststellen, ob es kalt ist.«

»Das ist eine gute Idee!« rief Pauline begeistert. »Versuchen wir es doch, Pamela. Es war wirklich ein guter Gedanke, nach Kent zu kommen, John.«

Pamela blickte sich um und sah, wie Luke und Mark die Entfernung für einen Wettkampf im Bogenschießen abschritten. Sie wurden dabei wie gewöhnlich von Lizbeth unterstützt. Matthew und Lady Virginia gingen am Strand entlang. Ihre Mutter und Sir Frederick hatten es sich in zwei Liegestühlen bequem gemacht, die unter der Markise standen, und waren ins Gespräch vertieft. Pamela holte tief Luft. Es war tatsächlich wundervoll. Die Sonne schien, das Wasser glitzerte wie eine Million Diamanten, und die Luft roch nach Tang und Salz. Obwohl einige Wolken am Himmel waren, standen sie viele Meilen entfernt am Horizont, als wollten sie diesen vollkommenen Tag nicht verderben. Pamela belohnte den Grafen mit einem strahlenden Lächeln.

Das Wasser war sehr kalt, aber erfrischend. Pamela und Pauline plauderten miteinander und interessierten sich mehr für die Possen einiger Sandpfeifer, die schnell auf ihren kleinen Füßen rannten, um den Wellen zu entkommen. Ein paar Möwen segelten über ihnen, und ihre weißen Schwingen hoben sich von dem leuchtenden Blau des Himmels ab.

»Wie mühelos das aussieht«, sagte Pamela und deutete auf eine Möwe, die fast reglos am Himmel schwebte. »Es muß wunderbar sein, wenn man fliegen kann. Ich wollte, ich könnte es auch.«

»Ich glaube, ich sage Lord Brant lieber nicht, daß du es gern versuchen würdest«, erwiderte ihre Freundin trocken. »Zweifellos würde er sofort die nötigen Vorkehrungen dafür treffen.«

»Er ist sehr aufmerksam zu uns, nicht wahr?« sagte Pamela, während sie sich bückte und eine Muschel aufhob. »Ich bin überrascht, was für ein freundlicher Gastgeber er ist.«

Pauline musterte ihr Gesicht. »Meine liebe Pamela, jedermann mit einem Mindestmaß an Intelligenz kann sehen, daß seine ganze Aufmerksamkeit dir allein gilt. Und du, meine Liebe, haben sich deine Gefühle ihm gegenüber geändert?« Sie hielt inne, und als Pamela nicht sofort antwortete, fügte sie hinzu: »Du brauchst es mir nicht zu sagen, wenn du nicht willst. Ich wollte nicht neugierig sein.«

Pamela nahm ihre Hand und drückte sie. »Als wenn du das jemals wärst, Pauline. Ich habe mir nur überlegt, wie ich es ausdrücken soll. Ja, meine Gefühle haben sich geändert. Der Graf ist anders, so ganz anders als vor zwei Jahren. Er ist wärmer, irgendwie offener, und nicht annähernd so zynisch wie früher. Ich stelle fest, daß ich ihn wesentlich lieber mag.«

Pauline wäre weiter in sie gedrungen, aber in diesem Augenblick hörten sie hinter sich einen Schrei und drehten sich um. Luke Westcott stand da, schwenkte triumphierend seinen Bogen und deutete auf einen perfekten Volltreffer. Er hatte seine Jacke und das Halstuch abgelegt und stand nun in Hosen und polierten Stiefeln da, sein weißes Hemd war halb aufgeknöpft und seine hochgerollten Ärmel entblößten seine kräftigen Unterarme. Die Sonne schimmerte auf seinem braunen Haar, das sich in der Salzluft wild lockte, und auf seinem sonnengebräunten Gesicht lag ein breites Grinsen.

Pauline warf verstohlen einen Blick auf Pamela und sah, wie ihre Miene weich wurde, als ein kleines, entzücktes Lächeln um ihre Lippen spielte. Ihre eigenen Lippen strafften sich, und sie raffte ihre Röcke und marschierte ohne ein weiteres Wort zu ihrem Gatten.

Lady Sheridan hatte ihn verlassen, um das Bogenschießen mitanzusehen und sowohl ihrem Sohn als auch Luke Westcott gleichermaßen Beifall zu zollen. Pauline setzte sich mit wehenden Röcken in den Liegestuhl.

Sir Frederick betrachtete seine Frau und fragte: »Was ist los, altes Mädchen? Hast du dich nicht gut unterhalten?« Er zwinkerte mit halbgeschlossenen Augen.

»Ich weiß nicht, welchen von beiden ich lieber zuerst ins Meer werfen würde, Frederick«, sage sie ärgerlich. »Eine kalte Dusche würde Pamela sehr gut tun, aber vielleicht kann Lord Westcott nicht schwimmen? Ah, wie befriedigend wäre das! Wir wären ihn für immer los, und das wäre ein Segen.«

Sir Frederick zog sich den Hut über die Augen und streckte sich behaglich auf dem Liegestuhl aus. »Bitte tue das nicht, Pauline«, sagte er träge. »Mord wird immer noch mit Erhängen bestraft.«

»Sehr schade«, murmelte seine Frau, aber Sir Frederick war bereits eingeschlummert und antwortete nicht.

Als sie den Strand verließen, hatte sich jeder im Badminton und im Bogenschießen geübt. Doch Matthew hatte Lady Sheridan nach mehreren schlimmen Fehlschüssen den Bogen weggenommen. Die Dienstboten hatten ein köstliches Mittagessen serviert, und Pamela amüsierte sich, als sie sah, daß dazu Champagner gereicht wurde. Der Graf, der in einiger Entfernung saß, hob sein Glas und prostete ihr zu, und seine grauen Augen lächelten. Zu dieser Zeit hatten alle Herren ihre Jacketts ausgezogen, und Pauline stellte mit Vergnügen fest, daß er ebenso muskulös und männlich war wie Lord Westcott mit seinen breiten Schultern, die den weißen Battist seines Hemdes strafften.

Sie hatte sich gefreut, als Lord Brant Pamela zu einem Strandspaziergang mitnahm, und wenn sie einer der kleinen Sandpfeifer in ihrer Nähe hätte sein können, wäre sie von ihrem Gespräch vielleicht ermutigt worden.

Der Graf deutete auf einen kleinen Küstenfahrer, der den Ärmelkanal hinaufsegelte. Die Brise zerzauste sein schwarzes Haar. Er strich es zurück, und Pamela sagte amüsiert: »Sie sind immer so elegant, Mylord. Dies ist das erste Mal, daß ich Sie nicht in untadeliger Verfassung sehe.«

Er blickte sie nachdenklich an, und dann schüttelte er den Kopf. »Nein«, sage er bedauernd, »ich glaube wirklich nicht, daß ich aussprechen kann, was mir eben durch den Kopf ging.«

Pamela dachte einen Augenblick nach, dann röteten sich ihre Wangen. »Ich bin sicher, das ist klug, Sir. Manche Dinge bleiben besser ungesagt.«

Als sie ihm ein wenig später einen Seestern zeigte, den sie gefunden hatte, hob er leicht ihr Kinn an, drehte ihr Gesicht hin und her und sagte: »Meine liebe Miss Sheridan, wissen Sie, daß Sie heute vier – nein sechs goldene Flecken in den Augen haben?«

Pamela rümpfte die Nase. »Sie müssen ihnen sofort befehlen zu verschwinden, Mylord! Ich weiß, daß Sie das tun können. Denn dies hier gehört zum Brant Land, nicht wahr, und hier haben Sie das Sagen.«

Der Graf lächelte. »Wenn es nur so wäre«, sagte er sehnsüchtig, und Pamela schlug rasch vor, zu den anderen zurückzukehren.

Als sie wieder in Brant Hall waren, behauptete Lady Sheridan, die salzige Luft habe sie so müde gemacht, daß sie einen Mittagsschlaf machen müsse. Deshalb stimmte Pamela gern einem Ausritt mit dem Ehepaar Frances und dem Grafen zu. Sie hatte inzwischen einen großen Teil seines Besitztums gesehen, aber noch keineswegs alles. Sie fragte sich, ob Luke wohl gern mitreiten würde, aber als sie eine Nachricht in sein Zimmer schickte, stellte sich heraus, daß er bereits ausgeritten war. Zweifellos mit Lizbeth Powell, dachte sie lächelnd, als sie zum Stall ging.

Der Graf hatte eine stattliche Stute für sie satteln lassen, und er war zur Stelle, um ihr selbst aufs Pferd zu helfen. Sir Frederick und Pauline waren schon aufgesessen. Als sie zu viert aus dem Hof ritten, sagte Sir Frederick: »Wie still es ist. Ich hoffe, die Wolken, die wir an der Küste gesehen haben, bleiben in Frankreich, John. Es sieht nach einem Gewitter aus.«

»Ich glaube, sie werden uns nichts anhaben«, beruhigte ihn der Graf, als er vorausritt. »Und selbst wenn es zu einem Schauer kommen sollte, gibt es viele Plätze, wo wir uns unterstellen können. Sie fürchten sich doch nicht vor einem Gewitter, oder, Miss Sheridan? Mylady?«

Während sie nebeneinander über den Kies ritten, sagten ihm beide Damen, sie seien nicht so furchtsam. Als sie auf einen Saumpfad im Wald kamen, mußten sie hintereinander reiten, Lord Brant an der Spitze. Trotz der schattenspendenden Bäume schien es jetzt wärmer geworden zu sein, da sie nicht mehr die leichte Brise vom Meer her spürten. Pamela war froh, als sie auf ein großes, freies Gelände kamen, das zum Meer hin abfiel.

»Sollen wir galoppieren, Ma'am?« fragte der Graf.

Pamela nickte. »Eine vorzügliche Idee, Mylord. Es wird meiner Stute guttun, denn sie ist ziemlich lebhaft.«

Während sie sprach, berührte sie das Pferd leicht mit der Reitgerte. Die Stute reagierte sofort und zog rasch an Lord Brants großem Rotschimmel vorbei. Pamela hörte, wie er seinem Pferd etwas zurief, und dann waren die klappernden Hufe dicht hinter ihr, und sie trieb die Stute noch mehr an. Als der Graf sie einholte und mühelos mit ihr Schritt hielt, schüttelte sie den Kopf, obwohl sie wußte, daß sie kaum eine Chance gehabt hatte, ihn zu schlagen. Dann scheute die Stute ein wenig, und sie hatte alle Hände voll zu tun. Ehe sie zu befürchten brauchte, daß sie vielleicht stürzen könnte, griff eine kräftige Hand nach ihrem Zügel und hatte nach ein paar wenigen Augenblicken beide Pferde zum Stehen gebracht.

Pamela sah ihn an, erstaunt über seine Stärke. »Das war nicht notwendig, Mylord. Ich war nicht in Gefahr.«

Der Graf ließ ihren Zügel los, und sein sonnengebräuntes Gesicht war undurchdringlich. »Ich weiß, daß Sie eine erfahrene Reiterin sind, Miss Sheridan. Aber trotzdem wollte ich kein Risiko eingehen.«

»Es war kein Risiko. Ich hatte einen ausgezeichneten Lehrmeister, Sir. Als ich ein kleines Mädchen war, wollte Luke, daß ich ebensogut reiten lernte wie er. Und jedesmal, wenn ich stürzte, ließ er mich sofort wieder aufsitzen. Er hat mir nicht erlaubt, Angst zu haben.«

»Vielleicht war das eine gute Lehrmethode, als Sie noch ein Kind waren und ein ruhiges Pony ritten, aber Sie sind jetzt kein Kind mehr«, sagte Lord Brant ernst. »Nein, Sie sind eine schöne junge Frau, die beschützt und behütet werden sollte. Es wäre sehr nachlässig von mir, eine so kostbare Person wie Sie einer Gefahr auszusetzen.«

Was Pamela auf diese Bemerkung, die der Graf ganz beiläufig geäußert hatte, vielleicht erwidert hätte, blieb unausgesprochen, denn in diesem Augenblick holten Sir Frederick und Pauline sie ein, und das Gespräch drehte sich um allgemeine Themen.

Sie ritten mehrere Kilometer weiter und stiegen nur einmal neben einem breiten Bach ab, um sich auszuruhen. Pamela war ein wenig nervös und hoffte, daß der Graf keinen Spaziergang zu zweit vorschlug oder auf seine frühere, höchst überraschende Bemerkung zurückkam. Sie war erleichtert, als er Sir Frederick am Arm nahm und mit ihm davonschlenderte, um eine Eichengruppe in einiger Entfernung zu inspizieren. Pauline bemerkte, wie die Blicke ihrer Freundin den beiden dahinschlendernden Männern folgten. Sie sah die leichte Verwirrung in ihren Augen und verbarg ein Lächeln.

Es war schon ziemlich spät am Nachmittag, als sie den Heimritt antraten. Sie ritten wieder in Paaren, Pamela und Pauline vor den beiden Männern, als Pamela plötzlich Lizbeths schwarzen Hengst und Lukes Braunen vor einem Haus entdeckte, das wie eine verlassene Holzfällerhütte aussah. Sie hob die Augenbrauen und deutete mit ihrer Reitgerte darauf, während sie die Stute in diese Richtung lenkte.

Als die vier Reiter näherkamen, hörten sie Lizbeth mit dröhnender Stimme sagen: »Mein Knöchel schmerzt teuflisch. Ich schlage vor, wir machen es uns bequem, bis der Graf jemanden ausschickt, um uns zu suchen. Mir ist es völlig egal, wie lange es dauert. Wie wunderbar, endlich mit Ihnen allein zu sein! Hören Sie endlich auf, so nervenaufreibend hin und her zu gehen und kommen Sie her!«

Pamela hörte den Grafen hinter sich murmeln: »Ich sehe, Sie haben noch keine Gelegenheit gehabt, Miss Powell zu informieren, wie man sich verliebt gibt, Miss Sheridan. Und das nach meiner sorgfältigen Unterweisung. Schade!«

Pamela blickte mit großen Augen über die Schulter zurück.

»Es scheint nicht passend zu sein, sie zu stören, oder?« fragte Sir Frederick. »Die junge Dame wird uns alle zweifellos zum Teufel wünschen.«

»Aber Lord Westcott nicht. Sollten wir nicht seine Tugend retten, Mylord?« fragte Pamela unwillkürlich.

»Er soll sich selbst um seine Tugend kümmern«, antwortete Pauline scharf und wünschte, sie hätten die beiden nicht entdeckt. Es wäre eine perfekte Lösung gewesen, wenn Lord Westcott in den Ruf gekommen wäre, Lizbeth Powell kompromittiert zu haben. Wie schade, daß sie hier vorbeigekommen waren!

Sie sah Lord Brant an und entnahm seinem schrägen Lächeln und seinen schmalen Augen, daß er das gleiche dachte.

»Ich glaube, Sie haben sich beim Absteigen überhaupt nicht den Knöchel verstaucht!« hörte man Luke sagen. »Wie konnten Sie ihn in diesem großen, schweren Stiefel überhaupt verstauchen? Wollen Sie wissen, was ich davon halte? Ich glaube, die ganze Sache ist nur ein Trick, um mit mir allein zu sein, Miss Powell. Das begann schon damit, daß Sie mir erlaubt haben, Black Knight zu reiten. Deshalb wollten Sie auch nicht, daß ich Mark und Matthew fragte, ob sie mitreiten wollen. Ha!«

»Nennen Sie mich doch Lizbeth, lieber Luke«, sagte die Dame einladend und versuchte, einen gewinnenden Tonfall anzuschlagen.

»Ich werde nichts dergleichen tun«, sage Luke entrüstet. »Ich reite jetzt zurück und hole Hilfe! Es wird rasch ein Karren hier sein, der Sie zum Haus bringt, das heißt, wenn Sie wirklich verletzt sein sollten. Hören Sie! Was um alles in der Welt machen Sie da?«

Diese letzte Frage wurde in einem so erschrockenen und überraschten Tonfall gestellt, daß Pamela unverzüglich von ihrer Stute stieg.

»Ich knöpfe nur mein Reitkostüm auf. Es ist verdammt warm hier drinnen, finden Sie nicht?« fragte Lizbeth und gab sich keine Mühe, ihre Stimme zu senken.

»Nein! Knöpfen Sie es sofort wieder zu!« befahl Luke. Die anderen stiegen nun ebenfalls von ihren Pferden.

»Luke? Lizbeth? Seid ihr da?« rief Pamela, während sie ihre Stute an einem Ast festband. Sie war der Meinung, daß diese Szene schon lange genug gedauert hatte. »Ich bin sicher, das sind ihre Pferde, Mylords, Pauline«, fügte sie mit immer noch erhobener Stimme hinzu.

Lord Westcott erschien an der Hüttentür, und seine Erleichterung war so offensichtlich und kam aus so tiefem Herzen, daß der Graf sich einen Moment abwenden mußte. Pamelas Stimme zitterte, als sie rief: »Luke, ist alles in Ordnung?«

Er fuhr sich mit der Hand durch sein Haar, als er auf sie zukam und murmelte: »Gott sei Dank, daß ihr da seid!« Und dann rief im Inneren der Hütte eine laute Stimme: »Verdammt nochmal!«

Das war zuviel für Lady Frances. Sie warf sich in die Arme ihres Gatten, verbarg ihr Gesicht in seinem Mantel und lachte, als könne sie nie wieder aufhören. Pamela legte beide Hände über ihren Mund und wandte sich ab. Ihre Schultern zitterten, und es blieb dem Grafen überlassen, die guten Sitten zu wahren und zu verhindern, daß die Situation noch weiter ausartete.

»Wie können wir Ihnen helfen, Lord Westcott?« fragte er höflich mit ausdrucksloser Stimme.

Luke blickte vom einen zum anderen und ballte die Fäuste. »Ja, es ist sehr amüsant, das glaube ich wohl.«

Auf ein unterdrücktes Kichern seiner alten Freundin hin sagte er: »Höre sofort auf damit, Pam, sonst bekommst du eins hinter die Ohren!«

Ehe der Graf etwas sagen konnte, fuhr Pamela herum und fragte: »Ist das deine Dankbarkeit, Luke? Schließlich sind wir rechtzeitig gekommen, um dich zu retten.«

»Im letzten Augenblick«, bestätigte Sir Frederick.

»Vor einem schlimmeren Schicksal als der Tod«, fügte der Graf hinzu, und seine Lippen zuckten.

Luke sah sie finster an. Doch dann schien ihm das Lächerliche der Situation aufzugehen, und er warf den Kopf zurück und lachte. Pamela machte mit den Händen beruhigende Gesten.

»Wie kannst du nur, Luke? Schluß damit – sie kann dich hören!« flüsterte sie eindringlich. »Die Situation ist für sie peinlich genug, auch ohne daß du ihre Seelenruhe zerstörst.«

»Nicht mehr, als sie es verdient, die unverschämte Person«, erklärte Lord Westcott. »Himmel, manche Frauen sind heutzutage schamlos. Wenn ich mir vorstelle, was hätte passieren können, wenn ihr nicht gekommen wärt. Ich hätte für mein ganzes Leben erledigt sein können!«

»Sie sind knapp entronnen, das ist sicher«, stimmte der Graf zu.

»Ich freue mich, daß Ihre Tugend unversehrt geblieben ist, Mylord«, sagte Sir Frederick. »Natürlich hätten Sie jederzeit in den Sattel springen und davongaloppieren können«, fügte er hinzu und sah geistesabwesend zu einer dicken Wolke hinauf, die über ihnen schwebte. »Wellington hat gesagt, ein rechtzeitiger Rückzug habe nichts Schändliches an sich. Denken Sie an Waterloo!«

»Besonnenheit ist der bessere Teil des Heldenmuts, das ist wahr. Und Sie hätten sogar weglaufen können, wenn Ihnen die Situation entglitten wäre. Die Dame sagte doch, sie habe sich einen Knöchel verstaucht, nicht wahr?« fragte der Graf, als interessiere er sich plötzlich ernsthaft für das ungewöhnliche Problem seines Gastes.

Pamela lachte, und als alle Männer in ihr Gelächter einstimmen wollten, schüttelte Lady Frances mißbilligend den Kopf. »Ich finde, ihr benehmt euch schändlich. Ja, sogar du, Pamela!«

Sie ging auf die Hütte zu und rief über die Schulter zurück: »Ich werde mit Miß Powell sprechen und sie beruhigen und ihr sagen, daß es kein Gerede geben wird wegen ihres – äh – ihres bedauerlichen Unfalls. Ihr anderen entfernt euch. Mylord, wenn Sie so freundlich sein wollten und ihr einen Wagen herschicken würden. Ich bleibe bei Miss Powell, bis er eintrifft, und bringe sie zurück zum Haus.«

Luke machte den Mund auf und wollte sagen, daß ein Wagen gar nicht notwendig sei, aber Lady Frances runzelte warnend die Stirn, und Pamela drängte ihn zu den Pferden.

Der Graf und Sir Frederick tauschten Blicke aus. Doch als Pauline mit einem Finger in Richtung zum Haus zeigte und sie so finster wie eine Gouvernante ansah, die zwei ungezogene Jungen zurechtwies, gehorchten sie endlich.

8.

Eine gebändigte Miss Powell wurde ordnungsgemäß zum Haus zurückgebracht und von zwei kräftigen Dienern in ihr Zimmer hinaufgetragen. Was Lady Frances ihr in der Hütte zu sagen gehabt hatte, wurde nie bekannt. Aber irgendwie war Miss Powell davon überzeugt worden, es sei klüger, weiterhin den verstauchten Knöchel vorzutäuschen, da es feststand, daß Lord Westcott für sie endgültig verloren war. Nachdem sie den nächsten Tag zurückgezogen in ihrem Zimmer verbracht hatte, fuhr sie in Begleitung ihres Mädchens in der Kutsche des Grafen nach London zurück, wobei einer der Diener des Grafen den entrüsteten Black Knight hinter ihr her führte. Wenn sie aus Enttäuschung eine Träne vergossen hatte, dann wußte es niemand außer Pauline Frances. Denn sie war die einzige, die sie besuchte. Diese gute Dame brachte es auch fertig, mit Hilfe eines ruhigen Gesprächs Lord Westcott davon abzuhalten, jedermann zu erzählen, wie knapp er seinem Schicksal entronnen war.

Luke war erleichtert, als er Miss Powell abreisen sah, und als er erfuhr, daß die ganze Gesellschaft in einer Woche nach London zurückkehren würde, hob sich seine Stimmung noch mehr, und er wurde wieder so heiter wie immer.

Pamela freute sich, als er sie aufforderte, mit ihm am Morgen nach Lizbeths Abreise angeln zu gehen. Früher war sie oft mit Luke im grauen Licht eines nebligen Morgens von der Priory aufgebrochen, und sie erinnerte sich gern daran. Sie selbst machte sich nicht viel aus Angeln. Aber sie war mehr als zufrieden damit, still am Ufer zu sitzen und sein gespanntes Profil zu beobachten und die anmutige Haltung seines Körpers, wenn er die Angelschnur auswarf oder einholte.

An diesem Morgen war der Himmel bedeckt, ideal zum Angeln. Als sie zum Fluß kamen, lag Nebel darauf, der in dünnen Schwaden vorbeizog und das gegenüberliegende Ufer einmal verbarg und dann wieder enthüllte. Pamela flüsterte leise mit Luke, und sie amüsierte sich, weil er ihr ebenso antwortete, als wäre auch er von der geisterhaften grauen Schönheit des Morgens verzaubert.

Es war sehr still, fast so, als wären sie die beiden einzigen Menschen auf der Welt. Sie war froh, daß Luke nicht in Sichtweite des

Hauses blieb, sondern einen steinigen Pfad bis zu einer Bucht weiterging, den er vor einigen Tagen entdeckt hatte, wie er ihr erzählte. Pamela trug eine Decke und den Picknickkorb, den die Haushälterin des Grafen gerichtet hatte, Luke seine Angel, einen Weidenkorb und seine Stiefel.

Pamela war noch aus einem anderen Grund glücklich darüber, mit Luke allein zu sein. Ihr schien, je länger sie im Haus des Grafen weilten, um so mehr wurden ihre Gefühle für Luke untergraben und dann auf eine seltsame Weise wiedererweckt. Immer wieder mußte sie an die Worte denken, die der Graf und Pauline über Lord Westcott geäußert hatten. Sie sagte sich, daß ihre Kritik sie nur deshalb beunruhigte, weil sie Luke so sehr liebte. Denn welche Frau hörte gern, daß der Mann, den sie gewählt hat, nicht von allen anderen verehrt wurde, besonders von Menschen, die sie selbst schätzte? Sie gestand sich ein, daß ihr sehr unwohl dabei gewesen war.

Als sie Luke am Fluß entlang zu der Bucht folgte, wo er angeln wollte, ignorierte sie ihren nassen Rock und ihre feuchten Schuhe in ihrem Glück, mit ihm zusammensein zu können. Vielleicht war es ihre Anwesenheit in Brant Hall, was sie so wankelmütig und unsicher machte, dachte sie und lächelte Luke an, als er einen Zweig beiseite hielt, damit sie vorbeigehen konnte. Er erwiderte das Lächeln, und das tiefe Grübchen in seiner Wange und das vertraute Stocken ihres Herzens sagte ihr, daß ihre Gefühle für ihn unverändert waren. Gleichgültig, was die anderen sagten.

Sie redete nicht viel, sondern genoß das angenehme Schweigen zwischen alten Freunden, die nicht ständig miteinander zu sprechen brauchten. Als sie bei der Bucht ankamen, breitete Pamela die Decke auf dem weichen Rasenstück aus und sah zu, wie Luke seine Ausrüstung richtete. Dann zog er die hohen Stiefel an, hängte sich den Weidenkorb über die Schulter und watete mit der Angelrute ins Wasser. Nebelschwaden zogen über ihn hinweg, geheimnisvoll und still. Das einzige Geräusch kam von den Wellen, die er erzeugte, als er sich im Wasser bewegte. Sogar die Vögel schwiegen.

Ich wollte, wir wären tatsächlich die beiden einzigen Menschen auf der Welt, dachte sie und stützte ihr Kinn auf die Hände und die Ellenbogen auf die Knie. Ich wollte, es gäbe keine anderen Gäste, keine Lady Cynthia, nicht einmal John Pearson. Sie runzelte die Stirn, pflückte einen Grashalm und begann tief in Gedanken versunken, mit ihm zu spielen.

Sie kehrte nicht annähernd so gern in die Stadt zurück wie Luke, denn ihr Aufenthalt auf dem Land hatte sie ihrem Ziel, seine Liebe zu gewinnen, nicht nähergebracht. Sie seufzte, da sich nur noch mehr Probleme ergeben hatten. Pauline brauchte ihr nicht zu sagen, daß die Aufmerksamkeiten des Grafen insbesondere ihr galten. Ebensowenig gab es einen Zweifel daran, daß er sie immer noch zur Frau wünschte, sie immer noch begehrte, wie er ihr vor zwei Jahren bekannt hatte. Es drückte sich in seinem Blick aus, in seinen Worten, in seiner Fürsorge für sie. Und da sie nie gewollt hatte, daß er ihr noch einmal einen Antrag machte, konnte sie nur Bedauern empfinden. Denn es würde bedeuten, daß sie ihn wieder verletzen mußte, und sie schätzte ihn zu sehr, um gern daran zu denken.

Sie warf den Grashalm weg, legte sich auf die Decke und schloß die Augen, als könne sie dadurch Lord Brants Gesicht und die beharrliche Art, in der er in ihre Gedanken eingedrungen war, aus ihrem Geist verbannen. Nach wenigen Augenblicken schlief sie ein.

Sie wachte daran auf, daß sie ein lästiges Insekt verscheuchte. Aber als sie die Augen öffnete, stellte sie fest, daß Luke neben ihr kniete und ihre Nase mit einem Farn kitzelte. Die Sonne war herausgekommen und hatte den Morgennebel aufgelöst. Sie schien einen Kreis um seine Schultern und seinen Kopf mit den braunen Locken zu bilden. Pamela streckte sehnsüchtig eine Hand nach ihm aus, und er zog sie abrupt in die Höhe.

»Du bist mir eine schöne Freundin, Pam«, schalt er sie. »Ich hätte ebensogut allein hierherkommen können bei der Gesellschaft, die du mir geleistet hast.«

Er ließ sich neben ihr auf der Decke nieder. Sein Gesicht war angespannt, als er zum Fluß blickte, der jetzt hell und alltäglich im Sonnenlicht lag.

Pamela streckte sich, um ihre Enttäuschung zu verbergen. »Als ob du meine Gesellschaft gewollt hättest, Luke«, neckte sie ihn. »Von früher her weiß ich sehr gut, daß du mir sofort befohlen hättest zu schweigen, wenn ich ein Wort gesprochen hätte. Aber sage mir, hast du Glück gehabt?«

»Fünf Forellen, und jede über ein Pfund schwer«, sagte er. »Wo ist der Picknickkorb? Nach der schweren Arbeit bin ich hungrig.«

Sie lachte und griff nach dem Korb. »Wieviel Uhr es wohl sein mag?« fragte sie, breitete eine große Serviette aus und begann, die Speisen auszupacken.

Luke blinzelte in die Sonne. »Noch nicht spät. Höchstens elf Uhr, denke ich.«

Er griff nach einem Sandwich, als wäre er ausgehungert, und eine Weile aßen sie schweigend. Schließlich stützte er sich auf die Ellenbogen und seufzte.

»Wie friedlich es hier ist – genau wie in den alten Zeiten, besonders nachdem Lizbeth Powell weg ist. Mir kam es so vor, als ob sie jedesmal, wenn ich mich umdrehte, neben mir gestanden hätte«, sagte er träge, und dann fügte er hinzu: »War das nicht verrückt, was sie getan hat, Pam? Mich so hereinlegen zu wollen!«

Seine Stimme drückte verächtliche Belustigung aus, so daß Pamela ihn anstarrte. »Aber du mußt doch gewußt haben, daß sie dich heiraten wollte, Luke«, sagte sie. »Wir – jedermann wußte es.«

»Natürlich wußte ich es auch. Hältst du mich etwa für einen Dummkopf?« fragte er leichthin.

»Aber warum hast du ihr dann nicht Einhalt geboten?« fragte Pamela. »Es war nicht sehr nett von dir, sie glauben zu lassen, sie hätte eine Chance …«

Sie hielt inne, als Luke den Kopf zurückwarf und herzlich lachte. »Nett? Komm, Pam! Wenn sie sich zur Närrin machen wollte, indem sie hinter mir herlief, dann war das ihre Sache. Ich habe ihr nie Hoffnungen gemacht«, fügte er hinzu, als er ihr leichtes Stirnrunzeln sah.

»Aber Luke, in gewisser Weise hast du das doch getan, einfach dadurch, daß du sie nicht entmutigt hast. Es gibt Möglichkeiten für einen Mann, ein Mädchen wissen zu lassen, daß er sich nicht für sie interessiert, Mittel, die nicht ihren Stolz verletzen oder ihr wehtun. Jeder Gentleman …«

»Dann bin ich eben kein Gentleman, mein Mädchen«, sagte er ruhig, obwohl seine hellbraunen Augen zu funkeln begannen und er die volle Unterlippe trotzig vorschob. »Sollte ich ihr etwa klipp und klar sagen, daß ich einfach nicht belästigt werden wollte?«

Pamela starrte ihn an. Er hatte auf eine kalte, beiläufige Art gesprochen, der sie entnahm, daß es tatsächlich sein Ernst war. Er hatte Lizbeth Powell nicht entmutigt, weil ihn dies ein wenig Mühe gekostet hätte.

Jetzt lächelte er über ihre konsternierte Miene. Er stand auf und hielt ihr die Hand hin. Pamela ließ sich von ihm auf die Füße ziehen.

»Können wir endlich aufhören, darüber zu reden, Pam?« fragte er mit gleichgültiger Stimme. »Sie ist zum Glück weg, und die Geschichte immer und immer wieder aufzuwärmen, ist ermüdend. Wenn ich es mir recht überlege, war sie eine Langweilerin, außer im Stall.« Er lachte spöttisch.

Pamela schluckte eine Erwiderung hinunter, als er hinzufügte: »Du hast dich in letzter Zeit sehr verändert, Pam. Früher hast du über mich und meine Späße gelacht und mir nicht die Leviten gelesen. Ich glaube, der Graf und Lady Frances haben dich so verändert, und zwar nicht zum besten.«

Als sie dies abstreiten wollte, winkte er ungeduldig ab, bückte sich, um sein Angelzeug aufzunehmen, öffnete seinen Weidenkorb und zeigte ihr seinen Fang. Obwohl Pamela die Fische bewunderte und nicht wieder auf das vorherige Thema zurückkam, konnte sie es sich nicht aus dem Kopf schlagen, als sie zum Haus gingen. Sie hatte Luke oft seine Unbekümmertheit und seine Gleichgültigkeit gegenüber anderen Menschen verziehen. Aber festzustellen, daß er nicht nur gefühllos und gleichgültig war, sondern sich auch noch über die Art und Weise amüsierte, wie sein Verhalten einen anderen Menschen verletzt hatte, schmerzte sie. Plötzlich fragte sie sich, ob er auch über sie lachen und sie ebenso behandeln würde, wenn er erkannte, daß sie ihn liebte. Doch dann schalt sie sich, und ihr Herz schmerzte, weil sie so etwas über Luke denken konnte. Er liebte sie. Sie wußte es.

Aber das unbehagliche Gefühl beherrschte sie den ganzen Tag. Und der Graf war nicht der einzige, der ihre Geistesabwesenheit bemerkte, obwohl vielleicht nur er den Schmerz in ihren goldgefleckten braunen Augen sah und im stillen den Viscount dafür verwünschte, was immer er auch gesagt oder getan haben mochte, um diesen Schmerz hervorzurufen. Er hatte von dem Angelausflug gewußt, und er hatte gehofft, daß sie um so eher sein wahres Wesen erkennen würde, je mehr Zeit sie in der Gesellschaft dieses Mannes verbrachte. Als die beiden ins Haus zurückkehrten, hatte er zwar mit Erleichterung festgestellt, daß Luke Westcott noch nicht entdeckt hatte, wie sehr Pamela ihn liebte. Aber es war auch deutlich zu sehen gewesen, daß Pamela ihr Bemühen um die Zuneigung ihres alten Freundes nicht aufgegeben hatte.

Der Graf seufzte. Er hatte in ihre Anwesenheit in Brant Hall so große Hoffnungen gesetzt, doch jetzt näherte sich der Aufenthalt seinem Ende, ohne daß das glückliche Ereignis eingetreten war, das er sich erträumt hatte. Einige der Gäste würden am folgenden Tag auf seiner

Jacht segeln, und am Tag darauf würde er einen Tanzabend im Garten veranstalten. Zwei Tage nach diesem Galaereignis würden sie alle wieder in die Stadt aufbrechen. Er fragte sich, ob er vor der Abreise Pamela wissen lassen sollte, wie sehr er sie liebte und begehrte. Er zog sich für den Rest des Tages zurück, um seinen Plan zu durchdenken, und war ebenso verschlossen wie Pamela. Sir Frederick und seine Frau tauschten ein wissendes Lächeln aus.

Lady Frances hatte erklärt, daß sie unter keinen Umständen den Fuß auf irgend etwas Schwimmendes setzen würde. Sie war einmal während einer Kanalüberquerung sehr seekrank geworden und hatte vor, England nie wieder zu verlassen. Sir Frederick lehnte ebenfalls ab, da er es vorzog, seiner Frau Gesellschaft zu leisten und sich vielleicht auf einem Liegestuhl im Garten einen Nachmittagsschlummer zu gönnen. Matthew Sheridan sagte mit errötetem Gesicht, daß Lady Virginia einige nahegelegene römische Ruinen besichtigen wolle und er sie begleiten würde. Die Augen seines Bruders Mark blitzten auf, aber er kam nicht dazu, Matt zu verspotten, weil er sich angeblich plötzlich für ein paar alte Steine und ein abbröckelndes Aquädukt interessierte. Lady Frances unterband den Disput, indem sie sagte, sie und ihr Mann würden das junge Paar gern begleiten, und dadurch entschied sich Lady Sheridan für die Segelpartie.

Sehr früh am nächsten Morgen fuhren Pamela, ihre Mutter, Luke und Mark mit dem Grafen in seiner großen Kutsche die paar wenigen Meilen nach Dover, wo seine Jacht lag. Die beiden jungen Männer waren aufgeregt, denn keiner von ihnen war je auf einem Schiff gewesen, das nur für Regatten und Vergnügungsfahrten diente. Sie belebten die Fahrt mit ihrer guten Laune und wilden Spekulationen darüber, wie sehr sie sich für das Matrosenleben eigneten. Lady Sheridan amüsierte sich über sie und stachelte sie an, während Pamela und der Graf ruhig dasaßen und einander hin und wieder anlächelten wegen der Ausgelassenheit der anderen.

»Ich habe natürlich einen Kapitän und eine zweiköpfige Mannschaft«, sagte Lord Brant. »Sie werden Ihnen gern die Taue erklären. Ich hoffe, Sie werden nicht zu enttäuscht sein, denn heute weht wenig Wind, und *Skua* fährt am schnellsten dicht am Wind in einer guten, steifen Brise von fünfzehn Knoten.«

Mehrere Minuten lang war er damit beschäftigt zu erklären, was ›am Wind‹ im Gegensatz zu ›vor dem Wind‹ hieß und was ›Knoten‹

waren, und dann fragte Pamela: »*Skua*, was für ein ungewöhnlicher Name, Mylord. Was bedeutet das?«

Lord Brant lächelte sie an und bewunderte ihr weißes Leinenkleid, dessen Seemannskragen in Blau und Gold eingefaßt war.

»*Skua* oder *Jäger* ist eine große, schwarze Seemöve, Miss Sheridan. Sie kommt in den nördlichen Gewässern vor und hat ein dunkles Gefieder im Gegensatz zu der weißen Heringsmöve, die wir hier so oft sehen.«

Pamela blickte auf sein dunkles Haar. »Dann ist Ihre Namenswahl sehr passend«, sagte sie.

»Um ehrlich zu sein, muß ich hinzufügen, daß ein *Skua* kein sehr netter Vogel ist und einen üblen Ruf hat wegen seines räuberischen Verhaltens. Er ist als ein Pirat der Meere bekannt, als ein Räuber, der sich selten die Mühe macht, selbst zu fischen. Er wartet, bis kleine Meerschwalben und Möwen einen Fisch fangen, und zwingt sie dann, ihn herzugeben, indem sie ihn entweder fallenlassen oder wieder herauswürgen.«

»Das ist wirklich nicht sehr nett«, erwiderte Pamela, und ihre Augen leuchteten. »Aber der Name klingt schön. Wenigstens haben Sie es nicht *Geier* oder *Bussard* genannt.«

Der Graf drohte ihr lachend mit dem Finger. »Meine liebe Miss Sheridan! Sie dürfen niemals ein Schiff – vom kleinsten Ruderboot angefangen bis zum größten Linienschiff – ›es‹ nennen. Ein Schiff ist immer weiblich. *Sie* ist soundso viele Fuß lang; *ihre* Segel sind gut getrimmt. Verstehen Sie?«

»Nun frage ich mich, was – äh – wer das bestimmt hat«, überlegte Pamela ernst. »Soll es ein Kompliment sein, Mylord?«

»Ich weiß nicht«, erwiderte Lord Brant. »Vielleicht kommt es daher, daß Schiffe wie Frauen sind. Sie sind schön, herzerwärmend, anregend und aufregend.«

»Was für ein nettes Kompliment, Mylord!« applaudierte ihm Lady Sheridan.

»Natürlich können sie auch kapriziös sein, störrisch und schwer zu handhaben«, fuhr der Graf fort.

Lady Sheridan klopfte ihm auf die Hand, so wie sie es bei Luke gewöhnlich tat, und lachte ihn an.

Als sie am Kai ankamen, wo *Skua* lag, half der Graf Pamela und Lady Sheridan an Bord und stellte ihnen den Kapitän, einen Mr. Browell, und die beiden Mannschaftsmitglieder vor. Nachdem die Picknickkörbe, Decken, Umhänge und Gummimäntel und einige Vorräte an Bord gebracht und im Rumpf verstaut worden waren, beobachtete Pamela interessiert, wie die Mannschaft das Boot zum Segeln bereit machte.

Skua war etwa fünfzehn Meter lang. Ihr Rumpf war schwarz gestrichen mit einem leuchtend weißen Streifen, der sich vom Bug bis zum Heck zog. Das Eichenholz, aus dem das Deck und Spieren bestanden, war makellos lackiert. Der Graf führte sie herum, zeigte ihnen die beiden Luxuskabinen, eine für Pamela und ihre Mutter, die andere jenseits der Kajütentreppe auf der Steuerbordseite für die Herren.

Die Damen wurden in zwei bequeme Deckstühle gesetzt, und die Mannschaft legte ab. Kapitän Browell steuerte das Boot vom Kai weg. Als Pamela wegen des Windes die Bänder an ihrem Hut fester zog, blickte sie nach vorn, wo der Graf stand und Luke und Mark die Sehenswürdigkeiten des Hafens zeigte. Dover war ein betriebsamer Hafen mit Schiffen, die Reisende ins Ausland brachten, und einer großen Fischereiflotte. Außerdem lagen noch andere Vergnügungsschiffe da. Luke war fasziniert von dem Zweimaster des Earl of Sandwich, der vor Anker lag. Aber diesesmal verweilte Pamelas Blick auf Lord Brants scharfem Profil und seinem schwarzen Haar. Als er sich umdrehte und sah, daß sie ihn beobachtete, warf er ihr einen so intimen Blick zu, daß es Pamela vorkam, als hätte er sie hier vor allen anderen geküßt. Sie senkte den Blick und war froh, als ihre Mutter sie bat, ihr Taschentuch suchen zu helfen.

Nachdem der Kapitän einen nordöstlichen Kurs eingeschlagen hatte, übergab er das Steuer einem Mannschaftsmitglied und kam zu den Damen, um sich mit ihnen zu unterhalten. Er sagte ihnen, daß sie bei Ostwind eine angenehme Fahrt haben würden. Pamela entspannte sich. Es war herrlich, auf dem Wasser zu sein. Sie genoß die erfrischende, salzige Brise, die tanzenden Wellen und bewunderte die kreischenden Seevögel. In der Ferne sah sie Schiffe aller Art. Über ihnen leuchteten die sich aufbauschenden Segel in einem so grellen Weiß, daß es dem Auge wehtat. Die Geräusche des Wassers, durch das sie so mühelos glitten, das Klatschen der Taue und das Summen der Takelage wirkten fast hypnotisch. Pamela blickte zurück und sah, wie Dover hinter dem Heck verschwand. Vor ihnen, mehrere Kilometer entfernt und von einem leichten Dunst verschleiert, lag die französische Küste.

Luke und Mark lösten sich am Steuer ab. Lord Brant machte die

Damen darauf aufmerksam, wie ungleichmäßig das Kielwasser seither geworden war. Als sie die schlingernden Bahnen statt einer geraden Linie sah, ging Pamela zu ihrem Bruder und neckte ihn. Danach gab sich Mark große Mühe, einen Kurs zu steuern, der gerader war als derjenige Lukes. Doch Lord Brant beschämte sie beide, als er das Steuer übernahm.

Die Mannschaft servierte das Lunch, und Lady Sheridan erklärte, sie habe noch nie solch einen herrlichen Tag verbracht. Pamela fügte ihre Komplimente hinzu, doch sie ließ ihre Blicke nicht auf dem Gesicht des Grafen verweilen. Sie hatte den Eindruck, daß er sich zu amüsieren schien.

Um drei Uhr fuhren sie wieder nach Dover zurück. Der Kapitän hatte den Grafen auf die Wolken aufmerksam gemacht, die sich über Frankreich zusammenzogen, und er hatte zugestimmt, daß es besser wäre, mit den Damen an Bord keinen plötzlichen Sturm zu riskieren. Pamela bemerkte, daß er oft mit einem leichten Stirnrunzeln in südöstliche Richtung blickte, aber sie machte sich keine Sorgen. Sie wußte, daß sie beim Earl of Brant in guter Obhut war.

Sie hatten fast den Hafen erreicht, als die Brise plötzlich abstarb. Die dunklen, drohenden Wolken waren jetzt nähergekommen. *Skua* wurde von einem besonderen Licht angestrahlt, und die Luft hatte etwas merkwürdig intensives Diesiges an sich. In der plötzlichen Stille war kein Laut zu hören außer dem Klatschen der Segel, als sie hin und her schlugen wie auf der Suche nach dem Wind, der sie verlassen hatte. Während der Himmel immer dunkler wurde, begann sich *Skua* in einer trägen Bewegung zu heben und zu senken, die ganz unähnlich ihrem bisherigen, zielbewußten Segeln war. Sie alle konnten das Donnergrollen hören und sogar gelegentlich in den regenschweren, schwarzen Wolken einen Blitzstrahl sehen.

Der Graf runzelte jetzt besorgt die Stirn, als der Kapitän einige knappe Befehle gab und die Mannschaft die Leinen prüfte und die Luken schloß. Der Kapitän übernahm selbst das Steuer, und sein breites, vom Wetter gegerbtes Gesicht war ernst. Pamela sah, daß die französische Küste hinter einem silbergrauen Vorhang verschwunden war.

Lord Brant setzte sich neben die beiden Damen. »Wir konnten nicht rechtzeitig vor dem Sturm den Hafen erreichen, Mylady, es tut mir so leid. Würde es Ihnen und Miss Sheridan etwas ausmachen, nach unten zu gehen?«

Lady Sheridan wollte einen solch schmählichen Rückzug ablehnen, aber er fügte eindringlich hinzu: »Jetzt ist die See noch ruhig, aber in Kürze wird mehr Wind aufkommen, und dann werden Sie froh sein, wenn Sie unten sind. Höchstwahrscheinlich kommt ein Regenguß, von Blitz und Donner ganz zu schweigen. Ich möchte keine von Ihnen beiden irgendwelchen Unannehmlichkeiten aussetzen.«

Daraufhin stimmte Lady Sheridan zu, und die beiden Frauen gingen hinunter in die Luxuskabine, die für sie reserviert war. Pamela mißfiel die Bewegung des Schiffs, nachdem sie unten war, aber das vergaß sie bald, da sie sich um ihre Mutter kümmern mußte, die sich eindeutig unwohl fühlte.

Als der Donner direkt über ihnen grollte, kam ein Windstoß, und *Skua* neigte sich auf die Seite. Pamela hielt sich an der Schlafkoje fest, um das Gleichgewicht nicht zu verlieren, und Lady Sheridan wimmerte vor Angst. Von dort, wo Pamela stand, konnte sie nur den Himmel durch das Bullauge sehen und etwas aufschäumende Gischt. Aber dann goß es in Strömen, und ihr war, als ob die Jacht von jemandem unter Wasser gedrückt worden sei. Sie hörte Mark und Luke aufgeregt reden, als diese die Leiter herunterkamen, um wasserdichte Mäntel anzuziehen. Vom Earl of Brant war nichts zu hören. Pamela wünschte, sie hätte ihn sehen und mit ihm sprechen können, denn nun fürchtete auch sie sich ein wenig. *Skua* hob sich auf einer Welle, die größer gewesen sein mußte als die vorhergehende, und als sie dahinter in das Wellental tauchte, kam es Pamela so vor, als ritte sie auf einem wilden Pferd. Sie ließ sich auf der Schlafkoje neben ihrer Mutter nieder und tätschelte ihre Schulter.

»Ich bin so froh, daß wir nicht an Deck sind, Mama«, sagte sie und versuchte, ruhig zu sprechen. »Wir wären völlig durchnäßt worden.«

»Oh, Pamela, wir werden ertrinken! Ich bin sicher, das Schiff wird sinken, und wir werden ertrinken«, klagte Lady Sheridan.

Dann hörten sie ein Krachen und Marks lautes Gelächter, in das Luke einstimmte.

»Das bezweifle ich, Mama, denn wenn wir in Gefahr wären zu sinken, würden die beiden kaum lachen.«

Kurze Zeit später klopfte es an die Tür, und der Graf erkundigte sich nach ihrem Befinden. Pamela wagte es nicht, über den Kajütenboden zu gehen, der sich derartig hob und senkte, daß einem übel wurde. Deshalb beschränkte sie sich darauf, dem Grafen eine Beruhigung zuzurufen.

Es schien eine Ewigkeit zu dauern, bis Pamela spürte, daß die Jacht wendete; und dann hörte wie durch ein Wunder das Schwanken auf, und sie konnte aufstehen und zum Bullauge gehen und sehen, daß *Skua* in den Hafen von Dover einfuhr. Sie seufzte erleichtert, und als ein Sonnenstrahl die Szene beleuchtete, verließ sie ihre Mutter und ging an Deck.

Der Graf stand am Steuer, aber als er sie sah, winkte er Kapitän Browell, kam auf sie zu und ergriff ihre Hände. »Geht es Ihnen gut, Miss Sheridan?« fragte er und sah ihr eindringlich in die Augen.

»Besser als Ihnen, Mylord«, sagte sie lächelnd und sah auf sein nasses Haar und seine durchnäßten Kleider.

»Meine Glückwünsche, Ma'am«, erwiderte er lachend und drückte ihre Hände, ehe er einen Arm um sie legte und sie zum Heck führte. »Sie sind ein furchtloser Seemann, wie ich sehe, und wie geht es Lady Sheridan?«

»Mama fühlt sich ein wenig unwohl«, sagte Pamela und fragte sich, weshalb sie sich in seinen Armen so sicher fühlte. »Mama möchte unten bleiben, bis wir am Kai anlegen.«

Sie traten zu Mark und Luke, die eben ihre Gummimäntel auszogen. Luke streckte die Arme nach ihr aus. »War das nicht großartig, Pam?« rief er, und seine Augen leuchteten vor Begeisterung. Er hob Pamela in die Höhe und wirbelte sie herum, wie er es immer tat, wenn er guter Laune war.

In diesem Augenblick drehte Kapitän Browell, der nicht auf die Gäste achtete, während er sich seinen Weg durch den Hafen bahnte, das Ruder nach Steuerbord, um einem kleinen Küstenschiff auszuweichen, das den Hafen verließ. Luke taumelte, prallte gegen die Reling und hielt dabei Pamela immer noch in den Armen. Wegen des Großbaums, der nach innen schwang, duckte er sich, und Pamela fühlte, wie er das Gleichgewicht verlor und sie beide über Bord fielen.

Es schien eine Ewigkeit zu dauern, ehe sie ins Wasser eintauchten. Sie hörte deutlich den scharfen Befehl des Grafen und den Schrei ihres Bruders. Dann schloß sich das kalte Salzwasser über ihr. Der Schock, als die Nässe durch ihre Kleider drang, trieb ihr fast die Luft aus den Lungen. Sie sanken immer tiefer, und Pamela preßte die Augen zu, während ihr Herz hämmerte und ihr die Panik in die Kehle stieg. Luke drückte sie an sich, und als sie darum kämpfte, von ihm loszukommen, hielten sie seine Arme nur noch fester. Dann wurde ihr klar, daß er versuchte, sie festzuhalten, und sie spürte, wie er sie an die Wasseroberfläche hob.

Pamela keuchte und spuckte, als sie schließlich auftauchte. Sie klammerte sich an Lukes Arme. Auch Luke würgte und hustete, und nach kurzer Zeit sagte er mit rauher Stimme: »Pam … lege deine Arme … um meinen Hals. Ich halte uns über Wasser – bis Lord Brant uns herausholt.«

Pamela riß sich ihre durchweichte Haube vom Kopf und wischte sich das Haar aus den Augen, ehe sie tat, wozu sie aufgefordert worden war. Ihre Röcke schlangen sich um ihre Beine, und sie glaubte nicht, daß sie schwimmen oder auch nur Wassertreten konnte. Nun, da sie an das Wasser gewöhnt war, schien es nicht mehr so kalt zu sein. Es waren keine Boote in der Nähe, und *Skua,* von der nur das Heck zu sehen war, schien sehr klein und weit entfernt zu sein. Aber dann sah sie, wie das Schiff wendete und auf sie zukam, und sie wußte, daß sie und Luke außer Gefahr waren.

Sie sah ihn an, der ihr so teuer und so nahe war, und wunderte sich über sein finsteres, gequältes Stirnrunzeln. »Es ist schon gut, Luke«, beruhigte sie ihn. »*Skua* kommt zu uns zurück.«

»Was habe ich mir nur dabei gedacht, dich so herumzuwirbeln!« sagte er, als hätte er sie nicht gehört. Er hustete, und dann umfaßten seine Arme sie fester, als er hinzufügte:

»Und das nach der ganzen Seemannskunst, die man mir heute nachmittag beigebracht hat. Ich hätte wissen müssen, daß es gefährlich ist, aber ich war so begeistert. Was für ein Dummkopf bin ich doch.«

Er stöhnte, und Pamela strich ihm die dunklen, nassen Locken aus der breiten Stirn. Dann preßte sie sich an ihn und küßte die Stelle an seiner Wange, wo sich sein Grübchen versteckt hatte. Ein tiefes Empfinden überkam sie, als sie so eng an seinen Körper gepreßt wurde, daß sie sein Herz gegen ihre Brust schlagen hörte und seine kräftigen Schenkel spürte, die sich an die ihren preßten, während ihre umschlungenen Körper in den Wellen auf und ab stiegen. Sie flüsterte: »Luke, Liebster!« Und dann küßte sie ihn wieder. Ehe sie ihm ihre Liebe in völliger Hingabe erklären konnte, wich er zurück.

»Nein, tu das nicht, Pam!« rief er. »Du darfst mir nicht so leicht vergeben! Ich hätte an deinem Tod schuld sein können, und wie hätte ich das jemals ertragen?«

Seine Stimme klang so gequält, daß Pamela von einer Woge des

Glücks davongetragen wurde. Fünf lange Jahre hatte sie darauf gewartet, daß er so zu ihr sprach, und nun empfand sie eine Seligkeit, die zu erhoffen sie schon fast aufgegeben hatte. Aber seine weiteren Worte zerstörten ihre neu erwachte Freude.

»Wie hätte ich in dem Bewußtsein leben können, daß jemand, den ich wie einen Angehörigen meiner eigenen Familie betrachtete, durch meine Schuld ertrunken ist? Pam, mein liebste Schwester, verzeih mir!«

Da fiel der Schatten der Segel auf sie und löschte die Sonne aus. Pamela brauchte nicht zu antworten, und das war ihr gerade recht. Denn sie wußte, daß sie nicht hätte sprechen können. Sie schloß die Augen, um die brennenden Tränen ihrer Enttäuschung zu verbergen, die an ihren nassen Wangen herunterliefen.

Skua wendete wieder, drehte in den Wind um anzuhalten, und Luke winkte als Zeichen, daß sie noch lebten.

Als er versuchte, mit ihr zum Boot zu schwimmen, rief der Graf wütend: »Bleiben Sie, wo Sie sind! Ich werfe einen Rettungsring und ziehe Pamela zuerst heraus!«

Der Ring schlug neben ihnen auf, und sobald Pamela ihre Arme durchgeschoben und sich darangehängt hatte, begann Lord Brant langsam, sie zum Boot zu ziehen. Die beiden Matrosen waren zur Stelle und hievten sie an Bord, und dann hüllte sie der Graf in einen großen, wollenen Mantel ein. Sie war dankbar dafür, denn der Wind, der durch ihre nassen Kleider blies, machte sie frösteln. Wie seltsam, dachte sie, im Wasser kam es mir wärmer vor. Lord Brant legte einen Arm um sie und fragte: »Wie geht es Ihnen? Reden Sie!«

Pamela versuchte trotz des Kloßes in ihrem Hals, ihn anzulächeln. Sie wünschte, sie hätte sich an ihn pressen und ihre Tränen verbergen können. Aber dann sagte sie: »Mir geht es gut, Mylord. Ich friere nur schrecklich und bin halt naß.«

Sie war froh, daß das Zittern ihrer Stimme dem Schock über das, was eben geschehen war, zugeschrieben werden konnte. Sie hörte Luke die Leiter heraufklettern, die die Matrosen heruntergelassen hatten, und wußte, daß er in Sicherheit war. Der Graf zog sie an sich und murmelte ihr ins Ohr: »Wenn Ihnen etwas zugestoßen wäre, hätte ich ihn eigenhändig umgebracht! Den Idioten!«

Pamela hörte den Zorn in seiner Stimme und versuchte, ihn zu besänftigen. »Wir waren weniger in Gefahr als Sie fürchteten, Mylord Luke brachte mir schon vor vielen Jahren das Schwimmen bei ...«

»Wie?« schnauzte Lord Brant, und sein Zorn war nicht im geringsten besänftigt. »Hat er Sie immer und immer wieder ins Wasser geworfen, bis Sie schließlich gelernt hatten, zu überleben? Und keine Furcht zu zeigen, nehme ich an. Der verdammte Narr!«

Da dies tatsächlich im wesentlichen die Art war, wie Luke ihr das Schwimmen beigebracht hatte, wußte Pamela keine Antwort. Statt dessen legte sie ihm eine Hand auf den Mund und war überrascht, als er diese begierig küßte. Sie spürte, daß er leicht zitterte und bemerkte, daß er in seiner Sorge um sie und in seinem Zorn auf Luke so angespannt war wie eine Violinsaite.

»Mylord, bitte lassen Sie es nicht an ihm aus«, sagte sie mit unsicherer Stimme. »Er macht sich selbst schon genug Vorwürfe.«

»Das tut ihm gut! Ich bin erstaunt, daß er einen solchen normalen Anstand an den Tag legt«, fauchte der Graf. Und dann fügte er hinzu: »Wann werden Sie in ihm endlich das sehen, was er wirklich ist? Wann werden Sie aufhören, ihn zu verteidigen, ihn zu entschuldigen, ihn zu lieben? Wann werden Sie erkennen, daß er es nicht einmal wert ist, Ihre Hand zu berühren, geschweige denn, sie zu gewinnen?«

Seine Augen blitzten, und Pamela war wie betäubt von seiner Heftigkeit. Sie dachte nicht daran, daß er abgesehen von seiner Angst um ihre Sicherheit auch noch hatte beobachten müssen, wie sie Luke geküßt hatte – nicht einmal, sondern zweimal, denn er hatte die ganze Zeit, während sie im Wasser war, keinen Blick von ihr gewandt.

»Mylord«, flüsterte sie mit plötzlich trockenen Lippen.

Er bemühte sich, beherrscht zu wirken, als er sagte: »Verzeihen Sie, Ma'am. Sie frieren und sind naß, und Sie hatten eben ein schreckliches Erlebnis. Ich hätte nicht so zu Ihnen sprechen sollen.«

Seine Stimme war jetzt ruhig und Pamela entspannte sich, als er über ihren Rücken strich. Dann sagte er, fast wie zu sich selbst: »Nein, ich gebe nicht auf, selbst jetzt nicht. Irgendwie … eines Tages …«

»Liebling, was habt ihr uns für einen Schrecken eingejagt, du und Luke!« rief Lady Sheridan irgendwo hinter ihnen. Pamela wurde sich plötzlich der Anwesenheit der anderen bewußt, der beiden Matrosen, die ruhig miteinander sprachen, Luke, der Mark genau schilderte, was geschehen war, Kapitän Browell, der sie erleichtert vom Steuer aus anlächelte. Lord Brant ließ sie los, und nun zitterte Pamela, denn jetzt, nachdem sie den Schutz seiner Arme verlassen hatte, war ihr noch kälter. Lady Sheridan rief ihr erschrocken etwas zu, und Mark bestand darauf, sie die Leiter hinunter in die Kajüte zu tragen, damit sie sofort ihre nassen Kleider auszog.

Ihre Mutter half ihr beim Auskleiden und rieb sie mit einem großen Handtuch ab. Als der Graf anklopfte und ein paar Kleidungsstücke hereinreichte, sagte er, ein Neffe von ihm habe diese an Bord gelassen. Pamela lag auf der Koje, bekleidet nur mit seinem warmen Mantel. Sie hatte ein Handtuch um ihr Haar geschlungen.

»Es tut mir leid, daß ich Ihnen keine Frauenkleidung anbieten kann, Ma'am. Aber sogar das Hemd und die Hose eines Jungen sind besser als diese nassen Kleider. Sobald wir andocken, lasse ich die Kutsche kommen und Sie sofort nach Brant Hall bringen. Sie müssen sobald wie möglich ein heißes Bad nehmen und zu Bett gehen.«

Lady Sheridan dankte ihm und schloß die Tür. Als sie die Kleider hochhielt, sah ihre Miene vor Bestürzung so komisch aus, daß Pamela lächeln mußte.

»Ich weiß, ich weiß, Mama! Es ist anstößig. Aber ich werde den Mantel des Grafen darüberziehen, und niemand wird sehen, wie tief ich gesunken bin, daß ich Jungenkleider tragen muß.«

Sie stand auf, zog sich an und fragte dabei mit leiser Stimme: »Geht es Luke gut?«

Lady Sheridan nickte, als sie den Pullover über Pamelas feuchtes Haar zog. »Ja, es geht ihm gut.«

Ihre Tochter wunderte sich über die kurze Antwort, die überdies mit einer Stimme geäußert worden war, die ihr fremd klang. Sie sah, wie ihre Mutter die Lippen zusammenpreßte, aber ehe sie etwas fragen konnte, fuhr Lady Sheridan auf ihre atemlose Weise fort:

»Ich bin wütend auf Luke, wirklich wütend! Und was Sir Roger ihm zu sagen haben wird, wenn er von dem Vorfall erfährt, wage ich mir gar nicht auszudenken. Du hättest ertrinken können! Und wenn Kapitän Browell Lord Brant nicht zurückgehalten hätte, wäre er dir ins Wasser nachgesprungen und hätte ebenfalls ertrinken können. Luke ist gedankenlos und leichtsinnig. Ich werde es ihm sagen, sobald wir an Land sind.«

Als die Kutsche des Grafen kurze Zeit später über das Kopfsteinpflaster holperte, schickte sie sich an, genau das zu tun. Luke seinerseits saß still da mit düsterem Gesicht, und er entschuldigte sich nicht einmal oder versuchte, sie mit seinem charmanten Lächeln dazu zu bringen, ihm zu verzeihen.

Pamela fand es gut, daß John Pearson nicht dabei war und die

Schelte mitanhörte, die der Viscount von Lady Sheridan erhielt. Aber der Graf hatte beschlossen, an Bord zu bleiben, um den Teil der Takelage zu inspizieren, der während des Sturms beschädigt worden war. Seinem kalten, finsteren Blick und seiner starren Miene hatte Pamela aber entnommen, daß er in Wirklichkeit an Bord blieb, weil er jetzt nicht in Luke Westcotts Nähe sein wollte. Sie selbst war froh, daß er nicht zugegen war, denn seine Worte klangen ihr immer noch in den Ohren. Er hatte ihr beim Abschied die Hand geküßt, und sie hatte das leichte Zittern ihrer Hand nicht unterdrücken können, als sie in der seinen lag.

Pamela lehnte sich in die Polster zurück, schloß die Augen und ließ die anderen sprechen. Sie konnte sich nicht daran erinnern, jemals so müde gewesen zu sein.

Als sie schließlich in Brant Hall ankamen, war sie froh, in ein heißes Bad steigen zu können. Aber sie rührte das Tablett mit dem Abendessen kaum an und schlief ein, sobald ihr Kopf auf dem Kissen lag.

Als sie am nächsten Morgen nicht zur gewohnten Zeit nach ihrem Mädchen läutete, ging Lady Sheridan selbst in ihr Zimmer, um nach ihr zu sehen. Sie traf ihre Tochter mit hohem Fieber an. Pamela warf sich hin und her, redete im Delirium und klagte über Schmerzen in Armen und Beinen. Sofort wurde der Arzt gerufen, und vierundzwanzig Stunden lang machten sich alle im Haus Sorgen, daß Miss Sheridan sich eine Lungenentzündung oder vielleicht noch etwas Schlimmeres zugezogen haben könnte. Lord Brant tat während dieser Zeit wenig anderes als in seiner Bibliothek auf und ab zu gehen und abwechselnd für sie zu beten und den Viscount zu verfluchen.

Der Tanz im Freien wurde abgesagt. Der Graf schickte einen Dienstboten zu seinen Nachbarn, um sie über die Situation zu unterrichten. Zwei Tage nach der Segeltour rief er den Viscount Westcott zu sich in die Bibliothek.

Lord Brant war ein wenig beschwichtigt, als er Luke Westcotts besorgte Miene sah.

»Gibt es etwas Neues, Mylord? Pam geht es doch nicht etwa schlechter?« fragte er, fast ehe er sich von seiner Verbeugung wieder aufrichtete.

Der Graf stand hinter seinem Schreibtisch und stützte die Hände auf dessen polierte Platte.

»Der Arzt ist gerade gegangen. Er sagt, das Fieber sinkt, und die Krise ist vorüber. Er erwartet eine völlige Genesung.«

Lukes Gesicht entspannte sich zu einem breiten Lächeln, und der Graf betrachtete mit Widerwillen das tiefe Grübchen, als Luke rief: »Das ist großartig, Sir! Ich wußte die ganze Zeit, daß es Pam bald wieder besser gehen würde. Pamela ist so stark wie ein Roß. Sie war ein schwächlicher Typ, wissen Sie.«

»Sie wäre gewiß schon vor Jahren gestorben, wenn sie schwächlich gewesen wäre, da sie so viel Zeit in Ihrer Gesellschaft verbracht hat, Sir«, erwiderte der Graf kalt.

Luke, der im Begriff gewesen war, sich in einen Sessel zu werfen, hielt inne. Der Graf starrte ihn einen Augenblick an, und dann sagte er mit ruhiger, aber ironischer Stimme: »So sehr mich dies schmerzt, muß ich Sie bitten, Brant Hall zu verlassen, Mylord. Ich glaube, wir werden während Miss Sheridans Genesung ohne Ihre hilfreiche Anwesenheit auskommen. Ich bin sicher, daß die Dame viel rascher genesen wird, wenn sie nicht den erschreckenden Aufregungen ausgesetzt ist, die mit so großer Regelmäßigkeit vorzukommen scheinen, wenn Sie in der Nähe sind.«

Luke wollte protestieren, aber Lord Brant hob gebieterisch eine Hand. »Tun Sie mir einen Gefallen und erwidern Sie nichts, Mylord, sonst vergesse ich mich. Während Sie unter meinem Dach wohnen, muß ich Ihnen jede Höflichkeit erweisen. Außerdem gilt Mord selbst aus den überzeugendsten Motiven nicht als *comme il faut*.« Es herrschte frostigstes Schweigen, und dann fuhr er fort: »Ich habe dafür gesorgt, daß Ihr Pferd in einer Stunde gebracht wird. Dadurch haben Sie genügend Zeit, sich höflich zu verabschieden. Ihr Gepäck wird Ihnen noch am heutigen Nachmittag durch einen Kurier nachgeschickt. Und jetzt, Sir, sage ich Ihnen adieu.«

Ein dunkles Rot hatte während der entschlossenen Rede des Grafen Lukes Wangen überzogen. Nun trat er einen Schritt vor und rief: »Hören Sie, Mylord, ich ...«

Wieder unterbrach ihn der Graf, und dieses Mal war seine Stimme so kalt wie Stahl. »Ich glaube, ich habe gesagt, ich möchte mich nicht länger mit Ihnen unterhalten, Sir. Sie wären klug, dies zu beachten.«

Er trat hinter dem Schreibtisch vor, ging auf den betretenen Viscount zu und sagte mit zusammengebissenen Zähnen: »Sie haben Glück, daß ich Sie nicht herausfordere, Sir. Nur das Bewußtsein, wie bekümmert Miss Sheridan über Ihren Tod wäre, hält mich davon ab.«

Die beiden Männer sahen einander finster an, aber es war Lord Westcott, der den Blick zuerst abwandte, und sich dann verbeugte.

Ehe er zur Tür ging, sagte er angespannt: »Sie müssen mir erlauben, Sie um Verzeihung zu bitten, Mylord. Ich werde natürlich so bald wie möglich abreisen. Doch vorher möchte ich Sie folgendes wissen lassen: Ich würde Pam niemals absichtlich weh tun. Sie ist mir sehr teuer. Ich habe sie mein Leben lang geliebt.«

Er drehte sich um und sah daher nicht, wie Lord Brants Mund schmerzlich zuckte, und ebensowenig sah er den traurigen Ausdruck, der in seine Augen trat.

Luke ging in Lady Sheridans Zimmer, um sich noch einmal dafür zu entschuldigen, daß er an Pamelas Krankheit schuld war. Ja, er war nach seinem Gespräch mit dem Grafen so niedergeschlagen, daß er sogar so weit ging, anzubieten, aus dem Sheridan Haus auszuziehen, sobald er in London war. Erschrocken darüber, daß er dadurch alle ihre Pläne durchkreuzen könnte, trat Lady Sheridan rasch auf ihn zu und umarmte ihn. Sie sagte, sie wolle nichts davon hören, denn sie habe ihm schon längst verziehen und wisse, Pamela würde wieder völlig genesen. Sie bestand sogar darauf, daß er Mark nach London mitnahm, nachdem seine Schwester nun außer Gefahr war. Luke ließ sich leicht überzeugen, weiterhin in der Charles Street zu wohnen. Lady Sheridans tröstende Worte trugen viel dazu bei, seine Selbstachtung wiederherzustellen, die Lord Brant so schwer beschädigt hatte.

Als Luke und Mark eine Stunde später die Einfahrt hinabritten, fiel Luke plötzlich wieder ein, daß Lady Cynthia in London weilte. Ein breites Grinsen legte sich auf sein ausdrucksvolles Gesicht, als er daran dachte, wie bald er bei ihr wäre.

Sogar dem Teufelskerl Mark war das Tempo seines Freundes zu schnell, als sie in die Stadt zurückritten. Aber Luke, dessen hellbraune Augen strahlten, lachte nur und trieb sein Pferd zu einem noch rascheren Tempo an.

9.

Die Gäste, die in Brant Hall geblieben waren, ließen sich bereitwillig dazu überreden, ihren Aufbruch in die Stadt hinauszuschieben. Lady Virginia und Matthew Sheridan waren inzwischen so sehr ineinander verliebt, daß die idyllischen Tage auf dem Land und die milden Sternennächte, die nach Geißblatt und Rosen dufteten, gerade für sie geschaffen zu sein schienen.

Obwohl Lady Frances einen Kostümball vorbereiten und daher mit ihrem Gatten in Kürze abreisen mußte, wollte sie unbedingt Pamela pflegen, solange sie in Brant Hall weilte. Sir Frederick, ein höchst liebenswürdiger Mann, blieb ebenfalls mit Freuden und verbrachte seine Tage entweder mit dem Grafen, oder indem er im Garten schlummerte, wobei die Londoner Zeitungen um ihn herum ausgebreitet lagen, um seinen Tatendrang zu beweisen.

Ein paar Tage später, als Pauline bei Pamela saß, klopfte es an die Tür, und ein Diener des Grafen brachte eine silberne Vase mit Rosen und Schleierkraut. Pauline lächelte, als sie die Tür schloß. Dann blickte sie sich im Zimmer um und schüttelte den Kopf. »Wo soll ich nur diese neueste Gabe hinstellen?« fragte sie Pamela, als sie ihr die Karte gab. »Soll ich den Fruchtkorb anderswohin schieben oder die Schachtel mit dem Konfekt oder ein paar von diesen Büchern wegräumen? Oder vielleicht sollte ich das gestrige Bukett in die Halle hinausverbannen?«

Schließlich fand sie einen Platz auf dem Toilettentisch. Sie blickte in den Spiegel und sah das leichte Stirnrunzeln ihrer Freundin, als diese die Karte las und sie dann nachdenklich zusammenfaltete.

»Was für ein liebenswürdiger, guter Mann Lord Brant doch ist«, bemerkte sie beiläufig, während sie die Blumen arrangierte. »Ich frage mich, warum er sich so sehr bemüht, es zu verbergen.«

Pamela lehnte sich in ihre Kissen zurück. Ihre Gesichtsfarbe besserte sich von Tag zu Tag, und nun, da sie den Appetit wiedergewann, nahm ihr Gesicht seine normalen Konturen an, und ihre braunen Augen schienen nicht mehr so groß zu sein.

»Er ist sicher ein guter Mann«, sagte sie leise.

Als Pauline sich umdrehte, wunderte sie sich über die Tränen in

Pamelas Augen und verwünschte im stillen den abwesenden Viscount. Er hatte nicht einmal einen Strauß Wiesenblumen geschickt, geschweige denn eine Nachricht hinterlassen. Pauline begann über den Grafen zu sprechen. Sie rühmte seine guten Eigenschaften und versuchte, seine Werbung zu unterstützen. Aber nur wenige Augenblicke später schloß Pamela die Augen, und Lady Frances verließ auf Zehenspitzen das Zimmer.

Pamela schlief nicht. Doch sie wollte kein weiteres Gespräch über Lord Brant führen. Nicht einmal mit ihrer besten Freundin Pauline.

Wie oft hatte sie seit der Segeltour jenen schicksalhaften Tag auf der Jacht durchdacht und alle Ereignisse, die dazu geführt hatten. Sie war in ihrem ganzen Leben noch niemals so ratlos gewesen. Sie hatte sich gegen den Schmerz gewappnet, den die Erinnerung an Lukes Worte in ihr auslösten. Sie erinnerte sich so gut an ihre bittere Enttäuschung, als sie sich im Wasser an ihn geklammert und er sie ›Schwester‹ genannt hatte.

Aber jetzt war sie nicht mehr niedergeschlagen. Statt dessen empfand sie eine gewisse Ruhe, fast ein inneres Losgelöstsein. Als sie über dieses seltsame Gefühl nachdachte, wurde ihr klar, daß sie zu irgendeiner Zeit in ihrem Delirium so weit gekommen war, Luke als ihren Bruder zu akzeptieren. Sie liebte ihn immer noch; sie würde ihn immer lieben. Aber jetzt wußte sie, daß es nur die gleiche Art von Zuneigung war, die sie auch für Matthew und Mark empfand. Luke war ihr so teuer und vertraut wie ihre übrige Familie; er war Luke, aber er war nicht ihr Geliebter.

Sie mißtraute diesem neuen Gefühl schwesterlicher Zuneigung. Denn sie konnte es nicht in Einklang bringen mit ihrer früheren Entschlossenheit, Luke um jeden Preis soweit zu bringen, daß er sie liebte. Schloß sie vielleicht Kompromisse, nur um sich selbst vor weiteren Verletzungen zu schützen?

Als Luke weder schrieb noch Blumen schickte und die einzigen Neuigkeiten, die sie über ihn erfuhr, den atemlosen Berichten ihrer Mutter entnahm, lag ein schwaches Lächeln auf ihren Lippen. Der sorglose Luke, immer so … so unbekümmert! Der Graf hatte recht, Luke war der ewige Junge, und sie stellte fest, daß sie schließlich doch keinen Jungen haben wollte, sondern einen Mann.

Jedesmal, wenn sie über diese seltsamen neuen Gefühle nachdachte, begann sie zu weinen. Sie konnte die Tränen nicht unterdrücken. Sie mußte jedesmal weinen, wenn sie an Lord Brant dachte. Die ganze

Zeit hatte er sie geliebt, und sie war nicht vernünftig genug gewesen zu erkennen, wieviel er ihr bedeutete.

Wie konnte sie ihn jetzt darum bitten, den Wandel ihrer Gefühle zu akzeptieren? Er wußte von ihrer Liebe zu Luke; selbst nach ihrer Rettung hatte er sie auf der Jacht gefragt, weshalb sie Luke Westcott weiterhin liebte. Sie konnte nicht mehr so tun, als wäre es nur ihr Geheimnis. Würde er ihr glauben, wenn sie so plötzlich ihren Sinn geändert hatte? Wie konnte er so etwas von der zuverlässigen, beständigen, treuen Pamela Sheridan glauben? Das entsprach nicht ihrer Art. Er würde sie wahrscheinlich eher verhöhnen, denn welcher Mann wollte eine Frau besitzen, die fünf Jahre lang einen anderen Mann geliebt hatte, wie irregeleitet ihre Gefühle auch gewesen sein mochten und wie sehr sie es jetzt auch bedauerte. Er würde wahrscheinlich gekränkt sein, und sie konnte es ihm nicht übelnehmen. Es kam zu plötzlich, zu sehr zur richtigen Zeit. Und selbst wenn er ihr noch einmal einen Heiratsantag machen sollte und sie ihn diesmal annahm, wußte sie nicht, ob er ihr jemals glauben oder vertrauen würde. Nein, es stand fest, daß sie sich weiterhin so verhalten mußte wie bisher. Sie war froh, daß sie ihr Zimmer hüten mußte, denn dadurch brauchte sie ihm nicht in seine grauen Augen zu sehen und so zu tun, als liebte sie Luke immer noch.

Nachdem sie diese unmögliche Situation wiederholt durchdacht hatte, seufzte sie, schloß die Augen und versuchte zu schlafen, in der Hoffnung, ihn zu vergessen. Aber das war unmöglich, da seine Blumenbuketts und seine Zeilen mit solcher Regelmäßigkeit eintrafen. Ganz zu schweigen von den sorgfältig ausgewählten Büchern, die er ihr schickte, zusammen mit seinen Bemerkungen und seinen Unterstreichungen. Es war so, als wolle er, daß sie verstand, was er selbst bei der Lektüre wertvoll oder bedenkenswert gefunden hatte. Das machte ihn ihr so lebendig, als säße er neben ihr.

Er hatte ihr auch zwei Briefe geschrieben. Im ersten hatte er sich für sein Verhalten auf der Jacht entschuldigt und ihr versprochen, daß es nie wieder geschehen würde, wenn sie nur rasch gesund würde. Im zweiten berichtete er ihr alle Neuigkeiten aus der Stadt und die letzten *on dits*, und er schrieb witzig und fröhlich und machte keinerlei Andeutungen über seine Liebe, als wolle er ihr seinen neu gefaßten Entschluß beweisen.

Als Pauline am Nachmittag vor ihrer Abreise in die Stadt Pamela besuchte, war diese fast wieder genesen. Der Arzt hatte gesagt, sie könne jetzt täglich für kurze Zeit aufstehen und auf einem Liegestuhl im Garten ausruhen, wenn das Wetter es erlaubte. Bis jetzt hatte Pamela von dieser Erlaubnis keinen Gebrauch gemacht.

Nun lächelte sie, als Pauline von Matthew und Lady Virginia erzählte und ihr sagte, sie würde gewiß eine Schwägerin bekommen, sobald Matthew in der Stadt mit dem Vater der jungen Dame gesprochen hatte.

»Ein Liebespaar ist etwas Besonderes«, sagte sie. »Ich hoffe, daß Frederick sich während der Fahrt nicht zu Tode langweilt, denn wir nehmen sie in unserer Kutsche mit. Leider! Wir fungieren wieder als Anstandspersonen. Ich werde Frederick raten, ein Buch einzustecken.«

»Während du selbst als alte, verheiratete Dame, die du bist, mit Luchsaugen beobachtest, was vorgeht?« fragte Pamela. »Ich freue mich, die Neuigkeit zu hören. Lady Virginia ist ein nettes, liebes Mädchen. Matthew hat Glück, daß er sie für sich gewonnen hat, obwohl man ihn sich schwer als verheirateten Mann vorstellen kann.«

Pauline sah sie aufmerksam an. Dann fragte sie: »Und was ist mit dir, meine Liebe? Sind deine Gefühle für Lord Westcott noch so stark wie früher? Mir scheint, dadurch, daß er sich so sang- und klanglos verabschiedet hat und dir nicht einmal eine Nachricht hinterließ, hat er mehr als genug getan, um dir seine wahren Gefühle zu zeigen. Du mußt mir verzeihen, Pamela, daß ich so offen spreche. Aber in meiner Sorge um dich will ich um jeden Preis sagen, was ich denke.«

Ihre Freundin warf ihr ein wehmütiges Lächeln zu. »Ich habe Lukes wahres Wesen immer gekannt, Pauline.«

»Und es hat dir nichts ausgemacht?« fragte Lady Frances ungläubig. »Ich kann es nicht fassen, daß du dich für solch einen egoistischen Stoffel opfern willst, egal wie stattlich er ist – nicht, wenn Lord Brant dich so sehr verehrt.«

Pamela hob abwehrend eine Hand. »Bitte, Pauline, ich ... ich will jetzt nicht darüber sprechen.«

Da Lady Frances ihren gequälten Blick sah, schwieg sie, und all die vielen Argumente, die sie zugunsten des Grafen hatte vorbringen wollen, waren dadurch hinfällig. Wenn Pamela nicht über den Grafen sprechen wollte, wenn sie dabei blaß wurde und erschöpft wirkte, dann würde dieses Gespräch eben nicht stattfinden.

Statt dessen begann Pauline über den bevorstehenden Kostümball zu plaudern und versprach, das Datum zu verschieben, falls sich Pamela in drei Wochen nicht wohl genug fühlte, um daran teilzunehmen.

Dann redeten sie über andere Dinge, und als Lady Frances sie schließlich verließ, war sie mit ihren Schlußfolgerungen nicht weitergekommen.

Am nächsten Morgen trat Lord Brant auf die Freitreppe, um sich vom Ehepaar Frances, Lady Virginia und Matthew zu verabschieden. Lady Frances konnte nur ein paar wenige Worte mit ihm allein wechseln, und obwohl sie versuchte, ihn ein wenig optimistisch zu stimmen, gelang es ihr nicht. Nach allem, was sie wußte, liebte Pamela immer noch den unmöglichen Viscount Westcott. Pauline wünschte, sie hätte das Mädchen durchschütteln und zur Vernunft bringen können. Sie nahm sich vor, genau das zu tun, sobald es Pamela gut genug ging, um durchgeschüttelt zu werden.

Man hatte vereinbart, daß die Damen Sheridan in die Stadt fuhren, sobald Pamela völlig genesen war. Der Earl of Brant wollte sie begleiten. Nun, da die anderen Gäste abgereist waren, begann Lady Sheridan, sich zu langweilen. Weder ihre Tochter, noch der Graf waren im Augenblick eine anregende Gesellschaft; Pamela war ungewöhnlich still, und Lord Brant schien meist in Gedanken vertieft zu sein. Lady Sheridan sagte Pamela, es sei an der Zeit, daß sie endlich das Bett verließ, und ihre Tochter stimmte ihr zu. Sie konnte sich nicht für ewige Zeiten dort verstecken. Außerdem war es weder ihrer Mutter, noch dem Grafen gegenüber fair.

Infolgedessen erklärte sie sich bereit, diesen Nachmittag im Garten zu verbringen. Ihre Mutter begleitete sie dorthin und setzte sie in einen Gartenstuhl. Nachdem sie ihr eine leichte Decke gebracht hatte, etwas Limonade, falls sie durstig wurde, und eine Glocke, damit sie einen Diener rufen konnte, wenn sie irgend etwas benötigte, ließ sie Pamela allein. Sie wollte einen Brief an Sir Roger zu Ende schreiben und ihn bitten, zu Matthews bevorstehender Hochzeit in die Stadt zu kommen.

Pamela war es ein wenig unbehaglich zumute. Aber als die Minuten verstrichen und nur die Vögel ihr Gesellschaft leisteten, entspannte sie sich. Bald wurde sie in der warmen Sonne schläfrig, schloß die Augen und schlummerte ein.

Der Graf, der durch den Garten kam, blieb stehen und betrachtete Pamela. Er hatte sie nicht mehr gesehen, seitdem er sie in Dover in seine Kutsche gesetzt hatte, als sie lustig und gleichzeitig anbetungswürdig ausgesehen hatte – eher wie ein Gassenjunge als eine elegante junge Dame in den abgetragenen Jungenhosen und seinem voluminösen Mantel. Die Tage während ihrer Krankheit waren ihm endlos erschienen, eine Prüfung, die er hatte durchstehen müssen.

Jetzt, als das Sonnenlicht und Schatten auf ihrem Gesicht spielten und diese schrägen Augen geschlossen und ihr weicher Mund im Schlaf entspannt waren, fiel es ihm schwer, sie nicht in die Arme zu nehmen und an sich zu drücken. Aber er wußte, das war unmöglich. Während Pamela krank gewesen war, hatte er viel Zeit zum Nachdenken gehabt. Er war zu dem Schluß gekommen, daß es ihr nur unnötigen Kummer bereiten würde, wenn er noch einmal mit ihr über seine Liebe sprach, da sie Luke Westcott immer noch liebte und dazu noch von ihrer Krankheit geschwächt war.

Er war unglücklich und entmutigt gewesen, als sie den Viscount geküßt hatte, kurz bevor man beide aus dem Wasser geholt hatte. Aber es waren Lord Westcotts eigene Worte ihm gegenüber in der Bibliothek gewesen, die ihn davon überzeugt hatten, daß er sie für immer verloren hatte. Er liebte Pamela Sheridan, aber das tat auch Lord Westcott. Und Lord Westcott war der Mann, den sie sich wünschte.

Er spürte, daß die Maske, die er so lange getragen hatte, seine Züge verhärtete, als er Pamela betrachtete – die einzige Geliebte, die er ersehnte und die er niemals besitzen würde. Dann bückte er sich und pflückte eine besonders schöne Rose.

Vielleicht war es das Knicken des Stengels oder ein instinktives Gefühl, daß sie beobachtet wurde, was Pamela aufweckte. Als sie die Augen öffnete, sah sie den Grafen neben sich stehen, ihr die Rose hinhalten und spöttisch lächeln.

Er kniete neben ihr nieder, nahm ihre Hand und küßte sie. »Sie haben die reizendste Hand von ganz England, Miss Sheridan«, sagte er mit ruhiger Stimme.

Pamela spürte, wie ihr Herz heftig klopfte und wie ihr Mund trokken wurde. Sie nahm die Rose und atmete deren süßen Duft ein, ehe sie sagte: »Haben Sie vielen Dank, Mylord. Aber zuerst möchte ich Ihnen für alle Ihre Freundlichkeiten danken – für die Blumen, das Obst, die Bücher und die vielen Grüße. Und ich möchte Sie um Verzeihung bitten, weil ich Ihren Haushalt durch meine Krankheit so durcheinander gebracht habe ...«

»Mein Haushalt fühlt sich geehrt, Miss Sheridan«, sagte er mit einem schrägen Lächeln. »Jede Hilfe, die ich Ihnen erweisen kann, ist eine Auszeichnung für mich.«

Pamela sah ihn an und blickte dann rasch zur Seite. Lord Brant holte sich einen Stuhl.

»Es ist schön, Sie endlich wieder wohlauf zu sehen. Es geht Ihnen doch hoffentlich jetzt wieder gut?« fragte er mit seiner normalen Stimme.

Pamela nickte. »Es geht mir viel besser, Mylord. Meine Mutter will in den nächsten Tagen wieder in die Stadt zurückkehren, wenn es Ihnen recht ist.«

»Natürlich. Ich stehe immer zu Ihren Diensten«, erwiderte er, und sie wunderte sich darüber, wie rauh plötzlich seine Stimme klang.

Während des kurzen Schweigens, das nun entstand, hörten sie in der Nähe eine Lerche zwitschern – die freudigen, jubilierenden Töne, die ihren eigenen Gefühlen so völlig widersprachen. Dann fragte Lord Brant unvermittelt: »Erinnern Sie sich an unser Gespräch über ›Mansfield Park‹, Miss Sheridan?«

Verwirrt darüber, daß er dieses Gesprächsthema wählte, sagte Pamela: »Ja, natürlich.«

»Wenn ich mich recht entsinne«, fuhr der Graf fort, »hat Ihnen die Heldin mißfallen, während ich wenig Sympathie für den Helden empfand. Aber ich habe noch einmal gründlich darüber nachgedacht …«

»Ja, Mylord?« drängte Pamela, als er schwieg und seine Augenbrauen nachdenklich zusammenzog.

»Sicherlich war es richtig, daß Fanny in dem Roman Edmund aufgab, als sie glaubte, er liebe Miss Crawford. Stimmen Sie mir zu?« fragte er.

Verwirrt versuchte Pamela, sich an die Geschichte zu erinnern. »Aber sie gab ihn auf, ohne auch nur zu versuchen, sein Herz zu gewinnen!« sagte sie. »Das war nicht klug. Sie nahm damit einfach ein Problem als Schicksal hin und glaubte, es nicht ändern zu können.«

»Nehmen wir einmal an, sie hätte ihm ihre Liebe gestanden, und er hätte sie zurückgewiesen. Hätte sie es dann noch ein zweites Mal versuchen sollen?« fragte er.

Pamelas Augen wurden größer. Der Graf musterte ihr leicht gerötetes Gesicht und fügte hinzu: »Wenn Sie Fanny gewesen wären, was hätten Sie getan?«

»Nun, nun ich weiß es nicht, aber so hätte ich mich auf keinen Fall verhalten«, sagte Pamela.

»Kommen Sie, Miss Sheridan, geben Sie mir bitte eine klare Antwort«, beharrte er.

»Nun, ich glaube, es wäre mir irgendwie gelungen, ihn wissen zu lassen, daß meine Liebe zu ihm unverändert geblieben ist und daß ich ihn immer lieben würde. Ich hoffe, ich hätte mich nicht so erniedrigt, darauf hinzuweisen, daß Miss Crawford für ihn als Gattin ungeeignet war. Aber ich bin nicht ganz sicher.« Sie hielt einen Augenblick inne und fuhr dann fort: »Es ist für Frauen viel schwerer, das wissen Sie, Sir. Männer haben es wesentlich leichter, wenn es um den Umgang zwischen den Geschlechtern geht.«

Der Graf lachte, und Pamela fragte sich, warum sein Lachen so bitter klang. »Finden Sie?« fragte er. »Dann lassen Sie uns in dem Buch weitergehen bis zu der Stelle, wo nach Fanny verlangt wird, und ändern wir die Geschichte ein wenig ab. Angenommen, Fanny hätte Mr. Crawford geliebt, und Edmund liebte sie ebenfalls. Wie hätte er es ihr sagen sollen? Vergessen Sie nicht, er wollte, daß sie glücklich wird, und er glaubte, ihre Zuneigung gehöre einem anderen, obwohl dieser Mann, den sie liebt, ihrer nicht würdig war. Was hätte er, ein ehrenwerter Mann, in diesem Fall tun sollen?«

Pamela schwieg lange und glättete die Decke, die über ihren Knien lag. Es schien, daß aus der literarischen Diskussion, die sie geführt hatten, etwas völlig anderes geworden war.

»Ich weiß nicht«, flüsterte sie und fragte sich, ob sie ihn vielleicht mißverstand.

Und dann sagte er mit weicher, trauriger Stimme: »Ich auch nicht, meine Liebe. Ich auch nicht.«

Pamela dachte verzweifelt darüber nach, wie sie das Thema wechseln konnte, und drückte die Rose fester, die sie in der Hand hielt. Dann schrie sie auf, als ein Dorn in ihre Hand stach. Sofort war der Graf neben ihr und hatte bereits ein Taschentuch in der Hand.

»Daß ein Geschenk von mir ihnen Schmerzen bereiten kann!« Er hob ihre Hand, um den Tropfen Blut wegzuküssen, ehe er das weiche Taschentuch um die Einstichstelle wickelte. Pamela sah ihm in die Augen. »Ich würde Ihnen niemals absichtlich wehtun, meine Liebe. Sie können sich darauf verlassen.«

Plötzlich hörte er im Geist Lord Westcott genau die gleichen Worte in der Bibliothek zu ihm sagen, und er runzelte die Stirn. Er ließ ihre Hand los und stand auf.

»Leider ist das Leben voller spitzer Dornen, nicht wahr, Miss Sheridan? Voller Dornen und Enttäuschungen und unabänderlicher Schicksale.« Sein Lachen klang bitter, und Pamela hob ihre Hand.

Aber das sah er nicht, denn er hatte sich bereits abgewandt und ging auf dem Weg zwischen den Rosenbüschen auf und ab.

Er blieb nur noch ein paar Minuten bei ihr, dann verbeugte er sich und ließ eine verwirrte, erregte Miss Sheridan zurück.

Wie hatte er sich gegen Ende des Gesprächs verändert, dachte sie. Er war zurückhaltend und ironisch geworden. Er hatte sich fast so benommen wie vor zwei Jahren, als sie sich zum ersten Mal begegnet waren. Sie verstand es nicht.

Sie verstand auch nicht seine Argumentation über Miss Austens Buch. Wollte er ihr damit sagen, daß er es müde geworden war, darauf zu warten, bis sie Luke aufgab? Wollte er ihr damit zu verstehen geben, daß er, obwohl er sie immer bewundern und verehren würde, sie nicht länger mit Liebesbeteuerungen belästigen würde?

Sie preßte sein Taschentuch an ihr Gesicht, um ein Schluchzen zu unterdrücken, aber als sie den vertrauten Geruch der Lotion einatmete, die er benutzte, traten ihr wieder Tränen in die Augen, und sie vergrub ihr Gesicht in das Taschentuch und weinte.

Drei Tage später, als sie sich darauf vorbereitete, mit ihrer Mutter Brant Hall zu verlassen, erfuhr sie, daß der Graf beschlossen hatte zu reiten, anstatt den Damen in seiner Kutsche Gesellschaft zu leisten. Sie war darüber keineswegs überrascht.

Sie war sicher, daß er ihr aus dem Weg ging. Denn am Tag nach seinem Gespräch mit ihr im Garten war er nach Dover gefahren und dort bis zum Morgen ihrer Abreise geblieben.

Als sie die Poststraße entlangfuhren, ließ sie ihre Mutter erzählen, wie sehr sie sich darauf freute, wieder in die Stadt zu kommen. Pamela selbst trug wenig zur Konversation bei.

Weshalb hatte sich Lord Brant so sehr verändert? Was dachte er? Sie versuchte sich einzureden, es sei ihr gerade recht, daß er sich zurückzog, denn nun würde sie ihm nicht erklären müssen, daß sie Luke nicht mehr liebte und langsam zu glauben begann, sie habe sich statt dessen in ihn selbst verliebt.

Diese Schlußfolgerung gesunden Menschenverstandes hätte an sich bewirken müssen, daß sie sich wohler fühlte, aber sie wurde nur um so deprimierter. Als sie verstohlen einen Blick aus dem Fenster warf und sein scharfes Profil und sein schimmerndes schwarzes Haar sah, während er neben der Kutsche herritt, setzte sie eine gleichgültige Miene auf, damit ihre Mutter nicht merkte, was in ihr vorging.

Als Luke eine Stunde, nachdem er in London eingetroffen war, den Türklopfer des Stadthauses der Warrens betätigte, stellte er fest, daß niemand von der Familie zu Hause war. Ein stattliches Trinkgeld für den Butler bewog diesen Herrn zu enthüllen, daß eine ältere Verwandte erkrankt und die Familie nach Berkshire gefahren war, um an ihrem Krankenbett zu weilen. Der Butler hatte keine Ahnung, wann sie zurückkehren würden. Luke verfiel in eine tiefe Depression, die so lange andauerte, daß Mark ihm schließlich sagte, ein bengalischer Tiger wäre eine angenehmere Gesellschaft als er. Aber selbst diese Einschätzung seiner gegenwärtigen Geistesverfassung konnte Lord Westcotts Stimmung nicht heben.

Mark begann zu wünschen, Lady Cynthia würde zurückkehren. Denn alles wäre besser, sagte er sich, als zuhören zu müssen, wie Luke in einem Augenblick von ihr schwärmte und im nächsten Moment in finsteres Schweigen verfiel.

Der Viscount sprach jeden Morgen in der Frühe im Warren House vor, und der Butler hatte das Gefühl, daß sie schon alte Bekannte waren, als die Familienkutsche ein paar Tage später vor der Tür anhielt.

Der Butler strahlte, als er den Viscount am nächsten Morgen zur gewohnten Zeit auf der Türschwelle sah. »Sie kamen gestern zurück, Mylord«, vertraute er Luke an und nahm dessen Hut und Stock. Er war etwas verwirrt wegen des strahlenden, glückseligen Lächelns des jungen Mannes. »Das heißt, Lady Cynthia und ihre Mutter sind eingetroffen. Der Lord wurde von Geschäften aufgehalten.«

Er hustete und fügte formeller hinzu: »Ich werde nachsehen, ob die Damen empfangen, Mylord.«

»Nein, tun Sie das nicht«, bat Luke und steckte dem Butler noch eine goldene Guinee zu. »Kündigen Sie mich nur an, seien Sie ein guter Mann. Ich möchte Lady Cynthia überraschen.«

Der Butler sah ihn erstaunt an. Doch da Luke während der ganzen Saison im Haus verkehrt hatte, zuckte er nur mit den Achseln und ging voraus die Treppe hinauf zum Salon.

Sobald er den Namen des Viscounts genannt hatte, dränge sich Luke an ihm vorbei und schloß die Tür vor seiner Nase. Es war genauso, wie er gehofft hatte! Cynthia war allein. Sie saß an einem kleinen Schreibtisch und sah die Post durch, die während ihrer Abwesenheit eingetroffen war.

Sie atmete rasch, als er mit ausgestreckten Händen auf sie zuging und rief: »Endlich!«

»Mylord!« sagte sie hochmütig. »Ich habe nicht gesagt, daß ich Sie empfange. Verlassen Sie mich sofort!«

Luke blieb wie angewurzelt stehen und sah sie verwirrt an. Dies war nicht die Art, wie er sich ihr Wiedersehen vorgestellt hatte, nicht nach dieser langen Zeit.

»Was meinen Sie damit, Mylady?« fragte er wie betäubt.

Lady Cynthia stand auf und glättete mit hoch erhobenem Kopf ihr rosarotes Musselinkleid.

Der Anblick ihres schönen Gesichts und ihrer vollkommenen Figur ließ die Augen des Viscounts aufleuchten. Er ging noch einen Schritt auf sie zu und wurde von ihrer erhobenen Hand und ihrer kalten Stimme abermals zum Stehen gebracht.

»Bleiben Sie, wo Sie sind, Sir. Wir haben einander nichts mehr zu sagen, überhaupt nichts!«

Als Luke die Stirn runzelte, schnaubte sie. Luke wußte nicht, daß die Dame mehr als erregt war, weil er die Reihen ihrer Bewunderer verlassen hatte. Sie hatte gehört, daß er aufs Land gefahren war, um sich auf einer Gesellschaft in Kent zu amüsieren. Das war sie nicht gewöhnt. Wie konnte er sie für so lange Zeit verlassen, und dies, Beleidigung über Beleidigung, ohne bei ihr vorbeizukommen und sich vor seiner Abreise zu verabschieden. Sie hatte Luke Westcott am meisten von allen ihren Verehrern geschätzt, und sie konnte den Gedanken nicht ertragen, daß er so nachlässig, so anmaßend war ... Sich vorzustellen, daß er sie, die Göttliche Cynthia, so behandelt hatte!

Sie hatte Männer schon wegen geringerer Vergehen aus den Reihen ihrer Bewunderer verstoßen. Erst letztes Jahr war Lord Frawely unerwartet für zwei Tage zu einem Rennen gefahren. Als er zurückkehrte, hatte er nicht nur eine große Menge Geld eingebüßt, weil er auf die falschen Pferde gesetzt hatte, sondern er hatte auch Lady Cynthia verloren. Nur das Eingreifen seiner Freunde hatte ihn davon abgehalten, sich zu erschießen.

»Kommen Sie, Cyn«, flehte Luke und benützte den Kosenamen, den er für sie erfunden hatte und über den sie immer hatte lachen müssen. »Was soll das? Und außerdem, wenn irgend jemand ein Recht hat, ärgerlich zu sein, dann bin ich es, mein Mädchen!«

»Sie, Sir?« fragte sie und lachte ungläubig.

»Ja, ich!« beharrte Luke und deutete mit einem großen Finger auf seine Brust. »Wie konnten Sie mir solch einen Streich spielen, Mylady? Ich hatte mich darauf verlassen, daß Sie mit uns nach Brant Hall fahren. Als ich feststellte, daß Sie die Einladung nicht angenommen haben, war ich unglücklich. Ich hätte mich dort vor Ärger und Enttäuschung beinahe in Schande gebracht, ja wirklich!«

»Ich kann kaum eine Einladung abgelehnt haben, die ich niemals bekam«, sagte Lady Cynthia hitzig und warf den Kopf zurück. »Sie müssen mich für sehr dumm halten, wenn Sie erwarten, daß ich eine solch schreiende Lüge glaube.«

Jetzt sah Luke sie finster an. »Das reicht! Ich weiß genau, daß Lord Brant Sie eingeladen hat, Cyn, denn er hat es mir selbst erzählt.«

»Nein, das hat er nicht getan!« rief sie. »Und reden Sie mich nicht mit diesem geschmacklosen Namen an!« Sie holte tief Luft und sagte ruhiger: »Ich möchte keine Diskussion fortsetzen, die mich nicht interessiert. Ich habe Ihre wahre Natur erkannt, Mylord! Und ich möchte Sie nie wiedersehen oder mit Ihnen sprechen!«

Luke lehnte sich an den Tisch in der Mitte des Zimmers und verschränkte die Arme. Cynthia ignorierte seine vorgeschobene Unterlippe, die weißen Linien um seinen ernsten Mund und seine funkelnden hellbraunen Augen. Pamela hätte ihr sagen können, daß sie im Irrtum war. Ärgerlich fragte Luke: »Was für eine wahre Natur?«

Cynthia hob trotzig das Kinn. »Ein Mann, der sich nicht die Mühe gibt, mir auch nur ein einziges Mal zu schreiben, beweist mir, wie wenig er sich aus mir macht!«

»Aber … aber ich schreibe nie! Keinem Menschen!« rief Luke und war verblüfft, weil sie sich wegen dieser Kleinigkeit beleidigt fühlen konnte.

»Wirklich?« fragte sie steif, da er sie mit anderen Menschen gleichgestellt hatte. »Es ist genauso, wie ich es mir gedacht habe. Bitte verlassen Sie mich, Sir!«

Sie deutete herrisch auf die Salontür, und etwas rastete in Lukes überhitztem Gehirn ein.

»O nein, das werde ich nicht tun«, sagte er und war mit zwei riesigen Schritten bei ihr, nahm sie in die Arme und bedeckte ihr Gesicht mit Küssen.

»Aufhören … oh, aufhören, ich … Sie …«

Die Göttliche Cynthia kam nicht dazu, mehr zu sagen, denn nun lag der leidenschaftliche Mund des Viscount auf dem ihren. Zwei begierige Hände liebkosten ihren Rücken und ihre Taille und zogen sie so fest an seinen Körper, daß sie fürchtete, ihre Rippen würden brechen.

Und dann vergaß sie ihre Rippen, ihren Zorn und ihren Entschluß, nie wieder etwas mit Lord Westcott zu tun haben zu wollen.

Lady Cynthia war noch nie geküßt worden. Trotz der vielen Verehrer, die schlaflose Nächte verbracht hatten, als sie von einer solchen Ekstase träumten, hatte es keiner von ihnen gewagt. Das äußerste, was jemand gewagt hatte, war ein ausgedehnter Kuß auf ihre Hand gewesen, ehe sie diese wegzog, und einmal ein feuchter Schmatzer auf ihre Wange vom zwölfjährigen Sohn des Gutsherrn, als sie etwa zehn Jahre alt gewesen war.

Sie hatte nicht gewußt, daß der Kuß eines Mannes sie so gebannt halten würde, verloren in einem Wirbelsturm der Gefühle.

Niemand hatte sie auch jemals umarmt, außer dem zwölfjährigen Jungen, worauf sie erschrocken zu ihrer Mutter gelaufen war. Wer hätte gedacht, daß die Arme eines Mannes so stark, so wundervoll sein würden? Und wer hätte je davon geträumt, daß zwei Hände auf eine so betäubende Weise liebkosen und auf so schwindelerregende Weise streicheln konnten?

Als Luke Westcott den Kopf hob, war sie verloren.

»Oh ... oh, Luke!« hauchte sie, und ihre Augen waren immer noch vor Ekstase geschlossen.

Der Viscount blickte auf ihr vollkommenes Gesicht, auf ihre zitternden Lippen und die geröteten Wangen. Und ehe er sich wieder vergaß, schüttelte er sie nicht allzu sanft. Da öffnete sie die Augen. Denn natürlich hatte auch noch niemand die Göttliche Cynthia geschüttelt.

»Und nun keine Dummheiten mehr, Ma'am, hast du verstanden?« Cynthia war von all den seltsamen, neuen Dingen, die ihr widerfuhren, wie benommen. In ihren ganzen zweiundzwanzig Jahren hatte ihr noch niemand befohlen, wie sie sich benehmen sollte.

»L-Luke?« flüsterte sie.

Er schüttelte sie wieder. »Du wirst mir das versprechen, Cyn, und zwar sofort«, sagte er drohend. Lady Cynthia war jetzt völlig fügsam und nickte. Er nahm sie in die Arme und trug sie zum Sofa. Lady Cynthia lehnte ihren Kopf an seine breite Brust und atmete den wundervollen maskulinen Geruch seiner Haut ein und den Duft der köstlichen Lotion, die er benützte, und sie gab sich voller Wonne ihrer Hilflosigkeit hin.

»Nun«, sagte Luke, als er sie auf seinen Schoß setzte und sie ihre Arme um seinen Hals schlang. »Wann können wir heiraten?«

»Heiraten?« flüsterte sie und sah ihn fasziniert an.

»Natürlich! Und sage mir nicht, du müßtest erst darüber nachdenken, weil du nicht ganz sicher bist. Und verlange nicht, daß ich zuerst deinem Vater meine Aufwartung mache, denn ich weiß, daß er mich sowieso hinauswerfen läßt«, instruierte er sie. Seine Stimme war immer noch ernst.

Cynthia spielte mit den rotbraunen Locken an seinem Nacken und wickelte sie um ihre Finger. Sein Haar war so kräftig und doch so weich, dachte sie, als eine Haarsträhne ihr entglitt und wieder an ihren Platz zurücksprang. Sie hatte nicht gewußt, daß das Haar eines Mannes sich so anfühlte.

Er schaukelte Cynthia einen Augenblick auf seinen Knien, doch seine Hände umfaßten sie nicht allzu sanft, als er forschte: »Nun? Ich warte! Antworte mir!«

Sie blickte in seine hellbraunen Augen und kam sich vor, als fiele sie in einen Abgrund. Sie schmiegte sich an ihn, hob dann ihr Gesicht und wartete auf seinen Kuß.

»Wann wirst du mich heiraten, Cyn?« wiederholte er und blieb quälende zwei Millimeter von ihr entfernt. Eine Hand strich an ihrem Arm entlang und hinterließ hundert prickelnde Nervenenden, ehe sie ihr Kinn umfaßte.

Sie gab ihren Wunsch, Herzogin zu werden, vollständig auf und flüsterte: »Heute – morgen – wann immer du willst.« Was war irgendein namenloser Herzog, verglichen mit diesem wunderbaren, aufregenden, stattlichen Mann, der sie so herrisch in den Armen hielt, als wolle er sie nie wieder loslassen? Wie konnte die Anrede ›Euer Gnaden‹ einen Mann aufwiegen, der ihr befahl, sich zu benehmen, und der forderte, statt zu bitten, und dessen Küsse so traumhaft waren, sagte sie sich.

Der Viscount stieß einen triumphierenden Schrei aus, ehe er sie an sich zog und sie endlich wieder küßte.

Die übliche halbe Stunde, die einem Gentleman für den Besuch erlaubt war, verstrich, und es war fast eine Stunde später, als Lady Warren auf der Suche nach ihrer Tochter ins Zimmer trat und sie in den Armen von Viscount Westcott fand.

Sie hatte nicht gewußt, daß er im Haus war, und der Anblick Cynthias, deren Haar offen an ihrem Rücken herunterfiel, deren Kleid unordentlich war und deren Augen wie zwei Sterne leuchteten über einem Mund, der von seinen Küssen geschwollen war, bewirkte, daß Lady Warren aufschrie und ohnmächtig zu Boden fiel.

Als sie wieder zu Bewußtsein kam, war Lord Westcott gegangen und hatte es Cynthia überlassen, die Nachricht von ihrer Verlobung kundzutun. Seine Liebe hatte ihn in Versuchung geführt, an ihrer Seite zu bleiben. Aber Luke war klar, daß ihm dabei außerordentlich unbehaglich zumute gewesen wäre. Außerdem war er sicher, daß Cynthia ohne männliche Hilfe mit ihrer Mutter besser umgehen konnte, und er wies darauf hin, daß es leichter wäre, die Dame zu besänftigen, wenn der Herr, der die Ohnmacht ausgelöst hatte, verschwunden war. Hysterische Damen mittleren Alters waren nicht sein Fall.

Er sagte sich, daß er klug und überlegt und nicht etwa feige handelte, als er ging, nachdem er versprochen hatte, er würde niemandem etwas von ihrer Verlobung erzählen, bis sie sich bei ihm meldete.

Als er die Treppe hinunterlief, fragte er sich, ob Cynthia darauf bestehen würde, daß ihre Eltern sie oft besuchten.

Sein strahlendes Lächeln und die herzliche Art, wie er dem Butler auf die Schulter klopfte, sprachen Bände. Doch der sah ein wenig verdrießlich aus. Wenn er gewußt hätte, daß es ein glückliches Ende nehmen würde, und dies so rasch, dann hätte er dem Viscount das Haus verboten, sagte er sich, als er den Mann unter Verbeugungen zur Tür begleitete. Nun, da Lady Cynthia beschlossen hatte zu heiraten, würden die großen Trinkgelder von den anderen verliebten Herren schlagartig ausbleiben, und dies ausgerechnet in dem Augenblick, da er für einen bequemen Ruhestand fast genug zusammengespart hatte!

10.

Als Lady Warren mit Hilfe ihres Mädchens, einiger verbrannter Federn, ihres Riechsalzes und eines stärkenden Magenlikörs wieder zu Bewußtsein kam, stellte sie wie betäubt fest, daß ihre bisher so vollkommene Tochter nichts dergleichen war. Statt dessen stellte sich diese zum Entsetzen ihrer Mutter als ebenso störrisch heraus wie ein Maulesel. Sie weigerte sich nicht nur, ihr wollüstiges Betragen mit dem Viscount zu bereuen, sondern sie verkündete mit kämpferischer Stimme, die keine Widerrede duldete, ihre Verlobung. Da sie in ihrem ganzen Leben immer ihren Willen durchgesetzt hatte, weil ihre Eltern sie verwöhnt und ihr nichts abgeschlagen hatten, war dieser Fehler vorher nie ans Licht gekommen.

Aber jetzt wollte Lady Cynthia nicht zuhören, so sehr ihre Mutter sie auch anflehte, den Viscount aufzugeben, gleichgültig wieviele seiner Mängel sie auch aufzählte und wie sehr sie seinen niedrigen Titel beklagte. Nicht einmal als sie sagte, sie sei sicher, sie würde ihrem Vater damit das Herz brechen, wenn sie auf einer solchen bockigen Verrücktheit beharrte. Da Cynthia ihren Entschluß gefaßt hatte und Lukes Küsse und liebkosende Hände immer noch frisch in ihrer Erinnerung waren, hätte nichts – nicht einmal ein Dekret des Königs – sie bewogen, ihren Sinn zu ändern. Vergeblich argumentierte Lady Warren, bis sie heiser war. Auf jedes Argument wußte ihre Tochter eine rasche Antwort. Daß Luke Schulden hatte, war eine Kleinigkeit für eine reiche Erbin wie sie, sagte sie. Außerdem wären sie mehr als wohlhabend, sobald er über sein eigenes Vermögen verfügen konnte. Er neigte zu Vergnügungen, Spiel und Geselligkeit. Nun, das tat sie auch, und sie hatte nicht vor, sich aus der Gesellschaft zurückzuziehen, nachdem sie verheiratet war. Und was sein unstetes Temperament und die Mätressen anbetraf, die er gehabt hatte, das läge nun in der Vergangenheit. Zweifelte ihre Mutter etwa daran, daß sie ihn glücklich machen könne? Sie, die Göttliche Cynthia? Hier warf Lady Warren einen kurzen Blick auf die vollkommene Figur und das schöne Gesicht ihrer Tochter und mußte sich geschlagen geben. Jeder Mann, der Cynthia wegen einer anderen Frau verließ, mußte verrückt sein. Und dieses Gebrechen konnte sie dem Viscount nicht zuschreiben.

Das einzige Zugeständnis, das sie ihrer Tochter abringen konnte, war dies, daß die Verlobung nicht öffentlich bekanntgemacht wurde, ehe ihr Vater in London war. Lady Cynthia erlaubte diesen Aufschub gnädig, aber sie ließ ihrerseits ihre Mutter versprechen, sofort einen Eilboten zu Lord Warren zu schicken und seine sofortige Rückkehr zu erbitten.

»Luke mag keine lange Verlobungszeit, Mama, und ich auch nicht«, sagte sie mit fester Stimme und entschlossener Miene.

Lady Warren stöhnte und wischte sich über die Augen. Wie kam es, daß das energische Kinn und der trotzige Stahl der blauen Augen Cynthias ihr die ganzen Jahre entgangen waren, fragte sie sich, als sie das Zimmer verließ, um, wie befohlen, ihrem Gatten zu schreiben.

Lady Cynthia schrieb eine Nachricht für Lord Westcott und teilte ihm mit, daß er ihre Verlobung vor keiner Menschenseele erwähnen durfte. Dann beteuerte sie ihm ihre Liebe und bat ihn, rasch wieder zu ihr zu kommen. Nachdem sie ihren Brief einem Diener übergeben hatte, damit er ihn Lord Westcott überbrachte, lief sie in ihr Zimmer hinauf, um sich Tagträumen hinzugeben über all die Wonnen, die sie in seinen Armen erlebt hatte und all die Seligkeiten, die ihr bevorstanden.

Luke war enttäuscht, als er ihre Nachricht las. Er hätte die Neuigkeit am liebsten von den Dächern heruntergeschrien, aber er war in einer solchen Hochstimmung, da Cynthia versprochen hatte, seine Frau zu werden, daß er sich fügte. Er nahm an, daß er um des Anstands willen ihren Vater besuchen und formell um ihre Hand anhalten mußte, ehe dieser seinen Sekretär beauftragte, die Vorbereitungen für die Hochzeit zu treffen. Und dann mußte man noch Onkel Joseph und Tante Athaliah benachrichtigen. Was für eine Befriedigung wäre das!

Er war in einer solchen Ekstase, daß er sich in der Bibliothek an den Schreibtisch setzte und Cynthia ein paar Zeilen schrieb. Dabei gratulierte er sich zu seinem Feingefühl. Dann eilte er hinaus, um ihr Blumen zu kaufen. Als er dieses mühsame Geschäft hinter sich hatte, zog er sich zu Brook's zurück und gab sich der beruhigenden Wirkung eines ernsthaften Spiels hin.

Aber als die Tage verstrichen, wurde er immer unruhiger. Lord Warren war wie gebeten in der Stadt eingetroffen, aber Luke wurde es nicht erlaubt, vorzusprechen. Cynthia teilte ihm mit, daß ihr lieber Papa ein wenig Schwierigkeiten machte. Aber sie sei sicher, daß sie ihn in Kürze überreden könne. Da es bis dahin peinlich war, wenn Luke ins Haus kam, und da Cynthia sich weigerte, an irgendwelchen gesellschaftlichen Ereignissen teilzunehmen, bis sie dies als Verlobte von Lord Westcott tun konnte, vereinbarten die beiden Liebenden, sich im Park zu treffen. Cynthia befahl ihrem Mädchen, sie allein zu lassen. Sie fanden eine abgelegene Stelle, wo sie miteinander sprechen, Pläne schmieden, sich küssen und umarmen konnten. Aber irgendwie wurden bei diesen Zusammentreffen sehr wenige Pläne geschmiedet.

Lady Sheridan und Pamela waren wieder in der Charles Street eingetroffen, und obwohl Luke sich freute, sie zu sehen, schien er auf Wolken zu schweben und gleichzeitig sehr beschäftigt zu sein. Lady Sheridan fragte sich, weshalb. Sie horchte Mark aus, aber dieser war ein paar Tage nicht in der Stadt gewesen und hatte keine Ahnung, weshalb Luke sich so merkwürdig benahm. Er erzählte seiner Mutter, daß Luke sich seit ihrer Rückkehr aus Kent in einen Wirbel von Aktivitäten gestürzt habe. Er boxte und ritt und spielte, und Mark freute sich zu sehen, daß sein Freund zur Normalität zurückgekehrt war, selbst wenn das Tempo, das er einschlug, beängstigend war.

Lady Sheridan war dessen nicht so sicher. Luke war zwar wieder mit den Tätigkeiten eines Gentleman beschäftigt, und das konnte bedeuten, daß er die Hoffnung aufgegeben hatte, die Göttliche Cynthia zu erobern. Aber wenn dies der Fall war, weshalb pfiff er dann, wenn er die Treppe herabkam, und weshalb lächelte er sie so strahlend an? Und warum war er so oft geistesabwesend?

Pamela bemerkte nicht einmal Lukes verändertes Verhalten, denn sie war mit ihren eigenen Problemen beschäftigt. Alle nahmen an, sie sei nach ihrer Krankheit immer noch erschöpft. Ihr langes Schweigen am Eßtisch oder im Salon blieb unbemerkt, zumal Luke fast ununterbrochen sprach und dabei wild gestikulierte und schallend lachte. Sie waren jetzt eine kleine Gesellschaft, denn Matthew hatte sich aufs Land begeben, um mit Lady Virginias Vater zu sprechen.

Der Earl of Brant hatte nur einen Besuch abgestattet, seitdem die Damen Sheridan in die Stadt zurückgekehrt waren, um sich zu vergewissern, daß Pamela die Reise gut überstanden hatte. Da er an dem Tag gekommen war, an dem Lady Sheridan zu Hause mehrere Gäste empfing, hatte es keine Gelegenheit für ein privates Gespräch gegeben. Pamela hatte dies bedauert. Sie war über die ernste, kalte Miene des Grafen verwundert gewesen. Nicht ein einziges Mal hatte selbst ein kleines Lächeln sein Gesicht erhellt. Er war nur fünfzehn Minuten geblieben und hatte kurz mit jedem Anwesenden gesprochen. Pamela hatte sich bemüht, sich unauffällig zu verhalten und ihn während seines Besuchs nicht anzusehen. Das war ihr sehr schwergefallen, und sie war fast erleichtert darüber gewesen, als er sie verließ.

Sie hatte ihm ein paar Dankeszeilen für ihren Aufenthalt in Brant Hall geschrieben und sich noch einmal dafür entschuldigt, daß sie solch eine Last gewesen war, aber er hatte nicht geantwortet. Statt dessen hatte er ein Rosenbukett geschickt. Als sie voller Freude die Karte aufriß, fand sie nur die kleine Zeichnung einer Birne unter seinem eingravierten Namen und keine persönliche Nachricht.

Zwei Tage später kam Lady Frances zu Besuch. Im Verlauf ihres Gesprächs erwähnte sie, daß Lord Brant nach Kent zurückgekehrt war. Pamela war sich dessen nicht bewußt, wie aufmerksam sie beobachtet wurde, denn sie hatte den Kopf über ihren Stickrahmen gesenkt, während Pauline sprach. Einen Augenblick hielt die Hand mit der Nadel inne, und dann beschäftigte sich Pamela mit ihrer Stickerei, als wäre diese das Wichtigste auf der Welt. Pauline seufzte im stillen.

»Es ist zu schade, daß John wieder in Kent ist«, fuhr sie nach einem Augenblick fort. »Ich sagte ihm, er käme auf meine schwarze Liste, wenn er nicht zeitig zu meinem Kostümball zurück ist.«

»Und hat er versprochen zu kommen?« fragte Pamela und war froh, daß ihre Freundin nicht hören konnte, wie wild ihr Herz schlug.

»Ich konnte ihm nicht einmal dafür ein Versprechen entlocken«, erwiderte Pauline ärgerlich. »Er sagt, er müsse sehen, wie seine Geschäfte auf dem Land laufen. Bah! Geschäfte!«

Pamela maß einen Faden ab. »Wir alle werden ihn vermissen, das ist sicher«, sagte sie und wunderte sich selbst über ihre ruhige Stimme.

In diesem Augenblick kam Lord Westcott herein. Er verbeugte sich vor Lady Frances, ehe er auf Pamela zuging und sie von ihrem Stuhl zog, so daß ihre Stickerei zu Boden fiel. Er umarmte Pamela stürmisch und lachte dabei.

»Luke, laß mich los!« befahl sie.

Pauline fand, daß ihre Stimme ein wenig ärgerlich klang und wunderte sich darüber. Doch dann lenkte die strahlende Miene des Viscount sie ab.

»Sei nicht so kratzbürstig, Pam!« rief er, küßte ihre Wange und ließ sie dann los.

»Wie kannst du an einem so herrlichen Tag nur so mürrisch sein?«

Beide Damen sahen hinaus auf den bewölkten Himmel, der schon seit dem Morgen mit Regen gedroht hatte, aber ehe sie ihm antworten konnte, hatte er das Zimmer mit eiligen Schritten wieder verlassen.

»Was ist denn mit ihm los? Ist er betrunken?« fragte Pauline verwirrt.

Pamela zuckte mit den Achseln. »Ich habe keine Ahnung. Er will es uns nicht sagen. Seitdem er in die Stadt zurückgekehrt ist, hat er sich sehr verändert. Aber schließlich war Luke immer temperamentvoll. Mama sagt, er ist wie die Spule eines Spinnrads – ständig in Bewegung.«

»Wie lästig für euch andere«, bemerkte Pauline und hob ihre Teetasse an die Lippen.

Ihre Freundin neigte den Kopf zur Seite, und ihre großen, braunen Augen blickten nachdenklich. »Es ist nicht gerade geruhsam«, gab sie zu, »aber schließlich ist er neuerdings selten im Haus. Er rast herein und hinaus, als hätte er hundert Verabredungen am Tag.«

Pauline fand, daß Pamela beinahe amüsiert sprach, aber ehe sie weitere Fragen stellen konnte, kam Lady Sheridan herein. Sie war Einkaufen gewesen und wollte unbedingt ihre Neuerwerbungen vorzeigen. Von da aus war es nur noch ein kleiner Schritt bis zum Kostümball.

»Was werden Sie tragen, Lady Sheridan?« fragte Pauline und nickte, als Pamela mit der Teekanne eine Geste machte und ihre Tasse wieder auffüllte. »Ich selbst habe mich noch nicht entschieden. Zum letzten Kostümball ging ich als Marie Antoinette, und als Cleopatra zum vorletzten. Wer bleibt noch übrig?«

»Ich werde als eine Grande Dame des letzten Jahrhunderts gehen«, verkündete Lady Sheridan. »Ich habe mir schon oft gewünscht, diese weiten Röcke und steifen Krinolinen und Reifröcke auszuprobieren.«

Lady Frances stimmte zu, daß dies amüsant wäre und fragte dann Pamela: »Hast du dich schon für ein Kostüm entschieden, meine Liebe?«

Pamela schüttelte den Kopf. »Nein, noch nicht. Ich weiß nur, daß ich nicht als griechische Göttin oder Waldnymphe oder Milchmädchen gehe. Außer diesen dreien habe ich keine brauchbare Idee.«

Lady Sheridan unterbrach sie: »Ich habe Pamela gesagt, daß sie sich beeilen muß, denn es ist nur noch wenig Zeit bis zum Ball. Ich hoffe wirklich, Sie kommen mit Ihren Vorbereitungen gut voran, Pauline.«

»Ich habe alles in die Hände meiner Haushälterin und meines Butlers gelegt, Ma'am«, sagte Pauline lächelnd. »Gute Dienstboten sind wirklich ein Segen.«

Als sie sich kurze Zeit später verabschiedete, erwähnte sie noch einmal den Grafen. »Wenn du von ihm hören solltest, dann füge doch meinen Bitten die deinen hinzu, Pamela. Ich bin sicher, er würde zum Kostümball kommen, wenn du ihn dazu auffordern würdest.«

»Ich glaube nicht, daß ich etwas von Lord Brant hören werde. Selbst wenn dies der Fall sein sollte, weiß ich nicht, warum er meiner Bitte Folge leisten sollte.«

Pauline lachte und tätschelte Pamelas Wange. »Dummes Mädchen«, flüsterte sie. »John Pearson könntest du um alles bitten, was du willst. Hoffentlich bittest du ihn nicht um den Mond, denn er würde sicherlich versuchen, ihn für dich vom Himmel zu holen.«

Sie fand, daß Pamela mitgenommen und ein wenig blaß aussah, und sie entschuldigte sich rasch, weil sie so lange bei ihr geblieben war.

Pamela küßte sie zum Abschied wortlos und war froh darüber, daß Pauline nicht ihre Gedanken lesen und sehen konnte, wie sehr sie wünschte, der Graf würde sich so verhalten, wie Pauline es gesagt hatte.

Nachdem Lady Frances die Sheridans verlassen hatte, machte sie einen Besuch bei ihrer Tante, Lady Warren. Das war eine Pflicht, die sie niemals gern erfüllte, aber sie wußte, daß sie von ihr verlangt wurde. Sie unterdrückte einen Seufzer und versuchte, ein Lächeln auf ihr Gesicht zu zaubern, als der Butler sie in den Salon führte. Wieder einmal würde sie zuhören müssen, wie Tante Warren ihre vollkommene Tochter in den Himmel hob und wie sie deren Verehrer aufzählte, die Briefe und Einladungen und Blumen, die sie erhalten und was jedermann zu ihrer letzten musikalischen Darbietung zu sagen gehabt hatte.

Aber statt dessen traf sie Lady Warren fast händeringend an. Das einfache, runde Gesicht war zerfurcht von tiefer Enttäuschung und Gram. Obwohl sie einen schwachen Versuch machte, ihre Probleme zu verbergen, konnte sie Lady Frances eindringlichen Fragen nicht widerstehen. Außerdem ist Pauline schließlich meine Nichte, sagte sie sich, als sie sich anschickte, ihre Sorgen vor ihr auszubreiten. Ein Familienmitglied hatte ein Recht darauf, unterrichtet zu werden. Sie beugte sich in ihrem Stuhl vor und sah ihre Besucherin mit besorgtem Blick an. »Was ich dir jetzt anvertraue, Pauline, muß ein Geheimnis zwischen uns bleiben«, flüsterte sie. »Ich kann an gar nichts anderes mehr denken, seit ... seit ...«

»Ja, Tante?« fragte Pauline und bemühte sich, eine angemessen mitfühlende Miene aufzusetzen. Der Kummer ihrer Tante war vermutlich darauf zurückzuführen, daß die Friseuse Cynthia das Haar ungünstig geschnitten oder das neue Ballkleid die falsche Farbe hatte, sagte sich Pauline. Aber als Lady Warren zu sprechen begann, saß Pauline kerzengerade auf ihrem Stuhl.

»Cynthia ist entschlossen, Viscount Westcott zu heiraten«, klagte Lady Warren. Sie hielt sich ihr Taschentuch vor den Mund, um ihre Schluchzer zu unterdrücken.

»Lord Westcott?« rief Pauline überrascht. »Sagen Sie nicht, er hat um ihre Hand angehalten, liebe Ma'am?«

Lady Warren nickte. »Das hat er in der Tat hier in diesem Zimmer getan. Und Cynthia hat eingewilligt! Kannst du das fassen, Pauline? Der Viscount, verschuldet und von unbeständigem Charakter, wenn sie einen Herzog oder einen Prinzen oder … oder …«

Es gab keinen großartigeren Titel, und deshalb schwieg Lady Warren. Lady Frances kniete neben ihr nieder und tätschelte ihre Hand. »Aber liebe Tante, wenn sie ihn liebt …«

»Liebt? Sie ist verrückt nach ihm! Verhext! Sie ist überzeugt, daß es auf der ganzen Welt keinen wunderbareren Mann gibt, und alles, was wir sagen, kann ihren Entschluß nicht ändern. Ich habe nicht gewußt, daß sie so hartnäckig sein kann! Gestern abend sagte sie uns, wenn wir ihrer Verlobung und ihrer fast sofortigen Heirat nicht zustimmen, läuft sie von zu Hause weg!«

Pauline blieb der Mund offen stehen. Lady Warren redete weiter. »Und da ist noch etwas anderes! Warum könnte die Hochzeit nicht in einem Jahr oder sogar erst in drei Jahren stattfinden?«

Ihre Nichte wies nicht darauf hin, daß dies in der Tat eine sehr lange Verlobungszeit wäre, denn sie dachte intensiv nach. Luke Westcott hatte um Lady Cynthias Hand angehalten, und sie würde ihre schönste Diamantkette darum wetten, daß Pamela nichts davon wußte. Sie war hin und her gerissen zwischen der Erleichterung darüber, daß ihre Freundin der Ehe mit einem so leichtsinnigen, oberflächlichen Burschen entronnen war, und der Sorge wegen des Kummers, den diese Nachricht ihr bereiten mußte. Was um alles in der Welt sollte sie nur tun?

Die verzweifelte Mutter redete ununterbrochen weiter. Der Besuch von Lady Frances war die erste Gelegenheit, die sich ihr bot, um ihr Herz auszuschütten, und sie war entschlossen, dies gründlich zu tun.

Pauline murmelte jedesmal, wenn Lady Warren Atem holte: »Das ist zu schade!« oder »Ttt, ttt, ttt!« und konnte sich dadurch über ihre eigenen Probleme Gedanken machen, während sie von dem Familiendebakel ganz in Anspruch genommen zu sein schien.

Nachdem Lady Warren alles, was sie zu sagen hatte, zweimal erzählt hatte, löste sie sich schließlich in Tränen und Schluchzern auf. Pauline stand auf, um sich zu verabschieden. Sie war sicher, daß es nur noch eine Sache von wenigen Tagen wäre, bis die Verlobung bekanntgemacht würde. Sie wußte, daß weder ihre Tante noch ihr Onkel jemals fähig gewesen waren, ihrer Tochter etwas abzuschlagen. Pauline zwang sich, nicht an Pamelas Kummer zu denken, küßte ihre Tante und bat sie zu versuchen, die Ruhe zu bewahren. Sie wollte etwas Gutes über die bevorstehende Verbindung äußern. Aber das einzige, was ihr einfiel, war der Hinweis darauf, was für schöne Kinder Lord Westcott und Lady Cynthia einmal haben würden.

Lady Warren war bei diesem Gedanken wie betäubt und sah ihre Nichte so an, als glaubte sie, diese wäre verrückt geworden, und Pauline beeilte sich zu entkommen.

In der Zwischenzeit erfuhr auch in der Charles Street jemand etwas von der heimlichen Verlobung. Luke hatte sein Versprechen, nichts darüber verlauten zu lassen, gehalten. Aber als er allein mit Lady Sheridan in dem kleinen Garten neben dem Haus war, konnte er nicht widerstehen, und er erzählte ihr von seinem Glück. Er nahm ihr das Versprechen ab, niemandem gegenüber ein Wort über seine Verlobung verlauten zu lassen, ehe er öffentlich bekanntgegeben hatte, daß Lady Cynthia Warren seine Frau werden würde. Die Reaktion seiner Gastgeberin war keineswegs so, wie er es erwartet hatte. Lady Sheridan griff sich ans Herz, ihr Kinn klappte herunter, und sie riß bestürzt ihre braunen Augen auf, als sie sein strahlendes Lächeln sah.

»O nein, Luke, Liebster, das darfst du nicht tun! Du darfst Cynthia Warren nicht heiraten«, klagte sie.

Luke sah sie überrascht an. Dann schob er trotzig die Unterlippe vor. »Und warum darf ich das nicht?« fragte er aggressiv.

Diesmal ignorierte Lady Sheridan dieses Gefahrensignal und gestikulierte bekümmert mit den Händen.

»Weil Pamela dich so sehr liebt!« erklärte sie.

Luke setzte sich neben sie und ergriff ihre Hände. »Was soll das, Mutter Sheridan?« fragte er. »Pam liebt mich nicht, sie liebt niemanden!«

»O doch! Sie liebt dich, mein Junge. Schon seit vielen Jahren!« beharrte Lady Sheridan.

»Warum hat sie meinen Heiratsantrag dann nicht angenommen, als ich sie bat, meine Frau zu werden, Ma'am?« fragte Luke logisch.

»Das war alles nur ein dummes Mißverständnis«, erwiderte Lady Sheridan und sah Luke unverwandt an. Sie war sicher, daß sie ihn dazu bringen konnte, seinen Entschluß zu ändern was die Wahl seiner Braut anbetraf. Sie war entschlossen, alles zu tun, gleichgültig, was sie sagen oder tun mußte, um Luke gefügig zu machen. Das zukünftige Glück ihrer Tochter stand auf dem Spiel. Und schließlich war seine Verlobung noch nicht öffentlich bekanntgegeben worden. Also würde es auch keinen Skandal geben, sagte sie sich. Vermutlich wären die Warrens ebenso erleichtert wie sie selbst, wenn die Verlobung mit Cynthia aufgelöst würde. »Weißt du«, fuhr sie in einem vertraulichen Tonfall fort, »Pamela hatte die lächerliche Vorstellung, daß du sie ebenso lieben mußt wie sie dich liebt. Sie wollte deinen Heiratsantrag einfach deshalb nicht annehmen, weil sie in deinen Augen nur die alte Freundin war. Sie wollte, daß du sie liebst. Begreifst du das, mein Junge?«

»Pam? Das hat Pam gedacht?« fragte er ungläubig. »Nein, nein, Mutter Sheridan. Sie täuschen sich. Das kann unmöglich wahr sein. Weshalb hätte mir Pam sonst angeboten, mir bei der Suche nach einer geeigneten Frau zu helfen?«

Da Lady Sheridan Pamelas Gedankengänge nie verstanden hatte, winkte sie ab. »Ich glaube, sie dachte, du würdest dich in sie verlieben, ehe ihr ein geeignetes Mädchen gefunden habt.«

Es entstand ein kurzes Schweigen, und dann sagte Luke leise, aber bestimmt: »Das werde ich nicht tun! Es wäre so, als ob ich meine eigene Schwester heiraten müßte, besonders jetzt.«

»Du willst Pamela also das Herz brechen, Luke?« fragte Lady Sheridan, und ihre Stimme war auf einmal kalt vor Empörung. Sie entzog ihm ihre Hände und fuhr fort: »Ich kann dir versichern, daß ein Unheil geschehen wird. Pamela liebt dich so sehr, daß ich nicht sicher sein kann, ob sie sich in ihrer Liebe nach dir nicht verzehrt und daran stirbt. Frauen sterben an gebrochenem Herzen, weißt du. Willst du ihren Tod auf dem Gewissen haben?«

Luke stand auf und ging mit bestürzter und unglücklicher Miene in dem kleinen Garten auf und ab. »Natürlich will ich das nicht! Ich habe Pam sehr gern, Sie wissen es!« erwiderte er schließlich.

»Dann mußt du sie heiraten«, beharrte Lady Sheridan. »Es ist deine Pflicht, Luke. Schließlich hast du sie zuerst darum gebeten.«

»Aber sie wollte mich nicht haben, Ma'am«, sagte Luke und fuhr sich bekümmert mit der Hand durch seine braunen Locken. »Ich zweifle daran, daß sie mich jetzt nehmen würde, wenn sie erfährt, wie sehr ich Cyn liebe.«

»Dann mußt du sie glauben lassen, daß sich deine Gefühle für sie geändert haben«, sagte Lady Sheridan unbeirrt.

»Und wie zum Teufel soll ich das tun?« fragte Luke mit rauher Stimme. »Ich liebe Cyn. Es wäre nicht recht und unfair, wenn wir gezwungen werden sollten, aufeinander zu verzichten.«

»Ist es etwa fair, deine gute Pamela eine alte Jungfer werden zu lassen? Soll sie während der kurzen Zeit, die ihr noch bleibt, deinen Verlust zu beklagen, mit jedem Tag blasser und unglücklicher werden?« fragte Lady Sheridan, die jetzt unnachgiebig war, wenn auch nicht wenig inkonsequent. »Denke einmal nach, mein lieber Junge! Wie könnte sie es ertragen, euch beide glücklich und sorglos in Westcott Hall zu sehen, umgeben von euren Kindern? Ich kenne die Frauen, Luke. Es würde sie töten, wirklich!« rief sie und fragte sich, ob sie für heute genug gesagt hatte.

»Aber ich liebe Pamela nicht«, sagte Luke mit gebrochener Stimme. »Sie wird in kürzester Zeit wissen, daß alles nur ein Schauspiel ist, Ma'am.«

»Vielleicht, aber ich glaube, daß sie dieses Mal deinen Heiratsantrag annehmen wird, mein lieber Junge. Und wenn ihr verheiratet seid, wird sie glücklich sein, wie wir alle. Du weißt, es war immer mein sehnlichster Wunsch, daß ich dich endlich ›Sohn‹ nennen kann. Du willst mich doch nicht enttäuschen, mich, die ich immer wie eine Mutter zu dir gewesen bin? Du willst uns doch nicht auf diese Weise unsere Freundlichkeit vergelten, die alle Sheridans dir über all die Jahre hin erwiesen haben, indem du unsere geliebte Tochter und Schwester im Stich läßt.«

Luke stöhnte, und sie fügte hinzu: »Komm, versprich mir, daß du sie heiraten wirst, Luke, Liebster, um Pamela und um meinetwillen. Und wenn du willst, gehe ich zu Lady Cynthia und erkläre ihr alles. Ich werde dir diese schmerzliche Aufgabe abnehmen, mein lieber Junge.«

Luke ließ die Hände fallen, und sie war überrascht, als sie sein bekümmertes Gesicht sah. »Nein!« sagte er. »Sie werden nicht mit Cyn reden! Das ist etwas, was ich selbst tun muß!«

»Wann?« drängte Lady Sheridan.

»Ich weiß nicht. Irgendwann, bald. Ich verspreche es«, murmelte Luke. Dann stand er auf und wollte zum Haus gehen.

Lady Sheridan sah ihm nach und preßte die Hände an ihr Herz. Plötzlich drehte sich Luke um und sagte: »Sind Sie ganz sicher, Mutter Sheridan? Absolut sicher, daß Pamela mich auf diese Weise liebt?«

Lady Sheridan nickte. »Denke doch darüber nach, Luke. Hat es nicht Zeiten gegeben, als Pamela versuchte, dir ihre Liebe zu zeigen? Ich bin sicher, wenn du dein Gedächtnis durchforschst, wirst du mehrere solcher Beweise entdecken, und dann gibt es da noch den wesentlichsten Punkt von allen: Viele Männer haben meiner Tochter den Hof gemacht, sogar der Earl of Brant, aber sie wollte keinen von ihnen nehmen. Nun weißt du endlich, warum.«

Luke nickte traurig und ging weg, und Lady Sheridan sagte sich, daß das Problem für sie gelöst war. Der gute Luke mochte wohl denken, daß er ohne Lady Cynthia nicht glücklich werden könne. Aber sie war anderer Meinung. Er würde das Mädchen bald vergessen haben, denn obwohl sie ihn liebte, glaubte sie zu wissen, daß es keine unergründlichen Tiefen seiner Seele gab, keine dauerhaften Gefühle. Sie nickte und ging ebenfalls ins Haus und lächelte im stillen über ihr Geschick.

Luke strebte sofort in sein Zimmer und starrte Pamelas Tür finster an, als er daran vorbeiging. Konnte es wirklich wahr sein, was Lady Sheridan gesagt hatte? Liebte Pamela ihn auf die gleiche Weise wie er Cynthia liebte? Irgendwie schreckte er vor dem Gedanken zurück.

Er schickte seinen Diener hinaus und ließ sich in einen Ledersessel fallen. Es war ein schöner Frühlingsnachmittag, aber er starrte blind zum Fenster hinaus, ohne etwas zu sehen. Er versuchte nachzudenken. Es stimmte, daß Pamela ihn immer mit Enthusiasmus geküßt hatte, und ein paarmal hatte er sich über den zärtlichen Ausdruck ihrer Augen gewundert. Aber er hatte es vorgezogen, ihn zu ignorieren. Und dann war da die Zeit, die sie miteinander im Wasser gewesen waren, nachdem sie über Bord gefallen waren. Er hatte gedacht, sie würde vielleicht versuchen, sich von einem so engen Kontakt mit seinem Körper zurückzuziehen. Statt dessen hatte sie die Arme um seinen Hals geschlungen, sich an ihn geklammert und ihn ›ihren liebsten Luke‹ genannt. Und dann hatte sie ihn geküßt. Er erinnerte sich jetzt an diese Küsse.

Den ersten, auf seine Wange, hätte ihm jede Schwester geben können, aber der zweite, auf seinen Mund, war anders gewesen. Er hatte sich sofort abgewandt, aber hatte er das nicht deshalb getan, weil er das Gefühl gehabt hatte, daß sie sich ihm hingeben wollte?

Er stöhnte und stand auf, um sich ein Glas Wein einzuschenken. Was für ein fürchterliches Durcheinander! Und es war nicht fair, überhaupt nicht fair. Wie sollte er es ertragen, Cynthia aufzugeben, nun, da er ihr Eheversprechen hatte? Er trank den Wein in einem Zug aus und stützte den Kopf in die Hände. Es gab für ihn kein Entrinnen. Er würde zu Cynthia gehen und es ihr erklären müssen. Und dann mußte er noch einmal um Pamelas Hand anhalten. Es war eindeutig seine Pflicht.

Es kam ihm nie in den Sinn, daß es ein schreckliches Schicksal für eine Frau wäre, mit einem Mann verheiratet zu werden, der eine andere liebte. Zumal für ein Mädchen, das er wie seine eigene Schwester liebte.

Als Mark eine Stunde später an die Tür klopfte, antwortete Luke nicht. Er hörte seinen Freund die Treppe hinuntergehen, ein Bruchstück eines Liedes aus der neuesten Revue summen, und er fragte sich, ob er je wieder so glücklich sein würde wie Mark. Irgendwie konnte er sich das nicht vorstellen.

Als es zum ersten Mal zum Umkleiden läutete, wußte er, daß er nicht mit den Sheridans zusammen essen konnte. Er konnte Pamela nicht am Tisch gegenübersitzen und in ihre klaren, braunen Augen blicken. Deshalb zog er einen Abendanzug an, schickte seinen Diener zu Lady Sheridan, ließ sich für den Abend entschuldigen und verließ das Haus.

Während der folgenden Tage war er selten im Haus in der Charles Street. Wenn er da war, war er niedergeschlagen, beinahe düster. Mark versuchte vergeblich, ihn auszufragen, aber Luke wehrte alle seine Nachforschungen mit einem finsteren Stirnrunzeln und einer Handbewegung ab. Schließlich zuckte Mark mit den Achseln und gab es auf. Luke war immer launisch gewesen, sagte er sich. Es sah ihm ähnlich, in der einen Woche in Hochstimmung zu sein und in der nächsten in der tiefsten Depression zu stecken. Luke würde ihm, wenn es an der Zeit war, schon erzählen, was mit ihm los gewesen war. Bis dahin würde Mark unterhaltsamere Gefährten finden.

Selbst Pamela fiel Lukes seltsames Verhalten auf, und sie sprach mit ihrer Mutter darüber. Lady Sheridan war jedoch keineswegs besorgt. Sie lächelte und blinzelte ihrer Tochter zu, ehe sie sagte: »Sicher nur eine kleine, unbedeutende Angelegenheit. Aber eines Tages, bald – o sehr bald, meine Liebe – wird sich alles klären. Warte nur ab!«

Pamela schüttelte den Kopf und fragte sich, was ihre Mutter im Schild führte. Aber in ihrem eigenen Unglück fand sie, daß es sie nicht sehr interessierte. Sie vermißte den Grafen mehr, als sie es für möglich gehalten hatte – nicht nur seinen Witz, seinen Humor und seine Intelligenz, sondern auch seinen Anblick, die Berührung seiner Hand, das Lächeln seiner grauen Augen, wenn er sie ansah. Würde er nie wieder in die Stadt kommen?

Lady Frances fragte sich dasselbe. An dem Abend, nachdem sie von der heimlichen Verlobung ihrer Cousine erfahren hatte, bestand sie darauf, daß Sir Frederick auf seinen Kartenspielabend verzichtete, da sie etwas Wichtiges mit ihm zu besprechen hatte.

Sir Frederick kannte diesen Tonfall und ließ sich sofort entschuldigen.

Nach dem Essen entließ Pauline die Dienstboten und schenkte ihrem Gatten ein Glas Portwein ein. Dann erzählte sie ihm von Lord Westcotts Verlobung.

»Aber weshalb machst du ein so griesgrämiges und verdrießliches Gesicht, Pauline?« fragte er verblüfft. »Was bedeutet dir Lord Westcott?«

Pauline faltete die Hände auf dem polierten Mahagonitisch. »Nichts, mein Lieber, aber ich mag nicht an den Kummer denken, den Pamela leiden wird. Sie liebt Lord Westcott, Frederick. Sie liebt ihn schon viele Jahre lang und soll ihn nun auf diese Weise verlieren. Glaubst du, ich sollte sie oder ihre Mutter von Lord Westcotts Verlobung unterrichten, damit sie vorbereitet sind?«

Sir Frederick setzte eine besorgte Miene auf, obwohl er im stillen dachte, daß sich derartige Dinge am Ende immer von selbst regelten. Und da er Pamela Sheridan für ein intelligentes Mädchen hielt, war er sicher, daß sie sich von ihrer Liebe zu Westcott rascher erholen würde, als Pauline es sich vorstellen konnte. Schließlich war der Mann nichts Besonderes. Wie konnte sie ihn überhaupt lieben? Nein, es mußte nur sein imposantes Äußeres sein, es konnten nicht sein Witz, seine Intelligenz, seine Freundlichkeit oder seine guten Manieren sein. Denn an allen diesen Eigenschaften mangelte es ihm beträchtlich. Aber Frauen wurden oft lediglich wegen des Aussehens zu einem Mann hingezogen, das wußte er. Lady Frances unterbrach seine Gedanken.

»Ich habe in Kent einer Bemerkung Pamelas entnommen, daß Lord Westcott ihr in diesem Frühjahr einen Heiratsantrag gemacht und sie ihm einen Korb gegeben hat.«

Sir Frederick sah seine Frau verblüfft an. »Sie hat ihm einen Korb gegeben? Wie kannst du dann sagen, daß sie ihn liebt? Du hast nicht nachgedacht, Pauline. Das ergibt für mich keinen Sinn.«

»Pamela wollte, daß er ihr Geliebter wird, nicht nur ihr alter Freund bleibt. Und jetzt bereut sie den Tag, an dem sie ›Nein‹ gesagt hat. Das hat sie mir selbst erzählt.«

Sir Frederick füllte sein Glas auf. Als er den Stöpsel wieder auf die Kristallkaraffe steckte, sagte er langsam: »Du weißt, daß John Pearson sie liebt, nicht wahr, Pauline?«

Seine Frau lächelte. »Ja, das weiß ich schon lange, mein Lieber. Gerade darüber möchte ich mit dir sprechen, denn ich bin ratlos. Sollte ich dem Grafen schreiben und ihn von Westcotts Verlobung unterrichten? Unten in Kent wird er wahrscheinlich nichts davon erfahren. Aber ich erinnere mich auch daran, daß er weiß, wie sehr Pamela Lord Westcott liebt. Wie würde er also die Nachricht aufnehmen?«

»Du bist wie eine Glucke mit einem Kücken, Pauline. Ich bitte dich, mische dich nicht ein«, sagte Sir Frederick ernst. »Es kann sich nichts Gutes daraus ergeben. John mag sie zwar lieben, aber es ist schließlich nicht sehr schmeichelhaft, auf die Szene gerufen zu werden, nun, nachdem die Dame ihre einzige wahre Liebe verloren hat. Er kann es kaum als ein Kompliment auffassen, der Zweitbeste zu sein! Nein, überhaupt nicht! Du hältst dich am besten vom Sheridan House fern. Als Überbringerin schlechter Nachrichten kannst du kaum deine Stellung als Pamelas gute Freundin festigen.«

»Also gut«, stimmte Pauline seufzend zu. »Aber vielleicht könnte er sie doch dazu bringen, daß sie sich in ihn verliebt.«

»An dem Tag, an dem Luke Westcott seine Verlobung bekanntgibt? Komm, altes Mädchen! Laß die Finger davon. Der Earl of Brant soll selbst mit seinen Problemen fertig werden, ohne daß sich seine Freunde einmischen. Ja, er könnte sogar das Gefühl haben, er würde als eine Art Retter ihrer Psyche in Dienst genommen, nicht wahr? Laß die Finger davon!«

Pauline stimmte schließlich zu. Sie ging sehr entmutigt in ihr Schlafzimmer. Es schien so, als könne sie wirklich nichts tun, um Pamela oder dem Grafen zu helfen, und das quälte sie. Vielleicht hat Frederick recht, dachte sie, während das Mädchen ihr Haar bürstete und ihr in das Nachtgewand half. Aber es widerstrebt mir so, tatenlos zuzusehen und nur darum zu beten, daß alles gut wird. Sie beschloß, am nächsten Morgen die Angelegenheit noch einmal zu überdenken. Es mußte einen Weg geben.

Mehrere Kilometer entfernt in Brant Hall bereitete sich der Graf ebenfalls darauf vor, zu Bett zu gehen. Er hatte den Nachmittag im Gartenhaus neben dem Fluß verbracht, wo er zum ersten Mal Pamela mit seiner Analyse von Westcotts Charakter konfrontiert hatte. Er dachte immer intensiver an sie. Er wußte, daß es das Klügste war, sich von ihr fernzuhalten, aber er konnte es kaum ertragen. Außerdem gab es hier in Brant Hall, wo sie selbst erst vor so kurzer Zeit gewesen war, auf Schritt und Tritt hundert Erinnerungen an sie. Er brauchte nur die Augen zu schließen und konnte ihr Bild vor sich sehen. Er sah sie im Ruderboot liegen, zu ihm auflächeln, und ihr Gesicht wurde von dem zierlichen Sonnenschirm beschattet, während sie ihn zu noch größeren Anstrengungen beim Wettrudern anfeuerte. Er dachte daran, wie die Brise ihre Figur in dem rosaroten Musselinkleid an der Küste abgezeichnet hatte, an das Gefühl, als er sie nach ihrer Rettung aus dem Wasser in Dover naß und kalt in den Armen gehalten hatte. Die Bilder kamen und gingen wie leuchtende Gemälde, die in seinen Geist eingeprägt waren.

Aber er sah auch, wie sie strahlte, wenn Luke Westcott sie ansah, und er hörte, wie ihre Stimme weicher wurde, wenn sie über ihn sprach. Und noch deutlicher als alles andere sah er, wie sie im Wasser voller Zärtlichkeit Luke Westcott geküßt hatte.

Seine grauen Augen verdunkelten sich vor Schmerz, und er trat ans Fenster, zog die Vorhänge beiseite um hinauszusehen über die Entfernung dorthin, wo sie in London schlief.

Er kam zu dem Schluß, daß er so nicht leben konnte. Er würde in die Stadt zurückkehren und seinen Stolz über Bord werfen. Er würde zu ihr gehen und soviel wie möglich mit ihr zusammen sein. Nun wußte er, wie einem Opiumsüchtigen zumute war, oder einer Motte, die sich selbst in einer Flamme verbrannte. Das schräge kleine Lächeln verzog seine Lippen, und seine grauen Augen wurden kalt. Er würde am Morgen Brant Hall verlassen.

11.

Pamela war überrascht, als Lukes Diener ins Frühstückszimmer kam und sie ersuchte, zum Viscount in die Bibliothek zu kommen, sobald sie gegessen hatte. Sie stimmte ruhig zu, obwohl sie sich fragte, was das sollte, während sie ihren Kaffee trank. Es sah Luke nicht ähnlich. Warum kam er nicht einfach zu ihr, wenn er mit ihr sprechen wollte? Wozu diese Förmlichkeit?

Sie beendete rasch ihr Frühstück, denn sie war neugierig. Als der Butler die Bibliothekstür hinter ihr geschlossen hatte, war sie noch überraschter, weil sie Luke in der Mitte des Raumes stehen sah.

Er war sorgfältig gekleidet in einen dunkelgrünen Rock aus feinem Tuch mit braunen Kniehosen und auf Hochglanz polierten Stiefeln. Sein Halstuch war kunstvoll gebunden.

Trotzdem fand sie, daß er nicht gut aussah. Sie streckte ihm beide Hände hin und lächelte. Er sah fast so aus, als hätte er in letzter Zeit nicht viel geschlafen. Unter seinen ernsten, hellbraunen Augen waren dunkle Ringe, und seine Lippen waren angespannt.

Plötzlich kam er auf sie zu, ignorierte ihre ausgestreckten Hände und nahm sie in die Arme. Als er sein Gesicht in ihrem Haar vergrub, murmelte er: »Oh, Pam, ich bin solch ein Tor gewesen!«

Erschrocken legte Pamela ihre Hände auf seine Schultern und versuchte, ihn von sich zu stoßen, damit sie sein Gesicht sehen konnte. Aber dies wollte er nicht erlauben.

Er drückte mit einer Hand ihren Kopf an seine Brust und sagte mit fester Stimme: »Mir war nicht bewußt, wie sehr ich dich liebe.«

Pamela glaubte, sie müsse träumen. War dies Luke? Sagte er ihr, daß er sie liebte, und dies mit einer so seltsamen Stimme?

Tausend Fragen gingen ihr durch den Kopf, und einen Augenblick glaubte sie, sie würde in Ohnmacht fallen. Sie hörte seine Stimme wie aus weiter Ferne, und sie versuchte, sich auf seine Worte zu konzentrieren.

»... was ich für brüderliche Liebe hielt, war nichts dergleichen«, sagte er und seine Worte überstürzten sich. »Ich weiß jetzt, warum du mich nicht heiraten wolltest, und nachdem mir ein Licht aufgegangen ist, wirst du sicher deinen Entschluß ändern. Ich ... ich liebe dich ...«

Pamela gelang es, ihren Kopf ungefähr einen Zoll zu heben. Sie holte tief Luft und sagte beiläufig: »Was soll das, Luke? Ist das ein Jux oder eine Wette?«

»Nein, es ist kein Jux, meine Liebe, weit gefehlt«, sagte er fast bitter. »Ich weiß, ich habe mich nicht immer so benommen, wie ich sollte. Deshalb darf ich jetzt nicht überrascht sein, wenn du mich zu so etwas für fähig hältst. Aber du mußt mir glauben, Pamela, ich möchte, daß du meine Frau wirst.«

Pamela wünschte, sie könnte seine Stirn fühlen, denn sicher hatte er Fieber. »Und was ist mit Lady Cynthia?« fragte sie.

Seine Arme hielten sie gefangen, und plötzlich wußte sie, daß die ganze Szene eine Farce war. Über ihre Schultern hinweg murmelte er in sein Halstuch: »Ich habe mich in meinen Gefühlen für dich geirrt. Es war doch Liebe. Ich bin zu der Einsicht gekommen, daß die Frau, die für den Rest meines Lebens an meiner Seite sein soll, du bist. Nur du«, sagte er steif.

Pamela holte tief Luft und sagte dann so ruhig sie konnte: »Das ist alles gut und schön, mein Lieber. Aber du mußt mich jetzt loslassen, solange ich noch atmen kann. Und dann setzen wir uns hin und reden vernünftig miteinander.«

Sie versuchte, ihn von sich wegzuschieben, und er ließ ein wenig locker, aber nur, um ihr Kinn zu ergreifen und ihr Gesicht zu dem seinen anzuheben.

Sie bemerkte, daß seine Augen fast geschlossen waren und Schweiß auf seiner Stirn schimmerte, als er sich herunterbeugte und sagte: »Küß mich!«

Auf einmal war sie entsetzt. »Nein! Hör auf, Luke!« rief sie und wand sich in seinen Armen.

»Aufhören?« fragte er und öffnete die Augen. »Liebling, du möchtest mich küssen, du liebst mich!«

Pamela versuchte, sich von ihm zu befreien, und dann ließ er sie in seiner Überraschung los. Sie strich sich das Kleid glatt, sah ihn an und dachte angestrengt nach.

Plötzlich fuhr sie sich mit der Hand an die Stirn. »Mama!« rief sie.

»Mama?« fragte er. »Was für eine Weiberlaune ist das schon wieder?« Und dann sagte er mit einer liebevolleren Stimme: »Nein, nein, Pam, Liebling, du willst jetzt nicht deine Mama hier haben! Ich versichere dir, ich habe ihre Erlaubnis, mit dir allein zu sprechen, Liebste.«

»Hör auf, mich Liebling und Liebste zu nennen, Luke! Du warst noch nie ein guter Schauspieler! Oh, warte nur, bis ich sie sehe! Warte nur, bis ich ihr sage, was ich von ihrer schauderhaften Intrige halte! Wie konnte sie nur? Wie konnte Mama mir dies antun, nein – uns?«

»Ich verstehe nicht«, murmelte Luke. »Höre auf, dich über deine Mutter aufzuregen und hör mir zu, Pam. Ich mache dir einen Heiratsantrag, und bei allem, was mir heilig ist, dieses Mal wirst du ›Ja‹ sagen! Hörst du?«

Sein Tonfall war der eines unerträglich gereizten Mannes, und sie machte vor ihm einen spöttischen Knicks.

»Ich höre, Mylord, aber ich sage auch dieses Mal ›Nein‹, und zwar zu deiner großen Erleichterung, dessen bin ich ganz sicher.«

Luke starrte sie mit offenem Mund an. »Was um alles in der Welt meinst du damit, Pam? Ich habe dir gesagt, daß ich dich liebe. Ich habe versucht, dich zu küssen. Ich habe dir versprochen, dich mein ganzes Leben lang zu ehren. Und was tust du? Du lehnst wieder ab! Es gibt Grenzen meiner Geduld, mein Mädchen, also lege diese Zimperlichkeit ab und …«

»Komm und setz dich neben mich, Luke«, sagte Pamela. Sie nahm seine Hand und führte ihn zum Sofa.

Er setzte sich, wie befohlen, verschränkte die Arme über der Brust, schwieg und machte ein grimmiges Gesicht.

Es herrschte Schweigen, und dann brachte er es fertig, sie freundlich anzulächeln. »Ziehst du mich auf, Pam, um mir die ganzen Jahre, in denen ich nicht in dich verliebt war, heimzuzahlen?« fragte er sanft. Er nahm ihre Hand.

Pamela zog sie ihm weg. »Nein, ich will dir die Wahrheit sagen, Luke, und ich hoffe, daß auch du mir die Wahrheit sagst. Einverstanden, Luke?«

Er lächelte seit ihrem Zusammensein das erste echte Lächeln. Denn das hatten sie immer als Kinder zueinander gesagt, wenn sie sich schworen, ein Geheimnis zu wahren oder wenn sie sich ein heiliges Versprechen gaben.

Er machte ein Kreuz über seinem Herzen. »Ja, Pam«, sagte er.

»Also gut. Ich vermute nicht nur, sondern ich weiß, daß meine Mutter mit dir gesprochen hat. Nein, unterbrich mich nicht! Sie sagte dir, wie sehr ich dich liebe und warum ich in Suffolk deinen Heiratsantrag zurückgewiesen habe, nicht wahr?«

Luke nickte und sah ihr in die Augen, die jetzt mit goldenen Zornesflecken funkelten. Und dann senkte sie den Blick, ehe sie fortfuhr:

»Ich habe mich vor langer Zeit in dich verliebt, Luke, als ich siebzehn Jahre alt war. Das war, ehe du zum ersten Mal mit Matthew in die Stadt gefahren bist. Ich wußte, daß du mir nicht die gleichen Gefühle entgegengebracht, sondern in mir nur deine kleine Schwester gesehen hast. Aber ich hoffte, daß du mich mit der Zeit ebenfalls lieben würdest.« Sie hielt einen Augenblick inne, und dann sagte sie leise: »Es fällt mir schwer, dies auszusprechen.«

Es entstand eine weitere Pause. In dem Schweigen hörten sie beide das Ticken der Uhr auf dem Kaminsims. Luke saß starr vor Aufmerksamkeit da. Dann fuhr Pamela fort: »Ich war bereit, dir bei der Suche nach einer Frau zu helfen, weil ich sicher war, daß du keine nach deinem Geschmack finden würdest. Und dann … und dann wäre es mir vielleicht irgendwie gelungen, dich auf meine Liebe aufmerksam zu machen.«

Endlich regte sich Luke neben ihr. Sie nahm seine Hand und drückte sie. »Nein, laß mich ausreden, bitte. Während wir in Kent waren, hat sich vieles geändert. Nach meiner Krankheit erwachte ich mit einem völlig anderen Gefühl für dich aus dem Delirium. Du warst nicht mehr meine einzige, hoffnungslose Liebe, sondern mein treuer dritter Bruder. Ich glaube, ich hätte über meinen Sinneswandel mit meiner Mutter sprechen sollen. Dann wäre dies heute nicht geschehen.«

Ihre Stimme war nun so leise, daß Luke sich nahe zu ihr herunterbeugen mußte. Voller Freude fragte er: »Ist das wahr, Pam? Bist du ganz sicher?«

»Ja!« sagte sie und machte ein Kreuz über ihrem Herzen.

Daraufhin jauchzte er laut auf, zog sie an sich und umarmte sie. Dann stand er auf und ging im Zimmer auf und ab.

Pamela beobachtete ihn und blinzelte ein paar Tränen weg. Wie großartig er aussieht, wie stattlich, dachte sie, nun, da er wieder ganz der Alte war und seine Augen vor Glück strahlten. Das Mädchen, das ihn bekommt, wird selig sein, trotz all seiner Mängel. Und das erinnerte sie an etwas anderes.

»Weshalb hat Mama es dir plötzlich erzählt, Luke? Sie hatte vorher die ganze Zeit geschwiegen.«

Er kam zum Sofa zurück. »Weil ich ihr erzählt habe, daß ich heimlich mit Cynthia Warren verlobt bin.«

»Nein!« rief Pamela überrascht. »Das ist nicht dein Ernst, Luke! Hat Cynthia tatsächlich gesagt, daß sie dich heiraten will? Aber sie wollte doch immer einen Herzog!«

»Dann hast du sie mir also deshalb vor die Nase gesetzt, niedriger Viscount, der ich bin, wie? Du raffinierte Katze! Aber was ist schließlich ein Herzog verglichen mit einem Luke Westcott?« fragte er, hielt stolz den Kopf hoch und stützte die Hände in die Hüften, und dann deutete er mit einem drohenden Finger auf sie und sagte: »Schluß damit, mein Mädchen, ein für alle Male!«

Pamela zog die Nase hoch, und dann sagte sie: »Erzähle mir alles. Weshalb hast du mich jetzt noch einmal gefragt, obwohl Lady Cynthia dich heiraten wollte? Wie konntest du das tun? Angenommen, ich hätte zugestimmt?«

Luke setzte sich und knetete seine Hände. »Sie weiß davon. Ich mußte ja zu ihr hingehen und es ihr erklären, ehe ich mit dir sprechen wollte. Sie hat sich natürlich furchtbar aufgeregt. Aber auch sie war der Meinung, daß ich dich fragen sollte, weil ich es dir schulde. Sie ist ein so nobles Mädchen, Pam. Obwohl sie weinte, als könne sie nie wieder damit aufhören, sagte sie, wir dürfen nicht heiraten, denn wir könnten niemals miteinander glücklich werden, wenn du leidest.«

Jetzt runzelte Pamela die Stirn. »Oh Luke, es tut mir so entsetzlich leid, daß du und Cynthia so viel Kummer hattet, und alles nur deshalb, weil Mama sich eingemischt hat.«

»Wunderst du dich darüber?« fragte Luke. »Sie sagte mir sogar, du würdest dahinsiechen und sterben, wenn ich mich nicht in deinen Liebhaber verwandele.«

»So ein armes Wesen bin ich nun auch wieder nicht, das weißt du. Ich wundere mich nur, daß du ihr geglaubt hast«, erwiderte Pamela, und dann fragte sie: »Warum habt ihr eure Verlobung nicht bekanntgegeben, Luke? Warum habt ihr sie so geheimgehalten?«

Luke machte eine ungeduldige Handbewegung. »Wegen ihrer Eltern. Guter Gott, Pam, man könnte meinen, ich sei ein Heide oder ein Hottentotte, so wie sie sich benehmen. Aber Cynthia ist sicher, daß sie ihre Eltern überzeugen kann, und ich glaube, sie wird es schaffen. Sie ist entschlossen, mich zu heiraten, und sie liebt mich sehr.«

Seine hellbraunen Augen leuchteten, und er schien sich in Träumereien zu verlieren. Pamela schüttelte ihn ein wenig. »Dann mußt du unverzüglich zu ihr gehen, Luke, und ihr die gute Nachricht überbringen. Wie glücklich sie darüber sein wird!«

Luke sprang auf und zog sie hoch. »Pam, du bist ein Prachtkerl!«

»Und richte ihr aus, daß ich mich sehr darauf freue, sie ›Schwester‹ nennen zu dürfen, das heißt, wenn sie noch irgend etwas mit den Sheridans zu tun haben will, nachdem wir ihr so viel Kummer bereitet haben.«

Luke umarmte sie stürmisch, und sie rang noch nach Luft, als die Eingangstür hinter ihm zuschlug.

Sie ließ sich in einen Sessel fallen und lächelte. Luke war immer noch der gleiche sorglose Junge. Er hatte nicht einmal daran gedacht, sie zu fragen, weshalb sich ihre Gefühle für ihn nach fünf langen Jahren plötzlich geändert hatten. Aber das war ihr gerade recht, sagte sie sich, als sie ihre Stickerei zur Hand nahm und eine Nadel einfädele, denn sie wollte weder vor ihm noch vor sonst jemandem den Grafen erwähnen. Sie wußte, sie hätte zu ihrer Mutter gehen sollen, aber ihr war ebenso klar, daß sie Zeit zur Besinnung brauchte, bevor sie das tat.

Sie hielt sich nicht lange bei Lukes erstaunlichem Heiratsantrag auf und auch nicht bei Lady Cynthias Großmut oder der Einmischung ihrer törichten Mutter, sondern blickte ins Leere, vergaß ihre Stickerei und dachte daran, wie der Graf wohl auf Lukes bevorstehende Verlobung reagieren würde. Wie Luke war sie sicher, daß Lady Cynthia sich bei ihren Eltern durchsetzen würde. Es war nur noch eine Frage von wenigen Tagen, ehe ihre Verbindung allgemein bekanntgegeben würde. Selbst wenn John Pearson in Kent blieb, würde ihm sicherlich jemand dieses neueste *on dit* überbringen. Ja, es wäre nicht einmal notwendig, daß die Nachricht ihn auf dem Gerüchteweg erreichte. Denn sie wußte durch ihren Aufenthalt in Brant Hall, daß alle Londoner Zeitungen und Zeitschriften dort regelmäßig geliefert wurden.

Was würde er denken? Wie würde er auf diese Nachricht reagieren? Und wenn er wieder in die Stadt kam, konnte sie kaum weiterhin so tun, als liebe sie Luke immer noch oder leide an gebrochenem Herzen, denn dies war keineswegs der Fall.

Pamela gab sich noch eine Weile ihren Tagträumen hin. Vielleicht würde er sie aufsuchen, sobald er die Neuigkeit erfahren hatte. Sie mußte einen Weg finden, ihn wissen zu lassen, daß sie weit entfernt davon war, Trauer zu tragen oder in tiefe Depression zu fallen. Ganz im Gegenteil, sie war höchst zufrieden damit und keineswegs betroffen darüber, daß ihr ehemaliger Geliebter sie verlassen hatte. Aber wie kann ich es zum Ausdruck bringen, ohne daß der Graf glaubt, ich sei eine unstete, wankelmütige Frau, die seiner Aufmerksamkeit nicht würdig ist?

Nach mehreren Minuten, die sie tief in Gedanken versunken gewesen war, seufzte sie, legte ihre Handarbeit beiseite und suchte ihre Mutter auf. Ihr war keine Offenbarung zuteil geworden, und sie wußte keinen Weg, den sie einschlagen konnte.

Lady Sheridan war betroffen, als Pamela ihr sage, was für ein Unheil sie angerichtet und was für Kummer sie Luke und Cynthia bereitet hatte. Aber sie besaß wenigstens den Anstand, schuldbewußt auszusehen.

»Pamela, mein Liebling, wie hätte ich das wissen sollen?« verteidigte sie sich schließlich. »Wenn du nicht so geheimnistuerisch gewesen wärst, hättest du mir gesagt, daß sich deine Gefühle Luke gegenüber gewandelt haben, und dann hätte ich mich niemals eingemischt. Aber … aber bist du ganz, ganz sicher?« fragte sie, neigte den Kopf zur Seite, und ihre braunen Augen blickten zweifelnd. »Bist du ganz sicher, daß du seinen Heiratsantrag nicht nur deshalb abgelehnt hast, damit Luke Cynthia bekommt – aus reiner Selbstlosigkeit? Denn wenn es so ist, wie du sagst, dann glaube ich, hast du vollkommen den Verstand verloren. Besonders nach all meinen sorgfältigen Vorbereitungen.«

Pamela brach in Gelächter aus und war unfähig, weiterhin zu grollen. »Mama, du bist unverbesserlich. Ich bin absolut sicher«, sagte sie und verließ sie kopfschüttelnd, um sich für eine Verabredung umzuziehen.

Als sie am Nachmittag zurückkam, traf sie ihren Vater im Haus an. Sie lief auf ihn zu und küßte ihn.

Sir Roger hielt sie von sich weg und sah ihr in die Augen. Sie waren allein im Salon, denn Lady Sheridan war bei einer Teegesellschaft, die sie nicht hatte absagen können. Sie hatte mit ihrem Gatten nach dessen Ankunft über eine Stunde zusammen verbracht und ihm alle Familienneuigkeiten berichtet, einschließlich Pamelas erschreckender zweiter Weigerung, Luke Westcott zu heiraten. Sir Roger sagte Pamela, sie scheine glücklicherweise keineswegs geistig zerrüttet zu sein, worüber er froh sei. Das war der Zustand, den ihre Mutter vage als die einzig mögliche Erklärung für ihr verrücktes Verhalten angedeutet hatte.

Pamela lachte und drückte seinen Arm. »Oh, Papa, manchmal ist Mama albern. Wahrscheinlich ist es auch meine Schuld, weil ich ihr nicht erzählt habe, daß meine Gefühle für Luke sich vor einiger Zeit geändert haben. Aber ich hätte nicht gedacht, daß sie sich auf diese Art und Weise einmischt.«

Sir Roger sah Pamela an, und in seinem Gesicht bewegte sich kein Muskel, als er sagte: »Nachdem du zweiundzwanzig Jahre lang mit ihr zusammengelebt hast, konntest du immer noch so zuversichtlich sein? So optimistisch? Tochter, jetzt könnte ich meinen, dein Verstand habe ausgesetzt, wirklich.«

Pamela schüttelte den Kopf. »Ich hoffe nur, die Sheridans stehen nicht für alle Zeit auf Lady Cynthias schwarzer Liste, denn wir werden direkte Nachbarn sein.«

»Ich glaube, wir werden mit der jungen Dame vorzüglich auskommen. Sie wird bald erkennen, daß Luke mehr Zeit in der Priory verbringt als in seinem eigenen Heim, wenn er auf dem Land ist«, sagte Sir Roger trocken.

Pamela hakte sich ein und führte ihn zu einem Sofa. »Wie froh bin ich, daß du da bist, Papa. Ich habe dich so vermißt.«

»Und ich dich, meine Liebe. Aber obwohl es ganz offensichtlich ist, daß der Verlust von Lord Westcott dich nicht unglücklich gemacht hat, gibt es irgend etwas … ja, ich bin sicher, irgend etwas stimmt nicht. Was ist es?«

Pamela dachte, wie klug ihr Vater war, wie einfühlsam. Sie versuchte, ein fröhliches Lächeln zustande zu bringen. »Nun, nichts, Papa. Abgesehen davon, daß ich fürchte, du könntest enttäuscht darüber sein, weil ich Luke nicht heiraten wollte. Mama hat mir immer und immer wieder gesagt, wie sehr du die Verbindung wünschst.«

Sir Roger schnaubte. »Deine Mutter wünschte die Verbindung. Ohne mit mir darüber zu sprechen, nahm sie an, ich sei der gleichen Meinung wie sie. Ich versichere dir, Tochter, nichts ist weiter von der Wahrheit entfernt.«

Er stand auf und schenkte sich ein Glas Wein ein. Pamela sah ihm verwirrt zu.

»Nein, ich wollte nie, daß du Lord Westcott heiratest«, fuhr er fort. »Ich mag Luke, und ich hoffe, ich beurteile ihn gerecht. Aber er ist nicht der Mann, den ich für meine geliebte Tochter ausgesucht hätte.«

»Warum nicht?« fragte Pamela unwillkürlich.

Sir Roger setzte sich, trank seinen Wein, und seine blauen Augen betrachteten sie freundlich über den Rand des Glases. »Weil ich es nicht ertragen hätte, daß er dir Kummer bereitet, meine Liebe. Wenn meine Einschätzung seines Charakters richtig ist, wird leider jede Frau, die Luke heiratet, schließlich Kummer haben. Und dieses Schicksal wünsche ich mir nicht für dich. Nach den Flitterwochen wird er zu seinen eigenen Interessen zurückkehren. Und seine Frau wird gnädiger Vernachlässigung überlassen sein.«

Pamela runzelte die Stirn. »Kommt das daher, daß er niemanden lieben kann außer sich selbst, Papa?« fragte sie.

»Genau. Wie klug du bist, Pamela.«

Pamela senkte den Blick, als sie vor ihrem geistigen Auge Lord Brants Gesicht sah. »Nicht ich, Papa«, sagte sie traurig »Nicht ich.«

Sir Roger hob fragend die Augenbrauen, aber Pamela sagte nichts weiter. Sie dachte daran, wie unmöglich es wäre, mit ihrem Vater über den Grafen zu sprechen. Und doch wünschte sie, sie könnte es tun. Als Mark hereinkam und seinen Vater begrüßte, war die Gelegenheit für weitere Enthüllungen verstrichen.

Es war eine lärmende, glückliche Gesellschaft, die sich an diesem Abend im Sheridan House versammelte, und Dentworth strahlte, als er die Diener an der Anrichte dirigierte. Das einzige Familienmitglied, das fehlte, war Matthew. Aber Lady Sheridan hatte an diesem Morgen einen Brief von ihm erhalten, in dem er schrieb, er würde in wenigen Tagen in die Stadt zurückkehren. Die Lowdens hatten ihn freudig als Schwiegersohn willkommen geheißen.

»Das ist wahrhaftig nicht verwunderlich«, verkündete Lady Sheridan. »Jedermann, der mit unserer Familie in Verbindung kommen kann, ist zu beglückwünschen.«

Sie sah so selbstzufrieden und stolz aus, daß alle über sie lachten. Als die Fröhlichkeit sich legte, seufzte Luke hörbar. »Schade, daß es mir nicht gelungen ist, Ma'am«, sagte er traurig-theatralisch und wischte sich mit seiner Serviette über die trockenen Augen. Pamela, die ihm gegenüber saß, lachte ihn an, und sein Gesicht leuchtete vor Zufriedenheit.

»Ich bin die Unerreichbare, Luke, das weißt du doch«, sagte sie. »Und als solche habe ich einen Ruf zu wahren. Ich kann keine Heiratsanträge annehmen. Es würde mein Image zerstören.«

Lady Sheridan zog die Nase hoch. »Sehr witzig, mein Kind. Aber sei nicht so vorlaut. Ich glaube nicht, daß man dich in der Gesellschaft noch die Unerreichbare nennen wird, wenn du erst einmal dreißig bist.«

Pamela nahm etwas Kalbfleisch von der Platte, die Dentworth ihr hinhielt. »Nein, dann werden sie mich eine alte Jungfer nennen.«

Lady Sheridan warf entsetzt die Arme in die Luft. »Sage so etwas niemals, nicht einmal im Scherz, meine Liebe. Es könnte ein schlechtes Omen sein.«

Sir Roger räusperte sich. »Ich zweifele stark daran, daß meine Tochter dieses Schicksal erwartet. Sie ist zu reizend, ja, ich würde jeden Betrag darauf wetten, daß sie nicht sitzen bleibt.«

»Aber Sie würden niemanden finden, der die Wette annimmt«, sagte Luke galant.

Pamela dankte nickend beiden für die Komplimente.

»Konnte Lady Cynthia ihre Eltern schon überreden, deinem Antrag zuzustimmen, Luke?« fragte Pamela. Sie wollte das Thema wechseln, weil es ihr Unbehagen bereitete.

»Noch nicht«, sagte er und runzelte die Stirn. Er starrte auf seinen Teller, schob unzufrieden die Unterlippe vor, und Lady Sheridan tätschelte mitfühlend seine Hand.

Da Pamela es ganz klar gemacht hatte, daß sie Luke niemals heiraten würde, war ihre Mutter plötzlich ganz seiner Meinung, daß Lady Cynthia sehr gut zu ihm passen würde. Ihre Kinder würden sicherlich bildschön werden. Und sie selbst war ein reizendes Mädchen, das eine ideale Nachbarin wäre.

Lady Sheridan war zu Luke gegangen, sobald er am späten Nachmittag ins Haus gekommen war, und hatte ihn höchst bescheiden um Verzeihung für ihr Verhalten gebeten. Luke, der gerade von einer glorreichen Wiedervereinigung mit Lady Cynthia zurückgekehrt war, hatte sie geküßt und sie ›Mutter‹ genannt, und alles war vergessen. Er hatte sie sogar darum gebeten, ihn trotzdem ›Sohn‹ zu nennen. Lady Sheridan stimmte zu und sagte, sie freue sich darauf, die Großmutter für alle seine Kinder zu werden, da Tante Athaliah ihrer Meinung nach für diese Rolle nicht in Frage kam und auch Lady Warren undiskutabel war.

Sir Roger befragte Mark nach seinen Londoner Aktivitäten und wer gegenwärtig in der Stadt weilte. Lady Sheridan ergriff die Gelegenheit, Luke in eine geflüsterte Konversation zu verwickeln.

Pamela blickte in die Runde und sagte sich, daß sie hätte glücklich sein müssen. Aber tief in ihrem Innern empfand sie einen starken Schmerz und fragte sich, ob sie ihn ihr ganzes Leben lang würde ertragen müssen. Aber dann beschloß sie, sich diesen Gedanken aus dem Kopf zu schlagen.

Zwei Abende später besuchten alle Sheridans mit Luke eine Soiree bei Lord und Lady MacMillan in der Park Lane. Da Cynthia es immer noch strikt ablehnte, in der Öffentlichkeit zu erscheinen, bis sie dies als Lukes Verlobte tun konnte, und da es ihm nicht erlaubt war, Cynthia zu besuchen, hatte er zugesagt, die Sheridans auf die Abendgesellschaft zu begleiten. Als sie zusammen den großen Salon betraten, entdeckte Pamela sofort den Earl of Brant. Er war an diesem Nachmittag in der Stadt eingetroffen und hatte keine Zeit verloren, um auf der größten und vornehmsten Gesellschaft zu erscheinen, die an diesem Abend gegeben wurde. Er war sicher, daß er dort Miss Sheridan wiedersehen würde.

Nun sog er ärgerlich den Atem ein, als Lord Westcott sich zu Pamela hinüberbeugte und ihr etwas ins Ohr flüsterte. Der Graf sah ihr schwaches Lächeln, ihr Nicken, und er versteifte sich. Du hast gewußt, wie es sein wird, Narr, schalt er sich, und doch bist du hergekommen. Nun hast du das zweifelhafte Vergnügen, sie mit dem Mann zu beobachten, den sie liebt. Er konnte sich nicht beherrschen und hob sein Monokel, um sie genauer zu betrachten.

An diesem Abend trug sie ein Kleid aus dunkelroter Seide. Der tiefe, runde Halsausschnitt entblößte ihre weißen Schultern und den langen, schlanken Hals. Ihre unvergleichliche Haltung ließ sie in seinen bewundernden Augen königlich erscheinen. Während er sie beobachtete, legte sie ihre Hand auf Lord Westcotts Arm, beugte sich zu ihm hinüber und unterhielt sich mit ihm. Der Graf versuchte, den Stich, den er bei diesem Anblick empfand, zu ignorieren.

Sie tanzte den ersten Tanz mit Lord Westcott und den zweiten mit ihrem Bruder Mark. Der Raum war überfüllt, und der Graf glaubte nicht, daß sie ihn gesehen hatte, denn er stand verborgen im Gedränge mit einer Gruppe von Herren zusammen. Dann sah er Sir Roger Sheridan aus einem der Spielzimmer hereinkommen, und er kniff seine grauen Augen zusammen. Seine Miene wurde nachdenklich.

Kurze Zeit nach dem Tanz vor dem Abendessen sah Lord Brant Pamela für einen Augenblick allein dasitzen und sich fächeln. Nun konnte er nicht länger warten.

Als er in ihre Nähe kam, sah sie nur sein feingeschnittenes Profil, denn er hatte sich zur Seite gewandt, um einigen Freunden zuzuwinken.

»Miss Sheridan, Ihr Diener, Ma'am«, sagte er und verbeugte sich.

»Sie sind wieder da!« rief Pamela. Und dann wurde sie blaß, als eine der schwarzen Augenbrauen des Grafen sich überrascht hob. Wie konnte ich etwas so Taktloses sagen? schalt sie sich, als sie seine undurchdringliche Miene sah und in seine grauen Augen blickte. Er war so zurückhaltend wie immer in seinem dunklen Abendanzug, und sein schwarzes Haar schimmerte im Kerzenlicht.

Der Graf deutete auf den vergoldeten Stuhl neben ihr, und sie nickte. Als er seine Frack-Schwänze hob und sich setzte, bemerkte er: »Wenn ich mir nur einreden könnte, daß Ihre Reaktion auf mein Erscheinen die reine Freude war, Miss Sheridan, dann wäre der Abend für mich gewonnen. Schade, daß es nur Überraschung war. Aber wie ich schon früher einmal bemerkt habe, ist das Leben voller Enttäuschungen.«

»Sie haben mich in der Tat überrascht, Mylord«, sagte Pamela. »Ich hatte keine Ahnung, daß Sie aus Kent in die Stadt zurückgekehrt sind.«

»Ich bin heute angekommen. Irgendwie war Brant Hall nicht annähernd so – äh – fesselnd wie während der vergangenen Woche. Ich frage mich, weshalb.«

Pamela konzentrierte sich darauf, ruhig und fließend zu sprechen und eine ausdruckslose Miene aufzusetzen. »Ich kann Ihnen versichern, Sir, Sie wurden sehr vermißt.« Und da sie fürchtete, daß diese Bemerkung zu dreist war, fügte sie rasch hinzu: »Alle Ihre Freunde müssen entzückt sein, Sie wiederzusehen.«

Der Graf nahm ihren Fächer aus ihren gefühllosen Händen, öffnete ihn und begann damit sanft zu fächeln. »Ich kann Ihnen versichern, der erste Teil Ihres Satzes gefällt mir am besten«, sagte er ruhig. »Auch ich habe Sie schmerzlich vermißt, Miss Sheridan, und das ist eine ehrliche, ungeschminkte Bemerkung nur für Ihre Ohren.«

Pamela versuchte zu lächeln. Aber sie spürte, daß ihr dies nur mit großer Mühe gelang. Sie hoffte, daß er es nicht bemerkte.

»Ich sehe, Lord Westcott ist heute abend mit Ihnen hier«, sagte der Graf. »Und er ist stattlich und elegant wie immer.« Er lächelte flüchtig.

Pamela folgte seinem Blick dorthin, wo Luke mit einer jungen Cousine der Lowdens eine lebhafte schottische Polka tanzte. Er war völlig ungezwungen, und das Mädchen schien sich in einer verzückten Trance zu befinden, da sie das Glück gehabt hatte, Lord Westcott als Tanzpartner zu gewinnen.

»Wie Sie sehen, Mylord«, stimmte Pamela zu.

»Wohnt er immer noch bei Ihnen in der Charles Street?« fragte Lord Brant.

Pamela nickte und überlegte verzweifelt, wie sie ihm zu verstehen geben sollte, daß es ihr völlig gleichgültig war, ob Luke in der Charles Street, in der Cheapside oder am Cadogan Square wohnte. Aber ihr fiel nichts ein.

»Und ich sehe, daß auch Ihr Vater in der Stadt eingetroffen ist. Wie außerordentlich vorteilhaft für Lord Westcott.«

Die Stimme des Grafen klang ironisch, und seine grauen Augen schienen sie zu verspotten.

»Warum, Mylord?« fragte Pamela kaum hörbar.

»Nun, dadurch ist er einigen Mühen enthoben, Miss Sheridan«, sagte Lord Brant in seinem charmantesten Tonfall. »Es erspart Lord Westcott natürlich eine anstrengende Reise nach Suffolk.«

Ehe Pamela darauf antworten konnte, traten Lady Sheridan und ihr Gatte zu ihnen.

»Lieber Lord Brant!« rief sie, als er aufstand und sich verbeugte. »Ich habe Roger erzählt, wie fürstlich Sie uns in Brant Hall unterhalten haben, und er möchte Ihnen ebenfalls danken.«

»Mylady, Sir Roger«, sagte der Graf. Er schob für Lady Sheridan den Stuhl neben Pamela zurecht, von dem er eben aufgestanden war. Dann wandte er sich von ihr ab und unterhielt sich mit ihrem Vater.

Lady Sheridan hob ihren Fächer, flüsterte dahinter ihrer Tochter etwas zu und deutete auf ein auffallendes gelbes Gewand, von dem sie sagte, sie wünschte, daß Pamela es besäße, und dann auf ein orangerotes Satinkleid, das sie als sehr geschmacklos bezeichnete. Pamela hätte lieber zugehört, was Lord Brant ihrem Vater zu sagen hatte. Aber die beiden Männer hatten sich ein wenig entfernt, und sie konnte kein einziges Wort ihres Gesprächs auffangen.

Kurze Zeit später verbeugte sich der Graf und verließ sie, nachdem ihm Pamela den nächsten Walzer versprochen hatte. Sie blickte ihm nach, als er sich durch den überfüllten Raum zurückzog, ohne zu bemerken, daß ihr Vater sie dabei aufmerksam beobachtete.

Neben ihr redete Lady Sheridan ununterbrochen weiter und merkte nichts von irgendwelchen Unterströmen.

Für Pamela schien sich die Zeit endlos in die Länge zu ziehen, bis die Musiker einen Walzer anstimmten. Und dann war der Graf neben ihr, hielt ihr die Hand hin und lächelte, und sie lag in seinen Armen. Mehrere Augenblicke lang tanzten sie schweigend miteinander. Pamela spürte seinen muskulösen Arm an ihrer Taille und seine starke Hand, die sie führte.

Als seine andere Hand sie enger umfaßte, blickte sie in sein Gesicht, das dem ihren jetzt so nahe war. Sie wunderte sich über seinen bekümmerten Gesichtsausdruck, der jedoch rasch hinter einer Maske der Gleichgültigkeit verborgen wurde.

»Haben Sie sich wieder völlig erholt, Miss Sheridan?« fragte er. »Aber natürlich haben Sie das, denn Ihre Schönheit ist vollkommen wie immer.«

»Danke, Sir«, sagte sie und wunderte sich nicht mehr darüber, daß sie an diesem Abend so geistlos war. Dann fügte sie hinzu: »Sie werden mich sicherlich noch für krank halten, weil ich eine so mangelhafte Konversation treibe. Ich bitte Sie um Verzeihung, aber ich bin ein wenig ... ein wenig erregt.«

»Sie auch?« fragte er. »Nun bin ich eindeutig entmutigt. Es muß an der Luft liegen, glauben Sie nicht?« Durch stillschweigende Übereinstimmung sprachen sie von nun an nur noch über allgemeine Dinge – über gemeinsame Bekannte, über eine Aufführung von John Gays Bettleroper, die die Stadt im Sturm erobert hatte, und über den bevorstehenden Kostümball, den Sir und Lady Frances geben würden.

Pamela beantwortete alle seine Fragen und stellte selbst einige. Für einen Außenstehenden schienen sie sich völlig normal zu benehmen, als sie miteinander plauderten und lächelten. In Wirklichkeit fühlte sich Pamela elend, da sie ihm so nahe war und ihm doch nicht die Wahrheit sagen konnte. Sie fragte sich, was er tun würde, wenn sie plötzlich sagen würde: »Oh, übrigens, Mylord, ich habe festgestellt, daß ich Lord Westcott doch nicht liebe. Amüsant, nicht wahr?«

Da sie fürchtete, daß sie dies oder etwas ähnliches zu ihm sagen könnte, war sie fast erleichtert, als der Tanz endete und sie sich aus seinen Armen lösen konnte.

Kurze Zeit später verließ Lord Brant die Gesellschaft, und Pamelas Gedanken folgten ihm die breite Treppe hinab und hinaus in die laue Frühlingsnacht.

12.

Lukes Verlobung mit Lady Cynthia Warren wurde zwei Tage später bekanntgegeben. Ihre Eltern hatten schließlich kapituliert, da Cynthia entschlossen war, überhaupt nicht zu heiraten, wenn sie Lord Westcott nicht bekommen könne. Ja, sie verkündete mit ihrer resoluten, leisen Stimme, wenn man ihr nicht erlaubte, ihn zu heiraten, würde sie ins Kloster gehen. Das war zuviel für Lady Warren, die ihren Widerstand sofort aufgab. Es war schlimm genug, daß ihre Tochter alle gesellschaftlichen Ereignisse mied und diese glänzenden Abende nicht durch ihre Schönheit und ihr Talent bereichert wurden. Aber bei dem Gedanken daran, wie ihre Schönheit innerhalb von Klostermauern wirken würde, konnte Lady Warren nicht länger ihren Widerstand aufrecht erhalten. Außerdem beeinflußte ihren Entschluß die Tatsache, daß sie es müde geworden war, die Legionen der Verehrer Cynthias abzuweisen, die ständig auf der Türschwelle erschienen. Cynthia wollte keinen von ihnen empfangen, und deshalb blieb es Lady Warren überlassen, ihnen zu erklären, warum die Göttliche Cynthia sich in die Abgeschiedenheit zurückgezogen hatte. Da der Türklopfer niemals ruhte, war dies eine mühsame Beschäftigung, derer sie bald überdrüssig wurde.

Pamela war natürlich eine der ersten in London, die von der Verlobung erfuhr. Denn Luke rannte mit der Neuigkeit zurück in die Charles Street und entfesselte einen überschwenglichen Aufruhr in der Halle; er ging sogar so weit, Dentworth die Hand zu schütteln und den Dienern auf den Rücken zu klopfen. Der Lärm zog alle im Haus an. Sir Roger kam aus der Bibliothek und machte ein erstauntes Gesicht. Lady Sheridan faltete selig die Hände. Mark und Matthew lachten und riefen ihre Glückwünsche vom dritten Stock herunter, von wo sie herabeilten. Als Pamela aus dem Frühstückszimmer kam, wurde sie in die Höhe gehoben, herumgewirbelt und kräftig geküßt. Das Haus kam erst wieder zur Ruhe, als Sir Roger den triumphierenden Viscount nüchtern daran erinnerte, daß er keine Zeit verlieren sollte, um die Ankündigung in die Zeitungen zu setzen, falls es sich Lord Warren doch noch anders überlegen sollte. Vierundzwanzig Stunden lang schien Pamela den Atem anzuhalten. Am nächsten Morgen, nachdem sie die Verlobungsanzeige in der Zeitung gelesen hatte, lehnte sie es ab, mit ihrer Mutter einkaufen zu fahren und setzte sich in den Salon, wo sie den Grafen erwartete, denn sie war sicher, daß er vorbeikommen würde. Glücklicherweise kündigte Dentworth den Earl of Brant an, ehe sie vollständig entnervt war. Pamela versuchte eine gelassene Miene zur Schau zu tragen. Aber ihr Herz klopfte wild, als er eintrat. Er war kühl und elegant wie immer. Doch sie bemerkte, daß die Hand, in der er die Zeitung hielt, weiße Knöchel hatte.

»Miss Sheridan«, sagte er und kam mit undurchdringlicher Miene auf sie zu.

Pamela stand auf und machte einen Knicks. Sie blickten einander wortlos an, bis der Butler die Tür hinter sich geschlossen hatte. Dann erinnerte sich Pamela an ihre Manieren, setzte sich und deutete auf einen Stuhl.

»Vielen Dank, nein. Ich ziehe es vor, zu stehen«, sagte der Graf. Sie zuckte zusammen, als sie seinen Tonfall hörte. Er war eisig, und der leise Spott lag wieder darin.

Lord Brant ging zu einem Tisch und ließ die Zeitung darauf fallen. »Ich kam sofort hierher, nachdem ich die Ankündigung von Lord Westcotts Verlobung mit Lady Cynthia Warren gelesen habe«, sagte er. »Sie wissen natürlich davon.«

Pamela nickte und blickte ihn unverwandt an. Sie fand, daß er kälter und ernster wirkte, als sie ihn je gesehen hatte, fast so, als wären seine Gesichtszüge aus Stein gemeißelt.

»Erlauben Sie mir, Ihnen mein aufrichtiges Mitgefühl auszudrücken, Ma'am«, sagte er. »Ich bin entzückt, Sie nicht in einer Ohnmacht anzutreffen oder in einer Flut von Tränen. Frauen sind wirklich das stärkere Geschlecht.« Er holte tief Luft und fuhr dann fort: »Habe ich Ihre Erlaubnis, offen zu sprechen, Miss Sheridan? Ich denke, das schulden Sie mir.«

Er wartete, bis Pamela nickte, und dann begann er sofort: »Erstens lassen Sie mich sagen, daß ich von Ihrer Liebe zu Viscount Westcott gewußt habe. Ja ich habe davon gewußt, seit ich Ihnen vor zwei Jahren einen Heiratsantrag machte. Damals ging ich weg und versuchte, Sie zu vergessen. Aber ich stellte bald fest, daß das unmöglich war. Als ich zu Beginn dieser Saison in die Stadt kam, war ich entschlossen, noch einmal um Ihre Hand anzuhalten. Ich kann Ihnen nicht sagen, in welcher Hochstimmung ich war, als ich feststellte, daß Sie immer noch ledig und nicht einmal verlobt waren.«

Sein Mund verzog sich zu einer Grimasse. »Verdammter Narr, der ich war!« murmelte er und verhöhnte sich selbst. »Ich hätte wissen sollen, daß ein so nobler Mensch wie Sie niemals den Sinn ändern würde, sobald Sie einmal Ihr Herz verschenkt haben.«

Pamela hob protestierend eine Hand und wollte etwas sagen, aber er schüttelte den Kopf. »Erlauben Sie mir, ohne Unterbrechung weiterzureden, Ma'am.«

Er ging eine Runde durch den Raum, als wolle er seine Gedanken sammeln. Dann fuhr er fort: »Ich habe Sie nach Brant Hall eingeladen in der Hoffnung, daß Sie einsehen, wie unwürdig er Ihrer ist, und ich hoffte gegen besseres Wissen, daß Sie mir mit der Zeit wenigstens einen Teil der gleichen Liebe schenken würden, die ich für Sie empfinde. Sie mögen überrascht darüber sein, Miss Sheridan, und Sie haben jedes Recht dazu. Ich weiß, Sie halten mich nicht für der Liebe fähig. Sie halten mich für kalt und gefühllos und sarkastisch. Aber ich versichere Ihnen, daß ich in Ihrem Fall so warmherzig bin, wie Sie es sich ersehnen. Ich habe mich vor neun Jahren schon einmal verliebt, und meine Gefühle waren tief und aufrichtig. Die betreffende Dame ließ mich glauben, sie erwidere meine Liebe. Aber als ich sie bat, mich zu heiraten, verspottete sie mich. Seit jener Zeit mied ich die Frauen, weil ich in ihnen törichte, oberflächliche Wesen sah, die unzuverlässig, untreu und habgierig sind.

Das dachte ich, bis ich Sie kennenlernte. Ich wußte instinktiv, daß Sie anders sind. Sie sind mehr als nur schön. Denn viele Frauen sind nur schön. Nein, Sie sind auch treu und zuverlässig und ehrlich. Ich hätte alles, was in meiner Macht steht, darum gegeben, jedes meiner Anwesen, wenn Sie mich nur einmal so angesehen hätten, wie Sie Luke Westcott so oft angesehen haben, meine liebe, teure Pamela.«

Er lachte spöttisch, und es tat ihr weh. »Ich bin natürlich noch der gleiche Narr wie damals mit dreiundzwanzig. Und es wird Ihnen sofort klar werden, wie töricht ich bin«, sagte er mit rauher Stimme. Er hob einen Finger. »Erstens weiß ich, daß Sie Luke Westcott lieben. Zweitens, Luke Westcott liebt eine andere und ist für Sie für immer verloren. Drittens, ich liebe Sie immer noch, obwohl Sie nichts für mich empfinden als gewöhnliche, freundschaftliche Gefühle. Viertens, ich stelle fest, daß Ihre Gleichgültigkeit mir gegenüber für mich keine Rolle spielt. Ich werde Sie trotzdem heiraten, wenn ich Sie bekommen kann, obwohl Sie Westcotts Verlust immer beklagen werden und ich immer in seinem Schatten stehen werde.«

Sie saß sprachlos da, und er hielt einen Augenblick inne und sah sie an. Als er den Daumen hob und die fünf Finger seiner rechten Hand vervollständigte, sagte er mit leiser Stimme: »Fünftens werde ich Ihnen niemals Vorwürfe machen, weil Sie mich nicht lieben. Und nun, meine Liebe, da Sie den Mann nicht besitzen können, den Sie sich wünschten, werden Sie die Hand des Mannes abschlagen, der Sie immer lieben, ehren und für Sie sorgen wird?«

Er kam zu ihr herüber, stützte seine Hände auf die Armlehnen ihres Sessels, beugte sich vor und sah ihr tief in die Augen.

Pamela spürte, wie ihr Herz stockte, als die zwingenden grauen Augen sie gefangenhielten.

Einen langen Augenblick herrschte beklemmendes Schweigen.

»Wollen Sie mich heiraten?« fragte er einfach.

Pamela sah ihn immer noch an. Daß er sie heiraten wollte, obwohl er der Meinung war, sie liebe Luke nach wie vor, bewies seine große Liebe. Sie wußte, daß sie ihrer nicht würdig war. Er hatte ihr gesagt, daß er sie wegen ihrer Zuverlässigkeit verehrte. Sie wußte nicht, wie sie ihm zu verstehen geben sollte, daß er sich irrte, wenn er an ihre Treue gegenüber Luke glaubte. Denn sie liebte ihn nun selbst ebenso sehr, wie er sie liebte. Außerdem war sie in einem solchen Gefühlsaufruhr, daß sie glaubte, sie könne es ihm unmöglich erklären, und sie hielt es auch für unwahrscheinlich, daß er ihr glauben würde, wenn sie dies fertig brachte.

Sie hatte unverwandt auf ihre gefalteten Hände geblickt. Nun sah sie ihm in die Augen und wünschte, er würde sie in die Arme nehmen. Er rührte sich nicht und wandte den Blick nicht von ihrem Gesicht. »Ja«, sagte sie mit leiser, angespannter Stimme. »Das werde ich tun.«

Dies waren ihre ersten Worte, die sie sprach, seitdem er hereingekommen war. Sie hatte Luke aus allen richtigen Gründen abgewiesen, und nun nahm sie den Heiratsantrag des Grafen aus allen falschen Gründen an. Sie liebte ihn, und wie er war sie bereit, zu nehmen, was sie bekommen konnte. Irgendwann in der Zukunft, wenn er von ihrer Liebe überzeugt war, konnte sie ihm vielleicht erklären, weshalb sie so unverständlich gehandelt hatte.

Seine Miene veränderte sich bei ihren Worten nicht, obwohl sich für einen Augenblick ein kleiner Muskel neben seinem Mund zusammenzog. Sie sah den plötzlichen Schimmer in seinen Augen, ehe er den Kopf senkte, ihre Hand nahm und sie zärtlich küßte. »Es ist mir eine große Ehre, meine Liebe. Ich verspreche Ihnen, daß Sie es niemals bereuen werden«, sagte er mit belegter Stimme.

Pamela war überrascht, als er danach aufstand, sich verbeugte und zur Tür ging. Wie konnte er sie jetzt verlassen? Er hatte sie nicht einmal geküßt oder berührt! Und dann erkannte sie, daß er es für ein ungehöriges Betragen halten würde, bei der Geistesverfassung, in der sie sich seiner Ansicht nach jetzt befinden mußte. Mit der Hand auf dem Türknauf drehte er sich noch einmal um und sagte mit kühler, sarkastischer Stimme: »Ich werde heute nachmittag Ihren Vater aufsuchen, und sobald ich seine Einwilligung habe, wird die Bekanntmachung an die Zeitungen gehen. Aber keine Sorge, ich werde Sie nicht darum bitten, mich allein zu empfangen, bis Sie Zeit gefunden haben, sich an den Gedanken unserer Hochzeit zu gewöhnen.«

Mit einer kleinen Verbeugung war er draußen. Pamela starrte wie in Trance die Tür an, die sich leise hinter ihm geschlossen hatte. Dann schlug sie die Hände vors Gesicht und weinte.

Als Lady Frances eine halbe Stunde später angekündigt wurde, saß Pamela immer noch da. Ihr Taschentuch war zwar naß, aber von ihren Tränen war jetzt nichts mehr zu sehen. Trotzdem fand ihre Freundin, daß sie blaß und mitgenommen aussah und in ihren Augen ein hilfloser Blick lag, so daß Pauline auf sie zueilte und ihre Hand nahm. »Oh, meine liebe Pamela!« rief sie, als sie sich neben ihr auf die Knie niederließ. »Du weißt es natürlich. Das tut mir schrecklich leid für dich. Aber du wirst darüber hinwegkommen, das mußt du mir glauben. Viscount Westcott wäre nicht der richtige Mann für dich gewesen. Glaube mir, meine Liebe, und gräme dich nicht, weil du ihn verloren hast.«

Pamela zwang sich, Pauline anzusehen. »Ich trauere nicht um Luke«, sagte sie leise. »Der Earl of Brant hat mich zum Weinen gebracht.«

»Der Graf?« fragte Pauline und zog die Augenbrauen hoch. »War er heute morgen hier? Was hat er gesagt?«

Pamela ließ die Hand ihrer Freundin los, stand auf und ging im Zimmer auf und ab. Schließlich blieb sie bei Pauline stehen und sagte: »Er bat mich, ihn zu heiraten.«

»Wirklich? Tatsächlich?« fragte Pauline ehrfürchtig. »Meine liebe Pamela!«

»Ich habe zugestimmt«, fügte Pamela hinzu, und dann brach sie wieder in Tränen aus.

Klugerweise versuchte Lady Frances nicht, sie zu beglückwünschen oder alle die Fragen zu stellen, die ihr auf der Zunge lagen. Statt dessen stand sie auf, tätschelte kurz Pamelas Hand und führte sie zu einem Stuhl, ehe sie hinausging und Dentworth darum bat, ihnen beiden ein Glas Sherry zu bringen. Als sie zurückkam, nahm sie ihren Hut ab, zog ihre Handschuhe aus und ließ sich auf dem Sofa nieder, so, als wolle sie dort sehr lange verweilen. Pamela hatte ihre Selbstbeherrschung wiedergewonnen und wischte sich mit dem nassen Taschentuch fest über die Augen. Pauline griff in ihre Handtasche und reichte ihrer Freundin ein trockenes Tuch.

»Danke, Pauline«, sagte sie und versuchte zu lächeln. »Ich muß verheerend aussehen. Ich entschuldige mich dafür, daß ich geweint habe, zumal ich so glücklich bin, daß du vorbeigekommen bist.«

Als Dentworth kam und ihnen beiden ein Glas Sherry servierte, sprachen sie ungezwungen über allgemeine Dinge. Aber sobald er den Raum verlassen hatte, sagte Pauline: »Erzähle mir alles – wie hat dir der Graf den Heiratsantrag gemacht? Was hat er gesagt? Und vor allem, weshalb bist du so in Tränen aufgelöst, nachdem du seinen Antrag angenommen hast? Liebst du ihn nicht, Pamela? Ich kann nicht glauben, daß du ihn heiraten würdest, ohne ihn zu lieben. Und ich weigere mich, den Gedanken auch nur zu erwägen, daß du seinen Antrag angenommen hast, weil Lord Westcott eine andere liebt.«

»Natürlich liebe ich John!« sagte Pamela. »Ich liebe ihn, seitdem wir in Kent waren, und ich vermute, schon seit einiger Zeit davor. Aber … aber er glaubt, ich würde immer noch Luke lieben. Oh, Pauline, es ist so schrecklich! Was soll ich nur tun?«

»Das Vernünftigste ist es, du sagst ihm, daß er sich irrt. Warum hast du das nicht sofort getan?«

»Ich konnte nicht«, klagte Pamela und zerdrückte das Taschentuch, das sie immer noch in der Hand hielt.

»Und warum nicht?« fragte Pauline nüchtern.

»Er hat mich auf ein so hohes Podest gestellt, Pauline. Er verehrt mich, weil ich Luke die ganzen Jahre hindurch treu geblieben bin. Er selbst wurde vor langer Zeit von einer Frau sehr enttäuscht. Wie kann ich also zugeben, daß ich genauso schwach und wankelmütig bin? Nein, nein, ich konnte es ihm nicht sagen. Ich wollte ihm seine Illusionen nicht nehmen.«

»Aber wenn du es ihm nicht sagst, wird er annehmen, du heiratest ihn nur deshalb, weil du Lord Westcott nicht bekommen konntest«, erwiderte Pauline.

Pamela nickte. »Ja, das denkt er. Er sagte, er wisse, ich könne ihn niemals lieben und er würde immer in Lukes Schatten stehen, aber das mache ihm nichts aus. Er will mich sogar unter diesen Umständen heiraten.«

»Hat er dich geküßt?« fragte Pauline. »Nein, er hat dich nicht geküßt«, sagte sie mit wissendem Blick.

»Woher weißt du das? Er hat mir nur die Hand geküßt.«

Pauline runzelte die Stirn. »Wie edel und wie idiotisch!« Pamela sah Pauline von der Seite an, und diese fuhr fort: »Wenn er dich geküßt hätte, wärst du jetzt nicht in diesem Zustand! Du hättest ihm deine Liebe zeigen können. Aber mache dir nichts daraus. Ich bin sicher, er ist überzeugt davon, er kann dich dazu bringen, Luke zu vergessen, sobald du seine Frau bist. Laß dich nicht von den edelmütigen Worten eines Mannes beirren, der vor Liebe verrückt nach dir ist, meine Gute. Es ist so desillusionierend, wenn man später die wahren Motive herausfindet.«

»Wie kannst du so etwas sagen, Pauline«, sagte Pamela schockiert. »Ich bin sicher, du täuschst dich.«

Lady Frances trank ihren Sherry und lächelte. »Nein, Pamela, ich habe recht. John Pearson hat sich zweifellos wahrhaft ehrenwert betragen. Aber er ist trotz seines zivilisierten Benehmens ein Mann. Ein Mann, meine Liebe, mit leidenschaftlichen Gefühlen und großer Entschlossenheit. Und daß er dich auf ein Podest gestellt hat, ist natürlich eine hübsche Geste. Aber glaube mir, wenn ich dir sage, daß er dich dort nicht haben will, um zu dir aufzusehen und dich zu bewundern. Nein, er will dich in seinen Armen halten, atemlos und voller Leidenschaft. Warum regt dich dieses Doppelspiel auf? Männer sind nicht vollkommen, selbst die besten von ihnen nicht. So wenig wie wir Frauen, wie du in deinem Kummer festgestellt hast. Nun bist du einem Mann versprochen, der glaubt, du liebst einen anderen. Und du hast ihm nicht die Wahrheit gesagt. Du bist ganz gewiß nicht fehlerlos!«

Pamela mußte lächeln und stimmte Pauline zu. Sie fühlte sich nach diesem Gespräch mit Pauline wohler, die immer so einsichtsvoll, so klug und dabei so freundlich war.

»Ich bin froh, daß du endlich zur Vernunft gekommen bist, Pamela«, sagte ihre Freundin. »Ich wußte schon vor Tagen von der Verlobung des Viscount. Meine Tante Warren erzählte mir davon, aber Frederick erlaubte mir nicht, mich einzumischen. Ich habe mir Sorgen um dich gemacht, da ich nicht wußte, wie du die Neuigkeit von Lukes Verlobung aufnehmen würdest.«

»Ich wollte, du hättest dich eingemischt, Pauline«, sagte Pamela und erzählte ihr, was ihre Mutter angerichtet hatte, wie sie Luke genötigt hatte, Cynthia aufzugeben und ihr selbst einen Heiratsantrag zu machen, und wie er das getan hatte. Als Pam zu Ende gesprochen hatte, mußte Pauline ihr Taschentuch zurückerbitten, damit sie sich die Lachtränen von den Wangen wischen konnte.

»Wenn ich nur an jenem Tag eine Fliege an der Wand in eurer Bibliothek hätte sein können«, sagte sie lachend.

»Aber was um alles in der Welt soll ich jetzt tun?« fragte Pamela und kehrte zu dem Problem zurück, das sie am meisten beschäftigte.

»Ich schlage vor, du gibst John deine wahren Gefühle kund, sobald du ihn wiedersiehst. Und da ich sicher bin, daß er bei jeder sich bietenden Gelegenheit bei dir vorbeikommt, wirst du nicht lange auf ihn warten müssen.«

»Aber doch«, erwiderte Pamela mit bekümmerter Miene. »Er will heute nachmittag meinen Vater aufsuchen und danach unsere Verlobung öffentlich bekanntgeben. Aber er will mir Zeit lassen, mich an den Gedanken unserer Hochzeit zu gewöhnen, ehe er mich wieder besucht.«

Pauline schlug sich mit der Hand an die Stirn. »Männer!« rief sie. »Männer und ihre Galanterie zur falschen Zeit! Nun, wir werden sehen. Aber jetzt wirst du dir erst einmal einen Hut aufsetzen und mit mir zum Kostümverleiher gehen, meine Liebe. Ich weiß, du hast dich bis jetzt noch nicht für ein Kostüm entschieden, und da der Ball morgen abend stattfindet, ist es allerhöchste Zeit. Zum Glück hast du keine recht schwierige Größe. Komm, wir haben viel zu tun, und das ist ein Glück, denn wenn man beschäftigt ist, vergeht die Zeit rascher.«

Aber trotz Paulines Gesellschaft und ihrer fesselnden Spekulationen über ihr künftiges Glück zog sich für Pamela die Zeit in die Länge.

Beim Kostümverleiher wählte sie ein Gewand aus Goldbrokat, eingefaßt mit Rüschen aus goldener Spitze, die in graziösen Falten über ihre Schultern und ihre Brüste fielen und über dem Reifrock eines früheren Zeitalters getragen wurden. Zu dem Kostüm gehörte eine gepuderte Perücke.

Pauline wollte Pamela dazu überreden, das einfache Gewand einer griechischen Göttin zu wählen, aber Pamela blieb hart. Irgendwie fühlte sie sich in den weiten Röcken und mit der schweren Perücke sicherer und besser verkleidet.

Pauline sah sie überrascht an, als Pamela außerdem eine volle Maske wählte statt der üblichen Halbmaske über den Augen. Im stillen dachte sie, der Graf wird große Mühe haben, bis er seiner Braut nahekommt, geschweige denn, bis er sie küssen kann.

Als Lady Frances mit Pamela in die Charles Street zurückfuhr, fragte sie sich, ob sie John Pearson aufsuchen und ihm berichten sollte, was sie wußte. Dies würde es Pamela erleichtern. Aber sie war sicher, daß Sir Frederick eine solche Einmischung in fremde Angelegenheiten mißbilligen würde. Ihre Freundin mußte geahnt haben, was sie dachte, denn ehe sie die Kutsche verließ, nahm sie ihre Hand und sagte: »Du mußt es mir überlassen, Pauline. Versprichst du mir das? Ich weiß, du möchtest mir helfen, aber ich muß selbst damit fertig werden.«

Lady Frances stimmte zu, wenn auch zögernd. Sie war auf der Rückfahrt in ihr Heim in der Nähe von Richmond sehr nachdenklich.

Als Pamela an jenem Nachmittag im Garten saß und ihre Stickerei vernachlässigte, brachte ihr Dentworth ein großes Rosenbukett. Er lächelte, als sie die dunkelroten Blüten bewunderte und die Karte, die die Rosen begleiteten, vom Tablett nahm.

Ehe er die Rosen ins Wasser stellte, sagte er mit der Vertraulichkeit eines alten Dieners: »Der Graf ist jetzt bei Ihrem Herrn Vater, Miss Pamela.«

Pamela senkte den Blick und sah auf die Karte, die sie in der Hand hielt, und der Butler lächelte sie liebevoll an, ehe er wegging. Sie erbrach langsam das Siegel. In der schwarzen Schrift des Grafen stand geschrieben:

»Meine Liebe, wenn Sie diese Zeilen lesen, spreche ich gerade mit Ihrem Vater. Ich empfinde die Stunden, die wir voneinander getrennt sind, endloser als alle, die ich jemals erlebt habe. Lassen Sie mich wissen, wann ich Sie wiedersehen darf – und lassen Sie es bald sein.«

Er hatte seine Zeilen mit ›John‹ unterschrieben, und daneben die kleine Zeichnung gemalt, die sie so gut kannte. Sie preßte die Zeilen einen Augenblick träumerisch an ihre Wange.

Als ihr Vater kurze Zeit später zu ihr kam, lächelte er. »Da Dentworth dies zweifellos schon getan hat, brauche ich dir nicht zu sagen, wer mich besucht hat, und ebensowenig, weshalb er gekommen ist.«

Pamela lächelte ihn an, aber Sir Roger fand, daß sie ein wenig verstört aussah, und er sagte rasch: »Ich habe dem Grafen erklärt, daß ich zuerst mit dir sprechen muß, ehe ich meine Einwilligung zu Eurer Hochzeit geben kann, obwohl er mir versichert hat, daß er deine Zusage hat. Liebst du ihn, Pamela? Willst du ihn heiraten?«

»Ja, Papa, ich liebe ihn von ganzem Herzen«, sagte sie, und er nahm sie in die Arme und küßte sie.

»Er ist ein feiner Mann. Ich freue mich«, sagte Sir Roger. »Weiß es deine Mutter schon?«

»Nein, ich habe ihr nichts erzählt«, gestand Pamela und dann sagte sie zur Überraschung ihres Vaters: »Können wir es bis morgen geheimhalten, Papa?«

Sir Roger runzelte die Stirn. »Pamela, gibt es irgend etwas, das dich quält? Du mußt es mir sagen. Du siehst nicht danach aus, als ob du den Grafen liebst, und du verhältst dich auch nicht so, wie es eine Frau in diesem glücklichen Zustand im allgemeinen tut.«

Noch einmal war Pamela genötigt, ihre Geschichte zu erzählen. Sir Roger hörte ihr ruhig zu und gab keinen Kommentar. Endlich schloß sie: »Ich glaube nicht, daß ich es ertragen könnte, wenn Mama oder die Jungen es wüßten, bevor ich mit John gesprochen habe. Ich fühle mich bis jetzt noch nicht als verlobt, Papa. Der Graf könnte vielleicht doch noch zu dem Schluß kommen, daß er eine so unstete, wankelmütige Frau nicht heiraten möchte. Ich gebe ihn natürlich frei, wenn er es wünscht, und du verstehst, daß dies einfacher wäre, wenn nicht alle Welt von unserer Verlobung wüßte.«

Ihr Vater schüttelte den Kopf. Im stillen dachte er, Pamela brauchte nur ihr Geständnis abzulegen, und der Graf würde von da an die Situation perfekt handhaben. Sir Roger hatte noch nie jemanden kennengelernt, der so entschlossen war zu heiraten wie der Mann, den er eben erst in seiner Bibliothek empfangen hatte.

Nun, da Sir Roger die Ursache für das zurückhaltende, steife Verhalten Lord Brants kannte, das ihn mehr beunruhigt hatte, als er sich eingestehen wollte, war er erleichtert. Er wünschte nur, der Graf hätte Pamelas Liebe zu Luke erwähnt. Denn dann wäre er selbst in der Lage gewesen, ihn zu beruhigen.

Lächelnd stand er auf und küßte seine Tochter aufs Haar. »Es wird unser Geheimnis bleiben, solange du es willst, meine Liebe. Natürlich muß ich Lord Brant schreiben und ihn von seiner Sorge erlösen. Aber ich werde ihn bitten, die öffentliche Bekanntmachung aufzuschieben, bis ihr beide miteinander gesprochen habt.«

Als er sich anschickte, zum Haus zu gehen, fügte er augenzwinkernd hinzu: »Es wäre nicht unklug von dir, wenn du dir so bald wie möglich Gedanken über deine Brautkleidung machen würdest, meine Liebe. Ich kann dir versichern, der Graf wird nicht den Wunsch äußern, von seinem Wort befreit zu werden. Aber du wirst es selbst sehen.«

Er blinzelte und verließ seine Tochter, die endlich ihren Stickrahmen zur Hand nahm. Es war ihr jetzt wohler zumute, nachdem sie vor ihrem Vater das Geständnis abgelegt hatte. Sie beschloß, mit John auf dem Maskenball zu sprechen. Sie wußte, daß es ihr kostümiert und hinter einer Maske verborgen leichter fallen würde.

Der Abend zog sich in die Länge und ebenso die Nacht und der darauffolgende Tag. Ihr Vater hatte dem Grafen geschrieben. Aber sie sah und hörte nichts von ihm. Endlich wich der lange Tag dem Zwielicht, und dann brach die Dämmerung ein.

Pamela nahm sich zum Ankleiden viel Zeit. Als sie fertig war und die goldene Maske und die kunstvolle weiße Perücke trug, war sie sicher, daß niemand erraten würde, wer sie war. Sie selbst erkannte kaum die Dame, die sie aus dem Spiegel durch die Schlitze ihrer Maske ansah.

Luke und Matthew hatten das Haus früher verlassen, um ihre jeweiligen Damen zum Ball abzuholen. Trotzdem beklagte sich Mark, daß er und sein Vater in Gefahr waren, von den bauschigen Röcken der Damen, mit denen sie zusammen in der Kutsche saßen, erdrückt zu werden. Und außerdem sei es eine lange, weite Fahrt nach Richmond, erklärte er.

Lady Sheridan glättete ihren riesigen Reifrock und gab ihm recht. Ihr Gatte fand, daß sie heute abend sehr imposant aussah, und er wünschte, er hätte ein passenderes Kostüm gewählt anstelle des Dominos wie Mark.

»Ich kann mir nicht vorstellen, weshalb du dieses Kostüm gewählt hast, Pamela«, klagte Lady Sheridan, als die Kutsche die Stadt verließ. »Niemand wird auch nur die leiseste Ahnung haben, wer du bist.«

»Aber das ist doch der Zweck eines Maskenballs«, erwiderte Pamela und versuchte, nicht daran zu denken, wie bald sie Lord Brant wiedersehen würde.

»Nein, das ist er nicht«, antwortete ihre Mutter ernst. »Die Herren werden sich von dir zurückhalten, denn du könntest ja ein Gesicht wie ein Frosch hinter dieser Maske haben.«

Sir Roger lachte mit den anderen, aber er drückte seiner Tochter die Hand.

Nachdem sie in Richmond eingetroffen waren, blieb Pamela hinter ihrer übrigen Familie zurück und ging allein die Treppe hinauf, um Sir Frederick und Lady Frances zu begrüßen. Pauline blinzelte ihr zu. Sie sah an diesem Abend phantastisch aus in dem fließenden Gewand einer Haremstänzerin, während ihr Gatte einen unglaubwürdigen Scheich mimte.

Als Pamela den Ballsaal betrat, klappte sie ihren Fächer auf und betrachtete über dessen Rand hinweg den überfüllten Raum. Ihre Mutter hatte wirklich recht gehabt. Keine der anwesenden Damen war so kostümiert, daß man nicht sofort erkannte, wer sie war. Keine außer ihr selbst. Sie bemerkte, wie ein großer, als Kavalier gekleideter Herr sie eingehend musterte. Plötzlich lächelte er, und das vertraute schräge Lächeln sagte ihr, daß es der Earl of Brant war.

Sie holte tief Luft und ging in seine Nähe, wobei sie hier und da stehenblieb und mit anderen Gästen plauderte.

»Teure, mysteriöse Dame, darf ich Sie um einen Tanz bitten?« fragte der Graf, der unvermittelt neben ihr stand und ihren Ellenbogen ergriff.

Sie nickte und fragte sich, ob er wohl wußte, wer sie war. »Ich wäre entzückt, Kavalier«, flüsterte sie und legte ihre Hand auf seinen Arm.

Er sah einen Augenblick auf sie herab, und dann legte er seine Hand auf die ihre und führte sie zur Tanzfläche, wo man sich zum ersten Tanz formierte.

Sie sprachen während des Tanzes miteinander, als wären sie sich fremd, und Pamela, die durch ihre scheinbare Anonymität Mut faßte, begann mit dem Grafen zu flirten.

»Wie angenehm Maskeraden doch sind, Sir«, flüsterte sie und drückte seine Hand. »Eine nette Abwechslung, so zu tun, als wäre man ein anderer, jemand, der geheimnisvoll, fröhlich und vielleicht – vielleicht nur ein klein wenig unkonventionell ist.«

»Ich bin mir bewußt, daß Damen Intrigen mehr lieben als Herren, Ma'am«, sagte er mit kühler, selbstbeherrschter Stimme.

Pamela war enttäuscht, aber sie zwang sich, darüber zu lächeln. »O ja, wir Frauen sind elende Geschöpfe, selbst die besten von uns. In Wirklichkeit sind wir alle gleich. Haben Sie das noch nicht herausgefunden?« fragte sie mit unschuldiger Stimme.

»Ich habe das Glück, eine Dame zu lieben, die die Ausnahme von der Regel ist«, erwiderte er.

»Dann ist es mein Mißgeschick. Denn wenn Sie solch ein Wunder lieben, kann ich Sie nicht für einen Flirt mit mir gewinnen.«

Sie zog einen Schmollmund.

»Sie könnten kaum einen Mann finden, der nicht daran interessiert wäre, Sie zu lieben, goldene Dame«, sagte er, und Pamela fand, daß sein Tonfall unbeschwert klang. Aber dann fügte er hinzu: »Wie bedauerlich, daß Männer und auch Frauen Ihre Herzen nur einmal verschenken können.«

»Aber mein Herr«, flüsterte Pamela und ihr Herz schlug ihr bis zum Hals, »Frauen sind nicht immer treu, das wissen Sie doch sicherlich. Ihre Gefühle können sich wandeln. Während sie glauben, einen Mann zu lieben, stellen sie manchmal fest, daß sie sich geirrt haben.«

Einen Moment drückte der Graf fest ihre Hand, aber er sagte lediglich: »Wirklich? Wie erschütternd für einen gewöhnlichen Mann wie mich, an solch wankelmütiges Verhalten zu denken.«

Der Tanz endete, und der Graf verbeugte sich und verließ Pamela. Einen Augenblick lang war sie entmutigt, aber als sie von ihrem Bruder Mark zum zweiten Tanz aufgefordert wurde, sagte sie sich, daß sie jetzt nicht aufgeben durfte.

Der Kavalier kam zurück, um wieder und wieder mit ihr zu tanzen. Als er sich zum dritten Mal verbeugte, tadelte sie ihn. »Mein Ruf wird durch Ihre ständige Aufmerksamkeit ruiniert, Sir«.

»Das kann auf einem Maskenball sicher nicht falsch sein, Ma'am«, entgegnete er und legte besitzergreifend einen Arm um sie.

Ihm nahe zu sein, war solch ein Glück, daß Pamela alle Rücksichten auf die Konventionen fallen ließ. Sie wußte, daß um Mitternacht die Demaskierung kam, und als die Stunde näherrückte, versuchte sie noch einmal, dem Grafen ihre Liebe zu gestehen. »Sie sagten vorhin, wenn eine Frau ihren Sinn bezüglich eines Mannes ändert, von dem sie dachte, sie liebte ihn, dann sei sie wankelmütig, Sir. Aber ist es in Wahrheit nicht aufrichtig, wenn sie nun einen anderen liebt?«

Einen langen Augenblick schwieg er, und dann sagte er mit rauher, kalter Stimme: »Sie müssen nicht aus Freundlichkeit so tun, als empfänden Sie etwas für mich, Pamela. Ich glaube Ihnen nicht. Und wir wollen doch ehrlich miteinander sein.«

Pamela erschrak. »Sie wußten die ganze Zeit, wer ich bin«, sagte sie anklagend. Sie war unglücklich, weil sie ihn nicht von ihren Gefühlen hatte überzeugen können.

Das Lächeln des Grafen war noch schräger als sonst. »Wie hätte ich je diese reizenden Hände nicht erkennen sollen?« fragte er. »Sie verrieten Sie mir zuerst, und als ich Sie dann in meinen Armen hielt, war ich sicher.«

Sie tanzten schweigend. Dann endete der Tanz, und das Orchester spielte einen Tusch.

Sie griff nach ihrer Maske, um sie zu entfernen, aber der Graf sagte: »Ich helfe Ihnen, meine Liebe.«

Er löste ihre Maske, nahm sie ihr vom Gesicht und sah ihr tief in die Augen.

Ihre Enttäuschung darüber, daß ihre Taktik nichts gefruchtet hatte, war ihr vom Gesicht abzulesen, dessen war Pamela sicher.

Er berührte sanft mit einem Finger ihre Wange. »Es war nett von Ihnen, daß Sie es versucht haben, Pamela, aber es war nicht nötig. Wollten Sie deshalb, daß ich unsere Verlobung noch nicht bekanntgebe? Glaubten Sie, ich würde unsere Verbindung bereuen? Das werde ich niemals tun.«

»Ich auch nicht, Mylord«, sagte sie und wollte weitersprechen, aber in diesem Augenblick traten Luke und Cynthia zu ihnen. Luke legte einen Arm um Pamela und küßte sie auf die Wange.

Pamela versuchte zu lächeln.

»Pam, Cyn hat dir eine sehr wichtige Bitte vorzubringen!« rief er und nahm Cynthia in seinen anderen Arm.

»Sie halten die Reichtümer dieser Welt in den Armen, Mylord«, bemerkte Lord Brant.

Pamela hörte den Sarkasmus in seiner Stimme und sah das zornige Blitzen seiner Augen wegen der Freiheit, die Luke sich herausnahm. Sie löste sich vom Viscount und trat neben Lord Brant. Luke bemerkte es nicht, denn er blickte liebevoll auf das gerötete, reizende Gesicht seiner Braut.

»Liebe Miss Sheridan – nein, Pamela – da Luke mir gesagt hat, daß wir Schwestern würden, hoffe ich sehr, Sie werden eine meiner Brautjungfern sein«, sagte das Mädchen atemlos. »Ja, ich glaube langsam, daß Luke mich überhaupt nicht heiratet, wenn Sie nicht dabei sind.«

»Es ist sehr bedauerlich, daß unser englisches Recht die Monogamie vorschreibt, Mylord, sonst könnten Sie gleich beide zum Altar führen«, fauchte der Graf.

Pamela legte ihre Hand auf seinen Arm und drückte ihn besänftigend. »Ich freue mich darauf, Ihre Brautjungfer zu sein, Cynthia. Vielen Dank!« Und dann versuchte sie trotz der starren Haltung des Grafen, der neben ihr stand, zu lächeln. »Ich werde sehr viel zu tun haben, denn Lady Virginia hat mich ebenfalls gebeten, zu ihrer Hochzeit zu kommen.«

Als die anderen lachten, legte der Graf einen Arm um sie und sagte: »Wir wollen hoffen, daß diese Hochzeiten in Kürze stattfinden, meine liebe Pamela, denn ich habe nicht vor, sehr lange auf meine Braut zu warten.«

Lady Cynthia klatschte in die Hände, als sie die Neuigkeit hörte, und Luke fragte erstaunt: »Ist das wahr? Wirst du Lord Brant heiraten, Pam? Dann hast du also deshalb letzte Woche meinen Heiratsantrag abgelehnt, du raffinierte Katze!«

Pamela hörte, wie der Graf den Atem tief einsog, und sie fühlte, wie sich seine Hand an ihrer Taille straffte. Schweigend applaudierte sie Luke für seine unbeabsichtigte Schützenhilfe.

»Sie müssen uns entschuldigen, Mylady, Mylord«, sagte Lord Brant mit zusammengebissenen Zähnen. »Pamela und ich müssen sofort etwas besprechen.«

Luke lachte und wollte eine respektlose Bemerkung äußern. Aber Cynthia zupfte ihn am Ärmel. »Wage ja nicht, etwas zu sagen, Luke«, erklärte sie energisch und zog ihn weg.

Pamela dachte flüchtig daran, daß Cynthia Warren möglicherweise doch die richtige Frau für Luke war, und sie war froh darüber. Aber sie vergaß sie bald, denn der Graf, der sie eng umfaßt hielt, führte sie zur Terrassentür. Dort standen einige Paare, tranken Champagner und lachten miteinander. Lord Brant blieb nicht stehen, sondern führte Pamela die Stufen hinab in den Garten. Er sprach kein Wort, als sie über den Kiesweg zum Fluß hinuntergingen. Pamela versuchte, mit ihrer freien Hand ihren Reifrock anzuheben. Sie hatte gegen das Tempo, das er einschlug, nichts einzuwenden.

Schließlich kamen sie zu einer Bank am Flußufer, das von einigen Lampen auf einem Landesteg in der Nähe erhellt war. Sie waren allein. Selbst der Lärm der Gesellschaft war gedämpft.

»Nun, Miss Sheridan, nun ...« begann er.

»Oh, nenne mich bitte deine angebetete, liebste Pamela, John«, neckte sie und fühlte sich beschwingt in ihrer Erleichterung darüber, daß er ihr nun glauben würde. »Diese Anrede gefällt mir viel besser.« Sie wandte ihm ihr Gesicht zu und sah ihm in die Augen. Und dann legte sie ihre Hände auf seine Schultern und lehnte sich an ihn, und in ihrem Blick zeigten sich ihre ganzen Gefühle.

Sofort schlang er seine Arme um sie.

»Bist du nun nicht mehr ärgerlich auf mich, John?« fragte sie ernst.

»Ärgerlich? Nein, das bin ich nicht«, sagte er mit leiser, verwunderter Stimme, aus der aller Sarkasmus und alle Kälte verschwunden waren.

Sie seufzte und schmiegte sich so eng an ihn, wie es ihr Reifrock erlaubte. »Oh, warum bin ich nicht als Nymphe gekommen?« fragte sie. »Zum Teufel mit diesem dummen Kleid!«

Der Graf warf den Kopf zurück und lachte.

Sie legte eine Hand an seinen Hals über den Spitzenrüschchen seines Kostüms, um das Leben zu spüren, das dort pulsierte, und er ergriff ihre Hand und küßte sie.

»Ich habe ein paar Fragen, meine angebetete, liebste Pamela«, sagte er mit unsicherer Stimme. »Einige Fragen, die du mir, glaube ich, am besten gleich beantwortest, ehe ich mich vergesse.«

»Bevor wir uns vergessen, mein Liebster«, korrigierte sie ihn.

Er schob sie mit großer Entschlossenheit von sich. »Willst du dich setzen, Liebste?« fragte er mit schmeichelnder Stimme.

Pamela machte einen kleinen Knicks, und dann setzte sie sich auf die Bank. Hinter seinen breiten Schultern konnte sie die Lichter eines Schiffes sehen, das die Themse hinab zum Kanal fuhr und weiter zum Meer. Aber ihre Blicke blieben auf seinem Gesicht haften. Er stellte einen Fuß auf die Bank und stützte die Hände auf sein Knie.

»Was meinte der Viscount damit, als er sagte, du hättest ihn letzte Woche abgewiesen?« fragte er.

»Es war alles die Schuld meiner Mutter, John«, sagte Pamela. »Sie wußte, daß ich Luke Westcott geliebt habe, seit ich siebzehn Jahre alt war, und sie nötigte ihn, mir einen Heiratsantrag zu machen. Er hatte ihr nämlich erzählt, daß er heimlich mit Cynthia Warren verlobt war. Ich versuche, meiner Mutter zu verzeihen. Sie wollte nur das Beste für mich.« Pamela hielt inne, und dann sagte sie: »Wenn ich nur nicht geschwiegen hätte, dann wäre alles nicht geschehen.«

»Du hast Lord Westcott abgewiesen? Warum, wenn du ihn liebst?« beharrte der Graf.

»Ich liebe ihn nicht mehr auf die gleiche Weise. Und ich konnte ihn nicht heiraten, nachdem ich festgestellt habe, daß er mir nicht mehr bedeutet als einer meiner Brüder.«

Der Graf beugte sich zu ihr herunter. Sie spürte seinen warmen Atem auf ihren Wangen. »Wann hast du das festgestellt?« fragte er, und seine Stimme klang rauh, als könne er nicht einmal jetzt glauben, daß sie die Wahrheit sprach.

Pamela stand auf und ging zum Ufer hinunter. Irgendwie wußte sie, daß diese Antwort entscheidend für ihr Glück war, und sie konzentrierte sich darauf, es ihm so gut wie möglich zu erklären.

»Ich glaube, ich wußte es schon lange. Aber nachdem ich fünf Jahre lang Pläne geschmiedet und mich in Träumereien verloren hatte, traute ich dem Wandel meiner Gefühle nicht«, sagte sie und blickte auf den Fluß und lauschte auf die Geräusche der Wellen die ans Ufer klatschten. »Als wir zusammen im Hafen von Dover waren, küßte ich ihn und wollte ihm meine Liebe zeigen. Aber obwohl ich mir die Augen ausweinte, war alles, was ich fühlte, Erleichterung, als er Kent verließ. Und als ich dann aus meinem Delirium erwachte, wurde mir bewußt, daß ich Luke zwar immer lieben würde, aber so, wie er mich liebt, als seine ›gute alte Freundin Pam‹. Er war nicht mehr der Mann, den ich wollte.« Sie drehte sich um. »Ich erinnere mich daran, wie ich dachte, daß ich keinen Jungen, sondern einen Mann haben wollte. Und nicht irgendeinen Mann, ich wollte dich!«

Der Graf verlor sofort das Interesse an allen weiteren Fragen, die er hatte stellen wollen. In einer Sekunde war er neben ihr und nahm sie begierig in die Arme. Ehe sich sein Mund auf den ihren legte, sagte er mit unsicherer Stimme: »Du hast mir das Glück geschenkt, von dem ich nie geglaubt hätte, daß ich es je erleben würde, mein Liebling.«

Und dann lag sein Mund auf dem ihren, und Pamela vergaß ihren Reifrock, der sich nun hinter ihr aufbauschte. Seine Lippen waren leidenschaftlich und gleichzeitig ehrfürchtig. Und sie gab den Versuch auf, begreifen zu wollen, warum dies so war, als sich ihre eigenen Lippen unter den seinen öffneten und ihr Körper sich noch enger an ihn preßte. Sein Kuß wurde inniger, und seine Hände liebkosten ihren Rücken und hielten sie fest, als wollte er sie nie wieder loslassen.

Als er endlich den Kopf hob, murmelte er: »Liebste, angebetete Pamela, sage mir noch einmal, daß du mich liebst!«

Sie nahm sein Gesicht in ihre Hände. Das Gefühl seiner warmen Haut ließ ihre Stimme ein wenig zittern, als sie sagte: »Wirst du mir niemals glauben? Natürlich liebe ich dich!«

Dann schmiegte sie sich in seine Arme und fügte hinzu: »Als du mich wie eine Göttin auf ein Podest gestellt hast, so überlegen und makellos, wie hätte ich da zugeben können, daß ich nur eine gewöhnliche, wankelmütige Frau bin, John?«

Er sah sie an, ihre Lippen zitterten von seinem Kuß, und ihre braunen Augen schimmerten golden vor Liebe im flackernden Licht der Lampen. »Du wirst niemals gewöhnlich sein. Aber diese Wankelmütigkeit, die du zugibst, ist ein ziemlich harter Schlag für mich, Ma'am.«

Sie sah ihn ein wenig besorgt an, und er fügte hinzu: »Ich werde für dieses Mal ein solches Verhalten entschuldigen. Doch von jetzt an darf es keine Wiederholung geben!«

Sie lächelte. »Nie wieder, mein Geliebter«, flüsterte sie, »von diesem Augenblick an bist du meine eine, meine einzige Liebe.«

Er zog sie an sich und bedeckte ihr Gesicht und ihren Hals mit Küssen, und als sich ihre Lippen trafen, versank die Welt für sie.

Einige Zeit später, als sich die meisten Gäste von den Gastgebern verabschiedeten und ihnen für den zauberhaften Abend dankten, hielt Lady Sheridan nach ihrer Tochter Ausschau.

Pamela war nicht im Ballsaal und nicht in einem der Salons, nicht auf der Terrasse und nicht im Garten. Schließlich eilte Lady Sheridan zurück zu Sir Roger, der ungezwungen mit der Gastgeberin plauderte.

»Roger«, unterbrach sie atemlos. »Ich kann Pamela nirgends finden, und es ist schon spät. Wir sollten längst auf dem Heimweg sein. Wo kann sie nur sein? Wo steckt sie?«

Sir Roger nahm ihre Hand und tätschelte sie. »Komm mit, meine Liebe, der Earl of Brant wird dafür sorgen, daß Pamela sicher zu Hause ankommt.«

»Der Earl of Brant?« fragte seine Frau irritiert.

Lady Frances lächelte, als Sir Roger amüsiert sagte: »Der Earl of Brant wird dein Schwiegersohn, Ma'am! Ich werde dir auf dem Heimweg in die Stadt alles erklären, das verspreche ich dir.«

Hochzeit der Gefühle

Dieses Buch ist mit zutiefst empfundener Liebe und Dankbarkeit den Schwestern der Frühgeborenen-Intensivstation des Kaiser Permanente Hospitals in Sacramento, Kalifornien, gewidmet. Ein besonderes Dankeschön auch an die fünf Frauen, die ihre Leidenschaft, ihre Freundschaft und auch ihr ganzes Können aufgeboten haben: Penny Conroy, Judy Gates, Denise Hirshfelt, Donna Lomax und Patti Read; und auch an Dr. Myra Pierce und Dr. Stephen Greenholz für ihre ganz besonderen Anstrengungen und ihre Fürsorge.

Diese Geschichte möchte jedoch vor allem ein Liebesbrief an John Murdoch Bockoven sein, der am 18. Oktober 1989 mit einem Gewicht von nur 964 g zur Welt kam.

1

Niemand darf im August sterben, nicht mit sechsundzwanzig Jahren, und Diane Taylor schon gar nicht.

Diese Worte hallten in Christine Taylors Gedanken nach, formten eine Litanei der Angst und der Verzweiflung.

Nicht Diane! Bitte, lieber Gott, nicht meine hübsche kleine Schwester. Laß es nicht wahr werden! Laß es nur ein ganz schrecklicher Alptraum sein!

Chris öffnete ihre Reisetasche, mit der sie vor kaum einer halben Stunde nach Hause gekommen war, und schüttete sie auf dem Bett aus. Mit zittrigen Händen versuchte sie, ihre Toilettenartikel herauszufischen. Dann ging sie an den alten Kleiderschrank, riß mit einem Ruck die oberste Schublade auf und zog ziellos eine Handvoll Unterwäsche heraus. Sie nahm die ersten drei Kleider vom Bügel, griff sich ein Paar flacher Schuhe und warf alles in die Tasche.

Natürlich ist das Ganze nur ein Alptraum, versuchte sie sich einzureden und stopfte die Kleider etwas tiefer in die Tasche, damit sie nicht vom Reißverschluß erfaßt würden. Nach dem Wochenende, das sie hinter sich hatte, war ein Alptraum nicht verwunderlich.

Aber nicht dieser. Der war zu furchtbar. Es war Zeit, wieder aufzuwachen.

Sie warf einen Blick auf die Uhr, die auf dem Nachttisch stand. Ihr Flug nach Sacramento würde in weniger als eineinhalb Stunden aufgerufen. Sie verfluchte ihre Kurzsichtigkeit. Warum hatte sie ihre Wohnung nur auf der dem Flughafen entgegengesetzten Seite von Denver gekauft! Wenn sie das Flugzeug verpaßte, dann müßte sie entweder bis zum nächsten Morgen warten oder aber nach San Francisco fliegen und dort einen Anschlußflug nehmen. Wenn sie den Worten ihrer Mutter Glauben schenken konnte, käme sie dann auf jeden Fall zu spät.

Wie konnte Diane nur an einem so gewöhnlichen Tag sterben? Warum hatte sie selbst nur beschlossen, ihren Sonntagabendflug von Kansas City gegen einen Montagmorgenflug umzutauschen, um einmal eine Nacht durchschlafen zu können? Es hatte alles so logisch geschienen, die perfekte Lösung. Aber weil sie nun vom Flughafen aus direkt zur Arbeit gegangen war, hatte sie ihren Anrufbeantworter fünf und nicht nur vier ganze Tage nicht abgehört.

Chris schauderte bei dem Gedanken, daß sie die Anrufe beinahe noch einen Tag später abgehört hätte. Sie war ganz erschlagen nach Hause gekommen, hatte nicht einmal mehr die Kraft gehabt, sich ein Erdnußbutterbrot zu streichen. Drei Wochenendtagungen hintereinander hatten zweiundzwanzig Tage Arbeit ohne Unterbrechung bedeutet. Und noch war kein Ende in Sicht. Als Produktmanagerin für das neue Light-Bier, das die Wainswright-Brauerei in zwei Monaten auf den Markt bringen wollte, glaubte sie, daß Erfolg oder Mißerfolg davon abhingen, wieviel Arbeit man in dieser ersten Phase in das Produkt steckte. Zwar zählte auch der Geschmack des neuen Bieres, aber noch viel wichtiger war das Image, das es vermittelte. Die neuen Weinkühler hatten jedem auf dem Markt gezeigt, wie wichtig Marketing ist. Niemand würde diese Lektion vergessen.

Sie befand sich gerade auf dem Weg zur Haustür, als ihr wieder einfiel, daß sie ihre Mutter anrufen wollte. Sie hatte es bereits dreimal versucht, aber niemand hatte abgenommen. Sie ließ den Koffer auf den gekachelten Fußboden fallen, ging ins Wohnzimmer und nahm den Hörer ab. Während sie auf eine Verbindung wartete, spielte sich vor ihren Augen noch einmal die Szene von vor einer Stunde ab.

Fünf Minuten lang war sie zu nichts imstande gewesen, hatte das rote Lämpchen auf dem Anrufbeantworter nicht beachtet, bevor sie tief seufzte und das Band noch einmal zurückspulte.

Der vertraute Pfeifton war zu hören, gefolgt von einer ebenso vertrauten Stimme: »Christine – hier spricht deine Mutter. Du kannst dir nicht vorstellen, wie sehr ich diese verdammten Anrufbeantworter hasse. Ich muß dir etwas mitteilen. Wenn es nicht so wichtig wäre, hätte ich schon längst aufgehängt.«

Das war typisch für ihre Mutter. Begrüßen und Schimpfen in einem Atemzug. Chris war vor zehn Jahren nach Colorado gezogen in der Hoffnung, daß die räumliche Entfernung noch etwas von ihrer Mutter-Tochter-Beziehung retten könne. Na ja, mit zweiundzwanzig Jahren war alles möglich erschienen.

»Deine Schwester hat mich gebeten, dich anzurufen. Aus irgendeinem Grund hat sie gedacht, es würde dich interessieren, daß sie hier im Krankenhaus liegt. Ich habe ihr gesagt, wie beschäftigt du mit deiner Arbeit bist und wie schwer du dich davon freimachen kannst, aber sie beharrte darauf, daß du es sicher wissen wolltest ... Jedenfalls, nach Meinung der Ärzte, sieht es nicht sehr gut für das Baby aus ... auch nicht für Diane. Sie möchte, daß du kommst, aber ich habe ihr gesagt, daß sie nicht auf dich zählen soll. Tu was du willst. Das hast du schließlich immer getan.«

Was für Ärzte? Was für ein Baby? Warum Sacramento? Verdammt noch mal, was war überhaupt los? Chris hatte doch noch vor ziemlich kurzer Zeit mit ihrer Schwester gesprochen. Sie dachte scharf nach. Wann hatte sie eigentlich das letzte Mal mit Diane gesprochen? Ihr wurde ganz flau. War es wirklich im Mai gewesen? Vor dreieinhalb Monaten?

Diane hatte am Tag vor ihrem letzten Geburtstag angerufen, weil sie wußte, daß Chris nie vergaß, sich an diesem Tag bei ihr zu melden und ihr einen großen Strauß Frühlingsblumen schicken zu lassen. Sie hatte ihr mitgeteilt, daß sie an ihrem Geburtstag nicht zu Hause wäre und nicht wolle, daß Chris vergeblich anriefe und die Blumen vor der Haustür vertrockneten. Zum Ausgleich für den Blumenstrauß, der dieses Jahr ausfallen würde, hatte Chris versprechen müssen, ihr nächstes Jahr einen doppelt so großen Strauß zu schicken.

Bevor Diane aufgehängt hatte, druckste sie noch irgendwie herum, daß sie bald möglicherweise telefonisch etwas schwierig zu erreichen sei. Chris solle sich keine Sorgen machen, wenn sie nicht durchkäme, sie brauchte ihr nur ein paar Zeilen zu schreiben und Diane würde sie sofort zurückrufen. Jetzt schien das auf irgendeine verrückte Art und Weise einen Sinn zu ergeben. Damals war es ihr etwas komisch vorgekommen, aber es hatte sie nicht beunruhigt oder war irgendwie nicht der Rede wert gewesen; erst jetzt im nachhinein. Es gab keinen Grund, warum Chris Diane nicht glauben sollte. Sie hatten sich noch nie belogen.

Bis jetzt.

Der Rest der Unterhaltung hatte vor allem darin bestanden, daß Diane ununterbrochen von dem Mann in ihrem Leben sprach, davon, wie schön es sei, endlich auf eigenen Füßen zu stehen, und wie sie es genieße, in Los Angeles zu leben. Kein Wort von einem Baby oder, Gott bewahre, davon, nach Sacramento zurückzukehren.

Chris hatte danach ein paarmal versucht, Diane anzurufen und immer nur eine Stimme auf Band gehört, die ihr mitteilte, daß der Anschluß abgemeldet sei und daß es keine neue Nummer gebe. Da es nichts Wichtiges zu erzählen gab, hatte Chris beschlossen, der Mitteilung keine weitere Aufmerksamkeit zu schenken und irgendwann später noch einmal anzurufen.

Was um alles in der Welt bedeutete es, es sehe nicht sehr gut für das Baby aus und auch nicht für Diane? Es war so typisch für ihre Mutter, mysteriöse Andeutungen zu machen, wenn es um wichtige Dinge ging, sich unklar auszudrücken, wenn es galt, jemandem ein Schuldgefühl einzuflößen.

Sie hatte ihren Anrufbeantworter weiter abgehört. Es folgte eine Mitteilung einer Freundin und schließlich kam wieder die Stimme ihrer Mutter: »Um Gottes willen, Christine, wo bist du? Deine Schwester braucht dich. Jetzt!«

Die Angst, die in der zornigen Stimme ihrer Mutter mitschwang, hatte Chris erschaudern lassen. Sie warf einen Blick auf die Wanduhr über dem Fernseher: halb neun. Sie spürte einen Kloß im Hals, als sie aufstand und durch das Zimmer ging. Vor wie vielen Stunden hatte ihre Mutter angerufen? War es schon Tage her?

Chris hatte den Anrufbeantworter ausgeschaltet, das Telefon abgenommen und all die Nummern gewählt, unter denen Harriet Taylor schon seit ewigen Zeiten – länger als Chris auf der Welt war – zu erreichen gewesen war.

Sie hatte sie aber nicht erreicht. Eine Ewigkeit – in Wirklichkeit wohl kaum länger als eine Minute – hatte Chris starr und voller Unentschlossenheit dagestanden. Und wenn ihre Mutter wieder einmal übertrieb? Aber was, wenn sie es nicht tat? Chris durfte dieses Risiko nicht eingehen. Sie fing an, die Fluggesellschaften anzurufen.

Jetzt blickte Chris wieder nach der Uhr und dann auf ihre Reisetasche, die an der Eingangstüre stand. Sie wartete das sechste Läuten ab und wollte gerade aufhängen, als eine atemlose Stimme antwortete: »Bei Taylor.« Es war Madeline Davalos, die Wohnungsgefährtin ihrer Mutter.

»Madeline, ich bin es, Chris. Meine Mutter hat mir eine Nachricht hinterlassen.«

»Oh, Chris«, antwortete die Stimme. »Ich bin ja so froh, daß du dich endlich meldest. Deine Mutter ist verrückt vor Sorge. Sie wird so froh sein, wenn du endlich da bist. Wo bist du? Am Flughafen? Brauchst du jemanden, der dich abholt?«

»Ich bin noch zu Hause, Madeline. Ich habe eben erst die Nachricht von meiner Mutter gehört und wollte anrufen, um zu erfahren, was eigentlich …«

Madelines Stimme klang enttäuscht, als sie sagte: »Du mußt sofort hierher kommen, Chris. Der Arzt sagt, es bleibt nicht mehr viel Zeit. Deine Mutter ist gerade im Krankenhaus. Wir sind Tag und Nacht dort. Ich bin gerade zurückgekommen, um ihr eine neue Packung ihrer Tabletten zu holen.«

»Was für ein Arzt?« fragte Chris. Sie versuchte, irgendeinen Sinn in die Sache zu bekommen.

»Doktor Monroe. Er ist der Onkolo …, na, der Krebsfacharzt, der Diane behandelt.«

»Diane hat Krebs?« flüsterte Chris.

»Sie haben es entdeckt, als sie sich zum ersten Mal wegen des Babys untersuchen ließ.«

Madelines Stimme brach. Einen Augenblick war es ganz still, dann hörte Chris ein unterdrücktes Schluchzen. »Sie möchte dich sehen, Chris. Sie fragt die ganze Zeit, ob du schon da wärst.«

»In welchem Krankenhaus ist sie?«

»In demselben, in das dein Vater nach seiner Herzattacke eingeliefert worden war.«

»Hast du die Telefonnummer?«

Madeline schwieg einen Augenblick, dann sagte sie: »Christine, entweder du nimmst dir die Zeit, um mit deiner Mutter am Telefon zu streiten, oder du kommst, um deine Schwester zu sehen, bevor sie stirbt. Für beides ist keine Zeit.«

»Sag ihr, daß ich unterwegs bin.« Chris' Stimme klang nachgiebiger. Sie wollte schon aufhängen. »Madeline?«

»Ja?«

»Sag Diane, daß ich sie liebe … und daß es mir leid tut, daß ich nicht eher da sein konnte.«

»Sie versteht das. Beeil dich!«

»Ich bin schon unterwegs.« Sie überlegte kurz, ob sie Madeline die Flugnummer mitteilen und bitten sollte, daß sie jemand abhole, aber dann ließ sie den Gedanken wieder fallen. Madeline hatte schon genug mit Harriet zu tun. Wenn Chris rechtzeitig am Flughafen wäre, könnte sie sich einen Mietwagen in Sacramento bestellen. Falls nicht, würde sie ein Taxi nehmen.

Eine Fülle der unterschiedlichsten Erinnerungen drängte allmählich die bohrenden Sorgen in den Hintergrund. Chris bog von der Autobahn ab und näherte sich über dunkle Alleen dem Krankenhaus. Sie war nicht nur froh über die Erinnerungen, sondern klammerte sich geradezu an sie, um nicht an das zu denken, was sie vorfinden könnte, wenn sie Diane wiedersah.

Chris hatte vor zehn Jahren Sacramento nicht einfach verlassen, sie war geflohen. Die paar Male, die sie seitdem wieder dort gewesen war, hatten die Wunden in keiner Weise geheilt. Jedesmal, wenn sie das Haus ihrer Mutter betrat, spürte sie sofort, daß die Gründe für ihre Flucht durch so etwas wie Zeit niemals gemildert werden könnten. Vor vier Jahren schließlich, nach einem besonders bitteren Besuch, hatte sie es aufgegeben und Kalifornien ihrer Mutter überlassen. Es schien nun, daß sie irgendwie im Lauf der Zeit auch Diane alleingelassen hatte. Das hatte sie niemals gewollt. Chris hatte fest an jedes einzelne Wort des Versprechens geglaubt, das sie damals ihrer Schwester gegeben hatte: Die Entfernung würde sie nur physisch trennen; im Herzen, im Verstand und im Geist würden sie sich näher denn je sein, und noch näher würden sie sich kommen, wenn die damals sechzehnjährige Diane erst einmal achtzehn wäre und zu Chris zöge. Was sie nicht bedacht hatten, war, daß Freunde, das College und Jobs ihren Träumen in die Quere kommen würden. Seit Chris von Sacramento weggezogen war, hatten sie nie mehr unter demselben Dach gelebt. Danach müssen sie im Unterbewußtsein angefangen haben, zu glauben, daß sie für immer füreinander da sein würden oder zumindest für vierzig oder fünfzig Jahre. Mit dem Glauben an dieses Morgen war auch ein wenig die Gleichgültigkeit eingezogen.

Aber hatten sie sich denn gefühlsmäßig so weit auseinandergelebt, daß Diane glaubte, sich nicht mehr auf ihre Schwester verlassen zu können? War das möglich? Der Gedanke machte Chris furchtbar traurig.

Sie war schon fast am Krankenhaus vorbeigefahren, als sie es gerade noch erkannte und auf die Bremse trat. Früher einmal war es ein einzelnes Gebäude gewesen, inzwischen hatte man es zu einem großen Komplex erweitert, der die explosive Entwicklung der Stadt in jüngster Zeit widerspiegelte. Sie parkte den Wagen und machte sich auf den Weg zum Eingang. In ihrem Hals war ein Kloß. Bitte, Gott, betete sie leise. Bitte, bitte, bitte, mach, daß sie noch am Leben ist. Ich muß ihr noch so viel sagen. Du sollst ja nicht ein Wunder vollbringen, nur mir genug Zeit geben, um ihr sagen zu können, daß ich sie liebe. Bitte, lieber Gott!

Der Eingangsbereich war nur schwach beleuchtet. Kein Mensch war dort. Ihre Schritte hallten laut auf dem Steinboden wider, als sie sich dem Aufnahmeschalter näherte.

Irgendwo aus dem Labyrinth der Büroräume war eine Schreibmaschine zu hören. Chris drückte die Tischklingel und wartete. Mehrere Sekunden vergingen. Sie klingelte noch einmal. »Hallo!« rief sie und lehnte sich über den Schaltertisch.

»Christine?« Sie hörte eine Stimme hinter sich. »Bist du es?« Chris wandte sich um. Eine dunkelhaarige Frau stand auf der anderen Seite der Eingangshalle. »Madeline?«

»Ich habe nach dir Ausschau gehalten.«

»Wie geht es ihr?« fragte Chris. »Ach, sag mir einfach, wo sie ist. Alles weitere kannst du mir später erzählen.«

»Ich werde dich zu deiner Mutter bringen.« Madeline sprach so leise, daß Chris sie kaum verstehen konnte.

»Ich bin nicht gekommen, um meine …« Chris sah Madelines geschwollene Augen und mußte schlucken, weil sie wieder den Kloß in ihrem Hals verspürte.

»Komm mit mir«, sagte Madeline und streckte ihre Hand aus.

»Sag es mir!«

»Ich sollte es nicht tun.«

»Bitte, Madeline«, bat Chris. »Laß es mich nicht von meiner Mutter hören.«

Die alte Frau starrte Chris einige Sekunden an. In ihren Augen glitzerten neue Tränen. Sie zuckte die Achseln. Schließlich sagte sie nur: »Sie ist nicht mehr bei uns.«

»Was heißt das, sie ist nicht mehr bei uns?« Chris bemühte sich, nicht mit zitternder Stimme zu sprechen. Irgendwie glaubte sie, daß das Undenkbare in Schach gehalten werden könne. Ihre Schwester konnte einfach nicht tot sein. Solche Dinge passieren anderen Leuten. Leuten, von denen man im Kleingedruckten liest, Tragödien, die einen traurig stimmen, bis man auf der nächsten Seite den Fernseher, den man schon immer kaufen wollte, im Sonderangebot entdeckt.

»Sie ist vor zehn Minuten … gestorben.«

»Vor zehn Minuten?« murmelte Chris wie betäubt. Wie? Weniger Zeit als man braucht, um den Flugplatz zu verlassen, als die Leute vor ihr benötigt hatten, um von Bord zu gehen, als es dauerte, um von zu Hause aus das Arrangement für den Mietwagen in Sacramento zu treffen. »Ich glaube dir nicht«, sagte sie, aber ihr Widerstand bröckelte. Schwer atmend lehnte sie sich an die Wand. »Ich darf dir nicht glauben.«

Madeline legte ihre Arme um Chris. »Ich weiß«, sagte sie. »Ich wollte dich früher anrufen, aber Diane war dagegen. Sie war so sicher, daß alles in Ordnung käme. Sie wollte dich nicht beunruhigen. Du weißt, wie sie ist ... wie sie war.«

Chris wich zurück. Sie war nicht so naiv, zu glauben, daß es nicht Dinge im Leben gibt, die ihre Schwester umwerfen könnten. Aber zu glauben, daß es etwas gebe, was stark genug wäre, sie nicht mehr aufstehen zu lassen, das erschien ihr wie ein Verrat. »Bist du sicher, daß sie tot ist? Sie ist eine Kämpfernatur«, beharrte Chris. »Seit sie auf der Welt ist, ist sie ein Kämpfer.«

»Ich weiß«, sagte Madeline. »Aber dieses Mal hat es nicht gereicht.«

Chris gab auf, ließ ihre Schultern fallen. »Warum hat sie niemandem gesagt, was sie durchmacht?«

»Sie wußte, daß wir dann versucht hätten, sie zu einer Abtreibung zu bewegen. So war Diane eben. Sie glaubte wirklich, daß sie unbesiegbar sei. Sie dachte, man könne den Krebs stoppen, während sie das Baby austrug. Aber sie hatte nur Kraft für sieben Monate.« Madeline fischte ein Taschentuch aus ihrer Rocktasche und wischte sich die Augen. »Deine Mutter hat erst letzte Woche erfahren, daß Diane wieder in der Stadt ist.«

»Sie hätte überall hingehen können. Warum ausgerechnet hierher? Sie hat diese Stadt doch genauso gehaßt wie ich.«

»Dort, wo sie wohnte, fand sie keinen Arzt, der sich um sie kümmern konnte. So hat sie Dr. Linden angerufen. Er sagte ihr, daß er, wenn sie nach Sacramento käme, sich persönlich um sie sorgen würde. Dann beschloß er aber, noch Dr. Monroe hinzuzuziehen, weil sich ihr Krebs so schnell ausbreitete. Sie haben alles versucht, Chris ...« Sie brach ab, um sich wieder die Tränen aus den Augen zu wischen. »Ich schweife ab. Danach hast du ja gar nicht gefragt. Nun, ich bin sicher, daß sie dich nicht um Hilfe gebeten hat, weil sie dich nicht beunruhigen wollte. Es war nicht so, daß sie glaubte, du könntest ihr nicht helfen.«

»Was heißt, sie wollte mich nicht beunruhigen?« rief Chris. Sie wandte sich abrupt von Madeline ab. Irgendwie war plötzlich eine schuldhafte Beziehung zwischen dem Überbringer und der Nachricht selbst entstanden. »Ich weigere mich, zu glauben, daß sie sich in dieses verdammte Krankenhaus hat einliefern lassen, nur um mit Mutter und dir an der Seite ihres Bettes zu sterben, und das einzig und allein, weil sie mich nicht beunruhigen wollte. Das ist doch Blödsinn. Da steckt doch mehr dahinter.«

Madeline schüttelte traurig den Kopf. »Ich weiß nicht, was ich dir sagen soll. Wenn ich es irgendwie leichter für dich machen könnte …«

Chris' Wut war ebenso schnell verschwunden, wie sie aufgekommen war. »Sag mir, daß es nicht wahr ist«, bat sie.

»Ich wollte, ich könnte es. Sie war für mich wie ein eigenes Kind.«

Mehrere Minuten sprachen sie kein Wort. Allmählich nahm Chris ihre Umgebung wieder wahr. Die Schreibmaschine hatte aufgehört zu schreiben. Eine Frau stand am Aufnahmeschalter. Sie sah besorgt aus. »Ich möchte sie sehen«, sagte Chris. Madeline nickte. »Ich bring' dich hin.«

Chris stieß die schwere Holztür auf und blieb wie angewurzelt stehen, als diese sich sanft öffnete. Ihr Blick fiel sofort auf das Bett und auf die stille Gestalt, die unter einer sorgsam gefalteten gelben Decke lag. Trotz des schwachen Lichtes glaubte sie keine Sekunde, daß ihre Schwester nur schlief. Sie ließ die Tür hinter sich zuschwingen und wartete darauf, daß sie einschnappte, um allein mit ihr zu sein, weg von den neugierigen Augen der Welt, die immer noch daran glaubte, daß die Sonne am nächsten Morgen aufgehen würde, daß es einen Unterschied zwischen Recht und Unrecht gäbe.

Es gab keine Blumen, keine Karten, keine Luftballons – nichts, womit man dem Patienten eine schnelle Genesung gewünscht hätte. Wer gewußt hatte, daß Diane ins Krankenhaus kam, wußte auch, daß sie zum Sterben gekommen war.

Chris trat an das Bett und betrachtete das Gesicht ihrer Schwester. Der Schmerz hatte tiefe Furchen um die Augen und den Mund gegraben. Sie sah eher wie fünfzig als wie sechsundzwanzig aus. Sechsundzwanzig. Man starb doch nur in Spielfilmen mit sechsundzwanzig Jahren an Krebs. Das passierte doch nicht im wirklichen Leben. Nicht in Chris' Leben und nicht in Dianes Leben.

Aber so war es. Es war passiert.

Chris versuchte, die Falten um Dianes Augen zu glätten. Sie küßte sie und nahm ihre Hand. »Verdammt nochmal, Di«, sagte sie, ihre Stimme ein ersticktes Flüstern. »Du hast so lange durchgehalten, hättest du nicht noch zehn Minuten warten können? Wußtest du nicht, wie weh es mir tun würde, wenn du weggehst, ohne daß ich mich von dir verabschieden kann?« Sie schloß ihre Augen, versuchte verzweifelt, ihren Verstand davon abzuhalten, sich diesen letzten Anblick der Schwester einzuprägen. Sie wollte sie nicht so in ihrem Gedächtnis bewahren. Sie wollte sich an das Lächeln, an die blitzenden Augen, die Grübchen in den Wangen erinnern. »Ich hätte auf dich gewartet.«

Eine Träne rollte ihre Wange herunter, fiel auf das gelbe Leintuch und bildete einen schiefen Kreis. »Ich hätte doch alles für dich getan ... du hättest mich nur darum bitten müssen.«

Das summende Geräusch eines Motors war hinter Chris zu hören. Sie erstarrte. Auch nach vier Jahren noch war das Geräusch des Rollstuhls ihrer Mutter so vertraut wie immer. »Sie *hat* darum gebeten«, sagte Harriet und glitt vom Schatten ins Licht. »Mit ihrem letzten Atemzug.«

Das war so typisch für ihre Mutter, ihr auch das wegzuschnappen.

Chris wandte sich um, bereit, sich ihr zu widersetzen. Doch die Worte blieben ihr im Halse stecken. Seit ihrem letzten Treffen war Harriet Taylor furchtbar gealtert. Zwar war ihr Rücken noch so gerade und unbeugsam wie eh und je, aber die Arthritis hatte ihr Werk im übrigen Körper fortgesetzt. Harriet schien auf die Hälfte ihrer früheren Größe geschrumpft, zerbrechlich und verletzlich. Die Traurigkeit in ihren Augen ließ Chris' letzten Rest an Zorn über ihr Eindringen verschwinden.

»Ich gehe davon aus, daß du das, was du deiner Schwester gerade gesagt hast, auch ernst meinst?« fuhr Harriet fort. »Daß du alles für sie tun würdest, worum sie dich bittet?«

»Natürlich.«

»Gut. Das wird die Sache schon viel einfacher machen.«

Chris wurde nun etwas beunruhigt. »Warum sagst du mir nicht einfach, was Diane gesagt hat?«

Harriet starrte ihre tote Tochter eine ganze Weile an, bevor sie Kenntnis von ihrer anderen Tochter nahm. Als sie Chris in die Augen sah, blitzte in diesen noch ein wenig von dem altbekannten Feuer auf. »Sie bat, daß du ihren Sohn aufnimmst und ihn wie deinen eigenen aufziehst.«

2

»Das Baby hat überlebt?« fragte Chris ungläubig. »Ich dachte, Madeline hätte gesagt …«

»Der Arzt meint, daß man heutzutage nur noch sieben Monate braucht.« Harriet wendete ihren Rollstuhl, so daß Diane nicht mehr direkt in ihrem Blickfeld stand. Sie bedeckte ihre Augen mit der Hand, als sie Chris ansah. »Er sieht nicht besonders aus, aber das war ja wohl auch nicht zu erwarten.«

»Du bleibst deiner Linie treu, Mutter. Erwarte nie zuviel, und du wirst nicht enttäuscht werden.«

»Ich hatte gehofft, du seiest mit der Zeit weniger egozentrisch geworden, Christine. Sein Aussehen hat doch nichts mit dem zu tun, was in ihm steckt. Wegen Dianes Krebs konnte er sich nicht so entwickeln wie er sollte.«

»Was heißt denn das?« Chris versuchte, ihre Stimme nicht zittern zu lassen, aber selbst sie konnte ihre Angst heraushören.

»Mach dir keine Sorgen, es ist alles an ihm dran. Er ist nur sehr klein. Ich glaube, sie sagten, daß er etwas über 900 Gramm wiegt.«

»Neunhundert Gramm!« keuchte Chris. Sie versuchte, sich etwas so Kleines vorzustellen. Ihre Handtasche wog mehr, auch das neue Kätzchen ihrer Nachbarin war größer. Chris blickte auf ihre Schwester. »Wußte sie es?«

»Natürlich.«

Wut kam in Chris auf, Wut angesichts der Vergeudung, des unersetzlichen Verlustes. »Ich verstehe nicht, warum sie das alles durchgemacht hat? Warum opfert sie ihr Leben für so ein Baby?«

»Ja, ja, die mütterlichen Instinkte einer Feministin. Wie rührend.«

Chris warf einen haßerfüllten Blick auf ihre Mutter. »Möchtest du dich mit mir über mütterliche Instinkte streiten? Wenn ich mich nicht irre, hast du soeben eine Tochter verloren?« Mehr sagte sie dazu nicht.

»Treffer!« sagte Harriet mit leiser Stimme.

Chris spürte so etwas wie Triumph in sich aufwallen, aber das beschämte sie. Diane hatte so etwas nicht verdient. »Hast du schon irgendwelche Vorkehrungen getroffen?«

»Nein.« Ihre Stimme war nur noch ganz schwach. »Sie hat mich darum gebeten … aber ich konnte es nicht.«

Wage es bloß nicht, in mir Mitleidsgefühle für dich zu wecken, tobte Chris innerlich. Ich brauche meine Wut, um da durchzukommen.

Aber es nützte nichts mehr. Ihre Wut war wieder verflogen, zurück blieb nur eine alles überwältigende Traurigkeit. »Ich kümmere mich darum«, sagte sie und ließ die reglose Hand ihrer Schwester los.

Chris folgte dem Kleinbus ihrer Mutter. Über den Freeport Boulevard ging es auf die 13th Avenue. Das zweistöckige Haus im föderalistischen Stil war nicht mehr gestrichen worden, seit sie es zum letzten Mal gesehen hatte. Das verblassende Grün legte stummes Zeugnis davon ab, wie lange das her war.

Sie war hier aufgewachsen, hatte im Park auf der anderen Seite der Straße gespielt, hatte den Enten im Teich Namen gegeben und die Highschool in der Nähe besucht. Sie war jedoch nicht auf die in unmittelbarer Nachbarschaft gelegene Schule gegangen. Die war nicht fein genug gewesen für Harriets und Howards Kinder. Ihre Bekannten hätten ja denken können, ihre Kinder seien Dummköpfe oder, schlimmer noch, die Familie sei nicht so wohlhabend wie sie schien. In einem Viertel, wo der Status von solchen Dingen abhing – und ihre Mutter konnte an nichts anderes denken – war eines so schlimm wie das andere. Nach zwei Jahren auf dem Miles-College, der Schule, auf die bereits Harriet gegangen war, war Chris heimlich auf das Berkeley-College gewechselt. Es war eine bescheidene Rebellion, die mit einer Explosion endete, als Harriet herausbekam, was sie getan hatte, und drohte, ihr jede weitere Unterstützung zu verweigern. Chris konterte, indem sie sich für selbständig erklärte. Sich ihren Lebensunterhalt selbst verdienen zu müssen, hatte ihren Schulabschluß um etwa eineinhalb Jahre verzögert, aber das Gefühl der Zufriedenheit entschädigte für jede Stunde, die sie als Kellnerin arbeiten mußte.

Es gab Augenblicke in ihrer Jugend, in denen Chris überlegte, ob es Leute gab, die absolut allergisch aufeinander reagieren. Wenn dies der Fall war, traf es auf ihre Mutter und sie zu. Sie waren sich nie über irgend etwas einig gewesen. Was für Chris rot war, erschien Harriet orange. Ihre Mutter war eine eingefleischte Republikanerin, während Chris, sobald sie alt genug zum Wählen war, sich bei den Demokraten eintragen ließ. Wenn Chris von einem Film schwärmte, war er für ihre Mutter Schund.

So sehr Chris sich auch angestrengt hatte, um ihre Mutter zufriedenzustellen, es war nie genug: Es war das falsche Kleid für die Party, ihre sorgsam gebürsteten Haare sahen strähnig aus, ihre Unterhaltung war langweilig und geistlos. Schließlich gab Chris es auf, und der Graben zwischen beiden wurde mit jedem Jahr tiefer.

Dem Wagen ihrer Mutter folgend fuhr Chris in die Einfahrt. Sie half Madeline mit dem Lift, mit dem der schwere Rollstuhl aus dem Bus entladen wurde, brachte ihre Mutter ins Haus und versorgte sie mit ihrem gewohnten abendlichen Gläschen Brandy. Dann nahm sie einen Zettel vom Telefontischchen und fragte ihre Mutter, ob es irgendwelche besonderen Anweisungen für den Bestatter geben sollte.

»Ich möchte, daß sie ›Amazing Grace‹ vor der Lobrede spielen und direkt danach ›Just a Closer Walk with Thee‹«, antwortete Harriet.

Obwohl es dieselben Lieder waren, auf denen Harriet bereits beim Begräbnis ihrer Mutter, ihres Vaters und auch ihres Mannes bestanden hatte, schrieb Chris sie auf. Harriet wollte es nun einmal so. Alles sollte ordentlich und sauber sein, man sollte sich auf Noten und nicht auf das Gedächtnis verlassen können. Das machte es auch leichter, jemandem die Schuld zu geben, wenn etwas schiefging.

»Und natürlich soll Reverend Cottle die Messe halten und … und …«

Chris blickte auf. Tränen flossen über das Gesicht ihrer Mutter. Sie schaukelte hin und her, schüttelte ihren Kopf. »Es dürfte nicht sein, daß eine Mutter ihre Kinder begräbt«, sagte Harriet. »Das ist nicht richtig. Das ist nicht natürlich.«

Chris kniete sich neben ihrer Mutter hin und nahm zärtlich eine ihrer zerfurchten Hände. »Laß uns doch einfach einen kleinen Gedenkgottesdienst abhalten. Es wäre viel einfacher.«

»Einfacher für wen?«

»Für alle«, sagte Chris und seufzte.

»Diesmal kannst du es dir nicht einfach machen.«

Chris stand auf. Wenn sie den Streit jetzt nicht beendete, dann würde er die ganze Nacht dauern. »In Ordnung, Mutter. Wir machen es so wie du willst.«

»Der Sarg muß mit einer Decke von weißen Rosen überzogen sein.

Weiße Rosen waren die Lieblingsblumen ihrer Mutter, nicht die ihrer Schwester. Diane mochte Tulpen, Narzissen und Flieder. Es mußten lebendige Farben und wilde Formen sein, die Art von Blumen, die man in eine Vase warf und die sich dann ihre Ordnung selbst gaben.

Mein Gott, sollte sie das alles wirklich tun? Es ging schließlich um ihre Schwester. Die sanfte, süße Diane. Wie konnte ihr so etwas Furchtbares geschehen sein? Warum hatte sie beschlossen, alleine zu sterben?

Und wo war der verdammte Kerl, der ihr das Kind gemacht hatte? Warum war er nicht da, um bei den Vorkehrungen für das Begräbnis zu helfen?

»Meinst du nicht eher nur eine Handvoll Rosen?« fragte Chris. »Schließlich wird es doch keinen Sarg geben.«

»Was willst du damit sagen? Natürlich wird es einen Sarg geben.«

»Nicht bei einer Feuerbestattung.«

Harriet zog ihre Hand zurück. »Bist du verrückt?«

»Diane hätte es so gewollt. Du weißt das genausogut wie ich. Sie wollte dich doch dazu bringen, auch bei Daddy eine Feuerbestattung zu machen.«

»Ich lasse meine Tochter nicht in eine Urne stecken.«

»Das mußt du auch nicht. Wir können ihre Asche auf dem Meer verstreuen.«

Sowie ihr dieser Gedanke gekommen war, hatte sie ihn auch schon fest angenommen. »Sie hat das Meer geliebt. Sie gehört nicht in einen Sarg. Sie soll frei sein. Denk darüber nach.«

»Ich könnte bis zu dem Tag, an dem man mich selbst in einen Sarg legt, darüber nachdenken und die Antwort wäre immer dieselbe. Ich werde es nicht zulassen. Das ist heidnisch.«

»Nein, das ist es nicht. Es ist …«

Harriet griff nach der Fernbedienung ihres Rollstuhls und fuhr ein Stückchen zurück. »Ich möchte nichts mehr darüber hören. Tu es so, wie ich es dir gesagt habe, oder ich gehe zum Bestatter und werde mich selber darum kümmern. Willst du das? Wenn ja, dann brauchst du es mir nur zu sagen. Ich möchte nicht schon wieder dieses Spiel mitmachen.«

Sie waren nun genau an dem Punkt, an dem sie vor vier Jahren aufgehört hatten. »Das ist kein Spiel«, sagte Chris. »Ich habe noch nie mit dir gespielt.«

»Du denkst, du kannst erreichen, was du willst, indem du –«

»Hör auf jetzt. Das letzte, was wir beide jetzt nötig haben, ist ein Streit. Sag mir, was du willst, und ich werde es veranlassen.«

Harriet beäugte sie mißtrauisch. »Ich vergesse nicht, wie der Wolf sich den Schafspelz angelegt hat.«

»Was für ein netter Vergleich.«

Einige Sekunden vergingen, bevor Harriet wieder sprach. »Sag ihnen, daß ich einen geschlossenen Sarg wünsche … daß die Tote nur einen Tag zu sehen ist und …«

Chris schrieb weiter alles auf, hörte aber nicht mehr zu. Sie wußte nun, wie sie sich von ihrer Schwester verabschieden würde, und nichts und niemand würde sie davon abhalten.

Der Bestattungsunternehmer war höflich, beflissen und sehr bemüht, Chris jeden Gefallen zu tun. Sie sagte ihm, daß sie dableiben würde, bis die Feuerbestattung beendet sei. Obwohl sie bei jedem Läuten des Telefons aufschreckte, verging der Tag doch ruhiger, als sie es sich vorgestellt hatte. Dadurch, daß sie sich mit Diane zu einer letzten Rebellion zusammengetan hatte, wurde ihr der Schmerz etwas gemildert, und es gelang ihr, mit einer Normalität zu funktionieren, die alle in ihrer Umgebung beruhigte. Es störte sie, daß ihre Mutter keine Gelegenheit haben würde, sich von Diane zu verabschieden, aber es war ihr nicht eingefallen, wie sie das hätte arrangieren sollen. In der Stille des Warteraums versuchte sie sich davon zu überzeugen, daß ihre Mutter sie eines Tages verstehen und ihr vergeben würde. Aber dieser Gedanke verflog so schnell wie er gekommen war.

Da Chris darauf beharrte, daß alles so schnell wie möglich gemacht werde, blieben ihr nur wenige Minuten, um mit ihrer Schwester allein zu sein. Das, was Diane gewesen war, ihr eigentliches Wesen – das Lächeln, ihr Witz, das sanfte Temperament – war nicht mehr da. Es blieb nur die Hülle der unbezähmbaren Seele.

Das spielte keine Rolle. Chris liebte die Hülle so sehr wie sie die Seele liebte. Das waren die Arme gewesen, die sie Tausende von Malen nach ihr ausgestreckt hatte, voller Freude, aber auch voller Trauer. Das waren die Beine, mit denen sie erst hinter und dann neben der älteren Schwester hergelaufen war, immer bestrebt, möglichst schnell irgendwo hinzukommen. Da war das volle, glänzende Haar, das Chris so oft geschnitten, gekämmt und in Locken gelegt hatte und von dem sie hundert Mal gewünscht hatte, daß es ihr eigenes wäre.

Chris wußte, daß sie Dianes Wesen am stärksten vermissen würde. Dennoch, der Umstand, daß sie ihre Schwester nie mehr sehen würde, nie wissen würde, wie sie mit dreißig, vierzig, als Großmutter oder als wackelige alte Dame, die einer Gruppe von Altersheiminsassen vorturnt, aussähe, war ein Verlust, den sie nie einkalkuliert hatte. Dieser Verlust würde schließlich auch die Vertrautheit verdrängen. Diane würde immer sechsundzwanzig Jahre bleiben. Chris nicht. Sie würde ohne ihre kleine Schwester weiterleben, alleine. Was hätten sie noch gemeinsam, falls und wenn sie sich jemals wiedersehen würden?

Aber es war nicht fair. Es gab Drogendealer, Mörder und Vergewaltiger, die in der warmen Sonne herumliefen, die Luft einatmeten, die vom Duft der Rosen erfüllt war, die den Wind in den Bäumen hörten und überhaupt nichts von allem mitbekamen. Welchen Sinn ergab das alles?

Warum nur?

Warum?

Warum? Das Wort hallte gnadenlos in ihrem Kopf wider. Sie strich eine Strähne aus Dianes Stirn. Chris fragte sich, ob sie sich jemals verzeihen würde, daß es nicht mehr Erinnerungen gab. Wie hatte sie nur jemals so in ihrer Arbeit aufgehen können?

Der Schmerz überwältigte sie, raubte ihr das letzte bißchen Kraft, das sie sich noch aufbewahrt hatte. Sie bedeckte Dianes Gesicht mit ihren Händen, um sich vor dem Anblick zu schützen, den sie nicht mehr ertragen konnte.

Ihr ruhiges Weinen hatte nachgelassen, als sich eine Tür öffnete und ein Mann in einem braunen Mantel ihr sanft mitteilte, daß alles fertig sei.

»Vielen Dank«, sagte Chris. Sie küßte Diane zum Abschied, wartete noch fünfzehn Minuten, um sicherzugehen, daß nichts dazwischenkäme, was ihren Anweisungen entgegenlief. Dann begab sie sich zum Haus ihrer Mutter.

Unterwegs fiel ihr auf einmal das Baby ein.

3

Chris stand zehn Minuten vor der Frühgeborenen-Intensivstation. Sie war den langen Flur hinuntergegangen, hatte nach der Türklinke gegriffen und sich dann doch wieder abgewendet. Warum zögerte sie nur hineinzugehen? Es war doch sonst nicht ihre Art, vor etwas zurückzuschrecken. Sie war immer stolz darauf gewesen, ein Mensch zu sein, der alle Probleme frontal anging. Gegenüber dem Eingang zur Säuglingsstation gab es eine Tafel mit Vorher- und Nachher-Fotos von Frühgeborenen. Chris fragte sich, ob sie zögerte, weil sie Angst vor dem hatte, was sie hinter der Tür vorfinden könnte. Sie hörte auf, hin- und herzugehen und sah sich die Fotos etwas genauer an. Immer wieder blieb ihr Blick an dem Bild eines Mannes und einer Frau mit drei Kindern hängen. Das Baby – klein, aber offensichtlich kerngesund – saß auf dem Schoß der Mutter, während der Vater zwei kleine Kinder auf den Knien hatte.

Allmählich bemerkte Chris, daß das Foto eine heftige Gefühlsregung in ihr weckte. Sie wurde wütend. Die Frau auf dem Bild hätte Diane sein können, nein, sein müssen – wenn es nicht dieses 900-Gramm-Baby nebenan gegeben hätte. Sie wußte, daß es irrational war, aber sie konnte den Gedanken nicht unterdrücken, daß Diane, wenn sie die Schwangerschaft abgebrochen und den Krebs aggressiver behandelt hätte, später andere Babys hätte haben können. Aber statt dessen hatte Diane ihr Leben, das noch so viel für sie bereitgehalten hatte, dafür hergegeben, dieses kleine Etwas auf die Welt zu bringen. Sie hatte nun Dianes Beweggründe erkannt und schämte sich etwas über ihre unvernünftige Wut. Aber auch das stimmte sie nicht friedlicher. Ihr Kopf sagte ihr zwar, daß das Baby unschuldig war. Es hatte seine Mutter nicht darum gebeten, ihr Leben für das seine zu opfern. Aber ihr Herz widersetzte sich. Egal, wie vernünftig sie alles erwog, letztendlich kehrte sie immer wieder an den einen Punkt zurück: Wäre es nicht gezeugt worden, dann würde Diane noch leben. Sie hätte sich dem erforderlichen chirurgischen Eingriff unterziehen können, einer Bestrahlungs- oder Chemotherapie, hätte alles Erforderliche getan und wäre immer noch irgendwann Mutter von Kindern geworden. Vielleicht nicht von eigenen, aber was spielte das für eine Rolle?

Chris wandte sich ab, um zu gehen. Das, was sie zu Hause bei ihrer Mutter erwarten würde, war genug seelische Belastung für sie, mehr wollte sie heute nicht ertragen. Das Baby konnte noch eine Weile warten. Es konnte ja nirgendwohin.

Gerade als sie am Ende des Gangs angekommen war, wurde eine der Jalousien an den Fenstern zur Neugeborenenstation geöffnet. Gegenüber dem Fenster öffnete sich die Tür zum Wehen- und Entbindungsbereich. Ein Mann, offensichtlich der Vater, der noch den Operationskittel, Papierstiefel und eine Kopfbedeckung trug, kam strahlend durch die Tür. Ihm folgten schnell fünf weitere Personen, die ihm lautstark gratulierten, vor Aufregung ins Stolpern gerieten.

Sie drängten sich alle um das Fenster und sahen begierig hindurch. Ohne es zu wollen, blickte auch Chris in das Neugeborenenzimmer. Eine Schwester in braunen Hosen und einer geblümten Haube hielt ein Baby hoch, das alle begutachteten. Im Gang hörte man Aufatmen und Ausrufe, dann folgten Umarmungen und Küsse.

Die Freude dieser fremden Leute ließ Chris ihren Kummer vergessen. Aber sie bewirkte noch etwas anderes, völlig Unerwartetes. Der Beschützerinstinkt, der in ihr aufgeflammt war und der sich um die Person ihrer Schwester gelegt hatte, erstreckte sich nun auch auf deren Baby. Mag sein, daß seine Geburt kein Anlaß zu Freude und Jubel war, aber sie würde dafür sorgen, daß es nicht zu kurz käme.

Sie ging wieder zu der Tür, in deren Fenster eine Zeichentrickmaus ein Schild mit der Bezeichnung »Frühgeborenen-Intensivstation« trug. Sie holte tief Luft und betrat den Raum. Nachdem Chris erklärt hatte, wer sie war, wusch sie ihre Hände mit desinfizierender Seife, zog einen Mantel an und folgte dann einer Schwester, die sie zu dem kleinen Taylor bringen sollte.

Er lag auf einem hüfthohen, 1 x 1 Meter großen Tisch. Ein paar lange Sekunden starrte ihn Chris nur an. Die Tafel mit den Fotos vor der Tür hatte sie in keiner Weise auf dieses winzige bißchen Mensch vorbereitet. Ein wenig Fleisch und Knochen und sonst gar nichts. Es war hohlwangig, mit tief eingesunkenen Augen.

»Sie können ihn berühren«, sagte eine Stimme sanft.

Chris blickte die Schwester an, die auf der anderen Seite des Tisches stand. Die graublauen Augen der Frau drückten Mitgefühl und Verständnis aus. Auf dem Namensschild an ihrem Kittel stand ›Alex Stoddart‹. »Ja wirklich?« fragte Chris und spürte, daß sie Angst vor dem Baby hatte.

»Er macht sich eigentlich ganz gut. Er atmet alleine, und bisher scheint alles zu funktionieren. Wir werden nachher versuchen, ihm etwas zu essen zu geben.«

Chris hörte nur mit halbem Ohr hin, während sie sich Dianes Baby genau ansah. Auf dem Schild über seinem Bett stand, daß er 36 Zentimeter groß sei. Das war nur ein wenig länger als ein Lineal. Wie er so auf dem Rücken lag mit angewinkelten, seitlich ausgestellten Knien, schien er so klein zu sein, daß er mit Leichtigkeit in ihre hohlen Hände gepaßt hätte.

»Er sieht aus, als ob er Hunger gelitten hätte«, sagte sie.

»Das hat er auch. Der Tumor hat gegen die Plazenta gedrückt und verhindert, daß sie das Baby richtig ernährt.«

Chris dachte einen Augenblick nach. »Das bedeutet doch, daß er noch kleiner ist, als er mit sieben Monaten eigentlich sein sollte.«

»Ein zweiunddreißig Wochen altes Baby wiegt normalerweise 1.500 bis 1.800 Gramm.«

»Mein Gott«, sagte Chris. »Er ist nur halb so groß, wie er sein sollte?« Die Schwester antwortete nicht. Was sollte sie auch sagen? Eine neue Furcht stieg in Chris auf. Während ihres ersten Jahres am College hatte sie an einem Programm mitgearbeitet, bei dem Frauen aus sozial schwachen Stadtteilen über die Bedeutung der vorgeburtlichen Ernährung aufgeklärt wurden. Sie wußte, was mit Babys geschehen konnte, die zu klein geboren wurden. Das reichte von geistigem Zurückgebliebensein bis zu Mißbildungen. »Was sind die langfristigen Folgen einer derartigen Unterernährung?« fragte sie. Eigentlich wollte sie die Antwort gar nicht hören, konnte aber nicht ablassen. Wenn sie sich in etwas verbissen hatte, war sie wie ein Bluthund, der einer Fährte einfach folgen muß, auch wenn sie wußte, daß ihr das, was sie finden würde, nicht gefallen würde.

»Möglicherweise wird es ohne Folgen bleiben.«

Aus Furcht wurde Wut. »Verkaufen Sie mich nicht für dumm. Ich habe weder genug Zeit, noch genug Kraft, um das selbst herauszufinden.« Sie hatte kein Recht, ihre Frustration an der Schwester auszulassen. Eine Entschuldigung lag ihr schon auf der Zunge, als sie aufblickte und sah, daß das weder erwartet, noch erforderlich war.

»Ich würde Ihnen nichts verschweigen«, sagte die Schwester ganz ruhig. »Bei diesem Baby hat die Natur offenkundig ganze Arbeit geleistet.« Sie langte nach unten und drehte das Baby zu Chris hin. »Sehen Sie nicht, wie unverhältnismäßig groß sein Kopf ist?«

»Ich dachte, daß es immer so ist.«

»Ja schon, aber der Kopf dieses Babys macht ein ganzes Drittel der gesamten Körperlänge aus. Das bedeutet, daß sein Körper zwar Mangel zu leiden hatte, sein Gehirn aber nicht.«

Langsam und zögernd faßte Chris wieder Mut und streckte ihre Hand über die Glasscheibe des Tisches, um die ausgestreckte Hand des Babys mit einer Fingerspitze zu berühren.

War es nun Reflex oder Absicht, jedenfalls schloß sich die Hand fest um ihren Finger.

Es öffnete die Lider und zeigte ein Paar blaugraue, traurig aussehende Augen. Das grelle Licht ließ das Baby blinzeln, es runzelte die Stirn und blinzelte dann noch einmal, während es seinen Kopf drehte. Als es Chris entdeckte, verschwand das Stirnrunzeln. Ein paar lange Sekunden starrte es sie an, als ob es sich ihr Gesicht merken wollte. Ihr Verstand sagte ihr, daß dies unmöglich sei, daß es zu klein sei, um sie überhaupt mit seinem Blick fixieren zu können, geschweige denn, sich ihr Gesicht merken könne. Aber in diesem Augenblick voller Zauber hatte der Verstand nichts zu sagen.

Mit einem Blick, einer Berührung, hatte ein schrumpeliges, gerade 900 Gramm schweres Baby etwas erreicht, was Chris für völlig unmöglich gehalten hatte. Mit seiner ausgestreckten Hand, so groß wie ein Zehnpfennigstück hatte es ihr Herz erobert.

4

Der Himmel war leuchtend orange gefärbt, als Chris das Krankenhaus verließ. Eine halbe Stunde später würde er mit Sternen übersät sein. Am Bett des Babys war die Zeit wie im Flug verstrichen. Nachdem Chris die Hürde der ersten zögerlichen Fragen überwunden hatte, war sie unersättlich. Sie wollte einfach alles wissen: Wie schnell würde er wachsen? Wie lange müßte er im Krankenhaus bleiben? Konnte er hören? Würde er immer sehr klein bleiben? Brauchte er eine besondere Behandlung, wenn sie ihn mit nach Hause nehmen würde? Im Prinzip war es ein und dieselbe Frage in hundert Verkleidungen: Würde er überleben?

Alex Stoddart hatte die letzte Frage mit derselben Geduld und demselben Verständnis wie die erste beantwortet. Nach sechs Stunden war Chris imstande, sich mit einem Gefühl der Hoffnung auf den Heimweg zu machen. Sie wußte nun, daß sie und das Baby einen langen Weg mit einigen steinigen Umwegen vor sich hatten, aber sie war überzeugt, daß es nichts gibt, was sie beide nicht bewältigen könnten.

Zum ersten Mal seit Tagen huschte wieder ein Lächeln über ihr Gesicht: »sie beide« – das klang irgendwie schön.

Kaum hatte sie das gedacht, zerplatzte es auch schon wie eine Seifenblase. Wie könnte sie nur ein Baby in ihr Leben einfügen? Sie war ebensolange unterwegs wie zu Hause. Ihr Beruf als Produktmanagerin für den Bereich der Light-Biere bei Wainswright hing von ihrer Fähigkeit ab, sich auf Abruf in das nächste Flugzeug setzen zu können, lange im Büro zu bleiben, früh dort anzufangen, bei gesellschaftlichen Zusammenkünften eine strahlende Gastgeberin zu spielen und Arbeit nach Hause mitzunehmen, wenn die Zeit im Büro nicht ausreichte. Obwohl es nie jemand direkt gesagt hatte, war doch einer der Gründe, warum sie den Job bekommen hatte und warum sie überhaupt befördert worden war, der, daß sie ein Single war und daß sie keinen Zweifel daran gelassen hatte, daß es so bleiben würde.

Sie liebte ihre Arbeit. Aber vor allem brauchte sie sie. Zumindest, wenn sie ein Dach über dem Kopf und Essen auf dem Tisch haben wollte. Sie war noch weit entfernt von der Ferienwohnung in Aspen und den Wintern in Mexiko, von denen ihre Mutter sicher glaubte, daß sie schon Teil ihres Lebens seien. Und der Wagen vor ihrem Haus war ein Toyota und nicht ein BMW.

Chris verdrängte alle Zweifel, als sie über den von der Hitze aufgeweichten Asphalt des Parkplatzes zu ihrem Mietwagen eilte. Es mußte ja nicht jede Frage jetzt in diesem Augenblick beantwortet werden. Es war noch genug Zeit, sich das alles gründlich durch den Kopf gehen zu lassen.

Während der Stunden, die sie bei dem Baby im Krankenhaus verbracht hatte, war ein heißer Wind aufgekommen und hatte die Temperaturen auf die vierzig Grad zugetrieben. Die meisten Leute, die im Glutofen des Sacramento-Tals lebten, bemerkten so etwas gar nicht mehr. Sie schwitzten nur. Aber durch eine Laune der Natur besaß Chris ein inneres Thermometer, das ihr jeden weiteren Anstieg der bereits heißen Temperatur, wie in diesem Fall, sofort anzeigte. Sie wunderte sich nur, daß es nach all der Zeit, die sie nun schon nicht mehr in Sacramento lebte, immer noch funktionierte.

Anstatt die Klimaanlage anzuschalten, kurbelte sie die Scheibe herunter und ließ während der Fahrt zum Haus ihrer Mutter die trockene, heiße Luft durch den Wagen strömen. Das hatte eine eigentümliche besänftigende Wirkung. Vor ihrem inneren Auge tauchten Emotionen und nicht so sehr Erinnerungen auf, Fragmente von heftig empfundenen Gefühlen, die wiederum Bilder in ihr hervorriefen. Sie sah sich und Diane auf Handtüchern hinter dem Haus liegen, dick eingeschmiert mit Sonnenschutzmittel, in der Hitze der Ohnmacht nahe, aber bereit, alles zu tun, um die vom Winter noch weißen Beine zu bräunen. Das Gesicht und die Arme mußten nicht geschützt werden. Die waren auf den Skipisten braun geblieben.

Sechs Jahre hätten eigentlich während ihrer Kindheit und Jugend ein unüberbrückbarer Altersunterschied sein müssen, aber irgendwie war das nur ganz selten zu einem Problem geworden. Fast vom Tag ihrer Geburt an war Dianes Verhalten ihrem Alter voraus. Sie war zurückhaltend, wo Chris lebhaft war, hatte eine Vorliebe für romantische Bücher, während Chris mehr für Detektivromane und Science-fiction schwärmte. Diane nahm selten den direkten Weg, während Chris dagegen sehr zielstrebig war. Sie genossen ihre Unterschiede und waren glücklich über ihre Gemeinsamkeiten.

Was also war schiefgelaufen?

Warum hatte Diane ihr nichts von ihrer Schwangerschaft erzählt?

Und warum hatte sie so viel Zeit zwischen ihren Anrufen bei Diane verstreichen lassen?

Die einfache und offensichtliche Antwort darauf war auch die schmerzlichste. Sie hatte es einfach zugelassen, derartig beschäftigt zu sein, daß jeder Brief, jeder Anruf auf einen »geeigneten Augenblick« verschoben worden war. Nur, wie sich natürlich herausstellte, kam dann wieder etwas anderes dazwischen, so daß es nie einen geeigneten Augenblick gab. Bei Diane war es genau dasselbe. Jedes Gespräch zwischen ihnen beiden begann mit der Entschuldigung, daß man eigentlich früher hätte anrufen wollen. Selbst der gemeinsame Urlaub, über den sie sich einmal unterhalten hatten, war nie über den Austausch von Urlaubsprospekten hinausgekommen.

Jetzt hätte Chris ein ganzes Jahr dieses »Morgen« gegen ein einziges »Heute« eingetauscht.

Aber niemand bot ihr die Gelegenheit dazu.

Eine betäubende Erschöpfung überfiel Chris, als sie den Wagen abbremste und in die Auffahrt zum Haus ihrer Mutter einbog. Wenigstens würde sie in der Nacht ein wenig Energie zurückgewinnen. Sie brauchte jedes bißchen davon, um der Explosion standzuhalten, die sich morgen ereignen würde, wenn ihre Mutter herausfände, was sie beim Bestattungsinstitut angeordnet hatte. Chris machte sich nichts vor. Diese Sache konnte sie nicht herunterspielen.

Ein Löwe mit einem Dorn in der Pranke war nur ein schlecht gelauntes Kätzchen im Vergleich zu Harriet, wenn ihre Autorität in Frage gestellt worden war.

Chris blieb einen Augenblick hinter dem Steuer sitzen, kämpfte gegen eine Müdigkeit an, die das bloße Aussteigen aus dem Wagen zur Besteigung des Mount Everest machte. Schließlich gelang es ihr, mühsam vom Vordersitz zu gleiten und zur Hintertür zu gehen.

Das erste, was sie hörte, als sie die Tür öffnete, war das Surren des Rollstuhlmotors. Ihre Mutter näherte sich ihr von der Diele her. Chris blickte auf und erkannte sofort, daß ihr eine weitere Nacht ohne Schlaf bevorstünde.

»Wie konntest du das nur tun?« Harriet kochte vor Wut, ihr Zorn war beinahe greifbar. »Ich kam mir vor wie ein Idiot, als ich dort anrief, um sicherzustellen, daß du auch einen geschlossenen Sarg bestellt hattest. Die verdammte Sekretärin dachte, ich sei so außer mir vor Schmerz, daß ich nicht mehr begriffe, was geschehen sei. Ich werde dir das nie verzeihen, Christine. Dieses Mal war nicht nur ich das Opfer deiner Rücksichtslosigkeit. Hast du auch nicht eine Minute daran gedacht, was unsere Freunde dazu sagen werden?«

»Nein, das habe ich nicht«, antwortete Chris bloß. »Ich habe das getan, was ich für richtig hielt.«

»Das wundert mich nicht. Du hast nie an jemand anders als an dich gedacht. Nur, dieses Mal bist du zu weit gegangen. Du hast die Familie entehrt, und ich werde das nicht hinnehmen.«

Erschöpft legte Chris ihre Handtasche auf den Stuhl neben ihr. »Hör doch auf damit, Mutter. Du klingst wie eine schlechte Imitation von Don Corleone.«

»Was für eine abscheuliche Sünde muß ich begangen haben, um als Strafe jemanden wie dich zu gebären?« fragte Harriet.

Chris kannte diesen Ausspruch. Er kam immer dann, wenn alles andere keine Wirkung mehr hatte. Normalerweise ging Chris nicht darauf ein. Aber heute tat sie es. »Das weißt du genausogut wie ich, Mutter: Du hast es mit Papa schon vor der Hochzeit getrieben.«

Harriet fiel in ihren Rollstuhl zurück, wie vom Blitz getroffen. »Wie kannst du es wagen?«

»Das ist doch kein großes Geheimnis, daß ich nur sieben Monate nach der Hochzeit auf die Welt kam.

»Du warst zu früh geboren.«

»Wenn überhaupt, dann vielleicht um acht Minuten, aber nicht um acht Wochen. Ich weiß inzwischen, wie zu früh geborene Babys aussehen. Auf meinen Babyfotos sehe ich ganz anders aus.«

Die zornige Glut in Harriets Augen wich einer kalten, berechnenden Ruhe. »Eines Tages – das schwöre ich dir, Christine, wird dein Kind dir ebensoviel Schmerzen bereiten wie du mir.«

»Du hast mir noch gar nicht gesagt, daß du unter die Wahrsager gegangen bist. Wie schön, daß du eine neue Beschäftigung gefunden hast, nachdem dich deine beiden dich liebenden Töchter verlassen haben.« Noch während sie das sagte, bereute Chris schon ihre Worte. Sie konnte nicht länger stehen, schob ihre Handtasche auf die Seite und fiel in den Stuhl.

»Was ist nur mit uns los, Mutter?« fragte sie leise. »Warum müssen wir uns das immer antun? Wir haben doch nur noch uns. Können wir nicht irgendwie miteinander auskommen?«

»Jetzt, wo du deinen Willen durchgesetzt hast, willst du Frieden haben. Das ist so typisch.«

Doch Christine konnte nicht mehr provoziert werden. Sie hatte keine Kraft mehr zu kämpfen. »Ich würde alles, was ich habe oder je haben werde, darum geben, nur eine Stunde mit Diane zusammensein zu können.«

Harriet wandte sich ab. »Wie soll es nur ohne sie weitergehen?« fragte sie, öffnete ein Türchen zu ihrer Seele und bat so endlich um den Trost, den sie so dringend brauchte.

Chris ließ sich auf die Knie fallen und legte sanft ihren Kopf in den Schoß ihrer Mutter. »Ich weiß es nicht, Mama«, flüsterte sie mit erstickter Stimme. »Ich weiß es wirklich nicht.«

Um den brüchigen Frieden, den sie und ihre Mutter geschlossen hatten, beizubehalten, beschloß Chris, daß es am besten sei, wenn sie nicht über Nacht bliebe. Sie war gerade dabei, am Telefon ein Hotelzimmer zu bestellen, als Madeline ihr einen Schlüssel zuschob.

»Das ist Dianes Wohnungsschlüssel«, sagte sie. »Übernachte dort. Sie hätte es sicher so gewollt.«

Chris sagte der Frau am anderen Ende der Leitung, daß sie später noch einmal anrufen werde, und hängte auf. Sie wandte sich Madeline zu. »Ich weiß nicht, ob das eine so gute Idee ist.«

»Ich weiß, wie du dich fühlst, aber du mußt dorthin gehen und dich früher oder später um Dianes Sachen kümmern. Deine Mutter hat auch einen Nachmittag dort verbracht. Als ich sie abholte, war sie so erschöpft, daß sie mir Angst machte. Ich glaube nicht, daß sie noch einmal dorthin möchte.« Sie zuckte die Achseln. »Ich würde ja selbst hingehen, aber ich habe nun wirklich nichts mit der Wohnung zu tun.«

Chris blickte auf den Schlüssel. Der Gedanke zog sie an und schreckte sie doch auch ab. Mehr Schmerz konnte sie eigentlich nicht ertragen, und ihr Gefühl sagte ihr, daß sie sich schützen müsse, um alles bewältigen zu können, was noch zu tun war. Gleichzeitig sehnte sie sich furchtbar nach etwas, das ein Teil ihrer Schwester gewesen war.

Ihre Hand ergriff den Schlüssel. »Wie komme ich dorthin?« fragte sie.

Madeline wischte eine Träne von Chris' Wange. »Komm mit«, sagte sie sanft, »ich beschreibe dir den Weg.«

In dem Augenblick, in dem Chris die Tür zu Dianes Wohnung öffnete, war sie froh darüber, daß sie dorthin gegangen war. Angesichts der zwanghaften Putzsucht ihrer Mutter war Chris überrascht, keinerlei Anzeichen dafür zu finden, daß sie oder jemand anderer dort gewesen waren. Das leere Milchglas und ein angebissener Keks auf dem Couchtisch, ein achtlos aufs Bett geworfener Bademantel – es schien, als ob Diane nur einen Augenblick den Raum verlassen hätte.

Chris ging in der kleinen Wohnung von einem Raum zum anderen, sah sich die Habseligkeiten ihrer Schwester an, berührte sie, lächelte bei Gegenständen, die sie kannte und wunderte sich über andere, die sie noch nie gesehen hatte. Sie veränderte nichts, öffnete keine Schubladen oder Schränke, störte in keiner Weise die zarte Wunschvorstellung, daß Diane irgendwie zurückkehren würde.

Es gab noch genug Zeit für alles, was zu erledigen war. Als sie vor Erschöpfung nicht mehr aufrecht stehen konnte, ging Chris in das Schlafzimmer und legte sich auf das Bett. Sie deckte sich mit dem Bademantel ihrer Schwester zu und atmete das wilde, blumige Parfüm ein, das noch in dem Kleidungsstück hing. Sie hielt die Luft an, um auch noch den kleinsten Teil dessen, was zu ihrer Schwester gehört hatte, in ihrem Innern zu bewahren. Schließlich überwältigte sie der Schlaf.

5

Der Rest der Woche war teils ein Traum, teils ein Alptraum. Chris überkam ein merkwürdiger, unerwarteter Friede, als sie nach Monterey fuhr, um Dianes Asche ins Meer zu streuen. Sie verließ Sacramento mitten in der Nacht, um sicherzustellen, daß sie bei Sonnenaufgang schon drei Meilen weit auf dem Meer sein würde. Allein am Heck des gecharterten Bootes, zählte sie die Wellen. Sie wartete auf die siebte Welle, die alle anderen an Höhe übertreffen würde. Sie sollte ihre ausgestreckte Hand berühren und ihre Schwester mit sich auf die Reisen nehmen, die sie zu Lebzeiten nicht mehr hatte unternehmen können.

Die Welle kam näher, und Chris öffnete die Urne. Die sanfte morgendliche Brise nahm Diane mit sich. Die Asche legte sich auf das Wasser und vermischte sich dann langsam mit ihm. Chris sah zu, fasziniert und doch voller Kummer, wie die schöne junge Frau mit den lachenden Augen immer weniger wurde und doch – auf eine zarte Weise – auch mehr als sie je gewesen war.

Zuletzt folgten die Blumen, eine von jeder Art, die Chris in Sacramento hatte auftreiben können.

Sie blieb hinten im Boot sitzen, bis die letzte Blüte aus ihrem Blick verschwunden war. Sie stellte sich vor, daß ein Fremder, vielleicht ein Fischer, später eine von ihnen finden und sich wundern würde. Er würde in seiner Neugier noch ein letztes Mal von einer freundlichen, liebevollen Frau berührt, die es nicht mehr gab.

Als das Boot Chris nach Monterey zurückbrachte, fuhr sie, anstatt sich direkt auf den Heimweg zu machen, noch die Küste hinunter, an Carmel vorbei nach dem Point-Lobos-Park. Dort verbrachte sie den Rest des Morgens und einen großen Teil des Nachmittags auf einem Hügel, blickte auf Ottern und Seelöwen, hörte den Strandvögeln zu und sagte zum letzten Mal ein einsames Lebewohl.

Abends, auf dem Rückweg nach Sacramento, hielt sie an einem Burger King, um dort eine Tasse Kaffee zu trinken. Als sie zurück zum Wagen ging, fiel ihr Blick auf eine Telefonzelle, und sie beschloß, Paul Michaels, einen alten Freund der Familie, anzurufen.

»Christine«, sagte er. Seine Baritonstimme klang warm und herzlich, war voll von Mitgefühl. »Es tut mir leid, daß wir keine Gelegenheit hatten, beim Trauergottesdienst miteinander zu reden. Ich wollte dir nur sagen …«

Sie ließ die Worte an sich vorüberfließen, nahm die Bekundungen des Kummers und des Beileids nicht wahr, um sich zu schützen. Die Tiefe ihres eigenen Schmerzes machte es ihr im Augenblick unmöglich, den Schmerz anderer Leute zu hören oder auf ihn einzugehen. Die Stärke, die ihr noch verblieb, bewahrte sie eifersüchtig für den kleinen Jungen, den Diane, wie sie von Madeline erfahren hatte, Kevin hatte nennen wollen.

»Wenn es noch irgend etwas gibt, was ich für dich tun kann, laß es mich wissen«, fuhr Paul fort.

»Ja, es gibt etwas«, sagte Chris. »Ich möchte, daß du dich um die Adoption kümmerst.« Paul Michaels war nicht nur ein alter Freund der Familie, er war auch Hauptteilhaber einer der größten und angesehensten Anwaltskanzleien im nördlichen Kalifornien.

»Eine Adoption?« wiederholte er. »Ich hatte den Eindruck, daß … Nun, ich dachte, der Vater …«

Chris atmete tief ein, kämpfte gegen ihre Wut an und überwand sie schließlich, indem sie versuchte, etwas Konstruktives zu denken. Sie war von einer Frau aufgezogen worden, die von einer beständigen ohnmächtigen Wut erfüllt war; jemand, der mit dem gleichen Ärger und der gleichen Wirkung über den Angestellten im Lebensmittelladen wie über den Verteidigungshaushalt herfiel. Wut war für Harriet Taylor so natürlich wie die Wolle für das Schaf. Sie hatte sie auf ihre ältere Tochter vererbt, ein Vermächtnis, das Chris entschieden bekämpfte.

»Der Vater möchte nichts mit dem Baby zu tun haben.«

»Das wußte ich nicht«, sagte er.

»Ich weiß, wie beschäftigt du bist, Paul, und unter normalen Umständen würde ich dich auch nicht wegen –«

»Morgens bin ich bei Gericht, aber den Rest des Tages stehe ich zu deiner Verfügung.«

»Danke«, sagte sie nur, wohl wissend, wie schwer es ihm fallen würde, seinen Terminkalender freizuräumen, und wie sehr er dies bestreiten würde. »Du bist ein besonderer Freund.«

»Werd' nicht rührselig, junge Dame«, sagte er sanft. »Wir haben noch viel harte Arbeit vor uns.«

»Ich weiß.«

»Chris ...«

»Ja?«

»Ich nehme an, du hast dir das alles gut überlegt?«

Sie rieb sich ihren Nacken. »Was gibt es da zu überlegen?«

»Nun, das klingt irgendwie, als wenn du bei der Sache keine andere Wahl hättest.«

Sie fuhr sich mit der Hand über die Stirn. »So ist es doch gar nicht«, widersprach sie schwach.

»Laß uns morgen darüber sprechen.«

»Da gibt es nichts zu besprechen. Diane wollte, daß ich mich um Kevin kümmere. Ich brauche deine Hilfe, um das alles rechtlich abzusichern.«

Am nächsten Morgen hielt Chris auf dem Weg zum Krankenhaus kurz bei ihrer Mutter. Sie hoffte, durch ihren Bericht über den gestrigen Tag an der Küste die Kluft zwischen ihnen, die noch größer geworden war, etwas zu schließen.

Harriet weigerte sich, ihr Zimmer zu verlassen. Sie habe eine Migräne, und der Arzt habe ihr gesagt, daß sie alles vermeiden solle, was sie aufrege. So erzählte Chris Madeline vom Boot und den Blumen und den Seeottern, die sie gesehen hatte, und bemerkte dabei, daß sie nicht nur ihrer Mutter wegen, sondern auch um ihrer selbst willen gekommen war. Sie mußte mit jemandem sprechen, der Diane geliebt hatte, jemand, dem es wichtig war, daß an jenem Nachmittag ein Regenbogen am wolkenlosen Himmel zu sehen gewesen war und daß der Kapitän des gecharterten Bootes, ein grauhaariger, bärbeißig wirkender Mann, sie am Schluß umarmt hatte.

Den Rest des Morgens verbrachte sie bei Kevin. Sie staunte darüber, wie klein er doch war, über das Wunder seiner Geburt und wie unfähig sie sich vorkam, als sie versuchte, seine winzige Windel zu wechseln. Alles, was er tat, faszinierte und erschreckte sie zugleich.

Bevor sie sich mit Paul Michaels traf, hielt sie noch bei Dianes Appartement und rief in ihrem Büro an. Was als ein bloßer Routineanruf gedacht war, wurde zu einer wahren Krisensitzung. Die neue Anzeigenkampagne, die ihre Firma im Mittleren Westen geschaltet hatte, war auf den heftigen und unerwarteten Widerstand einer nationalen Anti-Alkohol-Organisation gestoßen. Diese behauptete, daß die Werbung direkt auf Achtzehn- bis Fünfundzwanzigjährige abziele. Das konnte die Firma kaum bestreiten, da ein Bericht an die Öffentlichkeit gelangt war, der belegte, daß ein Großteil des Werbeetats für den Posten ›College-Campus‹ bestimmt war.

Der Gedanke, der hinter der Überflutung des College-Marktes mit Werbung stand, war einfach und bewährt: Wenn man frühzeitig die Identifikation mit einem Produkt und die Loyalität gegenüber diesem fördert, so ist es wahrscheinlich, daß der Kunde diesem später treu bleibt. Es war keineswegs so, daß die Wainswright-Brauerei zuerst auf diesen Gedanken gekommen war. Für alles, was sich irgendwo im Land auf einem College-Campus ereignete und das von einer Brauerei gesponsert werden konnte, standen die Unternehmen aus der Branche Schlange. Ging es dabei um Sport, so kam es sogar zu handfesten Konflikten zwischen den Brauereien, die sich um das Privileg rissen, Geld dafür auszugeben. Wainswrights Pech war nur, daß sie zur falschen Zeit am richtigen Ort gewesen war.

Obwohl jeder, mit dem Chris an diesem Tag sprach, mitfühlend und verständnisvoll war, machte doch keiner ein Hehl daraus, daß man sie in Denver brauchte. Einer ihrer Assistenten sagte sehr treffend: »Das Schiff hat Schlagseite, und die Rettungsboote werden immer voller. Entweder du springst hinein, oder du gehst unter.«

Als sie Paul Michaels Büro erreichte, schwirrten ihr ein Dutzend verschiedener Sachen im Kopf herum. Seine Sekretärin wies sie in einen mahagonigetäfelten Raum mit Blick auf das Kapitol. Paul erhob sich hinter seinem Schreibtisch und kam auf sie zu, um sie zu begrüßen.

»Du siehst erschöpft aus«, sagte er und führte sie zu einem weichen Ledersofa. »Aber das wundert mich nicht. So wie es um Harriets Gesundheit steht, warst wohl du diejenige, die sich um alles kümmern mußte.«

»Das war es eigentlich nicht, was mich so angestrengt hat«, sagte sie und ließ sich von dem daunenweichen Sofa gefangennehmen. »Mutter gibt das Zepter nur sehr ungern ab.«

Paul nickte voll trauriger Zustimmung. »Ihre Willensstärke ist schon ein Phänomen. Ich bin sicher, daß sie nur deshalb so lange lebt.«

Einer der Gründe, warum Chris sich dafür entschieden hatte, Paul Michaels mit der Adoptionsgeschichte zu beauftragen, war seine Vertrautheit mit ihrer Familie. Es mußte keine Zeit damit vergeudet werden, die Dynamik dieser schlecht funktionierenden Familie zu erklären oder irgendwelche Beweggründe zu erläutern. Alles war klar und wohlbekannt.

Sie lehnte sich nach vorne. »Ich hätte liebend gern am Nachmittag noch einige Besuche gemacht, Paul, aber ich habe heute morgen erfahren, daß ich weniger Zeit haben werde, hier in Sacramento alles zu erledigen, als ich dachte. Bei Wainswright ist im Augenblick die Hölle los. Ich muß sobald wie möglich wieder im Büro sein.«

Er betrachtete sie mit einem zweifelnden Ausdruck im Gesicht. »Ich glaube, wir sollten uns über die Adoption unterhalten, bevor wir irgend etwas niederschreiben.«

»Da gibt es nichts zu besprechen.«

»Hör zu. Vielleicht bin ich etwas übervorsichtig, weil die Familiengesetzgebung nicht mein Spezialgebiet ist, oder mein Gefühl ist nur eine Folge unserer Freundschaft.« Er zuckte mit den Schultern. »Jedenfalls werde ich die Sache mit der Adoption nicht überstürzen. Die Angelegenheit muß richtig angepackt werden, sowohl für dich wie auch für das Baby. Wenn du glaubst, daß du durch eine bloße Unterschrift zu Kevins Mutter wirst, dann irrst du dich.«

»Es war Dianes letzter Wunsch. Und da sie kein Testament hinterlassen hatte, das ihrer Erklärung auf dem Totenbett widersprach, kann es meiner Ansicht nach eigentlich keine Zweifel geben. Es gibt sogar eine Zeugin. Was könnte also –«

»Wie ich dir schon gestern gesagt habe, müssen wir auch an den Vater denken.«

»Ich habe dir gestern auch gesagt, daß er nichts mit Kevin zu tun haben will.«

»Das hat mich nicht überzeugt. Ich muß mehr wissen.«

»Nun, die Umstände sprechen doch für sich, Paul. Falls der Vater nur ein wenig an Diane oder das Baby gedacht hätte, wäre er bei ihr gewesen.« Als Paul nicht gleich antwortete, sagte sie: »Meinst du nicht?«

»Es sieht so aus.«

»Ich wollte es ja auch nicht glauben«, gab sie zu. »Aber es ist die einzige Erklärung. Ich habe alle Sachen von Diane durchgesehen, und es gibt keine Spur von ihm – kein Bild, keinen Brief, gar nichts. Er muß ihr furchtbar weh getan haben, daß sie alles vernichtet hat.«

»Sie hat ihn Harriet oder dir gegenüber nie erwähnt?«

Es tat Chris weh, offen zugeben zu müssen, wie wenig Kontakt sie im vergangenen Jahr zu ihrer Schwester gehabt hatte. »Alles, was ich weiß, ist, daß sie letztes Weihnachten furchtbar glücklich wegen irgendeinem Kerl zu sein schien und daß sie acht Monate später allein und schwanger war. Um sich den Rest zu denken, muß man kein Genie sein.«

»Es hat den Anschein, als ob er entweder verheiratet ist oder das Kind abtreiben lassen wollte.«

»Genau.«

»Die Dinge sind nicht immer so einfach«, sagte er.

»Das ist egal. Wir müssen mit dem arbeiten, was wir in den Händen haben. Diane hat Kevin meiner Obhut überlassen. Ich bin da, sein Vater ist es nicht.«

»Nur weil du da bist, bedeutet das nicht, daß du auch der richtige Mensch bist, um Kevin aufzuziehen«, sagte Paul, wobei die Sanftheit seiner Stimme im Gegensatz zu der explosiven Aussage stand.

»Was soll denn das heißen?« fragte Chris.

»Es tut mir leid, Chris«, sagte er. »Aber es mußte gesagt werden. Du denkst nicht so klar, wie du es normalerweise unter weniger emotionellen Umständen tun würdest.« Er beugte sich in seinem Stuhl nach vorne. »Ich bin sicher, daß in dir auch eine wunderbare Mutter steckt. Trotzdem geht so etwas selten gut, wenn man mit Gewalt damit konfrontiert wird. Es muß schon einen Grund gegeben haben, warum du bisher allein geblieben bist. Ich nehme an, du hast das so gewollt.«

Chris stand auf, ging ans Fenster und starrte nach draußen. »Ich mag meinen Beruf. Ich bin erfolgreich«, sagte sie, um sich zu verteidigen.

»Und du glaubst, daß dir eine Heirat das wegnehmen würde?«

»Nun, ich bin sehr viel unterwegs – Tagungen, geschäftliche Treffen in anderen Staaten«, sagte sie. »Ich habe viele Männer getroffen, aber nie jemanden, der bereit war, so etwas bei seiner Frau zu akzeptieren. Zumindest keinen, der an mir interessiert war.«

»Glaubst du, daß ein Kind da mehr Verständnis aufbringt?«

Sie drehte sich schnell um. »Was verlangst du eigentlich? Soll ich meinen Job aufgeben und von der Sozialhilfe leben, nur um zu beweisen, was für eine gute Mutter ich bin? Das kann ich nicht, Paul. Dazu bin ich nicht imstande.«

Seine Stimme wurde sanfter und wärmer. »Während du in Colorado bist, um Geld zu verdienen, wer wird dann bei Kevin im Krankenhaus sein?«

Sie blinzelte überrascht. Wie konnte ihr so etwas Wichtiges nur entgangen sein? »Ach, mit allem, was vorgefallen ist, hab' ich das wohl ganz übersehen.«

»Hast du mir nicht gesagt, daß es mehrere Monate dauern wird, bis er nach Hause kommen kann?«

»Ich kann doch an Wochenenden herüberfliegen. Außerdem habe ich bald Urlaub.« Es klang verzweifelt und nicht sehr realistisch.

»Ich möchte diese Sache für dich nicht noch schwieriger machen, als sie ohnehin schon ist, Christine. Ich möchte dich nur bitten, Diane und auch dich für einen Augenblick zu vergessen und dich auf Kevin zu konzentrieren.«

»Warum bist du dir so sicher, daß ich das nicht tue?«

»Ich bin mir nicht sicher. Ich spiele nur den Anwalt des Teufels und äußere deine eigenen Befürchtungen. Wenn du Kinder gewollt hättest, würdest du sie schon haben. Ein Kind sollte eine Freude für seine Eltern sein, keine Verpflichtung. Du kannst Kevin nicht aus einem bloßen Pflichtgefühl heraus annehmen, Chris. Das ist nicht recht für dich und ihm gegenüber ist es, verdammt noch mal, unfair.«

Sie verschränkte ihre Arme, hielt ihre Ellbogen mit den Händen, umklammerte sich, als ob sie Angst hätte, auseinanderzufallen. »Aber ich kann ihn doch nicht aufgeben? Ich liebe ihn, Paul. Wie könnte ich mir je vergeben, daß ich Dianes Wunsch nicht nachgekommen bin.«

»Die Liebe, die du für Kevin verspürst, soll dich leiten. Diane würde dich auch nicht um mehr bitten.« Er stand hinter seinem Schreibtisch auf und ging auf sie zu. Er nahm sie in die Arme, so als wollte er sie vor dem Schlag beschützen, den er ihr gerade versetzt hatte. »Du mußt dich nicht jetzt entscheiden«, sagte er. »Laß dir ein paar Tage Zeit. Ich bin für dich da, egal, wie deine Entscheidung ausfällt.«

Ihr blieben aber nicht ein paar Tage Zeit. Sie hatte versprochen, dann schon wieder in ihrem Büro zu sein. »In Ordnung«, sagte sie, hin- und hergerissen. »Ich bin das Kevin schuldig.«

Den Rest des Nachmittags und den Abend verbrachte sie im Krankenhaus. Nachts schloß sie sich mit einer Flasche Rum in Dianes Wohnung ein. Frühmorgens mußte sie sich übergeben. Erst am späten Vormittag hatte sie keine Tränen mehr und sank endlich erschöpft in den Schlaf.

Sie wachte gegen Mittag auf, duschte und fuhr wieder ins Krankenhaus. Als sie es am Abend zuvor verlassen hatte, war die Entscheidung gefallen. Obwohl sie sich mit jeder Faser dagegen sträubte, Kevin herzugeben, war es schließlich die Tiefe ihrer Liebe zu ihm, die sie erkennen ließ, daß es keine andere Wahl gab.

Es war die schwierigste Entscheidung, die sie je getroffen hatte, und auch die selbstloseste. Es spielte keine Rolle, daß der Umstand, ihn aufzugeben, sie unsäglich schmerzte. Es zählte nur, daß dies das Beste war, was sie für ihn tun konnte.

Jedes Kind hat zwei Eltern verdient. Zunächst hatte sie sich mit Hilfe der Statistik über dieses Problem hinweggeholfen. Es gab doch so viele andere Kinder, die bei nur einem Elternteil lebten. Das konnte doch kein Hinderungsgrund sein. Aber dann erinnerte sie sich an all die Zeitungs- und Zeitschriftenartikel und an die Fernsehsendungen über das Auseinanderbrechen von Familien und die furchtbaren Auswirkungen auf die Kinder. Nun war sie sich nicht mehr so sicher.

Es führte auch kein Weg daran vorbei, daß bei Ein-Eltern-Familien der verbleibende Elternteil schon etwas ganz Besonderes sein mußte. Mitten in der Nacht, als sie sich nirgendwo mehr verstecken konnte und die Wahrheit sie wie ein böser Dämon verspottete, mußte sie sich eingestehen, daß sie nie ›besonders‹ genug sein würde, um das Kind aufzuziehen, für das Diane bei der Geburt ihr Leben gelassen hatte. Wenn jemand das Beste verdiente, dann war es Kevin.

Der Geschäftswelt begegnete Chris mit großem Selbstvertrauen. Es war nicht Überheblichkeit, sie wußte einfach, daß sie sehr gut in ihrem Job war. Was sie tat, spendete nicht Leben oder hatte irgendeine Bedeutung in den großen Zusammenhängen, aber jeder Tag, den sie arbeitete, trug dazu bei, eine Firma am Laufen zu halten. Es war der einzige Ort in der Welt, wo man sie brauchte und wo sie etwas bewirkte.

Doch obwohl sie ihren Job liebte und auch spürte, wieviel Selbstwertgefühl er ihr vermittelte, sie hätte alles aufgegeben, wenn dadurch Kevin ihr Kind werden könnte. Aber das war nicht möglich. Alles, was sie Dianes Kind anbieten konnte, war Liebe, und so sehr sie sich auch bemühte, es gelang ihr nicht, sich davon zu überzeugen, daß das genug sei.

Als sie merkte, daß sie ins Zweifeln geriet, dachte sie an ihre eigene Mutter. Auf ihre merkwürdige Weise hatte Harriet Taylor ihre Töchter stets geliebt. Sie hatte für sie immer nur das Beste gewollt, zumindest das, was sie für das Beste hielt. Durch ihre Erfahrung mit Harriet hatte Chris gelernt, daß Liebe nicht immer etwas Positives war, sie konnte manchmal auch ersticken, zerstören und verletzen und letztendlich sogar Angst einflößen.

Kevin sollte mit ihr diese Erfahrung nicht machen.

Er hatte das Beste verdient, was das Leben ihm bieten konnte, nicht Babysitter und kurze Momente, in denen eine berufstätige Frau, die keine Ahnung davon hatte, was es hieß, Mutter zu sein, für ihn Zeit hatte. Er war weniger als zwei Wochen alt, und doch hatte das Schicksal bereits einige miserable Karten an ihn ausgeteilt. Es lag nun an ihr, dafür zu sorgen, daß er auch ein oder zwei Asse bekam.

Sie rief Paul Michaels zu Hause an, wollte mit ihm sprechen, bevor sie ihre Meinung ändern würde. Erst als er alles angehört hatte und ihren Argumenten zustimmte, merkte sie, daß sie im Stillen doch gehofft hatte, er werde sie davon überzeugen, daß es falsch sei, Kevin zur Adoption freizugeben.

»Es tut mir leid, Chris«, sagte er. »Ich weiß, wie hart das für dich ist. Dein Mut, deine Entschlossenheit und deine Fairness haben mich immer beeindruckt. Aber ich habe dich noch nie so bewundert wie jetzt.«

Sie preßte die Finger an die Schläfen, als das Kopfweh, das sich schon den ganzen Tag angekündigt hatte, sich bemerkbar machte. »Ich suche noch nach Gründen, um meinen Entschluß zu ändern.«

»Das kommt daher, daß du zwar vom Verstand her, aber noch nicht emotional akzeptiert hast, was du tun mußt.«

»Ich werde das Gefühl nicht los, daß ich Diane enttäusche.«

»Das wird mit der Zeit vergehen. Was glaubst du? Warum hat sie eigentlich die Zukunft des Babys in deine Hände gelegt? Nun, weil sie wußte, daß du immer zuerst an Kevin denken würdest.«

Chris verspürte einen Kloß in ihrem Hals. »Aber sie dachte, ich würde dies als seine Mutter tun.«

»Was sagt Harriet eigentlich zu all dem?« fragte Paul.

Sie wich aus. »Ich weiß, daß es ihr leid tut, mir vor so vielen Zeugen Dianes letzten Wunsch mitgeteilt zu haben, nach dem ich die volle Verantwortung für Kevin übernehmen soll.«

»Das wundert mich nicht. Sie gibt nicht gern das Ruder aus der Hand. Andererseits ist sie sich wohl im Klaren darüber, daß kein Richter im Land ihr das Kind zusprechen wird. Bei ihren Gesundheitsproblemen. In diesem Fall kam ihr die Wahrheit ganz gelegen. Zumindest so lange, wie du noch nicht eine andere Entscheidung getroffen hattest.« Er schwieg einen Augenblick. »Nicht, daß es etwas ändern würde, aber ich wüßte ganz gerne, was sie zur Adoption gesagt hat.«

»Ach, nicht viel.« Chris lachte traurig. »Nur, daß sie mir nie verzeihen wird und nie mehr mit mir reden wird, solange sie lebt.«

»Sie wird sich schon beruhigen.«

»Ich möchte es nicht abwarten.«

Paul Michaels rief Chris am Mittag des folgenden Tages an, um ihr mitzuteilen, daß er über einen befreundeten Anwalt genau das richtige Ehepaar gefunden hatte. Sie seien begierig, mit ihr über die Adoption zu sprechen. Chris bat ihn, ein Treffen für den nächsten Tag zu arrangieren.

Obwohl bei der Wainswright-Brauerei die Hölle los war und großer Druck auf sie ausgeübt wurde zurückzukommen, ließ Chris sich in keiner Weise drängen. Zumindest das war sie Kevin schuldig.

Drei Gespräche waren nötig, um Chris davon zu überzeugen, daß Barbara und Tom Crowell die richtigen Eltern für Kevin waren und daß sie der Adoption zustimmen würde. Nicht, daß irgendein Problem während der ersten beiden Gespräche aufgetaucht wäre, es war nur so, daß ihr immer neue Fragen eingefallen waren. Beide Eheleute waren geduldig, verständnisvoll und gaben stets die richtigen Antworten, was Chris eigenartigerweise sowohl beglückte als auch traurig stimmte.

Je mehr Zeit sie mit den Crowells verbrachte, desto besser gefielen sie ihr. Sie waren Anfang dreißig, besaßen ein Haus in der Vorstadt und waren finanziell abgesichert. Was aber am meisten zählte, war, daß es Liebe auf den ersten Blick gewesen war, als sie ihnen Kevin zeigte.

Obwohl er in zwei Wochen fast 150 Gramm zugenommen hatte, wog er immer noch kaum mehr als ein Kilo. Winzige erbsengroße Fettpölsterchen begannen sich auf seinen Wangen zu bilden, aber er war noch weit davon entfernt, wie das blühende Leben auszusehen.

Während der letzten Woche hatte Chris einen großen Teil des Tages im Krankenhaus verbracht. Sie war insgeheim davon überzeugt, daß Kevin anfing, sie zu erkennen. Als er die Gelbsucht bekommen hatte und vom Tischchen, auf dem er zu liegen pflegte, in ein Isolationsbettchen kam, wo er eine Maske trug, um seine Augen vor dem starken Bestrahlungslicht zu schützen, reagierte er auf ihre Stimme, indem er ihr den Kopf zuwandte, wenn sie sprach. Sie redete mit niemandem über das, was sie empfand. Ihre Gefühle waren zu überwältigend und zerbrechlich, um mit jemandem geteilt zu werden.

Sie saß neben dem Bett und betrachtete den schlafenden Kevin. Immer wieder sagte sie ihm, wie sehr sie ihn liebe, manchmal sprach sie die Worte laut aus, dann wieder sandte sie ihm diese Nachricht in Gedanken. Sie wußte, daß die Liebe, die sie verspürte, nie erwidert werden würde. Kevin würde sich nicht einmal an sie erinnern und wahrscheinlich gar nicht wissen, daß es sie je gegeben hatte. Aber das spielte keine Rolle. Diesen kurzen Augenblick lang würde sie ihm alles geben, und wenn er dafür nur einen Tag früher lächelte, dann war ihr das Belohnung genug.

Chris verbrachte auch den Morgen ihres letzten Tages in Sacramento im Krankenhaus. Sie war nicht einmal fünfzehn Minuten da, als sie aufblickte und Brittany, Kevins Tagesschwester, erkannte, die von der anderen Seite des Raumes her auf sie zukam und dabei einen Schaukelstuhl vor sich herschob.

»Reinsetzen«, befahl sie.

Chris sah sie mißtrauisch an, tat aber, wie man ihr geheißen hatte. Mit dieser Veteranin der Frühgeborenen-Intensivstation, die schon mehr als zwanzig Jahre hier auf dem Buckel hatte, war nicht zu scherzen. Dank ihres Selbstvertrauens, das sie aufgrund ihrer Erfahrung und ihrer intuitiven Intelligenz besaß, war sie steter Ansprechpartner für alle anderen Schwestern der Tagesschicht. War es nun göttliche Fügung oder bittere Notwendigkeit, jedenfalls hatten sich stets außergewöhnliche Schwestern in jeder der drei Schichten um Kevin gekümmert. Chris konnte Sacramento in dem sicheren Glauben verlassen, daß sie ihn in guten Händen zurücklassen würde. Ohne noch etwas zu sagen, öffnete Brittany eine Seite des kleinen Bestrahlungsbettchens, setzte Kevin eine blaue Strumpfmütze auf und wickelte ihn in eine weiße Decke. Nachdem sie überprüft hatte, daß alle Kabel noch ordnungsgemäß an die Monitore angeschlossen waren, reichte sie ihn Chris.

»Ist das nicht gefährlich?« fragte Chris, während ihre Arme das federleichte Bündel zu wiegen begannen.

»Nur ein paar Minuten lang. Er muß aber warmgehalten werden. Halten Sie ihn also dicht an Ihren Körper.«

»Das ist das schönste Geschenk, das ich je bekommen habe«, sagte Chris.

»Ich wollte nicht, daß Sie gehen, ohne ihn je gehalten zu haben.«

»Danke.« Mehr konnte sie nicht sagen.

»Wenn Sie noch etwas brauchen, rufen Sie. Ich bin ganz in der Nähe.«

Wie auf ein Stichwort hin öffnete Kevin seine Augen und blickte Chris an. Sie fühlte ihr Herz schmelzen und auch brechen.

Sie hörte plötzlich wieder die Stimme ihres Vaters. »Wie sehr liebst du mich, Crissy?« würde er sie abends bei ihrem Zubettgeh-Spiel fragen. Sie würde antworten: »Ich habe dich so, so, so, so lieb, Papi.« Er sah sie dann überrascht an und fragte: »Wie sehr?« Nun war der Augenblick gekommen, wo sie ihre Arme um ihn legte und ihn so fest drückte, wie sie nur konnte. »So sehr!« sagte sie dann lachend. Er lachte nie zurück. »Dann bin ich der glücklichste Mensch auf der Welt.« Dabei klang seine Stimme immer so, als ob sie ihm ein wunderbares Geschenk gemacht hätte.

»Ich liebe dich, Kevin«, flüsterte sie mit erstickter Stimme. »Ich habe dich so, so, so, so lieb.«

6

Nach ihrer Rückkehr hatte Chris keinerlei Probleme, sich wieder in das Alltagsleben in Denver einzufinden. Sie stand auf, ging zur Arbeit, blieb abends lange im Büro, um alles aufzuarbeiten, was sie verpaßt hatte, fuhr wieder heim und legte sich schlafen. Eines Abends ging sie sogar mit einem alten Freund essen; sie verabredete sich auch mit einer Freundin für den nächsten Samstag zu einem Einkaufsbummel. Aber diejenigen, die sie kannten, sagten, sie sei »irgendwie nicht in Form«. Sie nickte zustimmend und machte weiter. Wie konnte sie den Leuten nur sagen, daß es keine Freude mehr in ihrem Leben gab?

Jeden Abend redete sie sich gut zu, daß es am nächsten Morgen besser sein würde. Morgens dann griff sie stets aufs neue nach dem Telefonhörer, um das Krankenhaus anzurufen und zu fragen, wie es Kevin gehe.

Aber jedesmal war sie dann doch vernünftig gewesen und hatte aufgehängt, bevor sie eine Verbindung bekommen hatte. Jeder Zweifel an ihrem Entschluß, sich nicht mehr in sein Leben einzumischen, bedeutete doch, daß sie die falsche Entscheidung getroffen hätte – und das war einfach undenkbar. Sie konnte nur überleben in dem sicheren, eindeutigen Bewußtsein, daß sie das Beste für Kevin getan hatte.

Es war nun schon drei Wochen her, daß sie nach Denver zurückgekehrt war. Als sie eines Abends, nach einem langen Arbeitstag, gerade die Tür zu ihrem Appartement aufschloß, hörte sie, wie drinnen das Telefon zu klingeln begann. Sie rannte schnell durch das Wohnzimmer und riß den Hörer von der Gabel, bevor der Anrufbeantworter ansprang.

»Hallo«, sagte sie etwas atemlos.

»Chris, ich bin's, Paul Michaels.«

Paul war nicht jemand, der sie anrief, um ein Schwätzchen zu halten. Ihr Herz schlug bis in den Hals. »Was ist passiert?« fragte sie, ließ jede Begrüßung aus.

»Es tut mir leid, aber ich habe schlechte Nachrichten. Die Crowells haben beschlossen, Kevin doch nicht zu nehmen.«

»Das verstehe ich nicht. Warum sollten sie einen Rückzieher machen? Warum erst jetzt?«

»Nun, sie sagten, daß sie weder emotional noch finanziell in der Lage seien, mit einem kranken Baby zurechtzukommen.«

»Kevin ist nicht krank, er wurde nur zu früh geboren«, sagte sie etwas verwirrt. »Aber das wußten sie doch die ganze Zeit. Warum ...«

»Mein Gott«, sagte er. »Anscheinend weißt du gar nichts.«

Sie bekam eine Gänsehaut. »Was soll ich nicht wissen?«

»Es tut mir leid, Chris. Ich hätte dich nicht so einfach anrufen sollen, aber ich dachte, du wüßtest Bescheid. Ich war davon ausgegangen, daß das Krankenhaus dich benachrichtigt hatte.«

»Was ist passiert?« Es fiel ihr schwer, mit fester Stimme zu sprechen.

»Kevin wurde heute morgen operiert.«

Chris mußte sich gegen die Wand lehnen. »Warum?« fragte sie.

»Es hat etwas mit seinem Magen zu tun. Nein, nicht mit seinem Magen, sondern mit seinem Darm. Sie mußten einen Teil davon herausoperieren.«

Das kam alles viel zu schnell für sie. Ein Dutzend Fragen schossen ihr durch den Kopf, medizinische Fragen, die Paul ihr wohl kaum beantworten könnte. Sie beschränkte sich auf eine: »Wie geht es ihm jetzt?«

»Nicht sehr gut, es tut mir leid.«

Es war, als ob er ihr einen Schlag versetzt hätte. »Verdammt noch mal, was heißt das?« konnte sie gerade noch sagen.

»Die Schwester, mit der ich gesprochen habe, sagte mir, daß die Infektion auf sein Blut übergegriffen habe und daß er in einem kritischen Zustand sei.«

Sie konnte es nicht glauben. Das durfte nicht wahr sein. »Ich komme sofort.«

»Du kannst nichts tun, Chris.«

»Ich kann für ihn da sein«, sagte sie scharf.

»Laß es mich wissen, wenn ich dir helfen kann.«

»Das werde ich.« Sie wollte schon aufhängen, als ihr noch etwas einfiel: »Paul?«

»Ja.«

»Sag den Crowells, sie sollen mir lieber aus dem Weg gehen.«

Als Chris dieses Mal in Sacramento landete, machte sie sich gar nicht erst die Mühe, einen Leihwagen zu mieten, sondern nahm sofort ein Taxi zum Krankenhaus. Es war vier Uhr morgens. Die langen, verschlungenen Gänge, die sie auf ihrem Weg zur Frühgeborenen-Intensivstation passierte, waren menschenleer. Sogar das Wartezimmer für Familienangehörige der werdenden Mütter war leer.

Früher hatte sie, ganz begierig darauf, Kevin zu sehen, kurz durch die Jalousien geschaut, die die Fenster der Station zum Gang hin abschirmten, in der Hoffnung, einen Blick auf ihn zu erhaschen. Wenn sie ihn sah, wurde ihr Schritt schneller, und ihr Herz begann vor Vorfreude stärker zu schlagen. Dieses Mal wagte sie nicht aufzusehen und gab sich damit weitere zwanzig Sekunden der Hoffnung.

Sobald sie sich in dem langen schmalen Raum befand, der die Babys auf der Intensivstation von den weniger gefährdeten Babys trennte, gab es kein Verstecken mehr. Sie sah durch das Fenster, ihr Blick schweifte automatisch über die kränksten Babys, die auf speziellen Tischchen lagen. Ihre Suche endete in der hintersten Ecke. Es standen zu viele Geräte um den Tisch herum, um das Baby zu sehen, aber sie sah die Schwester, die ihn versorgte. Es war Trudy Walker, eine Frau, die sich vom Tag seiner Geburt an besonders um Kevin gekümmert hatte. Sie hatte eine sanfte Stimme und war bescheiden, eine gütige Frau, die man leicht unterschätzte – bis man die eiserne Entschlossenheit in ihren Augen sah. Chris spürte Erleichterung aufkommen, als sie sie sah. Chris' Hände waren so zittrig, daß sie nicht imstande war, das Päckchen mit der Bürste und der Seife zu öffnen, das sie benutzen mußte, bevor sie den Raum betrat. Schließlich bat sie eine andere Schwester, ihr zu helfen. Noch nie war eine Minute so langsam vergangen wie die, als sie am Waschbecken stand und sich die Hände schrubbte. Endlich war sie fertig, schlüpfte in einen Krankenhauskittel und betrat das Zimmer. Das rhythmische Zischen der Ventilatoren unterbrach beständig die Stille, als Chris sich Kevin näherte. Trudy blickte auf. Sie schien überrascht, als sie Chris sah, und dieses Mal lächelte sie sie nicht beruhigend an. Irgendwo war das Piepsen eines Monitors zu hören. Der hohe Ton teilte den Schwestern mit, daß ein Baby große Probleme hatte.

Chris stand schon fast am Bett, als sie endlich Kevin sah. Während der unendlichen Stunden, die sie gebraucht hatte, um hierherzukommen, hatte sie versucht, sich auf das vorzubereiten, was sie hier erwarten würde.

Ihre schlimmsten Vorstellungen waren nichts gegen das, was sie vorfand.

Er lag auf der Seite, den Kopf schräggelegt, um den Luftschlauch aufnehmen zu können. An einem Arm war eine Manschette zur Blutdruckmessung befestigt, am anderen Arm mehrere intravenöse Schläuche. Kabel von Überwachungsgeräten waren an seinem Rükken, seiner Brust und seinem rechten Fuß befestigt. Der weiche Flaum, der seinen Kopf bedeckt hatte, war abrasiert worden. Fünf Punktionswunden legten stummes Zeugnis von Venen ab, die geplatzt waren, bevor man den zweiten intravenösen Schlauch an seinem Kopf befestigt hatte. Ein Mullrechteck bedeckte seinen Bauch. Ansonsten war er nackt.

»Was ist passiert?« fragte Chris und hielt sich dabei, eine Stütze suchend, am Bett fest. »Es ging ihm doch so gut.«

»Wir waren genauso überrascht wie Sie«, antwortete Trudy. »Als meine Schicht zu Ende war, war noch alles in Ordnung. Als ich am Abend wieder da war, hatte die Infektion bereits auf das Blut übergegriffen. Als man ihn schließlich in die Chirurgie brachte ... war er schon furchtbar krank.«

Chris war lange genug in der Intensivstation gewesen, um zu wissen, daß »furchtbar krank« eine freundliche Umschreibung für »dem Tod nahe« war. Sie legte eine Fingerspitze in Kevins Hand. Er reagierte nicht. »Was hat der Chirurg gesagt?«

»Es ist wohl besser, wenn Sie selbst mit ihm sprechen.«

»Bitte«, sagte Chris, »ich muß es *jetzt* wissen.«

Irgendwo von der anderen Seite des Zimmers rief eine Schwester leise »Intravenöse Werte«. Trudy prüfte die Zahlen auf den Geräten, die vor Kevin standen, notierte sie in einem Diagramm und wandte sich wieder Chris zu. »Er sagte, es gibt eine gute und eine schlechte Nachricht. Die gute Nachricht ist, daß er nur zwei kleine Teile von Kevins Darm herausnehmen mußte.«

»Und die schlechte?« fragte Chris.

»Der ganze Darm war infiziert.«

»Was bedeutet das?«

»Wir wissen nicht, wieviel zerstört wurde, bevor wir nicht eine zweite Operation durchgeführt haben.«

Chris blickte erst Trudy, dann Kevin und schließlich wieder die Schwester an, als ihr allmählich klar wurde, was das bedeutete: »Aber, er kann doch gar nicht überleben ohne ...« Sie konnte den Satz nicht zu Ende sprechen.

»Wo sind seine neuen Eltern?« fragte Trudy sanft.

»Sie haben beschlossen, daß sie ihn doch nicht wollen.«

»Ich verstehe.«

»Das ist schon in Ordnung«, sagte Chris. »Wir brauchen sie nicht, nicht wahr, Kevin?« Ihre Augen waren mit Tränen gefüllt, sie sah alles verschwommen. Die harte Realität sah weicher aus. Sie beugte sich über das Tischchen und küßte Kevins Schläfe. »Ich bin es, Kevin,« flüsterte sie. Wie eine Reaktion auf ihre Stimme schloß sich seine Hand um ihren Finger. »Ich bin es, Chr ..., nein Kevin«, sagte sie und spürte, wie nun endlich ihre Welt ins Gleichgewicht kam, »ich bin es, Mama.«

7

Chris steckte die fünfte Kerze in das Bullauge der segelschiffförmigen Torte, die sie heute morgen für Kevin gebacken hatte. Die Woche zuvor hatte sie ihn auf eine Geschäftsreise nach San Francisco mitgenommen und all die Schiffe in der Bucht, vor allem die »mit weißen Spitzen«, hatten ihn fasziniert. Als sie durch das Küchenfenster einen Blick in den Garten warf, sah sie, daß die Gartenschläuche schon nicht mehr dazu benutzt wurden, die beiden Planschbecken zu füllen. Fast wie zu erwarten, war das Fest zu einer Wasserschlacht geworden, bei der Kevin und Tracy zusammen gegen alle anderen kämpften. Zwei gegen vier. Ganz schön ungerecht. Chris lächelte. Sie hoffte, daß Kevin und Tracy gnädig mit ihren Gegnern umspringen würden.

Sie hörte einen lauten Schrei, gar nicht wie der eines Kindes. »So, jetzt reicht es!« schrie eine Frauenstimme. »Keine Rücksichten mehr!«

Diese Drohung wurde von gellendem Gelächter beantwortet. Chris widmete sich wieder der Torte. Sie mußte nicht weiter hinausschauen, um zu wissen, was passiert war. Es war natürlich Mary Hendrickson, die sich in das Kampfgetümmel gestürzt hatte.

Mary war ein besonderer Mensch. Sie hatte die Umgangsformen einer Frau, die im Haus einer hochgestellten Persönlichkeit aufgewachsen ist, was auch tatsächlich der Fall war. Sie konnte mit unglaublicher Selbstsicherheit in eine Feuerwehrwache hineinspazieren, die voller Männer war, die sie noch nie gesehen hatte, und dabei ganz gelöst sein. Das kam häufiger vor, nämlich immer dann, wenn ihr Mann, der Feuerwehrhauptmann war, die Feuerwehrwache wechselte. Gleichzeitig besaß sie aber die Fähigkeit, sich um fünfundzwanzig Jahre zu verjüngen, sich hinzuknien und mit dem nächstbesten Kind Verstecken zu spielen.

Sie war nicht einmal 1,60 m groß, hatte langes schwarzes Haar, das sie fast immer in einem Pferdeschwanz trug, und die Geschmeidigkeit eines Läufers. Ihr wesenseigener Optimismus hatte ihr über einige schwere Momente hinweggeholfen. Bei einem dieser Momente war auch Chris dabeigewesen, dem Tod ihrer zwei Monate alten Tochter, der Zwillingsschwester von Kevins bester Freundin Tracy.

Auf eine bestimmte Art und Weise wurde bei Kevins Geburtstagsfeier die Freundschaft zwischen Chris und Mary gefeiert. Nachdem sie sich vor fünf Jahren eine Woche lang täglich beim Betreten und Verlassen der Intensivstation begegnet waren, hatte Mary Chris eines

Tages angehalten und gefragt, ob sie mit ihr nicht eine Tasse Kaffee trinken wolle, sie bräuchte jemanden mit dem sie sprechen könne, der dasselbe wie sie durchmachte und der wirklich verstand, was das bedeutete. Chris war mitgegangen und dachte, daß sie Mary damit geholfen habe. Erst viel später hatte sie erkannt, daß sie damals diejenige gewesen war, die Hilfe empfangen hatte und nicht umgekehrt.

Mary war ein Geschenk des Himmels während der scheinbar endlosen Monate, die Kevin im Krankenhaus verbracht hatte. Sie gab Chris neue Zuversicht, wenn diese schon nicht mehr das Licht am Ende des Tunnels sah. Sie bestand darauf, daß Chris zum Essen zu ihr kam, als diese zusehends magerer wurde, und fand sogar ein möbliertes Appartement für sie, als Chris langsam klar wurde, daß sie nicht mehr nach Denver, zu ihrer Wohnung und ihrer Arbeit, zurückkehren könne und daß der Bruch zwischen ihr und Harriet nicht mehr zu kitten war.

Die Hintertür knallte, und Chris wachte aus ihren Tagträumereien auf. »Wie lange brauchst du denn, um fünf Kerzen in die Torte zu stecken?« fragte Mary, die sich gerade ein Handtuch um die Haare wand.

»Brauchst du jetzt schon Verstärkung?«

»Ach was. Ich möchte nur nicht, daß du dir den Spaß entgehen läßt.«

»Danke, ich verzichte. Irgend jemand muß hier ja Erwachsener spielen.«

Mary öffnete den Kühlschrank und holte das Eis heraus. »Gottseidank muß ich das nicht«, sagte sie und grinste. Das Läuten der Türglocke war im Wohnzimmer zu hören. »Erwartest du noch jemanden?«

Chris schüttelte den Kopf. »Patty Gorwalt war eingeladen, aber sie ist heute morgen mit Fieber aufgewacht und konnte nicht kommen.«

»Soll ich hingehen?«

»Wenn es dir nichts ausmacht.« Sie wollte gerade die Torte nehmen. »Nein, warte. Mir ist gerade eingefallen, daß Linda gesagt hat, wenn sie Informationen zu dem neuen Kunden erhält, den sie mir vermitteln will, dann würde sie sie mir noch heute nachmittag per Kurier schicken. Das ist er wahrscheinlich.« Sie stellte die Torte wieder auf die Arbeitsplatte. »Warum verteilst du nicht ein paar Handtücher und holst alle an den Tisch? Ich erwarte viel Beifall, wenn ich gleich die Torte bringe.«

»Du ziehst wieder eine Show ab!«

Chris seufzte gespielt. »Was soll ich sagen? Es steckt mir nun mal im Blut.«

»Im Blut? Nur weil irgendeine deiner Urgroßmütter Cancan vor einer Horde geiler Bergleute getanzt hat?«

Chris ging ins Wohnzimmer. »Nicht jeder kann von den Mayflower-Leuten abstammen.« Lachend fügte sie hinzu: »Obwohl es, weiß Gott, viele versuchen.« Sie hatte gerade die Tür erreicht, als es noch mal läutete.

In der Erwartung, jemanden, der lächelte und eine Uniform trug, vorzufinden, war sie zunächst sprachlos, als sie einem ernst aussehenden, ihr irgendwie vertraut vorkommenden Mann in einem teuren Maßanzug gegenüberstand. Obwohl ihre Shorts und ihr rückenfreies Oberteil der drückenden Hitze sicher angemessener waren, kam sie sich doch auf eine peinliche Weise »unterbekleidet« vor. Aber es dauerte nur Sekundenbruchteile, bis sie wieder die Fassung gewann und den Mann, der sie ganz offen musterte, einschätzte und erkannte.

Angesichts der Tatsache, daß das Foto von Mason Winter in den vergangenen drei Jahren unzählige Male auf der Titelseite des Wirtschaftsteils des *Sacramento Bee* gestanden hatte, wunderte es Chris, daß sie ihn nicht gleich erkannt hatte. Andererseits mußte sie zugeben, auch wenn ihr dies schwerfiel, daß die Fotos ihm nicht gerecht geworden waren. Leider, aber so war es nun einmal. Irgendwie brachte es die Natur nicht fertig, charakterlich vollkommene und gleichzeitig gutaussehende Männer zu schaffen. Je besser ein Mann aussah, desto charakterloser war er, so war es nun einmal.

Chris schob die Hände in die Taschen ihrer Shorts und lehnte sich gegen den Türrahmen: »Was kann ich für Sie tun?« fragte sie.

»Ich suche Christine Taylor.«

Er war also doch an der richtigen Adresse. War das vielleicht der neue Kunde, von dem Linda gesprochen hatte? Chris überlegte kurz. Unmöglich. Die Werbeagentur Chapman & Jones war zwar auf dem Weg nach oben, aber sie war immer noch eine Nummer zu klein, um Kunden wie Winter Construction zu bedienen. Noch unmöglicher schien ihr der Gedanke, daß sie einen solchen Auftrag an eine Freiberuflerin wie sie vergeben würden. Obwohl sie ihren Job mochte, machte sie sich keine Illusionen über ihre Position gegenüber der Agentur. Die Arbeit für Chapman & Jones war die ideale Lösung für ein, wie es ihr ehemals erschienen war, übermächtiges Problem. Sie erlaubte ihr, für den Lebensunterhalt zu sorgen und trotzdem zu Hause bei Kevin zu sein. Sie würde nie reich sein und würde sich auch nie als Führungskraft eines Unternehmens bezeichnen können, aber dafür durfte sie Kevins erste Schritte sehen und sein erstes Wort hören. Das war mehr wert als jeder berufliche Aufstieg und jeder hohe Verdienst.

»Ich bin Christine Taylor.« Ihre Stimme änderte sich, vielleicht sogar ihre Haltung. Angesichts der entfernten Möglichkeit, daß er doch der neue Kunde sei, schien es wenigstens angebracht zu sein, ihm ein wenig entgegenzukommen.

»Mason Winter.« Seine Augen verengten sich, als er sie prüfend ansah, ihr die Hand schüttelte. »Ich hab' Sie mir ganz anders vorgestellt.«

»Nun, das müssen Sie entschuldigen.« Sie hätte Linda dafür erwürgen können, daß sie sie nicht vor seinem Besuch gewarnt hatte. »Ich würde ähnlich denken an Ihrer Stelle.« Er reagierte nicht, wie sie erwartet hatte. »Warum kommen Sie nicht herein, so daß ich Ihnen ein paar Arbeiten zeigen kann, die ich für andere Kunden gemacht habe? Wenn Sie dann immer noch der Ansicht sind, daß ich nicht in der Lage bin, für Sie tätig zu werden, wird die Agentur jemand anders benennen.«

Er zögerte, wollte etwas sagen, änderte dann aber doch seine Meinung. »In Ordnung«, sagte er schließlich.

Chris trat auf die Seite, um ihn einzulassen. Sie blickte auf, als er an ihr vorüberging. Sie wollte ihn beruhigend anlächeln, aber es gelang ihr nicht. Es war etwas Unheimliches, etwas Vertrautes an ihm. Das hatte nichts damit zu tun, daß sie sein Bild aus der Zeitung kannte. Sie fühlte sich unwohl. Zuerst dachte sie, es seien seine Augen, dann meinte sie, daß es wohl seine Art, sich zu bewegen, sei. Als er im Haus war und sich umdrehte, um zu sehen, ob sie ihm folgte, änderte sie ihre Meinung wieder und kam zu dem Schluß, daß sein ganzes Auftreten ihr das Gefühl gab, ihm schon einmal begegnet zu sein.

»Machen Sie es sich bequem«, sagte sie und wies auf einen Stuhl. »Ich werde gleich –« Ein spitzer Schrei ließ sie abbrechen. Sie blickte kurz nach hinten, in den Garten. Sie erkannte schnell, daß es sich um einen Schrei der Entrüstung und nicht des Schmerzes handelte, und zuckte die Achseln. »Es tut mir leid. Aber hinten im Garten findet gerade eine Feier statt. Es dürfte sehr schwierig sein, heute auch nur halbwegs vernünftig etwas Geschäftliches zu besprechen. Entschuldigen Sie, Mr. Winter, aber ich glaube, daß es sowohl für mich wie auch für Sie besser wäre, wenn wir unser Treffen auf einen anderen Tag verschöben.«

Sie hatte seinen Blick gleich richtig gedeutet und sah keinen Sinn darin, den Rest von Kevins Geburtstag wegen eines verlorenen Auftrags zu verpassen. Sobald er sich verabschiedet hätte, würde sie Linda anrufen und ihr mitteilen, was geschehen war. Mit ein wenig Glück würde es Linda gelingen, ihn in seinem Büro zu beruhigen und so den Auftrag zu retten. Dann sollte sie auch mal mit Linda ein Wort darüber reden, ohne Ankündigung Kunden bei ihr vorbeizuschicken.

»Was genau wird denn da hinten gefeiert?« fragte er.

»Ein Geburtstag. Mein Sohn wird heute fünf Jahre alt.« Sie machte einen Schritt zur Ausgangstür hin. »Wenn Sie mich jetzt entschuldigen wollen, ich werde erwartet.«

Er rührte sich nicht vom Fleck. »Sie sehen überhaupt nicht wie Diane aus«, sagte er ruhig.

Sie mußte erst einmal überrascht Luft holen. Ihr wurde ganz kalt. »Wer sind Sie?«

»Ich habe es Ihnen doch gesagt – Mason Winter.« Er wartete einen Augenblick.

»Soll das mir irgend etwas sagen?«

Seine Augen wurden schmaler. »Entweder sind Sie 'ne tolle Schauspielerin, oder Sie wissen wirklich nicht, wer ich bin. Was von beiden trifft denn nun zu?«

»Warum sollte ich …«

Die Küchentür knallte. »Mom, wo bist du?« fragte eine Kinderstimme.

Ein Gefühl unbegreiflicher, unerklärlicher Angst durchzuckte sie. Aus irgendeinem Grund, den sie nicht verstand, war es furchtbar wichtig, daß Kevin nicht hereinkam. »Geh nach draußen, Kevin. *Sofort.*«

Wie nicht anders zu erwarten, kam er nun ins Zimmer. »Warum denn?«

»Das geht dich nichts an«, sagte sie streng. »Tu, was ich dir gesagt habe.« Das waren Worte, die sie von ihrer Mutter kannte. Sie hatte sich geschworen, solche Worte nie zu gebrauchen. Sie sah Mason Winter an und bemerkte, wie er Kevin mit einem durchdringenden, rätselhaften Blick anstarrte. Es war, als ob sie gar nicht existiere, als ob die Welt sich auf den Mann und den Jungen reduziert hätte.

»Aber wir warten alle auf die Torte«, protestierte Kevin und zerrte am Kragen des T-Shirts, das er verkehrt herum und mit der Vorderseite nach hinten angezogen hatte. Schließlich gab er auf und zog es wieder aus.

»Dann holt euch die Torte. Sag Tante Mary, sie soll schon mal anfangen und die Torte anschneiden. Ich bin gleich bei euch.«

Als Kevin endlich wieder draußen war, sah sie Mason Winter an. »Ich weiß nicht, warum Sie heute hierhergekommen sind. Ich möchte, daß Sie gehen. Und zwar jetzt gleich.«

»Damit werden Sie bei mir genausowenig Erfolg haben wie bei ihm«, sagte er ganz ruhig. Sein Blick schien sie zu durchbohren. »Sie sind nicht diejenige, die mir den Brief geschickt hat, oder?«

Diese Frage machte sie ungehalten. »Ich weiß nicht, wovon Sie reden. Was für ein Brief?«

»Dianes Brief.«

Um sich herum nahm sie nichts mehr wahr. Alles, was sie sah, war dieser Mann, der drohte, ihre friedliche Existenz zu zerstören.

»Was wissen Sie über Diane?«

»Mein Gott«, sagte er. »Ist es möglich, daß Sie wirklich nichts von dem Brief wissen?«

»Was für ein Brief?« schrie sie ihn fast an.

Er griff in die Brusttasche seiner Jacke, nahm einen Umschlag heraus und hielt ihn ihr hin. Sie starrte das Stück Papier an, sah die nicht abgestempelte Briefmarke darauf und bemerkte die Schrift. Die eleganten Bögen und Schwünge waren ein Merkmal von Dianes einzigartiger Schönschrift gewesen. Sie spürte einen stechenden Schmerz, so stark wie keinen anderen in den letzten fünf Jahren. »Wo haben Sie das her?«

»Es wurde mir zugeschickt.«

Sie wollte schon nach dem Umschlag greifen, zog dann aber ihre Hand zurück. Irgend etwas in ihr wehrte sich dagegen, seinen Inhalt zu erfahren. »Warum bringen Sie ihn mir jetzt erst, nach so langer Zeit?«

»Ich hoffte, Sie könnten mir eine Antwort darauf geben.« Er nahm ihre Hand und zwang sie, den Brief zu ergreifen.

Sie mußte schlucken. »Ich weiß nicht, warum Sie glauben, daß ich …«

»Lesen Sie ihn«, beharrte er.

Ihr Instinkt befahl Chris, Mason Winter mitsamt dem Brief hinauszuwerfen. Was immer Diane geschrieben haben mochte, es war in einer anderen Zeit gewesen. Es hatte heute keine Bedeutung mehr. Fast ein halbes Jahrzehnt war verstrichen. Man hatte einen neuen Präsidenten gewählt. Das Space Shuttle flog wieder. Lieder waren geschrieben worden, hatten die Hitparaden gestürmt und waren wieder in der Versenkung verschwunden. Was konnte in einem fünf Jahre alten Brief stehen, das heute von Bedeutung sein würde?

Aber diese an und für sich vernünftigen Gedanken vermochten nicht, sie zu beruhigen. Sie öffnete den Umschlag und holte ein einzelnes Blatt heraus. In der oberen rechten Ecke stand das Datum – eine Woche bevor Diane gestorben war. Plötzlich fiel Chris ein, daß auf dem Couchtischchen, auf dem sie die angebissenen Kekse gesehen hatte, auch eine Schachtel mit Briefpapier gelegen hatte, gelb, mit ein paar Narzissen in der Ecke, so wie das Blatt, das sie in der Hand hielt. Ihr Blick glitt über das Papier.

Liebster Mason,

es gibt so viel, was ich Dir zu sagen hätte, aber mir bleibt so wenig Zeit. Ich habe versucht, Dich bei der Arbeit zu erreichen, aber Deine Sekretärin sagte mir, Du seiest außer Landes und wärest erst in zwei Wochen zurück. Ich fürchte, daß mir nicht so viel Zeit bleiben wird, mein Liebling. Es fällt mir schwer einzugestehen, daß ich mich geirrt habe, vor allem in diesem Fall, aber ich kann die Wahrheit nicht länger vor Dir verbergen. Ich liege im Sterben. Das Happy-End, das ich vorgesehen hatte, wird es nicht geben. Ich werde nie vor Deiner Haustür stehen, mit dem Baby im Arm, geheilt vom Krebs, um Dir zu sagen, daß ich nie, auch nur eine Minute, aufgehört habe, Dich zu lieben.

Mein Abschied war eine Lüge. Es tut mir so leid, daß es geschehen war – für uns beide. Es tut so weh, an all die kostbare Zeit zu denken, die verschwendet ist, die wir hätten zusammensein können. Aber als ich Dich verließ, sah ich keine andere Möglichkeit. Ich dachte, ich sei unbesiegbar, aber ich bin es nicht. Ich bin ein ganz gewöhnlicher Mensch. Und ich bin sterblich. Meine Gebete sind jetzt für Dich und das Baby. Je länger ich am Leben bleiben kann, desto bessere Chancen hat es.

Anstatt Dir Schmerz zu ersparen, habe ich ihn verdoppelt. Aber ich weiß, daß Du, wenn ich bei Dir geblieben wäre, mir nie erlaubt hättest, das Kind auszutragen. Du siehst, ich hatte also nie eine andere

Wahl. Wie konnte ich das Leben unseres Kindes beenden, um mein eigenes zu retten, vor allem, wenn ich felsenfest davon überzeugt war, daß es gar nicht notwendig war? Ich muß Dir schreiben, um Dir zu sagen, wie sehr ich Dich liebe, und um in Dir die bittere Erinnerung an meinen Abschied auszulöschen. Ich würde Dir diesen Brief nicht jetzt erst schreiben, wenn es nicht wegen des Babys wäre. Du wirst ein wunderbarer Vater sein …

Chris konnte nicht mehr weiterlesen. Sie spürte einen schweren Klumpen in ihrem Magen. Plötzlich schien dort kein Platz mehr zu sein für die Hot Dogs, die Cola und die Chips, die sie vor kaum einer Stunde gegessen hatte. Sie hielt die Hand vor den Mund, als sie aufblickte und sah, daß Mason sie beobachtete.

»Sie wußten schon, was in dem Brief stand, nicht wahr?« fragte er.

»Nein«, antwortete sie. Aber es klang nicht sehr überzeugend.

»Sie haben das schon in dem Augenblick erkannt, als Sie die Tür öffneten.«

»Nein«, sagte sie, ihre Stimme wurde lauter.

»Ich bin Kevins Vater.«

»Nein …« Dieses Mal klang sie wütend. Aber Mason Winter antwortete ihr mit entschlossener Stimme: »Ich bin wegen meinem Sohn gekommen.«

8

Mason sah den Schmerz auf Chris' Gesicht und erkannte, daß sie ihm wahrscheinlich leid getan hätte, wenn er sie nicht so sehr hassen würde. Was sie ihm weggenommen hatte, war nicht wiedergutzumachen: fünf Jahre des Lebens seines Sohnes. Wegen dieser Frau waren Kevin und er Fremde. Alles, was sie beide verband, war die Tatsache, daß sie sich ähnlich sahen. Nachdem der erste Schock nach dem Erhalt von Dianes Brief abgeklungen war, hatte er einen Detektiv engagiert, um seinen Sohn zu finden. Diese Aufgabe hatte sich als überraschend leicht erwiesen. Innerhalb von nur einer Woche hatte Mason den Bericht auf seinem Schreibtisch. Dieser enthielt auch ein mit einem Teleobjektiv aufgenommenes Foto eines dunkelhaarigen kleinen Jungen vor einem gelben, mit Schindeln gedeckten Haus. Er stand auf einem gepflegten Rasen und rief irgend jemandem, der sich links von ihm befinden mußte, etwas zu. Das Foto war etwas unscharf, aber die Ähnlichkeit zwischen Vater und Sohn war unverkennbar.

Mason hatte das Foto tagelang betrachtet. Er hatte es überallhin mitgenommen, sah es sich zwischen Sitzungen an, stellte es auf den Nachttisch, bevor er zu Bett ging, damit es das erste sei, was er am Morgen sehen würde. In Gedanken durchlebte er noch einmal seine Monate mit Diane, verspürte immer wieder die Freude, die sie zusammen erlebt hatten, und den Schmerz und die Verwirrung, die er gefühlt hatte, als sie ihn verlassen hatte.

Immerhin hatte er nun die Antworten auf all die Fragen, die ihn schon fast sechs Jahre gequält hatten. Er verstand endlich, warum sie ihn verlassen hatte. Wenn nur der Umstand, daß er sie nun verstand, alles leichter machen würde.

Natürlich hatte sie recht gehabt. Hätte er von ihrem Krebsleiden gewußt, er hätte darauf beharrt, daß sie alles tun müsse, um ihr Leben zu retten. Er hatte das schon einmal durchgemacht, mit jemandem, den er auch geliebt hatte. Er hätte das nicht noch einmal mitmachen wollen. An das Kind würde er zuallerletzt gedacht haben.

Aber jetzt, wo er sah, was für ein gesunder Junge Kevin mit seinen strahlenden Augen geworden war, war er sich nicht mehr so sicher.

Er schüttelte sich in Gedanken, verbannte die Erinnerungen an ihren Platz. »Ich hätte nicht einfach so hierherkommen sollen«, sagte er zu Chris.

»Ich verstehe Ihre Neugier wegen Kevin«, sagte sie, immer noch argwöhnisch, aber doch schon eine Spur entspannter. »Ich nehme an, daß es unter diesen Umständen nicht verwunderlich ist, daß Sie ihn sehen wollten. Nun, da Sie das getan haben, werden Sie sicher auch verstehen, daß nach all der Zeit kein Platz für Sie in seinem Leben ist. Er hat eine gesicherte normale Existenz, genau das, was jeder Fünfjährige braucht. Wenn ich Ihnen erlauben würde, nach all dieser Zeit in sein Leben zu treten, würden Sie ihn mir wegnehmen und seine Welt auf den Kopf stellen. Ich kann und werde das nicht zulassen.«

Mason fragte sich, ob sie Angst vor ihm hatte oder sich über sein plötzliches Auftauchen ärgerte.

Sein Zorn flammte erneut auf. »Hören Sie, gute Frau, glauben Sie im Ernst, daß Sie mich so leicht loswerden? Meinen Sie, Sie brauchen nur mit der Hand zu winken und ich verschwinde?«

»Nun, wenn das nicht reicht, dann eben etwas anderes. Was immer nötig ist, ich werde es tun.« Chris war offensichtlich stark erregt, als sie nach dem Telefon griff, das auf dem Tisch neben dem Sofa stand.

»Die Polizei«, fuhr sie fort, »muß ich die Polizei anrufen, damit Sie von hier verschwinden? Glauben Sie keine Sekunde, daß ich sie nicht rufen würde. Eins muß Ihnen klar sein, Mr. Winter: Kevin gehört mir.« Nun klang auch ihre Stimme erregt. »Es ist mir egal, wie berechtigt Ihr Anspruch ist. Ich bin nicht bereit, auch nur den kleinsten Teil von ihm abzugeben, schon gar nicht an einen Mann, der das soziale Gewissen eines Donald Trump und die Moralvorstellungen einer Leona Helmsley hat.«

Er nahm ihr den Telefonhörer ab und legte ihn wieder auf die Gabel. »So, jetzt wissen wir also, was Sie in der Zeitung über mich gelesen haben. Ich wünschte nur, daß der Bericht, den ich über Sie habe, ebenso gründlich wäre. Leider hat der Detektiv nichts davon erwähnt, daß Sie sehr theatralisch sein können.«

»Sie haben einen Bericht über mich?« fragte sie entrüstet. »Was gibt Ihnen das Recht …«

»Sie haben mein Kind gestohlen. Ein besseres Recht kann man wohl nicht haben.«

Verdammt noch mal, sie behandelte ihn wie einen Gammler, der zufällig hereingeschneit kam. War ihr nicht klar, daß sie in den vergangenen fünf Jahren seinen Sohn aufgezogen hatte?

»Sie halten mich für theatralisch?« kam es wie aus der Pistole geschossen. »Ich habe Ihren Sohn nicht gestohlen, Mr. Winter. Diane hat mich gebeten, ihn anzunehmen.«

»Ach? Wann denn? Soweit ich weiß, verstarb sie, bevor Sie das Krankenhaus erreichten.«

Sie trat einen Schritt zurück, ihren Mund vor Erstaunen geöffnet. »Wer hat Ihnen das gesagt? Hat Ihr Detektiv auch herausgefunden, was ich zu Diane gesagt habe, als ich ihre Asche verstreute? Ist auch egal. Ich möchte es gar nicht wissen. Ich bin Ihnen keine Erklärungen schuldig. Die Zeit ist auf meiner Seite. Wenn Kevin Ihnen wirklich etwas wert wäre, hätten Sie sich vor langer Zeit melden müssen. Was haben Sie in den vergangenen fünf Jahren denn gemacht? Wollten Sie abwarten, um sicher zu sein, daß Kevin gesund genug sein würde, um Football spielen zu können?«

Einen kurzen Augenblick lang, als die Wut in ihren Augen aufblitzte, die Art, wie sie ihren Kopf hielt, als sie ihn anschrie, und ihre entschlossene Haltung, da erinnerte sie ihn an Diane. Aber dieser Eindruck war genauso schnell verschwunden wie er gekommen war, und er fragte sich, ob er überhaupt irgend etwas bemerkt hatte. »Der Brief ist erst vor zwei Monaten aufgegeben worden«, sagte er und fragte sich, warum er ihr antwortete. »Es hat fünf Wochen gedauert, bis er mich erreicht hat.«

Ihre Augen wurden schmaler, zweifelnd. »Das verstehe ich nicht. Wo hat er denn die ganze Zeit gesteckt?«

»In den Unterlagen von Harriet Taylor, im Büro ihres Anwalts. Die neue Sekretärin sah einige der alten Akten durch und fand dabei einen Brief, den man vergessen hatte aufzugeben. Sie hat einen Begleitbrief geschrieben, mit dem sie um Verzeihung für die Verzögerung bat.« Er lachte trocken. »Sie sagte sogar, sie hoffe, daß die Verspätung keine Probleme bereitet habe. Die Anwälte konnten sich nicht vorstellen, wie man etwas fünf Jahre verlegen könnte.« Er blickte sie durchdringend an. »Haben Sie eine Ahnung, wie so etwas passieren konnte?«

Chris antwortete nicht gleich. »Ich habe Ihnen schon gesagt, daß ich nichts von der Existenz dieses Briefes wußte.«

Mason spürte, daß ein Wandel in ihr vorging. Er gab sich nicht der Illusion hin, daß sie nachgab. Sie war nur ein wenig zurückgewichen, um neue Kräfte zu sammeln. Das Bild, das er sich zunächst von ihr gemacht hatte, war zu klischeehaft. Aber das war kein Wunder. Schöne Frauen, die wenig zielstrebig waren, gaben gewöhnlich keine ernstzunehmenden Gegner ab. So hatte er Chris eingeordnet. Es hatte nun den Anschein, daß sie das, was ihr an Zielstrebigkeit abging, durch ihren mütterlichen Instinkt mehr als wettmachte.

Er spürte, wie ihm Schweißtropfen den Hals herunterliefen. Kein Wunder bei der verdammten Hitze in diesem Haus ohne Klimaanlage. Er mußte sich bezwingen, nicht seine Jacke abzunehmen und seine Krawatte zu lockern, denn er spürte, daß sie diese kleine Geste als einen Sieg in diesem ersten Scharmützel ausgelegt hätte. Wenn sie die Hitze aushalten konnte, dann konnte er das auch. »Ich nehme wohl an, daß Sie einen Bluttest verlangen werden?« fragte er.

»Sie brauchen verdammt mehr als nur einen Bluttest, um mich ...« Sie beendete den Satz nicht.

»Um Sie was?« hakte er nach.

»Um mich dazu zu bringen, Sie Kevin sehen zu lassen.«

Er trat einen Schritt auf sie zu und blickte auf sie herunter. »Sie scheinen in dem Glauben zu sein, daß Sie eine Wahl haben«, sagte er leise. »Das ist nicht der Fall.«

Sie wich nicht zurück, begegnete seinem Blick entschlossen. »Warum sind Sie heute hierhergekommen? Was wollen Sie eigentlich?«

Nachdem er erfahren hatte, wo sie lebte, war er sogar ein paarmal an ihrem Haus vorbeigefahren, hatte gehofft, einen Blick auf seinen Sohn erhaschen zu können. Sein Anwalt hatte ihm energisch von all dem abgeraten. Heute nachmittag war er auf dem Weg zu einer Baustelle in Carmichael gewesen, einem der Vororte von Sacramento, in denen er baute. Einem plötzlichen Impuls folgend, war er abgebogen. Nachdem er durch das offene Tor das Treiben hinter dem Haus gesehen hatte, hielt er den Wagen an. Bevor er genau wußte, was er tat, war er schon ausgestiegen und ging auf die Haustür zu. »Ich will nur das, was jeder Vater unter derartigen Umständen will: ein gemeinsames Sorgerecht.«

Sie mußte Luft holen, trat einen Schritt zurück. »Sie können nicht … Ich werde nicht …«, stammelte sie. Als sie sich wieder in der Gewalt hatte, sagte sie: »Nur über meine Leiche.«

Er zuckte mit den Schultern. »Sie können gegen mich kämpfen, wenn Sie wollen, aber Sie wissen genausogut wie ich, daß ich gewinnen werde. Ich bin derjenige, dem ein Unrecht angetan wurde. Sie haben mir einen wichtigen Teil im Leben meines Kindes vorenthalten. Wenn Sie Glück haben, werden Sie ihn noch sehen dürfen.« Sein Instinkt sagte ihm, daß nun der richtige Augenblick gekommen sei, um zu gehen. Es war strategisch richtig, sie in dem Glauben zu lassen, er ginge nicht aus Wut, sondern aus ruhigem Kalkül. Sie sollte ihn nur weiter für einen leidenschaftslosen Hundesohn halten. Dieses Image hatte ihm bisher noch nirgendwo geschadet. Warum sollte es ihm nicht auch jetzt dienlich sein? »Denken Sie darüber nach. Überlegen Sie sich, wieviel Sie sich leisten können zu verlieren. Mein Anwalt wird sich bei Ihnen melden.«

Er wollte schon gehen, blieb dann stehen und kam noch einmal zurück. »Warum hat er diese Narbe auf dem Bauch? Wie ist das passiert?«

»Warum fragen Sie nicht auch in diesem Fall Ihren Detektiv?«

Wie hatte er nur glauben können, eine normale Antwort von ihr zu erhalten? Es lagen Lichtjahre zwischen ihnen beiden. Er nickte kurz und wandte sich zum Gehen. Mit jedem Schritt wurde seine Willenskraft schwächer, denn er wollte wenigstens noch einen letzten Blick auf seinen Sohn werfen. Um ihm dieses Kind zu geben, hatte Diane ihr Leben gelassen. Aber es stand zu viel auf dem Spiel, um jetzt eine

Szene zu riskieren. Seine Zeit würde noch kommen, und dann würde er schon einen Weg finden, um Kevin gegenüber all das gutzumachen, was sie verpaßt hatten.

Chris sah, wie Mason Winter die Straße überquerte und in einen gelben Pickup stieg, auf dessen Tür das Zeichen seiner Baufirma stand. In weniger Zeit als ihr abendlicher Spaziergang mit Kevin zu dauern pflegte, war ihre Welt zerschmettert worden. Sie war nicht so wie damals, als Diane gestorben war, in Stücke zerschlagen worden, die man wieder zusammenfügen konnte, sondern in viele kleine Splitter, die nicht mehr zu kitten waren.

Ein Teil ihres Verstandes beharrte darauf, sich hinter dem Irrglauben zu verstecken, daß er log, daß all dies nur Teil eines raffinierten Planes war, irgend etwas von ihr zu erhalten. Aber was für einen Grund könnte ein Mann wie Mason Winter haben, um zu so einer List zu greifen?

Mein Gott, was sollte sie jetzt nur tun? Eine panische Angst schnürte ihr die Kehle zu. Sie fühlte sich dem Ersticken nah. Kevin war ihr Kind, ihr Baby. Mütter geben ihre Kinder nicht fremden Männern, egal, als was sie sich auch bezeichnen mögen. Wie konnte er nur glauben, einfach hereinzuspazieren und ein Kind zu fordern, das er noch nie gesehen hatte, das er nie im Krankenhaus besucht hatte, mit dem er nie zusammen geweint hatte?

Wenn Mason Winter nur jemand wäre, mit dem man vernünftig reden könnte. Was für ein Mann erschien denn wie aus dem Nichts und drängte eine Frau, ihr Kind aufzugeben? Ihre erschreckte Stimme antwortete ihr, daß das nur ein Mann sein konnte, der ein Kind als ein Stück Eigentum betrachtete.

Kevin war ihr Leben. Sie konnte Mason Winter genauso wenig erlauben, ihn ihr wegzunehmen, wie sie ungerührt auf dem Gehsteig verharren könnte, wenn sie sehen müßte, wie Kevin gerade von einem Auto angefahren würde.

Aber, lieber Gott, was konnte sie denn nur tun?

In den vier Jahren, die er nun schon in Sacramento lebte, war Mason Winter zu einem der mächtigsten und einflußreichsten Männer der Stadt geworden. Die Winter Construction Company war nicht einfach auf leisen Sohlen in die Stadt geschlichen. Nein, sie war mit einem Urknall auf der Szene erschienen. An einem Montag war er auf einmal dagewesen und hatte bis zum Ende der Woche alle Mitbewerber bei einem großen Bauprojekt im Stadtzentrum aus dem Feld geschlagen. Er hatte sich Optionen für ausgesuchte Parzellen im nördlichen Teil des Bezirks gesichert, als alle schon geglaubt hatten, dieses Land sei gar nicht mehr zu haben. Jeder kleinere Industriestandort war von Fertigbau-Lagerhäusern überschwemmt worden, auf denen das Zeichen seiner Baufirma stand.

Mason Winter war der erste Bauunternehmer von außerhalb gewesen, der erkannt hatte, daß es in Sacramento einen Land- und Bauboom geben würde. Nur wenige Monate, nachdem er erschienen war, hatten Investoren aus Los Angeles und San Francisco wahrgenommen, daß man in Kalifornien immer noch gute Geschäfte machen konnte. Als der neue Goldrausch einsetzte, war Mason Winter bereit. Er hatte alles in seiner Macht Stehende getan, um den Markt aufzukaufen. Nun brauchte er eigentlich nur noch das Geld zu zählen, das er jeden Tag verdiente.

Chris hatte überall Beispiele seiner Bautätigkeit gesehen, von hochmodernen Bürohochhäusern, die die Silhouette der Stadt fast über Nacht verändert hatten, bis zu den endlosen Reihen von Lagerhäusern mit ihren Betonmauern und der immer gleichen monotonen Architektur, die sogar für die Industriegebiete der Stadt ein Schandfleck waren. Mason Winter befand sich im Clinch mit fast allen Denkmalschutzgruppierungen. Angeblich versuchte er, Politiker einzuschüchtern, die ihm in die Quere kamen. Bekanntermaßen sorgte er dafür, daß sein Name in Verbindung mit allen größeren wohltätigen Werken im Bezirk gebracht wurde. Er wurde in allen Listen der begehrtesten Junggesellen aufgeführt, und sein Name erschien mindestens einmal pro Woche im Wirtschafts- oder Gesellschaftsteil der Zeitung.

Es gab nichts an ihm, was Chris gefiel. Der Gedanke, ihm Kevin zu überlassen, und sei es auch nur für fünf Minuten, machte sie geradezu krank.

Sie wartete hinter dem Fenster, bis sie sah, daß er das Ende der Straße erreicht hatte und um die Ecke bog. Dann ging sie in die Küche. Als sie, unbemerkt von den anderen, an der Drahttür zum Garten stand, hörte sie lautes, wunderbar freies und spontanes Lachen.

Nur einen Meter weiter schien alles so gewöhnlich, so normal zu sein, daß sie fast glaubte, sie müsse nur über die Schwelle treten, um dem Alptraum ein Ende zu bereiten. Sie sah Kevin an. Es war ganz einfach so, daß dieses Kind, das sie inzwischen als ihr eigenes betrachtete, für sie so wichtig zum Leben wie die Luft war. Ihn mit jemanden teilen zu müssen, war so, als ob sie einen Teil von sich aufgeben müßte. Ohne ihren Sohn wäre sie genauso beeinträchtigt wie ohne ihre Arme und Beine.

Recht und Unrecht spielten hier keine Rolle. Es war ihr verdammt egal, wie rechtmäßig Mason Winters Anspruch war – Kevin gehörte ihr.

Wie mußte ihre Mutter sie gehaßt haben, daß sie sich sogar vom Grab aus rächte. In ihrem Wunsch, das letzte Wort zu haben, hatte sie es sogar hingenommen, den Augenblick des Triumphes zu verpassen.

»Chris, was hast du?« fragte Mary. Besorgnis klang aus ihrer Stimme, als sie näher kam.

»Nichts«, antwortete Chris und versuchte instinktiv, sich und ihre Freundin gleichzeitig zu schützen.

»Erzähl mir nicht so einen Blödsinn«, sagte Mary. »Du siehst aus wie ich, als ich die Lebensmittelvergiftung hatte.«

»Ich kann jetzt nicht darüber sprechen. Noch nicht. Ich muß nachdenken.«

Mary öffnete die Drahttür und ging hinein. Sie sah Chris prüfend an. »Sollen wir das Fest bei uns weiterfeiern? John ist jetzt zu Hause. Er wäre glücklich darüber, wenn er weitermachen könnte.«

»Nein, ich möchte nicht, daß Kevin dieses Haus verläßt.«

»Dann werde ich John anrufen und ihn bitten herzukommen.«

Als sie erkannte, daß sie ihrer Freundin Angst einjagte, versuchte Chris ein Lächeln. »Sehe ich so furchtbar aus?« Mary machte sich gar nicht die Mühe zu antworten. Sie nahm den Telefonhörer, sprach ein paar Sekunden, wandte sich dann Chris zu und sagte: »Er ist schon unterwegs.«

Chris starrte immer noch das Kind an, das zum ganzen Sinn ihres Lebens geworden war und fragte: »Von wem hat Kevin die Bert- und Ernie-Puppen?«

»Von Tracy. Von wem sonst? Sie hat sie vor einer Woche ausgesucht?«

Mary stützte sich auf die Arbeitsplatte, sah Chris fest an. »Ich werde so etwas nie mehr tun. So lange ein Geheimnis behalten zu müssen, ging fast über Tracys Kräfte.«

»Wo hast du die Puppen gefunden?« fragte Chris und setzte das Gespräch über dieses völlig unwichtige Thema fort. »Letztes Jahr zu Weihnachten habe ich sie überall gesucht, aber sie waren nirgendwo aufzutreiben.«

Es klopfte kurz an der Tür, dann ein kurzes Quietschen, als sie geöffnet wurde, und schließlich hörte man eine Männerstimme, die rief: »So, da bin ich.«

»Wir sind in der Küche«, sagte Mary. Sie griff nach Chris' Arm. »Los jetzt. Gehen wir zu uns nach Hause. Dort ist es ruhiger.«

Chris sah auf, als John hereinkam. »Hab ein Auge auf Kevin«, sagte sie. »Er soll nirgendwo hingehen.«

John nickte. »Wann soll ich sie alle nach Hause schicken?«

»Du wirst es hören«, antwortete Mary an Chris' Stelle. »Sie können so lange bleiben, wie du sie aushältst und wie sie einander aushalten.«

Auf dem Weg hinaus in den Garten blieb John stehen, legte seinen Arm um Chris. »Du siehst furchtbar aus, Crissy«, sagte er. »Leg die Beine ein wenig hoch, Mary wird dir einen starken Drink machen.«

Chris sah zu, wie John das halbe Dutzend Fünfjähriger um sich sammelte. Kevin klammerte sich sofort an ein Bein, Tracy an das andere. Chris spürte, wie ein starkes Gefühl gegen die Ungerechtigkeit des Schicksals in ihr aufkam. Nach allem, was Kevin geschehen war, konnte er nicht wenigstens einen Vater wie John haben? Es war einfach nicht gerecht.

9

Die über zwölf Meter hohe Ulme in Mary Hendricksons Vorgarten schützte das Wohnzimmer vor der heißen Nachmittagssonne und bot Chris ein kühles, dunkles Refugium. Es war nicht ganz wie eine Höhle, in die man sich zurückzieht, um seine Wunden zu lecken, aber es kam dem doch recht nahe.

Ohne Chris auch nur die Gelegenheit zu geben, abzulehnen, ging Mary direkt in die Küche, holte eine Flasche Grand Marnier herunter und schenkte großzügig in zwei Cognacgläser ein. Als sie zurückkam, reichte sie eines davon Chris. »Wir müssen jetzt nicht reden«, bot sie ihr an. »Aber vielleicht hilft es dir. Mir tut es immer ganz gut.«

Chris hob das bauchige Glas, um den schweren Duft des Orangenlikörs einzuatmen. Ihre Hände zitterten, die Flüssigkeit schwappte an den Seiten hoch. Der Alkohol, der dadurch aufstieg, ließ ihre Augen brennen. Sie blinzelte und merkte, daß sie den Tränen nahe war.

»Verdammt noch mal«, fluchte sie leise, entschlossen, nicht zu weinen. Das letzte, was sie jetzt brauchte, waren eine laufende Nase und rote Augen.

»Ich glaube, wir müssen doch reden.«

Mary legte ihren Arm um Chris und führte sie zum Sofa. »Du siehst aus, als ob du deine beste Freundin verloren hättest«, neckte sie sie ein wenig. »Aber das ist wohl unmöglich, denn ich bin ja hier.«

»Ich muß mir keine Sorgen darum machen, meine beste Freundin zu verlieren«, sagte Chris und setzte sich auf das weiche Kattunsofa. »Es geht um meinen Sohn.«

Mary hielt mitten in der Bewegung inne. »Um Kevin?«

»Es war kein Kurier, der vorhin geklingelt hat. Es war Kevins Vater.«

»Aber, ich dachte ...« Wie betäubt ließ sich Mary in den Stuhl Chris gegenüber fallen. »Wie?« fragte sie. »Oder besser, warum? Warum nach so langer Zeit?«

Chris stellte den Grand Marnier auf den Tisch und lehnte sich nach vorn, die Ellbogen auf die Knie gestützt. »Ich versuche selbst, das alles auf die Reihe zu bringen. Es scheint, daß Diane ihm einen Brief geschrieben hat, in dem sie ihm mitteilt, daß sie ein Baby von ihm bekommen wird. Der Brief ist aber erst vor kurzer Zeit aufgegeben worden. Er wußte nichts von Kevin, nicht einmal, daß es ihn gab. Er hat es erst vor ein paar Wochen erfahren.«

»Wie kam es zu der Verzögerung?«

»Nun, wie ich meine Mutter kenne, würde ich sagen, daß die Informationen in dem Brief nicht in ihre Pläne gepaßt haben.«

»Hey, Moment mal. Was hat denn deine Mutter damit zu tun?«

»Der Brief befand sich in ihrer Akte im Büro des Anwalts.« Sie zuckte hilflos die Schultern. »Sie haben wohl eine Art Frühjahrsputz gemacht und gedacht, daß man es einfach übersehen hatte, den Brief in die Post zu geben.«

Mary stöhnte auf. »Aber warum hat die Sekretärin nicht zuerst dich angerufen? Ich dachte, euer Anwalt ist ein alter Freund der Familie.«

»Es war ein neuer Anwalt. Mutter hatte allen Kontakt zu Paul Michaels abgebrochen, als sie entdeckte, daß er mir dabei half, jemanden zu finden, der Kevin adoptieren würde.«

»Ich verstehe aber immer noch nicht, warum sich der Brief überhaupt in der Akte befand«, sagte Mary. Sie klang niedergeschlagen.

»Ich kann nur raten. Ich glaube, Diane war zu krank, um ihn selbst abzuschicken, also hat sie ihn Mutter gegeben und ihr gesagt, was drinsteht, damit sie auch wüßte, wie wichtig er ist. Als dann Diane starb, bevor ich das Krankenhaus erreichte, sah Mutter die Gelegenheit gekommen, die Dinge zu ihren Gunsten zu manipulieren.« Es war ihr unmöglich, länger sitzenzubleiben. Chris stand auf und begann hin- und herzugehen. »Es ist alles ganz logisch. Diane zu verlieren, war entsetzlich für Mutter.«

»Als sie also erkannte, daß sie wenigstens irgend etwas von ihrer Tochter behalten konnte«, sagte Mary, »nutzte sie die Gelegenheit.«

»Sie wußte, daß man ihr, bei ihrem Gesundheitszustand, niemals das Sorgerecht zusprechen würde ...«

»Und so hat sie dir gesagt, daß es Dianes letzter Wunsch gewesen sei, daß du dich um Kevin kümmerst.«

Chris hörte auf, hin- und herzugehen, nahm das Glas vom Tisch und trank einen Schluck der bernsteinfarbenen Flüssigkeit.

»Was würde ich darum geben, noch einmal fünf Minuten mit meiner Mutter zusammenzusein. Es würde nichts ändern, aber ich hätte gern gewußt, warum sie diesen Brief versteckt hat.« Sie sah Mary etwas verlegen an. »Manchmal verblüfft es mich, wie paranoid ich sein kann. Es ist kaum zu glauben, aber meine erste Reaktion auf das alles war, daß sie es von langer Hand geplant hatte, daß es wirklich ihre Absicht war, mir eines Tages Kevins Vater vorbeizuschicken, um meine Welt auf den Kopf zu stellen. Gottseidank war das nur ein vorübergehender Gedanke. Es mag sein, daß Mutter mich gehaßt hat, aber Kevin hat sie vergöttert. Sie hätte ihm nie so etwas antun können.«

»Vielleicht hat sie den Brief einfach vergessen«, bot Mary an.

»Oder konnte ihn einfach nicht wegwerfen, weil Diane ihn geschrieben hatte.«

»Oder sie hatte vor, ihn Kevin zu geben, wenn er älter war, damit er selbst entscheiden könne, ob er seinem Vater begegnen will.«

Langsam und in Gedanken stellte Chris das Glas wieder auf den Tisch. »Was immer der Grund gewesen sein mag, ich bin sicher, daß sie das hier nicht geplant hat.«

»Vielleicht könnte Madeline uns etwas über die Gründe deiner Mutter sagen.«

Chris schüttelte den Kopf. »Wenn Mutter so etwas tat, dann immer im Geheimen.«

Mary bemerkte, daß ihr Glas einen Ring auf dem Tisch hinterlassen hatte. Sie wischte ihn ab und griff nach einem Untersatz. »Wie ist er eigentlich?« fragte sie und stellte endlich die Frage, die schon die ganze Zeit in der Luft lag.

Chris holte tief Luft. »Er ist eiskalt. Der Typ, der einen Hund überfährt und sich dann über die holperige Straße beklagt. Das einzig Gute, was man über ihn sagen kann, ist, daß er noch nicht im Gefängnis gesessen hat.«

»Woher willst du das wissen? Du hast ihn doch gerade erst getroffen?«

Chris rieb sich den Nacken. »Ich habe wohl etwas Wichtiges ausgelassen. Sein Name ist Mason Winter.«

Mary schnappte nach Luft. »*Der* Mason Winter?« Sie zögerte, ihr Gesichtsausdruck verriet, wie schnell ihr die Gedanken durch den Kopf schossen. »Mein Gott, Chris«, sagte sie, die Augen weit aufgerissen. »Wenn ich jetzt darüber nachdenke, sieht Kevin genau wie er aus.«

»Ich kann mir einfach nicht vorstellen, wie Diane an so einen Kerl geraten konnte. Sie sind sich überhaupt nicht ähnlich. Diane war sanft und sensibel. Sie war ein Mensch ohne Kanten. Sie hätte doch nicht gewußt, was sie mit jemandem wie Mason Winter anfangen sollte.«

»Du klingst so, als ob du ihn analysiert hättest.«

»Na ja, das trifft auch irgendwie zu. Sein Name fing an, im Wirtschaftsteil der Zeitungen zu erscheinen, als ich gerade begann, diese Sparte tagtäglich zu lesen, um bei meinem Job auf dem Laufenden zu sein.« Sie sagte dies mit erstickter Stimme, brach ab und schlang ihre Arme fest um sich, als ob sie den Schmerz nicht herauslassen wollte. »Er steht für all das, was ich ablehne. Was soll ich nur tun, Mary? Der Gedanke, ihm Kevin auch nur für eine Minute, geschweige denn, ein ganzes Wochenende, zu überlassen, ist mir unerträglich.«

Mary stand auf und legte ihre Arme um die Freundin.

»Vielleicht mußt du das gar nicht. Wir können gegen ihn kämpfen.«

»Er würde gewinnen«, entgegnete Chris sofort. »Ich sehe jetzt schon die Schlagzeilen: ›Verzweifelter Vater kämpft um Sorgerecht für sein Kind‹ – ›Die Tricks einer Großmutter‹. Jede Gruppe in diesem Land, die für die Rechte der Väter eintritt, würde sich ihm anschließen. Angesichts dessen und des Einflusses, den Winter in der Stadt hat, habe ich doch überhaupt keine Chance.«

Mary wurde still, nachdenklich. Ihr Gesichtsausdruck wechselte von Bestürzung zu Wut. Schließlich explodierte sie. »Das war doch einfach beschissen, was er gemacht hat. Einfach so aufzutauchen, ohne eine Vorwarnung, als ob du irgendeine gemietete Babysitterin und nicht Kevins Mutter wärst. Was hat er denn erwartet? Solltest du dich für das Mißverständnis entschuldigen und zur Seite treten, damit er seinen so lange verlorenen Sohn mitnehmen kann? Wie kann man nur so skrupellos sein? Kein Wunder, daß du Angst hast.«

»Es ist nicht nur Angst«, gab Chris zu. »Ich bin ganz starr vor Schreck. Mein Gott, Mary, da spaziert ein Fremder in dein Haus hinein und erwartet von dir, daß du ihm dein Kind gibst.«

»Hat er irgendwie merken lassen, daß er erkannt hat, was es für dich und Kevin bedeuten würde, wenn man euch so etwas aufzwingt?«

Chris schüttelte den Kopf. »So wie er sich verhalten hat, glaube ich nicht, daß ihm dieser Gedanke überhaupt gekommen ist.«

»Es sieht so aus, als ob du und Kevin nicht so wichtig sind wie der Umstand, daß man ihn um etwas betrogen hat, was ihm zugestanden hätte.«

Chris bedeckte ihr Gesicht mit den Händen. »Mein Gott, Mary, was soll ich nur tun? So ein Mann darf doch nichts mit Kevin zu tun haben?«

»Ich weiß nicht, was ich dir sagen soll«, antwortete Mary. »Es tut mir leid.«

Chris sah wieder auf. »Der Name Winter paßt zu ihm. Eisblock wäre aber noch besser. Es hat heute weit über vierzig Grad, und er läuft in Anzug mit Krawatte herum, tut so, als ob er am Nordpol sitze.«

Mary lehnte sich zurück, einen fragenden Ausdruck auf dem Gesicht. »Was hat das denn damit zu tun?«

»Ich weiß, daß es komisch klingt, aber die ganze Zeit im Haus – du weißt doch, wie heiß es da drin war, nachdem den ganzen Morgen der Backofen wegen Kevins Torte angewesen war – hat er auch nicht ein bißchen geschwitzt. Ich war kaum fähig, mich zu bewegen, und er war so kalt und berechnend, als ob er einen geschäftlichen Deal durchzieht. Kannst du dir vorstellen, wie so jemand reagiert, wenn Kevin weint, weil ihn eine Biene gestochen hat oder er sich eine Zehe angestoßen hat? Es läßt mich schaudern, wenn ich überlege, was er tun könnte, wenn er herausfindet, daß Kevins bester Freund ein Mädchen ist und daß sie Vater-Mutter-Kind spielen?«

»Wirst du es Kevin sagen?«

Chris zuckte zusammen. »Nein. Zumindest jetzt noch nicht.«

»Was immer du entscheidest, du mußt wissen, daß John und ich hinter dir stehen.«

Chris dankte ihr mit einem Lächeln. Vielleicht kam einmal der Augenblick, wo sie ihre Freunde brauchte, aber sie hoffte, daß das nicht der Fall sein würde. Irgendwie hatte sie das Gefühl, daß Mason Winter ein gefährlicher Feind sein könnte. Je weniger Ziele sich ihm boten desto besser.

An Schlaf war in dieser Nacht für Chris nicht zu denken. Sie wußte, daß es Unsinn war, aber sie hörte die ganze Zeit auf die Autos. Es waren zwar nicht viele, aber doch genug, um sie wachzuhalten.

Nachdem sie eine halbe Stunde im Haus herumgewandert war, nahm sie ein paar Aspirin-Tabletten gegen ihr drohendes Kopfweh. Dann versuchte sie, einen Detektivroman zu lesen, der ihr schon zweimal beim Einschlafen geholfen hatte, aber dieses Mal funktionierte es nicht. Schließlich legte sie das Buch auf die Seite und ging in Kevins Zimmer.

Ihm beim Schlafen zuzusehen, war für sie etwas ganz Vertrautes, etwas, das sie getan hatte, seit er auf der Welt war und das sie immer tun könnte. Sogar nach fünf Jahren hatte sie noch Scheu vor dem Zauber, den er in ihr Leben gebracht hatte. Sie hatte es nie für möglich gehalten, daß man jemanden so lieben könnte, wie sie ihren Sohn liebte, so vollständig, selbstlos und voller Freude. Er verlieh jedem Tag einen Sinn. Sie saß auf dem Rand des Bettes, darauf bedacht, ihn nicht zu wecken. Es genügte ihr, ihm nahe zu sein und sein ruhiges, gleichmäßiges Atmen zu hören. Sie erinnerte sich daran, als seine Brust sich im Rhythmus einer Beatmungsmaschine gehoben und gesenkt hatte. Das pfeifende Geräusch dieser Maschine war ihr fest im Gedächtnis eingegraben, so wie der Anblick von Kevin, als er an das Gerät angeschlossen war. Als er aufgewacht war, hatte er manchmal geweint. Da aber der Sauerstoffschlauch, der zu seinen Lungen führte, gegen seine Stimmbänder drückte, waren es stumme Schreie gewesen. Tag für Tag hatte Chris dieser herzzerreißenden Prozedur zugesehen. Es brach ihr das Herz, zu wissen, daß er Hilfe brauchte und daß sie keine Möglichkeit hatte, ihm diese zu bieten.

Kevin war zweimal an die Beatmungsmaschine angeschlossen gewesen, und zwar nach jeder Operation. Sie dachte, daß es beim zweiten Mal leichter sein würde, da sie schon wußte, was auf sie zukam. Statt dessen lernte sie das, was alle Eltern irgendwann einmal lernen: die Erfahrung ist kein Schutz vor Schmerz, wenn das eigene Kind betroffen ist.

Zum Glück erinnerte nur sie sich an den Alptraum der Zeit im Krankenhaus. Kevin hatte keine Erinnerung an die fünfeinhalb Monate, die er in der Frühgeborenen-Intensivstation verbracht hatte, obwohl er dort gelernt hatte zu lächeln und zu lachen, zu lallen und Wutanfälle zu bekommen. Er mußte seitdem noch dreimal ins Krankenhaus, aber er hatte diese Aufenthalte gelassen ertragen, als ob sie nichts Besonderes seien, und Chris hatte versucht, zu ihrem wie auch zu seinem Wohl, es ihm gleichzutun.

Die sechs Stunden, die sie nach seiner Geburt täglich an seinem Bett verbracht hatte, waren zwanzig Stunden geworden, als sie wieder aus Denver zurückgekehrt war. Sie hatte fast zehn Kilo abgenommen. Die Krankenschwestern brachten ihr etwas zu essen, und John und Mary bestanden darauf, daß sie das ohnehin kaum benutzte Zimmer im Motel aufgab und bei ihnen zu Hause übernachtete, bis Mary für Chris ein möbliertes Appartement fand.

Die Wainswright-Brauerei hatte ihr die Stelle mehr als zwei Monate lang offengehalten, immer wieder besorgt angerufen und ihr Arbeit ins Krankenhaus geschickt. Schließlich, als Chris klar wurde, daß es keine schnellen und leichten Lösungen für Kevins Probleme geben würde, hatte sie gekündigt. Noch ein weiterer Monat verging, bevor sie erkannte, daß sie nie mehr nach Denver zurückkehren würde. Sie bot ihre Eigentumswohnung zum Kauf an. Es bestand kein Zweifel darüber, daß Kevin mehrerer Jahre Behandlung seitens der Ärzte bedurfte, die sich bisher um ihn gekümmert hatten und die mit seinem Fall vertraut waren. Diese Erkenntnis hatte jeden Gedanken verbannt, in absehbarer Zukunft Sacramento zu verlassen.

Die Entscheidung, all das aufzugeben, wofür sie gearbeitet hatte, war ihr nicht einmal annähernd so schwer gefallen wie sie geglaubt hatte. Der Aufenthalt in einer Intensivstation, wo es jeden Tag um Leben oder Tod ging, war etwas ganz anderes. Es war Chris unmöglich, ihrer beruflichen Laufbahn auch nur annähernd diese Bedeutung zuzuschreiben. Beruflicher Aufstieg erfolgreiche Kampagnen und Augenblicke der Zufriedenheit über eine gut gemachte Arbeit verblaßten neben dem Gefühl, das sie empfand, als Kevin sie ansah und zum ersten Mal lächelte. Keiner ihrer beruflichen Triumphe war so tief empfunden oder so schwer verdient wie der Tag, an dem Kevin nach sechs Monaten im Krankenhaus nach Hause kam. Er wog nicht einmal ein Pfund für jeden Monat, den er bis dahin gelebt hatte.

Harriet und Madeline waren mehrmals in der Woche ins Krankenhaus gekommen, blieben aber nie mehr als eine halbe Stunde. Chris war so augenscheinlich auf Kevin konzentriert, daß sie gar nicht bemerkte, wie die Gesundheit ihrer Mutter verfiel. Drei Tage vor dem Erntedankfest versuchte Chris, die ihre Mutter seit über einer Woche nicht mehr gesehen hatte, sie anzurufen.

Madeline nahm den Hörer ab und sagte Chris, daß Harriet vor einer Woche mit starken Schmerzen ins Krankenhaus eingeliefert worden sei. Die Röntgenaufnahmen zeigten, daß drei Wirbel gebrochen waren. Das war das Ergebnis der Knochendegeneration infolge der immer weiter fortschreitenden Arthritis. Harriet hatte Madeline gebeten, Chris nicht zu sagen, was passiert sei, solange es nicht absolut nötig wäre. Chris hatte nicht gewußt, ob dies ein Akt der Rücksichtnahme oder des Trotzes war. Beide Möglichkeiten stimmten sie traurig.

Sie versuchte, ihre Mutter jeden Tag zu besuchen, aber die Zeit, die sie zusammen verbrachten, war für beide eine Qual. In einem seltenen Augenblick der Aufrichtigkeit gestanden sie sich beide ihr Unbehagen zu und einigten sich darauf, daß es am besten sei, die Besuche auf einmal wöchentlich zu beschränken und täglich zu telefonieren, um über Kevins Zustand zu sprechen. Chris achtete immer darauf, das Gespräch zu beenden, bevor es zu einem Streit kommen konnte, so daß sie beide den Glauben bewahren konnten, daß sie besser miteinander auskamen.

Harriet war in winzigen Schritten während der nächsten beiden Jahre gestorben. Sie ließ sich von einer Klinik in die nächste überweisen, bis sie schließlich kein Geld mehr hatte. In dem verzweifelten Kampf um ihr Leben wurde es sogar für die Ärzte und Schwestern immer schwieriger, mit ihr umzugehen. Schließlich hatte sie sich alle entfremdet, die versucht hatten, ihr zu helfen, einschließlich der treuen Seele Madeline. Sie vertrieb sie alle mit ihrem Zorn und ihrer Verbitterung. Durch ihren Tod gelang ihr noch einmal, was sie im Leben nicht vermocht hatte: fast einhundert Freunde zu versammeln, die ihr Respekt zollten. Es war das erste Mal in Jahren, daß sie sich Harriet nähern konnten, ohne befürchten zu müssen, scharf zurückgewiesen zu werden.

Mit Ausnahme einer kleinen Hinterlassenschaft für Madeline, vererbte Harriet ihr gesamtes Vermögen an Kevin und zwar in Form eines Fonds, der es ihm erlauben würde, Geld für das College zu entnehmen, wobei der gesamte Fonds jedoch erst im Alter von fünfunddreißig Jahren ausgezahlt werden sollte. Die Absicht dahinter war liebevoll und großzügig. Aber leider war sie praktisch sinnlos, denn als alle Rechnungen Harriets bezahlt worden waren, blieben gerade einmal siebenhundert Dollar übrig.

Nach dem Begräbnis war Madeline nach Michigan gezogen, um in der Nähe ihres Bruders zu sein. Sie und Chris waren in Kontakt geblieben, versäumten nie einen Geburtstags- oder Weihnachtsgruß. Manchmal wünschte sich Chris, daß Madeline nie weggegangen wäre, aber das war egoistisch und die Bitten, daß sie zurückkehren möge, wurden nie direkt geäußert, es sei denn in Form von Einladungen, Chris zu besuchen und so lange zu bleiben wie sie wollte.

Wieder strich ein Scheinwerferpaar über das Fenster und riß Chris aus ihren Gedanken. Sie hielt die Luft an, als sie danach lauschte, ob das Auto anhalten würde. Als sie hörte, daß es weiterfuhr, merkte sie, wie heftig ihr Herz schlug.

Sie sah Kevin an, sah seine zarte Silhouette gegen das Sesamstraße-Poster. Sie legte ihre Hand leicht auf seinen Rücken, ließ seine Wärme in sich hineinfließen und beruhigte sich durch die Berührung.

Ohne ihn gäbe es keinen Grund, morgens aufzustehen. Es gäbe kein Lachen und keinen Sonnenschein. Sie fuhr ihm mit der Hand durch sein weiches Haar, strich die Locke über seiner linken Schläfe glatt. Es war noch nicht einmal vierundzwanzig Stunden her, da war ihr Leben genau so, wie sie es sich gewünscht hatte. Oder zumindest fast so. Es gab Augenblicke, in denen sie einen kleinen Stich verspürte, wenn sie die Nähe zwischen John und Mary wahrnahm. Da sie aber wußte, daß deren Verbindung ungefähr so selten war wie ein ehrlicher Politiker, grübelte sie nicht weiter nach.

Ab und zu ging sie mit anderen Männern aus. Sie hatte aber nur einem Mann, Tom Miller, erlaubt, Kevin kennenzulernen. Tom hatte sie gebeten, ihn zu heiraten, und sie hatte auch eine Weile diese Möglichkeit ins Auge gefaßt. Er und Kevin kamen ganz gut zurecht, aber nach sechs Monaten war immer noch eine Kluft zwischen beiden. Als Chris schließlich die Beziehung abbrach, erklärte sie Tom, daß sie nur jemanden heiraten wollte, der Kevin genauso lieben würde wie sie. Solange sie so jemanden nicht fand, bliebe sie lieber alleine. Seitdem hatte sie den Gedanken aufgegeben, einen Mann zu finden, der ihrem

Ideal entsprach. Aber das war nicht weiter schlimm. Sie hatte ja ohnehin nie heiraten wollen. Daß sie das Leben mit Kevin teilen durfte, war schon an sich ein Wunder, das sie nie für möglich gehalten hatte. Das war mehr als genug.

Sie stand auf und ging zum Fenster, um nach draußen zu sehen. Straßenlampen an verzierten Masten beleuchteten die menschenleere Straße. Inzwischen liebte sie ihr Haus und dessen Lage. Es gab wenig Verkehr, und doch waren sie dem Stadtzentrum recht nahe. In einem ruhigen Viertel im Osten Sacramentos gelegen, war das verschachelte Häuschen seit seiner Errichtung vor fünfzig Jahren beständig von seinen jeweiligen Eigentümern erweitert worden. Manchmal mit mehr, manchmal mit weniger Erfolg, doch jede Erweiterung hatte ihren eigenen, besonderen Charme. Es gab drei Schlafzimmer, eineinhalb Badezimmer, eine geräumige Landküche und fast keine Einbauschränke.

Mary und John hatten das Haus für Chris gefunden, sie davon überzeugt, daß es eine tolle Gelegenheit war, selbst wenn es zehnmal so alt und doppelt so teuer wie ihr Appartement in Denver war. Zunächst war es ihr schwergefallen, »fast neu« gegen »ziemlich alt« einzutauschen, aber mit der Zeit hatte sie den Charme der übereinander aufgehängten Fenster, der altmodischen Leisten und der Hartholzböden schätzengelernt. Am Anfang hatte sie einige Probleme gehabt, das Geld für die Raten aufzubringen, aber dank der zunehmenden Zahl von Aufträgen und besseren Honoraren hatte sie mit der Inflation mehr als Schritt halten können. In viereinhalb Jahren hatte das Haus seinen Wert verdreifacht und war ein richtiger Notgroschen für Kevins Erziehung geworden.

Während ihres ersten Jahres in Sacramento war Chris nur imstande gewesen, sich um Kevin zu kümmern. Ihr Versorgungsplan, ihre Ersparnisse, aufgelaufene Urlaubszeiten und der ihr zustehende Krankheitsurlaub hatten ausgereicht, um sie durch diese erste Zeit zu bringen. Als ihre Mittel dann ziemlich zusammengeschrumpft waren, hatte Kevin ein Alter und einen Gesundheitszustand erreicht, die nicht mehr eine beständige Zuwendung erforderlich machten. So konnte sie wieder anfangen, sich nach einer Arbeit umzusehen. Sie suchte etwas, das es ihr erlauben würde, von zu Hause aus zu arbeiten, und eine freiberufliche Tätigkeit im Werbebereich war genau das Richtige. Das paßte nicht nur zu ihrem beruflichen Hintergrund, sondern erlaubte ihr auch, so wenig oder so viel zu arbeiten, wie sie wollte oder mußte.

Zunächst hatten ihre Aufträge in ein paar einfachen Presseveröffentlichungen, Firmenmitteilungen und Projektbeschreibungen für neue Wohnungsbauvorhaben bestanden, was immer sie eben zu Hause erledigen konnte. Allmählich, als Kevin älter wurde und in den Kindergarten kam, was Chris bestimmte freie Stunden gab, hatte sie interessantere Jobs angenommen, die sie mehr herausforderten. Sie arbeitete direkt mit den Medien, besuchte selbst Firmen, um herauszufinden, warum bestimmte Kampagnen keine Wirkung hatten, und organisierte öffentlichkeitswirksame Veranstaltungen mit bekannten Persönlichkeiten, die aus verschiedenen Gründen – und sei es auch nur, um ein Lebensmittelgeschäft zu eröffnen – die Stadt besuchten.

Sie mochte ihre Arbeit vor allem wegen der Freiheit, die sie ihr bot. Aber auch die Vielseitigkeit war interessant. Sie stellte sich vor, wie sie eines Tages, wenn Kevin älter wäre, ihre eigene Agentur eröffnen würde. Bis dieser Augenblick gekommen war, würde sie weiter die Liste ihrer Kontakte erweitern und sich über die Zeit freuen, die sie zusammen mit ihrem Sohn verbringen konnte.

Was sie nach ihrem Umzug nach Sacramento am meisten überraschte, war die Tatsache, daß sie nach einem Leben, in dem sie ihre Privatsphäre vehement verteidigt hatte, nun die kleinstädtische Geborgenheit des Viertels fast so sehr liebte wie ihr eigenes Haus. Plötzlich gefiel ihr der Gedanke, daß Ihre Nachbarn sich kannten und aufeinander achteten – fast so, als seien sie eine einzige große Familie. Das aufzugeben wäre hart, aber noch schlimmer wäre es für Kevin, wenn er Tracy, Mary und John verlieren würde. Der Gedanke, sie dem Jungen wegzunehmen, hatte Chris ein wenig zögern lassen, als sie ihre Entscheidung traf.

Die Lösung war ihr eingefallen, als sie Kevin seine Gutenachtgeschichte vorlas. Es war so offenkundig, daß sie sich wunderte, warum sie nicht gleich daran gedacht hatte. Die Lösung lag auf der Hand, aber sie war schmerzvoll. Ein weiterer Grund, Mason Winter zu hassen.

10

Mason Winter blätterte den Stapel von Berichten durch, die vor ihm auf dem Schreibtisch lagen. Er versuchte, sich auf etwas zu konzentrieren, was in der vorigen Woche noch äußerst wichtig gewesen war, was aber im Vergleich dazu, daß er seinen Sohn zum ersten Mal gesehen hatte, weit unten auf der Prioritätsskala gelandet war. Er kümmerte sich um diese Angelegenheit, weil er wußte, daß er der einen Sache nur gerecht werden könnte, wenn er zuvor die andere erledigt hätte. Die Winter Construction Company hatte inzwischen zu viele Arme, als daß er sie alle überblicken konnte. Er machte sich und alle anderen verrückt, indem er versuchte, an zu vielen Orten zur gleichen Zeit zu sein. Projekte, denen er sich eigentlich persönlich widmen sollte, wurden im Schnellverfahren abgefertigt. Er fehlte regelmäßig bei den Vorstandssitzungen der von ihm unterhaltenen wohltätigen Organisationen und hatte praktisch kein Privatleben. Die einzigen Verabredungen mit Frauen waren anläßlich irgendwelcher Sehen-und-gesehenwerden-Veranstaltungen, die er ganz selbstverständlich besuchte. Der einzige Sex, den er in letzter Zeit gehabt hatte, war mit einer Reporterin, die eines Nachmittags aufgetaucht war, um eine Story über ihn zu schreiben und die bis zum nächsten Morgen geblieben war.

Was Mason vor allem zaudern ließ, jemanden einzustellen, der den Geschäftsbereich der mittelhohen und Hochbauten unter seine Fittiche nehmen sollte, war der Umstand, daß er damit den engen Kontakt zu allen Firmenbereichen aufgeben müßte, durch den er – seiner Überzeugung nach – Winter Construction zu dem gemacht hatte, was das Unternehmen heute war. Er war nach Sacramento gekommen, um etwas zu beweisen, nämlich, daß er mit den großen Jungen mitspielen und genauso erfolgreich sein könnte wie in Los Angeles mit weniger ehrgeizigen Projekten. Er hatte das und noch mehr in viel kürzerer Zeit erreicht, als er gedacht hatte.

In den vierzehn Jahren, die ihm das Unternehmen inzwischen gehörte, hatten nur zwei Personen sich sein uneingeschränktes Vertrauen verdient. Eine von ihnen war seine Assistentin Rebecca Kirkpatrick, die andere Travis Millikin, der mehr und mehr für den Außendienst verantwortlich wurde. Nun war der Punkt erreicht, wo er noch jemanden brauchte. Jemanden, der ehrlich, vertrauenswürdig und loyal sein mußte, der eine Lüge erkennen würde, noch bevor der Satz zu Ende gesprochen war, der jeden Pfusch bei Subunternehmern entdecken würde, der zurückschrie, wenn sein Boß ihn anbrüllte. Er verlangte eigentlich nicht viel. Ein Pfadfinder mit der Zähigkeit und Wildheit eines hungrigen Hais und dem Zynismus eines Finanzbeamten würde ihm vollauf genügen, zumindest für den Anfang.

Als er erkannte, daß er der Entscheidung, die er treffen mußte, nicht genug Aufmerksamkeit widmen konnte, packte er den Stapel Berichte wieder zusammen und legte ihn auf die Seite. Er blickte aus dem Fenster auf den wolkenlosen Himmel. Wegen des unverstellten Blicks hatte er sein Büro in die siebenundzwanzigste Etage dieses ersten großen Gebäudes, das er in Sacramento gebaut hatte, verlegt. Während der Stunden, die er hinter seinem Schreibtisch verbringen würde, sollte er nicht an die Konkurrenz denken müssen, denn jedesmal, wenn er irgendwo eine Bautätigkeit sah, kam ihm dieser quälende Gedanke. Es war eine edle Absicht, aber leider hatte sie nicht die gewünschte Wirkung.

Jeder, angefangen beim Architekten bis zum Stadtplaner, hatte ihn gewarnt, er würde niemals die Eigentumswohnungen in der obersten Etage, auf denen er beharrt hatte, verkaufen. Man sagte ihm immer wieder, daß das Stadtzentrum völlig unattraktiv zum Wohnen sei, daß dort außer Durchreisenden und Mittellosen nie jemand leben würde. Von denen, die sich derartige Wohnungen in Hochhäusern leisten könnten, würde niemand hier leben wollen. Drei Wochen nach Beginn der Bauarbeiten waren die Kaufverträge für alle Wohnungen unterschrieben, mit Ausnahme eines Penthouses, das er für sich reserviert hatte. Er bedauerte nur, daß er, um der Stadt seine Loyalität zu zeigen und die Aufmerksamkeit der örtlichen Medien zu wecken, die Dienste eines örtlichen Innenarchitekten in Anspruch genommen hatte, um sein Büro und sein Penthouse auszustatten. Das Ergebnis war steril und protzig, als hätte man es direkt den Seiten des *Architectural Digest* entnommen. Obwohl der Stil in seinem Büro anders als der im Penthouse war, fühlte er sich in beiden nicht wohl. In aller Stille suchte er bereits jemanden, der beide Räumlichkeiten für ihn sobald wie möglich neu ausstatten würde. Aber das mußte geschehen, ohne empfindlichen Seelen zu nahe zu treten.

Er war ganz in Gedanken verloren, sein Blick schweifte über einen John Baldessari auf der entgegengesetzten Seite des Raums, als Rebecca Kirkpatrick hereinkam und ihn wieder in die Realität zurückholte. Rebecca war achtunddreißig Jahre alt, groß und dünn, mit braunem Haar, das früher einmal blond gewesen war, braunen Augen, die hinter dicken, horngefaßten Brillengläsern kaum zu sehen waren. »Hast du Tony erreicht, wegen dieser Kostenprüfungen?« fragte er sie.

Sie warf eine Mappe auf seinen Schreibtisch. »Er hat mir gesagt, daß du sie schon vor drei Tagen abgenommen hast.«

»Was habe ich?« Er drückte den Knopf der Sprechanlage. »Janet, ich möchte Tony Avalon sprechen. Jetzt!«

Rebecca hob die Hand. »Warte einen Augenblick, Mason. Wir beide sollten darüber reden, bevor du Tony fertigmachst. Es gibt ein paar Dinge, die du letzte Woche den Leuten gesagt hast und die du jetzt wohl vergessen hast.«

Er sah Rebecca an mit einem Blick der sagte, »Ich hoffe, du weißt, was du da tust.« Er drückte noch einmal den Knopf der Sprechanlage und bellte: »Noch nicht verbinden!«

Einige Sekunden vergingen. Rebecca betrachtete ihren Chef, offensichtlich verwundert über den Eindruck, den er auf sie machte. »Was ist los mit dir, Mason?«

»Ich dachte, du wolltest mit mir über Tony sprechen?« Er lehnte sich in seinem Stuhl zurück, die Hände hinter dem Kopf verschränkt. »Wenn du deswegen gekommen bist, dann sprich. Wenn nicht, dann raus. In einer halben Stunde habe ich eine Verabredung, und ich muß vorher noch ein paar Dinge durchlesen.«

»Aber, aber. Hat der große böse Bär eine Dorne in seiner Pranke?«

»Wenn ich nicht gerade in glückseliger Stimmung bin, dann geht das außer mir niemanden etwas an.«

»Wir lassen uns heute wohl ein wenig gehen, was?«

Mason starrte sie an, war für einen Augenblick sprachlos. Rebecca blieb ihm zwar nie eine Antwort schuldig, wußte aber ganz genau, wann sie sich zurückziehen mußte. »Nenn mir einen Grund, warum ich dich nicht feuern sollte«, sagte er, um sie wissen zu lassen, daß sie zu weit ging.

»Nun, das ist ganz einfach. Du bist kein Masochist. Ich bin die Stütze dieses Unternehmens, und du weißt das genausogut wie ich.«

Gegen seinen Willen mußte er lächeln. Er setzte sich in seinem Stuhl auf. »Wo gibt es solche wie dich?«

»Das spielt keine Rolle. Ich bin nicht zu ersetzen. Ich bin etwas Besonderes.«

Er seufzte. »Wofür wir alle dankbar sein sollten.«

»Willst du mir jetzt sagen, was mit dir los ist?«

»Nein.«

»Aber irgendwann wirst du's.«

»Nicht jetzt, Rebecca«, antwortete er. Er sprach leise, seine Wut war verflogen.

»In Ordnung. Vergiß nur nicht, wenn du mich brauchst ... –« Sie hielt inne. Plötzlich war ihr alles klar. »Du hast ihn gesehen, stimmt's?« fragte sie.

Mason überlegte sich, ob er es leugnen sollte, aber er wußte, daß es keinen Sinn hatte. In den vierzehn Jahren, die Rebecca nun bei ihm war, war es ihm nie gelungen, die Wahrheit vor ihr zu verbergen. Sie hatte ihn in guten Tagen, aber auch in schlechten Tagen gesehen, hatte zu ihm gehalten, als alle anderen schon zur Tür liefen. Sie war seine Vertraute. Sie war die perfekte Assistentin in einer von Männern beherrschten Welt. Mit ihrem chamäleonhaften Aussehen und ihrer unauffälligen Kleidung gelang es ihr, sich bei Geschäftstreffen sozusagen im Hintergrund aufzulösen, unbeachtet von den anderen, die keine Ahnung hatten, daß sie jede Bewegung wahrnahm und analysierte.

»Es ist drei Tage her«, sagte er und gab zu, was er am liebsten für sich behalten hätte.

Sie setzte sich auf eine Ecke seines Schreibtisches. »Ich dachte, daß dieser Teufelskerl, der neue Anwalt, den du beauftragt hast, dir gesagt hatte, daß du dich fernhalten sollst, bis er noch einige Dinge geklärt hätte.«

»Das stimmt.«

»Aber wie üblich hast du beschlossen, nicht auf andere zu hören.«

Die Sorge in ihren Augen wich Erregung. »Zur Hölle mit dem Anwalt. Sag mir, wie sieht er aus?«

Mason lächelte. »Eigentlich ganz ähnlich wie auf dem Foto – nur irgendwie anders. Ich spürte ein ganz merkwürdiges Gefühl, als ich ihn sah. Es war ein wenig so, als ob ich mich vor fünfunddreißig Jahren gesehen hätte. Er ist ganz wie ein Winter gebaut – schmale Hüften, kurze Beine und ein langer Oberkörper.«

»Wessen Augen hat er?«

»Dianes.«

Sie kreuzte die Beine, lehnte sich zurück, verschränkte die Arme. »Das muß hart für dich gewesen sein.«

»Es war nicht so schlimm wie ich gedacht hatte. Es steckt viel von Diane und mir in ihm, aber eben auch vieles, was einfach Kevin ist.«

»Mir gefällt der Name.«

»Es ist der meines Großvaters.«

»Und was hältst du von *ihr*?«

Er stand auf und ging zu einem anderen Tisch, um ihnen beiden eine Tasse Kaffee zu holen. »Da bin ich mir noch nicht ganz im klaren«, sagte er. »Meine Meinung von ihr, als ich das Haus betrat, hatte sich geändert, als ich es wieder verließ.«

»Oh«, sagte sie, ihre Neugier war geweckt. »Wie kommt das?«

»Nun, sie sagte, sie wüßte nichts von dem Brief.«

»Und du hast ihr geglaubt?«

»Im nachhinein glaube ich ihr. Aus der Art und Weise, wie sie reagierte, sprachen viel Angst und Feindseligkeit, aber nichts deutete irgendwie auf ein Schuldgefühl hin.«

Er reichte Rebecca die Tasse und setzte sich wieder.

»Wie sieht sie aus?«

»Mittelgroß, nicht so dünn wie Diane, aber genauso langbeinig und schlaksig.«

Rebecca lachte über diese Äußerung.

Mason nahm einen großen Schluck Kaffee. Er bemerkte kaum, daß er sich dabei den Gaumen verbrannte. »Sie hat tödliche Augen, mit denen sie dich durchbohrt. Ich habe auch den Eindruck, daß Kevin ihr nichts vormachen kann.«

»Wird sie zulassen, daß du ihn siehst?«

»Nicht freiwillig.« Er grinste. »Aus irgendeinem Grund mag sie mich nicht.«

Rebecca setzte ein ungläubiges Gesicht auf. »Wie kommt das denn?«

Es dauerte ein paar Sekunden, bevor Mason wieder sprach. Als er es tat, war er ganz ruhig und bedächtig. »Ich war mir nicht klar darüber gewesen, wie sehr ich mich darauf verlassen hatte, daß ich imstande sei, das alles abzuschütteln, so als ob es nie geschehen wäre. Aber jetzt habe ich ihn gesehen und bin in das alles hineingezogen worden. Jetzt kann ich nicht mehr weglaufen.«

»Das hatte ich dir ja gesagt.«

»Ja, das hast du. Aber ich habe dir nicht geglaubt. Ich dachte nie, daß ich ein Vater sein könnte.«

»Es ist mehr als nur Vater sein«, sagte sie sanft. »Kevin hat dir auch Diane zurückgegeben.«

Ihr Gespräch wurde durch Masons Privattelefon unterbrochen.

Er nahm den Hörer ab. »Ja?« Er hörte aufmerksam zu, schob dann seinen Stuhl nach hinten und stand auf. »Bin schon unterwegs.«

»Was ist passiert?« fragte Rebecca, die sofort beunruhigt war.

»Nichts, was ich nicht erwartet hatte«, antwortete er, griff nach seinem Mantel und war schon auf dem Weg zur Tür. »Christine Taylor tut nur das, was ich unter diesen Umständen auch getan hätte. Jetzt liegt es an mir, ihr klarzumachen, daß sie damit nicht durchkommen wird.«

»Viel Glück«, sagte Rebecca.

»Danke, aber das brauche ich nicht.«

»Vielleicht nicht, aber wenn ich du wäre, würde ich die Augen offenhalten«, sagte sie und folgte ihm in den Gang hinaus. »Nicht nur Bären wissen, wie sie ihre Kleinen beschützen.«

»Um Christine Taylor mache ich mir nicht die geringsten Sorgen.«

11

Chris rückte Kevin auf ihrem Schoß zurecht, drückte ihre Nase gegen seinen Hinterkopf und atmete den Duft seiner frisch gewaschenen Haare ein. Nachdem er sie auf dem Weg zum Flughafen mit Fragen bombardiert hatte, war er jetzt, als sie dort angekommen waren, sonderbar ruhig geworden – ganz so, als ob er nun versuchte, all das, was sie ihm erzählt hatte, in seinen eigenen Gedanken noch einmal nachzuvollziehen.

Zunächst hatte sie eigentlich erwartet, daß er mit mehr Begeisterung reagieren würde. Denn Kevin liebte Flugzeuge und bat oft darum, zum Flughafen gebracht zu werden, um die Maschinen dort starten und landen zu sehen. Jetzt sollte er tatsächlich in einem Flugzeug fliegen, und es schien ihn gar nicht mehr zu beeindrucken. Anstatt sich für das kommende Abenteuer zu begeistern, fragte er ständig auf die eine oder andere Weise, wann sie wieder nach Hause kommen würden. Er konnte es offenbar nicht begreifen, daß sie fortziehen und nie wieder zurückkommen würden.

Chris dachte darüber nach und verwarf dann den Gedanken, daß er die Situation einfach nicht verstand. Schließlich gab es kaum etwas, das Kevin nicht gleich begriff. Wahrscheinlicher suchte er nach einem Weg, sie zu einer Änderung ihrer Meinung zu bewegen.

Er lehnte seinen Kopf an ihre Schulter. »Könnten Tracy und Onkel John und Tante Mary nicht auch mitkommen?« fragte er und durchbrach die Stille.

»Irgendwann können sie vielleicht mal zu Besuch kommen.«

»Warum können sie nicht jetzt mit uns mitkommen?«

»Weil wir jetzt noch nicht wissen, wo wir sie unterbringen sollen.«
»Wird unser neues Haus auch gelb sein?«
»Wenn es nicht gelb ist, können wir es selber anstreichen.«
»Kann uns Tracy dabei helfen?«
»Wenn sie uns besucht, kann sie das tun.«
»Warum konnte ich denn nicht alle meine Spielsachen mitnehmen?«
»Weil dafür im Flugzeug kein Platz ist.«
»Kann der Postbote sie bringen?«
»Später vielleicht. Wir werden sehen.« Chris seufzte vor Erleichterung, als Kevin wieder in sein Schweigen versank. Sie spürte seinen Schmerz genauso wie ihren eigenen, und sie rief sich ins Gedächtnis zurück, daß sie nur tat, was für sie beide das Beste war. Eines Tages – so hoffte sie – würde er vielleicht verstehen, daß sie tun mußte, was sie konnte, solange sie noch die Gelegenheit dazu hatte.

Sie wußte natürlich, daß es grundlegend falsch war, einem Kind seinen Vater vorzuenthalten. Es war sogar möglich, daß Kevin ihre Entscheidung einmal in Frage stellen würde. Aber sie war fest entschlossen, dieses Risiko in Kauf zu nehmen. Es stand zu viel auf dem Spiel, als daß sie sich groß den Kopf darüber zerbrechen konnte, was Kevin wohl irgendwann einmal denken mochte oder auch nicht. Wenn er älter sein würde, und wenn er imstande wäre, sich vor dem Einfluß eines Mannes wie Mason Winter zu schützen, dann würde sie ihm vielleicht von seinem Vater erzählen und ihn selbst entscheiden lassen, ob es in seinem Leben für einen solchen Menschen einen Platz gäbe.

Chris hatte niemandem von ihrem Entschluß erzählt, die Stadt zu verlassen, noch nicht einmal Mary. Es war ihr schwergefallen, ein Geheimnis vor jemandem zu haben, dem sie sonst alles erzählte, aber Mary hätte sie bedrängt, dazubleiben und zu kämpfen, und Chris konnte sich eine mögliche Niederlage einfach nicht leisten. So sehr es ihr auch die Kehle zuschnürte – sie mußte zugeben, daß Mason einen rechtmäßigen Anspruch hatte. Sie sah das so, und die Gerichte würden es auch so sehen. Also hatte sie schließlich gar keine andere Wahl: Wenn sie Kevin erfolgreich beschützen wollte, dann mußte sie die Stadt verlassen, solange sie noch jedes Recht dazu hatte.

Bei der Ausarbeitung ihres Fluchtplanes war Chris zunächst entmutigt worden. In ihrem Hinterkopf spukte ständig der Detektiv herum, den Mason angeheuert hatte. Wenn er sie einmal gefunden hatte, würde er es auch ein zweites Mal schaffen. Sie mußte ihm nicht nur einen Schritt voraus sein, sondern sie dürfte auch nichts zurücklassen, was ihn auf ihre Fährte bringen könnte. Solche Täuschungsmanöver fielen ihr nicht leicht, denn sie lagen nicht in ihrer Natur. Sie war ein aufrichtiger Mensch und sah ihren Problemen immer direkt ins Auge. Aber das hier war anders. Niemals zuvor hatte so viel für sie auf dem Spiel gestanden.

Immer dann, wenn sie gerade glaubte, einen genialen Plan ausgeheckt zu haben, schoß ihr auch schon das Hindernis durch den Kopf, an dem die Sache scheitern mußte. Bis zu dem Moment, als sie die telefonische Reservierung vorgenommen hatte, war es ihr nicht einmal in den Sinn gekommen, einen falschen Namen für die Flugtickets zu benutzen. Bis jetzt hatte sie auch noch nicht entschieden, wo sie am Ende landen würden, denn sie hatte Angst davor, Spuren zu hinterlassen, wenn sie ihr Ziel schon kannte.

Das einzige, was sie wußte, war, daß sie Mary aus Dallas anrufen wollte. Solange es für alle sicher sein würde, wollte sie mit den Hendricksons in Kontakt bleiben. Aber wenn Mason seine Rechte vor Gericht durchsetzen würde, mußte sie entweder noch einmal untertauchen, oder sie mußte John und Mary in die unhaltbare Situation bringen, entweder ihre Freunde zu verraten oder unter Eid zu lügen. Bevor das passieren würde, konnte sie mit ein wenig Glück den Verkauf des Hauses einfädeln. Erst mal würde sie ihr Bankkonto leerräumen und ihren bescheidenen Wertpapierbestand verkaufen, den sie angespart hatte; damit würden sie und Kevin im ersten Jahr durchkommen – oder vielleicht sogar noch etwas länger, wenn sie sparsam sein würden – doch danach wären sie dann vollkommen auf das Geld angewiesen, das sie irgendwie verdienen mußte.

Erstaunlich leicht war Chris die Entscheidung darüber gefallen, was sie mitnehmen und was sie zurücklassen sollte – und zwar dank einer zufälligen Bemerkung von John Hendrickson. Bei ihrem wöchentlich zweimal stattfindenden Essen bei Original Pete's Pizza, hatte er ihr und Mary am Vorabend erzählt, welche Dinge die Feuerwehrleute zu retten versuchten, als er während seiner letzten Schicht zu einem brennenden Haus gerufen worden war. Chris hatte sich dann einfach vorgestellt, in der gleichen Lage zu sein und sich gefragt, was sie mitnehmen würde, wenn sie nur fünf Minuten Zeit zum Auswählen hätte. Es war erstaunlich, wie einfach es danach gewesen war. Nur Dinge, die man nicht ersetzen konnte, also Fotos und Erbstücke, wurden so wichtig, daß sie die Mühe wert waren.

Diese Dinge verpackte sie in jener Nacht, und am nächsten Morgen brachte sie die Kisten in ein Lagerhaus; sie beabsichtigte, sich die Sachen schicken zu lassen, wenn sie und Kevin sich niedergelassen hätten und sie sicher war, daß Mason nicht mehr nach ihnen suchte.

Sie war mit ihrem Auto zum Flughafen gefahren und hatte es auf dem Langzeit-Parkplatz abgestellt; damit wollte sie verhindern, daß sie jemand mit Kevin und mit ihrem Gepäck in ein Taxi steigen sah. Wenn sie und Kevin sich einmal eingerichtet hätten, würde sie den Parkschein, die Schlüssel und den pinkfarbenen Kassenzettel zu Mary schicken und sie bitten, das Auto zu verkaufen und das Geld für die Lagerrechnung zu verwenden.

Als sie auf dem Monitor die Ankunftszeit des Flugzeuges erkunden wollte, mit dem sie nach Dallas fliegen würden, fiel ihr Blick auf einen großen Mann im Nadelstreifenanzug, der direkt auf sie zukam. Obwohl ihre Augen den Bildschirm fixierten, sah sie nur noch eine leere Mattscheibe.

Was zum Teufel hatte Mason Winter hier zu suchen? Hatte irgendein wahnsinniger Gott der Zufälle sie etwa zur gleichen Zeit auf denselben Flughafen bestellt? Aber die wichtigere Frage war: Hatte er sie gesehen, oder hatte sie noch genug Zeit, um sich in dem Getümmel zu verstecken?

Ihr klopfte das Herz bis zum Hals, als sie einen Blick in seine Richtung wagte. Alle Gedanken an eine gelungene Flucht schwanden dahin. Er schaute direkt zu ihr herüber.

Kevin wand sich unruhig auf ihrem Schoß, um in eine bequemere Lage zu kommen. Doch er nahm den besorgten Ausdruck auf ihrem Gesicht wahr. »Was ist passiert, Mama?«

»Nichts«, brachte Chris gerade noch heraus. »Ich dachte, ich hätte jemanden gesehen, den ich kenne.«

»Wen denn?«

Sie versuchte, ihm beruhigend zuzulächeln. »Er ist schon weg«, sagte sie. Sie wollte sich gerade von ihrem Sitz erheben, doch noch bevor sie stand, spürte sie eine Hand auf ihrer Schulter. Er war nicht verschwunden; er war von hinten an sie herangekommen.

»Bitte, bleiben Sie hier«, sagte Mason ganz gelassen, beinahe sogar herzlich. »Ich möchte mit Ihnen reden.«

Kevin drehte sich herum, um zu sehen, wer da gesprochen hatte. »Hey, ich kenne Sie doch«, rief er und zeigte sich an dem Tag zum ersten Mal von seiner lebhaften Seite. »Sie sind mal zu mir nach Hause gekommen.«

»An deinem Geburtstag«, fügte Mason hinzu.

»Ja«, pflichtete Kevin ihm bei und war sichtlich erfreut, daß er nicht der einzige war, der sich daran erinnerte.

»Vielleicht möchte uns deine Mutter diesmal einander vorstellen«, sagte Mason und schaute unverblümt von Kevin zu Chris.

Dieser Mistkerl hatte sie in die Enge getrieben. Es blieb ihr nichts anderes übrig, als zu tun, was er vorschlug: »Kevin, das ist Mason Winter ...« Das natürliche und ehrliche Ende des Satzes hing schwer in der Luft.

Mason ließ den Augenblick vorübergehen und blickte vollkommen über Chris hinweg, während er zärtlich die Hand seines Sohnes umschloß. »Ich freue mich sehr, dich zu treffen, Kevin.«

»Sind Sie ein Freund von meiner Mama, oder sind Sie einer von ihren Geschäftsleuten?« fragte Kevin.

»Im Moment bin ich keiner von beiden. Aber, ich hoffe, das hält uns beide nicht davon ab, Freunde zu sein.«

Kevin blickte zu Chris auf, ganz so, als wolle er erst ihre Zustimmung einholen. Aber noch bevor sie ihm antworten konnte, rollte ein Flugzeug der United Airlines am Fenster vorbei und erregte seine Aufmerksamkeit. »Ist das unser Flugzeug, Mama?«

Mason fixierte Chris mit einem starren Blick. »Geht's irgendwohin?« fragte er leise.

»Dies ist doch kein zufälliges Treffen, oder?« entgegnete sie ebenso leise. »Sie haben mich verfolgen lassen.«

»Ich hatte da so einen Verdacht, daß Sie so etwas, wie dies hier, versuchen könnten.«

»Wie klug Sie sind. Jetzt ...«

»Aua«, jaulte Kevin. »Laß meinen Arm los, Mama. Du tust mir weh.«

Mason richtete seine Aufmerksamkeit wieder auf Kevin. »Wenn du von da drüben aus dem Fenster siehst, kannst du auf der Piste einen Mann sehen, der den Leuten im Flugzeug sagt, was sie tun müssen.«

»Darf ich, Mama?« fragte Kevin und war schon halb von ihrem Schoß gerutscht.

Es ärgerte sie maßlos, irgendeinem von Masons Vorschlägen zuzustimmen, aber jetzt war es wichtiger, daß Kevin nicht in die bevorstehende Unterhaltung eingeweiht wurde. »Ist in Ordnung. Aber geh' nicht irgendwo anders hin.« Als er gegangen war, wandte sie sich Mason zu. »Wie können Sie es wagen?«

Er lächelte sie an, doch seine Augen blieben kalt. »Es ist das gute Recht eines Vaters, seinem Sohn neue Dinge zu zeigen.«

»Sie Bastard!« schrie Chris ihn an. »Warum wollen Sie mich mit allen Mitteln davon überzeugen, daß Sie sich um Kevin scheren, wo doch die ganze Stadt weiß, daß Sie sich in Wirklichkeit nur für den Bau häßlicher Lagerhäuser interessieren und dafür, einen weiteren Namen auf die Liste ihrer Eroberungen zu setzen. Das hier ist doch nur ein Spiel für Sie!«

»So – und warum sollte ich dieses Spiel spielen?«

»Das weiß ich nicht. Aber ich werde es herausfinden.«

»Gehe ich recht in der Annahme, daß Sie nun doch hierbleiben?«

Sie starrte ihn an. »Sie können mich nicht davon abhalten wegzufliegen.«

»Wenn Sie einen Gerichtsbeschluß haben wollen – den kann ich besorgen. In der Stadt gibt es eine ganze Menge Richter, die mir mit Freude einen Gefallen tun würden. Ich muß sie nur fragen. Und denken Sie bloß nicht, daß ich Sie nicht hier festhalten kann, während die Verfügungen aufgesetzt werden. Wie Sie ja gerade hervorgehoben haben, bin ich in dieser Stadt ziemlich bekannt. Ich muß den Sicherheitsleuten nur sagen, daß Sie drauf und dran waren, mit meinem Sohn zu verschwinden, und noch bevor Sie Ihren Mund zum Protest öffnen könnten, würden die Sie hier herausbefördern.« Seine Augen verengten sich. »Aber Sie sollten jetzt mal Ruhe geben und eine Minute nachdenken, ob Sie mich wirklich so weit treiben wollen. Wie mag ein Entführungsversuch wohl in Ihren Akten aussehen, wenn diese Sache vor Gericht geht?«

»Sie bluffen doch nur!«

»Sie kennen mich offensichtlich nicht so gut wie Sie glauben.«

»Sie werden niemals gewinnen«, sagte Chris bestimmt und legte mehr Überzeugung in ihre Stimme als sie tatsächlich verspürte.

Er lachte leise in sich hinein. »Wenn Sie das wirklich glauben würden, dann wären Sie nicht hier.«

Allmählich verwandelte sich ihre gespielte Tapferkeit in bloße Verzweiflung. Sie beschloß, eine andere Richtung einzuschlagen. »Warum machen Sie das? Was rechnen Sie sich denn aus?«

Er warf ihr einen ungläubigen Blick zu. »Meine Güte, Ms. Taylor, ich glaube, es wird jetzt langsam Zeit, daß Sie begreifen: Das Kind dort drüben ist mein Sohn, egal wie sehr Sie sich auch wünschen mögen, daß es nicht wahr ist. Glauben Sie vielleicht, Sie hätten bei der Elternschaft ein Marktmonopol? Ist Ihnen die Möglichkeit noch nicht in den Sinn gekommen, daß auch ich ein paar Gefühle haben könnte, und daß auch ich einen Anspruch darauf haben könnte, was Sie so ungeniert allein besitzen wollen – und zwar aufgrund des Geburtsrechts und all der anderen Rechtsansprüche, auf die Sie pochen wollen?« Dann atmete er tief durch und stand auf. »Möchten Sie jetzt, daß ich Sie zu Ihrem Auto begleite?«

»Ich möchte, daß Sie zur Hölle fahren!«

»Eines Tages tue ich das vielleicht, aber bestimmt nicht, um es Ihnen recht zu machen.« Als sie keine Anstalten machte aufzustehen, fügte er noch hinzu: »Ich werde diesen Ort hier nicht vor Ihnen verlassen. Sie könnten also ruhig Ihren Hintern aus dem Stuhl heben und sich in Bewegung setzen!«

»Mein Gepäck ...«

»Das ist bereits auf dem Weg zu Ihnen nach Hause.«

»Wie ...«, begann sie – doch dann hielt sie sich zurück, denn sie wollte ihm nicht die genugtuende Gewißheit verschaffen, sie damit zu beeindrucken, wie er etwas erreichte, was für die meisten Menschen unmöglich gewesen wäre. »Ist ja auch egal«, sagte sie und legte sich das Band ihrer Handtasche um die Schulter, während sie von dem Stuhl aufstand.

»Soll ich Kevin holen?« fragte er.

»Bleiben Sie von ihm fort!« zischte sie zurück.

»Sie wissen ja wohl, daß Sie ihm früher oder später sowieso von mir erzählen müssen.« Er machte eine Pause und sagte dann mit leiserer und freundlicherer Stimme: »Oder hätten Sie es lieber, wenn ich es ihm erzähle?«

»Nein. Wenn er überhaupt etwas über Sie erfährt, dann muß es von mir kommen.«

»Sie können ja wohl nicht wirklich glauben, daß Sie sich aussuchen können, ob Sie es ihm sagen.« Er griff nach ihrem Arm und zwang sie, ihn anzusehen. »Es geht hier nicht um irgendeinen schlechten Traum, den Sie gerade haben. Es ist nicht so, daß Sie morgen früh aufwachen, und ich bin verschwunden. Sie können einzig und allein bestimmen, unter welchen Umständen Sie Kevin erzählen wollen, daß er einen Vater hat.«

»Wenn er Ihnen wirklich so viel bedeuten würde, dann würden Sie ihm das nicht antun.«

Er ließ ihren Arm los. »Was denn? Ihn lieben? Mich um ihn kümmern? Seine Welt ein bißchen größer machen? Was werde ich ihm Ihrer Meinung nach antun, das so schädlich für ihn ist?«

»Sie stellen seine Welt auf den Kopf.«

»Machen Sie sich eigentlich um seine Welt Sorgen oder um Ihre eigene?«

»Er und ich – wir leben in derselben Welt«, sagte sie, und ihre Stimme war kaum mehr als ein leises Flüstern.

Mason sah zu Kevin hinüber. Für ein paar lange Sekunden starrte er seinen Sohn an. »Was haben Sie ihm über mich erzählt?« fragte er.

»Ich wußte ja nicht, wer Sie waren. Wie sollte ich ihm da etwas erzählen?«

»Sie müssen ihm doch irgendwas geantwortet haben, wenn er gefragt hat, warum alle anderen Kinder einen Vater haben und er nicht.«

»Ich habe ihm gesagt, daß Sie ein Geheimnis seien, über das seine Mutter Diane nie mit mir gesprochen hat. Daß alles, was ich über Sie weiß ...« Chris zögerte; sie war unsicher, ob sie ihm den Rest erzählen sollte oder nicht.

»Fahren Sie fort.«

Sie sah, wie er Kevin anstarrte und war wieder einmal beeindruckt, wie sehr die beiden einander ähnelten. Sie versuchte, sich vor Augen zu führen, wie Mason und ihre Schwester zusammen ausgesehen hatten, wie sie einander geliebt, sich angelächelt oder intime Dinge ausgetauscht hatten. Was hatte Diane bloß in ihm entdeckt, das Chris nicht sehen konnte? »Ich habe ihm erzählt, daß ich nicht mehr über Sie weiß, als daß seine Mutter Diane Sie sehr geliebt hat.«

Mason kniff seine Augen zusammen, während er sie prüfend betrachtete. »Ich glaube, daß ich Ihnen zumindest dafür danken muß.«

»Mehr werden Sie auch nicht bekommen.«

Er schüttelte seinen Kopf. »Warum machen Sie denn alles schwerer als nötig?«

»Wenn Sie auch nur ein Fünkchen vom Eltern-Dasein verstehen würden, dann wäre Ihnen klar, warum ich jeden Ihrer Schritte bekämpfen will. Seinen Nachkömmling in Verwahrung zu geben und dann nach sechs Jahren wieder aufzukreuzen, um zu sehen, wie er gewachsen ist – das ist ohne tiefe Bedeutung. Was für das Leben eines Kindes wirklich zählt, das ist die Zeit, die man in seine Erziehung investiert hat. Und da ich es bin, die ihre Zeit mit Kevin verbracht hat, bin ich auch diejenige, die darüber entscheidet, was für ihn das Beste ist. Sie sind nicht derjenige, Mr. Winter, und wenn Sie es noch so lange versuchen!«

»Eine wirklich überzeugende Rede, Ms. Taylor«, sagte Mason. »Aber in Ihrer Argumentation steckt ein kleiner Fehler. Hätte ich von Kevin gewußt, wäre ich derjenige gewesen, der seine Zeit investiert hätte.«

»Das können Sie jetzt leicht behaupten.«

»Nicht nur leicht, sondern unbestreitbar. Wer würde wohl daran zweifeln, was ich damals getan hätte, wenn er wüßte, wie schlagartig ich reagiert habe, als ich Dianes Brief bekam?«

Chris hatte das Gefühl, als würde ihr der Boden unter den Füßen weggezogen. »Sie können sagen, was Sie wollen und zu wem Sie wollen, aber Sie werden mich niemals davon überzeugen, daß Sie es ernst meinen. Wenn Ihnen Kevin wirklich wichtig ist, dann würden Sie ihn in Ruhe lassen.«

»Jetzt haben wir uns einmal im Kreis gedreht. Ich glaube, es macht keinen Sinn weiterzureden. Außerdem muß ich zurück an meine Arbeit, und ich bin sicher, daß Sie auch noch Dinge zu erledigen haben.« Er wies in Richtung Ausgang. »Wollen wir gehen?«

»Gehen Sie vor. Ich warte noch, bis Kevin genug von den Flugzeugen gesehen hat. Es wäre ja Quatsch, wenn wir unseren Ausflug hierher nicht nutzen würden!«

Mason lächelte. »Ein geschickter Versuch.«

»Was ist?« fragte Chris. »Trauen Sie Ihrem Spion nicht zu, ein Auge auf uns zu werfen?«

»Hier geht es um etwas, das ich lieber selbst in die Hand nehme. Also, wenn Sie jetzt fertig sind?«

»Ich brauche noch Zeit, um Kevin die Situation zu erklären.«

»Dazu werden Sie noch ausreichend Gelegenheit haben, während Sie ihn nach Hause fahren.«

»Es ist schon bemerkenswert. Wenn ich gerade das Gefühl habe, daß ich Sie so tief mißachte wie es überhaupt nur möglich ist, dann schaffen Sie es auch noch, einen drauf zu setzen.«

Er achtete nicht auf ihren Versuch, ihn zu verletzen. »Soll ich Kevin holen?«

Anstatt ihm zu antworten, ging sie zum Fenster hinüber. Nachdem sie einige Sekunden an Kevins Seite gestanden hatte, ging sie in die Hocke. »Rate mal, was ich dir jetzt erzähle«, sagte Chris.

»Was denn?« fragte Kevin, wobei sich seine Aufmerksamkeit weiterhin auf das Flugzeug konzentrierte.

»Ich habe beschlossen, daß wir letztendlich vielleicht doch in Sacramento bleiben sollten.«

Als er sie anschaute, leuchteten seine Augen vor Begeisterung. »Wirklich?« fragte er.

Sie nickte nur, da sie sich nicht auf ihre Stimme verlassen wollte.

Seine Begeisterung verschwand genauso schnell wie sie gekommen war. »Heißt das etwa, wir werden nicht mit einem Flugzeug fliegen?«

Sie hatte das Gefühl, zur gleichen Zeit lachen und weinen zu müssen. Das sah Kevin ähnlich: Genau das haben zu wollen, was ihm soeben weggenommen worden war. »Heute nicht«, antwortete sie. »Aber eines Tages werden wir fliegen.«

»Versprochen?«

»Mein Ehrenwort.« Sie stand auf und nahm ihn bei der Hand.

»Darf ich Tracy das erzählen?«

Sie führte Kevin absichtlich an Mason Winter vorbei aus dem Gebäude heraus, ohne sich nach ihm umzusehen. »Natürlich darfst du das.«

»Darf sie denn auch mitkommen?« fragte Kevin.

»Das kommt darauf an, wohin wir fliegen.« Sie spürte, wie ihre Niedergeschlagenheit zunahm.

»Ich werd's ihr erzählen, sobald wir zu Hause sind.«

Heimlich wischte sie sich eine Träne aus ihrem Augenwinkel. »Denk daran, daß du mit Versprechungen vorsichtig sein mußt«, sagte sie. »Manchmal kann man Menschen damit verletzen.«

Er schaute zu ihr auf. »Du hast versprochen, daß wir ein neues Zuhause haben würden.«

»Ich weiß«, sagte Chris.

»Ist schon gut, Mama«, sagte er. »Das war sowieso kein gutes Versprechen.«

Sie strubbelte ihm durch die Haare. »Vielleicht nicht, aber es sah einmal danach aus.«

Auf ihrem Nachhauseweg hielten Chris und Kevin bei Safeway an, um Lebensmittel und einen Brotlaib vom Vortag zu kaufen, den sie an die Enten im McKinley Park verfüttern wollten. Als sie im Park ankamen, setzte sich Chris auf den Rasen und beobachtete Kevin dabei, wie er vorsichtig das Brot verteilte und immer darauf achtete, daß auch die scheuesten Vögel ihren Anteil bekamen.

Sie tat, was sie konnte, um die Großzügigkeit und Liebenswürdigkeit zu fördern, die sie in Kevin heranreifen sah. Die Welt, die man ihm eines Tages hinterlassen würde, würde Männer brauchen, die imstande wären, einfühlsame Lösungen für ausweglose Probleme zu finden – und zwar sowohl auf der großen Bühne der Politik wie auch im einfachen alltäglichen Leben.

Was früher einmal bedeutungslose und abstrakte Begriffe für Chris gewesen waren – Frieden und Brüderlichkeit, die Verständigung zwischen den Völkern, die Rettung der Naturschätze durch Recycling oder auch der Schutz gefährdeter Arten, weil jeder einzelne Verlust von allen anderen gespürt wird – das hatte jetzt, seitdem Kevin da war, einen Sinn in ihrem Leben bekommen. Sie wollte alles tun, was in ihren Kräften stand, um dafür zu sorgen, daß die Welt, in der Kevin und seine Generation eines Tages leben mußten, eine bessere Welt sein würde als die, die sie selber kennengelernt hatte. Dieses Ziel war schlicht, aber tiefgründig. Und nach diesen Regeln zu leben – das war für sie der beste Weg, um Kevin zu zeigen, wie sehr sie ihn liebte.

Als das ganze Brot verfüttert war, gingen sie durch den Rosengarten und dann hinüber zu den Tennisplätzen; dort beobachteten sie zwei Frauen mittleren Alter, die den Ball häufiger verfehlten, als daß sie ihn trafen.

Als Chris ihre Heimkehr schließlich nicht mehr länger hinauszögern konnte, stiegen sie und Kevin zurück in ihr Auto und fuhren die wenigen Blocks zur Zweiundvierzigsten Straße. Kaum hatte sie das Haus betreten, rief sie Mary an und fragte, ob Kevin den Nachmittag bei ihr verbringen könne.

Wenn sie irgendwie darauf hoffen wollte, den Kampf gegen Mason Winter zu gewinnen, dann mußte sie alles Erdenkliche unternehmen, um ihre Chancen zu verbessern. Sie brachte Kevin zu den Hendricksons und wartete, bis er sicher im Haus war. Wenn sie wiederkäme um Kevin abzuholen – so versprach sie Mary – würde sie ihr erklären, was vor sich ging. Dann ging sie zurück nach Hause und vereinbarte für den nächsten Tag einen Termin mit Paul Michaels. Sicherlich würde er darauf bestehen, daß er nicht der richtige Anwalt sei, weil Familienangelegenheiten nicht sein Fachgebiet waren; aber Chris war davon überzeugt, daß die Leidenschaft und die Hingabe, mit denen er sich für ihren Kampf gegen Mason einsetzen würde, wichtigere Eigenschaften waren als die Erfahrung in ähnlichen Fällen. Nur weil Mason Winter das Recht auf seiner Seite hatte, hieß das nicht, daß das, was er tat, rechtens war.

Den verbleibenden Nachmittag verbrachte sie damit, ihre Sachen auszupacken.

12

Mason stieg aus dem Baustellen-Aufzug aus und betrat den Raum, der einmal die oberste Etage des Capitol Court Hotel sein würde. Die Arbeiten an dem Projekt waren drei Wochen im Rückstand. Wenn man die Verzögerungen bei den Lieferungen und Kontrollen in Betracht zog, war das gar nicht so schlecht, aber es gab mit absoluter Sicherheit auch nichts zu feiern.

Er hatte beschlossen, daß es klug sein würde, persönlich mit dem Vorarbeiter zu reden; er wollte ihn dazu ermutigen, alles in seinem Ermessen liegende zu tun, damit die Dinge vorangetrieben wurden. Selbst wenn der Zeitplan eingehalten würde, hatte Mason es oft nützlich gefunden, den Verantwortlichen einen freundlichen oder manchmal auch einen nicht so freundlichen Wink zu geben. Infolgedessen war in den vierzehn Jahren seit dem Bestehen von Winter Construction niemals ein Eröffnungstermin geplatzt. Selbst wenn es notwendig wäre, sämtliche Männer von allen anderen Projekten für die Arbeiten an dem Hotel heranzuziehen – es würde planmäßig eröffnet werden. Aber wenn diese Maßnahme nötig wäre, würden Köpfe rollen.

»Hallo, Mr. Winter, wie geht's?« hörte man jemanden von oben rufen.

Mason klemmte seine Hand an den Schutzhelm und schaute nach oben. Er lächelte dem Bauarbeiter zu, der ihn durch die Stahlbalken hindurch musterte. »Wie geht's den Zwillingen, Calvin?«

»Prima, besonders seitdem sie nachts durchschlafen. Ich wollte Ihnen auch noch für die Kinderbetten danken, die Sie uns geschickt haben. Sind wirklich hübsch und passen auch gut in den Raum.«

»Ihre Frau hat sich schon bei mir bedankt«, sagte Mason.

»Ja, sie hat gesagt, daß sie das tun wollte. Aber ich wollte auf jeden Fall auch noch selber was sagen.«

Daß Mason imstande war, Interesse am Privatleben seiner Angestellten zu demonstrieren, hatte er vor allem Rebecca zu verdanken. Sie hielt ihn über Geburtstage, Todesfälle und all die anderen Ereignisse auf dem laufenden, die seinen Leuten wichtig waren; und sie ließ es immer so aussehen, als wären ihm die Termine selbst eingefallen. »Unten haben sie mir erzählt, daß Howard hier oben sei. Haben Sie ihn gesehen?«

»Howard macht gerade Mittagspause«, sagte Calvin. »Aber Travis ist hier«, fügte er dann noch hinzu.

»Würden Sie ihn bitte nach unten schicken?«

»Klar, Mr. Winter.«

»Ich bin schon unterwegs«, ertönte dann eine tiefere und lautere Stimme.

Mason ging zur Behelfstreppe hinüber und wartete. Ein paar Sekunden später erschien Travis Millikin. Er hätte sich strecken müssen, um auf eine Größe von einssiebzig zu kommen, aber Travis hatte eine ausgesprochen kräftige Figur, und mit seinem wettergegerbten Gesicht konnte er genauso leicht stämmige Bauarbeiter einschüchtern wie auch dandyhafte Stadtplaner. Sein Erscheinungsbild wurde durch seine allumfassenden Kenntnisse der Bauindustrie noch unterstützt. Niemals hatte jemand eine Frage gestellt, deren Antwort Travis nachschlagen mußte. Er war etwa Ende fünfzig, zweimal geschieden, jetzt zum dritten Mal verheiratet, und er war ebenso großmütig wie aufbrausend.

»Wurden die Installationen abgenommen?« fragte Mason ohne jede weitere Einleitung.

»Die Prüfer sind noch nicht hier gewesen.«

»So ein Mist! Hat denen denn keiner gesagt, wie unser Zeitplan aussieht?« fragte er rhetorisch.

Travis rieb sich die Hände auf seiner Jeans. »Die wissen schon Bescheid, aber sie kümmern sich einen Scheißdreck darum. Warum sollten sie auch?«

Der Bauboom hatte jeden in der Stadt unvorbereitet erwischt. In jeder Abteilung fehlte Personal; deshalb waren die Leute überarbeitet und gingen mit Beschwerden etwa so nachsichtig um wie ein Bordellmanager. Um bei ihnen gut angeschrieben zu sein, tat Mason, was er nur konnte, und das aus höchst eigensüchtigen Gründen. Manchmal bekam er dafür eine besondere Gegenleistung, manchmal ging er leer aus. »Tu, was du kannst«, sagte er. »Und halte mich auf dem laufenden.«

Travis berührte mit seinem Zeh einen losen Brocken Beton, hob ihn auf und steckte ihn in seine Hosentasche. »Ach übrigens, ich mag den neuen Mann, den du eingestellt hast. Zuerst war's etwas schwierig, an ihn heranzukommen, ist 'n bißchen still, aber ich glaube, daß er sich hier ziemlich schnell einarbeiten wird.« Von der Seite her warf er Mason einen Blick zu. »Nimm mir das bitte nicht krumm«, fügte er hinzu, »aber er erinnert mich ein wenig an deinen Bruder.«

Mason dachte einen Moment darüber nach. »Du meine Güte, du hast recht«, sagte er dann.

»Das sollte deine Gefühle ihm gegenüber aber nicht beeinträchtigen«, erwiderte Travis. »Ich habe das nur erwähnt, weil ich wußte, daß es dir früher oder später auch auffallen würde – und in diesem Falle schien mir früher besser zu sein.«

»Wie zum Teufel konnte ich das nur übersehen?« sagte Mason geistesabwesend. Travis' Kommentar löste bittere Erinnerungen in ihm aus, die so frisch waren, als ob sie gerade vierzehn Tage alt wären und nicht schon vierzehn Jahre.

»Wie ich gehört habe«, sagte Travis, »drehen sich deine Gedanken in letzter Zeit um wichtigere Dinge.« Seine normalerweise eher schroffe Stimme klang jetzt untypisch weich.

»Wie hast du das erfahren? Ich hab' dich doch nicht gesehen, seitdem du aus Los Angeles zurückgekommen bist.« Travis reiste immer noch von Zeit zu Zeit gen Süden, um die Lücken zu füllen, die sie dort hinterlassen hatten, als sie die Hauptverwaltung von Winter Construction nach Sacramento verlegt hatten.

»Inzwischen solltest du eigentlich wissen, daß hier kaum etwas passiert, von dem ich nichts erfahre.« Er sah einen weiteren Brocken Beton und hob ihn auf.

»Mistkerl!« grummelte Mason. »Das heißt ja wohl, daß es jeder weiß.«

Travis zuckte mit den Schultern. »Also, die Leute haben es nicht von mir erfahren. Ich mag wohl alles mitbekommen, aber ich reiche nicht alles gleich weiter.«

»Um Gottes willen, Travis, das weiß ich doch«, sagte Mason. »Es ist sowieso egal, wer es weiß und wer nicht. In den nächsten Tagen wird nun alles öffentlich bekannt werden. Es ist einfach nur so, daß ich es dir selber erzählen wollte.«

»Wann wirst du den kleinen Kerl denn mal mitbringen?«

Mason lockerte seine Krawatte. Sie befanden sich gerade mitten in einer weiteren rekordbrechenden Hitzewelle, der zweiten schon, seitdem er nach Sacramento umgezogen war. Sogar im zweiundzwanzigsten Stockwerk war die Brise nicht kräftig genug, um den Schweiß zu trocknen. »Es gibt da noch ein paar Hindernisse, die ich zuerst überwinden muß. Dianes Schwester war nicht gerade überwältigt, mich auf ihrer Türschwelle stehen zu sehen. Bis wir die Sache zwischen uns geklärt haben, wird wohl noch etwas Zeit vergehen.«

»Weiß deine Familie Bescheid?« fragte Travis.

Mason kannte keinen anderen Mann außer Travis, der den Mut

und auch das Hintergrundwissen hatte, ihn nach seiner Familie zu fragen. Zweifelsohne gab es in seiner Mannschaft auch andere, die genauso neugierig waren, doch Travis war der einzige, der das Recht hatte, sich zu dem Thema zu äußern.

Vor vierzehn Jahren, als Mason von seinem Vater und seinem Bruder aus dem Familienunternehmen Southwest Construction herausgedrängt worden war und dann sogar vor Gericht um den Anteil an der Firma streiten mußte, den er immerhin mit seinem eigenen Geld aufgebaut hatte, da war Travis wegen dieser Ungerechtigkeit vor Wut außer sich gewesen. Als Spitzenmann im Außenbüro für Southwest hatte er viel zu verlieren gehabt, indem er sich auf Masons Seite schlug, doch das hatte ihn nicht abgeschreckt. Er war der erste gewesen, der sich voll in der jungen Winter Construction Company engagiert hatte und der schon in die Firma eingestiegen war, bevor es überhaupt eine Geschäftslizenz oder ein Büro gab.

Um Lohnkosten einzusparen, hatte Mason am Anfang achtzehn Stunden am Tag gearbeitet und das an sieben Tagen in der Woche, er hatte die Angebote bearbeitet, das Büro geleitet, sich bemüht, die notwendigen Begrüßungszeremonien dazwischenzuschieben und gleichzeitig die Arbeit draußen im Auge behalten. Travis war damit einverstanden gewesen, anstatt eines Lohnes einen Anteil vom Gewinn zu erhalten. Zu jener Zeit, als sogar eine Schachtel mit Bleistiften als Extravaganz betrachtet worden war, war Mason diese Vereinbarung wie ein Geschenk des Himmels erschienen. Travis' Verhalten ermöglichte ihm nicht nur die Bereitstellung des notwendigen Betriebskapitals, sondern es sorgte bei den anderen Angestellten gleichzeitig für einen emotionalen Auftrieb. Nach kaum fünf Jahren erwies sich diese Vereinbarung für Travis als ein fast peinlich profitables Geschäft, so daß er Mason darum bat, nun wieder ein Gehaltsempfänger werden zu dürfen. Aber Mason hatte abgelehnt.

Am Anfang hatte Mason mit dem Gedanken gespielt, die Firma Phoenix Construction zu nennen. Aber von Travis war dann der Vorschlag gekommen, daß man Masons Familie durch den Namen Winter für ein Geschäft, das eines Tages Southwest Construction in seinen Schatten stellen würde, auf angemessene und zufriedenstellende Weise ein Dorn im Auge sein würde.

Rebecca Kirkpatrick war an dem Tag gekommen, als sie den neuen Namen an dem Bauwagen angebracht hatten, der damals in seiner Doppelfunktion als Firmensitz und als Masons Apartment diente. Sie marschierte ohne Vorankündigung in das Büro, legte eine einseitige Kurzfassung ihrer Bewerbung auf den Tisch, und verkündete, daß sie auf der Suche nach einer aufstrebenden Firma sei, in die sie einsteigen wolle und daß sie glaube, genau diese gerade gefunden zu haben.

Danach gab es nur noch die drei: Sie verfolgten ein gemeinsames Ziel, und Travis und Rebecca standen Mason näher als die Familie, die er zurückgelassen hatte. Die beiden waren in jenem glücklichen Moment bei ihm gewesen, als er und Susan ihre Hochzeit gefeiert hatten, und sie hatten ebenso an seiner Seite gestanden, als Susan fünf Jahre später beerdigt worden war. Während der darauffolgenden schwarzen Tage, als alles um ihn herum zusammenzustürzen schien, waren sie die Stützpfeiler gewesen, die ihn aufrecht gehalten hatten. Sie hatten sich gefreut, als Diane in sein Leben getreten war, und sie waren fast so enttäuscht wie er selbst, als sie fortgegangen war. Sie würden die einzigen Mitglieder aus Masons Familie sein, die Kevin je kennenlernen würde.

»Nein«, sagte Mason und beantwortete damit endlich Travis' Frage. »Ich hab's ihnen nicht erzählt, und ich werde es ihnen auch nicht erzählen.«

»Und deiner Mutter?« bohrte Travis weiter.

Ein tiefer Zorn durchströmte Mason – ein Zorn, der so eng mit seinem verletzten Gefühl verflochten war, daß er das eine Gefühl nicht von dem anderen unterscheiden konnte. »Was ist mit ihr?« raunzte er.

»Glaubst du nicht …?«

»Wenn es nach mir geht, erfährt sie nichts davon«, beendete Mason den Satz. »Nachdem was passiert ist, genießt sie bei mir nicht die Privilegien einer Großmutter.«

»Ich dachte ja nur, du würdest vielleicht darüber nachdenken. Ich komme nicht umhin zu glauben, daß sie bei der ganzen Angelegenheit kalt erwischt wurde und sowieso nur verlieren konnte – egal, auf welche Seite sie sich auch geschlagen hätte.«

»Also schlug sie sich auf keine Seite und machte sich durch ihr Schweigen schuldig.«

»Vielleicht verstehst du jetzt, seitdem du selbst ein Kind hast, manche Dinge besser.«

»Du wirst zartfühlend in deinem vorgerückten Alter, Travis.«

»Du weißt ganz genau, daß das damit nichts zu tun hat«, erwiderte Travis.

Mason drehte sich um und schaute in Richtung Fluß. Wie immer fixierte sein Blick die einzelnen Landparzellen, die er zu einem einzigen großen Gebiet zusammenschließen wollte, seitdem er in Sacramento war. Er überlegte kurz, ob er Travis von den fortschreitenden Verhandlungen Rebeccas mit einem der Farmer erzählen sollte, von dem sie schon nicht mehr geglaubt hatten, daß sie ihn jemals herumkriegen würden, doch er entschied sich, nichts zu sagen. Während dieser Farmer sich nach wie vor strikt weigerte, ein Dokument zu unterzeichnen, nach dem er sein Land an Winter Construction verkaufen würde, wenn Mason auch den Rest einmal zusammmengebracht haben würde, zog er nun zumindest in Betracht, Mason ein Vorkaufsrecht einzuräumen. Travis hielt das Ganze weiterhin für ein tollkühnes Unternehmen – nein, für noch mehr als tollkühn; er war überzeugt, daß ein Spekulationsobjekt von dieser Größenordnung für Winter Construction den Ruin bedeuten würde. Aber in diesem speziellen Fall reichte Travis' Mißbilligung nicht aus, um Mason von dem Projekt abzubringen.

Mason war fest entschlossen, sich für die kommenden Generationen auf jenem Stück Land zu verewigen. Vor zwei Monaten noch hatte er es für sich selbst haben wollen. Jetzt sollte es ein Geschenk an seinen Sohn werden.

Er schnaubte verächtlich, als er seinen Schutzhelm abnahm und sich den Schweiß von der Stirn wischte. Nicht Travis wurde in vorgerücktem Alter zartfühlig, sondern er. »Ich weiß nicht, wie das mit dir ist«, sagte er und drehte sich zu seinem Freund um, »aber ich habe keine Zeit, hier herumzustehen und Wurzeln zu schlagen. Ich muß noch hierhin und dorthin und verschiedene Leute treffen.«

»Wenn einer von ihnen Tony Avalon ist, dann sag ihm, daß er morgen früh unbedingt hier am Lagerhaus antanzen soll.«

Mason war dankbar, daß Travis nicht darauf bestand, weiter über Masons neu entdeckten Sohn zu reden, obwohl er offensichtlich noch mehr zu sagen hatte. »Ich werde Rebecca bitten, die Nachricht weiterzuleiten. Wenn ich in meiner jetzigen Stimmung mit ihm rede, wird er nie mehr mit uns zusammenarbeiten.«

»Ich weiß nicht einmal, ob das ein großer Verlust wäre«, antwortete Travis.

»Vielleicht sollten wir darüber mal reden. Er ist dabei, ein Angebot für das Watt-Avenue-Projekt zu erstellen. Wenn wir ihn fallenlassen, will ich sicher sein, daß wir für das Projekt ein paar andere gute Leute kriegen, auf die wir uns verlassen können.« Mason ging zur anderen Seite des Gebäudes hinüber und drückte den Knopf für den Aufzug.

»Wir treffen uns bei Pava zum Frühstück«, sagte Travis.
»Abgemacht. Und ich lad' dich ein.«
Travis lachte. »Du bist eine billige Nummer, Mason.«
»Und du eine reiche, Travis.«
Nun lachten sie beide. »Ich gebe das Trinkgeld.«
Mason öffnete die Tür des Aufzuges, ging hinein und drehte sich noch einmal zu Travis um. »Zieh dir besser ein paar alte Klamotten an. Wenn ich mich recht entsinne, hat dich die Bedienung beim letzten Mal mit Kaffee übergossen, als du Trinkgeld gegeben hast.«

Mason hatte seine Arbeit an jenem Abend früh beendet, um seinen Smoking für die Galafeier der Künste im Hyatt Hotel anzulegen. Eigentlich hatte er vorgehabt, seiner Begleitung, Kelly Whitefield ein Auto zu schicken, doch in letzter Minute änderte er seine Meinung und entschloß sich, sie selbst abzuholen.

Das Abendessen mit Tanz war eine der üblichen abendlichen Pflichtveranstaltungen, aber diesmal gab es eine interessante Wendung. Im Moment war nur das Hyatt imstande, im Herzen der Stadt einen noblen Veranstaltungsort zur Verfügung zu stellen. Aber sobald Winter Construction die abschließenden Arbeiten am Capitol Court Hotel beendet hätte, würde sich das ändern. Die beiden Nobelhotels würden sich eine Weile lang ziemlich ins Zeug legen, um ihre Kunden anzuziehen – und das würde nach Masons Einschätzung etwa drei oder vier Jahre so gehen. Danach sollte die Geschäftswelt wohl weit genug expandiert sein, um zwei Luxushotels auszulasten. In der Zwischenzeit wollte Mason darauf vertrauen, daß das Capitol Court Hotel schon wegen seines Neuheitswertes genug Leute vom Hyatt wegziehen würde und er zumindest in einer guten Position, wenn nicht sogar fett in den schwarzen Zahlen sein würde.

Es wäre ein taktischer Fehler, wenn er der Abendveranstaltung fernbleiben würde. Man würde seine Abwesenheit registrieren und darüber spekulieren. Seine Anwesenheit hingegen würde man nicht zur Kenntnis nehmen. Außerdem war es für ihn mal wieder fällig, eine Nacht auszugehen, und niemand vermochte es besser als Kelly Whitefield, ihn von der Arbeit abzulenken.

Da er noch recht früh dran war, beschloß Mason, über Landstraßen zu Kellys Maisonettewohnung zu fahren, anstatt die Autobahn zu nehmen. Inzwischen war eine frische Meeresbrise aufgekommen und hatte die Temperatur im Tal kräftig fallen lassen. Man konnte wieder

Luft schöpfen, und es war kein purer Wahnsinn mehr, das Sonnenverdeck des Wagens zu öffnen.

Sein Porsche 911 glitt mit solch geschmeidiger Eleganz durch den verbliebenen Freitagabendverkehr, daß das Fahren eine reine Freude war. In den acht Jahren, in denen Mason das Auto nun besaß, war er nur neununddreißigtausend Meilen gefahren, die meisten davon im Winter, wenn seine Geschäfte ihm Zeit genug ließen, seine Skier aufzuladen und in die Berge zu fahren. Im Norden Kaliforniens zu leben und nicht Ski zu laufen war beinahe so, wie einen Garten zu bepflanzen und das Gemüse nicht zu essen.

Er fragte sich, ob Kevin wohl gerne Ski laufen würde. Bei dem Gedanken mußte er lächeln. Er hatte Jahre damit verbracht zu beobachten, wie Kinder, die ihm gerade bis zum Knie reichten, mit atemberaubender Selbstvergessenheit in Stemmbögen die Hänge hinuntergesaust waren, ganz so als ob ihre Beine aus Gummi wären; und die Kinder wollten nie ins Haus gehen, bevor ihre Lippen von der Kälte blau gefroren waren. Die Vorstellung, zum Gipfel eines Skihügels hinaufzublicken und zu wissen, daß eines der Kinder, die darauf versessen waren, zuerst unten anzukommen, sein Sohn war, ließ in ihm eine Flut von vielschichtigen und anrührenden Gefühlen hochkommen.

Als er sich der Zweiundvierzigsten Straße näherte, griff Mason, ohne bewußt darüber nachzudenken, nach dem Blinker hinter dem Lenkrad. Erst als er tatsächlich gegenüber von dem Hause angehalten hatte, in dem Chris und Kevin wohnten, und erst als er aus dem Auto gestiegen war, merkte er, was er hier eigentlich tat – nämlich genau das, was er vorher auch schon getan hatte und was er laut seinem Anwalt nie wieder tun sollte. Doch im Moment fehlte ihm das nötige Feingefühl, das ihn zur Vorsicht hätte ermahnen müssen. Es schien so, als ob sich sein ruhiger und kalkulierender Verstand, den er im Geschäft so gut einsetzen konnte, in leere Hirnmasse verwandelte, wenn es um seinen Sohn ging.

Auf seinem Weg zur Haustür schaute er durch das Fenster und sah, daß Chris in der Küche stand und mit jemandem redete. Wenigstens konnte sie ihm nicht vortäuschen, nicht zu Hause zu sein. Er ging auf die Veranda und klingelte.

»Ich geh' schon, Mama«, rief Kevin.

»Laß nur, Kevin, ich ...« doch weiter kam sie nicht.

Chris war entweder nicht laut genug, oder sie war nicht schnell genug, um ihn aufzuhalten, bevor er die Tür aufschwang. »Hallo«, sagte er und erkannte Mason sofort.

»Hallo«, erwiderte Mason und war erstaunt über das intensive Gefühl seiner anwachsenden Freude, die er nun spürte.

»Soll ich meine Mama holen?« fragte Kevin.

Das war das letzte, was Mason wollte, doch er wußte, daß er keine andere Wahl hatte. Wenn überhaupt noch eine minimale Möglichkeit bestand, daß er und Chris ihre Angelegenheiten außerhalb der Gerichte regeln konnten, dann wollte er diese Chance nicht verspielen, indem er sie verärgerte, bevor sie überhaupt miteinander redeten. Er war sich sicher, daß sie mit der Unterstützung jedes auch nur annähernd anständigen Anwaltes seinen Versuch über Jahre hinauszögern könnte, das gemeinsame Sorgerecht zu erlangen – und es war ihm klar, daß auch sie darüber Bescheid wußte. »Wenn sie nicht beschäftigt ist«, sagte er deshalb zögernd.

Plötzlich tauchte ein anderer Kopf neben Kevin auf. »Es ist der Mann, von dem ich dir erzählt habe«, sagte Kevin und drehte sich zu dem Mädchen um. »Der, den Mama und ich am Flughafen gesehen haben.«

»Er hat schöne Sachen an«, sagte das kleine Mädchen und redete dabei über Mason, als ob er nicht dort stehen würde.

Dann sagte Kevin zu Mason: »Meine Mama ist mit Tante Mary in der Küche. Sie backt gerade Plätzchen mit Erdnußbutter. Aber sie kann damit für eine Minute aufhören.«

»Ich bin schon hier, Kevin«, sagte Chris und rieb sich die Hände an einem Handtuch ab, während sie zur Tür hinüberging. Sie warf Mason einen frostigen Blick zu, bevor sie ihre Aufmerksamkeit wieder auf Kevin richtete. »Warum spielst du nicht ein wenig mit Tracy im Hinterhof, während ich mit Mr. Winter rede?«

»Aber wir haben doch gerade mit den Legosteinen im Schlafzimmer gespielt«, beschwerte Kevin sich.

Chris legte ihre Hand auf seine Schulter und lotste ihn hinter sich. »Ihr könnt später damit weitermachen.«

»Können wir die Legosteine mit nach draußen nehmen?«

»Habe ich euch jemals erlaubt, die Legos mit nach draußen zu nehmen?«

»Nein«, antwortete Kevin.

»Und daran hat sich auch nichts geändert.«

»Dürfen wir ein Plätzchen haben?«

»Fragt Tante Mary, ob sie euch eins gibt.«

»Können wir auch zwei haben?«

»Kevin«, ermahnte ihn Chris, und sie sprach jetzt in einem Tonfall, der ihm sagte, daß er es weit genug getrieben hatte. Er gab auf, nahm seine Freundin bei der Hand und steuerte auf die Küche zu. Als er fort war, trat Chris wieder Mason gegenüber. Sie hatte Feuer in den Augen, als sie ihn fragte: »Was wollen Sie hier?«

»Ich wollte Kevin sehen«, antwortete er, indem er sich einfach für eine ehrliche Antwort entschied.

»Sie wissen genau, wie ich darüber denke.«

»Ich dachte, Sie hätten inzwischen vielleicht ein paar weitere Überlegungen angestellt«, sagte Mason und bemühte sich, beschwichtigend und vernünftig zu klingen, auch wenn er bei diesem Versuch beinahe erstickte. Sein ausgeprägter Sinn dafür, ein faires Spiel zu spielen, schrie geradezu danach, sich das zu nehmen, was rechtmäßig ihm gehörte, doch gleichzeitig hinderte ihn derselbe Sinn auch daran, tatsächlich so zu handeln. So sehr es ihm auch gefallen hätte, Chris' Anspruch auf Kevin zu ignorieren – er konnte es einfach nicht. Sie war ebenso Kevins Mutter, wie er Kevins Vater war; vielleicht hatte sie dieses Anrecht nicht durch seine Geburt erworben, sicherlich aber durch die Zeit, die sie für Kevin aufgebracht hatte.

»Ich kann kaum an etwas anderes denken«, sagte Chris.

»Ich nehme an, ich wäre ein Idiot, wenn ich hoffen würde, daß Sie Ihre Meinung geändert haben.«

»Ich hätte das zwar etwas anders ausgedrückt, aber so bringen Sie's wunderbar auf den Punkt.«

»Also, in meinem Leben sind mir ja schon einige, unglaublich sture Leute über den Weg gelaufen, aber niemand war so …« Plötzlich hielt er inne. Sie weiter zu beleidigen, würde ihn nicht weiterbringen. »Sehen Sie, ich will nur das Beste für Kevin. Er braucht genauso dringend einen Vater wie eine Mutter. Ich will nicht versuchen, Ihnen Kevin wegzunehmen. Ich möchte nur ein Teil seines Lebens werden und ihn zu einem Teil meines Lebens machen.«

»Wenn Sie wirklich nur das Beste für Kevin im Sinn hätten, dann wären Sie jetzt nicht hier«, sagte Chris. »Mitzukriegen, wie plötzlich aus dem Nichts ein Vater in seinem Leben auftaucht, macht die Sache nicht besser; es wird ihn nur verwirren. Insbesondere bei einem Vater wie Ihnen.«

Jetzt konnte er die Wut in seiner Stimme nicht länger unterdrücken. »Woher zum Teufel wissen Sie eigentlich, was für eine Art Vater ich sein würde?«

Sie lehnte sich gegen den Türrahmen und verschränkte ihre Arme über der Brust. »Jeder, der in dieser Stadt lebt und Zeitung liest, weiß, was für ein Mann Sie sind. Sie leben in einem Haus aus Glas, Mr. Winter und – egal ob durch eine Fehleinschätzung oder durch Fehler im Design – Sie lassen Ihre Jalousien geöffnet, so daß jeder bei Ihnen hineinsehen kann.«

Er warf seine Hände hoch und stöhnte verächtlich. »Ist ja sagenhaft! Mein Sohn wird von einem eingetragenen Mitglied der Moralapostel erzogen! Meine Güte, Mädchen, lassen Sie immer andere das Denken für Sie erledigen? Sind Sie nicht imstande, sich Ihre eigene Meinung zu bilden – eine Meinung, die auf dem beruht, was Sie sehen und nicht auf dem, was Sie lesen?«

Unbeirrt ließ sie seine Tirade über sich ergehen. »Sie stehen für all das, was mir zuwider ist«, sagte sie ganz ruhig, als er zu Ende geredet hatte.

Um seinen Drang zu bändigen, sie zu würgen, steckte er die Hände in seine Hosentaschen. »Was zum Beispiel?« fragte er.

»Der Auburn-Damm, der neue Yachthafen am Sacramento River; Steuersenkungen für die Reichen; sich politischen Einfluß zu erkaufen, und wenn das nicht funktioniert, Druck auszuüben, um das zu bekommen, was man gerade will; sich selbst wie ein Stück Fleisch versteigern zu lassen – soll ich fortfahren?«

»Daß die Versteigerung für einen wohltätigen Zweck war, zählt wohl nicht, nehme ich an«, sagte er, denn er konnte nicht widerstehen, sie weiter in Fahrt zu bringen.

»Für Sie mag das zählen«, schoß sie zurück. »Aber versuchen Sie das mal einem kleinen Jungen zu erklären, der seinen Vater dabei beobachtet, wie er einen Laufsteg entlangstolziert und einem Haufen verrückter Frauen aus der Zuschauermasse zuliebe wild herumgestikuliert.«

»Aha, wie ich sehe, sind Sie auf einer dieser Veranstaltungen gewesen?«

»Ich habe darüber gelesen.«

»Ja, jetzt verstehe ich. Wir sind wieder bei den Zeitungen.« Er senkte seinen Blick und überlegte, was sie gesagt hatte. »Und den Druck, den ich angeblich ausübe – haben Sie darüber auch in der Zeitung gelesen?«

»Ja.«
»Und über meine umweltfeindliche Einstellung?«
»Auch.«
»Und das ist alles?«
»Reicht das nicht?«

Als er wieder aufsah, bemühte er sich um einen unschuldigen Gesichtsausdruck, auf dem von seiner Wut keine Spur zu sehen sein sollte. »Ich dachte nur, daß Sie sich das Beste vielleicht bis zum Ende aufsparen würden. Aber ich vermute, Sie haben den Artikel verpaßt, in dem es hieß, daß ich jede ansehnliche Frau in diesem Land zwischen einundzwanzig und fünfzig vernascht habe.«

Sie starrte ihn für einige Sekunden an, bevor sie antwortete: »Aber wir wissen ja, daß das nicht stimmt, nicht wahr, Mr. Winter?« sagte sie mit süßer Stimme.

Ihre Antwort überraschte ihn so sehr, daß er für einen Moment sprachlos war. Er hatte ja erwartet, daß zwischen ihnen Waffengleichheit herrschen würde, nicht jedoch, daß sie ihn schlagen würde. »Sie wissen so genau wie ich, daß Sie nicht das Geld haben, einen langen Kampf vor Gericht durchzustehen. Wann werden Sie wohl endlich kapieren, worum es hier geht?«

»Wenn Sie mal über Ihre eigene ichbezogene Welt hinaussehen könnten, dann würden Sie verstehen, daß mein Kampf nichts mit Geld oder Fakten oder der Wiedergutmachung von altem Unrecht zu tun hat. Ich liebe Kevin mehr als mein eigenes Leben. Um ihn zu beschützen, werde ich alles tun, was erforderlich ist.«

Er konnte nicht weiter mit ihr herumstreiten. Sie hatte sich ihre eigene kleine Welt geschaffen und beschützte sie mit der ihr eigenen Form von Fanatismus. Sie war der Schutzengel, und er war der Teufel. »Es tut mir leid, Sie belästigt zu haben«, sagte er und gab sich geschlagen. Er warf ihr einen letzten Blick zu und war überrascht, als er Verwirrung über ihr Gesicht huschen sah.

Als er sich umgedreht hatte und zu seinem Auto zurückging, hörte er, wie die Tür hinter ihm zufiel und das Schloß einschnappte. »Unser Tag wird kommen, Kevin«, versprach er sich. »Und er wird bald kommen.«

13

Mason nickte Walt Bianchi bei dessen Ankunft an der Abendtafel kurz zu. Rebecca hatte darauf bestanden, daß es für den neuen Manager von Winter Construction weitaus wichtiger war als für sie selber, bei der Wohltätigkeitsveranstaltung dabei zu sein, um mit all den Leuten aus der High Society von Sacramento in Kontakt zu kommen und ihnen die Hände zu schütteln. Deshalb hatte Rebecca darauf bestanden, Walt ihre Eintrittskarte zu überlassen. Sie hatte natürlich recht gehabt, aber gleichzeitig war sie darauf aus gewesen, endlich eine Ausrede zu finden, um zu Hause bleiben zu können und es sich mit ihren Dutzenden ungelesener Kriminalromane gemütlich zu machen, die sie im Laufe der Jahre angesammelt hatte.

Mason hob seine Hand, um den Kellner davon abzuhalten, ihm ein weiteres Glas Wein einzuschenken. Er hatte an diesem Abend bereits zu viel getrunken, weil er versucht hatte, seine Wut über Chris Taylor zu ertränken. Als ihm klar wurde, daß der Alkohol nicht die Antwort war und daß Kelly den Wagen nach Hause fahren oder er ein Taxi nehmen mußte, wenn er noch mehr trinken würde, war er auf Kaffee umgestiegen.

Wenigstens in einer Hinsicht war der Abend eine angenehme Überraschung: Walt Bianchi war ein Meister darin, die Leute zu unterhalten. In den knapp drei Stunden hatte er jeden – vom Bürgermeister bis hin zu Travis Millikins Frau – mit seinem Charme in den Bann gezogen. Als Mason ihn fragte, was er von Linda Ronstadt halte, die für das abendliche Unterhaltungsprogramm engagiert worden war, antwortete Walt, daß er dazu nichts sagen könne. Mit einem absolut ernsten Gesicht war er fortgefahren, daß er keine Zeit für sie opfern könne, wenn sie nichts mit dem Baugeschäft zu tun habe.

Wenn Mason sich nicht wegen Walts unheimlicher Ähnlichkeit mit seinem Bruder so unbehaglich gefühlt hätte, wäre er in der Lage gewesen, die Darbietung mehr zu genießen. Aber statt dessen ertappte er sich dabei, wie er das Verhalten seines neuesten Angestellten hinterfragte und es verdächtig fand, wie leicht dieser Mann sich bei anderen einschmeichelte. Er fragte sich sogar, in welchem Maße Bianchis Fähigkeiten ihn wohl beeinflußt hatten, als er mit Walt das Einstellungsgespräch geführt hatte.

Eigentlich machte er sich Vorwürfe, daß er aus so fragwürdigen Gründen an dem Mann zweifelte. Man sollte Menschen danach beurteilen, was sie taten und nicht danach, wie sie aussahen oder was andere über sie sagten.

Zu schade, daß Chris Taylor sich nicht der gleichen Theorie anschließen mochte.

Verdammt, dachte er. Da war er wieder genau bei dem Thema angelangt, mit dem er den Abend begonnen hatte. Es ärgerte ihn maßlos, daß Chris nicht in der hintersten Ecke seines Gehirns bleiben wollte, wohin er sie verbannt hatte. Statt dessen mischte sie bei jedem seiner Gedanken und jeder seiner Handlungen mit.

»Hallo, bist du überhaupt anwesend?« säuselte ihm Kelly jetzt ins Ohr, während sie ihre Hand über seinen Arm gleiten ließ und ihre Brust gegen ihn preßte.

Er lehnte sich zu ihr herüber und lächelte. »Ich vernachlässige die allerschönste Frau hier. Ich bitte um Entschuldigung.«

»Entschuldigung akzeptiert.« Sie legte ihr Kinn auf seine Schulter, so daß sie nun mit ihrem warmen Atem sein Ohr anhauchte. »Warum habe ich das Gefühl, daß es dir nicht so besonders gut geht?«

»Weil du nicht nur hübsch, sondern dazu auch noch intelligent bist.«

»Hör auf«, flüsterte sie neckisch. »Du erregst mich.«

Es gab sicherlich schlechtere Möglichkeiten, einen Abend zu beenden.

Sie lächelte verführerisch. »Laß mir noch ein paar Minuten Zeit, um mich zu verabschieden, und dann können wir gehen.«

Als sie fort war, drehte sich Mason zu Walt um. »Haben Sie irgendwas erfahren?« fragte er ihn.

Walt lachte. »Ich merke gerade, Mason, daß das eines der Dinge ist, die mir ziemlich gut an Ihnen gefallen. Daß Sie immer direkt in die Offensive gehen.« Er rückte etwas näher an Mason heran, damit die beiden sich besser unter vier Augen unterhalten konnten. »Interessanterweise habe ich herausgefunden, daß gewisse Leute Sie mehr fürchten und hassen als ich erwartet hätte. Was mir wiederum sagt, daß ich die richtige Wahl getroffen habe, als ich mich entscheiden mußte, wo und für wen ich zukünftig arbeiten will.«

»Das ist ja eine interessante Beobachtung«, sagte Mason. Genauso hätte er selbst in der gleichen Situation geantwortet.

»Übrigens, worum geht es eigentlich bei diesem Projekt am Fluß, über das ich die Leute ständig tuscheln höre? Ich kann mich nicht daran erinnern, daß Sie mir bei meiner Einstellung irgend etwas darüber erzählt haben. Hab' ich was verpaßt?«

»Welche Leute?« fragte Mason zurück und wirkte nun angespannt. Bis vor ein paar Monaten hatten die anderen Bauherren in der Stadt seine Versuche als Witz abgetan, das Gelände entlang des Sacramento Rivers zu kaufen: »Winters Wunderland«, nannten sie sein Projekt, und sie waren davon überzeugt, daß er entweder bankrott oder schwachsinnig wäre – nach Meinung dieser Leute sogar beides – bevor auch nur ein einziger Mensch in einem der Gebäude wohnen würde, falls er überhaupt jemals die Genehmigung dafür erhalten würde, seine Miniatur-Stadt innerhalb der Stadt zu bauen.

Die Probleme, die zu bewältigen waren, wenn man auf dem ökologisch sehr anfälligen Gelände irgend etwas bauen wollte, waren gewaltig. In dem Gebiet galten die Bauvorschriften der Stadt und zusätzlich auch noch die von zwei verschiedenen Verwaltungsbezirken. Es müßte also sowohl die Genehmigung des Stadtrats als auch die von zwei Bezirks-Aufsichtskommissionen eingeholt werden, und darüber hinaus müßte man mit der staatlichen Hochwasser-Aufsichtsbehörde, dem Park- und Freizeit-Ausschuß sowie der Wasserversorgungsbehörde verhandeln, um nur einige der zuständigen Ämter zu nennen. Es war kaum überraschend, daß außer Mason jedermann dieses Projekt als den Gipfel des Schwachsinns betrachtete, als etwas, das kein Bauherr mit klarem Verstand auch nur in Erwägung ziehen würde. Mit Sicherheit würde keine Bank oder Sparkasse das Projekt finanzieren, es sei denn, diese wollte die Bundesfahnder zwecks einer Überprüfung der Kreditpolitik im Nacken haben.

Doch Mason hatte nicht lockergelassen, und er war zuversichtlich gewesen, daß er schließlich als letzter lachen würde; er war sich sicher gewesen, daß er bei dem Projekt freie Bahn haben würde, weil er ja der einzige war, der den Mut hatte, es durchzuführen. Doch vor sechs Wochen hatte er dann zum ersten Mal einzelne Informationsfetzen aufgeschnappt, die ihm den Eindruck vermittelten, daß noch jemand anders erkannt hatte, welchen potentiellen Gewinn man mit der Bebauung des Geländes am Fluß erzielen könnte – eines Gebietes also, das Mason bereits als sein eigenes betrachtete.

Walt hob eine Hand vor sein Gesicht und tat so, als ob er sich kratzen wollte, doch in Wirklichkeit wollte er seine Lippen vor irgendwelchen Leuten verbergen, die vielleicht versuchten, das Gespräch zu belauschen. »Ich glaube, zwei Leute in der Gruppe standen irgendwie mit dem Stadtrat in Verbindung. Ich konnte ihre Namen nicht aufschnappen, aber ich kann Ihnen sagen, wie sie aussehen. Ich habe mitgehört, wie einer seinen Gesprächspartner mit Al Lowenstein anredete und den anderen mit Bart oder Bert oder so ähnlich. Ich habe mich bemüht, den Eindruck zu erwecken, als könne ich sie nicht verstehen, aber als Lowenstein mich erkannte, haben sie sofort das Thema gewechselt.«

Mason nickte. Es überraschte ihn nicht, wer da miteinander gesprochen hatte, wohl aber, worüber sie geredet hatten. Al und Bart konnten auch zusammen niemals die Mittel aufbringen, die für den Bau eines städtischen Einkaufszentrums benötigt würden; sie bedeuteten keine Gefahr für ihn. Aber daß die beiden genug über die Sache gehört hatten, um es am heutigen Abend zum Gesprächsthema machen zu können – das bedeutete eine tatsächliche Gefahr im Verzug. »Erzählen Sie mir, wenn Sie weitere Leute über das Projekt reden hören«, sagte Mason zu Walt. »Und passen Sie genau auf, was sie sagen.«

»Irgendwas Spezielles?«

Mit der vorsichtigen Frage versuchte Walt, weitere Informationen aus Mason herauszulocken, doch Mason ließ sich nicht darauf ein. Er war sich nicht sicher, warum es ihm widerstrebte, Walt ins Vertrauen zu ziehen; er wußte nur eines: Wenn dieses Gefühl bei ihm anhielte, würde Walt ihm die Informationen nicht besorgen. »Nein«, antwortete Mason dann nach etlichen Sekunden. »Erzählen Sie mir einfach alles, was Sie hören.«

Eine halbe Sekunde, bevor Kelly wieder bei ihm war, hatte Mason schon den Duft ihres Parfüms in der Nase. »Fertig?« fragte er sie und stand bereits.

Sie berührte mit der Zungenspitze ihre Lippen. »Oh, ja ...«, sagte sie, so daß nur er sie hören konnte. Sie lächelte, als sie sich an ihn schmiegte und ihm einen flüchtigen Kuß auf die Wange drückte. »Und gleich geht's weiter«, wisperte sie verführerisch.

Mason sah zu Walt hinunter und sagte: »Wir sehen uns dann am Montag im Büro.«

»Und falls der verbleibende Abend noch interessant werden sollte?« fragte Walt.

Mason nahm zur Kenntnis, daß Walt sich bewähren und deshalb so lange bleiben wollte, bis nur noch Betrunkene und Kellner auf der Feier sein würden. Genau das gleiche hätte er an Walts Stelle auch getan und deshalb freute er sich. »Rufen Sie Rebecca an«, sagte er. »Sie wird schon wissen, wie sie mich erreichen kann.«

Er richtete seine Aufmerksamkeit nun wieder auf Kelly, nahm ihren Arm, als sie durch den Bankettsaal gingen und nickte denjenigen zur Begrüßung zu, die er kannte; er lächelte in vertraute Gesichter und hielt zweimal an, um Leuten, die er eine Weile nicht gesehen hatte, ein paar Informationen zu übermitteln.

Als sie aus der klimatisierten Lobby in die warme Nacht hinaustraten, ließen sie auch die letzten Überreste der Party-Atmosphäre hinter sich. Die Hitze der Nacht schlug ihnen entgegen und erweckte in ihnen sinnliche Gefühle; sie spürten, daß sie für die Nacht draußen viel zu warm angezogen waren. Es war eine von jenen Nächten, in denen man die Autofenster hinunterkurbelte und den Wind hineinwehen ließ, um sich seine Sinne beflügeln zu lassen.

»Hast du noch diese Mineralquelle?« fragte Mason, während sie darauf warteten, daß sein Auto gebracht wurde.

»Und einen absolut guten Cabernet Sauvignon dazu. Für dich persönlich eigenhändig den ganzen Weg aus Frankreich hergebracht.«

Kelly besaß ein Reisebüro und war genauso oft unterwegs, wie sie in der Stadt verweilte. Obwohl er normalerweise kalifornische Weine bevorzugte, wußte er, daß er immer zu einer Kostprobe eingeladen wurde, wenn Kelly sich die Mühe gemacht hatte, etwas mit nach Hause zu bringen.

Sein Blick schweifte jetzt zu der Stelle, an der ihre üppigen Brüste aus dem smaragdgrünen Kleid hervorquollen. Die Sorgfalt, die Kelly darauf verwendete, ihren Körper genauso schlank und fit zu erhalten, wie er damals zu ihrer Zeit als College-Meisterin im Rückenschwimmen gewesen war, ließ nicht nur ihre Haut und ihre Muskeln straff und fest erscheinen; sie sorgte auch dafür, daß ihre Bewegungen einen Hauch von Erotik und athletischer Anmut ausstrahlten. Diese Art von Selbstsicherheit fand Mason unglaublich sexy.

Aber Mason fühlte sich nicht nur wegen ihres erbaulichen Körpers oder ihres schönen Gesichts von Kelly angezogen. Es war auch nicht der Sex, welcher immerhin der beste war, den er je mit einer Frau gehabt hatte, die er gar nicht liebte. Vielmehr war es die unkomplizierte Art, in der er mit ihr zusammensein konnte. Wenn diese Nacht genauso werden würde wie die anderen Nächte, die sie zusammen verbracht hatten, dann würden sie einige Stunden lang ungehemmten, ja zeitweise sogar unvorstellbar guten Sex miteinander haben und am Morgen als gute Freunde wieder auseinandergehen. Es wäre für beide in Ordnung, wenn sie sich danach monatelang nicht sehen würden.

Es würde keine gegenseitigen Verpflichtungen geben und auch keine verletzten Gefühle.

Es war genau die Art von Beziehung, die Mason brauchte, und es war überhaupt die einzige Art von Beziehung, auf die er sich jemals wieder einlassen würde. Er hatte die Liebe in der Ehe erlebt, er hatte die außereheliche Liebe kennengelernt, und er hatte jedesmal den Schmerz gefühlt, wenn es vorbei gewesen war. Die Höhen waren großartig gewesen, aber die verfluchten Tiefen hätten ihn fast dahingerafft.

Er legte seinen Arm um Kellys Schultern und zog sie an seine Seite, so daß er durch seinen Smoking hindurch die Hitze ihres Körpers spüren konnte. Mason empfand ein so plötzliches und intensives Begehren, daß es ihn beinahe überwältigte. Wenn er nicht das Aufheulen seines Porsches gehört hätte, der gerade die Betonrampe hinabgebracht wurde, dann hätte er die Fahrt nach Hause abgeblasen und wäre mit ihr zurück in das Hotel gegangen.

Sie blickte zu ihm auf und lächelte. »Schöne Erlebnisse haben diejenigen, die warten können, Mason.«

»Entgeht dir denn eigentlich gar nichts?«

Sie musterte die Wölbung in seiner Hose. »Manche Dinge sind eben offensichtlicher als andere.«

Er grinste. »Ich habe dich vermißt«, sagte er und drückte ihr einen Kuß auf die Stirn.

»Viel länger ist es nicht auszuhalten«, antwortete sie und zog seinen Kopf herunter zu ihren Lippen. Sie küßten sich lange und intensiv, während sie zärtlich mit ihrer Zunge seinen Mund erkundete.

Mason gratulierte sich zu seiner scheinbar natürlichen Art, mit der er Kelly ins Auto half, nahm die Schlüssel, die ihm der Angestellte überreichte, und verließ den Parkplatz. Beim Stop an der nächsten Ampel war er überrascht, als er Kellys scherzhaften Gesichtsausdruck sah.

»Ich wette, du glaubst, daß du noch einmal davongekommen bist, stimmt's?« fragte Kelly.

»Also, der Parkplatzwächter hat bestimmt nichts gemerkt.«

»Was glaubt er wohl, warum er kein Trinkgeld bekommen hat? Weil du schleunigst nach Hause fahren mußtest, um im Fernsehen Johnny Carson zu sehen?«

Mason dachte einen Moment darüber nach und lachte dann. »Beim nächsten Mal hole ich's nach.«

Kelly zog ihren Rock hoch, nahm Masons Hand und legte sie auf die Innenseite ihrer Oberschenkel. »Lügner«, sagte sie. »Du hast ja nicht die leiseste Vorstellung davon, wie der Wächter aussieht.«

Als sie Kellys Maisonnettewohnung erreichten, waren sie beide nach ihrem ausgedehnten Vorspiel im Auto bis aufs Äußerste erregt. Sie ließen ihre Kleidung schon an der Haustür fallen und sanken vor dem Kamin auf dem Perserläufer nieder, wo sie beendeten, was sie im Auto begonnen hatten; sie unterbrachen ihr Liebesspiel gerade so lange, damit Mason sich ein Kondom überziehen konnte, das er aus seiner Hosentasche gezogen hatte.

Als der erste Ansturm ihrer Leidenschaft vorüber war, wechselte Kelly die Stellung und setzte sich rittlings auf ihn, um auf den letzten Wellen, die sie durchzuckten, zu reiten, wobei sie sich in rhythmischen Bewegungen gegen seine erregte Männlichkeit preßte. »Das war gut«, sagte sie und spreizte ihre Finger über seiner Brust. »Aber es war nur der Appetitanreger.«

»Bekommst du denn jemals eine volle Mahlzeit?« fragte Mason.

»Nur mit dir.« Sie berührte seine Brustwarzen mit ihren Fingern und streichelte sie kreisförmig. »Wenn du mir verraten würdest, wie du es schaffst, die ganze Nacht hart zu bleiben, würde ich ein Patent darauf anmelden und hätte für mein Leben ausgesorgt.«

Er ließ seine Hände an ihrem Oberschenkel hinaufgleiten, bis seine Daumen ihre feuchte Scham berührten. »Du bist diejenige, die dafür sorgt, daß ich hart bleibe«, sagte er.

Sie lachte. »Wenn ich diejenige bin, wie kommt es dann, daß meine Zauberkünste bei anderen Männern nicht wirken?«

Er setzte sich abrupt auf, griff nach ihr und zog sie zu sich herab. »Das kann ich nicht begreifen«, sagte er und krümmte seinen Rücken, um ihre schweren Brüste zu spüren, die sich an ihn preßten.

»Möchtest du ein bißchen von dem Wein trinken und dir etwas die Kehle benetzen? Ich fühle mich auch äußerlich etwas feucht und aufgeweicht.« Sie hielt plötzlich inne, so als ob ihr gerade ein Gedanke durch den Kopf gegangen wäre. »Du kannst doch die ganze Nacht bleiben, oder?«

Es lag ihm schon auf der Zungenspitze, mit »ja« zu antworten, doch als er seinen Mund öffnete, kam stattdessen ein »nein« heraus. Er war genauso überrascht wie sie.

»Ach – wie schade«, stockte sie. »Ich hatte gedacht …«

Da er keine Ahnung hatte, warum er ihr erzählt hatte, daß er nicht bleiben könne, war es beinahe unmöglich, nun mit einer schlüssigen und logischen Begründung aufzuwarten. »Es ist wegen meines Sohnes«, sagte er dann endlich und überraschte sie beide ein weiteres Mal.

»Welcher Sohn?« fragte sie und lehnte sich zurück, damit sie ihn ansehen konnte.

Er zögerte, denn er wollte nur ungern Details mit ihr besprechen. »Das ist eine lange Geschichte«, sagte er schließlich, und in seinem Kopf braute sich eine Erklärung zusammen, die jedoch ebenso unlogisch wie offenkundig war. Er war jetzt ein Vater, und in seiner Vorstellungswelt gingen Väter eben nicht mit der ausdrücklichen Absicht in das Haus einer Frau, es die ganze Nacht mit ihr treiben zu wollen. Er sah Kelly an und zuckte hilflos mit den Schultern. »Ich verstehe das selbst nicht. Wenn ich es verstehe, werde ich es dir erzählen.«

Sie starrte ihn an. Schließlich wurde ihre Wut durch Frustration verdrängt, und als auch die Frustration vorüber war, akzeptierte sie seine Haltung. »Also gut«, sagte sie, »wie steht's mit ein wenig Wegzehrung zum Abschied?«

Er schmunzelte. »Du redest nicht etwa von einem Glas Wein, oder?«

»Um Gottes willen, nein.«

Er nahm sie wieder in seine Arme. »Gut.«

»Wenn das alles ist, was ich bekomme, sollten wir es noch mal versuchen«, sagte sie und schlang ihre Beine enger um seine Taille herum.

Er küßte sie innig und hingebungsvoll und hoffte, hier nun jene Fluchtmöglichkeit zu finden, die er sich am Nachmittag ausgemalt hatte. Stattdessen erschien vor seinen Augen Chris Taylor, wie sie auf der Veranda stand und ihm sagte, welch ein moralisch bankrotter Bastard er sei.

Und damit war seine rauschende Liebesnacht vorzeitig beendet.

14

Chris lehnte sich in ihrem Stuhl zurück und sah aus dem Fenster. Nachdem sie den ganzen Vormittag an ihrem Computer verbracht hatte, war sie erschöpft, gelangweilt und mit ihren Ideen am Ende. Es gab eben nur ein paar wenige Möglichkeiten für eine Steuerberaterpraxis anzukündigen, daß sie einen neuen »interessanten« Partner für sich gewonnen hatte, der in Wirklichkeit natürlich genauso langweilig war wie jeder andere Steuerberater, der für Norman Johnston and Associates arbeitete; doch es war Chris' Aufgabe, es so klingen zu lassen, als ob nun ein neuer Kreuzritter seine Rüstung angelegt habe und das Unternehmen in seinem fortwährenden Kampf mit den bösartigen Finanzbehörden unterstützen würde. Aus purem Stolz bestand die Praxis jedesmal auf dieser Prozedur, wenn ein Neuer einstieg, wobei Chris vermutete, daß das ganze Getue eher zur Beweihräucherung der eingesessenen Angestellten bestimmt war, die ja in dem Pamphlet ebenfalls mit ihren Namen und Qualifikationen genannt wurden, als zum Wohle des Neueinsteigers.

Doch niemand hatte Chris nach ihrer Kritik gefragt. Es war ihr Job, das Skript zu erstellen. Und da ihr dieser Auftrag auch noch mehr einbrachte als die meisten anderen und sie ziemlich dringend Geld benötigte, war es überhaupt nicht angebracht, sich zu beklagen.

Um wieder einen klaren Kopf zu bekommen, genehmigte sie sich, bevor sie wieder an ihre Arbeit zurückging, ein paar Minuten, in denen sie beobachtete, wie der Herbstwind die Blätter von der Ulme auf der gegenüberliegenden Straßenseite riß und sie auf dem Rasen verteilte. Der Oktober war ein schöner Monat in Sacramento. Als sie ein Kind gewesen war, war diese Jahreszeit nicht so schön gewesen, aber im Laufe der Jahre hatten die Leute entsprechende Pflanzen für diese Saison gesät, und jetzt waren die Straßen mit Bäumen geschmückt, die in roten, orangen und gelben Tönen schillerten.

Kevin rannte leidenschaftlich gerne durch das trockene, heruntergefallene Laub. Die knackenden und raschelnden Geräusche unter seinen Füßen trieben ihn immer wieder zu kleinen Freudenschreien. Die Nachbarn waren fast ausschließlich ältere Ehepaare, die ihre eigenen Enkelkinder nur selten zu sehen bekamen, doch sie erduldeten Kevins Unfug bereitwillig und erlaubten ihm an Kehrtagen sogar, in ihre zusammengefegten Laubhaufen zu springen, allerdings bestanden sie darauf, daß er später dabei mithalf, das Laub in Säcke zu packen.

Die Nachbarschaft konnte Kevin bieten, was Chris ihm nicht geben konnte. Die Menschen, die hier lebten, standen Kevin so nah, wie ihm die Mitglieder einer eigenen großen Familie jemals stehen könnten.

Chris zuckte zusammen. So war der Stand der Dinge zumindest bis zu dem Zeitpunkt gewesen, als Mason Winter in ihr gemeinsames Leben hereingeschneit war. Sie rückte in ihrem Stuhl zurecht und bereitete sich darauf vor, wieder an ihre Arbeit zu gehen. Als sie den Bildschirm gerade angestellt hatte, klingelte das Telefon.

»Hallo«, meldete sie sich.

»Chris, hier ist Paul. Ich fürchte ich habe ein paar schlechte Nachrichten für dich.«

Sie war plötzlich angespannt. »Was gibt's?«

»Mason hat eine Besuchserlaubnis beantragt, und man hat ihm die vorübergehende Erlaubnis erteilt, Kevin zu sehen.«

»In welcher Form?«

»In welcher Form spielt keine Rolle. Wenn du dich erinnerst – ich habe dir am Anfang erzählt, daß dies höchstwahrscheinlich geschehen würde. Wir haben ihm die Erlaubnis vorenthalten, Chris, indem wir die Angelegenheit so weit wie möglich in die Länge gezogen haben.« Er machte eine Pause. »Aber da ist noch etwas anderes«, fügte er zögernd hinzu.

»Was?« fragte Chris und spürte, wie ihr eine eiskalte Hand den Rücken hinaufkroch.

»Er hat nicht nur wegen der Besuchsrechte um eine Anhörung vor Gericht gebeten; er hat auch noch beantragt, die Adoption für ungültig erklären zu lassen.«

»Kann er das tun?«

»Er hat es bereits getan. Aber das heißt noch nicht, daß er damit auch durchkommt«, fügte er schnell hinzu.

Chris war so fassungslos, daß sie nicht sofort antworten konnte. »Ich dachte, er wollte Kevin nur an den Wochenenden sehen. Das ist zumindest das, was er die ganze Zeit über gefordert hat. Weißt du, warum er seine Meinung jetzt geändert hat?«

»Ich glaube, er beantragt alles auf einmal, um im Endeffekt den Teil genehmigt zu bekommen, auf den er wirklich aus ist, aber ich kann auch falsch liegen. Denk daran, ich habe den Mann nie gesehen. Du kennst ihn doch. Was glaubst du denn?«

Sie dachte einige Sekunden lang über die Frage nach, bevor sie antwortete. »Ich glaube, daß er es gewohnt ist, zu bekommen, was er haben will, und daß er sich einen feuchten Kehricht darum schert, wer dabei verletzt auf der Strecke bleibt. Verstehst du jetzt, warum ich gegen ihn kämpfen muß? Wie kann ich es zulassen, daß ein Mann wie er Einfluß auf Kevin hat? Er mag ein gesetzlich verankertes Recht haben, seinen Sohn zu sehen, aber ich habe die moralische Verpflichtung, ihn daran zu hindern.«

»Chris, ich möchte für einen Moment als Freund mit dir sprechen«, sagte Paul mit zögerlicher Stimme. »Ich weiß, warum du das alles tust, und ich akzeptiere auch deine Gründe …«

»Aber?« fragte sie mißtrauisch.

»Du beginnst langsam, ein wenig streitsüchtig zu klingen, und das tut deiner Sache nicht gut.«

»Um Gottes willen, Paul, wir reden hier doch über meinen Sohn. Wie soll ich denn da wohl klingen?«

»Ob es dir gefällt oder nicht – Mason Winter ist ein hoch angesehenes Mitglied dieser Gemeinschaft. Wenn du ihm nachweisen willst, daß er ein untauglicher Vater ist, wirst du wesentlich mehr Beweise benötigen, als wir bisher zusammentragen konnten.«

»Wie kannst du das nur sagen?« erwiderte Chris. »Mason Winter steht für all das …«

»Ich weiß«, begann Paul, »er steht für all das was du verabscheust. Aber du mußt mal bedenken, daß nicht jeder der Meinung ist, daß alles ›Konservative‹ einem Wort entspricht, das mit ›Sch …‹ beginnt. Eine Menge von Richtern, die mit diesem Fall zu tun haben könnten, würden dich als eine Person sehen, in der die sechziger Jahre wieder aufleben. Und was die Frauen angeht, mit denen er angeblich ausgegangen sein soll – er ist alleinstehend, und das waren die Frauen auch, jedenfalls soweit das bekannt ist. Niemand wird sich darüber aufregen.«

»Was versuchst du mir eigentlich zu erzählen?«

»Gib bei dieser einen Sache nach, insbesondere, weil du wirklich keine andere Wahl hast. Laß Mason seinen Sohn für ein paar Stunden in der Woche sehen. Laß uns dafür sorgen, daß etwas in der Akte steht, aus dem hervorgeht, daß du vernünftig und kooperativ sein kannst. Obwohl der Richter keine genauen Angaben gemacht hat, kann ich Mason vielleicht überreden, daß er dich bei seinen Besuchen mitkommen läßt. Auf die Weise kannst du dann auch selbst beurteilen, ob er so schlecht ist, wie du ihn dir ausgemalt hast oder nicht.«

»Ausgemalt?« fragte Chris. »Glaubst du vielleicht, ich male mir nur aus, welchen Einfluß jemand wie Mason auf ein Kind wie Kevin haben könnte?«

»Es tut mir leid«, beschwichtigte Paul sie. »Ich habe meine Worte unglücklich gewählt, doch ich muß noch mal alles auf den Punkt bringen, Chris. Mason ist Kevins Vater. Wir wissen beide, daß er die rechtmäßige Erlaubnis letztendlich erhalten wird, seinen Sohn regelmäßig zu sehen. Nur bis zu diesem Tag können wir das Unvermeidliche hinauszögern.«

»Das ist ja das Entscheidende. Je länger wir ihn noch hinhalten können, um so älter wird Kevin sein. Gerade jetzt ist es zu leicht, ihn zu beeinflussen. Er ist wie ein Schwamm. Mason könnte alles untergraben, was ich vollbracht habe, wenn wir zulassen, daß er Kevin bei sich hat. Kinder machen nicht das, was du ihnen sagst, Paul, sie machen das, was du selbst machst.«

»Ich schlage dir ja nur vor, daß dies ein Weg sein könnte, sowohl dir als auch Kevin die Übergangsphase ein wenig zu erleichtern.«

»Mach dir über mich nur keine Sorgen. Ich habe mich schon damit abgefunden, daß ich am Ende nicht mehr das volle Sorgerecht für Kevin haben werde«, sagte Chris.

»Wenn du dich damit abgefunden hast … Ach, lassen wir das.«

»Nun sag schon, Paul.«

»Ich kann es eben einfach nicht ertragen zuzusehen, wie du im Verlauf des Prozesses alles Weitere verlierst, vor allem, wenn es nicht sein muß. Wo willst du zum Beispiel das Geld hernehmen, um gegen ihn anzukämpfen, Chris?«

»Wenn die Zeit reif ist, werde ich das Haus verkaufen«, antwortete sie.

»Du meine Güte, das kannst du doch nicht tun. Das Haus ist alles, was du hast.«

»Das einzig Wichtige in meinem Leben ist Kevin. Das Haus bedeutet mir gar nichts.« Doch sie log. Das Haus war ihr auch wichtig, aber wenn sie es damit verglich, was sie für Kevin empfand, dann stand das Haus genau am anderen Ende der Wertskala. Und da sie keine andere Möglichkeit hatte, das nötige Geld für die Kosten des Verfahrens zu beschaffen, konnte sie auf das Haus verzichten.

Sie hatte zunächst über eine zweite Hypothek nachgedacht, doch nachdem sie die anfallenden Kosten kritisch geprüft hatte, war ihr klar geworden, daß sie niemals imstande sein würde, die Raten abzuzahlen. Immerhin stand aber eine Sache zu ihren Gunsten: Die Häuser in ihrer Nachbarschaft waren jedesmal so gut wie verkauft, sobald sie nur angeboten wurden; oft lagen die Verkaufspreise sogar über den Angebotspreisen; der Verkauf des Hauses war also keine Angelegenheit, die Chris sofort in Angriff nehmen mußte. Zumindest für eine Weile würden sie und Kevin ihr Zuhause noch genießen können.

»Da ist noch eine Sache, Chris, die du besser in Erwägung ziehen solltest, bevor du das Haus zum Verkauf anbietest. Es wird sich für dich nicht gerade vorteilhaft auswirken, wenn der Richter herausfindet, daß du vorhast, Kevin für deine Tage vor Gericht zahlen zu lassen, indem du ihn in ein Apartment oder in ein anderes Haus in einer weniger angenehmen Nachbarschaft bringst. Dieser Richter wird sich einen feuchten Kehricht um deine Gefühle scheren. Kevin ist die einzige Person, die hierbei zählen wird. Kevin hat einen Vater, der bereit und gewillt ist, seinem Sohn selbst den Mond zu schenken, falls er diesen Wunsch äußern sollte. Wenn du das Haus verkaufst, das Kevin als sein Zuhause betrachtet, nur um einen Punkt für dich zu sammeln, dann stehst du da wie eine egozentrische, manipulierende und zanksüchtige Ziege, die vor nichts zurückschrecken würde, um einen Vater daran zu hindern, seinen Sohn zu sehen.«

»Danke für das Vertrauensvotum«, antwortete Chris.

»Du bist zu mir gekommen, weil du wußtest, daß ich vollkommen ehrlich mit dir sein würde, egal wie hart die Dinge kommen oder wessen Gefühle betroffen sein würden. Das ist meine Vorgehensweise«, sagte Paul.

»Aber ich würde dich auch nicht von dem Fall entbinden, wenn du mir ein wenig Mitgefühl und Verständnis entgegenbringen würdest.«

»Chris, ich stecke so viel Engagement in diese Sache, als wärst du meine eigene Tochter und Kevin mein Enkelsohn« sagte er freundlich.

»Ich weiß«, sagte sie und seufzte. »Aber es ist manchmal so schwer. Ich gebe die Hoffnung nicht auf, daß ich eines Tages aus diesem Alptraum erwache, aber er dauert immer länger an.«

»Wenn du mich fragst, solltest du Kevin sagen, daß Mason sein Vater ist, bevor die beiden sich treffen«, sagte Paul und brachte die Unterhaltung damit auf das anfängliche Thema zurück.

»Sie haben sich ja bereits getroffen, aber du hast recht. Wenn ich es ihm nicht erzähle, dann wird Mason es tun, und ich glaube, daß es für Kevin besser ist, wenn er die Wahrheit von mir erfährt.«

»Kann ich dir irgendwie helfen?« fragte Paul.

Chris war zwar realistisch genug zu wissen, daß der Tag kommen würde, an dem sie Kevin erzählen müßte, daß sein Vater lebte und ihn sehen wollte, doch sie hatte verrückterweise gehofft, daß sie noch Jahre hatte, um sich auf diesen Tag vorzubereiten.

»Glaubst du wirklich, daß du Mason dazu bringen könntest, mich bei seinen Besuchen dabeisein zu lassen?«

»Es ist zumindest einen Versuch wert.«

»Wieviel Zeit verbleibt mir noch?« fragte Chris.

»Er will Kevin am Samstag sehen.«

Die Worte trafen sie wie ein Schlag in den Magen. »Das ist ja schon in zwei Tagen.«

»Ich bin sicher, daß Mason und sein Anwalt das als Überraschung für dich geplant hatten. Seinen Gegner mit einem Schlag erwischen, auf den er nicht vorbereitet ist – eine klassische Kampfstrategie.«

»Heißt es nicht auch, daß das Recht auf der Seite der Besitzenden steht?« fragte Chris in einem trockenen Tonfall.

Er seufzte. »Ich wünschte, ich könnte mehr für dich tun, Chris.«

Sie lehnte sich in ihrem Stuhl zurück und schloß die Augen. »Das wünschte ich auch, Paul«, sagte sie zaghaft. Draußen ertönte jetzt die Hupe von Marys Auto, die Chris mitteilte, daß Mary von der Schule zurückgekehrt war, wo sie die Kinder abgeholt hatte, und daß sie Kevin nun vor der Haustür absetzen würde. »Ich muß jetzt Schluß machen. Kevin ist gekommen, und die Tür ist noch abgeschlossen.«

»Ich melde mich wieder bei dir, sobald ich die Angelegenheiten mit Masons Anwalt geklärt habe. Ist zwölf Uhr am Samstag bei dir zu Hause in Ordnung?«

»Ja, das ist okay – wenn du keinen Weg findest, um den Besuch noch hinauszuschieben«, fügte sie hinzu, obwohl sie genau wußte, daß er alles Erdenkliche tun würde; doch sie mußte ihn einfach nochmal daran erinnern, wie wichtig seine Bemühungen für sie waren.

»Ich werde tun, was ich kann. Aber rechne mit gar nichts.«

»Vielen Dank, Paul.« Sie legte auf und eilte zur Tür, wo sie gerade in dem Moment auf Kevin traf, in dem er die Türklingel drücken wollte. »Ich bin da«, sagte sie eilig.

»Ich weiß«, erwiderte Kevin, und gab ihr eine noch feuchte Zeichnung mit Kürbisbeeten, die er an diesem Tag gemalt hatte.

»Ja? Woher wußtest du, daß ich da bin?« fragte sie und bückte sich, um ihm einen flüchtigen Kuß zu geben. Sie mußte sich zwingen, ihn nicht zu nehmen und festzuhalten, denn sie wußte, daß sie ihn damit nicht nur erschrecken, sondern auch darauf aufmerksam machen würde, daß irgend etwas im Gange war.

»Weil du doch immer hier bist, wenn ich nach Hause komme«, sagte Kevin.

»Hattest du einen schönen Tag?«

Er lavierte sich an ihr vorbei und ließ seinen Rucksack auf einen Stuhl fallen. »Hmm.«

»Was habt ihr gemacht?«

»Eine ganze Menge Sachen.«

Sie hatte sich sehr bemüht, Kevin ein Gefühl von Stabilität zu vermitteln. Er wußte zweifellos, daß sie immer für ihn dasein würde, daß er sich auf sie verlassen konnte, wenn es darum ging, ihn vor Schmerzen zu schützen und zu bewahren, und daß sie ihn uneingeschränkt liebte. »Was für Sachen denn?« fragte Chris, um ihren Teil des täglichen Rituals fortzusetzen.

»Miss Abbot hat einen Kürbis zerschnitten, und wir haben ihn gekocht.«

Chris hob seinen Rucksack auf und stellte ihn in den Schrank. »Habt ihr etwas davon gegessen, als er fertig war?«

Er verzog sein Gesicht. »Er hat nicht besonders gut geschmeckt. Miss Abbott hat gesagt, daß wir morgen noch irgendwelche anderen Sachen hineintun und kleine Kuchen backen. Ich hab' ihr gesagt, daß wir dich fragen sollen, weil du die besten Kuchen der Welt machst.«

Chris lachte. »Und was hat sie dazu gesagt?«

»Daß du uns bei der Thanksgiving-Party helfen könntest.«

Chris konnte nun nicht länger widerstehen, ihn zu berühren und beugte sich hinunter, um ihn in ihre Arme zu schließen. »Ich habe dich heute vermißt«, sagte sie und küßte ihn auf seine Nasenspitze.

»Was hast du denn gemacht, als ich in der Schule war?«

»Ich habe den ganzen Morgen gearbeitet.«

Eine nagende innere Stimme sagte ihr, daß sie – wenn es schon sein mußte – sobald wie möglich beginnen sollte, ihm die Wahrheit zu sagen. Er würde Hunderte von Fragen haben, die ihm nicht alle auf einmal in den Sinn kommen würden. Es wäre also wichtig, daß sie genügend Zeit hätte, all diese Fragen zu beantworten. Sie atmete zur Beruhigung einmal tief ein und stürzte sich auf ihre Aufgabe. »Und dann hat noch Paul Michaels angerufen, gerade bevor du nach Hause gekommen bist.« Sie hielt inne. »Erinnerst du dich an Mr. Michaels?«

»Er ist der Mann, der dir geholfen hat, mich zu adoptieren«, antwortete Kevin.

»Ja, genau.« Jetzt hatte sie das Gespräch also begonnen, aber wie sollte sie nun fortfahren? »Er hatte mir etwas sehr Besonderes zu sagen, etwas, das auch dich betrifft«, fuhr sie fort. »Und zwar über Mr. Winter. Erinnerst du dich an Mr. Winter?«

Kevin schüttelte seinen Kopf.

»Den Mann, den wir vor ein paar Wochen am Flughafen getroffen haben«, half sie ihm auf die Sprünge. »Er ist auch einige Male hier bei uns gewesen.«

»Ach ja.«

Sie ließ Kevin herunter und führte ihn in die Küche, wo sie einen Apfel aus dem Korb auf der Küchentheke nahm, ihn wusch und in Viertel schnitt; durch diese routinierte Handlung konnte sie Zeit gewinnen und ihre Gedanken sammeln. »Mr. Winter würde dich gerne sehen«, sagte sie schließlich.

Kevin biß von dem Apfelstück ab, wartete, bis er es halb zerkaut hatte und fragte dann: »Warum denn?«

»Er meint, daß du etwas ganz Besonderes bist, und er ...« Und er – was? überlegte Chris. Sie war im Begriff, Kevin den Boden unter den Füßen wegzuziehen und konnte nicht die richtigen Worte finden um ihm ein Sicherheitsnetz bereitzustellen. »Denkst du manchmal an deine Mama Diane?« fragte sie ihn und beschloß, es von einer anderen Seite her zu probieren.

»Manchmal ja. Meistens wenn ich sie auf dem Foto ansehe.«

»Denkst du manchmal auch an den Mann, den sie geliebt hat und der dein Vater gewesen ist?«

Er kaute nun nicht mehr weiter und sah sie an. »Manchmal rede ich mit Tracy über ihn.«

»Was würdest du davon halten, wenn du deinen Papa sehen könntest?« fragte ihn Chris. Es war ihr zutiefst zuwider, auf diese Weise über Mason Winter zu sprechen. Indem sie ihn gegenüber Kevin »Papa« nannte, räumte sie ihm eine Legitimität ein, die er sich durch nichts verdient hatte.

Kevin dachte über ihre Frage nach. »Wäre er denn wie Onkel John?«

Chris schüttelte traurig ihren Kopf. »Niemand anders auf der Welt ist wie Onkel John. Es gibt ja auch niemanden, der so ist wie du«, fügte sie schnell hinzu, als sie bemerkte, wie negativ der Vergleich klingen konnte. »Aber ich bin sicher, daß dein Papa auf seine eigene Weise ebenso nett sein kann.«

»Ist Mr., uh ...« Kevin gab sich Mühe, sich an den Namen zu erinnern. »Ist der Mann vom Flughafen mein Papa?«

»Ja«, räumte Chris widerwillig ein. »Mr. Winter ist dein Vater.«

Langsam ging ein Lächeln über Kevins Gesicht. »Wann wird er bei uns einziehen?« fragte er.

Chris starrte ihn mit offenem Mund an. Sie hatte Hunderte von Fragen erwartet, aber diese Frage war ihr nicht einmal in den Sinn gekommen.

15

Am nächsten Morgen, als Chris gerade aus der Dusche gestiegen war, rief Paul Michaels an.

»Ich fürchte, wir können nichts machen, Chris«, sagte er. »Masons Anwalt hat mir mitgeteilt, daß du durch dein bisheriges Verhalten jeglichen Kooperationsgeist zerstört hast, den er und Mason anfänglich gehabt hätten. Er wird dir unter keinen Umständen gestatten, bei seinem Besuch dabeizusein.«

Chris klemmte sich den Hörer zwischen Schulter und Ohr, während sie ein Handtuch um ihren Körper schlug. Um Geld zu sparen, stellte sie den Thermostat immer auf knapp achtzehn Grad, aber in einem Haus, das dringend neu isoliert werden mußte, empfand man achtzehn Grad eher wie elf Grad. »Das waren exakt seine Worte – daß ich jeden Kooperationsgeist zerstört habe?« fragte sie.

»Sogar die Satzzeichen stimmen«, antwortete Paul.

Eine Welle der Empörung erhitzte Chris' Gesicht. »Also, gerade der will von Kooperationgeist sprechen«, sagte sie. »Wenn er glaubt ...«

»Beruhige dich, Chris«, unterbrach Paul sie. »Ich sagte dir doch, daß ich es mal versuchen würde, seine Zustimmung zu bekommen. Ich habe es versucht, und er hat nein gesagt. Denk daran – dies war nur ein versuchter Vorstoß.«

»Wieviel Zeit darf er mit Kevin verbringen?«

»Zwei Stunden.«

»Oh je, in zwei Stunden kann alles mögliche passieren.«

»Hast du es Kevin schon gesagt?«

»Ja, gestern.« Sie strich mit den Händen über die Gänsehaut auf ihren Armen und versuchte, durch die Reibung Wärme zu erzeugen.

»Wie hat er es aufgenommen?«

»Verdammt gut, meiner Meinung nach viel zu gut.« Doch sie überdachte ihre Aussage noch einmal. »Nein, so habe ich das nicht gemeint. Er ist aufgeregt, daß er einen Vater hat und wartet gespannt darauf, ihn zu treffen.«

»Ich hoffe, du hast genügend gesunden Menschenverstand, um zu erkennen, welch eine Bestätigung das für deine Erziehungsweise ist. Du hast deine Sache ausgezeichnet gemacht, Chris. Kevin ist das glücklichste und ausgeglichenste Kind, das ich je getroffen habe.«

»Wenn ich ihn jetzt nur durch all das hindurchbringen könnte und er so bliebe, wie er ist. Ich würde alles dafür tun«, sagte Chris.

»Schließt das auch ein, Mason zu einem Teil seines Lebens werden zu lassen?« stachelte Paul sie wohlwollend an.

»Es wird noch einiges dazu gehören, mich davon zu überzeugen, daß das eine nicht automatisch das andere ausschließt.«

»Ruf mich an, und erzähl mir, wie der Besuch abgelaufen ist.«

»Das werd' ich tun«, versprach Chris. Sie legte den Hörer auf, lief in ihr Schlafzimmer und stürzte sich auf die Daunendecke am Fußende ihres Bettes, die sie um ihren zitternden Körper wickelte. Es dauerte mehrere Minuten bis sie feststellte, daß sie nicht nur wegen der Kälte zitterte. Als sie das erkannt hatte, stand sie auf und zog sich an, denn sie wollte auf keinen Fall dem Drang nachgeben, sich wie ein Fötus zusammenzurollen und sich selbst zu bemitleiden.

Am nächsten Morgen, etwa eine Stunde bevor Mason ankommen sollte, stellte Chris das Thermostat auf zweiundzwanzig Grad. Sie wollte verhindern, daß ihm ihre Sparmaßnahmen auffielen. Kevin trug nagelneue Oshkosh Jeans und ein rot-blau gestreiftes Hemd. Sie hatte sogar den Leder-Blouson hervorgeholt, den sie im letzten Sommerschlußverkauf gefunden und als Weihnachtsgeschenk zurückgelegt hatte.

Die Sonne stand erst ein paar Stunden am Himmel, als sie feststellte, daß sie die Jacke hätte aufsparen können. Es würde einer von Sacramentos bildschönen Spätsommertagen werden, ein Wetter für kurze Ärmel.

Kevin stand wohl ungefähr zum zehnten Mal innerhalb der letzten zwanzig Minuten vom Sofa auf, wo er neben Chris gesessen hatte, und ging zum vorderen Fenster, um die Gardinen beiseite zu schieben und nach draußen zu spähen. »Was für ein Auto fährt er?« fragte er nun wieder.

Sie legte ihre Zeitung weg und sah ihn an. »Er hat einen kleinen roten Sportwagen und einen großen gelben Lastwagen«, sagte sie nachgiebig.

»Nicht ein grünes Auto mit einem schwarzen Verdeck?«

»Nein – das habe ich zumindest nicht gesehen.«

»Schade«, seufzte er, und in seiner Stimme schwang tiefe Enttäuschung mit, als er in das Zimmer zurückschlurfte.

Chris nahm ihre Beine vom Sofa herunter und hob ihn auf ihren Schoß. »Er wird kommen, Kevin«, sagte sie, während sie ihre Arme um ihn legte und ihr Kinn auf seiner Schulter aufstützte. »Es ist einfach noch nicht so spät.«

»Erzähl mir noch mehr über ihn«, fragte er sie weiter aus.

»Ich habe dir schon alles gesagt, was ich weiß.«

»Dann erzähl's mir noch mal.«

Sie schloß ihre Augen und bat still um mehr Geduld. Seit zwei Tagen hatte sie nette Dinge über Mason sagen müssen, und das hatte einen bitteren Geschmack in ihrem Mund hinterlassen. Insbesondere nach Pauls Anruf am vorigen Tag. »Welchen Teil?«

»Die Geschichte, weshalb er nicht gewußt hat, daß ich geboren wurde.«

Sie lehnte sich in das Sofa zurück und zog Kevin mit nach hinten. »Deine Mama Diane hat ihm einen Brief geschrieben, in dem sie ihm alles über dich erzählt hat, aber irgendwie kam es nicht dazu, daß der Brief jemals abgeschickt wurde. Und so wußte er die ganze Zeit über nicht, daß er einen kleinen Jungen hat ...«

»Der genauso aussieht wie er«, schaltete sich Kevin ein.

»Der ihm ziemlich ähnlich sieht«, korrigierte ihn Chris.

»Und was ist dann passiert?«

»Mit fünf Jahren Verspätung wurde der Brief dann zugeschickt, und als dein Papa herausgefunden hatte, daß er einen Sohn hat, wollte er ihn sehr gerne sehen.«

»Er hat mich ja schon gesehen.«

»Er möchte dich nun häufiger sehen und dein Freund werden.«

»Will er auch dein Freund werden?« fragte er.

Sie konnte ihn nicht anlügen, und bei einer so wichtigen Sache konnte sie auch nicht einmal die Wahrheit etwas großzügiger auslegen. »Das glaube ich nicht, Kevin«, sagte sie.

Er drehte seinen Kopf herum, so daß er sie ansehen konnte. »Warum nicht?«

»Erinnerst du dich daran, als Melissas Mutter und Vater sich scheiden ließen?« fragte sie ihn.

Er nickte.

»Sie wollten sich scheiden lassen, weil sie sich nicht mehr mochten, aber Melissa mochten sie weiterhin gerne.« Doch die erhoffte verständnisvolle Reaktion blieb aus, woraufhin Chris es von einer anderen Warte probierte. »Du weißt ja, wie sehr du David magst?«

Wieder nickte Kevin.

»Und du weißt, daß Tracy ihn überhaupt nicht mag?«

»Sie meint, daß er ein langweiliger Stubenhocker ist.«

»Siehst du, du magst ihn, und sie mag ihn nicht, aber das hat nichts damit zu tun, wie Tracy und du miteinander auskommen. Dein Vater und ich müssen uns nicht unbedingt mögen, damit wir dich lieben können.«

»Heißt das, er wird nicht hier bei uns wohnen?« fragte Kevin.

Chris verdrehte ihre Augen in Richtung Zimmerdecke. So war er immer zu ihr. Sie war zehn Meilen weit in die eine Richtung gegangen und er zwanzig Meilen in die andere. »Genau das heißt es«, antwortete sie ihm.

»Ich dachte mir, vielleicht …«

»Ich weiß schon, was du dir gedacht hast.« Zumindest jetzt wußte sie es. »Aber das wird niemals geschehen. Es war deine Mama Diane, die Mason geliebt hat und nicht ich.«

»Aber du könntest ihn doch lieben.«

Nicht einmal in einer Million Jahren, schrie ihr Verstand. Doch zu Kevin sagte sie einfach nur: »Er ist nicht mein Typ.« Um ihn davon abzuhalten, weiter auf diesem Thema herumzuhacken, fragte sie ihn: »Hast du Tracy schon von deinem neuen Vater erzählt?«

»Sie findet es total geil.«

»Kevin!« rief Chris, doch während sie seinen Namen sagte, blieb ihr beinahe die Luft weg. »Wo um Himmels willen hast du solch ein Wort nur aufgeschnappt?«

Kevin war ehrlich überrascht und verstand nicht, warum Chris sich aufregte. »Von Mark, in der Schule. Er sagt das ständig.«

»Also, ich möchte dieses Wort nicht noch einmal von dir hören.« Sie hatte den Satz noch nicht beendet, als sie bemerkte, welches Hintertörchen sie ihm offen gelassen hatte: Gegenüber anderen konnte er das Wort weiterhin benutzen. Wenn es Kevin gerade paßte, vermochte er jede Aussage so wörtlich auszulegen wie ein hinterwäldlerischer Wanderprediger.

Dann schreckte die Haustürklingel sie hoch. Sie blickte auf die Uhr, die an der Wand am anderen Ende des Zimmers hing. Prima, dachte sie sich, geradezu zum Überschäumen perfekt und wunderbar. Gerade in dem Moment, in dem sie Kevin ausschimpfte, mußte Mason auftauchen.

Kevin sprang von ihrem Schoß und rannte zur Tür.

»Bleib hier«, rief sie gerade so laut, daß sie von jemandem, der draußen auf der Veranda stand, nicht gehört werden konnte.

Sie lief hinter ihm her und packte ihn am Arm. »Bitte benutze das Wort nicht noch einmal in der Gegenwart irgendeiner Person, bevor wir die Gelegenheit gehabt haben, darüber zu reden.« Es lag ihr auf der Zunge hinzuzufügen: »Insbesondere nicht in Gegenwart deines Vaters«, doch sie sagte nichts. Ihm Anweisungen zu erteilen, wie er sich gegenüber Mason verhalten und was er unterlassen sollte – das war das letzte, womit sie ihn belasten wollte.

Dann ließ Chris Kevins Arm los und gab ihm einen freundschaftlichen Schubs in Richtung Tür. »Nun lauf«, sagte sie und trat zurück. »Du kannst die Tür jetzt öffnen.«

Mason schluckte und räusperte sich. Er griff sich an den Hals, um seine Krawatte zurechtzurücken, doch dann fiel ihm ein, daß er gar keine trug. Es war eine ewig lange Zeit her, daß er zum letzten Mal so nervös gewesen war, und das war an jenem Tag gewesen, als er zum ersten Mal seinem Vater und seinem Bruder vor Gericht gegenübergestanden hatte, gegen die er Klage erhoben hatte. Wenn Blicke töten könnten, dann wäre er damals tot umgefallen. Aber das war er nicht. Er hatte die Sache durchgestanden, und genauso würde er auch diese Sache durchstehen. Schließlich ging es hier nur um einen fünfjährigen Jungen, den er an diesem Nachmittag sehen würde und nicht etwa um zwei Menschen, die ihn am liebsten vom Erdboden verbannt hätten.

Er konnte es kaum glauben, daß er jetzt, fast fünf Monate nachdem er herausgefunden hatte, daß er einen Sohn hatte, endlich die Gelegenheit haben sollte, ein paar Stunden mit ihm zu verbringen. Doch auch die sorgfältigen Ratschläge, mit denen ihn Rebecca und Travis überschüttet hatten, konnten ihm sein ängstliches Vorgefühl im Hinblick auf das bevorstehende Treffen nicht nehmen. Er hatte nicht die geringste Ahnung, was fünfjährige Jungen gerne unternehmen würden oder worüber sie redeten.

Er hob die Augen, als sich die Tür öffnete. Kevin begrüßte ihn mit einem Lächeln, das seine Sorgen sofort verfliegen ließ. »Hallo«, sagte Mason. »Ich bin …«

»Ich weiß, wer du bist«, unterbrach ihn Kevin ganz aufgeregt. »Du bist mein Papa.«

Sie hatte es ihm also gesagt. Er war ihr dafür dankbar und wollte daran denken, ihr das auch zu sagen. Dann erwiderte er Kevins Lächeln. »Auf meinem Weg hierher bin ich an einem Park vorbeigekommen, und ich dachte mir, daß wir vielleicht dorthin gehen könnten, um uns eine Weile zu unterhalten und uns ein wenig besser kennenzulernen.« Rebecca hatte ihm hartnäckig angeraten, Kevin nicht an einen zu lauten oder überfüllten oder zu hektischen Ort zu führen, damit sie sich auf jeden Fall in Ruhe unterhalten konnten.

»Mama hat kein Mittagessen für mich vorbereitet, und sie hat gesagt, daß du wahrscheinlich irgendwo mit mir essen gehen würdest«, sagte Kevin.

»Das ist eine gute Idee. Gehen wir irgendwohin zum Essen.« Mason schaute auf und sah Chris im Schatten der Tür stehen. »Hätten Sie Lust, mit uns mitzukommen?« bot er ihr an.

Der Blick auf ihrem Gesicht verriet ihm, daß sie auf diesen Vorschlag nicht gefaßt war. »Aber Ihr Anwalt hat doch gesagt ...«

»Ich weiß, was mein Anwalt gesagt hat, aber in diesem Fall hat er nicht in meinem Namen gesprochen.« Mason hatte sich überlegt, daß er mit Chris am besten fertigwerden würde, wenn er sie aus dem Gleichgewicht brachte. Er hatte jede Hoffnung aufgegeben, auf rationaler Ebene mit ihr umgehen zu können. Außerdem würde es ihm ja auch nicht wehtun, wenn sie bei diesem ersten Mal mit ihnen käme. Vielleicht hätte er die Möglichkeit, ein paar Themen aufzuschnappen, über die er mit Kevin reden könnte und die ihnen beiden die zukünftigen Besuche erleichtern würden. »Ich war nicht in der Stadt, als Paul Michaels wegen Ihrer Bitte angerufen hat, und deshalb konnte ich nicht selbst darauf antworten.«

»Ich bin nicht passend angezogen, um auszugehen«, sagte sie und war sichtbar nervös. »Wenn Sie mir ein paar Minuten Zeit geben, kann ich mich umziehen.«

Sie trug blaue Jeans und dazu einen cremefarbenen Pulli mit Zopfmuster, und sie sah in seinen Augen wirklich gut darin aus, doch er hatte gelernt, daß es nutzlos war, mit Frauen darüber zu diskutieren, ob das, was sie trugen, passend oder unpassend war. Es erschien ihm naheliegend, daß Chris ähnlich dachte wie Diane, die in Bezug auf ihr Aussehen besonders pedantisch gewesen war, die es immer darauf angelegt hatte, perfekt für ihn auszusehen und die nie glauben wollte, daß sie sich hätte in Säcke hüllen können und er sie trotzdem schön gefunden hätte. »Ich warte«, sagte er.

»Komm 'rein«, forderte Kevin ihn auf. »Ich zeige dir mein Zimmer.«

Mason sah Chris an und wartete darauf, daß sie die Einladung bestätigte. Für den Bruchteil einer Sekunde zögerte sie und nickte dann. »Oh ja, dein Zimmer würde ich sehr gerne sehen«, antwortete er Kevin.

Als er Kevin durch das Haus folgte, nahm er sich genügend Zeit, um sich umzusehen und die Dinge zu vermerken, die er bei seinem letzten Besuch nicht hatte sehen können; dabei speicherte er im Hinblick auf künftige Anspielungen alles in seinem Kopf. Die Möbel waren hübsch, aber mit Ausnahme von einigen echt aussehenden, antiken Stücken waren sie eher preiswert. Die Bilder an den Wänden, vor allem originale Aquarelle sowie einige gezeichnete und numerierte Lithographien, waren ebenfalls schön, aber – soweit er das beurteilen konnte – nicht besonders erwähnenswert. Falls Chris Taylor Geld besitzen sollte, so hatte sie es jedenfalls nicht in ihr Haus gesteckt.

Kevin führte ihn zu einem Schlafzimmer am Ende des Flurs, ging hinein und signalisierte Mason, daß er sich auf das Bett setzen solle. Mason zog sich statt dessen einen Stuhl unter dem Schreibtisch hervor. Er legte keinen Wert darauf, daß Chris hereinkam und ihn beschuldigte, Kevins Bett genauso aufzuwühlen wie auch sein ganzes Leben.

An den Wänden hingen Poster von verschiedenen gefährdeten Tierarten: Wale, afrikanische Elefanten, Wölfe und Seeottern. Auf dem Spiegel klebte ein Aufkleber von Greenpeace, und die Regale waren gefüllt mit Stofftieren und Büchern. Ein ungläubiges Lächeln huschte um Masons Mundwinkel. Chris war die 1990er Ausführung eines Hippies, und sie erzog seinen Sohn so, daß er in ihre Fußstapfen treten sollte. Er hatte diesen Typ Mensch sein ganzes Leben lang beobachtet. Es war nicht so, daß sie die Verlierer waren; sie galten einfach gar nichts. Sie liefen mit ihren kleinen Plakaten herum und setzten sich für die Schwachen ein, sie klopften sich auf ihre Schultern, wenn sie zehn Tiger gerettet hatten, während sie im gleichen Moment darüber hinwegsahen, daß man zehntausend obdachlose Menschen verhungern ließ.

»Hier bewahre ich meine Baseball-Sammelbilder auf«, sagte Kevin und zog eine Schachtel aus dem Schrank. »Mama findet sie doof, aber ich darf sie trotzdem aufbewahren.«

»Magst du Baseball?« fragte Mason hoffnungsvoll. Es war zwar nicht sein Sport, doch Kevin zuliebe würde er sich auch für diesen Sport erwärmen können.

»Hmm«, antwortete Kevin. »Mir gefallen eigentlich nur die Sammelbilder – und das Kaugummi«, fügte er dann lachend hinzu.

»Und wie steht's mit Football?«

»Manchmal gucke ich mit Onkel John Football. Er ist ein richtiger Fan. Irgendwann will er mich und Tracy nach San Francisco mitnehmen zu einem Spiel der Forty-Niners.«

»Ich wußte gar nicht, daß deine Mutter einen Bruder hat«, sagte Mason.

Kevin runzelte die Stirn. »Sie hat gar keinen. Sie hatte aber eine Schwester … meine Mama Diane. Und die ist gestorben.«

»Sein Onkel John ist ein Freund«, bemerkte Chris kühl, als sie in die Tür trat.

Mason sah sie fragend an. »Ihr Freund oder Kevins Freund?«

Sie ärgerte sich über seine Unterstellung. »Unser beider Freund natürlich.«

»Ich verstehe«, sagte Mason.

»Tatsächlich?«

Dann stellte sich Kevin zwischen die beiden. »Er ist Tracys Vater«, erkärte er.

»Vielleicht gehen wir jetzt besser«, sagte Mason und stand auf. »Wir haben nur ein paar Stunden Zeit«, fügte er noch hinzu und sah Chris dabei unverblümt ins Gesicht.

»Ja«, stimmte Chris ihm zu. »Es ist erstaunlich, wie schnell die Zeit manchmal vergehen kann.«

Mason führte sie zum Mittagessen auf die Delta King, ein umgewandeltes Flußschiff, das im Hafen von Old Sacramento lag. Zu Masons Überraschung wollte Kevin weder einen Hamburger noch Pommes frites essen, sondern er bestellte sich Krabben. Mason hatte sich sagen lassen, wie fünfjährige Jungen normalerweise sind, doch Kevin verhielt sich ganz anders. Rebecca hatte ihm gesagt, daß er im Hinblick auf Kevins Benehmen und seine gesellschaftlichen Umgangsformen nicht viel erwarten dürfe, doch Kevin benahm sich einwandfrei; er stellte weder die bohrenden Fragen, die Mason erwartet hatte, noch waren peinliche oder betretene Momente entstanden, die Mason unter den gegebenen Umständen für unvermeidbar gehalten hatte. Chris hatte sich zweifellos eine Menge Zeit für Kevin genommen und ihm viel Liebe und ein Gefühl von Sicherheit vermittelt, das er benötigte, um der Welt selbstbewußt gegenüberzutreten.

Mason war von seinem Sohn fasziniert. Er war helle, konnte sich gut ausdrücken und interessierte sich für alles. Er war vor Aufregung übergesprudelt, als sie an dem Rohbau des Capital Court Hotels vorbeigefahren waren und Mason ihm erzählt hatte, daß er der Besitzer des Gebäudes sei. Da Mason sich so ungeheuer über Kevins Begeisterung freute, bot er seinem Sohn an, dafür zu sorgen, daß sie einmal mit dem Baustellen-Aufzug bis zur obersten Etage des Gebäudes fahren könnten, von wo aus sie über ganz Sacramento blicken würden. Kevin war von Ehrfurcht ergriffen und wollte noch am gleichen Nachmittag hinauffahren.

Später dann, als die drei auf dem Weg vom Parkplatz zum Restaurant gewesen waren, hatte Chris Mason leise darüber informiert, daß sie Kevin nicht auf eine Baustelle lassen würde und daß er warten müsse, bis das Hotel fertiggestellt sei, bevor er seinen Sohn auch nur in die Nähe jenes Ortes mitnehmen könne.

Während sie auf ihr Essen warteten, fragte Mason seinen Sohn, ob er schon einmal Ski gefahren sei. Kevin erzählte ihm, daß er das noch nie getan habe, daß aber eine Menge seiner Freunde immerzu Ski liefen und er irgendwann einmal mit ihnen mitfahren wolle. Als Mason ihn fragte, ob er im kommenden Winter mit ihm zusammen fahren wolle, strahlte Kevin.

Später, als Kevin aufgestanden war, um sich durch das Fenster eine vorbeifahrende Segeljacht anzusehen, sagte Chris zu Mason, daß Ski fahren für Kevin nicht in Frage komme; sie stellte klar, daß sie ihn noch für zu jung und den Sport sowieso für zu gefährlich halte.

Während Kevin sich noch mit seinem Nachtisch beschäftigte und sich die zwei Stunden, die sie nun unterwegs gewesen waren, langsam auf drei Stunden ausdehnten, schlug Chris vor, daß es nun Zeit für sie sei, nach Hause zu fahren. Auf dem Rückweg begann Kevin, von einem Jungen in der Schule zu erzählen, der immer versuchte, seinen Willen durchzusetzen, indem er auf alle anderen einschlug.

»Ich habe mal ein Kind gekannt, das genauso war«, sagte Mason und erwähnte nicht, daß dieses Kind sein Bruder gewesen war.

»Und was hast du dann getan?« fragte Kevin.

»Als ich stark genug war zurückzuschlagen, habe ich ihm ein blaues Auge verpaßt.«

Chris schnappte nach Luft. »Durch die Anwendung von Gewalt

wird lediglich weitere Gewalt hervorgerufen«, sagte sie. »Auf die Weise kann man nichts lösen.«

»Es hat dieses Kind immerhin davon abgehalten, mich jemals wieder zu schlagen«, antwortete Mason.

»Aber es war trotzdem falsch«, beharrte Chris weiter auf ihrem Standpunkt. »Genau diese Art von Einstellung …«

»Du meine Güte«, unterbrach sie Mason und stöhnte. »Sie sind ja nicht nur darauf aus, sämtliche Ungerechtigkeiten der Welt wiedergutzumachen, Sie sind auch noch eine von diesen Leuten, die glauben, daß sie einen Panzer stoppen können, indem sie sich davor legen. Aber allmählich überrascht mich gar nichts mehr. Es paßt alles zusammen.«

Kevin beobachtete ihren Wortwechsel, beugte seinen Kopf mal vor und mal zurück, als säße er bei einem Tennismatch und wüßte nicht, zu welchem Spieler er halten sollte. »Meine Mama mag nicht, daß ich andere haue«, sagte er zu Mason. »Sie hat mir gesagt, daß ich mit Kindern, die sich prügeln wollen, nicht mehr spielen soll. Wenn sie dann keine Freunde mehr haben, werden sie nämlich aufhören, andere zu hauen.«

»Deine Mutter hat schöne Theorien auf Lager, Kevin.«

»Was heißt das, Mama, ›schöne Theorien‹?« fragte Kevin und drehte sich zu Chris.

Chris warf Mason einen vernichtenden Blick zu. »Er meint damit, daß ich recht habe, mein Schatz.«

Sie bogen nun in die Zweiundvierzigste Straße ein und fuhren den Block hinunter. »Seht mal!« rief Kevin. »Da ist Tracy.« Er beugte sich über Chris hinweg und winkte. Als Mason den Wagen gerade zum Stehen gebracht hatte, war Kevins Anschnallgurt schon geöffnet, und er forderte lautstark, hinausgelassen zu werden. »Darf ich mit zu Tracy gehen, Mama? Ich möchte ihr von unserem Essen auf dem Boot erzählen.«

Chris öffnete die Tür, trat auf den Bürgersteig und half dann Kevin hinaus. »Ist in Ordnung«, sagte sie. »Aber nur für eine Stunde. Sag Tante Mary, daß sie dich um vier Uhr nach Hause schicken soll.«

Kevin lief schon die Straße hinunter, bevor Mason um sein Auto herumgegangen war. Chris drehte sich zu ihm um. »Da können Sie sehen, wo seine Prioritäten liegen«, sagte sie.

»Ich kann nicht gerade sagen, daß ich Ihre Kampfart besonders schätze. Mit den Fäusten darf niemand verletzt werden, doch mit dem

Mundwerk kann man offensichtlich so viel Schaden anrichten wie möglich! Ist das Ihre Devise?« fragte er, unbeeindruckt davon, daß Kevin weggerannt war, ohne sich von ihm zu verabschieden. Er konnte den Eifer eines kleinen Jungen, der seine Freundin sehen wollte, instinktiv nachvollziehen. Außerdem war er nach den drei Stunden, die er gerade mit Chris verbracht hatte, darauf aus und dazu bereit, mit ihr zu streiten – und das konnten sie besser in Kevins Abwesenheit tun. »Ich kann es einfach nicht glauben, daß Sie die gleiche Frau sein sollen, von der Diane immer gesprochen hat.«

»Das wird schon seine Richtigkeit haben, denn ich kann mir ebenso wenig vorstellen, was sie an Ihnen gefunden hat.«

»Ich bin wirklich verblüfft, daß Kevin keinen Schaden davongetragen hat, nachdem er von jemandem großgezogen wurde, der ...«

Sie schnitt ihm das Wort ab, bevor er seinen Satz beenden konnte. »Woher wollen Sie wohl wissen, wie Kevin ist oder nicht ist? Sie haben insgesamt drei Stunden mit ihm verbracht, und Sie haben nicht die geringste Ahnung davon, wie er wirklich ist.«

»Nein, aber das wird sich jetzt ändern. Ich werde mich von Ihnen nicht mehr davon abhalten lassen, Kevin zu sehen. Und von diesen schwachsinnigen Zwei-Stunden-Regelungen will ich nichts mehr hören. Ich möchte Kevin nächstes Wochenende sehen – und zwar das ganze Wochenende.« Jetzt war es geschehen. Er hatte den Mund ziemlich voll genommen und mußte seine Strategie nun zu Ende führen oder aufgeben. Er war ja derjenige gewesen, der darauf gedrängt hatte, daß ihm das sofortige Besuchsrecht für seinen Sohn innerhalb begrenzter Stunden eingeräumt wurde, anstatt auf die Anberaumung einer Verhandlung zu warten. »Vergessen Sie das nächste Wochenende«, sagte er noch bevor sie die Gelegenheit hatte, ihm zu antworten. »Ich werde am Sonntag gar nicht in der Stadt sein.«

Aus dem Augenwinkel heraus sah Mason, wie sich etwas bewegte, und als er aufblickte, sah er Kevin in ihre Richtung laufen, dem seine Freundin Tracy dicht auf den Fersen war. Einmal schwenkten sie um und sprangen in einen Haufen Laub, das sie in alle Richtungen verstreuten, indem sie ihre Füße so hoch wie möglich hoben, und dann rannten sie zurück auf den Bürgersteig.

»Ich habe vergessen, mich zu verabschieden«, sagte Kevin mit fröhlicher Spontaneität und breitete seine Arme aus.

Auf solch eine heftige Gefühlsregung war Mason nicht vorbereitet. Wortlos ging er in die Hocke und wartete darauf, daß sein Sohn zu ihm kam. Dann umschlangen kleine Arme Masons Nacken und hielten ihn für ein paar wertvolle Sekunden fest.

Die Umarmung war beinahe so schnell vorüber wie sie herangeflogen gekommen war, denn Kevin und Tracy waren schon wieder auf dem Rückweg zum Nachbarhaus. Das Gefühl jedoch, das Mason erfaßt hatte, hielt weiterhin an, und es war zu herrlich, als daß er es teilen und zu wichtig, als daß er es mit Worten zerstören wollte. Schon seit einer Ewigkeit hatte ihm niemand zu einem derart hinreißenden Gefühl verholfen und das mit einer schlichten Umarmung. Er wollte diesen Eindruck bewahren, so lange er konnte, und er ging schließlich zur Fahrerseite seines Wagens, stieg ein und fuhr fort, ohne noch einmal mit Chris zu sprechen.

Während Chris ihn wegfahren sah, wurde sie von einer schrecklichen Vorahnung erfüllt. Es war falsch gewesen zuzulassen, daß Kevin seinen Vater sah. Was an diesem Tag begonnen hatte, würde sie – wenn überhaupt – nur unter Schwierigkeiten wieder beenden können. Sie glaubte einfach nicht, daß es Mason selbst war, der Kevin so sehr faszinierte. Es war wohl wahrscheinlicher, daß es ihm einfach nur um die Vorstellung ging, einen Vater zu haben. Genau wie alle anderen Kinder wollte Kevin haben, was jeder hatte.

Zum ersten Mal, seitdem sie und Kevin ihr gemeinsames Leben begonnen hatten, bereute sie es, daß sie nie geheiratet hatte. Mason hätte niemals an Kevin herankommen können, wenn er bereits einen Vater gehabt hätte.

Aber es wäre verrückt, wenn sie sich mit Mutmaßungen wie ›was wäre, wenn‹ beschäftigen würde. Sie hatte schon genug damit zu tun, sich Gedanken und Sorgen über hier und heute zu machen. Wie sollte sie zum Beispiel Mason davon abhalten, Kevin am nächsten Samstag zu besuchen – und sei es auch nur für zwei Stunden?

Als sie zu ihrer Haustür ging, sah sie sich im Geiste jetzt allein in ihrer Wohnung sitzen, und sie beschloß, daß sie in diesem Moment wirklich jemanden brauchte, mit dem sie reden konnte. Nicht einfach nur jemanden, sondern Mary, die Person, an die sie sich immer wandte, wenn irgendwelche Dinge gut oder schlecht oder auch völlig normal gelaufen waren. Mary war eine von diesen außergewöhnlichen Freundinnen, die man nur einmal im Leben treffen konnte; sie war immer da, und sie war immer bereit, ihr zuzuhören.

Außer heute.

»Es tut mir leid, Chris«, sagte John, als er ihr die Tür öffnete und sie bat hereinzukommen. »Du hast sie um fünf Minuten verpaßt. Sie hat so lange wie möglich gewartet, aber der Feinkostladen schließt heute früh, so daß sie entweder fahren mußte oder nicht hätte kochen können.«

Chris ging hinein. »Ich müßte einfach nur mit jemandem reden«, sagte sie.

»Ich bin ein guter Zuhörer«, antwortete John. »Und es hat mir noch niemand vorgeworfen, daß meine Kommunikationsfähigkeit nachgelassen hätte, falls du jemanden brauchst, der die Zeit ausfüllt, während du Luft holst.«

»Bist du sicher, daß du in diese Sache hineingezogen werden willst?« fragte Chris.

Er legte seinen Arm um ihre Schultern. »Komm hier rüber und setz' dich. Ich koche uns in der Zeit einen Kaffee.« Er führte sie zu einem Stuhl. »Oder möchtest du lieber ein Bier trinken?«

»Nein, Kaffee ist gut.« Sie wollte sichergehen, daß ihre Argumentationskräfte vollständig intakt blieben.

Er bereitete ihren Kaffee so zu, wie sie ihn mochte, mit einem halben Päckchen Süßstoff und einem Tropfen Milch. Dann reichte er ihr die Tasse und setzte sich auf den Stuhl neben ihr. »Jetzt erzähl mir mal, wie es gelaufen ist«, sagte er und legte seine Füße hoch. »Ist er so schlimm, wie du geglaubt hast?«

»Schlimmer.«

»Das ist aber zu schade. Kevin scheint der glücklichste Mensch der Welt zu sein. Ich hatte schon gehofft, daß sich die Dinge jetzt auch für dich gelöst hätten.«

»Kevin schwebt im siebten Himmel. Welches Kind würde anders reagieren bei einem reichen, neuen Vater, der ihm eine Welt verspricht, die er zuvor noch mit einer schönen, bunten Schleife geschmückt hat?« Sie pustete in ihren Kaffee, um ihn abzukühlen. »Am Anfang, als Mason kam, um Kevin abzuholen, dachte ich ein paar Minuten lang tatsächlich, daß ich ihm unrecht getan haben könnte. Er hätte mich heute nicht mitkommen lassen müssen, aber er hat es von sich aus angeboten. Und ich kann dir gar nicht sagen, wie froh ich bin, daß ich dabei war.«

Sie drehte sich um und sah John an. »Er hat überhaupt keine Ahnung, was es wirklich heißt, den Elternpart zu übernehmen. Seiner Meinung nach besteht alles nur aus Wochenendvergnügen und Spielen. Er glaubt, daß er Kevin Samstag morgens abholen und ihn in zwei Tagen durch und durch verziehen kann, um ihn dann wieder bei mir abzugeben, damit ich ihm dann in der übrigen Woche Benehmen beibringe. Ich bekomme die Arbeit und er das Vergnügen.«

»Hat er das so gesagt?« fragte John ungläubig.

»In einem Zeitraum von zweieinhalb Stunden hat Mason Kevin erzählt, daß er ihm das Skifahren beibringen wird, daß er ihn im nächsten Sommer auf eine Bootstour mitnimmt, daß er auf der Baustelle eines Hochhauses herumkrabbeln darf und daß er in den Osterferien mit ihm nach Disneyland fahren wird. Und wie, zum Teufel, soll ich da konkurrieren können, wenn ich statt dessen die Vormittage mit Kevin erleben darf, an denen er lieber im Bett bleiben als zur Schule gehen möchte oder die Abende, an denen ich ihm sagen muß, daß er mit dem, was er gerade getan hat, aufhören und ins Haus kommen muß, weil es dunkel wird oder die Nächte, in denen ich ihn ins Bett schicke, obwohl er es gerade geschafft hat, seine Eisenbahn zusammenzubauen? Ich gebe ihm Dinge zum Essen, auf die er nicht gerade verrückt ist, weil sie gut für ihn sind, und … ach, ich fange an zu schwafeln.«

»Die Reisepläne, die Mason im Sinn hat, scheinen ja ein wenig vollgepackt zu sein. Aber du kannst es ihm nicht verdenken, daß er …«

Chris schleuderte ihre Schuhe von sich und machte es sich bequem. »Das ist ja noch nicht einmal das Schlimmste, John. Mit den pompösen Wochenenden könnte ich leben. Ich weiß, daß Kevin mich liebt und daß sich daran nichts ändern wird, egal was Mason auch machen oder kaufen kann. Aber Kevins neuer Vater scheint ein echter Typ von der alten Sorte zu sein – und genau da liegt der Hase im Pfeffer. Er glaubt an all diesen Macho-Müll wie ›Auge um Auge, Zahn um Zahn‹, und er zögert auch keinen Augenblick, Kevin das zu erzählen.« Sie ließ sich schwerfällig auf ihrem Stuhl nach hinten sinken. »Was soll ich nur tun? Mason Winter ist der Prototyp eines Mannes, dem ich mein ganzes Leben lang ausgewichen bin. Alles, was ich Kevin mühevoll eingeflößt habe, kann Mason an den Wochenenden innerhalb eines Jahres zerstören.«

»Nicht alles«, sagte John. »Kevin wird anfangs vielleicht ein wenig verwirrt sein, doch er wird wieder zu sich finden.«

»Wie soll er das schaffen? Wenn er uns beide liebt – wie soll er bei diesen Unterschieden zwischen Mason und mir wohl nicht völlig durcheinandergeraten?«

»Zwei Menschen haben niemals über alles die gleiche Meinung. Kinder sind erstaunlich anpassungsfähig, Chris. Das erlebe ich bei der Feuerwache immerzu. Die Hälfte der Kollegen, mit denen ich zusammenarbeite, sind geschieden. Sie machen genau das gleiche durch wie du zur Zeit.«

»Und haben sie einen Weg gefunden, ihre Meinungsverschiedenheiten zu überbrücken, ohne dabei ihre Kinder in Mitleidenschaft zu ziehen?« Chris ging es bei all ihrem Geschimpfe und ihrer Wut über Mason nur um Kevin und die Folgen, die diese ganze verzwickte Angelegenheit bei ihm hinterlassen würde; sie fühlte sich vor lauter Sorgen regelrecht krank.

John dachte eine Minute nach. »Manche kommen mit Kompromißlösungen gut zurecht, manche weniger gut. Kinder durchlaufen scheinbar eine Entwicklungsstufe, in der sie leicht durcheinanderzubringen sind, und sie lassen ihre Frustration dann an jedem aus, der gerade in ihrer Nähe ist, egal wie kooperativ und wohlmeinend ihre Eltern auch sind. Am Ende tun sie sich selbst gewöhnlich am meisten weh.«

»Verstehst du jetzt, was ich meine? Ich kann nicht zulassen, daß Kevin das passiert. Er hat bereits genug durchgemacht.« Schmerz schwang in ihrer Stimme mit. »Er ist ein wundervoller, kleiner Junge, John. Ich weiß, daß alle Eltern ihre Kinder für etwas Besonderes halten, aber nicht alle Kinder haben das durchgemacht, was Kevin durchgemacht hat. Er verdient das Beste, was das Leben ihm zu bieten hat. Wenn ich es mir bei dieser Sache zu leicht mache, dann werde ich mir das nie verzeihen können.«

»Du mußt das tun, Chris, was du für richtig hältst.«

»Auch wenn ich meine, daß Kevin seinen Vater nie wiedersehen sollte?«

John zögerte. »Wenn du von dem, was du tust, überzeugt bist, wirst du dir dein Verhalten leichter vergeben können, falls du am Ende herausfinden solltest, daß du im Unrecht gewesen bist.«

»Um Vergebung geht es mir gar nicht.«

»Ich weiß, aber manchmal ist das alles, was wir bekommen.«

16

Mason schwang seine Beine aus dem Bett und blieb einige Sekunden lang auf der Bettkante sitzen. Es war erst Viertel vor sieben, und der einzige Grund, der ihn aus dem Bett trieb, war, daß er es leid war, länger dort zu liegen.

Er haßte Feiertage. Es waren die einzigen Tage im Jahr, an denen er sich in seiner Haut nicht wohl fühlte. Er konnte nicht ins Büro gehen, ohne irgendwem vom Sicherheitsdienst über den Weg zu laufen – jemandem, der ihn bemitleiden würde, weil er keine Familie hatte, mit der er den Tag hätte verbringen können. An den Baustellen konnte er aus den gleichen Gründen nicht vorbeischauen. Wenn er allein in einem Restaurant äße, würde er genausoviel Aufmerksamkeit auf sich ziehen, womöglich sogar noch mehr. Kurz gesagt bedeuteten Feiertage für ihn das gleiche wie in seinem eigenen Haus als Gefangener zu leben. Und an diesem Thanksgiving Day, dem Erntedankfest, sollte es ihm nicht anders ergehen als in den Jahren zuvor, außer daß Kevin ihm nun noch eine weitere Falte verschafft hatte.

Als sie am vergangenen Wochenende zusammengewesen waren, hatte Kevin darauf bestanden, daß Mason ihm erzählte, wo er sein Thanksgiving-Essen einnehmen und wer die Truthahnkeule bekommen würde. Nachdem Masons übliche Ausweichmanöver versagt hatten, hatte er schließlich zugeben müssen, daß er für den anstehenden Feiertag noch gar nichts vorhabe. Diese Antwort schien Kevin für einen Moment sprachlos zu machen. Er hatte es einfach nicht fassen können, daß irgend jemand nicht an einer Feier teilnahm, bei der es auch ein großes Abendessen mit Truthahn gab. Am Ende ihres gemeinsamen Tages hatte Kevin versprochen, seine Mutter zu fragen, ob Mason nicht am Thanksgiving Day zu ihnen kommen könnte, doch Mason hatte seinen Sohn inständig darum gebeten, nichts dergleichen zu erwähnen.

Mit einer kleinen Notlüge hätte er die ganze Angelegenheit umgehen können, doch irgendwie wollten ihm die passenden Worte nicht herauskommen. Mason war mit einer Flut von kleinen Unwahrheiten und ausweichenden Antworten großgezogen worden, und jetzt weigerte er sich, seinem Sohn das gleiche anzutun – egal, wie unbequem die Wahrheit auch sein mochte.

Sollte Chris ihn tatsächlich zum Essen einladen – ob nun aufgrund von Kevins Drängen oder weil ihr selber das Herz blutete – dann wollte er ihr erzählen, daß er bereits von jemand anders eingeladen worden sei. Das war nicht einmal gelogen. Er war von mindestens einem Dutzend von Leuten gefragt worden, auch von Rebecca und Travis, die ihn immer einluden und die glücklicherweise nie überrascht oder beleidigt waren, wenn er ihre Einladung ablehnte.

In diesem Jahr hatte er sogar eine Einladung von Walt Bianchis

Frau bekommen, als diese am Anfang der Woche im Büro vorbeigeschaut hatte. Mason hatte tatsächlich eine Weile über ihr Angebot nachgedacht. Er hatte sich überlegt, daß er Walt vielleicht von einer anderen Warte sehen würde, wenn er einen geselligen Abend mit ihm verbrächte. Walt hatte irgend etwas an sich, das bei Mason ein unwohles Gefühl hervorrief, wenn er in dessen Nähe war; es war nichts, das er genau hätte ausmachen können, und auf keinen Fall war es Walts Arbeitsleistung, denn er war tüchtig und manchmal sogar hervorragend. Vielleicht lag das Problem darin, daß er einfach zu gut war.

Womöglich konnte Mason es einfach nicht abstellen, daß er jedes Mal seinen Bruder erblickte, wenn er Walt ansah.

Er ging ins Wohnzimmer und entzündete sein künstliches Kaminfeuer. Ein echtes Feuer wurde damit zwar nur ziemlich schlecht imitiert, doch immerhin erschien der Raum so in einem schönen, warmen Licht. Nachdem er die vor seiner Haustür liegende Zeitung, die *Sacramento Bee,* hereingeholt hatte, ging er in die Küche und kochte sich einen Kaffee; dabei fiel sein Blick auf die kleinen Fingerabdrücke auf dem edlen, schwarzen Kühlschrank – ein sichtbarer Hinweis darauf, daß Kevin dagewesen war und die Putzfrau eine Woche frei hatte.

Er griff nach einem Küchenhandtuch, um die Spuren wegzuwischen, doch dann hielt er inne. In seinem Apartment war alles perfekt, beinahe sogar steril – ungefähr so wie sein Leben. Auf einmal bereitete es ihm ein geradezu abnormales Vergnügen, etwas in seiner Wohnung zu sehen, das ganz offensichtlich nicht dahin gehörte. Aber gleichzeitig stellte er fest, daß sein bisheriges Leben einer glatten Spiegeloberfläche glich, ohne jegliche Abweichungen oder Unebenheiten, und diese Feststellung machte ihn traurig.

Chris zitterte, als sie die Bettdecke zurückschlug und nach ihrem Bademantel faßte. Der automatische Temperaturregler funktionierte nicht, was für sie bedeutete, daß sie die Heizung Nacht für Nacht herunterstellen und jeden Morgen eine halbe Stunde früher aufstehen mußte, um das Haus für Kevin zu beheizen. Sie schlüpfte in ihre Hausschuhe und trat aus ihrem Zimmer; dort lief sie Kevin in die Arme und brachte einen leisen Überraschungsschrei hervor.

»Warum bist du schon auf?« fragte sie ihn und zog ihren Bademantel fester um sich herum.

»Ich wollte dich fragen, ob du deine Meinung geändert hast und

Vati nun doch zum Essen einladen willst. Wenn ja, dann könnten wir ihn doch jetzt anrufen. Er hat gesagt, daß er heute nirgendwo hingeht.«

Chris spürte einen Stich ins Herz. Warum konnte Kevin nicht damit aufhören? »Ich habe dir doch gesagt, daß ich Mason nicht zu jemand anders nach Hause einladen möchte. Wenn wir bei uns zu Hause essen würden, wäre das etwas anderes.« Glücklicherweise konnte sie John und Mary als Entschuldigung vorschieben.

»Aber Tante Mary hat gesagt, daß du ihn fragen kannst, wenn du willst. Ich hab's gehört.«

Diese Unterhaltung konnte er nur mitgehört haben, wenn er das Gespräch absichtlich belauscht hatte. Chris dachte darüber nach, ob sie Lektion 13B hervorkramen und ihm beibringen sollte, wie falsch es sei, Gespräche zu belauschen, aber sie war es leid, immer nur die Böse zu sein. Sie hatte sich nie mit Kevin gestritten, bevor Mason aufgetaucht war. Jetzt schien es so, als würden sie ständig wegen irgend etwas aneinandergeraten. Egal, wie sehr sie sich auch bemühte, einen Streit zu vermeiden – Kevin war hin- und hergerissen zwischen der erblühenden Liebe zu seinem Vater und seiner Loyalität ihr gegenüber.

Sie bemühte sich, nie etwas Schlechtes über Mason zu sagen, doch sie konnte sich auch nicht überwinden, etwas wirklich Gutes über ihn verlauten zu lassen. Immer wenn Kevin seinen Vater gesehen hatte, bearbeitete er sie tagelang mit dem Ziel, sie und Mason zusammenzubringen und eine richtige Familie, wie Tracys Familie, aus ihnen zu machen. Ohne ihr Dazutun wurde sie in die Rolle der Miesmacherin gedrängt. Und das war eine Rolle, die ihr nicht gefiel, eine Rolle, die sie und Kevin entzweite und ihr die glücklichen Momente nahm, die sie einst für selbstverständlich gehalten hatte.

»Tante Mary wollte nur höflich sein. Du weißt doch genausogut wie ich, daß in ihrem Haus nicht einmal genug Platz für die Gäste ist, die sowieso schon kommen. Es wäre nicht richtig, wenn es wegen uns noch voller werden würde.« Selbst Chris erschien die Entschuldigung ziemlich schwach.

»Ich könnte ja auf seinem Schoß sitzen.«

Sie wollte ihn zu sich heranziehen und umarmen.

Doch er wich zurück. »Kevin, *bitte* versteh mich doch.«

Enttäuscht ließ er seinen Kopf hängen und weigerte sich, Chris anzusehen.

»Warum kommst du nicht einfach mit zu mir ins Bett, bis das Haus aufgewärmt ist?«

»Mag ich nicht«, antwortete Kevin und ging zurück in sein eigenes Zimmer.

Chris ballte ihre Hände zu Fäusten. »Zum Teufel mit Ihnen, Mason Winter!« fluchte sie leise durch ihre zusammengebissenen Zähne.

Mason legte die Zeitung zusammen und ließ sie in den Mülleimer fallen. Dann schaute er auf die Uhr und zog ein langes Gesicht: Noch vierzehn Stunden, bis der Tag überstanden war. Er ging zum Fenster und sah nach draußen. Es brauten sich gerade Wolken zusammen, und vermutlich würde bald der erste große Herbststurm aufkommen. In einigen vornehmeren Skiresorts hatte man bereits vor etlichen Wochen die Pisten mit künstlichem Schnee berieselt, um die Leute für den Feiertag anzulocken.

Mason hatte daran gedacht, eventuell Ski zu laufen, auch wenn er es nur aus dem einen Grund in Erwägung zog, für eine Weile aus der Stadt herauszukommen. Es war ihm ziemlich egal, ob er den Thanksgiving Day in seiner Eigentumswohnung am Lake Tahoe oder in Sacramento verbrachte, und er war schon halbwegs mit dem Packen seiner Sachen fertig gewesen, als Rebecca ihm mitgeteilt hatte, daß es ihr gelungen sei, mit etlichen der zunehmend beunruhigten Eigentümer des Riverfront-Projektes für den Vorabend des Feiertages ein informelles Treffen zu arrangieren.

Auf dieses Treffen hatte er gedrängt, seitdem ihm das erste leise Gegrummel über die Unzufriedenheit einiger Leute zu Ohren gekommen war. Er hatte keine große Hoffnung, daß er herausfinden würde, wer wirklich hinter der Strategie stand, Zwietracht zu säen, um seine Pläne zu durchkreuzen; selbst wenn er einen Namen erfahren würde, war ihm klar, daß dieser ihn in eine Sackgasse führen würde. Er wollte vor allem erfahren, wie ernst das Angebot des anderen interessierten Käufers gemeint war, und mit etwas Glück würde er sogar aus der Versammlung herausgehen und ein Gefühl dafür haben, wie hoch der andere pokern würde.

Für Mason lag das Problem vor allem darin, daß die drei Farmer, denen die wichtigsten Grundstücke gehörten, sich bei der Unterzeichnung der Schriftstücke, in denen sie ihm die Vorkaufsrechte gewährten, am widerspenstigsten zeigten. Ohne diese Grundstücke aber würde der ganze Handel ins Wasser fallen. Zu seinem Ärger wußten die Farmer genau, daß sie ihn in der Hand hatten. Im Grunde genommen konnten sie über den Handel entscheiden. Für die Klemme, in der er jetzt steckte, konnte er nur sich selbst verantwortlich machen; er hatte sich von seiner Leidenschaft blenden lassen, mit der er das Riverfront-Projekt hatte entstehen sehen. Jetzt mußte er herausfinden, wieviel ihn seine Blindheit kosten würde und ob er sich das Projekt weiterhin leisten konnte oder nicht.

Er konnte wegen der Finanzierung des Projekts nicht an die Banken herantreten, bevor er die Grundstücke in der Tasche hatte. Deutlich stand ihm plötzlich die Möglichkeit vor Augen, daß er seinen Traum vielleicht fallenlassen mußte. Schon ein einziges Augenzwinkern konnte das Aus bedeuten. Was würde er dann tun?

Er drehte sich vom Fenster weg und ging unter die Dusche. Es wurde Zeit, daß er an diesem Tag irgend etwas Produktives in Angriff nahm.

Chris trug den Kürbiskuchen vorsichtig von der Küchentheke zum Backofen und bemühte sich dabei, nichts von der Vanillefüllung zu verschütten, während sie sich geschickt an Kevin vorbeischlängelte, der gerade aus dem übriggebliebenen Kuchtenteig Plätzchen knetete.

»Sieh mal, ich habe für Onkel John ein Plätzchen gemacht, das so aussieht wie ein Feuerwehrwagen.«

Chris klappte den Backofen zu und richtete ihre Aufmerksamkeit auf Kevins Kunstwerk. »Und was soll das da drüben darstellen – das da vorne, neben Tracys Klavier?«

»Das ist das neue Hotel von Papi.«

Chris verzog ihr Gesicht. Würde sie denn nie lernen, endlich die Finger von diesem Thema zu lassen? Den ganzen Vormittag hatte sie sich bemüht, Mason aus ihren Gesprächen mit Kevin auszuklammern, und jetzt legte sie ihm die Vorlage hin, mit der er sich zielstrebig wieder auf das Thema einschießen konnte. »Und was ist das da hinten?« fügte sie schnell hinzu und hoffte, Kevin damit abzulenken.

»Das ist sein Auto. Ich mache nämlich zwei Plätzchen für ihn, weil er nicht mit uns zu Abend essen darf.«

»Wie nett«, sagte Chris und biß die Zähne zusammen. »Ich bin sicher, daß ihm das gefällt.«

»Das Plätzchen ist für dich«, sagte Kevin leise und zeigte auf ein schiefes Herz. »Weil ich dich liebhabe, und weil es mir leid tut, daß ich dich wütend gemacht habe.«

»Ich hab' dich auch lieb«, antwortete Chris und nahm Kevin in ihre Arme. »Und du hast mich gar nicht wütend gemacht.«

Als sie ihn losgelassen hatte, arbeitete er weiter an seinem Feuerwehrwagen. Es vergingen ein paar Minuten, bevor Kevin wieder etwas sagte. »Können wir Papi nach dem Essen seine Plätzchen bringen?«

Chris schloß ihre Augen und zählte bis zehn. Seitdem Kevin geboren worden war, schien die treibende Kraft seiner Persönlichkeit seine Beharrlichkeit gewesen zu sein. In den fünfeinhalb Monaten, die er im Krankenhaus gelegen hatte, waren andere Babys mit weniger schweren Problemen gestorben, während sich Kevin an das Leben geklammert und eine potentiell tödliche Krise nach der anderen überstanden hatte. Damals hatte sie in ihren täglichen Gebeten für seine Starrköpfigkeit gedankt; jetzt kam es vor, daß er sie genau damit beinahe zum Wahnsinn trieb.

»Du siehst ihn doch sowieso am Samstag«, schlug sie ihm nun vor; allerdings wagte sie nicht wirklich zu hoffen, daß ihn diese Antwort zufriedenstellen würde.

»Ja, ist in Ordnung«, sagte Kevin überraschend.

Die Niedergeschlagenheit in seiner Stimme und das Einsinken seiner Schultern brachen Chris das Herz. »Verdammter Mason Winter!« fluchte sie nun zum zweiten Mal an diesem Tag. »Zur Hölle mit Ihnen!«

Mason rollte die Entwürfe zusammen, die er sich gerade angesehen hatte; dann steckte er sie in eine Kiste neben dem Zeichentisch in seinem Arbeitsraum, der sich gleich an sein Schlafzimmer anschloß. Die Zeichnungen des neuen Architekten, den er vielleicht für das Riverfront-Projekt engagieren wollte, gefielen ihm wirklich gut. Die Arbeit des Mannes wirkte gleichermaßen solide wie auch klassisch; man merkte, daß er ein Gefühl für die Geschichte der Gegend hatte, ohne daß er dadurch voreingenommen war. Die offenen Bereiche waren schlicht gestaltet, die Parkplatzflächen unauffällig.

Beim Studium der Entwürfe hatte er für einen Moment geglaubt, daß er doch noch einen Weg gefunden hatte, wie er den Rest des Tages verbringen konnte. Er war schon seit mehreren Wochen nicht mehr am Fluß entlanggegangen, um dort in seinem Traum zu versinken und sich davon berauschen zu lassen. Doch dann war ihm dieser andere Anwärter eingefallen, der so plötzlich seine Interessen an dem

Grundstück gezeigt hatte, und in Anbetracht dessen war es sicher besser, keinen übertriebenen Eifer zu zeigen.

Erst nachdem ihm diese Gedanken durch den Kopf gegangen und wieder verflogen waren und als ihm schließlich nur noch seine eigene Einsamkeit zurückblieb, gestand er sich ein, warum es ihm gerade an diesem Feiertag so schwerfiel, die Zeit totzuschlagen. In ihm waren Gefühle hochgekommen, von denen er längst geglaubt hatte, daß sie nicht mehr existierten.

Feiertage waren für Familien geschaffen – Tage der herrlichen Gerüche und spontanen Umarmungen, eine Zeit zum Lachen und zum Lieben. Noch vor einigen Monaten hatten ihn solche Gefühle nicht rühren können, denn er war zu der beruhigenden Überzeugung gekommen, daß er den Rest seines Lebens allein in einem unkomplizierten, leidenschaftslosen Zwischenstadium verbringen würde, in dem niemand sein Leben mit ihm zu teilen versuchte und er deshalb auch niemanden verlieren konnte.

Doch dann hatte er von Kevin erfahren, und sein Sicherheitsnetz war zerrissen worden.

Jetzt litt er darunter, daß er den Thanksgiving Day allein verbringen mußte.

Mason ging zur Garderobe und zog seinen Mantel an; es war ihm egal, wohin er ging, er wollte nur weg.

Chris stand in der Küchentür und beobachtete, wie Kevin seine letzten Plätzchen in Plastikfolie einwickelte und dabei genau darauf achtete, daß oben noch genug Platz für ein gekräuseltes Band vorhanden blieb. Er hatte sich den ganzen Morgen lang mit seinen Geschenken beschäftigt, und meistens hatte er einfach nur still nachgedacht. Was für Chris und Kevin eigentlich ein fröhlicher Vormittag hätte werden sollen, endete schließlich in einer schwierigen und reservierten Stimmung, weil sie beide händeringend nach Gesprächsstoff suchten, der nicht wieder zum Thema »Mason« führen würde.

Zum ersten Mal in fünf Jahren fühlten sich Chris und Kevin nicht wohl miteinander. Chris merkte, daß sie Kevin allmählich verlor und daß das, was gerade passierte, nur ein harmloses Beispiel für die Dinge war, die noch auf sie zukommen würden. In den wenigen Momenten, in denen sie noch rational denken konnte, erkannte sie, daß nicht alles ausschließlich Masons Schuld war. Inzwischen hatte er Kevin auf seine eigene Weise liebgewonnen. Vor ein paar Jahren hätte sie daran gezweifelt, daß es möglich war, sich so schnell zu einer anderen Person hingezogen zu fühlen, aber ihre eigene Erfahrung mit Kevin hatte ihr gezeigt, daß sich ein Gefühl von Liebe sehr schnell entwickeln und so stark werden konnte, daß dieses Gefühl alles andere in den Schatten stellte.

Und jetzt veranlaßte diese Liebe zu Kevin sie dazu, etwas zu tun, was sie eigentlich unter gar keinen Umständen tun wollte. »Kevin«, sagte sie, um ihn auf sich aufmerksam zu machen. Er sah sie an. »Ich habe meine Meinung geändert.« Dann redete sie ganz schnell weiter, damit sie keine Gelegenheit hatte, sich wieder eines anderen zu besinnen. »Du darfst deinen Vater anrufen und ihn zum Essen einladen, wenn du das immer noch möchtest.« Als sie die Worte aussprach, schmerzte es sie, als ob jede einzelne Silbe aus ihrem Körper herausgerissen würde.

Kevin saß ganz still da und starrte sie an. Dann kletterte er von seinem Stuhl herunter, kam zu ihr und umschlang mit seinen Armen wortlos ihre Beine.

Sie beugte sich zu ihm hinunter und drückte ihm einen Kuß auf den Kopf. »Du beeilst dich jetzt besser«, sagte sie und spürte auf einmal, wie Kevins große Freude in ihr ein beklemmendes und vollkommen unvorhergesehenes Gefühl von Eifersucht hervorrief. »Tante Mary möchte um drei Uhr essen.«

»Soll ich Tante Mary zuerst anrufen?«

»Das hab' ich schon erledigt.«

Er lächelte. »Danke schön, Mama.«

»Ist schon gut. Und nun los. Du mußt dich auch noch anziehen.«

Kevin raste zum Telefon, wählte die Nummer, die er seit Wochen in seinem Kopf gespeichert hatte und wartete. Nach einigen Sekunden sah er zu Chris auf. »Er meldet sich nicht«, sagte er. »Es läuft der Anrufbeantworter.«

»Willst du ihm eine Nachricht hinterlassen?«

Er dachte darüber nach, schüttelte dann seinen Kopf und legte den Hörer wieder auf.

»Ich finde, du solltest irgend etwas sagen«, schlug Chris ihm vor, denn ihre Liebe für Kevin war nun doch stärker als ihre Abneigung gegenüber Mason. »Zumindest kannst du ihm ja einen schönen Thanksgiving Day wünschen.«

Kevin nahm den Hörer wieder ab und hielt ihn an sein Ohr.

»Papi?« sagte er. »Ich und Mami wollten dich zum Essen einladen, aber wir wissen nicht, wo du bist. Einen fröhlichen Thanksgiving Day!« Er hatte schon fast aufgelegt, als ihm einfiel, daß er noch etwas hinzufügen wollte. Dann sagte er in den Hörer »Von Mami auch« und dabei achtete er ganz sorgsam darauf, daß er dem Blick seiner Mutter auswich.

17

Das Klingeln an der Tür unterbrach Chris' Gedankengang. Sie beeilte sich, wenigstens noch einen Teil des Satzes in den Computer einzugeben, bevor sie den Faden vollkommen verloren hatte. Dann rollte sie schwungvoll mit ihrem Stuhl zurück und eilte zur Tür. Sie hatte sich schon vor Jahren geschworen, daß sie eines Tages eine Sprechanlage einbauen lassen wollte, damit sie nicht mehr gezwungen war, immer von ihrem Schreibtisch aufzustehen, wenn es an der Tür klingelte; doch mit dieser Anschaffung ging es ihr wie mit den meisten anderen Dingen auch, die viel Geld kosteten und nicht unbedingt erforderlich waren – sie hatte sich einfach nie darum gekümmert.

»Mason«, sagte sie und war so überrascht, daß sie ihre Verwirrung über seinen unangekündigten Besuch mitten in der Woche beinahe vergaß. Mit seinem erkennbar teuren Regenmantel, den er über seinem Anzug trug, und mit seinen vor Feuchtigkeit glänzenden schwarzen Haaren sah er sehr sauber aus; seine Sachen paßten beinahe peinlich genau zueinander, ganz so, als ob er gerade einem Sonderheft über Wintermode in London entstiegen wäre. »Kevin ist nicht hier«, sagte sie, und plötzlich wurde ihr bewußt, daß sie ihm in einem ausgebeulten Jogginganzug und mit ungeschminktem Gesicht gegenüberstand. »Es dauert noch eine ganze Stunde, bis er von der Schule zurückkommt.«

»Das ist mir schon klar. Ich bin gekommen, um mit Ihnen zu sprechen.«

»Warum?« fragte Chris argwöhnisch. In den vergangenen Wochen hatten sie einen brüchigen Waffenstillstand geschlossen, und Chris war sich nicht ganz darüber im klaren, warum es dazu gekommen war; vielleicht lag es an der Ferienstimmung, vielleicht diente die Waffenruhe aber auch einfach nur einer Neuordnung der Kräfte. Es war ihr jedenfalls sehr recht, daß der Sturm eine Zeitlang nachgelassen hatte.

»Ich wollte mit Ihnen über Kevins Weihnachtsgeschenk reden.«

In eineinhalb Wochen war Weihnachten, und Chris hatte ihre Einkäufe zum ersten Mal in ihrem Leben schon früh erledigt. Daß sie ihre Sachen diesmal schon alle zusammengetragen hatte, lag keineswegs an ihrem Geldmangel; sie wußte einfach, daß Kevin bald Schulferien hatte und dann zu Hause sein würde. An diesen Tagen wollte sie unbedingt jeden Moment mit ihm verbringen und keine Zeit in den Geschäften verschwenden.

Wenn man in Betracht zog, wieviel ihr daran lag, mit Kevin allein zu sein, war es um so überraschender, daß sie Mason in einem wohlwollenden Moment angeboten hatte, er könne Kevin am Weihnachtsabend für ein paar Stunden sehen – ein Arrangement immerhin, das keiner ihrer Anwälte vorzuschlagen gewagt hätte. Vielleicht war er heute zu ihr gekommen, weil er ihr nochmals dafür danken wollte. Falls das sein Beweggrund war, hätte er aber eigentlich merken müssen, daß sie diesen Gefallen keineswegs ihm, sondern Kevin getan hatte.

Zögernd trat sie von der Tür zurück und bat Mason hereinzukommen. »Ich habe nicht viel Zeit«, sagte sie. »Ich muß eine Presseerklärung zu Ende schreiben und im Büro vorbeibringen, bevor ich Kevin und Tracy von der Schule abhole.«

»Ich kann auch nachher noch mal kommen …«

»Jetzt sind Sie schon mal hier. Und deshalb können wir's auch jetzt gleich schnell hinter uns bringen.«

Er trat seine Schuhe auf der Matte ab und kam herein. »Ich frage mich, ob man sich wohl als Rechnungseintreiber so ähnlich fühlt wie ich«, murmelte er.

Doch sie lächelte trotz allem und fragte ihn: »Was haben Sie denn erwartet?«

Sie war überhaupt nicht darauf gefaßt, daß er sie so verständnisvoll ansah.

»Ich weiß, daß Sie mir nicht glauben werden«, sagte er. »Aber ich verstehe sehr wohl, was Sie gerade durchmachen. Es muß die Hölle sein …«

»Sie können überhaupt kein bißchen verstehen, was ich durchmache«, fauchte sie ihn an. »Sie haben nicht die geringste Ahnung …« Plötzlich hielt sie inne. Wenn sie und Mason immer wieder auf den gleichen Dingen herumreiten würden, dann wäre das nicht nur eine Zeitverschwendung, sondern es würde sie auch keinen Schritt weiterbringen. So sehr sie sich auch wünschen mochte, daß Mason verschwand – dieser Fall würde nicht eintreten.

Sie versuchte ständig, sich davon zu überzeugen, daß ihre Einstellung zu Mason keinerlei Einfluß auf Kevin haben würde, doch allen Anzeichen zufolge war das Gegenteil der Fall. Kevin bemühte sich stets darum, den Friedensstifter zu spielen und ein perfekter, kleiner Junge zu sein, damit seine Mami und sein Papi mit ihm zusammenleben würden. Auf die eine oder andere Weise würde sie Kevin zuliebe lernen müssen, Masons Anwesenheit entweder zu tolerieren oder, wenn ihr das nicht gelänge, ihm wenigstens überzeugend die Stirn zu bieten.

»Möchten Sie eine Tasse Kaffee trinken?« fragte sie ihn und brauchte so viel Kraft, ihre Beherrschung nicht zu verlieren, wie es kosten würde, wenn sie beim Angeln plötzlich einen Wal an der Leine hätte.

Mason blinzelte mit den Augen. »Ja, gerne.«

»Sie können sich hier hinsetzen, während ich den Kaffee koche.« In ihrer Stimme schwang zwar keine Spur von Wärme mit, doch sie war froh, daß sie es zumindest geschafft hatte, höflich zu sein.

»Danke schön«, antwortete Mason und zog sich seinen Regenmantel aus.

Sie nahm ihm den Mantel ab und hängte ihn im Flur an einen Haken. »Falls es Sie interessiert – da drüben unter dem Beistelltisch liegt ein Fotoalbum mit etlichen Babyfotos von Kevin«, sagte sie, während sie in die Küche ging. »Und von Diane sind auch einige Aufnahmen dabei«, fügte sie noch hinzu.

Mason war von Chris' Hundertachtzig-Grad-Wendung so überwältigt, daß er zögerte, ihr eine Antwort zu geben, denn er befürchtete dadurch den Bann zu brechen. Seit Monaten hatte er schon nach einer Möglichkeit gesucht, wie er Chris nach Bildern fragen konnte, die Kevins Heranwachsen dokumentierten, doch immer wieder hatte er den Gedanken verworfen, weil er ihm aussichtslos erschienen war. Bevor sie ihre Meinung wieder ändern konnte, ging er nun schnell zu dem Tisch hinüber und zog ein ledergebundenes Album hervor. Dann knipste er die Lampe neben dem Schaukelstuhl an, setzte sich hin und legte das schwere Lederalbum auf seinen Schoß.

Auf den ersten Seiten fand er Bilder von Diane als pummeliges Baby mit einem Kopf voller blonder Locken, ein paar Seiten weiter sah er sie als hochaufgeschossenen Teenager mit unglaublich langen Beinen und noch weiter hinten war sie eine atemberaubend schöne, junge Frau, die auf dem Foto ein Ballkleid trug und jede Menge Lebensfreude ausstrahlte. Wehmütig kamen alte Erinnerungen in ihm hoch und brachten ihn aus der Fassung, als er daran dachte, daß sie einmal ihm gehört hatte und daß er ganze Jahre verschwendet hatte, in denen er wütend und verletzt gewesen war, weil sie von ihm fortgegangen war, obwohl er letztendlich ganz falsch gelegen hatte.

Als seine Trauer ihn schließlich überwältigte, sah er von dem Album weg und richtete sein Augenmerk auf den Weihnachtsbaum und die darunterliegenden Geschenke; dabei nahm er geistesabwesend wahr, daß viele der Geschenke in handgeschmücktem Papier eingewickelt waren. Die Muster erinnerten ihn an die Stempel, die er als Kind aus Kartoffeln geschnitzt hatte, um damit rote, weiße und blaue Papierstreifen für die jährliche Familienfeier am vierten Juli zu verzieren. Damals hatte er mit seiner Mutter eine gute Zeit verbracht, eine Zeit, in der sie für ihn dagewesen war und in der sein Vater ihr noch keine Entscheidung abverlangt hatte; denn mit der Entscheidung, die sie schließlich getroffen hatte, hatte sie ihrem Sohn den Rücken zugekehrt.

Eindringlich rief er sich ins Gedächtnis, daß Chris nur in die Küche gegangen war und bald zurück sein würde; deshalb beugte er sich schnell wieder über das Album. Da er dabei war, einen emotionalen Balanceakt zu vollführen, beschloß er, die restlichen Seiten zu überspringen, die Diane gewidmet waren, und darauf zu hoffen, daß er Chris eines Tages dazu überreden konnte, ihn Abzüge von den Fotos machen zu lassen.

Die ersten Bilder von Kevin waren verblichene Polaroidfotos, die offensichtlich kurz nach seiner Geburt gemacht worden waren. Mason betrachtete die verschwommenen Abzüge ein paar Sekunden lang und versuchte, sie mit Bildern in Einklang zu bringen, die er von anderen Frühgeburten gesehen hatte. In dem faltigen und verschrumpelten Baby konnte er nichts erkennen, das ihn an den kräftigen Jungen erinnerte, den er jetzt kennengelernt hatte. Es kam ihm so vor, als würde er einen Fremden betrachten.

Als er die Seite umblätterte, stockte ihm vor lauter Fassungslosigkeit der Atem. Das winzige Kind, das auf den vorherigen Fotos beinahe unbedeckt auf einem Tisch gelegen hatte, war jetzt mit Schläuchen und Schnüren übersät, die an jedem erdenklichen Teil seines Körpers angebracht worden waren. Mason wollte eigentlich wegsehen, um sich vor dem Anblick zu bewahren, doch so sehr er es auch versuchte

– er konnte seinen Blick nicht von dem Foto abwenden. Je länger er hinschaute, desto größer wurde sein Entsetzen. Was er zunächst für einen Schatten auf Kevins Bauch gehalten hatte, war, wie er nun sah, in Wirklichkeit eine offene Wunde. Er erinnerte sich an den Tag, an dem er die gezackte Narbe auf Kevins Bauch zum ersten Mal gesehen hatte und wie er damals ganz automatisch vermutet hatte, daß die Narbe von einem Unfall herrührte.

Zum ersten Mal machte Mason sich bewußt, wie knapp er dem Schicksal entronnen war, seinen Sohn niemals zu Gesicht zu bekommen; kalter Schweiß stand ihm auf der Stirn. Während der logisch denkende Teil seines Gehirns ihm sagte, daß er nichts hätte vermissen können, was er gar nicht kennengelernt hatte, machte ihn die Gehirnhälfte, die mit Logik nichts zu tun hatte, schon allein bei dem bloßen Gedanken krank.

Mason hatte erst vor knapp sechs Monaten erfahren, daß er einen Sohn hatte, und schon hatte sich sein Leben grundlegend verändert. Von früh bis spät gab es kaum einen einzigen Moment, in dem er nicht an Kevin dachte. Bei all seinen Zukunftsplänen schloß er Kevin mit ein. Seit Jahren hatte er in einer Höhle gelebt und sich eingeredet, daß ihm die Dunkelheit gefiel. Kevin hatte ihm jetzt vor Augen geführt, daß er sich etwas vorgemacht hatte.

Dann kam Chris zurück in das Zimmer und riß ihn aus seinem tranceartigen Zustand. »Warum haben Sie mich diese Bilder ansehen lassen?« fragte er und bemühte sich, seine Fassung wiederzufinden, bevor sie sehen konnte, wie innerlich aufgewühlt er war.

Sie setzte das Tablett auf dem Kaffeetisch ab. »Das muß wohl die Jahreszeit sein. Ansonsten fällt mir kein Grund ein, weshalb ich nett zu Ihnen sein sollte.« Sie reichte ihm seine Tasse herüber. »Oder fällt Ihnen einer ein?«

Masons erste Reaktion auf ihre schnodderige Bemerkung war pure Wut. In dem Moment, in dem er seine Antwort formulierte, wurde ihm dann klar, daß sie die Worte nur als Schutzschild benutzte. Sie mochte ihn ja vielleicht hassen, aber gleichzeitig hatte sie auch Angst vor ihm. Und warum auch nicht? Mit ihrer gespielten Liebenswürdigkeit, mit der sie ihm Kaffee anbot, wollte sie doch nur eins erreichen – nämlich ihren Feind kennenzulernen.

»Ich glaube, mir würden etliche langweilige Gründe einfallen, weshalb wir nett miteinander umgehen sollten«, sagte er. »Aber es gibt nur einen wirklich zwingenden Grund: Kevin.«

Sie starrte ihn an. »Haben Sie das gesagt, um mir meinen Platz zuzuweisen, oder wollten Sie mich nur darauf aufmerksam machen, was für eine Hexe ich bin?«

»Ob Sie's glauben oder nicht – keins von beidem.«

»Da Sie mir die Wahl lassen – ich glaube Ihnen nicht.«

Mason wollte keinen weiteren Blick auf die Fotos von Kevin riskieren und schloß das Album. »Was ist ihm zugestoßen?«

Chris zog ihre Augenbrauen zusammen und machte ein verdutztes Gesicht. »Wem?« Doch schon bevor er ihr antworten konnte, hatte sie verstanden, was er gemeint hatte. »Ach – Sie meinen Kevin. Er hatte eine böse kleine Infektion, eine Darmentzündung. Die Krankheit brach ganz plötzlich aus, doch Kevin hat sich erst Jahre später von den Auswirkungen erholt.«

»Jahre?« fragte Mason und versuchte, die Tragweite einer derart zerstörerischen Krankheit zu erfassen.

»Es endete damit, daß man Kevin aufgrund der Infektion schließlich die Hälfte seines Darms entfernen mußte. Und die andere Hälfte, die man ihm gelassen hatte, vertrug das Essen nicht besonders gut; deshalb mußte ihm durch einen Schlauch künstlich Nahrung zugeführt werden, damit er überhaupt wachsen konnte.«

»Über welchen Zeitraum ging das so?«

»Länger als ein Jahr.«

»Wollen Sie damit sagen, daß Sie ihn in diesem Zustand mit nach Hause nehmen mußten?«

Als sie sich an damals erinnerte, wich der defensive Blick aus ihren Augen. »Es war zwar riskant, doch ich hätte alles für ihn getan, um ihn aus diesem Krankenhaus herauszuholen. Er wog nur sechs Pfund, als ich ihn nach Hause geholt habe. Einen Monat später wog er schon neun Pfund.«

»Du meine Güte«, sagte Mason und lehnte sich in seinem Stuhl nach hinten. »Wie haben Sie …«

»Es tut mir leid«, unterbrach sie ihn und stellte mit einer höflichen, aber bestimmten Bewegung ihre Tasse auf das Tablett zurück. »Aber ich habe gerade gemerkt, wie spät es schon ist, und da ich sofort wegfahren muß, sollten Sie mir jetzt vielleicht sagen, warum Sie eigentlich hergekommen sind.«

Masons Drang, mehr über seinen Sohn zu erfahren, war noch längst nicht gesättigt. Er fragte sich, aus welchem Grund Chris wirklich besorgt war: ob es ihre knappe Zeit war oder nicht eher ihr entspannteres Verhältnis zueinander. Was auch immer dahinter steckte – er mußte sich seine Fragen für einen anderen Tag aufsparen. »Ich wollte Sie nach Kevins Kleidergröße fragen. Mit den Skiern und mit den Schuhen müssen wir warten, bis ich ihn mitnehmen kann, damit sie an Ort und Stelle angepaßt werden. Aber ich wollte ihm einen Skianzug und ein Paar Handschuhe unter den Weihnachtsbaum legen.«

»Wovon reden Sie eigentlich?« fragte Chris und war offensichtlich ziemlich verwirrt. »Ich war der Meinung, daß wir über diese Angelegenheit bereits gesprochen hatten.«

»Gesprochen?« fauchte er sie an. »Was an jenem Tag vorgefallen ist, würde ich kaum als Gespräch bezeichnen. Soweit ich mich erinnern kann, haben Sie eher ein Edikt erlassen.« Er erschrak über seine Aggressivität, mit der er ihre Frage beantwortet hatte. Wie kam es nur, daß diese Chris Taylor immerzu seine schlechteste Seite nach oben kehrte? Er änderte seinen Tonfall. »Kevin und ich haben für die Woche nach Weihnachten einen Skiurlaub geplant«, sagte er und bemühte sich, dabei ganz vernünftig zu klingen. »Und deshalb dachte ich, daß es eine gute Idee wäre ...«

Chris' Gesicht errötete vor Wut. »Ich kann es einfach nicht glauben«, sagte sie. »Nein, das nehme ich zurück. Ich *kann* es glauben, und ich weiß noch nicht einmal, warum ich überrascht bin. Wenn ich fünf Sekunden lang nachgedacht hätte, hätte ich genau dies von Ihnen erwartet. Ich hatte Ihnen gesagt, daß Kevin nicht mit Ihnen Ski laufen soll. Haben Sie mir nicht zugehört? Nein, offensichtlich nicht. Aber warum sollten Sie auch? Sie tun ja sowieso, was Sie wollen. Und scheren sich einen Dreck darum, was jemand anders für richtig hält. Wenn Sie aber glauben sollten, daß ich Kevin fünf Jahre lang von einem Krankenhaus zum nächsten geschleppt habe und von einer Arztpraxis zur anderen, nur um jetzt mitzubekommen, wie er, um einen Baum gewickelt, verendet – dann liegen Sie ziemlich falsch.«

Mason schloß seine Augen. Als er sie wieder öffnete, sagte er: »Offenbar hat Kevin Ihnen nicht erzählt, was wir samstags immer gemacht haben.«

»Offenbar nicht«, zischte Chris ihn an.

Mason erinnerte sich jetzt daran, daß Kevin in der Tat nie erwähnt hatte, daß er mit Chris darüber geredet hatte. »Ich habe ihn eine Skischule besuchen lassen, in der er erste Trockenübungen machen konnte – ich hatte geglaubt, dafür Ihre Zustimmung zu haben.«

»Und wie sollte ich dieses magische Einverständnis wohl geäußert haben? Hatten Sie darauf gehofft, daß ich mein Fehlurteil einsehen und meine Meinung über Nacht ändern würde? Für wie leichtgläubig halten Sie mich eigentlich?« Sie stand auf und begann, in dem Zimmer auf- und abzuwandern. »Sie Mistkerl!« sagte sie, und ihre Stimme blieb ihr fast im Halse stecken. »Bevor Sie hier aufgetaucht sind, war Kevin ein süßes, unschuldiges und offenes Kind. Jetzt hat er gelernt, wie man lügt und manipuliert – und Sie haben ihm das beigebracht.«

Mason ging zum Garderobenständer, um sich seinen Mantel zu holen. Es erschien ihm sinnlos, noch länger dazubleiben und ihren Schimpftiraden zuzuhören. Sie weigerte sich zu akzeptieren, daß ihre zwanghafte, besitzergreifende Art irgend etwas mit Kevins Verstörung zu tun haben könnte. Trotzdem konnte er sich eine bissige Bemerkung zum Abschied nicht verkneifen. »Wenn Sie sich wieder ein bißchen beruhigt haben«, fing er an, »können Sie sich ja mal fragen, wie ich wohl einen derart schlechten Einfluß auf ihn ausüben kann, wo ich nur drei Stunden in der Woche mit ihm verbringe und Sie ihn die ganze restliche Zeit für sich haben.«

Sie starrte ihn an. »Sie können ihm von mir aus erzählen, was Sie wollen, warum Sie nicht mit ihm Ski laufen werden«, sagte Chris. »Es ist mir sogar egal, wenn Sie mir die ganze Schuld anhängen.«

Er konnte ihre Worte nicht im Raum stehen lassen. »Warum sind Sie mit so wilder Entschlossenheit dagegen, daß ich ihn mitnehme?«

Verächtlich warf sie die Arme hoch. »Es wundert mich nicht, daß Sie diese Sache nicht in Ihren egoistischen Kopf reinkriegen können – deshalb sage ich's Ihnen jetzt noch einmal, und zwar ganz langsam: Skilaufen … ist … gefährlich!«

»Um Himmels willen, sehen Sie sich doch mal um. Kinder, die viel jünger sind als Kevin, laufen ständig Ski – und leben dabei weiter und erzählen davon.«

»Geben Sie's auf. Sie werden meine Meinung niemals ändern.«

»Sie tun damit nicht mir, sondern Kevin weh.«

»Eine nette Geschichte, aber bei mir können Sie damit nicht ankommen. Es gibt nämlich ebenfalls jede Menge Kinder, die niemals auch nur in die Nähe einer Skipiste gelangen, und denen es trotzdem ganz gutgeht.« Sie öffnete die Tür und ging ein wenig zur Seite. »Ich muß wohl nicht ganz bei Verstand gewesen sein, als ich geglaubt habe, diese Angelegenheit könnte funktionieren. Sie haben den Vater-Instinkt einer Schlange.«

»Oh Gott, nun hör'n Sie schon auf«, sagte er, während er auf sie zuging. »Sie müßten ja wohl etwas mehr drauf haben. Ich dachte, Sie verdienen sich Ihren Lebensunterhalt damit, daß Sie sich kluge Worte ausdenken, um den alten, langweiligen Kram neu zu verbreiten.« Mein Gott, dachte sich Mason, was war nur mit ihm los? Normalerweise redete er nie so mit jemandem.

»Gehen Sie sofort aus meinem Haus raus! Und aus meinem Leben ebenso!«

»Aus Ihrem Haus mit dem größten Vergnügen. Aber aus Ihrem Leben? Vielleicht in zwei oder drei Jahren, wenn Kevin zu mir zieht.«

Er ging fort, ohne sich noch einmal umzusehen.

18

Chris bereitete sich innerlich schon auf den Tag vor, an dem Kevin darauf bestehen würde, daß sie Mason zu ihrem Weihnachtsessen einluden, doch er bat nie darum. Nach außen hin unterschieden sich ihre Weihnachtsferien nicht von denen im Vorjahr. Chris und Kevin standen morgens früh auf, um ihre Geschenkpäckchen zu öffnen, und um zwei Uhr gingen sie zum Weihnachtsessen zu den Hendricksons. Sobald dann das Geschirr gespült und die Küche wieder sauber war, begannen Kevin und Tracy mit ihrer Spielrunde, indem sie ständig zwischen den beiden Häusern hin- und herliefen und ihr neues Spielzeug ausprobierten, bis es schließlich Zeit für sie war, ins Bett zu gehen und sie sich vor lauter Müdigkeit auch nicht mehr widersetzten.

Alles in allem schien Kevin sich genauso zu verhalten wie immer – vielleicht war er ein wenig ruhiger, vielleicht war er auch nicht ganz so enthusiastisch beim Anblick seiner Geschenke, doch es gab nichts, das Chris genau hätte ausmachen können.

Unter dem Weihnachtsbaum lag keine Skikleidung, und Kevin fragte auch nicht, ob er Mason anrufen könne. Chris war schon beinahe in Versuchung, ihn zu fragen, was denn los sei, doch sie beschloß, die Sache auf sich beruhen zu lassen.

Als es bereits Mitte Januar war, rief Mary eines Nachmittags bei Chris an und bat sie, sofort zu ihrem Haus herüberzukommen; geheimnisvoll erzählte sie Chris, daß sie an der Haustür auf sie warten würde und daß sie ganz leise sein solle.

»Was ist denn los?« fragte Chris und zitterte, weil sie sich für den kurzen Sprung zum Haus ihrer Freunde keinen Mantel angezogen hatte.

»Komm mal mit«, flüsterte Mary. »Ich will dir etwas vorführen, das du vielleicht hören solltest.« Sie führte Chris den Flur entlang und blieb vor der Tür zu Tracys Zimmer stehen.

»Ich will jetzt nicht mehr Familie spielen«, sagte Tracy. »Ich mag das nicht, wenn du so gemein bist. Ich möchte, daß du lieb bist.«

»Papis sind aber nicht lieb zu den Mamis«, empörte sich Kevin.

»Sind sie ja doch.«

»Nein, sind sie nicht.«

»Mein Papi ist aber lieb zu meiner Mami«, beharrte Tracy.

»Ist mir egal«, schoß Kevin zurück. »Wenn du nicht tust, was ich dir sage, dann nehme ich dein Baby mit auf eine sehr lange Flugreise, und dann wirst du es niemals wiederfinden.«

»Dann werde ich's allen Leuten erzählen.«

»Das macht gar nichts«, sagte Kevin.

»Jawohl, mein Herr. Mein Papi kann dafür sorgen, daß du mir das Baby zurückgeben mußt.«

»Nicht, wenn ich es nicht will. Papis können Mamis nicht dazu überreden etwas zu tun, was sie gar nicht tun wollen. Mein Papi kann meine Mami nicht einmal dazu bringen, daß sie mich mit ihm Ski laufen läßt.«

Chris hatte genug gehört. »Wie lange geht das jetzt schon so?« fragte sie Mary.

»Schon eine ganze Weile.« Leise führte sie Chris den Flur entlang in Richtung Küche. »Ich wollte dich eigentlich gar nicht damit beunruhigen, aber dann habe ich doch gedacht, daß du das vielleicht mal hören solltest.«

Mary rückte einen Stuhl für Chris zurecht und setzte sich ihr gegenüber an den Küchentisch. »Chris, ich könnte Kevin nicht mehr lieben, wenn er mein eigenes Kind wäre. Es macht mich völlig fertig mitzubekommen, was diese Feindschaft zwischen dir und Mason bei ihm anrichtet.«

Der Schmerz, den Chris für Kevin empfand, glich einer Wunde, die nicht heilen wollte. In der letzten Zeit hatte es auch noch so ausgesehen, als ob mit jedem neuen Tag eine frische Prise Salz in die Wunde gestreut würde. »Ich fürchte, daß alles noch viel schlimmer kommen wird, bevor sich die Situation bessert.«

»Was meinst du damit?«

»Weißt du noch, daß du letzte Woche für mich auf Kevin aufgepaßt hast?«

»Ja«, sagte Mary und regte ihre Freundin an fortzufahren.

»Ich hatte eine Verabredung mit Paul Michaels«, sagte Chris.

»Da du das Treffen jetzt zum ersten Mal erwähnst, gehe ich davon aus, daß es nicht gut gelaufen ist.«

Chris versuchte zu lächeln. »Er wollte mich auf die Fragen vorbereiten, mit denen wir konfrontiert werden, wenn wir vor Gericht stehen.«

»Dann ist der Termin also anberaumt worden?«

»Erstmal ist ein Anhörungstermin angesetzt worden, bei dem über Masons Antrag beraten werden soll, die Adoption aufzuheben.«

»Das macht mich wütend«, sagte Mary. »Er weiß doch ganz genau, daß er das niemals durchbekommen wird. Warum versucht er es dann überhaupt?«

»Ich nehme an, er glaubt, daß er dadurch zeigen kann, wie sehr er an Kevin hängt und welch ein schreckliches Unrecht ihm widerfahren ist. Ich habe Masons Anspruch, Kevins Vater zu sein, nie in Frage gestellt. Warum sollte ich das tun? Jeder, der Augen im Kopf hat, kann die genetische Verbindung sowieso sehen. Sein Anwalt scheint nun offenbar davon auszugehen, daß es seinen Fall voranbringt, wenn ich das vor Gericht zugebe. Ich bin sicher, daß der Anwalt auch eine Gelegenheit haben will, mich darüber auszuquetschen, warum ich in all den Jahren niemals versucht habe, Mason aufzuspüren. Und im Verlauf der Verhandlung wird er weitere Zweifel säen, um meine Behauptung in Frage zu stellen, daß ich nichts über den Brief von Diane wußte, bevor Mason ihn mir gezeigt hat.«

»Ich finde es total ungerecht, daß so viel von dem Geschick zweier Männer abhängt, für die nichts weiter auf dem Spiel steht als ihre Honorare.«

»Besser es hängt von ihnen ab als von König Salomon.«

Sie dachte einen Moment darüber nach. »Nein, das stimmt nicht. Es war ja die echte Mutter, die das Baby am Ende bekam. Glaubst du, daß es heutzutage auch noch Richter gibt, die so weise Urteile verkünden?«

»Für wann wurde der Gerichtstermin anberaumt?« fragte Mary.

Chris seufzte. »Heute in drei Wochen.«

»Aber ein kleiner Teil von dir freut sich doch wahrscheinlich auch darauf, daß die Sache dann überstanden ist.«

»Jetzt nicht mehr – nach dem Gespräch mit Paul sehe ich das ganz anders.« Sie stützte ihre Ellbogen auf den Tisch und bedeckte ihr Gesicht mit den Händen. »Ich muß wohl in einer Art Traumwelt gelebt haben, als ich geglaubt habe, daß Kevin aus der ganzen Angelegenheit herausgehalten werden könnte.«

»Sie wollen ihn doch wohl nicht aussagen lassen«, sagte Mary.

»Nein – zumindest nicht vor Gericht. Paul hat gesagt, daß der Richter die ganze Sache wahrscheinlich dem Jugendamt zur Überprüfung übergeben wird. Von dort werden dann wohl Leute bei mir und Mason vorbeigeschickt, um uns zu durchleuchten. Sie werden auch mit Kevin sprechen und höchstwahrscheinlich empfehlen, daß Kevin von einem Psychiater untersucht wird.«

»Das ist ja wohl das Dümmste, was ich je gehört habe. Kevin braucht doch keinen Psychiater!«

»Wirklich nicht?« fragte Chris und bemühte sich, ihre Tränen zurückzuhalten. »Kannst du das auch noch sagen, nachdem wir gerade das Gespräch in Tracys Zimmer mitgehört haben? Ein ausgeglichenes Kind verhält sich wohl kaum so.« Sie preßte ihre Finger seitlich zwischen Augen und Nasenrücken, um zu verhindern, daß sich weitere Tränen bildeten. »Oh, Mary, ich sorge mich so sehr um Kevin. Letzte Woche hat mich Ms. Abbott angerufen und mir erzählt, daß Kevin den Unterricht gestört hat. Ich weiß ja, daß ich mir manches wahrscheinlich nur einbilde – aber ich habe das Gefühl, daß er überhaupt nicht mehr lacht.« Hilfesuchend breitete sie ihre Hände aus. »Was soll ich nur tun? Ich habe mir schon unendlich lange den Kopf darüber zerbrochen, aber mir fällt einfach keine Lösung ein.«

Mary griff nach Chris' Hand. »Ihr beiden habt schon schlimmere Stürme überstanden«, sagte sie. »Laßt erst einmal ein wenig Zeit verstreichen. Irgendwas wird dir schon einfallen.«

Chris konnte nun nicht länger gegen ihre Tränen ankämpfen. Langsam und leise kullerten sie ihre Wangen hinab. »Irgendwie fiel es mir leichter, ihn bei seinem körperlichen Überlebenskampf zu beobachten, als jetzt mitzubekommen, wie er darum ringt, seine Eltern zu verstehen und auch noch zu lieben, obwohl diese sich ganz offensichtlich hassen.« Sie ließ Mary los, wischte sich die Tränen aus dem Gesicht und verdrehte die Augen. »Mason hat mir einmal vorgeworfen, daß ich theatralisch sei. Ich bin froh, daß er nicht mitbekommen hat, wie ich jetzt gerade in diese melodramatische Stimmung hereingeschlittert bin.«

»Sei nicht so hart mit dir selbst. Ich hätte die ganze Angelegenheit nicht so gut durchgestanden wie du.«

Chris lächelte Mary traurig an. »Du mußt mir so etwas sagen. Denn du bist ja meine Freundin.«

»Eine wahre Freundin wäre in der Lage, dir zu helfen. Doch ich kann noch nicht einmal den Rettungsring finden, den ich dir zuwerfen sollte, damit du dich selber retten kannst.«

Chris strich mit ihrem Finger über eine Kerbe an der Kante des Eichentisches. Dabei starrte sie auf die Tapete an der gegenüberliegenden Wand und lauschte dem Ticken der Standuhr im Wohnzimmer. Sie kannte das Haus von Mary und John genausogut wie ihr eigenes. John hatte den Tisch ramponiert, als ihm beim Reparieren des Toasters der Schraubenzieher ausgerutscht war. Sie und Mary hatten die Tapeten an einem Tag angebracht, an dem John mit Tracy und Kevin zum Angeln gefahren war; John hatte die Veränderung drei Wochen lang nicht bemerkt, obwohl er seit dem Tag ihres Einzugs über die Farbe der Küchentapeten geklagt hatte. Mary hatte John die Standuhr geschenkt und sie von dem Geld bezahlt, das ihre Mutter ihr zu ihrem eigenen Geburtstag geschickt hatte. Das hatte sie ihm allerdings nie erzählt, denn sie wußte, daß er sich dieses Opfers wegen schuldig fühlen würde.

Die Hendricksons waren ihre und Kevins Familie. Mason gehörte nicht dazu und würde auch in der Zukunft nicht dazugehören. Das war noch ein weiterer Faktor, der Kevin hin- und herreißen würde. Wieviel Gefühlsballast konnte ein kleiner Junge aufgeladen bekommen und dabei gleichzeitig noch zu einem vollkommenen, starken Mann heranwachsen?

»Ich kann es nicht zulassen, daß das Jugendamt all diese Gespräche mit Kevin führt«, sagte Chris. »Er würde sich so fühlen, als ob er Partei ergreifen müßte, und das würde ihn mit Sicherheit zerbrechen.«

»Aber du hast doch keine andere Wahl.«

»Es muß einfach einen anderen Weg geben«, sagte Chris. »Ich bin an einem Punkt angelangt, an dem ich einfach alles in Kauf nehmen würde.«

19

Als Chris ihren Besuch bei Mary beendet hatte und wieder zu Hause war, rief sie Paul Michaels an und bat ihn darum, noch vor dem anberaumten Gerichtstermin ein Treffen zwischen ihr und Mason zu arrangieren. Er versprach ihr, daß er sich mit Masons Anwalt in Verbindung setzen und nach einer zufriedenstellenden Lösung suchen würde.

Es dauerte drei Tage, bis Paul ihr seine Antwort mitteilen konnte.

»Sie sind mißtrauisch und haben keine Lust, deiner Bitte nachzukommen, Chris«, informierte Paul sie, als er sie anrief.

»Hast du ihnen gesagt, daß ich mich nur Kevin zuliebe mit ihm treffen will?«

»Ja, mehrmals sogar. Aber ich hätte mit meinen Worten auch nicht mehr erreicht, wenn ich Chinesisch gesprochen hätte. Sie glauben einfach nicht, daß du bereit bist, ernsthaft mit ihnen zu verhandeln. Und weil du mir ja nicht erzählen wolltest, was du mit dem Treffen eigentlich im Sinn hast, fiel mir auch nicht allzuviel ein, um sie vom Gegenteil zu überzeugen.«

»Nicht erzählen *wollte* ist falsch, Paul. Ich *konnte* es nicht erzählen. Ich weiß selbst noch nicht, wie die Lösung aussehen könnte. Wenn ich irgend etwas weiß, dann ist es eines: daß ich zumindest versuchen muß, ob ich mich mit Mason auf eine Lösung einigen kann, bevor Kevin einer Schar von Fremden ausgesetzt wird, die in seinem Leben und in seiner Psyche herumstochert. Er hat schon genug ertragen müssen.«

»Deine Absicht ist ja ehrenwert, Chris.«

»Aber?«

»Ich befürchte nur, daß du etwas sagen oder tun könntest, das dir hinterher schaden wird, wenn wir schließlich vor Gericht stehen.«

»Ich bin schon vorsichtig genug.«

Es entstand eine lange Pause, bevor Paul antwortete. »Ich will dir zwar keine falschen Hoffnungen machen, aber ich habe eine Idee, wie wir dieses Treffen zuwege bringen können, ohne daß du oder Mason dabei das Gesicht verlieren«, sagte er. »Wenn ich das regeln kann, melde ich mich in ein paar Tagen wieder bei dir.«

»Und wenn du es nicht schaffst?«

»Dann machen wir es so, wie du willst.«

»Vielen Dank, Paul.«

»Ich habe ja noch gar nichts erreicht.«

»Aber du hast mir zugehört.«

»Wir werden diese Schlacht gewinnen, Chris. Vielleicht wird das Ergebnis nicht ganz so ausfallen, wie wir es uns vorgestellt hatten, aber ...«

»Solange Kevin am Ende als Sieger hervorgeht, kann ich mit allem leben.«

»Halt dir das immer vor Augen«, sagte er und legte auf.

Als Paul vier Tage später alles geregelt hatte, meldete er sich wieder bei Chris.

»Falls du dir für den nächsten Mittwoch schon etwas vorgenommen hast, kannst du alles abblasen«, sagte er; er hatte Chris gerade noch erwischt, bevor sie aus dem Haus gehen wollte, um ihre Einkäufe zu erledigen.

Chris zuckte innerlich zusammen. »Was ist los?«

»Du wirst dich mit Mason bei dem Richter Harold McCormick treffen, und zwar um zehn Uhr morgens in seinem Amtszimmer.«

»Und was sollen wir da machen?«

»Euren Kampf austragen. Ohne Anwälte, ohne Sozialarbeiter, nur du und Mason – zusammen mit Richter McCormick, der als Schiedsrichter fungiert und alle auftretenden rechtlichen Fragen beantworten kann.«

»Und Mason ist einverstanden?«

»Ich weiß, daß du das nur schwer glauben kannst, Chris, doch ich bin inzwischen davon überzeugt, daß Mason genauso wie du nur das Beste für Kevin möchte. Ich mußte nichts weiter tun, als eine neutrale Person zu finden, mit der jeder einverstanden sein würde, und das habe ich geschafft. Ich nehme mal an, daß du mit Richter McCormick einverstanden bist.«

»Wenn du mit ihm einverstanden bist, habe ich keine Bedenken.«

Paul lachte. »Ich hab' ihn ja selber ausgewählt.« Zum ersten Mal seit Monaten verspürte Chris Hoffnung. »Das hätte ich mir denken können«, sagte sie.

Am Tag vor dem Treffen probierte Chris verschiedene Kleidungsstücke an und war dabei in Gedanken noch immer bei dem Gespräch, das sie mit Paul Michaels geführt hatte. Schließlich sah sie systematisch sämtliche Sachen durch, die sich in ihrem Kleiderschrank befanden, um etwas zu finden, das weder aus Jeansstoff noch aus grober Baumwolle war. Sie wußte zwar nicht genau, wonach sie eigentlich suchte, doch sie mußte feststellen, daß sie nichts Passendes besaß. In all den Jahren, in denen sie sich bemüht hatte, auf der Karriereleiter ihrer Firma emporzuklettern, hatte sie gelernt, wie wenig es ein Mythos der Textilindustrie war, daß man sich angemessen kleiden müsse, um Erfolg zu haben. Sie wußte sehr genau, daß der erste Eindruck zählte und daß man diesen später nur schwer korrigieren konnte.

Ein Mann konnte ganz einfach einen normalen grauen Anzug anziehen, und damit war das Thema für ihn erledigt. Eine Frau mußte sich entscheiden, ob sie in dem gleichen grauen Kostüm zu bedrohlich wirken würde, wenn sie es ohne zusätzliche Accessoires trüge, ob sie vielleicht zu flatterhaft wirken würde, wenn sie einen bunten Schal dazu umlegen würde, oder ob sie womöglich zu sexy aussehen würde – und das wäre einfach unverzeihlich – wenn sie zu dem Kostüm eine Weste anzöge.

Es war schon recht hilfreich, wenn man eine normale Größe hatte. Eine überdurchschnittlich große Frau wirkte unweigerlich aggressiv, ganz egal wie sie sich kleidete; hingegen war es für eine wirklich kleine Frau fast unmöglich, ernst genommen zu werden.

Chris hatte das Glück, daß sie noch immer die gleiche Konfektionsgröße trug wie damals, als sie für die Wainswright Brewing Company gearbeitet hatte; ihre Kleidungsstücke sahen auch jetzt noch gut aus, wenn man davon absah, daß die Röcke ein wenig zu lang waren und die Farben der Blusen schon seit längerer Zeit nicht mehr im Trend lagen.

Sie mußte sich nur für irgend etwas entscheiden. Eigentlich ein Kinderspiel. Sie mußte nur herausbekommen, welche Vorstellung Richter McCormick von einer idealen Mutter hatte, und das war alles.

Sie setzte sich auf die Kante ihres Bettes, starrte in den Kleiderschrank und seufzte tief.

Mason fuhr auf den Parkplatz gegenüber dem Gerichtsgebäude, stieg aus seinem Auto und knöpfte die Jacke seines grauen Anzugs zu. Er hatte gerade eine Besprechung mit Travis, Rebecca und Walt verlassen, während der es um die Kostenüberschreitung beim Bau des Capitol Court Hotels gegangen war. Obwohl er nur halb hingehört hatte, was überhaupt gesagt worden war, hatte er die Besprechung unzufrieden verlassen.

Mit den beiden Subunternehmern, die für das Projekt beauftragt worden waren, hatte Mason zuvor noch nie zusammengearbeitet, und er würde es wahrscheinlich auch in der Zukunft nie wieder tun. Alles, was sie taten, stimmte hinten und vorne nicht, ihre Rechnungen waren zu hoch, so daß immer irgend jemand hinter ihnen her sein mußte. Dieser jemand hätte eigentlich entweder Mason oder Travis oder Walt sein müssen, doch weil in Masons Privatleben alles drunter und drüber ging, und weil Travis versuchte, Masons Arbeit zusätzlich zu erledigen und zur gleichen Zeit an drei Orten zu sein und weil dann auch noch Walt ausfiel, der etliche Tage der Woche in Los Angeles verbringen mußte, hatten sie ein paar Dinge schleifen lassen, um die sie sich sonst besser gekümmert hätten.

Aber das war alles nicht so wichtig, zumindest nicht im Vergleich zu dem, was jetzt passieren würde.

Mason wollte sich im Hinblick darauf, was in Richter McCormicks Amtszimmer ablaufen würde, keinerlei Hoffnungen machen. Es gab schließlich keinen Anlaß zu glauben, daß Chris sich plötzlich in eine rational denkende und mitfühlende Frau verwandelt hatte. Sein Anwalt hatte ihm eindringlich geraten, das vorgeschlagene Treffen abzulehnen; er war der Meinung gewesen, daß dort einfach nur das alte Lied wieder angestimmt werden würde, vielleicht in einer geänderten Tonlage. Zuerst war Mason der gleichen Meinung gewesen. Doch je mehr er dann darüber nachgedacht hatte, desto vielversprechender hatte er den Vorschlag gefunden. Am Ende war er zu der Überzeugung gelangt, daß er einwilligen sollte, und zwar vor allem aufgrund der Tatsache, daß sie sich ohne ihre Anwälte im Zimmer von Richter McCormick treffen würden.

Als Mason die Stufen zum Gerichtsgebäude hinaufging, fragte er sich, ob Chris wohl wußte, daß der Richter ihrer Wahl ein alter Bekannter und ein enger Freund von ihm war – ja sogar einer der ersten Freunde, die er nach seinem Umzug nach Sacramento kennengelernt hatte.

Er konnte sich nicht vorstellen, daß sie das wußte.

Chris schaute auf, als Mason den Raum betrat. Sie fragte sich, wie lange sie ihn wohl kennen müßte, um nicht mehr jedes Mal aufs neue überrascht zu sein, wie sehr er Kevin ähnelte. Oder, um korrekt zu sein, wie sehr Kevin ihm ähnelte.

»Guten Morgen«, sagte Mason und nahm in dem kleinen Warteraum gegenüber von ihr Platz.

Sie erwiderte seinen Gruß mit einem Kopfnicken.

»Ist Harolds Sekretärin schon hier gewesen?« fragte er.

Harold? Sollte Mason Richter McCormick etwa duzen? Dann wäre es ja kein Wunder, daß er dem Treffen zugestimmt hatte. Bleib ganz ruhig, warnte ihre innere Stimme sie. Laß sie nie sehen, wenn du schwitzt! Ist ja klasse, dachte sie sich, jetzt zitierte sie sogar schon Werbeslogans aus dem Fernsehen.

»Sie war vor etwa fünf Minuten hier und hat gesagt, daß Rich –« Dann korrigierte sie sich schnell. »Sie hat gesagt, daß Harold pünktlich da sein wird.«

Mason lehnte sich in seinem Stuhl zurück und streckte seine Beine vor sich aus. »Wie geht's Kevin?«

»Er ist heute bei Mary«, sagte sie steif. »Er hatte gestern abend Probleme mit seinem Magen, und deshalb hab' ich ihn heute nicht zur Schule gehen lassen.«

»War ihm denn heute morgen noch schlecht?«

»Nein.«

»Und dann haben Sie ihn trotzdem nicht zur Schule gehen lassen?« fragte er ungläubig.

Chris atmete langsam und tief ein. Heute konnte sie es sich am allerwenigsten leisten, ihre Fassung zu verlieren. Ihre Parole lautete: ruhig, besonnen, wohlüberlegt und rational sein und wirken. »Ich habe getan, was ich nach einigen Jahren Erfahrung mit Kevin für das Beste hielt«, sagte sie ganz ruhig.

»Sollte er nicht heute das Buch fertig haben, das er zusammengestellt hat?«

Chris spürte, wie sich ihre Nackenmuskeln anspannten. »Wenn es ihm heute den ganzen Tag über gutgeht, dann kann er morgen wieder zur Schule gehen und das Buch zu Ende bringen.«

»An wieviel Tagen hat er in diesem Jahr schon die Schule versäumt?«

Es waren kaum fünf Minuten vergangen, seitdem Mason das Zimmer betreten hatte, und schon verspürte Chris große Lust, ihn zu erwürgen. Sie begann langsam zu glauben, daß dieses Treffen eine einzige Zeitverschwendung war. Wenn sie sich nicht einmal darüber einigen konnten, welche Cola-Marke die bessere war, wie sollten sie dann jemals gleicher Meinung sein, wenn es um so wichtige Dinge ging wie Kevins Zukunft? »Ich nehme an, daß Sie aus einem bestimmten Grund fragen und nicht einfach nur, um irgendeine Frage zu stellen?«

Bevor Mason antworten konnte, kam eine Frau mit kurzen, blonden Haaren und hellrotem Umstandskleid in das Wartezimmer. »Der Richter erwartet Sie jetzt«, sagte sie. »Wenn Sie bitte mit mir kommen wollen, führe ich Sie zu ihm.«

Das Zimmer, in das sie gebracht wurden, war zwar klein, doch es war edel ausgestattet. Die Wände waren mit Eichenholz getäfelt, auf dem Boden lag ein raffiniert geknüpfter Perserteppich. Die Stühle waren mit einem saftig-grünen Stoff bezogen. Der Mann, der hinter dem Schreibtisch saß, trug einen hübsch gepflegten Schnäuzer, und um seine Glatze herum wuchs ihm ein Kranz von grauen und schwarzen Haaren. Chris schätzte, daß er zwischen fünfunddreißig und fünfzig Jahre alt sein mußte, alt genug also, um eigene Kinder zu haben, aber noch nicht zu alt, um für alte Probleme neue Lösungen zu finden. Sein runder Bauch wurde flacher, als er aufstand, um Chris und Mason zu begrüßen.

»Mason«, sagte er. »Schön, dich mal wiederzusehen.« Er ging um den Tisch herum. »Und Sie müssen Christine Taylor sein«, sagte er warmherzig zu Chris.

Nachdem er beiden die Hände geschüttelt hatte, stellte er zwei Stühle in die Mitte des Zimmers, bat Mason und Chris, darauf Platz zu nehmen und setzte sich selber auf die Kante seines Schreibtisches; von dort aus betrachtete er die beiden.

»Ich kann nicht gerade behaupten, daß mir so eine Geschichte schon einmal untergekommen ist«, sagte er und kam damit direkt auf den Punkt. »Der heutige Tag verspricht also zumindest interessant zu werden. Aber wir wollen hoffen, daß noch mehr herauskommt. Wer möchte denn jetzt beginnen?«

Mason rückte in seinem Stuhl nach vorne und sah Chris an. »Da der Anwalt von Ms. Taylor dieses Treffen arrangiert hat, sollte sie vielleicht beginnen.«

Chris blickte für einen Moment nach unten, um ihre Gedanken zu sammeln, dabei entdeckte sie auf ihrem schwarzen Rock eine Fussel und beseitigte sie automatisch. Eines hatte sie nicht bedacht, als sie sich dazu entschieden hatte, ihr Chanel-Kostüm zu tragen, und das war der gefühlsmäßige Ballast, der ebenfalls an ihrem Leibe haften würde. In ihrer Vorstellung war sie Kevins Mutter – und die trug Blue Jeans und Sweatshirts. Als sie jedoch auf ihrem Weg in den Schaufenstern einen flüchtigen Blick davon erhascht hatte, wie sie heute angezogen war, da hatte sie die aufstrebende Managerfrau gesehen, die sie früher einmal gewesen war. Ihre kleine Unaufmerksamkeit dauerte zwar nur den Bruchteil einer Sekunde, doch sie war ein bißchen aus dem Gleichgewicht geraten.

»Ich wollte mich vergewissern, ob es nicht irgendeinen Weg gibt, wie man es Kevin ersparen könnte ... wie man ihn davor bewahren könnte, daß er die Untersuchungen des Jugendamtes über sich ergehen lassen muß. Ich glaube nicht, daß wir da schlecht abschneiden würden, wir haben ja nichts zu verbergen. Aber er hat in der letzten Zeit schon in der Schule ein paar Schwierigkeiten gehabt ... und dann hat er sich sogar mit seiner besten Freundin Tracy gestritten. Dabei habe ich mir Mühe gegeben, daß er von meiner persönlichen Meinung über das, was hier passiert, nichts mitbekommt.« Sie sah zu Mason herüber. »Wir haben uns in der Tat beide bemüht, aber Kevin ist ein sehr kluger kleiner Junge und ...«

»Und er füllt die Lücken selber aus«, beendete Harold McCormick den Satz für sie.

»Ja«, sagte sie leise. »Darum möchte ich nicht, daß er noch mehr durchmachen muß. Ich kenne meinen Sohn. Es ist ganz egal, wie gut der Psychiater des Jugendamtes ist – Kevin wird auf jeden Fall merken, daß man von ihm erwartet, daß er Partei ergreift. Ich verstehe zwar nicht, warum Kevin so vernarrt in seinen Vater ist, aber ich akzeptiere die Tatsache, daß es so ist.«

»Und heute hoffen Sie darauf, daß wir zwischen Ihnen und Mason eine Vereinbarung über das Sorgerecht für Kevin ausarbeiten können?«

»Über die Besuchsrechte«, korrigierte sie ihn. »Nicht über das Sorgerecht«.

Nun schaltete sich Mason ein. »An was für eine Art von Besuchsarrangement haben Sie denn gedacht?«

Chris schluckte. Sie würde ihm mehr anbieten, als sie zu geben bereit war, doch sie wußte, daß sie realistisch sein mußte, wenn sie auf seine Zustimmung hoffen wollte. »Ein komplettes Wochenende im Monat und von Kevins zehntem Geburtstag an zwei Wochen in jedem Sommer.«

»Das können Sie ja wohl nicht ernst meinen«, sagte Mason.

»Wenn Sie die Stunden zusammenzählen, haben Sie sechsmal so viel Zeit mit ihm wie jetzt.«

»Unsere jetzige Regelung stinkt ja auch zum Himmel.«

»Wie häufig siehst du Kevin?« fragte Harold nun Mason.

»Jeden Samstag drei Stunden.«

»Und wer hat diese Regelung getroffen?«

Mason sah Chris scharf an. »Sie hat das geregelt. Da hast du gleich mal einen kleinen Eindruck davon, wie besitzergreifend sie ist, wenn es um Kevin geht. Sie kann den Gedanken nicht ertragen, daß er für mehr als ein paar Stunden aus ihrem Blickwinkel verschwindet. Ich weiß gar nicht so genau, warum sie immer so in Panik gerät, wenn Kevin ein paar Stunden mit mir verbracht hat – ob es wegen der ›gefährlichen‹ Sportarten ist, die ich ihm beibringen könnte, oder ob es die ›gefährlichen‹ neuen Gedanken sind, die ich ihm in den Kopf setze; jedenfalls erwartet sie ihn immer schon an der Tür, wenn ich ihn nach Hause bringe.«

»Wie sehen Sie das, was Mason gerade gesagt hat?« fragte Harold jetzt Chris.

»Er weiß überhaupt nicht, wovon er redet. Kevin geht häufig ohne mich irgendwohin. Solange ich die Person kenne, mit der er zusammen ist und solange ich dieser Person vertrauen kann, mache ich mir überhaupt keine Sorgen um ihn.«

»Aber Sie machen sich sehr wohl Sorgen um ihn, wenn er mit Mason zusammen ist?«

Chris überlegte, ob sie eine ausweichende Antwort geben sollte, doch sie beschloß, daß die Wahrheit sie weiter voranbringen würde. »Ich sorge mich in jeder einzelnen Minute, in der er mit ihm fort ist.«

Mason wollte etwas sagen, doch mit einem Handzeichen deutete Harold ihm an, noch zu warten. »Warum machen Sie sich Sorgen?« fragte er Chris.

»Weil Mason nicht die leiseste Ahnung davon hat, was es heißt, ein richtiger Vater zu sein. Er glaubt, daß alles nur aus Spaß und Spiel besteht. Er wäre vielleicht imstande, ein verletztes Knie zu verbinden, aber er hat keine Ahnung davon, wie man mit verletzten Gefühlen umgeht oder worauf man achten muß, wenn es Kevin übel wird und warum es bei ihm wichtig ist, eine Magenverstimmung ernst zu nehmen.«

»Woher nehmen Sie das nur alles?« verlangte Mason zu wissen. »Sind Sie Hellseherin, oder weshalb wissen Sie so genau, wer und was ich bin? Oder verlassen Sie sich weiterhin auf die Zeitungen, um über mich informiert zu bleiben?«

Harold veränderte seine Position. »Ich glaube, wir sollten …«

»Ich weiß ganz genau, was für Dinge Sie Kevin erzählen«, sagte Chris.

»Und woher wissen Sie das? Fragen Sie ihn über mich aus?« schoß Mason zurück.

»Das ist gar nicht nötig. Wenn Sie auch nur irgend etwas von Kindern verstehen würden, dann wüßten Sie, daß Kinder dazu neigen, alles zu wiederholen, was sie irgendwo aufschnappen. Man muß sie nicht erst darum bitten. Es reicht, wenn man hin und wieder einfach mal zuhört.«

»Wenn ich vielleicht öfters die Gelegenheit zum Zuhören bekommen hätte, dann …«

Harold stand auf und ging um den Tisch herum. »Ich glaube, ich habe genug gehört«, sagte er. »Wenn es darum geht, wie ihr euer Kind erziehen wollt, dann seid ihr euch in etwa so einig wie ein Millionär und das Finanzamt bei der Erstellung der Steuererklärung.« Er schüttelte seinen Kopf. »Es ist wirklich schade, daß ihr nicht verheiratet seid. Dann wäre die ganze Sache nicht so verworren.«

Ein paar Sekunden lang sagte niemand etwas. Dann begann der Richter zu lächeln. »Ich weiß ja, daß es verrückt klingt, aber vielleicht ist es gar nicht so dumm. Habt Ihr beide schon jemals daran gedacht?«

Chris blickte etwas verwirrt erst Mason und dann Richter McCormick an und fragte sich, ob sie irgend etwas nicht richtig mitbekommen hatte.

»An was gedacht?« fragte Mason. Auch er schien etwas ratlos.

»Nun ans Heiraten«, sagte McCormick. »Eine Heirat könnte für euer Problem die perfekte Lösung sein.«

20

»Warum in Gottes Namen sollte ich Mason Winter wohl heiraten wollen?« fragte Chris.

Mason war im Begriff aufzustehen. »Ich hab' ja gewußt, daß wir heute unsere Zeit verschwenden würden.«

»Jetzt hör' mir mal zu!« bedrängte ihn Harold.

Mason zögerte. Erst in dem Moment, in dem alles zusammenzubrechen schien, merkte er, wie sehr er sich doch gewünscht hatte, daß das Treffen ein Erfolg werden würde. Chris mochte ihn zwar für blind und ignorant halten, doch in Wirklichkeit sah er ganz genau, was mit Kevin geschah. Er hatte die feinen und auch die nicht so feinen Veränderungen an ihm bemerkt. Mason hatte mehr schlaflose Nächte gehabt, als er sich selbst gegenüber eingestehen wollte, Nächte, in denen er sich wegen dieser Veränderungen gesorgt und darüber gegrübelt hatte, was er tun könnte, um Kevin zu helfen. Nur in diesen stillen Momenten konnte er sichergehen, daß er nicht der Versuchung erliegen würde, seine Sorgen bei jemand anders abzuladen, um dann zu sehen, wie seine eigenen Zweifel in dessen Augen widergespiegelt würden; und nur in diesen Momenten gestand er sich selbst ein, wie stark er darüber grübelte, ob er überhaupt imstande sein würde, Kevin ein richtiger Vater zu sein. Auf seinem Nachtschränkchen lagen zum Thema Vaterschaft diverse Bücher von so bekannten Autoren wie Benjamin Spock und T. Berry Brazelton bis hin zu Bill Cosby.

Doch die Bücher allein reichten nicht aus. Denn eines hatte er in der Zeit herausgefunden, die er mit Kevin verbracht hatte: Er würde es niemals schaffen, ein wirklicher Vater zu werden, wenn er sich dieser Aufgabe nur als Teilzeitkraft stellen konnte. Wenn er und Kevin einen gemeinsamen Hintergrund gehabt hätten, wenn sie ein paar Jahre zusammen verbracht hätten, die ein Fundament für ihre Freundschaft hätten legen können – dann wäre die Sache vielleicht ganz anders gewesen. Doch so, wie es jetzt war, waren sie ständig nur damit beschäftigt, ihre Vergangenheit aufzuarbeiten.

Das Hauptproblem lag darin, daß Mason kein Wochenend-Vater sein wollte; er wollte ein richtiger Vater sein. Nach einer langen Zeit der Frustration hatte er letztendlich akzeptiert, daß er das, was er haben wollte, in absehbarer Zukunft nicht bekommen würde. Bis zu dem Tag, an dem Kevin einmal alt genug sein würde, um seine eigene Entscheidung darüber zu treffen, bei welchem Elternteil er leben wollte, konnte Mason nur auf den rechten Augenblick warten und für den bevorstehenden Gerichtstermin das Beste hoffen.

»Ich gebe euch fünf Minuten«, sagte Harold und setzte sich wieder hin.

»Also, ich werd's nicht tun«, sagte Chris.

Mason griff nach ihrem Arm, als sie gerade ihre Handtasche nehmen wollte und zwang sie damit, auf ihrem Stuhl sitzen zu bleiben. »Vergessen Sie nicht, was hier auf dem Spiel steht«, sagte er. »Ich glaube, es wird langsam Zeit, daß wir aufhören, nur an uns selber zu denken; wir sollten endlich anfangen, Kevin an die erste Stelle zu setzen.« Er war selbst davon überrascht, was er gerade gesagt und getan hatte.

Mason sah Harold mit einem durchdringenden Blick an. »Du hast jetzt ein paar Zweifel gestreut, aber ich nehme ja wohl an, daß nach deinem haarsträubenden Vorschlag auch noch konkretere Empfehlungen folgen werden.«

Harold nahm einen Kugelschreiber aus dem Ständer, ließ ihn zwischen seinen Fingern hin- und herflitzen und auf die Schreibtischplatte trommeln, so daß ein Staccato-Rhythmus entstand. »Was ich eben vorgeschlagen habe, ist gar nicht so abwegig, wie es vielleicht im ersten Moment klingen mag«, sagte er. Seine Augen funkelten vor Aufregung. »Zumindest nicht, wenn ihr eine Weile darüber nachgedacht habt. Bevor wir heute zusammengekommen sind, habe ich lange und ausgiebige Unterhaltungen mit euren beiden Anwälten geführt. Sie haben mir erzählt, was seit dem letzten August vorgefallen ist und wie es dazu kam, und sie haben mir auch viel über euch beide erzählt – wie ihr seid und wie euer jeweiliges Privatleben abläuft.«

Er richtete seine Aufmerksamkeit auf Mason. »Dich kannte ich ja schon, deshalb hab' ich nichts überraschend Neues über dich erfahren.« Dann drehte er sich zu Chris herum. »Ich habe vor dem heutigen Termin nie das Vergnügen gehabt, Sie kennenzulernen, Ms. Taylor, doch nach meinem Gespräch mit Paul glaube ich, mit gutem Gewissen sagen zu können, daß Sie Ihren Sohn zum Mittelpunkt Ihres Lebens gemacht haben – und das sollte meiner Meinung nach auch so sein.«

Sein Kugelschreibergetrommel ließ nun etwas nach. »Kevin scheint ein Kind zu sein, das ich gerne stolz als mein eigenes bezeichnen würde.« Dann trommelte er wieder schneller.

»Und was sagt uns das Ganze nun?« fuhr Harold rhetorisch fort. »Es sagt uns, daß zwei gute und anständige Menschen einem dritten Menschen das Leben schwer machen und sich dabei selbst die Hölle auf Erden bereiten.«

Mason merkte plötzlich, daß er immer noch mit seiner Hand Chris' Arm umklammerte. Ohne sie anzusehen, ließ er sie los.

»Die traurige, aber immerhin auch vielversprechende Crux bei dieser ganzen Angelegenheit ist die, daß ihr beide das gleiche Ziel vor Augen habt – nämlich Kevins Glück«, fuhr Harold fort.

Er sah Chris an. »Ich weiß, daß Sie mitbekommen haben, wie überzeugt Mason davon ist, daß er zum Erreichen dieses Ziels etwas beizutragen hat, und ich muß ganz offen sagen – das hat er auch. Ein Junge erfährt, was es heißt, ein Vater zu sein, indem er versucht, es seinem eigenen Vater gleichzutun. Sie mögen vielleicht mit Masons Lebensphilosophie, mit seiner politischen Gesinnung oder mit anderen Dingen, die er sagt oder tut, nicht einverstanden sein, aber diese Dinge machen nicht notwendigerweise einen schlechten Menschen aus ihm. Um Ihnen die Wahrheit zu sagen – ich selbst habe auch nicht allzu viel für die Republikaner übrig, aber ich bin dafür bekannt, daß ich gelegentlich den einen oder anderen zu mir nach Hause eingeladen habe.«

»Ich brauche niemanden, der mich Ms. Taylor schmackhaft macht«, sagte Mason trocken.

Harold lächelte. »Genauso wie ich beim Golfspielen kein Handicap gebrauchen kann.«

»Können wir jetzt mit unserem Gespräch fortfahren?« fragte Chris.

Harold richtete seine Aufmerksamkeit nun wieder auf Mason. »Ich glaube nicht, daß du die Tatsache bestreiten willst, daß Chris in jeder Hinsicht, außer in genetischer, Kevins Mutter ist und auch das Recht hat, weiterhin seine Mutter zu sein. Und du weißt so genau wie ich, daß es im ganzen Land kein einziges Gericht gibt, das Kevins Adoption für nichtig erklären würde. Ich stelle zwar fest, daß du nicht all ihre Ideen und Ideale für richtig hältst, doch so schwer du das auch akzeptieren magst, Mason – ihre Denkweise ist es, die diesen Planeten für Kevin und dessen Kinder vielleicht einmal retten kann.«

Mason stöhnte.

»Also gut«, lenkte Harold ein. »Dazu haben wir jetzt genug gesagt. Kommen wir noch einmal darauf zurück, auf welche Weise wir sicherstellen können, daß ihr beide bekommt, was ihr haben wollt und daß dabei auch Kevin als Gewinner dasteht. Ich schlage euch die Eheschließung nicht vor, weil ich so verrückt bin zu hoffen, daß bei euch Liebe im Spiel ist. Eher ist das Gegenteil der Fall. Aber in Wirklichkeit liegt in der Art, in der ihr miteinander umgeht, genau der Grund, weshalb eine Heirat die logische, wenn nicht sogar die perfekte Lösung sein könnte.«

»Mason«, fuhr Harold fort, »du möchtest Kevin häufiger sehen, damit du ihn gut genug kennenlernst, um ihm ein richtiger Vater zu werden – und das ist etwas, was du wahrscheinlich selbst dann nicht schaffen würdest, wenn man dir erlauben würde, Kevin jedes Wochenende zu sehen, und ich kann dir garantieren, daß das niemals geschehen würde. Chris, Sie wollen nicht, daß Mason mit Kevin für längere Zeitspannen verschwindet, weil Sie nicht sicher sind, welche Art von Einfluß er auf einen leicht zu beeindruckenden Fünfjährigen ausüben wird. Ihnen kann ich wiederum garantieren, daß es zwar unwahrscheinlich ist, daß Mason Kevin an jedem Wochenende bekommen wird, doch er hat immerhin gute Aussichten darauf, jedes zweite Wochenende, jeden zweiten Urlaub und zumindest zwei aufeinanderfolgende Monate im Sommer mit Kevin verbringen zu dürfen.«

Harold rückte etwas nach vorne, wobei sein Enthusiasmus durch seine Körpersprache unterstrichen wurde. »Was aber wäre, Chris, wenn Sie bei der wechselseitigen Beziehung zwischen Mason und Kevin nicht außerhalb stehen würden? Und Mason, wie fändest du es, wenn du jeden Morgen mit Kevin an einem Frühstückstisch sitzen könntest?«

Gestikulierend erhob er nun seine Arme, um die beiden zu einem Gespräch zu ermuntern. »Alles, was ihr braucht, ist ein Haus mit zwei verschiedenen Flügeln und einem gemeinsamen Wohnbereich. Wenn er alt genug ist und besser damit fertigwerden kann, daß seine Eltern getrennt leben, könnt ihr euch ja wieder scheiden lassen.«

Mason schüttelte seinen Kopf. »Ich kann es einfach nicht fassen, daß du die Nerven hast, so etwas vorzuschlagen.« Er sah zu Chris herüber, um festzustellen, ob sie ebenso empört war wie er. Sie sah nachdenklich aus und wirkte beinahe resigniert.

»Ich mag kaum glauben, was ich jetzt sage, und eine Stimme in meinem Hinterkopf will mir ständig klarmachen, daß ich dieses Zugeständnis bereuen werde – aber auf eine verrückte Weise macht die ganze Sache Sinn für mich«, sagte sie zu Mason. »Ich habe letztendlich akzeptiert, daß Sie in Zukunft ein Teil von Kevins und meinem Leben sein werden, und daß es auf jeden Fall so sein wird, egal ob es mir gefällt oder nicht. Ich habe mich im Laufe des letzten Monats darum bemüht, mich damit abzufinden, daß ich an dieser Tatsache nichts ändern kann.«

Sie blickte auf ihre Hände, die auf ihrem Schoß lagen und die sie zu Fäusten geballt hatte. »Sie und ich, Mason, wir mögen ja ziemlich stur sein, aber dumm ist keiner von uns beiden. Es ist ja nicht etwa so, daß wir uns durch eine Heirat blind auf etwas einlassen würden oder daß eine andere Erwartung dahinter stecken würde als die, Kevin ein normales Leben zu bieten.«

Mason hatte für einen Moment das Gefühl, im falschen Film gelandet zu sein. »Wie um Gottes willen sollen wir Normalität in Kevins Leben bringen, wenn das, was wir ihm vorspielen, nicht mehr ist als eine Farce? Wollen Sie Kevin wirklich in dem Glauben aufwachsen lassen, daß es in einer Ehe normal sei, in getrennten Flügeln zu leben und in der Mitte des Hauses eine entmilitarisierte Zone zu haben? Sein jetziges Leben hat ja wohl eine ganze Menge mehr mit der Normalität zu tun als dieser verrückte Vorschlag von Harold. Es gibt irrsinnig viele Kinder, die bei alleinerziehenden Elternteilen aufwachsen und denen es ganz prima geht.«

»Vielen geht es aber ganz und gar nicht prima«, unterbrach ihn Harold. »Ich sehe jeden Tag, was aus zerbrochenen Ehen herauskommt, Mason, und dieses egoistische Verhalten macht mich absolut krank. Sag niemandem, daß ich das gesagt habe – aber ich denke manchmal, daß es unserer Gesellschaft verdammt viel besser gehen würde, wenn Eltern ihren Kindern zuliebe zusammenbleiben würden.«

Dann sagte für eine lange Zeit niemand ein Wort.

»Warum müssen wir denn heiraten?« fragte Mason dann. Seine Frage verblüffte ihn selbst noch mehr als Harold oder Chris. Eine solche Frage überhaupt zu stellen, bedeutete, daß er den Gedanken tatsächlich in Erwägung zog, obwohl er vor ein paar Sekunden noch gedacht hatte, daß die Idee der reine Irrsinn sei.

»Vergeßt, was ich gerade gesagt habe.« Er stand auf und wollte gehen. Er mußte einfach raus, denn er brauchte Zeit, um nachzudenken. Er wollte sich die Sache noch einmal durch den Kopf gehen lassen und einen besseren Plan entwerfen.

»Eine Legalisierung wäre für alle von Vorteil«, sagte Harold. »Doch am meisten würde sie Kevin zugute kommen. Und Kevin ist ja der Grund, weshalb wir heute hier zusammengekommen sind, stimmt's?« fügte er deutlich hinzu.

»Bitte bleiben Sie, Mason«, sagte Chris und seufzte. »Mir gefällt der Gedanke einer Heirat ebensowenig wie Ihnen, aber wir zählen jetzt nicht mehr. Wenn Sie einen besseren Vorschlag haben als Harold, dann sagen Sie's. Ich verspreche, daß ich zuhören werde. Aber gehen Sie bitte nicht weg. Ich kann es nicht länger ertragen, Kevin leiden zu sehen.«

»Ich werde darüber nachdenken«, sagte Mason. »Das ist alles, was ich im Moment sagen kann.«

»Du hast nicht viel Zeit«, sagte Harold.

»Ich weiß, wann der Gerichtstermin ist.« Dann drehte Mason sich zu Chris um und redete in einem Tonfall mit ihr, mit dem er jemanden hätte ansprechen können, der gerade von einem Hochhaus herunterspringen wollte. »Sind Sie sicher, daß Sie sich die Sache gründlich überlegt haben?«

Chris stand auf, weil sie ihm bei ihrer Antwort auf etwa gleicher Höhe gegenüberstehen wollte. »Vor fünf Jahren bin ich Kevin gegenüber die Verpflichtung eingegangen, ihm im Leben das Bestmögliche zu bieten, selbst wenn das für mich im Laufe der Jahre bedeuten würde, im Hinblick auf mein eigenes Leben Opfer zu bringen.«

Mason sah sie an. Um seine Mundwinkel herum huschte ein ironisches Grinsen. »Diese Bedeutung hätte es also für Sie, mich zu heiraten?« Er war überrascht, als er sah, daß sie auf seine Bemerkung mit einem verlegenen Lächeln reagierte.

»Ich wollte gar nicht so melodramatisch klingen. Das war damals eine gefühlsgeladene Zeit für mich – mehr noch als heute. Ich wußte nie, ob Kevin den nächsten Tag noch erleben würde. Und deshalb habe ich ihm, aber auch mir selbst gegenüber einige schwerwiegende Versprechen gegeben.«

Plötzlich durchströmte ihn ein Gefühl von Verständnis. Dadurch zeichnete sich also eine wirkliche Elternschaft aus – man mußte sich verpflichten, daß es in sämtlichen Situationen zuallererst um das Kind zu gehen habe. Wie sollte er da jemals mit ihr Schritt halten können? Oder was konnte er überhaupt tun, um Chris' Angebot zu übertreffen? »Sie merken ja sicherlich, daß mich Ihre Bereitschaft, bei diesem raffinierten Spiel mitzumachen, in eine unhaltbare Lage bringt.«

»Ich möchte nur das Beste für Kevin. Die Lage, in die wir beide gebracht werden, ist mir ganz egal.«

»Wieso sind Sie so sicher, daß dies die Lösung ist?«

»Bin ich gar nicht. Aber ich habe Ihnen ja bereits gesagt – ich habe akzeptiert, daß Sie uns auf einer langen Wegstrecke unseres Lebens begleiten, und daß Sie nicht irgendwann klein beigeben werden, um Kevin und mich auf leisen Sohlen zu verlassen. Ich weiß inzwischen, daß ich irgendwie damit klarkommen muß, daß Sie in den nächsten zehn oder fünfzehn Jahren eine Rolle in meinem Leben spielen werden. Die Frage ist nur, in welchem Maße – und auf welche Weise es für Kevin am besten ist.«

»Wie ich sehe, machen Sie sich also in bezug auf das Arrangement keine falschen Hoffnungen.«

»Nein, überhaupt nicht.«

Sein ganzes Leben lang hatte Mason Entscheidungen getroffen, und dabei war ihm aufgefallen, daß er manchmal tagelang über etwas nachdenken konnte, sich letztendlich aber im Kreis drehte und meistens dann doch wieder bei seinem ersten instinktiven Gedanken landete. Doch diesmal war es anders. Sein Kopf befahl ihm »nein«, während sein Herz »ja« sagte. Kevin wollte eine Familie haben, und er brauchte auch alles, was eine Familie zu geben hatte. Das einzige Problem lag in der Art von Familie, die er und Chris ihm bieten würden. »Ich komme einfach nicht von dem Gedanken los, daß Kevin ein ziemlich verzerrtes Bild von der Ehe bekommen würde.«

»Das steht auf der Liste der Dinge, über die ich mir zur Zeit Sorgen mache, allerdings ziemlich weit unten.«

»Und was ist mit …?«

Chris ließ ihren Kopf nach hinten herunterfallen und sah an die Decke. *»Was ist mit Kevin?«* fragte sie genervt.

Mason starrte sie an. Er versuchte sich vorzustellen, wie sie beide im gleichen Haus leben würden. Ihr Leben würde aus einem einzigen, endlosen Streit bestehen. Doch dann dachte er auch daran, was Harold gesagt hatte; er würde jeden Morgen mit Kevin am gleichen Frühstückstisch sitzen.

War ihm die Freude, die ihm Kevin bereiten würde, den Kummer wert, den er durch ein Zusammenleben mit Chris würde ertragen müssen?

Um Himmels willen, ja! sagte ihm sein Instinkt. Es wurde Zeit, daß er sich nicht mehr länger von seiner inneren Leere quälen ließ.

»Okay«, sagte Mason.

Chris schnappte nach Luft und sah Mason erschrocken an.

»Okay?« wiederholte Harold. »Heißt das, ihr werdet heiraten?«

Mason starrte Chris immer noch an, und er spürte, daß sie drauf und dran war, sofort an ihm vorbei zur Tür zu rennen. »Sag mir nur noch Ort und Zeit.«

Harold kam um den Tisch herum. »Nächsten Mittwoch, gleicher Ort, gleiche Zeit.« Dann sah er Chris an. »Ich hoffe, es ist Ihnen recht? Je früher, um so besser?«

»Muß es denn so schnell gehen?« fragte sie und schluckte.

»Kriegen Sie jetzt schon kalte Füße?« fragte Mason und freute sich einen Moment darüber, nicht im Mittelpunkt zu stehen. Aber er wußte, daß ihn die gleichen Gefühle packen würden, sobald er Harolds Zimmer verlassen hätte.

Chris griff nach ihrer Handtasche. »Keine Sorge, ich werde hier sein.«

Als sie an ihm vorbeigehen wollte, hielt er sie am Ellbogen fest. »Es gibt da aber noch ein paar Dinge, die wir vorher erledigen müssen. Und da wir schon mal hier sind, könnten wir uns ja auch gleich jetzt darum kümmern.«

»Was zum Beispiel?«

»Das Aufgebot zum einen. Und ein vorehelicher Vertrag zum anderen.«

Sie öffnete ihren Mund, um zu antworten, doch sie brachte kein Wort heraus.

»Hat es Ihnen die Sprache verschlagen?« bohrte Mason weiter. »Oder habe ich Sie vielleicht gerade beim Bluffen erwischt?«

Chris befreite ihren Arm aus seinem Griff. »Ich spiele nicht, wenn es um Kevin geht. Ich habe gesagt, daß ich Sie heiraten werde, und das tue ich auch.« Sie ging zur Tür.

»Schreiten wir jetzt besser zur Sache! Ich habe nämlich noch ein paar Besorgungen zu machen.«

Mason bezweifelte, daß sie an diesem Nachmittag irgend etwas Dringendes erledigen mußte, doch ihren Abgang fand er beeindruckend. Er reichte Harold McCormick seine Hand. »Ich find's ein bißchen komisch, dir dafür zu danken, was du getan hast.«

Harold lachte. »Du kannst mir später danken – wenn Kevin der zufriedene kleine Junge ist, den wir uns alle wünschen.«

»Ich bete zu Gott, daß Sie recht bekommen«, sagte Chris.

In Gedanken wiederholte Mason ihr Gebet, obwohl er seine Zweifel hatte, ob eine göttliche Intervention ausreichen würde, ihre Wünsche zu erfüllen.

21

»*Was* willst du tun?« Mary schluckte.

Chris stand auf und schloß die Küchentür zum Garten, wo Kevin und Tracy spielten. »Ich weiß, im ersten Moment klingt es verrückt, aber je länger du darüber nachdenkst, desto besser wird dir die Idee gefallen.«

»Und je länger du grüne Bohnen im Kühlschrank stehen läßt, desto mehr Schimmel setzen sie an. Du und Mason, ihr könnt euch doch nicht einmal gegenseitig in die Augen sehen, geschweige denn …«

Chris setzte sich am Tisch wieder Mary gegenüber. »Wir werden versuchen, uns jeden Tag ein Stückchen entgegenzukommen. Nur so können wir es schaffen.«

»Hast du dir das gut überlegt? Ich meine *wirklich* gut? Was ist, wenn es nicht klappt? Was würde das für Kevin bedeuten?«

»Er wäre in der gleichen Situation wie heute auch. Mit dem einzigen Unterschied, daß ich mir dann nicht vorwerfen muß, nicht alles versucht zu haben. Solange mir das klar ist, kann ich alles durchstehen.«

»Wenn Kevin alt genug wäre, um deine Absichten zu verstehen, würde er nicht zulassen, daß du es tust.«

»Darüber ließe sich streiten.«

Mary schlug die Hände über dem Kopf zusammen. »Warte nur, bis John davon erfährt.«

»Ihr werdet beide nichts finden, worüber ich mir nicht schon meine Gedanken gemacht hätte. Mary, ihr müßt einfach darauf vertrauen, daß ich weiß, wie ich mich in dieser Situation zu verhalten habe.«

»Hat die verschollene Amelia Earhart nicht das gleiche gesagt, bevor sie versucht hat, als erster Mensch die Erde zu umfliegen?«

»Schon möglich, aber ich möchte wetten, daß auch Chris Evert diese Worte benutzte, als sie zum ersten Mal einen Tennisschläger in die Hand genommen hat.« Während sie das sagte, versuchte sie, ein abgeknicktes Gänseblümchen wieder in das Sträußchen zu stecken, das sie am Morgen auf den Tisch gestellt hatte. Schon nach den ersten zweiundzwanzig Sekunden ihres Gesprächs hatte Chris ihren Plan aufgegeben, Mary erst in allerletzter Minute in ihre Hochzeitspläne einzuweihen. Nicht, daß sie bei Mary Zustimmung suchte, denn die Gewißheit, daß sie die finden würde, war etwa so groß wie die gesundheitsfördernde Wirkung von Süßigkeiten; sie brauchte einfach jemanden, mit dem sie darüber reden konnte. Manchmal hilft es, wenn man die Dinge laut ausspricht; sie werden dadurch zwar nicht unbedingt besser oder schlechter, aber man sieht sie einfach in einem anderen Licht. Das Licht, in dem sie die Angelegenheit bis jetzt gesehen hatte, versetzte sie jedenfalls in panische Angst.

»Hast du es Kevin schon gesagt?«

»Noch nicht.« Chris beobachtete, wie das Gänseblümchen seinen Kopf wieder hängen ließ und umkippte. Sie versuchte nun, es zwischen zwei zierlichen Farnblättern zu stützen – aber kaum hatte sie ihre Kaffeetasse in der Hand, da knickte es schon wieder um.

»Dann kannst du es dir ja noch mal überlegen, ohne jemandem weh zu tun.« Mary lehnte sich über den Tisch, zupfte das verwelkte Gänseblümchen aus dem Strauß und warf es in die Spüle. »Mason würde es bestimmt verstehen. Er macht sich wahrscheinlich selbst seine Gedanken darüber.«

»Hör bloß auf! Ich habe dir davon erzählt, weil ich gehofft hatte, du würdest mich unterstützen«, log sie ohne Schuldgefühl, »und nicht, damit du mir meine eigenen Gedanken neu auftischst.«

Mary lehnte sich in ihrem Stuhl zurück und verschränkte die Arme vor der Brust. »Wo wollt ihr denn wohnen?« Selbst ein nicht besonders aufgeweckter Zweijähriger hätte ihre Körpersprache verstanden.

»In einem Haus, das wir gemeinsam aussuchen werden und das einen gemeinsamen Wohnbereich hat und zwei getrennte Flügel, damit jeder seinen privaten Bereich hat.«

»Was passiert dann mit deinem Haus?«

»Ich werde es so lange vermieten, bis Mason und ich geschieden sind und ziehe dann wieder ein.«

Mary gab auf. Sie ließ ihre Schultern sacken und sagte: »Oh, Mann – ich werde dich vermissen.«

Derselbe Gedanke hatte auch Chris schon depressiv gestimmt. »Es ist ja nicht so, als zögen wir in einen anderen Bundesstaat«, brachte sie hervor, wirkte aber nicht besonders überzeugend.

»Tracy wird sich völlig verloren vorkommen.«

»Sobald sich Kevin daran gewöhnt hat, daß seine Mutter und sein Vater endlich zusammenleben, wird es ihm genauso gehen.« Was der Umzug für sie selbst bedeuten würde, wollte Chris sich gar nicht erst ausmalen. Denn ob es nur ein kurzes Winken an der Haustür war, ein ganzer Nachmittag, an dem sie all die Neuigkeiten austauschten, die morgens in der Zeitung ihre Aufmerksamkeit erregt hatten, oder bloß eine gemächliche Joggingrunde im Park – auf die eine oder andere Weise sahen sie und Mary sich täglich. Mit Mary und John war es wie mit der Luft, die sie atmete – sie war lebenswichtig, und solange sie einfach da war, nahm man sie als selbstverständlich hin.

»Du weißt ja, daß Kevin für John wie ein eigener Sohn ist.«

»Das habe ich Mason auch nachdrücklich erklärt, als wir von Richter McCormick kamen. Ich wollte ihm klarmachen, wie wichtig John und Kevin füreinander sind. Er hat mir versprochen, sich nicht in ihre Beziehung einzumischen.« Chris hatte sich auf einen harten Kampf mit Mason eingestellt, bevor sie mit ihm darüber gesprochen hatte, welche wichtige Rolle die Hendricksons in ihrem Leben spielen würden. Wie überrascht war sie dagegen gewesen, als er sich ihrer Meinung anschloß, noch bevor sie ihre Argumente zu Ende bringen konnte.

»Worüber habt ihr beiden noch gesprochen?« wollte Mary wissen.

»Wir haben uns darauf geeinigt, daß Mason und ich unser eigenes Leben weiterführen werden, sofern es nicht Kevin betrifft. Soweit wie möglich, wird alles laufen wie bisher. Ich behalte meine Arbeit und meinen Freundeskreis, und er wird es genauso halten. Wir werden weiterhin mit anderen Partnern ausgehen, aber alles daran setzen, unsere Liebschaften diskret zu behandeln. Für mich ist natürlich nichts leichter als das, aber wie Mason das schaffen will, ist mir noch ein Rätsel. Ich bin sicher, daß der Typ Frau, mit dem er gewöhnlich ausgeht, nicht einmal die Bedeutung des Wortes ›diskret‹ kennt.«

»Ist das alles?« stachelte Mary. »Habt ihr nicht über Kevins Erziehung gesprochen? Was wollt ihr denn tun, wenn Mason ihm etwas erlaubt, das ihm von dir verboten wird? Zum Beispiel Skilaufen?«

Marys Bedenken waren wie ein Echo von Chris' eigenen Sorgen. Bis vor einem halben Jahr hatte sie nie Kompromisse schließen müssen, wenn es um Kevin ging. »Ein paar Punkte haben wir angesprochen«, sagte Chris. »Wir sind uns beide darüber im klaren, daß unser Zusammenleben nicht unproblematisch sein wird ...« Ein unsicheres Lächeln umspielte ihre Lippen. »Nicht unproblematisch ist vielleicht noch zu wenig gesagt«, gab sie zu, »aber ich hatte nach dem Gespräch das Gefühl, daß sich Mason in Zukunft etwas kooperativer zeigen wird – jetzt, wo er nicht mehr darum kämpfen muß, Kevin zu sehen.«

»Im Grunde hat die Besprechung der vorehelichen Vereinbarung, die ich unterschreiben sollte, am meisten Zeit in Anspruch genommen.«

Mary spitzte die Ohren. »Das überrascht mich überhaupt nicht. Dieser Schweinehund hat bestimmt von dir verlangt, daß du ihm versprichst, ihm bei der Scheidung die Hälfte deines Besitzes zu überlassen.«

»Das hatte ich zumindest auch erwartet.«

»Und? Sag bloß, es kam anders«, warf Mary zynisch ein.

»Er wollte mich zu einer Vereinbarung überreden, nach der das, was er bis dahin während unserer Ehe verdient hätte, in gleiche Teile gesplittet wird, ohne daß jedoch sofort die gesamte Summe ausgezahlt werden müßte. Er möchte nicht unter Zugzwang geraten und zum falschen Zeitpunkt verkaufen müssen.«

»Jetzt mal langsam. Bist du sicher, daß du mit dem richtigen Mason Winter gesprochen hast?«

»Das ist doch egal. Ich habe ihm jedenfalls klar gemacht, daß ich mich einzig und allein darauf einlassen würde, nach der Trennung mit genau dem wieder zu gehen, das ich auch in die Ehe eingebracht habe, nicht mit mehr und nicht mit weniger. Ich kann auf mich selbst aufpassen. Das habe ich schon immer getan. Ich möchte nichts von seinem Kram und bin mir todsicher, daß ich darauf auch gar nicht angewiesen bin.«

»Und was hat er dazu gesagt?«

»Daß ich meine Meinung noch ändern würde.«

»Vielleicht hat er recht«, sinnierte Mary.

Chris schauderte bei dem Gedanken. »Du solltest mich besser kennen.«

»Ich sage ja nur, daß es ziemlich schwierig ist, wieder jeden Groschen dreimal umzudrehen, wenn du einmal soweit warst, dich nicht mehr nach jedem Pfennig auf der Straße bücken zu müssen.«

Mary wußte, wovon sie sprach. Sie war im Luxus aufgewachsen; immer war jemand dagewesen, der ihr alle Wünsche erfüllt hatte. Als ihr Vater zum Gouverneur gewählt wurde, war es ihr noch besser gegangen. Um so erstaunlicher war es, daß sie trotz alledem so unkompliziert geblieben war. »Hast du daran gedacht, als du John geheiratet hast?«

Mary lächelte. »Am Anfang war das Haushalten wie ein neues und faszinierendes Spiel. Als der Reiz des Neuen vorbei war, war ich zum Glück erwachsen genug, um den emotionalen Reichtum zu erkennen, den John mir bot.«

»Ich wette, ich bekomme denselben emotionalen Reichtum, wenn die Ehe vorbei ist und ich wieder in mein Haus zurückziehen kann.«

»Habt ihr euch denn letzten Endes geeinigt?«

Chris nickte. »Mason hat seinen Anwalt um die Vorbereitung der Unterlagen gebeten, die er mir dann zuschicken will, damit ich sie unterschreibe.«

Mary stand auf und ging zum Fenster, um nachzusehen, was Tracy und Kevin trieben. »Junge, Junge. Warte nur ab, bis die Zeitungen Wind davon bekommen. Das wird doch ein Festessen für die.«

»Das ist auch einer der Gründe, warum wir die Angelegenheit möglichst im kleinen Rahmen halten und schnell über die Bühne bringen wollen.«

»Was heißt hier möglichst schnell?«

Chris verzog das Gesicht. »Nächste Woche.«

Mary schnaubte abfällig. »Das hätte ich mir ja denken können. Denn eigentlich ist das nur die logische Konsequenz aus dem Rest der Geschichte.«

»Warum sollten wir es noch auf die lange Bank schieben?«

»Weil dir das Zeit gäbe, wieder zur Vernunft zu kommen.«

»Ich würde mich freuen, wenn du und John kommen könntet. Es ist zwar keine richtige Hochzeit, aber ich habe das Gefühl, es könnte meine einzige werden, und ich möchte deshalb keine fremden Trauzeugen haben.«

Mary stöhnte auf. »Verlang' bloß nicht, daß ich mich für dich freue.«

»Tu ich ja auch nicht.«

»Weißt du eigentlich, daß du klingst wie eine Frau, über die gerade das Todesurteil gefällt wurde und die ihre Freunde zu ihrer Hinrichtung einlädt?«

»Du hilfst mir aber auch kein bißchen«, erwiderte Chris. »Ein bißchen Unterstützung könnte ich schon gebrauchen, zumal meine Entscheidung jetzt feststeht.«

»Tut mir leid.« Mary bedeckte ihr Gesicht und stieß einen Seufzer aus. Nach ein paar Sekunden schloß sie ihre Hände zu Fäusten und stützte ihr Kinn darauf auf. »Von jetzt an werde ich mir mehr Mühe geben. Du brauchst in der Tat kein zusätzliches Gewicht am Fuß, das dich noch weiter runterzieht.«

Egal was Chris auch sagen mochte, sie wußte, daß sie Mary nie davon überzeugen würde, daß die Heirat kein schrecklicher Fehler war. Ebenso stand für sie außer Frage, daß Mary in ein paar Stunden bei ihr vorbeikommen würde, sobald sie die Neuigkeit verdaut hätte – und wenn es auch nur aus dem einfachen Grund geschähe, weil Chris sie brauchte. Sie langte über den Tisch und drückte Marys Hand. »Danke. Vermutlich würde ich diese Sache auch ohne euch durchstehen, aber ich will es gar nicht erst versuchen.«

»John wird sich nicht so leicht geschlagen geben wie ich.«

»Wenn wir ihn beide bearbeiten, kann er nicht lange standhalten«, sagte Chris und wünschte, sie wäre tatsächlich so selbstsicher, wie sie klang.

Die folgende Woche blieb überraschend ereignislos. Chris wollte Kevin erst am Morgen der Hochzeit einweihen. Denn er konnte nur die

Geheimnisse für sich behalten, die er bereits nach zehn Minuten wieder vergessen hatte. Ihm erst zu sagen, daß sein größter Traum wahr werden sollte und dann von ihm zu verlangen, daß er es niemandem verraten sollte, war in etwa so, als würde sie eine Diät beginnen und am gleichen Tag einen Job in einer Schokoladenfabrik annehmen.

Die Tage flogen zwar relativ schnell dahin, in den Nächten aber warf sie sich in ihrem Bett hin und her; je näher der Hochzeitstag rückte, desto schlechter schlief sie. Wenn sie dann schließlich doch einmal eingeschlafen war, wachte sie aus einem immer wiederkehrenden Traum auf und fühlte sich jedesmal wie gerädert.

Sie und Kevin verbrachten zusammen einen wunderschönen Tag in Disneyland. Sie fuhren mit seinen Lieblingsbahnen – den Piraten in der Karibik, dem U-Boot und den Teetassen von Alice im Wunderland –, sie aßen im Grenzland zu Mittag und bestaunten danach die singenden Bären. Als sie wieder herauskamen, wartete Mason dort auf sie.

Bis dahin hatte Kevin einfach nur Spaß an ihrem gemeinsamen Ausflug gehabt; in dem Augenblick, in dem sein Vater auftauchte, begann er vor Energie zu sprühen. Die Stimmung schlug völlig um. Sie ließen die sanfteren Bahnen hinter sich und wandten sich solchen zu, die man als schlecht getarnte Achterbahnen bezeichnen könnte. Chris erklärte Mason jedesmal, daß Kevin Gewalt haßte – selbst im Spiel – und mußte sich dann immer wieder von unten anhören, wie der Junge vor Begeisterung jauchzte. Kaum, daß Vater und Sohn Hand in Hand aus einem der Wägelchen ausgestiegen waren, wären sie am liebsten direkt wieder eingestiegen.

Chris brauchte keinen Psychiater, um den Traum zu deuten. Eher brauchte sie jemanden, der ihr sagte, ob der Traum eine Warnung oder eine Prophezeihung war.

22

Mason kämpfte mit einer ihn fast überwältigenden Müdigkeit, schloß den Ordner vor sich, stützte seine Ellbogen auf dem Schreibtisch auf und rieb mit den Fingerspitzen sein Nasenbein. Er blickte nicht einmal auf, als er hörte, wie die Tür zu seinem Büro geöffnet wurde und jemand hereinkam.

»Du hast den Bericht also erhalten«, stellte Rebecca fest, nachdem sie aus seinem Erscheinungsbild den richtigen Schluß gezogen hatte.

»Vergangene Nacht«, gab Mason müde zurück.

»Und?« fragte sie ungeduldig.

Endlich blickte Mason auf. Er war ein wenig verblüfft, Rebecca in einem Kleid zu sehen anstatt in ihrem üblichen Geschäftsdress. Aber er äußerte sich nicht dazu; statt dessen speicherte er diese Tatsache in dem Teil seines Gehirns, den er sich für derlei Informationen und Daten vorbehielt, die er mit kleinen Fähnchen versehen hatte, damit er sie schnell wieder abrufen konnte. »Alles deutet darauf hin, daß unsere Konkurrenten bei dem Riverfront-Projekt aus dem Süden stammen«, sagte er.

»Tja, verdammt«, sagte sie leise, »dann hatte Walt wohl doch recht. Aus Los Angeles?«

Mason wünschte, es wäre so einfach. Wieder irgendein Bauunternehmer, der Richtung Norden zog, um sein Glück im Goldrausch des einundzwanzigsten Jahrhunderts zu versuchen. »Nicht ganz so weit«, antwortete Mason geheimnisvoll und lehnte sich erschöpft in seinem Bürosessel zurück.

Rebeccas Gesichtsausdruck änderte sich schlagartig. Zunächst runzelte sie verwirrt die Stirn; dann hatte sie begriffen und stieß erschrocken hervor: »Santa Barbara?«

»Bingoa«, sagte er und bewunderte wieder einmal ihre Fähigkeit, sich schnell in eine neue Situation hineinzuversetzen.

Als fürchte sie, ihre Beine würden nachgeben, ging Rebecca quer durch den Raum und ließ sich auf das Ledersofa fallen. »Darauf wäre ich nie gekommen. Schon gar nicht nach all den Jahren. Was glaubst du, versprechen sich dein Vater und dein Bruder davon? Dies hier ist dein Territorium. Hier werden sie dich niemals aus dem Sattel heben.«

»Ich habe selbst eine Weile gebraucht, um es zu verstehen, doch dann ist mir ein Licht aufgegangen. Denk nur mal nach, Rebecca. Wenn mein Vater und mein Bruder sich das Riverfront-Projekt unter den Nagel reißen, verschaffen sie sich damit eine Eintrittskarte für den Markt des Baugewerbes von Sacramento, die sie sonst nicht mal mit einem 10-Millionen-Dollar-Werbeetat kaufen könnten. Wenn du das Königreich erobern willst, darfst du dich nicht mit dem Dienstpersonal herumschlagen, sondern du mußt bis zur Spitze der Hierarchie vorstoßen und dort versuchen, ein Stück des Kuchens zu ergattern.«

»Meinst du wirklich, daß sie nach dem Königreich greifen? Geht es nicht vielmehr um den König selbst?«

Er ging nicht auf ihre Frage ein. Nicht, weil er sie nicht ernst nahm, sondern weil er noch nicht bereit war, sich mit etwas auseinanderzusetzen, das tatsächlich zunehmend einen Sinn ergab. Eigentlich fühlte er sich endlich befreit von Vater und Bruder, befreit von Kampf, Ärger und Schmerz. Warum waren sie ihm jetzt, nach all dieser Zeit, auf der Spur? Was trieb sie dazu, die Vergangenheit wieder von neuem aufzurollen? Es ergab einfach keinen Sinn. Hatte er ihnen nicht den größeren Teil Südkaliforniens überlassen? Sie waren doch viel zu klein, um noch mehr zu übernehmen. »Wer interessiert sich denn heutzutage noch für Familienfehden, vor allem dann, wenn sie auch noch länger als ein Jahrzehnt zurückliegen? Wie können sie nur annehmen, sich auf diese Weise gute Publicity zu verschaffen?« fragte er, ohne dabei besonders überzeugt zu wirken.

»Da irrst du dich aber gewaltig. Erinnerst du dich noch an die Mondavis? Über diese Familienfehde haben die Leute alles gelesen, was sie zwischen die Finger gekriegt haben.«

»Aber auch nur deshalb, weil die Mondavis Winzer sind, und weil man die Leute aus der Weinbranche schon immer mit etwas Mystischem in Verbindung gebracht hat. Von den Leuten aus der Baubranche glaubt die Allgemeinheit doch immer noch, daß sie nach der achten Klasse die Schule abbrechen, sich in aller Öffentlichkeit am Hintern kratzen und schon zum Frühstück Bier trinken. Für die hat doch keiner was übrig.«

»Mit deiner Publicity-Idee liegst du wahrscheinlich gar nicht so falsch«, räumte sie ein und versuchte gar nicht erst, ihren Sarkasmus zu verbergen. »Zunächst einmal ist klar, daß die meisten Bürger unserer sauberen Stadt das Riverfront-Projekt für etwas verfehlt halten. Wenn du hier alle in deinem Büro versammeln würdest, die daran glauben, daß du das Kind schon schaukeln wirst, dann hätten wir hier in der Mitte des Raumes immer noch Platz für eine kleine Tanzfläche. Und was, glaubst du, passiert, wenn die Gegner des Projekts herausfinden, daß dein eigener Vater und dein Bruder eifrig dabei sind, das zu kippen, was von allen schon längst als Mason Winters privates Luftschloß bezeichnet wird? Ich kann dir sagen, was sie tun werden. Sie werden ihre Köpfe schütteln und sagen, wie bedauerlich es doch sei, daß ganze Familien an Geisteskrankheit leiden.«

»Ich glaube, du ...«

»Ich bin noch nicht fertig«, sagte sie. »Du kannst es dir einfach nicht leisten, dich so stark von deinen Gefühlen für das Projekt und für deine Familie vereinnahmen zu lassen, daß du dabei das Offensichtliche übersiehst.«

»Was ist denn offensichtlich?« schrie er schon fast.

»Das weiß ich auch noch nicht«, gab sie zu. »Aber eines weiß ich bestimmt – nichts ist so, wie es aussieht – ganz im Gegenteil. Noch gibt es keine Bank, die sich bereit erklärt hätte, ihren Kopf für dieses Projekt hinzuhalten – und das, obwohl du und dein Name dahinterstehen. Wie können dann dein Vater und dein Bruder davon ausgehen, Finanzierungshilfen zu erhalten?«

»Vielleicht haben sie die ja schon«, vermutete er und spürte einen Kloß im Hals. Es würde ihm das Herz brechen, wenn er mitansehen müßte, wie ein Freund das Projekt übernähme, dessen Verwirklichung für ihn, Mason, inzwischen zu einem ganz persönlichen Traum geworden war; mitansehen zu müssen, daß Southwest Construction den Zuschlag bekäme, würde ihn umbringen.

Rebecca massierte sich mit den Fingerspitzen die Schläfen. »Ich brauche Zeit, um darüber nachzudenken«, sagte sie und fügte mit einem zynischen Lächeln hinzu: »Vielleicht sind sie ja nur sauer, weil du sie nicht zu deiner Hochzeit eingeladen hast.«

Er kniff die Augen halb zusammen. Plötzlich fiel ihm ein, warum Rebecca heute so anders gekleidet war. »Oh Mann, ich hätte fast vergessen, daß das Ding heute stattfindet.«

»Ich wette, Chris wäre begeistert zu hören, daß du eure Hochzeit als ›Ding‹ bezeichnest.«

Er warf ihr einen durchdringenden Blick zu. »Wenn du nichts Konstruktives vorzubringen hast, …«

»Dann sei doch still«, beendet sie seinen Satz und lächelte.

»Ganz genau.« Er zog den Ärmel zurück, um auf die Uhr zu schauen und stöhnte. »In einer Stunde muß ich dort sein.«

»Wenn du dich beeilst, hast du sogar noch Zeit, schnell zu duschen und dir einen frischen Anzug anzuziehen.«

Er dachte einen Moment nach und begann dann mit der Feststellung: »Du bist doch eine Frau. Meinst du, es würde Chris sehr viel ausmachen, wenn wir das Ganze um eine Woche verschöben?«

Rebecca erhob sich vom Sofa und kam quer durch den Raum auf ihn zu. Sie stützte sich auf seinen Schreibtisch, lehnte sich nach vorne und starrte Mason aus dieser Position von oben herab an. »Unter den gegebenen Umständen würde ein Aufschub einer Absage gleichkommen. Ist es das, was du willst?«

»Du weißt genausogut wie ich, daß meine Wünsche hier keine Rolle spielen.« Er stand auf und griff nach seinem Jackett.

»Mason, fang bloß nicht an zu heulen. Männer tun das nicht.«

Jetzt lächelte er zum ersten Mal an diesem Tag. »Ich gehe nach oben. Bitte kümmere dich während meiner Abwesenheit um alles.«

Sie starrte ihn entgeistert an. »Du kannst unmöglich vorhaben, was ich glaube, daß du es vorhast. Du willst doch nicht etwa im Ernst jetzt heiraten und danach sofort nach Santa Barbara düsen. Heute doch nicht ...«

»Keine Gardinenpredigt«, unterbrach er sie. Er war schon an der Tür, als ihm noch einfiel: »Arrangiere bitte alles so, daß niemand von meinen Plänen erfährt – auch Janet nicht. Ich möchte nicht, daß sie meinen Aufenthaltsort verleugnen muß oder daß sie sich aus Versehen verplappert.« Verschmitzt zwinkerte er ihr zu. »Du kannst dein Schweigen in dieser Angelegenheit als Hochzeitsgeschenk betrachten.«

»Und du kannst es dir gar nicht leisten, dir von mir ein so teures Geschenk zu wünschen. Wir wissen beide ganz genau, daß ich der Faden an deinem Ballon bin. Ohne mich ...« Sie zuckte mit den Achseln und sah ihn bedeutungsvoll an.

»Eines Tages werde ich das letzte Wort haben«, murmelte er beim Hinausgehen.

Chris zog ihren Mantel fester zu, ohne sich einzugestehen, daß ihr Frösteln nichts mit dem bewölkten Februarhimmel zu tun hatte. Sie nahm Kevin an der Hand, damit er nicht die regennassen Stufen zum Gericht hinaufstürmte. Seitdem sie ihm erklärt hatte, was sie heute vorhatten, sprang er aufgeregt und emsig umher und gab sich selbstsicher, wohingegen sie jetzt erst recht nervös und unsicher war.

Als sie sich am Morgen angekleidet hatte, hatte sie all ihre Ängste und Unsicherheiten bewußt in eine imaginäre Kiste geworfen und diese dann in die hinterste Ecke ihres Gehirns geschoben. Das Problem war, daß sie nicht dort bleiben wollte. Die Kiste war in feines, glänzendes Geschenkpapier eingewickelt und kam immer wieder zum Vorschein. Chris wurde das Gefühl einfach nicht los, daß sie jetzt widerwillig einen Gang machte, für den Diane alles gegeben hätte. Zwei Rollen des heutigen Dramas waren hervorragend besetzt: Kevin war das perfekte Kind und Mason war offensichtlich der Vater. Nur für die Rolle der Mutter mußte eine Ersatzschauspielerin einspringen. Schade – der wichtigsten Protagonistin war leider im letzten Augenblick etwas dazwischengekommen; es hieß, sie sei auf dem Weg zu ihrem Lebensende gestorben.

Mary und John gingen unmittelbar hinter ihnen. Chris mußte sich stark zusammenreißen, damit die beiden nicht merkten, wie stark sie noch immer zweifelte. Hätten die beiden nur den geringsten Verdacht geschöpft, sie hätten Chris wahrscheinlich auf der Stelle aus dem Gericht gezerrt und nach Hause gebracht.

»Da ist er ja!« Kevin hüpfte vor Aufregung auf der Stelle und zeigte auf einen Herrn, der gerade das Gebäude durch eine schwere Glastür betrat und der einen wunderschön gearbeiteten Burberry-Regenmantel trug. »Da ist mein Papi!« rief er, drehte sich zu den Hendricksons und sprühte vor Freude. Er wandte sich wieder Chris zu und sagte: »Komm schnell, wenn wir uns beeilen, können wir ihn noch einholen.«

»Wir sehen ihn doch gleich beim Richter, Kevin.« Chris wollte Mason nicht unbedingt früher als nötig gegenüberstehen. Kevins enttäuschter Blick gab ihr einen Stich; Schuldgefühle kamen in ihr hoch. Dieser Morgen sollte offenbar anstrengender werden, als sie es erwartet hatte. Sooft sie sich auch in Erinnerung rief, warum sie hier war und wofür sie es tat, in diesem Moment konnte sie sich an Kevins Fröhlichkeit trotzdem nicht erfreuen.

»Okay«, sagte sie ohne große Begeisterung. »Vielleicht können wir ihn ja doch noch einholen.«

»Mama, ich liebe dich«, sagte er völlig unverhofft.

Ihre Zweifel begannen sich zu verflüchtigen. »Ich liebe dich auch, Kevin.«

Als sie das Gericht betraten, sahen sie, daß Mason auf sie gewartet hatte. Er stand in einem Grüppchen, zusammen mit einer großen, schlanken Frau in einem kostbaren, eleganten Kleid aus Wildseide und einem kleinen, gedrungenen Mann in blauem Nadelstreifanzug, der in einem Anzug kleiner und untersetzter wirkte, als er tatsächlich war.

Kevin riß sich von Chris' Hand los, stürmte quer über den Marmorboden der Eingangshalle und schlang seine Arme um Masons Beine. Noch bevor Chris den kurzen Stich der Eifersucht richtig wahrnehmen konnte, verschwand das Gefühl auch schon wieder, als sie den Blick in Masons Augen sah. Die Liebe für seinen Sohn strahlte wie ein Leuchtfeuer und zog Außenstehende aufgrund ihrer Reinheit und Aufrichtigkeit in den Bann; weniger glückliche Menschen mußten bei diesem Anblick den Wunsch verspüren, sich an den Strahlen zu erwärmen, um dann von dem Gefühl begleitet zu werden, daß die Welt nur Gutes berge.

»Komm her zu uns, Mama.« Kevin hielt Chris seine freie Hand hin.

Chris tauschte mit John und Mary ein paar schnelle Blicke aus, atmete einmal tief durch und ging dann gemeinsam mit ihnen weiter, um sich zu den anderen zu gesellen.

»Das ist Miss Rebecca, Mama«, sagte Kevin und deutete auf die große Frau. »Ich hab' dir doch schon von ihr erzählt, erinnerst du dich? Sie hat mir den riesigen Kasten mit Buntstiften geschenkt.«

Mit einem warmen Lächeln reichte Rebecca Chris die Hand. »Ich freue mich wirklich, Sie endlich kennenzulernen, Ms. Taylor.«

»Und das ist Travis«, fuhr Kevin fort, ohne Chris die Möglichkeit zu geben, Rebecca zu antworten. »Er ist Papis Freund, und jetzt ist er auch mein Freund.«

Eine fleischige Pranke voller Schwielen drückte Chris die Hand. Der Händedruck zeugte deutlich von Zurückhaltung – aber auch von Kraft. Als Diane und sie noch kleiner gewesen waren, hatte Harriet darauf bestanden, daß sie ihre Freunde sehr sorgfältig auswählten, weil eine Dame angeblich nach ihrem Umgang beurteilt werde. Eigentlich war Chris derselben Meinung. Sie beurteilte die Menschen ebenfalls nach deren Freunden, wenn auch ganz anders, als Harriet es gemeint hatte. Die Freunde, mit denen ein Mensch gern seine Zeit verbringt, sagen viel über die Persönlichkeit des Menschen selbst aus. Auf den ersten Blick gefielen Chris die Freunde von Mason. Ein Hoffnungsschimmer leuchtete am Horizont; vielleicht würde sie eines Tages auch an Mason etwas finden, das ihn für sie liebenswert machen würde.

»Ich freue mich, Sie beide kennenzulernen«, sagte Chris. Sie trat einen Schritt zurück und stellte Mason und seinen Freunden John und Mary vor. Es folgte eine unangenehme Minute, in der niemand etwas sagte.

Mason blickte auf seine Uhr. »Es ist soweit«, kündigte er an.

Chris beobachtete, wie Rebecca Mason einen kurzen strafenden Blick zuwarf. »Vielleicht möchte sich Chris noch etwas frisch machen.«

»Nein danke«, widersprach Chris, »das ist nicht nötig.« Sie wollte diese Hochzeit so schnell wie möglich hinter sich bringen. Wenn sie erst einmal hinter ihr lag, konnte sie endlich aufhören, sich den Kopf darüber zu zerbrechen; vielleicht fand sie sogar zu einer Art Routine zurück. Das lange Warten machte sie jedenfalls verrückt.

Mary legte ihren Arm um Chris' Schulter. Chris war erstaunt über den Ausdruck tiefen Mitgefühls, der in Marys Gesicht geschrieben stand. Ihr Blick schweifte über die anderen. Außer Kevin sahen alle so aus, als hätten sie sich versammelt, um der Verurteilung eines Schwerverbrechers beizuwohnen.

Zum ersten Mal seit langem kam Chris ins Schmunzeln. Sie stellte sich vor, welches Bild diese sieben Gestalten wohl für einen Außenstehenden abgeben würden. Niemand würde jemals darauf kommen, welcher der wahre Grund für ihr Treffen war. Je mehr sie darüber nachdachte, desto komischer kam die Situation ihr vor. Sie hielt sich die Hand vor den Mund und täuschte einen Hustenanfall vor, um das Kichern zu überspielen, das sie kaum unterdrücken konnte. Als sie sich gerade selbst zu ihrem gelungenen Täuschungsmanöver gratulieren wollte, fiel ihr Blick auf einen Mann in buntkariertem Hemd und gesteppter Weste, der sie mitleidsvoll ansah. Das war zuviel. Sie konnte nicht mehr an sich halten und brach in lautes Gelächter aus.

Mason musterte sie. »Alles in Ordnung?«

Sie versuchte, ihm zu antworten, hatte aber kaum drei Worte gesagt, als sie schon wieder losprusten mußte.

»Sie ist nervös«, sagte Mary, und ein entschuldigendes Lächeln umspielte ihre Lippen.

»Das kann ich mir gut vorstellen«, sagte Rebecca, »unter diesen Umständen wäre ich es wahrscheinlich auch.«

»Nervös, nervös«, murmelte John. »Tierische Angst ist ja wohl eher der richtige Ausdruck. Aber ehrlich gesagt, ich kann's verstehen ...«

»Mama?« fragte Kevin unsicher.

Inzwischen hatte sich um sie herum schon eine kleinere Menschentraube angesammelt. »Ist alles in Ordnung, Kevin«, konnte sie gerade noch so herausbringen, bevor sie einen neuen Lachanfall bekam. Sie durchwühlte ihre Handtasche nach einem Taschentuch, um sich die Tränen zu trocknen, die ihr in Strömen über das Gesicht flossen.

»Vielleicht solltest du mal zur Toilette gehen«, schlug Mary vor.

Chris winkte ab. »Nein ...«, keuchte sie, »es ... geht schon wieder.

Ich …« Mitten im Satz brach sie ab, biß sich auf die Lippen und ließ eine weitere Lachsalve los. Eine Minute später atmete sie tief ein und beendete ihren Satz. »Ich brauche nur noch … noch ein paar Sekunden.« Sie tat noch einen tiefen Atemzug – und noch einen – und hatte sich endlich wieder beruhigt.

»Seht ihr?« verkündete sie vergnügt. »Mir geht's gut.«

»Dann kann es ja jetzt losgehen.« Mason gab durch seinen Tonfall zu verstehen, daß er ganz und gar nicht den Eindruck hatte, es gehe ihr gut.

Richter McCormicks schwangere Sekretärin kam auf den Gang, um sie zu begrüßen. »So, du bist also Kevin«, stellte sie fest, nahm ihn bei der Hand und führte ihn in das Amtszimmer des Richters. »Heute ist ein großer Tag für dich.«

»Ja, genau«, jubelte er und hüpfte aufgeregt neben ihr her. »Ich und meine Mama und mein Papa heiraten heute. Dann wohnen wir zusammen wie Tracy und Tante Mary und Onkel John.«

Mason nahm Chris kurz zur Seite, bevor sie den anderen folgen konnte, und fragte sie: »Bist du dir noch sicher, daß du das hier überhaupt willst?«

Sie warf ihm einen kritischen Blick zu. »Warum fragst du?«

»Nachdem ich das da unten eben beobachtet habe, dachte ich …« Er zuckte mit den Achseln. »Ehrlich gesagt – ich weiß nicht, was ich denken soll.«

Verlegen lächelte sie ihn an. Sie hatte den Eindruck, daß sie ihm eine Erklärung schuldete, zumindest damit er sie nicht falsch einschätzte. »Mir fiel gerade ein, wie unglaublich diese ganze Situation ist. Eines führte zum anderen …«

»Ja und?« drängte er.

Sie zuckte mit den Achseln. »Ich hatte mir gerade überlegt, daß sicher niemand, der uns dort sah, sich auch nur andeutungsweise eine Vorstellung davon machen konnte, aus welchem Grund wir hier versammelt sind. Als mir das so durch den Kopf ging, stellte ich mir vor, was die anderen Leute wohl denken würden und konnte mir das Lachen einfach nicht mehr verkneifen.«

»Passiert dir das öfter?« erkundigte er sich.

Sie grinste. »Zwei- bis dreimal im Jahr, höchstens. Beerdigungen, Autounfälle und traurige Filme – diese Dinge sind normalerweise Auslöser.«

Auf ihr Grinsen reagierte er mit einem Zwinkern. »Mit anderen Worten: Ich sollte es mir lieber zweimal überlegen, bevor ich dich irgendwohin mitnehme.«

»Wenn du an solche Gelegenheiten gedacht hast, wärst du wahrscheinlich gar nicht mal schlecht beraten.«

Es war ihr nicht entgangen, daß auch er es aufgegeben hatte, sich gegen die Heirat zu wehren. Es schien, als hätte man ihnen ein Beruhigungsmittel verabreicht, woraufhin sie beide stillschweigend zugestimmt hatten. Chris war viel zu realistisch, um zu glauben, daß die Ehe lange halten würde, aber sie war verträumt genug, um zu hoffen, daß es doch passieren könnte. Die nächsten zehn Jahre durchzustehen, wäre zweifellos wesentlich einfacher, wenn sie sich nicht ständig in den Haaren lägen. Es wäre aber wohl zuviel verlangt, zu erwarten, daß sie doch Freunde werden würden. Für den Moment wäre sie mit einer gewissen Neutralität schon zufrieden.

»Wollen wir hineingehen?« fragte er und hielt ihr seinen Arm hin.

»Ich bin soweit«, sagte sie und legte ihre Hand vorsichtig auf den Ärmel seines Mantels.

Zwanzig Minuten später verließ sie das Amtszimmer als Mrs. Mason Rourke Winter.

23

Kevin verließ Harold McCormicks Amtszimmer in Masons Armen, und Chris sah ihn so glücklich, wie sie ihn selten erlebt hatte. Während der kurzen Zeremonie hatte er Hand in Hand zwischen ihr und Mason gestanden und hatte so ein symbolisches und physisches Bindeglied zwischen ihnen gebildet.

Chris hatte bei sich eine Gefühlsänderung erwartet, zumindest Erleichterung darüber, daß der Druck der vergangenen Woche von ihr genommen war. Aber ihre einzige Empfindung war ein betäubendes Gefühl der Angst. Die alten Probleme waren ungelöst, und jetzt waren auch noch neue hinzugekommen.

Sie und Mason mußten sich noch über vieles einigen. Sie waren übereingekommen, die Entscheidung über bestimmte Fragen bis nach der Hochzeit aufzuschieben, denn ihnen war bewußt, daß vorschnelle Abmachungen, selbst über so zweitrangige Punkte wie beispielsweise den Wohnort, einen Anlaß hätten bieten können, um die Hochzeit auf den Sankt-Nimmerleinstag zu verschieben.

Sie stand ein bißchen abseits und beobachtete das Miteinander von Mason und Kevin noch einige Sekunden, auf der Suche nach einer Bestätigung dafür, daß all die Schwierigkeiten, die sie an diesem Tag durchlebten, sich letzten Endes auszahlen würden. John kam auf sie zu, um ihr in den Mantel zu helfen.

»Sie passen gut zusammen«, gab er zögernd zu.

»Genau dasselbe habe ich auch gerade gedacht«, sagte sie und genoß die Wärme und die Geborgenheit seiner Freundschaft. Eine ihrer größten Sorgen war, daß Kevin John verlieren könnte, während er Mason als Freund hinzugewann. Sie wußte, daß sie nur wenig Einfluß darauf hatte.

»Ihr beide seid immer in meine Gebete eingeschlossen, meine Kleine«, sagte er und zog spielerisch an ihren Locken.

Chris umarmte ihn. »Ach, John, das ist doch nichts Neues!«

»Aber eines will ich dir verraten: ich habe so den Verdacht, daß ihr drei den richtigen Weg finden werdet.«

Sie schaute ihn ungläubig an. »Ach ja? Und wie bist du zu dieser wahnsinnigen Erkenntnis gekommen?«

»Weil ich beobachtet habe, wie die beiden miteinander umgehen. Ihr Gefühl füreinander ist unverkennbar. Jetzt verstehe ich, warum du in diese Heirat eingewilligt hast. Du hast es auch beobachtet. Weißt du, Chris, noch nie habe ich jemanden so bewundert wie dich in deiner Situation und für das, was du für Kevin tust. Ich bezweifele, daß er jemals verstehen wird, welches Opfer du für ihn bringst – vielleicht ist es auch besser so; auf jeden Fall bist du eine wahnsinnig tolle Frau.«

»Finde ich auch«, pflichtete Mary ihm bei, als sie auf sie zukam.

»Hier gibt es wohl so etwas wie einen Club der gegenseitigen Bewunderer.« Das Lob ihrer Freunde machte Chris verlegen.

»Was hältst du davon, wenn wir Kevin jetzt mit zu uns nehmen und dir und Mason etwas Zeit geben, damit ihr ein bißchen die Zukunft planen könnt?« schlug Mary vor.

»Danke dir«, sagte Chris. »Ich wollte gerade das gleiche vorschlagen.«

In der Eingangshalle verabschiedeten sich Mary, John und Kevin und gingen in die eine Richtung; Rebecca und Travis erklärten, daß sie wieder an die Arbeit müßten und schlugen die andere Richtung ein. So blieben Chris und Mason allein zurück.

»Ich habe nicht viel Zeit«, sagte Mason. »Mein Flieger geht in einer Stunde.«

»Fährst du weg?« Damit hatte Chris nicht gerechnet. »Wohin fliegst du? Und warum ausgerechnet heute?«

Er zuckte zusammen, als wenn sie ihn geschlagen hätte. »Wie bitte?«

»Warum hast du das nicht früher erwähnt? Wir haben ...«

»Mein Gott, das kann doch wohl nicht wahr sein. Du verlangst doch nicht etwa im Ernst, daß ich dir über mein Kommen und Gehen Rechenschaft ablegen werde.«

»Solange es mich betrifft, bin ich allerdings verdammt sicher, daß ich das verlange.«

»Und auf welche Art und Weise bist du heute betroffen?« fragte er sarkastisch. »Du hast ja sicher nicht erwartet, daß wir jetzt irgendwo unsere Flitterwochen verbringen würden.«

Sie spürte, wie sich ihre Kiefermuskeln anspannten. »Das wäre mir in meinen schlimmsten Alpträumen nicht eingefallen.«

»Ja und? Was willst du dann?«

»Ich darf dich vielleicht an die Lappalie erinnern, daß wir ein Haus finden müssen. Korrigier' mich, falls ich mich irre – aber soweit ich mich entsinne, dreht sich der heutige Tag genau darum.«

»Ach ja, richtig. Hätt' ich fast vergessen.« Er öffnete seinen Regenmantel und schob seine Hand in die Hosentasche, aus der er einen Schlüssel herausbeförderte. Mit den Worten »Du kannst Rebecca anrufen. Sie weiß über alles Bescheid«, drückte er Chris den Schlüssel in die Hand.

Chris starrte auf das glänzende Stück Metall. »Was ist das?«

Ungeduld spiegelte sich in seinem Gesicht. »Das siehst du doch.«

Bevor sie konterte, rief sie sich den einzig weisen Spruch in Erinnerung, den ihr ihr Tennislehrer auf der Highschool mit auf den Weg gegeben hatte: »Wenn dein Gegner dich aus der Ruhe bringen kann, hat er schon halb gewonnen.«

»Und wofür ist er?« fragte sie gelassen.

»Für das Haus, das ich letzte Woche für uns gekauft habe.«

»Du hast ein Haus gekauft, ohne daß ich es vorher gesehen habe?«

»Es mag seltsam klingen, aber ich hielt es in der letzten Woche für besser, daß wir uns nicht sehen.«

»Es ist dir wohl nie in den Sinn gekommen, daß ich auch ein Wörtchen bei der Entscheidung mitreden will?«

»Um Himmels Willen – es ist doch nur ein Haus.«

Einen Augenblick lang überlegte sie, ob sie ihm begründen sollte, warum ihr diese Entscheidung so wichtig war. Dazu zählten einerseits so wichtige Gründe wie ihr Wunsch, daß Kevin in seiner vertrauten Umgebung bleiben sollte, und andererseits die weniger wichtigen, wie etwa ihr Bedürfnis nach einem Raum, in dem sie die Vorhänge offen lassen konnte, ohne daß sich das Licht auf ihrem Computerbildschirm spiegelte; sie wußte aber, daß sie bei diesen Erklärungen zu viel von sich persönlich würde preisgeben müssen und am Ende wahrscheinlich doch nichts erreichen würde. Sie wollte sich lieber zunächst das Haus ansehen und danach klare Argumente auf den Tisch legen, wie Mason sie aus der Geschäftswelt kannte und also auch verstand.

»Du hast recht«, sagte sie. »Es ist ja nur ein Haus. Ich sehe es mir an und melde mich dann wieder bei dir.«

»Das ist gar nicht nötig. Du kannst dich an Rebecca wenden, wenn du irgendwelche Fragen hast. Ruf' sie kurz an, wenn du umziehen willst, und sie wird meine Sekretärin bitten, alles in die Wege zu leiten.« Er schob seinen Ärmel zurück, um auf die Uhr zu sehen.

»Tut mir leid, daß ich es jetzt so eilig habe«, entschuldigte er sich und legte nun einen versöhnlicheren Tonfall an den Tag. »Aber ich kann diese Reise nicht so ohne weiteres aufschieben. Sag' Kevin, daß ich ihm eine Überraschung mitbringe.«

Als er sich umdrehte, um zu gehen, hielt sie ihn am Ärmel fest.

»Ich will nicht, daß du ihm etwas mitbringst«, sagte sie bestimmt.

»Warum nicht?« fragte er etwas ungehalten.

»Kevin soll sich auf dich freuen, nicht auf das, was du ihm mitbringst.« Sie beobachtete, wie er über ihre Worte nachdachte und entdeckte etwas Fragendes und Unsicheres in seinem Blick. Sie konnte es verstehen, daß er ihr nur widerstrebend vertraute. Sie vertraute ihm auch nicht.

»Danke«, sagte er schließlich, nachdem er offenbar eingesehen hatte, daß sie ihn nicht täuschen wollte. »Ich gebe zu, daß ich für meine Rolle als Vater noch eine Menge lernen muß. Ich schätze deine Hilfe sehr – besonders unter diesen Umständen.«

»Es wäre ja auch ziemlich dämlich von mir, mich Kevin zuliebe auf all das einzulassen und dann nicht alles daranzusetzen, damit es auch gutgeht.«

»Nicht jeder würde sich so verhalten«, sagte er. »Ich möchte einfach, daß du weißt, wie sehr ich deine Kooperationsbereitschaft schätze.«

Ihrer Meinung nach hätten diese Worte genausogut am Ende eines Geschäftsbriefs an einen seiner sturen Lieferanten stehen können. »Du kannst dich immer vertrauensvoll an mich wenden, wenn du meine Hilfe benötigst«, formulierte sie in einer ebenso steifen Sprache.

»Ja dann, nochmals vielen Dank.«

»Keine Ursache.«

»In ein paar Tagen bin ich wieder zurück.«

»Laß dir Zeit«, sagte sie und verzog ihren Mund in der Hoffnung, es sähe wie ein Lächeln aus. »Wir sind ja immer hier.«

Sie beobachtete, wie er sich entfernte.

Aus Angst, er könne einen falschen Eindruck bekommen, wenn sie ihm folgen würde, blieb sie noch für ein paar Minuten mitten in der Eingangshalle des Gerichtsgebäudes stehen und war eine halbe Stunde nach dem Ereignis, das diesen Tag eigentlich zu einem der schönsten ihres Lebens machen sollte, nur von Fremden umgeben.

Irgendwie war ihr in diesem Moment gar nicht zum Lachen zumute.

24

Chris hielt den Atem an, als sich die Fahrstuhltüren im siebenundzwanzigsten Stock des Winter-Construction-Gebäudes öffneten. Hier schlugen ihr Masons Prestige und seine Macht zum ersten Mal persönlich entgegen. Über ihn in Zeitungen und Magazinen zu lesen, war eine Sache; den Luxus und die Exklusivität seiner Zentrale hingegen aus nächster Nähe zu erleben, war etwas ganz anderes. Die Gemälde an den getäfelten Wänden waren Originale, und obwohl Chris sich ihr Wissen über Kunst lediglich in einigen wenigen Universitätskursen und durch ihre Liebe zu Museen angeeignet hatte, war sie ganz sicher, daß das Portrait dieses Kindes aus dem achtzehnten Jahrhundert ein Henry Raeburn, und daß das Landschaftsbild ein Bonington war.

Das war vielleicht ein Tag; sie hatte geheiratet, war dann verlassen worden und fühlte sich nun von diesem Empfangsbereich geradezu überwältigt – und all das innerhalb einer einzigen Stunde.

»Kann ich Ihnen helfen?« erkundigte sich eine schwarze Frau in einem weiß-roten Cashmerepullover von ihrem Empfangstisch aus.

»Ich suche das Büro von Rebecca Kirkpatrick.«

»Werden Sie von Ms. Kirkpatrick erwartet?«

»Ja. Ich denke schon.«

»Ich rufe sie, einen Moment bitte«, sagte sie freundlich. »Wen darf ich melden?«

Abermals war Chris beeindruckt. Sie fragte sich, ob Mason selbst so geschickt gewesen war und diese gutaussehende Empfangsdame eingestellt hatte, oder ob er eher zufällig auf sie gestoßen war, so wie er eigentlich immer nur zufällig auf alles stieß; als er von Kevin erfahren hatte, war es ja auch nicht anders gewesen.

»Chris ..., ehm, Chris Taylor«, ergänzte sie etwas unbeholfen.

Eigentlich hatte sie sich ja überlegt, daß es durchaus angemessen wäre, Masons Nachnamen zu benutzen, doch der ging ihr einfach nicht über die Lippen, wenn sie ihn laut aussprechen mußte.

Die Empfangsdame drückte einen Knopf und sprach dann so leise in ihr kleines Mikrofon, daß Chris die einzelnen Worte nicht verstehen konnte. Am Ende sah sie auf, lächelte und sagte: »Ms. Kirkpatrick freut sich sehr, daß Sie kommen konnten, Ms. Taylor. Ihr Assistent wird gleich hier sein und Sie in ihr Büro begleiten.«

Ein Summer ertönte, eine Eichentür öffnete sich und ein mit blauem Sakko, roter Krawatte und grauer Hose bekleideter Mann trat ein, um sie zu begrüßen. Chris schätzte ihn auf knapp fünfundzwanzig. »Ms. Taylor!« rief er enthusiastisch aus und reichte ihr die Hand. »Randy Padilla. Ich kann Ihnen gar nicht sagen, wie sehr ich mich freue, Sie kennenzulernen.« Er hielt ihr die Tür auf. »Ihr Sohn ist wirklich ein Mordskerl. Er erinnert mich sehr an den Jungen meiner Schwester; der stellt auch ununterbrochen Fragen und ist ständig in Aktion.«

»Sie kennen Kevin?« fragte Chris, während sie ihm über einen langen Korridor folgte.

»Wir haben uns schon mehrmals hier getroffen. Zwei-, dreimal im Monat komme ich samstags ins Büro, um zu lernen. Hier habe ich mehr Ruhe als in meiner Wohnung.«

»Mr. Winter erlaubt Ihnen, zum Lernen ins Büro zu kommen?«

Er schmunzelte. »Wenn es auch nur im Entferntesten mit der Schule zu tun hat, ist ›erlauben‹ nicht der richtige Ausdruck, man muß schon eher sagen, er ›besteht darauf‹. Bei Mason nimmt die Ausbildung einen hohen Stellenwert ein. Er macht sogar unsere Gratifikationen von unseren Leistungen in der Schule abhängig.«

Irgend etwas stimmte hier nicht. Es war nicht nur die vertrauliche

Verwendung von Masons Vornamen durch jemanden, der in der Bürohierarchie ganz offensichtlich einen geringeren Rang einnahm; es klang auch so, als sei Kevin hier ein regelmäßiger Besucher. Dabei hatte er ihr nie davon berichtet. Warum eigentlich nicht?

Warum nur, fragte sie sich traurig und mußte daran denken, wie schweigsam Kevin geworden war, nachdem sie eines Tages ihre Wut darüber ausgelassen hatte, daß Mason ihn mit nach San Francisco genommen hatte, ohne sie vorher zu fragen.

Was hatte Kevin ihr noch verheimlicht?

»So, hier sind wir«, sagte er, während er die Tür zu einem Büro öffnete und ihr den Vortritt ließ.

»Danke«, antwortete sie.

Rebecca erhob sich hinter ihrem Schreibtisch und kam ihr zur Begrüßung entgegen. »Wenn die Umstände auch etwas glücklicher sein könnten«, sagte sie, »bin ich doch froh, daß wir uns jetzt ein bißchen besser kennenlernen können.«

Sie nahm Chris den Mantel ab und hängte ihn in einen Wandschrank neben dem Bücherregal.

»Mason hat mir gesagt, Sie könnten mir ein paar Informationen über das Haus geben«, begann Chris. Ihrem Gefühl nach war sie zwar zunächst bereit, Rebecca aufgrund ihrer warmen und herzlichen Art zu vertrauen, eine eindringliche innere Stimme riet ihr jedoch zu Vorsicht; Rebecca war schließlich Masons Freundin, nicht ihre. An diesem Tag war bereits zuviel Unerwartetes passiert, als daß sie es sich jetzt leisten konnte, unüberlegt zu reagieren. Keiner ihrer neuen Bekannten war wirklich so, wie sie es sich vorgestellt hatte.

»Ich schlage vor, wir trinken erstmal eine Tasse Kaffee, bevor wir über das Haus sprechen. Dabei kann ich Ihnen ein wenig über mich selbst erzählen und Ihnen erklären, welche Rolle ich hier überhaupt spiele. Haben Sie einen Moment Zeit?«

»Einen Kaffee würde ich gern trinken.«

»Schön. Ich habe mit dem Kaffee noch gewartet, weil ich angenommen habe, daß Sie genauso durchgefroren sein müßten wie ich, als ich zurückkam. Nehmen Sie doch auf der Couch Platz; ich mache in der Zwischenzeit Kaffee.« Sie ging zu einer Anrichte, öffnete eine Ziehharmonikatür, die den Blick auf eine kleine Kompaktküche freigab, und gab ein paar Löffel Kaffeemehl in einen Filter.

Während Rebecca mit dem Kaffee beschäftigt war, sah Chris sich im Büro um. Die Einrichtung war in verschiedenen Schattierungen von grün, kastanie und braun gehalten, die in dem auffälligen Muster der Couch und der Stühle vereint waren und die sich einzeln auch im Teppichboden, den Vorhängen und der Tapete wiederfanden. Die Möbel waren aus einem fein gemaserten, rötlichen Holz gefertigt, das Chris nicht kannte. Jedes einzelne Stück wirkte elegant und dezent, war offensichtlich handgearbeitet und erkennbar teuer.

Aus den Eckfenstern hatte man einen spektakulären Ausblick. Sie waren hoch genug, um die Goldkuppel des Staatskapitols, die Turmspitzen der *Cathedral of Blessed Sacrament* sowie das Meer wogender Baumspitzen einer Stadt zu überblicken, die sich ihres Baumbestandes rühmte.

»Sind Sie schon lange bei Winter Construction?« erkundigte sich Chris.

»Von Anfang an. Nur Travis und Mason sind noch länger dabei.«

Ein unbehagliches Gefühl beschlich Chris. Sie war die Außenseiterin und wollte in den Kreis aufgenommen werden, wußte aber beim besten Willen nicht, warum überhaupt. »Dann haben Sie sicher auch Diane kennengelernt.«

»Ja, und ich mochte sie sehr«, antwortete Rebecca mit leiser und bedachter Stimme. »Ich wollte nie wahrhaben, daß sie eines Morgens einfach aufgestanden ist und beschlossen hat, Mason zu verlassen. So wie die beiden sich geliebt haben, konnte ich es mir einfach nicht vorstellen.«

»Mason muß es verstanden haben. Meiner Meinung nach hätte er sie sonst gesucht.«

Rebecca füllte den Kaffee in eine silberne Kaffeekanne um, stellte zwei zierliche Porzellantäßchen auf das Tablett und trug alles quer durch den Raum. »Er hatte seine Gründe, es zu verstehen«, sagte sie. »Eines Tages wird er es Ihnen sicher erklären.«

»Gründe?« fragte Chris, ohne eine Erklärung zu erwarten, sondern lediglich, um ihre Zweifel auszudrücken.

»Nicht, was Sie denken«, sagte Rebecca, als sie sich in einem Sessel niederließ und den Kaffee einschenkte. »Aber all das gehört der Vergangenheit an. Warum sprechen wir nicht lieber über die Gegenwart. Hat Mason Ihnen eigentlich erzählt, wie verrückt wir alle nach Kevin sind? Er ist wie eine frische Brise in einem rauchgeschwängerten Raum. Ich kann Ihnen gar nicht sagen, wie froh ich bin, daß er ein Teil unseres Lebens geworden ist. Für Mason freue ich mich besonders, auch weil es gerade jetzt passiert ist.«

Chris hatte den Eindruck, es sei Herbst, und sie wäre das letzte Blatt am Baum. Kevin hatte während der vergangenen Monate in einer Welt gelebt, von der sie kaum etwas wußte. Aber was meinte Rebecca mit ›gerade jetzt‹? »Ehrlich gesagt hat mir Mason nicht einmal erzählt, daß er Kevin mit ins Büro genommen hat. Wir besprechen immer nur das Nötigste«, gestand sie Rebecca und war erstaunt, als sie merkte, daß sie diese Tatsache selbst bedauerte.

»Ach so ... tut mir leid, es lag nicht in meiner Absicht, Sie zu verunsichern. Ich weiß wohl, daß die Kommunikation zwischen Ihnen und Mason nicht besonders gut funktioniert, aber daß sie so schlecht funktioniert – davon hatte ich keine Ahnung.«

»Sie kennen sicher den wahren Grund für unsere Eheschließung.« Chris konnte sich schlecht vorstellen, daß Mason seine Trauzeugen nicht eingeweiht hatte.

»Um Kevin Stabilität in seinem Leben zu bieten«, antwortete Rebecca. »Aber das heißt doch nicht, daß Sie und Mason nicht ... Freunde werden könnten.«

Chris verschluckte sich fast an ihrem Kaffee. »Hat er das gesagt?«

»Um Gottes Willen, nein. Wenn er erfährt, daß ich es gewagt habe, dieses Thema auch nur anzuschneiden, bringt er mich um. Mason verteidigt seine Unabhängigkeit besser als die Verteidiger der San Francisco Forty-Niners ihren Joe Montana auf dem American-Football-Feld.« Sie zuckte mit den Achseln. »Ich dachte einfach nur, daß Sie beide das Beste daraus machen sollten, vorausgesetzt, natürlich, Sie haben den Eindruck, daß Sie zusammen leben können, ohne sich gegenseitig umzubringen. Vielleicht sind Sie sich nicht im klaren darüber, aber mit Masons Geschäft sind eine Menge sozialer Verpflichtungen verbunden. Er darf diesen Bereich nicht vernachlässigen, weil er sonst nicht auf dem laufenden bleiben kann.«

»Was wollen Sie damit sagen?«

»Ich will sagen, daß man bei solchen Anlässen als Paar auftritt.«

»Mason und ich haben uns darauf geeinigt, unser eigenes Leben zu führen. Er erwartet von mir genausowenig, daß ich ein Teil seines Lebens werde, wie ich von ihm erwarte, daß er zu einem Teil meines Lebens wird.«

»Das wundert mich bei ihm gar nicht.«

Chris fühlte sich zunehmend unwohler. »Sollte ich aus irgendwelchen Gründen an seinen Äußerungen zweifeln?«

»Bestimmt nicht«, erwiderte Rebecca. »Es paßt einfach zu ihm, daß er Ihnen nicht eingestehen will, wie unangenehm es ihm – vor allem in der nächsten Zeit – sein wird, in der Öffentlichkeit ohne Sie aufzutreten. Alle werden neugierig sein. Sie müssen bedenken, daß Sie sich einen von Sacramentos begehrtesten Junggesellen geschnappt haben.«

Noch bevor Chris protestieren konnte, fügte Rebecca schnell hinzu: »Ich kann mir vorstellen, daß Ihnen diese Art zu denken ziemlich zuwider ist, aber so ist es nun einmal. Viele Frauen werden sich fragen, was Sie haben und sie selbst nicht, und sie werden Mason so lange nicht in Frieden lassen, bis ihre Neugier gestillt ist.«

Chris lachte verächtlich. »Ganz einfach – ich habe Masons Sohn. Sobald sie das erfahren, werden sie sich zurückziehen.«

»Wie sollen sie das erfahren?«

»Ich denke, Mason wird es ihnen sagen.«

»Haben Sie seit dem Tag, an dem Mason herausfand, daß er einen Sohn hat, jemals von jemandem außerhalb von Masons engerem Bekanntenkreises etwas über Kevin vernommen?«

Erschrocken stellte Chris fest, daß Rebecca Recht hatte. Die Nachricht, daß Mason Winter erst fünf Jahre nach der Geburt von der Existenz seines Sohnes erfuhr, hätte eigentlich Stoff genug für die heißeste Gerüchteküche sein müssen, seitdem in einem Videofilm gezeigt worden war, wie Senator Montoya politische Gefälligkeiten an den Höchstbietenden verhökerte. Daß das Geheimnis nicht gelüftet worden war, lag bestimmt nicht daran, daß außer Mason niemand davon wußte. Denn nach dem, was sie heute erlebt hatte, wußte fast jeder über Kevin Bescheid, der auch nur annähernd zum engeren Kreis um Mason zählte. Diese Verschwiegenheit hatte tieferliegende Gründe und machte sie nachdenklich. Woran lag es, daß Mason in seinen Freunden und Angestellten diese Loyalität hervorrief?

»Nein, habe ich nicht«, räumte Chris schließlich ein. »Aber jetzt gibt es doch wirklich keinen Grund mehr, Kevin zu verschweigen.«

Rebecca sah überrascht auf. »Sie machen wohl Witze. Sollte das heute an die Öffentlichkeit gelangen, dann können wir sicher sein, daß die Presse vor unseren Toren kampieren würde. Sie würden Kevin das Leben zur Hölle machen. Mason würde das nie zulassen.«

»Und wie stellt er sich das vor, Kevin und mich ins Spiel zu bringen?«

»Das müssen Sie ihn selbst fragen.« Sie hob die silberne Kaffeekanne und goß beiden noch etwas nach. »Ich möchte nicht weiter auf diesem Thema herumreiten, sondern ich wollte nur sichergehen, daß Ihnen die Bedeutung einer wohlwollenden Darstellung Ihrer Ehe nach außen bewußt ist.«

Chris wollte zu einer Antwort ansetzen; statt dessen bat Rebecca sie mit erhobener Hand noch für einen Moment um Geduld. »Jetzt bin ich so weit gegangen«, sagte Rebecca und lachte etwas geringschätzig über sich selber, »da kann ich Ihnen auch ebensogut alles erzählen. Es geht um den Galaabend am Valentinstag im Crocker Art Museum, eine Benefizveranstaltung für eine relativ neue und dringend notwendige Initiative dieser Stadt. Die Organisation, der diese Veranstaltung zugute kommt, hat es sich zur wichtigsten Aufgabe gemacht, Programme für die Langzeitpflege von Kleinkindern drogenabhängiger Mütter durchzusetzen.«

Chris spürte, daß Rebeccas Interesse an der Wohlfahrt sich nicht darauf beschränkte, sich einmal pro Jahr in Schale zu werfen und einen Scheck zu unterschreiben, der steuerlich absetzbar war. »Sie sind offenbar gut informiert.«

»Das sollte ich auch sein«, gab Rebecca lächelnd zu. »Schließlich gehöre ich dem Vorstand an. Mason ermutigt uns stets dazu, uns im Rahmen unserer Möglichkeiten und entsprechend unserer Interessen auf kommunaler Ebene zu engagieren. In meinem Fall ist es eben diese Organisation. Travis kümmert sich um vernachlässigte Stadtteile und hilft dort beispielsweise bei der Einrichtung von Parks und Spielplätzen für die Kinder.«

Chris überlegte kurz, ob sie Rebecca über die Zeit berichten sollte, in der sie Frauen über Geburtsvorbereitungen und Ernährung aufgeklärt hatte, und wie frustrierend die Arbeit mit den suchtkranken Frauen gewesen war, weil man wußte, wie sehr ihre Babys leiden würden. Doch sie verzichtete darauf, denn für ihr erstes Kennenlern-Treffen schien es ihr zu viel des Guten, so viel von ihrer Vergangenheit preiszugeben. Sollten sie wirklich Freundinnen werden, dann würde es später Zeit genug zum Austausch solcher Vertraulichkeiten geben. Wenn nicht, war es Chris lieber, daß Rebecca so wenig wie möglich von ihr erfuhr. »Wie engagiert sich Mason?« fragte Chris, überrascht über ihr eigenes Interesse.

»Viel zu sehr. Seit Jahren bin ich nun schon wegen seiner großzügigen Ader hinter ihm her. Man muß ihn nur fragen, und schon ist er da und hilft.« Rebecca stellte ihre Tasse auf dem Tablett ab und beugte sich zu Chris nach vorn. »Um nochmal auf den Galaabend zurückzukommen – ich weiß, daß Mason Sie nie bitten würde, vor allem weil

Sie beide vereinbart haben, sich in Ihrem jeweiligen Umfeld nicht in die Quere zu kommen – es würde ihm aber bestimmt sehr viel bedeuten, wenn Sie …«

»Ich möchte jetzt ehrlich gesagt nicht darüber sprechen«, sagte Chris. Sie hatte keine Lust, sich in einem Raum in die Ecke drängen zu lassen, von dessen Existenz sie bis gerade eben noch nicht einmal etwas gewußt hatte. Allein der Gedanke daran, einen ganzen Abend mit Mason und seinesgleichen zu verbringen, ließ sie erschaudern. Wenn sie gar über zehn Jahre hinweg solche Abende ertragen mußte, würde sie sich wahrscheinlich in eine Vollidiotin verwandeln. »Darüber muß ich mich mit Mason erst noch verständigen. Ich habe mich nicht auf den Deal eingelassen, nur um seine Gesellschafterin zu werden.«

»Da muß ich Ihnen Recht geben«, sagte Rebecca. »Diese Dinge müssen Sie wirklich untereinander klären. Ich habe das Thema nur angesprochen, weil ich mir denken kann, daß er es von sich aus sicherlich nicht tun wird; ich bin aber der Meinung, Sie sollten über alles informiert sein, um eine fundierte Entscheidung treffen zu können.« Sie lehnte sich in ihrem Sessel zurück. »Ehrlich gesagt neige ich dazu, Mason ständig beschützen zu wollen – manchmal sogar vor ihm selbst.«

Chris sah sie an. »Haben Sie das Gefühl, ihn vor mir beschützen zu müssen?«

»Nur so lange, bis Sie ihn kennen«, gestand sie. »Dann braucht er meinen Schutz nicht mehr.«

»Vielen Dank für Ihre Aufrichtigkeit.«

»Nur weil ich eine gute Freundin von Mason bin, heißt das noch lange nicht, daß wir nicht auch Freundinnen werden können.«

»Sie können sicher verstehen, daß ich erst mal etwas Zeit brauche, um alles zu verarbeiten«, sagte Chris.

»Natürlich. Was halten Sie davon, wenn wir jetzt das Thema wechseln und auf das Haus zu sprechen kommen? Sie haben heute bestimmt noch eine Menge vor.«

Chris stellte das durchsichtige Porzellantäßchen zusammen mit der Untertasse zurück auf das Tablett. »Eines dieser Vorhaben ist zweifellos, daß ich mir dieses Haus bei Tageslicht ansehen möchte.« Und schon stieg ihr die Verärgerung über Masons voreilige Entscheidung wieder zu Kopfe.

»Tolle Idee«, fiel Rebecca voller Enthusiasmus ein, ohne Chris' Stimmungsumschwung zu bemerken. »Sie werden begeistert sein.« Sie stand auf und ging zu ihrem Schreibtisch. »Und Kevin ganz genauso.«

Sie zog einen braunen Umschlag aus der obersten Schublade, kam zurück und reichte ihn Chris. »Alles was Sie brauchen, finden Sie in diesem Umschlag, unter anderem die Namen von einigen Umzugsspediteuren und Dekorateuren. Im großen und ganzen befindet sich das Haus in sehr gutem Zustand; ich könnte mir aber vorstellen, daß Sie noch ein paar Veränderungen in der Küche und am Wintergarten vornehmen möchten.«

Chris schluckte ihren Ärger herunter. Ihre Wut über Masons arrrogantes Verhalten an Rebecca auszulassen, war nicht nur destruktiv, sondern einfach unfair. »Jetzt muß ich ja nur noch wissen, wo es steht.«

Rebecca lachte. »Tut mir leid, ich dachte, Mason hätte es Ihnen längst gesagt. Er war so begeistert von diesem Haus, daß es mich wundert, daß er nicht laut in die Welt hinausposaunt hat, wo es steht.«

Allmählich dachte Chris, es gäbe zwei Masons; den einen, den Rebecca kannte und den anderen, mit dem sie bisher zu tun gehabt hatte. Sie konnte sich beim besten Willen nicht vorstellen, daß sich Mason für ein neues Haus begeistern konnte. »Was ist das Besondere an diesem Haus?« erkundigte sie sich vorsichtig.

»Es liegt nur eineinhalb Straßenblöcke von Ihrem jetzigen Haus entfernt.«

Chris war sprachlos. Als sie endlich ihre fünf Sinne wieder beisammen hatte, konnte sie es noch immer nicht fassen und fragte: »Warum war das für Mason so wichtig?«

Rebecca runzelte die Stirn, als wäre sie leicht irritiert über die Frage und sagte: »Er wollte nicht, daß Sie und Kevin mehr entwurzelt werden, als unbedingt erforderlich.«

»Aber – ich dachte …« Chris schüttelte den Kopf. »Egal, was ich dachte.«

Rebeccas Stirnrunzeln veränderte sich zu einem verständnisvollen Blick. »Sie müssen noch viel über Mason lernen«, sagte sie freundschaftlich.

»Den Eindruck habe ich auch«, antwortete Chris völlig verwirrt.

Chris machte sich nicht direkt auf den Weg zu dem Haus, in dem die Erinnerungen der kommenden zehn Jahre entstehen sollten, sondern sie fuhr zunächst einmal quer durch Sacramento an die Orte ihrer eigenen Kindheit, um herauszufinden, wer und was sie war.

Im Café »Java City« hielt sie an und trank ihre siebte Tasse Kaffee an diesem Tag. Sie entschied sich für entkoffeinierten Kaffee und flüchtete sich in die Isolation der Menschenmenge. Der Umschlag, den Rebecca ihr gegeben hatte, enthielt kaum Überraschungen. Sie fand eine kurze, geschäftsmäßige Notiz von Mason, in der er ihr anbot, alle Kosten, die ihr durch das Einrichten des Hauses entstehen würden, über seine Konten abzurechnen. Des weiteren führte er eine Reihe von Läden in und um Sacramento auf, von denen ihr lediglich einer bekannt vorkam – und das auch nur aufgrund des dort halbjährlich stattfindenden Ausverkaufs.

Sie fühlte sich, als säße sie in einem lahmen VW Käfer, hätte aber trotzdem auf die Überholspur gewechselt. Wie würde sie mithalten können? Ihr fiel wieder ein, wie sie darauf bestanden hatte, die Hälfte aller Haushaltskosten zu übernehmen, ein Vorschlag, der ihr heute ebenso absurd vorkam, wie er Mason wahrscheinlich schon vor einer Woche in Harold McCormicks Amtszimmer erschienen war. Häuser mit getrennten Flügeln haben nun einmal zwangsläufig hohe Fixkosten.

Was hatte sie sich eigentlich dabei gedacht? In welche Wolke hatte sie ihren Kopf bloß gesteckt?

Noch wichtiger: Wie würde sie jetzt mit dieser Situation fertig werden?

Sie gestand sich ein, daß sie das Unvermeidliche nur aufschob, steckte die Papiere wieder in den Umschlag und verließ das Café.

Auf dem Weg zu dem Haus verspürte Chris eine eigenartige Mischung von Gefühlen. Nur eines dieser Gefühle wollte sie am liebsten unterdrücken.

Irgendwo zwischen all ihrem Ärger, ihren Ängsten und Unsicherheiten keimte so etwas wie Erregung. Sofort nachdem Rebecca ihr die Adresse genannt hatte, wußte sie, um welches Haus es sich handelte. Auf ihren Abendspaziergängen war sie schon hundertmal daran vorbeigekommen und hatte davon geträumt, eines Tages in genau diesem Haus zu wohnen.

Es war ein im Kolonialstil errichtetes Backsteinhaus, das Eleganz ausstrahlte und geradezu einladend wirkte; es hatte weiße Fensterläden und ein Schieferdach. Neben dem Haus wuchs eine perfekt gestutzte, acht Meter hohe Blaufichte, und vor dem Haus stand eine fünfzigjährige Ulme. Azaleenbeete zierten die Einfahrt und bildeten in den Monaten März und April dichte farbige Reihen.

Chris hatte das Haus noch nie betreten. Obwohl ihr eigenes Zuhause nur eineinhalb Straßenblöcke entfernt lag, waren die Häuser hier vier- bis fünfmal so groß; ihre Eigentümer gehörten zur sozialen Oberschicht der Stadt.

Ihr war nicht einmal bekannt gewesen, daß dieses Haus verkauft werden sollte.

Und von nun an würde sie hier leben.

Sie hielt vor dem Haus und parkte auf der Straße. Als sie aus dem Wagen stieg, riß ein Windstoß ihren Mantel hoch und jagte ihr einen solchen Schrecken ein, daß ihre Zähne klapperten. Minutenlang stand sie in der Kälte auf dem Bürgersteig und starrte das Haus an.

Wie lautete doch dieses alte Sprichwort? Sei vorsichtig mit deinen Wünschen. Sie könnten in Erfüllung gehen.

25

Mason lehnte den Kopf gegen die Rückenlehne, schloß die Augen und versuchte sich auf das Brummen der Flugzeugmotoren zu konzentrieren. Diese sechs Tage in Santa Barbara hatten ihn ausgelaugt und ihm so viel Energie geraubt, daß ihm am Morgen selbst das Aufstehen größte Anstrengung gekostet hatte.

Er hätte jemanden damit beauftragen können, die Aufgaben zu übernehmen, die er nun selbst erledigt hatte – Gespräche mit Mitarbeitern der Industrie- und Handelskammer, Besuche auf Baustellen, Gerüchte aufschnappen, die Stimmung einer Stadt erleben, die unter Trinkwasserproblemen litt – aber wie ausführlich der Bericht auch ausgefallen wäre, nie hätte er die Nuancen der Gespräche wiedergegeben, die mitunter wichtiger sind als der Inhalt.

Jeder Unternehmer mit Sitz in einer Stadt, die das Wirtschaftswachstum entschlossen bekämpft, würde die Auswirkungen zu spüren bekommen. Mason war jedoch nicht so naiv zu glauben, dies sei der einzige Grund, weshalb sein Bruder und sein Vater gegen das Riverfront-Projekt Sturm liefen. Wenn Southwest Construction expandieren mußte, um zu überleben, konnte das Unternehmen in Sacramento wesentlich einfachere Wege einschlagen.

Mason hatte festgestellt, daß der Wassermangel zwar erhebliche Probleme aufwarf, das Baugewerbe aber weniger betroffen war, als er angenommen hatte. Um Verluste auf anderen Gebieten auszugleichen, war Southwest in das Sanierungsgeschäft eingestiegen, wobei sie Bungalows im Wert von dreihunderttausend Dollar in etwas größere Bungalows im Wert von drei Millionen Dollar verwandelten.

Zu der überraschendsten Erkenntnis kam Mason, als er eines Abends allein in seinem Hotelzimmer zu Abend aß. Es war eine von diesen Erkenntnissen, die so offensichtlich waren, daß er sich vollkommen idiotisch vorkam, nicht schon viel früher darauf gekommen zu sein. Sein Vater und sein Bruder waren nämlich gar nicht mehr die Bauriesen, die er gekannt hatte. Tatsächlich waren sie im Vergleich zu Winter Construction sogar ziemlich klein, um nicht zu sagen unbedeutend.

Ihr Verhalten bei dem Riverfront-Projekt wurde dadurch eher noch unerklärlicher und eigentlich auch bedrohlicher. Arbeiteten sein Vater und sein Bruder vielleicht als Vorhut für jemand anders? Gab es einen Bauunternehmer im Hintergrund, der nur darauf wartete, daß sie sich das Grundstück sicherten, um dann mit ihnen gemeinsame Sache machen zu können?

Was immer es auch sein mochte, eines erkannte Mason jedenfalls: Seine Theorie, nach der das Projekt einem Werbezweck dienen sollte, um den Einstieg von Southwest Construction in Sacramento mit Pauken und Trompeten anzukündigen, hielt der Last der Fakten nicht stand.

Als Mason Santa Barbara verließ, fühlte er sich wie ein Kind, das ein Puzzle zusammensetzen will, ohne das fertige Bild auf dem Dekkel sehen zu dürfen. Er hatte alle Randstückchen gefunden und zu einem Rahmen zusammengefügt, wußte aber noch nicht, wie die Mitte aussah.

Das Flugzeug setzte zur Landung an, und er lenkte seinen Blick zum Fenster. Er sah hinaus, erkannte flüchtig sein Bürohochhaus und hatte das Gefühl, nach Hause zu kommen. Er liebte diese Stadt, die zu seiner Wahlheimat geworden war, er liebte die Aufregung, die ihn angesichts ihres Wachstums erfaßte, er liebte den prahlerischen Stolz ihrer sich entwickelnden Skyline und ihre Entschlossenheit, trotz ihres schnellen Wachstums ein Gemeinschaftsgefühl zu erhalten.

Aber es gab noch einen weiteren Grund, weshalb er sich auf sein Zuhause freute: Nur wenige Stunden trennten ihn von Kevin. Dieser Gedanke verunsicherte ihn zwar ein wenig, aber Mason versuchte, ihn nicht zu verleugnen. Es war verrückt. Er tadelte sich selbst, als er sich vom Fenster abwandte. Warum konnte er nicht zugeben, daß ihn seine gefühlsmäßige Bindung zu Kevin beängstigte. Erst als er sich in der gleichen Stadt wie sein Vater und sein Bruder aufgehalten hatte, war ihm klar geworden, wie verletzlich er jetzt war, weil Kevin nun einen Platz in seinem Leben einnahm. Als Diane ihn verlassen hatte, hatte er sich geschworen, nie wieder jemanden so nah an sich heranzulassen.

Und wie sah es jetzt aus?

Eines stand glücklicherweise fest: Kevin würde ihn nicht verlassen. Eines Tages würde er gehen – alle Kinder tun das – aber bis dahin würden noch einige Jahre verstreichen. Mason hatte genügend Zeit, sich darauf vorzubereiten und sich gegen die Einsamkeit abzusichern.

Er war nicht so dumm, zu glauben, daß Kevin auch als Erwachsener bei ihm bleiben würde. So etwas gab es nicht mehr. Oft genug hatte er gehört, wie die Angestellten seiner Firma darüber klagten, daß ihre Kinder für immer gingen, wenn sie wegen ihres Studiums auszogen. Ihm würde das nicht passieren, er würde vorbereitet sein, wenn es soweit wäre. Gewarnt sein hieß gewappnet sein.

Als das Flugzeug anhielt, befreite sich Mason aus seinem Gurt, nahm sein Handgepäck, warf seinen Regenmantel über den Arm und reihte sich in das Gedränge der aussteigenden Passagiere ein. Am Ende des Ganges entdeckte er Travis, der auf ihn wartete.

Er hatte Rebecca zwar gebeten, ihm einen Mietwagen zu schicken, war jetzt aber doch froh, daß Travis statt dessen persönlich gekommen war. Sie hatten sich viel zu erzählen.

»Ich nehme an, du hast da unten nicht gerade viel Zeit gehabt, um zum Strand zu gehen«, bemerkte Travis. »Du bist genauso kreidebleich wie vor einer Woche.«

Mason begrüßte ihn mit einem Lächeln. »Ich freue mich auch, dich zu sehen.«

»Und, wie war's?« fragte Travis und fuhr sich über seinen Zweitagebart. »So schlimm, wie du dachtest?«

»Ich bin verärgert runtergeflogen und komme verwirrt wieder.« Er nahm seine Tasche in die andere Hand, und sie gingen quer durch die Halle zu den Rolltreppen. »Irgendwas stimmt an der ganzen Sache nicht. Das einzige, was sich von uns sicher niemand vorgestellt hat, ist die Tatsache, daß Southwest selbst gar nicht stark genug ist, das Riverfront-Projekt zu übernehmen. Sie würden weder die Finanzen noch die Arbeitskräfte dafür zusammenbekommen. Es sieht so aus, als agierten sie als Vorhut für einen anderen.«

»Für wen?« fragte Travis. »Oder besser: Warum? Dein Vater hat doch immer nur dann mit jemandem zusammengearbeitet, wenn es unbedingt erforderlich war. Das weißt du besser als wir alle.«

»Das ist es nicht einmal, was mich beunruhigt. Jede neue Spur führt mich direkt wieder zu der Vermutung zurück, daß die Geschichte mit Southwest persönliche Gründe haben muß ...« Er trat einen Schritt zur Seite, um eine Frau im Rollstuhl vorbeizulassen. »Verdammt, ich weiß auch nicht, warum ich Angst davor habe, es auszusprechen: Ich glaube, mein Vater und mein Bruder wollen mir eins auswischen.« Er grinste unsicher. »Klingt irgendwie paranoid, findest du nicht?«

»Vielleicht können sie den Brocken, den du ihnen in den Rachen geschoben hast, nicht mehr schlucken, weil er inzwischen zu groß geworden ist.«

»Warum gerade jetzt, nach all den Jahren?«

»Bei den beiden weiß man ja nie so recht. Sie haben nie den gewöhnlichen Weg eingeschlagen. Außerdem sind sie bisher noch nicht aufgrund eines besonders hohen Intelligenzquotienten aufgefallen.«

Sie waren am Ausgang angelangt. Mason warf einen Blick nach draußen, sah den strömenden Regen an den Straßenlampen vorbeipeitschen und hielt einen Moment an, um sich den Regenmantel überzuziehen.

»Ich hasse das«, sagte er. »Es gibt ein Dutzend Dinge, die ich erledigen müßte, und statt dessen schlage ich mich mit ein paar unbedeutenden Bauunternehmern herum, die sich vorgenommen haben, es auf dieser Welt noch zu etwas zu bringen.«

Travis lachte vergnügt. »Ich hätte es nie für möglich gehalten, daß du einmal so über die beiden reden würdest. Klingt wirklich gut.«

Mason öffnete seinem Freund die Tür und folgte ihm dann ins Freie. Ein eiskalter Wind schlug ihnen entgegen und zwang sie, sich gegen den Sturm gebeugt über die Straße zu kämpfen. »Verdammter Mist«, schimpfte Mason. »War das Wetter hier die ganze Zeit so?«

»Im großen und ganzen, ja.«

»Was wiederum bedeutet, daß für den Watt-Avenue-Auftrag noch keine Fundamente gelegt worden sind.«

Travis zuckte mit den Schultern und zog seinen Kopf in seinen Mantelkragen wie eine Schildkröte. »Wenn du annimmst, daß ich mir hier draußen den Arsch abfrieren will, nur damit wir uns gegenseitig anschnauzen können, während da vorne auf dem Parkplatz ein Auto mit Heizung auf mich wartet, dann hast du dich gewaltig geschnitten.«

»Travis, du wirst alt.«

»Kann schon sein, aber deine Vorzüge kann ich auch immer noch an einer Hand abzählen«, konterte Travis ironisch.

Mason lächelte in sich hinein und folgte Travis mit gesenktem Kopf. Es war gut, zu Hause zu sein.

Chris öffnete das Gitter vor dem Kamin und legte noch ein Stück Holz nach. Was den Duft des am Morgen gelieferten Klafters Holz betraf, hatte man ihr nicht zuviel versprochen; das Eichenholz brannte außerdem mit wunderhübsch tänzelnden Flammen.

In einer stürmischen Nacht vor dem Kaminfeuer zusammengekuschelt, mit Kevin neben ihr, im Haus ihrer Träume – was wollte sie mehr?

Ja, wirklich, was wollte sie mehr? Vielleicht, daß es nicht nur eine Illusion war?

Illusion hin oder her – dies war ihre Nacht. Nach fünf Tagen zermürbender Arbeit, in denen sie das Haus in Ordnung gebracht hatte, wollte sie diesen Abend so richtig genießen, sich zurücklehnen und sich an den Früchten ihrer Arbeit erfreuen. Morgen würde sie sich wieder an den Computer setzen und all die Aufträge in Angriff nehmen, die sie die ganze Woche lang vernachlässigt hatte.

Wenigstens sah man dem Haus ihre harte Arbeit an. Es sah phantastisch aus, wenn auch ein bißchen zusammengewürfelt. Als sie Masons Schlafzimmereinrichtung zum ersten Mal gesehen hatte, dachte sie, es wäre schier unmöglich, seine Möbel mit den ihren auch nur andeutungsweise harmonisch zu kombinieren. Aber nachdem die Möbelpacker alles abgeladen hatten und sie mit Mary immer wieder neue Kombinationen und Variationen ausprobiert hatte, war sie doch angenehm überrascht gewesen, als sie entdeckte, daß ihre Möbel ein bißchen Klasse angenommen hatten, während die von Mason ein wenig wärmer wirkten.

Rebecca hatte schon zweimal vorbeigeschaut. Beim ersten Mal hatte sie Post für Mason gebracht, und beim zweiten Mal hatte sie nur sehen wollen, wie Chris und Kevin zurechtkamen. Während ihres ersten Besuchs mußten sie noch auf Pappkartons sitzen und Thunfisch-Sandwiches essen; beim zweiten Mal konnte ihr Chris im Wohnzimmer bereits Tee und ein paar von Marys frisch gebackenen Plätzchen anbieten. Rebecca war jedes Mal aufs neue erstaunt darüber gewesen, was Chris im Haus schon geleistet hatte und hatte ihr ehrliche Komplimente gemacht.

Während der Besuche lag es Chris ein paarmal auf der Zunge, ihr zu gestehen, daß sie es sich nun doch überlegt hatte, Mason auf den Wohltätigkeitsball zu begleiten. Sie hatte das Gefühl, ihm mehr als nur ein einfaches Dankeschön dafür zu schulden, daß er dieses Haus ausgesucht hatte, und Kevin somit nicht aus seiner gewohnten Umgebung gerissen werden mußte. Ihn auf die Veranstaltung zu begleiten, war ihrer Ansicht nach eine gute Möglichkeit, ihm ihre Dankbarkeit zu zeigen.

Ausschlaggebend für ihre Entscheidung war aber letzten Endes nicht so sehr ihr Wunsch, sich Mason gegenüber dankbar zu zeigen, sondern vielmehr ihr Bestreben, die Veranstalter zu unterstützen.

Als Kevin im Krankenhaus gelegen hatte, hatte man ein kleines Mädchen in den Inkubator neben ihn gelegt, das nur 700 Gramm wog. Weil die Mutter heroinabhängig gewesen war, hatte das Mädchen unter den Schmerzen und dem Trauma des Entzugs gelitten. Zwei Wochen später war es gestorben. Außer dem Krankenhauspersonal hatte niemand das Mädchen berührt. Sein kurzes Leben und der tragische Tod hatten sich Chris unauslöschlich eingeprägt. Sie glaubte zwar nicht, daß ein Wohltätigkeitsball den drogensüchtigen Babys sehr helfen würde; ein bißchen Aufmerksamkeit konnte dem Problem aber sicher nicht schaden.

Wie immer, wenn sie durch irgend etwas an die Zeit erinnert wurde, die Kevin im Krankenhaus verbracht hatte, suchte sie zu ihrer eigenen Beruhigung nach ihm. Sie fand ihn dort, wo er bereits die ganze letzte Stunde ausgestreckt auf dem Boden gelegen hatte und ein Bild für Masons Büro malte.

Ein wohliges Gefühl der Zufriedenheit durchflutete sie, während sie das Gitter vor dem Kamin schloß und in die Küche ging, um das Abendessen vorzubereiten.

Als Travis Mason schließlich am Büro absetzte, war es fast sechs Uhr. Mason kam gerade aus dem Aufzug, als der Nachtportier ihn grüßte und ihm berichtete, daß verschiedene Straßen der Stadt überflutet seien und Rebecca deshalb darauf bestanden hatte, daß die Mitarbeiter nach Hause gingen, sobald sie ihre Arbeit beendet hatten. Mason bedauerte, sie nicht mehr anzutreffen und ging hinein, um nachzusehen, ob irgendwelche Nachrichten für ihn vorlägen.

Auf dem Flur vor seinem Büro überlegte er sich, Rebecca anzurufen. Er wollte sie fragen, ob sie Lust auf ein gemeinsames Abendessen hätte. Zwar hatten sie bereits kurz telefonisch über seine Erlebnisse in Santa Barbara gesprochen; er war aber neugierig, ob sie zu neuen Erkenntnissen gekommen war, nachdem sie alles überdacht hatte.

Seine Pläne für das Abendessen zerschlugen sich, als er die Lampe über seinem Schreibtisch anknipste und ihre Botschaft las. Sie war verabredet und er brauchte erst gar nicht zu versuchen, sie zu erreichen, weil sie noch nicht wußte, wann sie an diesem Abend nach Hause kommen würde.

Schnell sortierte er seine Post und blätterte durch seinen Terminkalender, um sich einen Überblick über die folgende Woche zu verschaffen. Bei Donnerstag angekommen, stöhnte er, als er das von Janet gemalte Herz um das Wort ›Galaabend‹ entdeckte. Wenn es eine Veranstaltung gab, auf die er sich überhaupt nicht freute, dann war es diese. Herzen und Liebespfeile waren nicht sein Stil. Oder zumindest – nicht mehr. Dieser Teil von ihm war mit Susan gestorben, war mit Diane wieder kurz aufgelebt und dann für immer verlorengegangen.

Eigentlich störte ihn das Datum mehr als Herz und Liebespfeil. Denn Susan hatte sich ausgerechnet den 14. Februar als Hochzeitstag ausgesucht. Nach ihrem Tod war es ein wichtiger Teil seiner selbstverschriebenen Therapie gewesen, diesen Tag durchzustehen. Als er dann endlich in der Lage war, im Valentinstag eher etwas Unsinniges zu sehen als einen Jubliäumstag, wußte er, daß er sich auf dem Wege der Besserung befand.

Zuerst den Verlust von Susan und später dann auch noch den von Diane ohne psychische Störungen durchzustehen – das hatte ihn einen hohen Preis gekostet. Diesen Preis wollte er nie wieder zahlen müssen.

Masons Müdigkeit schlug fast in eine depressive Stimmung um, so daß er sich in seinem Sessel vom Schreibtisch wegstieß, das Büro verließ und in seine Wohnung nach oben fuhr. Er öfffnete die Tür und blickte in das leere Wohnzimmer. Sein erster Gedanke war, daß er ausgeraubt worden war. Dann erst fiel es ihm ein.

Chris!

Irgendwie mußte sie sich wohl in den Kopf gesetzt haben, daß das Zusammenziehen mit Kevin für ihn gleichbedeutend damit war, daß er seine Wohnung aufgeben wollte. Was, zum Teufel, sollte er jetzt mit einer unmöblierten Wohnung anfangen?

Schlagartig wurde ihm die Ironie des Schicksals bewußt. Schon lange hatte er auf eine Gelegenheit gewartet, endlich diese scheußlichen Möbel loszuwerden. Er durfte nicht vergessen, sich bei Chris dafür zu bedanken.

Zuvor aber mußte er noch etwas erledigen. Er ging zum Telefon im Schlafzimmer und stellte erfreut fest, daß sie es entweder vergessen hatte oder nicht genügend Zeit gehabt hatte, es abzumelden.

Mit gekreuzten Beinen saß er auf dem Fußboden, wählte Kellys Nummer und wartete. »Kelly, ich bin's, Mason«, antwortete er auf ihr auf ihr heiseres ›Hallo‹.

»Mason wie?« fragte sie spielerisch.

»Ja, ich weiß, es ist schon lange her. Aber genau deswegen rufe ich ja an. Am nächsten Donnerstag wird diese Galaveranstaltung im Crocker Art Museum stattfinden ...«

»Das ist doch Valentinstag.«

Er zögerte, als würde er in seinem Kalender nachsehen. »Mann, du hast Recht.«

»Du glaubst doch wohl nicht im Ernst, daß ich für den Valentinstag noch keine Verabredung habe.«

»Ich hatte gehofft, ich könnte dir etwas anbieten, das du unmöglich ablehnen kannst.«

»Hhhhm ... und was könnte das sein?«

»Du hast die freie Wahl.«

Eine lange Pause entstand. »Sobald es irgendwie geht, setzen wir uns von der Veranstaltung ab, und den Rest der Nacht zählen nur noch wir beide.«

Normalerweise hätte ihr Vorschlag ihn erregt, aber dieses Mal empfand er nichts. Er führte es darauf zurück, daß er offensichtlich müder war, als er angenommen hatte. »Alles klar.«

»Ich bin an diesem Tag im Zentrum unterwegs und könnte dich am Museum treffen«, schlug sie vor.

»Bist du sicher, daß du nicht vorher mit mir essen gehen möchtest? Es könnte eine lange Nacht werden.«

Ihre Stimme wurde zu einem tiefen Schnurren. »Ich stelle hier etwas für uns bereit. Erdbeeren und Champagner. Na, wie klingt das?«

Ihm war klar, daß sie jetzt eine Antwort von ihm erwartete; ihm fiel aber keine ein. »Ich kann es kaum erwarten«, brachte er schließlich etwas lahm hervor. Er wollte schon auflegen, als er mit, wie er hoffte, verführerischer Stimme hinzufügte: »Wenn ich dich schon nicht füttern darf, achte wenigstens darauf, daß du in der Nacht davor genügend Schlaf bekommst.«

Aus ihrem raschen Einatmen schloß er, daß er sich noch einmal rausgerissen hatte. Er wünschte Kelly eine gute Nacht und legte auf, bevor sie noch etwas sagen konnte.

Nun, da er alles erledigt hatte, gab es eigentlich keinen Grund mehr, sich noch länger in der Wohnung aufzuhalten. Trotzdem konnte er sich nicht aufraffen zu gehen.

Wenn er darüber nachdachte, war es eigentlich unlogisch.

Während des gesamten Heimweges hatte er sich auf das Wiedersehen mit Kevin gefreut. Mason lehnte sich zurück gegen die kalte Wand und starrte in den leeren Raum.

Monatelang war er bei Chris gegen eine Mauer gerannt. Und jetzt, da er sein Ziel endlich erreicht hatte, hieß es entweder anpacken oder einpacken. Die Entschuldigung, auf Teilzeit-Basis kein richtiger Vater sein zu können, zählte jetzt nicht mehr.

Was aber tat ein richtiger Vater nach der Begrüßung, wenn er gerade von einer einwöchigen Geschäftsreise zurückkam? Und überhaupt – wie sollte er sich im alltäglichen Leben verhalten?

Warum war es für Chris so einfach? Wie war es ihr gelungen, ihre Karriere aufzugeben und in die Mutterrolle zu schlüpfen, und das offensichtlich mit einer Leichtigkeit, mit der man ein Kostüm aus- und statt dessen Jeans anzieht?

War es überhaupt so? Gab es etwas, das er nicht sah? Er wurde den Eindruck nicht los, daß es in der Beziehung zwischen Chris und Kevin unsichtbare Fäden gab, die die beiden zusammenhielten. Es würde ihm helfen zu wissen, ob sie auch nur andeutungsweise das gleiche durchgemacht hatte wie er. Schade, daß er sie nicht fragen konnte.

26

Gerade als Chris die Kartoffeln in eine Servierschüssel umfüllte, klingelte es an der Tür.

»Soll ich aufmachen?« fragte Kevin. Er hatte das fast fertige Bild für seinen Vater mit in die Küche genommen, um in Chris' Nähe zu sein, während diese den Tisch deckte.

»Ist schon gut, ich gehe.« Sie nahm ein Handtuch vom Haken und trocknete sich auf dem Weg zur Haustür die Hände daran ab. Es verschlug ihr fast den Atem, als sie einen kurzen Blick durch das schräge Glasfenster neben der Tür warf und Mason auf der Veranda stehen sah.

»Warum hast du deinen Schlüssel nicht benutzt?« fragte sie, während sie ihn hereinließ. »Du hast doch einen behalten, oder?«

»Ich wollte nicht direkt hier reinplatzen, ohne mich vorher anzukündigen.«

Welchen Eindruck hatte er bloß von ihr?

»Wieso das denn?« fuhr sie ihn an. »Damit ich das Marihuana schnell verstecken kann?«

Nur Harriet wäre in der Lage gewesen, Chris schneller auf die Palme zu bringen; aber die hatte ja auch jahrelange Erfahrung gehabt.

Er ignorierte ihre sarkastische Bemerkung, ging ins Wohnzimmer und fragte, während er sich umschaute: »Wo ist Kevin?«

Sie atmete tief ein, um sich zu beruhigen. Ihnen standen noch etliche Jahre bevor. Vielleicht konnten sie ja einen Präzedenzfall schaffen, indem sie diesen ersten Abend freundschaftlich zu Ende brachten. »In der Küche. Wir wollten gerade zu Abend essen.«

Sie nahm seinen Mantel und hängte ihn an die Garderobe. »Ich habe einen ziemlich großen Braten gekocht. Er reicht für mehrere Mahlzeiten. Möchtest du mit uns essen?«

»Ich habe im Flugzeug gegessen«, antwortete er schnell.

»Was denn? Erdnüsse und Kaffee?«

»Paß auf. Eines müssen wir klarstellen. Ich habe eingewilligt, ein Haus zu teilen, nicht aber, trautes Heim zu spielen.«

Sie mußte sich ins Bewußtsein rufen, wie sehr sie Gewalt haßte, daß man mit Gewalt keine Probleme lösen konnte und daß Gewaltanwendung einer der primitivsten menschlichen Instinkte war. Und doch – ein Teil von ihr brannte darauf, ihm eins auf die Nase zu geben. »Versuch doch bitte nur dieses eine Mal, mit dem Kopf auf deinem Hals zu denken, nicht mit dem zwischen deinen Beinen. Ich habe dir ein Abendessen angeboten, nicht den Schlüssel zu meinem Schlafzimmer.«

Mason fuhr sich mit der Hand über die Stirn und durch sein feuchtes Haar, hielt einen Moment inne und ließ seinen starren Blick durch das Zimmer schweifen. »Entschuldigung, ich war etwas daneben. Es soll nicht wieder vorkommen.«

»Was ja wohl ebenso wahrscheinlich ist, wie ein Morgen, an dem die Sonne nicht aufgeht«, sagte sie spitz.

Überrascht mußte sie feststellen, daß er sie anlächelte und konterte: »Von dir hätte ich etwas Originelleres erwartet.«

Gegen ihren Willen lächelte sie zurück. »Gib mir ein paar Minuten Zeit, damit ich mir etwas Besseres ausdenken kann.«

Einige unangenehme Sekunden verstrichen, bis Mason sagte: »Ehrlich gesagt, bin ich irgendwie hungrig.«

Wenn er sich Mühe gab, konnte sie das auch. »Es gibt nichts Besonderes, nur einfache Hausmannskost – Fleisch, Karotten, Kartoffeln und Soße.«

»Klingt doch phantastisch. Eine Pause zwischen dem ewigen Hummer und Kaviar tut mir auch mal ganz gut.«

Sie neigte ihren Kopf ein wenig, so als hätte sie nicht richtig verstanden. »Soll das vielleicht ein Witz gewesen sein?«

»Von mir bestimmt nicht. Mein Image würde das gar nicht zulassen.«

Chris wechselte das Thema, um die labile Waffenruhe nicht zu gefährden. »Jetzt komm doch in die Küche. Kevin wartet schon sehnsüchtig auf dich.«

»Oh, Mann. Ich habe ihn richtig vermißt.«

»Er hat eine Überraschung für dich«, sagte sie und ging vor ihm her.

»Ach ja? Ich hoffe, es ist kein Geschenk, zumal ich deinem Rat gefolgt bin und ihm nichts mitgebracht habe.«

Als Chris durch die Tür kam, sah Kevin von seinem Bild auf. »Sieh mal, wer hier ist«, sagte sie.

Als Kevin Mason erblickte, stieß er einen Jubelschrei aus, sprang auf und rannte quer durch die Küche auf ihn zu.

Mason fing ihn in seinen Armen auf und drückte ihn fest an sich.

Seltsamerweise wurde Chris diesmal nicht von diesem beschämenden Gefühl des Grolls ergriffen wie sonst, wenn Kevin auf Mason zulief. Sie beobachtete die Wiedersehensszene und bemerkte, wie Mason seine Augen geschlossen hielt, so als wolle er nicht, daß sie ihm seine Rührung ansah. Sie wunderte sich über seine Reaktion, aber nicht minder erstaunte sie sein ängstlicher Blick, den sie kurz erhascht hatte, bevor er sich abschotten konnte. Wovor sollte er jetzt überhaupt noch Angst haben? Er hatte doch gewonnen.

Hinter ihr klingelte der Küchenwecker und lenkte sie ab. Sie griff nach einem Topflappen und öffnete die Ofentür.

»Sogar Plätzchen?« sagte Mason. »Das erinnert mich an die Mahlzeiten bei meiner Mutter, als ich noch klein war.« Er zog sich einen Stuhl heran und setzte sich, mit Kevin auf dem Schoß.

Chris schob die Plätzchen vom Backblech in ein mit einer karierten Serviette ausgelegtes Bastkörbchen. »Kommst du aus einer großen Familie?«

Er stockte, als wisse er nicht recht, wie er antworten sollte.

»Es geht so.«

Sein Blick signalisierte ihr, keine weiteren Fragen über seine Familie zu stellen. Statt dessen bemühte sie sich, schnell ein drittes Gedeck auf den Tisch zu bringen und überlegte, wie sie das Thema wechseln könnte. »Wie war deine Reise?« erkundigte sie sich nach einer Weile in der Hoffnung, das sicherste Thema angeschnitten zu haben.

»Gut«, antwortete er knapp und schloß damit auch diese Tür.

Flüchtig warf sie einen Blick in seine Richtung, um herauszufinden, ob dies eine Reaktion auf ihre Fragen oder auf ihre Person gewesen war.

»Wieso bist du nach Santa Barbara gefahren?« mischte Kevin sich ein und erlöste Chris vorerst von der Verantwortung, das Gespräch in Gang zu halten.

»Ich mußte dort eine Menge Leute treffen«, erklärte Mason ihm. Sein Tonfall war eine Spur freundlicher, seine Antwort hingegen nicht weniger ausweichend.

»Wieso?« drängte Kevin weiter.

»Geschäfte.«

Kevin griff über den Tisch nach seinem Bild. »Was für Geschäfte?«

Chris merkte, daß Mason mit der Antwort zögerte. Ganz offensichtlich wollte er nicht über seine Reise und Aktivitäten sprechen; aber er wollte auch weder Kevins Fragerei unterbrechen noch ihn anlügen.

»Ich wollte ... herausfinden, warum ... tja, warum eine andere Baufirma versucht, ein Stück Land zu kaufen, das ich selbst kaufen möchte.«

»Und ist es dir gelungen?« fragte Chris und versuchte, ihre große Neugier mit einem gleichgültigen Tonfall zu überspielen.

»Nicht ganz so, wie ich es mir vorgestellt hatte.«

»Sieh mal, was ich für dich gemacht habe!« fiel Kevin ein. Er hielt die Zeichnung hoch, damit man sie besser erkennen konnte. »Das ist für dein Büro. Genau wie das Bild neben dem Tisch.«

»Ganz genau«, bewunderte Mason Kevins Kunstwerk. »Ich wette, John Baldessari hätte es nicht besser hinbekommen.«

Chris hatte den Braten fertig zerlegt und rief: »Alle an den Tisch, wir können essen.«

Als sie saßen, sah Mason Chris an und sagte: »Wenn ich eben über meine Reise etwas kurz angebunden klang, liegt das daran, daß ich nicht daran gewöhnt bin, auf Fragen wie ›wohin‹ und ›was‹ zu antworten. Ich werde mich in Zukunft bemühen, offener zu sein, wenn du betroffen bist oder Kevin.«

Auf halbem Wege zum Mund hielt sie mit der Gabel inne. Er hatte die bewundernswerte Fähigkeit, den Eindruck zu vermitteln, er gäbe nach, wenn er in Wirklichkeit die Tür hinter sich zuknallte. »Mit anderen Worten«, sagte sie in bemüht gleichgültigem Ton, damit Kevin die Spannung zwischen ihr und Mason nicht bemerkte, »kümmere dich nicht um meine Angelegenheiten?«

»Wenn du mir einen Grund nennst, warum du dich darum kümmern solltest«, gab er im gleichen Gesprächston zurück, »könntest du mich möglicherweise davon überzeugen, meine Meinung zu ändern.«

Da hatte sie es. Welchen Grund sollte sie ihm wohl nennen, der ihr Interesse an seinen Aktivitäten außerhalb des künstlichen Lebensraums rechtfertigen konnte, den sie sich selbst geschaffen hatten? Grundlose Neugier? Das glaubte sie ja nicht einmal selbst. Wie konnte sie ihn überzeugen? Und warum wollte sie es überhaupt?

»Noch ein paar Kartoffeln?« fragte sie, um ein wenig abzulenken.

Nach dem Essen half Mason ihr, den Tisch abzuräumen und wischte Herd und Arbeitsplatten sauber, während sie die Spülmaschine einräumte. In kürzester Zeit schon fühlte er sich von der aufkommenden Häuslichkeit eingeengt und hatte die größte Lust wegzulaufen. Er entschuldigte sich mit ein paar Telefonaten, die er zu erledigen hätte. Chris warf ihm einen kurzen Blick zu, der bei ihm keinen Zweifel aufkommen ließ, daß sie ihm seine Ausrede nicht abnahm.

Als Mason schon fast in dem Raum stand, von dem er unwillkürlich dachte, es sei seiner, kam ihm der Gedanke, daß womöglich Chris diesen Teil des Hauses für sich ausgesucht hatte. Er hatte nirgendwo sein Zeichen hinterlassen oder bestimmte Räume für sich beansprucht. Wie hätte sie es also wissen sollen? Trotzdem erkannte er an den Umrissen seiner Möbel beim Öffnen der Schlafzimmertür schon im Dunkeln, daß sie beide intuitiv dieselbe Aufteilung des Hauses vorgenommen hatten.

Voller Verwunderung schüttelte er den Kopf. War es denn möglich, daß sie ab und zu auf der gleichen Wellenlänge lagen?

Eher unwahrscheinlich.

Er schaltete das Licht ein. Die gleichen alten Möbel – na ja. Sie hatte sogar die Vorhänge aus dem Schlafzimmer seiner Wohnung aufgehängt. Ob er die denn nie loswerden würde?

Im Gegensatz zu den anderen Räumen fehlte hier eine gewisse Wärme. Zunächst konnte er es sich nicht erklären, dann aber fiel es ihm wie Schuppen von den Augen. Das hier war das einzige Zimmer, das nicht von der Verschmelzung beider Haushalte profitiert hatte.

Er mußte schmunzeln, als er daran dachte, was wohl der Innenarchitekt, den er damals mit der Gestaltung seiner Wohnung beauftragt hatte, zu der Zusammenstellung von Chris sagen würde. Nur zu gut erinnerte er sich an die letzte Äußerung von Mr. Roberts, nämlich daß das Arrangement der gesamten Wohnung »Design pur« sei und daß jedes einzelne Möbelstück nur im Zusammenspiel mit dem jeweils danebenstehenden die innenarchitektonische Aussage ausmachte. Der Anblick des von Chris zusammengestellten Wohnzimmers würde den Innenarchitekten vermutlich so arg mitnehmen, daß er reif wäre fürs Krankenhaus. Er mußte auf jeden Fall dafür sorgen, daß Mr. Roberts von der Gästeliste für die Hauseinweihungsparty gestrichen wurde. Der Tod eines Gastes wegen Herzversagens könnte einer Party einen ziemlichen Dämpfer geben.

Ein kalter Schauer lief ihm über den Rücken. Woran dachte er denn bloß? Er würde in diesem Haus doch keine Partys feiern, und erst recht keine, zu denen er seine Freunde einlud.

Mason hatte sein Jackett bereits abgelegt und wollte gerade seine Krawatte abbinden, als Kevin ins Zimmer gestürzt kam, übermütig auf das Bett sprang und das geometrische Muster des maßgefertigten und straff gespannten Bettbezugs verwüstete. Der gute Mr. Roberts hatte Mason über die besonders edle Seide belehrt, die bei der Herstellung des Bettlakens verwendet worden war und über die aufwendige Suche nach exakt der richtigen Näherin, die das edle Material verarbeiten sollte, so daß es Mason kaum wagte, sich auf die Bettkante zu setzen, um sich die Schuhe zu binden.

Und jetzt tobte Kevin hier in voller Montur auf seinem Bett herum, als wäre er im Garten.

»Mama hat gesagt, daß du mir eine Geschichte vorlesen könntest, wenn du willst«, rief er und zog dann ein Buch voller Eselsohren unter seinem T-Shirt hervor.

Mason sah seinen Sohn an, sah den erwartungsvollen Gesichtsausdruck, die glänzenden Augen und schließlich, nicht zu übersehen, die abgewetzten Turnschuhe. »Na und ob ich das will«, sagte er.

Als er zum Bett hinüberging und sich neben Kevin setzte, fühlte er sich wie ein Gefangener, der plötzlich in die Freiheit entlassen worden war. Er stieß einen Seufzer der Zufriedenheit aus und genoß die Wärme, die dieses kleine Wesen nicht nur in sein Zimmer, sondern auch in sein Leben gebracht hatte.

Jegliche Zweifel, die im Laufe der vergangenen Woche an ihm genagt hatten, lösten sich in Luft auf, als er im Bett ein paar Kissen gegen das Kopfteil gestopft, sich mit Kevin gemütlich in die Seidenbettwäsche eingekuschelt und das Buch geöffnet hatte, um Kevin vorzulesen, wie Winnie-the-Pooh bei Rabbit zu Besuch ist, dort zu viel Honig schleckt und dann im Eingang seines Hauses steckenbleibt.

27

Chris verbrachte den gesamten nächsten Tag mit der Suche nach einem Ballkleid, das sie beim Valentinstanz tragen konnte. Bei Nordstrom's machte sie den Anfang. Eine äußerst hilfsbereite Verkäuferin beriet sie bei der Auswahl verschiedener, dem Anlaß entsprechender Kleider, von denen eines schöner war als das andere.

In der Ankleidekabine wurde sie von der Realität wieder eingeholt. Im Eifer des Gefechts hatte sie nicht auf das Preisschild geachtet. Das einzige Ziel ihres Einkaufszuges war es gewesen, das spektakulärste Kleid in ganz Sacramento aufzutreiben. Der Preis sollte in diesem Fall Nebensache sein. Notfalls würde sie auf ihre Ersparnisse zurückgreifen und, falls erforderlich, bis zu fünfhundert Dollar investieren. Dies sollte ihr erster und letzter Ausflug in Masons Welt werden, und deshalb wollte sie es besonders gut machen.

Doch wie sich herausstellte, wären fünfhundert Dollar nicht einmal eine akzeptable Anzahlung auf den Preis gewesen, der das Kleid zierte, auf das schließlich ihre Wahl gefallen war. Es war ihr, aber auch der Verkäuferin, schrecklich peinlich, daß sie Nordstrom's mit leeren Händen verlassen mußte.

Danach schlug sie sich durch das Pavilions-Einkaufszentrum, eines der Renommierobjekte von Sacramento, anschließend zog sie durch I. Magnin und Macy's, und schließlich durchstöberte sie eine Reihe weiterer Boutiquen in den exklusivsten Einkaufszentren von Sacramento. Zu guter Letzt gab Chris auf, rief Mary an und bat sie um Rat.

Nachdem sie Mary versprochen hatte, ihr den Grund für den Kleiderkauf später zu nennen, gelang es ihr erstmals im Verlauf ihrer Freundschaft, von Mary Informationen zu erhalten, ohne Erklärungen geben zu müssen. Chris versuchte zwar nicht gerade, ihr Vorhaben vor ihrer Freundin geheimzuhalten, sie wußte aber, daß Mary die Entscheidung, Mason bei einer gesellschaftlichen Verpflichtung zu begleiten, nicht unbedingt für gut befinden würde.

Da Mary ihr bereits einen Vortrag darüber gehalten hatte, warum sie es nicht zulassen dürfe, ins Rampenlicht gestellt zu werden, es sei denn, sie wolle immer dort stehen, wußte Chris, daß es vergebliche Liebesmühe sein würde, ihre Freundin davon zu überzeugen, daß ihr Debüt in der High Society von Sacramento gleichzeitig ihr letzter Auftritt dort sein sollte.

Chris kannte die Gründe für Marys zögernde Haltung und ihre Öffentlichkeitsscheu. Als Tochter des Gouverneurs hatte sie permanent im Licht der Öffentlichkeit gestanden und war der ständigen Aufmerksamkeit überdrüssig. Chris aber war einfach nur die Ehefrau eines Bauunternehmers. Mit dem Ende der Veranstaltung wäre auch die Neugier von Masons Freunden an ihrer Person gestillt. Sie würde in ihr eigenes Leben zurückkehren und Mason konnte in seinem weiterleben.

Chris zögerte bei dem Gedanken, Mary die Wahrheit zu sagen: daß sie Mason nur deshalb auf die Veranstaltung begleiten wollte, weil sie den Eindruck hatte, ihm einen Gefallen zu schulden und dies für die beste Möglichkeit hielt, sich zu revanchieren. Manchmal ist es gar nicht so falsch, das eine oder andere kleine Geheimnis für sich zu behalten, und jetzt war einer dieser Momente gekommen. Chris wollte sich ihr Leben gewiß nicht schwerer machen, als unbedingt erforderlich.

An diesem Abend fuhr Chris auf Marys Empfehlung zu Loehmann's, einem Geschäft für Designermoden aus Lagerbeständen. Dort fand sie ihr Kleid. Es war bodenlang und mit roten und weißen Pailletten besetzt; das Muster begann an einer Schulter und zog sich von dort über das ganze Kleid, bis die Pailletten am Boden nur noch wie ein paar versprengte Sterne wirkten; und es saß wie angegossen. Schon seit Jahren hatte sie etwas so Wunderschönes nicht mehr getragen. Als sie sich so im verstellbaren Dreifach-Spiegel betrachtete, zögerte sie zwar etwas, mußte dann aber zugeben, daß es ein ziemlich gutes Gefühl war, sich nicht ständig in Jeans und Trainingsanzügen zu sehen, sondern auch gelegentlich mal in ein solches Kleidungsstück zu schlüpfen. Und das Beste war, daß die elegante Beute sie nur zweihundertfünfzig Dollar kostete, was weit unter dem Limit lag, das sie sich gesetzt hatte.

Jetzt mußte sie nur noch einen Weg finden, Mason mitzuteilen, daß sie ihn begleiten würde, ohne dabei den Eindruck zu erwecken, als beabsichtige sie, regelmäßig bei seinen gesellschaftlichen Verpflichtungen dabeizusein.

Als feststand, daß Mason an diesem Abend erst nach Hause kommen würde, wenn Chris und Kevin schon schliefen, schrieb Chris ihm eine kurze Nachricht, in der sie ihn über ihren Entschluß informierte, ihn am folgenden Abend zu begleiten. Kevin wollte ihm anschließend den Zettel auf sein Nachtschränkchen legen, aber erst, wenn er seine eigene Nachricht hinzugefügt hätte.

Als sie am nächsten Morgen aufstand, war Mason schon zur Arbeit gefahren. Chris versuchte ihn im Büro zu erreichen, um herauszufinden, wann sie am Abend auf die Veranstaltung fahren würden. Janet teilte ihr jedoch mit, daß er den gesamten Tag auf Baustellen verbringen würde und erst am späten Nachmittag zurückerwartet werde. Einerseits wollte Chris ungern eine persönliche Nachricht bei Janet hinterlassen, andererseits aber wäre es ihr schrecklich peinlich gewesen, zugeben zu müssen, daß sie die Autotelefonnummer ihres Ehemannes nicht kannte. Deshalb legte sie mit der Begründung auf, es sei nicht so dringend und sie würde ihn später ohnehin treffen.

Das war allerdings nicht der Fall.

Eine halbe Stunde vor dem, wie Chris annahm, realistischen Beginn einer solchen Veranstaltung war Mason noch immer nicht zu Hause. Sie war fertig angekleidet und wartete, nervöser als sie je vor einem ihrer High-School-Bälle gewesen war und ärgerte sich darüber, daß sie sich beunruhigte, während sie gleichzeitig versuchte, sich einzureden, daß sie in Wirklichkeit ganz ruhig sei.

Schließlich gab sie auf und wollte gerade in Masons Büro anrufen, als sie den Schlüssel im Schloß hörte. Mason kam herein. In aller Eile warf er den Mantel ab, hängte ihn auf und raste durch das Wohnzimmer. Endlich nahm er sie wahr, hielt mitten im Schritt inne und sah sie so entgeistert an, als wäre ihr in seiner Abwesenheit ein zweiter Kopf angewachsen.

»Was hat es mit dem Kleid auf sich?« fragte er und versuchte sich wieder zu fassen.

»Es ist für den Galaabend, das ist doch wohl klar, oder?«

»Welchen Galaabend?« fragte er.

»Den Valentinsball im Crocker Art Museum«, half sie ihm auf die Sprünge, fühlte sich aber zunehmend unwohler in ihrer Haut. »Ich hab's dir doch auf den Zettel geschrieben.«

»Auf welchen Zettel?«

»Den Zettel, den ich dir gestern abend in dein Zimmer gelegt habe.«

Die Verwunderung war ihm anzusehen. »Der einzige Zettel, den ich gefunden habe, stammt von Kevin.«

Einen Moment lang konnte sie sich nicht erklären, was geschehen war. »Dann hast du es offensichtlich nicht für nötig befunden, das Blatt einmal umzudrehen?«

»Wieso sollte ich?«

»Weil dort stand, daß ich dich heute abend auf den Ball begleiten würde. Ursprünglich stammt der Zettel nämlich nicht von Kevin, sondern von mir.«

»Wie hast du überhaupt von der Veranstaltung erfahren?«

Chris hatte ein flaues Gefühl in der Magengrube. »Rebecca hat es mir gesagt.«

Er steckte seine Hände in die Hosentaschen und stöhnte. »Dazu hatte sie kein Recht.«

Jetzt war es an ihr, Fragen zu stellen. »Warum nicht?«

»Weil du auf dem Ball nichts zu suchen hast.«

Die beste Möglichkeit, Chris den Rücken zu stärken, war es, ihr etwas zu verbieten. »Ach ja? Und warum nicht?«

»Erstens bist du nicht eingeladen und zweitens würdest du nicht dahin passen.«

»Nein, wirklich? Das ist ja wohl ganz was Neues. Eine Einladung, die die Gattin ausdrücklich ausschließt.« *Gattin?* Du liebte Güte – hatte sie wirklich Gattin gesagt?

Er sah sie an. »Chris, welches Spiel spielst du hier? Du willst doch ebensowenig einen Abend mit mir verbringen, wie ich mit dir.«

Er wollte also nicht einfach nur ihre Würde mit Füßen treten, sondern auch noch ihren Stolz brechen. Sie richtete sich weiter auf und nahm eine offensivere Haltung ein. »Früher oder später wird man ohnehin von unserer Ehe erfahren. Und für mich gilt zufälligerweise: je früher, desto besser. Dann wissen die Leute endlich Bescheid, und ich muß diesen Moment der Bekanntgabe nicht mehr ständig vor mir herschieben und kann wieder zu meinem eigenen Lebensrhythmus finden.«

Er wollte etwas sagen, entschloß sich dann aber, doch lieber zu schweigen. Als er so dastand und sie ansah, hörte man in der Stille nur das laute Ticken der Uhr auf dem Kaminsims.

»Mach doch was du willst«, beendete er das Gespräch und rauschte an ihr vorbei in sein Zimmer.

Später fiel kein einziges Wort mehr zwischen ihnen, nicht einmal als sie nach draußen zum Auto gingen. Eigentlich waren es nur fünfzehn Minuten Fahrt zu dem Museum, Chris kam es aber vor wie eine Stunde. Als der Wagen anfuhr, gingen ihr noch hundert Gründe durch den Kopf, warum sie besser zu Hause geblieben wäre. Einer von ihnen war, daß ihr ziemlich schnell die Tränen kamen, wenn sie richtig wütend war. Aber sie schwor sich, sich eher ein Loch in ihre Lippe zu beißen, bevor Mason auch nur eine einzige Träne bei ihr sehen würde.

Wieso hatte sie sich nur in diesen Schlamassel hineinziehen lassen? Und warum grub sie den Graben, in dem sie saß, von Mal zu Mal tiefer? Hätte sie doch ihren blöden Stolz aus dem Spiel gelassen und wäre aus der ganzen Geschichte ausgestiegen, als Mason ihr die Möglichkeit dazu gegeben hatte. Aber nein, dafür war sie ja viel zu dickköpfig. Sie mußte ja unbedingt ihren Willen kriegen, konnte sich jetzt aber noch nicht einmal mehr daran erinnern, um was es eigentlich ging.

Mason reihte sich mit dem Porsche in die Warteschlange für den bewachten Parkplatz ein. Um ihn nicht ansehen zu müssen, starrte Chris zum Fenster hinaus und beobachtete die anderen Gäste, die auf dem Bürgersteig daherkamen oder die aus ihren Autos stiegen.

Zunächst wirkte alles ein wenig fremd auf sie.

Allmählich fragte sie sich, ob hier vielleicht der Zufall seine Hand im Spiel hatte.

Doch dann fiel es ihr wie Schuppen von den Augen.

Alle trugen dieselben zwei Farben, da die Gesellschaft Sacramentos den jährlichen Valentinstanz zu ihrem Schwarz-Weiß-Ball erklärt hatte. Sie drehte sich zu Mason um.

Vor Wut kochend fuhr sie ihn an: »Du Schweinehund, warum hast du mir das nicht gesagt?«

»Wenn ich mich recht entsinne, habe ich das sehr wohl getan. Ich habe ja gesagt, daß du nicht dazu paßt, aber du wolltest ja nicht auf mich hören.« Er stellte den Motor ab und hielt ihr die Schlüssel hin. »Wir treffen uns zu Hause«, verabschiedete er sie mit einer Gleichgültigkeit, als wäre sie ein Hotelpage. »Du brauchst nicht auf mich zu warten. Es könnte spät werden. Sehr spät sogar.«

Da sie ihm die Schlüssel nicht gleich aus der Hand nahm, ließ er sie in ihren Schoß fallen. »Ich nehme an, du kannst einen Wagen mit Schaltgetriebe fahren. Wenn nicht, bestellt dir der Portier sicher gern ein Taxi.«

»Warum?« war das einzige, was ihr einfiel.

Er faßte nach dem Türgriff. »Ich habe es ernst gemeint, als ich gesagt habe, daß ich mich nicht dazu verpflichtet hätte, trautes Heim zu spielen. Ich habe in meinem Leben genügend Häuslichkeit erlebt, und unser Zusammenleben ist lediglich ein Mittel zum Zweck, mehr nicht.«

»Du dachtest also, du würdest mir eine Lektion erteilen, indem du mich mit hierhinbringst, damit ich selbst sehe, wie idiotisch ich mich verhalten habe? Tja, Mason Winter. Da hast du dich geschnitten. Ich bin jetzt hier und werde auch bleiben.« Sie schleuderte ihm die Schlüssel entgegen, öffnete die Tür und stieg aus.

Mason holte sie am Fuß der Treppe ein. »Komm sofort mit mir zurück zum Auto«, bestimmte er so leise, daß ihn außer Chris niemand verstehen konnte.

»Ich denke gar nicht daran.«

Er packte sie am Arm. »Du hast keine Ahnung, was du tust. Die Leute da drinnen werden …«

»Werden was?« schoß sie zurück. »Mich wie eine Leprakranke behandeln? Wie eine Aussätzige? Oder, Gott bewahre, mich spüren lassen, daß ich nicht dazugehöre?« Sie befreite sich aus seinem Griff. »Ich bin bereits immun, Mason. Keiner da drinnen könnte mir irgend etwas antun, das du mir nicht schon hundertfach angetan hast.« Daraufhin raffte sie ihr Kleid und lief die Treppe nach oben.

Mason blieb auf dem Bürgersteig stehen und beobachtete, wie sie im Hauptgebäude des Museumskomplexes, einem wunderschönen viktorianischen Bau, verschwand. Er kam sich vor wie ein Verräter. Wie kam es, daß Chris ihn immer bis zum Äußersten provozierte? Wann immer es den Anschein hatte, daß sich allmählich eine Freundschaft anbahnte, brach er aus und verhielt sich genau wie das Charakterschwein, für das sie ihn hielt.

Er warf dem Parkplatzwächter den Schlüssel zu, nickte denjenigen abwesend zu, die ihn grüßten, und stieg die Treppen hinauf, um nach Chris Ausschau zu halten. Im großen Festsaal entdeckte er Rebecca mit Walt Bianchi und dessen Frau und verdrückte sich in einen der Nebenräume, um ihnen nicht über den Weg zu laufen. Rebecca würde ihm die schwersten Vorwürfe machen, wenn sie auch nur andeutungsweise davon erfahren würde, was zwischen ihm und Chris vorgefallen war, und er fühlte sich nicht in der Lage, sich mit mehr als einer aufgebrachten Frau auf einmal auseinanderzusetzen. Mit Rebecca würde er irgendwann darüber reden – schon allein deshalb, weil er klären wollte, wie sie ihn in diese verfluchte Lage gebracht hatte – aber nicht mehr heute abend.

Mason schob sich von einem Saal zum nächsten, blieb ab und zu stehen, um kurz ein paar Gäste zu begrüßen, die darauf bestanden, daß er sich zu ihnen gesellte, und ging dann bald wieder weiter. Chris mußte aufgrund ihres Kleides eigentlich aus der Menge hervorstechen wie ein Rosenstrauch aus einem Weizenfeld – aber von ihr war keine Spur zu sehen.

Nachdem er durch alle Räume zwei Runden gedreht hatte und sicherheitshalber auch noch eine dritte, kam er zu dem Schluß, daß sie seinem Rat offenbar gefolgt war und ein Taxi nach Hause genommen hatte. Für einen kurzen Moment kam ein seltsames Gefühl der Enttäuschung auf, war dann aber ebenso schnell wieder verschwunden.

Er sah auf die Uhr, nahm ein Glas Wein vom Tablett eines vorbeikommenden Kellners und ging in den großen Festsaal, wo er auf Kelly warten wollte.

Eine halbe Stunde später stand er auf der Bühne, die für die Band aufgebaut worden war, und war in ein Gespräch mit Travis und Walt vertieft, als sich zwei Hände in weißen Handschuhen über seine Augen legten.

»Wer bin ich?« trällerte eine weibliche Stimme.

Er zögerte kurz mit der Antwort, als würde er über ihre Frage nachdenken. »Barbara Bush?«

Kelly lachte. Sie ließ ihre Hände auf seine Schultern gleiten, drehte ihn zu sich herum und gab ihm einen Kuß. »Entschuldige bitte meine Verspätung«, sagte sie. »Hast du mich vermißt?«

Aus dem Augenwinkel konnte er erkennen, wie Travis und Walt ihn anstarrten und sich zweifellos in ihrer Haut nicht ganz wohl fühlten. »Ich dachte schon fast, du wolltest mich versetzen«, antwortete er.

»Das kann doch wohl nicht dein Ernst sein.« Sie lehnte sich an ihn und senkte ihre Stimme zu einem Flüstern. »Bei David Berkley habe ich heute die unwiderstehlichsten Erdbeeren überhaupt entdeckt. Der Champagner liegt auf Eis ... Ich hätte doch diese Nacht um nichts in der Welt verpassen wollen.«

Mason hörte nur mit halbem Ohr hin. Von seiner erhöhten Position auf der Bühne erhaschte er in dem schwarz-weißen Meer im Saal unter sich einen roten Punkt.

Sie war also doch geblieben. Sein Herz begann schneller zu schlagen. Er versuchte sich das mit seiner Wut im Bauch zu erklären; dabei war er gar nicht wütend.

Als er Chris erst einmal ausgemacht hatte, konnte er den Blick nicht mehr von ihr lassen. Während er sie beobachtete, wurde sie langsam aber sicher aus einem Grüppchen nach dem anderen ausgeschlossen. Es geschah nie besonders auffällig – das war einfach nicht die Art der Menschen, die sich zu solchen Anlässen einfanden – aber mit eiskalter Präzision. Eine Person wandte ihr den Rücken zu, als wolle sie mit jemand anders sprechen, die nächste tat das gleiche und so weiter. Und schon bald war sie aus dem Kreis ausgeschlossen und stand alleine.

Es machte ihn krank, wenn er daran dachte, wie oft sie sicherlich innerhalb der letzten eineinhalb Stunden, die sie bereits hier verbracht hatte, ausgeschlossen worden war.

Sie tat ihm leid. Nur zu gut wußte er, was es bedeutete, ausgeschlossen zu sein – mit dem Unterschied, daß er in einer solchen Situation sicher nie die gleiche gute Miene zum bösen Spiel gemacht und eine ebensolche Beharrlichkeit an den Tag gelegt hätte wie sie. Mehr noch – einem unaufmerksamen Beobachter wäre gewiß nichts Demütiges oder Niedergeschlagenes an Chris aufgefallen, ihn hingegen erinnerte sie an ein einsames Kind, das davon überzeugt war, daß es irgendwo irgend jemand gab, der nett zu ihm sein würde; denn ohne diese Hoffnung würde es einen Teil seiner selbst aufgeben.

Wie brachte sie das fertig?

Besser gesagt, warum tat sie das?

»Mason?« fragte Kelly und riß ihn aus seinen Gedanken. »Ist irgendwas nicht in Ordnung?«

Er sah sie an und bemerkte anhand ihres besorgten Gesichtsausdruckes, daß er sich ziemlich lange in seiner eigenen Welt verloren hatte. »Heute abend ist einiges nicht in Ordnung«, gab er widerwillig zu. »Ich möchte aber nicht darüber reden.«

Sie hakte sich bei ihm ein. »Was hältst du dann von einem Tanz, wenn du dich schon nicht unterhalten willst?«

»Tut mir leid, Kelly. Aber ich kann heute nicht. Bitte verzeih mir.« Er wandte sich an Walt. »Würde es dir etwas ausmachen, mich mal einen Moment zu vertreten?«

Walt fiel die Kinnlade herunter. »Ob es mir etwas ausmacht?« fragte er in einem wunderbar galanten Tonfall. »Es wäre der Höhepunkt meines Abends.«

Travis verschränkte die Arme vor seiner Brust. »Paß nur auf, daß Denise das nicht hört«, sagte er und warf Mason einen scharfen Blick zu. »Ehefrauen denken seltsamerweise immer, daß man sich diese Galanterien für sie aufsparen sollte.«

Als sich Walt und Kelly außer Hörweite befanden, drehte Mason sich zu Travis um. »Du hast sie also auch gesehen.«

»In diesem Kleid wäre es schon reichlich schwierig, sie zu übersehen. Mason, würdest du mir verdammt noch mal erklären, was hier eigentlich vor sich geht? Du kannst mir doch nicht weismachen, du hättest nicht gewußt, wie es ihr hier ergehen würde, wenn du sie in diesem Aufzug mitbringst.«

»Das ist eine lange Geschichte, auf die ich nicht gerade stolz bin«, antwortete Mason etwas gequält. Sein Blick wanderte zu der Stelle, wo er Chris zum letzten Mal gesehen hatte, aber dort stand sie nicht mehr. Plötzlich hatte er das dringende Bedürfnis, sie zu finden und suchte hektisch die Menge ab. Schließlich entdeckte er sie neben einer Topfpalme. Sie wirkte wie eine einsame Insel in einem Menschenmeer.

»Das überrascht mich nicht im geringsten.« Travis machte aus seiner Verärgerung keinen Hehl. »Diesem Mädchen gegenüber führst du dich permanent auf wie ein Schuft. Würdest du mir wenigstens verraten, was sie getan hat, um diese miese Behandlung deinerseits zu verdienen?«

Als hätte Chris seinen Blick gespürt, drehte sie den Kopf in Masons

Richtung, und ihre Augen trafen sich. Sekundenlang starrten sie sich an. »Sie hat gar nichts getan«, antwortete Mason leise.

»Aber warum ...?«

»Vergiß es, Travis.«

»Das kann ich nicht. Dieses Mal nicht. Seit sechs Jahren habe ich jetzt beobachtet, wie du deine beste Seite immer weiter in den Hintergrund drängst, und es ist höchste Zeit, daß ich etwas dagegen unternehme.«

»Du kannst nichts daran ändern«, entgegnete ihm Mason, »Meine beste Seite habe ich nicht verdrängt, Travis – sie ist tot.«

»Das ist doch wohl völliger Unsinn.«

»Diese Heirat war ein Fehler. Und ginge es nicht um Kevin, würde ich lieber heute als morgen aussteigen.«

»Ob es ein Fehler war oder nicht, ist jetzt unwichtig. Du darfst einfach nicht zulassen, daß sich diese Leute ihr gegenüber so verhalten.«

»Ich weiß, du hast recht.« Mason legte Travis freundschaftlich eine Hand auf die Schulter. »Ich werde mich auch sofort darum kümmern.«

28

Mason ging hinüber zu der achtköpfigen Band, die gerade spielte, sprach kurz mit dem Leiter der Gruppe, nahm ein Mikrofon aus der Halterung und wartete, bis das Stück beendet war.

»Meine Damen und Herren«, begann er. »Darf ich einen Moment um Ihre Aufmerksamkeit bitten. Bitte entschuldigen Sie, daß ich das Programm einfach unterbreche, aber ich möchte gern etwas bekanntgeben.« Er wartete, bis das Gemurmel verstummt war.

»Der heutige Abend hat für mich eine ganz besondere Bedeutung, und ich möchte ihn mit Ihnen, meinen Freunden, teilen.« Der pragmatische Charakter seiner Ansage rechtfertigte den heuchlerischen Unterton seiner kurzen Rede.

»Vor zwei Wochen habe ich in einer kleinen Zeremonie im engsten Kreise geheiratet.« Angesichts der überraschten Ausrufe mußte er fast laut loslachen. Was sich auf Kellys Gesicht abspielte, war alles andere als komisch. Egal was sie dachte – er hatte es bestimmt verdient.

»Und weil der heutige Tag und dieser festliche Anlaß den richtigen

Rahmen dazu bilden, habe ich bis heute abend damit gewartet, Ihnen meine wunderhübsche Braut offiziell vorzustellen.« Neugierig drehten sich die Köpfe auf der Suche nach einem unbekannten Gesicht. Mason sah Chris an und hoffte inständig, daß sie dieser Situation gewachsen war. Er hatte ihr die Munition gegen all diejenigen geliefert, die ihr eben noch den Rücken zugekehrt hatten. Jetzt hatte sie ihre Chance.

»Auf meinen persönlichen Wunsch hin hat sie auf das traditionelle Schwarz-Weiß dieses Abends verzichtet und trägt ein rotes Kleid.« Langsam und dramatisch schwenkte der Scheinwerfer von Mason und der Band durch den Saal, um mit seinem Lichtkegel auf Chris zu verharren.

»Meine Damen und Herren, liebe Freunde. Es ist mir eine echte Freude und Ehre, Ihnen meine Frau, Christine Winter, vorstellen zu dürfen.«

Mit wachsender Bewunderung sah er, wie Chris der Situation nicht nur gewachsen war, sondern auch eine starke, selbstbewußte Haltung einnahm und auf alles gefaßt schien, was er über sie sagen würde. Er spürte die Intensität, mit der sie ihn ansah, obwohl er wußte, daß sie ihn wegen des gleißenden Scheinwerferlichts nicht erkennen konnte.

Als sich der Applaus gelegt hatte, fügte er hinzu: »Liebe Chris, wenn ich dich jetzt nicht schon zu sehr in Verlegenheit gebracht habe, würde ich dich gern noch um einen Gefallen bitten. Würdest du mit mir den nächsten Tanz eröffnen?«

Die Menge brach wieder in tosenden Applaus aus.

Mason wartete.

Der Applaus schwoll an.

Noch immer wartete er auf ein Zeichen von ihr.

Endlich nickte sie zustimmend. Mason stieg von der Bühne und ging auf sie zu. Als er merkte, daß sie keine Anstalten machte, ihm auf halber Strecke entgegenzukommen, mußte er lächeln; er mußte wohl zu ihr hingehen.

Also gut. Das hatte sie verdient. Das und noch viel mehr. Die Menge auf der Tanzfläche teilte sich, um ihm einen Weg zu bahnen. Er nahm sich Zeit und bewirkte damit, daß diejenigen, die sie zuvor ignoriert hatten, ihr dort im Scheinwerferlicht Tribut zollen mußten.

Endlich stand er vor ihr, seine Arme hielt er absichtlich am Körper, nichts deutete darauf hin, daß er Chris auf die Tanzfläche bitten wollte. Die letzte Entscheidung sollte sie selbst haben.

Für den Bruchteil einer Sekunde schien der Mut sie zu verlassen, und er konnte hinter ihrer starken Fassade die Angst erkennen. Mit seinem Blick bat er sie, ihm zu vertrauen. Sie antwortete mit ihrer ausgestreckten Hand.

Er nahm ihre Hand, drehte die Handinnenfläche nach oben und führte sie zu seinen Lippen. Um sie herum atmeten die Menschen erleichtert auf, als hätten sie alle gemeinsam den Atem angehalten.

Wortlos geleitete Mason Chris in die Mitte der Tanzfläche. Sowie er sie in seine Arme genommen hatte, begann die Band zu spielen. Der Titel des Liedes lautete »Lady in Red.«

Erst als er sicher war, daß ihn niemand verstehen würde, neigte Mason seinen Kopf und flüsterte Chris leise ins Ohr. Ihr weiches Haar streichelte seine Wange und der berauschend blumige Duft ihres Parfums flog ihm entgegen. »Es tut mir wirklich leid«, sagte er.

Sie entspannte sich etwas. Dann lehnte sie sich ein Stück nach hinten und sah zu ihm auf. Ihre Augen standen voller unvergossener Tränen. »So kann ich nicht leben, Mason«, sagte sie. »Ich will, daß unsere Ehe annulliert wird.«

29

Die Musik spielte unerbittlich weiter. Schmerz und Verwirrung spiegelten sich in den Augen von Chris; der Gedanke, daß er dafür verantwortlich war, irritierte Mason. Mit ihrer Wut konnte er umgehen – manchmal hatte er sogar den Eindruck, es bereite ihm ein ganz besonderes Vergnügen, mit ihr zu streiten – aber das hier war etwas anderes. Er hatte sie verletzt, und dafür gab es keine Rechtfertigung, auch nicht den Groll, den er ihr gegenüber fast seit dem Moment empfand, als sie sich zum ersten Mal getroffen hatten.

So ganz konnte er sich seinen Ärger zwar nicht erklären, wußte aber, daß nicht allein die Unstimmigkeiten und Meinungsunterschiede im alltäglichen Leben schuld daran waren. Diese Dinge hatte er meist sofort vergessen. Warum fiel es ihm so schwer, mit Chris, der Mutter seines Sohnes, umzugehen, obwohl ihm dies bei Menschen, die ihm nichts bedeuteten – aalglatte Unternehmer oder Frauen auf Parties, die ihren IQ im Büstenhalter trugen – offensichtlich gar keine Schwierigkeiten bereitete. Fast hatte er den Eindruck, als wäre er auf dem besten Weg, Chris in die Flucht zu schlagen.

»Können wir später darüber reden?« fragte er, um Zeit zu gewinnen. Er wußte vielleicht nicht, was er von ihr wollte, aber eine Annullierung der Ehe wollte er ganz bestimmt nicht.

Chris schloß die Augen und lehnte den Kopf an seine Schulter. Für einen kurzen Moment glaubte er, sie würde ohnmächtig werden, bis er erkannte, daß sie einfach aufgehört hatte zu kämpfen. Schweigend bewegten sie sich mit vorgespielter Intimität zur Musik. Dann sagte er: »Du hast all diese Menschen hier in deiner Hand. Jetzt mußt du nur noch entscheiden, was du mit ihnen anstellen willst. Du könntest deine Hand entweder zu einer festen Faust schließen, genausogut aber könntest du deine Hand auch weiter öffnen und über das Verhalten dieser Menschen großzügig hinwegsehen.«

»Und mit dir? Was soll ich mit dir machen?« fragte sie.

»Du wirst mir noch eine Chance geben. Nicht etwa, weil ich das verdient hätte, wohl aber, weil du eben so bist.«

Sie sah zu ihm auf. »Woher willst du das wissen?«

»Sicher bin ich mir nicht. Ich weiß es einfach.«

Das Lied endete. Viel hatte er an diesem Abend nicht verstanden, aber mehr als alles andere wünschte er sich, daß sie ihm verzeihen möge. Behutsam nahm er ihr Gesicht in seine Hände, hielt sie fest und zwang sie so, ihn anzusehen.

»Bitte ...«, sagte er. »Wir können uns doch einigen.«

Eine einzelne Träne kullerte ihr über die Wange. »Du weißt offenbar nicht, was du von mir verlangst.«

Plötzlich wurde er sich der Wärme ihres Körpers bewußt, den er in seinen Armen hielt, er spürte ihre nackte Haut unter seinen Fingern, roch den Duft ihres Parfums. Ein dringendes Verlangen sie zu küssen überkam ihn; er wollte ihre weichen Lippen liebkosen, ihren Geschmack auf seiner Zunge erleben, ihren Atem auf seiner Wange spüren. Von seinen eigenen Gefühlen überrascht, trat er einen Schritt zurück.

Jemand tippte ihm auf die Schulter. »Ich hätte es nie für möglich gehalten, daß es in dieser Stadt noch Geheimnisse gibt«, tönte eine männliche Stimme von hinten. »Hast du noch andere Überraschungen für uns auf Lager?«

Der Zauber war vorbei. Mason setzte allmählich wieder seine öffentliche Maske auf. »Du glaubst doch nicht etwa, daß diese Perfektion noch zu überbieten wäre«, erwiderte er lächelnd und wandte sich Felix Schrager zu, dem Direktor der größten Bank in Sacramento und Umgebung.

»Ich wollte eigentlich nur persönlich der Dame vorgestellt werden, der gelungen ist, was diese Stadt nie für möglich gehalten hätte.«

Mason sah Chris an. Die Entscheidung lag bei ihr. Sie hatte es in der Hand, Felix zum Teufel zu schicken, sich auf dem Absatz umzudrehen und zu gehen, oder zu bleiben und das Spiel mitzuspielen. Er würde nicht versuchen, sie zu beeinflussen.

Während sie einen Moment lang zögerte, spiegelte ihr Gesicht ihre schwankenden Gefühle wider. Schließlich bot sie Felix ein schwer erkämpftes, aber reizendes Lächeln und streckte ihm die Hand entgegen.

»Christine Taylor«, sagte sie, korrigierte sich dann jedoch sofort. »Winter.«

»Ach so, einer dieser Namen mit Bindestrich. Ich stelle fest, daß das zur Zeit wieder beliebter wird. Also gut, ich freue mich sehr, Sie kennenzulernen, Christine Taylor-Winter«, interpretierte er ihre Worte. »Mein Name ist Felix Schrager. Ich bin sicher, daß wir uns in Zukunft öfter über den Weg laufen werden. Ich kann Ihnen kaum sagen, wie sehr ich mich darauf freue. So allmählich bin ich die immer gleichen Gesichter leid.«

Ein Grüppchen hatte sich um sie herum versammelt. Dieselben Menschen, die Chris eben noch wie eine Außenseiterin behandelt hatten, wollten jetzt die ersten sein, die ihr vorgestellt wurden, um sie in den Kreis der Auserwählten aufzunehmen.

Mason legte seinen Arm beschützend um ihre Schultern. »Alles okay?« fragte er leise.

Mit einem aufgesetzten Lächeln, das zwar auf ihren Lippen, nicht aber in ihren Augen zu erkennen war, blickte sie zu ihm auf. »Gibt es einen eleganten Weg, um von hier zu verschwinden?«

»Noch fünfzehn Minuten; dann können wir gehen.«

Sie nickte. Die Menge drängte nach vorn.

Aus den fünfzehn Minuten wurde eine Stunde. Wäre Mason nicht irgendwann eingeschritten, hätten die Begrüßungen wahrscheinlich nie ein Ende gefunden.

Auf dem Heimweg sagte Chris: »Wir hätten sagen sollen, daß wir Kevin nicht so lange allein lassen wollen. Dann hätte sich bestimmt niemand über unser frühes Gehen gewundert.«

»Ich will nicht, daß sie von ihm erfahren.«

»Willst du ihn etwa verstecken?« fragte sie erstaunt.

»Ich möchte ihn so weit wie möglich von dem fernhalten, was du heute abend erlebt hast. Er soll niemals daran zweifeln, warum ihm jemand seine Freundschaft anbietet.«

»Und wie willst du verhindern, daß er es den Leuten selbst erzählt? Kevin ist stolz auf dich und möchte am liebsten der ganzen Welt erzählen, daß er, genau wie all seine Freunde, endlich auch einen Vater hat.«

»Solange ich nur das für ihn bin, sehe ich darin kein Problem.«

»Du bist aber mehr. Das mußte ich heute abend selbst feststellen – auf unangenehme Art und Weise.« Sie richtete ihren Blick aus dem Fenster. Schon den ganzen Tag hingen Regenwolken drohend über der Stadt; jetzt endlich regneten sie sich aus, und die reflektierenden Lichter verwandelten die Straßen in ein glitzerndes Meer. »Auf diesem Ball wollte nicht eine einzige Person mit mir auch nur das Geringste zu tun haben, bis sie erfuhren, daß ich dein Anhang bin.«

»Du bist niemands Anhang«, sagte er verärgert. »Und schon gar nicht meiner.«

Sie war sich selbst noch immer nicht im klaren darüber, was sie dabei empfand, daß ihr an diesem Abend zunächst Ablehnung und dann plötzlich diese Akzeptanz entgegengebracht worden war; und solange sie nicht wußte, was sie davon halten sollte, wollte sie auch nicht darüber sprechen.

»Wer war diese Frau?« fragte Chris, um das Thema zu wechseln. Erst als sie die Worte laut ausgesprochen hatte, wurde ihr bewußt, wie mißverständlich sie klangen.

»Kelly Whitefield«, antwortete er spontan, ohne daß er eine nähere Beschreibung benötigte; dabei waren mehr als zweihundert Frauen auf die Veranstaltung gekommen. »Wir sind schon seit ewigen Zeiten befreundet.«

»Du hättest mir doch sagen können, daß ihr euch dort treffen würdet. Das hätte uns drei eine Menge Kummer erspart – und dir die späteren Erklärungen ihr gegenüber.«

»Ich bin Kelly keine Erklärung schuldig.«

Chris lachte ironisch. »Ich an ihrer Stelle wäre nicht so verständnisvoll.«

»Wofür sollte sie Verständnis aufbringen? Wir sind einfach nur Freunde – das ist alles.«

Eine der roten Pailletten an ihrem Kleid hatte sich gelöst; im Kopf machte sie sich eine Notiz, sie anzunähen, wenn sie zu Hause ankämen, verwarf den Gedanken aber sofort wieder, weil sie das Kleid ohnehin kein zweites Mal tragen würde. »Das ist wirklich eine äußerst galante Bezeichnung für deine Geliebte«, bemerkte sie provozierend.

Er warf ihr von der Seite her einen Blick zu. »Wie kommst du darauf, daß sie meine Geliebte ist?«

Jetzt mußte sie vorsichtig sein; denn erstens ging sie das nichts an, und zweitens könnte er womöglich den Eindruck gewinnen, es würde ihr etwas ausmachen. »Oder bestreitest du es?« hakte sie gegen seinen Willen nach.

»Nein, ich habe dich nur gefragt, wie du darauf kommst?«

»Weil ich beobachtet habe, wie sie dich ... und mich angesehen hat.« Verdammt, ihn konnte sie vielleicht noch täuschen, sich selbst aber nicht. Es war ihr einfach nicht gleichgültig, und sie könnte sich dafür ohrfeigen. Sie wandte ihren Blick wieder nach draußen. »Sie ist sehr hübsch«, bemerkte sie, während die Fensterscheibe von ihrem Atem beschlug.

»Kelly ist nicht wie die anderen Frauen, die ich kennengelernt habe. Sie ist ...«, er zögerte einen Moment, »einfach anders. Das ist alles.«

Bestens – das hatte ihr gerade noch gefehlt; jetzt saß sie hier neben Mason und hörte sich seinen Lobgesang auf eine andere Frau an. »Du warst dumm, mich zu heiraten und zu riskieren, sie zu verlieren.«

»Ich werde sie nicht verlieren.«

»Ach so. Ich verstehe.« Sie zwang sich, ihn anzusehen. Mit etwas Glück würde sie etwas entdecken, das sie hart genug treffen würde, um ihr die Kraft zu geben, von ihm fortzugehen. Sie konnte jedoch kein Zeichen von Selbstgefälligkeit oder Triumph erkennen, vielmehr wirkte Mason besorgt, verwirrt.

»Man kann nichts verlieren, das man nie besessen hat«, sagte er. »Kelly und ich sind wirklich nur Freunde ... selbst wenn es zwischen uns auch intime Momente gegeben hat«, fügte er mit brutaler Ehrlichkeit hinzu.

Jetzt wagte sie erst recht nicht mehr, noch etwas zu sagen. Den Rest der Strecke legten sie schweigend zurück. Zu Hause angekommen, wandte Mason sich an Chris und sagte: »Bevor ich es vergesse. Ich möchte, daß du weißt, wie stolz ich heute abend auf dich war.«

Der Ärger stieg ihr aufs Neue zu Kopf. »Du glaubst doch nicht etwa, du hättest das Recht, auf irgend etwas stolz zu sein, das ich tue?«

Anstatt das Streitgespräch fortzusetzen, zog er sich zurück: »Ich habe es anders gemeint, als es in deinen Ohren geklungen haben mag. Ich wollte einfach nur sagen, daß ich beeindruckt von ... Nein – ich muß es anders ausdrücken: Ich habe deinen Mut bewundert.«

Chris erkannte, daß er es ehrlich meinte. Und da sie eigentlich auch nicht beabsichtigt hatte, feministische Sprüche von sich zu geben, schenkte sie ihm ein entschuldigendes Lächeln. »Was würdest du sagen, wenn ich dir verraten würde, daß ich nur deshalb so mutig war, weil ich kein Auto mit Schaltung fahren kann?«

Er sah sie an. »Ich würde sagen, du lügst.«

Die Uhr auf dem Kaminsims schlug zweimal. »Es ist spät«, sagte sie. Allmählich bekam sie in diesem Raum Beklemmungsgefühle. Sie mußte jetzt allein sein, um über ihre Erlebnisse an diesem Abend nachzudenken und zu überlegen, wie sie sich demnächst verhalten sollte. »Außerdem muß ich morgen früh aufstehen.«

»Geh noch nicht«, bat Mason.

Etwas in seiner Stimme ließ sie innehalten. »Ich habe dir heute abend nichts mehr zu sagen, Mason. Meinst du nicht auch, daß du jetzt lieber mit Kelly als mit mir sprechen solltest?«

Er senkte seinen Blick. »Du hast recht«, sagte er. »Sie erwartet zwar keine Erklärung von mir, aber verdient hat sie sie trotzdem.« Zögernd griff er nach seinem Mantel und ging zur Tür. »Bis morgen früh.«

Chris versuchte die aufkeimende Enttäuschung zu unterdrücken. »Sollte ich nicht hier sein, wenn du zurückkommst, bin ich bei Mary und hole Kevin ab«, sagte sie mit heiterer Stimme, um sich ihre Enttäuschung nicht anmerken zu lassen.

Verblüfft drehte er sich um. »Willst du ihn noch heute nacht abholen?«

»Nein, morgen früh.«

Allmählich verstand er. »Bis dahin bin ich längst zurück.«

Ein Stein fiel ihr vom Herzen. »Das ist aber nicht nötig. Zumindest nicht meinetwegen. Wir haben vereinbart, daß jeder von uns sein eigenes Leben weiterführt, ohne daß sich der andere einmischt.«

»Ich gehe nicht, wenn ...«

Sie hielt es nicht mehr aus. Sollte sie ihm sagen, daß sie ihn lieber nicht gehen lassen wollte? Und dann? Was würde das überhaupt bewirken? »Würdest du jetzt bitte gehen. Ich bin müde und will ins Bett.«

Er griff nach der Türklinke. »Chris ...«, sagte er mit dem Rücken zu ihr.

»Ja?«

»Wegen der Annulierung ...«

»Was ist damit?«

»Gib uns doch noch einen Monat Bedenkzeit. Wenn wir uns bis dahin nicht einigen können, kannst du machen, was du für richtig hältst.« Nach einer langen Pause fügte er hinzu: »Ich will Kevin einfach nicht verlieren.«

»Ja genau, dann reißen wir uns einen Monat lang zusammen – und dann?« Mason war zwar während der letzten zwei Wochen selten zu Hause gewesen, aber wenn er da war, waren er und Kevin ein unzertrennliches Paar gewesen. Kevin würde es Chris nie verzeihen, wenn sie die beiden jetzt auseinanderreißen würde.

»Die Entscheidung überlasse ich dir«, sagte er, immer noch mit dem Rücken zu ihr.

Sie spürte, wie ihr der Boden unter den Füßen wegglitt und kam sich vor wie eine von diesen Comicfiguren, die gerade von der Kante einer Klippe einen Schritt in die Luft macht, kurz nach unten sieht und gleich danach in den Abgrund fällt. Egal, wie tief der Abgrund war oder wie lange sie fallen würde – sie hätte ohnehin keine Chance, sich irgendwo festzuhalten. »Also gut«, lenkte sie ein. »Verlang aber bitte nicht von mir, dich noch mal auf irgendwelche Parties zu begleiten.«

Er öffnete die Tür und ging, und sie war sich nicht sicher, ob das Geräusch, das sie hörte, ein Seufzer der Erleichterung war oder der Wind.

30

Mason konnte nicht schlafen und stand am Morgen nach dem Ball früh auf. Auf dem Weg zur Arbeit kurbelte er die Scheiben seines Wagens herunter und ließ seine Gedanken schweifen. Trotz des mickrigen Mittagessens und des verpaßten Abendessens am Vortag hatte er keinen Hunger. Erst als er an der Bäckerei »New Roma« vorbeikam, regte der Duft frisch gebackenen Brots, der in der Luft hing, seinen Appetit an.

Sein Geruchssinn war schon immer besonders ausgeprägt gewesen; ein Duft konnte in ihm schneller Erinnerungen hervorrufen als beispielsweise ein Geräusch oder eine optische Wahrnehmung. Diane hatte ihn in die Geheimnisse von ofenwarmem Brot eingeweiht. Sie hatte den ganzen Morgen in der Küche stehen können, Teig mischen, kneten und Brote formen. Wenn das Brot dann im Ofen war, hatte sie immer nur einmal kurz die Ofentür geöffnet, um nachzusehen, wie weit es war. In diesen Momenten hatte sie dann mit geschlossenen Augen vor dem Ofen gestanden, ein genießerisches Lächeln auf den Lippen, und hatte den Duft mit einem tiefen Atemzug in sich aufgenommen. Einmal hatte sie sich zu ihm umgedreht und gesagt: »Wenn der Himmel wirklich so himmlisch ist, wie man sagt, dann duftet es dort genauso wie hier.«

Ob du recht behalten hast, Diane?

Sobald das Brot fertig gewesen war, hatte Diane es vorsichtig aus der Backform genommen, um es auf einem Gitterrost abkühlen zu lassen, hatte dann nach einem Messer gegriffen und die Enden des Brotlaibs mit unglaublicher Behutsamkeit abgeschnitten, so daß diese ersten, kostbaren weichen Scheiben nicht zerdrückt wurden. Als nächstes war die Butter gekommen; nicht diese winzigen Stückchen, wie sie in den Restaurants auf einem Tellerchen serviert werden, sondern verschwenderische Mengen von Butter, die auf dem warmen Brot zerschmolzen und manchmal an den Rändern hinunterliefen und einem auf die Finger tropften.

Danach hatten sie das Resultat von Dianes liebevoller vierstündiger Arbeit gekostet. Sie hatte ihm ein Stück Brot hingehalten und er hatte genußvoll hineingebissen, während sie ihn dabei unverwandt beobachtet hatte. Es war schon immer eines ihrer größten Vergnügungen gewesen, ihm eine Freude zu bereiten.

Mason hatte erst mit der Zeit gelernt, Dianes nahezu obsessive Leidenschaft für frischgebackenes Brot nachzuempfinden; als er jedoch einmal Geschmack daran gefunden hatte, wollte er es nicht mehr missen. Da sie beide während der Woche immer viel zu tun gehabt hatten, hatten sie diese zeitaufwendige Zeremonie höchstens einmal pro Woche vollzogen, meist sonntags; samstags hatten sie sich auch schon einmal an Zimtschnecken oder Vollkornbrötchen versucht.

In Dianes Mundwinkel hatte er danach jedesmal die Spuren der geschmolzenen Butter entdeckt. Noch bevor sie die Butter hatte abwischen können, hatte er sie für sich beansprucht, indem er seine Zungenspitze über ihre zarte Haut hatte fahren lassen und sie dann zwischen ihre Lippen hatte gleiten lassen, um dasselbe Brot zu schmecken wie sie. Manchmal war daraus ein langer Kuß geworden, und sie hatten sich geliebt, mitunter hatten sie einfach nur in der Küche gesessen, hatten sich eng umschlungen gehalten und über die vergangene oder die bevorstehende Woche gesprochen, und gelegentlich, wenn unbedingt nötig, war auch jeder seine eigenen Wege gegangen. Aber gleich, was der Rest des Tages gebracht hatte, die Morgen, die sie zusammen in der Küche verbracht hatten, hatten stets einen positiven Einfluß auf den gesamten Tagesablauf gehabt.

Jetzt gab es nur noch die Erinnerung – was damals Vergnügen bereitet hatte, verursachte heute nichts als Schmerz. Selbst seine Liebe zu Kevin wurde von diesen Erinnerungen überschattet. Wie konnte er das fröhliche Zusammensein mit Kevin genießen, obwohl er doch wußte, daß es diese Freuden nur gab, weil sich Diane geopfert hatte? Aber vielleicht hatte sie es sich ja auch genau so gewünscht – warum sollte er diese glücklichen Momente dann nicht genießen?

Er hielt an einer Ampel, legt den Leerlauf ein und rieb sich seine müden Augen. Auch wenn man liebte, konnten die guten Geister mitunter zur Belastung werden.

Wie immer bei diesen Gedanken, kamen Schuldgefühle in ihm auf. Wer würde die Erinnerung an Susan und Diane lebendig halten, wenn er es nicht tat?

Hatte er das Recht, sich zu beklagen, nur weil seine Gedanken und sein Leben ein bißchen durcheinandergeraten waren? Schließlich lebte er noch.

Aber zu welchem Preis? Er war verletzt worden – das gab ihm jedoch nicht das Recht, andere zu verletzen. Am wenigsten Chris. Sie hatte nichts getan, um letzte Nacht so von ihm behandelt zu werden – nichts, außer daß sie ihm vielleicht ein bißchen zu nahe gekommen war. Er mußte ihr zu verstehen geben, daß seine Gefühle – und die Art, wie er nun einmal war – nichts mit ihr zu tun hatten.

Zumindest mußte er sich ihr gegenüber anständig verhalten und allmählich damit aufhören, ihr das tägliche Leben zu ruinieren. Es würde ihm bestimmt nicht wehtun, ihr nur ein wenig Anerkennung dafür zu schenken, was sie für seinen Sohn getan hatte und was sie noch immer für Kevin tat. Mit Rebecca war er nun schon seit vielen Jahren befreundet; trotzdem bewahrten sie zueinander eine emotionale Distanz. Warum sollte das mit Chris nicht auch möglich sein?

Nachdem er diesen Entschluß gefaßt hatte, erfüllte ihn plötzlich der dringende Wunsch, die Situation so schnell wie möglich zu bereinigen. Als die Ampel auf grün schaltete, fuhr Mason nicht geradeaus weiter, sondern er drehte einmal um den Häuserblock und fuhr zurück zur Bäckerei. Er ging hinein, bestellte eine Auswahl frischer Brötchen und setzte sich rasch wieder in Bewegung, damit er gar nicht erst in Versuchung geriet, sein Vorgehen noch einmal zu überdenken.

Fünfzehn Minuten später kam er zu Hause an. Daß Chris noch im Bett lag, wunderte ihn gar nicht. Schließlich mußte sie Kevin und Tracy erst in einer Stunde abholen und zur Schule bringen. Warum sollte sie also nicht noch ein bißchen schlafen, wenn sie doch nur in einem leeren Haus und noch dazu mit schlechten Erinnerungen an den Vorabend aufwachen würde?

Er setzte den Kaffee auf, legte die Brötchen in eine Schale und zog völlig unbewußt ein Tablett aus dem Küchenschrank. Plötzlich hatte er eine Idee. Er wollte Chris das Frühstück am Bett servieren. Hoffentlich würde sie diese Geste genauso verstehen wie er, nämlich versöhnend und nicht selbstgefällig. Sicher, er wollte sie davon abhalten, die Scheidung einzureichen, aber ebenso wichtig war es ihm, sie um Verzeihung zu bitten.

Während er wartete, bis der Kaffee durchgelaufen war, sah er zum Küchenfenster hinaus und entdeckte die erste blühende Narzisse in diesem Jahr. Er lächelte, als er die Schublade aufzog und ein Messer herausnahm. Diane hatte Narzissen geliebt – vielleicht hatte Chris ja die gleichen Vorlieben.

Da er keine Vase finden konnte, stellte er die Blume in ein Glas. Der Gesamteindruck wurde dadurch zwar etwas geschmälert, doch im großen und ganzen gefiel ihm sein Werk. Als er mit dem Tablett aus der Küche ging, fühlte er sich richtig gut.

Zu gut.

Vor Chris' Schlafzimmertür machte er eine Hand frei, um anzuklopfen. Sein Blick fiel auf das Tablett, auf die liebevoll gefalteten Servietten, die Kaffeetassen mit dem Regenbogenmotiv, die Brötchen und die Butter sowie die hellgelbe Narzisse, die schief in ihrem Geleeglas stand. Seine Nackenhaare sträubten sich. Was zum Teufel machte er hier?

Er starrte die Holztür an. Was verbarg sich dahinter? Was hoffte er, dort vorzufinden?

Nicht schon wieder, schrie eine innere Stimme. Du mußt dich schützen. Verschwinde, solange du kannst.

Aber vor Chris weglaufen? Das war doch völlig unlogisch. Er versuchte, seine Ängste zu analysieren. Seine Gefühle für Chris basierten auf einer merkwürdigen Mischung aus Schuldgefühlen darüber, wie er sie gestern abend behandelt hatte, und aus Dankbarkeit für die Liebe und Zuwendung, die sie Kevin entgegenbrachte. Das war alles.

Warum zögerte er dann?

Weil sie seine Geste falsch verstehen könnte, und er sich fragte, wohin das alles führen würde.

Auf Zehenspitzen schlich er zurück in die Küche, räumte alles wieder an seinen Platz und packte die Brötchen in die rosafarbene Dose. Janet würde sich sicher wundern, wenn er ihr die Dose in die Hand drückte, damit sie sie im Pausenraum aufstellte, nie aber würde sie ihn fragen oder Vermutungen darüber anstellen, warum er die Brötchen mitbrachte.

Als er in sein Auto stieg, spürte Mason zwar, wie sich sein Schutzmantel wieder über ihn legte, doch beschlich ihn kurz das Gefühl, einen schrecklichen Verlust zu erleiden. Auf seiner Fahrt in die Innenstadt stellte er sich immer wieder die gleiche Frage: Was hätte er hinter Chris' Schlafzimmertür vorgefunden? Ob sie sich überhaupt gefreut hätte?

Wahrscheinlicher erschien es ihm, daß sie sich irgend etwas gegriffen und nach ihm geworfen hätte. Was aber, wenn nicht?

Mason war nicht der Typ, der sich mit Wenns und Abers aufhielt, und er ermahnte sich selbst dazu, sich auf die bevorstehende Arbeit zu konzentrieren. Doch schnell kam er zu der Überzeugung, daß das leichter gesagt war als getan.

Chris hörte, wie Mason in sein Auto stieg und anfuhr und drehte sich zur Seite, um auf ihren Wecker zu schauen. Er war ziemlich spät dran. Wahrscheinlich war er länger bei Kelly geblieben als geplant.

Jetzt stellte sie sogar schon Vermutungen an. Verärgert über sich selbst, schwang sie sich aus dem Bett. Warum regte sie sich bloß so darüber auf, daß er die ganze Nacht ausgeblieben war?

Weil sie auf keinen Fall wollte, daß Kevin einen Vater hatte, der sich wie ein liederlicher Halbwüchsiger benahm, sagte sie sich und zog sich energisch ihren Morgenmantel über.

Sie ging ins Bad, um sich die Zähne zu putzen. Im Spiegel starrten ihr aus tiefen Rändern ihre müden Augen entgegen; erschrocken stellte sie fest, daß sie sich nicht noch länger vor der Wahrheit verstecken konnte.

Ihre Gefühle hatten nichts mit Kevin zu tun.

Sie stützte sich auf den Rand des Waschbeckens und senkte entmutigt ihren Kopf. Mein Gott, wie sollte es weitergehen? Wie konnte sie sich bloß in einen Mann verlieben, auf den sie wie ein Mauerblümchen wirkte? Hatte sie in ihrem Leben nicht schon genug Kummer gehabt?

Wo hatte sich diese perverse Seite ihrer Persönlichkeit bisher versteckt? Seit wann stand sie auf diesen wahnsinnig selbstbewußten und egozentrischen Mason-Winter-Typ?

Wahrheitsgemäß beantwortete sie sich die Frage selbst: seitdem sie erkannt hatte, daß sich der echte Mason hinter einer Fassade verbarg. Rein faktisch gesehen, war Mason wohlhabend und einflußreich; außerdem war er zweifellos der schönste Mann, den sie kannte, wenn man einmal von den Kinohelden absah. Noch beeindruckender fand sie die Tatsache, daß Mason sich offenbar weder auf sein gutes Aussehen etwas einbildete noch die Frauen beachtete, die aus ihrer Bewunderung für ihn keinen Hehl machten und die sich auf der Straße nach ihm umsahen.

Sein Aussehen bedeutete Chris nichts. Sie hätte ihm wahrscheinlich nie auch nur die geringste Beachtung geschenkt – wenn es Kevin nicht gäbe. Doch jetzt, nachdem sie Vater und Sohn eine Zeitlang beobachtet hatte, erkannte sie die schmerzliche Wahrheit: Dieser Mann, der sich durch die Liebe zu seinem Kind selbst vergaß, übte auf sie eine starke Anziehungskraft aus. Mason war wie ausgewechselt, wenn er mit Kevin zusammen war. Er wurde lebendig, er öffnete sich, und er gab so viel, ohne auch nur ans Nehmen zu denken. Er lächelte und lachte, und wenn er sich unbeobachtet fühlte, sah er Kevin mit so hungrigen Augen an, daß es Chris den Atem verschlug.

Und dann die Sache mit dem Haus. Chris war der Meinung, daß Taten, nicht Worte, einen Menschen charakterisierten. Obwohl sie sich zunächst daran gestört hatte, daß er das Haus gekauft hatte, ohne sie an der Entscheidung zu beteiligen, war sie im Nachhinein doch davon überzeugt, daß er seine Wahl äußerst sensibel und bedacht getroffen hatte.

Und seine Rettungsaktion am Vorabend, die ihr den Weg geebnet hatte, ihre Ehre wiederherzustellen. Dabei war sie eigentlich diejenige gewesen, die den Nichteinmischungspakt gebrochen hatte.

Bisher hatte sie sich geweigert, die guten und liebenswerten Seiten Masons anzuerkennen. Vermutlich nur, um sich selbst zu schützen.

Aber das Warum spielte jetzt keine Rolle mehr. Umso wichtiger war jetzt die Frage, wie sie sich angesichts dieser neuen Erkenntnis verhalten sollte.

Sie steckte ihre Zahnbürste wieder in das Spiegelschränkchen, spülte das Waschbecken aus und ging in die Küche. Schon im Flur stieg ihr der Duft frisch aufgesetzten Kaffees in die Nase. Die Kaffeekanne war jedoch leer und schien nicht benutzt worden zu sein. Sie sah sich um. Die Küche sah genauso aus, wie sie sie am Vorabend verlassen hatte, und doch spürte sie, daß Mason dagewesen sein mußte.

An der Spüle ließ sie zunächst das Wasser ein paar Sekunden ablaufen, um eventuelle Rückstände aus der Leitung zu beseitigen und füllte dann die Kaffeekanne. Während sie die Kanne unter den Wasserhahn hielt, fiel ihr Blick auf etwas Gelbes, das unter dem Deckel des Abfalleimers hervorlugte. Bei genauerem Hinsehen erkannte sie eine Narzisse.

Was, um Himmels Willen, hatte eine Narzisse im Abfall zu suchen?

Im Fahrstuhl, auf dem Weg zum Mittagessen, sah Mason genau in dem Moment auf, als sich die Türen gerade schließen wollten und Rebecca auf ihn zukam. Er hielt die Tür mit beiden Händen auf und wartete auf sie. »Wir haben dich heute morgen bei der Besprechung vermißt«, sagte er beiläufig.

Sie stieg in den Aufzug und sah ihn von der Seite an. »Da ihr mich heute ja nicht benötigt habt, habe ich mich dazu entschlossen, nicht hinzugehen.«

»Hast du dafür einen bestimmten Grund gehabt?« fragte er, wohlwissend, daß Rebecca auf fast alle Fragen eine Antwort hatte.

»Ich habe es für besser gehalten, daß wir uns heute nicht mehr sehen als nötig.«

Das war es also. Sie glaubte, er wäre noch immer verärgert wegen des Galaabends. »Ich bin nicht sauer auf dich«, erklärte er ihr. »Zumindest nicht mehr.«

»Wie schön«, gab sie eisig zurück.

Ihr Tonfall machte ihn stutzig. Seine Augen weiteten sich und sahen Rebecca fragend an. »Dann muß doch irgendwas anderes an dir nagen?«

»Jedenfalls nichts, das nicht mit einer Entschuldigung oder mit ein paar Nettigkeiten aus der Welt zu schaffen wäre. Zumindest hoffe ich, daß es damit getan ist.«

»Ich erwarte keine Entschuldigung«, sagte er großmütig.

Sie sah ihn an. »Na Gott sei Dank, das wäre nämlich auch das letzte, was mir in den Sinn gekommen wäre.«

»Würdest du mir dann bitte sagen, wovon du überhaupt sprichst?« fragte er, inzwischen schon ziemlich ungehalten.

»Ich treffe Chris zum Mittagessen«, sagte sie und gab ihrer Stimme einen bedeutungsvollen Klang.

Jetzt war er vollends verwirrt. »Warum?«

»Ich will versuchen, sie davon zu überzeugen, daß ich mit dem gestrigen Vorfall nichts zu tun hatte.«

Mason steckte die Hände in die Hosentaschen und verfolgte oben auf der Anzeigetafel die stets kleiner werdenden Zahlen. »Sie macht dir überhaupt keine Vorwürfe«, sagte er schließlich.

»Hat sie das gesagt?«

»Nein, aber es gibt gar keinen Grund ...«

Sie unterbrach ihn. »Das habe ich mir gedacht.«

»Jetzt hör mal zu, du mußt mir das einfach glauben, weil ich nicht vorhabe, das mit dir auszudiskutieren.« Er atmete tief, bevor er fortfuhr. »Was gestern abend passiert ist, war einzig und allein mein Fehler.«

Der Fahrstuhl hielt und ein neuer Fahrgast stieg ein, wodurch ihr Gespräch ein abruptes Ende fand. Im Erdgeschoß zog Rebecca Mason kurz zu sich heran. »Ich weiß ja, daß es mich nichts angeht, aber warum machst du es dir jetzt eigentlich zur Lebensaufgabe, Chris davon zu überzeugen, daß du der letzte Dreck bist?«

Er spielte eine Reihe von Antwortmöglichkeiten durch und entschied sich am Ende dafür, ihr die Wahrheit zu sagen. »Ich weiß es nicht«, gab er widerwillig zu.

Langsam überzog ein Lächeln Rebeccas Gesicht. »Soll ich dir sagen, warum?«

Er zog eine Augenbraue hoch und sah sie gespannt an. »Habe ich eine andere Wahl?«

»Du bist in sie verliebt!« verriet sie ihm.

»Niemals«, konterte er viel zu schnell und klang nicht besonders überzeugend.

»Ich gebe dir sechs Monate Zeit. Wenn du mir dann immer noch dasselbe sagst, glaube ich dir.«

»Das wird wohl kaum nötig sein«, sagte Mason. »Eine innere Stimme sagt mir nämlich, daß meine Ehe bis dahin längst der Vergangenheit angehören wird.«

»Nicht, wenn du es nicht willst.« Rebecca ließ nicht locker.

»So langsam glaube ich, daß ich genau das will«, sagte er. Als sie zu einer Antwort ansetzen wollte, winkte er ab. Er hatte weder Zeit, noch Energie oder Lust, das Gespräch fortzuführen. »Grüß Chris von mir«, sagte er. »Und sag ihr, daß ich heute abend nicht nach Hause komme.«

»Wenn das wahr ist«, entgegnete Rebecca ziemlich entrüstet, »dann wirst du ihr diese Mitteilung wohl schon selbst machen müssen.« Sie drehte sich auf dem Absatz um und ging.

Mason sah ihr nach und fragte sich, wie viel tiefer er die Grube wohl noch graben konnte, bevor die Wände nachgeben und über ihm zusammenbrechen würden.

31

Am Samstagmorgen wachte Chris auf und fühlte sich schrecklich unruhig. Sie wußte zwar nicht recht, wozu sie Lust hatte, hatte aber das Gefühl, daß ihr eine Luftveränderung guttun würde. Neun Tage waren seit dem Valentinstag vergangen – einer spannungsgeladener als der andere. Als Kevin eine halbe Stunde später in die Küche geschlendert kam, wurde ihr klar, wie unbeschwert und spontan sie doch früher gelebt hatten.

Beim Vorbeigehen drückte sie ihm einen flüchtigen Kuß auf die Wange. »Was hältst du davon, wenn wir heute etwas unternehmen?« fragte sie. »Irgendwas, das so richtig Spaß macht.«

»Was denn?« fragte Kevin zwar etwas weniger enthusiastisch als sie gehofft hatte, aber doch nicht so, als würde er ihre Idee ganz ablehnen.

»Och, keine Ahnung …« Aber dann fiel ihr etwas ein. »Wir könnten ein Picknick machen. Du darfst dir aussuchen, wo wir hinfahren, und ich suche das Essen aus.«

Nachdem er einen Moment darüber nachgedacht hatte, leuchteten seine Augen interessiert auf. »Wir könnten ans Meer fahren«, schlug er vor und schien zumindest ein bißchen aufgeregt zu sein. »Oh ja, wir könnten meinen Drachen mitnehmen. Und ein bißchen Brot für die Möven.« Mit jedem neuen Einfall wurde er lebhafter. »Und meinen Eimer und die Schaufel. Und eine Tüte für die Muscheln, die wir finden.«

Chris beugte sich über die Spüle, um aus dem Fenster zu sehen und das Wetter zu inspizieren. »Ich finde, das ist eine Superidee«, verkündete sie. »Heute haben wir herrliches Wetter. Wenn wir direkt losfahren, hätten wir den ganzen Nachmittag Zeit.«

»Ich hole Papi.« Er sprang vom Stuhl und war schon unterwegs zu Masons Schlafzimmer.

»Nein, Kevin! Warte mal«, rief sie.

Er drehte sich um und sah sie fragend an. »Wieso?«

»Ich dachte, wir könnten heute mal allein wegfahren«, gestand sie, wobei selbst ihr ihre erzwungene Höflichkeit etwas unecht vorkam. Sie griff nach einem Lappen und begann, über eine bereits saubere Arbeitsplatte zu wischen. »Du weißt schon. So wie früher. Dann hätte Mason auch mal ein bißchen Zeit für sich selbst. Ich wette, es gibt 'ne Menge Dinge, die er besser erledigen kann, wenn wir ihm nicht ständig im Weg stehen.«

»Er hat heute gar nichts zu tun«, erwiderte Kevin selbstsicher. »Ich habe ihn doch gestern abend gefragt.«

Nervös suchte Chris auf die Schnelle nach einem anderen Grund, aus dem sie ohne Mason fahren könnten – nicht ein einziger fiel ihr ein. »Tja, dann sollten wir ihn wohl einladen mitzukommen«, sagte sie. Ihre anfängliche Begeisterung schwand, und sie mußte notgedrungen zustimmen.

Als Kevin weg war, holte sie den Picknickkorb aus der Vorratskammer und begann damit, ihn mit Tassen und Tellern zu füllen. Sie war gerade dabei, die Hähnchenreste des Vorabends einzupacken, als Kevin zurückkam.

»Papa will nicht mitkommen«, verkündete er und legte ein Bein über einen Stuhl.

»Das ist aber schade«, sagte sie, als bedauere sie es wirklich; gleichzeitig versuchte sie, ihre Freude darüber zu verbergen. »Er wird einen wunderschönen Tag verpassen.«

»Ich will auch nicht mehr mitfahren.«

»Natürlich willst du noch«, versuchte sie ihn zu überreden. »Wir können erst beim Nut-Tree-Laden vorbeifahren, und du kannst dir ein schönes Spielzeug für die Fahrt aussuchen.« Sie dachte darüber nach, was sie gerade gesagt hatte, und ihr schnürte sich die Kehle zusammen. Bestechung? War sie wirklich so tief gesunken, daß sie ihren eigenen Sohn bestechen mußte, damit er mit ihr auf ein Picknick fuhr?

»Ich will kein neues Spielzeug.«

»Okay«, gab sie sich zwar geschlagen, hätte aber fast laut losgeschrieen. »Vielleicht können wir es ja nächste Woche nachholen.« Sie ließ die Hähnchenteile in die Schüssel zurückfallen und stellte diese dann wieder in den Kühlschrank. »Wie wärs mit Frühstück?«

»Keinen Hunger. Ich gehe wieder ins Bett und lese mein Buch.«

Als er an ihr vorbeiging, beugte sie sich nach vorn und ließ ihre Finger durch sein Haar gleiten. »Was hältst du davon, wenn wir heute nachmittag in den Park gehen und die Enten füttern? In dieser Jahreszeit denken nur wenige Menschen daran, sie zu besuchen; sie sind bestimmt hungrig.«

»Okay«, sagte er. Seine Hausschuhe hinterließen ein leises schlurfendes Geräusch auf den Fliesen, als er sich wieder in Richtung Tür entfernte.

Chris zählte bis zehn, wartete bis Kevin außer Hörweite war und riß dann den Korb auf, um die Bestecke wieder zurück in die Schublade zu knallen. Im Geist zählte sie eine Reihe von Schimpfwörtern auf, die alle zu anstößig waren, um sie laut auszusprechen. In diesem Moment kam Mason in die Küche.

»Was machst du denn hier?« fragte er, nachdem er sie eine Weile beobachtet hatte.

»Das siehst du doch«, fuhr sie ihn an.

»Aber ich dachte, du wolltest mit Kevin irgendwohin fahren.«

Sie blitzte ihn an. »Kevin hat seine Meinung geändert.«

»Meinetwegen?«

»Nein, weil er herausgefunden hat, daß ich ihm schon wieder Hähnchen zum Essen geben wollte.« Sie schob die Teller wieder oben in den Schrank. »Natürlich deinetwegen. Weshalb denn sonst?«

»Das tut mir leid. Ich wollte eigentlich nur helfen. Ich dachte, wenn ich ihm sagen würde, daß ich nicht mitfahren wolle, hättet ihr beiden mal die Gelegenheit, alleine etwas zu unternehmen.«

Sie sah ihn voller Mißtrauen an. »Warum solltest du das tun?«

Er öffnete den Kühlschrank, nahm den Orangensaft heraus und goß sich ein Glas ein, ließ aber während der ganzen Zeit kein Auge von ihr. »Du magst mich wirklich nicht, stimmt's?«

Unter seinem forschenden Blick fühlte sie sich immer unbehaglicher; sie rauschte an ihm vorbei und stellte den Korb wieder in die Vorratskammer. »Ob ich dich mag oder nicht, hat nichts damit zu tun, wie ich mich jetzt fühle.«

»Was ist dann los?« wollte er wissen.

»Ich bin frustriert«, platzte es aus ihr heraus. »Und ich kann nichts daran ändern. Ich wünschte, alles wäre beim Alten geblieben; aber das geht nun mal nicht. Du bist jetzt hier, und selbst wenn du morgen verschwinden würdest, gäbe es für mich und Kevin kein Zurück mehr. Du bist einfach irgendwie ein Teil von uns geworden.«

Sie hätte noch hinzufügen können, daß sie so manches Mal darüber nachgedacht hatte, ob sie etwas ändern würde, wenn sie es könnte. Aber sie mußte zugeben, daß Kevin während der letzten sieben Monate mehr gewonnen als verloren hatte, besonders dann, wenn man es mit den schlimmen Erfahrungen seines bisherigen Lebens verglich. Er war so glücklich, einen Vater zu haben. Nein, wenn sie ehrlich war – zumindest mit sich selbst – dann war es doch mehr als nur der Gedanke, einen Vater zu haben, der Kevin glücklich machte; es war Mason selbst, den Kevin liebte.

»Du tust so, als hättest du keine Wahl«, bemerkte Mason.

»Irgendwie ist es auch so.«

Die Luft zwischen ihnen wurde zunehmend dicker. »Glaubst du, es wäre besser, wenn ich gehen würde?« fragte er.

Damit hatte sie nicht gerechnet. Es war nicht Masons Art, so schnell aufzugeben. Er sprach die Worte aus, als hätte man ihn dazu gezwungen; trotzdem zweifelte Chris nicht daran, daß es ein ernstgemeintes Angebot war. Sie hätte ihn nur bitten müssen, und er wäre wirklich gegangen. »Nein«, sagte sie entschieden.

»Was meinst du mit ›nein‹. Wäre es nicht besser, oder soll ich nicht gehen?« fragte er ruhig.

»Kevin würde mir das nie verzeihen.«

»Vergiß doch mal Kevin für einen Moment. Wie fühlst du dich?«

Was wollte er erreichen? Sollte sie ihm gestehen, was sie für ihn empfand? Sie konnte sich schon lebhaft vorstellen, wie er später dieses Geständnis gegen sie verwenden würde. »Ich habe dir versprochen, es noch einen Monat lang zu versuchen«, sagte sie und vermied eine direkte Antwort. »Und ich halte meine Versprechen.«

Er nickte, so als hätte er eingesehen, daß er im Moment nicht mehr von ihr erwarten konnte. Nach einer kurzen Pause ging er zur Vorratskammer, nahm den Korb wieder heraus und stellte ihn auf die Anrichte. »Ich hätte Lust auf ein Picknick«, eröffnete er ihr. »Kommst du mit?«

Was hatte das jetzt wieder zu bedeuten? Sollte das ein Wiedergutmachungsversuch dafür sein, daß er ihr Picknick ruiniert hatte? Oder sollte es ein Freundschaftsangebot darstellen? Noch stand sie einigermaßen fest auf dem Boden der Tatsachen, hatte aber den Eindruck, als habe Mason ihn eben ganz schön erschüttert. Sie versuchte, sich das plötzlich in ihr aufkommende Glücksgefühl nicht anmerken zu lassen und fragte beiläufig: »An welchen Ort hattest du gedacht?«

»Na ja, ich dachte, es wäre mal schön, ans Meer zu fahren. In dieser Jahreszeit hätten wir den Strand bestimmt ganz für uns.«

»Irgendwie seltsam. Vor gar nicht allzu langer Zeit ging mir der gleiche Gedanke durch den Kopf. Meinst du, wir könnten Kevin dazu überreden mitzukommen?«

»Ich könnte ihm beispielsweise versprechen, daß wir das Hähnchen von gestern abend hier lassen und statt dessen irgendwo ein paar Sandwiches essen«, schlug Mason vor.

Sie konnte sich ein Grinsen nicht verkneifen. »Ehrlich gesagt bin ich das Hähnchen auch ein bißchen leid«, gestand sie.

»Ja, dann ist ja alles klar.« Er nickte ihr dankbar zu und verschwand in Richtung von Kevins Zimmer. Kaum war er durch die Tür, hielt er einen Moment inne, drehte sich um und kam zurück. »Chris?«

Sie unterbrach ihre Arbeit und blickte ihm gerade ins Gesicht. »Ja?«

Nach seinem Gesichtsausdruck zu urteilen war das, was er ihr mitzuteilen hatte, alles andere als leicht für ihn. Er zuckte mit den Achseln und meinte: »Ich glaube, ich muß dir endlich mal danke sagen.«

»Wofür?«

»Dafür, daß du es leichter gemacht hast, als du gemußt hättest.«

Verlegen machte sie eine abfällige Handbewegung.

»Erinnerst du dich nicht? Ich hatte doch als erste die Idee, ein Picknick zu organisieren.«

»Ich spreche nicht vom Picknick.« Er rieb sich seinen Nacken. »Seitdem ich Kevin zum ersten Mal mitnehmen durfte, hast du nie versucht, Kevins Meinung über mich irgendwie zu beeinflussen. Ich habe lange gebraucht zu verstehen, warum du gewartet hast, bis du mit mir allein warst, um mir zu sagen, für was für einen Idioten du mich hältst.«

Sie wußte nicht, wie sie reagieren sollte, da sie bisher nicht den Eindruck gehabt hatte, daß er überhaupt wahrnahm, geschweige denn honorierte, wie sehr sie sich bemühte, seinen Kontakt zu Kevin zu erleichtern. »Mason, was hattest du denn erwartet?«

»Anfangs hatte ich befürchtet, du würdest versuchen, Kevin gegen mich aufzubringen. Dann aber habe ich mich bemüht, ihm etwas aufmerksamer zuzuhören, wenn er über dich gesprochen hat, und ich mußte feststellen, daß du offensichtlich selbst dann nicht schlecht über mich gesprochen hast, wenn ihr allein wart und das, obwohl du dachtest, ich sei das Schlimmste, was Kevin passieren konnte.«

»Warum sollte ich ein Interesse daran haben, daß Kevin schlecht über seinen Vater denkt?« fragte sie ihn, ernstlich verwirrt über seine Dankbarkeit für etwas, das für sie eines der selbstverständlichsten Elemente der Kindererziehung war. »Welchen Nutzen könnte das haben?«

Er sah ihr tief und ausdauernd in die Augen, als wollte er herausfinden, ob sie wirklich so bescheiden war, wie sie klang. »Wenn ich von der Bildfläche verschwinden würde, hättest du ihn wieder ganz für dich allein.«

Das war es also. Wie konnte sie nur so blind gewesen sein und es nicht schon früher gemerkt haben? Mason hatte ganz offensichtlich noch ganz andere Gründe dafür, so viel Zeit wie möglich mit Kevin zu verbringen. Er wollte beweisen, daß er nicht der Mann war, für den Chris ihn hielt.

»Das könnte ich ihm nie antun, Mason. Er muß sich selbst ein Urteil bilden.« Ein verlegenes Lächeln umspielte ihre Mundwinkel. »Ich habe wirklich nicht mehr den geringsten Grund, Kevin von dir fernzuhalten, seitdem ich weiß, daß du doch nicht das furchtbare Scheusal bist, für das ich dich am Anfang gehalten habe.«

»Wann hast du das herausgefunden?«

Ihr Lächeln verwandelte sich in ein bescheidenes Achselzucken. »Ich bin allmählich darauf gekommen, aber den letzten Anstoß hat mir dein Verhalten vor zwei Wochen gegeben.«

»Soll ich jetzt raten, was ich getan habe, um dich zu überzeugen? Die Hochzeit ist es sicher nicht gewesen.«

»Es war das Haus«, offenbarte sie ihm.

Jetzt war er derjenige, der verwirrt war. »Das Haus? Das verstehe ich nicht.«

»Du hättest eine Menge anderer Häuser für uns aussuchen können …«

»Warum denn?« unterbrach er sie. »Warum sollte ich euch beide mehr als unbedingt nötig aus eurer gewohnten Umgebung reißen?«

»Genau deshalb«, fiel sie ein. »Unbewußt hast du zuerst an uns gedacht.«

»Aber alles andere wäre völlig unlogisch gewesen«, warf er ein, offensichtlich noch immer nicht ganz überzeugt von ihrer Argumentation. Er verzog sein Gesicht und stellte fest: »Mein Gott, ich klinge ja schon fast wie der Papst persönlich.«

»Wenn wir uns jetzt nicht beeilen«, sagte sie, als ihr klar wurde, worüber sie eigentlich mit ihm sprechen wollte, »dann ist es dunkel, bis wir am Strand ankommen.«

Ein zögerndes Lächeln erhellte sein Gesicht. »An welchen Strand hattest du gedacht?«

»Stinson? Was meinst du?«

»Das ist mein Lieblingsstrand.«

Sie lachte. »Lügner! Ich wette, du bist noch nie dort gewesen. Vielleicht sollte ich sagen: Ich wette, du hast dir noch nie einen Tag frei genommen, seitdem du nach Sacramento gezogen bist.«

»Also gut. Ich war noch nie dort. Ich habe aber schon davon gehört. Und mit den freien Tagen liegst du falsch.«

Er zog eine Grimasse. »Eigentlich wollte ich das Thema nicht anschneiden, aber du scheinst dich offensichtlich nicht mehr daran zu erinnern, daß ich gern Ski laufe.«

»Stimmt, hab' ich vergessen.« Was ging hier zwischen ihnen vor? Sie führten eine ganz alltägliche Unterhaltung. Ganz so, als ob sie sich mochten. »Was ja nur zeigt, daß ich nicht der nachtragende Typ bin.«

Mit erstaunlicher Ungezwungenheit nahm sie seinen Arm und führte ihn aus der Küche. Der Vertrautheit ihrer Geste wurde sie sich erst bewußt, als sie ihn schon berührt hatte. Sie rechnete damit, daß er sich, wie bisher in solchen Situationen, zurückzog, vielleicht nicht unbedingt körperlich, zumindest aber emotional. Er tat es nicht. Lautlos atmete sie erleichtert auf. »Du wolltest Kevin holen, hast du das schon vergessen?«

»Um uns brauchst du dir keine Sorgen zu machen. Wir sind in fünfzehn Minuten fertig«, kündigte er fast herausfordernd an.

Sie fühlte sich so glücklich, wie schon seit Monaten nicht mehr, und sie rief ihm nach: »Ich brauche nur zehn.«

»Ich wette um einen Nachtisch auf dem Heimweg, daß du das nicht schaffst.«

»Wette angenommen«, sagte sie, griff nach einer Cracker-Packung auf dem Regal und warf sie schwungvoll in den Korb.

Zehn Minuten und eine belanglose Anzahl von Sekunden später lud sie den Tagesproviant auf die Ladefläche von Masons Kleintransporter. »Der Nachtisch geht auf dich!« verkündete sie mit einem selbstzufriedenen Lächeln.

»Ich werde wohl nie lernen, dich nicht zu unterschätzen.«

Ein schöneres Kompliment hätte er ihr nicht machen können. Vielleicht würde das Wunder ja doch ein bißchen länger anhalten.

In dieser Nacht konnte Mason nicht schlafen. Immer wieder dachte er über den Tag nach, den er mit Chris und Kevin verbracht hatte, doch er konnte sich einfach nicht über die schönen Erinnerungen freuen. Er befürchtete, daß er und Chris sich in eine Sackgasse hineinmanövrierten, und daß sie einen höheren Preis würden zahlen müssen, als ihnen beiden lieb war.

Er wollte ihr keine falschen Hoffnungen machen oder sie in dem Glauben lassen, daß sich aus diesem Tag jemals mehr entwickeln könnte. Ihre Situation war einfach zu festgefahren. Auf Außenstehende wirkten sie wie das perfekte Dreieck – Mutter, Vater, Kind. Nur: zwei der Linien würden, nein, könnten sich nie treffen. Das Dreieck wäre nie vollkommen. Sie würden bald darüber sprechen müssen. Er mußte ihr erklären, wie er ihre Beziehung sah und vor allem, daß er ihr nicht weh tun wollte.

Schließlich hatte er keine Lust mehr, weiter zu versuchen einzuschlafen; er stand auf, zog seinen Bademantel über und ging in die Küche, in der Hoffnung, ein Bier könnte ihm helfen zu entspannen. Als er um die Ecke bog, mußte er feststellen, daß Chris ihm schon zuvorgekommen war. Sie stand am Herd und hielt einen Milchkarton in der Hand. Auf der Anrichte neben ihr entdeckte er eine Kakaodose. Ihr Flanell-Nachthemd schmiegte sich weich um ihre Hüften und endete kurz über dem Knie. Im Grunde genommen verdeckte es nicht weniger als die Kleidung, die er bisher auch schon an ihr gesehen hatte; ganz im Gegenteil – das Kleid, das sie am Valentinstag getragen hatte, hatte wesentlich weniger verhüllt. Und doch verursachte der Anblick von Chris in ihrer Nachtwäsche eine starke Erregung in seiner Leistengegend, die ihm jetzt etwas unangenehm war.

Chris war keine Schönheit im klassischen Sinne, gar nicht zu vergleichen mit Susan oder Diane. Sie wirkte weder zerbrechlich noch zart. Das Funkeln in ihren Augen war eher böswillig als verführerisch; sie hielt ihren Kopf hoch – herausfordernd, nie nachgiebig. Sie hatte einen festen, schlanken Körperbau wie er selbst, und Mason hatte den Eindruck, daß sie zweifellos ebensoweit wandern und ebensolange Ski laufen konnte wie er und mit der gleichen Ausdauer lieben würde. Sie hatte mehr Ähnlichkeiten mit einer Jeanne d'Arc als mit einer Madonna von Raffael und wirkte wie eine Person, die grundsätzlich darauf bestehen würde, den Picknickkorb selbst zu tragen und nicht nur die Decke.

Es wunderte ihn nicht, daß sie nie geheiratet hatte. Irgendwie vermittelte sie den Eindruck, als sei sie der Typ, der eher Drachen erschlägt als zuzulassen, daß ein Traumprinz sie verführte. Sie würde einen Mann nur dann in ihr Leben lassen, wenn sie ihn wahnsinnig liebte oder er der Vater ihres Kindes wäre – niemals, weil sie ihn bräuchte. Jahrelang hatte Mason verfolgt, mit welchen Männern sich Rebecca einließ; dabei hatte er beobachten können, daß nur wenige von ihnen mit diesem Typ unabhängiger Frauen zurechtkamen. Warum das so war, blieb ihm ein Rätsel; er hatte es jedoch schon zu häufig beobachtet, um noch daran zu zweifeln.

»Wie lange willst du eigentlich noch in der Tür stehen und mich anstarren, ohne etwas zu sagen?« fragte Chris, ohne sich umzudrehen.

»Woher weißt du, daß ich hier stehe?« vermied er eine Antwort, indem er eine Gegenfrage stellte.

Sie drehte sich um. »Ich habe gehört, wie sich deine Schlafzimmertür geöffnet hat und wie du durch den Gang hierhergekommen bist.«

»Ich konnte nicht einschlafen«, gestand er.

Sie hielt den Milchkarton hoch. »Ich auch nicht, wie du siehst.« Sie stellte den Karton auf die Anrichte, nahm einen Löffel aus der Schublade und hebelte die Kakaodose auf. »Möchtest du welchen?«

»Nein danke«, antwortete er automatisch, sagte dann aber: »Was soll's. Eine heiße Schokolade schmeckt immer noch besser als ein Bier. Hab' schon lange keine mehr getrunken ...« Es lag ihm auf der Zunge hinzuzufügen: »Schon seit Diane und ich auseinandergezogen sind nicht mehr.« Er ließ es aber lieber bleiben.

Sie versuchte, die Gasflamme am Herd etwas herunterzudrehen, statt dessen ging sie ihr aus. Mürrisch zündete sie sie wieder an und beugte sich dann über den Herd, um die Flamme zu kontrollieren. Dabei rutschte ihr Nachthemd so weit nach oben, daß ein Stückchen ihrer lavendelfarbenen Seidenwäsche sichtbar wurde. Sein Verstand riet ihm wegzuschauen, aber die Botschaft verlor sich irgendwo zwischen Gedanke und Handlung. Als er sie so beobachtete, mußte er überrascht feststellen, wie groß sein Verlangen war, auf sie zuzugehen, ihr mit der Hand über die Oberschenkel zu streicheln und unter seinen Fingerspitzen die Sanftheit ihrer Haut zu spüren, und den nachgiebigen Stoff ihres Seidenslips; genießerisch würde sie unter seiner Berührung seufzen und sich ihm zuwenden …

Er mußte sich einen innerlichen Schubs geben und suchte nach Worten, um den Zauber zu brechen. »Diane hat immer heiße Schokolade gekocht, wenn sie nicht schlafen konnte.«

»Ich weiß«, erwiderte Chris. »Diesen Trick hat sie von mir gelernt.« Sie goß eine weitere Tasse Milch in den Topf und rührte noch zwei gehäufte Löffel Kakao dazu.

»Ihr seid euch gar nicht ähnlich«, platzte er heraus. Er konnte immer noch nicht die aufregende Vorstellung von sich abschütteln, wie es wohl wäre, wenn Chris sich ihm hingeben würde.

»Was du nicht sagst.«

»Ich meine das nicht im vergleichenden Sinne«, fügte er schnell hinzu, als er merkte, wie leicht man seine Äußerung falsch verstehen konnte.

Sie nahm einen zweiten Becher aus dem Schrank. »Mach dir nichts daraus. Du bist nicht der Erste, der das bemerkt hat. Ich bin schon daran gewöhnt.« Während sie den Becher in beiden Händen hielt, fuhr sie leise fort: »Zumindest war ich es früher.«

Ihre Stimme erhielt einen einfühlenden Klang. »Ich glaube, du vermißt sie noch immer.«

»Mit Kevin in meinem Leben ist es schwierig, nicht daran zu denken. Aber es tut nicht mehr so weh. Manchmal, wenn ich an bestimmte Dinge denke, die wir zusammen erlebt haben, kann ich sogar lachen.«

Diane stand wie ein Puffer zwischen ihnen. So konnte er durch den Raum gehen und blieb direkt neben ihr stehen. Er hatte sich gefragt, wie es sich wohl anfühlen würde, Chris in seinen Armen zu halten. Nur einen kurzen Tanz lang durfte er dieses Gefühl genießen, obwohl sie es damals gar nicht gewollt hatte. Trotzdem war die Erinnerung an diese Berührung noch lebendig. »Als ich diesen Brief erhalten habe, war es, als würde ich Diane erneut verlieren.«

»Mit dem Unterschied, daß du in diesem Moment auch mit Schuldgefühlen konfrontiert worden bist«, erkannte sie scharfsinnig. »Es ist dir damals sicher nicht leicht gefallen, als du feststellen mußtest, daß sie die schrecklichen Dinge, die du während all der Jahre über sie gedacht hattest, gar nicht verdient hatte.«

»Woher weißt du das?«

Sie seufzte. »Möglicherweise, weil ich selbst so reagiert hätte.«

»Glaubst du wirklich, wir ähneln uns so sehr?« fragte er, gespannt auf ihre Antwort.

Sie starrte weiter auf den Herd. »Wahrscheinlich mehr als wir beide zugeben würden.«

»Vielleicht ist das unser Problem. Schließlich heißt es immer: Gegensätze ziehen sich an.«

Sie stippte mit dem kleinen Finger in die heiße Schokolade, stellte den Herd aus und goß den dampfenden Kakao in die Becher. Nachdem sie den Topf kurz ausgespült und eingeweicht hatte, griff sie nach oben und holte eine Packung Minimarshmallows herunter.

Er ahnte, welche Auswirkung die Bewegung auf ihr Nachthemd haben würde und versuchte sich dadurch abzulenken, daß er die Becher zum Tisch brachte. Diese Anstrengung hätte er sich auch sparen können. Vor seinem geistigen Auge sah er sie so deutlich, als stünde sie direkt vor ihm.

Mason war völlig verwirrt; nicht nur wegen seiner eigenen Gefühle, sondern auch über das Verhalten von Chris. Bis zum heutigen Tag hatte er doch wahrhaftig nichts getan, womit er diese freundschaftliche Art verdient hätte; wenn überhaupt, so hätte ihr sein Verhalten auf dem Galaabend eher genügend neue Munition für mindestens ein oder zwei weitere Monate liefern können. Was war passiert, wodurch sie ihr Vertrauen in ihn wiedergewonnen hatte und nun so tun konnte, als hätte der Valentinstanz nie stattgefunden? Warum war sie bereit, ihm die ganze Hand zu reichen, obwohl er nicht einmal den kleinen Finger verdient hatte?

Plötzlich ließ sie ohne Vorwarnung eine Bemerkung fallen, die bei ihm einschlug wie eine Bombe. »Warum ist es für dich bequemer, wenn wir nicht miteinander auskommen?«

Ihm fiel die Kinnlade runter. »Das bildest du dir ein …«

»Nein, das tue ich nicht«, sagte sie ruhig und ließ gleichzeitig eine Handvoll Marshmallows in jeden Becher fallen. »Das hättest du wohl gern. Ich vermute sogar, es wäre einfacher, wenn ich es täte. Aber ich habe nun mal die perverse Angewohnheit, mir immer den schwierigeren Weg auszusuchen.«

Um Zeit zu gewinnen, setzte sich Mason, griff nach den Bechern, schob einen davon quer über den Tisch zu Chris und klammerte seine Hände eng um den anderen, so als wollte er seine Finger wärmen. »Ist das der Grund dafür, daß du Kevin selbst aufgezogen hast, anstatt ihn zur Adoption freizugeben?« wich er ihrer Frage aus, indem er sie mit etwas konfrontierte, auf das sie zwangsläufig reagieren mußte.

Sie wand das Gummi wieder um die Marshmallow-Packung, warf die Packung auf die Anrichte und setzte sich. »Ursprünglich hatte ich ihn zur Adoption freigegeben, aber die Entscheidung darüber war alles andere als einfach.«

Zum ersten Mal erfuhr Mason etwas darüber, daß auch andere Menschen in Kevins Leben eine Rolle gespielt hatten. Seine Neugier war geweckt. »Was ist passiert?«

»Die Leute, die ihn adoptieren sollten, haben am Ende beschlossen, daß sie kein krankes Kind aufnehmen wollten«, erklärte sie. Nach einer kurzen Pause fügte sie hinzu, »es war fast so, als hätte Kevin gewußt, daß ich es mir nur dann erlauben würde, ihn zu mir zu nehmen, wenn es niemand anders täte.«

»Mein Gott«, Mason schüttelte den Kopf. »Es gibt so vieles in seiner Vergangenheit, von dem ich nichts weiß.«

»Du weißt alles, was du wissen mußt.« Sie trank einen Schluck und leckte sich danach die Marshmallowspuren von den Lippen.

Masons Blick war auf ihre Lippen fixiert. Plötzlich ergriff ihn ein starkes Verlangen, sie zu küssen. Er wollte sie schmecken, fühlen, wie ihre Lippen durch seine Berührung nachgaben, ihre Wärme spüren. Seinen unwiderstehlichen Drang versuchte er sich damit zu erklären, daß sein ursprünglicher Plan, den Abend mit Kelly zu verbringen, durchkreuzt worden war, doch er konnte sich selbst nicht so recht davon überzeugen. Und schon gar nicht, als ihm klar wurde, daß sein Gefühl weit über die üblichen Lustgefühle hinausging. Wonach er sich wirklich sehnte, und was er schon viel zu lange entbehrt hatte, war das Gefühl, eine Frau zu berühren, mit ihr intim zu sein und zu wissen, daß diese Frau das ebenso wollte wie er. Diese Erkenntnis verstärkte sein Verlangen noch und verdrängte jeden anderen Gedanken, bis er schließlich das Gefühl hatte, ersticken zu müssen, wenn er nicht bald erlöst würde. Er atmete tief ein, um sich zu beruhigen.

»Es ist ziemlich spät«, sagte er, selbst verblüfft darüber, daß die Worte es tatsächlich geschafft hatten, sich durch sein geistiges Durcheinander durchzukämpfen, und den Weg aus seinem Mund gefunden hatten. »Wenn es dir nichts ausmacht, nehme ich meinen Kakao mit in mein Zimmer und trinke ihn dort zu Ende.«

Ihr verwirrter Blick verriet ihre Enttäuschung. »Warum sollte es mir etwas ausmachen?« entgegnete sie etwas zu schnell. »Ich wollte gerade das Gleiche tun, weil ich doch nur dann ein bißchen länger schlafen kann, wenn Kevin zufällig mal bei den Hendricksons übernachtet.« Sie stand auf und zog ihr Nachthemd ein Stückchen nach unten.

Zwar wußte er, daß er selbst durch seine Äußerung dazu beigetragen hatte, daß sie jetzt schon ging, doch der Gedanke, daß er nun alleine bleiben mußte, gefiel ihm auch nicht. Er beobachtete, wie sie ihren Becher nahm und damit zur Tür ging. In diesem Moment erschien es ihm extrem wichtig, ihr zu sagen, daß sie ihm keinen Grund dafür gegeben hatte, sich so abrupt um hundertachtzig Grad zu drehen. »Das war heute ein wunderschöner Tag«, sagte er. Eine gewisse Steifheit in seiner Stimme war nicht zu überhören.

»Fand ich auch«, sagte sie und belohnte seine Überwindung mit einem Lächeln.

»Vielleicht können wir es ja eines Tages wiederholen«, schlug er vor. Sehr überzeugend klang es aber nicht gerade.

»Kevin würde es bestimmt gefallen.«

Er nickte und hielt ihr den Becher zum Abschied entgegen. »Bis morgen.«

Sie hielt ihre Hand auf dem Lichtschalter, als wartete sie darauf, daß er die Küche zuerst verließe. Einen kurzen Moment lang fragte er sich, wie es wohl wäre, wenn er ihr folgen würde, anstatt ihr den Rükken zuzukehren und in die andere Richtung zu gehen.

Auf dem Weg in sein Zimmer nahm er sich vor, das nächste Mal Schäfchen zu zählen, wenn er nicht einschlafen konnte. Es würde keine nächtlichen Treffen mehr zwischen ihnen geben. Es war weder Chris gegenüber fair, noch hatte er die geringste Lust, sich noch einmal einer solchen Situation auszusetzen.

32

Chris schlüpfte in ein Jogging-Sweatshirt mit Kapuze, zog den Reißverschluß zu und setzte sich auf die Bettkante, um ihre Laufschuhe zu schnüren. Einen Augenblick lang rieb sie sich die Gänsehaut auf den nackten Beinen. Sie warf einen Blick auf die Uhr. Vor zehn Minuten hätte sie schon bei Mary sein und mit ihr zu ihrem gemeinsamen Höllenlauf starten sollen. Sie hatten sich gegenseitig geschworen, an diesem Morgen anstelle des Zwei-Meilen-Schonprogramms des letzten Monats endlich wieder die gewohnten fünf Meilen zu joggen. Jetzt, nach nur drei Stunden Schlaf, war sie allerdings überzeugt, daß Mary die Sanitäter rufen müßte, noch bevor sie es bis zum Park schafften.

Ihre Verwunderung über den Tag mit Mason war nicht weniger stark als am Vorabend, als sie in ihr Bett gekrochen war. Da war einerseits Kevin, der gestern eine reine Freude gewesen war und mit der Glut seiner Begeisterung einem Kamin hätte Konkurrenz machen können. Auf der anderen Seite war da diese merkwürdige Art, in der Mason auf das Nachlassen der Spannung zwischen ihnen reagiert hatte.

Nachlassen der Spannung? Augenblick, wollte sie sich etwa selbst etwas vormachen? In einigen Momenten, in denen Mason mit seinen Augen die Leichtigkeit und Großzügigkeit verschlungen hatte, mit der sie Kevin mit Zuneigung beschenkte, hatte es zwar annähernd so ausgesehen, als seien sie wirklich die Familie, die zu sein sie versuchten. Aber da blieb diese vorsichtige innere Stimme, die sie warnte, daß Mason sich nicht nur abwenden und zurückziehen würde, wenn auch sie auf ihn zuginge; er würde zuvor um sich schlagen.

Warum meinte er nur, sich vor ihr in acht nehmen zu müssen? Glaubte er etwa, sie wolle ihn einlullen und in eine Beziehung hineinziehen? Konnte er denn nicht erkennen, daß sie eine eventuelle Freundschaft durch etwas Körperliches ebensowenig gefährden wollte wie er? Allein der Gedanke daran verursachte ihr schon Panik.

Nachdem sie beide Schuhe zugebunden hatte, steuerte sie auf Kevins Zimmer zu. Erst als ihre Hand schon den Türknauf umschloß, wurde ihr bewußt, daß sie ihn gar nicht aufwecken und hinüber zu den Hendricksons bringen mußte. Heute war ja Sonntag, und Mason konnte auf ihn aufpassen, solange sie joggte.

Sie wollte gerade einen Zettel schreiben, als sie Geräusche aus Masons Zimmer wahrnahm. Als sie merkte, daß er dort nicht so rasch herauskommen würde, näherte sie sich der Tür und klopfte leise gegen den Holzrahmen.

Er öffnete in Jeans, die nur ganz oben zugeknöpft waren. Offenbar hatte sie ihn ausgerechnet beim Aufstehen erwischt. Mason fast unbekleidet vor sich zu sehen, brachte sie so durcheinander, daß sie einen Moment lang vergaß, was sie eigentlich wollte.

»Stimmt was nicht?« fragte Mason, offensichtlich mindestens ebenso überrascht über ihren Besuch an seiner Tür wie sie über seine spärliche Bekleidung.

»Nein«, faßte sie sich wieder, »ich wollte nur sichergehen, daß du noch einen Moment zu Hause bist. Ich wollte Kevin nicht aufwecken und ihn mit hinübernehmen, wenn es sich vermeiden läßt.«

Er ließ seinen Blick zu ihren Füßen schweifen und musterte dabei ihre nackten Beine, bevor er ihn wieder auf ihr Gesicht richtete: »Geht's zum Joggen?« erkundigte er sich.

»Tja, obwohl ich im Moment vielleicht nicht gerade in Höchstform bin«, bestätigte Chris.

»Ich hatte mich schon gefragt, wie du dich so schlank und fit hältst.«

»Bei solchen Bemerkungen weiß ich nie, was ich sagen soll«, antwortete sie mit einem Lächeln.

»Es war nur so eine Beobachtung«, erklärte Mason.

Sie fühlte sich versucht zu fragen, warum er denn so aussehe, als ob seine zweite Heimat ein Fitneßcenter sei. An seinem Körper saß kaum ein Gramm Fett. Da sie seine Arbeitszeiten kannte, fiel es schwer zu glauben, daß ihm Zeit für Training blieb. Doch die Muskeln, die sich an seinen Armen und Schultern abzeichneten, waren wohl kaum aus dem Nichts entstanden.

Kevin hatte den athletischen Körperbau seines Vaters geerbt. Hieß das letzten Endes, daß auch er einen weiten Brustkorb und eine leichte Haarmatte bekommen würde wie Mason? Ihr wurde unbehaglich, als sie merkte, wohin ihre Gedanken wanderten. Sie zupfte mit ihren Händen nervös an ihren Shorts herum und stopfte sie dann in die Taschen des Sweatshirts. »Ja, was denn nun?« hakte sie nach.

»Wie, was ist?« fragte Mason ratlos.

»Bist du nun hier oder nicht?«

»Ähm … ja, ja, sicher«, antwortete er endlich.

»Prima«, meinte sie, »ich werde auch nicht allzulange weg sein.«

Er stellte sich in die Tür und lehnte sich mit der Schulter an den Rahmen. »Laß dir Zeit«, meinte er.

Impulsiv fragte sie ihn: »Willst du nicht mitkommen? John könnte auf Kevin aufpassen.«

Mason lachte, schüttelte den Kopf und erklärte: »Auf der Liste meiner Lieblingsbeschäftigungen rangiert Laufen genau unterhalb von Zahnarztterminen.«

Mit gespielter Überraschung zog sie eine Augenbraue hoch. »Immerhin wesentlich weiter oben als auf meiner Liste«, konterte sie. Die Tatsache, daß Mary auf sie wartete, gab ihr den notwendigen Ruck, um sich loszueisen. »Sag Kevin, daß ich ihm Heidelbeer-Pfannkuchen mache, wenn ich wieder da bin«, schloß sie und drehte sich zum Gehen.

Sie war schon fast aus der Haustür, als sie ihn nach ihr rufen hörte. Als sie zurücklief und schon im Wohnzimmer war, erschien er am anderen Ende des Korridors.

»Meinst du Kevin hat Lust, heute morgen brunchen zu gehen?« fragte er und fügte rasch hinzu: »Und du natürlich auch.«

»Klingt gut«, entgegnete sie und freute sich maßlos über seinen Vorschlag, obwohl die Ausweitung der Einladung auf sie selbst ihr eher wie eine nachträgliche Entschuldigung vorkam.

»Ich bereite dann schon alles vor«, schlug er vor.

Da sie nicht wußte, was sie sonst noch sagen sollte, stimmte sie mit einem Nicken zu und lief los. Es schien, als schwebe sie ein Stück über dem Boden, als sie zu Marys Wohnung hinüberlief.

Mason stand am Fenster; er schaute Chris so lange nach, bis er sie schließlich aus den Augen verlor. Er kehrte in sein Zimmer zurück und wunderte sich, wie schnell er seinem Entschluß zu einer distanzierteren und reservierten Beziehung zu Chris wieder untreu geworden war. Sicher war es nicht schlecht für Kevin, wenn seine Eltern trautes Heim spielten, aber andererseits widerstrebte es Mason völlig. Und Chris wohl ebenfalls, wie er intuitiv vermutete.

Andererseits, überlegte er, könnten ja gelegentliche Ausflüge auch nicht schaden. Solange sie sich nur beide im klaren darüber waren, daß sie das alles nur Kevin zuliebe taten, war es eigentlich nicht weiter gefährlich, sich ab und zu um etwas Normalität in ihrer Beziehung zu bemühen. In einem friedlichen Haushalt ließ sich einfach besser miteinander leben.

Denn auch wenn es sich herausstellen sollte, daß Kevin mit der unvermeidlichen Scheidung eher zurechtkommen würde, als Chris oder er erwartet hatten, so würde es bis dahin trotzdem noch Jahre dauern. Über kurz oder lang würden sie also lernen müssen, sich zu verständigen. Das Wochenende war ein ganz guter Anfang gewesen. Wenn sie bloß so weitermachen könnten – vielleicht könnten sie dann eines Tages sogar lernen, sich gegenseitig zu respektieren, so wie Rebecca und er es gelernt hatten.

Das war überhaupt die Idee: Wann immer er in Zukunft über Chris nachdenken würde, würde er sie mit Rebecca vergleichen.

Bei dem Gedanken stöhnte er auf. Wollte er wirklich noch eine Rebecca in seinem Leben?

Außerdem, so stichelte ein winziges, aber vorlautes Stimmchen in seinem Innern, hatte sein Herz in all den Jahren, die er Rebecca nun schon kannte, nicht ein einziges Mal solche Sprünge gemacht, wie es unweigerlich jedesmal passierte, wenn Chris in sein Blickfeld geriet.

»Wow«, keuchte Mary und arbeitete sich nach der dritten Runde um die Tennisplätze am McKinley-Park wieder an Chris heran, »wenn ich dich nicht ... so gut kennen würde ... dann würde ich jetzt glauben ... daß du heut' morgen gedopt bist. Ich hab dich nie ... in so einer Superform erlebt.«

»Wahrscheinlich komm' ich deswegen morgens nicht mehr aus dem Bett«, lachte Chris.

»Ich brauch mal 'ne Minute Pause«, drängte Mary. Sie stoppte, beugte sich in der Taille und stützte sich mit den Händen auf den Knien ab. Nach ein paar Atemzügen richtete sie sich wieder auf und fragte: »Können wir nicht ein Momentchen langsam gehen?«

»Sollen wir nicht einfach zurücklaufen?« fragte Chris, »ich hatte Mason gesagt, ich würde nicht allzulange weg sein.«

»Nimmt der sich nie mal einen Tag frei?« erkundigte sich Mary.

Chris zögerte einen Moment. Die ganze Zeit lang hatte sie versucht, das zur Sprache zu bringen, was zwischen Mason und ihr in den vergangenen zwei Tagen vorgefallen war. Aber sie fand keine Worte dafür, wahrscheinlich, so erklärte sie sich selbst, weil sie sich nicht darüber im klaren war, was eigentlich passiert war. In der Woche zuvor war Mary ungewöhnlich still geblieben, als Chris ihr von dem Galaabend erzählt hatte. Ihr einziger Kommentar hatte Chris völlig überrascht: »Wer hätte das jemals gedacht, daß Mason Winter die Rolle des galanten Ritters spielen könnte.«

»Eigentlich hat er sich gestern den ganzen Tag freigenommen. Wir sind zum Picknick nach Stinson's Beach gefahren«, antwortete sie schließlich und warf einen Blick in Marys Richtung, um deren Reaktion auf diese Neuigkeit zu testen.

Marys gequält-müder Ausdruck verwandelte sich in ungläubiges Staunen. »So«, meinte sie und zog das Wort in die Länge, um eine größere Wirkung zu erzielen.

»Und wir drei gehen gleich zusammen weg, frühstücken – und zwar auf Masons Vorschlag, nicht auf meinen«, setzte Chris hinzu.

Mary blieb stehen und nahm ihr Stirnband ab. »Sollte mir da womöglich etwas entgangen sein? Ist das immer noch derselbe Mann, der sich zwei Wochen nach eurer Heirat mit einer anderen Frau zu einem Rendez-vous verabredet hat?« fragte sie fassungslos.

Chris zuckte mit den Achseln. »Ich kann es auch nicht verstehen«, räumte sie ein.

»Vielleicht wollte er sich damit dafür entschuldigen, daß er sich wie ein Schwein benommen hat«, spekulierte Mary.

»Daran habe ich auch schon gedacht«, stimmte Chris zu.

»Aber?«

»Andererseits braucht er sich ohnehin keine Sorgen zu machen. Für ihn ist es ja sowieso nur ein Heimspiel. Warum sollte er sich großartig bemühen, wenn er das gar nicht nötig hat?« gab Chris zu bedenken.

Mary runzelte bedeutungsvoll die Stirn. »Mir scheint, daß ihm endlich klargeworden ist, was ihm da sozusagen auf dem Silbertablett vor die Nase gesetzt worden ist, und er überlegt, ob er sich eventuell dafür interessieren könnte.«

»Vor allen Dingen«, schnaubte Chris sarkastisch.

»Nun, schlecht wär' das doch auch nicht, oder irre ich mich da?«, warf Mary in nachdenklichem Ton ein.

»Wieso das?« erkundigte sich Chris, plötzlich neugierig.

»Weil du ihm sowieso schon auf den Leim gegangen bist, und ich dich lieber nicht mit gebrochenem Herz sehen möchte«, offenbarte ihr Mary.

Überrascht atmete Chris durch und fragte: »Wie zum Teufel kommst du auf so eine verrückte Idee?«

»Als du ganze zwei Tage lang nach einem Kleid für die Gala herumgesucht hast, war das verdammt eindeutig«, bemerkte Mary trokken.

»Na ja, sagen wir mal, ich mußte; das war ja eine Art Auftrag, eine Verpflichtung«, rechtfertigte sich Chris.

»Und darum hast du mir nicht sagen wollen, was du vorhattest?« bohrte Mary weiter.

»Ich habe dir damals nichts gesagt, weil ich genau wußte, daß du mir vorhalten würdest eine Dummheit zu machen«, räumte Chris ein.

Mary musterte sie eingehend. »Und genau das wolltest du natürlich am allerwenigsten hören. Du warst auf eine Gelegenheit aus, Mr. Mason mal so richtig aus den Pantoffeln zu hauen, und wolltest nicht, daß dir die Stimme der Vernunft dabei in die Quere kommt.«

Meine Güte, sollte Mary etwa richtig liegen? Sollte sie das alles mit so viel Berechnung getan haben, ohne sich selbst darüber bewußt zu sein? »Weshalb hätte ich das denn tun sollen?« fragte sie.

»Vergiß mal ganz, daß Mason Kevins Vater ist, und daß es euer Leben wesentlich unkomplizierter machen würde, wenn ihr nicht eure Rollen in einer Farce spielen müßtet, dann reduziert sich das ganze auf einfache Tatsachen. Mason hat einen Wahnsinns-Sexappeal. Wir leben hier zwar in Kalifornien, aber auch hier kann es einem in einer einsamen Winternacht allein verdammt kalt im Bett werden«, machte Mary ihr unverblümt klar.

Chris lief quer über den Rasen und setzte sich auf eine Parkbank. Nichts von dem, was Mary ihr gesagt hatte, war neu für sie. In der einen oder anderen Gestalt waren dieselben Gedanken auch in ihrem Hinterkopf schon seit Wochen präsent. Sie aber laut ausgesprochen zu hören, darauf war sie nun doch nicht genügend vorbereitet. »Und das noch in meinem Alter«, stöhnte sie auf.

Mary setzte sich neben Chris. »Ja, ja«, stellte sie mit einem Grinsen fest, »das sind die verdammten Hormone, am Ende kriegen sie dich doch immer wieder.«

»So, und das war's? Kein weiser Rat? Du bietest mir keine Fluchthilfe an, um da rauszukommen?« fragte Chris enttäuscht.

»Gib ihm einfach 'ne Chance«, sagte Mary, nun wieder ernst.

Es vergingen ein paar Sekunden, bevor sie Mary antworten konnte. »Allein bei dem Gedanken stockt mir das Blut in den Adern«, flüsterte sie mit erstickter Stimme.

Sie blieben auf der Bank sitzen und ließen den anschwellenden und zurückgehenden Strom von Joggern an sich vorbeiziehen. Zu guter Letzt wurde ihnen kalt, und sie machten sich auf den Nachhauseweg.

Während Mason darauf wartete, daß Chris zurückkehrte und Kevin aufwachte, kochte er Kaffee, schürte das Feuer an und setzte sich mit der Morgenzeitung ins Wohnzimmer. Er blätterte die Zeitung durch, legte sie dann zusammen und war schon im Begriff, sie unter den Wohnzimmertisch zurückzulegen, als ihm das Photoalbum ins Auge fiel, das Chris ihm damals, an jenem ereignisreichen Dezembertag gezeigt hatte.

Er starrte das Album an; ihm wurde bewußt, daß es für ihn eine regelrechte Streubüchse der Pandora war. Die Gefühle, die darin verborgen lauerten, hatten ihn unvorbereitet gepackt und zogen ihn mit magnetischer Kraft gleichzeitig genauso stark an, wie sie ihn zurückstießen. Er hatte sich schließlich selbst eingestanden, daß Chris mit ihrer Analyse genau ins Schwarze getroffen hatte. Den heftigen inneren Kampf um die emotionale Bewältigung seiner Gefühle Diane gegenüber hatte er gerade erst aufgenommen. Die acht Monate nach der Entdeckung der wahren Gründe für ihr Weggehen waren eine zu knappe Frist, um sich erschöpfend mit der Frage nach seiner eigenen Schuld auseinanderzusetzen. So viele Fragen waren noch unbeantwortet geblieben. Warum zum Beispiel war er so schnell bereit gewesen, ihren Abschied für bare Münze zu nehmen? War sein Ego so schwach entwickelt gewesen, daß er ihr ihre Geschichte nicht nur geglaubt, sondern sie geradezu erwartet hatte?

Der verzweifelte Wunsch, Diane mitzuteilen, wie leid ihm alles tat – ihr den Vorwand für ihren Abschied geglaubt zu haben; so mit seinen eigenen Angelegenheiten beschäftigt gewesen zu sein, daß er nicht wahrgenommen hatte, was mit ihr vor sich ging; und nicht dagewesen zu sein, als sie schließlich seine Hilfe gesucht hatte. Er konnte sich nicht einmal mehr daran erinnern, warum eigentlich er damals verreist war.

In der Einsicht, daß das Schuldgefühl niemals abnehmen würde, wenn er sich ihm nicht stellte, nahm Mason das Album zur Hand und schlug es auf. Er fing ganz vorn an und zwang sich dazu, auch Bilder, die er bereits gesehen hatte, noch einmal anzuschauen, in der Hoffnung, daß es beim zweiten Mal einfacher sein würde, weil die Bilder ihm schon vertraut waren.

Noch einmal betrachtete er Diane als Baby, und nochmals stellte er fest, daß nichts in ihrem Aussehen Diane mit Kevin verband. Er berührte Dianes Bild mit den Fingerspitzen, streichelte Diane als Kind und sagte ihr ein ums andere Mal, wie traurig er wegen all dieser Dinge war. Irgendwie erschien es ihm so ungerecht, daß Kevin seine Züge geerbt haben sollte und nicht Dianes. Was hatte er jemals getan, um solch ein großartiges Geschenk verdient zu haben?

Der Raum begann zu verschwimmen; Tränen verschleierten seinen Blick. Es war das erste Mal nach Dianes Weggang, daß er sich erlaubte, sich selbst einzugestehen, wie sehr es ihn damals verletzt und wie stark er sie vermißt hatte. Schmerz schnürte ihm die Brust zu, bis er fast nicht mehr atmen konnte.

Plötzlich hörte er, wie Kevins ausgelassene Sprünge sich von hinten durch die Küche näherten. Schnell wischte er sich über die Augen und schloß das Album.

Kevin war jedoch schon hereingekommen und hatte bemerkt, was mit Mason vorging. »Ist irgendwas nicht in Ordnung, Papi?« fragte er. Er hielt ein paar Schritte vor Mason inne und musterte ihn genau.

Ein Dutzend Ausflüchte tauchten in Masons Gehirn auf, für alle jedoch war Kevin viel zu schade. Er entschied sich, die Wahrheit zu sagen. »Ich habe mir gerade Bilder von deiner Mama Diane angeschaut, aus der Zeit, als sie noch ein kleines Mädchen war, und das hat mich sehr traurig gemacht«, bekannte er.

»Und wieso?« erkundigte sich Kevin und kam näher heran.

»Weil ich sie sehr liebgehabt habe, und ich ihr etwas sagen müßte, aber nicht kann«, setzte ihm Mason auseinander.

Kevin kletterte auf die Couch und setzte sich neben Mason. »Du kannst es doch mir erzählen«, ermunterte er ihn mit der schlagenden Logik eines Kindes.

Mason legte seinen Arm um Kevin und zog ihn an sich heran. »Ich glaube, das wäre nicht genau dasselbe«, gab er zu bedenken.

»Und wieso?« bohrte Kevin weiter. Sein Lieblingswort war stets »Wieso?« oder »Wie kommt das?«, bei vielen anderen Kindern war es »Warum?«

»Weil –«, ja warum zum Teufel? Warum sollte er es Kevin nicht einfach erklären? »Ich möchte deiner Mama Diane erklären, daß es mir leid tut, daß ich all die Jahre auf sie böse gewesen bin, als ich noch nicht von dir gewußt habe.«

Kevin überlegte einen Moment lang und verkündete dann mit souveräner Sicherheit. »Sie würde sagen: ›Das ist schon in Ordnung.‹«

In dem Lächeln, mit dem Mason ihm antwortete, lag tiefe Traurigkeit. »Woher weißt du das denn?« fragte er, verwirrt darüber, wie stark sein Bedürfnis war, das glauben zu dürfen, was Kevin ihm gerade gesagt hatte.

»Mami sagt, daß meine Mama Diane eine Frau war, die alle Menschen geliebt hat. Tracy ist auch so«, dachte er laut weiter. »Wenn ich etwas tue, was sie wütend macht, wartet sie nie ab, daß ich mich zweimal entschuldige.«

Wie hieß noch dieses alte Sprichwort? Kindermund tut Wahrheit kund? Mason beugte sich zu Kevin und drückte ihm einen Kuß auf den Kopf. »Danke«, sagte er.

Kevin fing allmählich an herumzuquengeln. »Wo ist Mami? Ich kriege Hunger!«

Sobald die Sprache auf Chris kam, schnellte das Band um Masons Brust an seinen Platz zurück. Fast hätte er einen furchtbaren Fehler ihr gegenüber begangen, weil er einen Moment lang nicht aufgepaßt hatte. Gottseidank hatte er sich noch rechtzeitig gefangen. »Sie müßte jetzt jeden Moment zurückkommen«, antwortete er, »Tante Mary und sie sind joggen gegangen.«

Chris verlangsamte ihr Tempo, als sie um die Ecke bog und ihr Haus wieder erblickte. Sie war noch völlig durcheinander von ihrem Gespräch mit Mary und zögerte, nun Mason sofort wiederzusehen. Wie konnte sie nun, da sie sich ihren Gefühlen gestellt hatte, wieder zur Tür hereinspazieren und so tun, so als sei nichts geschehen?

Das war eben der Haken an der Sache: Es war nichts geschehen, und doch war nichts mehr so wie vorher.

Zum Teufel! Sie wollte sich unter keinen Umständen in Mason Winter verlieben. Er hatte ihr klipp und klar gesagt, was er von ihr wollte: daß sie die Mutter für sein Kind sein sollte und sonst gar nichts. Sein Benehmen sprach darüber hinaus sogar noch eine deutlichere Sprache. Und so naiv, sich einzubilden, daß das, was sie am Vortag zusammen unternommen hatten, mehr als eine höfliche Entschuldigung für sein Benehmen an dem Galaabend sein könnte, war sie nun wirklich nicht.

Dabei war es noch nicht einmal sein Fehler gewesen. Natürlich hätte er sich bei der Sache nicht unbedingt so ungeheuer idiotisch aufführen müssen, aber, summa summarum hatte er weder irgend etwas getan, um sie zum Mitkommen zu bewegen, noch hatte er ihr irgendeinen Hinweis gegeben, daß er ihre Anteilnahme an diesem Teil seines Lebens überhaupt wünschte.

Warum war sie überhaupt zu diesem Tanzabend gegangen?

Sie stand vor dem Hauseingang und suchte erfolglos nach einem Grund, nicht hineinzugehen. Schließlich setzte sie eine unverfängliche Miene auf und öffnete die Tür. Augenblicklich schlug ihr der Duft von Armen Rittern entgegen.

»Hallo, Mami!« krähte Kevin ihr entgegen, »Wir sind in der Küche!«

Verwirrt hielt Chris inne. Hatte Mason nicht gesagt, er wolle mit ihnen zum Frühstück ausgehen? Sie sah zu der Uhr auf dem Kaminsims. Sie war eigentlich nicht so lange fortgewesen, daß die beiden ihren Plan ihretwegen hätten aufgeben müssen.

Sie ging in Richtung Küche, zog die Kapuze ab und zog im Gehen den Reißverschluß des Sweatshirts auf. Mason und Kevin saßen am Tisch und waren gerade im Begriff, ihr Frühstück zu beenden. Als sie eintrat, schaute Mason zu ihr hoch. »Ich dachte ...«, setzte sie an.

»Es tut mir leid, daß wir ohne dich angefangen haben«, entschuldigte sich Mason mit Unschuldsmiene, »es gibt da noch ein paar Sachen, die ich heute im Büro erledigen wollte, und deshalb möchte ich früh loskommen.«

»Wir haben aber etwas für dich übriggelassen«, setzte Kevin schnell hinzu.

Die Enttäuschung zog ihr fast völlig den Boden unter den Füßen weg. Bis zu diesem Zeitpunkt war ihr gar nicht bewußt gewesen, wie sehr sie sich auf diesen gemeinsamen Morgen gefreut hatte.

»Ich dachte, du hättest heute nichts zu tun«, warf sie ein und ärgerte sich, daß ihre Stimme ihre Enttäuschung so deutlich verriet.

Mason brachte Kevins und seinen Teller zur Spüle und antwortete: »Es hat sich aber etwas ergeben.«

Sie sträubte sich dagegen, ihm zu zeigen, wie verletzt sie war. »Mensch, das trifft sich aber gut«, reagierte sie schnell, während sie das Sweatshirt abstreifte und es über die Stuhllehne legte. »Mary wollte, daß ich mit ihr einkaufen ginge, und ich habe ihr nicht gern abgesagt. Na ja, jetzt kann ich ja mitgehen.«

Mason schaute sie prüfend an. Zu ahnen, daß er ihr kein einziges Wort abnahm, ließ sie ein Gefühl der Ohnmacht verspüren. Aber er verfolgte das Thema nicht weiter. Statt dessen pflichtete er ihr mit einem Nicken bei: »Ja, da hast du Recht, manchmal ergeben sich die Dinge wirklich ganz gut.«

Sie mußte unbedingt das Weite suchen, bevor sie sich vollends bloßstellte. »Ich geh' eben duschen«, verkündete sie abrupt.

»Dann bin ich wahrscheinlich schon weg, wenn du fertig bist«, erwiderte Mason.

Ein Königreich für einen eleganten Abgang! Leider fiel ihr überhaupt nichts ein, und so ging sie ohne ein weiteres Wort hinaus. Sie fürchtete, daß man ihr die Verzweiflung am Gesicht ablesen könnte, wenn sie noch länger in der Küche bliebe.

Eine Stunde später kam Mason vor dem Büro an, winkte den Pförtner zur Seite und schloß sich die Tür selbst auf. Seit längerer Zeit war es das erste Mal, daß er sich nicht darauf freute, einen Tag allein im Büro zu verbringen. Anstatt den direkten Weg zu nehmen, beschloß er, noch ein wenig durch die Gänge zu schlendern. Er war ziemlich erstaunt, als er völlig unerwartet Rebecca arbeitend an ihrem Schreibtisch vorfand, freute sich dann aber über die Aussicht, in seiner deprimierten Stimmung nicht allein zu sein.

Sie schaute auf, als er eintrat. »Ich dachte, du wolltest dir das Wochenende frei nehmen«, stellte sie fest.

»Ich meine mich zu erinnern, von dir etwas ganz Ähnliches gehört zu haben«, gab er zurück.

»Okay, ich habe aber auch keinen Sohn, der zu Hause auf mich wartet und denkt, ich sei Jesus und könne auf Wasser gehen.« Sie kippte den Stuhl leicht nach hinten und legte die Füße auf den Tisch. »Was hast du zu deiner Verteidigung vorzubringen?«

»Ich würde mal sagen, ich hab' einfach keine Lust, mir nasse Füße zu holen«, antwortete er.

»Schlechter Witz«, urteilte sie stirnrunzelnd.

»Bist du heute mit dem linken Bein zuerst aufgestanden oder bist du schon das ganze Wochenende in dieser Stimmung?« konterte er.

Sie ließ den Stuhl auf seine vier Beine zurückfallen und stellte ihre Füße mit einem Plumps auf den Boden: »Ich glaube, heute ist nicht der richtige Tag für uns, um über Privatangelegenheiten zu diskutieren, Mason. Ich bin hergekommen, um für mich allein zu sein, und nicht, weil ich Gesellschaft suche«, erklärte sie.

Mason kannte Rebecca gut genug, um ihre Warnung ernst zu nehmen – sie sagte solche Dinge nicht so einfach daher. Andererseits lag ihm sehr viel an ihr. Er wollte nicht gehen, ohne zuvor zu schauen, ob er ihr nicht irgendwie helfen könnte. Er hakte also beide Daumen in die Taschen seiner Jeans, so daß die Hände seitlich an den Hüften hingen, und wagte einen Vorstoß: »Und, willst du drüber reden?«

»Was ich zu sagen habe, würde dir nicht gefallen«, entgegnete sie abwehrend.

»Ich dachte, es geht um dich«, hielt er ihr entgegen.

»Das ist schon richtig, aber wie ich mich fühle, hat auch damit zu tun, was ich dir gegenüber empfinde.«

Mason holte tief Luft und machte sich auf das Schlimmste gefaßt.

»Du kannst es mir ruhig erzählen. Ich würde lieber direkt hören, was du auf der Leber hast, als groß herumzurätseln.«

»Erinnerst du dich noch, wie ich dir von dem Mann erzählt habe, mit dem ich mich die letzten paar Monate getroffen habe?« fragte sie.

»Der, den du in San Francisco kennengelernt hast?«

Sie nickte und vertraute ihm an. »Er ist verheiratet.«

»Und das hast du also gerade herausbekommen?« wollte Mason wissen.

Sie wandte sich von ihm ab und starrte zum Fenster hinaus: »Nein«, gab sie mit tonloser Stimme zu, »ich habe es die ganze Zeit gewußt.«

Mason versuchte seine Überraschung vor ihr zu verbergen. Rebecca hatte ein eisernes Prinzip, demzufolge sie sich mit verheirateten Männern auf nichts einließ. Auf jeden Fall hatte sie es bis jetzt gehabt. »Und jetzt will er sich plötzlich doch nicht von seiner Frau trennen?« fragte er, ohne eine andere Erklärung für ihren verstörten Ausdruck zu finden.

»Er hat nie vorgehabt, sie zu verlassen«, deckte sie den Sachverhalt auf und wandte sich wieder Mason zu: »Bist du jetzt geschockt?«

Das war er tatsächlich, aber das war natürlich nicht, was sie jetzt brauchte oder von ihm hören wollte. »Müßte ich das jetzt sein?«

»Ich bin eben einsam, Mason«, erklärte sie ihm, »und, wie es aussieht, zu allen möglichen Zugeständnissen bereit, um nicht allein zu sein. Zumindest heute morgen. Dann wurde mir aber klar, daß ich dafür nicht meinen Stolz opfern darf.« Hilflos zuckte sie mit den Achseln. »Und darum bin ich jetzt wieder allein.«

»Und was habe ich mit dieser Sache zu tun?« fragte Mason nach.

»Ich bin wirklich derart wütend auf dich, daß ich dir fast nicht in die Augen gucken kann. Du hast all das bekommen, wofür ich fast sogar meinen Stolz hingegeben hätte, und jetzt bist du so verbohrt, daß du es nicht zu schätzen weißt.«

Ihre Verärgerung konnte er zwar verstehen, aber die Argumentation war ihm unverständlich. »Das hat mit Verbohrtheit doch nichts zu tun«, widersprach er ihr.

»Ach? Und mit was dann?« erkundigte sich Rebecca.

Er setzte zu einer Entgegnung an, konnte die Worte jedoch nicht laut aussprechen. »Das ist nicht so wichtig«, murmelte er ausweichend.

»Sie wird dir nicht so einfach wegsterben, Mason«, seufzte Rebecca gereizt.

»Und woher, zum Teufel, willst du das wissen?« fuhr er betroffen auf, ebenso verärgert über ihre Unterstellung wie darüber, daß er so leicht zu durchschauen war. »Kannst du mir auf irgendeine Weise dafür garantieren, daß es nicht noch einmal passiert?«

»Diese Garantie kann niemand bekommen. Der Tod ist ein Teil unseres Lebens, Mason. Irgendwann erwischt es uns alle. Aber sich in eine Höhle zu verkriechen und das Leben unberücksichtigt zu lassen, ist keine Lösung«, wies sie ihn zurecht.

»Glaubst du etwa, du kennst die Lösung?« gab er zurück.

»Du mußt es einfach ausprobieren …«

»Verdammt noch mal, ich habe es ausprobiert. Und du weißt genau, was passiert ist«, unterbrach sie Mason.

»Wie kommt es nur, daß du plötzlich so feige bist, Mason?«

Noch nie war Mason derart zornig auf sie gewesen. Welches Recht hatte sie überhaupt, ihn so zu verhören? »Weil ich eine Frau habe sterben sehen und mir vorstelle, wie mit der anderen genau dasselbe passiert ist. Seit ich erlebt habe, daß ich nicht das geringste an Susans Tod ändern konnte, und daß Diane wahrscheinlich heute noch leben würde, wenn ich damals nicht darauf bestanden hätte, mit ihr ins Bett zu gehen, obwohl sie vergessen hatte, ihr Diaphragma auf diesen idiotischen Wochenendausflug mitzunehmen.

Versuch bloß nicht, mir einzureden, der Blitz könne nicht zweimal denselben Ort treffen, Rebecca. Es ist schon vorgekommen. Ich habe es am eigenen Körper erlebt.« Er wandte sich von ihr ab und bewegte sich zum Fenster.

Einen Augenblick danach folgte Rebecca ihm und stellte sich wortlos an seine Seite. Ohne sie dabei anzusehen, ergänzte Mason: »Ich mach' das nicht noch ein drittes Mal mit. Ich kann es einfach nicht.«

33

Die nächsten zwei Wochen verliefen in fast erstickender Förmlichkeit. Mason bemühte sich sehr und war jeden Abend so früh zu Hause, daß er mindestens eine Stunde mit Kevin verbringen konnte, bevor der Junge ins Bett mußte. Zweimal gingen sie zusammen zu einem Basketball-Match der Sacramento Kings, das dritte Mal luden sie Tracy und John ein, mitzukommen. Mary und Chris gingen an dem

Abend ins Kino. Sie schauten sich im Tower Theater einen untertitelten Spielfilm an.

Mason legte Chris gegenüber eine reservierte und sehr distanzierte Haltung an den Tag. Er war höflich bis zur Steifheit und kümmerte sich mit größter Sorgfalt um alles, was mit Kevin oder dem Haus zu tun hatte. Es war so, als hätten sie sich niemals gestritten oder sich über etwas anderes als über Belanglosigkeiten unterhalten. Die Stunden, die sie zusammen verbrachten, brachten nichts Positives, sondern wurden allmählich immer leerer, öder und nichtssagender. Nach einer Weile bekam Chris Zweifel, ob sie sich mit ihren Erinnerungen an den Galaabend und an das Strandpicknick nicht selbst täuschte.

Immer wenn sie alle drei zusammen waren, stand sie hintenan. Sie sah zwar, daß sie nicht absichtlich, sondern nur durch Masons Distanziertheit ausgeschlossen wurde, war aber deswegen nicht weniger verletzt. Eigentlich verstand sie nicht so recht, warum er sie sogar aus den banalsten Bereichen seines Lebens fernhielt; andererseits stellte sie ihm auch keine Fragen darüber. Sie befürchtete, er könne ihre Anteilnahme falsch verstehen. Außerdem tat er nur das, was er ihr angekündigt hatte. Insofern war es auch nicht so tragisch, daß er sich ihr gegenüber distanziert und abweisend zeigte. Wie kam sie überhaupt dazu, etwas anderes zu erwarten?

Während der gezwungene Frieden zwischen Mason und ihr einerseits zuweilen sehr belastend für sie war, gab er Chris andererseits die Chance, ihre Werbeaufträge aufzuarbeiten, die sich während und nach dem Umzug bei ihr angesammelt hatten. Vor dem Umzug war es ihr nur vernünftig und gerecht erschienen, daß sie für Haushalt und Nebenkosten aufkam, Mason hingegen für die Kreditzahlungen für das Haus; sie hatte sogar darauf bestanden. Was sie nicht in Betracht gezogen hatte, war der Umstand, daß sie nun zu dritt und in einem doppelt so großen Haus wohnten, und daß dadurch Gas- und Stromrechnung doppelt so hoch ausfielen. Zusätzlich kam gelegentlich auch noch ein Teller für Mason auf den Tisch. Wenn ihr altes Haus erst einmal vermietet sein würde, wäre das Geldproblem gelöst. Bis dahin allerdings würde sie den Gürtel sehr eng schnallen müssen, um mit ihrem Budget auszukommen.

An einem schönen, sonnigen Märztag – statt mit Mary spazierenzugehen und den Anblick der Tulpenbeete in ihrem Viertel zu genießen, hatte sich Chris dazu durchgerungen, einer zum Verzweifeln langweiligen Pressemitteilung für einen Reifenhersteller den letzten

Schliff zu geben – zog Chris gerade die letzte Seite aus ihrem Drucker, als es an der Haustür klingelte.

Sie legte das Blatt schnell auf den Schreibtisch und rannte zur Tür. Eine der Eigenschaften, die sie an Mary am meisten schätzte, war, daß sie ein ›Nein‹ als Antwort fast niemals ernst nahm.

Doch nicht Mary stand dort vor der Tür, sondern eine Frau, die Chris nie zuvor gesehen hatte. Sie trug ein Designerkostüm, hatte ein zögerndes Lächeln auf dem Gesicht und sah so aus, als besäße und benutze sie sämtliche von Jane Fonda veröffentlichten Fitness-Kassetten. Chris schätzte sie auf Anfang sechzig. Hinter ihr, auf der Straße, stand mit geöffneter Tür ein Taxi. Der Fahrer stand wartend auf dem Bürgersteig und lehnte sich an die Motorhaube.

»Kann ich etwas für Sie tun?« erkundigte Chris sich.

»Ich suche nach der Wohnung von Mason Winter«, erklärte die unbekannte Dame.

Chris wurde augenblicklich abweisend. Zwar sah die Frau in keiner Weise den Reportern ähnlich, die sie seit der Tanzgala am Valentinstag hartnäckig verfolgten, doch oft täuschte der äußere Anschein. »Werden Sie von ihm erwartet?« fragte sie mißtrauisch.

»Also ist dies hier sein Haus?« – Die Fremde erwiderte Frage mit Frage.

»Ja«, räumte Chris widerstrebend ein.

Die Unbekannte gab dem Fahrer ein Zeichen, weiterzufahren, und wandte sich wieder Chris zu. »Ich bin Masons Mutter«, eröffnete sie, »gehe ich richtig in der Annahme, daß Sie seine Ehefrau sind?«

Chris war zu verdutzt für eine Entgegnung. Wie hatte sie nur die ganze Zeit den Eindruck haben können, Mason besäße keine Familie?

»Es tut mir leid, daß ich unangemeldet komme«, entschuldigte sich ihr Gegenüber, »doch um ehrlich zu sein, muß ich dazusagen, daß ich auch befürchtete, daß Mason mich sonst nicht hereinlassen würde.«

»Er … er ist jetzt gerade nicht da«, stammelte Chris.

»Ja, ich weiß Bescheid. Bevor ich mich auf den Weg hierhin machte, habe ich in seinem Büro angerufen. Ich wollte Sie zuerst allein antreffen, damit wir uns kennenlernen können«, erklärte die Besucherin.

»Mason hat mir aber gar nichts erzählt von …«, setzte Chris an, hielt aber genauso schnell inne, als ihr die Tragweite dessen klar wurde, was sie gerade sagen wollte. Sie versetzte sich selbst in die Haut der Frau und versuchte sich vorzustellen, wie sie sich fühlen würde, wenn sie erführe, daß Kevin seiner Frau nie etwas über sie erzählt hätte.

»Sie brauchen mir nichts zu erklären«, half ihr die Fremde, »ich hatte auch nicht erwartet, daß Mason Ihnen etwas über mich erzählt hat, oder über seinen Vater und seinen Bruder.«

Chris war so verblüfft, als habe Masons Mutter als Osterhase verkleidet an die Haustür geklopft. »Möchten Sie nicht lieber hereinkommen, Mrs. Winter?« fragte Chris. Sie wurde sich mit einem Mal der Tatsache bewußt, daß sie immer noch draußen standen.

»Ach, bitte, nennen Sie mich doch Iris. Und hereinkommen würde ich gern«, akzeptierte Mrs. Winter die Einladung.

Iris blieb in der Mitte des Wohnzimmers stehen und sah sich um. »Sie können sich kaum vorstellen, wie oft ich versucht habe, mir auszumalen, in was für einem Haus Mason lebt. Ich habe mir immer gedacht, er würde sich mit Glas und Messing, Ledermöbeln und weißen Teppichböden umgeben. Das spiegelt natürlich nicht seine wirkliche Persönlichkeit wider, aber er könnte damit leicht sein wahres Ich kaschieren. Ich freue mich allerdings zu sehen, daß ich mich geirrt habe.«

Chris zögerte. Da Mason offenbar nicht auf gutem Fuß mit seiner Familie stand, hielt sie es für angebracht, daß er und nicht sie Einzelheiten seines Privatlebens erzählte. »Wir haben nach der Heirat unsere Einrichtungen miteinander kombiniert«, wich sie der eigentlichen Frage aus.

Iris richtete ihre meerblauen Augen auf Chris und schaute sie sehr besorgt an. »Ich bin nicht hierhergekommen, um Sie nach Informationen auszuhorchen«, setzte sie ihr auseinander, »ich bin hier, um Sie zu sehen … Sie und meinen Enkel. Wahrscheinlich wissen Sie das nicht, aber in der dritten Generation ist er der erste in unserer Familie. Robert und Claudia, das sind Masons Bruder und dessen Frau, wollten keine Kinder haben.«

»Sie wissen von Kevin?« staunte Chris.

»Sicher«, antwortete Iris, und man merkte ihrer Stimme die innere Aufregung an, »monatelang habe ich überlegt, wie ich ihn sehen könnte, ohne daß mein plötzliches Auftauchen Schwierigkeiten auslösen würde. Aber da sich nie eine passende Gelegenheit bot, habe ich nicht weiter abgewartet und bin einfach in das nächstbeste Flugzeug gestiegen. Wie ich gehört habe, ist er seinem Vater wie aus dem Gesicht geschnitten.«

Nun verlor Chris vollends den Überblick. »Mason hat Ihnen von Kevin erzählt?« fragte sie verwirrt.

Iris schüttelte den Kopf. »Nein. Mason und ich haben schon seit Jahren nicht mehr miteinander geredet«, gab sie traurig zu.

»Und wie haben Sie dann ...?« wollte Chris wissen.

»Das ist eine lange Geschichte«, antwortete Iris und fuhr mit den Fingern über ihre Schläfen, wie um Kopfschmerzen abzuwehren.

»Möchten Sie vielleicht ein Aspirin?« erkundigte sich Chris.

»Nein, das nicht, aber eine Tasse Kaffee wäre nicht schlecht«, sagte Masons Mutter mit einem Lächeln. »Ich bin leider absolut koffeinabhängig. Sobald ich morgens mein Quantum nicht bekomme, fangen bei mir diese gräßlichen Kopfschmerzen an.«

»Ich wollte gerade eine neue Kanne aufsetzen«, erklärte Chris, »machen Sie es sich also gemütlich; ich bin gleich wieder da.«

»Kann ich nicht einfach in die Küche mitkommen?« fragte Iris.

Chris erahnte so langsam, von wem Mason seine zurückhaltende Höflichkeit gelernt hatte. Die meisten Frauen, die sie kannte, wären ihr einfach ungefragt gefolgt. »Wenn es Ihnen nichts ausmacht, einen Haufen ungespültes Frühstücksgeschirr zu sehen«, entgegnete Chris und ging ihr voran in die Küche. Dabei hatte sie nicht das Gefühl, daß Iris so etwas zum ersten Mal in ihrem Leben sehen würde. Sie sah wie eine der Frauen aus, die jeden Tag sogar unter dem Bett staubsaugen.

»Sie denken jetzt womöglich, daß ich Masons Unterwäsche gestärkt habe, als er noch klein war«, bemerkte Iris noch im Gehen.

Chris blieb schlagartig stehen, so daß Iris fast gegen sie prallte. Sie drehte sich um und sah das amüsierte Blitzen in ihren Augen. »Na, Sie wissen ja jedenfalls, wie man das Eis bricht«, stellte sie fest.

»Na ja, einer mußte ja den Anfang machen«, gab Iris zurück.

Chris mußte lächeln. »Wissen Sie, ich glaube, Sie gefallen mir«, meinte sie.

»Ich könnte schwören, daß dieser Eindruck auf Gegenseitigkeit beruht«, antwortete ihr Iris.

Nachdem sie sich in der Küche gesetzt hatten, fragte Iris: »Wieviel hat Ihnen Mason eigentlich über sich erzählt?«

Das war nun wirklich eine von den Fragen nach dem Motto: »Ach, übrigens, schlagen Sie eigentlich immer noch Ihre Frau?« Egal wie man antwortete, man würde keine gute Figur machen. Wenn Chris zugab, daß er ihr gar nichts erzählt hatte, könnte sie Iris ebensogut gleich den gesamten Hintergrund ihrer Hochzeit verraten. Behauptete sie, Mason habe ihr alles erzählt, dann würde sie in ihrer Unterhaltung sicher bald über ihre eigenen Lügen stolpern. »Wenn ich nicht ganz falsch liege, wollen Sie mich damit fragen, wieviel er mir über Sie erzählt hat«, zog sie sich aus der Schlinge.

»Das gehört wohl auch zu meiner Frage. Natürlich würde mich interessieren, was er seiner neuen Ehefrau über seine Familie erzählt, aber was ich eigentlich wissen wollte, ist, ob er Ihnen von Susan erzählt hat«, erwiderte Iris.

»Susan?« rutschte es Chris heraus, noch ehe sie sich darüber im klaren war, daß sie damit die Antwort bereits gegeben hatte.

»Das hatte ich nämlich befürchtet«, hakte Iris ein und griff nach ihrer Tasse. »Ich weiß schon, warum Mason und Sie geheiratet haben. Aber ich weiß auch, daß daraus niemals mehr werden kann als eine Vernunftehe, wenn Sie nicht wissen, was früher mit Mason passiert ist und was ihn zu dem gemacht hat, der er ist.«

Chris wurde argwöhnisch. »Sie bringen mich etwas durcheinander. Erst hat es offenbar jahrelang überhaupt keinen Kontakt zwischen Ihnen und Ihrem Sohn gegeben, und nun wollen Sie, daß ich Ihnen dieses plötzliche Interesse am Gelingen seiner Ehe abnehme?« wandte sie ungläubig ein.

Iris stellte ihre Kaffeetasse zurück auf den Tisch, ohne davon getrunken zu haben. »Unsere Distanzierung ging von Mason aus, nicht von mir. Er hat nie verstanden, in was für eine Lage er mich gebracht hat, als er damals verlangte, ich solle mich zwischen ihm und seinem Vater entscheiden«, klärte sie Chris auf und sah sie beschwörend an. »Wenn ich mich auf seine Seite gestellt hätte, dann hätte ich den Mann verloren, mit dem ich als erwachsene Frau fast mein gesamtes Leben zusammen war, und mit dem zusammen ich alt werden konnte, während mein Sohn seiner eigenen Wege gehen würde.«

»Wer war denn Susan?« fragte Chris weiter, da sie nun ohnehin verraten hatte, daß sie es nicht wußte.

»Masons Frau«, offenbarte ihr Iris.

Chris verschluckte sich fast an ihrem Kaffee. »Wo ist sie jetzt?«

»Sie ist gestorben.«

»Und woran?« wollte Chris wissen.

»An Krebs.«

Wie Stücke eines Mosaiks setzten sich bei Chris Erinnerungen, die in ihrem Kopf umherschwirrten, zusammen und begannen Gestalt anzunehmen. Endlich begann sie zu ahnen, weshalb Mason damals wahrscheinlich auf einer Abtreibung bestanden hätte und Diane ihn verlassen hatte, ohne ihm zu sagen, wohin und warum. Eingeholt von der Vergangenheit, hatten sie damals nicht anders handeln können.

»Susan war eine bewundernswert tapfere Frau«, fuhr Iris fort, »fast drei Jahre lang kämpfte sie gegen die Krankheit. Sie versuchte alles mögliche, besuchte Kliniken hier und in Europa. Und lange, nachdem sie das Unvermeidliche schon akzeptiert hatte, machte sie weiter damit, um Mason die Sicherheit zu geben, daß sie nichts unversucht gelassen hatte. Mason war untröstlich, als sie starb. Ich war überzeugt, daß er es nie wieder zulassen würde, daß jemand ihn liebte.«

»Und dann tauchte Diane auf«, dachte Chris laut weiter und wurde beim Gedanken an ihre Schwester von unendlicher Traurigkeit erfüllt. Nur galt die Traurigkeit diesmal auch Mason. Zweimal hatte er die Frau, die er liebte, verloren, einmal durch den Tod, einmal wurde er von ihr verlassen – zumindest hatte er das zu jenem Zeitpunkt geglaubt. Schwer zu sagen, was für ihn schlimmer gewesen war.

Und wer von beiden war tapferer gewesen, Susan, die ihren Leidensweg zusammen mit Mason durchgemacht hatte, oder Diane, die allein gelitten hatte?

Und spielte das überhaupt eine Rolle?

»Ich war mir so sicher, daß es mit Mason und Diane gutgehen würde«, sagte Iris, »die beiden liebten sich so sehr … zumindest habe ich es so gehört.«

»Gehört? Von wem?« Trotz des abgebrochenen Kontakts zwischen Mason und seiner Mutter schien sie erstaunlich viel über sein Privatleben zu wissen.

»Das ist jetzt nicht wichtig«, wich Iris aus.

Chris gewann immer stärker den Eindruck, daß es eigentlich doch wichtig war. Andererseits würde sich Iris womöglich wieder distanzieren, wenn Chris sie zu sehr mit Fragen bedrängte, die sie nicht beantworten wollte.

»Sie haben gesagt, Mason hat Sie gezwungen, sich zwischen seinem Vater und ihm zu entscheiden?« fragte Chris. »Warum? Was ist damals passiert?« Beschäftigt mit ihren eigenen Problemen und gefangen in ihrer eigenen Welt, war Chris bisher geneigt gewesen, Mason so zu nehmen, wie er sich nach außen hin gab. Sie war unfähig, womöglich sogar nicht einmal gewillt gewesen, hinter die Fassade zu blicken, die Mason ihr gegenüber aufbaute. War sie etwa auf ihre eigene Art genauso auf sich selbst bezogen und auf ihre eigene Person beschränkt, wie sie es ihm zur Last legte?

»Das sollte er Ihnen wohl am besten selbst erzählen«, sagte Iris.

»Das hat er aber bisher nicht getan, und ich glaube nicht, daß er es jemals tun wird. Mason und ich reden nicht über solche Angelegenheiten«, wandte Chris ein.

»Und ich bin leider nicht unparteiisch. Ich würde das Ganze wahrscheinlich zu sehr zugunsten von Stuart – Masons Vater – darstellen. Ich möchte auch nicht, daß Sie durch meine Version Mason gegenüber voreingenommen werden«, wehrte sich Iris.

Das Argument klang zwar stichhaltig, ja sogar zwingend logisch, und doch kam es Chris merkwürdig vor, daß Iris sich sträubte preiszugeben, was damals zu dem Bruch in ihrer Familie geführt hatte. »Da steckt aber doch sicherlich noch mehr dahinter«, hakte Chris nach. Sie war nicht gewillt, das Thema so schnell fallenzulassen. Dann kam ihr eine plötzliche Eingebung: »Wollen Sie mir vielleicht wegen Ihrer Rolle in dieser Sache nichts darüber erzählen?«

Mit der Frage hatte sie einen Volltreffer gelandet. Iris sah so aus, als sei ihr mit einem Schlag um zwanzig Grad heißer geworden. »Ich hoffe, Mason und Sie kriegen die Probleme in den Griff«, entgegnete sie, »Sie sind genau die Art von Frau, die er braucht.«

»Und was wäre das für eine Art?« fragte Chris.

»Sie haben die Beharrlichkeit eines Bluthundes ... und er ist Ihnen nicht gleichgültig«, erklärte Iris.

»Hoffentlich haben Sie keinen falschen Eindruck von den Gründen, warum er mir nicht gleichgültig ist«, setzte Chris ihr vorsorglich entgegen, »Mason ist Kevins Vater. Ich habe akzeptiert, daß die beiden sich kennenlernen und weiter zusammen sein konnten. Wenn ich Kevin helfen kann, Mason zu verstehen, dann werde ich es natürlich auch versuchen.«

»Und Sie sind sich wirklich sicher, daß es keine anderen Gründe gibt, richtig?« erkundigte sich Iris aufrichtig erstaunt.

»Da bin ich mir ganz sicher«, bestätigte Chris trocken.

Iris nickte resigniert, aber verständig.

Chris stand auf und stellte ihre Kaffeetasse in die Spüle. Sie zögerte ein paar Sekunden und wandte sich dann wieder Iris zu. »Es tut mir wirklich leid, Sie zu enttäuschen«, sagte sie, um eine schonende Wortwahl bemüht. »Mir ist schon klar, mit welcher Hoffnung Sie hierhergekommen sind: Zu erfahren, daß Mason endlich jemanden gefunden hat, der ihn glücklich macht. Und dann nach Hause gehen zu können, ohne sich weiter Sorgen machen zu müssen über das, was Sie ihm

Ihrer Meinung nach angetan haben. Aber dieser Jemand bin ich nicht, Iris.« Sie hätte eigentlich noch hinzufügen können, daß das nicht etwa so war, weil sie selbst es nicht wollte. Doch Mary hatte ihr alles andere als einen Gefallen getan, als sie Chris zur Konfrontation mit ihren wahren Gefühlen für Mason gezwungen hatte, und so sagte Chris nichts davon.

»Vielleicht wird Kevin ja dieser Jemand sein«, fügte sie hinzu, »aber es wäre eine schrecklich schwere Last für so junge und schmale Schultern.«

Iris senkte den Blick zu ihren Händen und gab schließlich zu: »Es geht zwischen uns nicht darum, was ich damals getan habe, sondern darum, was ich nicht getan habe. Ich habe untätig zugesehen, wie Masons Vater und Masons Bruder ihn systematisch aus einem Unternehmen ausschlossen, das von Rechts wegen zu einem Drittel ihm gehörte.« Wieder rieb sie ihre Schläfen.

Dann fuhr sie fort: »Bevor mein Vater starb, sagte er Stuart, daß er zwar aus juristischen Gründen die Southwest Construction allein ihm überschrieben habe, daß es aber sein Wille sei, daß Stuart, Robert und Mason sie sich zu gleichen Teilen teilten.«

Chris schüttete Iris' inzwischen kalten Kaffee in die Spüle und füllte die Tasse von neuem.

»Vielen Dank«, bemerkte Iris und nahm einen Schluck aus der Tasse.

»Also gehörte die Firma früher Ihrem Vater?« forschte Chris weiter.

»Meinem Großvater«, gab Iris zur Antwort, »Mason war auf der High School, als mein Vater starb. Er hatte die Zugangsprüfung für Stanford bestanden, und ich überredete ihn damals, er solle zunächst seinen Abschluß machen und erst dann in das Unternehmen einsteigen. Das war natürlich ein Fehler. Während Mason weg war, schlossen sich Stuart und Robert immer enger zusammen. So fand sich Mason zwangsläufig als Außenseiter wieder, als er nach vier Jahren zurückkam.«

»Stuart und Robert«, fuhr sie fort, »duldeten ihn eine Zeitlang und erlaubten ihm sogar, ein paar eigene Ideen auszuprobieren, solange er ihnen damit nicht in die Quere kam. Sie waren sich sicher, daß er dabei auf die Nase fallen würde, und sie damit eine Entschuldigung hätten, um ihn vor die Tür zu setzen. Mason fiel aber nicht auf die Nase. Er fand ein Betonunternehmen, das gerade zumachte, kaufte Firmengelände und Inventar auf und fing an, Lagerhallen in Plattenbauweise hochzuziehen. Er hatte mehr Erfolg damit, als er selbst vermutet hätte.« Gedankenverloren rieb sie mit dem Zeigefinger den Lippenstift vom Tassenrand.

»Ich war natürlich naiv genug zu glauben, daß Stuart und Robert einlenken würden, wenn sie erst Masons Tüchtigkeit erkannt hätten. Statt dessen machten sie gemeinsam Front gegen ihn. Da es nichts Schriftliches gab, dachten Stuart und Robert, daß sie Mason einfach rausschmeißen und ihn damit loswerden könnten.«

»So, wie ich Mason kenne, lagen sie damit aber falsch«, bemerkte Chris.

»Er ging vor Gericht und gewann den Prozeß. Southwest Construction hätte den Vergleich fast nicht überlebt.«

Chris ließ einen anerkennenden Pfiff hören. Also kein Wunder, daß Mason nie von seiner Familie erzählte!

Iris' Stimme senkte sich zu einem heiseren Flüstern: »Mason bat mich, als Zeugin für ihn aufzutreten, aber das konnte ich einfach nicht. Im Nachhinein sehe ich natürlich auch, daß ich Mason damit furchtbar Unrecht getan habe. Ich habe damals einfach meinen Kopf in den Sand gesteckt und versucht, alles zu verdrängen.«

Der Schmerz in Iris' Gesicht wirkte so, als sei das Ganze erst gestern geschehen. Die Männer in ihrer Familie hatten sie in eine verfahrene Situation manövriert: Entweder verdammt durch Ehemann und älteren Sohn, falls sie Masons Bitte folgte, oder aber verflucht von Mason, wenn sie es nicht tat. Es gab keinen Ausweg für sie, keine Chance, ungeschoren davonzukommen. Für was auch immer sie sich entschied, am Ende war sie die Verliererin.

Chris konnte nichts an den Geschehnissen der Vergangenheit ändern, und sie hatte noch viel weniger Lust, mit in sie hineingezogen zu werden. Sie lief zu der Arbeitsfläche am anderen Ende der Küche, zog die Schublade heraus und einen Umschlag hervor. Dann kam sie wieder zum Tisch und schob Iris den Umschlag zu.

Iris sah sie fragend an.

»Das sind Bilder von Kevin«, erklärte Chris ihr und lächelte, »er sieht genauso aus wie sein Vater.«

Mit zitternden Fingern nahm Iris die Photos aus dem Umschlag. Langsam betrachtete sie ein Bild nach dem anderen derart gründlich, als wolle sie sich jede Einzelheit für immer einprägen. Nachdem sie alle gesehen hatte, gab sie Chris die Photos zurück. »Vielen Dank«, sagte sie schlicht, »so etwas Nettes hat schon lange keiner mehr für mich getan.«

Mehr als den Ausdruck von tiefer Dankbarkeit auf Iris' Gesicht hätte Chris sich gar nicht wünschen können.

34

Der Besuch von Iris ließ Chris nachdenklich zurück. Es verstrich eine weitere Woche, ohne daß sich im Vergleich zu den zwei vorhergehenden Wochen viel geändert hätte. Mason verhielt sich Chris gegenüber genauso kühl und reserviert, näherte sich aber ständig weiter an Kevin an. Auf dem Fundament der bereits gemachten Schritte bauten die beiden eifrig eine Beziehung auf. Bisweilen enthielt ihre Unterhaltung sogar schon ein ›Weißt du noch?‹.

Immer mehr beobachtete Chris die beiden und entdeckte, daß sie Mason anders als je zuvor wahrnahm. Oft ertappte sie sich beim Nachdenken darüber, wieviel von Masons Verhalten ihr gegenüber wohl eine Reaktion auf ihre Person, und wieviel davon reiner Selbstschutz war. Immerhin war es möglich – ja sogar wahrscheinlicher, als sie sich selbst eingestehen wollte – daß er sie einfach nicht mochte und sie niemals wirkliche Freunde werden würden.

Sie beschloß, Mason zumindest vorläufig nichts von Iris' Besuch zu erzählen. Iris und sie versuchten Kevin aus ihren Heimlichtuereien herauszuhalten. Sie vereinbarten, daß sie sich später am selben Tag ›ganz zufällig‹ im Park treffen würden. Chris stellte Kevin bei ihrem Treffen im Rosengarten Iris als eine Freundin vor, was zwar keine Lüge war, einer Lüge jedoch näher kam, als Chris lieb war.

Iris verbrachte nur eine Stunde mit ihrem Enkel, da sie unbedingt wieder nach Santa Barbara zurückkehren wollte, bevor ihre Abwesenheit dort auffiel. Bei ihrem Abschied schaute sie Kevin derart sehnsüchtig und traurig an, daß Chris noch nach Tagen erschauderte, wenn sie nur daran dachte.

Nach ihrem Gespräch mit Iris dachte Chris häufig über die unglückliche Kindheit und Jugend nach, die sie mit Mason gemeinsam hatte. Auch nagte an ihr immer öfter der Verdacht, Mason und sie seien ebenfalls auf dem besten Wege, diese fragwürdige Erblast auf eine weitere Generation zu übertragen. Und wenn es so wäre, würde dann auch Kevin diese Last an seine Kinder weitergeben? Wo würde der Kreislauf schließlich enden?

In dieser Woche war sie damit an der Reihe, Tracy und Kevin zur Schule zu fahren und dort wieder abzuholen. Während sie draußen vor der Stuckfassade auf das Klingeln der Schulglocke wartete, wanderten ihre Gedanken zurück zu Iris' Besuch und dem inneren Aufruhr, den die wenigen Stunden bei ihr ausgelöst hatten. Chris hatte den Eindruck, als sei sie gefühlsmäßig bisher wie auf einer Autobahn auf Mason zugeschossen. Nun aber eröffneten sich ihr mit einem Mal verschiedene Ausfahrten, über die sie abfahren konnte. Sie war nur nicht imstande, eine dieser Abfahrten zu nehmen, sondern auch zu überlegen, wohin sie führen könnten, und ob es für sie nach dem Verlassen der Autobahn noch ein Zurück geben würde.

Seitdem sie um die Gründe von Masons Verhalten wußte, verstörte sein Handeln sie normalerweise nicht mehr so sehr. Sie fragte sich nicht mehr, woher sein starkes Bedürfnis rührte, Bestandteil von Kevins Leben zu werden. Ob die Ursache dafür Masons selbstbezogenes, männliches Ego war, oder aber der Zwang, sein Eigentum ohne Rücksicht auf andere zu verteidigen: Sie sah ebenso, daß Kevin eine Zuflucht für ihn darstellte und Mason von seinem Sohn geliebt, gebraucht und nicht im Stich gelassen wurde. Mason konnte sich an jemanden annähern, der ihn gern in seine Arme schloß und konnte sich Kevin öffnen, ohne befürchten zu müssen, zurückgestoßen zu werden.

Der Zugang zu seiner eigenen Familie war Mason verschlossen worden; er war ohne Zuflucht zurückgeblieben.

Bis dann Kevin in seinem Leben auftauchte.

Jetzt besaß Mason ein gefühlsmäßiges Zuhause; endlich hatte er die Möglichkeit, seinem eigenen Vater zu zeigen, was ein richtiger Vater war.

Und Chris wurde dabei mitgeschleift; nicht etwa, weil er sie brauchte oder wollte, sondern nur, weil Kevin nicht ohne sie zu bekommen war.

Nach allem, was sich während der letzten beiden Wochen zwischen Mason und ihr abgespielt hatte, hegte Chris keinerlei Hoffnung mehr auf eine Wandlung in Masons Einstellung zu ihr. Nicht einmal eine Freundschaft kam anscheinend in Frage. Er war niemand, der Freunde auf Distanz zu halten vermochte, wie man am Beispiel von Rebecca und Travis sehen konnte. Mit schmerzlicher Deutlichkeit wurde ihr klar, daß Mason sie auf keinen Fall näher als bisher an sich heranlassen würde.

Verletzen könnte sie ihn nur, wenn sie herausbekam, wo seine Schwachpunkte lagen, und es war äußerst unwahrscheinlich, daß er ihr Gelegenheit dazu geben würde.

Wenn sie nur dieselbe Fähigkeit zum Selbstschutz besäße wie er! Mason hingegen hatte in einem unachtsamen Augenblick einfach ihre Verteidigungslinien überwunden und war nun nicht wieder zurückzuschlagen. Nun blieb ihr die Entscheidung zwischen zwei Möglichkeiten: Sie konnte die Sache beenden, bevor sie allzu schwere Verluste erlitt, oder aber darauf setzen, daß nach genügend langem Abwarten Mason eines schönen Tages mehr Flexibilität beweisen und sich gelegentlich dazu bequemen würde, ihr ein wenig entgegenzukommen.

Wenn er das wirklich täte, was dann? Was erwartete sie eigentlich von ihm? Wenn Mason unbeugsam blieb, dann würden sie sich scheiden lassen, sobald Kevin erwachsen sein würde. Zu wem würden dann Kevin, seine Frau und ihre Kinder in den Ferien kommen? Wer würde Weihnachten allein bleiben, Mason oder sie?

Lag es tatsächlich erst sieben Monate zurück, daß ihr Leben so einfach, geradlinig und vorhersehbar verlaufen war wie der ewig gleiche Wechsel der Jahreszeiten?

Das Klingeln der Schulglocke riß sie aus ihren düsteren Überlegungen.

Mit einem Riesensatz kam Tracy aus Ms. Abbotts Klasse gehüpft; in Sprüngen quer über die asphaltierte Spielfläche ließ sie ihre aufgestaute Energie verpuffen. Während Chris noch die anderen Kinder beobachtete, die durch den Ausgang auf den Schulhof strömten, begann in ihrem Kopf ein winziges Warnlicht aufzuleuchten.

Kevin und Tracy wären normalerweise zusammen herausgekommen.

Schließlich erblickte sie ihn. Er ging, anstatt zu rennen, und trug den Rucksack mit den Händen statt auf dem Rücken. Auf den ersten Blick sah er genauso aus wie vor vier Stunden, als sie ihn hier abgesetzt hatte. Erst als er in den Wagen stieg, bemerkte sie das Glänzen in seinen Augen.

»Was ist los, Kevin?« fragte sie; die Angst schnürte ihr die Kehle zu. »Fühlst du dich nicht gut?«

»Er hat sein Pausenbrot wieder ausgebrochen«, gab Tracy zur Antwort.

Chris' Herz setzte einen Schlag aus. In der Morgenzeitung hatte sie gelesen, daß zur Zeit ein neuer Grippevirus in Sacramento umging. Sie legte ihre Hand auf Kevins Stirn. Sie war zwar feucht, aber nicht heiß. »Wie fühlst du dich denn jetzt?« fragte sie nach.

»Okay«, antwortete Kevin lakonisch.

»Nein, das ist nicht wahr«, mischte Tracy sich ein, »ich hab gehört, wie er Miss Abbott gesagt hat, daß ihm sein Bauch wehtut.«

»Stimmt das, Kevin?« forschte Chris nach.

»Ich bin jetzt okay«, gab er zurück und sandte einen wütenden Blick in Tracys Richtung.

»Vielleicht sollten wir doch gerade mal bei Dr. Caplan vorbeifahren, um ganz sicherzugehen«, widersprach ihm Chris und bemühte sich verzweifelt um einen sachlichen Tonfall und eine sichere Stimme. Würde die Vergangenheit niemals aufhören, drohende Schatten auf Kevins Gesundheit zu werfen? Ein ganz banaler Bauchschmerz, und schon war sie wieder am selben Punkt wie vor fünf Jahren; ihr Herz raste und ihr Verstand geriet in Panik.

»Mir geht's okay«, meldete sich Kevin nochmals, mit Nachdruck und einem ungeduldigen Unterton.

»Aber –«, wollte Chris gerade ansetzen.

Doch Kevin schnitt ihr das Wort im Munde ab. »Mensch, Mama«, quengelte er und dehnte ihren Namen zu einem Singsang aus, »hör doch endlich auf, mich wie ein Baby zu behandeln.«

Noch etwas, was ich dir zu verdanken habe, Mason, dachte Chris zähneknirschend und aufgebracht über Kevins eifriges Bestreben nach, erwachsen zu werden.

»Na gut«, gab sie nach, »wir warten erst mal ab. Aber du mußt mir versprechen, daß du sofort Bescheid sagst, wenn du dich wieder schlechter fühlst. Wenn wir es direkt anpacken –«

»Ja, ja«, brummelte er und zog die Wagentür geräuschvoll hinter sich zu.

»Dann erzähl mir mal, was ihr heute gemacht habt«, wechselte Chris den Gesprächsgegenstand und ließ ganz demonstrativ das Thema Gesundheit links liegen.

»Wir haben Blumen gepreßt«, erklärte Tracy, »aber wir können dir jetzt nicht sagen warum, das soll nämlich eine Überraschung werden.«

Chris grinste in sich hinein. Man brauchte seine grauen Zellchen nicht allzusehr anzustrengen, um hinter die Geheimnistuerei zu kommen, da es nur noch zwei Monate bis zum Muttertag waren.

Auf dem Rest des Heimweges gab Tracy einen fortlaufenden Kommentar zu den Tricks und Finessen des Blumenpressens und -sortierens, während Kevin aus dem Wagenfenster starrte.

Mason klopfte an die geöffnete Tür von Rebeccas Büro, um sie auf sich aufmerksam zu machen. »Hast du den Bericht über das Hotel gesehen, den Walt uns rübergeschickt hat?« wollte er wissen.

»Ich hab' Randy heute morgen gesagt, sie solle ihn Janet bringen. Hast du sie schon gefragt?«

»Die ist gerade in der Mittagspause«, gab er zurück und drehte sich zum Gehen. »Ich seh' mal auf ihrem Schreibtisch nach.«

»Mason?« hielt Rebecca ihn zurück.

»Ja?« antwortete er ungeduldiger als beabsichtigt. In einer Viertelstunde hatte er einen Termin mit Travis und wollte den Bericht bis dahin gelesen haben.

»Ich habe da so ein komisches Gefühl. Ich glaube, irgendetwas Merkwürdiges geht mit Oscar Donaldson vor sich.«

Das Sandwich, das Mason nur wenige Minuten zuvor gegessen hatte, lag ihm mit einem Mal wie ein Stein im Magen. Derlei Dinge sagte Rebecca normalerweise nicht zum Spaß. Er ging ganz in ihr Büro hinein, ohne allerdings dabei die Tür hinter sich zu schließen. »Ich dachte, Oscar hätte Walt gesagt, er würde unterschreiben, wenn wir ihm die Verkaufszusage diese Woche mit der Post rausschicken würden«, wandte er ein.

»Das stimmt schon. Aber das war gestern. Heute morgen hat er mich jedenfalls angerufen und gesagt, er brauche noch etwas mehr Zeit zum Überlegen.«

Zwar war Oscar Donaldsons Parzelle für das Riverfront-Projekt nicht unentbehrlich, doch ohne sie wäre dem Gesamtprojekt die krönende Spitze genommen. In dieser Parzelle lag unter anderem ein Geländeabschnitt, der früher einmal natürliches Sumpfland gewesen war. Er stellte an sich keine Besonderheit dar, war aber dennoch insofern wichtig, als Mason plante, ihn in seinen Urzustand zurückzuversetzen. Dabei spielten zum einen ästhetische Gesichtspunkte eine Rolle, zum anderen aber auch die Unterstützung, die er so von den Umweltschützern erhalten könnte.

»Bist du dir sicher, daß er sich damit nicht nur in eine bessere Verhandlungsposition manövrieren will?« hakte Mason nach.

»Vorher hat er mit uns nie solche Spielchen getrieben. Wozu sollte er jetzt plötzlich damit anfangen?« konterte Rebecca.

»Also glaubst du, daß eventuell wieder jemand von Southwest Construction ein Wörtchen mit ihm geredet hat?« fragte Mason mit unbewegter Stimme. Für sich allein hatte er schon die Hölle durchgemacht, oft in Vogel-Strauß-Manier voller Panik die Augen geschlossen und jede kleinste Bewegung der Grundeigentümer als Zeichen dafür interpretiert, daß sie auf die Seite der ›bösen Kräfte‹ von der Southwest Construction übergelaufen waren. Nun verspürte er nicht die geringste Lust, all das noch einmal von vorn mit Rebecca durchzumachen, falls sie seine Verfolgungsängste bemerkt hatte.

»Wieso hätte Oscar sonst kalte Füße gekriegt?« stellte sie die Gegenfrage.

»Vielleicht haben sich diese Umweltfanatiker vom Sierra Club an ihn rangemacht«, spekulierte Mason.

»Versuch mal ernsthaft nachzudenken, Mason. Dieser Mensch hat wegen Einsatz verbotener Pflanzenschutzmittel vor Gericht gestanden«, bremste Rebecca ihn.

»Warum fährst du nicht heute nachmittag mal rüber und schaust, was du rausfinden kannst? Tu einfach so, als wärst du unterwegs gewesen, um Ferguson zu besuchen, und hättest dich spontan zu einem kurzen Besuch bei Oscar entschlossen, da du ja gerade in der Nähe warst«, schlug er vor.

Rebecca lehnte sich in ihrem Stuhl ganz weit nach vorn und wandte ein: »Weil Oscar mich eigens gebeten hat, jetzt nicht bei ihm aufzutauchen. Er sagte mir, er würde mich anrufen, sobald er soweit sei, mit uns zu verhandeln.«

»Der alte Schurke«, fluchte Mason, der die nun ohnehin augenfällige Tatsache nicht länger von der Hand weisen konnte, »sie haben ihn rumgekriegt, und er will nicht, daß wir merken, daß er sich ihr Angebot überlegt.«

»Genau das denke ich auch«, pflichtete Rebecca ihm bei. »Was machen wir also jetzt?«

»Den Einsatz erhöhen – direkt kaufen, wenn es sein muß«, meinte Mason.

»Das kann ja wohl nicht dein Ernst sein«, protestierte sie, »die Banken –«

»Ich werde selbst für die Kosten aufkommen«, unterbrach Mason sie.

Rebecca erhob sich von ihrem Stuhl. »Das ist so ungefähr das Schwachsinnigste, was ich je von dir gehört habe«, sagte sie aufgeregt.

»Ich werde es auf gar keinen Fall zulassen, daß du dein Privatvermögen hineinsteckst, in –«

»Zulassen?« explodierte Mason.

Rebecca ließ sich durch Masons Ärger nicht verunsichern und kam entschlossen um den Schreibtisch herum auf ihn zu. »Ich habe dich bei jedem einzelnen Schritt bei diesem Projekt unterstützt«, sagte sie mit Nachdruck, »aber mit der Unterstützung ist auch bei mir Schluß, wenn du nicht ein bißchen aufpaßt. Dieses Grundstück mit deinem eigenen Geld aufzukaufen, wäre der reine Wahnsinn, und das weißt du selbst. Zumindest hoffe ich, daß du nicht dermaßen vernarrt in dieses Projekt bist, daß du noch nicht einmal zugeben kannst, daß –«

»Seit wann ist es wahnsinnig, ein Stück Land zu besitzen?« fiel er ihr ins Wort.

»Wenn es nur darum ginge, dann natürlich nicht. Aber du weißt genausogut wie ich, daß die Kosten da nicht aufhören. Sobald die anderen hartes Bargeld riechen, hängen sie an dir dran wie die Kletten. Was willst du dann machen? Dann haben sie dich nämlich fest in der Hand, und drücken zu, bis du schreist wie am Spieß. Wenn du das machst, Mason, dann bist du am Ende.«

»Sehr schön hast du das ausgemalt«, bemerkte er sarkastisch.

»Du willst es nicht hören, weil du weißt, daß ich recht habe«, sagte sie, abgelenkt von irgend etwas hinter Masons Rücken. »Travis, komm mal rein und hilf mir, ihm das auszureden«, forderte sie Travis auf.

»Worum geht's denn?« fragte er und trat in Rebeccas Büro.

»Mason glaubt, er könne das Riverfront-Projekt mit seinem eigenen Geld finanzieren. Er will die Gesamtsumme für Oscar Donaldsons Grundstück zahlen – und zwar auf einen Schlag, und noch heute!«

Alle Farbe verschwand augenblicklich aus Travis' Gesicht. Er drehte sich zu Mason um und fuhr auf: »Mein Gott, was haben sie dir denn in den Kaffee getan? Wenn du nur einen von diesen Typen auszahlst, dann mußt du allen Geld geben. Der einzige Weg, so viel Geld aufzutreiben, wäre ...«

»Etwas zu verkaufen«, nahm ihm Mason das Wort aus dem Mund.

»Sobald du das tust«, fiel Rebecca ein, »denken alle, daß du in Schwierigkeiten steckst.«

»Und dabei spielt es keine Rolle, ob das stimmt oder nicht«, nahm Travis den Ball wieder auf, »keine Bank wird dir auch nur fünf Minuten zuhören, wenn das erst mal bekannt ist.« Er steckte aufgebracht seine Hände in die Taschen. »Verdammt noch mal, Mason, wann machst du denn endlich mal die Augen auf bei diesem Ding? Du bist noch nicht weit genug für so ein Projekt. Wenn du dich weiter darin verbeißt, dann gehst du damit den Bach runter.«

Mason hatte sich erhofft, Travis werde sich letztendlich, wenn man ihm Zeit zum Nachdenken gäbe, auf seine Seite schlagen, und würde, wenn auch ohne die rechte Überzeugung, zumindest seine Schwarzmalerei aufgeben. Bis zu diesem Projekt waren Travis und er das ideale Gespann gewesen. Wenn Masons Ehrgeiz über das Ziel hinausschoß, war stets Travis zur Stelle und bremste einerseits Masons ehrgeizige Pläne, fand aber andererseits auch immer einen Weg, vorhandene Chancen weiter auszubauen. Allerdings wäre ohne Masons Ehrgeiz die Firma auch heute noch dasselbe Schmalspurunternehmen wie anfangs in Los Angeles. Bevor das Riverfront-Projekt auf den Tisch kam, hatte sich Travis niemals derart radikal gegen einen Vorschlag von Mason gesperrt.

Ob es nun war, weil die Anforderungen zu sehr gestiegen oder weil die Risikobereitschaft zu weit gesunken war, Travis war vorsichtig geworden. Mitunter gab er Dinge von sich, die bei Mason den Verdacht aufkommen ließen, daß Winter Construction sich nach Travis Meinung mit dem Teil des Marktes zufrieden geben sollte, den sie sich schon erobert hatten.

»Das ist keine Aktionärsversammlung hier«, sagte Mason scharf, verärgert über die Bremsanker, die Travis permanent auswarf.

»Als ich das letzte Mal nachgesehen habe, stand immerhin noch mein Name hier am Eingang.«

»Vielen Dank für den Tip, für die Zukunft werd ich mir's merken«, kommentierte Travis knapp und verließ tödlich beleidigt den Raum.

»Jetzt hast du's geschafft!« fuhr Rebecca ihn an, »Was zum Teufel hast du eigentlich mit dieser Szene erreichen wollen?«

»Anders konnte ich ihn nicht loswerden. Und das muß ich, bis ich das erledigt habe, was jetzt ansteht. Wenn das vorbei ist, werd' ich mich schon noch entschuldigen«, verteidigte sich Mason.

»Und du meinst, damit ist dann wieder alles im Lot?«

»Rebecca, hör auf, es reicht jetzt!« warnte Mason.

»Eins habe ich noch zu sagen«, beharrte sie.

»Dann sag es und mach dich dann auf den Weg. Bis heute abend muß ich wissen, was mit Donaldson los ist«, lenkte Mason ein.

Sie durchbohrte ihn mit ihren Blicken und bemerkte: »Die schlauesten Ratten verlassen das sinkende Schiff zuerst, Mason. Wenn sich das als richtig erweist, was Travis da sagt, und du dich an dem Projekt überhebst, willst du dann wirklich ganz allein vor die Hunde gehen?«

Kurz hielt er unter der Wucht ihrer Worte inne. Widerstrebend ging er auf ihre Warnung ein und setzte vorsichtig hinzu: »Sie haben das Schiff bisher noch nie verlassen, und soweit ich mich erinnern kann, ist es nicht das erste Mal, daß wir Schlagseite haben.«

»Weil bisher immer Respekt da war, und deswegen auch Zusammenhalt. Aber du solltest auch daran denken, daß es das eine ohne das andere nicht gibt.«

Wie immer hatte sie genau ins Schwarze getroffen, ohne schweres Geschütz aufzufahren. »Ich schau mal, ob ich Travis finden kann«, entgegnete er und gab damit zu, daß Rebecca eigentlich recht hatte.

Sie nickte und setzte hinzu: »Und ich versuche, so viel wie möglich über Donaldson herauszukriegen.«

Er war schon halb aus der Tür, als er sich noch einmal umdrehte und ansetzte: »Rebecca ...«

»Ich weiß schon«, antwortete sie.

Diesmal durfte er sich den Abgang nicht zu leicht machen. »Du brauchst mir nichts vorzumachen«, sagte er, »was immer auch passiert, wenn ich untergehe, bin ich bestimmt nicht allein auf dem Schiff. Auch wenn ich dich über Bord werfen würde, du würdest wieder hinten hochklettern.« Verlegen über seine Worte und sein Bedürfnis, sie laut auszusprechen, schaute er zur Seite. Dann spürte er, daß dies die Bedeutung seiner Worte irgendwie abschwächte und zwang sich, sie wieder anzusehen.

Während sie sich so gegenüberstanden und sich gegenseitig ansahen, schien es ihm einen Augenblick lang so, als entdecke er einen Schimmer von Tränen in ihren Augen; doch dann blinzelte sie und hatte einen so klaren Blick wie immer.

»Das wollte ich dir nur kurz sagen«, erklärte er und war erleichtert, als sich die Ecke ihres Mundes zu einem Lächeln verzog. Mit allem, was sie von sich gab, konnte er umgehen, solange es nur keine Tränen waren.

»Ja, ja, du brauchst mich eben immer, weil ich weiß, wo die Rettungsringe sind«, konterte sie.

»Von wegen, Fehlanzeige. Weil ich einen intelligenten Gesprächspartner brauche, wenn ich auf den endlosen Weiten des Ozeans herumtreibe«, gab er zurück und marschierte erleichterten Herzens hinaus. Daß er es allerdings verdient hätte, glaubte er nicht.

35

Mason saß in seinem Büro, als vier Stunden später der Anruf von Rebecca durchkam. Sie rief von ihrem Autotelefon aus an.

»Jetzt setz dich mal hin und halt dich gut fest«, sagte sie einleitend.

»Na komm, gib's mir schon«, sagte Mason und lehnte sich weit in seinem Stuhl zurück; die Spannung und das Warten auf ihren Anruf hatten ihn völlig ausgelaugt.

»Eine Stunde bevor ich dort ankam, hatte Oscar Donaldson sein Land direkt an Southwest Construction verkauft«, eröffnete sie ihm.

»Hundesohn«, keuchte Mason auf. »Warum?« wollte er wissen und entschuldigte sich: »Nimm mir das nicht übel – aber wie ist das passiert?«

»Sie waren bereit, ihm fünfundzwanzig Prozent mehr als wir zu zahlen, aber nur unter der Bedingung, daß er gleich heute unterzeichnen, und sich nicht mit uns in Verbindung setzen und dir damit Gelegenheit zu einem Gegenangebot geben würde«, informierte Rebecca ihn. »Donaldsons Frau erzählte mir, daß die Notare von Southwest bei ihr eingefallen seien wie die Heuschrecken, sobald sie davon gehört hatten, daß Oscar uns um Zeit zum Nachdenken gebeten hatte.«

»Bitte? Sag das noch mal!« fragte Mason, nun plötzlich sehr hellhörig.

»Was denn genau?« wollte Rebecca wissen.

»Daß sie davon gehört hatten, daß Oscar schwankte.«

»Aah«, sagte sie, »ich sehe schon, worauf du hinauswillst.«

»Hattest du mir nicht erzählt, Oscar habe dich heute morgen angerufen? Wie konnte dann irgend jemand außerhalb unseres Büros davon erfahren?« fragte er argwöhnisch.

»Mason, deine Vermutungen gefallen mir überhaupt nicht«, stellte Rebecca fest.

»Dann gib mir bitte eine andere Erklärung«, verlangte er.

Es entstand ein längeres Schweigen am anderen Ende der Leitung. Schließlich gab sie zu: »Das kann ich nicht. Wer sollte so etwas tun?«

Mason hielt sich die Augen mit der Hand zu und schloß so außer seinen Gedanken alle anderen Wahrnehmungen aus. »Ich hab da einen ziemlich logischen Gedanken.«

»Was?« fragte sie, offensichtlich völlig überrascht. »Was ist denn deiner Meinung nach die Erklärung?«

»Komm erst mal hierher«, bat er sie. Er brauchte Zeit, um sich zu erholen und seine Gedanken zu sammeln, und das mußte er allein tun.

»Ich komme so schnell wie möglich, aber ich denke, daß das noch ungefähr eine halbe Stunde dauert. So allmählich fängt der Berufsverkehr hier an«, antwortete sie.

»Und Rebecca«, fügte er noch hinzu, »... erzähl niemand anders davon.«

»Auch nicht ...«

»Nein, niemandem«, sagte er sehr bestimmt.

»Mason, du wirst doch nicht etwa glauben, daß ...«, fragte sie zögernd.

»Ich fürchte schon«, gab er zurück, »komm sofort zu mir ins Büro, wenn du wieder da bist, und dann reden wir darüber.«

Er legte auf und blieb völlig bewegungslos an seinem Schreibtisch sitzen. Seine Verärgerung steigerte sich, je mehr er sich selbst vorwarf, nicht auf seinen Instinkt gehört zu haben. Da ihm der aufsteigende Zorn fast körperlichen Schmerz bereitete, reagierte er seine Wut an einem Bündel Papier ab, das er mit voller Wucht gegen die Wand katapultierte. Beim Aufprall platzte das Bündel auf, und die einzelnen Blätter regneten zu Boden wie überdimensionales Konfetti.

Wenige Minuten später hörte er ein vorsichtiges Klopfen an seiner Tür, und bevor er antworten konnte, steckte Travis schon seinen Kopf zur Tür herein. Obwohl sie in der Zwischenzeit Frieden geschlossen hatten, schmerzten die Wunden aus ihrer Auseinandersetzung noch immer.

»Ich fahr' nochmal kurz zum Hotel und dann von da aus nach Hause«, meldete er kurz. »Gibt's noch was zu besprechen bevor ich weg bin?« Dann fragte er, mit einem Blick auf das am Boden liegende Papier: »Hey, was ist denn hier los?«

»Komm mal herein und mach die Tür hinter dir zu«, forderte Mason ihn auf und überging Travis' Fragen.

»Klingt ja geheimnisvoll«, versuchte Travis zu scherzen.

»Ich will mit dir über Walt reden.«

Travis kam ganz herein. »Was ist los mit Walt?« fragte er.

»Als du ihn vorhin gesehen hast, hast du ihm da zufällig erzählt, daß Oscar Donaldson kalte Füße gekriegt hat wegen der Unterschrift?«

Travis trat von einem Fuß auf den anderen und fragte: »Wieso?«

»Weil ich vermute, daß er vertrauliche Informationen an Southwest Construction weitergegeben hat,« deckte Mason seinen Verdacht auf.

Travis wurde zum zweiten Mal an diesem Tag leichenblaß.

»Was ist denn passiert?« wollte er wissen.

»Oscar hat sein Land an meinen Vater verkauft, und zwar keine zwei Stunden, nachdem er heute morgen mit Rebecca gesprochen und ihr gesagt hatte, daß er noch eine Woche bräuchte, um unser Angebot zu prüfen.«

»Ich versteh' aber nicht, was das –«, wandte Travis ein.

»Außer über jemanden aus unserem Büro kann mein Vater nichts davon erfahren haben, daß Oscar kalte Füße bekommen hatte«, setzte Mason ihm auseinander.

Travis schluckte. »Da könntest du zwar richtig liegen, Mason«, gab er zu, »aber ich glaube, du liegst völlig daneben, was Walt angeht. Der würde sowas einfach nicht machen. Er ist einfach nicht der Typ dafür.«

Mason erhob sich und fing an, in je sechs langen, aufgeregten Schritten zwischen Schreibtisch und Couch hin und her zu laufen. »Ich habe tausendmal darüber nachgedacht«, wütete er, »und das ist die einzig sinnvolle Erklärung. Von Anfang an hat mich irgend etwas an ihm gestört. Ich hätte mehr auf mein Gefühl hören sollen.«

»Vergiß deine Eingebungen«, beharrte Travis, »du hast Walt im Verdacht, weil er so aussieht wie dein Bruder, und nichts weiter. Du hast nicht mal den winzigsten Beweis dafür in der Hand, daß er was mit der Sache von heut' nachmittag zu tun hatte.«

»Und wie kannst du dermaßen sicher sein, daß ich da so vollkommen falsch liege?« fragte Mason mit eisiger Stimme.

»Ich bin mir da eben sicher. Bei dieser Sache mußt du dich einfach auf mich verlassen«, entgegnete Travis störrisch.

Mason beendete seine unruhigen Zimmerdurchquerungen und starrte zum Fenster und hinaus auf das Land, das er gerade verloren hatte. Dann drehte er sich rasch zu Travis und fragte: »Wenn nicht Walt, wer dann?«

Travis faßte sich mit der Hand an die Stirn, so als wolle er etwas aus seinem Kopf herausdrücken. »Wie, zum Teufel, soll ich das wissen? Das Malheur ist jedenfalls passiert, und das Ungeschickteste wäre, jetzt mit einer Hexenjagd anzufangen«, urteilte er.

Es vergingen mehrere Minuten, in denen beide nichts sagten.

Schließlich brach Travis das gespannte Schweigen: »Vielleicht ist es wirklich besser so, Mason«, sagte er. »Du bist einfach zu weit gegangen, weil du dich auch persönlich auf diese Sache eingelassen hast. Jetzt ist alles gelaufen, und du kannst zu deinem Leben zurück und dich um andere Sachen kümmern.«

»Es ist noch längst nicht gelaufen«, meinte Mason mit leisem, drohenden Unterton, »noch lange nicht.«

»Was hast du vor?« fragte Travis.

»Ich will rausfinden, wer da nicht dichtgehalten hat«, verkündete Mason.

»Wie willst du das denn anstellen?« fragte Travis mit besorgtem und angespanntem Gesichtsausdruck.

»Ich besuche einfach meinen Vater. Das hätte ich schon vor langer Zeit tun sollen. Aber vor der Abfahrt muß ich mich noch hier um ein paar Sachen kümmern.«

»Möchtest du, daß ich ...«, setzte Travis an.

»Nein danke, Travis«, schnitt Mason ihm das Wort ab, »vielen Dank für dein Angebot, aber das muß ich selbst tun.«

»Also, wenn du's unbedingt so haben willst«, brummte Travis verärgert, wandte sich zum Gehen und drehte sich dann doch noch einmal um: »Hör mal, Mason, es gibt ein paar Dinge im Leben, von denen läßt man besser die Finger weg.«

»Ja, Travis, aber das Projekt gehört nicht dazu.«

Travis nickte resigniert und verließ den Raum.

Zum ersten Mal seit dem Bestehen des Riverfront-Projekts tauchte bei Mason ernste Besorgnis darüber auf, wieviel es ihn am Ende kosten würde. Nur machte er sich dabei, im Gegensatz zu Travis, keine Gedanken finanzieller Art.

36

Mason stieg aus dem Taxi, bezahlte den Fahrer und ging die Zufahrt zum Haus hoch. Vierzehn Jahre waren eine lange Zeit, und doch hatte sich so wenig geändert. In einer Ecke des Hofs stand eine neue Palme, und wo früher Gras wuchs, lagen nun grüne Kiesel, aber sonst schien es so, als sei die Zeit an dem Haus vorbeigegangen.

Das Haus als solches schlang und wand sich ausladend um einen Innenhof und war, mit seinen weißgetünchten Wänden und dem roten Ziegeldach, im alten spanischen Stil gehalten. Je nach Stimmung konnte man in Richtung Westen über die auf dem Ozean heranrollenden Wogen schauen, oder nach Osten auf die unzähligen Lichter der Stadt, die sich an den Berghängen hochzogen.

Als Kind hatte er die Schönheit der Umgebung für selbstverständlich gehalten. Erst als Teenager wurde er sich bewußt, daß er ein privilegiertes Dasein führte, daß es nicht jedermann vergönnt war, beim Aufwachen durchs offene Fenster das Rauschen der Brandung und die Seemöwen zu hören, und daß Dienstmädchen und Gärtner nicht automatisch zu einem Haus gehörten.

Eigentlich hätten seine Erinnerungen angenehmer Art sein müssen. Natürlich war er auch glücklich dort gewesen, zumindest sagte er sich das selbst, wenn er – was selten genug vorkam – an seine Kindheit zu Hause dachte. Sicher waren Bobby und er damals auch Freunde gewesen, schließlich waren sie ja Brüder.

Und selbst wenn sein Vater seinen jüngeren Sohn zu jener Zeit nicht unbedingt geliebt hatte, so mußte es doch auch Zeiten gegeben haben, als er ihn zumindest nicht offen gehaßt hatte.

Warum erinnerte er sich nur nicht mehr an die Geburtstagsfeiern, die Weihnachtsvormittage und das Lachen beim Anschauen der Comics in der Sonntagszeitung? Dachten sein Vater und sein Bruder je an die gute Zeit von damals? Und wenn sie zurückschauten, gehörte er dann zu ihrer Erinnerung oder blendeten sie ihn so aus, wie man eine Person aus einem Photo herausschneidet?

Was für Erinnerungen würde Kevin an seine Kindheit haben? Würde er Mühe haben, sich die guten Zeiten ins Gedächtnis zurückzurufen? In welchem Winkel seines Gedächtnisses würde er den Tag am Strand mit Mason und Chris aufbewahren? Würde Kevin eines Tages seine Erziehung und sein Elternhaus in Frage stellen, so wie es Mason augenblicklich tat?

Mason trat auf die Veranda und drückte die Haustürklingel. Als er das ihm noch vertraute Glockenspiel hörte, dessen Melodie länger war als die der meisten anderen, fragte er sich, ob es seinen Vater am Halloween-Tag immer noch zur Verzweiflung trieb, wenn eine Horde bettelnder und verkleideter Kinder nach der anderen stürmisch an der Tür schellte.

Gerade war der letzte Ton verklungen, da öffnete sich die Haustür.

Iris stand in der Türöffnung, gekleidet in ein strahlend blaues Kleid. Um den Hals trug sie eine Perlenkette, in der Hand hielt sie ein Glas Wein. »Großer Gott«, flüsterte sie wie vom Schlag gerührt, »Mason, bist du es wirklich?«

»So lange war ich nun auch nicht weg, Mutter«, antwortete Mason kühl.

Sie setzte ihr Glas auf dem Marmortischchen neben der Tür ab und wollte Mason in ihre Arme schließen. »Ich habe immer darauf gehofft und gebetet, aber ich habe nie wirklich geglaubt, daß das möglich wäre«, sagte sie strahlend.

Mason machte einen Schritt zurück. »Ich wollte kein Familientreffen«, stellte er richtig, »ich wollte nur mit Vater sprechen.«

Die Enttäuschung verbannte das aufgeregte Funkeln aus Iris' Augen. Sie ließ ihre Arme an den Seiten herabsinken. »Richtig«, sagte sie und verschanzte sich hinter ihrer unverbindlichen Country-Club-Stimme, »wie konnte ich nur so dumm sein, etwas anderes zu denken.«

Mason fuhr zusammen. Er hatte sie eigentlich nicht verletzen wollen. »Ist er denn da?« erkundigte er sich und versuchte dabei, einen etwas weicheren Ton anzuschlagen.

»Er müßte jede Minute kommen. Möchtest du drinnen auf ihn warten?«

»Bist du sicher, daß Vater das erlauben würde?« fragte er zweifelnd.

»Das spielt keine Rolle. Wie du weißt, ist das hier ja schließlich auch mein Haus«, erwiderte sie völlig unerwartet.

All die Jahre waren zwar beinahe spurlos an dem Haus vorbeigegangen, nicht jedoch an der Frau, die in ihm wohnte. Als Mason noch zu Hause wohnte, hätte Iris Winter niemals die Kühnheit besessen, Besitzansprüche auf eine einzige Rose aus ihrem eigenen Garten zu erheben, geschweige denn auf die ihr zustehende Hälfte des Hauses. »Seit wann das denn?« fragte er, verwundert über das Verhalten seiner Mutter.

»Seit mir klargeworden ist, daß ich es unzählige Stunden gepflegt und es damit doppelt und dreifach abgezahlt habe. In diesem Haus steckt ein Gehalt, das ich mir niemals habe auszahlen lassen. Also möchtest du jetzt hereinkommen oder lieber ein paar Gartenstühle von hinten holen, so daß wir uns draußen hinsetzen und auf deinen Vater warten können?«

»Ich komme lieber herein«, antwortete er schnell und freute sich gleichermaßen über diese Provokation gegen seinen Vater wie über den Mut seiner Mutter, ihn einzuladen.

Nachdem sie in das Wohnzimmer eingetreten waren, Iris Mason ein Glas Wein angeboten und er es abgelehnt hatte, bedeutete sie ihm zunächst, sich auf der Couchgarnitur niederzulassen, und nahm dann neben ihm Platz. Dabei achtete sie allerdings darauf, ihm nicht zu nahe zu kommen, um eine erneute Abweisung zu vermeiden. »Ich gehe mal davon aus, daß dies kein Höflichkeitsbesuch ist«, bemerkte sie.

»Ich komme aus persönlichen Gründen«, entgegnete Mason.

Sie faltete ihre Hände zusammen und legte sie in ihren Schoß, als suche sie nach einer Methode, sie endlich zur Ruhe zu bringen. »Und deswegen bist du also nicht ins Büro gefahren, sondern hierhingekommen?«

Es tat ihm weh zu sehen, wie sehr sie sich bemühte. »Ich habe einen späten Flug von Sacramento aus genommen. Bis morgen hat das, was ich zu sagen habe, keine Zeit«, erklärte er kurz angebunden.

»Bist du dir eigentlich sicher, daß du es überhaupt zur Sprache bringen mußt?« fragte sie mit bemüht unbeteiligter Stimme, doch der flehende Ausdruck in ihren Augen verriet sie.

»Ich sehe schon, du bist ganz die Friedensstifterin von früher geblieben«, bemerkte Mason abweisend.

Sie griff nach seiner Hand, doch er wich ihr aus, bevor sie ihn berühren konnte. Verunsichert fragte sie: »Haßt du mich immer noch so?«

Sie war damals eigentlich nur eine unbeteiligte Zuschauerin gewesen, doch er behandelte sie wie eine Komplizin seines Bruders. »Nein, Mutter, ich hasse dich nicht«, gab er etwas nach, »aber ich traue dir auch nicht. Du kannst nicht zu mir ...«

»... und gleichzeitig zu jemand anders halten?« ergänzte sie fragend. »Mason, wie sollte ich mich anders verhalten?« Sie seufzte mißmutig und fuhr fort: »Da du selbst einen Sohn hast, wirst du vielleicht auch eines Tages begreifen, in welche Lage dein Vater und du mich damals gebracht habt. Aber dafür ist es wohl noch zu früh.«

»Woher weißt du, daß ich einen Sohn habe?« fragte er sie und bemühte sich, seine Erregung nicht durch seine Stimme zu verraten. An Iris' Gesichtsausdruck konnte er erkennen, daß sie ihren Fehler bemerkt hatte. Die Atmosphäre zwischen beiden knisterte förmlich vor Spannung.

»Das kann ich dir nicht erzählen«, erklärte sie, »ich würde damit ein Vertrauensverhältnis zerstören.«

Damit bestätigte sie nur, was Mason ohnehin schon kurz vor der Landung vermutet hatte. Nur seine innerliche Weigerung, die Wahrheit zu akzeptieren, hatte ihn am Erkennen der ganz offenkundigen Tatsachen gehindert.

Um sich irgendwie abzulenken, stand er auf und ging zum Kamin hinüber. Er stützte sich mit einem Ellbogen auf den Sims und starrte auf ein Gemälde weiter oben an der Wand, ohne jedoch wirklich etwas wahrzunehmen. »Wenn man sich das einmal so richtig vorstellt, ist es eigentlich faszinierend – die Person, die mich betrügt, erweckt bei meiner Mutter Vertrauen.«

»Niemand hat dich betrogen«, widersprach sie ihrem Sohn.

»Ach ja?« bemerkte Mason bissig, »und wie würdest du das nennen?«

»Die Person, die mir von Kevin erzählt hat, ist jemand, dem sehr viel an dir und auch an mir liegt«, erwiderte sie.

In dem Moment waren Schritte auf den Fliesen des Korridors zu hören. Sekunden darauf betrat Stuart Winter den Raum.

Mason starrte seinen Vater gebannt an. Das Alter tat seiner Erscheinung keinen Abbruch; er wirkte eher noch stattlicher. Die letzten schwarzen Haare auf seinem Kopf waren verschwunden; eine graue Löwenmähne krönte sein Haupt und umrahmte sein Gesicht, das von jahrelanger Arbeit im Freien wettergegerbt war. Sein Körper erschien so schlank und aufrecht wie eh und je, sein süffisantes Grinsen so verächtlich wie immer.

Stuart knöpfte seine Jacke auf und stemmte die Hände auf die Hüften. »Na Söhnchen, hoffentlich glaubst du kein einziges Wort von dem Gewäsch«, höhnte er und grinste selbstgefällig von einem Mundwinkel zum anderen.

»Stuart! Wie lange stehst du schon dort und hörst zu?« fragte Iris empört.

Er ignorierte ihre Frage und konzentrierte sich weiter völlig auf Mason. »Du weißt, ich war nie ein großartiger Ratgeber«, sagte er trocken, »aber heute abend will ich eine Ausnahme machen – schließlich bist du ja den weiten Weg hierhergekommen und hast dir die Zeit genommen, uns mal Guten Tag zu sagen. Wenn ich du wäre, dann wäre ich sehr vorsichtig mit allen Leuten, die mir weismachen wollen, sie bohrten mir das Messer nur zu meinem Besten in den Rücken.« Er lachte amüsiert in sich hinein. »Das sind nämlich diejenigen, die auch dem eingehendsten Blick standhalten.«

»Genug jetzt, Stuart«, protestierte Iris scharf und stand mit einem Ruck auf, »deine Gehässigkeit reicht mir langsam.«

Erstaunt schauten sowohl Mason als auch Stuart auf sie. Iris drohte nicht nur, sondern teilte anscheinend auch aus.

»Ich lasse es nicht zu, daß du so mit Mason redest«, fuhr sie fort, bevor sich Stuart von seiner Verwunderung erholen und auf ihren Ausbruch reagieren konnte, »du hast ihn genug verletzt. Es ist langsam an der Zeit, daß ihr – alle beide – euren Streit ein für allemal beilegt.«

Stuart fixierte seine Frau mit zusammengekniffenen Augen und erwiderte mit drohendem Unterton: »Der Streit kommt erst noch. Deinen geliebten Sohn lege ich mir gleich erst mal übers Knie, damit er seine Lektion lernt – und die wird er so schnell nicht mehr vergessen.«

»Warum tust du mir das alles an?« fragte ihn Mason, der nun seine Chance gekommen sah, das in Angriff zu nehmen, weswegen er hierher gekommen war: »Warum all das nach so langer Zeit?«

Stuart warf lachend den Kopf in den Nacken. Offensichtlich vergnügte es ihn, so etwas wie einen flehenden Unterton in Masons Stimme zu entdecken. »Ganz einfach: weil sich die Gelegenheit geboten hat, Herr Großunternehmer«, spottete er.

»Du kannst dabei nicht gewinnen«, warnte Mason ihn und achtete darauf, in seiner Stimme nicht das geringste Quäntchen Zweifel mitschwingen zu lassen.

»Ich warne dich, Stuart«, fuhr Iris dazwischen, »wenn du so weitermachst, dann …«

»Ach, da hast du aber ein schönes kleines Steinchen für deine Steinschleuder gefunden, nicht wahr, Söhnchen?« spottete Stuart und ignorierte Iris, indem er sie einfach übertönte, »aber ich würde mich nicht allzusehr darauf verlassen, daß derselbe Trick zweimal funktioniert. Vielleicht siehst du ja neben deinem Daddy mittlerweile etwas mehr wie ein Erwachsener aus, aber David bist du deshalb noch lange nicht!«

»Ach, und seit wann bist du Goliath? Ist das das Bild, das du selbst von dir hast?« Er ging langsamen Schrittes quer durch den Raum auf seinen Vater zu und fragte provozierend: »Und was wäre dann Bobby? Dein Schildträger?«

»Gib's auf, Mason, du machst dir ja schon in die Hose«, lachte Stuart ihn aus.

Mason setzte ein Grinsen auf, hütete sich aber, dabei allzuviel Selbstvertrauen auszustrahlen. Sein Vater sollte ihn für mutig und naiv, auf keinen Fall aber für gewitzt halten. »Ach, darf ich vielleicht wissen, wie du darauf kommst?« fragte er.

»Weil du sonst nicht hierhergekommen wärst«, gab Stuart zurück.

»Ich wollte dir nur sagen, daß es besser für dich ist, deine Finger von Sacramento zu lassen. Sobald Southwest dort auf der Bildfläche erscheint, mach' ich dich fertig«, machte Mason ihm unmißverständlich klar. Im selben Moment fing irgendwo weiter hinten in der Wohnung ein Telefon zu klingeln an.

»Wie willst du mir etwas anhaben, wenn du noch nicht einmal deine eigenen Geschäfte vernünftig führen kannst?« provozierte Stuart ihn und stieß Mason dabei mit dem Zeigefinger gegen die Brust. Ohne eine Möglichkeit zu verschenken, Mason zu demütigen, fügte er wie ein Vater, der seinen aufsässigen Sohn maßregelt, noch hinzu: »Ganz abgesehen von den Leuten, die für dich arbeiten.«

»Und, wer hat für dich die Drecksarbeit besorgt?« erkundigte sich Mason, der das Pochen seines Herzschlags jetzt sogar in den eigenen Ohren wahrnahm. Auch wenn sich die Lage genau in der Weise entwickelte, wie er es vorausgeplant hatte, bemerkte er, daß er der Tragödie zunehmend schutzlos ausgeliefert war. Wenn er nicht aufpaßte, würde er die für den Erfolg seines Vorhabens notwendige Selbstbeherrschung verlieren. Denn auch wenn sein Vater arrogant und charakterlos sein mochte: auf den Kopf gefallen war er ganz bestimmt nicht.

Unbeachtet läutete das Telefon weiter.

Stuarts triumphierendes Grinsen enthüllte seine von fünfzig Jahren Tabakkonsum gelben Zähne. »Das wäre ja wohl etwas zu einfach. Warum sollte ich dir verraten, wer bei euch geplaudert hat, wenn du dir daran den Kopf zerbrechen kannst, bis du nicht mehr weißt, wo oben und unten ist?«

»Weil du dann nicht das Gesicht sehen kannst, daß ich machen werde, wenn ich es herausfinde«, konterte Mason.

Masons Logik machte Stuart für einen Augenblick perplex und ließ ihn ratlos erscheinen. Anstatt auf Masons Worte zu reagieren, wandte er sich an Iris: »Kannst du nicht mal an das verdammte Telefon gehen?« fragte er.

Iris sah ihren Sohn an. »Mason, –«, setzte sie an.

»Ist schon alles in Ordnung, Mutter«, versicherte er ihr schnell und dankte ihr so dafür, daß sie für ihn Partei ergriffen hatte. Natürlich würde sie ihn vor Stuart genausowenig schützen wie die Entwicklung der Ereignisse ändern können. Es reichte ihm schon, daß sie zu seinen Gunsten Stellung bezogen hatte, wie vergeblich auch immer ihre Anstrengung sein mochte.

»Nun?« stichelte Mason, nachdem sie das Zimmer verlassen hatte, »willst du es mir jetzt nicht mal erzählen?«

»Ich muß zugeben, die Versuchung ist groß. Aber ich möchte meine Informationsquellen noch nicht preisgeben, denn dazu ist es zu früh.«

Ständig weiter nachzubohren war die einzige Möglichkeit, seinen Vater davon zu überzeugen, daß er immer noch nicht wußte, wer die Informationen an ihn weitergegeben hatte. »Du glaubst ja wohl nicht, daß ich noch irgendeinem Angestellten wichtige Informationen gebe, bis ich das herausgefunden habe«, erwiderte Mason.

»Um so besser«, freute Stuart sich hämisch, »es ist bestimmt interessant, mal zu sehen, wie lange du den Versuch durchhalten kannst, das ganze Unternehmen allein zu leiten.« Er lachte in sich hinein. »Mal ganz zu schweigen von der Motivation, die deine Besorgnis um dein Privatleben dir für deine Aufgaben übrig läßt. Das ist ja fast noch schöner, als ich gehofft hätte.«

Damit hatte er tatsächlich einen empfindlichen Punkt getroffen. »Ich würde Winter Construction verkaufen, ehe ich zuließe, daß meinem Sohn etwas passiert ... oder meiner Frau.«

Stuart sperrte seinen Mund vor Überraschung auf. Die wenigen Sekunden, die Stuart benötigte, um seine Fassung wiederzuerlangen, sprachen Bände. Mason war klar, daß sein Vater nichts von Chris und Kevin wußte. Und trotzdem wußte er anscheinend alles über das Riverfront-Projekt. Was nur Minuten zuvor völlig klar erschien, war plötzlich absolut unlogisch.

Bevor Stuart irgend etwas auf Masons versehentlichen Ausrutscher entgegnen konnte, trat Iris wieder in den Raum. Ihr Gesicht wirkte betreten. »Mason, der Anruf war für dich. Eine Frau namens Rebecca hat mir aufgetragen, ich solle dir sagen, daß Kevin im Krankenhaus liegt.«

Ein übelkeiterregendes Gefühl, dasselbe schon einmal erlebt zu haben, überkam Mason. Er kämpfte gegen den Druck auf seiner Brust, um weiteratmen zu können. »Was ist passiert?« fragte er. Seine Angst vor ihrer Antwort war ebenso groß wie das verzweifelte Verlangen, etwas zu erfahren.

»Sie hat gesagt, er habe Grippe. Sie fährt jetzt zum Krankenhaus, um bei Chris zu sein.«

»Die Grippe?« fragte er verblüfft. Warum lag Kevin mit so einer harmlosen Sache wie einer Grippe im Krankenhaus? Er vermochte sich keinen rechten Reim darauf zu machen. Plötzlich trat es ihm wieder deutlich vor Augen: Jedesmal hatte Chris anscheinend maßlos auf Kevins Bauchschmerzen überreagiert. Ihm fiel ein, daß er hatte Kevin zum Schifahren mitnehmen wollen, und sie sich mit dem Argument, sie wolle ihn nicht wieder im Krankenhaus sehen, dagegengestellt hatte. Schließlich erinnerte er sich an ihre Angst, Kevin in Menschenmengen mitzunehmen ... Verdammt, hysterisch und überängstlich war Chris bestimmt nicht, dazu kannte er sie mittlerweile zu gut. Warum hatte er so lange gebraucht, um zu erkennen, daß sein Sohn nicht unsterblich war?

»Ich nehme an, dieser sogenannte Kevin ist dein Sohn«, schaltete sich Stuart wieder ein. Er grunzte verächtlich. »Es überrascht mich nicht allzusehr, daß du ein schwächliches Kind in die Welt gesetzt hast.«

Mason wandte sich seinem Vater zu und warnte: »Paß auf, was du sagst.«

»Mason«, rief Iris, rannte durch den Raum und stellte sich zwischen die beiden Männer. »Mach bitte keine Dummheiten«, flehte sie ihn an, »er ist es nicht wert.«

Sie sah Stuart ins Gesicht. »Verschwinde aus diesem Zimmer!« befahl sie.

»Niemand hat mir zu sagen, was ich in meinem eigenen Haus tun oder lassen soll«, gab er genauso aggressiv zurück.

Iris wandte sich wieder Mason zu und nahm sein Gesicht zwischen ihre Hände, so daß er sie ansehen mußte. »Meine Handtasche hängt in der Flurgarderobe«, sagte sie ihm langsam und deutlich, als spräche sie mit einem Menschen, der unter Schock steht, »und darin sind die Schlüssel zum Mercedes. Nimm sie und setz den Wagen aus der Garage. Ich warte unten an der Straße auf dich.«

Mason nickte. Er sah seinen Vater an. Erst als er feststellte, daß in dessen Blick keine Spur von Anteilnahme lag, wurde ihm bewußt, daß er einen kurzen Moment lang voller Naivität gehofft hatte, dort einen Funken von Verständnis oder einen Hauch von Anteilnahme zu entdecken. Wie betäubt tat Mason, was seine Mutter angeordnet hatte, ohne weiter darauf zu achten, daß er seinen Plan nicht zu Ende geführt hatte.

Iris' Handtasche hing immer noch an dem Haken, an dem sie auch schon in seiner Kindheit gehangen hatte. Auf dem Weg zur Garage zog er den Reißverschluß auf und durchwühlte den Inhalt nach den Schlüsseln. Als er schon neben dem Wagen stand und sie immer noch nicht gefunden hatte, ging er an die Werkbank und schüttete alles auf die Arbeitsfläche. Ein kleines Photo fiel heraus und landete auf dem Boden. Mason bückte sich, hob es auf und war wie vom Blitz getroffen, als er sich Kevins lächelndem Gesicht gegenübersah.

Nur ein Mensch konnte Iris dieses Bild gegeben haben.

Die Erkenntnis schmerzte so sehr, daß er die Augen schließen mußte. Nicht Chris, schrie eine Stimme in seinem Innern, bitte ... nicht Chris! Er brauchte Chris.

Gab es denn niemanden mehr, dem er vertrauen durfte?

37

Chris hörte schnell herannahende Schritte auf dem Gang und blickte genau in dem Moment von ihrem Buch auf, als Mason die Tür zu Kevins Krankenzimmer öffnete. In seinen Augen stand dieselbe panische Verzweiflung geschrieben, die Chris schon unzählige Male in ihrem eigenen Spiegelbild erkannt hatte.

Mason war nicht im Büro gewesen, als sie ihn heute angerufen hatte. Chris hatte deshalb Rebecca – und nicht Janet – die Nachricht von Kevins Krankenhauseinweisung hinterlassen, da sie der Meinung war, daß er diese Neuigkeit besser von einer ihm nahestehenden Person erfahren sollte. Doch die Information, daß es sich um nichts Ernstes handelte und Kevin nur der Vorsicht halber eingewiesen worden war und nicht, weil er schwer erkrankt war, war in dem Durcheinander untergegangen.

Als eine knappe Stunde später eine völlig aufgelöste Rebecca bei ihr auftauchte und ihr mitteilte, daß sie Mason in Santa Barbara im Haus seiner Eltern ausfindig gemacht hatte, hatte Chris sofort erahnt, welche Qualen Mason leiden würde. Deshalb hatte sie darauf bestanden, ihn unterwegs ausfindig zu machen und ihm zu erzählen, was wirklich passiert war.

Nach Dutzenden von Telefonaten hatten sie schließlich herausgefunden, daß er für den Rückflug ein Privatflugzeug gemietet hatte und auf keinen Fall vor der Landung zu erreichen sein würde. Rebecca war zum Flughafen gefahren, um ihn bei der Ankunft abzufangen. Soeben hatte sie sich gemeldet und Chris mitgeteilt, daß sie ihn um nur wenige Minuten verpaßt hatte.

So fühlte Chris nun unmittelbar, welche Hölle Mason durchmachte und verspürte von ganzem Herzen Mitleid für ihn. Sie stand auf und ging ihm entgegen. »Es geht ihm gut, Mason«, beruhigte sie ihn, bemüht, ihrer Stimme einen festen und ruhigen Klang zu geben.

Er ging auf ihren Beruhigungsversuch gar nicht erst ein und ließ sie einfach stehen, um an Kevins Bett zu treten. Mit einem Blick überflog er die Bildschirme und Herzstrommonitore und verharrte schließlich auf seinem schlafenden Sohn. »Was ist passiert?« fragte er nachdrücklich.

Chris trat dicht an ihn heran und antwortete im Flüsterton: »Er hat die Grippe.«

»Und was noch?«

»Durchfall und Erbrechen.«

»Ja, und was noch?« bohrte Mason weiter, im Glauben, sie wolle ihm etwas verheimlichen.

»Nichts weiter.«

Überschäumend vor Wut drehte er sich zu ihr um. »Man steckt jemanden nicht einfach ins Krankenhaus, nur weil er Durchfall und Erbrechen hat.«

»Wenn es sich um jemanden wie Kevin handelt, dann schon«, widersprach sie ihm, nahm ihn beim Arm und führte ihn zum anderen Ende des Zimmers, wo sie nicht so laut zu hören waren. Kevins Zustand war vermutlich nicht kritisch, doch er war krank und brauchte so viel Schlaf wie möglich.

»Was zum Teufel willst du damit sagen?« erkundigte sich Mason irritiert.

»Kevin erleidet schneller gefährliche Flüssigkeitsverluste als jemand, der einen vollständigen Darm hat«, erklärte sie ihm geduldig. »Er kann sehr schnell sehr krank werden und in einen Schockzustand fallen. Da das schon zweimal passiert ist, geht Dr. Caplan kein Risiko mehr ein. Sobald Kevin irgendwelche Symptome zeigt, behandelt er sie sofort.«

Er packte sie an den Armen und sagte mit eher grollender als mit flüsternder Stimme: »Das hast du die ganze Zeit gewußt und es nicht für nötig befunden, mir davon zu erzählen.«

Sie befreite sich aus seinem Griff und verlor langsam ihre Geduld. Mason ging in seiner Sorge um Kevin einfach zu weit. »Bei welchem unserer letzten eingehenden und ausführlichen Unterhaltungen hätte ich dir davon erzählen können?« konterte sie sarkastisch.

Sein verärgerter Gesichtsausdruck verzog sich zu einer verächtlichen Miene. »Du hättest es zumindest meiner Mutter sagen können«, bemerkte er und hielt inne, um die Worte wirken zu lassen. »Ich bin sicher, daß sie diese Informationen unter den gegebenen Umständen gern weitergegeben hätte.«

Chris spürte einen Schauder, als würde jemand seine kalte Hand auf ihren Rücken legen. Warum hatte Iris ihm von ihrem Treffen erzählt, obwohl sie doch selbst auf absolutem Stillschweigen bestanden hatte? Das war nicht fair. Angesichts all dessen, was sie und Mason bereits durchgemacht hatten und noch durchmachen würden, warum auch das noch? Und, verflixt noch mal, warum gerade jetzt? »Es ist jetzt nicht die richtige Zeit oder der Ort, um darüber zu reden, Mason«, sagte sie matt.

»Wenn du mir etwas zu sagen hast, dann besser jetzt, denn es wird für uns keine andere Zeit und keinen anderen Ort geben«, drohte er und schob sie zur Seite, als sie ihm nicht sofort antwortete. Er verbannte sie ebenso schnell aus seinem Blickfeld, wie er sie soeben aus seinem Leben gestrichen hatte. Er nahm den Plastikstuhl, auf dem Chris gesessen hatte, mit an Kevins Bett. Dort setzte er sich hin und umfaßte mit größter Behutsamkeit die kleine Hand, die auf der grünen Bettdecke lag.

Erschöpft von allem, was bereits an diesem Tag und in den Monaten zuvor passiert war, stand Chris da, starrte auf Mason und fragte sich, was sie jetzt noch tun solle. Es wäre so leicht, dem Ganzen an diesem Punkt ein Ende zu machen, den Kampf aufzugeben, die Scherben aufzusammeln und ihr Leben einfach weiterzuführen.

Doch vor diesem Gedanken schrak sie zurück. Sie war nicht der

Typ, der immer den bequemsten Weg wählte. Wenn irgendwo ein steiniger Pfad existierte, spürte sie ihn mit Sicherheit auf und war stets bemüht, sich selbst davon zu überzeugen, daß sich der Weg schon allein wegen der unberührten Landschaft lohnen würde.

Ob es nun sinnvoll war oder nicht, sie konnte nicht einfach alles stehen- und liegenlassen und weggehen. Sie würde Mason nicht aufgeben, auch wenn er es seinerseits offensichtlich bereits getan hatte.

Richtig oder falsch, sie liebte ihn.

Geräuschlos schlich sie aus dem Zimmer und ging in die Empfangshalle, um zu telefonieren.

Zwanzig Minuten später kam Mary.

»Warum hast du mir nicht schon früher Bescheid gegeben?« schimpfte sie, als sie Chris im Wartezimmer traf.

»Es ging alles so schnell, und er erholt sich gut. Dr. Caplan sagt, daß er wahrscheinlich schon in ein paar Tagen nach Hause kann.« Entschlossen, ihren Plan auszuführen, drehte Chris sich um und wollte sich erneut auf den Weg zur Kinderstation machen. »Ich hätte dich heute abend bestimmt nicht angerufen, doch ich möchte nicht, daß Kevin alleine ist, wenn er aufwacht.«

»Ich vermute, dieser mysteriöse Auftrag hat etwas mit Mason zu tun?« forschte Mary nach.

»Ja«, gab sie zu. »Es gibt einige Dinge zwischen uns zu klären. Ich habe das Gefühl, es könnte vielleicht zu spät sein, wenn ich damit noch länger warte.«

Mary ließ ein geringschätziges Schnauben hören. »Es ist sowieso schon längst fällig, daß einer von euch den ersten Schritt macht.«

Sie kamen zu Kevins Zimmer. »Gib mir einen Moment Zeit«, bat Chris.

Mary nickte verständnisvoll. »Ich warte beim Schwesternzimmer.«

Chris atmete tief durch und trat ein. Mason saß noch immer dort, wo sie ihn verlassen hatte, seine Arme auf das Bett gestützt, und eine Hand Kevins in seiner Hand. Sie ging zu ihm und sagte in ruhigem und bestimmtem Ton: »Ich möchte mit dir reden.«

Er blickte nicht auf. »Es gibt nichts mehr zu reden.«

Leicht machte er es ihr wirklich nicht. Die einzige Möglichkeit, ihn aus dieser Haltung herauszulocken, war wohl, ihn noch wütender zu machen. »Verdammt noch mal, Mason, hör auf, dich wie ein kleiner Junge zu benehmen, der gerade festgestellt hat, daß es keinen Nikolaus gibt. Wenn du darauf bestehst, kann ich dir das, was ich zu sagen habe, auch gleich hier erzählen. Doch dann würden wir wahrscheinlich Kevin wecken, und ich bin mir sicher, daß das genausowenig in deinem Interesse liegt wie in meinem.«

Er zögerte, bevor er Kevins Hand behutsam auf die Bettdecke zurücklegte. Als er sich zu Chris wandte, sah er sie mit solcher Wut an, daß sie schauderte. »Ich komme mit, aber nur, weil du etwas hast, das ich haben will.«

Sie redete sich ein, daß es ihr egal sei, warum er mitkam, Hauptsache, er kam überhaupt. Also verkniff sie sich die passende Antwort und ging als erste aus dem Zimmer.

»Was macht sie denn hier?« wollte Mason wissen; kaum, daß sie auf dem Gang waren, hatte er Marys Gegenwart registriert.

»Sie bleibt bei Kevin, solange wir uns unterhalten.«

Er verschränkte die Arme auf der Brust und lehnte sich gegen die Wand. »Gib's auf, Chris.« Er stützte sich mit einem Fuß an der Wand ab und starrte auf die gelbe Linie, die in der Mitte des Ganges verlief. Nach einigen Sekunden blickte er sie wieder an und erklärte: »Ich hab' dir doch gesagt, daß mich nicht interessiert, was du zu sagen hast. Wann wirst du das endlich begreifen?«

Mary verließ das Schwesternzimmer und kam auf sie zu. Sie nickte Mason zu, sah Chris kurz in die Augen und ging dann in Kevins Zimmer, ohne zu einem der beiden ein Wort zu sagen.

»Laß uns gehen«, sagte Chris.

Resigniert raufte sich Mason die Haare und stöhnte: »Ich hätte es wissen sollen. Bei dir ist nichts einfach oder umkompliziert. Also, vergiß es, ich gehe nirgendwohin, auf gar keinen Fall.«

»Einen Teufel wirst du tun«, erwiderte sie, »diese Nacht bist du mir schuldig; und eins schwöre ich dir, ich bestehe darauf.« Sie nahm seinen Arm.

Er machte sich von ihr los. »Wie kommst du denn jetzt darauf?«

Sie hätte ihm Hunderte von Antworten geben können, doch alle hätten ihre Gefühle ihm gegenüber verraten, womit sie sich nur blamiert und verletzbar gemacht hätte. Deshalb entschied sie sich für das Absurde. »Weil ich mich von dir überreden ließ, zum Picknick ein Hähnchen mitzunehmen.«

Sein Blick war voll Feindseligkeit. »Ist das deine Art, Witze zu machen?«

Sie entschloß sich, die Frage zu übergehen. »Mein Auto steht draußen. Wir können fahren oder zu Fuß nach Hause gehen. Was ist dir lieber?« So oder so würden sie für den Weg weniger als zehn Minuten brauchen. Wenn sie jedoch zu Fuß gehen würden, könnte die Spannung zwischen ihnen vielleicht durch die körperliche Bewegung etwas nachlassen.

Mason sah zur Tür von Kevins Zimmer. »Bist du sicher, daß wir ihn allein lassen können?« wollte er wissen. Es waren die ersten vernünftigen Worte aus seinem Mund.

»Mary ist jedes Mal, wenn Kevin im Krankenhaus war, nachts bei ihm geblieben. Ich würde ihr sein Leben anvertrauen. Außerdem kann sie uns, falls irgend etwas passieren sollte – was bestimmt nicht der Fall sein wird – sofort telefonisch erreichen.«

Mason gab ein verächtliches Lachen von sich. »Vertrauen?« spottete er. »Es muß schön sein, wenn man jemandem vertrauen kann.«

Sie stellte sich vor ihn hin und zwang ihn, sie anzusehen. »Das verdiene ich nicht.«

Er öffnete seinen Mund, um ihr zu antworten, besann sich dann jedoch eines Besseren. »Na gut, nicht hier.«

Sie spürte einen Kloß im Hals. Jetzt, wo er sich bereit erklärt hatte mitzukommen, war sie von ihrer Idee nicht mehr so überzeugt. Das Krankenhaus war neutrales Gebiet. Zu Hause würde es dagegen keinen Grund geben, zu flüstern oder seine Worte so vorsichtig zu wählen wie hier.

Die Tatsache, daß sie sich fürchtete, machte ihre Angst nur noch größer. Unvorstellbar, daß sie noch vor weniger als vier Monaten krampfhaft bemüht gewesen war, Mason aus ihrem Leben herauszuhalten. Nun stand sie da und suchte verzweifelt nach einer Möglichkeit, ihn zu halten.

»Nun, du hast recht – dies ist nicht der rechte Ort«, antwortete sie ihm schließlich. Sie wandte sich zum Gehen und seufzte erleichtert, als er ihr folgte.

Da Mason darauf bestand, nur so kurz wie möglich nicht per Telefon erreichbar zu sein, nahmen sie Chris' Auto. Die körperliche Betätigung – und damit die Möglichkeit einer gewissen Entspannung – entfiel also.

»Es tut mir leid, daß ich keine Gelegenheit hatte, dir von deiner Mutter zu erzählen, bevor du es selbst herausfinden konntest«, entschuldigte sich Chris und öffnete die Haustür. Sobald sie im Wohnzimmer war, warf sie ihre Handtasche und das Sweatshirt auf den nächsten Stuhl. »Ich habe es mehrmals versucht, aber in letzter Zeit war es nicht gerade einfach, mit dir zu reden.«

»Leid tun macht es auch nicht mehr besser, Chris«, wies er sie ab und ging ihr nach, um eine Lampe anzuknipsen, »genausowenig, wie die Schuld auf mich abzuwälzen. Du hattest genug Möglichkeiten, mir zu erzählen, daß meine Mutter hier war, und trotzdem hast du es nicht getan.« Er wandte sich ihr mit einem vorwurfsvollen Blick zu und ergänzte: »Verdammt noch mal, wir leben schließlich in ein und demselben Haus.«

»Warum kannst du mir nicht einfach einmal glauben?«

»Warum sollte ich?« konterte er.

»Weil ich dir nie einen Grund gegeben habe, an mir zu zweifeln«, versuchte Chris ihm klarzumachen.

»Wenigstens keinen, von dem ich etwas wüßte«, gab er zurück.

»Nun mach aber mal einen Punkt.« Sie war froh, sich durch berechtigte Entrüstung einen kleinen Vorteil verschaffen zu können. Da ihr sonst keinerlei Hilfe blieb, nahm sie jede sich bietende Möglichkeit wahr. »Du hast kein Recht, mir so etwas zu sagen, das weißt du genau. Ich gebe zu, daß ich dir wahrscheinlich von dem Besuch deiner Mutter hätte erzählen müssen, aber damals habe ich nichts Falsches darin gesehen, ihr einige Monate Zeit zu geben, damit sie es dir selbst sagen könnte.«

»Hast du mich deshalb hierhergebracht, um mich davon zu überzeugen, daß du in Wirklichkeit auf meiner Seite stehst und nie etwas tun würdest, was mir schaden könnte?« fragte er perplex.

Als würde er plötzlich von Erschöpfung übermannt, ließ er sich schwer in den Sessel neben der Lampe fallen, gab einen resignierten Seufzer von sich und vergrub sein Gesicht in den Händen. Als er Chris einige Sekunden später wieder anblickte, hatte er jedoch seine Maske von neuem aufgesetzt, und seine Stimme war tonlos und niedergeschlagen. »Es gibt bereits genügend solcher Leute in meinem Leben, Chris. Für noch mehr von der Sorte ist einfach kein Platz mehr.«

Sie erkannte plötzlich, daß etwas in Mason vor sich ging, von dem sie bisher noch nichts wußte. Irgendwie war auch sie davon betroffen, obgleich sie nichts Konkretes damit zu tun hatte. Die kalte Hand, die sich auf ihren Rücken gelegt hatte, schob sich an der Wirbelsäule entlang aufwärts und umfaßte ihren Nacken, so daß sie das Gefühl bekam, jemand wolle ihr die Luft abdrücken. Wie sollte sie nur gegen einen unbekannten Feind ankämpfen?

»Warum bist du so entschlossen, mich loszuwerden?« wollte sie wissen, verzweifelt bemüht, einen Anhaltspunkt dafür zu finden, was eigentlich los war.

»Das liegt doch wohl auf der Hand. Ich will dich nicht. Und mit Sicherheit brauche ich dich nicht. Wenn du nicht Kevins Mutter wärst, hätten wir nie miteinander zu tun gehabt«, erklärte Mason abweisend.

Ihr schwammen alle Felle davon. Er wollte ihr einfach nicht die Zeit oder die Möglichkeit geben, ihm in Ruhe alles zu sagen. »Du lügst«, protestierte sie.

Er lehnte sich in seinem Sessel zurück und schüttelte verwundert den Kopf. »Erzähl' mir um Gottes willen nicht, daß du dich tatsächlich der Illusion hingegeben hast, du würdest mir etwas bedeuten.«

Sie beobachtete mehr sein Gesicht, als daß sie auf seine Worte hörte. Alles, was sie wissen wollte, erkannte sie in dem gequälten, einsamen Blick, den er ihr zuwarf, wie ein Kind, das bemüht ist, alle anderen davon zu überzeugen, daß es ihm wirklich nichts ausmacht, erst als letztes für die Mannschaft aufgestellt zu werden. Sein fast krampfhaftes Bemühen, seine wahren Gefühle zu verbergen, würde Chris' Offenbarung für ihn bedrohlich machen. Dennoch spielte sie ihren Trumpf aus. »Ich liebe dich, Mason«, erklärte sie ihm.

Er stöhnte, als hätte sie ihn geschlagen, und sah dann weg. »Tu mir das nicht an, Chris.«

»Ich habe lange gebraucht, um es zu erkennen«, fügte sie hinzu, wobei ihr Mut angesichts der Intensität seiner Reaktion ins Schwanken geriet. »So lange«, fuhr sie sanft fort, »daß mir, als ich es merkte, sofort klar war, daß ich nichts dagegen tun konnte.«

Er sah sie mit dem verängstigten Blick eines gehetzten Tieres an. »Ich will nicht, daß du mich liebst.«

»Ich bin nicht Susan«, stieß sie hervor. Jetzt mußte sie ihm einfach alles sagen. »Und ich bin auch nicht Diane. Ich bin ich. Ich kann dir nicht versprechen, daß ich nicht eines Tages von einem Auto überfahren werde oder neben dem falschen Gebäude stehe, wenn es ein Erdbeben gibt, aber ich habe bereits 37 Jahre überlebt. Und ich sehe wirklich keinen Grund, warum ich es nicht weitere 37 Jahre schaffen sollte.«

Mit dem sehnlichen Wunsch, ihn zu berühren, ging sie quer durch das Zimmer, kniete sich vor ihm hin und zwängte sich zwischen seine Beine. »Ich werde dich nicht verlassen, Mason. Verlaß du mich bitte auch nicht.«

Er versuchte aufzustehen, doch sie hielt ihn behutsam an den Armen fest, und sein Kampfgeist schwand dahin. Langsam setzte er sich wieder. Als er sich wegdrehte, nahm sie sein Gesicht in ihre Hände und zwang ihn, sie anzusehen. Irgendwie mußte sie sich ihm verständlich machen. »Ich liebe dich«, wiederholte sie.

Schließlich sah er sie an. »Es tut mir leid, Chris, aber ich kann dich nicht lieben.« Er nahm ihre Hände von seinem Gesicht.

Zum ersten Mal kam es ihr in den Sinn, daß sie sich vielleicht irrte und er sie wirklich nicht liebte. »Warum kannst du das nicht?« wollte sie wissen und wagte sich mit dem Mut der Verzweiflung auf gefährliches Terrain vor; eine andere Möglichkeit blieb ihr nicht mehr.

»Das hat nichts mit dir zu tun«, antwortete er. »Der Grund bin ich selbst, und du hattest recht. Die Liebe zu Susan und dann zu Diane hat mich verändert. Aber du irrst dich, wenn du glaubst, daß alles wieder ins Lot kommen wird, nur weil ich dich kenne. Der Teil von mir, der dich hätte lieben können, existiert nicht mehr, Chris. Er ist vor langer Zeit gestorben. Es ist nichts davon übriggeblieben.«

»Das glaube ich nicht«, wandte sie ein; sie konnte es wirklich nicht.

Er packte sie bei den Armen und hielt sie ein Stück auf Distanz. »Was könnte dich denn nur überzeugen?« fragte er mit Verzweiflung in der Stimme.

Chris war es, als habe ihr Herz zu schlagen aufgehört. Was ihr im Krankenhaus so einfach erschienen war – die Vorstellung, sie müsse sich nur überwinden und Mason ihre Gefühle eingestehen, und alles würde in Ordnung kommen – hatte sich für sie zu einem gordischen Knoten entwickelt. Sie könnte zwar jetzt ganz einfach aufstehen, sich von ihm losmachen und immer noch mit Würde fortgehen – doch was würde es bringen? Sie würde den Verlust niemals überwinden.

»Schlaf mit mir«, kam es ihr impulsiv über die Lippen; »wenn du danach immer noch behauptest, daß du mich nicht lieben kannst, werde ich es akzeptieren.«

»Warum tust du mir das an?« fragte er gequält; seine Hände bohrten sich schmerzhaft in ihre Arme. »Verdammt noch mal, wo bleibt da dein Stolz?«

Sie zuckte mit den Schultern, und Tränen traten ihr in die Augen. »Ich weiß es nicht«, gestand sie ein.

Es verstrichen lange, spannungsgeladene Sekunden. Für einen Augenblick schien es, als ob er sie loslassen, aufstehen und gehen würde. Endlich jedoch hob er seine Hände und fuhr durch ihre Haare, faßte ihren Kopf und zog ihn zu sich heran. Er öffnete seinen Mund, bedeckte den ihren und küßte sie, als wolle er sie vor Hunger verschlingen.

Erfaßt von aufgestautem Verlangen schrie sie auf und preßte sich so dicht an ihn, als wolle sie mit ihm verschmelzen und nahm nicht einmal mehr wahr, daß sie ihn dafür eigentlich schon eng genug umschlang.

Seine Zunge suchte ihre, während seine Lippen ihren Mund liebkosten, streichelten und dann eingehend erforschten. Er bedeckte ihre Augen, ihre Schläfen, ihre Kehle mit Küssen. Sein brennendes Verlangen entflammte sie und riß sie mit in den Feuersturm, den er durch seine abrupte Kapitulation entfacht hatte.

Die Kleidung zwischen ihnen war plötzlich eine unerträgliche Barriere; mit zitternden Händen wollte sie ihm seine Krawatte abnehmen, die sich jedoch immer nur noch mehr verknotete. Sie fingerte an den Knöpfen seines Hemdes, doch was auch immer sie versuchte, sie ließen sich einfach nicht öffnen. Sie durchschaute den Mechanismus seiner Gürtelspange nicht und konnte sie einfach nicht öffnen.

»Hilf mir«, stöhnte sie mit vor Verlangen bebender Stimme auf.

Mit schnellen, geschmeidigen Bewegungen erhob er sich und ließ seine Kleidung fallen. Auch sie wollte sich ausziehen, doch er nahm ihre Hände und fuhr mit seiner Zunge erst über die eine Handfläche, dann über die andere und drückte sie schließlich gegen seine nackte Brust.

»Laß mich das machen«, hielt er sie zurück. Er griff nach dem Saum ihres Strickpullovers und zog ihn über ihren Kopf, dann öffnete er ihren Büstenhalter und ließ die Träger ihre Oberarme hinabgleiten. Als die Träger auf Höhe ihrer Ellbogen waren, hielt er inne, um das Gewicht ihrer Brüste in seinen Händen zu wiegen und streichelte ihre dunklen Knospen solange mit den Daumen, bis sie hart und fest wurden.

Im nächsten Moment umfaßte er ihre Taille mit den Händen und hob Chris hoch, wobei er erst die eine, dann die andere Brust mit seinen Lippen berührte; er umschloß die runden Monde mit seinem Mund und massierte sie mit seiner Zunge.

Chris schlang ihre Beine um ihn, legte ihren Kopf in den Nacken und stieß einen sehnsüchtigen Schrei des Verlangens hervor, das schon an Schmerz grenzte. Von ihren Brüsten aus raste ein Feuerstrom durch ihre Mitte bis zu der brennenden Stelle zwischen ihren

Schenkeln. »Mason«, gestand sie, »Mason, ich kann nicht mehr warten.«

Sie klammerte sich an ihn, als er sie in sein Schlafzimmer trug. Als sie am Bett waren, setzte er sie auf dem Boden ab und streckte die Hand aus, um das Licht anzuknipsen. »Ich möchte dich sehen«, beantwortete er ihren fragenden Blick.

Ohne Zögern öffnete er den Reißverschluß ihrer Jeans. Er streifte den Stoff der Jeans über ihre Hüften, ergriff den Gummibund ihres Slips mit den Daumen und zog ihr den hauchdünnen Stoff in einer einzigen fließenden Bewegung vom Körper. Sie war gefangen in einem Strudel des Verlangens und kam beinahe zum Höhepunkt, als seine Hand über die Innenseiten ihrer Schenkel glitt, über das dunkle Dreieck dazwischen strich und sein Finger ihren feuchten Schoß berührte.

Das Nachgeben der Seidendecke beim Niedersinken auf dem Bett hatte etwas Sinnliches an sich. Beiden fehlte die Geduld für zärtliche oder ausgedehnte Liebesspiele. Mit verzweifeltem, lang unterdrücktem und unaufhaltsamen Verlangen drang Mason in sie ein.

Chris nahm ihn in sich auf, hob ihre Hüften, um seinen Stößen zu begegnen, und öffnete ihren Mund, um seine suchende Zunge aufzunehmen. Sie schlang ihre Beine um seine, schlang sie dann um Masons Körper und drängte ihn, noch tiefer in sie einzudringen, mit ihr eins zu werden, unfähig, genug von ihm zu bekommen.

Mason rief ihren Namen und spannte seinen Körper an. Sie fühlte, wie er dem Höhepunkt immer näher kam. Es war ein Augenblick, den sie genießen, wahrnehmen und für alle Zeiten verinnerlichen wollte, doch eine knappe Sekunde später fand auch sie sich unrettbar in den gleichen Taumel hineingerissen, so daß jeglicher rationale Gedanke darin unterging.

Sie keuchte vor Überraschung über die starken Wellen der Lust, die durch ihren Körper pulsierten.

Mason ließ sie sich langsam wieder beruhigen, indem er sie sanft und liebevoll streichelte und ihr dabei zärtlich ins Ohr flüsterte: »Ich danke dir, daß du mich liebst ... und bei mir geblieben bist ... daß du so stark bist ... und mir zugehört hast ... und daß du dich um mich sorgst.«

Als sie wieder normal atmen konnte, stützte sich Mason auf seinen Ellbogen und maß sie von Kopf bis Fuß mit seinen Blicken. »Mein Gott«, entfuhr es ihm schließlich, »du bist so schön, Chris – noch viel schöner, als ich es mir ausgemalt habe.«

Ihre Augen öffneten sich weit. »Wie lange tust du das denn schon?«

Ein leichtes, verführerisches Lächeln umspielte seinen Mund, bevor er fragte: »Soll ich dir die Wahrheit sagen?«

»Natürlich«, antwortete sie und hob ihren Oberkörper etwas an, um ihre Brüste leicht gegen das Gewirr von Haaren zu drücken, das sich um seine Brustwarzen kräuselte, da sie das dringende Bedürfnis hatte, ihn zu berühren und seine Wärme zu spüren.

»Fast von Anfang an.«

Sie lehnte sich in die leicht knisternde Seidendecke zurück und verzog ihr Gesicht zur Grimasse. »Mit anderen Worten hast du mich also begehrt, ohne mich im geringsten zu mögen«, stellte sie fest.

Er lachte in sich hinein, rollte sich zur Seite und nahm sie dabei mit. »Offensichtlich sind bei mir bestimmte Körperteile schlauer als andere«, räumte er ein.

Für einen Augenblick kam ihr der fürchterliche Gedanke, daß sie nur träumte, daß das, was soeben zwischen ihnen geschehen war, einfach zu schön, zu perfekt war, um wahr zu sein. Die Panik mußte ihr in den Augen gestanden haben, denn Mason nahm ihre Hand, legte sie dort auf die Brust, wo sein Herz schlug und sagte: »Ich bin kein Spuk, ich bin wirklich hier – und will hier auch für immer bleiben«, versicherte er.

»Ich liebe dich«, entgegnete sie.

Er küßte sie. »Nachdem ich dich so behandelt habe, frage ich mich, was du überhaupt liebenswert an mir finden konntest.«

Sie legte sich so hin, daß sie sich noch enger an ihn schmiegen konnte. »Hmm«, murmelte sie gedankenvoll, »wenn ich näher darüber nachdenke, frage ich mich das auch.«

Er ließ sich jedoch nicht von ihr ins Bockshorn jagen. »Als ich heute nacht nach Hause geflogen bin, wollte ich dem Ganzen eigentlich ein Ende machen«, gab er zu.

»Weil ich dir nicht erzählt habe, daß deine Mutter hier war?«

»Nein. Weil ich so erschüttert war, daß es mir so viel ausmachte.« Er zog sie näher an sich heran und drückte ihr einen Kuß auf die Schläfe. »Ich bin ein Feigling, wenn es um meine Gefühle dir gegenüber geht, Chris. Gottseidank hast du mich nicht einfach so gehen lassen.«

»Wenn du gegangen wärst, wäre ich dir schon hinterhergekommen«, gab sie zurück.

Er nahm ihr Gesicht in seine Hände und küßte sie. »Bitte mich um etwas«, drängte er sie. »Ich möchte dir die Welt zu Füßen legen.«

»Ich habe schon alles, was ich mir wünschen könnte«, wich sie aus.

»Dann laß dir etwas einfallen«, forderte er.

Sie mußte über sein Drängen, ihr einen Gefallen tun zu dürfen, lächeln. Wie hatte sie nur der Meinung sein können, daß ihr Leben ohne ihn vollkommen und sie voll und ganz damit zufrieden gewesen war. »Ich möchte dich kennenlernen«, sagte sie schließlich, »dich wirklich kennenlernen. Solche Dinge erfahren wie: wie du als kleiner Junge warst, auf welche Schulen du gegangen bist und was für Sportarten du gemacht hast. Ich weiß noch nicht einmal, ob du Auberginen oder Vollkornbrot oder Kürbiskuchen magst – meine Kürbiskuchen sind übrigens erste Klasse, frag Kevin.«

Dann wollte sie, daß er ihr über Susan erzählte und über das Jahr, das er mit Diane verbracht hatte, doch nicht sofort. Vielleicht mit der Zeit, wenn die Vergangenheit durch die Zukunft, die gemeinsam vor ihnen lag, leichter zu ertragen wäre.

Er nahm ihre linke Hand und betrachtete sie prüfend. »Wenn ich dir verspreche, all deine Fragen zu beantworten, darf ich dir dann einen Ehering kaufen?« erkundigte er sich.

»Solange er nicht zu protzig ist.« Sie lächelte verschmitzt. »Nichts über fünf Karat.«

Er lachte. »Ich dachte da eher an einen netten Goldring.«

Sie würden es schaffen, ganz bestimmt. Chris fühlte, wie eine Welle der Freude über ihr zusammenschlug und ihr den Atem raubte. »Du hast gesagt, daß du etwas von mir willst«, erinnerte sie sich plötzlich.

»Ich will nichts …«, setzte er an.

»Im Krankenhaus hast du mir gesagt, daß du mit mir kommen würdest, weil ich etwas hätte, das du haben willst«, beharrte Chris.

Er zögerte. »Es ging um Kevin.«

»Was ist mit ihm?«

»Ich war ärgerlich, Chris.«

»Daran erinnere ich mich«, stellte sie ironisch fest.

Wieder zögerte er. »Ich wollte, daß du mir die Jahre, die ich nicht bei ihm sein konnte, zurückgibst.«

Auch wenn klar war, daß er sie nicht verletzen wollte, war seine Stimme mit einer solchen Traurigkeit und Leere erfüllt, daß sie sich seinem Schmerz unmöglich entziehen konnte. Sie dachte lange über das, worum er sie gebeten hatte, nach. Schließlich stand sie auf, versicherte ihm, daß sie gleich wieder zurück sein würde, nahm seinen Morgenmantel aus dem Kleiderschrank und verließ das Zimmer. Kaum eine Minute später war sie schon wieder zurück und reichte ihm ein dickes, ledergebundenes Notizbuch.

»Was ist das?« erkundigte er sich, während er es entgegennahm.

»Das Tagebuch, das ich einen Tag nach Kevins Geburt angefangen habe.« Sie schwang sich aufs Bett und setzte sich auf ihre Beine. »Du wirst darin einige Dinge finden, die dir nicht gefallen werden. Ich fürchte, meine Gedanken über dich waren damals nicht allzu nachsichtig.«

Er legte das Tagebuch auf den Nachttisch und zog sie an sich. »Ich liebe dich«, sagte er, bevor seine Lippen erneut mit den ihren verschmolzen.

Dieses Mal liebten sie sich mit wunderbarer, gleichzeitig verheißungsvoller und verbindlicher Gelassenheit. Chris wurde sich bewußt, daß sie genauso ein unglaubliches Glück hatte wie jemand, der noch nie im Leben aus einer Laune heraus ein Los gekauft hat und dann beim ersten Mal gleich den Hauptgewinn einsteckt.

38

Leise legte Mason Chris' Tagebuch auf dem Nachttischchen ab und schlüpfte aus dem Bett. Damit sie wegen seiner fehlenden Körperwärme nicht aufwachte, steckte er die Bettdecke um sie herum fürsorglich fest. Sie hatte felsenfest behauptet, nicht müde zu sein und darauf bestanden, sich nur für ein paar Minuten hinzulegen, sich anschließend wieder anzuziehen und dann zum Krankenhaus zurückzukehren. Doch das war vor einer Stunde gewesen.

Während Chris neben ihm schlief und leise atmete, hatte Mason das Tagebuch gelesen und Kevins erstes Jahr aus der Perspektive von Chris erlebt. Das, was er erfahren hatte, war ernüchternd und hatte ihm einen Einblick in die tagtäglichen Siege und Niederlagen gegeben, die die beiden gemeinsam durchgemacht hatten.

Über sechs Monate hatte Chris ihre Zufriedenheit und ihr Glück an den Erfolgen oder Mißerfolgen ihrer Versuche gemessen, bei Kevin eine Gewichtszunahme zu erreichen. Selbst zehn Gramm, also nur der Bruchteil von einem Pfund, ließen sie damals wieder hoffen. Und dann war nach Kevins zweiter Operation eine Zeit gekommen, in der er vier Monate alt war, aber weniger als fünf Pfund wog und jeden Tag an Gewicht verlor. Chris' Verzweiflung sprach deutlich aus jeder einzelnen Seite.

Als Mason es nicht mehr ertragen konnte, weiter von ihren Qualen zu lesen, begann er, die Blätter zu überfliegen und nach einer Zeit zu suchen, wo es wieder Positives über Kevins Fortschritte zu berichten gab. Doch sobald er sich darüber klar wurde, was er da eigentlich tat, zwang er sich, wieder zurückzublättern und jedes von ihr geschriebene Wort zu lesen. Denn das war ja wohl das Mindeste: Wenn sie all diese Qualen sogar durchlebt hatte, würde er darüber ja wohl wenigstens lesen können.

Die schönsten Stellen waren die von Erfolg gekrönten Tage, als Kevins Wangen scheinbar über Nacht kleine, erbsengroße Fettpölsterchen zeigten, als er zum ersten Mal lächelte oder die ersten kleinkindlichen Gurrlaute von sich gab.

Das Tagebuch beschrieb ebenfalls Thanksgiving Day und die Bilder der Pilgerväter und prallen Truthähne, die Chris auf Kevins Brutkasten geklebt hatte. Dann kam Weihnachten und der kleine Weihnachtsbaum mit den elektrischen Kerzen, den Chris oben auf Kevins Herzstrom-Monitor gestellt hatte. Eine der Schwestern legte einen Strumpf mit Kevins Namen unter den Baum. Zu Heiligabend füllte sich der Strumpf mit jeder neuen Schwesternschicht, die Dienst hatte, immer mehr mit Geschenken. Zu Silvester ließ Chris mit den Schwestern auf der Intensivstation einige Cidre-Korken knallen, und alle hielten einen Augenblick inne und stießen mit Plastikbechern an, bevor sie sich wieder den zerbrechlichen Schützlingen zuwandten. Chris verbrachte den letzten Tag des alten und den ersten Tag des neuen Jahres auf die gleiche Weise – in einem Schaukelstuhl sitzend und mit Kevin in ihrem Arm.

Nirgendwo im Tagebuch fand Mason eine Stelle, an der Chris ihre Seele erleichtert und das niedergeschrieben hätte, was wohl ihre größte Angst gewesen sein mußte – daß Kevin nicht überleben würde. Es schien fast so, als befürchte sie, daß sich diese Vorahnung durch das Niederschreiben bewahrheiten könnte. Doch die Angst war da, versteckt zwischen den Zeilen.

Das, was Chris mit Kevin durchgestanden hatte, war wie ein Echo von Masons Erfahrungen mit Susan. Er wußte, was ein Leben im ständigen Auf und Ab zwischen Hoffnung und Verzweiflung bedeutete.

Ein bedrückender, unangenehmer Gedanke beschlich ihn. Was wäre, wenn Dianes Brief nicht abgefangen worden wäre? Was, wenn er derjenige gewesen wäre, der damals an Kevins Krankenbett saß? Wäre er stark genug gewesen, all das auszuhalten, was Chris durchgemacht hatte?

Gottseidank würde er diese Fragen niemals beantworten müssen.

Was für ein Schwein er doch gewesen war, in seiner Arroganz einfach zu denken, Chris hätte ihm die wunderbare Kindheit Kevins gestohlen.

Vom plötzlichen Bedürfnis gepackt, bei seinem Sohn zu sein, zog Mason sich schnell an. Bevor er ging, schrieb er Chris eine kurze Notiz und erklärte ihr darin, daß es sinnvoller sei, wenn er Mary allein ablöse, da er im Gegensatz zu Chris nicht schlafen könne. Als er die Notiz mit einem »Ich liebe dich« abschloß, lief ihm ein Freudenschauer über den Rücken.

Nachdem er den Brief auf das Kopfkisssen neben Chris gelegt hatte, sah er sie einen Augenblick lang ruhig an. Ihm war, als hätte er die letzten sechs Jahre vor einem Zaun gestanden, mit den Händen die Gitterstäbe umklammert und auf die Leute auf der anderen Seite gestarrt. So sehr er sich auch danach sehnte, sich unter sie zu mischen: Er hatte es nicht gewagt, das Tor zu öffnen und Teil der Welt dort draußen zu werden, denn trotz all der Freude, die er dort wahrnahm, sah er dort ebenso das Risiko weiterer schmerzlicher Erfahrungen.

Und dann war Chris in sein Leben getreten. Ohne auf seine Einwände zu hören, hatte sie das Tor aufgerissen und ihn hineingezerrt. Erst nachdem er auf der anderen Seite stand, erkannte er, daß er sich nicht außerhalb befunden und hineingeschaut, sondern daß er sich selbst sein eigenes Gefängnis geschaffen hatte.

Und nun war er frei.

In der Erwartung, Mary anzutreffen, öffnete Mason die Tür zu Kevins Zimmer und spähte hinein. Um so mehr wunderte er sich, dort am Bett eine hübsche, dunkelhaarige Frau mit alabasterweißer Haut in freundschaftlicher Unterhaltung mit einem strahlenden Kevin vorzufinden.

»Papi«, rief Kevin aufgeregt, als er aufsah und Mason erblickte.

»Es ist mitten in der Nacht«, schimpfte er, klang aber nicht besonders überzeugend, »du solltest eigentlich längst schlafen.«

Die Frau stand auf und reichte ihm ihre Hand. »Hallo, ich bin Heather Landry. Sie müssen ...«

»Mason Winter«, antwortete er an ihrer Stelle.

»Das ist mein Vater«, fügte Kevin stolz hinzu.

Heather lächelte und fuhr mit ihrer Hand durch Kevins Haar. »Hab' ich mir beinah gedacht.«

»Wo ist Mary?« erkundigte sich Mason.

»Sie ist nach unten in die Cafeteria gegangen, um sich eine Tasse Kaffee zu holen. Sie müßte jeden Moment zurückkommen.«

»Heather Landry ...«, sann Mason laut vor sich hin.

»Ich war eine von Kevins Krankenschwestern, als er noch ein Baby war«, erklärte sie. »Meine Schicht war gerade zu Ende, als ich hörte, daß Kevin eingewiesen worden war. Keine zehn Pferde hätten mich davon abhalten können, bei ihm reinzuschauen.«

»Natürlich.« Mason wunderte sich nicht, daß ihm ihr Name so bekannt vorgekommen war. Noch vor einer knappen Stunde hatte er ihn in Chris' Tagebuch gelesen. »Ich weiß, es ist ein wenig spät, aber ich habe gerade erst erfahren, welch großen Dank ich Ihnen und allen anderen Schwestern schulde, die sich um Kevin gekümmert haben. Chris ist überzeugt davon, daß Kevin das alles nur dank Ihrer außergewöhnlichen Pflege überstanden hat.«

Sie lächelte. »Jede von uns ist schon genug belohnt, wenn sie den aufgeweckten kleinen Jungen sieht, der aus ihm geworden ist. Wir mögen Geschichten mit Happy End, Mr. Winter. Sie halten uns aufrecht.« Ihre Stimme wurde sanfter, als ihr Blick von Mason zu Kevin schweifte. »Außerdem bin ich davon überzeugt, daß es die vielen Stunden waren, die Chris an Kevins Bett verbracht und in denen sie ihm von den Dingen erzählt hat, die zu Hause auf ihn warteten – den Schmetterlingen und Regenbögen und den riesigen Eisbechern.«

Chris hatte in dem Tagebuch über ihre Versprechen an Kevin geschrieben – die Wolken und Schneeflocken und all die Wunder der Welt außerhalb des Brutkastens, die sie ihm zeigen wollte.

»Nennen Sie mich doch bitte Mason«, bat er die Schwester.

»Guck mal, was Heather mir mitgebracht hat«, meldete sich Kevin zu Wort und hielt mehrere Bücher hoch.

Heather tat den dankbaren Blick von Mason nur mit einem Achselzucken ab. »In den vergangenen drei Jahren habe ich Kevin niemals ohne Buch in der Hand gesehen. Deshalb bin ich zu einem Supermarkt gegangen, der auch nachts geöffnet hat, bevor ich ihn besucht habe.«

Sie schloß das Nachtschränkchen auf und nahm ihre Handtasche heraus. »Ich gehe jetzt besser. Wenn mein Mann aufwacht und ich bin noch nicht zu Hause, macht er sich womöglich Sorgen.«

»Kommst du morgen wieder?« fragte Kevin.

Sie beugte sich zu ihm herunter und küßte ihn auf die Stirn. »Darauf kannst du dich verlassen.«

»Ich danke Ihnen«, sagte Mason, äußerst erfreut darüber, daß er noch rechtzeitig gekommen war, um Heather zu treffen und einen weiteren Einblick in Kevins Vergangenheit zu erhalten.

»Freut mich, Sie kennengelernt zu haben, Mason«, sagte sie und winkte Kevin kurz zu, als sie aus der Tür ging.

Fünf Minuten, nachdem Heather gegangen war, kam Mary herein. Sie entdeckte Mason und ließ dann ihren Blick durch das Zimmer schweifen. »Wo ist Chris?« fragte sie erstaunt.

»Ich habe sie zu Hause gelassen – sie schläft.«

Sie ging durchs Zimmer. »Kaffee?« fragte sie und bot ihm einen Plastikbecher an.

»Nein, danke«, antwortete Mason.

»Heather ist schon weg?« erkundigte sich Mary bemüht unverfänglich, während sie den Deckel vom Becher abzog.

Mason mußte darüber schmunzeln, wie Mary und er um den heißen Brei herumredeten. Sie kannte ihn einfach nicht gut genug, um sich direkt auf ihn zu stürzen und zu fragen, was zwischen Chris und ihm vorgefallen war, doch offensichtlich platzte sie vor Neugier. »Sie wollte nach Hause gehen, bevor ihr Mann sich beunruhigt.«

Mary nahm einen Schluck von ihrem Kaffee, verzog dann aber plötzlich ihr Gesicht zu einer Fratze, ging zum Waschbecken und schüttete den Rest in den Ausguß. Nachdem sie alles weggespült hatte, schlenderte sie zu Kevins Bett zurück. Es vergingen ein paar Sekunden, ohne daß jemand ein Wort sprach. Sie rutschte auf ihrem Stuhl hin und her, Mason beobachtete sie und Kevin las sein Buch.

Schließlich atmete Mary einmal tief ein und stieß mit einem Seufzer hervor: »Nun, habt ihr beide es nun endlich miteinander getrieben oder muß ich euch dafür erst einsperren?«

Nachdem Mason seinen ersten Schock über ihre direkte Art überwunden hatte, lachte er laut los. »Sagen wir einfach, daß ein Vorhängeschloß nicht mehr erforderlich ist.«

»Hm, das wurde aber auch mal Zeit.«

»Heißt das, du findest das gut?« fragte Mason verblüfft.

Mary zog die Augenbrauen hoch. »Wie, seit wann ist dir das denn wichtig?«

Darüber hatte er vorher noch gar nicht nachgedacht. »Ich glaube, es ist mir schon wichtig«, gestand er. »Du und John, ihr seid sozusagen Chris' und Kevins Familie. Für die beiden wäre vieles leichter, wenn ihr mich akzeptieren würdet.«

»Tante Mary mag dich, Papa«, meldete sich Kevin zu Wort und sah von seinem Buch auf. »Und Onkel John auch. Das hat Tracy mir erzählt.«

Mary lächelte. »Da hast du's.« Sie nahm ihre Jacke vom gegenüberliegenden leeren Bett und beugte sich zu Kevin, um ihm einen Kuß zu geben. »Ich bin weg.«

Sie war halb zur Tür raus, als Mason sie anhielt. »Mary?«

»Ja?« entgegnete sie fragend.

»Danke.« Es kam ihm so vor, als ob er dies in letzter Zeit schon häufiger gesagt hätte. »Für alles.«

Sie winkte mit einer kurzen Geste ab und bemerkte: »Wofür ist eine Familie denn sonst da?«

Als sie gegangen war, setzte sich Mason auf die Ecke von Kevins Bett und faßte mit einer Hand einen recht ungeniert herausschauenden Fuß. »Es ist mitten in der Nacht. Solltest du nicht eigentlich schlafen?« erkundigte er sich streng.

»Die Schwester hat mich geweckt, um mir eine Tablette zu geben.«

»Wie fühlst du dich?« wollte Mason wissen.

Kevin schloß sein Buch und legte es auf das Bett neben sich. »Okay.«

»Mußt du immer noch erbrechen?« fragte Mason weiter.

»Nein, nein. Sie haben mir was dagegen gegeben.«

Es vergingen einige Minuten des Schweigens. »Ich möchte dir etwas sagen, was ich dir schon vor Monaten hätte sagen sollen, Kevin«, erklärte Mason dann. Er unterbrach sich, um sich zu räuspern. Obwohl er nicht genau wußte, warum es ihm so schwer fiel, die Worte laut auszusprechen, vermutete er, daß es an dem Verhältnis lag, das er zu seinem eigenen Vater gehabt hatte. Um so mehr mußte er die Barriere überwinden, die ihn bisher daran gehindert hatte, Kevin von seinen Gefühlen zu erzählen. »Ich liebe Dich.«

»Ich weiß«, entgegnete Kevin unbefangen. »Ich dich auch.«

Mason lächelte und schüttelte verwundert den Kopf. Es freute ihn ungeheuer, daß Kevin genauso leicht Liebe empfangen wie geben konnte. »Woher wußtest du das denn?«

Kevin sah ihn mit einem verwirrten Gesicht an. »Na ja, weil eben alle Papis ihre Kinder liebhaben.«

Mason drückte zärtlich Kevins Fuß. »Da hast du ganz recht. Weißt du, was Väter sonst auch noch tun?«

»Was denn?« fragte Kevin.

»Sie sorgen dafür, daß ihre kleinen Jungs ganz viel Schlaf bekommen, damit sie schneller gesund werden.«

»Oh, nein, Papa, bitte!« maulte Kevin.

»Na gut«, gab er leicht nach. »Eine Geschichte noch, und dann wird das Licht ausgemacht.« Er zog seine Jacke aus und hängte sie über die Rückenlehne des Stuhls.

»Mary wollte mir aber zwei Geschichten vorlesen.«

Mason blickte Kevin an und bedeutete ihm, etwas zu rücken, damit er neben ihm sitzen konnte. In Wirklichkeit waren zwei Geschichten gar nichts. Er hätte Kevin sogar einen ganzen Vergnügungspark geschenkt, wenn er danach gefragt hätte. »In Ordnung«, willigte er ein, wobei es ihm jedoch nicht gelang, seiner Stimme einen ernsten Klang zu verleihen. »Zwei Geschichten, aber nicht eine Seite mehr.«

Mason machte es sich auf dem Bett bequem, und Kevin schmiegte sich an ihn. Als Mason merkte, daß es die gleiche Seite war, an die sich Chris erst eine Stunde vorher geschmiegt hatte, stellte er sich in Gedanken vor, wie sie eines Tages alle drei ihre Kopfkissen gegen das Kopfende legen und zusammen die Sonntagszeitung lesen würden.

Ein herrliches Gefühl der Zufriedenheit durchflutete ihn. In den vergangenen sechs Jahren hatte es nur wenige kurze Augenblicke gegeben, in denen er es sich heimlich zugestanden hatte, davon zu träumen, wie es wäre, eine eigene Familie zu haben. Nicht ein einziges Mal war der Traum der Wirklichkeit auch nur im entferntesten nahegekommen.

39

Mason fühlte sich merkwürdig beobachtet und erwachte langsam aus seinem tiefen Schlaf. Innerlich sträubte er sich gegen das Aufwachen aus einem angenehmen Traum, in dem Chris ihn berührte und sagte, daß sie ihn liebe, und so kämpfte er dagegen an, die Augen zu öffnen und ihn zu beenden. Als er jedoch allmählich zu Bewußtsein kam, wurde ihm klar, daß es gar kein Traum gewesen war.

Chris hatte ihm wirklich gesagt, daß sie ihn liebe.

Er riß seine Augen auf und stellte fest, daß Chris ihn anblickte. Ein Lächeln erhellte ihr Gesicht.

»Ein Glück für dich, daß du mit dem einzigen Menschen zusammen geschlafen hast, gegen den ich nichts einzuwenden habe – außer mir natürlich.« Sie flüsterte, um Kevin nicht zu wecken.

Behutsam machte Mason sich von seinem Sohn los, stand auf und nahm Chris in seine Arme. »Einen schönen guten Morgen«, sagte er und gab ihr einen Kuß, der keinen Zweifel daran ließ, daß er auch wirklich meinte, was er sagte.

Sie schlang ihre Arme um seinen Hals. »Oh, besser könnte er wohl kaum sein«, murmelte sie und erwiderte seinen Kuß. »Danke, daß du mich hast schlafen lassen.«

Mason schreckte auf. »Wie spät ist es?«

Chris lehnte sich in seinen Armen zurück und schaute zu ihm hoch.

»Halb acht«, sagte sie argwöhnisch. »Warum?«

»Ich muß ins Büro«, sagte er abrupt und griff nach der Jacke, die über der Stuhllehne hing. Er küßte sie ein weiteres Mal, nur tat er es diesmal in Eile. »Es tut mir leid, daß ich dich so schnell allein lassen muß, aber ich habe heute morgen einige Dinge zu erledigen, die nicht warten können.«

»Kein Problem, Mason«, entgegnete sie ihm. »Ich hab schon verstanden.«

Wahrscheinlich verstand sie ihn nicht, aber wie auch? Erstaunlicherweise schien sie in Zweifelsfällen trotzdem noch zu seinen Gunsten zu entscheiden. »Sobald ich diese Angelegenheit erledigt habe, bin ich wieder für dich da«, versicherte er. Er hatte zu lange auf dieses Geschenk von ihr und Kevin gewartet. Er würde es auf keinen Fall verspielen. »Ich erklär' es dir später, Ehrenwort.«

Chris zog ihn an sich und nahm sein Gesicht zärtlich in ihre Hände. »Du mußt mir gar nichts erklären. Ich weiß, daß du heute hier bei uns sein würdest, wenn es nicht etwas Dringendes wäre.«

Er preßte sie lang und fest an sich. »Ich liebe dich«, flüsterte er ihr ins Ohr und wünschte sich, daß diese Worte nur ihnen gehören würden und so neu und einzigartig wären wie das, was er für Chris empfand.

»Ruf mich an, wenn du Zeit dazu hast. Ich werde den ganzen Tag zu Hause sein«, bat sie ihn.

»Sag Kevin, daß ich so bald wie möglich zurück sein werde.« Widerstrebend ließ er sie los und vermißte sie bereits heftig im selben Moment, als sie zurücktrat. Er schlüpfte in seine Jacke und wollte gerade gehen, als er sich nochmals umdrehte und beteuerte: »Chris, es tut mir wirklich leid. Ich würde nicht gehen, wenn ...«

»Kein Wort mehr, Mason«, sagte sie mit Nachdruck. »Wenn du mit Erklärungen oder Entschuldigungen anfängst, nimmst du mir nur die Möglichkeit, dir zu zeigen, wie sehr ich an dich glaube. Tu, was du tun mußt, und komm zurück, sobald du kannst.«

Damit hatte sie ihm das schönste Geschenk gemacht, das er je bekommen hatte; und da er der Festigkeit seiner Stimme nicht mehr traute, nickte er nur stumm und ging. Als er am Parkplatz angekommen war, pfiff er bereits vor sich hin. Er bemerkte, daß das Geräusch wirklich von ihm kam und zuckte zusammen.

Seit seiner Kindheit hatte er nicht mehr gepfiffen – damals, als er noch an Geschichten mit Happy End glaubte.

Sobald er an seinem Schreibtisch saß, rief er Rebeccas Assistentin an und ließ Rebecca ausrichten, daß sie sogleich nach ihrem Eintreffen in sein Büro kommen solle. Eine knappe halbe Stunde später stand sie in seiner Tür.

»Wie geht es Kevin?« erkundigte sie sich.

»Gut. Der Arzt ist heute früh vorbeigekommen und meinte, er könne ihn wahrscheinlich morgen nach Hause gehen lassen, wenn er weiter solche Fortschritte macht«, teilte er ihr mit.

»Ich muß mich wohl wirklich bei dir entschuldigen, daß ich dich so zu Tode erschreckt habe, Mason«, eröffnete sie ihm. »Ich hätte das vorher mit Chris absprechen sollen, bevor ich dich in Santa Barbara angerufen habe. Aber ich habe wohl selber etwas die Nerven verloren, als ich erfuhr, daß Kevin im Krankenhaus war.«

»Ach, so schlimm war das auch wieder nicht.« Er dachte an das Endresultat ihres Anrufs und mußte innerlich lachen. »Man kann es natürlich nicht wissen, aber vielleicht war es auch meine unbeherrschte Reaktion, die Chris den letzten Ruck gegeben hat.«

»Was willst du damit sagen?« fragte Rebecca und zog eine Augenbraue hoch.

Er schob seinen Stuhl vom Schreibtisch zurück und lächelte. »Nun, daß deine Vorträge darüber, daß ich das allergrößte Schwein der Welt bin, jetzt überflüssig geworden sind.«

»Donnerwetter«, entfuhr es ihr anerkennend, »das wurde ja wohl auch mal Zeit.«

»Ich gebe es ungern zu, aber du hattest wieder einmal recht«, räumte er ein.

Sie schaute ihn forschend an. »Wenn ich deine Lobgesänge über mich auch gerne höre, so sagt mir meine Antenne doch irgendwie, daß es noch einen anderen Grund dafür gibt, daß du mich heute morgen sehen willst.«

Er warf ihr einen anerkennenden Blick zu und ging auf ihre Anspielung ein. »Ich möchte, daß du irgendwie die Information an Ferguson und Pendry durchsickern läßt, daß Donaldson an Southwest Construction verkauft hat. Und achte unbedingt darauf, daß du den 25-Prozent-Aufschlag erwähnst, den er dafür bekommen hat, und sieh um Gottes willen zu, daß keiner Verdacht schöpft ... wir könnten diejenigen gewesen sein ... die ihnen diese Information zugespielt haben.«

Rebecca fiel die Kinnlade herab. »Ich komme jetzt nicht ganz mit. Du willst, daß Ferguson und Pendry mit Southwest Kontakt aufnehmen?«

»Je eher, desto besser«, bestätigte Mason.

»Aber wenn Southwest ihnen dieselben Konditionen anbietet, werden sie verkaufen. Sie wären verrückt, wenn sie es nicht täten«, protestierte sie.

»Exakt. Und genau darauf setze ich.«

Sie schüttelte ihren Kopf, wie um wieder klar denken zu können. »Tut mir leid, Mason, aber das mußt du mir schon näher erklären. Ich bin ja normalerweise stolz darauf, mit deiner Logik Schritt halten zu können, aber jetzt verstehe ich nur noch Bahnhof. Gestern warst du soweit, dein eigenes Vermögen anzulegen, um dieses Grundstück komplett aufzukaufen, und heute setzt du alles daran, daß Southwest es bekommt.«

»Ich hab' selbst lange genug gebraucht, um darauf zu kommen«, gab er zu und forderte sie auf, auf dem Stuhl gegenüber des Schreibtisches Platz zu nehmen. »Als ich mich dazu gezwungen habe, die Sache einmal nüchtern zu betrachten, wurde mir klar, daß Travis und du recht hattet. Mein Plan, Betriebskapital in dieses Grundstück zu investieren, war Irrsinn. Ich war bereit, Millionen in Land zu stecken, das kein anderer haben will, nur weil mir das Gespenst meines Vaters im Nacken saß.« Er lächelte. »Und genau dadurch ist mir ein Licht aufgegangen. Wenn es für mich eine Belastung war, die Riverfront-Parzellen zu erwerben, dann ...«

»... wäre es wohl eine ebenso schwere Belastung für Southwest«, fuhr sie an seiner Stelle fort, und ihre Augen verrieten ihm, daß es ihr nun so langsam klar wurde.

»Mit so großen Verbindlichkeiten könnte Winter Construction noch weiter operieren, wenn auch nicht ohne Probleme«, ergänzte er.

»Aber Southwest nicht. Jedenfalls nicht allzu lang.« Begeisterung sprach aus ihren Worten. »Wenn erst einmal der Großteil ihres Betriebskapitals in Grundstücken gebunden ist, für die keine Bank ein Risiko eingehen würde, können sie nicht mal mehr auf Verdacht Eigentumswohnungen bauen.«

»Mein Vater hat den Eindruck – und ich muß zugeben, daß ich ihn in dem Glauben gelassen habe – ich wäre dermaßen von dem Bau meines Traumprojektes besessen, daß ich jeden Preis zahlen würde, um das Land von ihm zurückzubekommen.«

»Hat er etwa unrecht?« fragte Rebecca zögernd.

»Besessen bin ich ja vielleicht, aber nicht dumm. Mit einem Direktkauf wäre ich ohnehin nie durchgekommen«, lächelte Mason, »vor allen Dingen, wo es doch einen besseren Weg gibt, das zu bekommen, was ich haben will.«

»Und der wäre?«

»Überleg doch mal. Es ist so offensichtlich, daß es schon fast wieder lachhaft ist. Ich brauche mich eigentlich nur zurückzulehnen und darauf zu warten, daß mein Vater und mein Bruder zu mir kommen. Wenn sie erst einmal merken, daß ich nicht an ihrem Köder anbeiße, werden sie versuchen, das Land auf andere Weise loszuwerden. Sie werden niemals auch nur annähernd soviel dafür zurückbekommen, wie sie bezahlt haben. Keiner außer mir ist auch nur im entferntesten daran interessiert, und bereits bevor ich mich dafür interessiert hab', war es maßlos überteuert.«

Er lehnte sich im Stuhl zurück und streckte sich genüßlich, als ob es auf der ganzen Welt keinerlei Sorgen für ihn gäbe. »So wie ich die Dinge sehe, kommt Southwest entweder zu mir und verkauft mir das Land zu meinen Bedingungen, oder sie gehen wegen Liquiditätsproblemen den Bach runter.«

»Traumhaft, das wäre ja Gerechtigkeit wie sie im Buche steht«, pflichtete sie ihm bei.

Er lehnte sich nach vorn und faltete die Hände: »Es kann aber nur funktionieren, wenn wir sie dazu bringen, auch bei den Parzellen von Ferguson und Pendry anzubeißen.«

Sie stand auf, und ein verschmitztes Lächeln umspielte ihre Augen. »Überlaß das mir«, verkündete sie und war schon halb aus der Tür, als ihr plötzlich noch etwas einfiel. Sie drehte sich um, und ihr Lächeln war verschwunden. Sie wollte etwas sagen, zögerte und rückte endlich widerstrebend mit ihrer Frage heraus: »Hast du schon mit Travis gesprochen?«

Er hätte eigentlich wissen müssen, daß sie mit ihren Vermutungen, wer die Information an Southwest weitergegeben hatte, nur eine Nasenlänge hinter ihm zurücklag. »Nein, noch nicht.«

»Sei nicht zu hart zu ihm, Mason. Ich bin mir sicher, daß er alles erklären kann.«

Sein morgendlicher Enthusiasmus für den vor ihm liegenden Tag war verflogen. »Ich wünschte, ich wäre mir da genauso sicher«, murmelte er.

Eine Stunde später schob Mason das Unausweichliche noch immer vor sich her, was ansonsten nicht seine Art war. Er hatte Travis noch nicht ausrichten lassen, daß er ihn sehen wollte, hatte jedoch mit Kelly Whitefield telefoniert und vereinbart, heute mit ihr früh zu Mittag zu essen.

Schließlich konnte er den Anruf nicht mehr länger aufschieben. Er hielt den Hörer bereits in der Hand, als Travis plötzlich im Türrahmen auftauchte.

»Wir müssen mal miteinander reden«, verkündete Travis mit tief gesenktem Kopf, als er in den Raum trat und die Tür hinter sich schloß.

Mason blickte auf und holte verdutzt Luft. Travis sah gut zehn Jahre älter aus als tags zuvor. Masons Wut verlor an Schärfe; Besorgnis ergriff ihn. »Ja«, meinte er, »das denke ich auch.«

»Ich muß dir etwas sagen, und ich möchte, daß du mich nicht unterbrichst oder versuchst, mich zu stoppen, bevor ich fertig bin«, eröffnete Travis.

Mason legte den Stift aus der Hand, mit dem er gerade geschrieben hatte, und faltete die Hände im Schoß. »Also gut. Das bin ich dir wohl schuldig.«

Travis strich sich nervös mit einer Hand durchs Haar. »Ich war es«, setzte er an und ging nicht auf Masons Bemerkung ein. »Ich war derjenige, der deinem Vater von dem Riverfront-Projekt erzählt hat.«

Zwar war Mason schon selbst darauf gekommen, aber das Geständnis von Travis zu hören, war für ihn so, als würde ihn derselbe harte Schlag noch einmal treffen. Wie war es möglich, daß Travis, nachdem er alles damals riskiert, seinen Job bei Southwest gekündigt und sich mit einem College-Grünschnabel zusammengetan hatte, sich ausgerechnet ganz am Ende gegen ihn stellte? Mason hatte sich diese Frage hundertmal gestellt und noch immer keine Antwort darauf gefunden.

»Du hast mir mit dieser Sache wirklich Angst gemacht, Mason«, fuhr Travis fort, »egal, was ich gesagt habe oder wieviele Zahlen ich dazu herangezogen habe, du wolltest die harten Fakten beim Bau des Riverfront-Projektes einfach nicht sehen. Je mehr du dich in die Sache hineingesteigert hast, desto riesiger wurde sie, bis du schließlich auf die wahnsinnige Idee kamst, eine Stadt in der Stadt zu bauen. Jedesmal, wenn du noch ein Gebäude oder einen Freizeitbereich drangehängt hast, stiegen die Chancen, daß du dich selbst darunter begraben würdest.« Er steckte die Hände in seine Taschen und zuckte hilflos mit den Schultern. »Es gab nichts, was ich sagen oder tun konnte, um dein Tempo auch nur ein kleines bißchen zu bremsen«, erklärte er.

»Ich konnte doch nicht einfach dastehen und zusehen, wie du dich selbst zugrunde richtest. Erst recht nicht bei dem Gedanken daran, wie sich dein Vater hämisch die Hände reiben würde.«

Gott, konnte die Antwort so einfach sein? Wollte Travis Mason nur vor sich selbst retten? »Und deshalb bist du zu ihm gegangen?« fragte Mason ihn, noch ganz verwirrt von den Gedankengängen.

»Zu wem hätt' ich denn sonst gehen sollen? Die Baugesellschaften aus der Umgebung hätten mich ausgelacht und rausgeworfen oder mich für unzurechnungsfähig erklären lassen.« In Travis' Augen funkelte tiefsitzende Wut. »Über einen meiner Freunde hab' ich dann erfahren, daß Southwest Construction ihre Geschäfte ausweiten wollte. Und weil Sacramento der heißeste Markt in diesem Land ist, lag es auf der Hand, etwas hier zu machen. Ich wußte, daß dein Vater sich die Finger nach einer Gelegenheit lecken würde, dich in deinem eigenen Revier auszustechen. Und wenn er dir damit auch noch gleich eine schallende Ohrfeige mitten ins Gesicht verpassen konnte, na um so besser für ihn!«

Travis hatte den Nagel auf den Kopf getroffen. Das triumphierende Grinsen in Stuart Winters Gesicht würde Mason zeit seines Lebens nicht vergessen.

»Ich hätte allerdings nie gedacht, daß er es nicht bis zu Ende durchziehen und seinen eigenen Stempel auf deine Pläne setzen würde, um dich dann mit der Nase draufzustoßen. Aber da war er doch zu gerissen für mich. Er hat nie vorgehabt, das Riverfront-Projekt tatsächlich zu bauen. Alles, was er wollte, war, daß du vor ihm kriechst. Und er dachte, daß er das erreichen könnte, wenn er etwas hätte, was du haben wolltest.«

»Wie lange hast du denn gebraucht, um das alles herauszufinden?« fragte Mason.

»Er hat es mir gestern abend so in etwa gesagt«, bekannte Travis.

Mason fühlte, daß sein Herz schneller schlug. Er hatte fast Angst, die nächste Frage zu stellen. »Hast du ihm irgendwie angedeutet, daß du mit dieser Information zu mir kommen würdest?«

»Nein, das hätte er mir auch nicht abgenommen. Er meint, daß er mich unter seiner Fuchtel hat und ich keinen Schritt tue, wenn er nicht vorher seinen Segen gegeben hat.«

Innerlich stieß Mason einen Seufzer der Erleichterung aus. Es gab also immer noch eine Chance, daß sein Plan funktionieren würde. Southwest brauchte noch mehr Parzellen, um ihn tatsächlich am Bauen zu hindern. Jetzt hieß es nur noch abzuwarten, ob sie anbeißen würden. »Was auch immer du jetzt tust, gib ihm keinen Grund, seine Meinung zu ändern«, mahnte er Travis.

Es dauerte einen Moment, bis bei Travis der Groschen gefallen war. Dann aber blickte er Mason mit zusammengekniffenen Augen an. »Du wußtest es schon, stimmt's?«

»Nicht alles.«

»Und was wolltest du zusätzlich von mir erfahren?« erkundigte er sich.

»Das ›Warum‹.«

Travis senkte den Blick, als wenn das, was er Mason sagen wollte, zu verletzend wäre, um ihm dabei in die Augen zu sehen. Mit brüchiger Stimme sagte er: »Es muß dir ziemlich mies gegangen sein, als du es erfahren hast.«

»Sagen wir einfach, ich hab' mich schon mal besser gefühlt«, gab Mason zu.

»Und jetzt?«

Mason hätte nicht genau sagen können, was er fühlte. Wut und Trauer und das schreckliche Gefühl, etwas verloren zu haben, aber auch Hoffnung. »Ich weiß nicht«, erwiderte er schließlich, »Ich brauch' ein bißchen Zeit, um darüber nachzudenken.«

Travis nickte. »Wenn du zu dem Schluß kommen solltest, daß du mich nicht mehr sehen willst, kann ich das verstehen.«

»Ich wünschte, diese Möglichkeit käme für mich nicht in Frage«, murmelte Mason verzweifelt und düster.

»Schon gut, Mason.«

In den vergangenen vierzehn Jahren hatte Mason die Welt einfach in Schwarzweiß gesehen. Etwas war entweder richtig oder eben falsch. Dann kamen Chris und Kevin in sein Leben und öffneten ihm die Augen für die Schönheit der Farbe Grau. Zwar waren ja und nein immer noch gute Antworten, doch hatte das Wort »vielleicht« derart an Bedeutung gewonnen, wie er es nie für möglich gehalten hätte. Sollte er all das, was Travis und er zusammen erlebt hatten, nur wegen Travis' fehlgeleitetem Beschützerinstinkt vergessen? Aber würde es jemals wieder so zwischen ihnen werden wie früher? Sollten sie nicht besser einen sauberen Schnitt machen, damit beide ihr Leben weiterführen konnten?

»Ich weiß es einfach nicht, Travis«, entgegnete Mason und wünschte um alles in der Welt, er könnte ihm eine andere Antwort geben.

Travis nickte. »Ich glaube, ich habe wohl kein Recht, etwas anderes von dir zu erwarten.«

Mason faltete die Hände, starrte sie einige Sekunden lang an und bemerkte schließlich: »Da wäre noch etwas, Travis.« Da er nicht wußte, wie er es diplomatischer formulieren sollte, fragte er geradewegs drauflos: »Seit wann erzählst du meiner Mutter Einzelheiten über mein Privatleben?«

Travis fuhr zusammen und straffte seinen Rücken, der genauso starr und gerade wurde wie die Stahlträger, auf denen Travis so mühelos entlangbalancierte. »Das betrifft nur sie und mich.«

»Wenn ich derjenige bin, über den dabei gesprochen wird, dann nicht«, widersprach Mason scharf.

Travis dachte nach und räumte dann widerstrebend ein: »Seit dem Tag vor zwölf Jahren, als sie im Bauwagen aufgetaucht ist und du ihr die kalte Schulter gezeigt hast, sind wir regelmäßig in Kontakt geblieben«, verteidigte er sich. »Sie ist eine wunderbare Frau und hat nicht verdient, was Stuart und du ihr angetan habt. Vielleicht bringst du jetzt, da du Kevin hast, etwas mehr Verständnis dafür auf, was sie empfunden haben muß, als sie dich damals verloren hat, und vielleicht könntest du dich ja auch ab und zu mal dazu durchringen, sie anzurufen.«

»Du hättest ja etwas sagen können«, verteidigte sich Mason.

»Ach ja? Etwa damit du mir dann sagst, ich soll mich zwischen dir und ihr entscheiden, oder wozu wäre das sonst gut gewesen?«

Seltsamerweise gefiel es Mason irgendwie zu wissen, wie weit Iris gegangen war, um zumindest in losem Kontakt zu ihrem Sohn zu bleiben. »Wie oft hat sie dich angerufen?«

Travis blinzelte erstaunt über diese Frage. »Einmal, vielleicht zweimal im Monat«, antwortete er, offensichtlich verwirrt. »Sie hätte häufiger angerufen, aber sie dachte immer, daß sie mich stören würde, und das konnte ich ihr auch nicht ausreden.«

»Was für Fragen hat sie gestellt?« wollte Mason wissen.

»Wie es dir ginge, ob du mit einer netten Frau ausgingst, was für eine Art ...« Er stockte. Seine Augen wurden schmal vor Wut: »Du glaubst doch nicht etwa, daß sie die ganze Zeit Stuart diese Informationen weitergegeben hat, oder?«

Was war mit ihm los, daß er nach einem Grund suchte, ihr zu mißtrauen? »Es wäre möglich«, überlegte Mason.

»Nie und nimmer, und du bist wirklich ein Schwein, wenn du so was denkst.« Niedergeschlagen ließ Travis seine Schultern hängen. »Man kann mit dir einfach nicht drüber reden. Du schaffst es tatsächlich, Wolken am blauen Himmel aufziehen zu lassen, nur weil du sie dort willst.« Er drehte sich zum Weggehen. »Ruf mich an, sobald du dich in der andern Sache entschieden hast. Ich bin beim Hotel.«

Mason lehnte sich in seinem Stuhl zurück und blickte Travis nach. Er fühlte sich zutiefst enttäuscht, war jedoch nicht in der Lage, etwas dagegen zu unternehmen. Einfach so zu tun, als wenn alles wieder gut werden würde und weiterzumachen, als wäre nichts geschehen, wäre nicht nur dumm, sondern auch widersinnig. Mason ertrug die Vorstellung nicht, jemanden um sich zu haben, dem er nicht vertrauen konte.

Auch wenn dieser Jemand die Rolle des Vaters übernommen hatte, den Mason nie besessen hatte.

40

»Papi ist da«, rief Kevin und rannte quer durch das Wohnzimmer direkt in Masons Arme.

Chris folgte und wischte sich ihre Hände an einem Geschirrtuch ab. »Ich habe versucht, dich im Büro anzurufen, weil ich dir sagen wollte, daß Kevin früher entlassen wird, aber du warst schon weg«, sagte sie.

Mason gab Kevin schnell einen Kuß. »Ich wußte nicht, was los war, als ich die Tür zum Krankenhauszimmer öffnete und du nicht da warst«, entgegnete er.

»Es geht mir viel besser!« krähte Kevin.

»Sieht so aus. Aber solltest du es nicht noch für einige Zeit ruhiger angehen lassen?« Er blickte zu Chris. »Nur zur Sicherheit?«

»Es geht ihm gut, Mason. Der Arzt meinte, daß kein Grund dafür besteht, ihm irgend etwas zu verbieten«, erklärte Chris.

»Bist du sicher, sie wissen, wovon sie reden?«

Sie nickte geduldig. »Seine Blutwerte sind wieder alle normal, und er hat die Grippe überstanden.« Und mit einem leichten Grinsen um die Lippen ergänzte sie: »Das einzige, was noch bleibt, ist ein leichter Fall von elterlicher Paranoia, aber ich glaube, daß wir das ohne Kevins Hilfe in den Griff bekommen können.«

Draußen hupte ein Wagen. »Das ist Tracy«, rief Kevin, wand sich aus Masons Armen und hüpfte zur Tür. »Bis später, Mama, bis später, Papa!«

Mason sah ihm nach. »Mir war immer klar, daß eines Tages eine Frau zwischen uns treten würde, aber ich hätte nie gedacht, daß das so bald sein würde.«

Chris lachte, als sie Kevins Platz in Masons Armen einnahm. »Wo wir gerade von Frauen sprechen«, bemerkte sie mit drohendem Unterton, »wie geht es Kelly?«

»Mmm, das gefällt mir«, antwortete er und gab ihr einen tiefen, innigen Kuß. Janet hatte Chris offensichtlich erzählt, daß er sich mit Kelly zum Mittagessen getroffen hatte. »Eifersucht steht dir einfach hervorragend.«

»Ja, und?«

Bewegt von dem Bedürfnis, das Glücksgefühl, das sich seit dem Vortag angestaut hatte, aus sich herauszulassen, hob er Chris hoch und wirbelte sie übermütig herum. Er genoß es, sie zu spüren, und freute sich über ihre begeisterte Erwiderung. »Wenn ich dir etwas davon sage, ist es keine Überraschung mehr.«

»Oh, ich liebe Überraschungen«, verkündete sie und ihre Augen funkelten. »Aber ich hasse es zu warten. Erzähl es mir.«

Langsam ließ er sie an der ganzen Länge seines Körpers herabgleiten. »Heute abend«, erwiderte er in heiserem Flüsterton. »Wenn Kevin im Bett ist.«

»Wie wäre es mit einem Tip, damit ich es aushalte«, schlug sie vor.

Er lachte laut heraus. Chris tat ihm wirklich gut. »Auf Tips folgen stets Vermutungen«, wandte er ein.

»Und weitere Tips«, bemerkte sie verschmitzt.

Er dachte einen Moment nach, faßte dann in seine Brusttasche und reichte ihr einen Umschlag. »Du kannst dir anschauen, was es ist. Aber du darfst erst heute abend hineinsehen, um zu erfahren, wohin es geht.«

Chris blickte vollkommen ratlos auf den Umschlag und dann auf Mason. »Flugtickets?« fragte sie, »und was hat Kelly Whitefield damit zu tun?«

»Sie hat ein Reisebüro.«

Sie zuckte ratlos mit den Schultern. »Und ich dachte ...«

Er vergrub sein Gesicht in ihrem Haar und flüsterte ihr ins Ohr: »Nein, hast du nicht. Nicht einen Moment lang.«

»Wie kannst du dir da so sicher sein?«

»Weil du weißt, daß ich dich liebe und genau dort bin, wo ich hinwollte«, erklärte er.

»Wenn es das ist, was du erreichen wolltest, warum dann die Flugtickets?« fragte sie verwirrt.

»Hast du etwas gegen Flitterwochen?« konterte er.

Sie drückte den Umschlag gegen ihre Brust. »Oh, nein, absolut nichts«, beteuerte sie schnell. »Aber ich dachte, du hättest noch so viel Geschäftliches zu erledigen.«

»Ich habe deine Agentur angerufen, um herauszufinden, wann und wie lange sie deinen Terminplan freimachen könnten, und dann habe ich Janet gebeten, meine Termine für denselben Zeitraum zu streichen – drei Wochen im kommenden Monat. So sehr mir der Gedanke auch gefällt, daß ich unentbehrlich bin, es gibt nichts, was Rebecca oder Travis ...« Er stockte und der schwere Verlust, den er empfand, nachdem er automatisch Travis' Namen erwähnt hatte, ließ ihn tief Luft holen. »Na ja, auf alle Fälle, gibt es nichts, was sie im Büro nicht auch ohne mich erledigen könnten.«

Sie trat zurück, um ihn anzusehen. »Was ist los?«

Es lag ihm bereits auf der Zunge zu sagen, daß alles in Ordnung sei, als er merkte, wie sehr es ihn danach verlangte, ihr alles zu erzählen. Chris war einfühlsam, freundlich und – gottseidank – alles andere als nachtragend. Sie erkannte sofort das Gute in einem Menschen, außer, wenn es darum ging, Kevin vor Leuten zu schützen, die sie für stockreaktionäre Schürzenjäger hielt. »Ich habe herausgefunden, daß Travis meinem Vater und meinem Bruder Informationen über ein Grundstück zugespielt hat, das ich kaufen wollte.«

»Bist du dir da sicher?« fragte sie fassungslos.

»Er hat es mir selbst gesagt.«

»Warum sollte er so etwas tun?« dachte sie einen Moment lang nach und bedeutete Mason, ihr nichts zu sagen. »Nein, warte, laß mich raten. Er hat es getan, weil er sich irgendwie in den Kopf gesetzt hatte, dir damit zu helfen.«

»Wie bist du darauf gekommen?«

»Man braucht keine fünf Minuten mit diesem Menschen zusammenzusein, um zu merken, daß er denkt, daß du auf dem Wasser wandeln kannst wie Jesus. Ich weiß, daß das wie ein Klischee klingt, aber was er tat, hat ihn selbst wahrscheinlich mehr verletzt als dich.«

Mason fuhr sich mit der Hand durch die Haare, hörte dann auf und rieb sich den Nacken. »Du hast recht, das ändert aber nichts an dem, was er getan hat.«

»Nichts wird etwas ändern können«, bestätigte sie mit trauriger Stimme. »Aber wenn es möglich wäre, glaubst du nicht, daß Travis dann der allererste wäre, der es tun würde?«

»Du willst also sagen, daß ich es deiner Meinung nach vergessen und so tun sollte, als wäre nichts geschehen?« meinte er verblüfft.

»Könntest du das?« fragte sie zurück.

»Nein!«

»Dann mußt du es eben verarbeiten und geistig bewältigen. Sprich mit ihm darüber, bis es nicht mehr so wichtig ist.« Sie hob ihren Arm, strich ihm zärtlich über die Wange und tröstete ihn so, wie sie es mit Kevin gemacht hätte. »Du kannst nicht vierzehn Jahre Loyalität wegen eines Fehlers über Bord werfen.«

Sein Verstand sagte ihm, daß sie recht hatte; dennoch wurde er das Gefühl nicht los, das Travis sein Vertrauen mißbraucht hatte. Was bleibt, wenn man jemandem nicht mehr vertrauen kann? »Ich muß darüber nachdenken«, murmelte er.

»Mach es nicht zu kompliziert, Mason. Und wirf das, was du jetzt hast, nicht aus Angst vor irgendwelchen Gefühlen weg, die du vielleicht in fünf Monaten haben wirst. Warte die fünf Monate erst einmal ab.«

Er zog sie zu sich, drückte sie fest gegen sich und konnte für einige Sekunden gar nichts sagen. »Ich brauche noch etwas Zeit, um darüber nachzudenken.«

Sie schlang ihre Arme um seine Taille. »Es tut mir so leid«, meinte sie. »Ich kann mir denken, wie sehr dich das alles verletzt.«

Sein erster Reflex war, sofort zu leugnen, daß Travis ihn verletzt hatte. Doch so einfach das auch gewesen wäre, Chris hätte ihm nie geglaubt. Sie kannte ihn mittlerweile zu genau, als daß er damit bei ihr durchgekommen wäre. Er klammerte sich wieder an den Trost und Halt, den ihm das vorausgegangene Geplänkel gegeben hatte, und lenkte ab: »Möchtest du immer noch einen Tip, wohin wir fahren?«

Ihr Blick gab ihm zu verstehen, daß sie seine Absicht verstanden hatte. »Das weißt du doch«, erwiderte sie und spielte mit.

»Es ist ein warmer, aber nicht tropischer Ort«, warf er ihr den Ball zu.

»Doch wohl nicht etwa die Wüste«, stöhnte sie. »Ich ertrage keine Hitze. Das reizt meine Haut, und ich bin immer ganz verschwitzt und schlecht gelaunt. Du würdest die Scheidung einreichen, noch bevor wir unsere Flitterwochen beendet haben.«

Wenn es für den Rest seines Lebens so bleiben könnte wie jetzt, würde er als glücklicher Mann sterben.

»Verflixt noch mal – sag es mir endlich«, ereiferte sich Chris.

»Du wirst mich nicht hereinlegen …« Das Telefon klingelte und unterbracht sie. Sie legte ihre Hand auf seine Brust. »Bleib wo du bist«, drohte sie. »Ich bin noch nicht fertig mit dir.«

Er zog sie für einen raschen Kuß an sich. Doch als ihre leicht geöffneten Lippen seinen Mund berührten und seine Zunge die ihre spürte, mußte er all seine Energie aufbringen, um sie wieder gehen zu lassen.

»Ich bin sofort zurück«, versprach sie, wand sich los und ging in Richtung Küche. »Und vergiß nicht, daß du mir gerade etwas sagen wolltest.«

Der Anruf war für Mason. Fragend zog er seine Augenbrauen hoch, als er Chris den Hörer aus der Hand nahm. Ihre Lippen formten lautlos den Namen Rebecca.

»Hast du etwas gehört?« fragte er in den Hörer und konnte seine Neugierde kaum verbergen.

»Sie haben angebissen«, verkündete sie triumphierend. »Dein Bruder fliegt heute abend los, um das Geschäft abzuschließen.«

Mason seufzte erleichtert. »Das freut mich wirklich sehr für sie«, sagte er und konnte sich ein Grinsen nicht verkneifen.

»Kann ich mir vorstellen«, bemerkte Rebecca amüsiert.

Masons nächster Gedanke traf ihn mit voller Wucht. Natürlich, er mußte diese Freude unbedingt mit Travis teilen! Die Freude und das Gefühl, endlich das Ziel erreicht zu haben, wären ohne ihn nicht komplett. Erst in diesem Moment verstand er wirklich, was es bedeuten würde, Travis als Freund zu verlieren.

»Hast du Travis gesehen?« erkundigte sich Mason.

Am anderen Ende der Leitung entstand eine bedeutungsvolle Pause. »Nein, aber ich könnte ihn für dich ausfindig machen.«

»Tu das doch bitte«, bat er sie und fühlte, daß seine Welt wieder in die richtigen Bahnen kam. »Sag ihm, ich treffe ihn …« Ja wo? Nicht im Büro. Das war Masons Territorium. Dann fiel ihm etwas ein. »Er sagte, daß er heute nachmittag ins Hotel gehen wollte. Sag ihm, daß ich ihn dort in einer Stunde treffe.«

»Sonst noch etwas?«

»Ja, und sag der Buchhaltung, daß sie Walt Bianchi eine Gehaltserhöhung geben sollen«, setzte er hinzu.

»Gut …« erwiderte sie, aber offensichtlich wartete sie noch auf eine Erklärung.

»Ich muß mich bei Walt entschuldigen, aber ich glaube, ich sage ihm besser nichts. Er soll nicht erfahren, daß ich jemals an ihm gezweifelt habe. Sag ihm einfach, ich hätte gemeint, daß er wahnsinnig gute Arbeit geleistet hat.«

»Sonst noch etwas?« fragte sie zum zweiten Mal.

»Nein, hab ich etwas vergessen?«

»Ich weiß nicht, es sei denn, dir fällt noch ein Grund ein, warum du dich auch bei mir entschuldigen möchtest.«

Mason lachte. »Ich bring' dir etwas aus meinen Flitterwochen mit.«

»Kann ich Wünsche äußern?«

»Ruf Travis an, Rebecca.«

Jetzt lachte sie. »Ist schon so gut wie erledigt.«

Mason legte auf und drehte sich zu Chris um. Ratlos fuhr er sich mit der Hand durchs Haar und trat von einem Fuß auf den anderen. Er wußte nicht, wie er ihr eine Idee beibringen sollte, die sich ihm mehr und mehr aufdrängte, seitdem er mit Travis gesprochen hatte. Schließlich gab er es auf, die richtigen Worte zu finden und platzte heraus: »Ich überlege, ob wir meine Mutter nicht bitten sollten, auf

Kevin aufzupassen, wenn wir verreisen.« Schnell fügte er hinzu: »Wenn irgend etwas passiert, sind Mary und John direkt um die Ecke, und es ist ja nicht so, als wären wir auf einer Safari, wo man uns nicht erreichen kann.«

Chris war völlig überrascht. »Ich finde die Idee super, Mason; wie bist du darauf gekommen?«

»Das ist eine lange und komplizierte Geschichte«, sagte er geheimnisvoll.

Sanft küßte sie ihn auf die Lippen. »Ich habe jede Menge Zeit. Und es gibt nichts, was ich lieber täte, als dir zuzuhören. Ich möchte alles über dich wissen, angefangen von der Zeit, als du ein kleiner Junge warst und am Strand Sandburgen gebaut hast, bis zu dem, was du gerade mit Rebecca besprochen hast. Ich würde nichts von dem, was du erzählst, langweilig finden.« Sie hielt inne und verzog das Gesicht. »Eine Einschränkung sollte ich dabei vielleicht doch machen. Die Details deiner Freundschaft mit Kelly kannst du dir für die nächsten paar Jahre sparen.«

Das Beste und Einmaligste daran war, daß er ihr wirklich glaubte. Er dachte an all die Male, die er allein dagesessen hatte, an die Zeitungsartikel, die er gelesen hatte und über die er gerne mit jemandem gesprochen hätte, und an die phantastischen, allein erlebten Sonnenuntergänge. Vorbei. Er würde sein Leben nicht weiter in Einzelhaft verbringen müssen. »Weißt Du was? Warum bewahren wir uns diese faszinierenden Leckerbissen meines Lebens nicht für langweilige Momente auf der Kreuzfahrt auf?«

»Eine Kreuzfahrt?« platzte sie mit vor Aufregung sich überschlagender Stimme heraus, »wir machen eine Kreuzfahrt?«

Er stöhnte auf. »Mist. Ich wollte dir erst davon erzählen, wenn Kelly alles klargemacht hat. Sie muß herausfinden, ob die Jacht noch frei ist.«

»Mit einer Jacht? Ich dachte, man macht Kreuzfahrten auf riesigen Schiffen«, wandte sie ein.

»Nein, diesmal nicht«, sagte er, schloß sie erneut in die Arme und konnte von ihrer Wärme gar nicht genug bekommen. »Ich will dich ganz für mich allein, Kelly organisiert eine Jacht und eine Mannschaft, mit der wir durch die Ägäis kreuzen.«

»Hmm, ich hasse es ja, das Thema anzuschneiden, aber bist du dir vollkommen sicher, daß sie uns nicht auf einen Frachter mit Kurs auf die Antarktis steckt? Sie hat doch sicherlich eine ganze Menge Provokationen eingesteckt«, lächelte sie spitzbübisch. »Ich würde das jedenfalls tun.«

»Und ich sage dir noch einmal, daß Kelly und ich Freunde sind.« Er zog eine Augenbraue in die Höhe. »Außerdem habe ich gehört, daß das Essen auf Frachtschiffen hervorragend sein soll.« Er gab ihr einen Kuß voller Verheißungen für die Zukunft.

»Und um mal ganz ehrlich zu sein«, murmelte er, den Mund ganz dicht an ihren Lippen. »Ich kann mir Schlimmeres vorstellen, als zwei Wochen mir dir unter einer Decke zu verbringen und dich zu wärmen.«

»Ich dachte, du wolltest *drei* Wochen freinehmen«, berichtigte sie ihn.

»Zwei für uns beide und eine zu dritt. In der Hoffnung, daß du dich überreden läßt, mit uns zu kommen, und ich Kevin Disneyland zeigen darf.«

Sie lehnte ihren Kopf gegen seine Brust. »Ich glaube, daß es mir Spaß machen wird, mit dir verheiratet zu sein, Mason Winter.«

»Glaubst du, oder bist du dir sicher?« fragte er und ließ sein Kinn auf ihrem Kopf ruhen.

»Schon gut. Ich *weiß,* daß es mir gefallen wird. Aber werd' jetzt bloß nicht eingebildet.«

Mason hielt sie fest, sprachlos von der Liebe, die er empfand.

Es war Chris, die zu guter Letzt das Schweigen brach. Sich eng an ihn kuschelnd, sinnierte sie: »Sollen wir Kevins Entlassung nicht mit einer Original Pete's Pizza feiern, sobald du wieder zu Hause bist?«

»Hört sich phantastisch an. Warum fragst du die Hendricksons nicht, ob sie vorbeikommen wollen?« ging er auf ihren Vorschlag ein.

Freudentränen glänzten in ihren Augen, als sie zu ihm aufblickte. »Willkommen in der Familie, Mr. Winter«, flüsterte sie.

Er küßte sie auf die Nasenspitze. »Ich kann gar nicht sagen, wie glücklich ich bin, daß Sie mich eingeladen haben, Mrs. Winter. Um so mehr, als ich mir auf der ganzen Welt keinen schöneren Ort vorstellen könnte.«

Eine halbe Stunde später stand Chris am Wohnzimmerfenster und sah zu, wie Mason mit seinem Wagen auf dem Weg zu Travis um die Ecke verschwand. Nachdem sie ihn aus den Augen verloren hatte, glitt ihr Blick zum Himmel und verharrte auf einer einsamen, hoch oben dahinziehenden Wolke. Sie starrte lange Zeit auf den großen, weißen Wattebausch und dachte über all die guten und schlechten Dinge nach, die in den vergangenen sechs Jahren in ihrem Leben geschehen waren und daran, wie sie einen Schicksalszug nach dem anderen, oftmals sogar in gegensätzliche Richtungen, genommen hatte.

Sie dachte an die Schwester, die sie mit Diane verloren hatte, die einst der positive und scheinbar für immer und ewig unveränderliche Bestandteil ihres Lebens gewesen war und sich dann als der allerflüchtigste herausgestellt hatte.

Während ihrer einsamen Kindheit hatte Chris für Diane gesorgt, so wie es das Recht und die Pflicht aller großen Schwestern ist. Nie wäre es Chris in den Sinn gekommen, daß eines Tages Diane auf die ihr eigene, unerschütterliche Art diejenige sein könnte, die sie versorgen würde – erst mit einem Sohn und dann mit dem Mann, den Diane mehr als ihr eigenes Leben geliebt hatte.

Zum zweiten Mal an diesem Tag traten Chris Tränen in die Augen, und sie flüsterte: »Danke, Diane. Ich verspreche dir, daß ich mich gut um die beiden kümmern werde.«